路尚 著

越鸟巢南枝

上册

时代文艺出版社

图书在版编目（CIP）数据

越鸟巢南枝（上、中、下）/路尚著．—长春：时代文艺出版社，2018.8

ISBN 978-7-5387-5814-6

Ⅰ．①越… Ⅱ．①路… Ⅲ．①长篇小说－中国－当代 Ⅳ．①I247.5

中国版本图书馆CIP数据核字（2018）第094908号

出品人 陈　琛
产品总监 郭力家
责任编辑 李天卿
装帧设计 孙　利
排版制作 隋淑凤

越鸟巢南枝
（上、中、下）
路尚 著

出版发行 / 时代文艺出版社
地址 / 长春市泰来街1825号 时代文艺出版社 邮编 / 130011
总编办 / 0431-86012927 发行部 / 0431-86012957 北京开发部 / 010-63108163
官方微博 / weibo.com / tlapress 天猫旗舰店 / sdwycbsgf.tmall.com
印刷 / 长春第二新华印刷有限责任公司
开本 / 710mm × 1000mm 1 / 16 字数 / 974千字 印张 / 65.75
版次 / 2018年8月第1版 印次 / 2018年8月第1次印刷 定价 / 136.00元（全三册）

图书如有印装错误 请寄回印厂调换

目录

1. 落跑新郎

此时，正值夏季。南方某小城，一家酒店门前立着一块喷绘的大幅宣传海报，上面印着：越子木先生、李楠芝小姐新婚庆典！

一个穿着浅色西装、打着红色领带的青年正在门前迎接宾朋。他高高的个头，英俊帅气，胸前戴着红玫瑰的胸花，脸上洋溢着幸福的微笑。他就是新郎越子木。

宴会厅里，新娘李楠芝脸上飘着一朵红云，娇羞而妩媚。一个伴娘装扮的女孩儿帮她整理着婚纱。

“楠芝，你今天真漂亮！便宜了越子木那个坏小子！”伴娘说道。

李楠芝转过身来噘着嘴说：“表姐，不许说他！”话语间充满了爱意。

“好好好，不说！不过呀，你可不能惯着那小子，要不然哪天他跟别的女孩儿跑了看你怎么办！”

两个人正说话呢，就听后面有人说：“楠芝，你今天真漂亮！”

李楠芝回头和走过来的人打着招呼：“二旦哥你来了……”

伴娘也回过身，眼睛盯着那人说道：“杨宇涵，你就知道和楠芝说话，我是空气吗？”

杨宇涵这才看向伴娘，笑着说：“哦，是肖凌啊……你……今天也很漂亮。”

“漂亮有什么用……”肖凌叹了口气，眼睛却盯着他的脸。

一张餐桌旁，两位年长的妇人坐在一起聊着什么，从穿着和表情上看，应该是新郎和新娘的母亲。

站在酒店门口台阶上的越子木正在接待宾客，正在这时，一辆轿车停在门前，从车上下来三个人朝酒店里走去。走在前面的是位中年人，穿着一身深蓝色的西装，戴着一副金丝边眼镜，看上去像个商人。而后面两个人清一色的黑衣，是那种带风纪扣的制服。

越子木觉得蹊跷，转身跟了进去。

那三个人一进宴会厅，为首那人就问："请问哪位是李楠芝小姐？"

宴会厅里的众人也都注意到了突然进来的这三个人，听那人一问，肖凌打量了一下他，问道："请问你们是……"

那人看了她一眼，转向穿着婚纱的李楠芝，继而礼貌地鞠了一躬，毕恭毕敬地说："您就是李楠芝小姐吧？很抱歉打扰您，可事情紧急，能借一步说话吗？"

李楠芝被他的话给弄糊涂了，一时不知该说什么。肖凌上前一步说："有什么事不能在这儿说的？你说吧！"

李楠芝也跟着回了一句："您有什么事吗？"

那人犹豫了一下，往前走了几步，压低了声音说道："是这样的，李小姐。我是泰国李氏集团派来的，您是集团的法定继承人，我们李总因身体原因急需您去继承家族企业，我们找您好久了……"

李楠芝越听越糊涂。此时站在人群里的越子木却大吃一惊！他脑海里浮现出几天前的情景：那天，他派去调查父亲死因的私家侦探回来了，递给他一份报纸，并告诉他，报纸上那张照片上的人就是他要找的人。报纸上，用中文和泰文印着醒目的标题"李氏企业集团的崛起与未来"。标题下面是张大幅照片，照片上是位略显苍老、头发花白的老者。

"他是谁？"越子木当时就问了一句。

私家侦探告诉他，这次去泰国都调查清楚了，报纸上这人就是和他父亲当年一起打拼的好兄弟，他们一起创立了这家企业集团，但二十多年前越子木的父亲就失踪了，而照片上这个人掌管着公司，并且公司越做越大。

"那也不能证明我父亲就是他害的呀！"越子木当时有些激动。

私家侦探说：“我也是这么认为的，但二十多年前在这家公司有很多传言，没有任何人知道你父亲去哪里了、为什么失踪的，大家都猜测他是被害了。据说当年成立公司时，你父亲占的股份较大，应该有控股权。”

他的话让越子木震惊不已，沉思片刻后说道：“可是，即使是这样也不能证明他就是害我父亲的凶手啊！”

私家侦探又压低了声音说：“我还打听到一件事，这个人好像一直在找一对母女，应该是他的妻子和女儿，听说他得了重病，急需找到他女儿继承产业。从这一点上看，他有很大的嫌疑！如果不是他害了你父亲，那他为什么不找你和你母亲呢？毕竟你才应该是企业的合法继承人啊！”

回想着私家侦探的话，越子木的脸色难看极了。

难道李楠芝就是私家侦探所说的那个继承人？会有这么巧的事吗？他觉得头有些晕。

正在这时，李楠芝母亲走上前，看着那人问道：“你刚才说……说什么？我们家楠芝怎么会是你们企业的继承人？”她语气有些异样。

那人听完，转身从身后一个黑衣人手中的包里取出一个信封递了过去。

李楠芝母亲迟疑了一下。肖凌把那个信封接过去，从里面抽出一页纸和一张照片来，而信封里竟然还有个沉甸甸的东西。

越子木看见，李楠芝母亲接过去刚看了几眼，手就开始抖了起来，突然，她“啊”的一声就昏厥过去了。李楠芝和肖凌一把扶住了她，老人家才没倒下。

越子木动了动腿想要过去，但他犹豫了一下，怎么也迈不动此刻已经变得十分沉重的双腿。

肖凌她们喊了半天，老人家才醒了过来。李楠芝瞪了那三个人一眼，顺手从地上捡起那页纸和那张照片。照片上是两个人，一个是年轻英俊的青年，她不认识，但再一看青年身旁的那张脸，她顿时瞪大了眼睛。那是个年轻貌美的女子，竟然和自己有些相像！

这时，李楠芝的母亲在肖凌的搀扶下坐了起来。李楠芝拿着那张照片疑惑地看着母亲：“妈，这是……”

母亲一把拉过她的手："楠芝啊，你不是一直问你父亲是谁吗，他……就是你的父亲！"

李楠芝听完就愣住了，这件事来得太突然了，她一时有些接受不了。她盯着照片呆愣着，脸上丝毫没有高兴的表情。过了一会儿，她抬起头在人群里寻找着，但并没有看见越子木。

这时，刚才和她说话的那个人躬着腰又说道："夫人、小姐，我们得马上就走，李总他在医院里，快要不行了！"

他这句话说完不要紧，再看李楠芝母亲，又一次昏倒在了肖凌怀里。李楠芝回过身叫着母亲，众人也跟着叫喊起来。

一直听着他们对话的越子木此时已经快要崩溃了，他觉得脑袋嗡嗡直响，周围的任何声音似乎都听不见了。他转过身，踉踉跄跄地朝门外走去。他万万没有想到，自己深深爱着的人竟然会是仇人的女儿，自己苦苦寻找的杀父仇人竟然会是她的父亲！世间会有这么巧合的事吗？老天就这样不公吗？为什么如此对我！

他踉踉跄跄地走到酒店门外，边走边扯开领带，摘下"新郎"胸花，顺手扔在了地上，然后招了招手，一辆出租车开了过来。

就在他上出租车的一刹那，身后的酒店大堂里，李楠芝一只手拉着婚纱正跑出来，边跑边喊着越子木的名字。跑到酒店门口时，她一眼看见了地上的"新郎"胸花，捡起来冲正在上车的越子木高喊着，但越子木就像根本听不见一样。

出租车缓缓地驶离了酒店正门，李楠芝在后面一边追着跑一边喊着。眼看着出租车开上了主街，她把脚上的高跟鞋甩掉，一只手拎着鞋，另一只手拿着那枚胸花并提着婚纱，光着脚在人行道上追着，边追边哭喊道："越子木！越子木！你听我说呀！我不去当什么继承人，我要和你在一起！呜呜……你等等我呀！"

而在她的身后，也跟着一群人，前面是那三个泰国来的人，后面是杨宇涵等众亲朋。

越子木坐在出租车里，他顺着后视镜分明已经看见了一瘸一拐追来的李楠芝，他心如滴血一般的难受，他催促着司机快点儿开。司机从镜子里往车后面的街上看了一眼，又表情怪怪地看了一眼越子木，欲言又止，踩下了油门。

李楠芝眼看着出租车越开越远了，她也实在是跑不动了，蹲在街边痛哭起来："呜呜……为什么呀！该死的越子木！你跑什么呀？"

追上来的三个李氏集团的人站在李楠芝身后不敢出声，杨宇涵上气不接下气地跑到跟前，蹲了下去，把手放在李楠芝的后背上轻声说道："楠芝啊，咱不哭了啊，他跑就跑吧，还有宇涵哥呢！"

李楠芝回过身来，一头扑到他怀里，哇哇大哭起来。她这哭声里既有因越子木逃婚的气愤，也有那突如其来的人生变故带来的冲击，她一个二十二岁的女孩子怎么受得了呢？

见李楠芝扑在杨宇涵怀里痛哭，那三个人面面相觑，他们不明白这到底是怎么回事。

越子木让司机一直开到江边才停下。等他一下车，司机边打方向盘边看着朝江边走去的越子木，摇着头自语道："哎，现在的年轻人啊！实在是搞不懂，都什么年代了还逃婚？"

越子木走到江边，望着奔流的江水，他突然大喊起来："为什么！为什么会是这样！"继而一屁股坐在草地上，眼泪止不住地涌了出来。

此时的他，心里乱极了，而脑海中又浮现出挥之不去的那一幕幕……

他想起了和李楠芝两个人一起在公园里买手机挂件的情景。

在那个卖手机挂件的摊位前，一袭白裙的李楠芝挑了两个挂件转身笑着说："嗨！这两个怎么样？"

越子木一看，李楠芝手里举着的竟是一对猫和老鼠的卡通挂件。见李楠芝一脸的灿烂，他笑着说："你喜欢就买吧。"

付了钱，李楠芝把那个卡通猫挂在了自己的手机上，却把小老鼠挂件递给了他："给！这个杰瑞给你！"

"什么杰瑞？"他接了过去，眼睛却盯着她手机上那只可爱的小猫。

"这是汤姆和杰瑞！你没看过这个动画片啊！"李楠芝说着，又笑呵呵地一举自己手里那个"汤姆"，"从现在开始，猫捉老鼠！以后不管你躲到哪儿我都能抓到你！”

——就在李楠芝的如花笑靥里，他脑海中却又跳出另一幅画面：

那是确定结婚日期后的一天，他站在母亲房间外，刚要进去却听到里面有说话声，就听母亲哭诉着：“孩子他爸，咱们的小木瓜长大了，他有了自己喜欢的女孩儿，你可以放心了。我们就在这里平平安安地生活，什么大富大贵都和咱们没关系，甚至什么仇恨，都罢了！只要孩子平安幸福就好！呜呜……”

他听到这里顿时愣住了，又把耳朵贴在门上仔细听。

母亲又哭诉道：“早说过不让你出去做生意，你偏不听，到头来死得不明不白……”

在门外听着的越子木彻底糊涂了，按照母亲的说法，父亲难道是被人害死的？他不禁心头一惊，打了一个寒战，浑身直哆嗦。这么多年来，他只知道自己是母亲一手养大的，从来没见过父亲。他也多次问过母亲，可母亲只是说父亲很早就过世了，并没有说到底是怎么回事。

他本想敲开门问问清楚，但转念一想，这么多年母亲都没有告诉自己，此时再问也是徒劳。隔着门上的玻璃窗，他往里面望去，看见母亲将一个包裹样的东西轻轻包好，放在床下那个箱子里。那个箱子，他认识，在他的记忆中，它就那么一直静静地躺在母亲的床下，自己从没碰过，母亲也根本不让碰。

他默默地转身回到了自己的房间。按照母亲的说法，父亲是做生意的，那到底是怎么回事呢？父亲究竟是被何人所害？有仇不报非君子！他在心里暗想。但母亲放起来的那个包裹里有什么呢？

这时，就听母亲喊他：“木瓜，妈去买点儿菜，你不是说明天楠芝上家里来嘛！”

他答应一声，一下子从床边蹦到门口。看着母亲开门出去了，他悄悄地来到母亲房间，从床下取出那个箱子。

当他打开箱盖，见一个红布包裹躺在里面。他迟疑了一下，拿起那个包裹，小心地一层层打开。

当他把包在外面的布全部打开后，赫然映入眼帘的是半把金黄的钥匙。他用手掂了掂，很沉，分明是金的！再看钥匙下面，有一封信，信封上，暗暗的一块像是血迹样的污渍。

怎么会有血迹？莫非这是父亲留下的血书？他拿起那封信，从里面小心地抽出两张纸来。就见第一张纸上写着：一钥分开心相连，生死相随永不叛；他年觅得芳踪至，半匙合璧共承天。

读着这是诗不像诗的字句，他皱起了眉。他又看另一张纸，只见那张纸皱皱巴巴，上面歪歪扭扭地写着一行字，可能是由于时间长了，个别字已经模糊得看不清了：找到妹子母女……去找兄弟……是他……要寻仇……

他看这中间有空白连不成句的字迹，没看明白，就重新又读了一遍，可是，有些字根本没有了，也不知道这上面说的是去找什么兄弟，还有，“是他”前面的字到底是什么，“要寻仇”前面的字也没有了。不过，他大概能猜得出，这是父亲写的绝笔信，大致意思是让母亲找到什么母女，还有找什么兄弟。可是，后面那两句是什么意思呢？难道说父亲的死和那个兄弟有关？

他皱着眉，拿着两张纸对比了一下，发现两张纸上的字迹并非一人所写，而且，那张写有诗句的纸上竟还有一行印上去的外文，但并不是英文。那么，这张纸上的诗是何人所写？那半把金钥匙又是怎么回事呢？

由于怕母亲回来，他来不及多想，他用手机分别把两张纸和那半把钥匙拍了下来。然后，把锁重新安好，把箱子轻轻地推回床下。他回到自己房间打开电脑，打算在网上查一查那句外文是什么，随着浏览器的查找，他惊奇地发现，原来那竟是泰文。

此时的越子木既矛盾又痛苦，面对这样的变故该怎么办？他觉得周围一片漆黑看不到未来，自己既不能报仇，更不能和心爱的人在一起，因为她是仇人的女儿，而且，还是企业集团的继承人。退一万步讲，即便她不是仇人的女儿，那样自己就能和她在一起了吗？以自己的性格，这根本不可能！自己绝不会去做一个依靠女人生活的男人！

想到这儿，他从草地上站了起来。此时，已是华灯初上，灯光在江面上明灭着，似乎在昭示着生活就像流水一样，总是要继续的。

几天后，机场里。广播里正播放着即将起飞的航班信息，那是去往北京的航班。队列里，越子木拿着登机牌进了登机口，他回头看了一眼，就匆匆上了飞机。

安检区外，几个人拉着行李箱走进大厅，走在前面的，正是李楠芝，身后是她母亲和肖凌，再后面是那三个李氏企业的人。走到值机区，有人去办理登机牌，其他的人就站在队伍后面等。肖凌不时地和楠芝母亲说着什么，就在这时，李楠芝手捂着嘴干哕了几下，紧接着就跑向了卫生间。身后，她母亲和肖凌疑惑地望着她的背影。

肖凌说了一句："大姨，楠芝早上不是就喝了一点儿粥嘛，恶心什么……"

已经上了飞机的越子木望着窗外心情久久不能平静，他知道，此番离开这座小城恐怕就会离李楠芝更远了。有人说，爱是不分离。但对于他来说，所能选择的只有分离，因为他实在无法面对仇人的女儿。或许，分离才是他最好的选择，他不承认自己是在逃避，而他又实在不能提出离婚这两个字。他很矛盾，矛盾中的男人做的选择或许并不是对的，但什么是对呢？

飞机已经开始滑行了，此时，越子木的耳畔仿佛响起了那首《冬至》的悲伤旋律："指尖以东/在你夹克深处游动/能抱拥便抱拥/下次用好友身份过冬/街灯以东/白雪吻湿双眼瞳孔/能放松便放松/泪比飞霜沉重……"

2．五年之后

离开家的越子木没有别的地方可去，他所熟悉的地方就只有北京，那是他生活了四年的城市，他的大学他的成长都在那里。所以，他想都没想就直接到了北京。在这里，他一待就是五年，期间，他竟一次都没有给李楠芝打过电话。他就在自我煎熬的折磨和痛苦中慢慢地疗伤，因为他坚信，时间是最好的药，能让他忘记一切。

在北京的这几年，他先后换了好几份工作，都是在打工，他总想找个适合自己的公司，但始终都没有如愿。

这一天，他刚刚又辞去了一份工作后，从暂住地出来，打算再找一份工作。他满大街走，见着门口贴着招聘信息的就往里进，但问了好几家，不是不招人，就是工资待遇太低。

临近中午的时候，他在一栋写字楼里准备下楼回去。但电梯前站满了人，无奈，他只好走步行梯。绕了几圈，当他走到一个楼层的时候，无意中看见楼梯间里或坐或站的都是年轻人。好奇心驱使他随便问了一个人。

“哥们儿，这么多人干吗呢这是？”

那个青年看了他一眼，冷冷地道：“等面试呢。”

越子木一听，面试？那不就是在招聘嘛。想到这儿，他迈步就进了这一楼层。等他到了大厅抬眼望去，走廊里全是人，而且都是年轻人。

他心里犯了嘀咕：这是什么公司啊，怎么专招美女和帅哥呢？

正狐疑着，脚下一不小心绊了一下，一个声音“咣当当”地自脚下传来。他低头一看，见是只空易拉罐，也不知是谁喝完没放进垃圾桶里。

他刚想一脚踢开，转念一想，就弯腰捡起来，四处寻找着垃圾桶，在一扇开着的门旁，一个垃圾桶立在那里。他走过去，把那个空罐投了进去，转身刚要走，却听屋里有人说道："门外那个人，你进来吧！"

他回过头，四处看了看，以为是叫别人呢，也没在意，转身又要走。这时，里面又喊道："就你，往哪儿看呢？"

他回头顺着声音一看，见里面坐着个中年妇女，看上去好像很威严的样子，此时正不错眼地上下打量着他呢。而说话的却是位年轻的、表情冷冷的女子。

他看着那冷面女子，指了指自己："你是说……我吗？"

那女子点了点头，并招手示意他进去。

他有些糊涂，只好进了屋，临进去时，他这才发现，门旁贴着张纸，上面写着：面试处。

进了这间办公室，越子木站在桌前说道："搞错了吧，我不是……"

他本想说"我不是来面试的"，但那冷面女子旁边的中年妇女笑着说："什么不是，就你了！"接着，又侧过身对那位高冷、一身职业装打扮的年轻女子小声道，"小顾啊，我看这人素质不错，一个做不来小事的人也做不了大事……"

那高冷范儿的女子抬头看了他一眼，点了点头，然后冷冷地说："来，填一下表格，回去等通知吧。"说着，把一张纸往前面推了推。

越子木彻底糊涂了。他从桌上拿起那张纸看了看，上面印着：时尚《靓相》，请你亮相。

再往下看，竟是张简历的表格。

他拿着表格，还想说什么，却听那中年妇女笑着说："来，坐这边填，慢慢写，不着急。"说着，递过来一支笔。

看着这张表格，他觉得十分好笑。心想，自己一上午到处找工作也没找到合适的，没想到一脚踢个易拉罐反倒踢出个工作来！

一想到那个易拉罐，他心里不免暗暗地想，我可不是垃圾，能招到我这样的人还真是你们的福气！

填好了表格，他交上去就出了这间屋子。临走，那中年妇女还笑呵呵地说呢："回去等电话啊！"而那高冷女子连看都没看他一眼。

接下来的日子，他猫在租住的房子里等消息，可一连三天都没有消息。他在心里嘀咕着：真是不讲诚信！

第四天上午，他起了床刚收拾完东西，还没出门呢，手机响了起来。他拿过手机一看，是个生号，他迟疑了一下接了起来。

"请问，是哪位？"

电话里传来个女孩子的声音："请问是叫越子木吗？哦，这里是靓相时尚杂志社，请您于今天下午来公司报到。对，今天下午！"

挂断了电话，他看着手机沉默了半天，心想，不知这份工作适不适合自己，那就先干干再说吧。

他迅速地收拾东西，又找出件正装来穿上，然后对着镜子照了照，看着镜子里的自己，怎么看怎么觉得都还说得过去，一米八的个头，结实的肌肉，长相嘛，也还算不错！

拾掇完自己，他看了看手表，准备出门去那栋写字楼里报到。

出了门，他一抬头就看见街边的垃圾桶，不禁笑了笑。心想，哪天再踢个易拉罐或瓶子什么的，说不定还能踢出段艳遇来呢！

他坐着地铁直奔那栋写字楼。

此时的越子木，可以说是心情舒畅，但舒畅归舒畅，他也有些担心，关键是不知道接下来将会发生什么，也不知道这份工作到底怎么样。但管不了那么多了，先找份工作填饱肚子再说。

他是抱着这样的打算，也并没有太多的憧憬，反正是踢出来的工作，爱咋咋地呗，大不了走人！等他到了地方，进了写字楼，刚上电梯，就见一个女孩儿风风火火地跑过来，一边跑还一边喊着："等一下！麻烦帮我按一下！"

他用手按着电梯的开门钮，抬头一看，一个戴着宽边黑框眼镜、梳着两只小辫子、下身穿了条牛仔裤、上身是件T恤的女孩儿飞快地跑了进来。由于速度太快，她跑进电梯时刹不住了，整个人直接撞进了越子木怀里。

越子木缩回手，接着又把双手张开，硬是用自己的身体把她给挡住了，以防她再撞到其他人。

那女孩儿扶了扶眼镜，看了他一眼，伸手就把他推开了，而且还瞪了他一眼。越子木这个气呀，心说，这什么人呢！不感谢就算了，竟然还瞪我！

那女孩儿转过身，看了一眼电梯上的数字键，伸出手却又停住了，回头冲越子木问道：“你上几楼？”

越子木这个气呀，好像我是后进来的！但他微微笑了笑，没说话。很潇洒，又很有风度，同时，也有种不屑。

女孩儿回过头去，嘴里嘟囔一句：“帅就了不起呀！”

这句话不仅越子木听见了，电梯里的其他人也肯定是听见了，一瞬间，后面的眼睛齐刷刷地看向站在门口的女孩儿。

估计是从电梯的镜面墙壁里看见了后面众人的眼神，那女孩儿吐了下舌头，不再吭声。

到了一个楼层，电梯门开了，那女孩儿像逃离火场一样迅速钻出电梯。

这时，越子木后面的人动了动。他侧过身，见一美女要出去，他微笑着往旁边闪了闪，示意让她先下电梯。

那美女冷着脸，迈步就出了电梯。

越子木愣了一下，随即也跟着走出电梯，他回想着刚才这个美女的容貌，总觉得在哪里见过，但一时又想不起来了。

走出电梯，越子木沿着走廊到处找挂着杂志社牌子的办公室。这时，前面有人说话了。

“喂！越子木！贼眉鼠眼地找什么呢？这边！”

他抬头一看，说话的正是刚才电梯里那位美女。直到这时，他才算从正面看到她，四目相对，越子木突然指着她道：“你不是……”此时，他脑海里出现的是那天在应聘现场填表格时的情景。

那冷面女子并没有回答他什么，只是冷冷地说：“跟我来吧。”说完扭头就走。

越子木迟疑了一下，还是跟在了她后面。但他心想，这简直就是一灭绝师姐嘛！怎么一点儿笑容没有呢？

三绕两绕，越子木跟着她来到一间办公室前，她敲了下门，轻声道：“吴总，我是小顾，越子木来报到了！”

接着，就听里面有人喊道：“你们都进来吧！”

这个叫小顾的女子回过头，冷冷地示意越子木先进。越子木笑了一下，示意她先进，她没再客气，推门进了办公室。

越子木跟着进来，就见一个宽大的办公桌后坐着的正是那天在面试现场见到的那位中年妇女。难道她就是吴总？他猜测着。

那中年妇女抬起头，上下打量了一下越子木，面无表情地说：“顾桐啊，正要找你呢！这样吧，越子木就安排在你们组吧，你带一带。就这样！”说完，她又低头看文件，不再理他们了。

越子木尴尬地笑了笑，还想说什么，却见顾桐使了个眼色，就跟着她出了吴总办公室。

走到走廊里，越子木忍不住问道：“顾……顾小姐……”

顾桐瞪了他一眼，冷冷地说：“顾桐。顾问的顾，梧桐的桐！”

越子木又接着说：“哦，顾经理……”刚才他听吴总吩咐这位顾桐时的语气，猜测她可能是个部门经理吧，所以才这么说。

可顾桐又一瞪眼睛，冷声说道：“不是经理，只是个组长罢了。这里只有一个人可以被叫作经理，那就是吴总。她不喜欢别人也被叫经理。”

越子木愣了一下，但还是笑着又问：“那……顾组长，我想问一下，刚才那位吴总……”

顾桐头也没回，边走边说：“是这家时尚杂志社的老总，叫吴雨霞。”

“这样啊。”越子木听完不再言语了。

跟着顾桐，听着她咔咔的高跟鞋声，越子木觉得很是丢人，跟在一个女人的屁股后头，总有点儿不舒服。走了几步，他忍不住又问了一句：“那个，顾组长啊……”

顾桐回头说道：“以后叫我顾桐，组长这个词听着总觉得像个工头。”

越子木一听，也是啊。就问道：“咱们这个组是做什么的？”

顾桐头也没回，既算是回答也算没回答地说：“以后你就知道了。”

越子木不再问了。

走到一间办公室前，顾桐推门进去。越子木跟着进来，见办公室里全是办公卡位，几个年轻男女见顾桐走进来，都纷纷打着招呼。

“顾桐早！”

“桐桐早！

“早上好！”

越子木听着人们打招呼，却发现没一个叫“组长”或是叫“顾姐”的。

顾桐回过身对众人道：“给大家介绍一下，这位是越子木，咱们新来的同事！”

众人这才发现顾桐身后的越子木。再看大家，女的都投来惊诧的目光，男的则是上下打量着，不以为然。

一个女同事小声说道：“乖乖，真是帅呀！”

另一个说：“看那大个儿……哇！”

顾桐冷冷地大声说了句：“行了行了，都干活去！没见过帅哥呀？”

几个女孩儿一吐舌头，回身各忙各的了。

顾桐正想给越子木找个座位呢，却听见有敲门声，接着，有个声音传过来：“请问，这是外联组吗？”

还没等有人回答进来呢，就见门开了，一个梳着两只小辫子、戴着副宽边黑框近视镜的姑娘猫着腰走了进来。进来时，还扶了扶镜框。

越子木一看，呦，这不是刚才电梯里那位莽撞的姑娘嘛！这个疯丫头，加上那个灭绝师姐，怎么，以后就都是同事了？他不住地摇头。

3．聚餐后的发现

果然不出越子木所料，这个愣头青的姑娘还真和他一样是新招来的同事。

顾桐一见这个女孩儿眉头就是一皱，刚才在电梯里的一幕又浮现在了眼前。她上下打量了一下，突然想起了什么似的问道：“你是许曼？”

那姑娘推了推宽边眼镜，一抬头，却看见了站在顾桐身边的越子木，她一愣，随后看着顾桐道：“对！以身相许的许，工作不慢的慢去掉竖心旁那个曼！”

她这话一出口，逗得全办公室的同事都笑了起来。

越子木心想，还真是什么都敢说呀，倒也符合她风风火火的性格。

顾桐却还是一脸的严肃，问道：“见过吴总了？”

许曼又推了推宽边眼镜，答道：“嗯！吴总说让直接到这儿来报到，说是找顾组长……”

顾桐没好气地说：“我叫顾桐！”

所有人都听得真真切切，顾桐清晰地报出了自己的名字，但这位许曼却皱了下眉，小声自语道：“咕咚还是古董？”

就像在电梯里一样，她本以为自己的声音小，但在场的所有人都听见了。再看众人，都齐刷刷地把目光移到了顾桐身上，那叫一个静啊。

可能是许曼意识到了什么，她扶了扶眼镜，看了顾桐一眼。就听顾桐说道：“我叫顾桐！不顾情面的顾，梧桐的桐！”

许曼吐了下舌头。众人都捂着嘴不敢笑出声来。

“行了行了！都做事去！”顾桐吆喝了一嗓子。接着，又对越子木和许曼说道，“你们两个就坐那个位子吧，先熟悉熟悉环境，回头给你们分配工作！”

越子木和许曼顺着顾桐手指的方向看去，见是两个对着的卡位，可能是专门为他们安排的，座位空着，桌面整洁，但各种办公用品一应俱全。

越子木往那个座位走去，心里暗想：这个许曼根本就是个活宝嘛！和她坐对面桌？以后她说不定会惹出什么乱子呢。

还没等他坐下呢，就见许曼抢先一步到了座位前，迅速坐在了离窗户近的那个座位，然后，还嘻嘻地冲他笑了笑。

越子木看了看，自己那个座位是靠着墙的，但也还好，因为正对着屋内，能够看清所有人的一举一动。但也没这样的呀？不就是个座位嘛，抢什么抢啊？

他大方而且大度地笑了笑，就朝那个座位走过去。但还没等他坐下呢，就见旁边站起一个年轻人来。

“认识一下，陈承，专职摄影。都叫我大承子！”他伸出右手。

越子木看着面前这位自称“大承子”的摄影师，个头虽然不高，但目光有神，下巴略有胡须，一看就是那种说话做事干净利落的人。

越子木也伸出手握了握，说道：“请多关照！”

陈承没再说什么，握完手，他扭头看了一眼许曼，却坐下了。

许曼推了推眼镜：“你好，请问有没有公司的相关材料，我想看看……”

陈承停顿了一下，随即拿出本画册递过来：“抓紧看啊，我还用呢。对了，只许快不许慢！”

他这话说完，许曼愣了一下，越子木忍不住笑了。再看另一边那个同事，笑着站了起来。

“二位好！我叫李斯，哦，叫我斯斯就行了！”他竖着兰花指，满嘴的娘娘腔。

越子木和许曼回头一看，就见一个戴着眼镜、穿着一身印花衣服、扎着个小辫子的人正在那儿笑呵呵地说呢。

陈承笑着说道：“这是我们的化妆师，你们叫他思思就行了，是思想的思哦！”

他话音刚落，就见那个李斯一挑兰花指，腰还扭了扭，说道：“你个死鬼，讨厌！”

越子木差一点儿没吐出来。

这时，里面一扇玻璃门开了，顾桐走出来，还是面无表情地说道：“大家安排一下啊，晚上聚餐，欢迎新同事。一个都不能少！”

有人高兴地起着哄。

越子木心想，别看这个顾桐表面很冷，却也是个热心肠嘛。想到面冷的问题，他一下子又想起了李楠芝。她，也是个面冷心热的人啊。这会儿，她在干什么呢?

接着，他又摇了摇头。人家现在可掌管着大的企业集团，而自己呢，却是个打工的，可能以后彼此的距离会越来越远了……

到了下班时间，顾桐带着一干人等出了写字楼，到附近一家餐厅聚餐，庆祝越子木和许曼的加入。

这是一家韩式餐厅，包房里是那种需要盘腿坐着的炕桌。顾桐首先坐在了中间的位置上，接着，众人开始找自己的位置坐。

顾桐招呼越子木坐在自己身边，许曼却想都没想就笑呵呵地坐在了顾桐对面。

加上越子木和许曼，一共是十个人，其中，三个男生七个女生。

落座后，顾桐看了看，微笑着说道：“今天是咱们这个团队大喜的日子，以前一直缺文案和美工，今天好了，越子木是学中文的，许曼呢……”

还没等她说完，许曼答道：“设计，设计！”

顾桐看了她一眼，却并没有说什么，只是不动声色地说：“今天不醉不归，现在可是人到齐了啊，以后，干活就要像个干活的样，现在喝酒也要像喝酒，活要干得利索，酒也要喝个痛快！”

李斯坐在许曼旁边却突然说：“组长，啊呸呸！桐桐，现在可是七仙女都凑齐了啊……”

陈承却自语道：“加上你可是八仙女呀，哈哈哈！”

还没等李斯说话呢，旁边一个女同事学着李斯的样子，竖起指头：“你个死鬼，讨厌！”

大家都笑了起来。

酒菜上来后，大家就开始喝酒，大杯的啤酒左一杯右一杯，越子木已经记不清喝几杯了。

这时，就听许曼说道：“越子木，来，咱俩是新来的，共同敬大家一杯，怎么样？”

还没等越子木反应过来呢，大家就都起着哄。

“对，干一杯！”

“你们俩应该先干一杯！”

还有人竟然说道：“你们俩唱个歌吧！”

顾桐举着杯说道：“来来来，大伙共同喝一杯！然后你们两个唱首歌！”

众人都附和着举杯喝了起来。

越子木和许曼两个人被大家推着站了起来。可是，唱个什么歌呢？越子木看看许曼，许曼也盯着他，想了半天，许曼才说：“算了，就唱知心爱人吧！”

大伙一听，都高兴地起着哄，让他们两个人就唱这首歌。

越子木犹豫着。那边，许曼已经唱了起来。没办法，他只好跟着唱。唱歌对于越子木来说并不算什么，他一张口就把大家都给镇住了。那磁性的嗓音，配上舒缓的乐曲，加上深情的演绎，全场顿时鸦雀无声。

这时，不知是谁喊了一句：“你们得手拉手才像回事嘛！”

“对！拉手！”

在众人的起哄下，越子木只好伸出手来。许曼推了推眼镜，竟然一下子就挽住了越子木的胳膊。越子木这个气呀，她也太大胆了吧？要是长得好看点儿也行啊，她这个样……他不由得又看了一眼许曼，直咧嘴。

等他们两个人唱完，众人都抢着唱了起来，大家抢着话筒，扯开嗓子唱着，就连端庄稳重的顾桐都忍不住摇摇晃晃地站起来，说是要唱首歌助助兴。

越子木尽管也喝了不少酒，但他的酒量自己清楚，喝这点儿酒还不至于失态。于是，他就冷眼旁观着这些初次相识的同事们的各色表现。

酒这东西真是奇怪，只要一喝下去，任你平时再沉默寡言、冷若冰霜，也多多少少地现出原形来。

这不，李斯已经笑嘻嘻地把话筒递给了顾桐。

“今天很高兴，可能新来的越子木和许曼还不太清楚。咱们这个团队有条规矩，那就是干活要干对，喝酒要喝醉，唱歌要唱累！”顾桐拿着话筒在前面说着，下面都应和着。

越子木这才明白，怪不得她一个表面看上去冷冰冰的美女怎么这么能喝酒呢，原来是规矩！看来，之所以吴总器重她，也是有原因的。她所说的这些，无外乎就是说要把每一件事做到极致，要干什么像什么。

顾桐已经开始唱了起来。越子木听去，却是首凄婉的歌《我知道悲伤的晚上》。

“舍不得忘/你的模样/逃不过这邂逅一场/夜沉默/心还活着/就算夜色也有最美的银河/我知道悲伤的晚上还有最美的希望/小小的曙光就是飞翔的方向/爱/就是信仰/我知道悲伤的晚上还有最美的希望/倔强的我们有双坚强的翅膀/让这世界都听到我们的歌/坚强的我/微笑唱着/对自己说/不会怕了/明天就快来了/这首歌轻轻唱着/夜色最美的梦想温暖你我/最美的梦想温暖你我……”

听着这首与这次聚会不搭甚至是完全不相配的歌，越子木的眼睛有些湿润，一种莫名的伤感油然而生。

此时，他的脑海里全是李楠芝，以及与她在一起的那些动人的日子，一幕一幕的过往，点点滴滴的曾经，潮水般涌来。越子木不知道，此时的李楠芝在干什么，她是否也像歌中唱的那样，在悲伤的夜晚，坚强着自己的坚强。但他十分清楚，他们都在坚持各自的倔强，如今，自己已经张开了翅膀，而她也早已经独自飞翔。只是不知道，倦鸟归林时，他们是否还会选择同一个方向……

作为一个学文科的，越子木和许多文人一样，感性多于理性。或许，一朵落花就能牵动离愁，一场风雨就能昭示命途。文人是活在精神世界里的人，与物质相比，或许一首歌更能轻易打动他们的心灵。

正当越子木沉浸在伤感中时，却突然见许曼流着眼泪冲顾桐说道："干吗让人家掉眼泪，长得漂亮就了不起呀！"说着，泪水止不住地流出来。

和上几次一样，她以为是自己在小声说话，但在场的人都听得真真切切。有人已经望向了顾桐。

顾桐瞪了她一眼，却意外地笑了笑。

越子木看在眼里，心说，大气！绝对大气！

再看许曼，已经成了泪人。

越子木心想，许曼可真是快人快语，不过也确有可爱之处，看她那个样子，恐怕也是个容易受伤的女孩儿，或许是个有故事的人吧，这歌声一定是触动了她埋藏在心底的伤痛。

令越子木疑惑不解的是，许曼任由泪水流淌，却始终不曾把眼镜摘下来擦拭，那眼镜就那么娇贵吗？

大家也喝得差不多了，顾桐宣布聚餐到此结束，众人恋恋不舍地收拾着各自的东西准备走。

看着有人已经摇摇晃晃了，顾桐招呼着大伙互相送一送，要确保各自安全到家。说这话时，她自己也用手扶了扶头。

越子木看在眼里，心想，顾桐可是喝了不少酒，她这样一个美女在夜晚独自回家？他正想过去问问顾桐，是否需要送她回家，就听许曼迷迷瞪瞪地说道："越子木，你住哪个方向啊，顺路送一下我呗，头有点儿晕……"

越子木心说，这个奇葩！从早上第一次见面就让我帮她按住电梯门，唱歌又一起唱，现在可倒好，竟然让我送她回家！难道就撇不开关系了？

他犹豫了一下，又看看顾桐。顾桐明白了，就看着他说："越子木，你就送她回去吧，别再出点儿什么事。我没事，可以自己回去。"

越子木又看了看许曼，心想，就是出什么事也轮不到她呀，谁劫色劫这样的呀！

见他犹豫着，许曼快嘴地说道："怎么，不愿意送啊？咱俩可是一起来的呀，你不送我谁送？走吧。对了，顾组长，再见了啊！"

说着，她晃晃悠悠地过来就挽住了越子木的胳膊。

顾桐示意越子木扶住她。越子木对顾桐点了点头，扶着许曼出了餐厅。

京城的夜色还真是美呀，街灯混合着星光，加上车流的灯光，汇成了一曲不夜城的交响。

越子木和许曼打了一辆出租车，两个人坐在了后排。上了车，越子木问了一句："你家在什么位置？"

"你家在哪儿？"

他一连问了两遍，可再看许曼，已经把头倚在他的肩膀上睡着了。

他这个气呀，还真是个糊涂丫头，什么关系呀竟然倚在人家的肩上？心还真是大！

他又轻轻地推了推她的肩膀，但根本白费，许曼已经睡得沉沉的了，嘴角竟然还露着一丝淡淡的微笑。

这可怎么办呢？也不知道她家在哪儿呀！越子木盘算着，刚刚成为同事，其他人也肯定不知道她家，该往哪儿送呢？

此时，越子木可真有点儿急了。

许曼细细的鼾声自耳畔传来，除了酒气外，他鼻尖还萦绕着淡淡的少女特有的香气。

越子木还想再推一下她，但看到她睡得这样香甜，又于心不忍了。

送哪儿去呢？要不，回自己住的地方？不行，那样明天一早她醒来还不得怀疑呀！去宾馆开间房？那更不妥。他是怎么想都没有办法，最后，还是决定就回自己住的地方，大不了自己睡地板上。

等回到自己租住的小区门口，他又推了推许曼，可是根本没用，他只好下了车，半扶半抱地好不容易把她弄到了房间里。

顺势往床上一放，他就坐那直喘粗气。一边喘，一边看着仰面躺在床上的许曼，他皱着眉。心说，这还真是个糊涂丫头，就这么放心让我送？

许曼躺在床上，衣服的两个扣子不知什么时候已经开了，可能是刚才越子木往楼上扶她的时候不小心弄开的。越子木扫了一眼，那半开着的衣服里面，鼓鼓的起伏着，他不敢再看了。

越子木心想，也不能就这么让她躺着啊，既然都这样了，怎么也得让她躺舒服一点儿！他站起身，过去又抱着她往上挪了挪，把枕头放在她头下，又把鞋帮她脱了下来，接着，又摘下她那个宽边眼镜放在床头柜上。

等他回过身再想帮她盖被子时，却惊呆了。就见摘去了眼镜的许曼，竟然是个长睫毛的美女！

越子木愣了一下，心想，长得这么好看，怎么非要弄个宽边眼镜戴呢？还穿成这样！到底是什么品味呀！

本来，他想把被子盖上就得了，但一看见摘去眼镜后的许曼真容后，他下意识地又想去系衣服上那两颗扣子。原来是个伪装的美女呀！这要是明天早上醒来发现自己衣服扣子开了两个，那我就是有一千张嘴也说不清啊！

他小心地帮她系着扣子，无意中，手背触碰到了什么，软软的。他的心猛跳不已。系最上面那颗扣子时，他下意识地看了一眼，但马上就把扣子系上了。古人云：非礼勿视。

弄好了扣子，他把被子轻轻地盖在她身上。看着眼前这位真实的美女，他笑了笑，心说，还真是个聪明的姑娘，知道隐藏锋芒。但在时尚圈这样美女如云的地方，拼的或许并不仅是容貌，更是实力。

忙活了半天，自己也困了，他就打算在地上睡。可他刚躺在地板上，还没等闭上眼睛呢，就听许曼大声喊道：“你个混蛋，本姑娘是好欺负的吗？”

4. 第一个任务

越子木一听许曼的声音，顿时吓了一跳，睡意也没了，当时就从地上爬了起来，嘴里还说呢："不好意思啊，你睡着了，也不知道你家在哪儿……我可没欺负你呀！"

等他起来到床边一看，差点儿没乐出声来，原来许曼刚才只不过是梦话，现在正抿着嘴角睡着呢。

他无奈地笑了笑，看着这位睡美人，还真是让人无语。他也不知道自己紧张什么，但自己真的没有欺负她，可不想被冤枉。

他又过去掖了下被角，就准备回去继续睡。转身的一刹那，他看见了放在床头柜上的那副宽边眼镜，想了想，就过去拿起来，轻轻地卡在许曼的鼻梁上。既然她不愿意以真面目示人，那就装作不知情吧，免得解释不清。

回到地板上，他扯过毛毯就呼呼地睡去。折腾了小半夜，他还真有些困了。这一觉他就睡到凌晨。

睡醒的越子木揉着眼睛从地上爬起来，习惯性地一边解着腰带一边向卫生间走去，刚解了一半他这才想起来，今天可不是自己一个人啊，家里可还有个女孩儿呢，于是匆匆忙忙地又系上了。去完了卫生间，他轻手轻脚地走到床边，打算看看许曼醒了没有。可到床边借着窗口的光亮一看，他顿时惊呆了！

就见这许曼不知什么时候已经把衣服、裤子都脱了，只穿着内衣，一条腿骑着被在那儿睡呢。眼镜也不知怎么摘下去了，就放在床边。

这还了得？还真把这儿当成自己家了！他心想，许曼肯定以为是在自己住的地方呢，穿着衣服可能睡不踏实，就不知什么时候自己脱了。

他小心地过去，打算把被子从她腿下拽出来，然后好给她盖上。可他怎么也拽不出来，许曼的腿把被子压得紧紧地，一只手竟然还死死地拉着被角。

可是要不给她盖上也不行啊，一会儿她醒了可没法解释，就是这样还不知道怎么说呢。

可是，他这一拽不要紧，许曼一个翻身竟平躺了过来。

他看着眼前的许曼，顿时手足无措起来。现在的情况有些复杂，许曼在不知情的情况下自己脱的衣服，而又是在他越子木的床上，说什么也解释不清啊？

每个人都有第六感，而且是很神奇的第六感。正当越子木呆若木鸡地看着许曼发呆的时候，她却突然醒了。一睁开眼睛就看见站在床边紧盯着自己的越子木，许曼顿时怒目圆睁，迅速抓过被子盖在了身上。

“你……你……越子木！你个混蛋！”

“……哦，你醒了……不是，我……”越子木不知说什么好。眼前的情形，说什么都没用。

看着惊慌的越子木，许曼一时也无语了，她迅速抓过眼镜戴上。

“你……你没看吧？”她脸涨得通红。

越子木不知该怎么和她说。说没看，谁信哪。说看了，那看见什么了？也不好说呀。他只好沉默着。

看着他站在床边眨巴着眼睛不说话，许曼又说了一句：“到底看没看？”

越子木想了一下，突然笑着说道：“看了！”

许曼一听，意外地瞪着他说不出话来。

她下意识地掀开被角往里面看了一眼，顿时，脸红得更厉害了。

“你……”

“行了行了，高不高低不低的，谁稀罕看！时间不早了，你起不起床啊？”越子木转过身去。

许曼已经气得不行了，她红着脸挥了挥手：“你在这儿我怎么穿衣服啊？出去！”

越子木回过身，直视着她：“大姐，搞清楚好不好，这是我家！”

“你还看！”许曼把被子往上拽了拽。

越子木觉得许曼越来越好玩儿了，就慢慢地转过身往门外走。可他刚走几步，就听许曼说道：“回来！”

他停住脚，却并没有转身。

“怎么？需要参观？”

许曼却迟疑了一下说道：“我的衣服是……你给脱的？”

越子木一听就笑了，转过身说道：“大姐，我有那么无聊吗？不过，你可是我抱回来的。这一点千真万确！”

许曼皱着眉自语道：“真是喝多了，难道是自己脱的？”

越子木笑着说：“我还没找你算账呢，你喝完了酒，到我家里来，不仅睡了我的床，而且竟然还不经我允许就私自脱衣服，是考验谁还是有什么企图啊？”

许曼一时无语了。她分析着，看样子越子木肯定是不会帮自己脱衣服的，不过，他说是抱自己回来的倒是可信。难道真是自己脱的？这人可丢大了！

越子木转身出了房间。

许曼见门关上了，就飞快地穿起衣服，她套上裤子，然后系着上衣的扣子，嘴里喊道：“可以了，进来吧！”

越子木推门进了屋，一抬头，见她还在系扣子呢，就笑着说：“你这也没穿完啊，让我进来干吗？”

“完事了，就是这个扣子好像有点儿松。”许曼还在系着最上面那颗扣子。越子木明白，那一定是她昨天晚上给扯的，把扣子给扯松了。

到最后，那上面的一颗扣子许曼还是没系上，就只好那么着了。看着她的狼狈相，越子木忍不住笑了起来。

许曼用手捂着胸部：“不许笑！”

越子木小声道：“捂啥捂，也没啥值得看的。”

“你说什么？”许曼追问着。

越子木摆摆手。

许曼却低头看了看自己的胸部，还皱着眉。这下，越子木实在是忍不住了，大笑起来。

这次，许曼没有说什么。她清楚，越子木肯定是什么都看见了。在他面前，自己恐怕是已经没有秘密可言了。

“越子木……”许曼叫了一声低下了头。

越子木笑了笑，说道：“这不符合你的性格呀，怎么没话了？想说啥就直说！”

“那什么，不许和别人说，行吗？”从口r听去，明显带有妥协的意味。

越子木一听就糊涂了，心说，她脑袋没毛病吧？

“你是说……你是‘太平公主’的事？”他问了一句。

许曼瞪了他一眼，却说道：“我这眼镜……”

越子木这才明白了，原来她说的是摘下眼镜后的容貌。

“你那眼镜一直是戴着的，我可没给你摘啊。”这次，越子木撒谎了，不知是骗她还是骗自己。

两个人正尴尬着，越子木的手机响了。他接起来一听，来电话的是顾桐。

就听顾桐在电话里冷冷地说：“你们两个不会出啥事了吧？这都几点了还不来上班！许曼你给送哪儿去了？怎么手机打不通呢？”

越子木想了一下，支吾着道：“哦，昨天晚上我给送……送家去了呀，没去上班吗？”这次，他又撒了谎。

接听完手机，他无奈地看了许曼一眼，心想，都是为了你，要不然怎么会撒谎？

许曼刚才已经听了个大概，估计也是明白了什么，就低着头小声道：“越子木，谢谢你。”

越子木笑嘻嘻地反问一句：“谢我什么？是谢我给你抱回来，还是谢我给你脱衣服？哈哈哈！”

他这句玩笑话本来是想逗许曼，就是想让她发火的，可令他没想到的是，许曼不仅没有生气，反而说了一句：“都谢。”

她这话一出口，轮到越子木发呆了，心想，什么情况？

“走吧越子木，组长刚不是来电话了嘛，今天咱们这可是正式上班啊，不能迟到太久。”许曼边说边往外走。

其实，他们此时已经迟到了。迟到已成事实，这就和你迟到多久没有关系了。

越子木关上门，就和许曼去了公司。一进外联组办公区，就见大家都已经到齐了，正在各忙各的。两个人一前一后往自己的座位走的时候，就听见有人在窃窃私语，有的人竟然还在偷笑。

越子木正狐疑呢，就听顾桐出来叫道：“越子木、许曼，你们两个给我进来！”

他看了一眼许曼，两个人站起身又是一前一后进了顾桐办公室。

刚一进来，就听顾桐没好气地吼道：“把门关上！”

跟在后面的许曼回身把门关严。

“我说你们两个人怎么回事？就喝了那么点儿破酒今天就迟到？不管你们昨晚干什么了，上班也不能迟到啊？无组织无纪律！”顾桐似乎真的发怒了。

越子木没言语，许曼却说：“什么意思嘛，我们啥也没干！”

“还敢犟嘴！”顾桐瞪了她一眼。

越子木用手拉了拉她，示意她不要顶嘴。

说了一会儿，顾桐突然说道：“有一个任务交给你们两个，要是给我搞砸了看我怎么收拾你们！给！”说着，她把一个文件夹扔到了桌上。

越子木拿起来翻了翻，见上面写着：石生生珠宝营销企划案。

这时，顾桐又说：“告诉你们啊，这可是个大单子，给我弄跑了可不行!”

越子木拿着文件夹转身就要走，许曼也跟在后面。刚要走，却听顾桐喊道：“许曼你给我回来！”

许曼傻傻地转过身，心想，不就是顶一句嘴嘛，至于吗？却听顾桐说道："脸也不洗头也不梳的，把这个拿去！"说着，她把一个化妆包扔了过来。

许曼拉开一看，里面全是化妆品。她冲顾桐笑了笑，竟然连谢谢都没说就出去了。

越子木回到座位，翻看着那份文案，简直头都要大了。这顾桐也忒大咧咧了，让两个新人弄这么大个项目？她就不怕给搞砸了？

这时，许曼也洗漱完毕回到了座位。越子木看了她一眼，发现她脸色红润，头发湿湿的，浑身都是香气，也不知顾桐给她的都是些什么化妆品。

"你快来看看吧，这怎么弄啊？"他把文案扔给了许曼。

许曼一边梳理着头发一边低头看着，嘴里还叼了个发卡，支支吾吾地说："这好弄，不就是个珠宝的营销策划方案嘛，有什么难的！"

越子木看了看她，怀疑地皱着眉，但即使是不信也得信，谁让自己没辙呢？

许曼好不容易收拾完自己，坐下来正想看文案呢，就见顾桐走了过来，把一件衣服扔给许曼："你找个地方换上，一个姑娘家竟然不换衣服！"说完，她转身回了办公室。

看着桌上的衣服，许曼半天没说话。然后，她默默地拿起衣服去了洗手间。过了一会儿，越子木看见她穿着件薄纱小衫走了过来，隐约间，他好像看见了什么。衣服有点儿薄。

见越子木看自己，旁边的陈承也盯着看自己，许曼低头看了看。

"你们看什么呢？我穿这个不好看吗？"

"好看好看，简直太好看了！"陈承说道。

越子木却在心里盘算着，许曼要是把眼镜摘了恐怕会更好看。但那只是他自己知道的秘密罢了。

许曼坐下后，越子木把椅子挪过来，两个人坐在一起研究这份营销企划案。

"石生生？这家珠宝公司怎么叫了这么个名字？不会是老板叫这个名吧？"越子木说道。

许曼却自语道：“这是大牌子，我可买不起！”

“石生生……对了许曼，咱们得先研究好宣传方案，这样去见客户时才有备无患啊。”越子木说道。

许曼眼睛盯着文件，嘴里说着：“那倒是。不过，这样的大牌子要想吸引住他们的眼球可不容易。对了，我刚才没仔细看，你说这么大的项目咱们头儿怎么给咱俩了呢？这得多少人羡慕嫉妒恨啊！”

越子木四下看了看，小声道：“不会吧，他们或许手头都有工作吧。或者是顾桐想考验一下咱们俩也说不定呢。行了，别瞎琢磨了，你还是好好想想方案吧。”

整整一天，越子木和许曼也没想出什么好主意来。下班后，他们约定到商业街上去实地考查一下这个品牌的销售情况，打算找点儿灵感。

华灯初上的时候，回家换过了衣服的许曼准时来到了约定地点——石生生珠宝大厦楼下。

她四处张望着，可哪里有越子木的影子啊？

“这家伙该不会放我鸽子吧？”许曼心里想。

又等了十分钟，她看了看手表，咬牙瞪眼地掏手机，却突然感到肩膀上被人拍了一下。

“嗨，穿这么新鲜不知道的还以为你是约会呢！”

许曼回头一看，正是越子木。

“当然是约会了。你怎么才来呢？”

越子木却答非所问地又说了一句：“是和男朋友约会吗？呵呵！”

许曼瞪了他一眼：“就是找男朋友也不找你这样的！别贫了，快走吧！”

两个人进了大厦一楼的珠宝店，在橱窗前浏览着各色的珠宝首饰，看了不少，可就是没找着灵感。

无奈之下，两个人只好出了门。一出来，越子木一屁股就坐在了街边，许曼也垂头丧气地跟着坐在了他旁边。

可能是走累了，也可能是这个许曼忘了身边是谁了，或者她就是故意的，反正她头一歪就倚靠在了越子木的肩上。

越子木躲了一下，心想，她可真是疯了，怎么这么随便！他又动了动肩膀，试图脱离她那带着香气的头。但就听许曼自语道：“躲什么躲，在你面前还有秘密吗？让我靠一下吧，好累呀。”

越子木一听，马上想起了昨晚和早上的那一幕。心想，说的也是啊，自己是该看的不该看的可全看见了，靠一下肩有什么了不起！他也就不再躲了，任由许曼倚靠着。

夜色下的步行街格外热闹，三三两两的人们或勾肩搭背或手挽着手地走着，嬉闹着……夜晚，永远是情侣的主场！

就在许曼和越子木前面的台阶上，也坐着一对情侣，而且那个女孩儿也是把头靠在男朋友的肩上，路灯的照射下，一双身影清晰的印在地上。

许曼看着看着，突然大叫了一声：“有了，越子木！”

越子木被她这一惊一乍给吓了一跳，说道：“吓死人不偿命吗？”

许曼用手一指前面，说：“你看看，咱们的企划案有了！”

越子木顺着她指的方向看去，自语着：“都什么呀乱七八糟的……”

正看着呢，他却突然惊呆了，就见从街对面正有一个人朝这边走过来。他揉了揉眼睛，自语着：“不会吧，怎么会是她呢？”

5．珠宝商的女儿

越子木又仔细看了看街对面，那个熟悉的人影却一闪不见了。他四处搜寻着，却不见踪影。

难道是自己看错了？不会吧，明明就是肖凌啊！他心里想着。

许曼看了看他的神情，说了一句："你看什么呢？让你看前面，就那里，看见没？"

越子木这才顺着她手指的方向看去，只见一对情侣互相依偎着，亲密的样子让人艳羡。

"你啥意思啊？刚才你不是也这样的嘛！"

"人家那可是情侣！"

越子木一脸坏笑地看着她："对呀，你刚才就是这个姿势。"

"少烦人啊，和你说正事呢！咱们的创意有了。你看啊，这家珠宝商是叫石生生吧，一石一生……"许曼终于说出了自己的想法。

越子木一听，这丫头不赖呀！企划案要是定这个主题肯定会不错。他认真地接着说："一石、一生，一石一生一世情……石生情，情生石……"

许曼拍手叫好："不愧是大才子呀，不错不错，我稍一点拨你就……哈哈！"

而此时的越子木，却陷入了深思中，脑海里全是李楠芝以及刚才看到的人影。

"想什么呢你？你们学文的真够可以的，这就又伤情了？别瞎想了，哪天姐给你找个女朋友！”许曼调侃着。她哪里知道越子木的心事啊。

越子木忙回了回神，站起身说道：“咱们走吧。”

第二天，阳光明媚。这正应了那位古希腊哲学家说的：太阳，每天都是新的。

新的一天开始了，越子木也像往常一样，以全新的心情，朝气蓬勃地去上班。到公司后，他特意往对面的座位看了看。那是许曼的座位，但空空如也，许曼还没有来。

平时，许曼也是这样，几乎来得最晚，一进门还总是风风火火地，但她手忙脚乱的样子大家都已经习惯了。

今天她又来晚了。越子木收拾了一下自己的桌子，拿着抹布，看了看许曼那乱七八糟的桌面，过去把她的桌子也收拾了一番，又用抹布把桌面擦了个干干净净。而这些，平时都是许曼来做，不管来得多晚，她都会把越子木的桌子擦干净。

擦完了桌子，他刚在自己的座位坐好，就见许曼又和往常一样风风火火地冲了进来，嘴里还叼着根油条，手上拿着杯豆浆。

来到自己的座位，她把豆浆往越子木桌子上一放，然后，也不看越子木，拿过抹布就开始擦桌子。

越子木站了起来，看着她说了一句：“我擦过了，你拿完抹布还怎么吃东西了？”

但许曼根本就不理他，还是把已经干净的桌子又擦了一遍。然后，坐在自己的座位上，一边吃东西一边翻找着东西。她拿出纸和笔，在上面不知写着什么。

越子木把那杯豆浆往她这边推了推，她看了一眼杯子，接过来就喝了起来。

在他和许曼这个小区域，今天格外地安静，以至于周围的人都觉得有些奇怪。

正在这时，顾桐推门出了办公室，环视了一下说道：“不对呀，许曼今儿个又迟到了？”

许曼站起来一举手，说道：“顾头儿，这儿呢！”

顾桐这才看见，她皱了皱眉仔细看了看许曼，接着说道："没什么事儿，对了，你们那个企划案进行得怎么样了？创意拿出来了吗？越子木！你发什么呆呢！"

越子木这才听见顾桐问到了那个企划案，他站起来看着顾桐，支吾着不知该怎么说。

许曼却说道："快了，一会儿我们研究完就向你汇报！"

越子木回头小声道："弄完了吗就汇报，你不能往后推一推呀！"

顾桐全听见了，她笑了笑，又看了下手表，说道："半小时后你们两个进来，我听听情况。"

见顾桐回了办公室，越子木看了一眼许曼。可她又坐在那里不知写着什么，神情专注。他好奇地凑上前去，站在她身后看着。就见许曼的笔下竟然是石生生珠宝的企划书。她在上面写道：一石、一生、一世情——石生情，情生石。石生生，因情生石，为石生情，选择石生生，永恒一世情。

越子木心想，她竟然记住了昨天自己无意中的有感而发，还真是个心细如发的女孩儿。从这个创意上看，应该还算不错，只是不知道一会儿顾桐会有什么不同的意见。

写完了关于这个创意的说明文字后，许曼放下笔，一伸胳膊，差一点儿碰到越子木的脸。

她回过头来，这才注意到身后的越子木，她眨了下眼睛，把文案往越子木眼前一递，说道："看看吧！"接着，她站起来走到越子木身后，和他一起看了起来。

看了一会儿，越子木说道："还不错，真有你的！"

这时，就听李斯说道："哟，不带这样的！许曼你们俩脸都要贴到一起了，也太旁若无人了？陈承你说是不？"

陈承头都没抬，嘴里却说："你别说话了，再说我就得去吐了。多么美好的画面被你一句话就给破坏了。"

"你个死鬼！"李斯坐下不再言语。

"干吗呢你们两个，完事没有？"顾桐不知什么时候站在了面前。

越子木看了一眼顾桐，又侧头看了一眼许曼，说："完……完事了吗？"

许曼对顾桐说："弄完了，现在可以汇报了。"

顾桐看了看越子木，冷冷地道："进来吧。"说完，她转身回了办公室。

两个人拿着那个文案刚想跟着进去，就见有人来到顾桐办公室门口说："顾桐，吴总让你去一下，说是珠宝商的女儿来了。"

等那个同事向顾桐报告完，越子木敲了敲门。顾桐走出来说："正好你们来了，跟我一起去吧，上吴总那儿。听说是石生生珠宝公司那边来人了，估计是策划案的事儿。"

越子木"哦"了一声，就和许曼侧过身，让顾桐走在前面，然后他们两个人随后跟了过去。

三个人到了吴总办公室门外，外间接待员站起来小声说："顾姐，吴总正等着你呢，进去吧。"

顾桐回头说："你们先在这儿等一下。"说完，她敲了下门。

办公室里，吴总喊了一句："进来！"

顾桐推门进了吴总办公室。越子木和许曼在外间接待室站着，吴总那个秘书偷偷看了看两个人，目光落在了越子木身上。她上一眼下一眼地打量着，目光大胆。

许曼看在眼里，没好气地说："有没有水？给倒一杯！"

女秘书看了她一眼，不情愿地起身去倒水。许曼小声嘀咕道："真是肆无忌惮，有那么好看吗？"说完，也看了一眼越子木。

越子木心里好笑，脸上却又不便表现出来，他就当没听见。

女秘书端着个水杯走到越子木面前，说道："请喝水。你是叫越子木吧？"

越子木接过水杯，冲她笑了笑算是回答。

但她只倒了一杯水，并没有给许曼的，越子木就把那杯水递到了许曼面前。

许曼小声说："还是你喝吧，我可没这待遇。"说完，她看了一眼女秘书。

看着两个女孩儿那神情相搏的场景，越子木暗自发笑。

正在这时，门开了，顾桐探出头来喊道：“你们两个进来吧！”

越子木放下杯子，和许曼进了吴总办公室。一进门，他看见除了吴总和顾桐外，沙发上背对着门还坐着一个人，从后面看去，应该是个女子。

见他们进来了，吴总招呼过来坐。越子木就和许曼走过去。但吴总的对面坐着的是顾桐和那个客人，要是再坐人恐怕就会很挤了，越子木就站着没动。吴总示意他和许曼坐在自己旁边。

越子木看了一眼顾桐，顾桐点了点头，他就和许曼坐在了吴总身边。

坐下后，越子木抬头看去，正好那个客人也往他们这边看呢，四目相对，他发现，一个端庄秀丽的、二十多岁的女孩儿坐在那里，目光平和且带着一种自然的高贵气息。

见越子木看着自己，那女孩儿把目光移到了别处。

“来，介绍一下。这位是石生生珠宝公司的石珏小姐，这是我们的两位策划，越子木和许曼。”吴总介绍着。

越子木冲石珏点了点头，石珏面无表情地欠了欠身，算是打过了招呼。

许曼却盯着石珏既没言语也没什么表示，看了她一眼，又把目光移向了越子木。见越子木笑容可掬的样子，她咬了咬牙。

顾桐这时说道：“越子木，正好吴总和石小姐也在，你们就把创意说一下吧，石小姐有什么意见也好修改。”

越子木打开文件夹，想了一下却把文案递给了许曼。许曼看了他一眼，接过去就讲了起来。

几个人静静地听着许曼讲解珠宝营销企划案，吴总时而微笑时而皱着眉头，顾桐却始终没有任何表情。再看石珏，就那样优雅地听着，安静而且恬淡，就像这企划案跟她无关一样，她眨着一双大眼睛，还时不时地看一眼越子木。

许曼汇报完，放下文案，看着众人。

几个人还是一言不发。越子木打破沉默说道：“这是我们到珠宝大厦经过实地考察后偶然获得的灵感，这个想法主要源于人与人之间的情感，我们是想，以石结缘，石订终身，情浓如石……对了，还有，石生玉，玉生金，正所谓金玉良缘……”说完这句话，他看向了石珏。

这后面的一句，文案上没有，越子木是因为看到了石珏，想起她的名字，才突发奇想，有感而发。

听他说完，吴总和顾桐都看向石珏。石珏回避着越子木的目光，说道：“大体还不错。就是后面刚才说的这些你们有没有具体的想法，我想详细听一听。”

吴总看向越子木。越子木回头看了一眼许曼，笑着说：“吴总，刚才我是临时有的想法，是因为石小姐……回头我会拿出详细方案。”

“哦。那石小姐，你看这样行不行，回头我派人专程去向你做详细汇报。”吴总笑着对石珏说。

石珏听完站了起来，说道：“那我就先回去了。你们这个方案很粗糙，根本就没有诚意嘛。”

众人都跟着站了起来。吴总一听这话，狠狠地瞪了一眼顾桐，却又笑着对石珏说：“没事，石小姐，我们马上完善文案，明天就报给你。”

石珏转身走向门口，却又突然回过头来，从包里拿出张名片，看了一眼越子木，说道：“这个给你，回头你弄完联系我。”

越子木接过名片，眼睛却看着石珏。一旁的顾桐看着这一幕脸色有些变化，但她马上就恢复了常态。

送走了石珏，吴总转身又回到办公室。

“你们几个给我进来！”她头也不回地说道。从口气上听，似乎是有些生气。

进了屋，越子木又坐到了刚才那个位置，许曼也跟着坐下了，但顾桐没有坐。

“你们两个给我起来！弄的这是什么破文案！顾桐你就这么做事吗？事先你听没听过汇报？”吴总冲顾桐吼着。

顾桐看了一眼从沙发上站起来的越子木和许曼，回头说道：“正要听呢，这不就上这儿来了……”

越子木一看这情形，赶紧说："吴总，这不关顾桐的事儿，是我们工作没做到位，我们会马上完善的。"

吴总看了他一眼，却笑着说："这个项目就交给你了啊，小越啊，我看刚才石小姐好像对你印象不错，你可得给我盯紧了啊，这个单子千万不能弄砸了！要是拿下合同我多给你们提成！"

许曼和顾桐几乎同时看向越子木。在她们两个人的脑海里，同时出现的是刚才石珏递名片时的目光与神情。

越子木此时听着吴总的话，也想到了刚才石珏那异样的神情与目光。这个富家女是个怎样的人呢？

6. 顾桐的薄纱衣

回到办公室，越子木一屁股坐在座位上，看着放在桌上的文案，他发着呆，脑海里是刚才和石珏四目相对的那一刻，还有石珏把名片交到自己手上时的眼神。他苦笑了一下，极力控制自己不去想那双读不懂的眼睛。

许曼在后面突然拍了他肩膀一下，他一激灵，回过头，见许曼正似笑非笑地看着呢。

许曼拉过椅子坐在他旁边，说道："发什么愣呢？没见过美女呀！眼睛不够用了吧？心里长草了？"

"你说什么呢？我在这儿想文案的事儿呢！"他辩解着。

许曼听完撇了撇嘴，低头翻着文案，却又说道："你怎么会突然加了内容呢？这下可好，你弄吧，还非把什么石啊玉的加进去，分明是讨好那个美女！"

越子木只能以沉默来应对了。许曼还想说什么，却见顾桐走了过来。

顾桐走到近前看了看两个人，说道："虽然说不是很完善，但我看吴总和那位石小姐还是基本满意的，你们两个人初次接手这么大的项目能弄成这样就很不错了。别听吴总批评，其实她心里高兴着呢。"

听顾桐这么一说，越子木觉得很是意外。许曼也抬头看了一眼顾桐。

越子木看着顾桐，他这才发现，今天顾桐下身穿了一条黑色短裙，上身是件红色薄纱长袖上衣，妩媚中透着干练。

见越子木这么看自己，顾桐下意识地也往自己身上看了看，表情有些许的慌乱，但马上平静下来说道："我身上有文案创意？还是有你说的什么石生玉、玉生情的？”说完这话，她那冷若冰霜的脸却意外地红了一下。

越子木没言语，还是盯着她。

许曼看看这个，又看看那个，拉了越子木衣角一下，小声道：“别盯着看了，那是咱们组长，你能不能行啊？”

越子木这才回过神来，他笑了笑，却问了句：“顾桐你刚才说什么？”

顾桐咬了咬嘴唇，转身回了办公室。

越子木回头问许曼：“刚才顾桐说什么来着？”

许曼瞪大了眼睛看着他，就像是在看陌生人或者什么怪物。

“你盯着人家看了半天，可倒好，连人家说的什么话都没听见？想什么呢？瞧你把顾桐看的，那么淡定的人都被你给盯得红了脸。”许曼说道。

越子木还说呢：“她脸红了吗？为什么？”

许曼也咬了咬嘴唇，接着，又叹了口气。

越子木却非常奇怪，还是穷追不舍地问道：“许曼，你告诉我，顾桐刚才说什么了？我听着好像是她身上有什么东西。”

“你个该死的，人家说的是‘我身上有文案创意？还是有你说的什么石生玉、玉生情的’这句话，可是你……”说完，许曼狠狠地瞪了他一眼。

越子木笑着小声道：“开个玩笑啦。她好像是这么说的。对了，刚才你看见顾桐穿的衣服了吗？”

“越子木！能不能把精力用在文案上啊？你这样太让我失望了！”许曼好像真的生气了。

越子木却不理她，转身离开了座位推门进了顾桐办公室。

此时，顾桐正坐在桌子后面看着材料。越子木进来了，也没等她说话就走到桌前，盯着她的衣服看。她脸一红，下意识地用手捂住胸部。

“越子木，你往哪儿看呢？”

越子木不好意思地笑了笑，问道：“你刚才说什么来着？”

顾桐瞪了他一眼，说道：“还看！快弄你的文案去！还不走？”

越子木笑了笑，临走，又往她身上看了几眼。顾桐彻底无语了。

回到自己的座位上，越子木皱着眉摇头晃脑地自语着：“红与黑是最好的搭配，却又是死对头……唉，你说玉最怕什么？”

许曼见他认真的样子不像是胡说，就想了想说道：“当然是怕摔了？”

越子木却闭目合眼地说道：“他山之石，可以攻玉……”

许曼自语道：“真是无语了，还有闲心在这儿转呢？真是受不了！”她故意把那个“了”说成了“鸟”。

可是越子木根本没听她说什么，还在那儿皱着眉自语着：“你说得对，玉石最怕碎了，正所谓‘十玉九裂’……那就不让它碎，不使玉碎，任他瓦全！呵呵。”

说完，再一看许曼，正瞪着一双满是惊奇的眼睛看着自己呢，越子木说了句：“我脸上有文案吗？”然后，他笑着对许曼又说，“你看，这样啊，可不可以把她们这批产品定位为金镶玉。在中国传统文化中，金和玉象征高贵与纯洁，正像李白所赞‘金樽清酒斗十千，玉盘珍馐值万钱’，韦应物也说过‘俯饮一杯酒，仰聆金玉章’。金镶玉还可寓意‘金玉良缘’，堪称尊贵吉祥与美好寓意的完美结合。”

听他说完这段话，许曼不仅瞪大了眼睛，而且还张大了嘴，神情从无奈变成惊奇又变成了崇敬。

一见吸引了许曼，越子木又接着转了起来，把他在大学里学的那点儿东西统统搬了出来。

“人常说‘人养玉三年，玉养人一生’，古时还有‘谦谦君子，温润如玉’‘君子无故，玉不离身’的说法，这就是说，什么石啊玉的，就像美女一样，是需要养的！君子如玉玉生香，美玉含香香亦长……”

许曼站起来拉了拉他的衣角：“越子木，你没事吧？怎么突然像个花痴似的？顾桐穿了那么件薄纱的衣服就把你祸害成这样？”

说完，连她自己都忍不住笑了起来。

越子木却冲她说道：“走，和顾桐说说去，我这个想法怎么样，听听她的意见。”

许曼却一撇嘴：“你自己去吧。”

见她不去，越子木只好自己转身又进了顾桐办公室。

他推开顾桐办公室的门，迎面的一幕却令他惊呆了。就见顾桐背对着他，上身的红色薄纱衣服不见了，露出如脂如玉般的肌肤，还有，后背那一条黑色的带子……黑白相衬，黑得醒目，白得诱人。

顾桐转过身，见越子木正盯着自己，她脸一红，赶紧用手捂住了前胸，涨红着脸道：“越子木你咋不敲门呢？还看！”

越子木又上下打量了一下身材苗条、皮肤白皙的顾桐，笑着转过身去，嘴里却说：“大白天的谁知道你换衣服啊……没事，我啥也没看见！”

顾桐飞快地从衣柜里拿出件上衣，边穿边说：“越子木你也太不像话了！还没人……没人看过我……”

说到这儿，她说不下去了。

越子木背对着她，笑着道：“不是我不像话，是你像幅画！呵呵，你是想说还没人看过你的身体是吧？我这算看过了吗？”

“你越说越不像话了！”顾桐咬着牙狠狠地说道。但一瞬间，她心里却有种莫名的感觉，暖暖的，又涩涩的，还有些酸。

“好了吧……”说话间，越子木转过身来。

已经穿好了衣服的顾桐坐在桌后，竟然还用一只手捂着胸部，她低着头道：“你有什么事这么火急火燎的，快说吧！”

越子木却又盯着她的衣服看了半天。顾桐见没动静，就抬起头，见他正盯着自己，她实在是气极了，就呼地一下子站了起来。

“越子木！还有完没完？你到底想看什么？我身上有你喜欢看的吗？”

刚说完这话，她又觉得自己好像是说错了什么，一下子就闭上了嘴。

越子木笑了，却没再开玩笑，他清楚，有些玩笑要适可而止。他就把自己刚才关于石生生珠宝企划案的想法说了一遍。

最后，他指着顾桐的衣服说道：“我这个想法还得感谢你呢，你刚才换下去的那身衣服可帮了我大忙了，我也是受了启发才有这个创意的。对了，你那身衣服挺好看的，干吗换下去呀？”

顾桐一听，这才明白越子木为什么盯着自己看。但她还是说道：“即使是这样，你也不能盯着人家看啊，而且……而且连人家换衣服都……”

越子木却正色道：“我说顾桐，你就别纠结这个事儿了，不就是看看嘛，也没做啥，我就不信你游泳去还穿着外衣？你赶紧说说我这个创意行不行吧。”

顾桐狠狠地瞪了他一眼，慢慢地坐下想着刚才他说的那个创意。

越子木也坐在了她对面的椅子上，看着眼前这位冷面的美女上司，心里不觉好笑。想想自己刚才的话，也确实有点儿那个。但见顾桐还在用手捂着胸部，他忍不住又说道：“我说组长，你换这件衣服够严实的了，还捂个什么劲儿？好像我是你的敌人似的。”

顾桐这才把那只手放了下来。她想了一会儿，缓缓地说道：“嗯，这个创意还不错。不过，就是不知道石小姐满不满意……”

越子木一听，站起来说道：“没事，她那边我去搞定！对了，顾桐，吴总说的提成是真的吗？”

顾桐看了他一眼，说道：“嗯，我忘了和你们两个说了，吴总交代了，按照公司规定，这个项目拿下来后，会有百分之五的提成。那是以前的规定，但这个项目太重要了，吴总说你们两个要是拿下来，她会再给加百分之五。这可是几百万元的大单子啊！”

越子木一听，脑海里迅速地算了算，这一算不要紧，他着实吓了一跳。按照顾桐的说法，要是给百分之十提成的话，总金额几百万元的合同，那么提成就会有几十万呢！这可不是个小数目。

他一字一顿地说道：“你放心，我一定会拿下这个项目，不管用什么方法！”

说完，他看了一眼脸上红云刚刚褪去的顾桐，说道：“那……我出去了？你还有什么事吗？”

顾桐一反常态地小声道：“嗯！”

临要转身时，越子木还看了一眼顾桐那件刚换上的这件带风纪扣的衣服，摇了摇头。

见越子木出去了，顾桐往自己身上看了看，接着又把衣服上边的一个扣子解开，跟着又解开了一颗，还往两边分了分，自己也摇了摇头。她站起身，走到门跟前把门反锁上，又从衣柜里取出刚才换下去的那件薄纱小衫，想了一下，又换了回来。

越子木回到自己的座位上，许曼见他兴冲冲的样子，就问了一句："通过了？"

越子木笑着说："当然！对了，许曼，你把这个创意整理一下呗？"

许曼咬着笔说道："创意是你想出来的，要弄也得你自己弄啊。"

他凑上前去，伸着头一眼不眨地盯着她道："这可是咱们俩的工作，你真不弄？"

许曼被他盯得浑身不自在，就低语道："真是烦人！你写下来！"

他嘻嘻地笑着，回身拿张纸把自己的想法写了下来。接过那张纸，许曼说道："那你干什么呀？"

越子木说："我想再去一趟珠宝大厦看看，考察一下人们都喜欢什么样的玉石珠宝。"

许曼没再言语，等越子木站起来要往外走时，她却自语道："最好凑巧碰上那个富家女……"

越子木回过头，看了她一眼，笑了笑转身出了办公室。

石生生珠宝大厦位于繁华的步行街上，作为CBD商业中心地段，这里人流众多，不仅是当地人，更多的是外地游客。

当越子木坐地铁来到步行街边上的时候，已是中午时分，街上人来人往，形形色色的人川流不息。

他看了看时间，就打算先找个地方吃点儿东西再说。他随着人流在街上走着，四处寻找着快餐店。街边，各色的小吃随处可见，游客们坐在凉棚下一边吃着东西、喝着冷饮一边欣赏着街景。

他看了一家又一家，都没有什么自己想吃的。此时，肚子却不争气地咕咕叫了起来。他揉了揉肚子，打算随便找个地方填饱肚子。

正在这时，前面突然骚动起来，有人或端着或抱着箱子盒子的四散奔逃。再往后面看去，见几个穿着制服的人吆喝着那些散摊贩，有跑不及的已经被没收了不少东西。

他躲闪着奔跑的人群，正要再看看时，突然感觉有人撞向了自己，躲闪不及，被那人撞了个满怀。随着哎哟一声，稀里哗啦地什么东西散落了一地。

他推开怀里那人，刚要发火，见是个头发散乱着却戴着个帽子的女孩儿。

“你这人怎么回事？怎么挡道呢？”那女孩儿弯腰边捡东西边冲他吼道。

越子木这个气呀，自己挨了撞却成了挡她道了，这也太霸道了吧。

“喂！是你撞的我好不好？”越子木冲她说道。

那女孩儿飞快地捡着东西，眼睛还不时地看向后面，嘴里说着：“本姑娘没空和你计较。你这人怎么这么没爱心呢？快帮我捡东西啊，一会儿他们追来了！”

越子木心说，什么人呢这是！但眼看着那几个人就要追过来了，他还是蹲下来帮着捡起了东西。

捡完东西，那女孩儿背上提包就跑，跑得那个快呀。越子木刚想说什么，但她已经跑远了，他无奈地笑了笑，正想走呢，一低头，却发现地上有个手机。他捡起来就喊：“喂，你手机！”

但那女孩儿根本听不到他喊，已经跑远了。

他扬了扬手，看了看手里这个上面贴了只小熊的手机，苦笑着正想放进口袋里呢，就感觉肩上被人重重地拍了一下，接着，就听有人喊道：“这回看你往哪儿跑！”

7. 首饰姑娘美贞

越子木被这突如其来的一声吼给吓了一跳，肩膀也很疼。他回身一看，一个人站在那儿正冷笑着。

他用手揉了揉肩膀，皱着眉道：“你干什么？”

那人把头上的帽子推了推，擦了一把汗，眯缝着眼睛上下打量了一番，似笑非笑地说：“干什么？干什么你不清楚？胆子不小啊，还有理了！”

越子木一下子明白了，他一定是把自己当成小贩儿了，他既觉得好笑又很生气，就瞪了那人一眼，没再说什么，转身就要走。

可那人大喊了一句：“快来人，这小子要跑！”

越子木回头一看，好家伙！随着他一声喊，又跑过来三个人，气势汹汹地直奔他而来。

越子木就那样镇定地看着他们，心说，今儿个要不教训教训你们还真不知天高地厚呢！想到这儿，他把姑娘的手机揣进裤袋里，就准备迎接即将到来的“战斗”。

正在这时，不知是谁拽了他一把，还小声道：“傻呀你？还不快跑！”

他回头一看，竟然是刚才跑掉的那个女孩儿。还没等他说什么呢，那女孩儿拉着他就跑。他下意识地回头又看了一眼，竟跟着她跑了起来。

后面的几个人喊着：“站住！”

可是，追的永远没有跑得快！他们哪里追得上呢。

跑了一段路，越子木一想，不对呀，自己跑什么呀，也不是摊贩。但想归想，脚却一直没停，也不知跑了多远，他上气不接下气地说：“咱不跑了行不？你是运动员出身吗？咋这么能跑呢？”

那女孩儿这才停下来，回身看着直喘粗气的越子木，呵呵地笑了起来。

“你说你一个大男人竟没我跑得快，真是个废……”那个“物”字还没有说出来呢，就见越子木瞪了她一眼。她不再往下说了，也站那儿喘起气来。

越子木喘着气，仔细看了看那女孩儿，他这才发现，正拿着帽子扇风的女孩儿一头秀发，两腮粉里透红，长长的睫毛下面有着一双会说话的眼睛……竟然是个小美女！再往身上看，他差一点儿笑出声来。就见她穿着件白色的上衣，胸前是两条蓝色的蝴蝶结，下身是件蓝色的短裙，腿上是双白色长筒袜，脚上是双运动鞋。整身打扮完全是个学生嘛，但从脸上看去又根本不像是学生。

见越子木欲笑还忍的神情，那姑娘往自己身上看了一眼，咬了下嘴唇道：“真是火大，看什么看？没见过美女呀！”

越子木撇了撇嘴：“脸可够大的，就你也算是美女？不好好上学摆什么摊？走，找你家长去！”

那女孩儿瞪了他一眼，一伸手：“拿来！”

“干什么？”越子木被她弄糊涂了。

“还想赖下呀！是不是泡美眉泡多了？不过你这方法也太老土了吧！”

越子木一听，这女孩儿快人快语，一时间，他竟然语迟了。

“没话说了吧？拿来呀！”女孩儿又伸了伸手。

越子木迟疑了一下，这才想起那个手机来，就从裤袋里掏出手机，可刚递过去又缩了回来。

“不行，你刚才撞了我不说，还说我挡你道。而且我还被人当成小贩儿追，这大中午的还没吃饭呢，不能就这么给你！”他笑呵呵地说着，本来是想逗逗她，也没真想让她请吃饭。

可那女孩儿一听，大方地说："挺大个男的什么人呢！人都说拾金不昧，你可倒好，捡了人家手机不还，还想赖顿饭。没什么大不了的，今天中午本姑娘请你了，走吧！"说着，她转身就走。

这下，越子木却愣住了，也不知道是跟她去还是不去。见后面没动静，那女孩儿又停了下来，回头看着一脸茫然的越子木。

"你要是再不走我可变卦了啊！"

越子木赶紧跟了上去。跟着走了一段路，他忍不住在后面问道："喂，你叫什么呀？"

那姑娘头也没回，答道："想知道别人的名字首先要报上你自己的名字来！套我话儿是吧？"

越子木没话说了，这女孩儿的嘴皮子实在是厉害。

见后面又没动静了，那女孩儿说了句："叫我美贞就行。到底还是把名字套了去，也不说自己的名字！"

越子木"哦"了一声，说道："我叫越子木。"

那女孩儿一听，回过头来看着他说："是月子的月子，木头的木吗？呵呵呵！"

越子木眨巴着眼睛不敢说什么，他怕这姑娘又会抢白自己。但随即他就笑着说道："你是说自己真美吗？还美真……"

"不是真假的真，是那个贞，就是……"她想了半天也没说上来。

越子木道："是贞观之治的贞吧？"

"你说什么？什么观什么治？"美贞似懂非懂的样子。

越子木瞪大了眼睛看着她："不会吧，这你都不知道？这可是初中就学的呀！"

"随你便吧，反正就是美贞的贞。"美贞说完转身又走。

这时，越子木裤袋里的手机响了起来。他掏出一看，是美贞的手机，但屏幕上是个看不懂的名字。

"拿来！都说请你吃饭了还不还给人家！"美贞伸手要着手机。

越子木递给她。美贞按了接听键就讲了起来。

"喂，你好！哦……嗯……思密达！"

越子木听明白了，竟然是个韩国妹子！

美贞接完电话，一看越子木的神情及眼神，她马上意识到了什么，小声嘀咕一句：“早不来电话晚不来电话……”说到这儿，她又看了一眼越子木，继续说道，“想什么呢？”

越子木盯着她道：“韩国？”

美贞瞪了他一眼：“就不能懂韩语？别瞎想了，你不饿呀！”说完，她转身就走，像是有意回避这个问题。

越子木在后面跟着，有话没话地问这问那。

“我说美贞小姐……”

还没等他说完，就听美贞回头道：“骂谁呢？”

越子木一听就愣了，但他马上就意识到，刚才自己那句“美贞小姐”估计是犯了忌讳，现在谁还敢称呼“小姐”呀！也难怪美贞瞪眼睛。

他马上改口道：“不好意思啊，没说你是小姐……我是说……你在步行街上卖什么呢被人追呀？”

美贞白了他一眼，转身边走边说：“查户口啊！你不是帮着捡的嘛，还故意问什么？”

越子木这才想起来，刚才她撞到自己怀里的时候，那掉了一地的东西竟是些花花绿绿的小首饰。

“那些都是你自己做的？”他又问了一句。

美贞回了一句：“你烦不烦啊，不是我做的还是你做的？唠唠叨叨的……”

越子木笑了笑，心想，那些韩剧里演的总会有什么自己制作首饰的姑娘，然后遇到白马王子什么的。以前还觉得不现实，但现在看来，自己竟然碰到了一个真实的韩国姑娘。只不过她运气差了点儿，她碰到的却不是什么白马王子。

这时，美贞的手机又响了。她接起来用手捂着小声道：“爸，你小点儿声！能不能用中文跟我说啊？”

尽管她声音很小，但越子木听得真切，就听手机里有个男的声音嚷嚷着：“美贞啊，你到底回不回来！跟你说啊，志勇可去中国找你了啊……”

美贞讲完电话往后面看了看，她是不想让越子木听见，但越子木全都听到了。

跟着美贞走了好一段路，越子木的肚子早就闹意见了。

“到底还有多远哪？越饿到时候可吃得越多啊！”他在后面说道。

美贞用手一指前面：“就到了！”

越子木顺着她手指的方向看去，见是一家韩食馆。

“就请我吃这个呀！我还以为是什么大餐呢！”

美贞眨着眼睛看着他：“炸酱面很好吃啊！不喜欢吃吗？那要不……前面再走一千米还有家店很好吃！”

越子木一听，连连摆手：“算了，就这儿吧！再走我就走不动了。”

美贞看了他一眼，小声嘀咕道：“白长那么大的个子！”

越子木也没理会她，抬腿就进了店里。两个人随便找了个座位，越子木坐下先要了杯水喝了起来。美贞向老板娘点了两碗炸酱面，又要了一份海带汤。

越子木喝完了水，问美贞：“请我吃什么呀？这都饿得不行了。”

美贞坐在对面看了他一眼，回头冲老板娘道：“再来一份烤肉吧！”

越子木嘻嘻地笑着，却无意中说了一句：“哎呀，这要是再来点儿酒就好了。”他心里明白，刚才喝水的时候美贞要的东西他都听见了，什么炸酱面，什么海带汤，一听就是韩国的吃法嘛，还狡辩不是韩国人？现在一听她又要了一份烤肉，他马上想到韩剧里边那些女孩子吃烤肉喝烧酒的情景，所以就随便一说，其实他可没想喝酒，这大中午的。

但美贞一听，又盯着他看了半天，又努着嘴小声嘀咕着：“还真是贪心！人家一上午也没卖多少东西……”自语到这儿，她认真地冲越子木说道，“真的要喝酒？”

越子木一看她那架势，赶紧说道：“不不，随便说说。改天我请你！”

“这还差不多！”美贞笑着道。

面和菜上来得很快，两个人就吃了起来。美贞拿着筷子把炸酱面拌了又拌，然后挑起来就开吃。越子木一看，差点儿笑出声来。就见美贞吃得满嘴边都是酱，吃相绝对是重口味。

见越子木的神情，美贞咽下一口面后，拿起个苏子叶边包肉边说：“没见过人家吃炸酱面吗？那这个更没见过了？”说着，她把包好的肉递到越子木面前，并张嘴示范着，“啊……”

越子木一下子愣住了，迟疑了一下，但还是张开了嘴。美贞把手里那个包好的苏子叶肉塞进他嘴里。

他嘴里满满的，边嚼边想，自己好像还是第一次被一个女孩儿这样喂东西呢。看着眼前的美贞在那儿吃得津津有味，他不由得想起了李楠芝，想着想着，却苦笑着摇了摇头。

等他咽下去，美贞问道：“好吃吧？”

他点了点头，就接着吃面。

美贞看了看他，小声嘟囔着：“还真是小气！就知道自己吃！”

越子木听得真切，但他实在是没弄明白美贞说的是什么意思。见美贞噘着小嘴在那儿自己包肉，他一下子明白了，就放下筷子道：“要不，我给你也包一个？”说着就要伸手。

美贞把他的手挡住了：“还是算了吧，从进来我就没见你洗手！就用你那黑爪子包？”

越子木缩回手，拿到眼前看了看，接着又拿过一张纸巾擦了擦，不由分说就拿过一片苏子叶包了起来。美贞咧着嘴看着他包肉。

等包好了，他往美贞面前一递，也张着嘴学着美贞的样子：“啊……”

美贞往后面躲着，咧着嘴不肯接。

他又张着嘴：“啊……”

美贞不情愿地伸过头去，张嘴接住了他递过来的苏子叶包肉。

见美贞的样子，越子木哈哈大笑。

等咽下去后，美贞用手扇了扇嘴边道：“有味，好臭啊！”说完，自己也忍不住笑了起来。

吃完了饭，越子木对美贞说：“我要去办正事了，方便留个电话

吗？”

美贞喝了一口水，说道：“和美女吃饭不是正事呗？手机在你那儿那么长时间还向我要号码？到底泡没泡过美眉呀！”

越子木心说，好你个丫头，算你狠！

见他不言语，美贞道：“看样子还真是没有啊，那告诉你吧，不过没时间接的啊。”说着，她就把自己的电话号告诉了越子木。

越子木存到手机里，并给她拨打了过去，说道：“这是我的号，二十四小时开机，有事随时可以找我！”

“找你干吗，我可没时间。”美贞说完，起身就往外走。

越子木也跟着出了那家韩食馆，来到街上，他伸出手道：“那……就先这样，有事常联系。”

美贞却并没有和他握手，看了他一眼，转身朝另一个方向走去。

他只好缩回手，笑了笑，看着美贞的背影渐行渐远。然后，他转过身，朝步行街的方向走去。他把手插进裤袋里，正想找辆出租车呢，却无意中感觉口袋里有什么东西。拿出来一看，见是一个心形吊坠，外面应该是铜的，里面包着块什么石头，从样子上看很是别致，像是手工做的。他想了想，这应该是美贞手机上的，可能是掉下来了。

他把玩着那个吊坠，越看越觉得顺眼。这不就是自己所构想的那种类似于金镶玉的首饰吗？难道是美贞自己做的？

就这样走着，越子木也没打着车，却不知不觉已经走到了步行街上。他抬头看了看珠宝大厦，抬脚刚想往里进，就听后面有人喊道：“越子木！是越子木吧？”

他回过头去，一下子愣住了，继而大笑着伸开双臂迎了上去。

“老杜！怎么会是你？”

两个人拥抱着，就像是久别重逢的好友。不是像，来的这个人还真是越子木久别重逢的好友，他大学同寝的同学，也是死党——杜峰。

“你怎么在这儿？”杜峰也问道。

越子木拍了拍杜峰肩膀：“我在这儿工作啊。你呢？怎么样？”

杜峰往身后一指：“那不，我在这条街上开了家酒吧。你看，就那家。”

越子木往他身后一看，见有一家酒吧，门上的牌匾写着“逢单白露”。

“怎么是这样一个名字？你等等，我想想啊。”越子木凝眉想了半天，笑着说，“好你个小子啊，还想着那个白露呢！你的意思是说，杜峰是单身，还想着白露，所以才叫逢单白露？”

杜峰笑了，看着自己店的牌匾道：“其实也不是，意思是说，在这里可以邂逅单身的朋友，不要像露水一样见不得阳光……”

“真有你的！哈哈哈！”越子木大笑着。

“你上这儿干吗？怎么，要买订婚钻戒？”杜峰笑道。

越子木抬头往珠宝大厦看了看，说道：“哪儿呀，和这家珠宝商有业务，一个项目还没拿下来呢……”

“走吧，上我那儿坐坐去！”杜峰说道。

越子木想了想，今天算是白出来了，上午碰到个鬼精灵似的韩国妹子，下午又遇上了多年不见的死党，算了，改天再来吧。

他跟着杜峰进了“逢单白露”酒吧。两个人坐在吧台边上一边喝着啤酒一边畅叙别后之情，一聊就是一下午，很快就到了晚上。

杜峰说得找个好地方好好招待招待越子木，可他还没等联系完呢，越子木的手机就响了。

他掏出手机一看，屏幕上却是个陌生的号码，他狐疑着接了起来。

“喂，你好！”

手机里传来一个女子的声音：“是越子木吧？你在楼前转悠了半天也不上来，是不是来找我的呀？正好我现在有时间，你要是方便现在来吧，我在十九楼。”

越子木终于听出来了，来电话的竟然是珠宝商的女儿石珏！

8. 淡酒醉人

越子木一听竟然是石珏，心里就想，她是怎么知道自己在珠宝大厦前转悠的呢？但不管怎样，现在人家打电话来了，不正好是个机会嘛。他看了一眼杜峰，说道：“好啊，那我马上过去！”

等他接完电话，杜峰神秘地问：“谁呀，看你这么小心的样子。”

“看见没，对面石生生珠宝商的女儿！”说着，越子木朝窗外一指。

此时的珠宝大厦华灯璀璨，整栋楼都闪烁着珠光宝气。

杜峰倒吸口气：“好家伙，哥们儿，你要是钓到这么一位富家女可就妥了。那快去吧，改天咱哥们儿再喝酒，反正现在离得近了，有的是时间。正事要紧！”

越子木说了句：“好嘞！”

可他刚从吧椅上下来，还没等往外走呢，手机又响了。他一看，屏幕上显示的是“韩国丫头”，是那个美贞。

接起电话，还没等他问呢，就听美贞在电话里断断续续地说：“你个木……木头！在哪儿呢……你不是说……我随时都可以打电话找你吗？那你……现在来……”

听到这儿，越子木分明感到，美贞肯定是喝酒了！

“美贞，你在哪儿呢？和谁喝成这样啊，快回家去啊，别再喝了！”他冲着手机说道。

一旁的杜峰瞪大了眼睛看着他。

就听手机里美贞又说：“我告诉你志勇，就不跟你回去……”紧接着，又是几句听不懂的韩语。

越子木听出来了，美贞肯定是喝大了！怎么办？现在两个女孩儿都来了电话，一个是几百万元大单生意的富家女，一个是街头偶遇的韩国摊贩妹子。去对面的十九楼，说不定合同就此搞定；去接那个美贞，肯定得罪了石珏呀！项目还会顺利签约吗？但不去美贞那儿，她喝了那么多酒，万一要是出点儿事也不能眼看着呀！

他想了想就冲电话里喊道："美贞，你现在在哪儿呢？"

"别管我在哪儿！在哪儿也不跟你回去！"看来，美贞把越子木当成了什么志勇。

"哥们儿，这又是咋回事呀？"杜峰眨着眼睛问道。

"回头再跟你说吧，不行，我得找找去，这丫头咋喝成这样啊！"说着，越子木就要往外走。

杜峰道："嗨，对面十九楼怎么办？"

"没事，我打电话告诉她就说有事，改日再聊也不迟。"越子木边走边说。

杜峰在后面自语道："傻家伙，人家这时候打电话和你白天见面是不一样的！"

但越子木根本没听见，他已经走到了外面。打了一辆车，他上车就给石珏拨了过去。

"石小姐你好！我是越子木！临时有点儿事，不好意思啊……"

在对面石生生珠宝大厦的十九层，石珏站在窗前看着窗下的街道，冲手机里淡淡地说："那你先忙吧，等有时间再说……"

越子木挂断电话，焦急地看着车窗外，可是，这么瞎找也不是办法呀，谁知道美贞会在什么地方呢？突然，他想到了白天去的那家小店，说不定那是美贞经常活动的地方，他就让司机赶紧朝那个方向开去。

到了那家他中午时和美贞吃炸酱面的韩食馆门前，越子木下了车，三步并作两步冲进店里。老板娘迎了上来。

"麻烦问一下，中午和我一起来吃饭的那个姑娘您见着没？"

老板娘看了看他，笑了，说道："是美贞吧？"

越子木一听，原来她认识美贞，看来，美贞还真是常在这一带活动。就笑着说：“对对！就是美贞。您知道她经常在哪儿吃饭吗？”

老板娘想了想，说道：“那丫头也就在这附近活动，怎么了？不会是又喝多了吧？”

越子木焦急地又问：“可能是吧，您快告诉我她会在哪家店呢？”

老板娘道：“那可不好说，你看这附近多少家呢！要不，你挨家问问吧。”

越子木听完转身就往外走，也忘了说声谢谢。老板娘见他火急火燎的样子，含笑不语。

越子木在街边寻找着，挨家店看牌匾，接着，他又一家挨一家地问着。可是，这条小吃街都快走到头了，也没找到美贞。而此时，他的腿已经走得又酸又麻。他坐在街边，又掏出手机拨了美贞的电话。可是，响了半天她也不接。

手机自然挂断后，看了一眼手机屏幕，越子木茫然望着这条小吃街，而肚子却咕咕地叫了起来。

“该死的臭丫头，怎么不接电话呢？急死人了！”他自语着。

而同时，他又想起了珠宝商的女儿石珏，早知道找不着美贞还不如去见石珏呢！要是搞砸了，佣金拿不到不说，弄不好还会被开除的。吴总可是已经放出话了。

正在这时，就听后面有人说道：“你骂谁是该死的呢？”

他回头一看，就见美贞摇摇晃晃地正走过来。

“哪儿去了你？怎么不接电话呢？都要急死了！”他站起来一把扶住了摇摇晃晃的美贞。

美贞推了推他但没推动，嘴里说道：“你谁呀你？要欺负醉酒女孩儿吗？报警了啊！”

越子木扶着她说：“喝多少啊这是？我是越子木！你看清楚！”

美贞眯着眼睛仔细看了看，笑着拍了他肩膀一下：“是木头啊，你在这儿干什么呢？对了，你不是说要请我喝酒吗？走……走吧！”

越子木用手揽着她的胳膊，抱也不是扶也不是，最后没办法，还是搀住了她的一只胳膊。

“喝什么喝？都这样了还喝呢！你家在哪儿？我送你回家！”

“不行！今天你不请我喝酒……起码请我喝点儿醒酒汤吧？”

越子木一听，这倒是个办法。就问道：“哪儿喝去呀？这地方我可不熟！”

“走，今天你就跟……跟本姑娘混吧！”说着，美贞挣扎着就要走。

越子木赶紧扶好她，跟着她踉踉跄跄地竟又来到了那家韩食馆。

进了门，找个地方坐下后，美贞就大声地喊着：“来……来人！一瓶烧酒！”

越子木笑着冲迎上来的老板娘道：“她喝多了，给来一碗醒酒汤吧。”

老板娘笑着看了看美贞，对越子木说：“就来一碗汤？”

越子木想了想，又要了一碗面，他也实在饿了。

老板娘转身走的时候，小声自语道：“她能喝着呢，这根本不算醉。”

面和汤上来后，美贞看了看桌上，却对越子木正色道：“这家的炒年糕很好吃，还有烤明太鱼。要不要尝尝？”

越子木瞪大了眼睛看着她，心说，到底是醉没醉呀！

还没等他反应过来呢，美贞又喊：“来一份炒年糕和烤明太鱼！再来一瓶烧酒！”

越子木冲老板娘使着眼色，但老板娘小声对他说：“是烧酒又不是白酒，没事的！”

越子木无语了。

过了一会儿，服务员端着菜和一瓶烧酒放到了桌上，又拿来两个小杯子。

美贞拿过那瓶酒，先给自己倒了一杯，扬脖就喝了下去，喝完，又给另一个杯子倒上推到了越子木面前。

“没喝过吧，尝尝！”

越子木这个气呀，都这样了还喝呢！但看到美贞的眼神，他只好端起了杯子，试探着喝了一小口，却感觉像是白水一样没有滋味，于是就干脆全喝了下去。

“好喝吧！”美贞说着又给他倒满了。

越子木平时都是喝啤酒的，但今天这韩国的烧酒比较淡，也没多少酒精度，他心想，就是喝点儿也没事吧。但他哪里知道啊，这种酒不是他能享受的。这一喝就刹不住了，很快，那瓶酒就见了底。到最后，等他们离开那家店的时候，桌上横七竖八的有三个空瓶子！

两个人出了韩食馆，却变成了美贞扶着越子木。刚才喝了整整一大碗醒酒汤的美贞，清醒了许多，而越子木被那淡酒给放倒了，这是他没有预料到的。

两个人互相扶着也不知走了多远，越子木就觉得被美贞扶着进了一个房间，然后他就稀里糊涂地躺到了床上，耳边只听见美贞的话：“好你个木头，不许睡我的床……”

对于喝多了酒的人来说，最需要的、最想要的，或者说最期盼尽快见到的，并不是什么醒酒汤、凉开水，或者酸奶之类的，而是床！因为只有看到了床，他才会明白是到家了，再也不用摇摇晃晃地在街上走了，也不用担心酒后说什么醉话了，因为有床，有床才是家。

越子木也是如此，当他往床上躺的一刹那，他就以为是自己的床呢，脑海里根本没有什么别的想法。

这就是酒的作用。酒，能让人变得简单；酒，也能让人变得放松。身心放松的同时，放松的还有：矜持和警惕！

美贞正是如此。虽然嘴上还在说“别睡我的床”，但当她看到床的时候，在她的脑海里就一个念头：总算是到家了！

这下可倒好，两个人都把这儿当成了自己的家。美贞倒没什么，这本来就是她的家，但她忘了身边还有个人呢。而越子木把这里也当成了自己的家，既然是自己家，家里又怎么会有别的女孩子呢？平时都是他一个人住。

就这样，两个人睡到了半夜。越子木迷迷糊糊地做了一个梦，他梦见自己和李楠芝两个人恩恩爱爱地在一起，一会儿在公园里散步，一会儿又相拥缠绵……

就在他梦中与李楠芝缠绵的时候，突然，就听李楠芝一声大喊：“你要干什么！”

紧接着，他就感觉自己被踹了一脚，他梦也没了，却并没有醒，而是头脑发昏，又翻了个身睡着了。

此时，再看床上，美贞已经坐了起来。她看着睡得像死猪一样且衬衫扣子不知什么时候已经解开的越子木，气得掉下泪来。再往自己身上一看，哭声更大了。原来，她的衣服零乱着，尤其是领口处的扣子已经开了两颗，露出浅粉色的胸衣。她擦了一把泪水，迅速把扣子系好，然后跳下床，盯着床上死猪一样的越子木，狠狠地骂了一句：“你个该死的木头！差一点儿让你占了便宜！”说完，她又看了看越子木的脸，自语道，“长得还算不赖……哎哟，再不能喝酒了！”说着，她揉了揉头。

她转了个身，在房间里看了看，租的这间屋子实在是太小了，除了床，哪还有可以睡觉的地方呢？无奈之下，她只好搬过一个小凳子坐在上面，趴在床边打了个哈欠又要睡觉。可刚要睡着，她就觉得床上动了一下，可能是越子木翻身吧。但这一点儿动静不要紧，吓得美贞一下子睁开眼睛，她赶紧用手捂着前胸撒腿就跑，一直跑到餐桌后面，然后，还惊魂未定地回头看着床上。

见越子木也不过是翻了个身而已，她这才拿开手，又想往床边走时，她想了想，还是回身坐在了餐桌旁，趴在那儿就睡着了。

越子木这一觉睡得可真踏实啊，梦也不做了，一觉睡到了天亮。等他从床上坐起来时，揉揉眼睛，又四处看看，顿时就皱起了眉头。

“这是哪儿呀？”他自语道。

这时，就听厨房里叮叮当当地响了一通，接着，美贞端着大碗小碗的从厨房出来摆到了餐桌上。

“醒了？吃早餐吧。”她招呼着，就像什么事儿都没发生一样。

越子木看着美贞，当时就瞪大了眼睛。

“你……你怎么会在这儿！”他手指着美贞，一脸的惊恐与狐疑。

美贞瞪了他一眼：“有没有搞错？这是我家！”

越子木四周看了看，这才挠挠脑袋：“你家？那我怎么会在你家呢？”

美贞咬着牙瞪了他一眼：“你喝多了，是我把你弄回来的！”

“我喝多了？不会吧……”他皱着眉冥思苦想了半天，这才想起来昨天的事。

“昨天不是你喝多了吗？我是来找你的呀，可是我又怎么喝酒了呢？”他实在是搞不明白了。

“婆婆妈妈的，你起不起床啊？”美贞擦了一把手边摆碗边说。

越子木这才下了床，但他往地上一站，这才发现自己的衬衫已经解开了，而且裤子不知什么时候也已经脱下去了，他尴尬地看了看美贞，赶紧把裤子穿上，然后又扣衬衫扣。边扣边问道：“这扣子……”

美贞看着他咬了咬嘴唇，说道：“难不成是我给你解的？你的意思是我要对你负责呗？”

一听美贞这么说，越子木脑海里断断续续地记起了梦里的情景，他纳闷了，明明是楠芝呀？他咧着嘴，赶紧进了卫生间。

等他出来时，美贞已经把早餐都摆好了，正坐在桌边看着他呢。

他迟疑着坐下了，吞吞吐吐地问：“美贞啊，昨晚咱们没……那什么吧？”

“那什么呀？想什么呢！美的你！快吃饭吧，啰里啰嗦的！”美贞说着，把一碗粥往他这边推了推，并递给他勺子。

越子木接过勺子，眼睛直勾勾地盯着桌面，他还在想着昨晚的事。想着想着，他猛地想起了和李楠芝在梦里缠绵的那一幕。天哪，莫非那不是楠芝，是美贞？

一想到这儿，他偷眼看了一下美贞，就见她笑呵呵地吃得正香呢。他就犯了嘀咕，从她的表情上看根本看不出来呀，到底发生没发生呢？

这时，美贞用筷子夹着一块泡菜放进他的碗里，并温柔地说道：“你尝尝，我自己做的。”

听着美贞柔柔的声音，再一想到断断续续的梦境，他一下子震惊了，他也实在是不清楚昨晚究竟发生了什么没有。

一想到这儿，他就像做错事的孩子一样低着头一口接一口地吃着。

过了一会儿，他看了看美贞，迟疑着说：“美贞，对……对不起啊！”

美贞瞪了他一眼：“一句对不起就完了？”

越子木一下子愣住了，难道自己昨晚真的是犯了错误?

9. 答应美贞三件事

其实，美贞说的这话指的是越子木梦中险些做的事，都差一点儿就那样了，却只说一句对不起？而越子木心里想的是，自己做错了事，但并不是主观上想要做的，实在是梦中或者酒后犯下的错误，除了说对不起，还能怎样呢？收了她？那不可能！

见越子木不再言语了，美贞就找话题问道："木头，你是做什么的呀？"

越子木抬头看着别处答道："时尚杂志的。"此时的他可是不敢再看美贞的眼睛了。

"那你跑那个珠宝大厦下边干什么去了？"美贞又问。

"哦，我们最近打算和那家珠宝商合作搞营销策划。"

美贞一听，眼睛顿时就是一亮。

"什么？珠宝商？就那家什么石头的？"

越子木还是看着别处答道："是叫石生生。"

美贞看着越子木，又顺着他的目光看了看，说道："墙那边有美女？你盯着墙看什么？"

越子木这才回过头来。

美贞又说："你昨天的胆子哪儿去了，这会儿又不敢看了？"

越子木浑身激灵一下子，他支吾着说："求你了美贞，咱别再提昨天的事儿了行吗？实在不好意思。"

美贞瞪着他说道："你们男人都一个样！总想把做过的事忘得越快越

好！”

越子木脸已经明显感觉有些发热了。他吞吞吐吐地说：“那要不……你说咋办吧，我可以负责任，但不能结婚！除了这个怎么都行！”

美贞先是一愣，接着就哈哈大笑。笑完，她刚想要说话却又止住了，然后狡黠地笑了笑，说道：“那你答应我三件事儿吧。”

越子木一听，赶紧说：“别说三件，十件也行啊，只要不是违背道德，不是杀人放火就行。”

“不会让你为难的。不过，我还没有想好，等想好了再跟你说！”美贞想了想说道。

越子木那颗一直悬着的心总算稍稍放下来一点儿。他一伸手：“来，再给盛一碗呗？”

美贞咬了咬嘴唇自语道：“这就是你们男人！”说着，她又盛了一碗粥。

等越子木喝完粥，美贞又正色道：“答应我这三件事是必须要按照我的要求做到的！到时候不许反悔！”

越子木脸一红：“我答应的事就一定会做到。不过……有一样，不能有要和我结婚这件事。”

“知道啦！啰里啰嗦的！”美贞说着就站起来收拾东西。

越子木看了看表，跟忙活着的美贞说：“我去上班了……”

“去吧去吧。”美贞一挥手。

越子木转身刚想走，却又停下来说：“要不，晚上我请你吃饭吧。”

美贞一咬牙：“干吗？还想喝酒？”

越子木听完愣了一下，随即快步走出了美贞家。他哪里是走啊，简直就是逃。

看着走远的越子木，美贞冲他的背影噘了一下嘴，但脑海里浮现出昨晚的那一幕，她的脸腾地一下子红了。接着，她伸出巴掌打了自己两下：“你个色丫头，想什么呢！”

说完，她又叹了一口气，一种莫名的惆怅油然而生。

越子木到公司时，同事们已经陆续地到了。他坐在自己的座位上，心不在焉地不知做些什么。想着昨晚有可能发生了什么事，他很是心烦。

正想着心事呢，就听后面有人说道："你昨天干什么去了？"

声音离耳朵很近，他躲闪着回头一看，却是许曼。

见被越子木发现了，许曼又笑着往前凑了凑，故意用鼻子在他身上闻了闻，突然瞪着眼睛说道："越子木，你身上果然有味！如实招来！"

越子木下意识地也自己闻了闻，脸有些发烧。

许曼在一旁笑着说道："上当了吧，越子木。看来，昨晚还真是没回家，你看你衣服都没换。快说，上哪儿泡美眉去了？"

越子木这才明白，许曼是故意诈他，就岔开话题说道："那个文案你弄得怎么样了？"

许曼一听，不再开玩笑了，她把已经打印好的文案递过来，说："你看看吧，不行的话再修改。对了，你去珠宝大厦考察得怎么样？"

越子木胡乱地"哦"了一声，他实在是没法回答，因为昨天根本就没机会去考察，就连石珏主动打电话邀约这样飞来的机会他都给错过了，说到底，都是为了那个美贞。一想到这儿，他还真有些后悔，早知道会发生犯错误的事情，还不如去见石珏呢。但他又一想，要是万一美贞喝多了酒晚上挨欺负怎么办？可是，到最后还是挨了自己的欺负。他是越想越上火。

看着文案，想着美贞，越子木突然想到，美贞不是会自己制作小首饰嘛，而且看她做的那个手机吊坠的样子还是蛮不错的。

他掏出那个手机吊坠在手里翻动着，脑海里却想着另外一件事。

许曼一眼就看见了那个别致的吊坠，凑过来说道："哪儿来的，真好看！是哪个姑娘给的吧？"

越子木一把将吊坠攥在手心里，抬头说道："许曼，咱们要是做一个样品再去见那个珠宝商的女儿怎么样？"

许曼眨了眨眼睛，笑着说："好啊！这个主意不错！可是……"

"行了，你别可是了，跟我出去一趟！"说着，越子木转身就往外走。

走了几步他又停住了，心想，上哪儿去找美贞呢？这个时候估计她又去步行街了，还是打个电话吧。想到这儿，他掏出手机拨了过去。

好半天，美贞才接电话。

“你还有什么事儿呀？不是刚从我家走嘛！”美贞在电话里说着，听上去好像很忙的样子。

她这句话可是被跟在越子木身后的许曼听了个一清二楚。

越子木就把打算让她帮着做一个首饰样品的事儿和美贞说了。

美贞想了想就让越子木下午直接去她家里找她，这会儿她没时间。

说完，美贞又笑着说：“我的三件事还没说呢，这可倒好，你倒先跟我提起要求来了！那我可得好好想想那三件事！呵呵！”

越子木一时无语，而美贞却挂断了电话。

许曼凑上来小声说：“这么快就弄到手了？听上去应该是个美女吧？”但她并没有提美贞说的那句刚从家走的话，是为了给越子木面子。

越子木瞪了她一眼，却一瞬间想起了那晚许曼在自己家的事儿来，再加上美贞，他心情坏极了。

他正想着心事，却听身后有人说道：“越子木！昨天干什么去了你？”

越子木一听声音就知道是谁，他慢慢转过身。果然，说话的正是顾桐。

“昨天我去调查珠宝销售情况了，怎么了？”他看着顾桐慢条斯理地答道。

还没等顾桐说话呢，越子木发现她竟然穿着昨天上午穿过后来又脱去的那件薄纱小衫，而下身则换成了件绿色的短裙。红衣、绿裙，倒也搭配得合理，再加上顾桐的身材，那真是没的说，就像一朵出水芙蓉，更像是出淤泥而不染的清荷，超凡脱俗。

他指着顾桐上下看了看，自语道：“哇，这么搭配还真是好看！不错！”

顾桐下意识地用手往胸前一挡：“越子木，能不能有个正形啊！你跟我来！” 说着，她转身回了办公室。

越子木看着她的背影，回身冲一直看着的许曼说：“你说，咱们顾组长的身材……还真是火辣！”

不想许曼一撇嘴，把头转向了另一边，并自语道：“也不过如此！”说着，还下意识地推了推眼镜，然后看了看自己的身上。

这一幕，被越子木看在了眼里，他可是没敢开玩笑啊，许曼的身材他是见过的，他怕开了玩笑不好收场，就站起身悄悄进了顾桐办公室。

顾桐正坐在办公桌后面看着进门的越子木。还没等她示意坐下呢，越子木就毫不客气地坐在了她对面的椅子上，并将双手拄在桌子上，把头凑近了顾桐，瞪着两只眼睛盯着她。

顾桐下意识地往后躲了躲，并马上就要伸手捂住前胸。但越子木眼睛盯着她的手，眼皮一挑，又晃了晃头。顾桐那只手顺势捋了下头发。

越子木实在是忍不住了，把头转向一边哈哈地笑了起来。

这回，顾桐出奇的平静，既没有制止也没有说什么话。等越子木笑完，她冷冷地说道：“让你先笑个够吧，一会儿你就得哭！”

越子木问道：“你说什么？什么意思？还带威胁的？我可不是被吓大的！”

顾桐这才恢复正常的神态说道：“越子木啊，就不能有点儿职业精神吗？怎么也得先把这合同签下来再说呀！你昨天是不是把人家石小姐给得罪了？”

“把石小姐给得罪了？哪有的事儿！她还主动给我打电话呢……”越子木正色道。

“看看，我就知道。那你去赴约了吗？没去是吧？”顾桐又说。

“你是怎么知道的？”越子木一脸的奇怪。

“刚才吴总打来电话说，人家石小姐一大早就打电话说合作的事儿要好好考虑考虑再说。我还纳闷呢，咱们的方案她还没听怎么就这么说呢，原来是你惹了她！”

越子木眼睛眨了半天，说道：“是没去。那不是临时有急事嘛，这个石小姐也太不近人情了！”

“那你说说，干什么去了？有什么事会大过这个项目？”顾桐穷追不舍。

越子木脑海里马上出现了美贞那张天真无邪的脸，思绪却滑落到了梦中美贞的身上，他不禁脸有些发热。

而这一幕被顾桐看在了眼里，凭女人的直觉，她猜了个八九不离十。但她并没有挑明了说，而只是淡淡地说道："算了，都过去了，接下来还是想想办法吧，如何攻克石小姐这座城堡。"

越子木认真地说道："顾桐，我开玩笑归开玩笑，但现在我要向你保证，石小姐，我一定要拿下！"

顾桐一听，顿时瞪大了眼睛说道："越子木，是让你拿下合同，你拿下人家石小姐干什么？你……"

越子木也觉得自己的话有些好笑，不过，他没有再解释什么，而只是冲顾桐一脸坏笑地挤了下眼睛，却又突然盯住顾桐的前胸皱起了眉。

"你个该死的越子木……"顾桐往后闪着身，气得狠狠地瞪着他。

越子木笑着出了门。看着他的背影，顾桐叹了口气，然后拿起桌角的小镜子照了照。

从顾桐办公室一出来，越子木就叫许曼跟他走。许曼见他一脸的严肃，既没敢问也没像以往那样矫情，乖乖地跟着出来了。

越子木下楼时给美贞打了电话，可是响了半天也没人接。

"这个疯丫头跑哪儿疯去了？怎么不接电话呢？"他自语道。

许曼在后面小心地问了句："哪个疯丫头啊？"

他头也没回，只是答了句："昨天认识的，一个韩国人。"

"啊？昨天……好啊你个越子木，昨天我忙活了一下午，你可倒好，泡美眉去了！"许曼在后面说道。

越子木也不答话，走得飞快。许曼嘟囔着紧紧地跟在后面。出了公司大楼，越子木站在街边想了想，又掏出手机拨了过去。这次，终于通了。

"美贞，你在哪儿呢？怎么不接电话呀，都快急死了！"

许曼在后面小声嘀咕着："嗯，还真像是个韩国人的名字。"

电话里，美贞告诉越子木，她在步行街上呢，去了也不方便说话，让他先去她住的地方等着。

越子木心想，有许曼在呢，要是去了美贞家，许曼一定会想到昨晚自己是在这里过的夜，那可就解释不清了。再说，也没法解释呀，昨晚本来就做了错事。他就默默地放下手机，伸手招了一辆出租车。

许曼紧跟着也上了车，越子木让司机往步行街的方向开去。

“不去找你的韩国美贞妹子了？”许曼在车后座上调侃着。

越子木并不搭理她。等到了步行街边上，他让出租车停下，带着许曼在街上就找开了。

许曼跟在后面问着：“越子木，上这儿来干吗呀，这么多人……”

越子木四处寻找着，答道：“找美贞。她应该是在这附近摆摊呢。”

许曼脸上露出一丝不易察觉的微笑，自语道：“连摆摊妹子都泡，什么品味呀！”

“你说什么？”越子木回过身。

许曼吓了一跳，赶紧把嘴闭上摇了摇头。

正在这时，两个人就听前面不远处有个女孩儿的说话声：“您好，谢谢！您会有福报的……”

越子木仔细一看，正是美贞。他正要走过去，却突然灵机一动，冲后面的许曼摆了摆手，示意她不要出声。他是想观察一下美贞卖小饰品的情况。

他悄悄躲在一个广告牌后面，侧身观察着美贞。就见美贞手里拿着东西不时地向路人推荐，有人在驻足挑选。每有一个顾客递给她钱，美贞都会弯着腰满面笑容地说一句“谢谢”或“你会有福报的”。然后，就乐呵呵地把钱收起来，周身上下，洋溢着快乐、幸福与满足感。

看了一会儿，越子木刚想过去叫她，就听身后有人说道：“好你个越子木啊，吃着碗里的还惦记锅里的……”

10. 把许曼介绍给死党

越子木被这突如其来的声音吓了一跳，回头一看，气得他过去就是一拳。

“好你个杜峰，也不先打个招呼！吓死我了你！”

杜峰嘻嘻地笑着，眼睛却看着后面的许曼，小声说：“哥们儿，后面这位就是你昨天去救的那个醉酒女孩儿？”

越子木回头看了一眼许曼，发现她正偷眼看杜峰呢，就小声说：“这是我同事，前面那个才是呢。”说着，他冲前面的美贞一努嘴。

杜峰回头一看，差点儿没乐出声来。

“我说哥们儿，我可真服了你了，为了个摆地摊的就放弃和人家珠宝商的女儿约会？”

他这句话被许曼听得真切，她在后面捅了一下越子木：“我就说吧？”

越子木也没解释，说道：“杜峰，你别没事找事啊，这样吧，一会儿我们去你那儿坐坐。许曼哪，你先和杜峰去吧，我马上就来。”

说完这话，他才意识到还没有给许曼和杜峰介绍，就又笑着说：“介绍一下吧，许曼，我同事；这是杜峰，我同学。”

许曼和杜峰两个人对望了一眼，一瞬间，四目相对，竟然都没有回避彼此的目光。

越子木左看看右看看，心说，好家伙，这分明是对上眼儿了！他就咳嗽了两声，两个人这才回过神来，却同时伸出手握了握。

看着两个人的举动，越子木说：“行不行啊两位，差不多就得了啊，握个手用那么半天吗？”

听他一说，许曼迅速抽回了手。

越子木想了想，却突然改变了主意，他对杜峰道：“要不这样吧，你先回去，一会儿我们再商量一下要不要去你那儿，有正事要找她帮忙。”说着，他一指远处的美贞。

杜峰却笑着说：“别的呀，就去我那儿，晚饭也在我那儿吃了，就这么定了啊，我回去等你们。”说着，他转身要走，又冲许曼点头笑了笑。

见他走远了，许曼笑呵呵地对越子木说：“你什么意思啊，刚才不是说让我先去他那儿等你们吗？这会儿怎么又变卦了？该不会是吃醋了吧？呵呵！”

越子木没说话，转身朝美贞走去，许曼跟了上来。走到美贞近前的时候，可能是她听到了脚步声，就回过头来点着头笑着说道：“您好！给女朋友挑选一下吧，都是手工的……噫？怎么是你？”她一抬头看见是越子木，顿时就是一愣。又往越子木身后看了看，眼睛盯在许曼身上，一脸的狐疑。

越子木笑着伸手就去拿摆在地上的箱子。

“干什么？现在不能收摊……”美贞一把拦住了他。

越子木蹲在地上看着美贞，语调放低放柔了说道：“美贞，先收了吧，找你有正事。”

“人家这就不是正事吗？真是烦人！”美贞嘴里说着，却蹲下来开始收拾东西。

许曼看在眼里，尤其是看到两个人对望的眼神以及听到越子木的语调后，她心里觉得怪怪的。女人的直觉告诉她，这两个人之间肯定有事！

收拾完东西，美贞转身就走。越子木问：“哪儿去呀你？”

“不是叫你到家里去等嘛，还跑到这儿来！”美贞头也不回，吃力地背着那个箱子。

越子木赶紧跑过去帮她把箱子拿了下来，说道：“美贞，先不去你那儿了，咱们去个地方谈点事儿。对了，忘了介绍。”说着，他回过身来，对许曼道，“这是美贞。”接着，又对美贞说，“这是我同事，许曼。”

两个女孩儿对望了一眼，互相笑笑点了点头。这就是女人与男人的区别。女人，天生就是相排斥的，而且不会掺半点儿假，更不会虚情假意地去握手。

就这样，越子木背着美贞的饰品箱子带着她们两个人就往杜峰的酒吧走。

美贞跟在后面噘着嘴道：“耽误了人家做生意你赔啊！”

越子木在前面笑着说：“我赔，赔还不行吗？”

许曼看着这个韩国丫头觉得很是可爱，刚才的一点儿敌意瞬间瓦解。

很快，三个人就到了杜峰的“逢单白露”酒吧。此时，还未到酒吧上人的时候，三个人进到里面，却并未觉得冷清。昏暗的灯光柔和着下午的情调，曼妙的音乐弹奏着悠闲与宁静。

见他们进来了，杜峰从吧台后面钻了出来。

“欢迎光临！快里边请！”他笑容可掬，眼睛却不离许曼。

美贞四处新奇地看着，蹦蹦跳跳地笑着说：“木头！这是谈事情的地方？这地方喝酒还差不多！”

越子木一听“喝酒”两个字，顿时想到了昨晚的事。心说，你个疯丫头，还想喝酒呢！

越子木又给杜峰和美贞互相介绍了一下。杜峰就招呼着众人坐下来，吩咐着服务生又是上茶又是端干果，忙活了一阵子，他问越子木：“哥们儿，在我这儿吃点儿简餐吧，就有这个！”

越子木说：“你看着办吧，随便。”

不一会儿，服务生端着各色的盘子摆到了桌上。

美贞一见桌上摆着的各色糕点，顿时脸上像开了花一样，笑呵呵地拿起个勺子就在糕点上挖下一块，然后放进嘴里，吃得满嘴奶油。

杜峰这时也坐了过来，他招呼着许曼吃东西。而许曼此时被美贞的吃相镇住了，哪顾得上自己吃呢。听杜峰一说，她这才拿过刀叉也吃了起来。

一边吃，美贞还说呢：“饿死我了，真好吃！木头……快，给我水……”

越子木把水杯往她那边推了推，并说道：“你慢点儿呀，也没人跟你抢！”

许曼看在眼里，也说道：“越子木，我也要水。”

越子木一指她面前的桌子：“那不是嘛，自己拿！”

许曼瞪了他一眼。一旁的杜峰笑着把那杯水递给许曼，许曼却接过来放在了一边，并没有喝。杜峰看看许曼，又看看越子木和美贞，皱起了眉。

吃完了东西，越子木就和美贞说了自己的想法，打算让她帮着设计并手工制作一个金镶玉的首饰。

美贞眨着一双大眼睛忽闪了半天没言语。越子木还以为她不愿意呢，就又说道：“你要是觉得为难就算了，我再……”

美贞却突然笑着道：“太好了，要是我设计的首饰能被石生生家选中……哇，我的梦想就是要成为一名首饰设计师！”

看着她满是憧憬的样子，越子木这才长出了一口气。

“那好啊，给我三天时间，保证完成任务！”孩子气的美贞笑得合不拢嘴。

两个人聊得正欢，而一旁的许曼和杜峰却在一盏烛光下窃窃私语，也不知聊的什么。

“那你送我回家吧，我今晚就得好好想想，得设计个好一点儿的。”美贞说道。

越子木从那两个人身上把目光移回来，一边答应着美贞，一边离开桌子，冲许曼道：“许曼，那要不……你在这儿先等我？我送完美贞再回来送你！”

许曼抬起头，看见越子木的目光和神情，她像做错了事的孩子一样微微低下了头。

杜峰却笑着说道：“没事，哥们儿你就先忙你的吧，晓曼有我呢！”

越子木这个气呀，啥时改口成“晓曼”了？再看许曼，不置可否的样子，始终没说一句话。

越子木盯着她看了半天，拉着美贞转身就走。

两个人出了酒吧，这时，已经到了下班的时间，街上人来人往。见街上这么多人，越子木灵机一动，对美贞说："要不，咱们摆个摊？人这么多……"

却没想到美贞干脆地答道："算了，还是正事要紧！"

越子木听了，想到中午时他要去收摊子时美贞说的话，心想，她不是想多卖些吗？怎么这会儿又不同意了？看来，这是一个有主见、做事能分清主次、果断、有责任心的女孩儿。

他也就没再说什么，把美贞的箱子背在肩上就要打车。

美贞却拦住了他："别打车了，反正也没多远，正好路上我要好好想想。"

越子木一听，想到那天美贞拉着自己跑的那段路，不禁咧了咧嘴，那还叫不远哪？但他又不好坚持什么，只能依了她。

这一路上可苦了越子木，他背着个箱子和美贞并排走着，走着走着，他就觉得肩压得疼痛，不知不觉就跟不上美贞了。这时，他不由得想到了美贞，也不知道她平时是怎么来回走的，哪儿来的那么大的力气呢？看着前面一蹦一跳的美贞，他突然明白了，自食其力，快乐生活，心怀梦想，憧憬未来。

想到这儿，他往肩上提了提箱子，紧走几步跟上了美贞。想到昨晚的事，他这个后悔呀，真恨自己为什么要喝那么多酒呢？你喝就喝呗，干吗上人家小姑娘的床啊，上了床你就好好睡觉吧，为什么非得做梦呢？要做梦你就做呗，竟然连做梦都做春梦？害得人家那么天真无邪的姑娘受了伤害！

越子木是越想越觉得自己对不起美贞，看着美贞的背影，他搭着话："美贞，你中文咋那么好呢？"

美贞在前面答道："学的呗。"刚说完，她就回过头来又说道，"瞎问啥？"

越子木笑了笑，又问："你怎么一个人跑中国来了呢？"

美贞停住脚，回头看了一眼说道："你什么意思啊？什么叫跑中国来？本来就……”

她说到这儿，却突然意识到自己再撒谎也没什么意思，刚才无意识地说了句“学的呗”，一下子就已经暴露了身份。

见越子木笑望着自己，她噘着嘴道：“还是瞒不过你。好了，告诉你也没什么。我是从首尔来的，至于来这里……当然是卖自制饰品了！呵呵！”说完，又蹦跳着跑远了。

前面，马上就要到美贞租住的地方了。街边，一个小摊前呼呼冒着热气，一个人在叫卖着什么。

美贞跑过去问了问，就回头冲越子木喊着：“木头，快过来！我要吃烤红薯！”

越子木走近前一看，原来是烤地瓜的。见美贞孩子似的高兴的样子，他掏出钱来给她买了一个大大的烤地瓜。

美贞把烤地瓜捧在手心，一边吹着一边就迫不及待地剥起了皮。热气腾腾的烤地瓜冒着气就如朝气蓬勃的美贞。

两个人又往前走。越子木忍不住说道：“美贞，以后能不能不叫木头啊，你可以叫哥的。”

美贞回头看了他一眼，脸一红，说道：“那不行！在我们那儿只有那什么才叫哥哥的。”

越子木一下子明白了，在韩国，女孩子只会管爱的男人叫哥哥。他顿时无语了。

对于美贞，他是负不了任何责任的，别说是美贞，其他任何人都是如此，他既给不了承诺，也负不了责任，因为他心里一直放不下另一个人，那个让他不得不离开却又思绪时常飞回去的女人——李楠芝。

长时间以来，越子木以为他已经把李楠芝忘了，但越是想忘掉，记忆就越深刻。这段时间竟然连梦里都会出现她的身影，要不然昨晚也不会犯错误。

听明白了的越子木只好笑着说道：“好，那你爱叫什么就叫什么吧。”

美贞抬头望着天想了想，回头道：“那……叫木子铁怎么样？呵呵！”

“那是饮料！”越子木道。

“呵呵，那叫什么呢？我再想想。”美贞又做冥思苦想状。想了半天，她认真地说道，“那你成家了没有？要是成家了就叫大叔？”

“算了，你还是叫木头吧。”越子木接过话来说道。

美贞眨了眨眼睛开心地笑了起来。

“就和你说嘛，我是很有创意的，这个木头多好啊，叫着既顺口又亲切。”

说到“亲切”二字时，美贞不言语了。

两个人刚走到美贞家门口，还没等她开门呢，就见有个人走了过来，人未到声先至。

“美贞！怎么才回来呢？你别开门……”

说着，那个说话的女孩儿跑了过来，一把就将美贞拉到了一边，还探头探脑地往院里望了望。

“你干吗呀静珠！”美贞冲那女孩儿说道。

这时，那个叫静珠的胖胖的女孩儿才看到越子木，她盯着越子木看了半天，又看看美贞，拉着她小声道：“你不能回家，下午金志勇打电话来了，问我你的住址……美贞，我是不想说的，可是他给我买了这个……”说着，静珠把手腕一伸。美贞看到，在她的手腕上戴着个手链，也不知是什么材质的。

美贞咬了咬嘴唇，推了一把静珠：“干吗收人家东西？你要手链跟姐说嘛，姐给你做！那他现在人呢？”

静珠伸手示意美贞小点儿声，并神秘兮兮地说道：“可能就在里面……你还是躲一躲吧。”

美贞想了想，就犯了难，哪儿躲去呢？

这时，越子木把箱子一放，说道：“怕什么？有我在呢！”

美贞却说道：“我的事儿不用你管！我自己能解决！”

“这谁呀美贞，真帅呀！”静珠毫不避讳地问道。

美贞打了她一下：“又犯花痴是吧？”

越子木伸出手：“你好，我叫越子木。”

静珠在身上擦了擦手就握住了越子木的手。

美贞一把拉开她：“你还有这闲心？要不，我上你那儿吧。”

静珠忙道：“那可不行，金志勇知道我住哪儿的。”

越子木听着两个人的对话，也猜了个差不多，他就试探着说道：“要不……跟我走吧，我那里绝对安全。”

美贞听完，自语道：“最不安全的就是你那里了。”

本来声音很小，但由于越子木离得近，还是听到了，他瞠目结舌地看着美贞，一句话也说不上来了。

“去吧去吧美贞，我也不回去了，恐怕金志勇见你不回来还会去找我的。”静珠看着越子木笑呵呵地说。

美贞一想，也只能这样了，要不然还能去哪儿呢？这个该死的金志勇！她在心里暗暗地骂了一句。就对越子木说：“那走吧，你家远不远哪？”

越子木答道：“也不算远，不过得打车走。”

两个女孩儿就跟在越子木身后朝主街上走去。身后，静珠却抢过美贞的烤地瓜嘻嘻地笑着吃了起来。

越子木万万没有想到，本来是要送美贞回家的，谁知道却发生了戏剧性的变化，现在可倒好，自己领着两个女孩儿回家了。

他心想，这一晚，可千万不能再出什么事了，尤其是在自己家里，要不然自己就真的无法面对美贞了。

11．杜峰和许曼

放下越子木带着美贞和静珠两个人回到自己家暂且不说，单说还在杜峰酒吧里的许曼。

当越子木和美贞说让她帮着制作首饰样品的时候，杜峰就和许曼聊了起来。说起这个杜峰，虽然长得没有越子木帅，个头也不算高，开酒吧与所学不符，但他肚子里的那些墨水可不是白喝的，毕竟是科班出身哪！

这不，许曼本来也没想和他多谈什么，因为越子木和美贞说话她插不上嘴，就只好有一搭没一搭地和他礼节性地攀谈起来。

刚刚认识的人不就是那样嘛，哪会有那么多可聊的谈资？一般都是没话找话。许曼就问杜峰为什么会开这家酒吧。

杜峰就把自己毕业后如何只身留在北京，如何辞了原来的工作，东拼西凑了点儿钱开了这家酒吧的事说了一遍。

接下来，杜峰就从酒吧的起源开始说起了酒吧文化，听得许曼一愣一愣的。

杜峰说："酒吧是酒馆的代名词，英文名叫bar。它最早起源于美国西部大开发时期。最初，在美国西部，牛仔和强盗们很喜欢聚在小酒馆里喝酒。由于他们都是骑马而来，所以酒馆老板就在馆子门前设了一根横木，用来拴马。后来，汽车取代了马车，骑马的人逐渐减少，这些横木也多被拆除。有一位酒馆老板不愿意扔掉这根已成为酒馆象征的横木，便把它拆下来放在柜台下面，没想到却成了顾客们垫脚的好地方，受到了顾客的喜爱了。其他酒馆听说此事后，也纷纷效仿，因此柜台下放横木的做法便普及起来。由于横木在英语里念‘bar’，所以人们索性就把酒馆翻译成‘酒吧’，就跟把糕饼‘pie’译成‘派’一样。”

许曼还不时地应着：“哦，原来是这么回事呀……”

杜峰却突然说道：“来点儿酒啊，在酒吧怎么能不喝酒呢？”

许曼没言语。杜峰就叫服务生端上来两杯洋酒。

他又接着讲：“酒吧最初源于欧洲大陆，但bar一词也还是到16世纪才有‘卖饮料的柜台’这个解释，后又经美洲进一步的变异、拓展，近些年才进入我国，‘泡吧’一词还是近年的事。酒吧进入我国后，得到了迅猛的发展，尤其在北京、上海、广州等地，更是得到了淋漓的显现：咱们京城的酒吧粗犷开阔，上海的酒吧细腻伤感，广州的酒吧热闹繁杂，深圳的酒吧最不乏激情，而成都的酒吧则是火辣的。在中国，酒吧是一个移植过来的公共空间。与酒吧在西方嬗变的历史相比，可以说酒吧在中国只不过是一个没有历史的空间，它是一个舶来的想象性空间。在这种关于西方的想象中，时尚的消费充斥其间。在许多人眼里，它所呈现的几乎就是西方人唯一的娱乐休闲方式，一个经常出现的公共交往空间。然而，一个没有历史的空间，就像一个没有历史的人一样，时髦起来总会是如此轻盈。在这一片轻盈的曼舞中，酒吧已成为一个空洞的时尚风景。”

许曼瞪着双眼睛跟随着杜峰讲述的酒吧文化，她目不转睛地看着杜峰。当越子木叫她，和说要等回来时再送她回家时，她故意装作没听到。其实，在听杜峰胡侃的时候，许曼一直在注意越子木和美贞两个人的交谈。本来，她是想说等越子木回来再送自己，但没想到杜峰却自告奋勇，一下子打断了她要说的话。

见越子木和美贞出去了，许曼就开始心不在焉了。尽管，见杜峰第一面时对他也有些好感，但也只是一瞬。

现在，就她和杜峰两个人了，本来她是想要自己走的，出于礼貌她又不好说马上回家，所以就这样听着杜峰讲来讲去。

杜峰看看周围已经上人了，就拉着许曼坐到了一个角落的僻静处，又接着口若悬河。

他尽情地展示着自己的才华，听得许曼不时地投过羡慕和敬佩的眼神。

杜峰又接着说："一个空间舶移过来的无历史的风景靠什么来支撑它的时尚流行呢？泡吧一族也许会说，虽然我不了解酒吧的历史，其实我从来也不想去了解什么历史。因为，我喜欢，并不需要理由；我体验，并不需要历史。对酒吧，我有我主张，我有我体验，我有我想象。"

"这倒是唉！可是，我看你这酒吧的名字怪有意思的，有什么讲究吗？"许曼扶了扶眼镜问道。

杜峰回头看了一眼窗外霓虹闪烁的灯箱，想了一下说道："哦，逢单就是在这里会遇到单身的他或她……"而实际上，杜峰隐去了那个"逢"还有"峰"的含义。

"那后面那个'白露'呢？是什么意思？"许曼刨根问底的毛病又犯了。

杜峰想了半天，他不知道该不该说了。其实，只有他和越子木明白那个"白露"指的是谁。那是他和越子木的大学同学，杜峰一直追一直追，到毕了业也没有追到手。他之所以留在北京，也与白露有直接的关系，因为白露就在这座城市，他开这家酒吧并取这样一个名字，就是要告诉白露，他杜峰还单着，在这里等着她有一天的出现。

想了半天，杜峰说道："这个白露的意思就是说，在这里遇见彼此单身的心仪的人，要牵手一生，不要白白地只做一场露水夫妻……"

"什么？露水夫妻？"许曼问道。

"……就是说，不要一夜情！"杜峰无奈地解释道，虽然有些牵强但也说得过去。

一听这话，许曼脸一红，低头不语了。在她的脑海里，出现的却是自己在越子木家的画面。一想到这儿，她的心就开始怦怦地跳个不停。

"该死的，扔下人家不管了！"她在心里骂了一句。然后，端起酒杯就喝了一大口。洋酒特有的辛辣穿过喉咙直入胃里，热乎乎，却有些酸意，也不知是酒酸还是心酸。

"再来一杯！"她冲杜峰大声说道。

杜峰愣了一下，心说，这美女怎么突然要起酒来了？就叫过服务生又给倒了半杯。

喝了一口后，许曼瞪着迷离的眼神问道：“你和越子木是同学？”

杜峰点了点头，笑着说：“越子木可是当时我们班的大才子啊，好多女孩儿追呢！”

“什么才子，我看就是花花公子！该死的木头！”许曼说完又喝了一大口。

杜峰一听就觉得不对劲，凭直觉，他猜这个许曼和越子木之间一定有故事。他心说，好你个越子木啊，到处招蜂引蝶。但也难怪，谁让人家比自己长得帅呢。

想想自己，大学里追白露追得好苦啊，可到头来呢，自己守在这里却只守到一个坏消息：白露已经嫁人了。为此，他曾经痛苦了好一阵子，但事实已经无法改变，他所能做的，就只有面对。

在与许曼刚见面的时候，他眼前一亮，那颗已经快要尘封的心又有些悸动了。不是因为别的，许曼长得太像白露了。

杜峰眼睛始终盯着许曼，说着也不知她听没听的故事。许曼则几杯洋酒下肚就有些微醺了，见天色也不早了，她摇摇晃晃地离开座位就要往外走。

杜峰见她要走，赶紧站了起来，想要过去扶她，但被许曼用胳膊一挡给拒绝了。

“我自己能回家，不用你送……”说着，她就要往外走。可是，脚下一个趔趄，整个人就跌到了杜峰的怀里……

回过头再说越子木。他带着美贞和静珠回到了家里，可一进屋就犯难了，总共就一张床，而且还是单人床，三个人可怎么睡呢？他想，自己倒是可以睡沙发的，但沙发和床是在一间屋子内，即便是美贞和静珠两个人睡一张床，那也不方便哪！

越子木站在屋子中间看着床发呆，他实在是想不出什么好的办法来。

美贞见他那个样子，眼睛直勾勾地盯着床，就过去瞪了他一眼道：“看什么看？你睡沙发吧！”

越子木一听美贞的语气，他一下子就想到了那晚的情景，脸一红，不好意思地说：“那倒是……可是……”

其实他是想说，可是怎么睡呀？沙发和床只有一米远的距离。

“可是什么？卫生间在哪儿？我要洗漱！”美贞说道。

越子木听完心想，幸亏不是洗澡。他就一指卫生间的门。

美贞刚想过去，却又停了下来，看着他说：“要不……你先洗？”

还没等越子木反应过来呢，就听静珠在一旁大咧咧地说：“让什么让？我怎么听着有些不对劲呀！你们别让来让去的，我去洗了！”说着，她把外衣一脱就进了卫生间。

越子木转过身下意识地朝卫生间的方向看了一眼，其实他是无意识的，而且也就看了那么一眼，美贞却一转身挡在了他面前：“木头，往哪儿看呢？”

越子木把目光移到别处，坐也不是站也不是地踱来踱去。

美贞坐在床边上看着他在眼前晃来晃去，一摆手说道：“别晃了行吗？好晕哪！对了，木头，有没有什么吃的呀？”

越子木心想，在酒吧时刚吃过了东西，半路上又买了个烤地瓜，这会儿怎么又饿了？但他没问什么，转身就去找能吃的东西。

他自己一个人住，能有什么吃的东西呢？不外乎就是方便面之类的罢了。

他好不容易翻出一盒方便面来，抱歉地拿到美贞面前：“实在不好意思，就只有这个了……”

美贞一见方便面就从床上跳了下来，像只快乐的小燕子。

“太好了，我最喜欢吃泡面了！有锅吗？”

越子木到厨房取来一个小锅，可拿过来看了看就朝厨房走去。因为去厨房要路过卫生间，美贞一看他朝那个方向走，就喊了一句：“你干吗去？”

越子木咧着嘴：“我不是去卫生间，这锅得刷一刷。”

美贞从他手里抢过那个小锅，嘴里嘟囔一句：“谁知道你是不是想去卫生间？”

越子木是有苦说不出啊，但美贞说什么他都不会介意的，谁让自己犯错误了呢？

美贞刷完锅就在灶上煮起面来。在煮面的间隙，她四处看着，无意中，她的目光落到了书桌的那一摞书上。她走过去翻看起来。

越子木怕面煮烂了，就进了厨房用筷子不时地搅动着。而美贞也不知在桌上找到了什么书竟然坐在椅子上看了起来。

此时，除了厨房里的煮面声和卫生间里静珠弄的水声外，别无他声。

等静珠从卫生间一出来，看到这俩人的情形，嘴一噘小声道：“我怎么感觉自己像个灯泡啊！”

此时，越子木面前的煮面锅里热腾腾地冒着热气，他不停地搅动着方便面。

静珠一见，过去就把筷子从越子木手里抢了下来：“我来吧！”说着，她用筷子挑起一根面尝了起来。

美贞一见静珠正在尝面，就放下手上的书，跑过来一把抢过筷子：“都胖成啥样了还吃！你吃了人家的烤地瓜，这会儿还要吃人家面？”

静珠看着美贞瞪了下眼睛，嘴里小声说了句：“小气！”

越子木不好意思地说道：“要不，我再去买点儿？你们都饿了吧？”

静珠站起来自语道：“根本不是饿，她一紧张就想吃东西……”

越子木一听，什么？紧张？紧张什么呢？

“你个死丫头！”美贞瞪了静珠一眼，然后就把面锅拿下来走回到客厅里，一手拿着盖当作托盘一手拿着筷子挑着面吃了起来。

静珠跳上床，钻进被里，并一个翻身趴在了床边盯着两个人。

越子木手足无措地一会儿坐在沙发上，一会儿又站起来。看得静珠呵呵直乐。其实，真正紧张的除了美贞外就是越子木，甚至他比美贞还要紧张。

静珠看了一会儿，说道：“你们两个不洗吗？要不然等我睡着了……呵呵！”

越子木正想答话呢，手机却突然响了起来。这么晚了，会是谁呢？

他拿出手机一看屏幕，显示的是许曼的电话。他这才想起来，许曼还在杜峰店里呢，但是杜峰不是说他送许曼回家吗？这会儿她打电话来干什么？

按了接听键，还没等答话呢，就听手机里许曼大声喊道：“越子木！

你给我过来……死哪儿去了你！你不来送我回家我就去你家！”

越子木一听，他看了看蹲在地上吃面的美贞，顿时就愣住了。这个许曼可是说到做到的主儿啊，她要是来了可就更难办了。他僵着个脸冲美贞干笑了两下：“是……许曼，就我那个同事……”

美贞根本就没抬头。

越子木冲手机里说了句：“你等着啊，我马上就到！”说完，他又对美贞说，“我得出去一下……”见美贞没应声，他也管不了那么多了，转身就要往外走。

还没走到门口呢，就听美贞轻声说道：“听上去她可喝酒了啊……”

美贞就这么轻轻的一句话，越子木听在耳朵里却非常明白她说的是什么意思。他脸一红顿时就愣在了门口。

美贞抬起头冲他一摆手：“快去吧，还愣着干什么？”

越子木听完，转身就出了门。等他赶到酒吧的时候，就见许曼和杜峰两个人正站在门口呢。

越子木过去扶住了许曼，并冲杜峰道：“不是说你送吗？怎么让她喝了这么多酒？”

杜峰咧了咧嘴，不知该如何回答。

越子木明白，一定是他要送许曼却被拒绝了。

见越子木过来了，许曼眯着眼睛看了一下，一拍越子木的肩膀：“不陪你的韩国妹妹跑这儿来干什么？不用你送我……杜……杜峰，你送我回……回家！”

杜峰张着两手不知怎么办好。越子木冲他道：“快去打车呀！”

杜峰这才“唉”了一声招手打车。

越子木搀着许曼，不敢摸不敢碰地就那么架着，许曼却一伸手就钩住了他的脖子。

正在这时，就听后面有人说道：“你们俩在这儿干嘛呢！大街上就搂搂抱抱的？”

12．见与不见

越子木回头一看，说话的竟然是顾桐！

见她一脸的疑惑正看着自己还有怀里的许曼，他下意识地一松手，许曼摇摇晃晃地就向一旁倒了下去。

顾桐急忙喊道："干什么呢你？扶好她呀！"

越子木又赶紧一把抱住了许曼，这下可倒好，把许曼实实诚诚地抱了个满怀。他看了一眼站在街边的杜峰，没好气地说："打着车没有啊！"

这时，许曼似乎听到了有人说话，就闭着眼睛说："越子木……我听着怎么有女的说话声啊，这小狐狸精谁呀！"

顾桐气得咬了咬嘴唇，却走过来一手扶住许曼一手推开越子木："抱那么紧干吗？想占人家便宜呀！去去，一边去！"

越子木讷讷地站到了一旁，很是委屈却又说不出来。

"行了，你们也甭打车了。去，把我车开过来！"说着，顾桐拿出钥匙递给越子木，并一指停车场的方向。

杜峰说："我去吧。"

越子木说："你回去吧，这没你事儿了！"说着，他就朝停车场跑了过去。

杜峰还说呢："这是步行街，不能进车的！"

不大一会儿，越子木开着顾桐的车停在了不远处的街边上。

顾桐踉跄地扶着许曼就朝街边走。杜峰张着两手想帮却又帮不上什么忙，就只好站在酒吧前看着两个美女从眼前走过，叹了一口气。

把许曼扶上后座，顾桐也跟着坐在了许曼身边。

越子木丈二和尚摸不着头脑，他不明白的是，这顾桐坐后边干什么？

正愣着呢，就听顾桐说："开车呀！难不成你让我自己送啊？一会儿我能把她弄楼上去吗？"

越子木这才明白，原来顾桐的意思是要他们两个人一起送许曼。他赶紧上了车，开起来就走。

可是，许曼家到底在哪儿呢？越子木根本就不知道啊。他开着开着就问顾桐："往哪个方向啊？"

顾桐没好气地道："你们两个天天在一起你竟然不知道她住哪儿？"

越子木无语了。

顾桐又说："你往前开吧，我知道。你们两个的资料我早就看过了。"

越子木按照顾桐指引的方向开着车。后座上，许曼一歪头靠在了顾桐肩上，顾桐推她一下，过了一会儿她却一歪头又靠了过来。顾桐说了句："该死的丫头，怎么自己喝这么多酒！"

说完，她又冲前面说道："越子木你怎么让她一个人喝酒呢？怎么回事？你是不是欺负人家了？"

越子木哪敢解释呀，他也根本没法解释。难道说自己去送美贞回自己家，把许曼一个人扔酒吧了？所以，干脆就不说话。

等车总算开到了许曼家的楼下，停好了车，越子木就转到另一侧打开车门，帮着顾桐把许曼扶了下来。

"要不，我背吧。"

顾桐瞪了他一眼："背什么背？搀着吧！"

越子木只好和她一起搀着许曼往楼上走。顾桐嘴里还念叨着："我记得应该是五楼……"

等两个人扶着许曼坐着电梯上到五楼，找到许曼家那扇门的时候，两个人你看看我我看看你都傻眼了。原来，许曼的包忘在酒吧了，而门钥匙一定在包里。

"怎么办？"越子木咧着嘴。

顾桐叹了口气："还能怎么办？下楼吧，上我家！"

越子木却突然说道："她家没别人吗？要不，敲敲？"

顾桐说："外地女孩儿租住的房子哪来的别人？你家现在有别人吗？"

她这一句话不要紧，越子木顿时就像是被人揭了短似的不敢言语了。

见他不说话，顾桐突然笑着说："不会真有别人吧？美女？呵呵！"

顾桐的一反常态令越子木不知如何是好了。他只好又帮着顾桐扶着许曼下了楼回到车上。

顾桐把许曼安顿好后说："我来开吧，你不熟悉路。"

越子木只好坐到了后座上。许曼头一歪就靠在了他肩上，他下意识地躲了一下。

顾桐从后视镜里说道："躲什么躲？你不让她靠着多难受！"

他只好往许曼那边蹭了蹭，让她把头靠在了自己肩上。

顾桐一打方向盘就朝自己家的方向开去。到了顾桐住的公寓楼，她把车开进地下车库，然后就和越子木一起扶着许曼从地下直接坐电梯上了楼。

出了电梯，顾桐打开门，两个人一起把许曼弄了进来，越子木刚想问卧室在哪儿，顾桐却推开他的手，自己扶着许曼朝卧室走去。

越子木明白，顾桐是不想让他进卧室。他就站在客厅里随便欣赏着屋里的摆设。在一面墙上，挂着一大幅落地的写真照片，一个美女颔首浅笑，可不正是顾桐！

把许曼安顿好，顾桐回到客厅，发现越子木正在看那幅照片。

"哎呀，别看了，随便照的。要喝点儿什么吗？"顾桐的语气明显有了变化。

越子木没回头，盯着照片道："这不像你呀！"

顾桐一边倒水一边答道："艺术照都那样。"

越子木却说："脖子露多一些真漂亮！"尽管这句话有些暧昧，但他说的是实情。

顾桐一听，下意识地捂住了自己的前胸，见越子木并没有回头，她又把手放下了。

“不许看了！给你水！”说着，她把水端到了越子木跟前。

越子木一回身，一下子就把水碰洒了，而且直接洒到了顾桐身上。

顾桐往后一退，脚下一滑，整个身子就倒向了一边。越子木顺势一把抱住了她，并往自己怀里一揽，就像是探戈舞的动作一样，他在上，顾桐在下，四目相对，顾桐脸一下子就红了。

“还不松手！”顾桐咬着牙说道。

越子木却笑着说：“那我可松了啊。”说着，他作势要松手的样子。

这个姿势，要是越子木一松手，顾桐非得摔到地上不可。

顾桐情急之下说道：“你敢！”

说话间，越子木手上一用劲，把顾桐揽了过来，一下子，顾桐就到了他的怀里。

两个人紧紧地挨着，越子木明显能感觉到顾桐紧张地喘着粗气。但不知为什么，这次顾桐并没有让他松手。而他可倒好，双手一松，还笑着说：“不用扶了吧？”

顾桐这才反应过来，她瞪了越子木一眼，却低下头去，尽显娇羞之态，再没了那副冷面孔。

越子木转身说道：“我得回去了。”

顾桐只是“哦”了一下，什么都没有说，就那样看着越子木开门、关门。也不知道她此时心里想的是什么。

等越子木赶回家的时候，已是夜半时分。

他轻轻地打开门，并蹑手蹑脚地进了屋。等他关好门再转过身来的时候，眼前的一幕令他差点儿没笑出声来。

就见美贞横躺在地板上，旁边放着那个煮方便面的锅，静珠也不知道什么时候下了地，也斜着躺在地上，嘴边竟然还有一根面条。

越子木心说，单身女孩儿的睡姿真是伤不起呀！

可是，也不能就这么让她们两个睡地上啊。越子木就先小心地把静珠抱到了床上。然后他看着地上的美贞，心怦怦地直跳。他一只手放到美贞头下，另一只手伸到她的腿弯处，轻轻地就把她抱了起来。

在往床上放的一刹那，就听美贞嘴里说了句：“欧吧……”

越子木一惊，还以为她醒了呢，但直到他把被给盖上美贞也没醒。他心说，做什么美梦呢这是。

看着睡得香甜的美贞，越子木知道，这孩子白天在步行街上卖东西一定是累了，也不知是什么样家庭的孩子，一个人跑中国来父母也放心？

收拾完地上的东西，他习惯性地坐在书桌前，却看到了美贞翻看的那本书。在翻开的那一页，他看到，竟然是那首著名的《见与不见》：

你见，或者不见我
我就在那里
不悲不喜
你念，或者不念我
情就在那里
不来不去
你爱，或者不爱我
爱就在那里
不增不减
你跟，或者不跟我
我的手就在你手里
不舍不弃
来我的怀里
或者
让我住进你的心里
默然相爱
寂静欢喜

这首《见与不见》是越子木最喜欢的诗。每当读着这样的诗句，他脑海里都会出现一个人，一个画面，一段经历，还有，那时时抽丝般的伤痛……

他翻看着这本诗集，翻了，又放下；放下，又拿起。此时，夜深人静，他想到了李楠芝。同一片月光下，不知她在做什么，她是否也在望着窗外的月亮？

他回想起那曾经的过往，在心底不忍触动的伤……

想着心事，他就趴在桌上沉沉地睡去。也不知道睡了多长时间，迷蒙中，越子木就听有人在叫自己，他勉强睁开眼睛。面前，热气腾腾地放着馒头、粥还有咸菜。

再一看，美贞正笑呵呵地望着自己。

“你怎么就这么趴着睡着了？也不怕感冒！快去洗洗吃饭！”美贞说着就去收拾桌上零乱的东西。

越子木擦了擦嘴角，四下一看，原来已经亮天了。他站起来转身去了卫生间。等他洗漱完毕出了卫生间，却没有看到静珠。

“美贞，静珠哪儿去了？”

美贞答道：“她呀，上班早，一大早就走了。”

坐在桌前，看着桌上的早餐，越子木眼前却出现了另一个人的模样，甚至在他的脑海里，我认为身后站着的这个女孩儿就是李楠芝，一样的早餐，一样的语气。

“发什么呆呀你？快吃东西好上班！”听在越子木耳里，美贞这句话俨然就出自李楠芝之口。

他不禁看了一眼美贞，想到自己对人家犯下的错误，他真是懊恼不已。

美贞也坐下来，又是夹菜又是递馒头。越子木心想，这到底是谁家呀？

吃完了早餐，越子木看着忙忙活活收拾东西的美贞，几次想说什么却都没有机会。他是想问美贞，要不要一起走。但事实是，美贞根本没有走的意思。

忙活完了，看着一直站那儿不动的越子木，美贞说道：“你不上班吗？”

越子木眨巴两下眼睛，无语了，却还是盯着美贞不说话。

美贞这才明白，就笑着说：“我今天就在家里设计那个样品……昨天不是说好了到你家躲一躲的吗？”

越子木极力地回想着昨晚见到静珠时说的话，却怎么也想不起来说过这样的话。但他又一想，那个样品需要美贞来完成，而她呢，自己住的地方又回不去，不在自己家还能上哪儿呢?

想到这儿，他木讷地说：“那……我上班去了！”

“去吧去吧，早去早回，晚上我给你做好吃的！”听着美贞快乐的声音，越子木咧了咧嘴。

刚走到门口，他回头说道：“那晚上静珠……”

美贞瞪了他一眼：“想什么呢？难道你让我自己在你这里住啊！你还想……”说着，她咬了咬嘴唇。

越子木一听，转身就走。他明白美贞后面那句话是什么意思。

下了楼，他回身往楼上望了望，又摇了摇头，心想，每个人都得对自己的行为负责啊，没想到一个梦竟然把她惹到家里来了！幸亏平时没有什么人到家里来，要不然还真说不清楚呢。

但越子木想错了，接下来，他家里不仅来了人，而且还来了很多人……

13．奇怪的任务

越子木到公司时，许曼还没有来，顾桐也没有到，也不知道她们两个人是没起来床还是怎么了，这要是在平时，最起码顾桐应该早到了。

他往许曼的座位看了看，想到昨晚她钩着自己脖子说的话，他不禁摇了摇头。

上班时间刚过，越子木就听见外面的走廊里传来零乱的脚步声，还夹杂着有序的高跟鞋声。他知道，前面的声音一定是整天风风火火就像赶不上末班车的许曼，而后面那有序的脚步声不是别人，应该是顾桐。

对于顾桐的沉稳着实让人服气。就拿昨晚的事儿来说吧，别看平时许曼口无遮拦而且还对顾桐充满了敌意，而且昨天见到顾桐时她竟然还说了句“狐狸精”，但顾桐并未放在心上。这一点，令越子木好生敬佩，大概这也是吴总十分器重顾桐的原因吧。

如果用一句话来形容顾桐，除了“漂亮”这样没有特点的评价外，用流行的一句话那就是“高端、大气、上档次”！

这不，高端美女已经进门了，先她之前冲进门的，是许曼。

之所以说她是“冲”进门的，丝毫也不夸张。随着门“嘎吱”一声打开，接着“咣当”又一声门撞到了墙上，再接着，一串零乱的脚步声穿过过道停在了越子木身后的座位。

越子木回过头，却没看许曼，而是把目光投向了门口。就见顾桐迈着轻盈的步伐款款而进，接着，她把门轻轻地关上，然后朝自己的办公室走去。路过越子木身边的时候，不知为什么，她却连眼睛都没眨一下。越子木觉得自己瞬间成了空气。

而他周围的空气，随着顾桐走过，一缕淡淡的清香萦绕。望着顾桐的背影，那修长的身材，加上一双美腿，越子木顿时想到了昨晚她撞进自己怀里的那一刻，不禁哑然失笑。

人的第六感是种奇怪的感觉，顾桐好像感觉到了后面有人在看自己，在开办公室门的一刹那，她转过身来，四目相对，越子木没有回避，而是直视她的眼睛，看得顾桐慌了一下，但随即就恢复了常态，她眨了下眼睛。越子木看到，她是欲言又止。

等她进了办公室把门关上，越子木这才回过身来。许曼正在桌前忙活呢，就像没看见越子木一样。越子木就纳闷了，这顾桐和许曼是怎么回事？攻守同盟了？怎么一副德行！

"嗨嗨嗨！"他不得不主动打着招呼。

许曼抬起头："嗯？有事吗？"

越子木这个气呀，心说，起码得说句谢谢呀，毕竟昨天送你回去的嘛。听她这么一说，他顿时无语了，也根本接不上话了！

"没事！"他转过身去。

却没想到许曼说："昨天和你那个妹子聊得怎么样啊？她愿意帮咱们做样品吗？"

越子木回头道："嗯，正做着呢！"说这话时，他脑海里却是美贞在他家里忙这忙那还哼着歌的情景。

"她在哪儿做呢？要不要咱们过去帮着参谋参谋啊？"许曼有一搭没一搭地说着。

"不用不用！"越子木说完就后悔了，因为这句话跟得太近了，话里的意思实在是太明显了。

果然，许曼皱着眉说："什么情况？你那么紧张干什么？她又不是在你家里！"

越子木一听，她怎么猜得这么准！随即，他说道："哦，紧张什么，是她说不用去找她，做完会打电话的。"又一次，他撒了谎，但这个谎很快就被拆穿了，这是他万万没有想到的。

此时，在顾桐的办公室里，她正翻看着员工简历表，看了一会儿，她还在台历上翻看着，翻到当日的这一页时，她凝眉沉思半晌，这才拿起桌上的电话。

“越子木你来一下！”

越子木放下电话，站起身就往顾桐的办公室走。而在他的身后，许曼却悄悄地把他放在桌上的钥匙拿了过去。

在顾桐办公室门口，这一次，他没有直接推门，而是敲了一下。进了办公室，他站在桌前看着顾桐。今天，顾桐穿着一件连衣短裙，粉色衬底上印着大朵的牡丹，高贵不失淡雅，清新不落俗套，重点是她的粉颈，如出水芙蓉般挺立。越子木一下子就想到了昨晚自己说的那句话，没想到顾桐还当了真，今天真穿了件露脖子的衣服。

见越子木看自己，顾桐咳嗽一声，说道：“今天给你个任务，你得跑一趟。”

“上哪儿？说吧。”越子木也没多想，组长嘛，分配任务是应该的。

“你去一趟印刷厂，上次他们说现在原料上涨，印刷费要加价，我一直没空去和他们谈，这个任务就交给你吧，去和他们谈一下，看能不能少加点儿……”顾桐说道。

越子木心里犯了嘀咕，联系印刷厂不是有印务组嘛，干吗让我去呢？

“你确信是让我去？”他一指自己。

“对！在城郊那么偏远的地方难道我去吗？”顾桐的口气好像很坚决。

“印务组……”越子木的意思是说，分工负责嘛，明明有专门负责的就应该让他们去。

可还没等他说完，顾桐又说：“这是吴总交代的，就让咱们负责！”

“哦，那行吧！”说完，他转身就要走。

“你跑着去还是走着去呀，给你钥匙！”说着，顾桐把她自己的车钥匙扔到了桌上。

越子木拿过钥匙转身要走，却又停了下来，看着顾桐笑着说：“嗯，这身不错！”

顾桐瞪了他一眼，等他出了门，自己也往身上看了看，还整理了一下衣服领子。

且说越子木开着顾桐的车直奔位于郊外的定点印刷厂。

初秋的郊外风光旖旎，红叶衬着青山，如一幅山水画，什么城里的喧嚣、车流与人流都通通被车抛到了后面，迎面而来的，是正浓的秋色渲染的无比惬意。

“天空收割了美丽，山川盈满了红绿，碧水汲取了流云。蓝色里，苍鹰在轻掠浪花；人们，种下绿色的舞蹈，收获金色的诗歌。”用这首诗来形容此时的秋天再恰当不过了。大美不言的土地，无法言语的绚丽，沉默着无边的寂静，湛蓝的天空通透如洗，青绿的流水绵滑如脂，秋日的阳光晕染着山村的白桦，叶子泛着金光……秋天的色彩，丰富、纯净，直润人心。

越子木按照顾桐给的地址，打开车载导航仪，反正也没什么事，就不紧不慢地开着车，一路欣赏着风景行进在郊外公路上。可以说，他的心情是好好啊。

按理说，北京这样的地方，不管是什么时候，也不管是什么地方，就是一个字：堵！今天却很是意外，郊外却没有多少车，交通出奇的顺畅。

越子木开着开着，却感到一阵内急，他顿时惊慌失措，公路上哪儿找卫生间去？他左看看右瞧瞧，到处找地方。

正在这时，他发现前面不远处的农田边上有一片树林，虽说已近秋天，树叶也已经泛黄，但还好并没有多少落叶，也就是说，树林是茂密的，足可以遮挡一些透不得光见不得人的事儿。

他就赶紧把车开了过去，在路边停好了车，就急急忙忙地钻进了树林。

不管你是什么人，男的也好女的也罢，什么都可以慢慢来，唯有这个，是容不得你等的，什么急也不如撒尿急呀，这可以说是天下第一急！

要说这越子木啊，撒尿你就撒呗，撒完赶紧上车走人，可是别看他平时没个正形，却是天生正义，尤其是看到有女孩子挨欺负的时候，他是一定会挺身而出的。

这不，他正找好了地方痛痛快快地撒呢，却突然听到前面传来异样的声音……

就听一个男人的声音道："……我让你跑！乖乖躺好了！"

接着，一个女人的声音传来："别……别……求你轻点儿……"

越子木一听，脑袋"嗡"的一下子就大了，天哪，这一定是遇到坏蛋了！光天化日的，这还了得？他赶紧把腰带系好，双手轻轻地分开树丛往前面发出声音的地方看去。

这一看不要紧，他顿时大吃一惊，尽管早有心理准备，但映入眼帘的画面还是让他震惊不已！

就见前面树丛中间的草地上，一个男人背对着，在他身下的草地上，四散着花花绿绿的衣服，再看下面，天哪，白花花的腿蜷缩着，间或还蹬着草地，再看那女人的双手，紧紧地抠着身体两边的草。

因为那个男人挡着，越子木看不见那女人的脸，但从声音上听去，她一定是吓坏了不敢大声喊。

这还了得？越子木用尽丹田力大喝了一声："住手！"

再看那哥们儿，浑身抖了一下，继而直起身子僵立着，接着，双手一提裤子，"噌"的一下子就蹿了出去，朝另一边的树丛中撒腿就跑，跑的那个快呀！

还想跑？越子木三步并作两步就追了下去。从那女孩儿身边追过去的时候，他可是没敢看，但从眼睛的余光中，他明显感到那当时的画面一定是不堪入目。

想到这儿，他不禁骂了自己一句，想什么呢，人家姑娘可是挨了欺负啊！

就在他追过去的时候，却听到那姑娘在后面喊了句："三儿！你跑啥呀？"

越子木愣了一下，但还是追了下去。可是，当他分开树丛再往前面看时，差点儿没气死！就见那个男的已经跑进了庄稼地里，可惜了那片麦田，被这个畜生给横穿了过去，在他身后，留下一串串躺倒的麦窝。

之所以说可惜，是因为越子木是个文人，看到麦田就自然会想起《麦田守望者》。他曾看过一幅油画，但已记不得是谁的作品，记忆中的《麦田守望者》是美国已故作家杰罗姆·大卫·塞林格唯一的长篇小说，是他在大学的时候读的。

可是现在呢，那么美的麦田竟然被这个货给糟蹋了。

眼看着也追不上了，他就赶紧转身往回走，那姑娘还在树丛里呢。越子木突然想到，她可别想不开呀。一想到这儿，他就加快了脚步。

等他回到那片草地时，见那个农妇模样的女子正在穿衣服，一边穿嘴里还嘟囔着："就说不行吧？偏不信！"

正嘟囔着呢，一抬头看见了越子木，她脸红红的却瞪了他一眼，说道："看什么看！劫财还是劫色？"

顿时，越子木就僵在了那里。脑海里迅速调动着各种情节，但怎么也想不出竟然是这么回事呀！没想到自己想办点儿好事吧，还把人家的好事给搅了！

那女子就在越子木面前，又是套衣服又是系裤子，丝毫没把他放在眼里。

刚刚，越子木心里的那点儿英雄气概还豪情万丈呢，但一瞬间就被这个农妇模样的女子轻描淡写地给弄得烟消云散了，剩下的，只有愧疚和尴尬。

"对……对不起啊，不知道是……"他不知说什么好了。你把人家的好事给搅了，说什么也补救不了。

"不是劫财的？"女子问道。

越子木这才发现，这女子虽说是个农妇，但长相还可以，应该是村里的一枝花儿吧。

见越子木呆愣着手足无措的样子，她上下打量了一番，又说道："那是劫色喽！"

"不不不！刚才我以为是坏人在……"越子木慌忙摆着手，语无伦次地解释着。

听他这么一说，女子笑了："该死的三儿，跑得比兔子还快！呵呵，他是俺对象……"

越子木一听，果然自己猜得没错，今儿个这事还真是办砸了！他咧着嘴说道：“我先走了啊……”说着，他抬腿就走。说是走，却比跑还要快呢！

身后，那女孩儿哈哈大笑。越子木听到，她还说了句：“小样，长得挺帅呀！”

越子木分开树丛就往车那儿走。心里想，还真是倒霉呀，没想到撒泡尿却撒出这么个事儿来！得赶紧走。

可是，他却走不了了。

还没等他走到车跟前呢，就见几个五大三粗的汉子手里都拿着家伙正穿过麦田奔他来呢。为首的，正是刚才跑的那个人。

越子木见状，撒腿就跑，好汉不吃眼前亏！

可是，已经晚了，那几个人已经挡在了车前面。他只好站住了，再看那几个人，虎目圆睁，怒气冲冲。有拿镰刀的，有拿铁锹的，还有拿着个三轮车摇把的，看架势，自己今天恐怕要撂到这儿了。

虽说越子木一米八的个头，身材也算结实，但双拳难敌四手，好虎架不住群狼啊。

他满脸堆着笑摆了摆手：“诸位，是误会，误会啊……”

“误会？少来这一套！哥几个，给我打！”刚才跑的那个三儿吼道。

说着，那几个人就要往上冲。

越子木往后退了几步，边摆手边说：“等等等等，听我解释一下呀……”

这时，不知谁问了句：“四丫头呢？”

那个叫三儿的人四下看了看，指着越子木道：“这小子肯定没干好事！揍他！”说着，就挥着手里的家伙冲了上来。

越子木心想，这下全完了，还不得挂花呀！没想到撒个尿这件小事儿却摊上大事儿了！

14. 谁送的蛋糕

且说顾桐把越子木打发出去后，神秘兮兮地笑了笑，然后就拿起电话拨了一个号，对电话里说："赵总你好！对，我是顾桐。今天我们派人往你那儿去了啊，商量一下印刷的事儿！哦，一个男同志，我们这儿新来的！他不熟悉路，你最好出来接一下他！对对！"

放下电话，她出了办公室到员工卡位区，拍了拍手说道："大家都停一停，说个事儿啊。按照咱们组的惯例，今天要给一个人过生日！大家猜猜，是谁？"

众人你看看我，我看看你，都互相摇了摇头。

李斯站起来一挑兰花指："哟，我说顾姐姐，不会是哥哥我吧？"

顾桐瞪了他一眼："去！找收拾是吧？"

李斯一吐舌头坐了回去。

许曼却一直微笑着，眼睛盯着电脑。

陈承却转了转椅子说道："我说你们啊，还真是健忘！也没看这一大早顾桐把谁派出去了？还派得那么远！以前给你们过的生日都白过了？"

这时，众人才"哦"了一声恍然大悟。

"好了，大家都把手头的事儿紧一紧啊，争取一上午就弄完，然后下午咱们分头去买吃的东西和礼物，谁也不许请假！"顾桐吩咐着。

"哪儿过去呀？组长！"有人问。

"越子木家里！"顾桐说完就要回办公室。

"也不知道住哪儿呀！怎么办？"有人又说道。

顾桐看了一眼许曼，笑了笑没言语。

转眼间到了下午，顾桐带着大家就出了写字楼。一干人等先是到超市里买了蛋糕，各人又挑选了各自的礼物，在许曼的引领下就直奔越子木住的地方。

到了越子木家楼下，众人下了车，许曼走在了前面。

陈承在后面笑着说："许曼你好像是在上自己家一样，好熟悉这里呀！"

许曼装作没听见，直接就上了楼。到了越子木家门口，大家都面面相觑。

"敲门啊！"有人说道。

"敲什么敲？他家里哪会有人啊，他又不在家！"不知谁答了一句。

"这怎么进去呀？"

顾桐却笑着对许曼点了下头，许曼拿出把钥匙直接插进钥匙孔里。

"呀！你怎么会有越子木家钥匙？我就说嘛……"李斯娘娘腔地说道。

众人都瞪大了眼睛看着许曼。

"瞎猜什么呀？是我让许曼偷偷把钥匙拿到手的。"顾桐解释着。

"是呀，钥匙是你让拿的，可她上楼连找都没找就直接到了，奇怪不奇怪？"陈承挤了挤眼睛。

顾桐一听，也眨了眨眼睛。心说，该死的小妮子，果然那天喝醉了酒是在这儿住的！

许曼边开门边说："我们一起忙活那个项目，那天路过……"她撒着谎。

"行了，你就别编了，越子木是谁呀，即使是路过他也不可能让你上他家！真是！"一个女同事说道。

顿时，许曼没话说了。

门外这么大的嘈杂声为什么没有惊动屋里的美贞呢？

原来，她上午就画好了草图，整个一下午都在按照图纸手工制作那个首饰呢。做累了，也快到越子木下班的时间了，她就放下手里的活，蹦蹦跳跳地开始收拾屋子。她找了条毛巾往头上一包，然后拿块抹布弓着腰左一趟右一趟地擦起地来。

擦了两趟，她又把耳机往耳朵里一塞，一边哼着歌一边擦，任外面再大的动静又怎么能听得到呢？

随着许曼手里的钥匙轻轻一拧，门，开了。

众人簇拥着，刚挤进门，就都被眼前的场面给惊呆了：一个女孩儿头上包着毛巾、光着脚丫、撅着屁股正在地板上推抹布呢！

顿时，众人谁都不说话了，关键是也不知道该说什么。刚才还有人口口声声说越子木家里不可能有别人呢，更不可能有女孩儿，现在可倒好，不仅有，而且还整个一副家庭主妇的打扮。

等美贞转过身往回推抹布的时候，她被门口的众人给吓了一跳，顿时就坐在了地板上。

许曼一见，原来是美贞啊。

美贞也看见了她，坐在地上指着她说："能不能给个动静啊，要吓死人哪！"

许曼上前把她拉了起来。

顾桐看着许曼："这什么情况？"

许曼就把她和越子木如何打算让美贞帮着制作个手工样品的事告诉了顾桐，并把美贞介绍给了大家。

顾桐一听，倒也靠谱，但为什么跑越子木家里来了呢？她上下打量了一番美贞，心说，又一个美人坯子。该死的越子木！她在心里骂了一句，一种酸酸的感觉悄然而生。

看着这么多人，美贞皱着眉问许曼："找木头？他还没回来呢……"

许曼就笑着在她耳边说了几句。听完，美贞一下子跳了起来。

"好啊好啊，那咱们就开个大Party!"

看着她孩子气的样子，顾桐长出了一口气。

众人都进了屋就开始布置起来，而美贞和许曼两个人并几个女生一起把买来的食物摆在桌子上，把那个大蛋糕放在正中间，并在上面插好了蜡烛。

看看时间也差不多了，顾桐就站在窗前往下看着，她又看了看手表，嘀咕道：“也该回来了？”

可是，她们一直等到天都黑了，也没见越子木回来。

李斯说：“顾姐姐，你把越子木派哪儿去了？他要是回不来那可完蛋了！”

“一边等着去！”顾桐冲他吼了一句。

但此时在她的心里也很是纳闷，按说就算是不熟悉路，这一大天时间也该回来了，可别真出什么事呀！她不禁担心起来。

正在众人焦急万分的时候，传来了敲门声。

李斯第一个就蹿到门口，他把手轻轻地放在门把手上，还回身冲大家嘘了一声。然后，侧着身子，猛地把门一拉，紧接着大喊了一声：“啊！”

众人也都笑着等待越子木被吓着的画面。可是，就听门口“啊”了一声，再一看，一个女孩儿手抚着胸口，倚靠在门框上正喘粗气呢。

这哪是越子木啊？

几个人顿时都瞪大了眼睛愣住了。顾桐心说，该不会又是找越子木的吧？

美贞却走上前一把拉过静珠：“进来。”然后又回过头对大家笑着道，“这是我的姐妹，和我做伴的……”

许曼听完看看顾桐，顾桐又看看她，眼睛都长长了。这也就是说，昨天越子木是和这两个女孩子一起住的？

一想到这儿，顾桐就气不打一处来，怪不得昨天越子木那么着急回去呢，连水都没喝就走了，原来是家里有情况啊！

许曼更是生气，早知道这样还不如让杜峰送呢！该死的越子木！她咬了咬嘴唇。

加上静珠，他们这八九个人又继续等越子木。闲来无事，他们有的看手机、玩游戏，有的翻看越子木的书，静珠却趴在桌前盯着那些吃的。

此时，屋里静悄悄的。等待，永远都是最难熬的。

就在这时，门外传来了动静，尽管很轻，但大家都听到了。

顾桐一使眼色，有人把灯关了，顿时，屋里漆黑一片。接着，陈承过去轻轻把门打开……众人都做好了准备，就等着越子木一进来好吓他一吓呢。

可是，门开了半天也没见有人进来。陈承忍不住到门外一看，就向里面摆了摆手，有人把灯打开，都凑到门口看，外面空无一人！只是在门旁的地上，放着个盒子。

有人把那个盒子拿了进来，陈承又往楼上楼下的楼梯处看了看，却并没有发现什么人。

进了屋，看着这个盒子，众人谁都不说话。

美贞却轻轻地把盒子盖掀开，说道："手好巧啊！"

许曼凑上前一看，里面是个自制的蛋糕，虽然没有买的精巧，却足以看出制作它的人是用了心的。

这究竟是谁送的呢?

李斯往陈承身后躲了躲："好吓人哪！"

顾桐看着那个蛋糕，她分明看出，那一定是出自女人之手……

而此时的越子木正如顾桐担心的那样，他摊上事儿了。这不，那个男的说话间就挥舞着家伙冲了上来。如果要是他一个人，越子木还真就不怕，但现在人家可是好几个人啊，而且都拿着家伙。打又打不过，跑又担心他们砸车。

越子木迅速想着办法，可是哪容他想啊。说时迟那时快，那人手里的家伙可就要砸下来了。

正在这时，就听身后有人喊道："三儿！你给我住手！"

那个叫三儿的人手里的家伙眼看就要落到越子木头上了，一听喊声却硬生生地停了下来。

越子木一缩脖子，往旁边躲了躲，再回头一看，却是刚才那个村妇。

那个三儿一见那女子就支吾着："他……他他……没欺负你吧？"

女子狠狠地瞪了他一眼："跑得比兔子还快！要真是坏人你现在回来有屁用？该干的事早都干了！一边待着去！"

三儿往后退了好几步，低下头不敢再出声了。

女子又冲另外几个人道："干吗？这么闲吗？要是闲都帮我家割地去！回头还得让我爹骂你们！"

那个三儿却又支吾道："俺寻思着回去找……找人……"

"找什么找？死样！要是劫财的还好说，这要是劫色的呢？怪不得我爹说你是个扔货！还不快走？"

三儿转身一挥手，几个人都蔫头耷脑地转身就走。三儿却转回身小声说道："丫儿，那晚上……"

"滚一边去！你当是菜呢？凉了还能热？"女子骂道。

三儿红着脸转身就走。

看着刚才这一幕，越子木心说，好险哪！但他已经看明白了，估计这女子肯定是村干部家的，要不然说话不能那么冲。那个三儿一定是她相好，却是个不受她爹待见的主儿。

"行了，该干吗干吗去吧……"女子冲越子木说道，又上下看了看，接着自语道，"长得人模人样的，要是挨了打怪可惜的……"

越子木说了声"谢谢"正想上车呢，就听后面有人说道："是《靓相》杂志的同志吗？"

越子木回头一看，顿时就愣住了。就见一个男的头戴鸭舌帽、一身休闲打扮，正朝他这边走过来。在他身后，停着一辆越野车。

越子木站在车边，手还扶着车门子呢，另一只手却指着那人，皱着眉半天才说道："这不是蛮子吗？你怎么在这儿？"

那个叫"蛮子"的听越子木这么一说，也是一愣，继而他也指着越子木端详了半天，这才大笑着走上前来。

"天哪，怎么是哥们儿你呀！"他一伸大手就紧紧地握住了越子木的手，另一只手还拍着越子木的肩膀。

原来，此人叫赵满知，曾经是越子木家的邻居，也算是他的发小。因"满知"和"蛮子"读音相近，伙伴们就送了个外号叫"蛮子"。当初取这么个名字，是他父母希望他满肚子都装满知识，可没想到知识没装多少，却装了一肚子的鬼精灵。后来越子木上了大学，而他因为学习不好就到外面去打工了，再后来越子木就和他失去了联系，只是偶尔听说他在一个大城市里，也不知做什么。

两个人拉着手正攀谈着呢，却忘了旁边这位泼辣的村姐儿。

就听她在后面说道：“哟，这不是赵哥嘛，什么风把你给吹来了？也不上家坐坐！”

这时，赵满知才看见她，就惊异地问道：“这不是村主任家的丫头吗？你怎么在这儿？”

“亏你还记得我！怎么？你认识这个小白脸？呵呵！”她指着越子木说笑着。

赵满知一拍越子木的肩膀：“这是我多年未见的哥们儿！哥们儿，这是村主任家的千金。噫？你们怎么会在一起？”

越子木拉过赵满知：“这个事儿等以后再说。我得去一趟印刷厂，要不，跟我一块去？等我谈完了咱回城好好聊聊。”

赵满知一听，先是愣了一下，继而笑了笑，说：“中！”说完，就要转身回自己车上。

村主任女儿在后面道：“是不是回村里呀？就自己走了？”

赵满知这才站住脚，一伸手做出个请的样子。她笑呵呵地朝赵满知的车走了过去，路过越子木的时候竟然还冲他笑了笑，并扶了扶脖子下面的衣服领子。

越子木开车在前，赵满知开车在后，两辆车就直奔位于这个村子的印刷厂。

其实，说是村子，但位于京郊的村子又哪里有村子的样子呢？分明就是一个工业区！

越子木在前面开着车，眼睛却时不时地盯着导航。随着导航里的一声“前方三百米右转弯，到达目的地，本次导航结束”，越子木打着方向盘，刚转过弯，果然，就见迎面一扇大门，上写几个大字：知之印刷有限公司。

看着这个铜字招牌，越子木就是一愣，总觉得有些不对劲。

更令他疑惑的是，他的车刚到门口，那扇原本紧闭着的大门就吱呀呀地开了，就像知道要来人一样。紧接着，冲出两个保安来。越子木吓了一跳，什么情况？

就见那两个保安往路边一站，“啪”的就是一个立正敬礼。

越子木又是一愣，心说，看来这家印刷厂还不错，员工教育得好。

他也就没客气，开着车就进了院。后面，赵满知的车也跟着进了院。越子木从后视镜看见，那两个保安见蛮子的车经过，腰杆挺得更直了，而且还转身目送车进院。随后，两个保安一路小跑跟进了院子。

越子木找了个停车位正想停车，就见一个保安跑过来，一伸手：“倒！倒！倒！欧了！”

越子木这个好笑啊。

旁边，另一个保安帮着打开赵满知的车门，“啪”地又是一个敬礼。赵满知摆了摆手。另一边，村主任女儿也下了车，冲赵满知说了句“我先回去了啊”，然后就自顾而去。

就在这时，从办公楼里一溜小跑地跑出几个人来，跑到门口迅速站成一排。

就听为首的一个人高声喊道：“预备——齐！”

接着，一干人等齐声喊道：“董事长好！”

越子木刚刚还觉得这家公司挺靠谱呢，可一听他们这么喊，顿时就蒙了。

再看赵满知，大手一挥，然后就做出个“请”的样子，冲越子木一伸手。

越子木眨着眼睛，联想到刚才在大门口看到的牌子，他有些明白了，但还是问了句：“蛮子，搞什么名堂？他们叫谁董事长？”

还没等蛮子答话呢，刚才开车门的那个保安说道：“介……介绍一下，这是我们的董……啊就董事长！”

蛮子回头瞪了他一眼，那保安一吐舌头退了回去。

越子木这才明白，他上去就是一拳：“好你个蛮子，在这儿跟我打埋伏！”

赵满知憨憨地笑着。

在进办公楼里的时候，赵满知边走边和越子木说：“唉？你们头儿怎么让你上这儿来了？我在市中心有办公地点啊，怎么不上那儿呢？”

越子木一听，顿时皱起了眉。但随即他就笑着说：“可能是顾桐打算让我看看我们的杂志是怎么印出来的吧。”

在他心里的想法却是：好你个顾桐，派我到这儿来，害得我差一点儿就挨了揍，你等我回去的！

赵满知带着越子木参观了车间，两个人又在会客室里聊了许久，真是有说不完的话呀。眼看着就要到下班时间了，越子木起身就要走。

赵满知说：“别的呀？今天必须得喝点儿酒！”

越子木笑着解释：“日子长着呢，改日吧，我是开顾桐车来的，快下班了，我得赶回去呢，我做事是有原则的！”

见拗不过他，赵满知只好依了他。

告别了赵满知和他的印刷厂，越子木开着车就往回走。可是，交通晚高峰已经来了，等他赶到公司时，发现公司已经没人了，打顾桐电话也没人接，打许曼电话也不接。他就纳了闷了，这帮人哪儿去了呢？

他只好开着顾桐的车往家走。等他到了家，上楼一掏口袋，这才发现钥匙不见了，他只好敲了敲门。本来，他是不想敲门的，因为自己一个人惯了，如今这么一敲门，总有点儿别扭。男人敲门，不是因为家里有孩子，而是因为家里有女人！

可他刚敲了两下门，门竟自己开了。他往里面一看，黑乎乎的什么也看不见。他顿时吓了一跳，美贞哪儿去了？该不会是家里进来坏人了吧？

他一个箭步就蹿进屋里，嘴里还喊着：“美贞！美贞！”

15．生日快乐

且说顾桐他们等到花儿都谢了也没见越子木回来。许曼焦急地在窗前踱来踱去，还时不时地往楼下那条路望了又望，可是，除了街灯、行人外，始终不见越子木的身影。

“顾桐，这小子该不会是出什么事儿了吧？”李斯一挑兰花指嗲声嗲气地说道。

“去一边儿去你！说什么呢？”许曼狠狠地瞪了他一眼。顾桐也轻挑眼皮瞟了他一下。

静珠盘腿坐在地板上，而眼睛却盯着桌上的蛋糕和其他吃的东西，当然，还有那个不知是谁送来的手工蛋糕。她咽了口唾沫，又用手捂着肚子，眼睛看着美贞，可怜巴巴的。

“美贞，好饿呀！”静珠实在是忍不住了。

美贞正双手托着腮在桌前想着心事呢，听静珠这么一说，她把手拿开，无奈地叹了口气，对静珠说：“要不，你下楼去买泡面？”

静珠一听头摇得跟拨浪鼓似的。她才没那么傻呢，桌上这么多好吃的，她才不吃方便面呢。

顾桐也实在是等得揪心，她又掏出手机拨了过去，这一次，手机是响了，但还是没人接。这下，顾桐可真有些担心了。她想了想，就给赵满知拨了过去。一问才知道，原来越子木早就从印刷厂回城了。赵满知还问呢：“没见着他？他可是说什么都要回去呀，说是给你送车？”

顾桐一听，心不禁颤了一下。

好一个越子木啊，为了赶在下班前回来送车，竟然连晚饭都没吃。顾桐就觉得心里热乎乎的，一股暖流传遍了全身，脚下热、身上热、心里热、眼睛却也开始热了。

“该死的越子木！死哪儿去了！”她自语着，焦急与关切之情溢于言表。

许曼抬头看了一眼顾桐，心想，不会吧？连顾桐也……但看她的表情，听她的言语，哪个女孩子听不明白呢？她就觉得一股酸水自胃里升了上来，直接就进了嘴里，腮帮子两侧酸酸的。

听到顾桐自语的人还有一个，那就是美贞。

她眨着一双长睫毛的大眼睛忽闪了半天，一直盯着顾桐，接着，她把目光又落在了许曼身上。心想，该死的木头！到处拈花惹草，就看眼前这两个人吧，一个是高端大气上档次，一个是低调奢华有品位。再看看自己呢，一个卖饰品的疯丫头，但有一点，她一想就觉得自己是有绝对优势的，但一想到那件事她就突然面红耳热，浑身上下不自在。当然，这件事只有她和越子木两个人知道，但即使是这样，她也觉得周围的人都能看穿她的心事一样，吓得不敢抬起头来。

“对了，美贞，你设计得怎么样了？现在正好没什么事，要不，咱俩研究研究？”许曼对正在低头想着心事的美贞说道。许曼也实在是不愿意想其他别的什么事了，尤其是顾桐那张脸，她也是不想看了，因为越看越闹心，越想也是越闹心。

美贞一听，觉得也是，与其就这么干等着，还不如继续自己白天的工作呢。她就笑呵呵地拉过许曼，打开她那个“百宝箱”。许曼就见她从里面先是拿出张纸来，上面画得乱七八糟的，也不知都画些什么东西；接着，又见她从里面拿出一些个小零碎，有什么石头、银片、金片、小锤子、小钉子等等。

许曼心想，还真别小看了这“韩国”小妮子，家什挺全啊！别说，还真像那么回事！

把东西都拿出来后，美贞把那张纸铺平，指着上面画得乱七八糟的图案说道：“你看怎么样？我设计的！”

许曼端详了半天，皱着眉说道：“你这是什么呀乱糟糟的，我咋看不明白呢？你这画的到底是个戒指还是什么呀？”

美贞自己又重新看了看纸上画的图案，瞪着双眼睛道：“这你都没看出来？不会是色盲吧？呵呵！”

许曼刚想要瞪她，但见她笑得那开心的样子，目光明澈而天真，她就不忍心了，只是笑了笑说道：“美贞你给讲讲吧，我真没看明白，可能都是那个该死的越子木给搞的，干等也不回来，饿的！”

美贞刚听她骂越子木那句话时还皱着眉呢，接下来一听她说饿的，忍不住呵呵地又笑了起来。

顾桐在那边本来一直望着窗下呢，一听两个丫头聊得开心，禁不住回头看了一眼，说道：“什么事这么开心啊，抖搂出来共享！”

美贞一吐舌头，许曼也不说话了。

顾桐就觉得奇怪了，这俩丫头啥时候弄得跟个闺蜜似的了？她正想过去看个明白呢，就听陈承大声说道：“回来了回来了！”

顾桐往窗下一看，可不正是自己的车嘛，越子木正在楼下停车呢。她顿时就像是突然喝了杯咖啡一样，兴奋地说道：“大家准备好！马上各就各位！”

已经等得快要崩溃的众人又都活跃起来，大家按照各自的分工开始准备。见大家都准备差不多了，陈承把门轻轻地打开并虚掩上。

当越子木一敲门，门却自己开了，他惊讶地冲进屋内，并且大喊着：“美贞！美贞！”

说时迟那时快，就听有人喊了一句：“开始！”

一瞬间，灯全亮了，接着，有人把一筒喷花朝着越子木头上就喷了下去，女生们则配合着尖叫声。

越子木被这突如其来的情况着实吓了一大跳，他下意识地往后退了两步，再一看，顿时就瞪大了眼睛惊呆了。

“你们……这什么情况？”

众人也不答话，只是都笑呵呵地看着他。他看着众人，如坠云里雾中。

这时，有人已经把蛋糕上的蜡烛点燃了，越子木正惊诧间，灯却突然又灭了，就见桌上点着几只蜡烛。

他正疑惑间，顾桐已经带头唱了起来："祝你生日快乐，祝你生日快乐……"

紧接着，众人也跟着唱了起来。

越子木顿时就愣住了，他抓耳挠腮地想了半天，这才想起来，原来今天是自己的生日啊！

看着以顾桐为首的众人，还有美贞和静珠，她们都在拍着手唱着生日歌，越子木一下子就明白了，早晨顾桐为什么非要派自己去跑外，原来如此啊！

一瞬间，他眼睛有些湿润了。在他的记忆中，过过很多次生日，小时候，是母亲给过生日；后来，是楠芝给自己过生日。但哪一次生日都没有这一次令他感动，其实他感动的倒不是过生日本身，而是他知道，顾桐他们为了过好这个生日，确实是煞费苦心哪！天这么晚了，大家一定都还饿着肚子，因为他从静珠一直盯着桌上蛋糕的眼神里就看得出来。

他想说点什么，可张了张嘴，一个字都没吐出来。此时，说什么话都是苍白的语言。

顾桐说："越子木，快点儿许个愿然后吹蜡烛吧！"

"嗯！"越子木答应一声，就在大家的帮助下，把蛋糕上点燃的蜡烛逐一吹灭了，而在他的心里，许下的愿望却是：一定要把石生生珠宝这个项目拿下！不管付出什么样的代价！

吹完了蜡烛，有人把灯打开了，静珠首先说道："可以吃东西喽！"

李斯也凑上前来："你个死鬼！都饿死我们了！"

众人开怀大笑。

顾桐把刀递给越子木，让他切蛋糕，嘴里却轻声说道："怎么才回来呢？让大家担心……"

越子木一愣，还没等回答呢，就听李斯道："我们可没担心，不过，担心的人倒是有一个！哈哈哈！"

顾桐白了他一眼。

越子木看了看顾桐，又扫了一眼美贞和许曼，他发现，这两个女孩儿都盯着自己，他下意识地往自己身上看了看，心说，我身上有蛋糕?

他刚把蛋糕切开，众人都过来端过去就吃了起来。越子木放下刀，正想擦手呢，却冷不防一块蛋糕袭来，顿时满脸都是奶油！众人都哄堂大笑。

他擦了一把脸，抬头一看，原来是美贞!

顾桐这时也被越子木一脸蛋糕的样子给逗笑了，可她正笑呢，脸上却也挨了一下。再看众人，谁也不笑了。

到底是谁这么大胆敢往顾桐脸上摔蛋糕呢?

越子木瞪大了眼睛看去，天哪，竟然是许曼！她怎么这么大胆。再看顾桐，哎哟一声边用手擦脸边四处看着，接着，她抢过越子木的蛋糕就朝美贞脸上拍了过去。一旁，许曼已经笑得不行了。

看着三个美女打闹着，越子木好开心哪，他万万没想到的是，顾桐这样的灭绝师姐今天竟然没有生气，不但没有生气，却反而和她们一样打闹起来，还真是没有想到。

然而，出乎越子木意料的事还在后面呢……

几个人互相扔着蛋糕，闹得不亦乐乎。这时，有人手中已经没有了“武器”，就去要打开那个神秘人送的蛋糕，顾桐一见，赶紧制止，并将那个盒子拿到了越子木面前。

“这什么？”越子木抹了一把脸，边把手上的奶油往嘴里送边问。

顾桐看了他一眼，说：“你自己打开看看吧。”

越子木狐疑地打开盒子，却发现里边也是蛋糕，他抬头看了看顾桐。还是静珠嘴快，一边不停地往嘴里放东西吃扭头道：“不知是谁送的，但有一点可以肯定，一定是女的。呵呵！”

越子木听她这么一说，又仔细看了看，但看了半天也没看明白。他只是看出，这个蛋糕很精致，说明做的人很用心。但到底是谁呢？他在脑海里迅速地过着筛子，却怎么也想不出来是谁。

他甚至也曾想过会不会是李楠芝，但她远在东南亚，不可能是她，再说，自己也没听说她会做蛋糕啊，在一起时她也从来没亲手做过什么蛋糕。所以，一瞬间，他就把李楠芝排除了。那又会是谁呢？

众人的喧闹打断了越子木的猜想，他把蛋糕拿了出来，刚想用刀切开，却又停住了。他拿出手机，把那个蛋糕拍了下来。

这时，许曼凑过来道："会不会是吴总啊？"

越子木一听，靠点儿谱。联想到自己与许曼这次的任务，吴总可是非常关心这个项目啊，那会不会是她呢？

顾桐却过来说道："绝对不可能！我太了解她了！"

"管他呢，大家吃吧。"越子木说着，就用刀切开了，又分给大家，并说道，"这次大家可别扔了，都饿了。"

众人哄笑着谁也不再扔了。

越子木的生日，就是在这样欢快的气氛中结束了，大家临走时，他、美贞，还有静珠一起送大家。

陈承却回头笑着道："老越，我怎么感觉你这像是一家子啊，呵呵！"

"去，别瞎说！"他推了一把陈承。

李斯却在旁边嗲声嗲气学着越子木刚进屋时的声音道："美贞！美贞！"

众人都哄堂大笑。不笑的有两个人，一个是许曼，一个是顾桐。

送走了众人，越子木转身回到屋里。美贞忙着收拾残局，静珠却还在吃着东西。

越子木也想帮着收拾，却被美贞推开他伸出的手。

"一边去！这不是你们男人该干的活！"美贞含笑道。

他只好看着她收拾。

收拾着，美贞小声道："你那么大声喊人家干吗？"

越子木一愣，想解释一下，却又不知从何说起。

美贞道："算了。"继而又接着说，"对了，你是不是没吃饱啊，要不，我请你喝海带汤吧！"

还没等越子木说话呢，静珠从地板上站起来道："好啊好啊！"

美贞瞪了她一眼："吃你的去！"

越子木这时才发觉肚子还真是没填饱，虽说刚才也吃了点儿东西，但那是不解饿的。听美贞一说吃海带汤，竟勾起了他的食欲。

“要不，那咱们去……”他犹豫着说道。

美贞说：“好啊，马上就收拾完了。”

五分钟后，美贞收拾完了屋子，三个人就一起出了屋。到了楼下，越子木这才想起来，自己也不知道哪儿有什么海带汤卖呀，就问美贞上哪儿去。

美贞想了想，说道：“就只有我原来住的地方那儿有，咱们去那儿吧，反正也不算远。”

静珠一听，拉过美贞道：“不行吧，万一……”

美贞道：“不会那么巧吧，估计人早就走了，没事，走！”

越子木明白，她们两个一定是担心那个找美贞的人。

三个人打了车就直奔那天越子木和美贞喝醒酒汤的那家店。越子木知道，那一定是家韩国人开的店，美贞在那儿吃得习惯。

到了那家店，那位大婶迎出来招呼着。他们要了海带汤，美贞又点了炒年糕、五花肉什么的就吃了起来。

越子木刚喝了两口汤，就听美贞道：“大婶，给来瓶烧酒吧。”

越子木差点儿呛着，他急忙拦住美贞：“酒就别喝了……”

“不行，今天是你过生日，怎么能不喝点儿酒呢？”美贞道。

越子木眨了半天眼睛，这才支吾着道：“我是怕喝多了后……”他是想说怕喝多了又会做出什么事儿来。

美贞一听就明白了，先是瞪了他一眼，接着道：“少喝点儿没事！”

可是，酒这东西根本就不是想少喝就能少喝的，三个人喝着喝着可就喝大了，桌上已经摆了三瓶。

这时，静珠看着越子木道：“越大哥，你知不知道美贞是谁？”

“美贞不就是美贞吗？”

“美贞的父亲是谁你知道吗？”

“这我怎么会知道。”

“她父亲……”静珠刚想继续说，却见美贞在瞪她，就吓得一吐舌头不再言语了。

越子木却很是好奇，就笑着问美贞："静珠神秘兮兮的到底是什么情况？你说说呗！"

美贞喝了一口烧酒没吭声，倒满后却举着杯子道："木头，祝你生日快乐！"

夜半时分，三个人的桌上已经摆了五瓶烧酒。虽说这种烧酒不像白酒那样高的度数，但喝多了也一样会醉人的。

等他们三个从那家店出来的时候，越子木就觉得天旋地转，美贞也是被静珠搀扶着，看样子是又喝大了。

越子木正想找辆出租车呢，却听美贞道："走，回……回家！"

静珠也迷瞪地跟着说："回去睡……睡觉！"

越子木本来还想制止，但又一想，要是万一碰上了那个找美贞的人也没什么了不起，难道还怕了他不成？于是，他也没说什么，就稀里糊涂地跟着两个丫头朝美贞住的地方走去。

到了家门口，美贞就找钥匙，还没等她找出钥匙呢，静珠用手一推，门开了。

美贞皱着眉还说呢："这门怎么开了？"说着就进了屋。

把灯打开后，越子木四处看了看，屋里十分整洁，物品都摆得整整齐齐。

静珠一见到床，就把两个人撇下独自扑到了床上。

美贞也不知在哪儿弄了杯水喝了起来，喝完了水她也想上床，却一回头看见了站在那儿的越子木。

"噫？你怎么还在这儿？"

越子木眼睛眨巴半天，心说，什么情况？就喝成这样？他"哦"了一声，转身就想往外走。

正在这时，就听门口有人说道："你总算回来了！"

还没等越子木回头呢，就见站在自己面前的美贞顿时张着嘴，惊呆了……

16. 美贞的第一个要求

见美贞那副神情，仿佛酒一下子就醒了的样子，她张着嘴，眼睛瞪得大大的，惊愕、紧张、恐惧……各种表情都凝聚在一起。

越子木回头一看，见门口站着两个人，为首那人高高的个子，脸瘦瘦的，梳着新潮的发型，而且发梢还染了黄色；上身穿件黑色半大风衣，脖子上挂着条白色的围脖；脚上穿着双尖头皮鞋，虽然是晚上，但锃亮锃亮的。

越子木心想，谁呀这是?

这时，就听此人说道："那瓦斯桑尼度罗娃思密达！"

天啊！越子木一下子明白了，这是韩国人啊，一定是那个要抓美贞回去的叫什么志勇的。

美贞突然一把揽过越子木的胳膊，然后笑呵呵地嘟噜哇啦地讲了一阵子，也不知道她说的是什么。只见门口那个人听了一愣一愣的，然后，他皱了皱眉，目光却投到了越子木身上，上下打量了一番，看得越子木浑身直发毛，但他挺了挺腰杆，又一扬头，并用挑衅的目光瞪了他一眼。

那男的把目光收回，接着却用中文对美贞说道："你玩玩也就可以了，还是早些回去吧，不要太任性，不然会长要派人来带你回去的。"

美贞说道："你走吧，我的事不用你管！"

那人还想说什么，但张了张嘴，没有再说什么，转身就走，临走时，还特意看了一眼越子木。

跟在他后面那个黑衣人一躬身向美贞行了个礼，然后跟着前面那人走了。

等他们走远了，越子木问道：“美贞，你刚才和他们说什么了？”

美贞把胳膊抽回去，打了个哈欠道：“都困死了，睡觉！”

越子木一听就急了，他又说：“不行，美贞，你得和我说说，到底是怎么回事，他们咋走了呢？”

美贞一下子扑到了床上，刚躺下却又突然站了起来，看着越子木说：“你真想知道？”

越子木点了点头。

“那好，别后悔。你不是答应我三件事吗？”

越子木也不知道她说的是什么事呀，就一边点着头一边“嗯”了一声，他是急于想知道真相。

就听美贞接着说：“那好，现在，我要你答应我第一件事，那就是陪我回家……”

越子木听完还笑着说呢：“我还以为多大事儿呢，这好说！”

可是，美贞又说：“我和他说你是我男朋友，所以他才走的。现在，我要你暂时做我的男朋友，跟我回去见我的家人！”

越子木一直都是笑呵呵的，但一听美贞说到这儿，他的脸一下子僵住了，眼睛瞪着，嘴张着，就像没听懂一样。

“不是，你什么意思？什……什么男朋友？我不是早说过吗，除了这件事啥我都能答应……”越子木已经语无伦次了。

美贞一看就笑了：“呵呵，瞧把你吓得，是假的！给个痛快话，到底行不行？”

越子木一听是假的，稍稍放了点儿心，慢吞吞地说：“那好吧，不过，我也不会韩语呀！你家在哪儿呀？”

美贞道：“没事，到时看我眼色就行。我家在首尔。”

“那……什么时候去呀，我现在手头还有任务呢！”

美贞呵呵地笑着，说道：“不急，帮你弄的那个首饰不是也还没弄完嘛，等弄完了咱们就走。”

越子木咧着嘴，不知说什么好了。

“你咋不走呢？我这儿可没你睡的地方！就是有也不敢让你睡了，万一你半夜再做梦……呵呵！”美贞说着笑个不停。

越子木一听，马上想起了上次的那个梦，这还了得，他恨不得有个地缝都能钻进去。他转身就走，一不小心差一点儿撞到了门上。

身后，美贞呵呵地笑着，还喊道：“明天早晨你把我的箱子拿来！”

越子木出了美贞家门，走在夜风习习的小巷里，他是这个悲催呀，非得问什么究竟呢！人都说好奇害死猫，这可倒好，轮到自己了却是好奇害得自己当了回假男朋友！这叫什么事儿呀！

但他又一想，谁让你睡觉不老实呢？非得做什么梦啊，要是不做梦也不至于发生这事儿，即使做了梦要是不做那事儿也不至于答应她三件事呀。这第一件事就这么难，还不知道后面那两件事是什么呢！

回到家，他稀里糊涂地一宿都没睡好。人都说好事成双，可对于越子木来说，悲催的事却是一个接着一个。第二天一上班他就碰到了更加挠头的事。

一大早，他先去美贞那儿把箱子给她送了过去，美贞告诉他下午就可以来取东西了。

他从美贞那儿出来，看看时间差不多了，就赶紧往公司赶。等他进了公司办公区，却发现周围有些异样，同事们都到齐了，按理说，昨天刚刚给他过了生日，这一大早的怎么也得打个招呼吧，可是越子木没听到有人招呼，只看到大家都用那种怪怪的甚至是同情的眼神看着他。

越子木十分奇怪，坐下后，他就回身问许曼：“咋回事？”

许曼四下看了看，小声道：“还不是你！得罪了人家石大小姐，这下可好，吴总都急眼了！现在正在顾桐屋里生气呢，刚才听她在里面说等你来了要开了你！”

越子木一听，什么？开了我？至于嘛，不就是个珠宝商的女儿嘛。

他呼地一下子站了起来，抬腿就往顾桐办公室走。后面，许曼小声叫着：“别愣头青！现在吴总正在气头上，你去不是找死吗？”

越子木可没管那么多，他敲了一下门，然后也不等喊就推门而进。

顾桐办公室里，吴总正坐在顾桐的座位上，顾桐在地上站着，两个人都不说话，正在那儿僵着呢。

“吴总，你找我？”越子木劈头就问。

吴总一抬头见是越子木，就不错眼地看着他，也不说话。

一旁，顾桐拉了一下越子木：“你咋进来了？”

越子木甩了甩顾桐拉他的那只手，又说道：“吴总，你不就是担心那个合同的事儿嘛，今儿个我在这儿立个军令状，要是不拿下这个项目，我立马走人，不用你开，我自己开了自己！”

吴总一听，马上就露出了笑容，也不知道她是怎么练的，竟能从怒火的表情一下子就转为笑脸。

“但有一样，要是拿下这个项目，你可不能失言，奖金得兑现！”越子木又说道。

吴总站了起来，笑着说：“一定一定！”

说完，越子木转身要走。顾桐却小声说：“你咋那么冒失呢，要是拿不下来呢？”

越子木冲她笑了笑，小声说：“要是拿不下来，我走人，那你跟我走呗？呵呵！”说完，他推门走了，只剩后面顾桐一脸的窘态。

回到座位上，越子木坐下平静了一下，然后掏出手机翻找着通讯录，当看到屏幕上那个“土豪女”几个字时，他又犹豫了，但还是拨了过去。

可是，电话里却全是忙音。

他正皱着眉想办法呢，就听李斯高声说道：“快来看呀，重大新闻！普吉岛海风盛筵富家女云集……”

越子木正闹心呢，反正也没什么事，他就站起来走到李斯身后，见他正在浏览网页，上面有好多张图片。这时，越子木突然发现，其中一张图片上一个美女站在游艇上，海风吹着她一头秀发，飘逸而秀美……

天哪，这不是土豪女石大小姐嘛！

看到网络上的消息，越子木当即决定，去普吉岛，见石珏，搞定她，拿下合同。

他转身进了顾桐办公室。

“顾桐，我要请几天假！”

顾桐抬头看了他一眼，问道："那个项目还没拿下来呢，怎么请假？"

越子木面带笑容："对，我就是要去拿下那个合同！"说完，他转身就走。

顾桐在后面盯着他的背影，直到他消失在门口，她叹了口气。

越子木简单收拾了一下东西就出了公司，他给美贞打了个电话，询问那个首饰做好了没有。美贞告诉他，现在就可以过去，差不多了。

他打了辆车就直奔美贞家。途中，他给杜峰打了个电话，让他帮着把去泰国的机票搞定。

到了美贞住处，越子木进了屋，见美贞正一个人坐在地板上又是敲又是打的，神情专注。见越子木来了，她只回头说了声："你随便坐吧，一会儿就好。"然后，又接着弄。

越子木蹲在地上，看着她手里弄的东西，顺着她的手再往脸上看去，他差一点儿笑出声来。就见美贞头上包了块蓝色的毛巾，包着的头发还有些湿漉漉的，脸上却还敷着面膜，只露出眼睛鼻子和嘴。

可能是发现了越子木的异样，美贞扭头看了他一眼，说了句："帮我拿下来，我腾不开手。"说着，把头往前一伸。

越子木明白了，她是让帮着把面膜拿下来。他犹豫了一下，还是伸手小心地把面膜一点儿点儿地揭了下来。

"这回吓不着你了吧？"美贞笑着说道，还一伸舌头。

越子木道："你这样包着头像个老太太，更吓人！呵呵！"

美贞一皱眉："一点儿幽默感都没有。"

"还有多长时间能弄完……"越子木一指她手里的东西。

"着什么急？呵呵，是不是盼着我弄完好跟我去首尔呀？"美贞调笑道。

越子木脸一热，站起身说道："我是急着去完成任务呢……"

美贞一边弄着一边道："你再坐一会儿吧，就快完事了。"

越子木"嗯"了一声，却走到门外掏出手机给杜峰拨了过去。

"嗨，怎么样了？"

此时，美贞已经把那个手工的镶石首饰做好了。看着手里美贞精心制作的小首饰，虽说不是用什么名贵宝石做的，但精巧大方，很有创意。

越子木把它小心地放进盒子里，然后看着美贞，他是想说句谢谢，但一看到美贞的眼睛他就说不出来了，因为美贞的脸上写满了倦意。

从美贞家出来，越子木又给杜峰打了个电话，让他订好了去普吉岛的机票，在机场等了好长一段时间才看到杜峰气喘吁吁地跑过来。

“我说哥们儿，你这是着的什么急呀，累死我了……”

越子木拍了拍杜峰：“谢谢了啊哥们儿，是急事，等回来请你喝酒啊。”

说完，他拉着箱子就朝安检口走去。杜峰一扬手：“哎……这家伙，我话还没说完呢！”

17. 一对活宝的悲催旅途

顾桐得知越子木请假是要去普吉岛找石珏，她思前想后还是觉得不放心。本来，她是想自己随后也过去的，但想了想还是觉得不妥，就把许曼叫了过来。

许曼进来后站在桌前推了推宽边眼镜："顾组长，你找我？"

顾桐已经说过多少次了，不要叫她"组长"，但只有这个许曼，还是一口一个"组长"地叫着，久而久之，顾桐也拿她没有办法。

"越子木走了？"

"嗯。风风火火的，好像女朋友要和别人结婚似的……"许曼小声自语着，但她的小声是出了名的，屋里有几个人都能听到。

顾桐差点儿被她逗乐了。

"那……你想不想去？"

许曼一听，顿时瞪大了眼睛，继而又像泄了气的皮球。

"去什么去，人家走时根本就没打算带着我！可能是怕我碍事吧。"顾桐分明听出，许曼话里有明显的怨气。

顾桐笑了笑，说道："你想去吗？"

许曼眨了几下眼睛，笑着说："想啊想啊，组长你的意思是……"

顾桐点了点头："对，我是怕他一个人应付不了，你过去也好帮帮他。"

"太好了！"许曼喊了一句，接着就走过去一把抱住了顾桐。

"疯啦你！"顾桐瞪着眼睛甩开许曼的手，拢了拢头发。

“嘻嘻，顾姐，你真好！”这次，许曼改口叫了声姐。

顾桐一咬嘴唇：“不许叫姐！”

许曼吐了下舌头，她又犯了顾桐的忌，不许叫组长，不许叫姐，这是顾桐的规定。

许曼蹦蹦跳跳地就往外走，临出门时，还回过头来冲顾桐扮了个鬼脸：“天上掉下个林妹妹，你是我们的顾妹妹！呵呵！”

从顾桐办公室回来，许曼这个高兴啊，不管怎样，起码自己这次可以去普吉岛游玩一番了，顺便看着那个该死的越子木！

而此时，送走了越子木的杜峰在机场转悠来转悠去，一想，算了，也出去玩玩得了，就当是散心了，反正越子木也去，到那儿和他会合。

想到这儿，他开着车就往回走，准备收拾东西，明天就出发。

到了店里，他在网上先预订了机票，接着又订酒店。可是，他查遍了普吉岛的酒店，不是价格太高，就是没有空房。

“怎么这么火呢？”他嘀咕了一句。订不上酒店那也得去呀，等到那儿再说吧。他盘算着，就向手下交代了一下，说自己出去几天。

第二天，艳阳高照。杜峰拉着个箱子直奔机场，中途，他给越子木打了个电话，可是手机关机，根本打不通。

过了安检口，杜峰拿着登机牌在候机厅的椅子上坐了下来。终日里忙忙碌碌，一旦放松下来，他顿觉周身像散了架子一样，眼皮也直打架。

等上了飞机，他才发现，自己的票竟是在最后一排，他不禁一阵窃喜，因为后面清静，如果旅客不多，说不定后面就自己呢，那样，就可以睡大觉了。

他放好行李箱，在最后那排自己的位置上坐了下来。他的位置在中间，他想了想，往旁边挪了一下，坐在了靠窗的位置。接着，他系好安全带，并叫过空姐告诉她自己要睡觉，送餐食和饮料时都不要叫他。然后，他身子往下滑了滑，拿过毛毯蒙在了头上。

候机大厅里，在飞往泰国的航班登机口，地勤人员正在一遍一遍地呼叫着：“广播通知，广播通知，飞往泰国曼谷的航班就要起飞了，旅客许曼、许曼，听到广播后请尽快到32号登机口上飞机。最后一次通知，最后一次通知……”

通知完毕，这位女地勤员放下话筒，收拾着东西准备结束办理登机。

正在这时，就见大厅里一个戴着宽边眼镜的女孩儿一路风风火火地跑了过来。

“等等！等等！我是许曼！我是许曼！”

许曼喊着，一手高举着登机牌，一手拖着行李箱跑得飞快。跑着跑着，行李箱一不小心卡住了，她差一点儿被拽倒在地上。她弯腰重新捡起拉杆，又扶了扶眼镜，接着跑。

“飞机马上要起飞了……”女地勤员说了一句，用异样的眼神看了看她。

“不……不好意思啊，看……看差时间了！”许曼上气不接下气地把登机牌递了过去。

等她好不容易穿过通道进了机舱，就听机上的广播里说道：“各舱服务员就位，主滑梯预位，检查舱门……”

好险哪，她差一点儿就赶不上这班机了。

许曼按照登机牌上的座位号一个个地寻找着自己的座位。一个空姐过来看了看她的登机牌，说道：“您的座位在最后一排，请跟我来！”

她跟着空姐来到最后一排，她看看座位，又看看登机牌，自己的位置明明是靠窗的嘛，这怎么还有个人啊！

“乘务员，那是我的座位！”她指着靠窗的被杜峰占了的位置说道。

空姐看了看，小声说：“这两个位置都是空着的，你可以随便坐。请尽快坐下，系好安全带。”说完，广播里传来安全演示的声音，空姐赶紧去站位演示了。

许曼又看了看，很不情愿地坐在了靠近过道的位置上，顺手把手里的包放在了中间的座位。

飞机在跑道上疾驰过后，一扬头就冲上了云霄。

许曼摘下眼镜擦了擦，百无聊赖地翻看着航空杂志，翻了一会儿又放了回去，她往后面靠了靠，眼睛一闭就打起盹来。

而杜峰睡着睡着觉得不舒服，他往旁边一侧身，顺手把扶手往上一抬，然后头往靠近过道的方向一歪，却感觉座位上有个东西，他把那东西挪了挪，头往上一挨，竟当起了枕头！而那正是许曼的包！

睡了好一会儿，杜峰觉得还是难受，他又重新坐好，把头靠在了窗户一侧。

到了分发餐食的时间，空姐推着餐车从前往后发食品，发到最后一排时，许曼因为要去洗手间，就把中间位置的小桌板放了下来，然后把餐盒放了上去，接着，她就去了卫生间。

一个空姐正要叫睡着的杜峰，另一个空姐小声说："这位先生说不让叫他的，他说不吃东西。"

两个空姐推着车去了操作间。

她们推车的动静估计是惊动了杜峰，他把毛毯一撩，迷瞪地坐直了，侧头一看，一眼就看见了中间小桌板上的餐盒，他心想，这空姐还不错，估计是怕我睡醒后饿吧。

想到这儿，他放下自己的小桌板，拿过餐盒，毫不客气地吃了起来。

鸡肉饭、榨菜、小面包、水果，几样东西被他三下五除二就吃了个精光。可吃光就吃光呗，偏偏这货有个习惯，就是每次在机上吃完东西他都会把餐盒扣得好好的，不知道的根本看不出来里面都是垃圾！

吃完了东西，他又把那个餐盒放在了中间座位的小桌板上。然后，毛毯一蒙，又呼呼地睡去。

再说许曼，她去的是中部的卫生间，其实也没什么大事，但中途由于飞机遇上气流，卫生间临时关闭，她就等了一小会儿，等她办完了事，张着两只满是水渍渍的手回到座位，打开自己面前的小桌板，再拿过旁边的餐盒，还哼着歌呢。可是，她一打开餐盒，顿时就傻眼了！里面，几个空空的小塑料盒、透明的包装纸、餐巾纸、残留着菜汤的锡纸盒……

"乘务员！过来一下！"她气不打一处来，声音明显带着情绪。

一个空姐走过来问道："请问这位女士，有什么可以帮您？"

她一指空餐盒："这个……"

空姐笑了笑："请稍等，一会儿我们会统一收餐盒。"

许曼这个气呀，她只好说道："这怎么没了呢？"

那空姐听完看了她一眼，特别是看了看她那个宽边的眼镜，缓缓地说道："女士，如果不够吃，我们可以再给您来一份。"

许曼听完这个火大呀，她对那空姐说道："你刚才给我的餐盒不会是已经吃过的吧？我还没吃呢就这样了！"

空姐笑了，说："女士，我们是国际航班，怎么会出现这样低级的问题呢？还是给您再拿一份吧。"

"你说谁低级呢？"许曼扶了扶眼镜。

这时，乘务长闻声走了过来。问明情况后，她问那空姐："还有吗？"

空姐小声道："有是有，不过，就一份了，是给这位先生留的……"说着，她一指杜峰。

这时，杜峰被她们的说话声给吵醒了，他依然蒙着头，手一挥："吵什么吵？不用给我留了，她不够吃就给她吧！"

乘务长冲空姐点了点头，空姐转身走了。许曼还想说什么，就听乘务长道："您稍等，马上就拿来了。"说完，她一转身，朝前面走去。

许曼张着手，眨着眼睛，彻底无语了。看来，今天是注定要被人家看成吃货了！

等空姐把那唯一的餐盒拿来，许曼气得往旁边小桌板上一放，心想，还吃什么吃呀，早都被气饱了！

她把自己那个小桌板一抬，就眼睛一闭，打算眯一觉再说。

过了一会儿，空姐推着空餐车在过道上从前往后开始收空餐盒。收到最后一排的时候，刚才那个空姐见中间的小桌板上有两个餐盒，就拿起来看了看，发现其中一个是吃过的，另一个是自己刚才拿来的那个，但没有动，她看了一眼正在闭着眼睛的许曼，笑了笑，把那个空餐盒收了起来，另一个又放回了小桌板上。

飞机进入巡航状态，机舱内的灯光已经调暗，大多数旅客都在睡觉，只有少数人还在看书或是用电脑。

杜峰睡了一会儿突然又醒了，他迷迷糊糊地睁开眼睛，伸了下懒腰，无意中发现了放在中间小桌板上的那个餐盒，他顺手就拿了过来，打开一看，嚯！还热乎呢！他心说，这空姐真是不错，估计是怕自己吃不饱，竟又给拿了一盒。

他往后面空姐操作区看了一眼，却见几个空姐正在坐着聊天。他就回过头来，一手刀一手叉地又吃了起来。鸡肉饭，加上面包，还有水果，他是一点儿不剩又吃了个精光！

吃完了东西，他又照旧把餐拿整整齐齐地合上，然后又放回了中间的小桌板上。放好餐盒，他下意识地往旁边看了一眼，但许曼蒙着脸根本看不见容貌。他心说，这女的怎么睡了呢，要不然还可以聊聊，省得这一路怪闷的。

他抬起手腕看了一下表，时间还早呢，看来，还可以睡一大觉。他就把毛毯往上拽了拽，把中间位置上的那个包又摆了摆，头一歪，竟头冲许曼这一边又睡着了。人都有醉饭这么一说，吃饱了的人最容易睡着，而且睡得还踏实。杜峰刚躺下没多久就起了鼾声，好在飞机的轰鸣声大，要不然他这鼾声还说不定吵醒多少人呢。

许曼本来是想就眯一会儿的，但或许是离开公司了头脑和身心都放松了吧，她这一睡可倒好，也是睡得又香又甜！睡着睡着，她就觉得脖子不舒服，就往一边歪去，歪着歪着，头往靠近窗户的一侧倒了下去，却正好倚靠在了杜峰的肩膀上。

睡梦中的杜峰还调整了一下姿势，两个人的头就紧紧地倚靠在了一起，不知道的人看去，还以为是一对情侣呢。

可是，睡觉就好好睡呗，这杜峰可倒好，又迷瞪地侧了一下身，右手一伸就放在了许曼的怀里，他就像在家里睡觉一样，怀里感觉就像是抱了一个枕头。

而许曼呢，手也一伸抱住了杜峰的胳膊。两个人这下可好，互相倚靠着，互相搂抱着，睡得这个香啊！

飞机依然在飞行，旅客们继续睡觉，而后排这两个人彼此相安无事。

这时，一个空姐从前舱走过来，走到最后这一排的时候，她下意识地看了一眼，然后皱了一下眉，走到后面和其他几个空姐小声说："那俩人原来认识呀！"

一个空姐道："不可能，那位女士是最后登机的，险些没赶上呢，而那位先生是最早登机的，上来就睡觉！"

"那不对呀，你过去看看！"刚才那个空姐瞪大了眼睛说道。

"怎么了？"那空姐说着就站了起来。

她小心地在后面往前看了看，这一看不要紧，顿时一吐舌头退了回来。

另一个空姐好奇地说："你们看什么呢？不能随便这么看旅客的！"

刚才看过了的那个空姐冲最后那一排一努嘴："你去看看吧，我都觉得脸红！"

那个好奇的空姐听完，狐疑地看了她一眼，然后假装有事就往过道里走，走了一段她又折了回来，这样就可以正面观察了。可是，她往最后这一排一看可不要紧，顿时就瞠目结舌！可她偏偏爱多管闲事，竟过去推了一把许曼。许曼眯着眼睛看了她一眼，说道："干吗……"

那空姐用手一指杜峰以及他那只咸猪手。

许曼低头一看，顿时大惊失色加上花容失色……

原来，她看见的是，杜峰那只手正放在自己的怀里。她气得浑身哆嗦着伸手就把杜峰那只咸猪手狠狠地摔在了一边，紧接着又一把就将盖在杜峰脸上的毛毯给掀了下去，跟着就是一巴掌！清脆的响声过后，杜峰当时就醒了。

还好，飞机的轰鸣声掩盖了这一声脆响，要不然，说不定得招来多少人的目光呢。

就见杜峰揉着脸坐了起来，他睁开眼睛，刚想发火，却一眼看见了站在过道上怒目而视的许曼，而许曼这时也看清了杜峰。四目相对，两个人顿时就愣住了，谁也不言语。

一旁的空姐看看这个，再看看那个，如坠五里雾中。

"怎么是你？"两个人几乎同时指着对方说道。

杜峰刚刚还是一脸的怒气呢瞬间就转为了惊喜，而许曼的目光也稍稍缓和了些，但还是气得直喘粗气。

这下，那个空姐更是糊涂了，她看了看两个人，从许曼旁边挤过去就朝后面走，边走还边回头。走到那几个空姐跟前，她小声道：“天哪，我是不是冒失了，还……还真认识唉！”

杜峰一见是许曼，顿时又惊又喜，也忘了脸上的疼了，连忙把掉在座位上的毛毯拿开，然后笑嘻嘻地说：“坐呀，站着干什么？”

许曼这个气呀，但也不便挑明了说，毕竟是件难为情的事，她就只好坐了下来。杜峰说了些什么她全没听见，脑袋里一团糨糊乱七八糟的。看着中间小桌板上的餐盒，她气呼呼地拿了过来，打开自己面前的小桌板，把餐盒放在上面就打开了。

一般的女孩子都有一个通病，那就是生气时大多喜欢吃东西。许曼也不例外，她一方面是十分生气，却又不能说明，另一方面也确实是饿了。

可是随着她把餐盒打开，更是气得不行了。餐盒里的东西早被杜峰吃得精光了，摆在她面前的还是个装满了垃圾的餐盒！

这下，许曼可真急了。她回头就冲那几个正在聊天的空姐喊道：“乘务员！”

刚才那个把她推醒的空姐走了过来。

“请问，有什么可以帮助您的吗？”

许曼狠狠地看了她一眼，眼神里的怨恨有两方面，一个是怨她把自己叫醒让自己看到了不愿意看到的一幕，再有就是这个餐盒的事。

“我是需要帮助！请你帮我把这盒饭重新变回去好吗？你们这趟航班是不是喜欢玩魔术啊？”

“对不起，没有餐盒了，您要是需要，我可以为您倒一杯咖啡或茶！”空姐礼貌地说道。

许曼彻底无语了，她指着餐盒强忍着说：“你重新给我的这一盒也是吃过的，你自己看吧！”

那空姐低头一看，嘴里还说呢：“不会吧，怎么这两盒都是？真是见鬼了！”

杜峰一直没明白许曼和空姐的对话是什么意思，这回他终于听明白了，心想，天哪，让我给吃了，原来是许曼的呀！这可怎么办？

他脑袋飞快地转着，虽说做人得诚实，但这个事儿说什么也不能承认啊，本来嘛，刚才他已经隐隐约约地想起了自己挨那一巴掌的原因，因为手心里依然留着许曼身上的香味呢！这要是再承认餐盒是被自己给报销了，那许曼还不得跟他急呀！

想到这儿，他就笑着冲许曼道：“没有就没有吧，反正也快到地方了，等下了飞机我请你吃饭！”说完，他又抬头对空姐道，“妹子，麻烦你给弄杯饮料，我有点儿渴。”

杜峰说的是实话，他确实渴了，能不渴吗？吃了两盒饭，两袋榨菜，一口水都没喝！

许曼瞪了他一眼，不再说什么了。她是没法说呀，现在心还在跳呢！不吃就不吃吧，也没什么了不起的，就算自己倒霉！

可刚才朝杜峰一看，许曼却发现他嘴边有个东西，再仔细一看，嚯！是个菜叶！她终于明白了，原来是这个该死的家伙给偷吃了！怪不得呢，怎么说这飞机上也不可能给旅客吃过的餐盒呀！

但她没问，与自己被人摸了相比，餐盒的事实在不算是什么大事。

这空姐还不错，她笑呵呵地看了一眼杜峰，转身回去端着两杯热饮拿了过来。

杜峰小心地接过来，一杯递给许曼。许曼理都没理他。他只好放在小桌板上。接着，自己那一杯他咝咝哈哈地喝了起来。

“你也是去普吉岛？真是太好了！”杜峰有一搭没一搭地说着，其实就是自语，因为许曼根本没答话。

这时，广播里传来空乘的声音：“女士们先生们，我们的飞机即将到达普吉岛机场，飞机已经开始下降，请打开遮阳板，收起小桌板，系好安全带，卫生间将于五分钟后停止使用！”

许曼还是没有动，她主要是心情复杂！杜峰喝光了最后一口饮料，把自己的小桌板收起，又端起许曼那一杯，帮她把小桌板收起，然后他就举着那个杯子，看着许曼。

许曼这个气呀，瞪了他一眼，顺手把杯了拿了过来。心说，再不喝，恐怕又被他喝了。

在许曼举杯喝饮料的时候，杜峰无意中发现许曼上衣的一个扣子开了，里面隐约露出粉色的胸衣。

他犹豫了半天，但还是小声道：“许曼，你那个……那个扣子好像开了，我不是故意看的……”

许曼差一点儿呛着，她咳嗽两声，扶了下宽边眼镜，低头一看，顿时脸又是一红，她边系边狠狠地瞪了杜峰一眼。心说，该死的杜峰，都怨你，还装老好人！但她又一想，可能这家伙还真是不知道刚才发生了什么，不知道最好。

可是，总有些好事之人，好事之人的好管闲事即使撞了南墙也是不会回头的。这不，刚才那个多嘴的空姐又过来了，路过许曼的时候，她笑着不好意思地弯着腰说道：“这位女士，不好意思啊，刚才不知道你们是情侣，打扰你们睡觉了……”

要不怎么说呢，美女无知、胸大无脑，这个美女空姐根本就没长脑子，即使人家是情侣，你做错了事就做错呗，还解释什么呀！即使解释也行，但什么叫“打扰你们睡觉”了？这是在飞机上！

许曼这个气呀，但她实在是不知说什么好，最好的应对办法就是一言不发。可杜峰一听，什么情况？我们是情侣？这都哪儿跟哪儿呀！

他就冲空姐说道：“去去！忙你的去！什么情侣？别瞎说！”说完，他还看了一眼许曼。

可这位较真的空姐可倒好，又接着瞪着眼睛说道：“不是？那不是你刚才躺人家怀里干吗？而且手还放人家那里……什么人呢！”

这下，许曼可受不了了，她冲空姐小声道：“求你了，叫你姐还不行吗？快忙你的去吧！”

一旁的杜峰一听，顿时呆若木鸡。

18. 邂逅普吉岛

暂且放下这对令人啼笑皆非的活宝，单说越子木。他坐的飞机需要到曼谷转机，但由于天气原因，飞往普吉岛的航班晚点了，因此，他是第二天下午到达的普吉岛。下了飞机，走出机舱，迎面夕阳正灿，一股热浪扑面而来，他顿觉惬意无比。

普吉岛，我来了。他在心里默念着。

对于普吉岛，越子木虽说是第一次来，可他并不陌生，因为上大学那会儿，没事时在宿舍里几个小子就曾议论过，说将来结了婚度蜜月时去哪儿好，后来大家一致认为，去普吉岛或者巴厘岛。而这一直是越子木的一个梦想。

此时的越子木十分兴奋，一方面，自己实现了当初的一个小小的梦想，终于来普吉岛了；另一方面，他很矛盾地想，这里毕竟离李楠芝近些，因为她的公司总部在曼谷。

说对普吉岛并不陌生，还有一个原因，那就是有一次顾桐曾经说过，作为一个时尚界的人，有必要全面了解与时尚有关的一切，包括旅游胜地。因此，他没事时常在网上浏览这方面的知识。

有时他就想了：世间竟有这样一个地方，有高山，还有海滩；有热带丛林，还有遍野农田；有宗教庙宇，还有各地美女；有美食，还有艺术。这真是个神奇的地方。

神奇的还有呢！正是这里迷人的海风，吸引了众多的富豪美女们云集于此，开什么“海风盛筵”。听说是什么国际生活方式品牌文化交流展。

主要包括游艇展、公务机展、房产展以及多种精品时尚生活品牌展示。据说，海风盛筵旨在为高端消费者引入游艇和公务机的生活方式，也为商业人士和他们的外国商业伙伴提供最直接的交流机会。其举办的目的就在于提高人们对于时尚生活的认识，同时促进文化、经济交流，带动区域旅游行业发展。因此，每一届都吸引了大批的游客参加，被业内人士视为打造时尚生活的最佳方式。

而在越子木看来，所谓的“海风盛筵”其实不过是公子哥和富二代们摆阔、嫩模美女们弄姿引客的一场派对而已。

他出了机场，到处寻找着酒店。因为走时匆忙，没有来得及预订酒店，其实订也是白订，网上根本就不会有什么空房。如今正值旅游旺季，再加上这么个大PARTY，哪个酒店还会有闲置客房呢?

那也得住啊，总不能露宿街头吧？他就拖着行李箱，到处找，找了一家又一家，最后，总算在一个偏僻的地方找到了一家酒店，还好，这家酒店竟有空房！他也不管价钱了，赶紧办了入住手续。

进了房间，他简单洗了洗，又把衬衫换了下来，穿上件T恤，打算到处走走，先熟悉熟悉环境，顺便也领略一下岛上的风情。

他一边随便溜达，一边向摊贩们打听“海风盛筵”的事儿，打听来打听去，终于打听到了富豪们聚会的那家酒店。还好，虽说稍远些，但就当是散步了，他就朝那家酒店的方向一路走去。

那是一家海边豪华酒店，不仅地理位置优越，而且临近海边，风光秀美，海风阵阵，海浪涛鸣，还时不时地有海鸥翔集，似乎在欢迎这些俊男美女们的到来。

越走越近了，他看见那家酒店灯火辉煌，店前的广场上豪车云集，在一处临时停机坪上，还停着几架小型飞机，一看就是哪个土豪的私人飞机。

他低头看了看自己的装束，恐怕这一身打扮是没法进去的，估计那里也不是随便就能进的，还不得有什么邀请函或通行证之类的呀！

他站在一株棕榈树下朝那边望去。顺着海风，听见里面有钢琴传出的乐曲悠扬，能够想象得出里面的莺歌燕舞；借着月光加上灯光，他看见有人进进出出，酒店后面的海滩上，三三两两的人或驻足聊天或勾肩搭背。

看了一会儿，他就想回去了，心里盘算着得想个办法弄个邀请函或通行证，要不然恐怕还真混不进去呢。可就在这时，他突然发现海滩那边两个站着聊天的人正朝这边走来，稍近些时，隐约看见那两人的轮廓，尤其是其中一个女的，他怎么看都觉得有些熟悉。

强烈的好奇心驱使着他停下来静静地看着，等再近些时，看得真切了，走在前面那个女的表情严肃，一头秀发盘在脑后彰显出高端大气的干练，绿色的西服上衣黑色的职业短裙，标示着主人的身份与地位。

这一看不要紧，他顿时张大了嘴，半天说不出话来。天哪！不会这么巧吧？竟然是她？！

越子木看到的是谁呢？是谁能让他如此的惊诧呢？又是谁能让他心潮澎湃到嗓子发紧、异常紧张呢？还会有谁，当然是李楠芝——那个令他始终怀想，却又矛盾重重、时时挂牵的仇人的女儿，自己的妻子。

他侧过身来，一屁股就坐在了树下，棕榈树的叶子遮挡住了他的身体，他如一个找不到家的小狗一样蜷缩在那里，脑海里顿时五味杂陈。

她为什么在这里？我要不要出去见面？该说些什么？一连串的问题萦绕着他，令他顿觉头都要大了。

眼见李楠芝和另一个人就从树后走过，渐行渐远，依稀，越子木能听到李楠芝那熟悉的声音。他鼻子一酸，内心猛跳不已，就像要蹦出来一样。几次，他都有跳出去的冲动，但几次，又都放弃了。他挣扎着、忍耐着、彷徨着、犹豫着……直到她渐渐走远了，这才站起来。看着李楠芝的背影，他叹了口气，转身就往相反的方向走，打算从另一条路回酒店。

可是，越子木并没有注意到身后。

走了一段路，李楠芝站住了，和另一个人说了些什么，就在李楠芝转身准备朝酒店的方向走时，无意中她一抬头，却看见了越子木的背影。她顿时就是一愣，揉揉眼睛又仔细看了看，然后皱着眉又摇了摇头。

抬腿又要走时，她又站住了。掏出手机拨了个号码，说道：“乔庄，你在停车场吧？到我这里来一下。”说完，她又看了看已经远去的越子木那个方向。

过了一会儿，一个穿着干练的短发姑娘跑了过来。

李楠芝冲她耳语几句后，那姑娘就跑远了。然后，李楠芝朝酒店走去，途中，她还用手摸了摸脖子上挂着的一个东西。

再说许曼和杜峰。这一对冤家被那个空姐三言两语就给弄得无地自容了。许曼虽然脸红着，内心也十分尴尬，但毕竟已经发生了，也没什么大不了的，在越子木床上还睡过呢，还不活了？所以，她也没太在意空姐的话。

可是，杜峰受不了了。他回想着刚才自己睡觉时的情形，就觉得梦中好像是手碰到了什么东西，怪不得呢，原来……他越想越尴尬，一个大男人，怎么能干出这事儿呢？自己还真像小品里说的什么哪吒、三毛、金刚葫芦娃了，大人谁能干出这事儿来！

可是，杜峰一想，自己就是大人，还真就干这事儿了！丢人哪！都丢大了！

他咧着个嘴，看了一眼许曼又低下头，又看一眼又低下头，犹犹豫豫的，他终于鼓足勇气说道："那什么……许……许曼哪，不……不好意思，我不是故……故意的……"

许曼瞪了他一眼，狠狠地小声说："你还敢故意？那边脸也找抽是吧！"

杜峰一听，这才觉得刚才自己的左脸还火辣辣的呢，原来是许曼抽的呀！

他揉着脸，一脸的苦相说道："抽得对！我就是找抽！"

这时，许曼想起了什么，就瞪着眼睛问道："刚才我那饭是不是你吃的？"

杜峰一听，可不能撒谎了，就眨巴着眼睛说："吃……吃了，哦，是你的呀，我还以为空姐是给我留的呢，吃了两盒，好饱啊！"

许曼这个气呀，原来那两盒都让这个货给吃了！一想到那两盒饭，她就觉得肚子开始咕咕叫了。

"好啊，杜峰！你是不是饿疯了？人家的饭你也吃！而且一吃就是两盒，你也不怕撑着！"许曼上去就是一拳。

“等下了飞机我请，我请还不行吗？”杜峰没有躲，结结实实地挨了一下。

“当然你请了，难不成还是我请？嗯……我要吃大餐！”许曼眨着眼睛想着吃的东西。

“行！啥餐都行啊！”杜峰应承着。

“我要吃螃蟹！”

“行，吃龙虾都行！”

“我要吃海参！”

“行，吃人参都行！”

“我要吃鲍鱼！”

“行，你别说鲍鱼，就是搂着鱼都行！”

许曼一听杜峰说了个“搂”字，顿时愣了一下，然后狠狠地瞪了他一眼。杜峰一伸舌头，不敢出声了。

飞机落地后，旅客们开始下飞机。杜峰和许曼是最后下的飞机，临走出机舱时，走在后面的杜峰对站在舱口的空姐小声道：“谢谢你啊，妹子！”

那空姐狐疑地看了他一眼，又看着两个人有说有笑地下了飞机，她皱起了眉头。旁边的空姐说道：“都说你瞎管闲事吧？你看看两个人！根本就是情侣嘛！”

走出机场大厅，杜峰和许曼东瞅瞅西看看，满眼都是新鲜。两个人拖着行李就开始找酒店。

杜峰还问呢：“许曼，越子木也来普吉岛了，你来不会是找他的吧！”

许曼看了他一眼：“就是呀。怎么？不行啊！”

“没有，就是问问！”说完，杜峰不再言语了。过了一会儿，他又忍不住问道，“那他知道你来吗？”

“不知道啊！怎么了？”许曼答道。

杜峰一听就乐了，连忙说：“没什么。呵呵，那就好！”

“你什么意思？”许曼追问着。

杜峰掩饰着心中的喜悦："没事，赶紧找住的地方吧，听说这里搞什么活动呢，网上根本订不到酒店。要是没地方住……"

"你个乌鸦嘴！"

两个人也是一家家酒店走着，可是，哪里还有空闲的酒店呢？两个人沿着街道已经走得越来越远了。

杜峰一屁股就坐在了行李箱上。

"不走了，看来恐怕真是没地方住了……"他擦了一把脸上的汗。

许曼指着前面最后一家说道："那还有一家，说不定有空房呢，再去看看吧！"

杜峰一挥手："你自己去问问吧，我歇一下。"

许曼小声嘀咕着："吃了两盒饭还累成这样。"说完，她自己朝那家酒店走去。

杜峰坐在那儿等她，可是干等她也不回来。他一想，估计是有戏，就站起来，拖着行李朝酒店走去。一进大堂，他就看见许曼站在前台和服务人员比比画画地说着什么。

他凑过去问道："怎么样？"

许曼回头看了他一眼，皱着眉说："有是有，就是……"

"没事，条件差点儿也没关系！"杜峰抬头看了一眼前台上方的壁画说道。

许曼迟疑着说："不是条件差，是只剩一间！"

杜峰一听就明白了，他也是一愣。

正在这时，从门口进来个人，看样子也是游客。那人进门就用英语问道："请问有空房吗？"

里面的服务员看了一眼许曼，正要答那人，许曼赶紧把护照往前台上一放："这间我们要了！快办吧！"然后，她又一伸手，冲杜峰道，"护照！"

杜峰瞪着眼睛，张着嘴巴，半天才把护照递过去。

许曼接过护照，小声嘀咕着："真是麻烦，非跟来干什么……"

而此时的杜峰，脑海里却是入住房间后的情形，想了一会儿，他咧着嘴笑了，却正好被回头的许曼看个正着。

“想什么呢？告诉你，老实点儿啊！”她这一句话，差点儿把杜峰给弄呛着。

正办着入住手续呢，就见有个年轻的短发姑娘走到前台，用泰语问了一句什么他们没听清，但其中的一个名字听得一清二楚，而那个名字就是“越子木”。

19. 飞来的请柬

越子木从海边回到酒店后，饭也没吃，脸也没洗，就一头躺在床上，双手枕着头，两眼呆呆地望着天花板。

他万万没想到竟然会这么巧在这里遇上李楠芝，此刻，他心乱如麻。想想自己已经好久没见着她了，当初自己的不辞而别，对她来说肯定打击不小，那是一种会伤女人心的打击。但又有什么办法呢？仇人的女儿，不可能同在屋檐下，不可能同吃一桌饭，更不可能同睡一张床！

他躺在床上辗转反侧，像烙烧饼一样翻过来掉过去。眼下进入海风盛筵的主会场还没有请柬，即使能够进去，是否能见着石珏还不一定，而且就算是见着了，能不能说服她把合同的事搞定还是个未知数呢，这些愁事难事还没有头绪，却又碰上了李楠芝，该如何去面对呢？第一次，越子木犯难了。尽管，在他的字典里，没有“困难”这个词，因为他知道，一切皆有可能，只要努力就会有回报。

他知道，如果自己进到了主会场，就一定会和李楠芝见面的，但见与不见又怎么样呢？难道能破镜重圆吗？不可能！

夜深了，折腾了一天的越子木又困又乏，终于，他还是沉沉地睡着了，在见与不见的矛盾中睡着了，而且一觉睡到天亮。

早上醒来，他换了身衣服准备先下楼吃早餐，然后再想办法到海风盛筵的主会场去，看能不能混进去。当他收拾完东西，正准备下楼吃饭时，却发现房间门口有个信封，像是从门下塞进来的。

他捡起来，又打开门往走廊里看了看，哪有什么人影，即使是有人塞进来的，也应该是在夜里吧。

关好门，他打开那个信封，等里面的东西一拿出来，他高兴得差一点儿跳起来。原来，信封里装着的竟然是一张海风盛筵的主会场请柬！上面还写着：欢迎贵宾越子木先生出席海风盛筵。

天哪，难道真的出鬼了？他高兴得都合不拢嘴，在脑海里翻找着可能的线索，该会是谁呢？但都一无所获。他也曾想到过会不会是李楠芝送的？但被自己否定了，因为李楠芝根本不可能知道他在这里。想了半天他也没想出来会是谁送的。

这到底是怎么回事呢？

这得从昨晚许曼和杜峰在酒店大堂里碰见的那个人说起。

就在杜峰和许曼两个人正在为这最后一间房纠结的时候，听见旁边一个短发姑娘问酒店服务员，本来也没什么值得大惊小怪的，但两个人一听问的竟然是越子木，顿时就是一愣。两个人几乎同时把头扭过去，上下打量起来。

见那姑娘穿着一件黑色的长袖立领外套，袖口处有两道黄色的杠杠，虽说一看都知道是身制服，但由于姑娘长得秀气，加上一头短发，再被这身制服一衬，显得格外干练。从面貌上看，不知道是当地人还是华人，但还是像华人多一些。

这时，许曼暗想，好你个越子木啊，原来这里还有内线？这姑娘又是怎么回事？

那姑娘还在和服务员哇啦哇啦地说着什么。许曼眉头一皱计上心来，她冲那姑娘说道："嗨！你找越子木干吗？能听懂我说的话吗？"

几乎同时，被她这话给吓到的有两个人：一个是那姑娘，另一个是杜峰。两个人都回过头来看着她。

杜峰还小声说呢："你也不问问清楚，咋能随便……"

可还没等他说完，许曼一把拉过他，径自走到那个愣着的姑娘面前。

"会说中文吗？"许曼问道。

那姑娘点了点头，上下打量着面前这位戴着个宽边眼镜的姑娘。

"我和越子木是一起的，你找他有事？"

那姑娘迟疑半天，这才眨着眼睛道："因为联系不上，我们老板让打听一下他住哪家酒店，所以……"她这句话一半是谎言一半是实情。

许曼一听，心里就犯了嘀咕，女人的第六感使她意识到，如果她说的是实情，那她的那位老板一定是个女的！想到这儿，她又上下打量了一番短发姑娘，然后手一扶镜框说道："我们也在找呢，那个该死的家伙就是不接电话！这样吧，我帮你问问。"

说着，许曼就冲服务员说道："你好，我想打听个人……"

服务员笑着用生硬的中文说道："非常抱歉，我们不能随便透露客人信息。"

站在后面的杜峰和那个姑娘看着许曼，就见她不慌不忙地从包里翻出个什么东西来递给服务员，并用手指着上面和服务员说着。奇怪的是，服务员仔细看了半天，又抬头看了看许曼，然后笑着在电脑里查了半天，接着就对她说了句什么，还用手一指楼上。

许曼笑呵呵地转过身来冲那姑娘说道："找着了，就住在这家酒店。可真是巧啊！"

"什么？这小子也住这儿？"杜峰似有些失望。

许曼瞪了他一眼，却笑着对那姑娘说："他住在1819房间，要不要上去找他？"

那姑娘连忙摆手，说出一连串的"不用不用"，然后，就礼貌地点了点头，转身出了酒店。

许曼把手里的箱子往杜峰脚下一推，说："你自己上房间吧，我出去有点儿事儿！"

杜峰咧着嘴："你上哪儿呀，还得去吃饭呢！"

许曼一摆手，却又突然回过头来："告诉你，不许去越子木房间找他！"说完，转身就像贼一样悄悄地跟在那姑娘身后走出了酒店。

在酒店外的停车场，许曼躲在一棵树后，她看见那个姑娘上了一辆不认得是什么牌子的车，但从外观看肯定是豪车。接着，那辆车就转了个弯朝海滨方向开去。

许曼从树后钻出来，她跳着脚眼看着那辆车开走了，这个急呀，她左看看右看看，突然发现过来一辆车，应该是那种当地的“三蹦子”，就是当地居民载客用的三轮车。

她赶紧招手。“三蹦子”嘎吱一声停住了，她往车上一跳，并指着前面那辆车说道：“追！”

那人朝那辆车的方向看了看，咧着嘴用不太流利的中文说道：“不会吧，你是说用这车追宾利？”

“甭管他什么宾利不宾利，我现在需要你麻利！”许曼着急地说道。

“三蹦子”就一个拐弯追了下去。

虽说根本追不上宾利，但由于是晚上，路上的车少人少，她们就远远地看着宾利的尾灯追着，“三蹦子”开了好一段路，这才发现那尾灯似乎停下了。

司机又开了一段路，在一排栅栏前停了下来，他回过头说：“前面进不去了，那地方不让进。”

许曼下了车，付了车钱就猫着腰朝那辆停在海边的车走了过去。

此时的海滩上，坐满了众多的游客，美丽的海上夕阳已经西下，天边只留一点儿点儿红霞。有的人们在自己动手烧烤美食，冒起的青烟为夏夜的海滨增添了几许生机。还有几个青年在沙滩上载歌载舞，纵情享受夜晚以及美食带来的无限乐趣。

许曼装作游客的样子漫不经心地走着，而眼睛始终没有离开那个姑娘。她看见那姑娘面前站着个人，从装束上看应该是个女的，但容貌根本看不清楚。

她渐渐靠近两个人，等近些了，侧耳听去，只听见那个女的道：“那调查清楚他是来做什么的了吗？”

那姑娘一弯腰：“对不起，李总，这个……还不清楚，不过他好像有同行的，是个女的！”

不错，说话的这人正是李楠芝，而那个短发姑娘是她的助理乔庄。就听李楠芝接着诧异地说道：“女的？你是说越子木有个同行的人是女的？”

许曼悄悄侧过身，脚踩着礁石探出头去，她是想看看说话的人长什么样，可就在她还没来得及抬头看呢，脚下一滑，一不小心竟滑到了海水里。她大叫了一声：“啊！救命啊！”

慌乱中，她一屁股坐了下去。其实，她只是下意识地喊救命，海水没多深，刚到膝盖，她是紧张的。但她这么一喊不要紧，李楠芝和乔庄同时回过头来。乔庄一看水里的许曼，顿时就皱起了眉，指着她对李楠芝说道：“对，我说的就是她。不过，她怎么会在这儿呀……”

李楠芝一摆手：“行了，快点儿先把她拉上来吧！”

乔庄答应一声就跑过去一把拉住了许曼，等把她拉上来的时候，再一看，许曼已经成了落汤鸡！

许曼一手往上推着眼镜，另一只手抹了一把脸上的海水，而目光却投向了李楠芝。看了几眼，她就被李楠芝的端庄大气给镇住了。心说，好你个越子木啊，怎么到哪儿都这么有女人缘呢?

这时，李楠芝对乔庄说：“你快去车上取条毛巾来！”

乔庄答应一声就一路小跑地去车上取东西。李楠芝上下打量了一下许曼，由于天暗看不太清楚，但她依然能够看得出面前这位满身是水的是个漂亮姑娘。

“你是和越子木一起的？”李楠芝问道。

许曼一听却并不吃惊，看样子，那短发姑娘一定是她派去的了。她就点了点头，想了一下却又说道：“我是今天才到的，越子木是先来的。”

“哦，那你们到这儿来是……”李楠芝若有所思地问道。

许曼眨着眼睛想了半天，她在考虑要不要告诉眼前这位端庄的少妇。想了一下她却问了句：“那你是……”

李楠芝伸手拢了一下被海风吹起的头发，眼睛望着波涛汹涌的大海说道：“只是相识而已……”

“哦。”许曼知道，她明显没有说实话。

这时，乔庄跑了回来，把手里的毛巾递给许曼。许曼接过来把脸擦拭干净。

李楠芝对乔庄说：“你先去车上吧。”

乔庄走后，她看着许曼，似在等她回答刚才的问题。

这时，李楠芝的手机响了，她拿起手机说着什么。而许曼却突然发现，她手机上吊着个物件，借着远处明灭的灯光，她看见那是个卡通猫的造型，她脑海里顿时出现了越子木手机上的那个卡通老鼠来。

她正疑惑呢，李楠芝接完了电话，又侧目看着她缓缓地说："怎么？不好说吗？是来度假的，还是……"

"不是不是，度啥假？算了，告诉你吧。其实，我们这次来是要找一个人，她对于我们来说很重要！"

"找人？找谁？"说这话时，李楠芝表情明显有些异样。

"找个珠宝商的女儿，听说是来参加什么聚会了，反正就是有钱人的活动！"许曼说着，却没有注意到李楠芝的表情变化。

李楠芝一听，就说道："是海风盛筵吧。"

"对对！就是这个，要是找不到她，合同就签不上，要是合同签不上，那我们就白忙活了。"许曼弯腰拧了一下裤角浸的水。

李楠芝听明白了，原来越子木这次来是有公务啊，她叹了口气，不再说话，用手机拨了一个号，说道："乔庄，马上准备几张门票，我要用。"说到这儿，她又回过头来问许曼，"你们几个人？"

许曼也不知道她是什么意思啊，就答了句："三个。"

李楠芝接着冲电话里讲："三张。"

放下手机，她对许曼道："你先回去吧，我让司机送你。"

"那就太谢谢了……对了，我回去后和越子木怎么说？"许曼刚才听得清楚，眼前这位美少妇分明是在帮着弄门票呢。

李楠芝想了一下说："什么也别说。"说完，她招呼乔庄把车开过来，然后就让她把许曼送回了酒店。

看着远去的车，李楠芝长叹一声，独自一人坐在沙滩上，呆呆地望着大海。

许曼坐着车回到了酒店，她对乔庄道了谢就匆匆上了楼，找到那好不容易订到的房间后，伸手就敲门。好半天，杜峰才把门打开。

"我的姑奶奶，上哪儿去了你？我都快饿死了！"杜峰开门就说，却没注意到许曼一身湿漉漉的。

许曼推门就进。杜峰这才发现她浑身都是湿的，就吃惊地问道：“咋弄的呀这是？你下海了？要洗澡房间里有……”还没等他说完呢，就见许曼回身就往外推他，边推边说：“你先出去待会儿！”

“嗨嗨！干吗呀这是？不是说好了一起住的嘛，外面有蚊子！你别推呀！”杜峰被她的举动给弄得不知所措。

许曼一瞪眼睛：“你不出去我怎么换衣服？你要占便宜呀！”

“哦……”杜峰这才明白，可还没等他反应过来呢，就听门咣的一声被许曼关上了。

站在门外，他还说呢：“你快点儿啊，我这样在外边站着也不是个事儿呀！还得去吃饭呢！你不饿吗？”说完，这家伙竟一阵窃笑，也不知脑袋里想的什么。

许曼关好了门，就把衣服一脱，又在行李箱里翻出几件衣服来，然后去了洗手间，她冲了个澡，这才把衣服换好。等她从洗手间出来，还没等收拾好呢，就听门外传来杜峰的声音：“好了没有啊？”

“催什么催？就好了！”说着，许曼迅速收拾着脱下来的衣服，打算放在洗手间里。等她觉得差不多了，这才把门打开。

杜峰一进屋，抬头看见一头湿发散落在肩上的许曼，顿时就是一愣。

“看什么看？没见过女人洗澡啊？”刚说完这话，许曼觉得像是说错了什么，顿时脸就红了。

杜峰一脸的坏笑，说道：“不瞒你说，还真没看过。呵呵！”

许曼咬着嘴唇，说道：“再说？再说不让你住了！行了，赶紧收拾一下去吃饭吧，都快饿死了！”

“马上马上！”杜峰说着就要去洗手间。

“唉？你干吗去？”许曼拦住了他。

杜峰皱着眉：“大姐……去个卫生间也不行啊？”

许曼一摆手：“去吧去吧，真是麻烦！”

杜峰笑着就钻进了洗手间。

许曼想了一下，觉得不对劲，自己换下来的衣服还在洗手间呢，关键是里面有内衣。想到这儿，她脸一红，一把就推开了洗手间的门。

“唉唉！干吗呀这是！耍流氓啊？”杜峰吓得大惊失色。

许曼用换下来的外衣把那几件小衣盖住，这才转身出了洗手间，临走还说了句：“不许瞎看啊！”

杜峰咧着嘴嘀咕着：“这都什么世道？真是逆天了！几件衣服还怕看，我就不怕看吗？”

等他出了洗手间，许曼一甩头发：“走吧，今天要好好宰你一顿！”

许曼和杜峰两个人去吃饭暂且不提，再说一个人在海边发呆的李楠芝。

此时的她，正坐在海边的一处凉亭内，桌上摆着几盘水果，旁边放着个高脚杯，杯子旁是一瓶红酒。她举着杯，喝了一口红酒，而目光却始终望着大海，还有海边嬉闹的那一对对情侣。

远处海滩上的几堆篝火明灭着，烧烤的人们说笑着，海风阵阵，海浪袭袭，海岛的夜，总是那么迷人。

她又往杯子里倒酒，倒着倒着，她的手一抬，杯子里瞬间就填了大半杯酒。她端起杯，叹了口气，把那大半杯红酒都喝了下去。

远处，不知哪个游客喝醉了酒，正在断断续续地高声吟诵着改了词的《南乡子》：

“云海、天涯，两渺茫！何日功成，还乡。醉笑陪公三万场，何处诉离觞……

李楠芝幽幽地自语：“难道那也是心伤之人吗？”

20．一夜尴尬

许曼和杜峰两个人吃完了饭，又在海边借着月光望了一会儿风景之后才回到酒店。

进了房间，许曼忍了半天却还是没忍住，神秘兮兮地对杜峰说："你猜，越子木住哪儿？"

杜峰真是觉得好笑，办理入住手续时都已经问了，他当然知道越子不就是住在这家酒店啊，于是，他就毫不在乎地说："不是住这儿吗？"

许曼眼睛一眨，然后用手往旁边一指。

杜峰顺着她指的方向看去，那明明是一堵墙啊，但随即他就瞪大了眼睛小声说："你的意思是……他住隔壁？"

许曼笑着点了点头。

听完，杜峰不说话了，好半天，他才从椅子上站起来，开始收拾自己的东西，嘴里还嘀咕着什么。

许曼一见，就冲他说道："哎！你干吗？想好了？打算到走廊里睡？呵呵！"

"什么走廊啊，我要再不走可真就不知趣了，我去他那屋睡！"杜峰边收拾边答道。

许曼一听就乐了："嗯，这还差不多。不过，你暂时先不用了，就在这儿吧。"

还没等她说完，杜峰就嘿嘿地笑着："那……不好吧，好像我有啥企图似的。"

“你啥意思？难道是我有企图？想啥呢你！”许曼瞪了他一眼，又接着说道，“我到这儿来他不知道，我是想啊，或许我在会影响他办事，咱们俩还是在暗中吧，先让他一个人去找那个富家女，需要的时候咱们再……”

其实，许曼是多了个心眼儿，她是想观察一下越子木和自己见到的那位美少妇是什么关系。

杜峰一听，心里这个高兴啊，当时就把刚装好的东西掏了出来，嘴里还哼起了歌。

许曼瞪了他一眼，大声道：“喂！别臭美啊！你睡地板，要是敢欺负我你看着！”

“哪敢啊，我还怕你欺负我呢……”杜峰嘻嘻地笑着。

许曼咬了咬嘴唇，拿着洗漱用品就往洗手间走，走过杜峰身边的时候，用脚碰了一下他：“靠边点儿！对了，晚上要开着灯睡觉啊！”

杜峰一听，什么？开着灯睡觉？那怎么睡呀，能睡着吗？他想了半天，才笑着冲已经走进了洗手间的许曼喊了句：“开着灯好像不妥吧，那可啥都能看到啊。呵呵！”

许曼从洗手间探出头来，嘴里全是牙膏沫。她忽闪着眼睛看着杜峰，半天，才把牙刷拿出来说道：“也是啊！反正你得老实点儿，要不然就给你撵出去！”

杜峰吐了下舌头，不再言语了。

许曼洗漱完从洗手间出来，她拢着头发，把电视机打开了，边看边擦那一头秀发。

杜峰一头钻进了洗手间。

正在这时，却传来了敲门声。许曼打开门一看，竟是乔庄。

“您有事？”

乔庄站在门口礼貌地说：“许小姐，我们李总让把这个给你送来……”说着，她递过一个纸袋。

“这什么呀？”许曼接过来眼睛盯着里面问道。

“那我就先回去了。”说着，乔庄点了下头，微笑着转身离去。

关好了门，许曼从纸袋里把东西拿了出来，她一看就乐了，原来是三张海风盛筵的贵宾请柬。

许曼一脸的疑惑，心里不停地嘀咕着，到底是谁呢？她为什么要帮我们？不对，不是帮我们，而是帮越子木！

从洗手间出来的杜峰见她手上拿着东西就问：“刚才是谁呀？你拿的是什么？”

许曼若有所思地答道：“入场券……”

杜峰过来接过一看，见是三张请柬，就一皱眉：“怎么是三张啊？哎呀，海风盛筵，听说全是美女呀！”

许曼一把抢过来，瞪了他一眼道：“什么人呢！”说着，她又一摆手，“走！”

“哪去？”杜峰一脸的疑惑。

“少废话！跟我来！”说着，许曼一推眼镜，神秘兮兮地打开门，探出头往走廊里望了望，接着，就蹑手蹑脚地走了出去。

杜峰跟在后面小声道：“喂，这是干吗呀？弄得这么紧张。”

许曼回头冲他“嘘”了一声，接着就猫着腰走到旁边那个房间，她把耳朵贴在门上听了听，然后，就把那张写有越子木名字的请柬顺着门下的缝隙塞了进去。

杜峰一下子明白了，这一定是越子木的房间。他也凑上去听了听，心里却在想，里面咋没动静？

塞好了请柬，许曼又蹑手蹑脚地回到房间，等杜峰也进来后，她还把头探出门去看了半天，然后才轻轻关上门，长出了一口气，就好像是完成了一件特工的秘密任务似的。

杜峰看在眼里，觉得实在是好笑又好玩。

许曼一回头，发现杜峰在笑，就瞪了下眼睛：“笑什么笑？闭上眼睛，我要睡觉了啊。”说着，把灯一下子就关了，屋里顿时一片漆黑。

“干吗呀，我还没铺被子呢！”杜峰喊道。

已经上了床的许曼搬过一床被子扔到地板上：“给你！”

杜峰闻声伸手摸了起来，可他摸着摸着，却一直摸到了床边，再一划拉，手里却是毛乎乎的。正在这时，就听许曼大喊一声：“哇！”吓得杜峰差一点儿坐在地上。

“吓死人不偿命是吧？”杜峰着实吓了一跳。

许曼呵呵地笑着说：“谁让你乱摸，你要再敢到床边来，不管你伸出的是什么，一律动剪子！”

“这么狠哪！”杜峰咧了下嘴，弯腰一划拉摸到被，然后抱着被躺在了地板上。

夜已经深了，但普吉岛的夜再深也是热浪袭袭。杜峰躺在地板上，辗转了半天也睡不着，一方面是热浪难耐，另一方面，他是在飞机上睡多了，现在哪还睡得着？再说，旁边还有那么一位美女，还能睡得着？那得多没心没肺呀！

可许曼也不管那些，躺在床上盖了条薄毯就睡着了，心大的女孩儿大概都这样吧。可她心也太大了，以至于连睡梦中踹了被也不知道。

在地上躺了好长时间也睡不着的杜峰觉得实在是太难受了，他悄悄爬起来，摸索着找洗手间，一不小心脚下绊了什么东西，正好撞在了他的小腿上，疼得他直咧嘴，可是也不敢出声啊，他好不容易摸到了门口，就把灯给打开了。

等他从洗手间出来，正要关灯时，却下意识地往床上看了一眼，这一看不要紧，他顿时眼睛瞪得大大的，不错眼地直勾勾看着眼前的画面。就见床上，许曼四仰八叉地躺着，睡姿实在是不怎么样。

杜峰咽了口唾沫，闭了下眼睛又晃了晃头，待睁开眼睛再看时，却听许曼说道：“……不许瞎看！你敢看我就……”

吓得他抬手就把灯关了，紧接着就趴在了地上，心这个跳啊。他想，这下全完了，许曼说不定怎么想我呢？可是，他趴在地上埋着头，等了半天也不见动静，这才抬起头借着窗外的月光往床上看了看，见许曼已经侧过身去背对着他还在呼呼大睡呢。他长出了口气，原来是说梦话呀！

他悄悄爬到自己刚才躺的位置，拉过被子骑在腿下，翻来覆去睡不着，直到天快亮时，才困得不行睡着了。也不知睡了多长时间，他一个梦接着一个梦，这时，睡梦中，他就见自己打开了灯，趴在床边盯着许曼看，白皙的脖颈、高耸的胸部……正在这时，就见许曼一下子睁开了眼睛，瞪着他道："你看什么看！"吓得他慌忙蹲了下去，嘴里还一个劲地说道："我不是故意的，啥也没看……"

正在这时，他就觉得有人踢自己的脚，耳边听到有人在叫他："你个死猪，醒醒！"

惊慌中，他勉强睁开眼睛，嘴里却还在说呢："我真没看……"

已经穿好了衣服的许曼蹲下来看着说梦话的杜峰："你说什么？好啊，昨晚是不是偷看了？说！"

吃完了早餐，越子木把那张请柬往怀里一揣，又简单收拾一下就往外走，打算去海风盛筵现场，看能不能见到石大小姐。

从他住的这家酒店到海风盛筵主会场虽说不算远，但也有一段距离，主会场是在海边的一家五星级酒店，而他住的这家酒店是远离海边，属于一个小商业区内。

清晨的普吉岛，阳光明媚，顺着风向可以听得到海浪的翻涌、海鸥的低鸣，空气中是涩涩的海水味道。

越子木在街上漫不经心地走着，本来，他是想打辆车去的，但一走到街上，他就被这异国的风情深深吸引了，于是，他一边浏览着岛上的风土人情一边朝海边走去。

还没走到海边那家五星级酒店呢，越子木就感觉有些不对劲，他发现从自己身边开过去的车越来越多，而且都是朝那家酒店去的，更令他目不暇接的是，豪车明显增多，而且车上还都是些穿着暴露的美女。

眼看着离那家酒店近了，他抬眼望去，在酒店前的停车场上更是豪车云集，那些从车上下来的美女们叽叽喳喳地说笑着朝酒店正门走去，而在她们的身后，则是些衣着讲究的青年，虽看不太清，但他明显能感觉到那些人不是富二代就是土豪！

他下意识地看了看自己身上，不禁摇了摇头，走时匆忙，也没带像样点儿的衣服啊，穿成这样不知能不能让进呢。但总得试试，况且，自己有请柬，应该能让进吧。抱着试试的心态，他朝酒店正门走去，可刚到门口就被两个保安给拦住了。

“你，干什么的？这里不能随便进！”令他意外的是，保安竟然说的是中文。

还没等他说话呢，另一个保安走过来双手一伸就把他拦住了，还上下打量了一下说道：“没看见门口那牌子吗？游客免进！”

越子木往旁边一看，果然，在门旁立着个牌子，上面用英文和中文写着：游客免进。

他一看就觉得好笑，心说，还游客免进？干脆说非美女与土豪不得入内得了。

他冲两个保安笑了笑，说道：“我是来参加这个活动的……”

那保安听罢笑了笑，说道：“你也是来参加活动的？切！”

越子木一听就觉得火大，听口气明显是没看得起自己呀。他强压怒火，又笑着道：“我真是来参加活动的，我有请柬。”说着，他就把请柬拿了出来。

两个保安互相看看，其中一个接过去仔细看了看，又还给了他。两个人对望了一眼，接着就“啪”的一个敬礼，吓了越子木一跳。他心想，还真是狗眼看人低。

“罢了。”越子木一摆手，抬腿就要往大堂里进。可其中一个保安往旁边一闪身，把他又拦住了。

“怎么？还不让进？”越子木真有些生气了。

那个保安面带笑容，点头哈腰地说道：“这位先生，实在不好意思，我们这里有规定，参加这个活动是需要着正装的……”

越子木往自己身上一指：“我这身西服不算正装？”

另一个保安过来道：“他说错了，先生，是礼服。”

越子木明白了，自己这身西服如果算正装的话，那起码也得系个领带什么的，但这大热天的也没法系呀。再说，自己上哪儿找什么领带领结的去呀？

正在他左右为难时，就听里面有人喊了句什么，再看其中的一个保安转身跑了进去。过了一会儿又跑了出来，跑到跟前冲越子木敬了个礼，说道：“对不起，先生，您可以进了。”

越子木狐疑地看了他一眼，抬腿就往里走，他刚进了大堂，就见一个穿着制服、胸前别了个工作牌的人迎了上来，手里还拿着东西。

他心想，该不会是又要阻拦吧。

可那人走到近前笑着点了下头，用中文说道：“请问您是越子木先生吗？”

越子木听完一愣，心想，他是怎么知道自己名字的？但他点了点头。

那人又微笑着说：“越先生请您跟我来，先把这衣服换一下。”

越子木看着他手里拿的衣服似乎有些明白了，可能是这活动主办方准备的吧，对有些没来得及换礼服的来宾提供衣服。看来，他们想得还很周到呢。他也不好问什么，就跟着那人来到了更衣间。

那人把衣服放下就出去了。

越子木拿过那个纸袋，心想，也不知是什么衣服，要是不合身可就麻烦了。可等他把礼服拿出来，穿到身上在镜前一看，还别说，不大不小正合身，就像是量身定做的一样。穿好了衣服，他却发现纸袋里竟然还有一双皮鞋。他心说，这主办者也不知是干什么的，心也太细了吧。

等他穿上鞋后，看着镜子里的自己，心里开始犯嘀咕了，就算是主办方准备的，就算是衣服凑巧合身，但这鞋也太合适了吧！真有这么巧的事？

正在他胡思乱想时，就听大堂的广播里传来说话声：“请与会的来宾到大宴会厅，今天的时装珠宝秀马上就要开始了！”

越子木一听，原来还有什么时装珠宝秀啊，那得看看去，说不定能见到石珏呢。

而在他的潜意识里，则想的是另外一个人，只是不知道能不能见到她。

从更衣间出来，越子木把装着自己衣服的纸袋放在了前台，按照大厅里的指示牌朝宴会厅的方向走去，走了几步，他想了想，然后又掏出副墨镜来戴上了。

进了大厅，他顿时就觉得眼前一亮，大厅不仅十分宽敞，而且金碧辉煌的，简直就像宫殿一样。此时大厅里已经聚集了好多人，男男女女的目不暇接，眼花缭乱。

在大厅的中间位置，有个T型高台，上面铺着红毯。越子木知道，那一定是给走秀的模特们准备的，到时候她们就会走上这条红毯，展示时装和珠宝，而他也清楚，周围这些衣着光鲜的看客们，想看的却不一定是什么时装和珠宝，他们想看的不过是美女罢了。

正在他一边四处张望着一边胡思乱想时，就听大厅里的广播说道："海风盛筵时装珠宝秀现在开始，有请各位嘉丽登场！"

话音刚落，就见红毯尽头的一扇门缓缓地开了，接着，从里面走出位美女，迈着猫步款款走来，下面顿时一阵骚动。而正在这时，又有一个模特走上T台，紧接着又是一个。

越子木可没像其他人那样盯着这些模特看，他的目光在那T台两侧的人群中搜寻着，他想找熟悉的面孔，当然，不仅仅是石珏。

可是，他看了一圈也没见到熟悉的面孔，既没看见石珏石大小姐，更没见着他心里纠结的那张面孔。无奈，他只好又把目光移到了T台上。

看着这些珠光宝气而又穿着暴露的嫩模们，越子木心想，她们展示的是珠宝吗？再看周围的看客们，女人们个个指指点点，男人们则张着嘴不说话，目光就像刀子一样。

正在这时，又从那扇门里走出个美女来，从步法看，她似乎不太会走什么猫步，从表情上看，又似乎有些紧张，她低着头，步伐也有些零乱。越子木就觉得奇怪了，这样的场合怎么还会有菜鸟啊？

等她走到T台中间时，不经意间抬起头，越子木一看，顿时就瞪大了眼睛，不会吧，怎么会是她？！

21. 粗心美女成模特

暂且不提越子木以及他看到的这位美女，回过头来说许曼和杜峰。

一大早，杜峰就在睡梦中被惊醒了。他揉着眼睛，一抬头，却看见正蹲在地上看着自己的许曼，接着又听她大喝了一声，他当时就吓了一跳。

“干……干什么呀，怪吓人的！”

许曼伸手把被子拽到了一边：“你刚才说什么？老实交代，昨晚是不是偷看了？”

杜峰眨巴着眼睛半天没明白过来，支吾着：“偷看？看……看什么？”

“还装糊涂！刚才你说梦话都招了！”许曼说着就咬了咬嘴唇，狠叨叨的。

杜峰回想着，可是怎么想也没想明白，而脑海里却是昨天晚上无意中开了灯看到的情景。他心想，不会吧，这她都知道？

面对许曼咄咄逼人的目光，杜峰支吾了半天才讷讷地说：“我本来是去洗手间，可是摸黑撞了腿，就把灯打开了，然后……然后……”

“然后什么？”许曼像是故意大声地问着。

杜峰自知理亏不敢看她的眼睛，接着说道：“然后……我就去洗手间了……”

“那后来呢？”许曼追问着，语气明显有些紧张了。

“后来呀……真要说吗？”杜峰问道。

“你说不说！”许曼伸手就要拽被子。

“后来……后来我就在洗手间撒尿啊……”杜峰顺着自己的思绪答着。

许曼一听，这个气呀，大声道：“谁要知道你这个了？然后呢？”

杜峰小心地看了她一眼，又低下头说：“然后就系腰带什么的……”

“成心是吧！”许曼恨得牙痒痒。

杜峰实在是憋不住了，他哈哈大笑，然后，他想站起来。许曼却一把拽住了他。

“快说，你都看见什么了？”

杜峰忍着笑：“姑奶奶，我真的啥也没看到，从洗手间出来我就关灯了。不过……”

“我才不信呢，你会关灯。不过什么？快说！”许曼蹲在地上眼睛紧紧地盯着他。

这时，杜峰突然发现，许曼穿着件T恤，由于距离太近，她又是蹲着，在她的脖颈下，清清楚楚地能够看见那一抹春光，是蓬勃的呼之欲出的春光。

他一脸的坏笑，伸手指了指，小声道：“昨晚真啥也没看，不过，现在可啥都看到了……”

许曼低头一看，顿时脸就红了，她一把捂住自己的前胸，并迅速站了起来，手一指他喊道：“你个色狼！”

杜峰笑着从地上爬起来，冲花容失色的许曼道：“傻丫头，真是可爱。别生气啊，又不是故意看的。我先去洗手间，一会儿咱们出去吃饭。”

许曼往旁边让了一下，怔怔地看着他去了洗手间。

等杜峰从洗手间出来，他以为许曼还在生气呢，就凑上前去赔着笑脸说道：“别生气啊，生气很难看的！咱们去吃饭吧，为了罚我，晚上请你吃大餐！”

许曼却一瞪眼睛：“就知道吃！还得办正事呢，一会儿吃完早饭得去这里看一下。”说着，她一指桌上的那两张请柬。

正在这时，就听外面传来关门声。许曼立马伸出手挡在嘴前“嘘”

了一下。接着，她蹑手蹑脚走到门口，透过门镜往外面看去。外面，走廊里，越子木刚好走过。

“看啥呢？”杜峰问了句。

许曼又一摆手，示意他小声，接着，她又跑到窗前，朝楼下望去。

杜峰看在眼里面不禁哑然失笑，心想，这丫头肯定是谍战剧看多了，这不整个一女特工的样子嘛。

但他也凑到窗前朝窗外看去。过了一会儿，就见越子木出现在了楼下的街路上，他东张西望了半天，朝楼前那条街上走去。

“这家伙穿得那么正式干吗呀！”杜峰自语着。

许曼缩回脑袋，转身看都没看一眼杜峰就说道：“快点儿，吃饭去！”说着就出了房间。

杜峰跟了出去，嘴里还说着：“你等等我呀！”

两个人到一楼的西餐厅简单吃完了自助早餐，又回到了房间。

许曼说：“你来旅游的是吧，那今天你自己溜达吧，我得去办正事。”

杜峰却笑着说：“咱们是一起来的，有啥行动也得一起呀！这人生地不熟的，我也好保护你，是不是？”

“切！你才是最危险的！”许曼撇了撇嘴。

杜峰还是满脸堆笑：“对了，你不是要去海风盛筵嘛，我跟你一块儿去，反正这有两张请柬，到时候我帮点儿忙什么的……”

许曼想了半天，才迟疑着说道：“那你可不许添乱啊！对了，你先出去，我要换衣服。”

“你换你的呗，干吗还让我出去呀？我保证不看！”杜峰一听让他出去，顿时就傻了眼。

“这世上最不靠谱的就是男人的保证！你还是出去吧！”许曼说道。

“要不然我进洗手间里，你换你的！”杜峰说着就要进洗手间。

许曼叫住了他：“你到底出不出去？”

杜峰一看她的眼神，马上笑着道：“马上马上，出就出去呗，你瞪什么眼睛啊！”

说完，他就往门外走，刚出了门，就听背后“咣”的一声，门重重地关上了，接着，他又听见里面传来挂门链的声音。他心说，至于嘛？

等了好半天，里面还是没动静，杜峰就敲了敲门：“许曼，好了没有啊？”

就听许曼说道：“催催催，催什么催！门开了，你自己不会进啊？”

杜峰一推，果然，门不知什么时候已经开了。他把门关好，一转身，就见许曼穿了件吊带裙，一身清凉的打扮。

“你眼睛带钩啊？”许曼脸一红说道。

杜峰这才意识到自己的失态，就赶紧把目光移到别处。

“你不换换衣服吗？”许曼问道。

杜峰看了看自己的衣服：“这身不行吗？我可不穿西装啊，多热呀！再说，我也没带呀，全是休闲的。”

许曼从床上提起个手拎袋来，冲杜峰说：“到时候进不去可别怨我没提醒你啊，那种场合是谁都能进的吗？走吧！”

杜峰愣了一下，拿着桌上那一张请柬跟着许曼出了房间。

两个人刚下楼，却见昨天那个短发姑娘乔庄迎了上来。

“许小姐你好，我们李总怕你们进不去，特意派我来接你们的。噫？越先生呢？”乔庄说着就朝后面看了看。

许曼一听，更生疑惑了，这位李总到底是干什么的呢？不仅送门票，而且还派了专车，看来，和越子木一定有某种关系。

想到这儿，她笑着说：“啊，他先去了。”

杜峰小声问道：“咋回事呀？这怎么还有专车呢？嚯，宾利呀！”

“那……就请二位上车吧。”乔庄说着拉开了车门。

等到了酒店门口，两个人从车上下来，乔庄打了声招呼开着车去了停车场。杜峰和许曼朝酒店大堂走去。可两个人刚一进门，就被随后下车的一群美女们给冲散了。许曼转了个身，四处寻找着杜峰，却听一个男的冲自己喊道：“你！还看什么看，快走啊，都要到时间了，赶紧去换衣服！”说着，还没等许曼反应过来呢，就被人拉到了那些美女的队伍里。

许曼再想争辩什么却来不及了，她被人前后拥着稀里糊涂地进了一个房间。

而杜峰被挤到了门边上，他刚想喊许曼，一个保安过来冲他说道："先生，这里是重要聚会，请您出去！"

杜峰这个气呀，就把请柬一伸："我有请柬！"

那保安凑过来看了半天，自语道："今天是怎么了，净是些游客拿请柬的呢？"他上下打量了一下杜峰，笑着说，"先生，我们这里有着装规定，您穿成这样……"

先不说杜峰最后进没进去门，单说许曼。她被人错当成了模特进的那个房间是更衣室。就在她懵懵懂懂的时候，有人递给她一件衣服，又将一个珠宝盒摆在了面前的案几上，有人在后面喊道："大家都快点儿啊，抓紧换衣服，把自己佩戴的珠宝都保管好啊！"

许曼明白了，他们是把自己也当成模特了，怎么办呢？要不然和他们说明？正想着呢，她顺手打开那个珠宝盒，却发现是件钻石项链。她试着往脖子上比了比，顿时眼睛直放光。

她笑了笑，就把项链戴上了，然后，又和其他的模特们一样，换上了给准备好的那身衣服。她的，是件长裙，粉色的，长度和自己的身材刚刚好。

等她又把另一个盒里装的高跟鞋穿好，再一照镜子，连自己都吃惊不小，真是人靠衣服马靠鞍啊！可美中不足的是，自己这副宽边眼镜实在是与这身衣服格格不入。

正在这时，一个穿着花衣服、戴着半只耳环、染着黄色头发的青年走了过来，走到许曼跟前，他细声细语地说："哟，我说姐姐，你这眼镜可得摘了。来，我帮你画画。"说着，他搬过一把椅子，硬是把许曼按到了椅子上。

等化好了妆，再一照镜子，许曼真有些不敢相信自己的眼睛了。镜子里，哪还有那个风风火火的许曼的影子？活脱脱一个大美女！

就在许曼被人误以为模特而又是换衣服又是化妆的时候，在酒店大厅外，杜峰却悲催地正在和保安交涉着。

尽管他手里拿着请柬，但保安就是不让进，说是有规定，着装不整的不让进。

没办法，杜峰就在酒店门口转悠着，转来转去，他转到了酒店的后面，想着自己恐怕是真的进不去了，也累了半天了，他就一屁股坐在了台阶上。

正在这时，他就听身后传来说话声，回头一看，见一个身穿白色服务生装的人正在打电话。他站起来，往服务生身后那扇门看去，发现这是厨房的后门，里面有不少穿着同样衣服的服务人员忙来忙去。

他灵机一动，就笑着对那个已经打完电话正想进门的服务生说道："哥们儿，和你商量点儿事儿呗……"

那服务生看了他一眼，转身又要走。

杜峰赶紧拦住他，笑着说："是这么回事，我想请你帮个忙……"

还没等他说完，服务生冷冷地说道："想要进去是吧，这个忙我可帮不了！"

杜峰还是笑着说："求你了，兄弟，你就帮帮我吧。是这样的，我是来找女朋友的，她是模特。今天早上她走得匆忙，把药忘在酒店了。你知道吗？她……她得的是绝症，因为她特别喜欢模特这个职业，这也是她最后一次走台了，医生说……医生说……"编到这儿，杜峰偷看了服务生一眼，就用手擦了擦眼角。

"医生怎么说？"服务生追问道。

杜峰又伤心地接着说："医生说，恐怕就是这几天了，他说，就让她在有限的生命里做些自己喜欢的事儿吧……你看，这药我要是不送进去，恐怕她支撑不了啊！"

"可是，我怎么帮你呀？"服务生终于动了恻隐之心。

杜峰接着说："这样吧，咱俩把衣服换换，我把药送进去就出来，你看行吗？"

服务生开始犹豫了。

杜峰想了一下，就从包里拿出一沓钱来往服务生手里一塞："求你了，你就行行好！"

服务生把钱一推，说道："那行吧，不过这钱我可不能要，你们也不容易。你可得快点儿出来呀，要不然可就麻烦了。”说着，他就把外套脱了下来。

杜峰心里一阵窃喜，他也把自己那件T恤脱了下来，和服务生换了服装。

在进去的一刹那，他还回头悲伤地冲服务生说道：“哥们儿，你可真是好人哪！一定会有好报的！”

身后，他分明听见那服务生叹了一口气。杜峰这个高兴，他是真佩服自己的演技啊，说来也怪，怎么就突然想到了这招呢？到底是什么力量驱使着自己把瞎话编得这么圆呢？他也搞不清楚。可是，他没想到的是，自己这个乌鸦嘴，接下来，许曼还真的出事了。

进到酒店内，杜峰跟着其他的服务生端着托盘往宴会大厅走。一路上，他四处寻找着，却根本没看见许曼。

进了大厅，他眼前顿觉一亮，天哪，怎么这么多美女呀！就见T台上，模特一个接着一个地走着猫步。他往人群里搜寻着，许曼他没看到，却发现越子木戴着个墨镜站在边上正往T台上看呢。他心说，好小子啊，原来在这儿看美女哪！

他刚想凑过去，却发现人群一阵骚动，再一看，T台上一个模特脚下一滑，一个趔趄就要摔倒。说时迟那时快，就在人们的惊呼声中，越子木一把就扶住了那个要摔倒的模特。

本来，杜峰也没太在意，可是，就在那个模特站起来的时候，他下意识地看了一眼，这一看不要紧，他顿时就像是被点了穴道一样呆愣在了那里。再看越子木，也是同样吃惊地看着那个模特。

杜峰心说，天哪，这不是许曼嘛！她怎么这身打扮？怎么会在台上？

而同样的问题此时也在越子木的脑海里萦绕着。

对，这个模特正是许曼。

那个化妆师给许曼化好了妆后，她就跟着一群模特匆匆忙忙地上了台。由于她平时野惯了，也穿惯了平底鞋，这么高的高跟鞋她哪穿得习惯哪，再加上紧张，尤其是无意中看见越子木站在台边，她一紧张脚下一滑就差一点儿摔倒，幸亏越子木手快，要不然真要出糗了。

就在越子木扶她的时候，许曼笑着冲他挤了下眼睛，顿时，越子木更蒙了。

就这样，许曼在越子木和杜峰惊讶的目光中从T台这端又走了回去，直到她进了更衣室还紧张呢。

而就在越子木伸手去扶许曼的时候，他却没有注意到，在大厅上方二楼环廊的一个角落，有双眼睛正注视着下面。从越子木一进入大厅，那双眼睛就盯着他的一举一动，直到他扶许曼，再到他目不转睛地看着许曼消失在那扇门里，那双眼睛始终没离开过他。

看着越子木扶那个模特时的神情，再到他怔怔地望着远去的模特，甚至许曼挤那一下眼睛，她都看得真切。内心的激动与无奈，还有那怅然若失的感觉自周身袭来，她不禁长叹一声。原来，在上面看着的正是李楠芝。

昨天晚上她就安排好了，让乔庄明天一早去接越子木他们。但她没想到的是，越子木却一个人先来了。当她无意中见越子木在酒店门口与保安争执着什么，再看他的穿着，她明白了，一定是因为衣服。她就马上安排人到酒店的商场内按照她给的尺寸挑选好了衣服和鞋，接着她又让酒店前台经理把衣服给越子木送了去。越子木哪知道啊，他还以为是活动主办方给来宾的待遇呢。

看着越子木在大厅里穿着自己挑选的衣服走来走去，李楠芝的内心猛跳不已，她真想跑过去扑到他的怀里，她有好多话要对越子木说，可是，她又不能那样做，对于越子木，她太了解了。

所以，她就一直在暗处看着越子木，就在许曼摔倒的那一瞬间，她也看出来了，那正是昨天在海边见到的那个女孩子，当时尽管许曼说是越子木的同事，但直觉告诉她，没那么简单。果然，许曼挤的那下眼睛，再加上越子木的神情，李楠芝就觉得嘴里酸酸的，心里也像刀割一样难受。

李楠芝没有想到，令她更难受的场面却在后面呢。

就在她胡思乱想时，却见上二楼的楼梯上，一个漂亮的女孩儿正在上楼，而在她身后追着的，竟然是越子木！

眼看他们就要上到二楼了，李楠芝转身躲闪着，耳畔却听到越子木的说话声："石小姐，请等等，你听我说呀……要不你看一眼也行啊，这可是专门手工做的呀！"

李楠芝用眼睛的余光看到，越子木正举着个戒指在后面追那个女孩子。女孩儿脸上，冷若冰霜，就像自己当年的神情；再看越子木，一脸的笑容，却并不是当初他追自己时的那一脸坏笑，因为在眉宇间，她看到的是越子木的真诚。

一瞬间，李楠芝就觉得有些天旋地转。原来，越子木跑到这里来竟然是为了追女孩儿？而自己竟然还帮他弄门票！

她转过身去。身后，越子木追着那个女孩儿进了一间屋子，随着一声门响，越子木的声音消失在了门里，而那扇门关上的，却是李楠芝难以割舍的期盼与无边的痛楚！

该死的越子木，你等着瞧！她在心里骂了一句。可她自己也不知道，这句骂里到底是恨多一些还是爱多一些。但有一点可以肯定，她迅速做了一个决定，或者说，是一个计划。

然而，这个决定或者计划到底是什么呢？

22. 临时情人

原来，就在李楠芝走神的时候，越子木在台下意外地发现了人群中的一个人，端庄秀气的美女——石珏。

石珏的出现让越子木顿时来了精神，刚才对于许曼的种种疑问他都顾不得想了，因为办正事要紧。

他在人群里挤了过去，可奇怪的是，石珏却一转身朝楼上走去，像是在故意躲避。原来，刚才越子木扶许曼的时候，不仅李楠芝看见了，石珏也发现了，尽管他戴着墨镜。

一看见是越子木，石珏就是一愣：他怎么会到这种地方来呢？这也不是他该出现的场合呀？难道……她不敢往下想了。

见越子木朝自己这边过来了，石珏转身就走。一瞬间，她明白了，原来这个该死的越子木是来找她签合同的，也真够可以的，都追到普吉岛来了！

可是，越子木追了上来，手里还举着个戒指。石珏用眼睛的余光看了一下，心说，哪儿弄了个破戒指，谁稀罕！见越子木追来了，她加快脚步就往楼上走。在二楼的环廊，有一间属于她的包间。

就这样，石珏和越子木两个人从李楠芝的身边走过，石珏打开门，还没来得及关上呢，越子木就挤了进来。

“石小姐，别躲我呀，你听我说……”越子木进门就笑着说道。

石珏转过身来看着一身礼服、高大英俊的越子木，半天才缓缓地说道：“你未经允许就闯进我的房间，就不怕我叫保安吗？”

越子木一听就乐了，他盯着石珏的眼睛笑了笑，却转身冲门外喊道：“保安！保安！”

石珏忙小声道：“你干吗呀？叫什么叫？”

“你不是要叫保安吗？干脆我替你叫得了。呵呵！”越子木一脸的坏笑。

“谁让你叫保安了？”石珏紧张地说。

“呵呵，等保安进来把我弄出去，然后明天报纸上就会有这样的报道：大白天有人闯入珠宝商女儿的房间，究竟他们发生了什么，他们到底是什么关系？请看后续报道……哈哈哈！”越子木也不知哪儿学的这一招，一说完就把石珏吓住了。

石珏咬了咬嘴唇，冲他狠叨叨却又无奈地说道：“你就是个无赖！”

越子木嘿嘿地笑着，眼睛却大胆地直视着她。

石珏回避着他的目光，冷冷地说道：“你找我有什么事？”

越子木笑而不答，却四处看了看，说道：“我可以坐下吗？”

石珏一撇嘴：“还要我给你搬椅子吗？”

越子木笑了笑，坐在了椅子上，然后，他举着手里那个美贞做的手工戒指：“你先看看这个！”

石珏凝眸看去，见是个精巧的嵌玉戒指，心不禁一颤，脸一红，低声道：“你也太大胆了吧，追我到这儿就是为了……”

越子木一听，再一看她的表情，心说，完了，这位石大小姐肯定是误会了，她该不会是认为这是求婚戒指吧！

正迟疑间，石珏却接过那个戒指，拿到眼前仔细地看了起来。

越子木心想，不行，必须要说清楚，要不然她会更生气的，那样的话可就麻烦了，合同的事儿恐怕想都别想了。

想到这儿，他正色道：“石小姐，是这样的，我们拟了个方案，这是做的样品……”接着，他就把自己的想法通通说了一遍。

等他说完，再看石珏，脸先由红变白，接着又由白变红……见越子木盯着自己，她又把头扭到了一边。半晌，她才回过头来说道：“你不就是想签那个合同吗？行啊！”

越子木一听，一下子就从椅子上站了起来。

石珏却接着说："不过，你得答应我一件事！"

越子木一听，刚想说"别说一件事就是十件都行"这样的话，可话还没出口，他就想起了美贞和他约定的事来，心想，可不能再随便答应了，到时候说不定麻烦有多大呢。想到这儿，他试探着说："你说说看。"

石珏面带笑容看着他，一字一顿地说道："你得先答应我！"

越子木眨了眨眼睛，看着面前这位似笑非笑的石大小姐，也不知道她葫芦里卖的是什么药，他略加思考后说道："只要不是让我和你谈恋爱，啥我都能答应！"

石珏一听就冷笑了一声："想什么呢你？你是不是太自恋了！"

其实，这是越子木的心里话，他最怕的就是这件事，正像他说的那样，除了这件事，还真没有能难倒他的事。

见越子木不言语，石珏接着说道："在普吉岛期间，你要全程陪我，只要我高兴了，回去后就和你们签合同。听清了，是全程陪同！"

越子木听完心里盘算着，还以为是啥事呢，这倒正好，还省得我花钱了呢。终于放下心来的他又恢复了那特有的一脸的坏笑："你是说全程？"

"嗯！"石珏应着。

"那……包括游玩？"

"嗯。"

"包括吃饭？"

"嗯。"

"也包括睡觉？呵呵！"越子木想说的就是这句，说完，他笑眯眯地看着被他引到这一句的石珏。

石珏刚想说"嗯"，却马上听明白了，就狠狠地瞪了他一眼："真是无语，你就是个混蛋加坏蛋！现在，痛快给我滚蛋！"

越子木哈哈地笑着，却说道："不是说全程陪同嘛，往哪儿滚啊？"

一直倚靠在桌边的石珏挪开了身子，冲越子木说："那好吧，现在，跟我下去看时装秀，正好你也帮我参谋一下那些珠宝设计得怎么样。"

越子木似乎明白了，原来石珏也不是来游玩的呀，她是来谈珠宝生意的。想到这儿，他不禁看了石珏一眼，突然觉得这位珠宝商的土豪女儿虽说看上去像个花瓶，但看来也是个心里藏着大事的人。

他就没再说什么，跟在石珏身后往外走。刚走到门口，石珏却转过身来，看了一眼越子木，伸出手一下子就扶住了他的胳膊。

越子木吓了一跳，紧张地问道："你这是……"

石珏脸一红："你希望在我身后像个跟班的？别多想啊，这样的聚会我怎么能一个人……"

越子木明白了，她肯定是想让自己充当她的男伴，或者说是临时男朋友吧。想到这儿，他迟疑了一下，脑海里却出现了李楠芝的身影。

正在他愣神的时候，石珏却挽着他的胳膊打开了门，他也只好跟着走出了房间。

房间外的环廊上，空无一人。越子木跟着石珏走下楼梯，这时，他才感觉到自己刚才上来的时候好像在这里有个人，当时由于着急追石珏，也没顾得上看，但他总觉得眼睛的余光里显示的那是个熟悉的身影。

楼下的大厅里，美女模特们依然在走秀。

越子木被石珏挽着胳膊走下旋梯的时候，下面不知谁说了句："快看，那是石生生珠宝的继承人，就那美女……"

"……旁边那帅哥是谁？"

"哇，好般配呀！真是天生一对！"

人们窃窃私语。越子木却四处看着，他是既希望在人群中看到那个身影，又不愿意看到那双眼睛。矛盾的他顿觉浑身不自在。

而正在这时，路过一个服务生的时候，那人却低声道："哥们儿，你也太神了吧！怎么弄得跟个新郎似的？"

越子木一看，天哪，竟然是杜峰！他顿时惊讶万分。心说，这到底是怎么回事？许曼出现在这里了不说，就连这臭小子都在这儿？他突然有种被偷窥的感觉。

然而，越子木并不知道，真正的偷窥正在发生着：就在他和石珏走下楼梯的时候，在T台尽头的一个角落，有一双眼睛幽怨地看着他。惊诧、心痛、不安、焦急、激动、无奈……各种感觉如鬼魅般向她周身袭来，令她不寒而栗。

这个人，正是李楠芝。

越子木被石珏挽着胳膊到了T台前，有熟悉石珏的人纷纷围过来打着招呼。

一个穿着低胸礼服的美女凑过来神秘兮兮地问石珏："这谁呀？姐姐你手好快呀！"

石珏看了一眼越子木，对那女人说道："去，就一朋友。"说完，她又看了一眼一脸尴尬的越子木。

那美女嘻嘻地笑着趴在石珏耳边又说："朋友？是男朋友吧！"

石珏却对越子木道："这是我的大学同学，你叫她小倩就行了。"

越子木礼貌地点了点头算是打了招呼，而他的目光却还在四处搜寻着。

石珏一动胳膊："眼睛不够用了吧？别东张西望的，要看美女往台上看。"

越子木把头凑近了她小声道："你怎么不介绍说我是你男朋友呢？"

石珏咬着嘴唇瞪了他一眼，却又笑着说道："那我可真这么介绍啦！你可要负责哟！"

越子木赶紧一摆手："算了算了，算我没说。"

"那……你得听我的啊。对了，你帮我看看，这些珠宝设计得怎么样？"

越子木往T台上看去，模特们珠光宝气地走着猫步，虽说珠宝很漂亮，模特们更是漂亮，但他总觉得哪里不对劲，似乎这些珠宝在她们身上显得是那么不相称。

想了一下，越子木说道："这些我都没看上，太俗气！"

"就你那个好！"石珏回头说了一句。

越子木一听，这才想起来，自己刚才交给她的那个手工戒指还在她那儿呢。

这时，石珏说道："既然要跟我们合作，那你说说看，你对珠宝的理解。”

越子木听完明白了，这是在考我呀，幸亏这阶段为了拿下这个合同没少做功课，要不然还真答不上来呢。他略加思考就说道：“就珠宝本身而言，我认为应该具备三点。一是要美。就是说，要艳丽晶莹、光彩夺目；二是要久。也就是说要价值恒久；三是要稀。俗话说物以稀为贵嘛，不仅仅是材质要稀有，而且每一种设计都应该是独一无二的。除了珠宝自身外，我想，一件好的珠宝首饰，要体现它的价值，还要看佩戴的人。并不是所有的人都适合戴珠宝，身份、地位、长相、年龄等等，都是有差异的。比如说台上这些模特戴的珠宝，与她们的身份很不相称。再比如，像石小姐你这样的清纯中略带忧郁的女生，就应该佩戴一些石呀玉呀的，而不能是什么金银……对了，你就叫石珏嘛，那更应该戴石和玉了。呵呵！”

等越子木说完，石珏脸红了一下，小声道：“找死啊你，不许拿我的名字说事儿！你才忧郁呢！”

但随即她就陷入了沉思。越子木的一席话让她大吃一惊，她万万没想到，他越子木一个小小的杂志社工作人员却有这样的见识与独到的想法，虽说越子木拿她的名字说事了，但她清楚，他说的不无道理。想到这儿，她不禁偷看了一眼越子木。

在她回过头去又看向T台时，越子木却在她耳边小声说：“刚才干吗偷看我？是不是觉得我说得有道理？”

石珏一歪头：“美吧你！纯粹是瞎掰！”

这时，大厅的广播里传来了主持人的声音：“各位贵宾，时装珠宝秀即将结束，请大家到外面稍事休息，一会儿还回到这里参加午宴！”

随着T台上的模特一个个消失在那扇门里，台下的各色人等开始嘈杂着纷纷往外面走。

越子木在人群中还是四处张望着，冷不防却被石珏拽了一下。

“干吗呢？没看够啊！”

越子木回过头来，一伸胳膊，意思是让石珏挽着他，可石珏抬腿就走，嘴里还小声道：“想占我便宜是吧！”

越子木顿时就愣住了，心想，这石大小姐也太难伺候了？但也没有什么办法，他只好跟在后面出了大厅。

到了大厅外，人们都往酒店外走，越子木也不知道怎么回事，就也跟着出了酒店。

他紧走几步赶上石珏：“石小姐，这是要去哪儿呀？”

石珏回过头看了他一眼，小声道：“别这么叫我！”

越子木愣了，不叫石小姐叫什么呀？他眨巴眨巴眼睛看着石珏。

也许是从他的目光里看出了心思，石珏想了一下说道：“嗯……叫我晓珏就行。”

越子木一听，就笑了，自语着：“晓玉，晓玉，有点儿麻。呵呵！”

石珏分明听到了，一转身不再理他，而是径自跟着那些人朝停放私人飞机和游艇的场地走去。

越子木笑着摇了摇头，也跟在了后面。

而就在此时，越子木却没有发现，在他身后的不远处，有两个人正悄悄地跟着他。

这两个人左躲右闪，就像地下工作者一样，不即不离地跟着。不错，这两人正是杜峰和许曼。

杜峰本来是答应了服务生说是去去就回，可是一进到大厅里他就把这件事给忘得一干二净了。直到快要散场时，他发现许曼也不出来了，估计是她的走秀结束了，他这才想起来自己和服务生的约定，就赶紧放下手里的托盘，一路小跑到了后门。

推门一看，嚯！那个服务生耷拉着脑袋正坐在台阶上发愁呢。见杜峰回来了，服务生站起来一脸的哭相。

“我说大哥呀，你怎么这么长时间呢？我都要急死了，这要是让管事的发现了非把我开了不可！”服务生悲催地说道。

杜峰连连说对不起，边说边把衣服脱了下来。

服务生还问呢：“大哥，咋样啊？见到你女朋友了？药送给她了吗？”

杜峰佯装悲伤的样子，一脸愁苦地说：“别提了，那些模特的主管根本不让进更衣间啊，这不是怕你着急嘛，所以……”

“是这样啊……你先别急，估计马上就要散场了，我知道怎么去那个更衣间，你跟我来。”说着，服务生拉着他就进了厨房那扇门。

他们绕过大厅，穿过走廊，杜峰就看见前面有一扇小门。服务生把他领到那扇小门旁说道：“你从这个门进去就是后台，那儿有一个房间就是更衣室。”

杜峰控制着激动的情绪，一脸伤感的样子拉着服务生的手：“兄弟，真是太感谢了！”

“没事，快去吧！”

杜峰冲服务生摆了摆手，就钻进了那扇小门。果然如服务生所说，走了不远就发现有一扇门，还没等他走近呢，就听里面传来一群女孩儿的说话声。他心想，应该是这里了，就悄悄地侧着身把门推开一条小缝往里面看。

这一看不要紧，他顿时就张大了嘴巴，口水都要流下来了。

原来，里面的模特们正在换衣服。杜峰哪见过这个呀。刚看了一眼，他就把眼睛闭上了，心也跳得厉害。本来他是不想再看了，但因为要找许曼，再加上后门这地方也没人，不看白不看，他就又多看了几眼，但他忘了另一句话，叫“看了也白看”！

这不，正在他看得起劲时，就觉得肩膀上被人重重地拍了一巴掌，紧接着就听一个声音传来：“好啊，这回可让我抓住了！有能耐你说自己没看！”

这一巴掌加上一声喊，吓得杜峰汗毛都竖起来了！

23. 终于见面

杜峰着实吓了够呛，倒不是他怕谁，原因是自己做了错事，心虚。

他慢慢地转过头，嘴里还说呢："我是找人的……"

可等他回过头来，一看后面这人，差点儿气晕过去。站在他身后的，是笑眯眯的许曼。

"怎么是你？你要吓死我了！"说着，杜峰捂着胸口。可他再一看面前的许曼，眼睛又开始放光了。

就见许曼没戴眼镜，一头秀发盘在脑后，身上穿的还是她早上出来时穿的那件衣服。但杜峰印象中的许曼始终是戴着个宽边眼镜穿着牛仔裤的疯丫头形象，他哪见过这么端庄漂亮的许曼哪！

见杜峰不错眼珠地看着自己，许曼脸一红，伸手挡在了胸前："还看！"

杜峰傻笑着："有点儿不像你了，嘿嘿……"

许曼瞪了他一眼，却厉声问道："为什么偷看人家美女换衣服？"

"这不是……找你嘛！"杜峰一脸的苦相。

"那也不能偷看！"

杜峰挠挠头，傻笑着不知说什么，他看了许曼半天，突然笑着小声道："对了，你刚才在里边也是这么换衣服吗？"

"对呀，怎么了？"刚答完，许曼马上就想到了自己换衣服时和那些模特们一样不穿胸衣的情景，顿时脸就红了。

"杜峰！你……"她气得涨红了脸。

杜峰笑着示意她小点儿声。为了岔开话题，他问道："对了，你怎么当上模特了？怎么回事呀？"

"不告诉你！"许曼一噘嘴。

正在这时，大厅里传来了广播的声音，说是活动结束了。杜峰就拉过许曼，小声道："走，赶紧的吧。咱还是干正事儿要紧。"

"干吗去呀？"许曼一甩胳膊。

"找越子木去呀！你没看见啊？刚才有个美女挽着他胳膊呢，咱可不能眼看着他犯错误啊，他是不是要傍富婆呀！"

许曼一听，什么？有个美女挽他胳膊？这也太快了吧，这儿除了我他还认识谁呀？难道是那个给请柬的少妇？或者，是他找到了石小姐？

想到这儿，许曼说道："那快点儿吧，咱们看看去！"

说着，两个人就悄悄地绕到了大厅外，他们在人群拥挤中寻找着越子木的身影。要走到酒店正门时，才发现越子木正与一个美女交谈着什么。两个人就迅速躲在一个柱子后面，探出头去观察着，见越子木和那个美女朝外面走了，他们就悄悄地跟在了后面。

跟着跟着，许曼一皱眉，心想，不对劲呀，怎么看着这么眼熟呢？也不是那个美少妇啊！这时，她突然想到，该不会是那位石大小姐吧？如果是，那也发展得太快了吧，越子木到底是用的什么办法呢？听说那可是个冷美人啊！管她是谁呢，跟上去看看清楚再说。

想到这儿，她就和杜峰悄悄地借着人群的掩护远远地观察着越子木。

而此时的越子木跟在石珏身后，边走边想，杜峰和许曼怎么两个人组团到普吉岛来了呢？这小子下手够快的呀！他回头往后面看了看，他是想找找这两个人，但他这一回头，可吓坏了跟在后面的杜峰和许曼，两个人赶紧躲在了其他人身后。

越子木回头继续走，脑海里却又出现了另一个人：李楠芝。昨天明明是看见她了呀！今天怎么在活动现场没见到呢？她该不会是发现我了吧？越子木知道，只要李楠芝在现场的某个角落，就一定会看见自己的，尽管自己戴了墨镜。可是，令他不解的是，李楠芝既然看见自己了，又为什么不出来见面呢？毕竟这么久没见了，况且，自己当初为什么从婚礼现场离开，难道她不想问问吗？

正在胡思乱想的时候，他们已经来到了游艇停放场地。极目所见，是几艘豪华的游艇，而且在游艇上还有几个泳衣模特或坐或站，也不知是向土豪们展示的是游艇还是她们的身姿。

石珏这时回过头来："越子木，你想什么呢？帮我看看这游艇怎么样。"

越子木说了句："没想啥。"然后就站到了石珏身边，和她一起看那几艘游艇。

"这好贵吧？"他问道。

石珏看了他一眼，漫不经心地答道："嗯，还行吧。"

越子木听完暗说，我为了份三百万的合同差点儿没跑断腿，这回更是，就差卖身了！她却弄个"还行吧"，简直就是女土豪！

见越子木不言语，石珏似乎明白了什么，就又微笑着小声道："在咱们那儿不适用的，也没有海，其实我也只不过是凑凑热闹。"

越子木看了她一眼，明白了她的用意。

"那咱们看这个干什么？我还以为你要买呢！呵呵！"越子木笑着说道。

石珏却四下看了看，自语道："见个人……哪儿去了呢？"

越子木刚想问她见的是什么人，这时，就听后面有人说道："石小姐这么有雅兴啊！"

越子木顺着声音回头看去，顿时就呆住了。

说话的人是李楠芝。

听到说话声，石珏笑着转过身："李总，你上哪儿去了？刚才在秀场怎么没看见你呀！"

就在越子木面前，李楠芝像是视而不见一样径直走到石珏跟前，石珏一把抱住李楠芝的胳膊，李楠芝上下打量着她，笑着说道："你这身真漂亮！"

"快别说了，哪有姐姐你漂亮啊！"石珏笑着答道，但话语里分明是满足感。

李楠芝这时看了越子木一眼，却笑着问石珏：“妹子，这位是谁呀，怎么也不介绍介绍，怕姐抢不成？呵呵！”

越子木一听就愣了。在他的印象里，李楠芝不是这样的性格呀！今天是怎么了，明明看见了，她怎么会不认自己呢？

正在疑惑间，石珏一把拉过他，冲李楠芝说道：“这是越子木！嗯……合作伙伴，也是朋友！越子木，介绍一下，这是李总。游艇就是她们公司的！”

越子木被两个女人彻底给弄傻了。

见他不说话，李楠芝笑着对石珏说：“够帅的呀！不会是你男朋友吧？”

石珏脸一红：“不是……”说着，她伸手拢了拢被海风吹起的头发。

李楠芝却突然发现了她手上戴着的戒指，就笑着拉过她的手：“还说不是，这戒指都戴上了。让姐看看，哟，好精致呀，是手工制作的！他送你的？”

越子木这时才清醒过来，连忙辩解道：“不是……是样……”

“样子是不错！”李楠芝打断了他的话。他只好小声地吐出了后面那个字：“品……”

说完，越子木就纳闷了，这石大小姐怎么还把个样品戒指戴手上了？这不是毁我嘛！

正在这时，一个青年走了过来。他走到李楠芝近前，伸手揽住她的肩膀，笑着说：“楠芝，你不是着急回去有事嘛，赶紧走吧。”

李楠芝看都没看越子木一眼，却笑着对石珏说：“我还有事，你们慢慢看！对了，越先生，再见了啊！”说着，她竟然挽住那青年的胳膊转身就走。

越子木从刚才李楠芝出现，一直到现在她离开，他都是处于无意识状态，或者说是脑袋一片空白。本来，他还以为李楠芝见了他会扑到怀里呢，或者最起码也得找机会问个究竟啊！可她为什么像不认识自己似的呢？那个小子又是谁？他凭什么揽楠芝的肩膀？

越子木皱着眉远远地看着李楠芝的背影，他看见，李楠芝和那个青年刚走出不远就站住了，两个人似乎是在谈着什么，李楠芝还时不时地回头看向这边。

“喂，眼睛又不够用了是吧！”石珏一句话叫醒了云里雾里的越子木。

见越子木咧着嘴不自然地笑了笑，石珏又说道：“该回去了。对了，下午和我去无人岛玩啊。”

说着，石珏转身就朝酒店走。越子木迟疑了一下，紧紧地跟了上来。

眼看要走到李楠芝和那个青年站着的地方了，越子木却突然快走几步赶上石珏，一把就拉住了她的手。石珏愣了一下，但越子木昂首挺胸地走着，她也只好跟着走。路过李楠芝的时候，石珏冲她笑了笑。

看着走过去的越子木和石珏，李楠芝脸上露出一丝不易察觉的幽怨神情。

而在不远处的一株棕榈树后，许曼把这一幕全看在了眼里，她吃惊地发现，李楠芝看越子木的眼神，更令她吃惊的是，越子木那一脸的悲催与惶惑，吃惊的还有，越子木与石珏的手牵手……

再看李楠芝，眼看着越子木他们越走越远了，她回身对那个青年说道：“表哥，走，回去马上开会！”

越子木和石大小姐两个人回到酒店，越子木陪着她吃完了自助餐，回到石珏的房间，他正在想着李楠芝的事呢，石珏却打起了电话。

“喂，小张啊，马上找条船，一会儿我要去无人岛。你就别管了，抓紧安排吧！”

打完电话，石珏对越子木说：“你好像有心事！这样吧，下午我带你去个地方，绝对是来普吉岛的人没去过的地方。”

越子木有一搭没一搭地答道：“好啊！”

过了好一会儿，有人敲了敲门就进来了。越子木一看，是个小伙子，手里还拿着大包小包的不知是什么东西。

“放这儿吧。联系得怎么样了？”石珏问道。

那小伙子毕恭毕敬地说：“小姐，都准备好了，和船主也说好了，把你们送到岛上后他先回来，等晚上再接你们。对了，这是一些装备。”

“行，那你先出去吧，等我们换好衣服就出来。”石珏说着，就起身打开了那几个背包。

那个小伙子退了出去。越子木想，估计应该是石珏的手下吧。

“来，越子木，把这个换上，一会儿咱们登岛后要爬山的。”石珏把个背包往越子木这边推了推。

越子木打开背包，发现里面有登山鞋和户外服什么的，他二话没说伸手就开始解衣服扣子。

“喂，你就在这儿换衣服吗？”石珏突然问道。

越子木一愣，这才想起来，这可是在人家姑娘的房间啊，成何体统？但他想了下就笑着说：“你可以不看的，其实也没什么，你愿意看就看呗。”

石珏白了他一眼：“谁稀罕看你！”

越子木笑了笑，竟真的在石珏面前换起衣服来，羞得石珏迅速转过身去，而且还低着头。可是，她却忘了，自己面对着的，正是一面穿衣镜。

越子木不紧不慢地脱下这身礼服，露出满是肌肉块的上半身，他一抬头，发现了那面镜子，就对着镜子挥了挥胳膊，又摆了个健美的动作。

而正在这时，石珏问了句：“对了，刚才你为什么拉人家的手？”说话间，她下意识地抬起头，突然，她从镜子看见了越子木，四目相对，顿时她脸就红了，赶紧用双手捂住脸。

“越子木！成心的是吧？还不快把衣服穿上！”

越子木呵呵地笑着，却说道：“石小姐没穿过泳衣吗？”

“当然穿过！”

“那岂不是露得更多？”

“那不一样！”

“怎么不一样了？不都是露着肉嘛！”

“可真是烦人！你快点儿的吧！”

越子木一脸的坏笑，穿好了上衣，他就开始往下脱礼服裤子，腰带扣的声响好像让石珏听到了，她紧张得更加不敢出声了。

说越子木坏还真是不冤枉他，你换裤子就换呗，他可倒好，一见石珏不出声了，就笑着说：“别回头啊，我可要换裤子了。”

石珏没出声，但越子木明显能听到她喘气的声音。

过了一会儿，越子木看着镜前仍然捂着脸的石珏说道：“完事了。”

石珏小心地透过指缝往镜子里看，果然，越子木一身户外服穿在身上，虽没有礼服的庄重，却显得更加精神帅气。

她回过头来说道：“你先出去吧，我要换衣服……”

越子木一听，不仅没出去却反而坐下了：“不行啊，我得遵守承诺，不是说要全程陪同嘛……”他说得像那么回事似的。

气得石珏走过去就把他从椅子上拽了下来，然后双手在他后背上推着，直到把他推到了门口。

越子木却笑着说：“我不看就是了，你让我一个人站门口算怎么回事？外面那么多人。”

石珏停住了手，一想，也对。她就无奈地说：“那你可不许转头啊，我不让你回头你不许偷看！”

越子木“切”了一声道：“有啥好看的！”

他就站在门口，等着石珏换户外服。可是，他听着听着，却发现后面没了动静，心想，这丫头不换衣服干吗呢？但也不好回头看哪，就只好耐心地等着。

过了一会儿，还是没听到穿衣服的动静，越子木说了句：“完事没有啊？我可要回头了啊！”说着，他就转过身去。

可是，房间里空空如也，哪里有石珏的影子啊？越子木顿时就皱起了眉。这时，窗口的薄纱随风飘动着。他心中一惊，心想，她该不会是为了躲避不小心掉下去了吧。想到这儿，他顿觉血往上涌头皮发麻，一个箭步就蹿到了窗口，一把拉开窗帘，往楼下一看，外面除了阳光明媚就是海风习习，再有就是沙滩上的游人如织，哪里有石珏的影子？

“石珏！石珏！”他不禁大喊了起来。

这时，就听身后有人柔柔地说道：“我在这儿呢……”

越子木回头一看，一身休闲打扮的石珏再没了富家小姐的咄咄逼人，取而代之的，是平实中的高贵气质。

再往她身后看，越子木发现洗手间的门正开着，他这才明白，原来她是去洗手间换衣服了。

石珏看着一脸惊恐的越子木，笑着说："怎么？你不会以为我掉下去了吧？如果……我真遇上危险你会救我吗？"

越子木伸手捂着胸口："你可吓死我了，不带这么吓人的！不就穿个衣服嘛，还躲来躲去的！"他却没有回答石珏的问话。

石珏笑了笑，回身背上背包："那咱们走吧！"

越子木也把自己的背包背上，跟着她出了房间。

到了海边，越子木看见一艘小型机动船停靠在岸边，刚才那个青年站在船边，见他们过来了，那青年跑过来帮着把东西搬上船。

石珏回头对正在望风景的越子木说："你先上去吧，我交代点儿事儿！"

越子木"哦"了一声上了船，在船尾掌舵的当地人冲他笑了笑。

见越子木上了船，石珏对那个青年小声说："怎么样？"

"都说好了，把你们送到岛上后船就回来，我和他约定，两天后再去接你们，到时候就说浪大不便出航耽搁了。放心吧。"

石珏听完，脸上闪过一丝微笑，说了句："那就好。"

那青年却突然又说道："小姐，你可要当心啊，听说最近好像有风暴呢，不过天这么好，应该没问题，反正两天就回来了。"

"行，那我走了。"说完，石珏也上了船。

再说许曼。她和杜峰两个人跟在越子木后面，本来她是想看看那个美女是谁。可当她发现是石珏，以及又看见了李楠芝后，她糊涂了。她弄不明白李楠芝到底是谁，为什么会有那样的表情。但这些她都管不了，她最关心的还是越子木和石珏，所以就一路又跟到了酒店附近。她和杜峰就在沙滩上简单吃了点儿餐摊上的东西，眼睛却始终没离开过酒店正门。

当越子木和石珏两个人从酒店出来朝海边走去时，许曼一看两个人的装束，她明白了，这两个人是要出海呀。不行，得跟着！

可是，直到越子木他们上了船，缓缓开走时，她也没想出什么办法来。眼看着船已经渐渐消失在海平面上了，许曼急得不行。

杜峰说：“许曼，要不，咱们别跟着了。”

许曼回了他一句：“不行，必须跟着。你要不愿意去我自己去！”

杜峰没办法，只好说：“那这样吧，你先在这等着，我去租个船。”

“那你快点儿啊，要不然就跟不上了，这儿那么多岛呢！”

杜峰答应一声就跑去租船了。

许曼就一个人在海边徘徊。可是，也不知杜峰是怎么搞的，她干等也不见回来，正焦急得骂他是笨蛋呢，却突然发现刚才那条船已经开了回来。

等靠了岸，许曼迎上前去，对正在绑缆绳的船工说：“大叔，能问一下您刚才去哪个岛了吗？”

船工抬头看了她一眼，却笑着摇了摇头。

许曼急中生智，也不知哪那么快就流着泪说：“大叔，求你了，刚才上船的那个男的是我男朋友，现在他带着个美女去了岛上，求你了大叔，我不能眼看着他就这么学坏呀！我给钱还不行吗？”说着，她从包里拿出一些钱来递了过去。

船工狐疑地看着一脸泪水的许曼，迟疑着接过了钱，用生硬的中文说道：“我说的怎么让两天后接呢！上来吧，我送你去！”

许曼顿时露出了笑脸。她往后面又看了看，却还是没有杜峰的身影，她只好上了船。随着船夫开动了船，许曼掏出手机打算给杜峰打个电话，可刚拨了号她才想起来，来时匆忙根本没办国际漫游，她看着渐行渐远的海边骂道：“该死的杜峰这点儿事都办不了！”

船工说道：“姑娘，可要加小心，那可是无人岛啊！”

许曼一听，无人岛有什么可怕的？我们去了不就有人了嘛。

24. 无人岛上食人花

许曼坐着机动船在蔚蓝的大海上，海鸥跟在船后阵阵低鸣，深邃的大海波澜不惊，远处桅帆点点，时不时有游艇划过一道道波浪……迷人的普吉岛，美丽的海滨，一个海浪就慵懒了整个夏天，一声鸥鸣就沉醉了心田。

许曼被这迷人的景色深深吸引，她一路与船工攀谈着，问这问那。在向船工询问了普吉岛风土人情后，她问起了无人岛的情况。

船工却突然说道："姑娘，我忘告诉你了，那个无人岛虽然是这里最美的岛，但因为每年夏天它都会因为涨潮而被海水淹没一次，所以，基本上没人去那个岛。"

许曼一听就瞪大了眼睛："啊？这样啊！那会不会很危险？"

船工笑了："这个季节应该没事，按照惯例起码还得半个月呢。再说，你看这天气，哪会有什么风暴啊？"

许曼"哦"了一声，抬头看看天，沉默不语。

船工又说："姑娘，可要提醒你啊，岛上据说长的植物都怪怪的，具体是怎么回事我也不知道，但要记住一点，越好看的花越不要碰。切记！"

许曼心想，我是去办正事的，哪有心思采什么花呀。然而，她却忘了，爱美是女孩儿的天性，当那朵醉人的花出现在眼前时，她把船工的话全忘到了脑后……

由于是机动船，加上海上风平浪静，很快，一个小岛就呈现在了许曼面前。

世界上的无人岛有很多，然而，这座位于普吉岛附近的小小的无人岛，既没有马尔代夫无人岛的海报男孩儿的称谓，也不像新西兰奥克兰无人岛那样有锯齿状的山脉，更不像塞舌尔阿尔达布拉岛那样有众多的巨龟，它也不同于所罗门泰特帕雷岛那样有食人族的危险，还不同于帕劳的洛克群岛那样有那么多茂密的森林和奇怪的微型人，也没有哥斯达黎加的可可斯岛那么多的动物，更不同于基里巴斯的菲尼克斯群岛是人为的废弃，它也不像斐济马鲁瑞奇岛那样因一部电影《荒岛余生》而成名，它也没有帕尔的金字塔岛那样的定点跳水的峭壁……然而，这座无人岛却和世界上众多的无人岛一样，都有一个共同点，那就是不适合人类生存。

此外，这座无人岛还有它独一无二的特点，因每年都会消失了又出现，出现了又消失，因而当地人又称它为重生岛。

此时，这座神秘的岛就在许曼面前。看着越来越近的岛，许曼突然想起了什么，就对船工说道："大叔，你看这样行不行，咱不在你刚才停船的地方登岛，换个稍远点儿的地方行吗？"

船工听完笑了笑，就一动方向盘，绕了个圈朝远离沙滩的地方开去。他明白，许曼是不想让人发现。

船停好后，许曼谢过了船工就下了船。她把鞋脱下来用手拎着，然后光着脚淌过浅滩，边走边朝岛上看去。

正如船工所说，这真是个迷人的岛啊！

只见一片银白色的沙滩后面是茂密的翠绿的蒿草，再往上面是灌木丛簇拥着的礁石，整个岛上没有高大的树木，由于每年都要沉入海中一次，因而岛上都是些喜水植物。尽管这样，这更增加了海岛的神秘莫测。

许曼光着脚在沙滩上走着，细细的沙子踩在脚下，身后留下一串串脚印。沙滩上，海水一浪接着一浪地涌着，各色的贝壳在阳光下闪着晶亮的光，偶有几只海蟹在沙滩上爬来爬去，似乎在宣示着这片领地的主权。

走着走着，许曼就这个后悔呀，刚才忘问了，越子木他们是从哪儿登岛的呢？沙滩上怎么没有他们的脚印呢？

许曼却并不知道，刚才那个船工好心办了坏事，他是想按照许曼的要求登岛时不被她所谓的男友发现，所以就特意选了这个地方停船，但这里却是这座小岛的另一面。也就是说，如果越子木他们登岛是在南面，而许曼的位置却是在北面。

走过这片沙滩，许曼找了块礁石坐下来，她穿好鞋，又从包里拿出块丝巾来包在头上，只露出两只眼睛。因为天热，她是怕把脸晒黑了。

“装备”好自己，许曼信心满满地出发了。刚开始时，她还哼着歌，边走边欣赏着遍地的野花，可是，越往山上走蒿草越深，到最后她周围的蒿草都没过了头。

此时，许曼的歌声越来越小，她哼哼唧唧艰难地分开面前的蒿草，越走越害怕，走着走着，脚下一滑一下子摔倒在草丛中，她“哎呀”一声还没等爬起来呢，就听旁边传来什么东西迅速穿过去的声音。顿时，她既不敢出声又不敢动了。心想，该不会是蛇吧？一想到蛇，吓得她花容失色，也管不了那么多了，爬起来就跌跌撞撞地跑，嘴里还壮着胆喊：“该死的越子木，本姑娘可让你害惨了！这是什么鬼地方！”

等她好不容易穿过这片草地时，坐在灌木丛边上的一块礁石上，她一顿喘，紧张，加上恐惧，让她都忘了手上和脸上的痛了。由于慌不择路，不知什么时候手上和脸上都被划出了一道道口子，最惨的还是蒙在脸上的那块丝巾，已经变成一条一条的了。

她拿出手机，想用自拍功能看一看自己的样子，可她对着手机一看，这才看见自己的窘样，她差一点儿乐出声来，指尖一用力，咔嚓一声，竟然拍了一张照片。看着无意中拍下的这张照片，她刚想删了，可又一想，怎么也得留个纪念吧，就把手机又放进包里。

坐在石头上稍稍歇了一会儿，许曼又开始往上爬。

这片低矮的灌木丛枝枝丫丫的长相各异，有的叶子宽大，有的叶子细长，在树丛间还散落着一朵朵不知名的小花。看着眼前的这一切，刚才的劳累与恐惧都一扫而光了。

正艰难地走着呢，突然，她发现前面树丛间有一朵硕大无比的花娇艳欲滴，红红的花瓣、金黄的花蕊，不知是风吹的还是怎么，那花瓣竟然还在动呢！就像一个娇羞的少女在向她招手。

许曼顿时被这朵花深深地吸引了，她掏出手机，“咔嚓”就拍了一张照片，心想，等回去时发在微信上，馋一馋姐妹们。

可就在她把手机放进包里，分开树丛打算走过去时，一不小心，手碰了那花一下，就见从花下伸出个枝蔓来，迅速向她手臂缠绕过来！

许曼顿时汗毛都竖起来了，她马上想到了船工的话，就拼命地拉那个枝蔓，可是，越拉越紧，一瞬间，她不仅汗下来了，而且吓得脸都白了。脑海里迅速闪过无数的念头，她想，这下可完了，人都说路边的野花不要采，我这还没采花呢却被花给采了！

“救命啊！”本来，她是想喊一句的，可不知为什么劲用得挺大却愣是没喊出来。顿时，她眼泪就下来了。挣扎中，她暗想，难道说我小命就这么悲催地报销在这儿了？该死的越子木！早知道被个破花给采了还不如被人采呢！咱可是黄花闺女呀！

暂且不说许曼这朵黄花到底成没成为红花的花下鬼，回过头来说说越子木和石珏。

两个人下了船就开始往岛的纵深处走，由于有心事，岛上旖旎的风光丝毫没有引起越子木的兴趣。石珏却一路上有说有笑的，一会儿指着远处让越子木看，一会儿又捡个贝壳放进包里，蹦蹦跳跳的，完全没有了富家小姐的矜持，倒像个对一切事物充满新奇的野丫头。

走着走着，越子木环视了一下这座小岛，皱着眉问石珏：“这岛好像没有游人啊？连条路都没有，上这儿来干嘛？”

石珏笑了笑，在前面转过身说道：“没有人还不好吗？没有人就说明这岛保持了原始的风貌。怎么？你怕了？”

越子木毫不在乎地回了句：“你都不怕，我一个大男人怕啥？”继而他又一脸坏笑地说，“可就咱们俩呀，你不怕我对你做什么事吗？到时候可是叫天天不应叫地地不灵啊！哈哈哈！”

石珏脸一红：“你敢！”

越子木回头往海边看了看，狐疑地说：“船怎么走了？咱们怎么回去呀？”

“这个嘛……到时候会来接的，你就不用操心了！”石珏神秘地说道。

越子木往上提了提背包，迈步往小岛的上方走。石珏在前面挥着手：“你快点儿呀！快看！好美呀！”

越子木抬头朝她指的方向看了一眼，心说，不管你有什么目的，今天就陪你玩玩，把合同弄到手才是正经。他转念又一想，没想到这个大小姐胆子还挺大。

脚下的蒿草开始多起来，并且越往上走草长得越高，越子木一米八十多的大个都快要到他肩膀了，他就一面用手分着草一面艰难地往前走。而这时，石珏则退到了他身后，紧紧地跟着，还时不时地拽他的后衣襟。

两个人不知走了多长时间，此时，海风有些凉了，太阳也不知为什么躲了起来，天开始渐渐地暗了。

越子木抬起手看了看表，心里嘀咕道，这才几点啊，怎么天就要黑了呢？他又抬头看看天，发现下午时还是晴空万里的天上不知什么时候多了一团团厚厚的云，看上去就像是大兵压境一样。

他又一想，在这种热带地区，天气说变就变也属正常，所以就没多想，继续往小岛上方走。

好不容易穿过蒿草地和灌木丛，快要接近岛的顶端时，石珏说累了，他们就坐在一块大石头上歇息。石珏从背包里拿出两瓶水来递给越子木一瓶，他接过来就喝了一大口。喝完，他看着山下刚才走过的那片区域，突然发现还真是美啊，青青的草地、低矮的灌木丛、点缀其间的各色小花，就像一幅油画。

可石珏喝了一口水后，突然发现旁边不远处竟然有一朵不知名的花甚是好看，她就拿着那瓶水走了过去，手一歪，把剩下的半瓶水淋在那朵花上。爱美，从来都是女孩子的天性。她原本以为，天这么热，看这花的样子好像很久没有水的滋润了，她就想给浇点儿水，可她这点儿水可浇坏了。就见那朵花突然动了一下，接着，花瓣缓缓地张开，花茎处还有什么东西在动。

这下，石珏可真的吓坏了，说时迟那时快，她嗖的一下子转身就往越子木这边跑，边跑还大惊失色地叫着：“越子木！快来呀！”

越子木回头一看，眼睛顿时就得大大的，吓得他站起来拉着石珏就跑，哪还管什么方向啊。

石珏被他拽得胳膊有些疼，紧张地问：“跑……跑什么呀？好疼啊！”

越子木大声说：“别回头，跟我跑就是了！”

可是，女人天生好奇，石珏就觉得身后有动静，她跑着跑着扭头扫了一眼，可这一眼吓得她魂差一点儿没飞了！

就见身后几支绿绿的枝蔓像是蟒蛇一样迅速地延伸着追着他们，速度那个快呀！石珏就觉得脚后跟冷风飕飕，她也不知哪儿来的力气，也顾不得胳膊疼了，跑得飞快，嘴里还不自觉地喊着：“我的妈呀！什么玩意儿？”

跑着跑着，越子木急中生智，他拉着石珏绕着一些灌木跑，再回头一看，那些枝蔓就在树上绕来绕去渐渐慢了下来，最后，没了声息。

越子木回头看了看，发现追他们的枝蔓正在从灌木间一点儿点儿地退去，他停住脚，大口大口地喘气，而那只手还死死地拉着石珏的手。喘了一会儿，他侧头看了一眼石珏，刚想把手松开，就见石珏“哎哟”一声倒向他的怀里。

越子木伸手抱住倒在自己怀里的石珏，说道：“别怕，有我呢！”

石珏闭着眼睛，脸上全是汗水。

越子木低头看了一眼，自语道：“你怎么惹着那花了？什么东西？怎么还追人呢？太吓人了！幸亏跑得快，要不然……”

这时，石珏偷偷地把眼睛眯个小缝，看了越子木一眼，接着又迅速闭上，然后，手一揽就紧紧地抱住了他的腰。

突然，灌木丛中又传来了声音，而且那些树间的杂草往两边迅速地分着……天哪，那东西又来了！

越子木喊了一声：“又来了！”

这一声喊吓得石珏腾地一下子就从他怀里挣脱出来，撒腿就跑。两个人分开后面的草丛，却猛然间发现草的后面竟然有个洞口，哪还管是什么洞啊，他们二话没说就钻了进去。

进洞后，他们又接着跑了一段这才停下来，听听动静，洞口处已经没了声息。

越子木抬头看了看，发现洞里竟然有光亮，也不知是从哪个地方透过来的。这时，石珏找了块石头坐那儿喘着粗气。

越子木也是惊魂未定，他问："背包里有手电筒吗？"

石珏点了点头。

越子木解下背包，翻了半天才找出手电筒来，他四下照了照，发现洞还挺大，但除了这里有点儿光亮外，里面黑咕隆咚的也不知有多深。他不敢往里走了，就在石珏身边找了个地方也坐了下来。

休息了一会儿，石珏似乎忘了刚才的惊心动魄了，站起来开始解背包，从里面往外拿东西。

越子木问："你把东西拿出来干什么？"

石珏笑而不答，还是往外拿着东西，等她把东西都拿出来后，越子木发现，她的背包里除了吃的外，竟然还有一顶帐篷！他心生疑问，看来她是早有准备呀！

"你是打算在这儿过夜吗？"他问了一句。

"过来搭把手，把帐篷支起来！"石珏却没有回答他。

越子木看了看表，发现时间已经指向了傍晚，心想，估计今天晚上肯定是回不去了，那就既来之则安之吧。他就站起来帮着她把帐篷支了起来。

支好了帐篷，石珏竟拿出个噶斯灯来扭亮了，顿时，洞里亮了许多。

越子木心想，还真够齐全的。他借着灯光四下看着，发现洞顶上滴着水珠，但这洞里不像自己见过的什么溶洞之类的有钟乳石，相反的是，洞壁上光滑得就像是被什么磨过一样。

这个洞由于每年都被海水淹没一次，因而洞里经海水冲刷才变成了现在的样子。

"开饭喽！"越子木回头一看，石珏不知什么时候已经把各种吃的摆了一地，在那个铺着的餐布上，越子木惊异地发现，竟然还有一瓶红酒！

他下意识地看了一眼满脸笑容的石珏，突然发现，她脸上有好几道血痕。

“你脸划了。”

一听自己脸被划了，石珏吓了一跳，惊恐地说道：“是吗？快来帮我看看，我说怎么火辣辣的呢，我还以为……”

越子木凑过去，拿出块餐巾纸来小心地帮她擦脸上的血道子。两张脸相对，近在咫尺。石珏微喘着，吐气如兰。

正擦着呢，越子木却突然发现了异样，就看了一眼石珏，四目相对，他发现，那双眼睛里满是期待和娇羞。一瞬间，他停住了手，怔怔地看着。而石珏则缓缓地闭上了眼睛……

越子木心想，什么意思啊？玩这招是吧？我见得多了！

越子木似乎明白了石珏此行的真实用意。心想，我还打算用美男计呢，没想到她却在用美人计！

正在越子木不知该怎么办时，就听洞顶有人大叫一声，接着，有个东西重重地摔在了帐篷上，被帐篷一弹，一个人直接滚落到他和石珏中间，把石珏撞到了一边。

石珏“啊”的一声就吓得晕了过去……

越子木当时就傻眼了，他扳过那个一身泥水衣衫破烂的人一看，天哪，她怎么还从天而降了？人都说天上掉下个林妹妹，可这怎么掉下个傻妞啊？！

25．雨夜登岛遇劫匪

在这样荒无人烟的小岛上怎么还掉下人来呢？不错，哪有别人啊，这位从天而降的，正是许曼。

可是许曼不是被个红花给缠住了嘛，怎么会掉到洞里了呢？

当时，许曼被那个花蔓缠住了手，她都快急哭了，一边使劲拽着手一边还有闲心瞎想。她是想，早知道有今天就改个名了，叫什么许曼啊？这下可好，还没以身相许呢，却花蔓上身，小命不保了！

她用力拽着手，由于那是个细蔓，而且刚刚缠上来她就拽，三下两下地还真挣了出来。接着，她也顾不了那么多了，撒腿就跑。可急归急，她也不傻，既没有往蒿草中跑也没有往灌木丛跑，而是直接朝山上那些石砬子的地方跑。

可她这一跑不要紧，就听身后传来窸窸窣窣的声音，她哪敢看哪，边跑还边捡个石头往后面扔。三跑两跑，后面的声音渐渐消失了。

这时，天已经黑了，海风也强劲起来，风吹树枝呼呼地叫着，就像周围有无数个魔鬼一样吓人。许曼没有停，她还在往山上跑。此时，由于惊吓加上恐惧，她就感觉心慌慌的都快要跳到嗓子眼了。她四下看看，一种从未有过的恐惧油然而生。

她在心里嘀咕着，不是嘀咕，应该是骂：该死的越子木！死哪儿去了？早知道这么吓人就不来了！

正想着呢，脚下突然绊了个什么东西，她直接摔了一个狗吃屎！“哎呀”一声，疼得眼泪当时就出来了。

“真倒霉！”她骂了一句。

可就在她要重新爬起来时，却突然发现眼睛所见之处竟然有光亮，而且是从地下透出来的。

她眨了眨眼睛，紧爬了几下，扒开草丛往下一看，顿时就心花怒放！

就见光亮传出来的地方竟然是个山洞，而且，就在洞里，她惊喜地发现，越子木和石珏正在下面又是搭帐篷又是准备吃东西。她心说，没想到啊没想到，摔了一个狗吃屎倒不要紧，竟然把越子木摔了出来！真是踏破铁无觅处，得来全不费功夫啊！不对，怎么没费功夫呢？差一点儿就被花给采了！

胡思乱想着，她就想喊越子木，可还没等她张口呢，却突然发现下面这两个人竟然凑到了一起，而且，那个石大小姐还闭上了眼睛。她一看就全明白了，这石大小姐不是成心勾引嘛！但又一想，越子木是谁呀，是你能勾引得了的吗？

可是，许曼没想到的是，自己想错了，就见越子木迟疑着，而且他的脸离石珏的脸还那么近。

许曼情急之下刚想要喊他，可是，她往前一探身子，顿时失去重心，一下子就掉了下去。她“啊”的叫了一声，当时就晕了过去。确切地说，是吓晕的。

还好，这个洞口正对着那顶帐篷，而且洞口距离地面也并不高，她跌落到了帐篷上，紧接着一滚就滚落到越子木的身旁。

越子木一看掉下来的竟然是许曼，他大惊失色！这丫头怎么会从天而降啊？但再多的疑问也顾不得了，救人要紧！

他扳过许曼把她抱在怀里，又是摇又是敲，但一点儿动静都没有。这下他可吓坏了，又把许曼轻轻地放到地上，想都没想就为她做起了人工呼吸。

他对着许曼的嘴，呼气、吸气，再呼气、再吸气……然后又双手交叠着按压在她的胸部，轻轻地按来按去。可是，许曼还是一点儿动静都没有。

越子木急得眼泪都要下来了，不管许曼跟来是为了什么，如果她要是有个什么三长两短的那可如何是好？这时，他脑海里出现了第一次意外发现许曼真面目时的情景，如果许曼真的就在自己面前香消玉殒了，那自己一生都不会原谅自己！

“许曼！你个疯丫头！快点儿醒啊！”他喊着，又做人工呼吸。

做了两下，他一只手又放在了她的胸前，按压了一下，泪水实在是忍不住了，他就抬起一只手擦了擦眼角，而那另一只手还在一下一下地按压着。

正在这时，就听许曼咳嗽一声，说道：“你摸了这么半天还摸不够吗？把你那爪子拿开！”

越子木低头一看，许曼正眨着大眼睛看着自己呢，那副宽边眼镜也不知什么时候甩丢了。

他又惊又喜，一把抱起许曼紧紧地搂在怀里，并对着她的耳边说道：“总算醒了，刚才可吓死我了！快，你起来活动一下胳膊腿，看伤着哪儿没有？”

而就在这时，一直躺在旁边昏迷过去的石珏已经醒了，越子木对许曼所做的一切她都看在了眼里，看到越子木不仅为许曼做人工呼吸，而且竟然还急得流下泪来，她心里很不是滋味，一股酸酸的味道涌了上来。

许曼坐了起来，她下意识地往那边一看，刚好与石珏的目光相对，石珏迅速闭上了眼睛。

见许曼看向旁边，越子木这才想起来石珏还昏迷着呢，过去看了一眼，说道：“她是被吓晕的。”

说着，他扶着石珏的胳膊晃了两下，可是，没什么动静。他想了想，低下头去打算做人工呼吸。

许曼说道：“等等，你要做人工呼吸是吧？我来！”

越子木回头说：“你行吗？”

许曼勉强挪到石珏身旁，看着石珏那张微微泛红的脸，她笑了笑，大声说道：“刚才不小心弄了一嘴泥，呸呸！”她故意吐了两下，然后接着道，“救人要紧哪，我来给她做人工呼吸！”说着就低下头去。

石珏一听，一下子就坐了起来。

越子木还说呢："哎哟，这不醒了嘛！"

石珏狠狠地瞪了他一眼。许曼实在忍不住了，呵呵地笑了起来。

正在这时，就听洞外传来呼呼的风声，阴风呼啸着，夹杂着密集的雨滴哗哗而下。暴风雨来了。

自上而下的雨水瞬间淋湿了他们三个人。越子木赶紧站起来往旁边躲着，并对她们两个说："快到这边来，一会儿淋湿了！"

许曼和石珏赶紧靠到了越子木那一边，左一个，右一个，她们两个紧紧地挨着越子木，谁也不说话。

越子木故作镇定地说："别怕，只是下雨而已。"

许曼突然说道："我来时听船工说，一旦下大暴雨，这岛会被淹没的！"

越子木抬头看了看从上面洞口簌簌下落的瀑布一样的雨水，自语道："不会吧……这么扯？石珏你知道这个岛吗？真的会被海水淹没？"

石珏自语着："是听说过，但不是说还没到季节嘛，应该不会吧？"

"哦？你知道？你既然知道这个岛这么危险干嘛还非要来这儿呀？"越子木大声质疑着。

石珏不再吭声了。

许曼这时眼睛盯着放在帐篷旁边的那些食物，咽了口唾沫道："那么多好吃的呀……管它淹不淹呢，填饱肚子再说。"说完，她过去坐在了那张餐布旁边，拿起个面包就吃了起来。

越子木看了一眼石珏，声音放缓了说道："没事，既来之则安之，咱们还是先吃东西吧。"说着，就也过去坐在了许曼旁边。

石珏噘着嘴，也慢吞吞地过去坐了下来。

"呀！这还有红酒啊？太好了！"许曼看见了那瓶红酒，高兴地叫了起来。

越子木心说，还有闲心喝红酒呢，刚才差一点儿就变成永久了！

许曼拿过纸杯倒了一杯红酒，刚想喝，却又笑着递给了石珏："石……石姐，给！"

石珏看了一眼，轻声说："我不喝……"

“唉！少喝点儿，这又是风又是雨的，待会儿该冷了。来，喝吧！”许曼举着杯子。

石珏只好接了过来。

然后，许曼又自己倒了一杯，喝了一口说道：“这什么酒啊？真好喝！越子木你自己倒吧啊！”说完，把那一杯全喝了。

石珏看了一眼越子木，拿过纸杯给他倒了一杯。

越子木接过杯子，边喝边观察这两个人，他有满腹的疑问想问许曼呢，但有石珏在旁边不好开口。

“准备得挺齐全啊，又是帐篷又是灯又是吃的，要在这儿过家呀！”许曼两杯红酒下肚，又开始口无遮拦了。

她这句话可能是触动了石珏的哪根神经，她偷看了一眼越子木，若有所思地咬着食物，眼睛却是发着呆。

正在这时，洞口处却传来脚步声，还有人的嘈杂声。

就听有人粗粗地说道：“大哥，真没想到今天还有这艳福啊，这小妞长得不错呀！哈哈哈！”

三个人吓了一跳，还没等他们站起来躲避呢，就见几个人大咧咧地走了进来，手里还都拿着家伙。一看见越子木他们三个，那几个人也吓了一跳，都惊呆了。

而越子木他们惊恐之余，再一看那几个人的身后，更是惊得说不出话来。

就见其中一个人抓着个被绑了双手的女人，一看那女人的脸，越子木几乎要崩溃了！他顿觉头皮发麻，两眼发黑，不仅仅是惊愕，更多的是无边的恐惧！因为，他看见的竟然是李楠芝！而且在她身后还有个女孩儿，是那天在海边看到的女孩儿，其实他不认识，那是乔庄。

那么，这到底是怎么回事呢？那伙人是干什么的？李楠芝又为什么被他们抓到呢？

这得从头说起。

当时，越子木跟着石珏坐着机动船出了海，而李楠芝则准备回在曼谷的公司总部。但临行前，她想起了与石珏曾经约定的事，就打算先找她商量商量然后再回去。

等她到了酒店却得知，石珏已经出海了，而且还是跟越子木一起去的。

李楠芝问石珏的手下她们去了哪里，石珏那个手下支吾了半天也没说。李楠芝告诉他，找石珏是商量投资的事，如果耽误了会影响合作事宜。无奈之下，那个手下只好告诉她，他们是去了无人岛。

李楠芝很是诧异，普吉岛有那么多风光秀美的岛屿不去，干吗非得去个没人敢去的无人岛呢?

虽然满腹的疑惑，但她也不好说什么，只好回了自己房间，回想着这次遇到越子木以来看见的一幕幕，她觉得鼻子酸酸的，一行清泪滚落下来。

对于越子木，她太了解了，身边那么多美女，不仅有许曼这样朴实无华满身透着机灵与乖巧的美女，还有石珏这样高贵优雅举手投足都气场十足的富家千金！不是对越子木有所怀疑，而是他实在太帅了，哪个女孩儿又会把持得住呢?

此时的李楠芝，看着窗外渐渐涌上来的乌云，以及敲打窗棂的海风，顿时有种怅然若失的无助。

菊残梦醒多愁绪，雁倦归来更落花。李楠芝没想到，自己想了二十多年找了二十多年的父亲虽然找到了，却没想到竟然会失去最最心爱的人。她知道，越子木并不是不爱自己，但究竟他为什么会选择离开，她始终想不明白，难道仅仅是因为自己现在的身份和地位？或许是这样的，因为她清楚越子木的为人。男人，都是有尊严的。或许他不能甘心成为一个吃白食的人吧。长时间以来，李楠芝就一直在想，如何去帮他找回自己的尊严，但一直下不了决心。这一次，自己终于可以下决心了，一定要帮他找回自己的尊严，同时，也是找回自己的真爱。

但眼下最头疼的还是这位石大小姐，因为李楠芝从她的眼神里明显看出，她眼睛背后隐藏的是什么。这下可倒好，她竟然带着越子木去了那样一个没有外界干扰的无人岛！荒岛暗夜，孤男寡女，会发生些什么可想而知。

不行！不能任由他们这样肆无忌惮！想到这儿，李楠芝当即决定，先不回公司了，去找越子木。

说做就做，她当即打电话让人安排船，她要去无人岛。

过了一会儿，有人敲门，她喊了一声：“进来！”

门轻轻地开了，进来的是那个在沙滩上叫她走的青年。她说道：“表哥，安排好了吗？”

那个被称为表哥的人说道：“楠芝，真的要去吗？”

李楠芝看着窗外，淡淡地说：“如果准备好了，马上出发！”

那人犹豫了一下，只好说：“都准备好了。那……要不我和你一起去吧。”

李楠芝转过身就往外走，边走边道：“这是我自己的事！”继而又说道，“那这样吧，你给乔庄打个电话，让她和我一起去，十分钟后码头会合！”

那人“哦”了一声就出去了。

十分钟后，乔庄一路小跑赶到了码头，与等在那里的李楠芝一起上了船，朝无人岛的方向进发。

此时，天快黑了，而且海上已经起风了，海浪被海风卷集着扑头盖脸地打过来，小船在风雨中显得是那么无助。

“李总，给你雨衣吧，穿上点儿，要不然都被雨打湿了。”乔庄递给李楠芝一件雨衣，她却并没有问去哪里，为什么去，去做什么。

李楠芝接过雨衣披在身上，说道：“乔庄，你怕不怕？”

乔庄一听就笑了：“李总，不怕！可现在都快天黑了耶，听说那个岛……”

李楠芝叹了口气，扶着栏杆自语道：“有比我们胆子大的呢……”

乔庄听了也没有多问，只是站在了上风口，为李楠芝挡住不断袭来的风雨。

这个乔庄，是李楠芝的贴身秘书兼保镖，一个聪明机灵、胆识过人、做事果敢，几乎是无所不能的女孩儿。她是华裔，曾经在泰国特种部队服役，也是李楠芝父亲给她留下的一个左膀右臂。自从李楠芝继承了父亲的事业以来，乔庄无论是在企业管理，还是生活起居方面，都照顾得井井有条，因此很受李楠芝器重，两个人也几乎是无话不谈。虽然在一起没几年，但两个人已经俨然成了闺中密友。

李楠芝之所以器重她，还有一个重要原因，就是她能够摆正位置，该问不该问的，该说不该说的，她比谁都清醒，而且事无巨细都没让她操过心。

机动船很快就到了无人岛，李楠芝和乔庄把船工打发回去了。因为她知道，今夜，不管找不找得到越子木，恐怕都得在这儿过夜了。

两个人顶着狂风暴雨艰难地在岛上走着，手电筒那一点儿微弱的光亮在雨中晃动着，脚下，时不时会陷进泥沙里。

她们还没有走过海边的沙滩呢，就听乔庄说道："李总你看——"

李楠芝回头看去，就见海边不知什么时候竟然有一艘快艇开了过来，快艇上的灯光晃来晃去，直刺眼睛。

"怎么还会有人来呢？该不会是司总来了吧？"乔庄高兴地说。

李楠芝看着从停好的快艇上下来的那几个人，自语道："不会吧……我没让表哥来呀？"

正说着呢，就听有人喊道："大哥你快看，那有两个人！"

一个冷冷的声音道："不会是条子吧，你们两个！去，把人给我拿下！"

乔庄一听，一个箭步挡在了李楠芝身前，并且拉开了架势。

那两个家伙冲上来伸手要抓乔庄，乔庄飞起一脚就将前面那个人踹在了地上，接着，又是一个扫堂腿，把另一个也放倒在地上。

两个家伙边往起爬边笑着道："嗨？没想到还会两下子啊！上！"

说着，他们又恶狼一样扑了上来。

以乔庄的身手对付这两个家伙还是绰绰有余的，你来我往中，那两个家伙不时传来惨叫声。

正在这时，后面为首的那人一挥手喊了句："你们两个，停下！"

那两个家伙停住手，回头看着那人。其中一个说道："大哥，这小妞好像是练过！"

这时，却见为首那人掏出个东西来指着乔庄，狞笑道：“够辣，我喜欢！嘿嘿，可你身手再快有枪快吗？”

乔庄一看，那人手中拿着的竟是把手枪，黑洞洞的枪口对着自己。

李楠芝走到乔庄身旁，小声道：“乔庄，咱不吃眼前亏，他们也不敢把我们怎么样。”

而举枪那人一挥手，同时过去四个人抓住了她们两个人的胳膊。

“你们是什么人？放手！”乔庄喊道。

李楠芝也挣扎着。

抓着李楠芝胳膊的那人笑着喊道：“大哥，这个妞长得不错呀！”

另一个抓着乔庄的也用手一挑她头上盖着的雨衣帽子，高声喊道：“大哥，今儿个咱们艳福不浅哪！哈哈哈！”

为首那人走了过来，他伸出手把李楠芝头上的雨衣帽子拽下来，还用手托着她的下巴，认真看了看，狞笑道：“长得还真不错！老子今儿个在城里还真就没顾得上找丫头，不管你们是干什么来了，今儿个可就别想走了。哈哈哈！把她们都给我绑上，带走！”

李楠芝气急了，喊了一句：“你们要干什么！”

抓着她的那个马仔笑着说：“嘿嘿，一会儿你就知道了，哥几个保证让你们俩快活！哈哈哈！”

说着，就不由分说地推搡着她们往山上走。

借着他们手中的电筒，李楠芝发现，后面那几个人都搬着东西，也不知是什么，为首那人一脸的横肉，脸上还有个刀疤，凶神恶煞的样子，一看就不像是好人。

乔庄小声对李楠芝说：“没事，等下咱们找机会，会有办法的。”

而跟在乔庄后面那个马仔这时狞笑着和另一个人说：“这俩妞可是极品啊，一会儿可得让我来！我让她下手那么重！”

那人厉声道：“还能轮到你？得先让大哥来，大哥不玩完你还敢碰？不要命了！”

那人不说话了，走了一会儿，他却又小声对旁边那人说：“老大在前边呢，要不，咱先摸摸也行啊，刚才我见那妞胸挺大的。”

李楠芝和乔庄对望了一下，顿时紧张起来。

正在这时，那人果真大胆地在后面摸了一把乔庄的屁股，气得乔庄往旁边一躲，险些摔倒。而那人竟得寸进尺地一把扶住了她，另一只手直接就朝她领口伸去……

26．无人岛的秘密

说时迟那时快，还没等那个家伙把手伸进去呢，乔庄低头照着他手上就是狠狠地一口，咬得那家伙大叫一声就把手抽了回去。

“你属狗的呀？敢咬我！看我不……”那家伙恼羞成怒，刚要冲上来，却见前边为首的那个匪徒走过来，抬腿就是一脚，当时就把他踹倒在了地上。

“大……大哥……饶命啊！下次不敢了！”那家伙顾不得疼，从地上爬起来看着匪首直咧嘴。

匪首瞪了他一眼：“今儿个老子本来兴致不错，你作死是吧？”

那家伙顿时吓得面如土灰，浑身哆嗦着连连求饶。

“行了！等一会儿老子玩完这俩妞看爽不爽，要是玩得不爽你可就惨了！”

那家伙连声道：“谢谢大哥！谢谢大哥！我再也不敢了！”

匪首转头看了看李楠芝和乔庄，突然问道：“这么晚了你们上这儿干吗？不知道这叫无人岛吗？”

李楠芝和乔庄谁都没吭声。

匪首又往前走，并叮嘱把人看好了。

刚才那个家伙揉着屁股，哎哟哎哟地跟在后面。他旁边另一个匪徒笑着小声道：“你还真是色胆包天，猴急啥呀！这俩妞既然敢夜上无人岛就肯定不一般，你看着吧。”

李楠芝和乔庄被匪徒前后夹在队伍中间，也不知道他们要去哪里，但有一点可以肯定，他们准是去一个什么巢穴就是了。李楠芝想，这个无人岛看来是这伙匪徒的老巢，也不知越子木他们在哪儿，可千万别被匪徒发现啊！

一想到越子木，她顿时担心起来，虽说越子木身材高大，但怎么说也是个文弱书生，况且，还跟着个弱女子，说什么也斗不过这帮人啊！别看越子木不知为什么和自己斗气，但要是看见自己被这样绑着，他还不得和他们拼命啊！这一点李楠芝坚信。

果然不出所料，正当她们两个人被四五个匪徒推搡着进了山洞，一眼就看见了惊恐万状的越子木，在他身后，除了石珏，李楠芝还惊奇地发现，竟然还有许曼！

越子木一见李楠芝被绑着，当时就急了，他挽了挽袖子，一指那伙匪徒："你们是什么人？赶紧把那两个人放了！"

本来，这伙匪徒大咧咧地进了洞，他们也没想到洞里会有人，冷不防被越子木这一声大喝给吓了一跳，刚才欺负乔庄那家伙立马就躲在了别人的身后。

匪首一见越子木他们三个人先是一愣，继而放声大笑："哈哈哈！今儿个是怎么了？到底是什么日子啊，老天爷竟给我送这么多美女来！你们几个，还愣着干什么？"

说着，他一挥手，后面那几个家伙就嗷嗷叫着冲了上去，吓得许曼和石珏"啊"了一声躲到越子木身后。

许曼还说呢："妈呀！这什么情况啊？"说着，她又回头对花容失色的石珏小声道，"大姐，该不会是你安排的吧……"

石珏紧紧地抓着许曼的衣服："妹……妹子，不是我……"

越子木伸手往后推了推两个被吓坏了的姑娘，上前一步大声道："你们要干什么？别乱来啊！"

可是，那伙匪徒哪会听他说什么呀，蜂拥而上就把他们围了起来。还有两个人过去架住了许曼和石珏的胳膊。

这时，李楠芝喊道："越子木，你别和他们硬拼，打不过他们的！"

越子木心想，我知道打不过他们，可也不能就这么束手就擒哪！今儿个打不死老子就有你们好看!

几个匪徒围着越子木，却谁也不先上，对于越子木这样的个头他们也实在是不敢冒进，刚才乔庄那样的一个弱女子都不好对付，谁知道这位是什么来头?

双方正僵持着，匪首却喊道：“一群废物！闪开，甭费事了！”说着，他掏出枪来指向越子木。

李楠芝叫了一声：“越子木，小心！他有枪！”

越子木一看，顿时就傻了。

而那个匪首一听李楠芝的几次喊叫，似乎明白了什么，他转而把指向越子木的枪口对准了李楠芝的头。

“小子，看来你们认识嘛，要不要我先打爆她的头？”匪首狞笑着。

越子木当时就呆愣住了。趁他不备，几个匪徒上来把他绑了起来。

匪首收起枪，看了看越子木他们，冲几个匪徒喊道：“把他们先弄到一边看好了，先办正事要紧！你！你！去把东西拉上来，妈了的，看来这地方也不安全了！”

几个匪徒答应一声过来把越子木他们推到洞壁旁让他们坐下，另两个匪徒把灯往洞里面一照，这时，越子木才发现，洞的深处竟然还有个水池！就见两个人在水池边上拉起个绳子来，接着，他们竟从水池里拽出几个绑在一起的箱子。

越子木这才明白，原来这个洞是他们的窝点呀！看来这伙人不是海盗就是窃贼。

越子木猜对了，这伙人果真是盘踞在这附近的一伙盗贼，他们利用这个没人敢来的无人岛作为他们的窝点了。

东西拿上来后，匪首又命人打开，借着灯光，越子木他们看去，只见里面金光闪闪，全是珠宝!

越子木不禁看了一眼石珏。许曼嘴快，小声说：“早知道这是个藏宝洞，咱们可就发了！”

石珏看了她一眼，心想，她心可真大!

这时，一个匪徒冲匪首说道：“大哥，你的意思是把东西运出去？离涨潮的时间不是还早呢嘛！”

“你懂什么？这还能放吗？才几天没回来呀就上来这么多人，我早就说，别把洞口的那几株食人花砍了，你们偏不听，这地方以后肯定待不了了！”匪首厉声说道。

那个匪徒不敢言语了。

匪首又说：“行了，把盖盖上，连那几个箱子都锁好了，等明儿个一早咱们就撤！”说完，他又看了一眼坐在地上的越子木他们，缓缓地说道，“你们几个把火点上，等老子吃饱了喝得了再找乐子！哈哈哈！”

越子木一听，瞪大了眼睛往李楠芝身边蹭了蹭，用身子把她挡住了。

在他们吆五喝六地吃喝的间隙，越子木回身问李楠芝：“你……你怎么来了？”这是他在普吉岛见到李楠芝以来的第一次主动说话，却没想到是在这样的场合。

李楠芝柔柔地看了他一眼，没有回答，却把目光移到了石珏身上。石珏一下子低下了头。

“李姐……我……”石珏不知说什么好了，只有她自己清楚，此行全是因她而起。而她这点心思又怎么能逃过李楠芝的眼睛呢？

这时，没心没肺的许曼小声对越子木道：“楠芝是谁呀？你们认识？”

越子木看了她一眼，没说什么。

而在一旁一直观察着李楠芝和越子木的乔庄看在眼里，却全明白了，她心想，怪不得李总会冒这么大的风险上岛呢，原来都是为了这个帅哥呀！想到这儿，她不禁多看了越子木几眼。

越子木沉吟片刻，自语道：“咱们得想个办法逃出去。”

李楠芝说：“大家耐心等吧，会有机会的！”

几个人正小声地商量着如何逃出去呢，却听匪首站起来说道：“去，给我找个漂亮的弄过来，老子今晚要做新郎！哈哈哈！”

一个匪徒狞笑着说道：“大……大哥，都漂亮，先来哪个呀？”

那匪首看了看，用手一指说道：“就边上那个吧，小模样不错！”

许曼一看他指的竟然是自己，就“妈呀”一声，心想，这好几个都是大美女，怎么专挑我呀！该死的眼镜也不知丢哪儿去了！老娘还没有来一场轰轰烈烈的恋爱呢！

两个匪徒按照匪首的吩咐朝许曼走了过来，边走还狞笑着，一脸的色相。

越子木坐着往许曼这边蹭了蹭，高声喊道："你们要干什么？有种冲老子来！"

一个匪徒瞄了他一眼，嘴一撇："老子可没那嗜好！老实待着！再喊整死你！"

另一个则蹲在地上，用手一扒拉许曼的脸，嘻嘻地笑着："嗯，老大眼力不错，这小模样确实招人稀罕！"

许曼把头往旁边一甩，狠狠地瞪了他一眼。

一直坐在许曼身后的石珏这时吓得低着头，直往后躲。

那个匪徒看了看石珏，色眯眯地说："躲啥呀？别急啊，一会儿就轮到你了！哈哈哈！"说着就要伸手去摸石珏的脸。

许曼往后一闪身子，大喝道："别碰她！你们不是找我吗？老娘奉陪！"

她这一声喊不仅让两个匪徒吓了一跳，而最震惊的是越子木，他不禁看了一眼许曼，心想，没想到这丫头还这么仗义！不行，可不能让她吃亏。

想到这儿，他身子一歪挡在许曼身前，大喊道："住手！今天除非你们弄死我，要不然休想得逞！"

两个家伙还想说什么，却听后面一个人说道："大哥，这时间还早呢，您也没喝好啊，等咱们喝得差不多了再玩也不迟呀！反正她们也跑不了，早晚还不都是您的菜？来，给大哥满上！"

匪首顿了一下，看了看许曼他们这边，端起了杯，冲那两个人一摆手，两个匪徒撤了回来。

一场虚惊让许曼吓出一身冷汗。

李楠芝偷看了许曼一眼，又看了看越子木，她心里有种说不出的滋味。尽管与越子木坐在一起，两个人的身体挨在一起，两颗心就会近吗？

她不知道越子木，知道的，只是自己。每当夜深人静时，她常常扪心自语：虽然与你相隔万里，但我的心一直在这里，想着你，念着你，心才会跳动不已……

几个匪徒推杯换盏吆五喝六地灌着酒、抽着烟，洞里满是让人窒息的酒气与烟雾，连熏带呛，越子木还好些，而李楠芝她们四个女的可受不了了，都不同程度地咳嗽起来。

越子木从来没有像今天这样烦这酒味烦得生厌，过去自己喝酒或与同事朋友喝酒图的就是一乐，而今天，这酒味中他闻到的是羞辱与暴力，谁知道他们喝完酒会做什么事呢？如果几个姑娘，确切地说，如果李楠芝有什么三长两短，自己还能活吗？他回头看了一眼石珏，恰好石珏也看向他，四目相对，越子木眼里是责备和怨怒，石珏眼里却是惭愧与歉疚。

越子木明白，这次来无人岛纯粹是石珏一手安排的，本来，她是想导演一出荒岛痴恋，却不想导演成了孤洞诀别！他也想，难道自己就为了个破合同？还千里迢迢跑到普吉岛来！直到此时，他终于明白了，自己不仅仅是为了那一份合同，为的却是男人的尊严。作为男人，吐口唾沫都应该是个钉！既然自己在吴总和顾桐面前许下了承诺就一定要兑现，哪怕付出再大的代价！

然而，面对李楠芝，越子木又彷徨了。自己对她的承诺呢？难道自己选择离开就解脱了吗？怕只怕，用一秒钟转身离开，却要用一辈子去忘记吧。

他又转过头看向李楠芝，相对无言，他却发现李楠芝眼里似有晶亮的东西闪动。

这一幕被乔庄看在眼里，她似乎全明白了，却又十分不解。看到李楠芝的神情，乔庄突然想到什么，就悄悄地说：“李总，看样子他们不过就是窃贼，要不，给他们钱呢？得到了钱他们也许会放了咱们的。”

还没等李楠芝答话，许曼却听到了乔庄的说话声，她小声道：“看你挺机灵的样子怎么这么傻呢？到时候恐怕他们既要钱又要人！”

越子木听着她们的对话，想了半天，自语道：“或许这样可以拖延点儿时间呢……”

刚说到这儿，他不禁看向了那个刚才和匪首说话的人，就见他正在敬匪首酒。越子木皱着眉满腹狐疑。按理说他没必要这么做呀？一般的匪徒要是看到这么漂亮的几个姑娘恐怕早都上来了，还干嘛非得等喝完了酒呢？而他刚才的举动明显是解围嘛！他为什么这么做呢？

想到这儿，他小声对许曼道："你看那个人。"

许曼回头看了一眼，问道："怎么了？"

"就那个敬酒的，要不是他刚才一句话，恐怕现在……看来他不像是坏人。"越子木说道。

许曼却一咧嘴："你可拉倒吧，我看最坏的就是他了，你又不是没喝过酒，喝完酒能干啥坏事你还不清楚？"

听她这么一说，越子木脸红了，他马上想起了那次酒后把许曼弄到自己家里的事儿来。心说，该死的丫头，这事也能挂在嘴边吗？

正在这时，就见那个人站了起来。

"大哥，你先喝着，我看刚才那小子好像不老实，我去问问他是干什么的，咋到咱们这岛上来了？"

说着，他朝越子木走了过来。

背后，几个匪徒嬉笑着："老三！你该不会是对他有意思吧？哈哈哈！那几个妞等老大玩完可归我们了啊！"

匪首也哈哈笑着。

那人走到越子木跟前蹲了下来。

"小子，还挺有脾气啊！这几个妞该不会都是你的马子吧？哈哈哈！"

后面的几个匪徒听了又是一阵笑。

趁着他们笑声的掩盖，那人突然压低了声音对越子木说："别动，我给你解开，等待时机。"

本来，越子木刚想发怒呢，听他这么一说，顿时就愣住了。那人又高声道："我让你装！"说着就照越子木肩膀上来了一拳，而另一只手却悄悄地解着绑他的绳子。

越子木明白了，他配合着骂了一句："你个混蛋！"

而一旁的许曼根本没听见两个人说什么，她一看那人打越子木，照着那人的脸上吐了一口："呸！坏蛋！有种你冲老娘来！"

越子木差点儿乐出声来。心想，还真是个泼辣的丫头。

那人擦了一把脸上的唾沫，回头对几个匪徒道："嗨？看见没，这小妞着急了！哈哈哈！"

几个匪徒笑着对匪首道："大哥，要不就现在吧！等您快活完了我们哥几个也好……哈哈哈！"

匪首放下酒杯，不紧不慢地说道："难得你们几个有孝心，那好吧，就先来一个？那谁，你去把被给老子铺好啊，这石头地怎么他妈弄啊？"

许曼一听就傻了，她咧着嘴心想，都是这张破嘴，吐口唾沫不起眼，却把自己给吐出去了！今天看来肯定是不能幸免了，早知道这样还不如刚才被红花给采了呢！就是死，俺一个黄花大闺女被朵红花给弄死也不丢人哪！

27．与匪徒的周旋

帮越子木解绳子那人笑呵呵地站起来，边往回走边说：“大哥，别听他们两个瞎起哄，是他们着急了才对呢。来来来！再喝一杯！”说着，他走过去又端起了酒杯。

匪首看了一眼那人，拿起酒杯说：“还喝？差不多了，再喝我怕喝多了啥也干不了了！”

“大哥你的量我还不知道？你酒喝少了咋行？你想啊，这可是四个妞啊！”那人笑着说道。

匪首点了点头，冲那两个家伙道：“净他妈瞎起哄，是你们两个着急了吧？我告诉你们，谁要是敢碰我的女人别说我剥了他的皮！”

两个家伙咧咧嘴不敢言语了，其中一个还看了看许曼她们咽了咽口水。

惊魂未定的许曼长出了一口气，心说，不带这么玩人的！要是再有一次吓也要被吓死了！

此时，越子木手上绑的绳子已经解开了，他背着手，摸索着打算找李楠芝的手。他和那个人的对话以及举动早被李楠芝听见和看见了，见越子木双手在背后摸索着，她就把自己背着的手凑了过去，在与越子木的手相碰的一刹那，她浑身一哆嗦，一股暖流涌上心头。曾经牵过的手就在这里，还是那双曾经给自己温暖的手，如今却不是在寒夜里为她暖手，却是为她解手上的绳子。

李楠芝一把抓住越子木的手，紧紧地，她不忍放开，就像抓住了久违的暖流一样，她是怕一旦松开无边的寒气就会向周身袭来。

越子木愣了一下，那双柔弱无骨、曾经被自己紧紧牵着的手就在自己的手心里，那么近，近到他能感受到体温；却又是那么远，因为，他已经不知道那手心传来的温度究竟有几许。

犹豫了一下，他悄悄为李楠芝解开绳子。然后，李楠芝挪了挪身子，去给乔庄解绳子，而越子木则背着双手去摸索许曼的手。

终于摸到了许曼的手后，他正要解绳子，却听许曼回头含情脉脉地说："这么多人呢……"

越子木这个气呀，小声道："想什么呢你？"

乔庄在那边偷偷地笑。许曼却噘着嘴，像是受了多大的委曲似的。等越子木给她解开了绳子，她还瞪了越子木一眼。

天真率性的许曼毫不掩饰自己的情感，而这，也正是她的可爱之处。其实，她是有自知之明的，如果说以前没有，那么从现在开始，她有了，尤其是当她看到李楠芝看越子木的眼神，以及越子木看李楠芝时目光中流露出的难以掩饰的情感，她似乎明白了，在自己与越子木之间，或许有情，同事情、朋友情，却唯独不会有爱情……

一直在许曼身后的石珏始终观察着越子木的一举一动，看到他与李楠芝的双手紧握、与许曼的四目相对，她的心彻底凉了。本来，自己满心欢喜地跑到这个岛上是想与越子木共度良宵，通过近距离的接触去增进情感，甚至她都曾想过，即使在岛上的这一夜有帐篷、有烛光、有美酒，情动之后哪怕是发生了什么也无所谓，因为她情愿。自从那一次在吴总办公室的匆匆一面，这个人的面孔就没离开过她的梦。

原本想，通过自己的方式去追寻爱，却没想到为自己的心上人带来的却是这样一种难以预料的伤害。

眼看着许曼和李楠芝她们手上的绳子都解开了，石珏想，这回该轮到我了吧？却听越子木对许曼说道："我够不着，你帮着把石小姐的解开。"

许曼白了他一眼，就在后面用双手划拉着去找石珏的手。石珏怅然若失地悄悄把手凑了过去。尽管越子木并没有亲自为她解绳子，但她也痴痴地认为，自己没有看错人，越子木，是个值得自己甚至是任何女孩儿去爱的男人，他是一个能够给女孩儿安全感、值得信赖的人。自己的眼光没有错，如果错，那也是错的时间错的遇见罢了。

就在越子木他们把绳子都解开后，再看那些匪徒，好像已经喝了不少酒，东倒西歪的，就只剩为越子木解绳子那个人还举着酒杯冲匪首说呢："大……大哥！我要不……不行了，实在是喝不过你……要不，咱不……不喝了？睡……睡觉！"

就听匪首说道："靠！老子刚喝到兴头上！好，不喝就不喝！老子先玩一个，玩完再接着喝！"说完，他竟然站了起来，看看那几个东倒西歪的匪徒，他骂了句什么竟自己朝越子木他们这边走了过来。

那人一见赶紧站了起来："大哥，咱不是说好了等喝完再玩吗？急什么呀！"

"你小子是不是想等我喝多了你好享受啊？也就他妈你有这胆子！"匪首骂咧咧。

那人跟在他身后。越子木看见，他悄悄地抬起手腕看了看表。

匪首走到许曼近前蹲了下来，他眯着醉眼看了看许曼，吓得许曼把眼睛闭上了。可他只扫了一眼，目光就越过许曼落到了李楠芝身上。

这下越子木可紧张起来，他刚想要动，却发现匪首身后的那人冲他摇了摇头。他只好作罢。

就听匪首看着李楠芝道："三儿，你看这个怎么样？"

还没等回答呢，匪首竟又把目光落到石珏身上，又嬉笑着说道："噫？这个也不错嘛！该不会是什么富家小姐吧？哈哈哈！"

后面那个叫三儿的人说："大哥，咱是求财的，要不然问问她们？万一是什么富家千金那咱可就发了！等咱有了钱玩啥样的没有啊！"

匪首想了一下，回头道："嗯，你说得对呀！"继而他又冲石珏说道，"看你的样子肯定是富家小姐吧？怎么样？是要命还是要钱？要想保命就赶紧给家里打电话拿钱来！嘿嘿，要不然，老子就把你先玩完再要钱！"

石珏也不知哪儿来的勇气，大声说道："你们不就是要钱吗？那你先把他们几个都放了！要钱我给你！”

“哟？瞧瞧！口气不小，还真让咱们逮着了，这是条大鱼呀！”匪首笑着说。

越子木一直没有说话，他是在观察着匪首身后那个人，从他看表的样子可以判断，肯定是在等时间或是在等什么人。所以，他就没敢轻举妄动。

这时，就听石珏说道：“你猜对了，我是石生生珠宝的法定继承人！要多少钱你说个数吧！”

匪首一听，顿时就瞪大了眼睛，回头冲后面那人道：“三儿，还真是耶！上次咱们去的那家珠宝店好像就是叫石什么吧？”

“对，是石生生，好像是中国的知名珠宝品牌。”后面那人道。

“天哪，我还以为是卖什么旅游商品的假货店呢，早知道是这样那天就抢那家好了！”匪首一副后悔的样子。

匪首又仔细看了看石珏，狞笑着道：“怎么样？那就赶紧联系你的家人吧。在钱与美女之间，老子还是他妈喜欢钱！哈哈哈！”

还没等石珏答话呢，后面那人道：“大哥，你看现在都几点了？她上哪儿联系去啊？不急，反正她们也跑不了，等明天白天再说。走，咱回去我接着陪你喝！”

“那……就明天？”

“对，明天天亮的！”

“那……老子今晚就一个人睡了？”

“呵呵，大哥，你想啊，要是玩就白玩了，要不着钱哪！”

“你说得对呀！”继而，匪首又道，“那能不能既玩了又能要着钱呢？”

后面那人笑着说：“大哥，既玩又要钱的那是小姐！”

“你说得对呀！这要是传出去老子还怎么在这一带混了！可是……老子现在憋得难受啊，不玩儿一个咋行？”

越子木听着他们的对话，差一点儿就笑出声来。他心想，这哥们儿是干什么的呀，也太有才了！

匪首想了想，还是站了起来，用手指着石珏她们道："今晚暂时便宜你们了！明天要是拿不到钱，嘿嘿，到时候一块儿收拾！也让弟兄们尝尝鲜！"

听他说完，越子木终于长出一口气。

匪首跟着那个手下又回去了，他们又喝了几口酒，接着，他就往后一倒呼呼地睡着了。

叫三儿的那人端着个杯子还小声喊呢："大哥！大哥？"

见没什么动静，他迅速跑到越子木跟前，低声说道："你们赶紧走！直接往海边跑，先找个地方藏起来，到时候会有人接应你们！"

越子木拉着李楠芝站了起来，小声问道："那他们醒了怎么办？"

"别管了，这儿有我呢！快走！"那人说着一挥手。

这时，乔庄也过去帮着把石珏拉起来，而许曼则早就站起来了。

越子木还想问什么，犹豫了一下还是没有问，他冲那人点了点头，又过去把自己背包里的手电筒拿过来，然后带着她们几个人悄悄出了洞。

那人似又想起了什么，叫住越子木，告诉他不要走来时的路，那条路上有食人花，并为他指了一条路，叫他要多加小心，因为那条路虽然没有食人花，但路途艰险。

别过了那位好心人，越子木带着四个姑娘沿着他指的方向跑去。

果真如那人所说，这个方向不仅全是石头砬子，而且因为刚下过雨，地上泥泞湿滑，一不小心就会摔倒。

此时，外面的暴风雨早已经停了，一轮明月不知什么时候爬上来，在天空偏西的方向挂着，似要为他们照亮归途一样。时间，应该是后半夜了。

见离洞口越来越远了，越子木小声对后面说道："大家都手挽着手，小心脚下，跟紧我！"

就这样，越子木在前，后面是李楠芝、石珏、许曼，乔庄断后。

越子木左手紧紧地握着李楠芝的手，右手打着手电筒，在前面艰难地开路，一路上谁也不说话。好不容易逃了出来，再加上路不好走，都一门心思地想快点儿跑，谁还能有什么说的？万一跑慢了，那伙匪徒追上来怎么办？

可偏偏这个许曼没心没肺，走着走着就说了起来。

“哎呀，要是早知道能逃出来，刚才拿点儿吃的好了，我这肚子都咕咕叫了！”

越子木根本没理她，跟在她后边的乔庄却忍不住呵呵地笑了起来。

见大伙不搭理她，许曼觉得好没趣，也就不再说话。过了一会儿，她却又突然说道：“噫？你们说，那个人会不会是警察卧底？要不然他怎么会放了咱们呢？”

越子木觉得许曼这话还算靠谱。这个问题他也一直在想，如果猜得没错的话，那人一定是卧底，要不然他作为一个匪徒说什么也不会发善心的，特别是面对这么多美女的情况下，而且还有富家千金，就算他不喜欢女人，总该喜欢钱吧？

尽管人都说“盗亦有道”，但再有道也不至于背着他的老大放跑了即将到手的钱吧？

想到这儿，越子木又在想，不管他是不是卧底，等那伙人醒了可怎么办？他一个人能对付得了吗？如果他确实是卧底，那就应该回去帮他，总不能只顾自己逃命而不讲道义吧？但万一他不是呢？万一反悔呢？

他犹豫着，脚下却丝毫没有放慢。

正在这时，就听后面隐约传来喊叫声：“快点儿，别让他们跑了……”

还没等越子木反应过来呢，后面的许曼就叫道：“额地娘唉，咋这么快就追来了呢？”

这时，越子木边跑边对大家说：“大家快点儿啊，我听着前面好像有海浪声，应该离海边不远了。”

说着，他不自觉地紧了紧那只握着李楠芝的手，生怕自己一放手就会再也抓不着一样。然而，自己却曾经就那么轻易地选择了放手，尽管是那么不情愿，尽管是那么无奈，但有什么办法呢？大仇未报，有何颜面与仇人的女儿在一起？但此时，绝不能让李楠芝受到任何的伤害！

想到这儿，越子木加快了脚步。

原来，越子木他们刚出洞不久，一个被尿憋醒的匪徒起夜，突然发现人不见了，就大喊起来。他这一喊，把几个匪徒和匪首都喊醒了。

匪首一睁眼睛就骂开了："哪个兔崽子瞎喊？老子刚做了个梦！"

"大大大……大哥！不好了！跑了！"那个匪徒叫道。

"什么跑了？"匪首揉了揉眼睛。

等他一睁眼，也发现越子木他们不见了，就大喊一声："赶紧追！三儿你怎么也睡了？"

那个叫三儿的假装刚睡醒的样子："大哥，实在是太困了……他们跑不远的，咱那船藏得好好的，他们就是跑了也找不到船哪！"

"哦，你说得对呀！那也得追回来！"说着，匪首就一挥手，几个匪徒嗷嗷地叫着就追了出去。

那个叫三儿的在后面跟着，时不时地看看手表，一脸的疑惑。

越子木他们朝海边跑着，听着后面越来越近的喊叫声，还哪管什么泥泞崎岖，眼看着前面就要到海边了，越子木停下来，回头说道："你们先走，我在后面。"

李楠芝看了他一眼，也对跟在后面的石珏说："你们往前走！"

这时，许曼指着海边高声喊道："快看，好像有船！"

越子木顺着她指的方向看去，果然，就见几艘快艇停了下来，而且从上面正下人呢，也不知是干什么的。

"该不会又是海盗吧？"许曼说了一句。

越子木也疑惑了，这些人到底是干什么的呢？但天太黑了，根本看不清楚。

正在这时，后面的喊叫声越来越近了。也管不了那么多了，越子木高声道："你们快走！"

乔庄看了一眼李楠芝，说道："李总你们先走吧，我和越先生留下！"

李楠芝坚决地说："不行，都得走，再犹豫一会儿他们就追上来了！"

可是，走在最前面的石珏却突然喊道："完了，过不去呀！"

越子木闻声到前面一看，果真，前面竟然是个深沟，约有两步宽，对面是树丛，要想过去，就只有冒险跑着跳过去，过了这道沟前面就能看见沙滩了。

怎么办？越子木倒是能跳过去，但这几个女孩儿连累带吓，恐怕腿都直哆嗦，要想过去还真不是易事！

这时，乔庄说："我先过去在那边接着，然后大家一个个跳，不过要小心！"

越子木点了点头。乔庄一纵身跳了过去，过去后，她把对面的杂草用脚踩了踩，张开双臂准备接过来的人。

"下一个，石珏，你跳！"越子木说道。

石珏看着眼前这道沟腿都哆嗦了："这么宽哪……我不行！"

许曼却在后面说道："那你就别过了，等一会儿他们追来了看你怎么办！那伙人可是啥都干得出来，你这如花似玉的……就是摔死了也不能落他们手上啊！"

石珏一听，吓得腿抖得更厉害了。

越子木说："许曼你吓唬她干什么？石小姐你别怕，来，往后退几步，就像跳远一样，你上学时没跳过远吗？跑两步一跳就过去了！"

石珏回头看了一眼越子木，目光却与李楠芝碰上了，想到这次的意外，她狠了狠心，往后退了两步，接着又紧跑几步，眼睛一闭跳了起来。

对面，乔庄伸出手已经准备好了。

可就在石珏眼看着要跳过去时，可能是由于她腿软，前脚刚踏到对面的崖边上，脚下一滑，众人惊呼一声，顿时都瞪大了眼睛。

再看石珏，随着脚下一滑，她大叫一声顺势双手本能地一抓，竟抓住了悬在崖边的一根藤。紧接着，乔庄伸手就拽住了她的一只手。这场面吓得许曼张大了嘴，不敢出声了。

越子木也着实吓了一跳，他高喊着："抓紧了！"

李楠芝也喊道："乔庄你快点儿把她拉上去！小心！"

乔庄弯着腰，牢牢地抓住石珏那只手用力地往上拉着。此时的石珏已经吓得眼泪都下来了，她配合着往上用力。崖壁突起的石头卡在了她的胸以下的位置，她试图爬了几次都没成功。

乔庄一看，原来是她的胸部被石头卡住了！眼看着她就快要支撑不住了，身体在一点儿点儿地下坠。

此时的石珏急得眼泪都出来了。她心想，这个悲催呀，没想到胸大却成了累赘！

28．死里逃生再遇险

石珏的胸部卡在石崖边上，乔庄还说呢："你往上动一下，我怕一拽你会疼。"

石珏早已经疼得不行了，她哭着说："动不了啊！"

许曼这时喊道："等一下，我过去和你一起拉！"说着，她往后退了几步，在越子木一再叮嘱"小心"声中一跃就跳了过去。

到了对面，许曼赶紧和乔庄一起就往上拉石珏，这一拉许曼才发现原来是她的胸卡着，而她悬在半空又不能往上动，她就说道："你这也忒大了吧？怪不得卡住了。来，别怕疼啊！"说着，就和乔庄一用力，硬是把她拉了上去。

对面的越子木和李楠芝这才把那颗悬着的心放了下来。

李楠芝也正要跳的时候，就听后面有人喊道："站住！大哥，他们就在前面呢！"

匪首喊了一句："快，抓住他们！"

情势危急，越子木对李楠芝说道："你快过呀！"

李楠芝回头焦急地说："那你……"

"别管我了，快过！"越子木催促着。

李楠芝刚跳过去，那伙匪徒就到跟前了。眼看着两个人就要抓住越子木的胳膊了，越子木纵身一跃……

正在这时，就听一声枪响，再看已经快要跃到对面的越子木，身体在空中顿了一下，接着就往下落。他伸着手试图要抓住那根藤。说时迟那时快，李楠芝一伸手就抓住了他的手。可是，越子木身体太重了，随着他身体的下坠，在人们的惊呼声中，他和李楠芝两个人直直地朝沟底坠了下去……

在坠下去的一刹那，越子木还依稀听见崖上许曼她们的惊呼还有叫喊声，可是，他两耳全是呼呼的风声。他一伸手把李楠芝紧紧地抱住，两个人四目相对，他突然发现，李楠芝既没有叫喊也没有惊恐，而是就那样深情地望着自己。此刻，仿佛时间凝固了……

望着李楠芝的眼神，越子木感觉不像是坠崖，而就像是在梦里一样，脑海里迅速闪过一个个画面：与她的花前月下、两个人的深夜相偎、灯下的阅读与探讨、餐桌上的互相夹菜、床上的嬉笑打闹……越子木想，如果生命就这样停留在这一刻也好，这也许是上天最好的安排，但李楠芝你本来是可以不必跟我一起掉下来的，难道就为了不让我在天堂感到寂寞？

其实，此时此刻，越子木最想说的是，李楠芝，原谅我的不辞而别，不是不爱，怕只怕，爱也是一种伤害。不是因为感觉平淡，才让我们的爱情游离原本温馨的港湾；不是因为好奇与花心，才让我们的行程在那个十字路口转弯。在我转身的刹那，我已经看见，你的目光在我身后久久伫立，还有，我们的爱情在低声哭泣……

而此时的李楠芝，被越子木紧紧地拥抱着，那久违了的温暖周身袭来，一瞬间，她似乎忘记了这是在坠崖，那往日的时光，如绿茶般幽幽地浮上来……她心里在说，不管你为什么选择离开，从现在开始，别想再离开我半步，就是死，我也要让爱情在天堂绽放，哪怕化成彩蝶，我也要让爱情变成那娇艳的花蕾！即使化不成彩蝶，哪怕是变成扑棱蛾子，也要成双成对！

两个人就这样互相抱着，下落着，越子木在下，李楠芝在上，什么风声喊声，耳里只有两个人的心声。正在这时，越子木就觉得后背一阵刺痛，好像刮到了什么东西，他的身体被挡了一下，一顿一松，紧接着，就摔到了地上。不，确切地说，是落到了草地上，刚才是被个树枝给挡了一下，这一缓冲，下落的力量顿时减轻了。当他落到地上的时候，虽然很痛，但还是觉得身下软绵绵的，可是，下落的惯性太大了，他的身体又很重，一瞬间，他就昏了过去。

可即便是这样，越子木的双手还是死死地抱着李楠芝。而由于他身体的铺垫与缓冲，李楠芝既没有摔晕也没有受伤。

眼看着越子木昏死过去，李楠芝急得大哭起来，她好不容易才挣脱越子木的双手，伏在他身上，轻轻地摇着他，喊着他，又拍着他的脸，叫着他的小名，试图叫醒他。

“木瓜，你个木头，你要敢扔下我一下人我跟你没完！你就是个傻瓜！你以为我愿意到这儿来当什么董事长吗？你以为我爱钱大过爱你吗？我只不过是为了完成父亲的遗愿，为了帮他寻找他好兄弟的家人，我不希望因为没人打理而让将来企业的继承人失望！不管你为什么走，总该和我商量商量啊？现在你扔下我一个人可怎么办……呜呜……”她越哭声越大，越哭越伤心。

与此同时，崖上。眼看着越子木和李楠芝一起掉了下去，吓得三个姑娘都惊叫起来，尤其是许曼，当时就掉眼泪了。她边哭边数落着石珏：“都怨你！非要来这个破岛！你那点儿心思我还不知道吗？越子木是谁呀？能轻易地跟你那什么吗？不就是个合同嘛，有什么了不起！”

而石珏是更伤心，更难过。

乔庄却很冷静地说：“你们两个快跑吧，一会儿他们就要过来了！”

正在这时，匪首已经到了崖边上，他举着枪冲对面的三个姑娘喊道：“还想跑？小样的，等回去挨个玩了你们！”

他正说呢，就觉得后脑上直冒冷风，一个硬邦邦的东西顶了过来。

他回头一看，却是那个三儿。

“三儿，你这是……”匪首张着两手，一动不敢动。

“对不起，老大，我是警察！把枪放下！”三儿冷冷地说道。

周围的几个匪徒一听，就吓得张大了嘴看着他和老大。

有个匪徒还试图动呢，就听匪首喊道：“你想玩死我呀，别动！把家伙都放下！”

他话音刚落，就听有数个声音同时喊道：“不许动！把枪放下！”

他抬头一看，一群荷枪实弹的警察正端着枪对着这边呢，还有几个已经跨了过来。

三儿冲对面喊道："你们怎么才来呀，好险哪！有人掉下去了，赶紧派人去找！"

一见警察到了，石珏哇的一声哭了出来。许曼也哭着说道："求求你们了，快下去救人吧！"

几个警察过来把匪徒们都铐上了，又有人拿出绳索一头绑在树上，准备下到崖底。

乔庄说道："我带你们去！"

一个警察拦住她说："姑娘，你不能下去，你上船吧，这儿有我们呢！"

乔庄着急地说道："别争了，我干过特种兵，下个崖不算什么。"说着，她不由分说就第一个攀上了绳索。

那个警察还想说什么，三儿却说话了："我见过她的身手，让她下吧。你们几个，跟着下去，对了，带好担架和药箱！"

说着，他就押着匪徒们往海边走。路过许曼的时候，那个匪首还看呢。许曼冲他"呸"了一口，说道："看什么看，看也白看！"

而匪首却发现了站在许曼身边的石珏，她由于是被拉上去的，衣服都划破了，露出胸前一片春光。匪首多看了几眼，却被警察推了几把走了过去。

许曼却自语道："才发现吧？有胸大的不选却非要选我！"

正走过来的三儿听了真是哭笑不得，心想，这姑娘别的不说，心可真够大的。

再说乔庄和几个警察顺着绳索下到了崖底，看见李楠芝伏在越子木身上正哭呢。

此时，天已经有些亮了。但尽管这样，警察们还是支起了应急照明灯，把越子木的周围照得灯火通明。

见乔庄过来了，李楠芝哭得更厉害了。

乔庄蹲下来也哽咽着说："姐，别怕，警察来了。"

李楠芝回头对警察说："求求你们了，快救救他！"

有个警察放下担架过来要搬越子木，乔庄和一个老警察同时说道：“别动！”

乔庄说：“不知道他身上的伤怎么样，要万一有骨折可是不能动的，得先检查一下。”

那个老警察点了点头，就叫人过来检查。等检查完，那个警察回头说道：“没有大碍，只是，他后背上好像被划伤了，划的东西好像有毒，他是因为惊吓和中毒才晕过去的！”

“那怎么办？”李楠芝问道。

警察为难地说：“这毒得赶紧吸出来，要不然等回去时坐船一颠簸，伤口破裂毒汁攻心可就麻烦了。”

“那赶紧想办法！”老警察说道。

“没带设备呀！”那警察双手一摊无奈地说。

“那你的意思是就等死了呗！”老警察咧着嘴说道。

“啊……”乔庄一声惊呼。

李楠芝顿时泪如雨下。难道，这就成了诀别吗？为什么你这次又不带上我！

三天后。普吉岛某医院。

一个单间病房内，两个护士坐在门口正小声聊着什么。病床上，一个病人正在打着点滴。在他的床边，放着一大束鲜花。

一个护士神秘兮兮地说：“唉，你听说了吗？昨天好像来了好多富豪呢，也不知这个病人是做什么的，你看门口停那些车，我都没见过！”

另一个道：“说的是呀，还有好几个美女呢！我听说跟着病人来的那个美女好像说是中了什么毒，唉，还没走呢吧？”

“不知道啊，听医生说是什么企业集团的老总，好年轻啊！只是她中的毒好像不轻……”

“听说是因为救这个人，所以才……”

“可惜了，一个大美女，这要是治不好可会毁容的！”

“唉……”

正在这时，一群人走了过来，走在前面的，看打扮应该是个女人，只是她蒙着面纱看不清面容。在她后面，跟着个帅气干练的短发姑娘，再往后，是个年轻的男人和两个戴着墨镜高大魁梧的黑衣人。

蒙面女人径直走到这间病房外，她停住了脚步。两个护士站了起来。后面那个短发女孩儿示意她们不要出声。

那个蒙面女人隔着门上的玻璃窗往里面望着，良久，她伸出右手拭了拭眼角，一挥手，带着那些人朝医院外走去。

两个护士你看看我我看看你，都愣住了。谁也不清楚这伙人是什么来头，但有一点可以肯定，那就是一定与病房里这个病人有关。两个人正疑惑呢，却突然听到病房里有动静，她们赶紧推门跑了进去。

床上的病人咳嗽两声，睁开了眼睛。

两个护士一见都惊喜地叫了起来，一个说："谢天谢地，你终于醒了，都昏迷三天了！"

另一个道："我去叫医生！"说着就跑了出去。她一推门，却与正走进来的一个人撞了个满怀。

"你怎么跟我似的冒冒失失的！"说话的是许曼。

她抱了一大堆东西放在床头柜上，突然发现床上的人醒了，就大声叫了起来："你真是哥呀，可醒了，都要吓死我了！"

床上的病人不是别人，正是越子木。

越子木怎么会在医院里呢？连他自己也十分糊涂，看着病房里的一切，他狐疑地问许曼："我……怎么会在这里？这是……对了，楠芝呢？快找楠芝！"

许曼歪着头看着一脸焦急的越子木，无奈地说道："你的楠芝走了，我听说是公司有事！真是的，就知道楠芝楠芝的！"后面那句话她是在小声自语，但越子木全听见了。

那么，这到底是怎么回事呢？越子木不是中毒了吗？

三天前，越子木和李楠芝从崖上摔下来后，由于他被峭壁上的一个突出的植物伤了后背，尽管万幸的是这样缓冲了下落的速度和重力，但他却因此中了毒，所以才导致昏迷不醒。他之所以从崖上摔下来，并不是因为那一枪，那一枪也并没有打中他，而是他被枪声吓了一跳，因而身子一抖，失去了平衡，这才掉了下去。

当时，经警察的随队警医检查，确信中了毒，如果不及时清除就会有生命危险，但由于是登岛执行抓捕任务，并没有带驱毒的医疗器械。正在他们万分为难的时候，李楠芝却抹了一把眼泪，毫不犹豫地趴在越子木后背上，用嘴开始吸伤口里的毒液。

一旁的乔庄要制止，却被那个警医给拦住了。

“姑娘，没想到她还懂这个，这可是唯一的办法！”

看着一口口吐着黑色血水的李楠芝，乔庄眼泪顿时就下来了。她心里明白，李总哪里是懂什么用嘴吸出毒液的知识啊，她分明是不惜牺牲自己而舍身要救这个人罢了。

李楠芝一口接着一口地往出吸着毒液，吸着吸着，她就觉得眼前天旋地转，再想接着吸时，眼前一黑竟失去了知觉。

“李总！李总！姐——”乔庄哭喊着，伸手把李楠芝抱了起来。

那个警医却笑着对乔庄道：“没事，你不用哭，等一会儿到了医院给她打几针消毒针就没事了！”

“她都这样了，你还笑？”乔庄气得心乱颤。

“姑娘，你可能是不知道，这种植物名叫美人草，男人吃了会中毒而死，女人吃了却是能够让容貌变得更美呢。”警医说道。

乔庄将信将疑地看着警医，心说，还有这种植物？但李总本来就已经很漂亮了，再变还能变哪儿去？她也就不再哭了，抱着李楠芝往海边走。警察们也把越子木抬到担架上，朝海边的快艇走去。

许曼她们一直没走，都在海边焦急地等着呢。见一行人抬着担架走过来，许曼第一个跑了过去。

“怎么样？越子木呢？咦？她怎么了？”

乔庄没回答她，只是往后一努嘴。许曼往后面一看，见越子木两眼紧闭，静静地躺在担架上，跟死人没什么区别。

许曼一见，当时“哇”的一声哭了起来。

石珏也跑了过来，见越子木躺在担架上一动不动，她也泣不成声。

乔庄回头皱着眉道："哭什么哭？你们是想把他的伤口震开吗？"说完，她回过头去自语，"他是我们李总的人，你们瞎起什么哄？"

警察们把越子木抬上快艇，许曼她们也都在警察的帮助下上了快艇。等快艇要开时，乔庄这才想起来，就问许曼："那帮坏蛋呢？"

"哦，被警察们先带走了。对了，那个帮我们解绳子的是个卧底。我早就说嘛！早知道这样就不吐他那一下了，还差一点儿招来麻烦。"许曼噘着嘴边抽泣着边说道。

乔庄回想着，突然想起来，那人正是自己刚被抓住时在后面一直阻止那个坏蛋别碰自己的那人。心想，好险哪，要不是他，那帮坏蛋可是什么事都做得出来，幸好把他们都抓住了。

因为船上有病人，快艇也就没快开。

正在这时，就听前面的一个警察喊道："快看，那好像是咱们的巡逻艇！"

众人看去，果然，见一艘快艇正在海面上游弋着，似在找什么东西，还有警察朝海面上开了几枪，惊得许曼一愣一愣的。

等到了近前，有警察问是怎么回事，就听那艘巡逻艇上有人说道："让他跑了！"

"谁？谁跑了？"

"为首那个绰号叫疤脸九的！明明是绑着手呢，怎么就找不到呢？即使跳下去那也是会淹死的呀！"

许曼咬着牙，跟着狠狠地说道："淹死他！"

寻人未果，几艘快艇只好返航。

因为怕震动着越子木，一路上许曼都是用手托着越子木的头，而石珏则扶着他的胳膊。

见石珏死死地攥着越子木的手，许曼没好气地说："你能不能轻一点儿？你那样他会疼的！"

石珏伸手抹了一把脸上的泪水，稍稍把手松了松。

见她并不说话，而且满脸愁容可怜巴巴的样子，许曼长叹一声也就不再说什么了。是呀，还能说什么呢？该发生的和不该发生的都发生了，埋怨又有什么用？而且，石珏有什么错？如果说错，那么错的也不是石珏，错的是爱情！

想到爱情，许曼不免悲从心中来，她似乎已经明白了李楠芝是谁，也好像明白了她和越子木是什么关系。想到自己，她不禁哑然失笑，心说：我的第二十三次暗恋恐怕要宣告失败了！

此时，东方已经露出了鱼肚白，但天空依然有点点星光明灭。

许曼望着泛白的星空，一脸的无奈。而石珏也一样，望着星空发着呆。

失恋的人虽各不相同，但仰望星空的角度是唯一的不约而同……

29．你走我不送你

此时，在海边，一个人静静地坐在沙滩上望着波涛汹涌的大海，他心里想：只要你出现，我宁愿变成海岸，迎接那一朵涌上海边的浪花；哪怕不是浪花，是条鱼跃出来也好啊，宁愿砸在我的头上，也好让我今生有债可还。

可他正想着呢，就见一只螃蟹朝脚边爬了过来。他这个气呀，不是浪花，不是鱼，怎么会是只螃蟹？他刚要用脚踢走，却突然望着螃蟹就乐了。心想，还别说，这螃蟹还真跟许曼一个样，都是霸道实足！莫非有戏？

这个人不是别人，正是杜峰。

昨天，杜峰明明是去找船的，可等他好不容易说服了一个船工还给了好多钱，正准备满心欢喜地准备回去向许曼交差呢，却发现许曼不见了。他急得直跺脚。

船工见他的样子就问道："你到底是要去哪个岛啊？"

杜峰彻底懵了，他哪知道要去哪个岛啊？眼下，许曼又不见了，他估计，许曼肯定是等不及先走了。可是，她到底是去了哪个岛呢？听说这附近小岛多得是，也不能挨个找啊？想到这儿，杜峰决定，对，就挨个找！要是把许曼弄丢了，自己恐怕这辈子都不会原谅自己。

下定决心后，他就对船工说："咱们到各个岛上找找吧，我的同伴先走了，也不知去了哪个岛！"

船工一听就不干了："我可不去，你找别人吧。"说着，就把杜峰给他的钱扔了过来，开着船就走了，任凭杜峰怎么叫也不回来。

无奈之下，悲催的杜峰一屁股坐在沙滩上，望着大海发呆。他一坐就是一下午，当暴风雨席卷沙滩，海浪一浪高过一浪地打向海岸的时候，他却一动都没有动。雨水打湿了他的全身，海风吹得他浑身直哆嗦。

此时的他，再没了和许曼在一起时的欢笑，望着波涛汹涌的大海，他在心里默念着、祈祷着。

风雨中，杜峰回想着自己曾经的感情经历，不禁悲从心中来。为什么自己就这么没用！大学时苦苦地爱着一个人，到头来却空余一份痴心，好不容易喜欢上了一个人，现在却只能望洋兴叹！有人说，爱情就是上辈子欠下的情债这辈子来还。而我上辈子一定俗不可耐，搞得今生无债可还！

杜峰暗暗地在心里喊着："许曼，回来吧，你回来，我宁愿做你的一条狗，我会永远把你默默相守！"

眼看着天都黑了，杜峰这才站起来。他揉了揉发麻的腿，垂头丧气地往回走，却不知是要回到哪里。

路过海风盛筵那家酒店的时候，他突然想起来，石大小姐是住在这家酒店的，她一定不是一个人来的，而她的手下是不会跟着她去什么岛上的，她的行踪别人不知道，她手下一定知道啊！

想到这儿，他兴冲冲地就要进那家酒店。可是，门口的两个保安又把他给拦住了。

杜峰解释着，说自己上午一直参加那个时装珠宝秀来着，现在请柬没有了，着急找人，就通融一下让进去吧。

可两个保安连连摇头，就跟晃拨浪鼓似的。

气得杜峰干着急，但也没什么办法。眼看天色已经不早了，他只好悻悻地离开，准备先回酒店，等明天再来找机会。可他刚转身要走，突然看见几辆警车呼啸着停在了酒店前，从车上下来十几个全副武装的警察。

杜峰也不知道发生什么了，就躲在暗处观察着。他看见那些警察列好队后，就朝海边飞快地跑了过去。这时，从酒店里冲出一个人来，杜峰一见，眼熟啊！他想了半天才想起来，这不是白天在游艇展示区看到的那个人嘛！

就听那人在警察后面高喊着："等一等，我也要去！"

走在后面的那个警察冲他一摆手："司先生，您就别去了，我们这次不仅是实施救援任务，重要的是去抓捕要犯！"

杜峰一听，眼睛瞪得大大的，他好像听出了什么，一种不祥之感油然而生。

见那人怔怔地立在门口，杜峰壮着胆子一闪身站了出来，他走到那人跟前，笑着点了点头，说道："先生，请问他们这是……"

那人看了他一眼，理都没理他就转身要进去。

杜峰心想，一定得问问清楚，说不定与许曼和越子木他们有关呢。他就又笑着说："先生，是这样的，我的两个朋友不知去了什么岛，到现在既没回来也联系不上，我想问问警察是不是去救他们的呀！"

那人一听，又上下打量了一番，这才笑着说道："哦，你是越先生的朋友？"

杜峰先是一愣，继而笑着连连点头："对对，我是越子木的朋友！"

那人就把前前后后的有关情况告诉了杜峰。

原来，李楠芝走后，雨越下越大，他不放心，就连着打了好几个电话，可李楠芝的电话始终处于无法接通的状态。由于放心不下，他就给在警察局的一个朋友打了电话，说公司老总去了无人岛，请他帮忙派人协助赴无人岛。他朋友一听无人岛三个字，当时就傻眼了。小声告诉他，他们现在已经接到内线报告，正要上无人岛实施抓捕呢。

无人岛上竟然有匪徒？这还了得，他就告诉警察局的朋友，岛上除了自己公司的老总和一个随从外，应该还有中国来的一个富豪的千金，还有一个是公司老总的朋友，请求火速救援。

所以，这才有刚才杜峰看到的情景。

一听岛上有匪徒，杜峰的心立马又悬了起来。这时，他倒希望许曼没有找到那个岛，哪怕是迷了路，在别的岛上也好啊，因为没有什么比人更可怕的了。

杜峰干脆又折回了海边，在一块礁石上一坐就是一晚上。天要快亮时，姓司那人也到了海边，在那儿焦急地等着。

正在这时，远远地已经能听见快艇的声音了。

杜峰站了起来，也顾不得腰酸腿麻了，向海上眺望着，踱来踱去地心神不宁。

等警察的巡逻艇靠岸后，杜峰一眼就看见了许曼，见她披头散发，一脸的呆相。

众人忙着把越子木的担架抬了下来，乔庄还是抱着李楠芝，谁也不让碰。她下了船，直接就上了早已停在码头的车上，开着车朝医院的方向开去。

杜峰冻得一把鼻涕一把泪地迎上前笑着对许曼说："你可急死我了！"

许曼却理都没理他，只顾帮着在担架边上扶着越子木。见杜峰的样子，她没好气地说："越子木都这样了你还有闲心扯用不着的，快搭把手！"

杜峰这才发现躺在担架上的越子木，顿时就是一惊。

容不得多问什么了，就是问也没人回答他。杜峰就赶紧跟着警察们和许曼一起去了医院。

等医生们跑来跑去地给越子木检查了伤情，打了针安顿好后，杜峰连累带饿，再加上被暴风雨淋了够呛，他一屁股就坐在了医院走廊的长椅上。

医生们把许曼和石珏也从病房里赶了出来。这时，许曼就觉得眼前一黑，浑身发冷，迷蒙中看见坐在长椅上的杜峰，她张了张嘴，又伸了伸胳膊，却什么都没说出来，就觉得身体摇摇欲坠，头重脚轻，一头栽了下去……

坐在长椅上的杜峰还美滋滋地做着白日梦呢，他想，自己这回终于有债可还了。正想着呢，他的情债可就来了！不过，砸中他的不是鱼，而是许曼。就见许曼一头栽倒在他的身上，头与头相碰，砸得他两眼直冒金星。

有的人走了就再也没回来过，所以，等待和犹豫是这个世界上最无情的杀手！

李楠芝深知这一点。她不想等待，她也不是那种犹犹豫豫的人。当初义无反顾地爱上越子木时，她才十岁。直到二十几岁时再次遇上越子木，她又义无反顾地奉献了全部激情，只要是认定了她就宁愿献出一切，包括生命。

这一次为越子木吸身上的毒液也是义无反顾。但她知道，越子木的心结依然没有打开，他离去的原因还没有搞清楚，如果在这种情况下自己向他要求什么，那只会适得其反。

所以，在医院她只匆匆在窗外见了越子木一面，就狠了狠心选择了离开。那个转身，她也是义无反顾。

然而，她心里清楚，自己的这一次转身，自己的不辞而别，不是为了别的，恰是为了不让那些美好的回忆被泪水模糊，恰是为了让自己的心与那颗心近些、再近些。

离别，是为了再一次相聚。

在医院临走时，医生告诉她，由于她吸入了越子木体内的残毒，将会使她的身体有所变化，最主要的就是容貌的变化。因为这种植物非常特别，它的汁液是致命的毒素，但是它还有个神奇的功用，那就是经过男人体内的过滤后，如果再传入女人体内，它就会成为女人梦寐以求的养颜神药——能够改变女人的容貌，让女人变得超乎寻常的漂亮！

李楠芝一听，就让乔庄快去拿镜子。等乔庄把镜子拿来一看，她顿时就愣住了。镜子中，哪里还有自己昔日的影子？活脱脱的一个绝色美女就在眼前！

看着镜子中的陌生面容，她皱着眉问乔庄：“是我吗？”

乔庄笑着说：“是呀，李总。你现在好漂亮啊！”

可是，李楠芝一脸的愁容。她清楚，随着容貌的改变，恐怕改变的还有越子木的回忆，那些曾经的美好都将随着这张脸而消失，或许，这就是美丽的代价吧！而她却不想要这样一张脸，因为她不想失去越子木，更不想失去与他的那些美好的回忆。

她又问医生：“就没有解药吗？”

看着她坚定的眼神，医生只好说：“解药有倒是有，只不过……”

“只不过什么？”李楠芝焦急地问着。

医生看了她一眼，笑着小声说：“只有一个办法可以恢复你的本来面目，那就是……你必须成为他的妻子！明白吗？”

李楠芝一听，想了半天才明白是怎么回事，脸微微红了一下。她嘱咐医生，这件事不要说出去，又告诉乔庄不能对任何人讲，包括她表哥司派洛。接着，她就让乔庄取来个纱巾蒙在了脸上，然后带着乔庄出院了。

此时，李楠芝站在窗前望着窗外的夕阳发呆。难道真的就这样迷散在陌生的风雨里，从此天各一方，两两相忘吗？在窗外偷看你的脸，恍惚间仿佛回到从前，会不会有一天我们再一次偶然相遇，一见钟情，然后彼此相恋？

一想到这些，李楠芝就感到彻心彻肺的痛。她不止一次地问自己的内心，是让过去的感情延续，还是期待重新燃情？

什么青春永驻，我不需要！再美的容颜也换不来一颗心！哪怕容颜不再，哪怕会变丑，只要我们能一起慢慢变老，当我们都老的时候，我希望还能吻着你的牙床，直到永远……

先不说李楠芝在窗前如何惆怅，回过头来说越子木。

他在病床上恢复意识后，第一时间想的就是李楠芝，在他模糊的记忆中，依稀记得自己和李楠芝一起跌落悬崖，再后来他就不知道了。当听到许曼说李楠芝走了时，他这才把那颗悬着的心放了下来。走就走吧，只要平安就好。他这么想。

许曼坐在床前说这说那，但说了些什么越子木全然不知，此时的他，脑海里全是李楠芝。想到当初与她在一起时的每一天，想到这次偶然的邂逅，想到从崖上跌落后的相拥对视，他觉得恍如隔世。要是不认识她多好！或者她不是仇人的女儿多好！

或许老天真的是捉弄人，或许命中注定与她有这么多的感情纠葛，但不管怎样，毕竟已成为两个世界的人，她是企业帝国的统帅，而自己只是打工仔，依附于女人生活那不是他越子木能做的事。况且，如今她身边已经有了别人……越子木脑海里出现了那个在沙滩上见到的揽李楠芝肩膀的男子。如果他能够替代自己，如果她能够得到幸福，别离也好，永不相见也好，让那个秘密永久封存也好。

正在越子木胡思乱想时，护士把医生找来了。医生见越子木醒了，又做了一番检查，然后笑着对他说：“没事了，你身体恢复得很好，基本上可以出院了。”

一听说可以出院了，许曼高兴得站了起来：“太好了！”继而又回头看了看门口，嘀咕道，“该死的杜峰，也不知疯哪儿去了，买点儿粥就这么慢吗？”

正说着呢，杜峰推门进来了，手里还拿着个保温饭盒。

“死哪儿去了你？磨磨蹭蹭的！你去办出院手续吧！”许曼接过他手中的东西数落着。

杜峰一点儿都不生气，却反而笑着说：“嘻嘻，排队来着。咋？可以出院了？太好了！”说着，他就转身去办出院手续了。

许曼把越子木扶起来，在他后背处放了个枕头，问道：“吃点儿东西吗？早上我估计你差不多也该醒了，就让杜峰去买粥了。”

说着，她舀了一勺粥，又用嘴轻轻地吹了吹，递到了越子木面前。

越子木看了她一眼，想说什么，但还是乖乖地张开了嘴。

医生已经出去了，两个护士在旁边看着许曼喂越子木吃东西，一脸的奇怪表情。

正在这时，传来了敲门声，一个护士过去把门打开，石珏怯怯地站在门口。越子木看去，她一脸的憔悴，神情里全是愧疚。

他刚想叫石珏进来，许曼却回头说道：“你还来干什么？我们是普通人，可玩不起你们富家小姐那种刺激游戏，你这出荒岛惊魂我可是玩够了！”

想到无人岛的经历，越子木欲言又止。

许曼却接着说：“还不走？”

石珏尴尬地把一袋东西放在门口，一步三回头地离开了病房。

许曼回过头小声嘀咕着：“长得如花似玉，却是副铁石心肠！怪不得叫石珏！”

两个护士在一旁窃窃私语：“天哪，今天来的这三个人可都是大美女啊！”

“可不是嘛，争得很厉害呢！不过，也难怪她们争，这男的也真是够帅的！”

许曼听到了她们的议论，回头只看了她们一眼，还没等她说话呢，两个护士一吐舌头退了出去。

越子木见许曼的样子就觉得好笑，他指着许曼的脸问道：“眼镜呢？不戴了？”

“还戴啥戴！我本来也不近视……”说着她又递过来一勺粥。

越子木咽下后，又说：“你把石小姐赶走了，就不要合同了？”

“还啥合同不合同的？命都要玩没了，还合同呢！有啥了不起的？”

越子木望着门口自语道：“我也是这么想的，有些事是不能强求的，不签就不签吧，大不了回去我就辞职……”

“你要是辞职我就跟着你干，你走到哪儿我跟到哪儿！”许曼想都没想就说道。

越子木心里明白，许曼这话不是一时冲动，从这次的无人岛之行就能看得出，这丫头看来是铁心了。该死的杜峰，怎么不加快进攻啊！

正想着呢，杜峰推门就进来了。

“手续都办好了，咱们啥时走？”

许曼回头冲他一瞪眼：“这会儿你着什么急？没看他还没吃完饭嘛？着急你就先回酒店收拾东西去！”

一听她提到酒店，越子木好奇地问：“对了，杜峰，你们是不是也住在我那家酒店啊？”

“啊……”杜峰和许曼同时惊呼了一声。

“呵呵，那天夜里我听着隔壁有动静，听声音特别熟悉，却没想到会是你们。你们知道我住那儿咋不找我呢？”越子木说道。

许曼一听，脸腾地一下子就红了。她放下粥勺，小声说：“你不爱吃粥就别吃了，我回去收拾东西……”说完转身出了病房。

杜峰和越子木在屋里哈哈大笑。

下午。普吉岛国际机场。

越子木、杜峰和许曼三个人正在登机。在候机厅内，隔着玻璃，一个蒙着面纱的女子正在痴痴地望着越子木，就在他进舱门的一刹那，那女子幽幽地独自呢喃：“你走，我不送你；当有一天你为我而来，无论多大风多大雨，我都要去接你……”

30．公司的战略转移

男人彻底懂得一个女人之后，是不会爱她的；女人彻底懂得一个男人之后，会爱得死心塌地。

越子木其实并不懂李楠芝，所以他心里还念着她；李楠芝却懂得越子木，从当初送他铃铛的翩翩少年，到后来的相遇相知，再到离别又重逢的坠崖瞬间，所以她的爱早已无可救药。

女人一旦爱上一个男人，就像一杯毒酒，心甘情愿地以一种最美的姿势一饮而尽！

所以，爱情，不过是含笑饮毒酒。

李楠芝宁愿饮这杯酒，不管是苦酒还是毒酒，她只希望在酒中醉去，醉在爱人的臂弯里……

望着已经起飞的飞机，李楠芝在心里默念：此番别离，只为相聚。

在候机厅内，她凝望着已经没入天际的飞机沉默不语。

乔庄轻轻地走到她的身后，看了一眼窗外，低低地说："李总，咱们回曼谷吧。"

李楠芝转过身，拉了拉面纱，转身朝停车场走去。乔庄紧紧跟在后面。

"对了，订三张去中国的机票。"李楠芝吩咐着。

乔庄顿了一下，轻声问道："三张？"

"对。我和你的，还有吴姐。"

乔庄听完，没有再问什么。而李楠芝说的吴姐，是孩子的保姆。

一个多小时后。泰国曼谷苏凡纳布国际机场。到达大厅内，李楠芝和乔庄两个人快步走着，乔庄在后面边走边打着电话。

接机的人群中，一个少妇怀里抱着个小男孩儿，见她们走过来，那小男孩儿还招手呢，奶声奶气地喊着："妈妈！妈妈！"

李楠芝紧走几步迎上前，一把抱过小男孩儿，在他脸上亲了一下，柔柔地问道："木瓜，想妈妈了吗？"

"想！"小男孩儿答着，小手却去拽她脸上的面纱，李楠芝拦住他的小手。

一旁，那个少妇怯怯地说："太太，少爷听说你要回来，非吵着要来……"

李楠芝回头对那个少妇道，"吴姐，我不是早说过不要叫我太太吗？没事，你做得对，我正想孩子呢。对了，一会儿你先把孩子带回去吧，我先去公司开会。你回去后收拾一下，把孩子的东西都带上，明天跟我去中国。"

吴姐答应着帮乔庄提行李，两个人跟着李楠芝出了大厅。

门口，一辆加长轿车停在路边，司机站在车旁。见她们出来了，司机把后车门打开，李楠芝抱着孩子上了车。吴姐坐到了另一面，乔庄坐在了副驾驶上。

上了车，李楠芝对司机说道："先回家把孩子放下再去公司。"

司机答应一声就开着车直奔海边别墅区。车上，李楠芝坐在宽敞的后座上和孩子说着话。

"木瓜，在家有没有听阿姨的话呀？"

"木瓜听话……木瓜很乖。"

"那有没有学童话书啊？"

木瓜嘴里说着："学了。"小手却又要去摘妈妈脸上的面纱，还怯生生地说，"妈妈，你不热吗？"

李楠芝拦住他的小手，没有说什么。

车很快就进了别墅区，停在一栋别墅前，吴姐带着孩子下了车，李楠芝和乔庄直接回了公司总部。

位于曼谷市中心的李氏企业集团总部是一栋高层建筑，楼前，两个保安一左一右伫立着。在他们身后的玻璃门里面，两个身着制服裙的女孩儿正在向门前的街上张望着，一个手里拿着公文夹，一个手里拎着个纸袋，里面是件衣服。

当李楠芝的车停在门前后，两个保安跑了过来，分别为李楠芝和乔庄打开车门，然后敬了个礼。李楠芝摆了摆手就朝楼里走。两个女孩儿迎了上来。

“李总，您吩咐的相关文件已经准备好了。”

“李总，您的衣服我带来了，要不要换一下？”

李楠芝接过公文夹边走边翻看，然后对那个拿衣服的女孩儿一摆手：“衣服就不换了，董事们应该等着急了，先开会。”

李楠芝在前面走着，后面跟着乔庄和两个女孩儿。走着走着，一个女孩儿终于忍不住了，小声道：“李总怎么蒙着面纱呀……”

乔庄回头狠狠地瞪了她一眼，吓得她不敢再言语了。

下了电梯，李楠芝在走廊里快速朝会议大厅走着，走廊两侧，伫立着两排身着工作服的男女工作人员。见李楠芝走过来，都点头晗首微笑示意。

走到会议大厅门口时，两个工作人员把门打开，接着，跟在李楠芝后面的那两个女孩儿站立在门两侧，李楠芝在前，乔庄在后，两个人进了会议室。

会议室内，长条形的会议桌两侧坐着一干人等，有男有女，有老有少。见李楠芝走进来，都站了起来。李楠芝摆手示意大家坐下，然后她在会议桌一端坐下，扫视了一下会场。会场内，鸦雀无声，只有清一色的女孩儿端着托盘走进来，给与会的人员每人桌前放了一杯水，然后整齐地退了出去。

这时，司派洛把头凑了过来。

“李总，那……咱们开会？”

李楠芝点了点头。

“好，各位董事，按照公司章程，由集团董事局主席提议临时召开这次董事会，具体议题我在会前都和大家打了招呼，下面，请李总讲话。”司派洛首先做了开场白。

李楠芝把放在桌上的那个公文夹打开，然后又环视了一遍众人，开口说道：“首先，非常抱歉，脸上受了点儿伤不便示人……今天临时召开这次董事会，主要议题就是公司的战略调整。想必大家都已经很清楚了，现在全球经济患上了大危机的后遗症。为摆脱困境，发达国家利用主导或优势地位，通过低利率、弱货币、量化宽松等政策转嫁危机；新兴经济体总体经济增长态势稳定，但遭遇国际热钱狙击，货币升值和通货膨胀压力加大。就我们集团而言，一直以来建筑建材占据主导地位，虽然我们的酒店业效益可观，但主要依靠旅游业的发展，抵御风险的能力较弱。尽管我们的游艇和私人飞机业务刚刚兴起，但在未来一段时间内很难成为主导。这次参加海风盛筵活动，接触到了中国一些知名的高端消费品供应和制造商，这段时间以来也对高端消费市场进行了深入研究和分析，当今的中国是个巨大的市场，特别是高端消费、时尚消费已经形成了良好的氛围。进军中国、占领高端消费市场，是当务之急，也是未来集团的发展方向。因此，我提议，由我亲自到中国拓展市场，公司总部这边，就由司派洛来担任总经理，代我管理。按照新制定的公司战略，缩减房地产业务，加大对高铁建材业的投入，稳定经营酒店业等等，具体由司总进行安排。下面，请大家举手表决！”

李楠芝说完这一席话，觉得口干舌燥，她喝了一口水。

会议桌两侧，有的董事交头接耳，有的连连点头。

这时，司派洛开口说道：“下面，赞成的请举手！”他环视众人，大家都纷纷举手表示同意。

司派洛又说道：“不赞成的请举手！”说完，他第一个举起了手。

众人都面面相觑，不知道他葫芦里卖的是什么药。

李楠芝奇怪地看着他，冷冷地道：“你怎么回事？”

司派洛放下手，笑着说：“我不是对集团战略有异议，我是对自己有异议。我恐怕担任不了总经理一职，公司这么大，业务这么繁杂，我怕……”

李楠芝打断他道："要是这个原因那你就别想了，我相信你，就这么定了。散会！"说罢，她站起身就往外走。

乔庄看了一眼司派洛，起身紧紧地跟在了李楠芝后面。

走廊里，李楠芝回身对乔庄说："等一下你先回我家，我得出去一趟。"

乔庄点了点头，跟着上了电梯，并把李楠芝送上车后，她掏出手机打了个电话。过了一会儿，刚才那两个女孩儿跑了过来。

乔庄看了看她们，低声道："知道你们是干什么的吗？"

两个女孩儿都愣住了，齐声道："我们是董事局主席办公室的行政专员啊！"

"过去是，现在，你们就是李总的两只眼睛。明白吗？都机灵点儿！"乔庄说道。

两个女孩儿同时点了点头。

这边，李楠芝到了一处宅院前下了车，进了门，一位老者迎了上来，两个人边进屋边聊。

房间内，就听老者说道："孩子啊，你就放心去吧，我知道你的心，这里有我呢，我这老家伙要是出来跺跺脚还是会颤一颤的！另外，你父亲生前最大的心愿就是找到那对母子，你多留点儿心啊！"

辞别了老者，李楠芝坐车往家走。途中，路过市中心爱侣湾的时候，她却突然让司机把车停住了，凝望着不远处的一尊佛像……

"流水古桥的往事/在来往的风中摇曳生姿/跪拜/许愿/祈祷/在你肚里盘根错节……"

这是首描写四面佛的诗。

四面佛，人称"有求必应"佛。有四尊佛面，分别代表平安、财富、姻缘与事业，掌管人间的一切事务，是泰国香火最旺的佛像之一。位于曼谷市中心爱侣湾的四面佛坛是泰国香火最鼎盛的膜拜地，也是曼谷著名的旅游观光胜地。每日，都有很多来自世界各地的信众前往参拜或祈求。特别是深受华人信徒及佛教徒的敬仰。到曼谷当地如不拜四面佛，是一件令人难以想象的事情。

李楠芝正是路过此地看见了那尊四面佛才叫停车的。其实，她并不信佛，但不等于不拜佛，尤其是现在，她要去求佛，更重要的是在佛前问心，问自己的内心。

下了车，她来到四面佛前，按照惯例，她请了香和鲜花还有蜡烛，但她并没有像其他人一样围着佛像拜四面，而是直接就站在了主导姻缘的那面佛像前。她闭上眼睛，默默祈祷，并许下只有她自己和佛像才知道的心愿。

拜完了四面佛，她坐上车在游人如织的街上缓慢地穿行着。

此时，金山寺的钟声响起，做晚课的僧侣们赤着脚走在石板路上，朝金山寺的方向快速前行。看着他们，李楠芝想，人生何尝不是一场修行呢？而爱情，更需要修行，修得好，自会成正果，修不好，则是一生的等待。

路过中国城，街边叫卖烤虾和冬阴汤的声音不绝于耳，成群的游客坐在简易的桌前品味着各种特色美食，一对对情侣携手在街边吃着晶莹剔透滑润香甜的糯米杧果……虽然一天没吃什么东西，但李楠芝感觉一点儿胃口都没有，望着楼间的星空，她不知道明天将会发生什么，只知道，明天，她就要回去了，这里，不是她的家园，因为，有爱才有家。

回过头来再说越子木。他们三个人上了飞机找到自己的座位坐下后，许曼是和杜峰坐在一起，而越子木是一个人在他们后面一排。办理登机牌时是杜峰去的，所以才会有这样的安排。

坐下后，杜峰回过头来看了一眼越子木，越子木冲他挤了挤眼睛，两人相视而笑。

飞机要起飞了，在进行安全宣传的时候，站在过道上的空姐无意中看了一眼杜峰这边，她顿时瞪大了眼睛。许曼也看见她了，她眨了眨眼睛，不好意思地笑了笑。

杜峰实在是憋不住了，呵呵地笑了起来。

越子木推了推他的后背：“你傻笑啥呀？”

还没等他说话呢，许曼回过头来说：“别提了，来时也不知怎么的跟他坐到了一块，可倒好，我的两盒饭都被他偷吃了！饿得我眼睛直冒金星。”

越子木听完也哈哈大笑起来。笑完，他才问：“你们不是一起来的吗？”

杜峰忍住笑说道：“哪儿呀，你不是走了嘛，我就想也来普吉岛玩玩，没想到在飞机上遇到她了，而且还坐一排座位。”

越子木听完看了看许曼，发现她正瞪杜峰呢，就自语道：“缘，妙不可言。”

等飞机飞平稳了，空乘人员开始发放餐盒。发到杜峰这一排时，那个空姐笑着对许曼说：“女士，这回可看好了啊，别再被偷吃了。”原来，这竟是杜峰他们来时坐的那趟航班。

发完餐盒，两个空姐边往后面的操作间走边嘀咕着：“你看，我就说吧，人家是情侣，你上次太冒失了！”

“还真没看出来……”

杜峰听到耳里，故意对许曼说：“看看吧，人家都说咱俩是情侣呢！”

“谁和你是情侣？美的你！”

“那咱们可是住过一个房间啊！”

“住一个房间又怎么了？”

许曼说完，往后面看了一眼越子木。越子木就装没看见她，只顾低头吃饭。他明白许曼说这句话和看这一眼是什么意思，潜台词就是，住一个房间又怎么了？我和越子木也住过一个房间啥都没发生呢！

越子木可不想再去应和着许曼渲染那件事了，毕竟不是什么光彩的事，可这个丫头却像个傻子似的，毫不在乎。这事是能挂在嘴边的吗？就让它成为美好的回忆吧。有些人，注定是等待别人的，有些人，注定是被人等的。但等不来那个你爱的人说出那个字，你还不如听那个爱你的人说：你的手好凉……

用完了餐，越子木眯上眼睛打算睡一觉。连日来，他也实在是太困了，虽然说在医院里昏迷了三天，但那是无意识的昏迷，不能等同于睡觉。这回可下上了飞机一站就到家了，他打算睡一觉，另一个原因也是想闭上眼睛想一想心事。其实，他的心事还能有什么呢？合同签不上大不了辞职。他的心事，不过是心中那片不敢触碰、别人走不进自己走不出专为一个人留的空地而已。尽管他知道，那片地或许会永久荒芜。

然而，越子木根本睡不着。此时的他，想着李楠芝，心情已经很难平静了。

他知道，正像有人说的那样，爱情本来并不复杂，来来去去不过三个字，不是“我爱你”“我恨你”，便是“算了吧”“你好吗？”“对不起”。而他最想和李楠芝说的是最后一句。或许，以后再也不会相见了，未说出的话或许也是种回忆吧。

有些话不说，不代表对方不了解；有些人不见，不代表你已经遗忘……

31．接风与醉酒

当飞机稳稳地降落在首都国际机场的时候，越子木打开手机。一条条信息如被烟熏过洞的老鼠一样，吱吱地叫着蹦出来。不大一会儿，手机屏幕上就排满了短信和微信。他也顾不得细看，只是隐约看见，里面有顾桐。

越子木出了到达大厅，许曼和杜峰正站在出口等他呢，三个人往外走。突然杜峰笑嘻嘻地跑到前面。

“许曼，你先帮着拿一下啊……”说着，他把行李往许曼跟前一放。

“咋这么懒呢？”许曼说道。

“嘻嘻，我去排队打车，车不好打。”杜峰还是笑着。

越子木却看了看手表，说了句：“甭打了，有人接！”

许曼狐疑地看着他：“怎么会有人接？你给顾桐打电话了？”

越子木笑而不答。正在这时，一辆车由远及近停在路边。许曼一看，可不，正是顾桐！

那么，顾桐怎么来了呢？

原来，她昨天给就越子木发了短信，问他什么时候回来。可是越子木没开机，一直没得到回复的消息。当飞机落地后，越子木开机后，才看见顾桐的短信。在等待其他旅客下机的时候，那么多短信，他只给顾桐回了个“已经落地”。很快，顾桐就回信了，说是“马上接你们”。

从公司到机场虽不算近，但由于是晚上，车也不是很多，所以，等他们出了到达大厅的时候，顾桐的车也就到了。

顾桐下了车，冲越子木和许曼招着手，满面笑容。

越子木走上前，把行李放进后备厢后，一伸手。顾桐愣了一下，马上明白了他的意思，迟疑了一下，但还是把钥匙递给了他。而杜峰站在后面想了想，过去一把将钥匙抢了过来。

“越子木，还是我来开吧，你们聊聊天。呵呵！”说完，他又神秘兮兮地冲越子木笑了笑，小声道，“这个不错呀，哥们儿你到哪儿都是美女如云哪！”

越子木白了他一眼：“这是我们组长，别瞎猜！”

杜峰笑着上了车，越子木坐在副驾驶上，而顾桐则和许曼坐在了后排。

杜峰开着顾桐的车往城里走，顾桐却说：“咱们先去吃饭啊，我都安排好了。”

越子木回头道：“吃啥吃呀，还是回家吧。”

“那可不行，你们这么辛苦，怎么说也得吃饭哪！“顾桐手扶着座椅说道。

许曼却叹了口气：“不吃也行啊，无功难受禄啊！”

顾桐问道：“怎么回事？没拿下？”

越子木想制止，可是已经来不及了，快嘴的许曼张口就说：“别提了，差点儿被别人拿下！合同的事肯定是泡汤了！”

“啊？”顾桐一脸的惊愕。接着，她眼睛盯着越子木。

越子木既没解释，也没回头，却只说了句：“去哪儿吃？”

顾桐想了一下，爽朗地说：“没什么大不了的，工作的事儿明天再说！”

一路上，顾桐问这问那，许曼见越子木没有明确表态，也就不好说什么，只和顾桐说了些普吉岛风情之类的。聊了一会儿，顾桐冲前面一努嘴，小声问许曼：“你男朋友？”

许曼脸一红，看了一眼越子木，小声道：“不是！”

越子木听到了她们的对话，回过头来笑着说：“这是我同学杜峰，他们两个是一起去的。”

许曼咬了咬嘴唇，不再言语。

顾桐笑了笑，却突然惊奇地说："许曼你不戴眼镜真漂亮！没发现哪，原来我们的许小姐是个美女耶！"

许曼不好意思地低下头，却冲前面美滋滋的杜峰道："不许笑！"

顾桐一听就明白了，也忍着笑。

到了目的地，几个人也没拿行李，跟着顾桐朝这家店走。进了饭店，顾桐在前面引领着直接上了二楼的一个包房。当包房门打开时，越子木一看，人够全的！陈承、李斯……全组的人都到齐了。

他愣眉愣眼地问顾桐："这是……"

还没等顾桐回答呢，李斯一挑兰花指："哟，你个死鬼！想死我了你！"

顾桐笑着对越子木说："大家知道你今天回来，就都嚷着要给你接风洗尘。来，快坐吧。"

越子木和许曼在空位子坐下，杜峰却尴尬着说："那什么，我就先回去了啊，店里挺忙的！"

越子木和顾桐还没等说话呢，许曼却一拉椅子："坐下！"

杜峰又看了看众人，乖乖地坐在了椅子上。其他人都看着杜峰，有人已经开始窃窃私语了。顾桐和越子木却微笑着不说话。

许曼看着越子木，把她急的呢，可越子木就是不说话。没办法，她小声对越子木说："你不介绍一下呀？"

越子木却说："你不是挨着他嘛，你介绍吧。"

许曼又看看大家。众人都笑着说："介绍一下吧许曼！"

她迟疑了一下，看了一眼杜峰，说道："啊，这位是杜峰……"

等她说完，众人都还看着她，似要等下文。

李斯说："完了？"

"完了。"许曼不知他们还想知道什么。

这时，陈承笑着说："大家看见没有，这几天不见许曼变漂亮了啊！"大家都附和着。

李斯娘腔娘调地说："我听说呀，这女人有了爱的滋润才会变漂亮呢！"

陈承一推他："乱讲！你懂什么叫爱的滋润？"

"爱的滋润就是……"

没等李斯说完，顾桐打断道："行了行了，别说那些用不着的了。来，把酒倒上！"

众人都满上了酒，顾桐举杯说道："这次越子木和许曼远赴普吉岛攻关，一定吃了不少苦，虽然他们没说，但大家可以看到，许曼脸上还有伤呢。不管结果如何，他们的敬业精神是值得我们大家学习的。尤其是越子木，这种不达目的不罢休的劲儿值得学习，我相信有了大家的这种拼搏精神，就一定会无往而不胜！来，咱们干了这杯！对了，明天给他们两个放假，好好休息休息！"

说完，众人都站了起来，举着杯互相碰着。

本来，顾桐和几个女孩儿的杯里倒的都是红酒，而男的都是白酒，可许曼喝完这杯红酒却把杯子一推，拿过个白酒杯子说："白酒给我！"

杜峰在旁边咧着嘴看着她，想制止又觉得不妥，所以就眼睁睁地看着她倒了一大杯白酒。

倒完了酒，许曼站着一举杯子："趁现在没喝多，我敬越子木一杯啊。这次要不是越子木，恐怕我这小命就撂到普吉岛了。我先干了啊！"说着，她把那杯白酒一饮而尽。

她这一番话弄得大伙都莫明其妙，等她喝完，李斯实在是忍不住了，问道："姐姐，你快说说咋回事？"

越子木咳嗽了一声，意思是提醒许曼不要啥都说，可许曼一杯酒下肚还管那些？就把在普吉岛前前后后的事特别是无人岛上的惊心动魄全都说了一遍，直听得众人目瞪口呆。

坐在越子木身旁的顾桐一听越子木掉到悬崖下边去了，小声问道："现在恢复得怎么样了？伤着哪儿没？"

越子木笑了笑："没事，其实也不是什么悬崖，不太高。"

"我的天哪，这要是我恐怕早就吓哭了。"一个女同事咧着嘴说道。

许曼的一番话引得众人纷纷向越子木敬酒，左一杯右一杯，越子木可就喝了不少酒。本来，他是不想喝的，但见大家这么热情，也实在是不好意思拒绝，另外他也是心情烦闷，所以就横下心来，喝就喝吧。

酒也喝得差不多了，话也聊了不少，看看夜已经深了，顾桐招呼大家互相送一送，各自回家。本来，按照原来的计划，是要吃完饭唱歌的，但都喝成这样了没法唱了。

杜峰没喝多少酒，一来他是放心不下许曼和越子木，怕他们两个喝多了没人送；另外，这样的场合他也不好喝多了。往外走时，他张罗着要送越子木和许曼。顾桐想了想，就说："你还是送越子木吧，许曼有我呢！"

而许曼可倒好，眯着眼睛一挥手："杜峰，你送不送我？"

杜峰看看顾桐，不知说什么好了。

顾桐扶着许曼，一边冲杜峰和越子木摆手一边对许曼说："姐送你啊，没事，回去睡一觉就好了。"

许曼嘴里还说着什么，但顾桐硬是扶着她上了车。

这边，越子木和众人打着招呼，等剩下他和杜峰两个人时，越子木实在是忍不住了，迅速找个树根处哇的一下就吐了出来。杜峰在他后背上拍着。

吐了一会儿，越子木一摆手："没事！不用管我，你走吧！"

杜峰连扶带抱地和越子木在街边走着，等他们打着车刚把越子木送到家，杜峰手机就响了。他接起一听，手机里传来许曼的声音："杜峰，你个该死的，让你不送我！赶紧给我滚来！"

杜峰当时就傻眼了！

酒后爱打电话的人只有一种情况，不管是男人还是女人，如果醉酒之后打电话给你，说明他或她是一个在心里最深处一个干净的角落藏着你的人。知心爱人也好，红颜知己也好，蓝颜知己也罢，或者是暧昧情人，哪怕是同学或朋友，无论哪一种感情关系，都足以说明，那个人没把你当成外人！

社会赋予人太大的压力，金钱和权力的追逐也会让人们疲倦，而爱情的渴望更让人们常常迷失自己、隐藏自己。对酒当歌，思绪万千；把酒问月，今夕何年。我欲乘风，归去来兮，又恐高处不胜寒。几多豪迈，几多惆怅，几多相思，几多压力，几多困惑，几多无奈。

许曼正是如此。

可是，她不是被顾桐送回家了吗？怎么会打电话给杜峰呢？

确实，许曼是回家了。这次和上次不同的是，顾桐没有把她带回自己家，而是问好了住处后就直接把她送回了家。可到家后的许曼好像还是意犹未尽。

她一会儿喝水，一会儿播电视，一会儿又到卫生间干哕，吐也吐不出来，胃里还难受，睡却又睡不着。折腾了一阵子后，她到沙发上拿起手机，在通讯录里翻出了“混蛋越子木”的号就要拨，可看着手机屏幕却又犹豫了。接着，她又翻出杜峰的号，想了下也没拨，而是迅速穿上衣服冲出家门。

到了街上，她打辆车直奔杜峰的酒吧。在车上，她给杜峰打了电话。

杜峰一听是许曼，就笑着问：“你在哪儿呢？喝那么多酒能行吗？”

就听许曼没好气地吼道：“在你家酒吧楼下！你出不出来？”

杜峰听完稍稍把那颗悬着的心放下一点儿，但马上又紧张起来。他看看手表，这个时候应该是酒吧最嗨的时间，她一个喝过酒的女孩儿只身去了酒吧可是危险！

想到这儿，他安顿好越子木就跑下楼。

与此同时，许曼已经到了酒吧门前。她抬头看了看招牌，然后摇摇晃晃地推门进去了。

这时的酒吧里，灯光昏暗，歌声混乱，烟雾弥漫，男的目光迷离，女的扭捏香艳，好一派夜色人生！

许曼进了酒吧，一个服务生迎上来。

“请问女士，几位？”

“什么几位？没看见啊？不算影子，一位！”

服务生笑着把她引领到一个空位。坐下后，服务生又问：“请问来点儿什么酒？啤酒还是红酒？或是洋酒？”

许曼一挥手：“白酒！”

服务生吓了一跳，他犹豫一下，还是转身回去拿了一瓶白酒。

许曼倒了一杯，端起来刚要喝，可鼻子一闻她差一点儿吐出来。就放下杯子，冲服务生喊道：“去，把杜……杜峰给我叫来！磨磨蹭蹭的！”

服务生笑着说：“对不起，我们老板不在！”

“不在？不可能！”

服务生还是笑着说：“我们老板去旅游了，还没回来呢。”

许曼一听就生气了，大声说：“他该死的杜峰在飞机上吃了我的盒饭，到地方占了我的房间……这会儿跟我玩什么失踪？快点儿给我叫来！”

服务生为难了，呆呆地看着许曼，他越看越觉得不对劲，就觉得许曼有些面熟，可想了半天也没想起来。

正在这时，一个醉鬼拎着个啤酒瓶子走过来，一屁股坐在许曼身边。

“小姐……喝一杯？”

许曼侧头一看，瞪着眼睛道：“你妈才是小姐呢！”

那人愣了一下，继而又乐了。

“够劲！老子就喜欢这样的！”

说着，他一只胳膊伸到许曼的肩上，一脸的色笑。

许曼也没客气，端起那杯还没喝的白酒，照着他的脸就扬了过去。

“哗——”

连呛带辣，那人顿时就蒙了。他擦了把脸上的酒水，把手中的啤酒瓶子往桌上一蹾：“怎么着？跟老子玩横的！今儿个老子让你知道知道什么是硬的！”

说着，他竟一把就将许曼搂了过来，接着强行要往她脸上亲。许曼觉得一阵恶臭袭来，有种窒息的感觉。她挣扎着想腾出手给他一巴掌，可她那点儿力气怎么能挣得过身强体壮的醉鬼呢？

就见那人狞笑着，一边把嘴凑过来，一边腾出只手来要往许曼身上摸。气得许曼眼泪都要下来了，酒也醒了不少。

正在这时，就见一个人伸手一搭那人肩膀往外一拽，接着照脸上就是一拳，还没等那人明白过来呢，他又一手拽那人的胳膊，一弯腰往上一扛，手上一用劲就是一个背摔！“啪”的一声，那人重重地摔在了地上。

许曼回头一看，“哇”的一声哭了出来。来的不是别人，正是杜峰。

醉鬼挣扎着从地上爬起来，咋咋呼呼地奔杜峰过来了。

“怎么着？想英雄救美呀！”他一指杜峰，眼睛却四处寻找着什么。

杜峰没理他，回身一把将许曼揽在怀里：“别怕，有我呢！”

“哎哟？装的苦啊你！”那人说着就要往上来。

杜峰回过头，轻蔑地看了看他，说道：“赶紧自己找个台阶走吧！”

可那人见周围的人都围着，就狠狠地说：“跟我抢马子？老子今天让你见血！”

杜峰轻轻地把许曼扶坐在椅子上，回身冲那人道：“不是没给你机会，今天我要让你知道知道碰了我的女人是什么后果！”

说着，他挽了挽袖子，正要过去呢，就见一个服务生和一个五大三粗的保安走了过来，服务生手里还拿了个空啤酒瓶子。

就听服务生说：“峰哥，您回来了？怎么收拾他？”

杜峰一摆手：“我自己的事自己解决，你们一边儿待着！”

说完，他把外衣脱下来，回身披在许曼身上。许曼看了他一眼，把衣服往上拽了拽。

而那个醉鬼此时估计也早就被杜峰给摔醒了，他回头一看身后站着俩人，前面这位看那架势也不是善茬儿，他支吾着：“有种就单挑！人多算什么好汉！”

杜峰轻蔑地看了他一眼：“单挑你还能行咋的？”说着就走上前去。

那人一摆手：“有能耐拼……拼酒！”说着，就朝旁边桌子上的啤酒走去。

杜峰一挥手：“等等！你不是要拼酒嘛，就这个！”说着，他把许曼桌上那瓶白酒拿了过来，往桌子上一放。

那人回头看了看那瓶白酒，语气明显降低了：“白的就白的，谁还怕你不成？”

这时，杜峰又对服务生说道：“再来一瓶！”

服务生很快就取来一瓶白酒，并把盖子打开。

杜峰把那瓶新打开的白酒瓶子拎在手上，一指那已经倒出半杯的酒瓶：“让你喝整瓶的那是欺负你，你就来这个！来，干了！”

那人看了看桌上那瓶酒，迟疑了一下还是拿了起来。杜峰不由分说就上去碰了一个他的洒瓶。

“喝呀！害怕了？”

那人嘟囔着：“干就干，谁怕谁？”说着，他举起酒瓶，可刚喝了一口就一脸痛苦的表情。

而杜峰则举着酒瓶就像喝水一样灌了下去，围着的众人都目瞪口呆。

那人又喝了几口后把酒瓶放桌上一放，扑通一声就跪下了：“大哥，饶了我吧，再也不敢了！”

杜峰把已经喝下小半瓶的酒瓶从嘴边拿下来，冲地上那人道：“就这点儿能耐啊你？告诉你，这是我的店，我叫杜峰，你随时都可以来找我报复！要是再敢碰我的女人我就用酒给你洗胃！但今天不能饶了你，痛快把酒喝完！”

那人一听就傻了，又是作揖又是告饶，临了，一眼看见了许曼，他哭丧着脸对许曼说：“姑奶奶，求你了，你让大哥饶了我吧，我再也不敢了！”

这时，许曼站了起来，她慢慢地走到那人面前，面带笑容，接着，拿起桌上的那两个半瓶酒，同时举起来，瓶口朝下，对着那人的头就倒了下去！

那人哇哇叫着却一动不敢动，酒顺着他的头就往下淌。许曼倒完酒，他连滚带爬地跑出了酒吧。

等众人散去，杜峰转过头来刚想要看看许曼呢，却见许曼一下子就扑到了他的杯里。吓得他张着两手不知所措。他抱着许曼一面安排人把刚才弄的地方收拾好，一面出了酒吧，打算直接打车送她回家。

可是，等他打着了车，往后排座上一坐，许曼却迷瞪地说：“杜峰，你还真……是个爷们！”说完，眼睛一闭，头往杜峰肩上一靠就要睡。

杜峰叫着许曼，他是想问问她家在哪儿，可哪叫得醒啊！许曼嘴里含含糊糊地也说不清楚。没办法，他想了想，只好让司机开向了自己家的方向。

32. 冲动是魔鬼

越子木在家休息了两天后，第三天清晨，明媚的阳光沐浴着这座美丽的都市。

人说，太阳，每一天都是新的。然而，正是这新的一天，越子木却要做出一个新的决定。

一大早他就来到公司，其他人都还没有上班，他一个人又是拖地又是擦桌子，还特别给许曼那张桌子擦了擦。忙活完了，他这才坐在自己的座位上收拾着属于自己的东西，地上放着个纸箱，他一件一件地往箱子里扔东西。

正扔着呢，他听见有脚步声，回头一看，顿时就是一愣。

许曼正迈着轻盈的步伐款款走来，一头短发，清爽干练，眼镜也不见了，一双大眼睛忽闪着；上身乳白色的小西服，露出粉颈，下身同样的乳白色西服裙；修长的美腿竟一点儿弯都没有，脚上穿了双从未见她穿过的高跟鞋！

越子木诧异了：这丫头是要搞哪样？

见越子木痴痴地看着自己，许曼莞尔一笑："越子木，早啊！"

越子木看去，她脸上一朵红云飘过。

他马上狐疑起来，看着她的脸，他似乎猜出了什么，他知道，女人能够有这么大的变化无非是一个原因，那就是因为爱情的滋润！

但他还是弄不明白，这才几天哪，许曼哪里搞到的滋润呢？在无人岛时还不顾生命危险跟踪自己呢，怎么变化会这么快？

一想到许曼的变化，他就马上想起了李楠芝，突然有种酸酸的感觉自鼻尖传来，他不免叹了口气。暗想：如果遗憾和幸福也能轻轻撕碎扔到海中，那么，我愿意从此就在海底沉默……你的情感，我能明白，却无法面对；我的沉默，你能面对，却不明白。

许曼路过越子木的座位，发现了地上的箱子，问道："你收拾啥呢？该不会是真的要辞职吧？"

越子木突然想起在普吉岛时自己说要辞职，许曼当时说的话。

"你要是辞职，我就跟着你干！"

她清脆的声音依然回荡在耳畔，但物是人非，如今的许曼还能是那个风风火火的愣头青丫头吗？

越子木轻描淡写地说："对呀，男人嘛，吐个吐沫都是钉！"

说完，他"啪"的一声又扔纸箱里一样东西。

不知因为是他的话还是因这一扔，许曼不禁激灵一下子。

"不会吧？你脑袋进水啦！"她又恢复了往日的语气。

"对呀，我早上洗的澡，进的都是洗澡水！哈哈哈！"越子木还是轻描淡写，就像辞职是件好事似的。

许曼站那儿愣了一下神，马上说道："那你辞职我咋办啊？"

越子木回头看了她一眼，笑着说："该咋办咋办呗？实在不行就凉拌！"说完，他话锋一转又说道，"许曼你今天好优雅、好漂亮啊！"

"是吗？"许曼低头看看自己，含笑不语。

越子木又一脸坏笑地说："我可是过来人啊，女孩子一般这个样子那说明……哈哈哈！"话说半截他不说了。

许曼一听就明白了，关键是她自己心里有鬼呀！她瞪起了眼睛："越子木你就是个坏蛋！不理你了！爱辞职辞职吧，倒省心！"

同事们陆续上班了，办公室里人渐渐多了起来。大家见越子木在收拾东西，还以为他是因为出差刚回来随便收拾一下呢，也都没在意。

可是，顾桐从外面走进来时一眼就看出了越子木的异样，她还没进自己办公室呢就直接走到越子木桌前。

"越子木，休息得怎么样？"

话刚说完，顾桐突然发现了许曼，她上下打量了一番，一脸的惊诧。

越子木笑嘻嘻地说："没休息好，这不是打算永久休息嘛！"

顾桐看了一眼地上的箱子，说了句："你跟我来！"说完，她转身就走。临走，还对许曼笑了笑，轻声道，"变化不小啊！"

越子木从桌上的包里拿出张叠着的纸来，站起来在后面跟着顾桐。许曼看着顾桐的背影，总觉得她这是话里有话，但到底说的是什么意思她一时也没想明白。

进了顾桐办公室，还没等顾桐说话呢，越子木就把那张纸往她桌上一放，一屁股坐在椅子上。

顾桐转到桌后，一看桌上那张纸她就开了腔："越子木，你少给我看这东西，我不看！痛快收起来！啥意思啊你？多大个事儿呀！我听许曼说了，不就是合同签不成了嘛，至于辞职吗？"

越子木笑嘻嘻地看着她，突然身体往前一倾，瞪着眼睛神秘兮兮地说："喂，顾桐，这才几天没见啊，我怎么发现你这么大变化呢？"

顾桐见他看自己的身体前面，低头也看了一眼，眨着眼不明所以地说："什么变化呀？胖了？一直在减肥的呀……"

越子木认真地小声说："你过来，我告诉你。"

顾桐又眨了下眼睛把身子凑过去。

就听越子木在她耳边轻声说道："你减肥成功，腰变细了，但是……"

顾桐急于想听下文，问了句："但是什么？"

"但是胸变大了……哈哈哈！"说着，越子木坐回去哈哈大笑。

顾桐气得脸通红，咬了下嘴唇大声喊道："越子木！死去吧你！要辞你就辞吧，不管你了！"说着，她抓起桌上的纸就要撕。

越子木一伸手制止道："哎？你就是撕了我也得走，到时候可就是不辞而别了，公司不给我这个月的工资我上哪儿吃饭去？到时候可别说我上你家吃去啊！"

顾桐抓起那张纸边撕边说："上我家就上我家，你个该死的坏越子木！"

眼看着那张纸已经被她撕了个粉碎。正在这时，一个女同事敲了下门不等招呼就进来了。

“顾组长，吴总叫你过去！对了，说是让越子木也去。”

顾桐皱着眉问了句：“没说什么事儿吗？”

那个女同事摇了摇头，转身出去了。

“能是什么事呢？”顾桐自语着。

“还能什么事儿？肯定是要挨训呗！她也甭训了，我当初说过，拿不下这个合同立马走人！正好，就当她的面说清楚，也不用辞职信了。”越子木一副毫不在乎的样子。

顾桐看了他一眼，眼神无奈，目光复杂。

“走啊，看什么看？”越子木面对着顾桐说道。

顾桐下意识地把低胸的衣领口往上提了提，绕过桌子。

越子木跟在她后面，笑着小声说：“穿成这样不就是让人看的嘛……”

顾桐唰的一下子回过头：“就是不让你看！一会儿说不上咋挨收拾呢，这会儿还有闲心扯用不着的！”

两个人走过公共区域的时候，许曼迎上前来。

“越子木，你们说的我都听见了。你要是辞职我也辞，毕竟这个项目是咱俩负责的！”

顾桐几乎和越子木同时说道：“你跟着瞎凑什么热闹！”说完，两个人一听说的一样，互相对视了一下。

旁边，陈承小声对李斯说：“这俩人儿啥时候这么默契了？”

许曼噘着嘴又说：“那……即使挨批评也有我一份呀，我也去见吴总！”

顾桐哭笑不得地说：“这怎么挨批还有上赶子的？行了，要去你就去吧，想走你们就都走！”说完，她生气地走在了前面。

许曼跟在越子木身后，三个人出了办公室。

到了吴总办公室外，顾桐敲了下门，里面应了一声他们就进来了。

见顾桐和越子木还有许曼三个人的表情有些不对劲，吴总疑惑地问：

“你们这是……”

几乎异口同声，越子木和许曼同时说道：“辞职！”

人说，冲动是魔鬼。但要看是哪一种冲动。

传说中冲动的魔鬼共有五种，每一种都各不相同。

第一种魔鬼叫石妖。冲动指数三星。他的情绪总是显得很淡漠，很少真的对什么事情动情或者在意。这使得他总是显得缺乏激情，不过也很难让人找到弱点。

第二种魔鬼叫吸血鬼。冲动指数四星。他算不上是个容易冲动的人，对于不考虑清楚就行动这样的事情会比较抗拒。总是习惯于隐藏自己的欲望和冲动，既怕受到伤害，也怕被人了解自己的内心。因此，他无疑就是一个暗夜的吸血鬼。

第三种魔鬼叫撒旦。冲动指数五星。实际上，他并不是一个容易冲动的人，但是冲动起来的后果往往很可怕。情绪比较两极化，可以很冷静，也可以比任何人都热血。属于冲动起来不撞墙不回头的类型。

第四种魔鬼叫美杜沙。冲动指数六星。他实际是个比较自我主义的人，很忠于自己的喜怒和性情，不会刻意压抑自己的情绪。喜欢就是喜欢，讨厌就是讨厌，开心就是开心，伤心就是伤心……独断和完美主义并存，会是一个受到了伤害就很难恢复的人。

第五种魔鬼叫阿修罗。冲动指数七星。他会顺应自己的本能，当冲动起来时，并不会刻意压抑这种情绪冲动。不是一个足够冷静的现实主义者，总是难免会被情绪左右。有时会显得不理智和孩子气。而这也正是他的魅力所在，忠于自己的想法，想到什么就会去做，不犹豫，往往能抓住机遇，并可以主动寻找机遇。所追求的就是一份随性的生活。

那么，越子木和许曼是属于哪一种呢？不管是哪一种冲动，其实都是魔鬼。再好的魔鬼也是鬼呀！更加悲催的是，他们两个不仅被冲动的魔鬼上了身，接下来看见和听见的更如撞上了鬼一般令他们瞠目结舌。

吴总见两个人异口同声，就看了看一脸愁容的顾桐，她乐了。

“哟呵！真是好员工啊，办了这么大的事竟然连佣金都不打算要了，怎么？想给我减轻点儿负担？”

越子木一听就蒙了，他看看许曼，又看看顾桐，不明所以。

这时，吴总笑着冲里面的套间喊了句："石小姐！人来了，你出来吧！"

越子木一听，石小姐？她怎么会在这里？

接着，就见里面的门轻轻地开了，石珏轻盈地款款而出。越子木看去，和前几日在普吉岛上所见又是不同。不知为什么，她竟把那一头秀发高高地盘起，露出本来就修长的粉颈在吊带裙的衬托下显得更加突兀，脖子上一条翡翠项链与白皙的皮肤相衬光彩照人，脚上是一双足有十五厘米的高跟鞋显得更加亭亭玉立，而胳膊上挎着个名牌包显得奢华无比。

越子木看完差点儿吐了。这简直就是一副土豪加富婆的打扮嘛！普吉岛上的清纯哪儿去了?

就见石珏把手里的几个文件夹往吴总的桌子上一放，却看着越子木说道："吴总，合同我已经签完字盖好章了，等你们签好后第一笔款就打过来。"

越子木看着感觉陌生了的石珏，一言不发。许曼却到桌上拿起那个文件翻开看了半天，回过头冲越子木点了点头。

这时，吴总笑着招呼道："还愣着干啥？都坐呀！"

石珏说了句："不了，我还有事，先走了。"说着，她朝门口走去。

越子木回头对吴总说："吴总你等一下啊，我去去就来！"说着，他跟着石珏出了门。

在走廊里，他拦住了石珏。

"石小姐，你什么意思啊？"

石珏回过身看了一眼就低下了头，她不敢接触越子木的目光。

一般不敢直视别人目光的人大体上分为两种：一种是因为心里有鬼，怕被看穿；一种是心里有愧，觉得对不起对方。石珏是属于后者。但其实，"愧"也是心里有鬼。

当初，她因为一时的冲动，带着越子木去了无人岛，结果，不仅没猎获越子木的人和心，自己也差一点儿成了匪徒的口中肉。

但是，越子木自始至终都没有怪她，也并没有追问合同的事，而是选择了自己承担后果，选择辞职。

又怎么能怪她、怎么能怨她呢？一个女孩子，别管她是不是土豪，也别管她是不是富家女，能够放下架子，不顾危险，除了心中有爱外，还能说明什么？

女人，爱上一个男人，会不顾一切，会舍弃一切，会冲动，也会不计后果，而这种冲动是魔鬼吗？魔鬼，总是与天使并存。这时候的冲动，应该是属于天使范畴的。

女人，当她不爱那个人，或者所爱的人已无法再爱，已不能再爱，这时候，她又会怎么样呢？一种是，抑郁寡欢，如黛玉般冷月葬落花；另一种是，自暴自弃，如瓶儿梅儿般纵情独偷欢。

那么，石珏石大小姐又会是哪一种呢？

见石珏不说话，越子木还想问什么。这时，石珏缓缓地抬起头，看着他说：“对不起……”

说着，她眼圈里有东西一直在转，好像稍稍一动就会掉下来。

越子木最受不了女人哭了。他摆了摆手，缓和了一下语气说道：“没什么对不起的，都过去了，那天走得匆忙，也没来得及打招呼……”

石珏却说：“合同已经签好了，很希望由你来履行这个合同。”

越子木一听，火又上来了。

“我说石大小姐，你这是施舍吗？我没有履行我的承诺，这个合同不能签！”

石珏眨着眼睛说道：“你做得很好，再说，我那只是……只是……”她“只是”了半天也没说出来。

越子木可以猜得到，她想说的不过是“只是为了让你陪我”或者“只是想和你在一起”之类的话吧。可是，令他万万没有想到的是，石珏说的根本就不是这个意思！

就听石珏语气一变，话锋一转接着说道：“我那只是想考验考验你，看看你能不能经得起诱惑！我们这么大个项目交给你可是要承担风险的，公司本来运营状况就不是很好。”

越子木当时就蒙了。

石珏呵呵地笑了笑，竟伸手拍了一下他肩膀："喂，你可得把这个项目做好哦！我随时调度！"说完，她把包一甩，往胳膊上一挎，转身竟走了！只留越子木一个人在那儿发呆。

刚走出去几步，她又站住了。

越子木看着她的背影，静静地等她转过头来。可就听石珏低声说道："越子木，好好珍惜吧，我看得出，楠芝姐可是爱你的，不要让她伤心！"说完，她加快了脚步朝走廊尽头走去。

越子木一听，更蒙了。

而他看不见的是，石珏没走出几步眼泪就下来了，她紧走几步推开楼梯间的门，又快步下了几级台阶，竟在没有多少人走动的步行梯间里哭了起来！

33．两难的抉择

对于绝大多数女人来说，爱的本意，就是被爱。

女人爱上一个男人，就是要他爱自己，不仅要体现在行动上，还要说出口。女人，重的是形式。

男人爱上一个女人，就是单纯地爱，不管她爱不爱自己，仍然对她好，念她、恋她。男人，重的是过程。

然而，女人爱的这个男人，要是不爱她，女人会放手，义无反顾。因她容不得自己的爱里有人观望。

但是，男人爱的这个女人，即使她不爱自己，仍然可以结婚、生子、过一辈子。因他理解的爱就是宽容。

石珏自从看见越子木的第一眼起，就爱上了他。但直到普吉岛之行，所见、所闻、所遇、所思、所感……之后，她近乎绝望了。越子木身边不仅有那么多女孩子，而且，竟然还有一个李楠芝！这是她所始料未及的。与别的女孩儿比，任她再漂亮，石珏也不放在眼里。但是，李楠芝则不同，不仅是因为她是东南亚最大企业集团的董事局主席，而是因为她的高端大气无法相比的气质。

既然自己爱的人并不爱自己，再做什么都是自找没趣。所以，石珏只能选择放弃。放弃越子木这个人的同时，她想，随之放弃的，或许还有爱情。

楼梯间内，石珏泪如雨下。之所以打扮成这样，并非她一贯的做派，也并不是想要吸引什么。对于越子木，她了解，多情之人处处留情，既然不爱自己，就不要留任何情愫。爱情，不需要施舍。所以，她干脆就弄成令人生厌的富婆形象，与其要你那一点儿情愫，还不如让你讨厌自己！这样，也好让爱情走得干净彻底！

石珏，平生第一次流眼泪，为爱情；也是最后一次流泪，为还没开始就结束的爱情。

哭了一会儿，她擦干泪水，快步走下楼梯。从此，打算开始她流连酒红的悲苦人生。

而一直站在走廊里的越子木，被石珏最后这一句话给惊呆了。

自己何尝不知道楠芝爱着自己啊！不是她不爱，而是自己已无法再爱。再爱，对谁都是一种伤害。

他转身慢吞吞地回到吴总办公室，吴总她们正说笑着呢，见越子木回来了，她笑着说："小越呀，来，快坐！最近资金周转有困难，这回可多亏你了！"

口无遮拦的许曼插了句："吴总，还有我呢！"

"对对！还有你，还有顾桐！你们都做得很好，都是我最得力的干将！呵呵！"

顾桐看了一眼被夸奖后满面笑容的许曼，心想，简单真好！

可是，越子木就像是铁了心要辞职，他径直对吴总说道："吴总，尽管合同签了，但是，我还是要辞职！请您批准。"

还没等吴总说话呢，顾桐忍不住了，她过来一拉越子木的胳膊："我说越子木你傻呀！辞什么辞？"

越子木一甩胳膊："我辞职不是因为别的，其实我非常感谢吴总这么赏识我，能够给我锻炼的机会。但是，作为男人我有我的原则，这个合同并不是因为我签下来的，是我的工作不到位，没做好。所以，我必须离开，我之前说过，拿不下这个合同，我走人！所以，请批准我离开！"

吴总一听就急了："我说越子木你什么意思？拆我台是吧？你休想离开！就这么定了，从现在开始，你就是顾桐这个组的副组长。"

越子木还想说什么，却被许曼一把拉住了："傻瓜！闭嘴！"

越子木看了看她，又看看顾桐，没法再说什么了。

还能说什么呢？合同签了，职位提拔了，领导做到这种程度，要是再起幺蛾子那也说不过去呀！

但是，越子木内心是铁定了想要辞职，不是因为别的，他是想要干一番自己的事业。但现在好像时机还不是很成熟，起码，吴总答应的三十万佣金应该拿到手啊！

见吴总不再理他，越子木也不再言语了。顾桐笑着说："好了好了，这么大的好事应该庆祝一下。走吧，吴总还有事，咱们回去吧！"

越子木没办法，只好跟着顾桐回了办公室。

回到自己的座位，他坐下就开始发呆，不是因为辞职不成，而是因为石珏。

从石珏一转身他就觉得有些不对劲，但到底是哪里不对劲，他又说不上来，反正就是觉得石珏怪怪的，甚至有些反常。

对于石珏，越子木甚至觉得有些对不起她，她的心，自己能不明白吗？但是有什么办法呢？一个人，一颗心，只能属于一个人，分心是不可能的，即使分了，给对方的也只能是半颗心。如果三心二意还好些，起码还多一些呀，可这是半颗心哪！对谁都不公平，自己也会身心疲惫。但是，石珏为什么要这么做呢？这是他所想不明白的。

按照石珏的说法和合同里的约定，这个项目是必须要自己跟进的，这也就是说，在接下来的日子里，自己会经常接触石珏，那是件多么难受的事呀！不仅是自己难受，石珏恐怕会更难受。

这是一方面，还有件事令越子木十分不解。为什么这个吴总闭口不提佣金的事呢？原来不是说得好好的嘛，合同拿下来，佣金到位。可是现在合同是签了，但佣金的事她好像忘了。

不仅越子木疑惑，顾桐也很是纳闷，按理说，合同一签，佣金就应该兑现啊？可吴总为什么不提呢？

还是许曼嘴快，一回来她就首先提了这件事。

"顾桐，佣金的事你要不要问一下呀？吴总好像是忘了。"

顾桐没言语，她是想，这个事吴总应该不会忘的吧，没有信誉何以服众？

此时，越子木坐在座位上正闹心呢，桌上的电话响，他也懒得接。许曼却过去接了起来。

“越子木，你的电话！”

越子木接过电话。

“喂，你好！我是越子木！请问是哪位？”

电话里沉默着，对方没有说话。

他很是诧异，不会是骚扰电话吧？他正要挂断，就听电话里说道：“越子木，下午过来一下，找你有事。”

他听出来了，来电话的竟然是石珏！

深夜。月华如水。

一个小区里，有个人伫立在窗前，望着对面的那栋楼出神。对面的楼上，一扇窗户依然亮着灯，一个男人的身影在灯下写着什么。他时而站起来踱步，时而握笔凝眉，时而到窗前望着星空发呆。

在后面这栋楼里始终看着他的，是个女人，身材清瘦，貌美如花。在她旁边的椅子上，搭着个纱巾。而另一间屋子，一个女佣正在轻轻地为熟睡的男孩儿扇风……

女人静静地立在窗前，她微微抬头，目光从对面那个男人的身上移开，移向浩瀚的星空。

她长叹一声，在心里自语：你在做什么？我们看不见彼此，但共同仰望的天空却在注视。你以三十度的仰望是在思索什么？而我是想念你的角度。你把头抬到三十度是为了思念吗？而我，却是为了不让我的眼泪掉下来……

时间，定格在一个月后。

也是在这间屋子里，蒙着面纱的女人正和孩子说着话。

“木瓜，你是不是非常想看看妈妈的脸？”

男孩儿点了点头。

女人伸手爱怜地抚了下孩子的脸，把一张照片递到孩子面前。

“孩子，你要记住这张脸，想妈妈的时候，就看看它。妈妈受了伤，妈妈的……”

男孩儿皱着眉，接过那张照片，又抬头看了看妈妈脸上的面纱，小手轻轻地摸了下妈妈的脸，稚嫩地说道："妈妈，疼吗？"

女人笑了，轻声道："不疼。"说着，她缓缓拉下面纱，一张比照片上的人更加娇好的面容呈现在孩子面前。小男孩儿盯着那张脸看了半天，突然笑着说："我有两个妈妈了！"

女人无奈地笑了笑，把孩子搂到怀里，轻抚着他的头，又继续说："记住，以后在外人面前，妈妈就是现在这张脸，那张照片上的妈妈你不能对任何人说。还有，不管是谁问起你的爸爸，你就说爸爸在国外。记住了吗？"

男孩儿眨了眨眼睛问道："妈妈，可是，爸爸真的是在国外吗？我好想爸爸呀！他怎么不来看木瓜呢？他是不是不要木瓜了？"

女人一听，眼泪差一点儿掉下来。

这时，传来了敲门声。女人喊了一声："进来！"

门，开了。进来的是个英俊的小伙子，与男人形象并不相符的那张脸上戴着副黑框眼镜，唇上还有淡淡的胡须，身穿一件黑色皮夹克，脚上是一双军用绳扣皮靴。一副精明干练的打扮。

"李总，会议定在下午1点，霍总从美国请来的经济师也已经到了。"

原来，这个蒙着面纱的女人正是李楠芝。

李楠芝听完，看了一眼面前的帅小伙，笑着道："乔庄你这身打扮连我都不敢认了呢，不错！只是，以后在人前要注意，不可以再叫我李总，从现在开始，我叫李思月；你嘛，还是叫乔庄，没人认识你。记住了？"

乔庄莞尔一笑，脸上的灿烂明明写着的就是个女孩儿，哪里有半点儿男人的样子？

这时，孩子被吴阿姨拉过去玩了。看着边走边回头的孩子，李楠芝又轻声问道："我表姐现在忙什么呢？"

乔庄道："哦，肖总这会儿大概正和霍总商量开会的事呢，注资石生生珠宝的企划案比较复杂。"

"那好，让我表姐定期到家里来，我要随时听公司的运营情况。也不知道二旦哥这个同学靠不靠谱！"李楠芝一脸的疑惑。

这时，乔庄又说道："李……楠芝姐，木瓜的幼儿园也已经联系好了，明天就可以去上学了。"

李楠芝抬头问道："是这附近的吗？"

"对，就在这个小区边上，平时吴姐接送也方便些。"

李楠芝只是"哦"了一声，一脸若有所思的样子。

与此同时，在一栋写字楼上，会议室里正在开会。

会议室门口的迎宾接待前台后面，有一行大字：木石之盟企业集团。

会议室里，一张圆长会议桌两侧坐满了人，大家都在小声交谈着什么。

这时，门口的工作人员轻声说了句："霍总好！肖总好！"

话音刚落，就见一个身穿西装、打着领带、身材高挑的男子走了进来。他身后，左边跟着个一头黄发、戴着金丝边眼镜、一脸胡须的男子；右边，是个穿着职业西服装裙长相娇好的女子。

落座后，女子首先说道："霍总，人都到齐了，可以开会了。"

被称作霍总这人名叫霍东，此时，他看了看大家，说道："大家好！首先向大家介绍一位新同事——密思特张，来自美国硅谷的企业并购专家。大家欢迎！"

一阵掌声过后，他又接着说："下面，请肖总介绍一下这次注资并购企划案的基本情况。"

原来，那女的竟是肖凌，李楠芝的表姐。

就见肖凌点了下头，又冲一名工作人员一摆手，大屏幕上出现了PPT的投影。她拿过激光笔说道："这次注资并购石生生珠宝，集团已经筹划了很长时间，集团老总也和对方进行了多次磋商和谈判，初步方案是：由我公司一次性注资一亿美金，收购石生生珠宝的营销和设计业务。双方股权比例为，注资后我方占股百分之五十一，石生生占百分之四十九，由我方控股。同时，石生生珠宝的品牌不变，保留其原有营销渠道，是我公司旗下的品牌之一。在完成并购重组后，统一推出我公司主打品牌'木石前盟'系列珠宝产品。今天需要大家讨论的是，一是成立公司企划部，主要负责资产并购重组事宜；二是成立研发设计部，重点开发木石前盟系列产品；三是成立营销策划部，重新整合石生生珠宝的营销策略，将其纳入重新规划的营销策略，迅速占领高端市场。下面，请霍总做进一步安排和部署。”

霍东喝了口水，笑着看了看大家，说道：“作为一名职业经理人，首先我非常感谢集团对我的信任，让我全权负责北京公司的管理和运营，我在美国哈佛商学院学的是商业管理，以我的一点体会就是，作为总裁，我只负责管总经理。大家别笑，层级负责制早已不是什么新鲜事了，我就是要让大家明白，用人不疑人，一级对一级负责，自上而下，建立严密而完备的负责制，充分发挥各级各人之所长，挖掘潜能，调动积极性，为了一个共同的目标，奉献全部的青春和热血！在实现目标的进程中，实现我们每一个人的价值，或者说实现我们每一个人的梦想！通过我们的梦想，进而推动实现我们的中国梦！”

他话音刚落，场上响起了雷鸣般的掌声。

霍东摆了摆手，又继续说：“公司从今天开始，实行总经理负责制，你们每一个人都对肖总经理负责，你们工作干不好，她也不用请示我，杀伐决断，随时处理！”

散会时，霍东和肖凌在走廊里边走边聊，就听他低声对肖凌道：“我听说杨宇涵也到北京了？好像是说也在这儿开分公司了。”

肖凌脸一红：“谁知道呢！”

李楠芝家里。她正在和孩子玩。乔庄突然进来说：“姐，告诉你一个消息，越子木辞职了，而且还成立了公司，现在正招人呢！”

李楠芝听完抬起头来，若有所思地看了看窗外那栋楼，自语道：“终于等到这一天了，明天我们去应聘！”

可是，说完这句话她又纠结起来，自己以另一副容貌和身份到了他身边，不知能不能寻回那份爱，万一他要是喜欢上了现在的自己怎么办？

34．花漾咖啡海洋心

那么，越子木真的辞职了吗？

那天，越子木突然接到石珏的电话，说是让他去一下。他本不想去，但这个项目由他负责，而且，石珏在合同里写得也很清楚，那就是签合同可以，但前提条件是，这个项目必须由越子木全权负责。这也就是吴总一再挽留越子木并提拔他为副组长的原因。

而越子木提出辞职的真正原因并不仅仅是因为签合同的事，而是他经过这次普吉岛之行，所见、所思、所感，特别是见到李楠芝之后，他的内心受到了强烈的震撼。一个男人，何以立世？何以让自己足够强大到可以保护自己的爱人？打工仔，即使你做到了职业经理人，也永远只能是为他人做嫁衣！人都说，出名要趁早。其实，创业更是要趁早。趁自己还年轻，趁自己还有激情，就做吧，哪怕被海浪打蒙被海水呛死，也总比温水煮青蛙要好。死，也要死在创业的路上！

正是抱着这样一种信念，他才会义无反顾地辞职。但是，吴雨霞的诚恳、顾桐的挽留，加上那三十万佣金还没有兑现，那就暂且送佛送到西吧，把这个项目做完，然后再择机独闯属于自己的那片天。

尽管很不情愿，但越子木还是答应了。

可是，石珏突然叫自己去是有什么事呢？他也没多想，就出了公司直奔石生生珠宝大厦。

然而，等他赶到石珏的办公室，却听秘书说她并不在。他当时就纳闷了，就给石珏打了电话。手机响了半天，才听见传来石珏的声音。

“越子木，你咋不来呢？我都等你半天了……咱们合同里可是有约定的！”

“石小姐，你在哪儿呢？我现在就在你办公室外！”

隐约间，他似乎听到手机那一端有音乐的声音。

就听石珏说：“在步行街上，一家新开的咖啡厅。老板，叫什么名？对，花漾咖啡。”

越子木只好下楼在附近找了起来。这个石大小姐也没说清楚，到底是在什么位置呢？这附近咖啡厅很多。路过杜峰的酒吧时，他看见不时有人进出。心想，这小子最近可是春风得意呀，不仅抱得美人归，而且生意也越来越红火。但他没时间进去找那小子调侃，眼看就要黑天了，他可不想在夜色里与这位石大小姐谈什么不知是公还是私的事情，得尽快找到那家咖啡厅，然后谈完正事就走。

他这样想着，就远离杜峰的“逢单白露”酒吧，朝另一侧的咖啡厅聚集区走去。这附近的咖啡厅大多他都熟悉，但从来也没听过什么花漾咖啡啊！或许，自己出差这段日子新开的？

快要走到步行街尽头时，他这才看见，一个并不大的门脸上方一块并不醒目的灯箱上几个霓虹彩字闪烁着：花漾咖啡。

他推门而进，见里面也不是很大，看样子仅能容纳十几个人，但装修别致，让人一进来就有到家的感觉。说是叫花漾咖啡，但里面并没什么花的点缀，墙上却浮雕着一朵朵浪花，挂画也都是大海或沙滩，驻足其间，仿佛能听得到大海的声音，还有那一声声鸥鸣。看着咖啡厅里的一切，他脑海里却出现了一幅画面：他牵着李楠芝的手，在海边的沙滩上奔跑，一串串笑声仿佛回荡在耳畔，一个小男孩儿坐在沙滩上堆着沙山……那是自己曾经答应过楠芝的，说等有了孩子，就带他们去海边看海、看日出。可是，恐怕一切都不能实现了。大海犹在，伊人已远。

正愣神呢，就听有人喊道：“越子木，你来了？在这里！”

他循声看去，见石珏正坐在一个角落里回头凝视，她面前的桌上，放着一杯咖啡，略有些暗黄的灯光下，她一袭长发披肩，未施粉黛，与白天见时又是不同。

他走过去坐在石珏的对面，而目光却还在流连着这里的陈设。这时，他惊奇地发现，在一个墙面的尽头处，竟然还画着一棵藤蔓，上面长着三两个不知是什么瓜，一个青年在瓜秧下微笑，那青年面前却是个女子，眼睛看着青年，一脸的灿烂。

“你是来看画的吗？”石珏淡淡地说了一句，但话语里明显带着不满。

越子木这才回过头，不好意思地笑了笑说：“石小姐，你找我？”

“可以不叫我石小姐吗？首先，我不是什么大小姐；其次，小姐这个称谓好像也不怎么好吧？”

越子木心想，那叫什么呀？

“叫小珏，或者干脆叫名字也行！”石珏说道。

越子木“哦”了一声，说道：“石小……啊，石珏，你叫我来……”

石珏却并不理他，叫来服务员：“来一杯咖啡，就要你们这儿特制的这一种咖啡——海洋之心。”

服务员走后，石珏说：“这家咖啡厅虽然是新开的，但她们特制的这一种咖啡不仅口感好，而且样子也好看，还有意境。你尝尝？”

越子木心说，你都给我点了还征求我什么意见？但嘴里说：“好啊，就尝尝。”

在等待咖啡的空当，越子木又问了一句：“石珏，是营销企划的事吗？”

“不是公事就不能找你喝杯咖啡吗？现在是私人时间，你大可不必谈公事。”石珏喝了一口咖啡，眼睛却并不看他。

越子木张了张嘴想说什么，但一想到白天石珏转身的一刹那，自己分明看见她当时肩膀在动，所以，他也就不好再说什么了，那就静观其变吧。想来，她石珏也没有什么错，爱一个人没有错，用什么方式爱一个人也没有错，如果说错，那也只能是时间和空间错了。

没有回应的缘，不能称之为缘。

越子木和石珏之间，如果说有缘，那也只能是合作之缘，却不是情缘，即使是情缘，也没有缘分。

什么是情缘？什么又是缘分？古人很聪明，能造出“缘分”这样奢侈的词语。在茫茫人海中有缘相遇已是难得了，有缘还要有分，岂不奢侈？缘分，大体分为四种，无缘无分、有分无缘、有缘无分、有缘有分。面对缘分时，大多数人便把缘分看成了这四个选项，于是便成了爱的选择题。其实，既然你已经把它看成了选择题，不管你选了哪一个，都不完美，或者说都会是遗憾。遗憾的大小，在于你对缘分的重视程度。有的人因选择错误，怀恨于心；有的人因选择错误，清心寡欲；有的人因选择错误，郁郁而终。其实，它们并不是独立的，而是你的爱所要走的路。茫茫人海，亿万人中，一眼便看到了你，这就是缘。我们经过缘，却免不了受到分的阻挠。有的人面对分的阻挠，继续走了下去；有的人面对分的阻挠，选择了逃避。有的人，不管是来自父母，还是来自现实，甚至是来自于社会最底层的压力，但是爱多，缘深，勇敢面对克服阻挠走了下去。这样的缘才深，这样的分才够。有的人，面对前面的一切，忘掉了属于缘的那一份责任，偷偷躲着角落里哭泣；或者是直接放弃了茫茫人海中寻找到的那一份缘。

缘由天定，分在人为。

但是对于石珏和越子木，是石珏想为这个“分”，而越子木却连“缘”都不承认。

可是，他曾经开始过的那份缘再度邂逅会重续吗？他会打破自己的原则吗？接下来发生的事却让他彷徨了。

咖啡上来后，越子木一看，就见那杯咖啡上面全是白色的泡泡，有点儿类似于卡布奇诺，但在杯子的中心有一颗红红的樱桃，而且，樱桃周围的白色泡泡还在翻动着，就像是波涛汹涌的海浪！

“这是谁做的？好有创意啊！”他由衷地赞叹道。

服务员笑着说：“先生，是我们老板亲自做的。”

“你们老板？不错，有想法！”

越子木喝着咖啡调试心情，等石珏开口说话。刚才追问了几句引来她的不高兴，那干脆就不问了，愿意说她自己会开口，不愿意说那就待着呗，反正这里有上好的咖啡舒缓的音乐，正好可以静静心，好好想想自己的计划。

抱着这样一种态度，越子木反倒没了刚来时的急躁，却换了一种随遇而安顺其自然的心情，自己也感觉轻松了许多。

小小的咖啡厅里，正播放着舒缓的轻音乐，优美的旋律流淌着夏的情怀，很容易勾起人的回忆，关于夏天的回忆。越子木听出来了，这是久石让的《Summer》，电影《菊次郎的夏天》插曲，也是自己最喜欢的曲子之一。可是，他正听得起劲呢，乐声却突然停了，他正愣神间，厅内却乐声一转，传出了一曲让他更加如痴如醉的乐曲。

乐曲伴奏简单，没有词，只有一个人的轻轻吟唱，是《天空之城》的吟唱版。让人心魄空灵的乐曲似乎也影响了石珏，越子木发现，她眼里好像有晶亮的东西在闪。

正当越子木沉浸在乐曲的世界里忘我的时候，却听石珏说道："越子木，你是来听音乐的吗？"

越子木愣了一下，硬生生地把自己从乐曲里拉了回来，冲石珏笑着道："这音乐不好听吗？很容易勾起人的回忆。"

"你的回忆是不是很多？"石珏话锋一转却冒出这么一句。

越子木顿时就无语了，心想，什么意思？分明是话里有话呀！可他还是笑着说："每个人都有很多值得回忆的东西。"

石珏却捧着咖啡杯幽幽地道："我的回忆却只有一个……"

越子木听完就不敢说话了，他心里明白，石珏说的回忆指的是什么，为了把她尽快从无人岛上拉回来，他笑着说："石珏，可能近期我会把营销方案弄好，然后请你看一下，如果行，那就可以实施了。"

石珏抬头看了他一眼，叹了口气道："其实，营销不营销好像都不重要了，我这次找你来……是想告诉你，公司可能要重组了……"

越子木被她的话惊到了，顿时瞪大了眼睛看着她。他心里明白，什么叫公司重组？那就是被收购啊！怎么可能呢？石生生珠宝这么大的品牌怎么会有资金困难呢？可又是哪家公司这么有实力要收购石生生珠宝呢？

一连串的疑问一齐涌上越子木的心头。更加令他疑惑的是，既然要被收购了，那石珏又为什么签这份合同呢？资产重组后，如果对方有控股权的话，那一切事务可就是那一方说了算了，那这份营销合同还会生效吗？

惊诧、疑惑的越子木，突然觉得自己有些愧疚，但到底是哪里愧疚自己又说不清楚，反正就是觉得自己对石珏这个态度似乎有些不妥。一个企业的资产重组不是小事情，这样看来，在普吉岛时石珏就应该是知道的，那她又为什么会有那么好的心情邀自己去无人岛呢？即使她是为了女孩子的一点儿私心，那又为什么会签了这份合同呢？

猛然间，越子木觉得石珏好可怜，特别是在这样一间咖啡厅，在这样的音乐背景下，那催人泪下的乐曲，石珏眼角的泪光，让他突然有些动容。

他伸出手，轻轻地抚在石珏的手背上拍了两下，而目光却始终没离开她的脸。

面前的石珏，仿佛不再是什么富家小姐了，此时的她，就是个无助的女孩儿，如果石家不是她这唯一的女孩儿，哪怕是个男孩子也会独撑一片天哪！怎么也不至于被人家收购啊！

越子木是发自内心地想要安慰她，但又不知从何说起，在她手背上轻拍的那两下，或许已经涵盖了很多内容。而一想到她的无助，越子木脑海里顿时出现了另一张脸，她也是独自支撑那么大的企业集团啊！而且比石家可要庞大得多、业务也繁杂得多，难度可想而知。

那么，当她无助的时候，又有谁在她身边安慰她，给她倚靠的肩膀呢？

突然间，越子木觉得嗓子有些发紧，有种莫名的冲动在迅速蔓延。伴随着冲动而来的，就是无边的痛楚，是发自心底的痛楚，无奈的痛楚。

“越子木，你弄疼我了。”

越子木低头一看，原来自己那只手正紧紧地握着石珏的小手，他赶紧把手松开，他这才发现，石珏的手背已经被他捏出了手印。

“对……对不起啊！”

石珏却笑了，目光无比柔和地看着他。越子木意识到，石珏是误会了。可是，谁又能不误会呢？他心里想的是什么有谁会知道呢？刚才他下意识地握紧拳头，不过是在想另一个女子，在恨自己无法在她身边成为她的倚靠。

见越子木发着愣，石珏又笑着说："没事，你们那个合同会继续生效的，重组时不会受影响。"

"其实，我们做不做这个项目也没什么，不要因为这份合同让你们少了谈判的筹码。"越子木说道。

"不用你管了，你做好自己该做事就行。"石珏此时似乎没有刚才伤感了，心情好像放松了许多。

越子木正低头不语时，却听石珏突然说道："你怎么不问问是哪家公司并购啊？"

越子木好像没明白她的意思，眨了眨眼睛问道："这……你的意思是……"

"怎么？你不知道？"石珏用惊奇的眼神看着他，一脸的疑惑。

他茫然摇了摇头，在等着石珏说下文。

可是，石珏想了想却不说了，只是低头又喝了口咖啡道："这咖啡真有特点，不过，肯定是女人所做，而且一定是个有故事的女人。"

越子木有些糊涂了，他不明白石珏为什么突然不说了。女人的心真是海底针哪！女人的脸也是场风云啊！你根本不晓得哪时阴哪时晴。

和石珏分别后，离开那家咖啡厅，在回来的路上，越子木望着天上的点点繁星还满腹的疑惑，他想起了刚才临走时听到的那支乐曲《细说往事》，乐曲中，他分明听出淡淡的忧伤："蓝蓝的天/往事一缕轻烟飘过你的眼帘/沉默的眼/请回答我还爱不爱我的从前/我的从前/有你陪伴的梦和一张疼爱的脸/如今细说往事/往事如烟……/往事从头/轻轻细说沧海桑田/是否能够/回到从前再走一遍……"

35．越子木失踪

所谓诚者，信也。从道德范畴来讲，诚信即待人处世真诚、老实、讲信誉，言必行、行必果，一言九鼎，一诺千金。

然而，越子木这十几天来都在为这两个字闹心，却并不是因为自己，而是吴雨霞吴总。

按照当初的承诺，明明说他们这个组拿下石生生珠宝这份合同后，就兑现那三十万的佣金。可是现在呢？合同也签了，他实施营销企划也已经十多天了，可吴总就像根本没那回事儿一样，完全不提那个茬儿。

这天，越子木实在忍不住了，他直接去找了顾桐。在顾桐办公室，他说了自己的看法。顾桐也只是叹了口气，很无奈地说："有什么办法呢？当初也没落到书面上，现在吴总不承认咱们有什么办法？"

"以前她也这样吗？"

顾桐看着越子木一脸认真的表情，叹了口气道："哪个私企老板不是这样的呢？盘剥员工，成本降到最低，效益却要求做到最高……我已经习惯了。可惜我是女人，如果我是男人……"

说到一半，她不说了。

越子木却追问道："如果你是男人，你怎么做？"

顾桐看了他一眼，却反问他："越子木你那天提出辞职是因为合同还是……"

越子木一眼不眨地看着顾桐，看得她脸一红，白了越子木一眼，却又低头看自己，她是怕自己又穿得不对劲了，或者又是穿了低胸的，越子木好几次都调侃她，让她都有些神经质了。

检查完自己的穿着，顾桐抬头看了看越子木，却发现他还在盯着自己，也不言语，表情似笑非笑，很是奇怪的样子。

她伸手就捂住了自己的深“V”领口，咬着嘴唇道：“越子木，往哪儿看呢？”

越子木却站了起来，又紧盯着她说了句：“谢谢你提醒我，顾桐！等着我！”说完，他转身就走。

顾桐莫明其妙地看着他，搞不懂他说的是什么意思，什么“等着我”？

快要走到门口时，越子木又转过头来，一脸坏笑的小声说道：“你这样穿很漂亮，不过……好像不太大呀！哈哈哈！”

说完，他推门而去，顾桐气得脸红一阵白一阵，但只有她自己清楚，她的内心充满了喜悦。见门关上了，她还用双手往上托了托那构成深“V”的两侧突起。

第二天，顾桐早早地到了公司，穿过员工办公区时，她习惯性地往那个座位看了看，但令她不解的是，越子木的座位竟然是空的，而且桌上摆的东西也少了许多。她正疑惑呢，就见许曼站了起来。

“顾桐，你可来了！快看看吧！”

说着，她把一个信封递了过来。顾桐看了她一眼，问了句：“是什么？谁拿来的？”

许曼低头收拾着桌上的东西，嘴里说：“别人捎来的，你看看就知道了。”说完，不再理她，只顾收拾自己的东西，也不知要干什么。

顾桐拿着那个信封回了办公室，顾不得倒水就拆开看了起来。

这一看不要紧，她顿时吓了一跳。原来，这是越子木的辞职信。上面只是寥寥数语：“本人因个人原因自愿离职，与公司无关，当月工资等概可不发，作为单方违背聘用合同的违约罚金。感谢公司的培养，谨祝一帆风顺！越子木。年月日。”

“好小子！说辞就辞了？喝西北风去呀！”顾桐愤愤地自语着，惋惜与关心之情溢于言表。

正生气加无奈地盯着那封信发呆呢，许曼却推门进来了。

“顾桐，这是我的！”

顾桐抬头看着许曼，见她手上也有个信封，脸上一副满不在乎和坚定的表情。

“这什么？”顾桐忐忑地问了句。可是，越担心的事情越出现，当她打开那封信，仅看了三个字就惊呆了。就见那张纸上写着：辞职信。

“你跟着凑什么热闹？你知道有多少人想来公司来不上吗？他越子木脑袋进水你也进水吗？”顾桐气得数落着，话语中也全是关怀。

“只许他进水，就不许我被水迷漫？呵呵！我走了啊，顾桐！”许曼大咧咧地说完转身就要走。

“你们……你们这是拆我的台！你们……”顾桐有些动容了，眼泪就在眼角滚动。

走到门口，手扶着门把手，许曼转过身：“顾桐，随时欢迎你！我们的怀抱……不，是越子木的怀抱随时为你敞开着。呵呵！对了，顾桐，你今天好漂亮，我要是有你那样的身材我也穿深‘V’的！”

说完，许曼推门而去。

顾桐一屁股坐在椅子上，看着桌上的两封信，又低头看了看自己的胸前，气得她高声喊道：“你们两个成心是吧！”说完，眼泪夺眶而出。

许曼回到自己的座位捧起纸箱，和大家打了打招呼就往外走，在人们惊诧的目光中，她从容自若。

刚来时，她是个风风火火的丫头；走时，她却成了款款淑女，脸上也挂着粉红的激情。对于许曼来说，这个公司带给她的，不仅仅是成长和成熟，还有那玫瑰般粉红灿烂的爱的光辉。

女孩儿，收获什么也不如收获爱情。

此时，公司楼下，杜峰正静静地坐在车里，看见许曼走出来，他下了车，紧跑几步迎了上去。

“该死的，快点儿呀，我都拿不动了！”许曼似乎恢复了常态。

杜峰笑着边搬箱子边说：“这不是正跑呢嘛，呵呵！是搬我那儿去还是搬到你住的地方？”

“想什么呢？和你什么关系搬你那儿去？少废话！”

杜峰笑了笑，把箱子搬上车。

上了车，许曼就问：“杜峰，越子木去哪儿了？”

“谁知道呢？走时他也没说呀！”

“你这叫什么朋友啊？还哥们儿呢？根本不关心越子木！”许曼瞪了他一眼。

杜峰傻笑着说：“你不知道，越子木我了解，他决定的事情就是十头老牛也拉不回来，没准他是有什么计划吧。等等看吧，他会来找我们的。对了，你把工作辞了上我那儿先待些日子吧。”

“你是想剥削我吗？”许曼噘着嘴。

“姑奶奶，我还敢剥削你？你去，最起码也是老板娘的待遇呀！我当小工。哈哈哈！”

“去！一边去！”

暂且放下许曼和杜峰两个人打情骂俏，单说顾桐。

许曼走后，她把那两封信全放进了抽屉，却并没有直接去交给吴总。好不容易盼到了下班，她开着车直奔越子木住的地方。

半路上，她拨了越子木的手机，但全是忙音根本打不通。

“该死的越子木，敢躲我！”她嘀咕着，心里这个急呀，可是她再急也没用，路上堵得一塌糊涂。本来她就堵心，这路再一堵就更闹心了。

好不容易等她把车开到越子木那个小区的时候，天已经完全黑了。

她停好车，直接上楼去找越子木，可等她到了门口敲了好几下都没有人应。

“到底去哪儿了呢？”她自语着。

她在脑海里回想着越子木可能去的地方，以及他认识的人，她突然想到，越子木会不会去杜峰那儿呢？可是也没有杜峰的电话呀。她想了想，就拨了许曼的电话。

可是，许曼说他们也在找越子木呢。

无奈之下，顾桐又想起来，印刷厂的赵满知和越子木是发小，会不会上他那儿？她就又拨了赵总的电话，可赵满知也说没去他那儿。

那么，越子木到底去哪了呢？他难道辞了职就人间蒸发了？

其实，就在顾桐和许曼她们满世界找他的时候，他已身在济州岛，跟着美贞游山逛景呢！

就在昨天，他回到家就打定了主意，写好了辞职信，正准备送到杜峰那儿，好让他交给许曼呢，却接到了一个电话。

“木头，你是不是又欺负哪个女孩子了？要不怎么这么久没消息呢？”

越子木听出来了，来电话的竟然是美贞！他咧了下嘴，马上想起了那次美贞说的那三件事来，而这第一件事就是让他陪着去韩国，充当她的男友。这些天忙活来忙活去的把美贞给忘了。

他就笑着冲手机里说道：“哦，是美贞哪！你好吗？”

美贞说：“好什么呀，正闹心呢。你来吧，我有事！”说完，也不管越子木答不答应她竟挂了。

看着手机屏幕，越子木发着呆，他这个后悔呀，肠子都要悔青了，当初要不是和美贞发生那么一件不光彩的事，也不至于现在被人家牵着鼻子走啊。好在，美贞是个善良的姑娘，要不然，这要是碰上个难缠的主儿，那可就惨了！

他无奈地出了家门，先去杜峰那儿让他把辞职信交给许曼，然后从酒吧出来，打辆车直奔美贞的住处。

车钻进那条小巷的时候，越子木看见，小巷依旧，甚至连街边卖烤红薯的都还在，一切如初。他不禁感叹起来，人生无常，命途多变，但街还是那条街巷还是那条巷。或许，变的也不是人本身吧，是心境。

经历了这么多事，越子木也悟出了一个道理，那就是一切顺其自然，花开花落，草青草黄，自然规律是最公平的。

所以，他才能够正确面对美贞，面对自己答应她的第一件事。顺其自然是一方面，重要的是，他不能做一个失信之人。特别是公司吴总这件事后，他更加坚定自己的信念，甚至他想，就是将来自己成就了事业、当了老板，一定要言出必行！

到了美贞家门口，他伸手刚要敲门，就听里面喊道：“木头来了？进来吧，门没锁！”是美贞的声音。

越子木顿时就是一愣，这美贞是怎么听出自己脚步声的呢？自己也没有说话，除了脚步声还有什么？而且靠近街道这边也没有窗户，她是不可能看见的。真是奇怪了！

他轻轻一推，门吱呀呀地开了。

此时的美贞，正坐在地板上，手里抱着碗泡面，旁边放着她那个首饰箱子。

见越子木进来了，她放下碗，站起来说：“渴吗？给你倒杯水吧，我家可没有饮料。”

越子木也没说话，却蹲下来看着地板上放着的那碗泡面，突然，他鼻子一酸，起身就往外走，嘴里说：“美贞你等我一下，去去就回！”

“干吗去？我还没说事儿呢！”美贞在后面喊着。

越子木出了屋直奔那家他曾和美贞去过的韩国餐馆。进了店，他叫老板娘来一份海带汤、一份炒年糕、一份苏叶包肉。

十分钟后，他拎着打包餐盒飞一样地跑回了美贞家。一进门，他笑着说：“美贞，来，吃这个！饿坏了吧？”

说着，他把东西一股脑儿地拿出来放在地板上，因为美贞喜欢在地板上吃饭。

看着地板上摆着的餐盒，美贞又抬头看了一眼越子木，小声嘀咕了一句：“刚吃了一大碗面……这是要撑死我呀！”可是，说到最后，她眼里已经有泪水流了下来。

说完，她坐下来一口接着一口地吃着东西喝着汤。泪水，模糊了她的视线。她背过脸去，悄悄擦了一下，嘴里却说：“好辣呀！”

越子木忙不迭地去倒水。

接过水，美贞盯着越子木的脸轻声道：“为什么？你为什么要对我这么好？”

越子木顿时愣住了，心说，这算什么呀？不就是买了点儿饭嘛！可他哪里知道，对于美贞来说，这却是莫大的温暖与关爱。

见美贞流泪了，越子木也慌了，他不知道美贞为什么流泪，还以为是因为自己这么久没和她联系呢，就支吾着说道：“对不起，美贞，我实在是太忙……”

美贞却突然说：“还记得那次的事吗？”

越子木听完，当时就蒙了。

“美贞，对不起，那次都是我不好，我不是故意的……”

此时的越子木，脸红到脖子根，话也说不利索，他脑海里想的是那次酒后送美贞回来发生的梦中失误。

美贞狠狠地瞪了他一眼，脸一红说道：“想什么呢！刚才还感动呢，现在，你这饭白买了！真是烦人！”

越子木更傻了，他哪明白美贞说的是什么呀！但转念一想，这才明白，可能是自己理解错了，还以为她是说那次的事呢！但是，不是那件事，会是什么呢？

就听美贞接着说道：“我爸来电话了，说是让我这周回去，想见见我男朋友……”

越子木一听，一颗悬着的心才放了下来，说道：“那就回呗！你男朋友呢？”

美贞瞪着他：“成心是吧？真忘了？看来，我有必要提醒你一下，木头先生！你可是答应过我三件事，第一件事就是陪我回家，当我的男朋友，见我父亲！都忘了？”

越子木眨着眼睛，心说，怎么会忘呢？不过是想逗你开心而已。

“哦，当你男朋友啊，忘倒是没忘，不过……”

“不过什么？没条件可讲！”美贞喝了一口汤说道。

越子木一脸的坏笑，说道：“不过，我在想一个问题……”

“你什么也不用想，有我呢！”

“有你才害怕呢。我想的问题是，你们韩国人都特能喝酒，到了你家这万一我喝多了酒，进了你房间……呵呵！”

“木头！气我是吧？要是再欺负我你就得娶我！”美贞噘着嘴，话虽然是辣辣的，脸却是红红的。

“好了好了，不开玩笑了。”越子木蹲在美贞面前笑着说道。

“谁和你开玩笑了？”美贞认真起来。

越子木一听就傻了：“美贞，咱不是说好了嘛，除了娶你这件事，其他的我都能答应。可是你……”

美贞闭了下眼睛，无奈加悲催地说：“服了你了，还真是个木头！我说的是回我家这件事，是真的！谁稀罕你娶呀！本姑娘又不是嫁不出去！”

越子木“哦”了一声不再言语了，他心里在想，或许，因为自己会害了这姑娘的，可得搞清楚状况，分清关系，要不然，会耽误她的青春的。

可是，越子木想错了，因为已经晚了，经历了那一夜后，虽然他并不知道和美贞之间根本没发生什么，即使知道，他也恐怕无法阻挡爱的萌芽，连石头压都压不住的萌芽的力量！

“那……什么时候走？”

“如果你有空，明天就可以出发。”

越子木想了想，自语道：“行倒是行，只是签证什么的也办不完哪！”

美贞一听就笑了，高声道：“太好了，我还以为你没时间呢！签证好办，我有个朋友在旅行社，咱们可以办短期旅游随团去首尔。”

看着美贞又恢复了孩子般天真的笑容，越子木心里更纠结了。

“那我得回去准备准备，收拾一下什么的。”越子木说道。

“不行！你今晚就在这儿住！”美贞坚决地说。

越子木一连眨了几下眼睛自语道：“我没听错吧？”

这时，美贞正弯下头去喝汤，见越子木盯着自己，她脸一红，伸手就捂住了领口：“木头，你往哪儿看呢？别想美事啊，让你留下来是因为得和你交代好一些常识性礼节，还有其他一些事，省得到时麻烦，万一要是被看出来你是假的那可就惨了！”

越子木这才明白，原来这美贞是要教他这些呀。那留就留吧，哪儿不是睡呢！好在今天没喝酒，要不然可不敢在这儿住！

可是，没喝酒就平安无事了吗？

一旁的美贞，一边收拾餐具一边哼着歌，青春洋溢，活力四射……

36. 充当美贞的假男友

“多情自古空余恨，好梦由来最易醒。

岂是拈花难解脱，可怜飞絮太飘零。

香巢乍结鸳鸯社，新句犹书翡翠屏。

不为别离肠已断，泪痕也满旧衫青。”

这是清人魏子安所作小说《花月痕》第十五回中，书中女主角杜采秋写给男主角韩荷生的诗。说的是一个深情女子无奈的离殇与愁绪。

但对于越子木来说，他的处处留情可害苦了那些痴情女子，一场情债只需一个眼神或许就足矣，何况肌肤相亲呢?

欠债是要还的。情债，自是要以情来还。

越子木欠下的情债，现在开始要还了。

人说，多情的人都是傻子，不管是男人还是女人。越子木也不例外，此时的美贞更不例外。而最傻的还是越子木，什么假男友? 有哪个女孩儿会找个假男友带回去见父母? 又有哪个女孩儿会让个男的留宿?

男女之间，信任，本身就是种暧昧。

美贞收拾完东西，对东瞅西看的越子木说：“要洗澡吗？”语声温润，目光柔和。

越子木迟疑了一下，还没等回答呢，美贞又接着说：“不洗澡可不许睡觉！”说完，她把浴巾什么的往越子木面前的椅子上一扔就看起了电视，全然不理他。

越子木沉默不语。他纵有三寸不烂之舌，在美贞面前也是哑口无言。

做了错事的人，永远没有发言权。

他只好拿着浴巾进了浴室，这不像是在自己家里，他也不敢太放肆，就打算先洗把脸再说。他挽了挽袖子，把水龙头打开，洗了两下脸就开始抹香皂，可是，问题出现了。正当他弄得满脸都是香皂沫，正想再次打开水龙头冲洗时，坏了，竟然停水了！他拧了又拧，可是水龙头里连一滴水都没有流出来。

他当时就傻了，关键是眼睛睁不开，他赶紧用毛巾把脸上的香皂沫擦干净。

正在这时，就听玻璃门外美贞喊道："木头，我咋没听见水声呢？难道你是干洗吗？呵呵！"

他隔着门说道："美贞，没水了！"

"没水？不会吧……"美贞说着竟进了洗手间，还用一只手捂着眼睛，走到水龙头前拧了几下，还自语着，"刚刚还有呢，怎么又停了？"

越子木见她捂着眼睛，就在后面笑着说："你胆子可真不小啊，我可啥也没穿啊！"

美贞自语道："谁稀得看你？"说完就要转身。越子木忍着笑突然把手里的浴巾抖了一下，再看美贞，吓得妈呀一声就跑了出去。越子木哈哈大笑，跟着出了洗手间。

美贞一看他还是穿着衣服的，就气得咬着嘴唇说道："不带这么吓人的！真是太烦人了！幸好你没……那什么……"

越子木可不敢再往下接话了，他知道，玩笑要适可而止。

美贞让他坐下来，然后就开始给他讲韩国的一些日常礼节，又叮嘱他什么话能说什么话不要说的一大堆。

正在这时，越子木手机响了起来。

"哦，我呀，我在……你什么事吧！好！好！那我马上过去！"

放下手机，越子木看着美贞说："是这样的，我临时有点儿急事得出去一趟。今晚恐怕不能在这儿了。这样吧，明天一早我就来找你，然后咱们一起出发。你看这样行吗？"

"这样啊……那你明天早晨早一点儿过来！"美贞说着似有些不舍。

越子木答应一声转身就出了门，一到街上，迎着晚风，他如释重负。

来电话的，是许曼。

原来，越子木把辞职信交给杜峰后，杜峰就赶紧给许曼打了电话。刚开始时，许曼还不相信，还以为是杜峰故意骗她呢，可后来一听杜峰的口气不像，就来了酒吧。等她把越子木那封信打开一看，顿时吓了一跳。心说，这该死的越子木搞什么搞？合同也签了，职位也提了，怎么会辞职呢？于是，她就给越子木拨打了电话，说是让他到杜峰的酒吧来一趟。

本来，许曼给打电话越子木是不一定会出来的，但这次不同，他正好有个台阶下，何乐而不为呢？所以，就二话没说离开了美贞家。有了上次的教训，他可不想再犯同样的错误。

人，可以犯错。但是，不能犯同样的错。

有些事，就是天意。越子木哪里知道啊，现在的情形不是狼要吃羊，而是那只小绵羊正心怀吃狼的心呢！不走，说不定会发生什么事呢！

无法预料的还有，即将开始的韩国之旅……

越子木从美贞家里出来后，根本就没去杜峰的酒吧，而是回到了家里。半路上，他给杜峰打了个电话，只是说临时有事得回家里一趟，并让他告诉许曼，明天一定要把那封信交到顾桐。

许曼听着杜峰在电话里和越子木说着，听口气就知道越子木不过来了，她抢着要和越子木说话，但越子木已经挂了电话，气得许曼噘着嘴就坐在椅子上生气。

越子木到了家，倒头便睡。可是他翻来覆去睡不着，满脑子都是想法。他清楚，创业，何其难哪！尤其是要想跻身于时尚界那更是难上加难。但作为男人又怎么能退缩呢？所谓万事开头难。只要开了头，并沿着那条选择的道路勇敢前行，坚韧不拔、持之以恒，一定会成功的。

其实，他要的也许并不是成功。他时常想，或许成功并不重要，重要的是，作为一个男人，不能失去尊严！

折腾了大半宿，直到后半夜他才睡着。至于明天要和美贞去韩国的事，他好像根本就没往心里去。在他看来，不过是帮个小忙而已，与人方便与己方便嘛。

第二天一大早，生物钟准时把他叫醒。他看了看手机，呼地一下子从床上跳了下来，跑进洗手间就开始洗漱。对着镜子，他突然发现，自己的胡须有些长了，他就把胡须剃干净，伸手抹了一把下巴，满意地笑了笑。

想到是去美贞家充当她男友的，可不能丢了面子，他把自己平常不怎么穿的那套衣服拿了出来，对着镜子照了照，刚要往身上穿，却又停住了，低头看着衣服，沉默不语，半晌，他又把衣服放进了箱子。那是他和李楠芝结婚时穿的西服。

半个小时后，越子木出现在小区门口。一副墨镜、牛仔裤、红色T恤，一身休闲打扮。

他打了辆车直奔美贞家，可刚坐上车就接到了美贞的电话。

“木头，你是要放我鸽子吗？”

越子木一听美贞的语气明显是不高兴了，就笑着说：“正在车上呢，马上马上！”

等他到了美贞家门口，大老远就看见美贞拖着个箱子站在门口正张望呢。他下了车，抬头一看美贞，差点儿笑喷了。就见美贞戴了个宽边太阳镜，把半张脸都盖住了；头上是一顶粉红色的宽檐帽子，帽子绳紧紧地系在下巴上；上身是件大花衬衫，红红的就像个花蝴蝶；下身却是条绿色的裤子，绿油油地像两根黄瓜。

“你怎么……”越子木指着她的身上，不敢笑出声。

“好看吗？”美贞眨着眼睛天真地看着越子木。

“好看好看！”越子木只能这么说了。他知道，女人要是问你这句话，那就是让你夸她呢。

这时，美贞却上下打量着越子木，并把眼镜拉到鼻尖上，瞪着两只大眼睛说道：“好帅呀！”

越子木见她的样子，笑着说：“我怎么感觉像是有只大蝴蝶要落我身上呢？哈哈哈！”

“对，我们是两只蝴蝶飞呀飞，呵呵！”美贞开心地笑着。

“行了，美贞，咱们去哪儿？”他伸手接过美贞的箱子。

“你刚才怎么让出租车走了呀！咱们得赶紧去旅行社报到啊！”美贞

突然着急地说道。

“哦，没事，再打呗！别着急！对了，咱们跟旅行社是直接去首尔吗？”越子木问。

“先去济州岛。”

“济州岛？”

“没去过？”

“还真没去过。”

“那正好。你看，让你答应的第一件事好吧，还能去济州岛旅游。”美贞笑呵呵地蹦跳着。

越子木一想，也好，正好可以散散心，随便也放松一下心情，思考一些问题。

两个小时后，越子木和美贞坐上了飞机，直飞济州岛。

一坐到座位上美贞就显得很兴奋，一会儿看看这一会儿看看那的，弄得旁边的越子木直躲她的视线，生怕挡了她。

越子木就纳闷了，这美贞不是怕见她父亲嘛，怎么会这么兴奋？

这时，机舱里响起了音乐声，是班德瑞的《月光水岸》。伴随着音乐，空乘小姐用甜美的声音说道：“女士们先生们，欢迎您乘坐天河联盟成员南航班机。本次班机直飞韩国济州岛。济州岛是韩国最大的岛屿，有韩国夏威夷之称，又叫蜜月之岛、浪漫之岛……愿您在空中度过一个浪漫温馨的旅程，去拥抱和迎接你的济州岛蜜月和浪漫之旅。”

吃过了机上早餐，越子木拿起本杂志看了起来。正看着呢，他觉得肩膀一沉，侧头一看，美贞头倚靠在他肩上，闭着眼睛准备睡觉。

他肩膀动了动。美贞睁开眼睛看了他一眼，把眼镜往下一拉：“哎，有没搞错！别忘了你的身份，你现在可是我男友唉！”

越子木眨巴几下眼睛看了看美贞认真的表情，伸手拍了拍自己的肩膀。美贞马上露出笑容，头一歪就倚在了他肩上。她睡得还真快，不一会儿就睡着了。越子木小心地侧头看了看她，心想，这丫头到底交没交过男朋友啊？自己可要处处小心，千万可别出什么事呀！

此时的飞机上，旅客们在各自的座位上静静地或睡或读，机舱内静悄悄的。这时，导游在过道上穿行着，小声地和她团里的游客一一说着什么，走到越子木他们这排的时候，她小声问越子木："确定一下，你们是不是要一个房间？落地后我得安排酒店。"

越子木想了半天说道："两间。"

"两间？"导游疑惑地看了一眼美贞。

他还想说什么时，就听美贞闭目合眼地说："一间！我们是情侣……"

导游笑着在本上边记边去了后一排。越子木看了一眼正睡着的美贞，满脸的无奈。

"看够了吗？睡觉的时候盯着人家看人家是睡不着的。"这美贞也没睁眼，竟然能感觉到越子木看她，吓得他赶紧把头侧了过去。

看了一会儿书，越子木眼皮也开始打架了。昨晚他根本就没睡好，大半宿都在胡思乱想，再加上身边有个睡觉的，能不困吗？他把杂志往前面一插，也闭上了眼睛。本来，他是没打算睡的，可一闭上眼睛就由不得他了，飞机就像是个巨大的摇篮，不过是成人的摇篮罢了。

也不知睡了多长时间，越子木感觉有人推自己，他一挥手，嘴里还嗯嗯着，顺势那只手一搭，就像他在家时一样，一侧身一搭手，换了个姿势。可这一搭手不要紧，他觉得有人在自己手背上狠狠地掐了一下，他当时就醒了。

睁眼一看，原来自己正靠在美贞的肩膀上，而那只右手正扶在她的胸前……吓得他身体也坐直了，手也抽了回来。

"怎么睡着了？"他装作不知道的样子。

"睡觉可以，靠我身上也可以，但你手不老实可不行！又做梦了？"美贞红着脸说。

"没……没做梦啊？就是太困了。怎么了？"此时，装糊涂是最好的选择。

"没什么。飞机要落地了，你清醒一下吧。"美贞说道。

越子木把墨镜推了推，一脸的坏笑。

一旁，美贞擦着肩膀，嘴里还嘀咕着："都多大了还流口水。"

飞机很快落地了。一出到达大厅，越子木就明显感到一种异国的气息扑面而来，周围全是说着韩语的人，帅哥们基本上一个模子，美女们脸型也都差不多，怎么看都像是批发出来的。他不禁回头看了看美贞。美贞就像是他肚子里的蛔虫，冲他说了句：“我这可是原装的啊！看什么看！”

越子木一吐舌头，心说，这丫头有神通吗？先是听见脚步声就知来人，再是闭着眼睛能感觉有人看她，现在却是一个眼神就能知道你心里想什么。到底什么情况？

37. 神秘的黑帮

有人说，情到深处，爱的那个人就变成了自己，就像能感知自己一样随时能感知他的存在。每个人，都有第六感，而女人，尤其是心里有爱的女人，是有第七感的。

美贞的第七感令越子木时时忐忑不安。

此时，正值秋季，也是济州岛最美的季节。当紫芒花把秋天的济州岛装扮得绰约多姿的时候，汉拿山就陶醉在秋风中，满山的枫叶染红了它的全身。站在山顶，可以一眼望尽西归浦海岸的美丽风光。

出了机场，望着济州岛远处的枫林美景，海上的桅帆点点，美贞摘下眼镜，张开双臂，高声喊着："济州岛！我回来了！"

跟在她后面的越子木被她这一声喊给吓了一跳，看着远处的美景，又扫了一眼满脸喜悦的美贞，他似乎也被感染了，就深深地吸了一口空气，顿觉心旷神怡，精神大好。

"喂，那对情侣！就等你们啦，快点儿上车！还得去酒店呢！"导游冲他们喊着。

美贞一吐舌头，拉着越子木跑向大巴车。

此时，越子木就是不情愿也没办法，只能坦然面对导游对他和美贞的定位。

在车上，游客们可能都是第一次来济州岛，大家纷纷指点着车外的景色赞叹着，而美贞也跟个孩子似的拉着越子木看这看那，就像她也是第一次来一样。

越子木不禁问了一句："美贞，你该不会也是第一次来吧？"

被他打断的美贞看了他一眼，回过头去自语道："是第一次……第一次和男友来。"

"这个……我不能算吧？"越子木苦笑着。

"想反悔吗？晚了！"说完，美贞呵呵地笑着，让越子木感觉自己就像是上了当一样。

途中，越子木想着，如果见了美贞父母该说些什么呢？欺骗，总是会露馅儿的。那怎么办呢？想着这些问题，他就问道："美贞，我忘问你了，你父亲是做什么的呀？严厉吗？"

美贞看了他一眼，眨着眼睛想了想，说道："别怕，不严厉，普通人！就是一个小老头！"

轻描淡写地说完，她又扭过头看风景了，嘴里还哼着歌。

越子木若有所思地"哦"了一声，心想，看美贞一个人在中国打工的样子，估计也就是个普通人家吧，一般普通人家的父亲对孩子都不会很严厉的。想到这儿，他也就不担心什么了，心想，自己一定会应付过去的。

当大巴车停在一家酒店门前，坐在前面的游客都下了车，美贞哼着歌蹦蹦跳跳地正往车下走呢，刚走到车门口，却一下子退了回来，差点儿撞到越子木身上。她还低着头，朝外面探头探脑地看着。

"干吗呢这是？下车呀！"越子木催促道。

"嘘——"美贞竖起个手指头挡在嘴前，眼睛却还看向车外。

越子木顺着她的目光看去，发现酒店门口停着两辆黑色的轿车，四个身穿黑色西服、清一色戴着墨镜的彪形大汉叉着双手站在车前，似乎在等什么人。

"哎？还有谁没下车？怎么又是你们两个？快下来！"车下，导游不耐烦地喊道。

美贞还试图躲呢，这时，在那四名黑衣人中有个人一眼看见了她，跑过来立在车门口，一弯腰，冲缩在车座椅后面的美贞行了个礼，说道："小姐！请下车！"

越子木还笑着对美贞说呢："快下车吧，你看这家酒店的服务多好！”

美贞咧着嘴看了他一眼，无奈地站了起来，拉着他下了车。那个黑衣人伸手接过了越子木手中的箱子。越子木还迟疑呢，美贞却拉着他就往酒店里走。

这时，一直站在车边的另外三个人一起走过来，先是齐刷刷地敬个礼，然后伸手拦住美贞，也不说话，面无表情。

越子木眨了半天眼睛没明白是怎么回事。

拉着箱子那个黑衣人把箱子交到一个人手里，他摘下墨镜，又是弯腰一礼，笑着冲美贞说道："小姐，请别让我们为难。会长在家等着呢，让您快点儿回家。"

这时，那个导游也蒙了，见有人拦着越子木他们，就打着个三角旗跑过来。

"喂，你们是干什么的？他们是我们一个团的，来旅游的！"

一个黑衣人伸手拦住了她。

美贞瞪了说话那个黑衣人一眼，无奈地拉着越子木往车那走。一个人赶紧跑过去把后面那辆车的门打开，并弯着腰，一副恭敬的样子。

自始至终，越子木都是云里雾里，他实在搞不懂到底是怎么回事。不过，听他们对话他能猜得出，美贞和他们一定是认识的。

上了车，他还疑惑呢。什么？小姐？会长？天哪，美贞该不会是什么富家千金小姐吧？他瞪着满是疑惑的眼睛看了看美贞，可是怎么看都不像啊！再说，哪家的富家小姐竟然一个人跑出去打工呢？而且还吃泡面，摆小摊，躲城管，整个就是一小贩游击队嘛。

一个黑衣人坐到了驾驶位上，刚才那个说话的人过去和导游说着什么，然后，他们三个一起坐在了前面那辆车上，两辆车缓缓地发动，朝码头的方向开去。

见越子木那副表情加眼神，美贞欲言又止，最后，还是小声说："木头，对不起，济州岛玩不成了……"

越子木还认真地听呢，他以为，美贞一定会告诉他这到底是怎么回事呢，谁承想她竟然关心的是什么济州岛玩不成了。

“美贞，他……他们是干什么的呀！绑架？”

“对，就是绑架！”美贞愤愤地说。

越子木无奈，只好直接问道：“美贞，你父亲该不会是什么会长吧……”

“嗯。”

“那也不是普通人啊？”越子木被美贞淡淡地回答吓了一跳。

“就是普通人！什么会长不会长的，我说我自己会长大会成长，可他就是不放心，竟然还派人来！简直就是绑架！”美贞噘着嘴。

越子木不再言语了，心想，看来自己还是大意了，这下可要惨了！

十几分钟后，两辆车停在码头上，一个黑衣人从前车跑了过来。

“小姐，请下车，咱们得乘船先到釜山。”

美贞没好气地瞪了他一眼，自己下了车，也没管越子木。越子木从另一边也下了车，看见码头上停着一艘轮船，但根本就没有什么别的游客，只有两个也穿着黑色衣服的女孩儿站在岸上，看样子应该是专门等候美贞的。

美贞过来拉起越子木的手，刚要朝船上走，却对那人说：“戴个墨镜跟黑社会似的！吓唬谁呀！”

那人一咧嘴，把眼镜摘了下来，后面跟着的另三个也一齐摘了下来，那人看了一眼越子木。此时，越子木正戴着墨镜，他推了推眼镜，跟着美贞上了船。

见美贞上了船，那人也跟上来，另两个人钻进车里，把车也开上了船。

那两个女的弯腰行了个礼，对美贞怯怯地说：“小姐，请进舱更衣吧。”

美贞白了她们一眼，却乖乖地跟着进了舱，把越子木一个人撂在了甲板上。

这时，船缓缓地开动了。越子木倚在甲板的围栏边，看着蔚蓝的海水发呆，心情沉重。

过了好一会儿，他就听后面有人说道：“小姐，甲板风大，你还是……”

越子木一回头，顿时就呆住了！就见迎面走来一个姑娘，一袭长裙、秀发飘飘、脚上的高跟鞋衬着修长的美腿，身上披着件大氅，海风一吹，微微飘动……这还是那个被城管追着跑的小贩美贞吗？

他不相信自己的眼睛，揉了又揉，眨了又眨，想要看清楚眼前的到底是谁。还会有谁？当然是美贞了。

美贞径自走到他跟前，也不说话，只是凝眸含笑看着他，少了往日那个小贩儿的疯野，多了几分大家闺秀的温婉和妩媚。丑小鸭怎么就变成了白天鹅？

越子木一眼不眨地看着她，目光里满是惊诧，眼神里全是疑惑。本来，和美贞接触也不少，尤其是她还在自己家里住过，一个屋檐下待过，一张桌上吃过饭，但自己怎么就没发现呢？是因为穿着不对？还是气质不同？

“我脸上有东西吗？木头！”美贞终于说话了。

越子木眨了下眼睛，下意识地把目光移开，支吾着不知说什么好。慌乱、忐忑、迷惑、好奇……一股脑儿地涌上心头，五味杂陈。

震惊之余，越子木最担心的却是，自己此行恐怕会出事，要像美贞原来说的那样，她父亲是个普通人，她也是普通人家的孩子，一切都还好办些。但如今看来，完全不是那么回事，莫不是自己上当了？等待自己的将会是怎样的深渊呢？

或许，美贞也并没有骗自己的意思，在女儿心里，再成功的父亲也是个普通人，就像她说的那样，一个小老头，一个父亲。而且，自己也从来没问过她呀。

他看着美贞，沉默不语。

“你是不是觉得我骗了你？”美贞再一次读懂了他的心思。

“其实，也无所谓骗不骗的，反正……”越子木淡淡地笑了笑，脸上全是尴尬。

“反正也是假男友对不对？呵呵！”天哪，越子木彻底无语了，自己还有秘密吗？未说出的话她都猜得到！

这时，美贞移步到甲板围栏边，伸手拍了拍越子木的肩膀：“所以呀，放心，不会逼婚的！但你要听我的，要不然……哈哈哈！”

越子木看见，美贞手上戴着白色的手套，听着她的笑声，越子木在猜想，她那未说完的话是什么意思，什么要不然？要不然会怎样？但想了半天他也没猜出来。

“要不然会怎样?”无奈之下，他还是问了句。

“自已想，尽可能地往坏了想。哈哈哈！”美贞仿佛又恢复了从前的模样，笑声爽朗，肆无忌惮。

但笑声过后，她就望着大海呆呆地出神，海风拂面，秀发飘飘，身披的大氅随风摇曳，被风吹起又落下，落下再吹起，起伏着她此时的心情。

两个人就这样静静地站着，看海、听风，但海已到尽头，风也已听不到声息。船，靠岸了。

四个黑衣保镖和两个黑衣侍女一直立在美贞和越子木身后的不远处，规矩且恭敬。见船停下了，为首那个黑衣人走了过来。

“小姐，请下船。”

美贞转过头来。越子木发现，她眼角红红的，表情严肃，完全判若两人。美贞没有说话，跟着为首那人下了船，两个侍女紧随其后。

越子木愣了一下，也快步跟了上去，令他意想不到的是，却被三个保镖一伸手给拦住了。

“我们……我们是一起的！”他一指前面的美贞。

三个人也不说话，也不缩手，还是拦着。眼看着美贞下了船，并且上了停在码头上的那辆大轿车里，越子木这个着急呀，心说，美贞怎么自己走了呢?

这时，另两个保镖把停在甲板上的车开了下去，一直拦着越子木的那人这才把手挪开，低头行了个礼，一伸手做出个请的样子，意思是让越子木上这辆车。

越子木看了一眼已经开走了的美贞那辆车，无奈地钻进车里。

从釜山到首尔还有一段路要走，三辆车飞快地行驶在高速公路上。一路上，越子木哪顾得上看沿途的风景啊，他心里七上八下地没个着落。他问了句："咱们这是去哪儿呀？"

前面开车的黑衣人从后视镜里看了他一眼，没言语。

越子木尴尬着，又一想，可能他听不懂吧。这样一想，也就释然了。

半个多小时后，三辆车下了高速公路，并没有进城，而是拐进了一条山间公路。

越子木脑海里尽可能地回想着曾经看过的那些电影，哪些电影是富家女绑架男主角的，好像也有这样一条山间小路，再往里走是富家女的别墅，男主角被囚禁在那里，富家女苦苦折磨他，逼他娶自己……正胡思乱想着，突然车停了，他抬头一看，顿时吓了一跳！可不是嘛，面前正是一排别墅！

他惊恐万状，张着嘴，眼睁睁地看着最前面那辆车上，美贞下了车。他再往别墅门口一看，倒吸口冷气！

别墅门口，分两侧站立着清一色的墨镜黑衣人，面无表情，静静肃立，那派头像电影里演的一样。不会真的是吧？越子木在心里暗想着。这时，他发现那队人前面还站着个人，却不是黑衣，穿一件花格衬衫，显得不伦不类。

见美贞走过来，那花衬衫迎上前去笑嘻嘻地说着什么。但美贞根本没理他，而是快步走向大门，两侧的黑衣人齐刷刷地点头、弯腰、敬礼！待美贞走过，才把头抬起来。花衬衫愣了一下，随后跟了进去。

越子木就觉得这人面熟，好像在哪儿见过。他皱着眉，冥思苦想着，终于想起来了，花衬衫是那个叫志勇的，在美贞家见过。他顿时张着嘴，哪里还顾得上什么体面不体面形象不形象啊，他确实被吓坏了！人家美贞的男朋友也在呀，自己这不是要穿帮嘛！

正在这时，就听自己这侧的车门一响，被个黑衣人拉开了。

"先生，请下车。"那人虽有礼貌，但话语生硬、面无表情。

越子木迟疑了一下，慢吞吞地下了车。那人一伸手，示意跟他走。

走在后面，越子木还在想呢，这美贞怎么回事？怎么到地方就不管我了呢？这多吓人啊！太瘆得慌了！

跟着那人七拐八拐地进了间屋子，那人点了下头就关上门出去了。越子木一个人打量着这间屋子，屋不大，但摆设别致，应该是客房吧。

这时，有人敲门。他以为是美贞，跑过去开门一看，却是个女佣打扮的人，手里端着茶盘。

女佣进了屋，把茶倒上放到桌上，然后冲他笑了笑，倒退着出去了。

越子木愣了一会儿，口也有些渴了，就坐下喝了一口茶，感觉好多了，刚才紧张的情绪稍稍缓和了一下。还好，茶是中国茶，他好像喝到了家乡的味道。

他端着茶杯移步到窗前，向外面望去。院子里，那两队黑衣人不知什么时候进了院子，在一间屋子外分两侧站立着。这一幕，让他想起了《上海滩》。他不禁打了个哆嗦，莫非真的是黑帮？美贞不会是老大的女儿吧？她倒没什么，要是她父亲逼婚怎么办？一瞬间，他就觉得后背发凉，头皮发麻。

正在这时，他看见有个黑衣人跑过来，敲了下门也没等喊进呢就推门进来了。

“先生，会长有请！”

越子木一哆嗦，茶水撒在了手上，但他丝毫没感觉到烫。烫手，哪比得上烫心哪！此时，他的心已经跳得不行了。剧烈的跳动，让他觉得心里就像有一团火要喷出来一样。

是福不是祸，是祸躲不过。就会会黑帮老大又如何？

38．将进酒

正所谓无知者无畏。此时的越子木并不知道他到了一个什么所在，也不清楚美贞的父亲到底是做什么的。他甚至天真地想、侥幸地想，没准人家韩国大企业大集团就是这做派呢，要的不是排场而是感觉，一种叱咤风云、君临天下的感觉。

他挺了挺腰杆，拽了拽衣角，迈开大步跟着那人走出了房间。看他的动作，那人歪了歪头，一副不理解的样子。

路过那两列黑衣人的时候，冷不防，越子木就听见两侧唰的一声，黑衣人们齐刷刷地高声说道："欢迎贵宾！"中文生硬，语气豪爽，却吓得越子木一咧嘴，退了一步，这才又笑了笑拱了拱手，重新跟着那人进了那间屋子。

一进屋，他又被吓了一跳。就见迎面是个大厅，灯火通明，金碧辉煌，屋子正中靠里的位置摆着一张圆桌，桌上已经摆满了各色食物。桌子旁边的沙发上坐着美贞和一个老头儿，面容和善，慈祥可亲。而他身后，则立着两个黑衣人。

见越子木进来了，美贞径直跑了过来。

"木头，吓着你了吧？我就说，摆什么谱？爸！你看你！"

老者笑着一挥手，两个黑衣人敬了个礼转身出去了。越子木环视了一下，却并没有看见那个叫志勇的人。

美贞拉着他走到老者面前。老者依然坐在沙发上，表情严肃地上下打量着越子木，像是要一眼看穿他的心思。

“爸，这是越子木。木头，这就是我跟你说的那个普通老头，呵呵，我爸。”美贞介绍着。

越子木行了个礼，冲美贞爸笑了笑，但表情僵硬，笑比哭还难看。

“爸，你看你，就不能笑一笑吗？干吗给人家脸子看！人家都被你这阵势给吓着了！”美贞噘着嘴上前摇晃着她爸的胳膊。

老人微微笑了笑，但手摸了下美贞的头发站了起来，走到越子木跟前。越子木下意识地往后退了一步。

老人伸出手。越子木迟疑着看了美贞一眼。

美贞站在她爸身后冲他使着眼色，意思是让他握手。越子木会意，伸出了右手。可令他没想到的是，老人紧紧地握住了他的手，而且越握越紧，眼睛还盯着他的脸。

越子木低头看着比他矮了一截的老人，也不知道怎么回事呀，但男人的本能让他也在手上用了用劲。

老人突然哈哈大笑，伸手拍了拍他后背，嘴里也不知说了句什么，却又一挥手，然后就走到了餐桌前坐了下去。

越子木呆愣着，手还伸着，像个木偶。

美贞过来一拉他的手：“我爸让你过来吃饭呢。呵呵，他中文不是太好。”

越子木这才明白，就跟着美贞上了桌坐在老人旁边。而美贞则并没有坐在她爸另一侧，却坐在了越子木旁边。这样，越子木就成了中心，左是美贞爸，右是美贞。

老人似乎并不太在意，仍然笑着冲不远处站着的一个扎着围裙的女佣一挥手。女佣弯腰行了个礼，快步走过来，拿过一瓶酒就要给老人倒酒，老人却一指越子木，她弯了下腰连点了下头，给越子木倒了满满一杯。

越子木闻到，杯子里是白酒。不过，他脑海里回想着，自己和美贞喝过的都是烧酒啊，也没什么劲，所以就放心了。

可是，等老人举起杯子，生硬地说了句“干杯”后，他举起杯子随着老人喝的时候，半杯酒一下肚，他这才知道，竟然是中国白酒！而且度数还不低。他心里一沉，这下完了，都说韩国人能喝酒，今天恐怕要报废！

旁边，有女佣为越子木往盘子里分餐，他也没客气，就吃了起来。其实也不是不客气，关键是酒辣呀！而且，肚子里没什么食儿，他可不想喝多。

这时，老人又笑呵呵地举起杯子。越子木也面带笑容跟着举起杯，可这一次老人却示意他把那被重新填满了的酒全干了。越子木看了一眼美贞，却发现这丫头竟然只顾自己闷头吃，根本不理他。无奈，他只好咧着嘴把酒全喝了。

老人哈哈地笑着，示意他吃菜。他吃了口也不知是什么东西的菜，旁边，女佣又给他倒满了。而老人又举起了杯子。越子木发现，老人始终还是那一杯酒，并没有填。

举杯的时候，越子木又偷眼看了一下美贞，可美贞吃得这个香啊，就好像是几辈子没吃饭了一样，完全不理他和她父亲。

越子木之所以看美贞，他是想，你倒帮我想个辙呀！偷偷换成水也好啊，这得喝到啥时是头啊，这样下去非喝多不可！可是，美贞也不知怎么搞的，就像他喝的是水一样，不闻不问，完全没把他当客人！

越子木狐疑着又干了一杯。这杯喝完，可就是三杯了。

本来，越子木以为喝了三杯应该可以了，老人应该不会再让他喝了吧。人家武松也不过是三碗不过冈嘛！

可是，他想错了。三杯酒后，女佣给他端过一碗汤来。越子木一看，这个他认识，是曾和美贞喝过的海带汤。

汤也喝完了，越子木却发现面前的杯子不知什么时候又满上了。而老人依然笑着又举起了杯子。

他实在是没办法了，悄悄在桌子下面捅了捅美贞，小声说：“美贞，帮我想个招啊，这么喝下去要出事的！”

本来，他认为反正老人也听不懂，他根本不清楚自己说的是什么，所以才说的。

可美贞听完，抬头看了一眼她爸，笑了一下，然后小声说：“想什么招啊，换水呀！门儿都没有，怎么能骗老人家呢？喝吧喝吧，出事有我呢！”

越子木已经不奇怪了，美贞的读心术他算是服了。

正在这时，就听老人说道："小伙子，喝点儿酒算什么！男子汉喝醉酒不丢人！另外，要想娶我的女儿，不喝酒怎么成！喝！"

越子木一听，彻底傻了。老人生硬的中文让他十分震惊，那么也就是说，刚才自己和美贞的话他听懂了？真是丢人哪！还有什么说的，喝吧！

他一扬脖就干了那杯。老人哈哈大笑。

可是令他更不明白的是，美贞怎么在酒上就说不能骗她爸呢？那这次带个假男友回来难道不是骗吗？他彻底糊涂了。

越子木哪里会明白呢，女孩子尤其是美贞这样鬼精灵似的女孩子，心里到底是怎么想的，为什么前后不一致，假男友与假酒比哪个更离谱？她美贞难道分不清楚？

了解一个人，就要了解这个人所处的环境。要攻克一个人，更要了解这个人的脾气。

父亲为女儿选女婿，重要的一关就是酒。特别是美贞父亲这样的人，酒更是最好的检测剂。

男人不喝酒，等于猎人没有手。男人不能喝，事业会滑坡。酒，是男人的武器，更是男人的精灵！

可是，这些越子木哪懂啊！这一喝可就超量了。喝到后来，他话也开始多了，刚才的恐惧一扫而光，取而代之的却是他本来的模样。与老人交谈着，虽没有高谈阔论，却也头头是道。他的三寸不烂之舌此时可是发挥了作用，把老人聊得一会儿凝眸细听，一会儿又哈哈大笑。连美贞都觉得奇怪，自己的父亲她最了解，今天怎么这么开心呢？

这时，美贞就听父亲一拍桌子，"啪"的一声，吓了她一跳。再一细听，就听父亲怒吼道："对！不伺候！什么东西！年轻人就要有股冲劲，敢拼敢干！哪个事业是谨小慎微能成就的？有了想法就得大胆地闯！跌倒了爬起来再闯！记住，孩子！没人能打败你，打败你的只有自己！"

越子木在一旁不时地点着头，目光紧紧盯着老人，柔和中带着某种期待。美贞一看就糊涂了，越子木怎么会有这种目光呢？

从越子木的眼神和目光里，美贞看到的是自己曾经有过的感觉。那是对父亲的崇敬！

这时，美贞又听父亲说道：“就像是追女人，男人嘛，就要大胆地去追！只要认定了她，不管付出什么代价，不管会有什么阻隔，都要一往无前！不拿下地盘绝不罢休！”

美贞听不下去了，她噘着嘴插话道：“爸，你怎么能拿你那一套来教育人家呢？都什么时代了！”

老人一听就笑了，连声说：“好了好了，不说了不说了！来，年轻人，再干一杯！”

“还喝呀！可不能喝了，爸！”美贞伸手就挡住了越子木抬起的手。

越子木用另一只手把美贞的手档开，笑着对她爸说：“伯父，我干了啊！”说着，又把那一满杯酒喝了下去。

这次，老人竟也干了。

美贞站起来走到她爸身边：“爸，你可不能再喝了，你的胃不好。”

“没事，丫头，爸高兴！”

一瓶酒，老人喝了一杯半，其余的全成了越子木肚中物。此时的越子木，望着已经重影的父女，耳畔却隐约响起了古筝伴奏的《将进酒》：

“人生得意须尽欢，莫使金樽空对月。天生我材必有用，千金散尽还复来。烹羊宰牛且为乐，会须一饮三百杯。岑夫子，丹丘生，将进酒，杯莫停……”

当明媚的阳光自汉江轻轻划过，轻泻在首尔江南近郊这片别墅区，透过一栋别墅的窗帘慵懒地照射到床上的时候，越子木被刺眼的强光唤醒。

他揉了揉眼睛，满眼血丝地四处巡视着屋里的一切：粉红色的蕾丝围幔、淡粉色的壁纸，墙上贴满了大大小小画着各种首饰图案的纸，窗前挂着风铃，另一面墙上是一排书柜，里面排满了书，而且有相当一部分竟是中文书。房间里还淡淡地飘散着清香……

看到这一切，越子木瞪大了眼睛，腾地一下子跳下床。额头顿时落下汗来！心想，完了完了，全完了！

正所谓：闻香识女人。这竟是女孩儿的房间！那还能有谁？定是美贞的房间啊！

越子木彻底傻眼了，他拼命回想着昨晚发生的一切，自己怎么会在这个房间呢？这还了得？他马上想起昨天在院子里看到的情景，那两列黑衣人，以及他们对美贞父亲的恭敬。在这样的家里自己竟然跑到美贞房间撒野，不是作死吗？

这时，他又低头一看，天哪，裤子虽然穿着，但衬衫不见了，光着膀子，还光着脚丫子。他四处寻找着，可哪里有什么衬衫啊！袜子也不见了，鞋呢？鞋也没有了。

他呆呆地手挠着头，满脸的沮丧。接着又一屁股坐在了床上，却又飞快地站了起来。那床，太软了。

他看见桌旁有把椅子，就走过去垂头丧气地坐下去，又努力地回想着昨晚发生的事。隐约的，他只记得当时喝了好多酒，然后美贞过去阻止他不让再喝了，接着自己硬是把那杯干了，再后来好像美贞和她父亲说了什么，接着美贞就扶着自己走，应该是在一条走廊里，自己好像说了些什么，但说什么来着？接着美贞就扶着自己进了一个房间……天哪，想起来了！当时自己竟说要和美贞谈谈！但谈的是什么呢？忘了，全忘了。

他气得双手挠头，为什么就想不起来接下来发生的事呢？自己到底说了些什么？美贞又说了啥？自己又怎么会睡在了这里？衬衫哪儿去了？完了，全完了！不会发生什么事吧？

他是越想越后怕，生怕自己再犯同样的错误。

作为男人，可以犯错，但同样的错误不能犯两次。在一件事上犯一次错，只能说明你是失误或是勇敢的尝试，犯两次却只能说明你是混蛋、是废物、是傻瓜！

越子木恨死了自己。酒是好东西，人是贱货！

他又想，昨晚美贞父亲会怎么看自己呢？酒后失态了吗？对老人家失礼吗？他越想越难受，真恨不得有个地缝钻进去好彻底解脱。

但是，任何逃避也无法改变现实。正像他与李楠芝之间选择了逃避，却怎么也无法躲过心结一样。酒，总是越不想喝越喝多；距离，总是越躲越近。

正当越子木捶胸顿足地懊悔不已时，却传来敲门声。

他心想，完了，肯定是美贞。他赶紧四处寻找着可以穿的或遮挡上身的东西，最后，他发现了床单，也顾不得许多了，拽过床单就披在了身上，然后才过去把门打开。

果然是美贞。

一开门，美贞竟哈哈地笑了起来，手指着越子木笑得前仰后合。

越子木低头往自己身上一看，也差点儿笑出来。原来，那是个粉花床单，而他由于慌乱，情急之下胡乱一披就只露了个脑袋，怎么看都像个大扑棱蛾子！

美贞进了门，手里拎着两件套着衣套的衣服，往椅子背上一挂，就开始整理床铺。

越子木跟在她身后，连自己都觉得自己猥琐，但忐忑的心跳得他心慌慌的，实在不知从何说起。

美贞边整理床上的被子边说："睡得怎么样？等下带你吃早餐。"

越子木哪还有心思吃饭哪，现在就是给他吃山珍海味也难以平复他内心的恐慌。但美贞一说起吃早餐，他的肚子竟不知趣地咕咕叫了起来。他这才想起来，昨晚竟没吃多少东西，灌的全是酒。

美贞收拾完床，转过身来，顿时吓了一跳。

"木头，干吗跟在人家身后啊，你吓死我了！比昨晚还吓人！"说着，她脸却红了。

一听美贞提起昨晚，越子木欲言又止。他是想问问昨晚的事，但实在是张不开口。

美贞微笑着看了他一眼，一指椅子背："你把衣服换上吧，因为家里没有男孩儿，我爸的衣服你又穿不了，只能穿这个了，先对付穿吧。"

越子木"哦"了一声就拿过一件来，刚一伸手，床单却要掉，他赶紧去拉床单，弄得手忙脚乱。

美贞却笑着说："还披着干啥？拿来，我得铺床呢。"说着就要拉。

吓得越子木直往后躲。

"真是的，躲什么呀？有什么怕看的，我又不是没看过。"美贞说着，伸手就把床单拉了下去。

趁她转身去铺床的时候，越子木赶紧换衣服，又是穿衬衫又是套衣服，这顿忙活！等他忙活完，美贞转过身来，一看见他又笑了，指着他下面说："裤子，你得把裤子也换上，要不然实在是没法看。呵呵！"

他低头一看，可不是嘛，裤子与衣服根本不搭，就咧着嘴看了一眼美贞。美贞笑了笑就转过身去。

他赶紧换裤子，等他换完，美贞转过身来，看着面前的越子木，她顿时眼睛一亮，自语道："乖乖，怎么你穿就这么帅呢！"

越子木看看她，又往自己身上看看，不就是身黑西服嘛，至于吗？

美贞却过来拉着他走到镜前，让他自己看。

越子木往镜子里一看，马上想起了昨天那些黑衣人。镜中的自己，除了没有脸上的霸气外，怎么看都像个黑帮，但肯定不像混混，怎么的也应该是个头目吧。

这时，他觉得有只手伸到了眼前，一看，是美贞，手里却是他的墨镜。他看了一眼美贞，接过眼镜就卡在了鼻子上，再往镜里一看，嚯！派头十足！莫名的，他胸中一种豪气油然而生。

他转过身，却见美贞在那儿咧着嘴边叹气边摇头，还自语着："是命吗？"

"你说什么？"越子木问了一句。这是他自美贞进来说的第一句完整的利索的话。

"没什么。吃饭去吧，让你尝尝我的手艺。"美贞说着就往外走。

跟在美贞身后，越子木高大的身材配上这身黑衣，远看就像是美贞的保镖。

而越子木却不知道，在美贞心里，他，早已经是守护神了。

进了餐厅，越子木才发现，一张小桌上摆着好多小碟，还有两碗汤和饭什么的，却并没看见美贞父亲。

坐下后，他忍不住问道："你爸呢？怎么没看见他老人家？"

"甭管了，他有他的事。吃饭！尝尝，这是我做的海带汤。"美贞把汤往越子木眼前推了推。

他迟疑着喝了一小口，却说道："你家不是有佣人嘛，怎么自己做呀？”

美贞瞪了他一眼，也不回答，继续低头吃饭。

要不说呢，男人，不管你多么有能力长得多么帅，也不管你有多高的智商，在感情面前在女人面前，永远都是个傻子，可爱的傻子。

一个女孩儿，尤其是有教养的女孩儿，能亲手为自己喜欢的男人做饭，那是多么幸福的事呀！而越子木又怎么会知道呢？就像他到现在还没弄明白自己过生日时不知谁送的那个蛋糕一样。

吃了几口饭，越子木实在忍不住了，吞吞吐吐地问：“美贞，昨晚……昨晚我怎么到你房间了？”

美贞听完不停地咳嗽起来。她把汤勺放下，瞪了他一眼，说道：“自己走进去的呗。”

越子木又问：“那……那我说什么了？”

美贞一听脸就红了。她眼珠子转了转，说道：“说什么你自己都忘了？嗯……你说要永远对我好，还有，让我叫你哥哥呢……”

越子木听完，那颗紧张的心总算放了下来。他说了句：“好饿呀！”就低头吃起饭来。

美贞却红着脸疑惑地看着他，眉间全是问号。

越子木之所以放下心来，是因为他确实就是这么想的，他只能把美贞当成自己最好的妹妹，哥哥对妹妹好那是天经地义。然而，这个傻子哪里知道，在韩国，女孩子只有对自己所爱的男孩儿才叫哥哥呢。

误会一旦形成，以后再解释也是没有用的。

越子木，摊事了，摊上大事了！

39. 美贞的伤心事

吃完了早餐，越子木问美贞：“咱们什么时候回去呀？”

美贞噘着嘴瞪了他一眼：“刚来就想走？你的任务还没完成呢，回什么回！走，我带你看看汉江。”说完，上前拉起他就往外走。

到了院子，美贞在前面蹦蹦跳跳的，越子木跟在后面，看着前面欢乐得像个小鸟的美贞，他这才注意到，美贞今天穿着牛仔裤，上身是件小皮衣，脚上是旅游鞋，头发扎成了两只小辫儿，又恢复了刚认识她时的模样。

两个人走到别墅门口，一辆黑色轿车停在那里，一个黑衣人立在车旁，却没有戴墨镜。见美贞过来了，那人恭敬地行着礼，并拉开车后门。

“走吧，暂时先用一下我老爸的车，这儿打不着车的。”美贞回身拉着越子木就上了车。

那个黑衣人看见越子木一身黑衣还戴着墨镜，他愣了一下，又多看了越子木几眼，这才上了车。

车沿着山路出了这片别墅区，直接开上宽阔的京畿道。车子在路上疾驰，京畿道两侧，是首尔江南的繁华都市风光。

美贞就像没见过似的，往车窗外看着风景还时不时地叫越子木看这看那。

风景，就在那里，你来，它不走，你不来，它也不走。

有些时候，不是人看风景，人看的也并不是风景，而是看风景的那种心情和那份感觉。自己看，或许就只是建筑与树木，和爱的人看，荒草也是风景。

“快看，汉江！”美贞兴奋地往前一指。

越子木看去，一条江水横亘着将首尔分隔成南北两个天地。江上，不时有船行过，一道道水浪自船尾拖曳着，映着点点波光，像一颗颗白日里的星星。

车驶下主路，直接开到了江边。美贞下了车，对司机说了些什么，因为说的是韩语，越子木听不懂，只看见司机连连点头。

接着，美贞就拉着他往江边走。走在江边的石板路上，越子木终于忍不住了，太多的疑问，再不弄清楚他会憋疯的。

“美贞，在你家怎么没见着你妈呢？”

美贞那只拉着他的手颤了一下，她定睛看了看越子木，脸上没了刚才的笑容，而是低沉地说道：“你问这个干什么？”

越子木被她的表情吓了一跳，不敢再说什么了，只是觉得自己一定是触动了她的伤心事，要不然不会有这样的表情。

果然，就听美贞叹了口气反问道：“你知道我中文为什么说得这么好吗？”

越子木心想，在中国学的呗。

美贞说：“你想的没错，是学的，但，是跟我妈妈学的。她……是中国人。”

美贞这淡淡的忧伤的语气一说完就把越子木惊得张大了嘴巴。

见越子木不回应，表情惊奇，满脸疑惑，美贞把手松开，走到江边的栅栏旁，手扶围栏，远眺江面，说道：“既然你问，索性告诉你吧……没错，我爸爸过去按照他们的说法确实是道上的人，是混混。不过，现在早已经从事正当生意了，就在妈妈去世之后。妈妈去世那年，我才三岁，妈妈最后和爸爸说的愿望不是让他如何把我抚养成人，却是让爸爸做个正当的生意人，从事正当职业。从那以后，爸爸金盆洗手，一边打理生意一边抚养我，直到现在，他都还是一个人，因为爸爸忘不了妈妈……”

越子木听着，突然瞪大了眼睛。美贞的经历与楠芝何其相似呀！不管楠芝的父亲是个什么样的人，他都和美贞父亲一样，都是个有情有义重情重义的男人，就凭这一点，他们应该都是值得尊敬的人。越子木甚至想，要是楠芝的父亲不是那个害自己父亲的人该多好！可是，有些事实是无法改变的，就像他们都不愿意失去自己所爱的人一样。

见美贞望着江面不语，越子木轻声问道："那你父亲和母亲怎么会认识呢？他们也不在一个国家呀！"

美贞没有回头，停顿了一下幽幽地说道："那时，妈妈是个普通的中国姑娘，靠着做些手工饰品维持生计。那一次，爸爸去中国追债，被一群人追杀过程中遇到了妈妈，是妈妈救了他。后来，他们就相爱了，他们是那么的深爱着彼此，就在妈妈租住的屋子里，爸爸养着伤，一个月后，爸爸伤愈，他对妈妈说，我暂时得回去，等我回来接你。而妈妈却说，男人不能被女人绊住手脚，应该放下女人放手去干事业。爸爸走了，可他并不知道，此时的妈妈已经怀了我。直到三年后，爸爸回来打算接妈妈的时候，不幸被仇家知道，打斗中，妈妈挡住了那刺向爸爸的一刀。当时是在海边，同时被误伤的，还有一个中国男子。后来，后来……"说到这儿，美贞说不下去了，眼泪已经流了下来。

越子木上前轻轻地拍着她的后背，脑海里回想着刚才她说的故事，越想越觉得和楠芝的经历简直太像了，难道每一个浪子父亲都是这样的吗？每一个痴情女子也都是这样的命运吗？怪不得美贞会跑到中国呢，怪不得她会背着个首饰箱摆摊呢！原来，她是要在那种环境和氛围中寻找妈妈，她是要重现妈妈当年的场景。这孩子该有多想她妈妈呀！

可是，越子木却忽略了一个重要的细节，那就是美贞说的她母亲被害的当时，海边那个被误伤的中国男子。他，到底会是谁呢？

这时，美贞转过身，擦了擦眼角，说道："不说这些伤心的事了。走，我带你去看看首尔，虽然没有北京那样大，但与北京是不一样的。走吧！"

越子木却还深陷在故事的情绪里，美贞却反而比他淡然。他不禁由衷地赞叹，这是一个多么拿得起放得下的姑娘呀！但愿同样能拿得起放得下的，还有其他的事。而那正是他担心的事。

跟着美贞重新坐上了那辆车，他也不知道要去哪儿，反正就望着车窗外的江岸沉默不语。美贞的爸爸能够为了她妈妈而放手走向正途，那是何等的男人啊！而像他那样的人要什么样的女人没有，他却孤身一人抚养着女儿，终生未娶，这又是何等的重情啊！

想想自己，唉，越子木此时真是恨透了自己，爱李楠芝吗？不爱就不会选择离开。恨她吗？不恨也不会选择离开。回想着自己曾经一次次的背叛自己的内心，背叛曾经的誓言，对得起她吗？与美贞父亲相比，自己简直就是个混蛋！可是，她毕竟是仇人的女儿呀！上天为什么要这样安排！

越子木越想心情越坏，不知不觉间，车子却停住了。美贞说道："下车吧，咱们逛逛街。"

越子木跟着下了车，一抬头，迎面是条商业街，类似于王府井那样的，同样的繁华，同样的人流如织。沿着商业街，美贞仿佛又恢复了本来的样子，蹦蹦跳跳，看哪儿都新奇，拉着越子木一会儿上这个摊前看看，一会儿又要喝这喝那的。

走着走着，越子木就觉得行人好像是在躲避他一样，纷纷往两边闪着身子，他回头看着那些行人。这下可好，行人们走得更快了。他莫名其妙地皱着眉，不经意地抬头一看，旁边是栋大楼，上面一行大字：贞子株式会社。

美贞这时回身看着越子木以及周围的行人，噘着嘴自语道："怎么走到这儿了，真是烦人！快点儿走，木头！要不然一会儿人家都把你当成混混了。"

越子木正想走呢，却突然听到台阶上有人喊了一声："小姐！"

两个人回头一看，见从那栋大楼里正走出一个人来，好像就是昨天去接美贞的那个人，只不过他没有穿黑衣。

下了台阶，那人毕恭毕敬地说道："小姐，会长让你上楼。对了，还有这位越先生！"

越子木一下子明白了，难道，这就是美贞父亲变成了白社会的企业总部？

美贞无奈地看了一眼那栋楼，上了台阶，对越子木说："走吧，我是跑不出我爸手掌心的，正好也带你看一样东西。"

越子木就跟在她后面进了楼。那人远远地跟在后面。

一进大厅，门两侧立着的保安看见越子木竟往后躲了躲，好像很害怕的样子。美贞回过头，小声说："木头，把墨镜摘了吧。你现在的样子就是告诉这里的每一个人，我是混混。呵呵！"

越子木摘下眼镜，看了看那两个保安，而他们也正往这边看呢，见越子木看他们，都把头低了下去。

"他们好像很怕我的样子。"越子木跟上美贞在后面说道。

"他们不是怕你，是怕你这身衣服。"美贞边走边说。

后面那人紧跑几步来到了电梯前，他一挥手，早有人按住了电梯，等越子木和美贞进电梯。

三个人上了电梯，门就关了，而电梯口却还站着好几个人。

美贞生气地一瞪那人："又搞特权是吧，这可都是我爸的员工啊！"

那人点头哈腰地笑着，也不说话。

电梯直接停在了顶楼。下了电梯，那人在前面走，美贞和越子木跟在后面。

美贞说道："我爸就在这一层。"说完，她还认真地看了看越子木，脸上全是笑容。

到了一扇双开门的房间门口，那人刚要敲门，却突然把耳朵凑近了门，接着就转过身对美贞小声说："小姐，要不，先到会客室？"

美贞也不理他，走上前去刚要推门，听见里面有说话声，她就也把耳朵凑上去听了起来。越子木也不知道怎么回事呀，强烈的好奇心驱使，他也过去听了起来。

就听里面断断续续的声音传出来："朴会长，我们志勇和美贞的事是怎么考虑的呀？咱们的整体上市计划可就等着他们的订婚仪式呢……"

又有声音传出，是美贞父亲的声音："金会长，我们都老了，孩子们的事我看就让孩子们自己决定吧。你也知道，我就这么一个女儿，她就是我的命啊！上市的事我看就暂缓吧。"

正在这时，越子木就听身后有人用中文说道："干什么呢？"

他和美贞回头一看，刚才那人一见说话的人马上低下头说了句："社长好！”

那个被称作社长的一眼就看见了美贞，马上微笑着说道：“这不是美贞小姐嘛！我怎么听说你在中国呀，啥时回来的？”

说着，他往前走了两步，眼睛盯着美贞，却伸手往旁边拨拉越子木一下。

美贞一把拉住越子木的胳膊：“欧吧，给你介绍一下，这是柳社长。”接着她又看了一眼柳社长，说道，“这是越子木。”

还没等柳社长说话呢，美贞竟拉着越子木转身朝会客室的方向走。越子木只好冲这位柳社长笑了笑，点一下头，算是打了招呼。

看着美贞和越子木的背影，柳社长苦笑了一下。

进了会客室，越子木忍不住问道：“这位柳社长中文不错呀！”

美贞站在他身前，扬着头，看着他的眼睛，说道：“他呀，本来就是中国人嘛，中文还能不好？”

越子木这才明白，怪不得呢。他回想着刚才柳社长的举止言行，总觉得哪儿有些不对劲，却又说不明白。

正在这时，刚才那人进来说：“小姐，会长让你们过去呢。”

“走吧。”美贞拉着越子木就走。

在走廊里，迎面又碰上了那位柳社长，美贞也不理他，而柳社长却看了越子木一眼，微笑着点了点头。

敲了下门，美贞推门而进。越子木迟疑着，却被返回身的美贞硬是拉了进去。

进屋一看，这是间并不算宽大的办公室，仅一桌、两椅、一套沙发而已，和他想象中的企业老总的房间有些不符。而且，那张桌子也显得小了些，并不像国内一些企业老总的大班台。桌子上，摆着一个牌牌，上面用中文写着：会长朴正豪。

这时，美贞父亲正坐在沙发上，见他们进来了，就微笑着招呼到沙发上坐。

美贞蹦蹦跳跳地跑到父亲跟前，坐到旁边，一把抱住父亲的胳膊：“爸！”只一声，越子木发现，她父亲眼里全是慈爱。

看到这一幕，越子木就觉得胃里酸酸的，很不是滋味。

或许，每个男人都受不了自己女儿轻描淡写的这一句吧。“爸”，虽只一个字，却包含了多少浓情啊！

美贞爸又招呼越子木也过去坐，可越子木还没等坐呢，美贞却站起来拉着他走到那张桌子后。越子木回头不好意思地冲美贞爸笑了笑。老人微笑着点了点头。

美贞打开桌子后面的柜子，指着一个模具上挂着的项链说道：“木头，你看这个！”

越子木凝眸一看，见是个普通得不能再普通的项链，从工艺上看，应该是手工制作的，从材质上看，也并不是什么名贵的石或玉，只不过造型别致、设计新颖，虽看样子应该很旧了，但样式并不落伍。

“这是……”越子木指着那项链边问边猜想着。

“是我妈妈设计的，为她自己设计的，可惜……她没有穿过婚纱……”美贞说着，眼角已流下泪来。

越子木听到这儿，又仔细看了看，见那项链是三层的一环套着一环，坠子是个普通的心形，看样子应该是种石头。

顺着那条项链，越子木发现，旁边还立着一个相框，上面是个容貌娇好的女孩儿，微笑着，一脸的幸福表情。而这时，美贞也看向那个相框，久久不语。越子木明白了，这一定是她妈妈。

“行了，孩子，过来坐吧。给越子木倒杯水！”美贞爸在后面招呼着。

美贞伸手轻轻地擦拭了一下相框，把柜门小心地关上，依依不舍的，就像关上的不是一扇门，而是一段往事。

40．答应美贞的第二件事

美贞拉着越子木重新坐在了沙发上，看了一眼越子木却又站了起来，过去倒了两杯水端过来。

“丫头，我要和越子木谈点儿事情，你先回避一下？”她父亲说话了。

美贞瞪大了眼睛看了看她父亲，又看看越子木，噘着嘴小声道：“还背着我？”

她父亲笑了，说：“男人之间的事，女孩儿家不要听。”

美贞突然脸一红，冲越子木挤了下眼睛就蹦蹦跳跳地出去了。临关门的时候，她还笑呵呵地看了一眼越子木。让越子木顿觉她眼里有内容，就忐忑起来。

美贞一走，朴正豪看着越子木，却自语道：“这孩子怎么给你穿了这么一身？”说着，他皱起了眉。

越子木就纳闷了，这不是他们一贯的装束吗？美贞爸怎么看上去并不喜欢这身衣服呢？

这时，就见老人伸出双手拍了两下。门开了，刚才在楼下接美贞那人走了进来。

“会长，您有事？”

朴正豪把他叫到跟前，在他耳边说了些什么，那人边看越子木边点头，然后就弓着腰出去了。

那人出去后，老人笑着对越子木说：“孩子，听你昨晚说，打算闯一闯开个公司是吧。我很赞赏！男人嘛，不闯世界就成不了真正的男子汉！这样吧，启动资金由我来出！”

越子木着实吓了一跳。这还了得？自己和美贞什么关系呀就让她父亲投资？如果自己接受了投资，那就什么都解释不清了。拿人手短哪！此时的越子木，突然觉得自己犯了个大大的错误，特别是知道了美贞的故事后，他愧疚的心更加难受了。这样一位老人，自己怎么能欺骗他呢？要不，趁早挑明吧，免得接下来会有更多的麻烦。

想到这儿，他说道：“很抱歉，伯父，其实我……”

还没等他说完呢，门却突然被推开了，就见美贞手里提着套衣服冲了进来。

“爸！你又替我做主！就是买衣服我自己也有钱啊……”

有些事，或许是天意，或许是命运的安排。本来，越子木是想和盘托出的，与其让事情未来不可收拾，还不如趁早坦白。可是，他还没等说出口，就被美贞进来给打断了。

美贞站在沙发前，好像很生气的样子，手里拎着西服套装，也不知里面是什么样的衣服。

她父亲笑着一招手：“丫头，别生气，我是替你买的，你看你给他穿的这是什么呀！要不，你再把钱给我？呵呵！”

美贞一噘嘴：“才不呢！买都买了，还要我钱！小气！”说得她父亲哈哈大笑。

说着，美贞打开那件衣服外面的衣套，往外一拿，眼睛就是一亮。

“木头，还是换这身吧，那身衣服我也不喜欢。”

越子木看去，那是一套浅灰色的西服，还有一件白衬衫。他一下子明白了，原来，刚才老人是打发人买这个去了呀。他就不明白了，为什么要给自己换衣服呢？难道老人不喜欢自己穿这身黑衣？

他哪里知道，老人是不想让自己的女儿嫁给个和自己身份一样的人，即使是穿这身衣服也不行！

“要现在换吗？”越子木看了一眼美贞。

“你喜欢那身黑衣？”美贞却反问道。

他尴尬了一下，回头冲老人笑了笑就站了起来。

美贞走过来在后面推着他的后背，奔一扇门前走去。那应该是她父亲休息的房间。

后面，老人慈爱地看着自己的女儿，微笑着。

进了屋，美贞把衣服搭在床沿上，眨着眼睛看着越子木。而越子木却一动不动。

“换哪，干什么呢？”美贞说道。

“是要换，可是……”越子木支吾着。

美贞一下子明白了，撇了下嘴：“又不是女人，换衣服还怕看？难道你要大脱大换吗？”

听她这么一说，越子木倒觉得是自己小气了。就大大方方地把那身黑衣服脱了下来，接着，又脱衬衫、解裤子。尽管没什么，但他总觉得在女孩儿面前换衣服就是有些怪怪的。

美贞也不管那些，帮他把衬衫穿好，又替他系扣子。穿好了衬衫，越子木就开始往上套裤子，提好后，他又把腰带穿上，然后，就一脸坏笑地看着美贞。美贞一看他的眼神，脸一红，说道：“这个自己弄！没安好心！哼！”

越子木哈哈大笑。

当所有的衣服都穿好后，美贞顿时瞪大了眼睛，上下打量着越子木。

“看什么？不认识？”越子木逗着她。

美贞却突然摇了摇头，情绪瞬间降低，只是呆呆地看着他，眼里全是无奈。

越子木哪里知道女孩儿的心哪！一个女孩儿，无可救药地爱上了一个人，只需一眼就足矣。可是，当这个人并不属于自己的时候，多看一眼就会多一分心痛。

再次走到美贞父亲面前的时候，老人微笑着也上下打量一番越子木，不停地点头，弄得越子木很不好意思。

西装，永远是男人帅气的载体。

这时，美贞抱着越子木的胳膊说：“爸，你们谈完了吗？可不可以把他先借我？呵呵！”

“去吧去吧！”老人挥着手。

越子木眨着眼支吾了半天也没说出一句话来。本来，他是想要说出那个秘密的，但现在看来，恐怕是没机会说了。可是不管怎样，也绝不能要人家的投资。这一点，越子木是铁了心的。作为男人，要有骨气。自己开公司是没有资金，但也不能平白无故地接受这不明不白而且一定会麻烦重重的投资啊！

告别了美贞父亲，越子木被美贞拉着出了这栋大楼。出大门的时候，进来时那两个保安特意多看了越子木几眼，目光中再没有了恐惧。而且，有几个姑娘正好进门，一见越子木，她们不时地回头看。美贞狠狠地瞪了她们几眼，她们这才转过身去。

越子木心里这个好笑啊，心想，这美贞也够可以的，还真把自己当成男友了？

见越子木笑，美贞也瞪了他一眼，说道：“不许笑，你现在就是我男友，只属于我一个人，谁敢勾搭你小心我扎她们的眼睛。哼！”

越子木实在忍不住了，哈哈笑了起来。

“你还笑！”美贞伸手就要打他。

而这一幕，被站在环廊上的朴正豪全看在了眼里，他目光慈爱，目送着女儿出了大楼。

这一幕，看到的还有另外两个人，一个是金志勇，他正在一楼和几个人聊着天；另一个是柳社长，他正站在二楼窗前。金志勇的目光里全是恨，而柳社长却在凝眉思索，表情自信。

一出大楼美贞就说：“木头，我肚子饿了，咱们去吃东西吧。”

听她一提吃东西，越子木突然想起了什么，就问道：“对了，美贞，我问你，昨晚你为什么不阻止我喝酒啊，你就不怕我酒后再做出什么事来吗？”

“没做吗？”美贞又是一句反问，问得他一愣一愣的。

他迟疑了一下，又支吾着问道：“那……昨晚在你房间里没做什么吧？”

“做什么？”

“就是……那什么……”越子木实在说不出口。

美贞瞪了他一眼：“你还想做什么？坏死了！不说了不说了，吃饭去！”

越子木一想，还是别问了，就算是发生了什么也无法挽回了。好在自己是穿着衣服的，要不然还真搞不清楚状况呢。

美贞拉着越子木来到一家餐厅前。越子木原以为，又是什么海带汤、泡菜炒饭之类的呢，却没想到抬头一看，竟是家中餐厅。

他看了一眼美贞：“怎么是中餐？”

“不喜欢吃呀？不爱国！”美贞笑着说。

越子木无语了。他的意思是说，应该吃美贞喜欢吃的东西。

“走吧，不喜欢婆婆妈妈的人。”美贞拉着他就进了餐厅。

坐下后，美贞问：“木头，你最喜欢吃什么？”

越子木想了一下，说道：“水爆肚。”

美贞咧着嘴说道：“耶，好恶心！”但说完还是点了这道菜，而她自己也点了自己喜欢吃的炸酱面，又给越子木点了一碗饭，另加两样小菜。

吃饭的过程中，美贞好奇地夹了点水爆肚，咧着嘴尝着。咽下后，吧嗒吧嗒嘴：“嗯，还行。”

吃了几口，越子木心里有事，他实在是忍不下去了，就放下筷子说道：“美贞，和你商量个事呗。”

“食不言、寝不语这条中国的古训你从昨天到现在可全都打破了呀！说吧，什么事？”

“是这样的，刚才你父亲和我说，要给我投资开公司。我是这样想的……”

还没等他说完呢，美贞抬起头笑着说：“好啊好啊，老爸这个决定我同意！太好了！”

“好什么呀！美贞，如果我真是你男朋友，那我还有可能会接受他老人家的资助，但现在的问题是……”

越子木实在是不忍心说自己只是她的假男友这句话。

美贞听着，想了想，突然说道：“我明白你的意思。你是想和我撇清关系是吧？你就当他是入股，或者风险投资还不行吗？等你挣了钱再还啊！”

越子木却把头摇得跟拨浪鼓似的：“不行不行，坚决不行！”

“木头，你还记得咱们的约定吗？你不是答应我三件事嘛，这就是第二件事！你答不答应？”美贞说着，眼睛紧紧地盯着他。

越子木顿时呆住了，心想，这丫头是不是疯了？看来自己真不能随便承诺给女孩儿什么话，就算是这一件也答应了，还不知道后面那第三件事是什么呢？好在，自己有言在先，只要不逼着自己和她结婚，什么都可以答应，谁让自己犯了那么大的错误呢？人家可是千金小姐呀！一下子，越子木就想起了那夜与美贞的梦中缠绵。

他低下头，慢吞吞地说道：“咱们能不能换一件事，比如让我把这些菜全吃光什么的。”

“不行！就这件事！你如果觉得不舒服，那就当是我爸入的股也好。反正你必须答应这第二件事！”美贞语气坚定，不容置疑。

越子木想了想，只好说道：“那好吧，就算我借的，等公司发展了，立马就还。不过，难道你打算就这么继续骗下去吗？你爸也不容易呀！你看是不是……”

“是什么？我和他说的是男友，又不是结婚的对象！”美贞红了下脸说道。

此时的越子木，他还不知道，自己的这个决定为日后留下了难以扭转的局面。美贞，不愧是商人的女儿，步步为营，转守为攻，牵着越子木的鼻子，一步一步地实现着她的梦想，一个女孩子关于爱的无可指责的梦想……

路尚 著

越鸟巢南枝

中册

时代文艺出版社

目录

41．李楠芝应聘

秋的来临，是树在传递讯息，就像春天的使者是山花一样。花开了，春天便来了；树黄了，秋天也就到了。

北京的深秋，也是从一片落叶开始的。那簌簌下落的黄叶，飘落着、飞舞着，就像街上的行人，来来往往，不知来自哪里，却都归向一处：家。

一片落叶就是一个故事，正像一朵花就是一个关于爱的传奇一样。

现在，这朵花正在续写着她的故事，她的传奇。

清晨，李楠芝早早醒来，坐在镜前认真地梳着头。看着镜子里的脸，她没有一丝一毫的喜悦，尽管那是让所有女人都梦寐以求的没有一点儿瑕疵的容颜。

吴姐带着孩子出了房间。看见镜子里的妈妈，木瓜跑过去倚在妈妈身边，眨着眼睛看着妈妈，嫩声稚语地说：“妈妈，我还是喜欢原来的妈妈。”

她回身抚了一下孩子的脸蛋，对吴姐说：“吴姐，我交代的事都记住了吗？”

“放心吧，太太。我知道什么该说什么不该说。”

吴姐带着孩子去上幼儿园了。这时，乔庄开门进来了。

“姐，咱们该走了。”

李楠芝回身看向乔庄，她还是忍不住笑了。

“委屈你了，不过，你这身打扮还不错，说不定哪个女孩子会喜欢上你呢。”

再看乔庄，一头短发短得像个男孩儿，不，她这身打扮本身就是个男孩儿：皮衣、牛仔裤、皮靴、墨镜，还有淡淡的胡须。

“对了，别忘了，在别人面前我叫李思月。”李楠芝又强调了一遍。

“知道了，姐。”

李楠芝穿好了衣服，又站在镜前看了看，长出了一口气说道：“好吧，咱们走，去应聘！你说，要是应聘不上怎么办？”

乔庄道：“不会吧，上哪儿找这么漂亮的职员去？再说了，越子木他……”

“不许胡说！你是想说他喜欢美女吗？”听李楠芝这么一说，乔庄不再说话了。

李楠芝走到窗前，朝前面那栋楼望去。

乔庄在后面说：“姐，别看了，一大早就出去了。”

“也不知吃没吃早饭……”她若有所思。

“我看见他在小区门口的早餐摊上买了油条边走边吃呢。”乔庄又说道。她明白李楠芝说的是谁。

“那走吧。对了，材料准备好了吗？”李楠芝转过身。

“在这儿。你简历上是学的文学专业，特长是文案和策划；我的是公关，特长是综合协调、对外公关。”乔庄说道。

出了家门，两个人打了辆车就出发了。

在一条小街上，一家门店旁挂着个牌子，上面印着：木子时尚文化传播有限公司。门口还立着个告示牌，上面写着招聘信息。早已有人排起了队，大家手里都拿着报名表和简历，等待里面叫号面试。

屋里面摆着两张桌子，桌前有一把椅子，桌后坐着两个人，一个是越子木，另一个是许曼。

一个人出来后，就听许曼叫道：“下一个！”

排在最前面那个男生拿着表格兴冲冲地进去了。

他行了个礼，就直接坐在了椅子上，一抬头，却看见了面前的两个人，顿时就是一愣。可能是他没有想到吧，面试的竟是这样两个人：男的帅气，而且帅得一塌糊涂；女的漂亮，而且漂亮得让人不忍移开目光。

“嗯！”许曼咳了一声。

那人定了定神，把表交了上去。

“你是叫袁野？”

“嗯。”

“艺术学院学的摄影？”

“嗯。”

“作品带了吗？”

“嗯。”

“嗯？我问你作品带了吗？”

“哦，在最后一张。”

许曼看了他一眼，翻到最后那页认真地看了起来，然后又递给越子木。两人交流了一下。

“行了，你先回去吧，有结果我们会通知你。”

“嗯。”袁野答应着却不起身。

“什么情况？”许曼问了句。

“哦，好的好的！”袁野慌忙站了起来，又点了下头，这才依依不舍地退了出去。

“他好像有点儿心不在焉啊！”许曼皱着眉对越子木说。

“都是你惹的祸！呵呵！”越子木笑道。

许曼白了他一眼，又叫下一个。

而此时，李楠芝和乔庄前面还有十几个人，两个人站在队列里耐心地等着。前面的人一个个被叫进去又出来，时间一分一秒地过去，眼看要到她们这儿了。这时，见里面出来个人，李楠芝一看，竟是许曼。她不由得心里一紧。

就听许曼大声说道：“不好意思啊，上午就到这儿，后面的下午再来吧。好不好？下午还按这个顺序啊！”

乔庄听完一噘嘴说：“白排了。”

李楠芝却没言语。正想转身走，却突然发现越子木从里面走出来，她心里顿时狂跳不已。

越子木和许曼交谈着什么，然后走下台阶，朝她们这边走了过来。李楠芝紧张得不行，连手都不知放哪儿好了。

可是，越子木连看都没看她一眼，径直走着。路过她身边的时候，她手一抖，拿着的资料散落一地，她赶紧弯腰去捡。

越子木突然站住了，看了一眼正在捡东西的这位美女，也弯下腰帮着捡起来。捡到最后一张纸的时候，两个人的手同时抓住了那张纸。他们都抬起头来，四目相对，李楠芝是紧张，而越子木却是惊诧。

“不好意思啊，让你久等了。因为我临时有点儿事，所以不得不中断面试。”越子木礼貌地说道。

李楠芝却一言未发。把那张纸交给李楠芝后，越子木就从她身边走了过去，连头都没回。

望着越子木的背影，李楠芝呆呆地发愣。还是乔庄过来轻轻拉了她一下，她这才回过神来。

“姐，你这样可不行，得调整好自己的状态，你现在是李思月。”乔庄小声道。

而一旁，许曼一扬手，叫着杜峰的名字，然后就笑呵呵地朝停在街边的一辆车跑了过去。路过李楠芝和乔庄的时候，许曼本来已经过去了，但她又回过头来看了一眼，摇了摇头就上了杜峰的车。

李楠芝见许曼看杜峰的表情，她那颗悬着的心放了下来。许、杜二人朝家里的方向走去。

不远处，越子木正在打电话。就听他冲着手机说道：“许曼，我要去一下印刷厂赵总那儿，这样吧，下午的招聘你自己面试行不行？没事，你决定吧，我相信你！好的，就这样！”

杜峰车里的许曼按了手机，眨着眼睛想了想，脑海里出现了刚才看到的画面，脸上露出一丝微笑。

下午一点，李楠芝和乔庄准时来到招聘现场。在她们前面，现在只有一个人。面试开始了，那个人被叫了进去。此时的李楠芝万分紧张，既激动又忐忑。激动的是，就要面对越子木了，也不知自己能否稳得住心绪；

忐忑的是，万一自己落选怎么办？

有些事是不能担心的，怕什么来什么。

这时，就听里面叫道：“下一个！”

李楠芝回头看了一眼乔庄，乔庄点了点头，她迈步进了面试那间屋子。

一进门，就看见许曼一个人坐在桌子后面，却没有越子木。李楠芝一愣。

许曼上下打量着进来的这位美女，不禁倒吸口冷气，心想：乖乖，这是模特还是明星啊？我要是男人，只一眼就一定会不可救药地爱上她！

“坐下吧，叫什么名字？”许曼按程序问道。

“李思月。”李楠芝坐在椅子上答道。

“什么？你再说一遍？”许曼盯着她又问了一句。

“李——思——月！”楠芝一字一顿地答道。

许曼抬头又看了她一眼，皱着眉。

“你这样的条件干吗来这儿应聘啊？你应该去演艺公司或者模特公司什么的呀！”许曼突然不按惯例问了。

“你条件也不差呀，不也是在这儿工作吗？”李楠芝反问了一句。

许曼抬头看了看，眨了眨眼睛，心想：看和谁比了。接着，她不再问什么了，翻了半天简历，说道：“这样，你先回去吧，如果录用，我们会通知你。”

“这就完了？”李楠芝惊奇地问道。

“完了。下一个！”许曼顺手把简历放在了一边，不再理她。

李楠芝怅然若失地走了出来，在外面等刚进去的乔庄，可一等就是十多分钟也不见她出来。过了好一会儿，才见她兴冲冲地跑了出来。

“怎么样？”

“姐，许曼问了我好多东西，我紧张极了。”乔庄小声道。

她不禁狐疑起来，重新看了一下乔庄，怎么看都是个帅哥嘛！心想：女人哪女人，永远都是同性相斥。

李楠芝回到家的时候，是下午两点。从两点到晚上五点，整整三个小时她都在房间里走来走去，心神不宁，焦急地等待着消息。

乔庄一直坐在沙发上看着李楠芝。尽管她跟李楠芝在一起居住的时间也不是很长，但在她的记忆以及平时的观察中，她心里崇敬的这位李总还从来没有过这样的心神不宁和忐忑不安呢。自己平时所见到的她，脸上总是写着淡定与平和，可现在眼前的她就像个等待男朋友消息的小女生。

实在看不下去了，乔庄说："姐，你别担心，肯定没问题，前去应聘的人你也都看到了，应该有信心。"

李楠芝在窗前停住了脚，望着对面那栋楼像是回答她又像是自语地说："出人意料的事还少吗？"

窗外，傍晚的秋风卷着落叶呼号着催促人们的脚步，晚归的序曲已经响起，人们从四面八方奔向一个个角落，各自去拥抱温暖的家。

秋风扫落叶的街上，有辆车停在小区门口，一个身穿风衣、戴着墨镜的女子自车上下来，她朝这边的楼上看了一眼，又看了看另一边那栋楼，关上车门进了小区。

"你快去迎一下，是我表姐来了。不是告诉过她不要把车停在门口嘛，要是让越子木看见……"李楠芝说着，回过身坐在了沙发上。

乔庄起身下了楼。过了一会儿，门开了，一个人还没等进屋就笑着大声说道："楠芝啊，天太冷了！"

来的不是别人，正是李楠芝的表姐肖凌。

"姐，不是说不能白天来嘛，而且，你车又停门口了……"李楠芝站起来说道。

肖凌把包放在沙发上，又把围巾解下来，乔庄过来帮她把风衣脱下。她坐在沙发上哈哈大笑。

"妹子，我可真服你了，他越子木有什么好的，让你这样为他着想！你做了这么多，他知道吗？"

李楠芝含笑不语。

"对了，妹子，这段时间一直忙公司筹备和运营的事儿，一直也没来得及向你汇报啊！"肖凌爽朗地笑着。

"汇报什么？并购的事不是汇报过了吗？你们做就行，不用请示我。”

“哎呀，不是那个。就是你交给我的秘密任务，忘了？”肖凌拿起茶几上的橘子剥了起来。

“哦。”李楠芝似乎想起来了。

“我该不该跟你说呢，该死的越子木……”

“姐，不许这么说他！”

“好好，不说不说。真是的！对了，他过生日那天我可完成任务了啊，你精心做的蛋糕又空运过来，他吃没吃我可就不知道了，只是，这小子可真有福啊！”肖凌说道。

李楠芝一脸的微笑。

“还有……楠芝，你听完可不要生气啊。那小子……”

“姐，别那小子那小子的。”

“算我服你了。他都那样了你还维护他！算了，告诉你也没啥。他身边可是不少美女呀！”肖凌终于还是说了。

“这个我知道。”李楠芝似乎很淡定。

肖凌瞪着眼睛看了她一眼，叹了口气又说道：“可是，他跟那些美女……”

“姐，这个就别说了，我不想知道。”

肖凌无法理解地看着她，摇了摇头，接着又说：“那好，咱们打个赌，等你到了他公司，他要是爱上了你，那就说明他早把原来的你给忘了！如果他不喜欢你……这不可能，如果我是男人，看一眼就一定会爱上你。呵呵！”

“他爱上李思月也属正常……”李楠芝幽幽地说。

“妹子，你太惯着他了，你这样宠着他难受的只能是你自己！”肖凌气得说话声又提高了。

“咱不说他了。对了，你和二旦哥怎么样了？”李楠芝转移了话题。

肖凌歪着头看着窗外，脸上就像是有朵花儿在绽放。

“他好像也来北京了，听说是成立分公司，可我一直联系不上他，也不知他忙些什么。他的心好像一直不在我这儿……”肖凌一副幽怨的表情。

“对了，楠芝，我姨身体好吗？她老人家咋没跟你一起回来呀？”肖凌似乎不愿意提什么二旦了。

李楠芝说：“我妈说，她要陪着爸爸，一刻都不离开……”

“对了，越子木的娘怎么样了？你去看她了吗？”

“我让人捎去东西了。我现在这副样子就是去了恐怕她也不会认我的。”李楠芝无奈地说道。

此时，窗外已经是夜幕降临，风，也已经停了。

肖凌望着窗外，突然说：“那小子回来了！”

李楠芝一听，立马从沙发上站了起来，快步走到窗前。果然，对面那扇窗户已经亮起了灯光。

肖凌在后面摇了摇头，说道：“我走了，你自己在这儿闹心吧。木瓜怎么还不回来？我又没见着。”

乔庄站起来把肖凌送了出去。

晚上八点。在繁华的步行街上，一个穿着风衣、长发飘飘的女子在街上漫步，后面不远处，一个皮衣男子不紧不慢地跟着。

她漫无目的地走着，欣赏着街上的风景，五颜六色的霓虹闪烁着、跳跃着，就像她此时的心情，激越而混乱。

快要走到步行街的尽头了，她看见街边一个招牌上的字：花漾咖啡。想了想，她走了进去。

找了个靠窗的座位，她坐了下来。服务员微笑着过来问她要些什么。

她沉吟半晌也没说出来要喝些什么。服务员笑着说：“美女，给你推荐我们咖啡厅的特色吧，海洋之心咖啡，你尝尝？”

她点了点头。

服务员转身回了吧台，和吧台后面的人小声说：“一杯海洋之心。对了，洋姐，刚才进来那女的好漂亮啊！像明星！”

“你就是追星族！哪来那么多明星？”那位被称作洋姐的是这家咖啡厅的老板，叫张洋。她说完就开始做咖啡。

“真的，姐，气质好好啊！而且表情忧郁，看着就心疼！”服务员又说道。

“是吗？”张洋停住手问了一句。

等咖啡做好后，张洋对服务员说：“我去送。”

此时，咖啡厅里正放着忧伤的乐曲——金生水的《你说爱我又不爱我》：“一直到现在我还不懂/你为什么走/只不过是一个回头/你都不肯留/谁曾经和我手牵手/靠在我肩头/静静看那溪水流/……何苦要给我折磨/向你哀求我说出口/这样也不够/你说爱我又不爱我/我的爱情又算什么/难道真的和我分手/你才会更快活……”

张洋端着托盘站在那张桌前，却发现确实是位美女，而且应该是位大美女！但她似乎眼神迷离，根本没看见旁边有人，而且在这忧伤的乐曲声中，她眼里泛着点点泪光，好像完全沉浸在了回忆中。

张洋把那杯咖啡轻轻地放在桌上，然后，悄悄地转身离开。

这边，美女端起咖啡浅浅地喝了一口，看着杯子中间那颗红心，顿时泪如雨下。

她不是别人，正是李楠芝。

喝着咖啡，她拿起桌上的心愿卡片，在上面写道：一直到现在我还不懂，你为什么走？那个找不到家的女孩儿，你可曾记得，她一直在把你痴痴地等候……

写完，她把卡片贴在了桌边的心愿墙上。

42. 擦肩而过

人说，磨难能让一个男人成熟；但创业，更能让一个男人迅速成熟起来，而且，会变得更加自信。

越子木自从和美贞从首尔回来后，他就忙着筹备公司成立的事宜。正所谓万事开头难。对于越子木来说，独自一人在京城闯荡，要想闯出一片天地恐怕就更是难上加难了，尤其还是在时尚领域，那本身就是个名利场，跻身其中，难度可想而知。

什么叫时尚？就是这一时期大家崇尚的、异于常人思维的、具有美感的东西。其实说白了，就是抓住时机该上就上！

该上就上，也是符合男人性格的。果决、勇气、敢拼、敢闯。赢，不是目的，目的是必须赢！输，不是意外，只是为赢奠基。

抱着这样一种信念，越子木开始做出他人生中最重要的决定。而这个决定的深层次意义并不在于成功，因为成功的男人会离自己心里那个人更近些。男人不成功，就不要妄谈爱情！那也是属于时尚范畴的奢侈品。

俗话说，一个好汉三个帮。有了美贞父亲的令他无奈却又不得不接受的资助，启动资金是解决了，但做事是需要有人的，而且还应该是最可靠的人。以目前的情况，许曼最合适不过了。一方面，她的经验没的说；另一方面，人家跟你一起辞了职，为的是什么呀？这一点，让越子木非常感动，当初他还以为许曼只是那么一说，却没想到她做事比男孩子还要果断。正像她对待爱情一样，敢爱敢恨。这是越子木欣赏的性格。

当他找到许曼一说自己的想法后，许曼高兴得一跳多高，把杜峰吓得一愣一愣的。心想：在酒吧做现成的老板娘你不做，却非要去和越子木折腾。但他也没什么办法，爱一个人，就要给她自由。况且，作为最好的哥们，越子木创业自己帮不上别的忙，帮不上钱场怎么也得帮个人场吧？但实实在在地说，杜峰是宁可出钱也不愿出老婆呀！

在杜峰的酒吧里，越子木和许曼进行了初步的分工：许曼负责起草策划公司章程之类的东西，越子木去跑注册验资等事宜。杜峰也别想闲着，负责找办公地点和租房子。就这样，三个人忙活十多天后，就开始进行重要的一环了：招人。

本来，越子木对第一天的招聘没抱什么太大的希望，一个刚刚成立的小公司，能招来人吗？他心里没底！所以，他必须亲自把关。可是，第一天就让他非常意外，没想到会来那么多人！

第二天一到公司，他向许曼要昨天下午许曼自己招聘初步确定的拟用人选名单和简历。许曼把一叠资料递给他，说道："都在这儿，你自己看看吧，我看都不错。"

越子木接过来认真地看了起来。他一页页地翻着，越看越皱眉头。

"许曼，这里边男的我看还行，长得都挺帅，可是这女的怎么都长成这样啊？你啥品味呀！咱们这可是时尚公司，女员工不说长你这样吧，起码也得差不多呀！"

许曼一脸莫名其妙的笑，还瞪了他一眼："要那么多美女干吗？能干活就行呗！"

这时，越子木翻过一页来看着看着，脑海里却出现了中午看到的那个画面：队伍里，一个长发飘飘的美女背后，站着的正是这个帅哥。

"许曼，不对呀，我记得好像在这个叫乔庄的小伙子前面站着个美女呀，我看面相不错，而且我还跟她打了个照面，她的简历呢？"

许曼咬了咬嘴唇，迟疑着在旁边另一堆材料里抽出一张来："这些都是面试没通过的，找这个干吗？她根本不行！学文的，女孩儿学文太感性，耽误事儿！"

越子木接过那份简历，看了一眼许曼，心里觉得好笑，看来，这许曼是不打算往公司里招美女呀！安的什么心？其实，她那点儿小心思越子木最清楚不过了。

看着那份简历以及上面的照片，越子木不自禁地读了出来："李思月，李思月……"他脑海里又出现了帮她在地上捡东西的画面，自语道，"这就是传说中的缘分吗？"

从回忆中恢复常态的越子木果断地对许曼说："这个人马上招进来！还有这个男的，其他的一律不行！宁缺毋滥！就这么定了。"说着，他把简历递给了许曼。

许曼慢腾腾地接了过去，却说："可是，我根本就没留她的电话，上哪儿找去？要不，算了吧，你不就是要美女嘛，有的是！"

"不行，就她了！你自已想办法，必须把人找到！"越子木说完，转身出去了。

再说李楠芝。她度过了一个不眠的夜晚，好不容易等到了第二天，她望着窗外的秋阳高照，心想：有阳光就有希望，或许，这是个好兆头。

快到中午的时候，乔庄回来了，而且一进门就兴冲冲地说她被录用了，说是已经接到了电话通知。

李楠芝高兴地说："是吗？太好了！"继而，她又皱起了眉头，为什么自己没接到通知呢？

乔庄一下子明白了，就小声问道："怎么？姐你没接到通知？"

她摇了摇头，然后，默默地走到窗前，又望向了对面那栋楼。

"不会吧？要不，姐，再去一次吧，该不会是许曼故意弄的吧？要是越子木在，一定不会是这个结果！"乔庄在身后说道。

她幽幽地说："或许，这就是天意吧。就像当初那个小女孩儿一样，苦苦寻觅了十年，到最后还是感动了上天。可是，感动天感动地，却为什么偏偏感动不了……"说到这儿，她说不下去了，眼里已有晶亮的东西在闪。

"小乔，我想一个人静一静。"说完，她走向了卧室。

乔庄看着情绪变化的李楠芝，悄悄退了出去。

整整一天，李楠芝都躲在卧室里，不睡觉、不吃饭、不走动，想过去、想现在、想未来，但她怎么也想不出那条没有荆棘的路。

望着角落里那一缸金鱼，她呆呆地出神。那些美丽的小鱼，它们睡觉时也睁着眼睛，不需要爱情，也从不哭泣，或许它们是我的榜样？

没有了对弈的人，难道这竟成了滚滚红尘中的一盘残棋？

傍晚时分，她独自一人漫步在街上，瑟瑟秋风中，风衣裹也裹不住她柔弱的身体。她立起衣领，挡住秋风，却更像是阻挡无助与孤寂。此时，迎面走来一个人，他行色匆匆，目不转睛地走着，与李楠芝擦肩而过，直接走进了小区。这个人，正是越子木。

不知不觉，李楠芝又走进了那家咖啡厅，依旧坐在那个角落，依旧点了一杯海洋之心。听着忧伤的音乐，喝着苦涩的咖啡，品味寂寥的心情。

吧台后，咖啡厅老板张洋好奇地偷看着那个角落，越看越觉得那个美女一定是有心事，而且凭女人的直觉她断定，一定是关于男人，关于爱……

同样跟张洋一起看那个角落的服务员小声说道："洋姐，要不，咱换个曲子吧，这曲太忧伤。"

"你不懂。现在，就是再欢快的音乐也感染不了她忧郁的心情。疗伤最好的办法就是以伤治伤，忧伤音乐往往能放大她烦乱的心绪，释放出来会好些。"张洋拦住了服务员。

此时，播放的是《想把我唱给你听》："想把我唱给你听/趁现在年少如花/花儿尽情地开吧/装点你的岁月我的枝丫/谁能够代替你呢/趁年轻尽情地爱吧/最最亲爱的人啊/路途遥远我们在一起吧……"

夜，悄悄地来了。

李楠芝喝完那杯咖啡，又拿过一张心愿卡，在上面写道：难道这是天意吗？究竟还要多少等待才能等来你，再一次，陪我找到归途。

然后，她又把这张卡片贴在了墙上，接着，默然站起，转身离开。咖啡厅外，人们脚步匆匆。她把围巾围了围，盖住半边脸，走下台阶。

这时，一个男子一只手扶着风衣领子，自她身旁擦肩而过进了咖啡厅。他进来就四处看了看，只有一个角落有空位，他径直走到了那个角落，脱下风衣，解下围巾……不是别人，正是越子木！

佛说，前世五百次的回眸才换来今生的一次擦肩而过；佛也说，百年修得同船渡，千年修来共枕眠；佛又说了，你见或不见，我就在那里，不舍不弃，默然相爱，寂静欢喜。

其实，说的不过就一个字：缘。

缘，真是妙不可言。

越子木和李楠芝的缘应该是命中注定了的，甚至还没出娘胎就已经注定了。沿着那样一条关于缘分的路，他们一路走来，从十几年前懵懂少年时的月夜归途，到十年后的相恋，再到如今虽然分开，虽然容颜不再，却挡也挡不住的一次次邂逅，甚至喜欢的咖啡厅都是一家……冥冥中，像有天定。

就连两个人在咖啡厅里坐的位置都是一样的。

这不，越子木一进咖啡厅就坐在了李楠芝刚才坐过的位置。他叫了一杯海洋之心，坐在那儿听着音乐喝着咖啡想心事。

连日来的奔忙让他有种心力交瘁的感觉。心事，可以一个人想；事业，却要有人帮忙。他现在最着急的就是抓紧招几个能用的人、可用的人。他，太需要帮手了。尽管有许曼在，但毕竟人单力孤，就凭他们两个又如何开展业务，开拓市场？

有一个人选他一直在想，但几次都被自己给否决了。有些事，他不能强求；而有些人，他更是不能强求。一切都要看机缘，或者说是顺其自然。

那个人，就是顾桐。

越子木和美贞从韩国回来后，只和顾桐通过一个电话，他也没和顾桐说自己要开公司的事，只是说打算找点儿事做。电话里，他听得出，顾桐语气异样，只是说，如果有需要，可以随时去找她。

喝着咖啡，越子木想到白天时看简历的情景。那个叫李思月的不仅人长得漂亮大气，而且看她的简历虽说是学文的，但从气质上看，应该是个有能力的人。这一点，越子木非常相信自己的眼睛。一个人有没有能力，不在于容貌和学历，而在于气质，或者说是气场。

可是，许曼却差一点儿就放跑了这个人。对于许曼那点儿小心思，越子木怎么会不明白呢。女人，永远对同性尤其是漂亮的同性怀有戒心。首批招聘的职员按照约定三天后就正式上班了，现在一天已经快过去了，也不知道能不能找得到那个李思月。

越子木喝了一口咖啡，又抬头四处打量着这家咖啡厅，自从上次和石珏在这里喝了一次咖啡后，这家咖啡厅就深深地吸引了他，也不知道是这里的环境与氛围，还是这里忧伤的音乐。

他闲来无事浏览着身边墙上花花绿绿的心愿卡，心想：这里的老板还真是个细心而且心中有爱的人，要不然也不会弄这些小东西。别看这小小的心愿卡，对于有心事的人来说，恐怕是最好的释放情感的东西了。

他简单地看了一番，自己也伸手从桌上的卡片盒里抽出一张来，想了一下，就在上面用彩笔写下：起步艰难，路途遥远，谁携我手，通达彼岸。

写完，他把卡片贴在了墙上。看着那张卡片，他无意中看见了旁边的卡片，就见上面写着：一直到现在我还不懂，你为什么走？那个找不到家的女孩儿，你可曾记得，她一直在把你痴痴地等候……

看完他就觉得好笑，看来，这定是个伤心的痴心之人哪！

喝完了咖啡，他付了账就匆匆地出了门，消失在秋风萧瑟里……

而此时的李楠芝正沿着街慢慢地往回走。

北京的秋夜，干燥而寒气侵人。在那条回家必经之路的胡同里，不知什么时候已经有叫卖糖炒栗子的了。那人面带笑容，手不停地翻动着铲子，一股股热气自栗子间升腾着、弥漫着，淡淡的糖味飘散过来，让人顿觉暖意浓浓。

她双手插在风衣兜里，正准备从炒栗子摊前过去呢，却听卖栗子的汉子笑着招呼道：“姑娘，买点儿糖炒栗子吧，这是正宗的迁西板栗，个大沉实，温软有弹性。给孩子买些也好啊！八月的梨枣，九月的楂，十月的板栗笑哈哈。”

李楠芝一听就站住了，心想：这位老哥可真是好眼力，他怎么就能看出我有孩子呢？她不禁转过头看了一眼正在翻滚蹦跳的栗子，果如他所说，个头确实不小。

她走上前去，看着那些已呈红褐色的栗子，却问那人道：“您刚才说什么？什么笑哈哈？”

那人道：“哦，这位妹子，在我们那儿，到了十月，大人从外面回家是要给孩子带栗子的，其实带给孩子的是甜蜜与喜悦。买一点儿吧，要不您尝尝？我的栗子不同别家，连苏东坡都说‘客来为说晨光晚，三咽徐收白玉浆’。”

她听完就是一愣，心想：这卖糖炒栗子的竟知道苏东坡的诗句？自己虽是学文的，但也只记得苏东坡是曾写过描写荔枝的诗句，至于写栗子的诗还真是头一次听到。

她接过那人递过来的一颗栗子，放在嘴里轻轻一咬，清脆的一声响，壳破开了。她剥出栗肉放进嘴里，慢慢咀嚼，还别说，这栗子果真非同一般，不仅入口即化，而且不涩、不硬、不干、不燥，不留渣，细腻、濡软、甘甜的滋味浸透满口，入喉尚有余香。

“大哥，听你说话应该是读过不少书吧？不像是农民啊？怎么卖栗子？”

那汉子停下手中的铲子，面带微笑说道：“孩儿他妈病了，来这儿住院，这不，我趁着晚上出来卖点儿栗子贴补些花销，她需要营养。”说话间，在他身后冒出个小脑袋来，李楠芝这才发现，原来这儿还有个孩子。

那孩子怯怯地倚在爸爸身后，偷看一眼李楠芝和他爸，悄悄地伸出小手自锅里拿了一颗栗子。

那汉子回身一把抢过那颗栗子：“儿啊，咱不是说好了不吃吗？这是给妈妈换营养品的！”

孩子把手指伸进嘴里吸吮着，眼睛怯怯地看着李楠芝。

一瞬间，李楠芝的泪水夺眶而出。

“师傅，给我来一大包！”她冲那汉子说了一句就转过身去。

“好嘞！”说着，那汉子包好了栗子。

李楠芝一手捧着那包栗子，另一只手自里面抓出一大把来递给那个孩子。但那孩子摇了摇头。

“妹子，这可不行！俺是卖这个的，孩子要吃这里有的是，怎么能要您的东西呢？”汉子一手揽过孩子冲她笑着说道。

人虽贫，但有骨气；生活虽苦，但活得快乐；天气虽寒，但是为妻子而自食其力温情暖暖。

李楠芝不禁由衷地佩服这个人。

见他执意不肯让孩子接，她也只好作罢，就掏出两张钞票来，看也不看地放下就走。那汉子却追了上来。

“妹子，这可不行啊，不值这么多！这是找你的钱。给，一百七！”汉子把钱递了过来。

李楠芝心想：要是再坚持恐怕就是对他人格的不尊重了，就只好接了过来。

捧着纸袋，里面的栗子热气腾腾。而身后，却传来那汉子和别人不一样的叫卖声：“快来买呀！堆盘栗子炒深黄，客到长谈索酒尝。寒火三更灯半地，门前高喊‘灌香糖’。”

看来，这定是个读书人，为了给心爱的妻子治病，恐怕已经失去工作或已倾尽家财，但仍其乐融融。到底是什么力量在支撑着他呢？李楠芝想，因为爱。对，一定是爱！

后面，一对情侣快步走过，女孩儿笑着张口，男孩儿将一颗剥好的栗子放进她嘴里，两个人欢笑着走远了。

而就在此时，已经走远了的李楠芝却没有看见，在那个炒栗子摊前，越子木正在买栗子。

李楠芝走得很慢，本来就心情烦乱，刚才这一幕又平添了许多愁绪。正走着呢，手机却响了，掏出一看，是吴姐。

“吴姐，什么事？别着急，慢慢说……”

手机里，就听吴姐带着哭腔说道：“太太，木瓜不见了！刚才回家时他说要在门口和几个小朋友玩，我本来是在旁边看着的，可我就去了一趟超市，回来就不见了！”

李楠芝一听，顿时焦急起来，按了手机快步往家走。

而就在她打电话的时候，越子木已经从她身边快步走了过去。

43. 父子初次碰面

等李楠芝赶到小区门口时，吴姐正在那急得团团转呢。

“没事，别着急，吴姐。”李楠芝轻描淡写地说道，而她此时心里比谁都着急。

“太太，木瓜在门口这儿和两个小朋友玩，我就去超市给他买了点儿牛奶，前后也不过十分钟，可等我出来就不见了。”吴姐都快哭了。

“没事，咱们再找找。”说完，李楠芝快步向小区里面走去，而吴姐紧随其后。

绕过喷水池，再转到假山的另一边，两个人正急得到处看呢，却突然发现，在假山后面，可不正是木瓜！不，还有一个人，正抱着木瓜，两个人好像还在说着什么。

吴姐刚要喊，却被李楠芝一把拉住了，并示意她不要出声。而她自己却目不转睛地看向了木瓜和那个人。那不是别人，正是越子木。

就见越子木怀里抱着木瓜，边问着什么边剥栗子，剥好一颗就送到木瓜面前，但木瓜小头摇得像拨浪鼓似的。

看到这一幕，李楠芝顿觉一股暖流涌上心头，满腔的热血直往上涌。

这时，她看见，可能是栗子的香甜勾出了木瓜的小馋虫，或者是越子木用了什么说辞吧，就见木瓜张开小嘴，接过那颗栗子吃了起来。

这一幕，让她眼泪再也止不住了。她让吴姐赶紧过去把木瓜接回来，并告诉她要直接回家，不要再回到这个位置找她。

吴姐答应一声就走向了木瓜。

李楠芝偷偷地看着，越子木见有人来了，就抱着木瓜站了起来。吴姐和他说了几句什么，他们竟一起朝这边走过来！吓得她赶紧躲到了假山的另一侧悄悄地看着。

越来越近了，已经能听到他们的对话了。就听吴姐说："木瓜，阿姨抱好吗？叔叔还有事呢！"

木瓜奶声奶气地说："不，就叔叔抱，我不让他进家门还不行吗？"

越子木呵呵地笑着，边走边给孩子剥栗子。

又听越子木说："小朋友，以后可不能乱跑了，妈妈找不到你多着急呀！"

木瓜却所答非所问地说："叔叔，你认识我妈妈吗？"

就听越子木说："不认识。你妈妈叫什么呀！"

木瓜又说："我妈妈……"

李楠芝一听，心都提到嗓子眼了。

还没等他说完呢，就听吴姐说道："别麻烦叔叔了，快过来阿姨抱！"

木瓜看了一眼越子木，乖乖地伸出手让阿姨抱了过去。

"谢谢你啊先生！"吴姐礼貌地道着谢，然后转身就走。

越子木站在那儿笑着和木瓜打着招呼。

这时，就听木瓜冲越子木喊道："叔叔，我妈妈是个大美女！"

李楠芝听了，差一点儿笑出声来。

越子木站那儿看着吴姐抱着木瓜离开，停了好一会儿，才摇摇头，却又像是感觉到了什么似的，转过身看来看去。吓得李楠芝屏住呼吸不敢出声。

见越子木走远了，她这才闪了出来，往家里走去。

一进家门，木瓜就跑了过来。李楠芝一把抱起木瓜，紧紧地搂着，就像怕被别人抢去一样。

"妈妈妈妈，叔叔的栗子你怎么给拿回来了呀，木瓜乖，木瓜都没要！"木瓜指着她手里的纸袋说道。

"木瓜乖，木瓜真是妈妈的好孩子。这是妈妈给你买的，不是叔叔的。”

这时，木瓜不作声了，伸出小手抚摸着妈妈的脸，像做错了事似的低下头。

“妈妈，其实，木瓜不乖，木瓜吃了人家的东西……不过，妈妈，就两颗！”

李楠芝听完又抱紧了木瓜，眼里噙着泪。

“还有，妈妈，木瓜没告诉叔叔妈妈的名字……”

她抱着孩子坐在了沙发上，一边给孩子剥栗子一边听他奶声奶气地说话。

这时，就听木瓜忽闪着大眼睛说：“妈妈，叔叔的胳膊好有劲儿呀！把木瓜抱得高高的……妈妈，爸爸什么时候回来呀！”

她心里一颤，手中的栗子掉到地上。

木瓜却又说：“妈妈，爸爸有叔叔高吗？”

她只好点了点头。

“那……爸爸的胳膊有叔叔的有劲儿吗？”

她又点了点头。

“爸爸会给木瓜剥栗子吃吗？”

这下她迟疑了。

木瓜看了一眼妈妈，却突然说道：“妈妈，木瓜喜欢妈妈给剥栗子吃，木瓜不要爸爸给剥栗子吃。”

此时的李楠芝，心里万分难受。孩子虽小，却已经开始懂事了，小小年纪就知道哄妈妈开心了。

吃过了晚饭，李楠芝给木瓜洗完澡，就带着他到了床上给他讲故事。

母子二人一起坐在被窝里，她拿过故事书，边翻边问：“木瓜，咱们昨天讲到哪儿了？”

“讲到小熊去森林里找爸爸。”木瓜看着妈妈的脸说道。

李楠芝看了他一眼，说道：“木瓜，咱们今天讲个新故事好不好？”

“不嘛，就要听这个！小熊到底找到熊爸爸了吗？”木瓜小嘴一噘，坚持要继续听那个故事。

她迟疑了一下，只好接着讲道：“小熊啊，它太想爸爸了，就打算到大森林里去找爸爸。可是，森林那么大，到哪里去找呢？熊妈妈说，要想找到爸爸，你得练好本领才行……”

刚讲到这儿，就听木瓜扬着小脸说道：“妈妈，我是不是好好学习，听妈妈和老师的话，到时候就能见到爸爸？”

李楠芝一愣，她把孩子揽了过来，爱怜地抚摸着他的头，说道：“是呀，木瓜要乖，记住妈妈的话，到时候爸爸就回来了。”

说完，她下意识地看向了窗外。

窗外，对面那栋楼上的灯光依然闪烁，一个人影晃来晃去。

这时，就听木瓜又奶声奶气地说：“妈妈，那要是爸爸回来不认识你了怎么办？是不是木瓜要给爸爸看这张照片啊？”说着，小家伙从枕头底下拿出了妈妈的那张照片，一边用小手抚摸着照片上的脸一边看着。

“木瓜，今天妈妈有些累了，咱们明天再讲好不好？”

“好！”

李楠芝下了床，又给木瓜掖了掖被，说道：“木瓜，以后不许一个人跑了啊，这样吴阿姨和妈妈都会着急的。”

木瓜点了点头，却眨着眼睛问道：“那要是和叔叔玩呢？”

李楠芝一听就傻了。看着忽闪着天真的大眼睛的木瓜，她真不知道该说什么好，就点了点头。小木瓜顿时就乐了。

出了孩子的房间，李楠芝坐在客厅的沙发上，心情怎么也无法平静下来。刚才木瓜的话强烈地刺激了她，或者说是震撼了她。作为母亲，她认为自己是不称职的，至少是做得不够好。孩子在一天天长大，如果说现在还能用谎言骗得了孩子，那么，等他长大了呢？懂事了呢？不仅爸爸始终没有见到，而且现在连妈妈的容貌也彻底改变了，他幼小的心灵将如何承受？

而这，也是她坚持回来，坚持住到这个小区，坚持到越子木公司应聘的主要原因。

可是，应聘的事恐怕是成不了了，接下来该如何应对？自己的计划被打乱了，有B方案吗？而在所有人、所有事的B方案中，内容不过就是一个字：逃。可是，逃避是不可能的，那就只剩下一个C方案了，那就只有一个办法：面对。而这却是下下策，尤其是自己现在这副模样，面对得了越子木吗？和盘托出？说自己是李楠芝？不仅无法挽回他浪子的心，恐怕也无法告诉他另一个秘密了。

正闹心呢，吴姐走了过来。

“太太……有一句话不知当不当说。”吴姐试探着说道。

“坐下吧吴姐，有什么话你尽管说。”她拍了拍沙发让吴姐坐下。

吴姐却并没有坐，而是说道：“有一件事我很是疑惑，我怎么觉得那位先生长得有点儿像咱们木瓜呢？也可能是我看花眼了。”

李楠芝听完，把目光移向窗外，淡淡地自语道：“就是像，也应该是木瓜像他……”

越子木回到家，关好门放东西的时候才发现手里的纸袋，他脑海里浮现出刚才在小区里碰到的那个小男孩儿，自己竟忘了把栗子送给孩子了。

换好了鞋，他也不觉得饿，坐在书桌前准备起草一下公司的发展规划。他打开电脑，边敲字边剥栗子吃，可是，才敲了不到一行字他就敲不下去了，脑海里全是那个可爱的小男孩儿。

这到底是谁家的孩子呢？过去也没见到过呀？不仅长得帅气，而且超好玩。脑海里浮现出自己抱着孩子坐在石头上的情景：孩子用小手搂着他的脖子，小手胖乎乎的，浑身都是奶味。一个乳臭未干的娃娃，却跟个鬼精灵似的。什么？妈妈是大美女？呵呵，所有的孩子都说自己的妈妈是美女呢！这孩子可真逗！

他站起来，踱到窗前，朝窗外望去，一栋栋楼灯火明灭。一盏灯，就是一片光明；有光明的地方，都是家；有家，才有温暖。

可是，这孩子究竟是哪家的呢？

此时的越子木嘴里嚼着栗子，却已嚼不出滋味。他的脑海里，浮现出的却是李楠芝，以及他们在一起的一幕幕：初识时溅的那一身水、第一次看电影时的面对面、第一次郊游时买的那一对玩偶……住在一起时的温馨：清晨那已经挤好牙膏的牙刷、洗手间里并排放着的那对猫和老鼠的牙缸……

想到这儿，他从裤子口袋里掏出手机，那只小老鼠杰瑞依然还在晃动着。往事，这样近，却又那样远。近的，是回忆；远的，是心吗?

也不知道李楠芝现在过得怎么样，她在泰国还好吗？吃不了辣的她，可吃得惯那里的食物？越子木想着想着，就觉得胸口发闷，他打开一扇窗户，打算透透气。窗外，冷风飕飕，扑面而来的寒气让他清醒了不少。

他正要关上窗子，无意中却发现对面那栋楼里有一扇窗前站着一个人，从轮廓上看，应该是个女人。他搜索着记忆，突然发现，这段日子以来对面好像经常站着一个人！有一次自己后半夜回来，拉窗帘时竟还看见她站在窗前。到底是什么人会这样站在窗前呢?

越子木清楚，一个女人这样站在窗前，只有一种解释，那就是她的丈夫一定不在家！到底是哪个浑蛋夜夜不归呢？哪儿好也不如家好啊！

一想到家，他真是感慨万千。如果不是那样特殊的让自己无法接受的原因，他是说什么也不会离开家、离开自己所爱的人！甚至他想，如果李楠芝不是自己仇人的女儿，即使她继承了父业自己也不会离开，就吃爱情的软饭又如何？爱她，就必须放弃自己的所谓尊严！那不过是个狗屁尊严！

他苦笑着正要关上窗子，却突然发现对面窗前的那个女人转身正在拉窗帘，一瞬间，虽然只是一瞥，但他觉得那身影有些熟，却怎么也想不起来在哪里见过。他又一想，就住在一个小区，平时碰到过也说不定。她想到这儿，就摇了摇头，关上窗户拉上窗帘。

第二天，阳光明媚，是个大晴天。越子木一早起来，简单收拾了一下就准备去公司。他快步走下楼，在小区的甬路上走着，路过那个假山的时候，他下意识地看了一眼，又接着往小区门口走。刚走到门口，就看见一个妇女抱着个小男孩儿也正往外走呢。

这不是昨天那孩子吗?

“小朋友！”他笑着和孩子打着招呼。

吴姐一眼看见了越子木，就放下木瓜，说了句：“昨天真是多谢先生了！”然后，她又抱起孩子，冲越子木笑了笑继续走。

越子木在后面和木瓜扮着鬼脸，小声问道：“叫什么名字？小朋友！”

木瓜倚在吴阿姨的肩上看着越子木，答了句：“木瓜……”可是，已经走远了，越子木却并没有听到。

此时的李楠芝送走了吴姐和儿子，屋子里一下子静了下来。人，是需要静的，寂静的环境能够净心，但对于心绪烦乱的人来说，静，却像是一把刀，会挖出你所有的心绪。

李楠芝一想，不能这么等下去了，与其在家里傻等，还不如去问问，看到底是为什么没有录用自己。想到这儿，她也没给乔庄打电话，就简单收拾了一下一个人出了门。走到门外了，她才想起来，自己竟然没有化妆，也没有换件衣服，而是素颜素衣。难道就这样去？万一碰上越子木怎么办？她又一想，现在自己是李思月，不是李楠芝，素就素吧。

出了小区大门，她打了一辆车直奔那条小巷——越子木的公司所在地。

与此同时，越子木已经到了公司，正和许曼说话呢。

“还没找到？我本来还打算让新招的这两个人跟着招人呢，另外还有一些必需的业务要跑。那这样吧，今天你跑一趟，去一下制版公司，我已经和他们联系好了，你去对接一下，咱们的创刊号将来要在他们那儿制版。”越子木对许曼说道。

许曼嘀咕一句：“不就是个美女嘛，再招呗，有的是！”然后，转身出去了。

到了外面，她给杜峰打了个电话：“一大早酒吧也营业吗？过来接我一下！”

就听电话里杜峰笑着说道：“酒吧是不营业，但现在酒吧老板营业，为许大小姐服务就是主业！呵呵！”

“别贫了你！抓紧过来！”许曼冲手机喊着。

办公室里，越子木正背对着门坐在桌前写着什么，专注而认真。写了一会儿，又拨了个号码打过去，和对方寒暄着。放下手机，又开始写东西。

正在这时，就听身后有人说道：“请问，许曼小姐在吗？我想问一下招聘的事……”

越子木听了就觉得后背直冒冷汗，这声音太熟悉了！就是再过十年、二十年他都能听得出说话的是谁！他顿时吓了一跳，直直地竖起腰，好半天都不敢回头。心想：怎么会是她？对于李楠芝的声音自己简直是太熟悉了！到底是见还是不见呢？她问的是许曼，看来，并不知道自己是谁。见吧，自己将如何面对她？不见，可是心里的另一个自己却在催促。怎么办？

这时，又听身后说道：“请问，你们公司经理是叫越子木吧……”

越子木一听，脑袋嗡的一下子要多大有多大。他挥了挥手，说道：“你找错了，这里没这个人！”

身后，李楠芝疑惑地看着前面这人的背影，怎么看都觉得像是越子木。可她就奇怪了，越子木并不知道自己是谁呀，怎么会说这样的话呢？难道他听出自己是谁了？想到这儿，她自己也紧张起来。是的，容貌变了，可声音是不会变的。那么也就是说，越子木一定是听出了声音，而既然听出了声音还说这样的话，那一定是他不愿意见自己呀！看来，自己的身份恐怕短期内是不能揭开了。

吃了闭门羹，李楠芝转身就往外走，而这个转身却并不全是因为越子木的那句话。

越子木就那样直直地坐着，好半天，听后面没动静了，这才慢慢回过身。身后，空无一人。他朝窗外望去，看见一个女人的身影，长发飘飘，一身素衣，形单影只，在瑟瑟风中，显得是那么孤寂和无助。

这身影，自己太熟悉了，不是李楠芝还会是谁？

可就在这时，他又看见，许曼从远处走了过来，而且，还站那儿和那个素衣女子说着话，说完，两个人就转身往回走。吓得他赶紧转过身，到处找地方准备藏起来。

可还没等他找到地方呢，就听许曼在身后说道：“我说越子木，人家自己找上门来了你怎么还不见呢？”

“不见不见！”他朝身后挥了挥手。

却又听许曼继续说：“那你可别再让我找李思月了啊，人家李小姐自己来了你不见，可别怨我！”

越子木一听，什么？李思月？他慢慢转过身来，可不是嘛，正是那天自己见到的那位美女。顿时，他就糊涂了。自己明明听到的是李楠芝的声音啊，怎么会是李思月呢？难道是自己听错了？他皱着眉，又一想，或许是自己连日来太过紧张了吧，再加上昨晚一直在想着李楠芝，听错了也说不定呢。

许曼接着说：“李小姐，这就是越子木，咱们头儿。”

李楠芝道：“我刚才问，可这位先生说你们这儿根本就没有叫这个名字的呀！”说完，她看了一眼越子木，心却跳得厉害。

越子木脸一红，咧着嘴说道：“不好意思啊，不知道是你，还以为……”

李楠芝大方地伸出手：“我叫李思月。”

越子木握了握李楠芝的手就赶紧缩了回来。

“行了，人我可交给你了啊，要是放跑了可不许再向我要！”许曼冲越子木说道，又冲李楠芝笑了笑。

这时，许曼突然发现越子木一直在盯着李楠芝的脸，看得人家脸红一阵白一阵的，她就一碰越子木，小声道：“傻眼了吧？就知道！”

越子木定了定神，不好意思地一伸手，指着椅子说：“请坐请坐，刚才不好意思啊！”

此时的李楠芝，心里跳个不停，感觉都快跳到嗓子眼儿了，但连她自己都不明白的是，自己为什么会说出下面的话来。

“你们公司好像刚起步的样子，像我这样的都不录用还想要什么样的呢？我今天来是取简历的！”

越子木和许曼一听，都瞪大了眼睛，尤其是越子木，彻底傻眼了。

44. 暧昧擒纵计

《孙子兵法》第十六计云："逼则反兵，走则减势。紧随勿迫，累其气力，消其斗志，散而后擒，兵不血刃。"按照《易经》的原理，说的是待敌人心理上完全失败而信服我，就能赢得光明的战争结局。

而李楠芝用的这招欲擒故纵术却是聪明女惯用的暧昧必杀技。此时的她，已经听明白了，自己不仅没有落选，反而还让越子木非常着急地到处找呢。然而，这样一家刚刚起步的小公司，凭什么就会吸引了这样一位大美女呢？因此，她要做一枝带刺的玫瑰，静悄悄地开，冷冰冰地香。

越子木一听她说是来取简历的，当时就着急了。

"李小姐，刚才是我不对，怠慢了。不过，我们是真诚地想邀请你留下来，尽管现在公司刚刚起步，但一定会慢慢好起来的。你看……"他有些手足无措了。

李楠芝冷冰冰地说："越先生，我要纠正你一下，我不是什么小姐，你那是在骂人呢！实在想叫姐，你把那个小字去掉就行。"

听她说完，许曼忍不住掩嘴笑了起来。越子木瞪了她一眼，但自己也觉得这位美女有点儿意思。

李楠芝一伸手："拿来！我还有事呢！"

越子木眨着眼睛支吾着："拿……拿什么呀？"

"装糊涂是吧？我的简历！"她盯着越子木说道。可说完，她心就怦怦直跳，心想：傻瓜，你可千万别真给我呀。

越子木愣了半天，走到办公桌前，从抽屉里抽出几张纸来。

李楠芝心里这个后悔呀！心想：完了，这回可玩大了。不过，凭自己对越子木的了解，他是个逆反心理很强的人，更是个不服输的人，只要是认准了的事，他是不会轻易改变的。

这时，越子木拿着简历走了过来，咧着嘴又看了看李楠芝，无奈地把简历交到她手上，眼睛却盯着她的脸，表情全是疑惑。

李楠芝接过简历，迅速转身就朝门口走，可她走到门口却停住了。后面，越子木往前迈了一步，满脸的惊喜和期待。

她回过头，看了一眼越子木，缓缓地说道："其实，现在最重要的不是招人，而是确定公司战略。不知你们考虑过没有。我倒认为，时尚向来都是上层社会的专利，要想在京城这样的时尚之都占有一席之地，或者说迅速打开局面，你们倒可以试试走大众路线。时尚，无处不在。"说完，她转身就走。

越子木听完，眨巴了好几下眼睛，迅速在大脑里过了一遍刚才听到的话，突然，他飞快地冲出门去。后面，许曼还喊着："走就走呗！追什么追！"

追到门外，越子木望着长发飘飘的那个背影，也顾不得许多了，跑上前去一把就抓住了她的左手。

"李小姐……不，李……李思月！请等一等！"

就在一分钟前，李楠芝从里面出来，尽管没回头，但她心里一直在念叨着："追出来，追出来！你个笨蛋！"

正念叨呢，手就被越子木给抓住了。她心里一阵窃喜，嘴上却说："放手！"

越子木一下子就把手松开了，看着这张冷若冰霜的美人脸，他脑海里突然浮现出李楠芝来。当初，她也是这副冷若冰霜。

"这大街上拉拉扯扯的，有什么话不能好好说吗？"李楠芝说道。

"对不起啊，不是故意的……"越子木实在是不知说什么好。

"还说不是故意的？难道是我故意让你抓我的手吗？什么道理！"李楠芝也奇怪自己为什么会这样，昨天不是还在闹心嘛。她又接着问道："什么事？"

越子木实在不敢看她的脸，就低着头支吾着：“我……”半天却没说出什么来。

李楠芝这个着急呀，心想：把我拉回去不就得了？可嘴上却说：“优柔寡断，磨磨叽叽。”说完，抬腿就走。

越子木怔怔地站在后面，心想：自己平时不是这样的呀，今天是怎么了？怎么让个美女牵着鼻子走啊！

想到这儿，他高声喊道：“是不是叫你姐就会留下？叫你姐也没什么！”

李楠芝站住了，心里直跳。心想就会死皮赖脸！

她慢慢转过身，看着越子木一步步走过来，心开始发慌了。

“留下吧，你看，咱们多有缘，我叫越子木，你叫李思月。虽说我这个越和你那个月不是一个字，但音相同，这就说明有缘！”此时的越子木，脸上又恢复了那惯有的坏笑。

“叫什么姐？我有那么老吗？”李楠芝白了他一眼说道。心里却在说：你个傻瓜呀！缘分是才有的吗？

“那……”越子木实在琢磨不透了。

“好吧，我回去考虑考虑。”

“那能把你的电话留一下吗？”越子木说着就拿出自己的手机，并说了自己的号码。

李楠芝想了一下，就把自己的手机号告诉了他。越子木按着屏幕拨了过来。

“行了，我会存上的。我先走了！”李楠芝说完迅速转过身，心却还在怦怦地跳着。

越子木下意识地往前走了两步，李楠芝转过身来：“不许跟着！”

越子木笑了笑，只好停下了，就这样看着李楠芝从自己的眼前消失在街上的人流里。正在这时，他发现她竟不知为什么挥了一下手，好像很兴奋的样子。他不禁皱起了眉头。而自己转过身，却高兴得跳了起来。屋里一直站在窗前的许曼看着这一幕，不停地摇头。心里在想：这个美女就能走进他的心里吗？

再说李楠芝。她走了一段路，觉得越子木应该回去了，就兴奋异常地挥了一下手，喊了句："耶！"旁边的路人回头看了看她，一脸的疑惑。吓得她赶紧恢复了常态，优雅地迈着步子，目不斜视。

等她回到家，一开门，看见乔庄和肖凌正坐在沙发上。她顾不得换鞋就迅速关上门，回过身笑盈盈地看着沙发上的两个人。

乔庄站了起来，刚想要说什么，却听她说："我被录取了！表姐，我被录取了！"

肖凌叹了口气说道："你不用说我们也能看得出来。看你这高兴的样子，我该不该和你说呢？"

"什么事？"李楠芝说着，就坐在了沙发上，顺手拿起个苹果。

肖凌看了她一眼，无奈地说："楠芝啊，你可是集团的老总啊，刚才看你那一出完全就是个刚找着工作的大学生嘛！至于吗？还是关心关心自己的事吧。"

"难道这不是我自己的事吗？呵呵！"李楠芝吃着苹果，完全没看出来肖凌和乔庄的表情。

"我现在是以表姐的身份和你说话。妹子，长点儿心吧！"肖凌说着，话锋一转又说道，"下面，我是以分公司总经理的身份向你汇报！我们的并购案恐怕要搁浅了！"

"哦，我还以为是什么事呢！就这事？"李楠芝依然在吃着苹果，就好像她多长时间没吃过一样，吃得又香又甜！咽下一口，头也没抬，问道，"你说说清楚，到底是怎么回事？"

肖凌这才把事情的原委说了一遍。

原来，正当木石之盟公司紧锣密鼓地与石生生珠宝洽谈并购事宜时，却不知为什么对方却突然变得漠不关心起来，原来恨不得立马让把资金打过来呢，这会儿可倒好，推脱、搪塞等等，反正就是顾左右而言他，奇怪地起了变化。后来，肖凌派人一打听，这才知道，原来，最近不知什么时候又冒出两家公司来，并且都有收购石生生珠宝的愿望，有的还甚至进行了深入的洽谈。

李楠芝听着，咬苹果的速度慢了下来。听完，她又问了句："霍东呢？他怎么看？”

“哦，你说霍总啊，他好像并不太着急，只是说让我来问问你。”肖凌答道。

李楠芝听完笑了，对肖凌说：“我知道了，你先回去吧。告诉霍东，这件事他全权负责，非重大原则性问题不必请示我！你们要是什么事都跑来问我，我还要你们那么多人干吗？”

肖凌咧了下嘴，心想：从来也没见她这么说话过呀？而且，这和刚才简直就是判若两人嘛！

肖凌走后，李楠芝正想安排乔庄去打听一下那两家公司的情况呢，话还没说完，手机就响了。她一看屏幕，见是个生号，就把手机往沙发上一扔，没接。

然后，她又接着对乔庄说道：“去查一下那两家公司，主要看是来自于哪里。给我的感觉，不像是北京这边的公司所为。”

正说着呢，手机又响了。她把手机拿过来一看，还是那个生号，她刚想挂断，却突然想起来，越子木打过来那个号自己忘存了，不会是他吧？

不错，来电话的正是越子木。

李楠芝走后，他回到办公室坐立不宁，晃得许曼直喊头晕。

越子木为什么坐立不宁呢？一方面，他是还在纠结刚才听到的声音，他觉得奇怪，自己听到的明明是李楠芝的声音，却怎么是李思月呢？而且，从背影上看也像极了李楠芝，甚至她的冷冰冰都如出一辙。另一方面，他也为能够挽留住李思月而感到高兴。她临走时说的那番话正说到了点子上，其实，他也是这么想的。现在，经济全球化，时尚也应该大众化才行。谁说普通老百姓就不能时尚了？找好突破口，才能出奇制胜，站稳脚跟。

就这样，他坐立不安了一上午，到了下午，犹豫了半天，这才拨通了李思月的电话。可第一遍竟没人接，他就又拨了一遍，心想：美女一般都脾气大，可别惹怒了人家呀。这次要是再不接就不打了。却没想到，这次电话通了。

就听李楠芝说道：“是卖保险的还是推销化妆品的？”

越子木差一点儿笑出声来，就笑着说道：“哦，请问是李思月小姐吗？我是越子木。”

“你才是小姐呢！我是李思月。我不是和你说了嘛，考虑考虑，你急什么？”李楠芝冲手机里喊道。一旁的乔庄捂着嘴躲进了洗手间，生怕笑出声来。

“哦，我不是问那个事。我是想……如果你要是有时间……”

“没时间！明天等我电话！”

还没等越子木说完呢，她一句话就把他还没说出口的话给堵了回去，说完，她竟把电话挂了。

越子木看着手机屏幕呆呆地发着愣，嘴里还自语道：“想请你喝杯咖啡……”

许曼瞪着他小声道：“该！刚认识就约人家！”

而李楠芝家里，乔庄从洗手间出来，笑着说：“姐，你可真行！现在越先生上赶着求你了？呵呵！”

“小丫头懂什么？你抓紧去调查吧。记着，要秘密进行。”

乔庄答应着出了门。

李楠芝看着手机屏幕，脸上洋溢着幸福的微笑。其实，她何尝猜不出越子木接下来要说的话呢，但自己现在不能去贸然和他喝咖啡或者吃饭。正所谓，欲速则不达。

但令她自己都感到奇怪的是，越子木来的这个电话竟让自己突然有一种怦然心动的感觉，怎么会有这种只有恋爱时才有的感觉呢？是分开太久了吗？

回想起在越子木公司里的一幕幕，她心里暖暖的，看来，越子木还是以前的越子木，并没有忘了自己，就算他不明不白地离开自己，恐怕也是有原因的吧？

想着这些，她站起身来到镜子前，面对镜子里陌生的容貌，她突然想到，不对呀，越子木面对的是李思月啊！并不是李楠芝！

她不禁嘀咕了一句：“该死的越子木！你要是敢花心看我将来怎么收拾你！”可说完，她一想到越子木有可能喜欢上现在的自己，却又有些沾沾自喜。

矛盾的女人，矛盾的心哪！怕被爱又想被爱，欢喜却又纠结。这时，李楠芝不禁想到，自己万一要是恢复不了原来的容貌呢？那怎么办？越子木要是喜欢上了容貌而不是内心呢？那怎么办？

闹着心的她在家里实在是待不下去了，见时间还早，离木瓜放学还有一段时间，她穿好衣服出了门。

外面，街道还是昨天那条街道，人也还是昨天那个人，但是两种心情。此时的她，漫步在街上，脚边的一片飞叶她都觉得是那么富有诗意。不管是角落，还是水沟，每一片叶子都找到了合适的归宿。生活真好，秋风也很让人感动。

抱着这样一种心情，她不知不觉竟又走到了那家“花漾咖啡”。站在门前，她不禁觉得好笑，心想：这到底是家怎样的咖啡厅呢，自己竟忧也来喜也来，或许，这也是种缘分吧。

进了咖啡厅，她不自觉地又走到了那个角落里的座位。服务员笑着迎上来，还没张嘴，就听李楠芝说道：“海洋之心！”

服务员瞪着眼睛看了她一眼，转身边走边皱着眉。

到了吧台，服务员神秘兮兮地对张洋说：“洋姐，那个大美女又来了。你猜怎么着？”

“还是老样子？”张洋问道。

“姐，这回你输了。依我看哪，她心情大好！”服务员笑着小声说。

“是吗？”张洋好奇地问了一句，不禁往那个角落看了一眼。

此时，咖啡厅里正播放的是光良的《少年》：“你又想起某个夏天/热闹海岸线/记忆中的那个少年/骄傲的宣言/伸出双手就能拥抱全世界/相信所有的梦想一定会实现/一切看起来都不会太遥远……”

张洋看见，桌边那个美女好像用手正在桌上打着拍子，她不禁摇了摇头，满脸的狐疑。

服务员把咖啡端到了李楠芝面前，刚要转身，却听李楠芝说道：“小妹妹，能不能换首曲子？”

服务员眨了两下眼睛，问道：“什么？”

“吟唱版《天空之城》，有吗？”

服务员没说话，却转身回了吧台。

“洋姐，奇怪了，她想听那首你最爱听的曲子！”服务员对张洋说道。

“《天空之城》？她也喜欢？”张洋问道。

“那我给放了啊。”服务员说着，就换了曲子。厅里，顿时传出那悠远深邃、令人浮想联翩的“啊啊啊”的吟唱声。

李楠芝轻轻地打着节拍，喝着咖啡，心情好好。尽管来过两次了，但直到今天她才尝出，这咖啡还真的很特别，既有卡布奇诺的梦幻泡泡又有拿铁的糊香。而且设计独具爱心，寓意深长，也不知道是谁设计的。

边喝着咖啡，她边浏览着墙上的心愿卡。看着自己贴上去的那两份心情，她伸手就要往下揭，却突然发现，在自己那张旁边贴着一张心愿卡，上面写着：起步艰难，路途遥远，谁携我手，通达彼岸。

关键令她震惊的并不是这些字，而是笔迹！世界上就不存在两个笔迹相同的人，对于这笔迹，她简直太熟悉了！难道，他也来过这里？

想到这儿，她叫过了服务员。

“小妹妹，我想问个事儿，最近这个位置有人来吗？”

服务员一听，顿时瞪大了眼睛看着她，说道：“美女，我们这可是小本生意，就这么几桌，要是没人来，那我们还不得关门大吉呀！”

李楠芝也觉得自己问的有些弱智，就笑着改口说道：“我说的意思是，有没有什么男的来过？”

“当然有啊，刚才就走了一拨呢！”服务员认真地答道。

见问不出什么，李楠芝只好笑着点了点头。等服务员离开，她又仔细地看了看那笔迹，没错！除了他，没别人！

她不禁一阵窃喜，又从桌上抽出张卡片来，想了下，就在上面写了起来。写完，她把卡片就贴在了那张旁边。然后，掏出一张钞票来放在桌上就出了咖啡厅。

见李楠芝出去了，一直观察着她的张洋走到那个角落，往墙上看了半天，就见那新贴上去的卡片写着：你进，我陪你出生入死；你退，我陪你颐养天年；你输，我陪你东山再起；你赢，我陪你君临天下！

45．约会与失约

就在李楠芝走进咖啡厅的同时，越子木这边，他正和许曼在街上走着。忙完了一天的事，他和许曼一起回家，两个人边走边聊。本来，越子木是打算直接回家的，但中途接到杜峰的电话，说是让他和许曼一起到酒吧来喝一杯。这些日子以来，他疲于奔命，也确实很累，小小地放松一下也就顺理成章了。

他答应了杜峰，和许曼一起往杜峰的酒吧走。

可能是觉得有些冷吧，或者其他什么原因，许曼很自然地抱着越子木的胳膊往前走着，越子木也没多想。本来嘛，和许曼之间还有什么可避讳的？过去不会，现在更不会了。因为，许曼是唯一和他同承风雨的人。

正当两个人快走到咖啡厅门口时，恰好李楠芝正从里面出来。她一抬头就看见了越子木，顿时，心里狂跳不已。可往越子木身旁一看，她这个气呀！许曼正搂着越子木的胳膊呢，那架势与情侣没什么分别。眼看着两个人就要走过来了，她就把风衣领子立了起来，还用一只手扶着，就这样与越子木和许曼擦肩而过。

本来，越子木远远地也看见从咖啡厅里出来一个人，衣服裹得严严的，还立着领子，而且从身材上看应该是个女的。

可许曼却下意识地松开那只抱着越子木胳膊的手，回头看了一眼那女子的背影，看了半天，她狐疑地摇了摇头，还自语道："难道是我看花眼了？"

到了酒吧，杜峰已经等得不耐烦了。见许曼抱着越子木胳膊就进来了，他冲越子木笑着道：“哥们，我可真羡慕死你了！”

许曼瞪了他一眼就去了卫生间。

见许曼离开了，越子木捅了一下杜峰：“老实交代，你是怎么夺下许曼这座山头的？你是不是已经把人家给……”

杜峰一个劲儿地傻笑。

越子木又说：“好你小子啊！真有你的。都这样了还羡慕我啥？”

“她对我可没那么温柔。呵呵！”杜峰一边往身后卫生间的方向看着一边说道。

“那是你不懂女人！”越子木说着就坐在了桌边。

“你们两个是不是说我坏话呢？”许曼不知什么时候从卫生间出来了，站在杜峰身后说道。

“没有没有，哪敢呀！快坐！”杜峰从椅子上下来，用手擦了擦旁边的座位。

许曼坐下，回头对杜峰说：“有没有啥吃的呀？有点儿饿！”

“有，有！饿着老板娘还了得？”杜峰说笑着就去取东西了。

许曼咬着嘴唇瞪了他一眼，又回头偷看一眼越子木。越子木忍着不笑。心想：这还真是一对活宝。

再说李楠芝，她边走边想，这越子木也太不像话了，原来听肖凌说他身边女孩儿多时还没太在意，可现在自己亲眼所见怎么就这么难受呢？但还有一点令她不明白的是，越子木去咖啡厅是干什么呢？而且不到五分钟就出来了，是找什么人吗？一想到这儿，她心里又狂跳不已。该不会是发现什么了吧？而她也很奇怪自己的感觉，到底是希望他发现什么还是不希望呢？心里矛盾的她，慢慢地往家走着。

可走到半路，她越想越气，就掏出电话，想了想，找出那个存成“木瓜”的号码拨了过去。

杜峰的酒吧里，越子木他们三个人正在边吃东西边喝着酒，杜峰还讲着笑话，逗得许曼一会儿笑，一会儿捶他一下。

正在这时，越子木的手机响了，他拿过手机一看，屏幕上显示的是“李思月”，他笑了一下，手忙脚乱地边摆手示意别出声，边小心地按下接听键。他接起来就笑着说道："是李小姐呀？啊不，李……思月啊？"

李楠芝冲电话里说道："下午时你不是问我有没有时间嘛，是想请我吃饭吗？我现在有时间！"

越子木一听李思月说有时间，眼睛瞪得大大的，连声说："好的好的，那我马上过来！你在什么位置？"

许曼把头转到一边，撇着嘴。杜峰小声问她："这谁呀？是谁能让咱们的大帅哥这个态度？"

"还能有谁？美女呗！"许曼没好气地回了一句。

李楠芝想了想，说道："找家咖啡厅如何？"

越子木笑着道："好的好的，一会儿我把地址发给你。不见不散啊！"挂断电话，他这个兴奋哪，把面前那杯酒一饮而尽，拍了拍杜峰肩膀说道，"哥们，我先走了啊，省得在这儿当电灯泡！哈哈哈！"

"走就走呗，还说什么灯泡不灯泡的！"许曼根本没理他。

李楠芝挂了电话就伸手捂着胸口，想抑制住那颗狂跳的心。一想到即将与越子木约会的场景，她就兴奋不已。

可就在这时，手机响了，她一看屏幕，来电话的是乔庄。

"姐，你在哪儿呢？回家吧，有重要的事向你汇报！那两家公司我调查清楚了，你听了会非常震惊的！对！"

挂了电话，李楠芝矛盾起来。如果回去，肯定是要放越子木鸽子了；不回去，涉及公司并购的大事，而公司的发展涉及那么多人呢。哪大哪小，必须要分清楚，尤其是作为企业法人代表，更不能因为个人私情耽误了公司发展，况且，公司也不是她一个人的，那另一位继承人到现在都没有找到，不发展好公司，有一天如何向人家交代？如何完成父亲的遗愿？

想到这儿，她果断地又拨通了越子木的电话。

越子木正在编短信呢，打算把花漾咖啡的地址给李思月发过去，可编了一半，就进来电话了。他一看，是李思月。

就听李思月在电话里说："我临时有事了，改天吧。那先这样！"说完，电话挂了，只剩下忙音。

越子木盯着手机屏幕，彻底傻了。

李楠芝快步往家里走，等她到了家，吴姐也把木瓜接回来了，正看着他在写字呢。而乔庄则在屋里走来走去，很着急的样子。

“姐，你可回来了！”乔庄走上前，对正在换鞋的李楠芝说道。

“不急不急，等会儿再说不迟。”说完，她换好了鞋，先到木瓜房间抱起他亲了又亲，又问这问那地说了会儿话，这才回到客厅。

吴姐端着盘水果出来放在了茶几上。

李楠芝坐在沙发上，示意乔庄也坐下，她这才问道：“说说吧，那两家公司到底什么来头？”

乔庄就把自己调查的情况说了一遍。

原来，那两家公司一家叫杨子首饰，另一家叫贞子饰品。不仅此次做的参与竞争并购的事一样，就连公司名字都如出一辙。前者，经调查是杨宇涵的公司，也就是李楠芝的那位“二旦”哥；后者，却来头不小，听说是家韩国公司，而且后面好像有黑帮撑腰，具体公司是谁的目前尚不知道。但这两家公司都很有实力，目的也很明确，那就是并购石生生珠宝，而且摆出了一副志在必得的架势。而石珏呢，却一反常态，对这两家公司也表现得十分暧昧。

李楠芝听完就陷入了沉思。对于杨宇涵，她并不担心，该如何应对她心里有数。倒是这个韩国公司让她担心起来，特别是听说还是带有黑社会性质的公司，就令她更加担心了。自己说服集团董事会回国开拓市场，就是想利用并购石生生珠宝这一国内一线品牌，从而迅速打入国内奢侈品市场，进入时尚消费领域。一旦并购不成，那就不是影响公司发展的问题了，而是直接影响她在集团的号召力。本来，自己一个女人，年轻不说，还缺乏管理经验，董事会里早就有人不服气了，这要是并购不成，自己倒没什么，要是影响了公司的进一步发展，将来如何对父亲好兄弟的儿子交代?

而对于石珏，李楠芝似乎明白了，她之所以会突然对这两家公司表现出暧昧，恐怕和自己有关。因为在无人岛时她就已经看出来了，在石珏的心里，自己恐怕早被她当成情敌了吧。

这时，乔庄又说道：“姐，你知道那家韩国公司与越子木是什么关系

吗？”

李楠芝一听她提到越子木，顿时来了精神，急切地问道：“怎么回事？快说！”

“是这样的，我通过一个在韩国当保全人员的战友了解到，这家企业之所以到中国来发展，主要是因为一个人。他只听说是叫越子木，也不知是不是咱们这个越子木？但前阶段越子木确实去了韩国。他还说，他的老板给越子木投了不少资呢！”

李楠芝听完，似乎明白了，怪不得呢，越子木成立公司的启动资金哪来的？他这才出来几年啊，哪有那么多的积蓄？

“可是，就算你那个战友说的是真的，那人家为什么要给他投资啊？是风投吗？”她问道。

乔庄犹豫了半天，这才说：“姐，其实，我没敢和你说……”

李楠芝看着她的眼睛，一言不发。

乔庄见她的表情，不敢再叫姐了，而是改口道：“李总，其实，越子木那次是和一个叫美贞的女孩儿一起去的首尔，那是个韩国女孩儿。而那家公司就是她父亲的，之所以给越子木投资……”

“不用说了，我明白了！”李楠芝说着，站了起来，慢慢地踱到窗前。

她望向窗外，看着对面那扇窗子，心里难受极了，但又不能在乔庄面前表现出来。听了乔庄说的这些，她却突然想到，越子木的自尊心是何等的强大呀，会平白无故地接受别人的投资？根本就不可能！要真是自己喜欢女孩儿的父亲给投资那就更不可能了！可是，自己明明知道这些，却又为什么闹心呢？略加思索，她明白了，自己也是女人啊！自己也会妒忌还会吃醋更会生气的，尤其是涉及自己的丈夫。

“怎么又冒出个美贞啊？”她站在窗前自语着。

乔庄犹豫着，接过话说道：“李总，那个美贞我也已经调查清楚了……”

李楠芝转过头来，看着乔庄。

乔庄说道：“这个美贞经常到中国来，是她父亲的掌上明珠，她父亲就这么一个女儿，而且终生未娶，至于什么原因我没有调查。这美贞呢，根本就不要她父亲的钱，平时在中国就靠制作手工饰品卖钱……”

李楠芝却突然插话道：“我想知道重点！”

乔庄吐了下舌头，接着说：“哦，应该是一次偶然的相遇，越子木和美贞认识了。后来，他们之间到底发生了什么，越子木又为什么和她去的首尔，这个就调查不到了。”

“美贞……”李楠芝自语着，脑海里想象着她会是什么模样。

乔庄一听就明白了，忙拿出手机来，翻开相册递了过去：“李总，我拍了几张，你看看。”

李楠芝看了她一眼，接过手机一看，就见画面上是条繁华的街路，街边一个女孩儿手里拿着个东西正在和路人交谈着什么，她旁边还放着个箱子打开着。因为可能是乔庄拍照时离得远吧，看不太清她的脸。

她又翻看了几张，见都是那一个场景，就问道：“这是哪条街？”

“就是你常去的那家咖啡厅门前那条街，不过，她站的位置是在石生生珠宝大楼下面。”乔庄答道。

把手机还给了乔庄，李楠芝自语道：“一个财阀的女儿怎么会跑到中国来摆地摊呀？”

接着，她又沉默了半天，这才对乔庄说：“你通知一下肖凌，让她马上到家里来一趟。”

乔庄答应一声，用手机给肖凌发了短信，两个人就坐在沙发上等。

这时，吴姐过来说道：“太太，该吃饭了。”

李楠芝刚想说不吃了，又一想，就站了起来，冲乔庄说了句：“走，吃饭去！”然后就进了餐厅。

木瓜此时正站在餐厅门口，倚着门框，忽闪着大眼睛看着妈妈一言不发。

李楠芝在木瓜面前蹲了下来，拉着他的小手轻声问道：“我们的小帅哥怎么了？怎么不高兴呢？”

木瓜眨着眼睛，眼圈红红的，看着妈妈，突然哇的一声哭了出来，边哭边说：“妈妈，小朋友们都是爸爸妈妈一块接，爸爸什么时候回来呀！

呜呜！”

李楠芝鼻子一酸，一把将孩子揽进怀里，用手抚摸着他的头，紧紧地抱着。

“木瓜，是妈妈不好，明天妈妈接你好吗？”

“好——”木瓜带着哭腔应道。

她抱着木瓜坐在了餐桌前，边给孩子擦眼角边说：“木瓜，周日妈妈带你去游乐园好不好？”

“好——”孩子只说了一个字，但并不像其他孩子那样一听说去游乐园就高兴雀跃。

李楠芝明白，孩子是希望爸爸妈妈一起带着玩。一想到这儿，她眼圈也红了。

正在这时，传来了敲门声。

李楠芝看着乔庄道：“是表姐来了，快去开门。”

46. 这对打手有点儿“二”

乔庄跑去打开门，来的人果然是肖凌。

一进门，肖凌就大着嗓门说：“楠芝啊，你不找我我还想来呢，都要愁死了！”

李楠芝回头看了她一眼，一努嘴：“先坐下吃饭，吃完饭再说。”

肖凌坐在了桌前，她看着木瓜，伸手笑呵呵地在他小脸上捏了一下：“哟，我们的小帅哥越来越可爱了！有没有想姨？”

木瓜伸出小手在被她捏过的脸蛋上揉了揉，奶声奶气地说：“你弄疼木瓜，木瓜就不想了。”

这一句话逗得肖凌和李楠芝都笑了。

吴姐把汤端了上来，也坐在了桌边，大家开始吃饭。

刚吃了几口饭，木瓜就冲肖凌笑呵呵地说：“姨，我见到一个叔叔，很酷！”

“是吗？在哪儿见到的？”肖凌也没太在意。

可李楠芝一听，瞪大了眼睛看着孩子，心想：孩子是要炫耀什么？

果然，就听木瓜继续说道：“叔叔还抱木瓜了呢！”说完，他却看了一眼妈妈，见妈妈微笑着没制止，就又接着说，“叔叔好高啊！姨，你见过爸爸吗？爸爸高吗？”

肖凌一听，还没送进嘴里的菜夹在筷子上停在了嘴边，她看看木瓜，又看看李楠芝，放下筷子就转过身去，然后直接去了洗手间。过了好一会儿，她才洗了把脸重新走出来。

“好辣呀！”她说着，又坐在了桌前。可是，吴姐和乔庄都看见，肖凌眼睛是红的。

李楠芝却已吃不下饭了，她给孩子往碗里夹着菜，柔声说着：“慢慢吃。木瓜，吃饭的时候应该怎么做来着？”

“食不言。”木瓜说完就低头吃饭。

看着木瓜虎头虎脑吃饭的样子，肖凌叹了口气看着李楠芝。

可木瓜咽下了口后又看着肖凌小声说道：“女人叹气会老的！”

这一句话把几个人都给逗笑了。

“唉，越来越像了！”肖凌摇摇头又接着吃饭。

吃完了饭，乔庄帮着吴姐收拾碗筷，肖凌带着木瓜在客厅里玩耍。李楠芝倒了杯水，端着站到窗前，望着对面的楼陷入了沉思。

等吴姐收拾完，李楠芝就让她带着木瓜进房间了，而她和肖凌、乔庄则坐在沙发上谈事儿。

“姐，霍东是怎么打算的？那两家公司如何应对？”刚一坐下李楠芝就问道。

肖凌说：“哦，都知道啦？”说着就看了看乔庄，然后又接着说，“杨宇涵那家伙也不打个招呼，他又不是不知道木石之盟公司是谁的，干吗非跟着瞎搅和？霍总说……霍总说让我去找他……”

李楠芝听完就笑了：“嗯，靠点儿谱，这也是我的意思。”

“我去找他倒没什么，可他能买账吗？”肖凌担心地说。

“你先去了再说。那另一家叫贞子的呢？怎么对付？”李楠芝又问。

“这个嘛……霍总说那家公司不成问题，其实关键在于石生生珠宝是怎么打算的，最近那个叫石珏的根本不见霍总，也不知打的什么主意！”

“嗯，其他的再说，你先去把杨宇涵搞定，有情况随时找我。”李楠芝说完就把茶杯放在了茶几上。

肖凌站了起来：“那我先走了啊，还不知行不行呢，他都不怎么见我。”

李楠芝抬头笑着看了她一眼：“你不是一直喜欢二旦哥嘛，有些事还用教吗？”

肖凌一听，瞪大了眼睛，脸一红说道：“楠芝！你不会是让姐用美人计吧？他可不是越子木啊！”

李楠芝却笑着说：“每个男人都是越子木，那才是正常男人。”

“就惯着你们家越子木！”肖凌说着就要走，却又转过身小声道，“对了，楠芝！木瓜很想他爸呀，要不……”

李楠芝脸色一变，冷冷地道：“管好你分内的事！不知道有些事帮忙则乱吗？”

肖凌吐了下舌头就出了门。

送走了肖凌，乔庄回身对李楠芝说道：“姐，凌姐去找杨宇涵行吗？”

李楠芝自语道：“别的我倒不怎么担心，就是这个杨宇涵却是我最担心的，他太了解我了……试试再说吧！”

“这个美贞……对了，你知道贞子饰品公司挑头的是什么人吗？是美贞父亲吗？”李楠芝突然问道。

乔庄说：“不是，她父亲根本没来。我调查过了，是个叫金志勇的在打理公司业务，也不知和美贞是什么关系。”

“这家公司也不是问题，问题的关键在于石家。”李楠芝说着，就思考如何应对。想了半天，她突然自语道，“不行，得马上帮越子木把公司做起来。”说着，她就拿出手机，找出越子木的号码拨了过去。

而此时，越子木刚在杜峰的酒吧喝完酒，正往家走呢。本来，他接到李思月的电话一听说喝咖啡就乐坏了，正要走呢却又接到电话说取消了，他这个沮丧啊，就又返回来和杜峰喝了不少酒。为了不打扰杜峰和许曼的二人世界，他就说还有事，这才出了酒吧往回走。

一看手机屏幕来电话的是李思月，他高兴地按了接听键。

“思月你好！这么晚了有事吗？”

“明天我去公司上班！”

“明天？啊……太好了！明天是吧？啊……”越子木一听李思月说明天就去公司上班，乐得不行，一不小心，差一点儿撞到树上。

“你是不是喝酒了？”李楠芝似听出了端倪。

“没……没喝！”越子木谎称没喝，却抑制不住嘴打摽。

“少喝点儿酒……注意身体呀！”李楠芝说完就把电话挂了。挂完电话却还盯着屏幕发呆，又自语道，“什么思月？难听死了！”

越子木听她问是不是喝了，就是一愣，也呆呆地看着手机屏幕，觉得很是奇怪，不过，一股暖流却瞬间涌上心头。他脑海里回想着李楠芝的模样以及说话的神态，笑了笑，加快脚步往家走。

李楠芝放下手机就看了一眼乔庄。

乔庄眼睛一眨，说道：“姐，屋里好热啊，我出去走走。”

李楠芝点了点头，乔庄穿上外衣往外走。

李楠芝一指她：“你这样出去？”

乔庄虽穿着皮衣，却摘掉了假胡子，活脱脱一副干练女孩儿的样子。

“黑着天呢姐，对了，我有头套。”乔庄笑着就从包里拿出个长发飘飘的头套来，套好了，这才出了门。

李楠芝之所以喜欢乔庄，除了她的办事能力外，其实主要还是喜欢她的聪明。有些话根本不用明说，她就心领神会了。

小区外的街路上，深秋的寒风卷集着落叶，追得落叶四散纷逃，到处寻找着属于它们自己的家。此时，街上行人稀少，三三两两的人们也都行色匆匆地返回自己的暖巢。

越子木裹了裹外衣，脚步踉跄地往家走着。寒风拂着他的脸庞，红润的脸上衬托着酒的张扬。

正走着呢，突然，从旁边一条胡同里蹿出两个人来，直接站在马路中央看着越子木。越子木一抬头，见两个人的架势就觉得不对劲，他还往身后看了看，可哪还有别人哪，分明就是冲自己来的！他脑海里迅速地想着对策，心想：最近也没得罪什么人哪，这是要搞哪样？

就见两个人缓缓地迎着他走了过去，浑身散发着杀气。

越子木心想：这刚有件好事怎么就来了件坏事呀？最近自己也没惹哪个小姑娘啊？

当时的情形已不容他多想，两个不速之客已经走了过来，只有几步远的时候，他一摆手：“等等，你们想要干什么？话说清楚再动手也不迟！”

两个人一听就站住了。越子木发现，两个人一高一矮，都戴着墨镜。这时，就听矮个子侧头对大个子说道：“大……大哥，告诉他吗？”

大个子吼道：“傻呀你？又犯二是不？少废话，你先上！”

矮个子咧了咧嘴，又说：“大……大哥，他个儿好高啊，我怕弄不过他！”

“你他妈真熊！”大个子抬腿就踢了他一脚。

“大……大哥，整个丝袜套脸上好了！”矮个子又说道。

“你他妈以为是打劫呢？你到底上不上？”大个子没好气地说。

矮个子迟疑了一下，就开始撸胳膊挽袖子，又往手心吐了口唾沫，跃跃欲试，却突然又转过身去对大个子说道：“大……大哥，看不清啊！这路灯好像坏了。”

“你他妈把墨镜摘了不就得了？磨磨叽叽的！一边去吧，我来！”说着，大个子一扒拉把矮个子扯到了一边。

大个子站在了前面，指着越子木厉声说道：“你！是自己倒下还是等我们给你弄倒？好久没杀人了啊！乖乖地趴下让我们干完活好回去交差！”

越子木这个气呀，又觉得好笑。刚开始时他确实吓了一跳，但听完这两个二货的对话后，他心里有底了，这根本就是两个小混混嘛，而且还是很“二”的混混。

“朋友，把话说清楚再动手也不迟呀，我又不会跑了！到底是谁让你们来的？”越子木说道。

“少废话！”大个子说着就从后腰上抽出样东西来。

矮个子一看，说道：“大……大哥，你拿刀啦？你有家伙咋还让我先上呢？赤手空拳的！”

大个子回头瞪了他一眼，又转向了越子木。

矮个子又说：“咱们来时社长说教训教训就行，也没说放血呀！”

大个子气得转过身把刀架在了矮个子肩膀上：“都说出去了是不？什么社长社长的，来时社长不是说不让透露出去吗？”

矮个子一吐舌头不言语了，躲在大个子身后，猫着腰看着越子木。

越子木这个气呀，无奈地说："我说，你们到底是劫财还是劫色？痛快点儿！实在不行，你们商量好再来，没工夫跟你们在这儿扯淡，我还得睡觉去呢！"说着，他抬腿就要走。

"大……大哥，他根本没把咱们放在眼里！不过，他说的也对，咱们到底是劫财还是劫色？"矮个子认真地看着大个子说道。

大个子又回过身，看着矮个子，他都要哭了："下次他妈不带你出来了，又不是女的劫什么色啊劫？"说着话，他却看向了矮个子身后。

矮个子一回头，自语道："这回来女的了……"

就见他们身后不远处站着个人，从身材和头发上看明显是个女的。

大个子说了句："要不，你去把那个色劫了吧，老大给这点儿钱还不够按脚的呢！"

矮个子一听就乐了："这个俺在行！你快点儿啊，要不然我还得等你！"说着，他笑嘻嘻地就朝后面那女的走去。

此时，越子木也看见了远处站着的那个人影，他一听是女的，心里就是一紧。心想：幸好我赶上了，要不然那女孩儿肯定要吃亏呀！想到这儿，他大喊一声："冲我来！"说着就朝大个子冲了过去。

"别乱动！"

刚跑了两步，越子木就听见那女的冲这边喊着，他再一看，矮个子不知怎么的被那个女的三下五除二地就放倒在地上了，紧接着，她竟朝这边跑了过来。

说时迟那时快，大个子挥着刀已经冲了过来。他刚跑出几步就听见后面一声惨叫，但也顾不得回头了，迎着越子木就冲，嘴里还喊着："矮子你轻一点儿！怜香惜玉你他妈不会呀？"

躺在地上的矮个子带着哭腔说道："怜啥香啊怜！我现在烧香的心都有！还不如我对付那个了……大哥，小心哪……哎哟，疼死我了！"

其实，矮个子说的小心是让大个子小心后面，可大个子还以为是让他小心对面这个呢，也没在意，挥着刀就上，可就在他举起刀狠巴巴地正想往下落时，手腕子却突然被抓住了，他又往下挥了挥胳膊，没挥动。他一回头，还没看清是怎么回事呢，就被人往下一压胳膊，接着就是一个背摔！结结实实地摔在了地上。

越子木惊魂未定地往前上了两步，对那长发女的说道：“姑娘，没事吧？”

那女的转身抬腿就想再踢大个子，却被越子木给拦住了。女的抬头看了他一眼。越子木借着月光发现，这竟是个长发飘飘的姑娘！

这女的不是别人，正是乔庄。

见越子木盯着自己看，乔庄脸一红，把被越子木抓着的那只手抽了回来。

正在这时，地上的大个子和远处的矮个子爬起来就跑，一瘸一拐的，像两只受伤的狗。

一边跑，两个二货还说呢：“下次还劫色不了？”

“不劫了，不他妈好劫。”

“那……按脚去？”

“还是先治腰吧，按啥脚啊！”

见两个混混跑了，乔庄想追，却被越子木又拦住了：“穷寇莫追！”

正说话呢，越子木觉得胳膊有点儿疼，他举起左胳膊借着月光一看，坏了，胳膊上不知什么时候划了长长的一道口子，正淌血呢！

乔庄见越子木胳膊出血了，一想，可能是刚才自己摔大个子的时候正巧越子木往上冲，不小心就被刀划着了。

“你往上闯什么呀？伤着了吧？快上医院吧！”乔庄说着，拉着越子木就走。

越子木用右手捂着伤口，笑嘻嘻地还说呢：“没事儿，一点儿小伤不算什么。不过，姑娘，你身手不错呀！学过？”

乔庄也不答话，边走边四处看有没有出租车。

看着乔庄的侧脸，越子木就是一愣，总觉得怪怪的，有些熟悉？又觉得不对。

其实，在无人岛时越子木见过乔庄，只不过当时是在山洞里，又是黑天，也没太看清楚，加之那时乔庄是一头短发，而现在却是长发，所以越子木也就没多想。

好不容易打了辆车，乔庄和越子木到了医院。她又是挂号又是联系医生，忙活了半天，直到越子木进了包扎室，她这才在门口的长椅上坐下来喘了口气。望着里面正在包扎伤口的越子木，乔庄回想着刚才的情景，不禁对越子木由衷地敬佩，当时之所以他往上闯，纯粹是为了帮自己，要不然也不会受伤。

在外面等了一会儿，乔庄突然意识到，走廊里灯火通明的，万一要是被越子木认出来可就坏了！想到这儿，她隔着门上的玻璃又看了一眼，心想：他应该没有什么大碍了。这才悄悄地离开。

越子木包扎完胳膊上的伤口，和护士说了声谢谢，正想往外走呢，就见一个医生走了进来，笑着对他说道："先生，能给我们留一下您的地址和联系方式吗？"

越子木一愣，皱着眉看着医生。心想：什么时候医院有这规定了？

却听医生继续说道："是这样的，越先生，刚才我们化验血液的时候，无意中发现你的血型非常特殊，我们就想留个标本资料，以充实我们的血液样本库，不知可不可以。"

越子木明白了，原来是这样啊，就欣然同意了。医生就让护士详细登记了越子木的基本资料。

越子木出了包扎室，却发现那个长发姑娘不见了，他在走廊里找了个遍也没找到人，他一想：人家一个大姑娘凭什么等着你呀？你以为你是谁呀？想到这儿，他不禁一脸坏笑地自语着："将来公司要是能有这么一位嘛，又漂亮又有功夫，而且刚才看她在医院办事也麻利。可惜喽！都没好好谢谢人家！"

往外走时，他却在想，刚才那两个二货到底是谁派来的呢？社长？只有韩国的企业总经理才叫社长啊！

一想到韩国企业，他顿时吓了一跳！

47. 卧底正式开始

越子木回到家还是百思不得其解。他想，就算是韩国的什么企业派来的，那也不可能啊，自己从来也没惹过谁呀。况且，自己所认识的韩国企业除了美贞父亲的公司外，也没有别的呀！

一想到美贞父亲，他就立即打消了想法，因为他知道，美贞父亲不可能这么做，就算是他，也绝对不会干这种下三烂的勾当。那又会是谁呢？他在脑海里一遍遍地过着筛子，突然，一个人的形象进入了他的脑海：金志勇！

从目前的情况看，也只有他嫌疑最大，因为在他眼里，自己就是他的情敌！可是，他远在韩国，又怎么会到中国来搞这么一出呢？等有空问问美贞或许就有答案了。

想着心事，他感到胳膊一阵阵疼痛，就索性躺在了床上，可根本就睡不着。脑海里又出现了刚才那个女孩儿，不禁后起悔来，怎么也没问问名字呢？回想着当时那一幕，他不禁又生疑问：当时那女孩儿为什么要回避自己的目光呢？而且自己从她的眼睛里似乎看到了什么，却又很模糊，反正就是觉得怪怪的。

夜深了，他却依然辗转反侧。一想到明天李思月就正式上班了，他又兴奋起来，胳膊也不觉得疼了。现在的公司，可以说是求贤若渴呀！公司要发展，没有人才是不行的，而从李思月的言谈举止上看，不仅人长得漂亮，而且关键是有思想，这一点，是他最欣赏的。还有更重要的一点就是，这个人不仅声音而且连身材都像极了李楠芝。他想，或许这是上天的安排？

正躺着呢，他又突然想起什么，就腾地一下子从床上蹦了下来，摸着黑快步走到窗前，往窗外望去。对面，那扇窗户正亮着灯，一个人影在窗前伫立着。

越子木心生疑惑：那到底是什么人呢？为什么经常站在窗前？他从楼下往上数着楼层，又自左向右数着窗户，暗暗地记住有可能是哪个单元的几层楼后，这才重新回到了床上。

再说乔庄。她为了躲避越子木，匆匆忙忙地回来了。一进门，李楠芝就发现有些不对劲。

“小乔，你怎么慌成这样？出什么事了？”

乔庄喝了口水，上气不接下气地说：“姐，遇到劫匪了！”

李楠芝顿时紧张起来，过来扶着乔庄前后看了个遍：“伤着哪儿了？”

“姐……不是我伤了。”乔庄一脸愧疚地说道。

李楠芝听完，心里咯噔一下子，忙问：“莫非是……”

“对，是越先生。不过只是划破了胳膊，都怨我！”说着，乔庄就把当时的情形说了一遍。

李楠芝听了就气呼呼地自语道：“想英雄救美也不掂量掂量自己有没有那本事！他就见不得女孩子挨欺负！”继而，她又冲乔庄说道，“不过，只要你没受伤就好，他一个大男人划破点儿皮不算什么。没事，你不用有心理负担！“

“我也没想到他会冲过来呀，看那架势是要来帮忙的……”乔庄话语里还是觉得不好意思。

“对了，他没认出你来吧？”

“应该不会，我戴着长发呢，以前他看见的我是短发。”乔庄边说边回想着与越子木四目相对时的情景，一想到越子木的眼神，她不禁心跳加速。

李楠芝看出来了，拍了拍她肩膀，笑着道：“小姑娘不许瞎想啊，他可坏得很呢！呵呵！”说着，她眼前也浮现出越子木那一脸的坏笑来。

“姐……我没有……”乔庄解释着，脸却红了。

“行了，去洗洗睡吧，明天和我一起去上班，但要分开走。”李楠芝说完就转身走到窗前，望着对面那栋楼发呆。

第二天，李楠芝早早地起来，特意挑了件职业装穿上，也没怎么化妆，可镜子里的她显得是那么的超凡脱俗。

为了与李楠芝错开，乔庄先出发了。

李楠芝站在窗前观察着前面那栋楼下，直到看见越子木挎着胳膊从楼的拐角处出现，朝小区门口走去，她这才和吴姐一起抱着木瓜送他去幼儿园。

看到越子木挎着胳膊的样子，李楠芝心疼不已，在心里说：一定会很疼吧？真是让人操心。

一路上，木瓜特别开心，进幼儿园大门的时候，小家伙还美滋滋地对一个小女孩儿说呢：“这是我妈妈！”然后，回头看了一眼妈妈，就蹦蹦跳跳地和那个小女孩儿进去了。

小女孩儿走了几步还回头看呢，看完，对木瓜说：“你妈妈可真漂亮！”继而又自语道，“我妈妈也漂亮……我还有爸爸呢！”

小木瓜瞪了她一眼，大声说：“谁没有爸爸？我爸爸好高呢！哼！”

看着两个孩子边走边聊着什么的样子，李楠芝舒心地笑了。吴姐去买菜了，她就朝越子木的公司方向走去。

此时，越子木和许曼都已经到了，许曼在忙着擦桌子、打扫办公室。边忙活还边唠叨着：“怎么那么不小心啊？是不是喝多了划哪儿了？等我见着杜峰的！非让你喝酒！酒有什么好？喝酒都喝出多少事了？”说到这儿，她顿了顿，脸红了一下，又接着说，“越子木，以后可真不能喝酒了，正事要紧哪！”

越子木边整理桌上的资料边应着：“嗯，不喝了，以后肯定不喝了！”

两个人正说着呢，就听传来敲门声。

许曼喊了一声：“来啦！”就过去开门。

门一打开，她当时就愣住了。就见一个头上戴着鸭舌帽、鼻子上卡了个黑框眼镜、淡淡的胡须、面容清秀、一身牛仔装的青年站在门口。

“你是乔庄吧？快请进！”许曼满脸带笑地打着招呼。

然后，她回身冲越子木说道：“乔庄来了。”

越子木有一搭没一搭地应着：“让他先随便坐吧，等一会儿人到齐了咱们开个会。”

“忙什么呢你？过来给你介绍一下呀！”许曼招呼道。

越子木把手里的资料放在一边，转过身上下打量着已经改扮成男孩子模样的乔庄。

“乔庄，这是咱们越总，越子木！这是乔庄，我招来的帅哥！”许曼互相介绍着。

越子木伸出手，眼睛却盯着乔庄的脸。

乔庄大方地伸手和他握了握，然后马上就抽回了手。

越子木一握乔庄的手，不禁愣了一下，但马上恢复了神态，笑着说：“欢迎加入我们公司！以后大家就都是自家人了。”

乔庄笑了笑。

越子木又是一愣。心想：现在的花美男都是这样吗？手像没骨头似的，笑跟个娘们儿似的。

许曼笑呵呵地端过杯热水来放在桌上，冲乔庄道：“先喝点儿水，外面太冷了哈！”然后，她哼着歌又去忙了。

越子木见许曼的样子就觉得好笑，突然感觉许曼怎么跟过去不一样了呢？

他坐在椅子上和乔庄攀谈起来，也无外乎就是问问经历，聊聊公司的发展方向什么的。而乔庄一边回答着，眼睛却在盯着越子木那只胳膊。

说话的间隙，乔庄问道：“还疼吗？”

“不疼，就是点儿划伤。”越子木看了胳膊一眼答道。可回答完，他才觉察刚才乔庄问的话有些奇怪，什么叫“还疼吗”？他就瞪着眼睛看了看乔庄。

乔庄咳嗽了一声，却突然指着外面说：“快看，来了个美女！”

越子木抬头一看，可不是，李楠芝正朝这边款款走来……

越子木立即从椅子上站了起来，眼睛盯着外面，脚却不自觉地朝门口移动。看到这一幕，乔庄暗暗地发笑。

许曼也看见了李楠芝，不禁自语道："哇！还真不是吹的！"

眼看李楠芝就要走到门口了，这时，越子木却突然转身又坐回了他那张桌前，还是背对着门。

许曼看了他一眼，撇了撇嘴。而乔庄则看一眼越子木看一眼外面，表情奇怪。

终于，传来了敲门声。许曼嘴里喊着："来了！"就跑过去开了门。

"进来吧！"许曼表现出的热情与她此前招聘时判若两人。

李楠芝冲许曼笑了笑，闪身进了屋。乔庄站了起来。

许曼关好门回过身笑着招呼道："越总，你盼的美女来了。对了，介绍一下……"说着，她走到李楠芝和乔庄之间，"这是乔庄，她叫李思月。你们认识一下！"说完，她看着两人。

李楠芝和乔庄握了握手,两个人还偷偷地挤了挤眼睛。

这时，越子木悄悄地把胳膊上的绷带解开放在一边，微笑着转过身。

"是思月来啦！非常欢迎你加入公司！"越子木说着，上前伸出右手，眼睛却看着李楠芝。

李楠芝迟疑着伸出手，眼睛却盯在了越子木的左胳膊上。

许曼看了一眼越子木那只左胳膊，眨了眨眼睛，快步走到墙角处，拿起烧开了的水，另一只手又拎起暖水瓶，走到越子木左手边。

"越总，快帮一下，好沉哪！"许曼皱着眉说道。

越子木也没想太多，正和李楠芝说话呢，听许曼喊就下意识地伸出左手去拎暖瓶，可往起一抬胳膊，他不禁"哎哟"一声。

许曼已经忍不住笑了起来，瞪了他一眼，一甩手自己拎走了。

乔庄看到这一幕也忍不住偷笑，对越子木说："越总，你胳膊不是受伤了嘛，绷带呢？"说着就去椅子上把那个绷带拿了过来。

越子木不好意思地冲李楠芝笑了笑，解释道："划了一下，我以为不疼了呢……"说着，就在乔庄的帮助下重新又把绷带套上了。

李楠芝背过脸去，自语道："逞什么能？"

越子木回身坐在自己的座位上，冲几个人说道：“许曼别忙活了，下面咱们开个会啊……”

她们三个人就都坐下来看着越子木。

越子木继续说道：“公司的基本情况你们两位可能应聘时都了解了，我就不多说了。现在公司处于起步阶段，可能会有点儿忙，大家也会很累，现在呢也没有什么分工不分工的，有事大家一起做，心往一处想，劲往一处使，争取早日打开局面。近期的任务是这样的，李思月你和许曼一起，负责招人，主要是招专业人才，起码再招两三个吧！我呢，和小乔出去跑跑业务，看能不能先期拉点儿广告什么的。你们呢？都说说想法！”

许曼首先说道：“坚决支持越总，没什么意见！不过，再招人可得我们自己说了算啊……”

越子木微笑不语，眼睛看着李楠芝。

李楠芝想了一下，说道：“这样，我和许曼先招着，拟定人选后再请越总看一遍，然后再最后确定。怎么样？”说完，她看向许曼。

许曼伸开两手，耸耸肩。

越子木点了点头，又看向乔庄。乔庄只说了一句：“同意。”

越子木就站起来，冲许曼说道：“给杜峰打个电话，让那小子把车给我弄来，靠两只脚能走多远路？”

“自己怎么不打……”许曼自语着却掏出了手机。

越子木回过身一边在桌上整理材料一边说道：“今天是个好日子，晚上咱们聚餐啊！”

李楠芝却说了句：“还没挣来钱呢却要花钱？聚什么餐？改天吧！”

越子木回过头，看着李楠芝：“那……改天就改天吧！”

接下来，许曼和李楠芝在一起研究着如何招聘的事，乔庄则帮越子木整理那些企业的资料。

越子木掏出手机拨了个号码：“喂，你好！是我，越子木。对！一会儿上你那去一趟，就上次咱们谈的广告的事！对对！那好，一会儿见！”

打完电话，他走到许曼和李楠芝旁边，顺手把手机放在桌上，指着那些材料说道：“是这几个专业方向啊，美工、摄影、化妆……”

他说着话，而李楠芝的目光却落到了他那个手机上。就见手机上拴着个卡通小老鼠，正是那个可爱的杰瑞！她慢慢地伸手拿起了手机，轻抚着小老鼠杰瑞，就像轻抚她那难忘的记忆。

越子木发现了李楠芝的举动，他伸出手，眼睛看着她。李楠芝只好把手机递了过去。越子木笑了笑转过身去。

许曼小声道："大人的身子骨，一颗孩子心！"

见李楠芝还盯着越子木手里的手机，许曼凑到她近前小声道："他对你算是破例了，从我认识他起手机上就拴着那个破玩意儿！而且还谁都不让碰！说不定是哪个美女……"突然，许曼打住不说了，可能是她意识到不该在新人面前揭越子木的短吧。

可李楠芝心里却暖乎乎的，她禁不住把手轻轻地放在了自己的包上，那里面的另一部手机上拴着那只小"汤姆"猫。

这时，一声汽车鸣笛声，杜峰到了，他把吉普车停在门口，大咧咧地走了进来。

"哥儿们！车给你送来了啊！正好看看我们家曼曼……"正大声说着呢，一进门就看见许曼正瞪着他，吓得他一吐舌头，嘻嘻地笑着走了过去。

可刚走几步他就发现了李楠芝，顿时瞪着眼睛张着嘴，小声自语道："乖乖，臭小子好福气呀！"

"不怕我扎你眼睛吗？"许曼扬着脸冲他说道。

杜峰赶紧把目光移了回来，笑着对许曼说："就看看，也没干啥……"

"还想干啥？赶紧走！别影响我们办公！"许曼下了逐客令。

越子木却走了过来，拉着杜峰对李楠芝和乔庄道："介绍一下，这是我的好哥们杜峰，开酒吧的，以后没事咱们尽可以到他那玩啊！杜峰，这是李思月，这是乔庄。"

杜峰笑着点了点头算是打了招呼。

"那我走了啊，免得影响你们。呵呵！"杜峰傻笑着，看了一眼许曼转身就要走。

越子木拦住他说：“一起走，正好顺路。乔庄，拿上那些材料，跟我走。”

说着，三个人就往外走。临走到门口时，杜峰却回过头来神秘兮兮地对许曼小声道：“老板娘，晚上想吃啥？”

“再啰嗦吃了你！”许曼冲他一咬嘴唇。

杜峰缩回头，和越子木他们快步朝车走去。

他们走后，许曼和李楠芝两个人整理着招聘材料，正商量着发布招聘公告的事呢，就听传来了敲门声。许曼还说呢：“准是又落什么东西了，马大哈似的！”说着就去开门。

门一打开，她当时就愣住了，李楠芝一抬头也看见了进来那人，她也愣住了。

进来的到底是谁呢？

48．顾桐的烦恼

令李楠芝惊愕的是，进来的是位美女，一身职业裙装，身材高挑、美腿修长、一头短发、气度不凡！

令许曼吃惊的是，进来的这位美女不是别人，竟是顾桐！

那么，顾桐怎么来了呢？

自从越子木和许曼辞职后，虽说业务照干不误，平时也是忙忙活活的，但只要一闲下来，顾桐就开始想这两个人，最主要还是放心不下越子木。甚至她都有些后悔，在一起那么长时间怎么就没说出自己心里的秘密呢？

可是，越子木不仅辞了职，而且还玩起了失踪，这让顾桐更是担心不已。直到后来接到越子木打来的电话，这才知道他在忙着开公司。她总算放了点儿心，想要帮什么忙却又犹豫了。她也多次想要来看看公司筹备得怎么样了，但总是被各种繁杂的事务缠身。

但不管想这想那的，顾桐却从来没想过要过来跟着越子木一起干。身在职场，无信不立；身为下属，贵在忠诚。她深知这一点，而这也是她能得到器重的主要原因。

可是，有些事或许是天意，也或许是命中注定，随着一件事的发生，她的想法彻底改变了……

那一日，吴总把顾桐叫到办公室，问了一些业务上的事后，就笑着对她说："小顾啊，看你平时也够累的，没个帮手也不行啊，现在越子木和许曼也走了，你人手也不够，这样吧，给你找个帮手怎么样？"

顾桐想了想说道：“不用了，我们几个人没问题！增加人员就会增加开支的……”

“我已经定了！明天就上你那儿报到！”吴总却话锋一转，口气不容置疑。

顾桐“哦”了一声就没再说什么。

吴总又接着像是自语又像是在对顾桐说道：“越子木这小子不仅人走了，竟还把石家的业务也带走了！”

顾桐一听，忙解释道：“吴总，这不能怨越子木，当初签合同时人家就有约定，那个项目只让越子木来做，越子木不在咱们公司了，合同自然解除了！这不能怪越子木！”

“那你们是干什么吃的？”吴总说着，话可就开始难听了。

顾桐不言语了。

“行了，你先去准备一下吧，给腾个办公室，明天人就来上班。你还是组长，她就做副组长。去吧！”说着，吴总挥了挥手。

顾桐回到办公室闷闷不乐，倒不是因为吴总又给她弄个副手来，而是因为吴总对越子木的怨。明明不怨越子木，吴总却把责任都推到了越子木身上。其实，要说责任在谁身上，那不是明摆着嘛？当初你吴总要不是失信，赖着不付佣金，人家越子木能辞职吗？即使他想独立创业，那起码也得把这个活干完，把合同履行完吧！

顾桐越想心里越不好受。这回倒好，吴总又给安排了个副组长，还说不定是什么人呢！不过，她的用意也太明显了吧？这不明摆着是打算取代我嘛！

她闹了半天心，又一想，却也坦然了。一切，就顺其自然吧，辩证法总能把坏事变好事的。可是，她也有顾虑，她最担心来的是女人，要是男的还好些，怎么说男同志都大度，不像女人，天生就不能和同类共处。

有些事往往就是如此，越怕什么就偏偏来什么。

第二天上午，顾桐正带着组内的几个人开会呢，吴总就面带笑容走了进来。

“顾桐啊，人到了。来，给你们介绍一下！”说着，她回身冲门外一摆手，“进来吧！”

屋里所有人的目光都集中在了门口。

这时，就见一个女子走了进来，只见她盘着一头秀发，还有几缕发丝散落在耳际，米黄色的风衣里面是一身白色的职业装配着短裙，脚上一双白色的皮靴，鞋跟儿很高，身材匀称，体态端庄，鲜红的唇膏点缀着脸上的妩媚。

陈承首先小声自语道：“乖乖！好风尘哪！”

顾桐瞪了他一眼，马上站了起来。

吴总笑着拉过那女的，刚要说话，却听那女子笑着说道：“大家好！我叫柳依依，请大家多多关照！”

顾桐大方地伸出手：“我是顾桐。”

吴总笑着说：“哦，那你们熟悉熟悉吧，对了，依依可是我请来的啊，暂时先做副组长，协助顾桐开展工作。那你们聊着吧！依依，回头有什么事尽管找我。”说完，她出去了。

顾桐一一把众人向柳依依做了介绍，然后她问道：“给柳组长的办公室准备好了吗？你们谁负责的？”

李斯站了起来：“哟，又是个美女耶！跟我走吧姐姐！”说着，一挑兰花指，扭了两下腰，带头走在了前面，带柳依依去看办公室。

柳依依愣了一下，皱着眉看了看顾桐。顾桐笑着对她说：“他就那样，是咱们的化妆师，水平一流！”

柳依依这才长出一口气，就跟在了李斯后面。

等柳依依一走，陈承马上凑到顾桐跟前：“顾姐，这什么情况？”

顾桐白了他一眼：“不要瞎打听，干好你自己的活！”接着，她回身往自己的办公室走，边走边小声自语着，“谁知道什么情况？”

按照惯例，来了新人是要聚餐的，但顾桐对于吴总的这一做法很是不满意，她隐隐地感到，好像有什么事要发生。但又一想，管它呢！自己问心无愧，逼到份上大不了找越子木去！

这样一想，她也就释然了，于是，就安排陈承联系饭店，打算晚上组内聚餐。

陈承一听，眨着眼睛小声问道：“那……是不是把越子木和许曼也找回来？都走这么长时间了，咱们也没送送。”

顾桐想了半天，总觉得有些不合适。这要是就她们组原来这些人找回越子木和许曼聚一聚还差不多，可如今却来了个清纯不清纯、娇艳不娇艳的美女，而且还是“空降兵”，怎么想都觉得不妥，她就犹豫着。其实，她何尝不想把越子木他们找回来聚聚呢？早就有这个打算了，可越子木一直忙，她也不想在越子木公司尚未起步的时候打扰他，所以就一直拖着。

陈承见顾桐犹豫着，就笑着说：“顾姐，我知道你是怎么想的，这好办，越子木那哥们眼睛毒着呢，也正好让他帮着看看这个姓柳的咋样，还有许曼，有口无心的也正好敲打敲打她，省得这空降兵不懂规矩。”

顾桐一想，以后要想单独找越子木和许曼同原来组里的人聚餐恐怕是不可能了，撇开柳依依也说不过去呀！干脆，一勺烩得了！

想到这儿，她让陈承通知大家，包括柳依依，把晚上的时间都腾出来，组内聚餐。而她自己，打算亲自去请越子木和许曼，这才有了前文许曼和李楠芝看到的那一幕。

那么，这个柳依依是谁呢？

人都说山不转水转，水不转人转。这个柳依依是越子木大学同学，她毕业就去了南方，发展得也不错，但随着时间的推移，物质生活的不断丰富，她越来越觉得，自己心里有份沉甸甸的东西放不下，至于是什么，恐怕她心里最清楚。

在一次全国性的业内会议上，柳依依认识了吴雨霞，当时她还开玩笑说，需不需要人，要是需要她随时可以跳槽。吴雨霞打个哈哈，说那敢情好了，你这么有能力我正求之不得呢，别是开玩笑吧。打完了哈哈，吴雨霞也没太当真，因为当时的柳依依混迹于南方时尚圈，已是小有名气的高级白领，她又怎么舍得放弃来之不易的一切呢？

但吴雨霞想错了，柳依依说的却是心里话。见吴雨霞打着哈哈，柳依依也就没过于表露自己的心境。有些事，太主动总会降低价值。

就这样，柳依依又在灯红酒绿的南方时尚圈里周而复始地重复着她的每一天：开着跑车下班，却并不急于回那个空荡荡的家；饮着红酒看大片，却品不出酒的滋味，看不透片的真情；玫瑰浴后的出水芙蓉，却没有任何人的欣赏；席梦思的温香绵软，却很难进入梦乡……

独身的女人，尤其是独身且漂亮又成功的女人，什么都不缺，缺的只是一声轻轻的问候，或者感冒时的那一杯清水。

突然有一天，柳依依不知在哪听说了越子木的消息，她在看完一部爱情片，哭得昏天黑地之后突然明白了，自己想要的究竟是什么！不是豪车、不是别墅、不是红酒……也不是那些表面绅士般衣冠楚楚眼睛却像把刀一样恨不得剥开你衣服的男人，而是那个曾经让她无法释怀的人！

她毅然决定，北上！去找那个傻瓜，寻回那失去了的青春之梦！

正当柳依依打算辞职北上的时候，却在某一天突然接到了个电话。电话是吴雨霞打来的，问她当初说过的话还算不算数，想高薪聘请她来公司帮忙。

柳依依一听，顿时感觉这是上天的安排，于是，就欣然同意了。她这才到了北京，进入了《靓相》杂志社。

一到北京，她就打越子木的手机，但她所知道的那个号码早就停机了。而此时，她尚不知道越子木曾在吴雨霞这儿干过。她就打算慢慢找，只要他在北京，相信一定会找得到。

再说顾桐。她是向杜峰打听到了越子木公司的位置，就开着车直接去了那条小巷。走之前，她也没有给越子木打电话，连她自己都好奇怎么会有这样的举动，完全不合常理呀！又不是不知道手机号！是想给越子木一个惊喜吗？一想到这儿，她的脸就红了一下。

然而，惊喜没有给越子木，她自己却感到非常震惊！

当她进了越子木的公司，发现除了许曼变成了温柔型的美女外，迎面所见的，却是位令她都羡慕不已的美女！和李楠芝四目相对，两个人都不说话，就那样互相欣赏着，以目光为剑，互相拼杀着。

许曼在旁边看着这两个人，有些发蒙。心想：这什么情况？俩人也不认识，较什么劲？她眼珠子一转，心想：就不给你们俩介绍，看你们互相看到啥时候？索性，她一边待着看热闹去了！

最后，却还是顾桐败下阵来。面前这位美女的高端大气和自信令她自叹不如，她只好笑了笑，说道：“我叫顾桐。”说着就四处找许曼。

许曼赶紧从椅子上站了起来，走到两个人跟前：“介绍一下吧，这位是顾桐，我和越子木以前公司的主管。这位是李思月，新加入我们公司的！”

许曼说完，看了看这俩人。李楠芝微笑着伸出手，顾桐也伸手和她握了一下。她此时心里想的却是：越子木这小子艳福还真是不浅。而李楠芝脑海里迅速分析着，越子木在顾桐手下时会是种什么情形。

两个美女，风格不同，性情不同，心里所想却惊人般的相同。越子木要是知道还不得乐死！

许曼招呼着顾桐坐下，她又是倒水又是问这问那，话多得让顾桐根本没机会问越子木的事。

李楠芝对顾桐笑了笑，示意她随便坐，而她自己却转过身去忙着整理招聘材料。

终于得着空闲了，顾桐问许曼：“越子木呢？怎么没看着他呀？”

“大忙人！呵呵！顾姐你们怎么样了？”许曼根本不理解顾桐的心思。

“哦，都好都好！”顾桐应答着，心里却还在想，见不着越子木倒是有些遗憾。她又接着问，“许曼，就你们几个人？”

“正在招呢！”许曼答道，继而又笑着说，“那要不……我给越子木打个电话叫回来？”

“不用了……我也没什么事，那你们先忙着，我先回去了！”说着，顾桐站了起来。

许曼和李楠芝也站起来送顾桐。边往门口走，许曼还嘀咕着：“越子木不在，要是在的话怎么也得请你吃了饭再走啊！”

一听她说吃饭，顾桐这才想起来自己此行的目的，就回头说：“你不说我还差点儿忘了，晚上你和越子木一块过来，咱们组聚聚，也算是送送你们俩！饭店就是以前咱们常去的那家！”说完，她又看着李楠芝说，“李小姐要不也一块去？”

李楠芝笑了笑：“我就不必了，谢谢啊！”

而许曼一听说聚餐，高兴地一拍手："好！一定去！"

送到门口，顾桐又回头看了一眼李楠芝，笑了笑，转身出了门。

送走了顾桐，许曼哼着歌，没心没肺地忙活着，傻子都能看得出来她高兴的样！

李楠芝犹豫了半天，才问道："许曼，你们以前常聚会呀？"

"是呀，我们顾组长人可好呢！每次大伙都很尽兴……"说到这儿，她可能是又想起了那次醉酒，脸一红，又自语道，"今天可得少喝……"

"是呀，为了提升凝聚力，好多公司都找个名目就聚餐呢。不过，可不是哪家饭店都适合聚餐的……"李楠芝自语着，话里话外明显是想探听什么。

"没事，我们常去的这家就在步行街上，是家烤肉店，很适合聚会！"许曼说完，却又笑着对李楠芝说，"要不，晚上跟我们一块去？保证那几个小子全蒙！呵呵！"

"我可不去，晚上还有事呢。"李楠芝说完，就又忙自己的事去了。

49. 令人意想不到的聚餐

人最害怕的是自己不知道的东西，最想要的是自己得不到的东西，最想念的是自己已经失去的东西。

人生有一种努力叫遗憾，而人们往往因为遗憾就想通过努力来挽回，但他们忘了，人生还有一种努力叫惘然。即使是秋天，等待了一年的青苹果也未必成熟；纵有芬芳，未央的绿色植物也无力映红……

步行街上，那家韩式烤肉店。

顾桐、陈承、李斯等都已经到了，他们围坐在一张长条桌前，等待着今晚主角的到来。此次会餐，因柳依依而起，而顾桐等的，却是越子木。

此时，餐厅里已经开始上人了，十几张桌子都陆续坐上了人，几个服务员在殷勤地招呼着。

顾桐不时地看着手表，焦急地等待着，她心里没底，也不知许曼告诉越子木了没有。但越子木有事不一定会及时赶到还有情可原，但这柳依依怎么也没到呢？一想到这个柳依依，顾桐就火大。看她那神情，俨然就是时尚界的教主！完全不把任何人放在眼里。再看她的打扮，简直就是个交际花嘛！挺漂亮个姑娘干吗非得那样打扮呢？

正想着呢，就听身后有人笑着说："哟！不好意思啊，迟到了！这路上堵车不说，餐厅门口停个车也费劲！"

未见其人先闻其声，典型的王熙凤做派。

随着话音，就见柳依依迈着轻盈的步伐，绕过门口的几张桌子，在众食客惊异的注目下，面带微笑，款款而来。包括顾桐在内，桌上的所有人都齐刷刷地扭过头去，看着正走过来的这位时尚美女。就见柳依依一袭春秋长款薄貂外衣，一条束腰的薄带恰到好处地束出她凸凹有致的身材；脚上是一双过膝高跟皮靴，更显得亭亭玉立；一头秀发散落下来，飘散中带着微微的卷曲，在脸的两侧波浪般向后梳散着，犹如好莱坞大牌影星凯瑟琳·泽塔-琼斯在《偷天陷阱》中的扮相。

走至桌前，就在众目睽睽之下，柳依依大方地脱下外衣，往后面一闪，而坐在那个座位的李斯站起来伸出双手轻轻地接住，就像事先安排好了一样。李斯去挂衣服，而其他人则盯着柳依依，眼神又不够用了，尤其是陈承。

就见脱去了外衣的柳依依里面仅穿了件紧身束腰的低胸“V”领小衫，领太低了，小衫又过于紧，所以致使有东西似乎要蹦出来一样。简直把陈承看得眼睛都直了，他张着嘴，瞪着眼睛，口水都快流下来了。

顾桐心想：不就吃顿饭嘛，至于打扮成这样吗？她是不是以为参加什么富豪的晚宴呢！可想归这么想，她却不自觉地低头看了看自己：一身职业女装，虽说英气逼人、干练大气，但与柳依依的时尚娇艳比起来却是逊色很多，其实也不是逊色，而是根本没法比。

趁柳依依坐下的空当，顾桐悄悄地用双手往上托了托自己的胸部。一想到一会儿越子木还会来，她突然有些后悔了，一是后悔不该安排柳依依和越子木见面，二是后悔自己应该换身衣服才是。可是，什么都晚了，接下来发生的事恐怕还要让她更加后悔不迭呢。

顾桐招呼柳依依坐下，但她留了个心眼，只是让柳依依坐在了自己的对面，却没让她和自己坐在一起。

女人，天生就是互相排斥的。最主要还是体现在穿着打扮上，没有哪个女人愿意和穿着比自己漂亮的同性坐在一起。

“不好意思啊，顾组长，让大家久等了。”柳依依笑着说。

顾桐笑了笑，眼睛看着陈承说道：“不急，还有两位呢。”

柳依依看了看桌子周围，狐疑地自语道：“这不都齐了吗？还有谁呀！”

“哟，姐姐，你还不知道吧，还有一位帅哥和另一个妹妹要来呢，以前也是……”李斯刚说了半截话，就见顾桐在瞪他，忙打住不说了。

柳依依转而看向顾桐。而顾桐只是笑笑，却问陈承菜什么的都安排好了吗？陈承答应着，又叫服务员拿过不少酒来，摆在了桌上。

柳依依一看桌上，说了句：“是白酒啊……我平常都喝红酒的。”

这回，没人搭理她，连李斯都不言语了。

这时，靠近门口的那张桌上，两个女孩儿坐在了那里，一坐下就听其中一个胖一点儿的女孩儿说道：“美贞，我可好久没吃烤肉了，今天让我吃个够行吗？”

原来，进来的这两个女孩儿一个是美贞，另一个是静珠。

就听美贞倒了杯水说道：“你就知道吃吃吃，再吃你就嫁不出去了！”

静珠吐了下舌头，自语着：“你还不如我呢，自欺欺人，弄个男友还不是假的！”

“再说！再说我就让你喝大酱汤！”美贞瞪了她一眼。

这边，顾桐慢条斯理地喝着茶，眼睛却不时地偷看着门口。由于旁边那桌正好挡着视线，所以她根本没看见美贞。

柳依依觉得无趣，站起来去了洗手间。

她刚一离开座位，就见门口有两个人走进来。一个是许曼，在前面蹦蹦跳跳的；另一个是越子木，迈着大步跟在后面。

两个人径直朝顾桐她们走过来，陈承和李斯还冲他们招着手。

顾桐一回头，迎面看见越子木的身影在门口光亮的映衬下显得更加高大了。她嗓子一紧，下意识地站了起来，就那么看着越子木，毫不顾忌，眼里却已经湿润了。

“曼曼，你可想死我了！”李斯和许曼开着玩笑。

许曼笑着说了句：“去去！”然后揽过另外两个女孩儿说笑起来。

越子木看了看大家，最后把目光落到顾桐身上，微笑着说：“好久不见了啊！大家都好吗？”

众人都把目光移到顾桐身上，就听顾桐说了句：“不好！”

越子木愣了一下，却笑着冲顾桐小声道：“怎么你穿得这么保守呢？

是不是因为我不在没人欣赏你啊！哈哈哈！”说着，还故意看了一眼顾桐的前胸。

气得顾桐伸手就捶了他一拳，嘴里却说：“刚才喝水喝呛了……”说着，扯过一块纸巾擦了擦眼角。

越子木大咧咧地坐在了顾桐身边，抬头看了一眼站着的顾桐：“开饭吧，要饿死我了！”

“就知道吃！”顾桐说着，却笑着向陈承点了点头。陈承叫过了服务员，交代着什么。

而就在越子木他们寒暄的时候，美贞早就看见了越子木，她伸着脖子张望着，小嘴却不知不觉地噘了起来。

在服务员忙着上菜的时候，柳依依甩着手上的水走了过来。还没等走到桌子那儿呢，她就听有熟悉的笑声传来，定睛一看，天哪！真是踏破铁鞋无觅处啊，这不正是越子木嘛！他怎么会在这儿呢？

顾桐给越子木倒了一杯水，然后就询问公司的事，越子木打着哈哈。顾桐叹了口气却突然说道：“我恐怕要失业了。”

越子木愣了一下，就问为什么。

顾桐接着就把吴总又安排进来一个人的事说了一遍。越子木还笑嘻嘻地说呢：“没事儿，等会儿我会会她，什么样的美女没见过呀，保证帮你搞定！”

“能不能有点儿正形啊你？”顾桐看着满不在乎的越子木说道。

刚说完，她一抬头就看见了正走过来带着满脸惊异表情的柳依依，就笑着对越子木说：“这不，给你们介绍一下吧。柳依依！”

顾桐这一声喊不要紧，就见越子木那只拿水杯的手一哆嗦，水洒在了桌子上。桌上的所有人，包括顾桐和许曼，都惊奇地看着他。

这一幕，也被美贞看得真真切切，她也惊异地看着越子木。

就见越子木一边用纸巾擦桌上的水，一边微笑着自语道：“这谁倒的水呀，分明是要烫死我！哈哈哈！”

他这一笑，众人更是瞪大了眼睛看着他，接着，又都把目光移到了柳依依身上。却见柳依依眼含泪水，那真是梨花带雨呀。

这时，越子木站了起来，一伸手：“你好！我是越子木！”

众人都看着柳依依。柳依依却没有动，自语着：“我还不知道你叫越子木？”

越子木依然微笑着伸着手。柳依依慢慢走上前，伸出手，深深地呼了一口气，说道：“柳依依。”

越子木握了握柳依依的手，礼貌地示意她坐下。

自始至终，大家的目光都没离开过这两个人。尤其是顾桐和许曼，还有远处的美贞。此时，三个女孩儿心里都有同样的疑问：他们认识？什么关系？

就在众人被这两个人吸引住目光的时候，门口却悄悄走进来两个人，她们在靠窗处找了个座位坐了下来，其中一个人却把目光落到了越子木他们这张桌子上……

这两个人不是别人，一个是打扮成了男子模样的乔庄，另一个则是李楠芝。

那么，李楠芝怎么会到这家餐厅来了呢？

就在顾桐从越子木的公司走后，她和许曼有一搭没一搭地闲聊，其实她是在探听晚上聚餐的地点。知道了越子木他们的聚餐地点后，一下班她就给乔庄打了电话，也没顾得上回去换衣服，就匆匆去了那家餐厅。

路上，乔庄还说呢：“姐，越总刚才说是晚上有事，一个人匆匆走了。”

李楠芝“嗯”了一声，没多说什么。直到进了餐厅，坐下后，乔庄这才发现了那一桌上的越子木他们，她看了看李楠芝，全明白了。

看着越子木站那儿和柳依依握手，李楠芝不禁皱起了眉头，心想：这女的一脸媚相，看眼神应该是和越子木认识啊，两个人怎么竟像不认识似的呢？是故意装的吗？

正想着呢，乔庄却悄悄碰了她一下，往门边的那桌努了努嘴。李楠芝顺着她的目光望去，见那桌有两个女孩儿，其中一个正看着越子木那边呢。她刚想问什么，脑海却突然出现了前几日乔庄给她看的手机里的照片。

“那是……”她迟疑了一下。

“对，是美贞。”乔庄说道。

李楠芝又看了一眼正有说有笑的越子木，心想：今天恐怕是要有好戏看了，看你个傻瓜如何收场！

乔庄看了一眼李楠芝的表情，说道：“姐，要不，咱们回去吧……”

李楠芝没言语。

再说越子木。他大大方方地和柳依依握完手就坐下了，异乎寻常地话多起来。

“陈承啊，最近拍什么时尚大片没有？我要是一时半会儿招不到合适的人，你可得过去帮帮忙。”

陈承笑着说：“一定一定！”而说完，目光却落在了柳依依和顾桐身上。

此时，顾桐和柳依依两个人谁都不说话。

菜上得差不多了，陈承小声问顾桐：“顾姐，倒酒吗？”

还没等顾桐说话呢，就听柳依依道：“来，给我把酒满上！”

一旁的李斯小声道：“姐姐，你不是只喝红酒吗……”

柳依依看着越子木说道：“今儿个，白酒就是我的红酒！”

拿着白酒瓶子的陈承看了一眼顾桐，就见顾桐把杯子往前一推：“来，都满上！今天谁不喝都不行！不醉不归！”

越子木把手放在杯子口上，满脸堆笑地看着顾桐说：“顾桐，我就不来了，还有事……”

许曼也在一旁笑着说：“顾姐，他就别喝了……或者少喝点儿？”

顾桐把手伸到越子木面前，眼睛看着他，示意他把杯子拿过来。

越子木嘻嘻地笑着，用手挡着杯子。

顾桐依然伸着手，一言不发，目光坚定。

陈承看这阵势，悄悄把酒瓶放在了顾桐那儿，自己坐下看热闹。

一时间，桌上又变得鸦雀无声了。

越子木迟疑着，还是把手慢慢地移开了。

李斯不知趣地还说呢：“哟，越哥可从来没这么不男人过呀！喝就喝呗！”

陈承捅了他一下，许曼也瞪了他一眼，他一吐舌头不再说话了。

顾桐把越子木的杯子往自己那边挪了挪，一手拿起酒瓶，刚要倒，却看向柳依依。

“依依，倒多少？”

“满上！”柳依依斩钉截铁，两个人配合得异常默契。

门口那张桌子上，美贞和静珠点的烤肉和酱汤都已经上来了，美贞手里拿着个勺子，眼睛盯着越子木这边，慢慢地舀着汤，也不知喝的是什么滋味。而静珠则一手拿着生菜叶，一手夹着烤肉在那包完了吃，吃完了包，不大一会儿就把一盘烤肉都吃光了。

见美贞的目光始终没离开过越子木那桌，静珠试探着问道：“美贞，再来一份烤肉吧……”

“别打扰我，想吃啥吃啥！”美贞挥着手。静珠高兴地叫过服务员。

而此时的顾桐倒完酒，把瓶子一放，端起酒杯说道：“今天，人最全了，以后还不知道有没有这样的场合。铁打的营盘流水的兵，有的人，悄悄地走了一去不回头，有的人，以一封破信就想脱离和组织的关系，没门儿！只要有我顾桐在，不管走了的，还是来了的，曾经在一起，就是缘分；曾经共事，就是朋友，谁也别想脱离这个集体！你落魄，也是我们的好哥们；你发达，更休想忘了我们这些好姐妹！今天谁不喝都不行！来，干了这一杯！”说着，她一饮而尽。

众人都站了起来，互相碰着杯。然后，有人咧着嘴，有人愁眉苦脸，但也都把酒喝了。只剩下越子木和柳依依。众人看着他们两个。

柳依依微笑着把杯子移到越子木眼前，想要碰一下，但越子木端起杯子就干了。柳依依尴尬了一下，举杯就喝。

李斯咧着嘴说：“姐姐呀，慢点儿……”

越子木坐下刚想吃菜，却听顾桐道：“来，再满上！”

陈承看了她一眼，举着酒瓶子又一一把酒满上了。

顾桐端起杯又站了起来：“刚才那第一杯酒是敬给我们的友谊的。这第二杯酒我要敬一个人，我想，大家也都想敬他酒吧。这个人自从来到我们组，没少做让人操心的事儿！但也给咱们的集体带来了新的气息和生机，因为他，我改变了许多……”说到这儿，她说不下去了。

其实，顾桐说的是实话，因为越子木，她也确实改变了许多，最主要的是心境的改变。以前，作为一个高级白领，以冷酷著称，组里哪个人敢和她叫板？更别说开什么玩笑了。可越子木呢，不仅敢于和她较劲，而且时不时地说她穿得漂亮，还一脸的坏笑。这让顾桐更多的不是生气，而是心动。

就听顾桐接着说：“突然有些伤感啊，不好意思。下面，大家就来敬咱们这位脱离组织的讨厌的坏蛋！”说完，她看向越子木。

大家都站起来，举着杯子笑呵呵地看着越子木。

许曼也站了起来，却小声道：“我也是脱离组织的呀……”

顾桐冲她说了句：“你别跟着瞎掺和！”

越子木只好站了起来，一举杯子：“谢谢大家啊，说句心里话，非常怀念你们，怀念和你们在一起的每一天，没有那段日子的历练，或许不会有我的现在或者将来。我越子木，在此谢谢大家了！”说着，他一饮而尽。众人也都喝了一口。

众人坐下后，许曼悄悄夹了点菜放到越子木的盘子里。

越子木看了一眼顾桐，低头就吃。

顾桐看了一眼越子木和许曼，就装没看见，又让人倒酒。而柳依依看到这一幕，不禁看了看许曼，心想：她是和越子木一块来的，两人到底是什么关系？但上下打量完许曼，她不禁笑了笑：心想，这根本不是越子木喜欢的类型。

倒完了酒，顾桐伸手又要拿越子木的酒杯，越子木一把就按住了她的手：“顾桐，咱能先吃点儿东西吗？别搞的跟酒鬼聚会似的，喝多了怎么办啊？”

“今天，就是想，喝多！”顾桐一字一顿地说完，又举起了杯子，“这第三杯，敬咱们新加入的成员依依小姐，希望以后大家都要尊重她、支持她。谁要是拉帮结伙，搞不团结，走上层路线，那就痛快滚蛋！来，依依！”

众人也都举杯看着柳依依。柳依依站了起来。此时，她已经两颊泛红，更添了几分妩媚。

“依依尽管在这一行干了多年，但在你们面前仍是个新兵，希望大家多多关照啊！那我就喝了这杯！”说完，她举杯就干了。

就在众人正要举杯喝的时候，越子木站了起来，不好意思地冲大家笑了笑，手一指说道：“洗手间！”说完，他径直朝洗手间走去。

可是，他刚走到洗手间门口，迎面却见男洗手间门口站了个人，一看背影应该是个女的。他愣了一下也没想太多，抬腿就要进。这时，那人转过身来，一伸腿就搭在了墙角上，直接挡住了他的去路。

越子木抬头一看，天哪，竟是美贞！

“美贞啊，你怎么在这？”

“我怎么就不能在这儿？这是我爸开的！”美贞没好气地说着，把腿拿下来又继续说道，“我问你，都回来这么长时间了，你怎么不找我呢？给你打电话老打不通！还有，今天晚上是怎么回事？除了你原来公司的，刚才那女的是谁？我看你看见她时眼睛都直了！”

越子木支吾着：“就是以前的同事，这不是我走这么长时间都没空嘛，大家就说聚聚。那什么，我得进去了，憋不住了！”说着，他抬腿就进了洗手间。

美贞站那儿噘了半天嘴，自语着：“明明就是骗我！以后再跟你算账！”说完，她转身回去了。

越子木办完了事儿，悄悄地趴在洗手间门边往外看着，见美贞走了，这才走了出来。可他刚拐到走廊上，却见迎面有个人一手托着另一只胳膊，那只手托着香腮，正望着他呢。

“依……依依！”

50．酒识女人心

不错，迎面站着的这人正是柳依依。

一见是柳依依，越子木不禁心里一紧，见四周无人，就径直朝她走了过去。

柳依依放下那只托着香腮的手，面颊红润地看着越子木，目光里全是深情。

“越子木，你好吗？”

越子木看了她一眼，说了句：“还好。”说完，他心里却突然有些慌乱。

“刚才，你为什么装作不认识我？”终于，柳依依还是说出了自己心中的疑问。

“这种场合，不好吧……”越子木不敢看柳依依的眼睛。继而，他又想起了什么，又问了句，“你怎么会到北京来呢？”

“说来话长。你……过得好吗？”柳依依似乎关心的还是越子木的情况。

“就那样……咱们还是回去吧，那么多人等着呢。”越子木说着抬腿就要走。

柳依依却突然过来伸手拄在了越子木旁边的墙上，整个儿把越子木包围在了自己的臂弯里，远远看去，两个人就像是离得很近，贴面站立一样。

越子木看了一眼柳依依，由于太近，他不敢多看，就迅速转移着目光，尴尬了一下。

“依依，有事咱们私下里再聊好吗？今天这场合……”越子木似有意在躲避着什么。

这时，就听有人笑着在后面说道：“越总，大家都等你呢，上什么卫生间上了这么久啊……哦，是柳小姐呀！”说话的是许曼。

柳依依把胳膊放了下来，冲许曼笑了笑。许曼却冲越子木挤了下眼睛，就进了洗手间。

抓住这个机会，越子木紧走几步回到了桌上。柳依依望着越子木的背影，无奈地叹了口气，也只好跟着回到桌上。

“哟，这怎么还成双成对的呀！越子木你也太那个了吧……这刚见面你就泡姐姐？”李斯傻了吧唧地笑着说呢，却被陈承用手捅了一下。

顾桐看看越子木，又看了一眼柳依依，似乎明白了什么，但又说不上来是什么，反正就是觉得两个人怪怪的。

这时，许曼也回来了，悄悄地坐在座位上，还看了看柳依依，又看看越子木，没言语，低头吃东西。

顾桐环视了一下众人，说道：“柳副组长刚来，你们几个就不敬酒吗？”

她刚说完，陈承就端着酒杯站了起来。

“柳组长，我敬你一杯。我叫陈承，陈年老酒的陈，承受的承。”

陈承刚说完，就听李斯笑着道：“都能承受啥呀？”

“什么都能承受！来，柳组长……”陈承说着，笑呵呵地把杯子举到了柳依依面前。

柳依依脑海里还沉浸在对越子木的疑惑上呢，一听说喝酒，就端起杯子喝了一小口。

“唉？这可不行，咱们组有规矩，敬酒必须得干了！”陈承还是笑呵呵的。

柳依依看了一眼杯子，虽说只是小半杯酒，可那是白酒啊！而且，她已经喝三杯了！听陈承这么一说，她看了一眼顾桐，见她正看着自己，索性就一扬脖把那半杯酒干了下去。

喝完这杯酒，柳依依就觉得有点儿往上返，她喝了一大口水，这才把酒压了下去。

而那边，美贞回到座位就叫服务员上来一瓶韩国烧酒，自己倒一杯就干了下去。

静珠还说呢："美贞你怎么喝上酒了？不是说再也不喝了吗？要是喝，那给我一点儿……嘻嘻！"说着，她自己也倒了一杯。

美贞也不言语，自顾自地倒了喝，喝了倒，还时不时地看着越子木他们那一桌。

而此时的越子木，心烦得很。说实话，他也没想到会在这样一个场合碰上柳依依，而且还听说她竟然到了顾桐手下，顶替了自己原来的位置，做起了副组长。

柳依依作为越子木的大学同学，在学校里曾经倒追过越子木，那时的越子木懵懵懂懂，根本就不懂什么叫"爱"，虽说他从那时起情窦初开，但同时，他也开始了排斥、回避，甚至是逃避那个曾经在自己这张白纸上画画之人。这是男人的心理，爱不起来也恨不起来，更谈不上感激。

本来，越子木知道柳依依在南方，这正是他要的结果。相望于江湖，有一些东西，还可以拿出来怀念；而逃无可逃时，纵有再美好的记忆，面对时都是无奈。

越子木胡思乱想着，充耳不闻桌上都在说些什么，就连柳依依的叫声他都没有听见。突然，他觉得桌子上静极了，这才下意识地抬头一看，就见包括顾桐和许曼在内的众人都瞪大了眼睛看着自己。他再一看柳依依，正端着酒杯隔桌向自己举着。

此时的他，彻底蒙了。

许曼轻声说了句："柳小姐敬你酒呢！"

他这才明白，就笑了笑，端起了杯子。柳依依也够狠的，叫陈承把酒瓶子递了过来，不由分说就给越子木满上了，而且倒得酒一直淌、一直淌，而她，眼睛却看着越子木。

越子木也不说话，就任由她倒着，倒着。李斯看不下去了，小声说了一句："这酒好贵的……"

柳依依停住了手，眨着眼睛，面带微笑，举起杯子："越子木，在我的记忆中，和你这样喝酒，应该是第一次吧……"

她说完，再看顾桐和许曼等人，目光齐刷刷地移到了越子木脸上。

"依依，你喝多了……要不，别喝啦！"越子木说着就要放下杯子。

众人又齐刷刷地把目光转移到了柳依依脸上。

就见柳依依笑了笑，那真是灿若桃花！紧接着，她举起杯子，满满一杯白酒，一饮而尽。

许曼站了起来，快步走到柳依依身后，伸手扶住了她，又把一瓶矿泉水递了过去。然后，她看了一眼越子木。

柳依依一摆手，硬撑着坐了下来，用手捂着嘴，一副难受的样子。

再看众人，又把目光移到了越子木脸上。

越子木二话没说，一扬脖，就把那满满的一杯酒给喝了下去，然后坐下用手抹了抹下巴。

许曼把那瓶被柳依依推开的水递给了越子木，他接过来喝了一大口。

这时，众人的目光却又移到了许曼身上。许曼拍了拍柳依依的肩，又走回了自己的座位。

自始至终，这桌的一切都被李楠芝看得一清二楚。她想，这个喝酒的女子和越子木之间肯定有事儿！一想到这儿，不禁喘气也粗了起来。乔庄直看她，却又不敢说话。突然，乔庄看见了已经喝了两瓶烧酒的美贞，就向李楠芝使了个眼色。

李楠芝一看，好家伙！美贞还在自斟自饮呢！她又看了一眼越子木那桌，心想：该死的越子木，都是你惹的祸，看你怎么收场！

此时的越子木几欲逃走。喝点儿酒倒没什么，可是他却感觉自己喝的根本就不是酒，而是药！又苦又涩的药！

他站起来，笑了一下又去了洗手间。众人的目光又跟着他的背影移动。

桌上，顾桐站起来也跟着去了洗手间。几个人瞪着眼睛又盯在了顾桐身上，大家又回头看了一眼柳依依，谁也不说话。

再说越子木，边走边长出了一口气，觉得好了许多。可正当他转过走廊，刚要往洗手间里进呢，却听后面有人喊了一句：“越子木你等等！”

他咧着个嘴心想：不就是上个厕所嘛，怎么就这么费劲呢？上了两趟厕所总有人阻拦，这叫什么事儿呀？

他回过头来，见顾桐目光迷离，脸上如一朵红云飘散着，平日里那个严肃、果敢、干练的灭绝师姐不见了，取而代之的却是温柔、妩媚得如一个沉浸在愁绪里的少妇。

“顾桐，有事吗？”

顾桐走到越子木近前，站住了。但离得太近了，越子木分明能感受到她的呼吸，而且那呼吸里还有酒味。

“能和我聊聊吗？”顾桐咽了口唾沫，也不知是在压直往上涌的酒，还是什么。

“没问题！不过，顾姐姐，求你了，我能上完洗手间吗？”越子木开始耍赖了。

在这种情况下，越子木也只能如此，这也正是他的聪明之处。这都什么情况了，还能玩温情吗？

“不行！”顾桐似又恢复了往日的模样。

“呵呵！”越子木笑了笑，看着顾桐说道，“那要不这样，跟我一起进去？啥也不耽误！哈哈哈！”

“你……”顾桐气得咬了咬嘴唇，“死去吧你！”

越子木转身就要走，却又突然转过头来：“对了，顾桐，你走光了。”说完，嘻嘻地笑着进了洗手间。

顾桐下意识地看了看自己的胸前，这才发现，由于刚才自己挥手做出要打越子木的样子，不小心，西服上衣的扣子开了，里面露出了蕾丝胸罩。她气得赶紧把扣子系好，咬着牙站在了男洗手间门口。

这时，李斯走了过来，看见顾桐站在门口，刚想要说什么，却见顾桐的样子，吓得没敢说话，直接进去了。

顾桐就在男洗手间门口站着。有个男的猴急地朝洗手间跑来，到了门口一看顾桐就愣了一下，又转向了旁边那个门，可他刚要往里进，却见从里面出来两个女的边走边说话，他又愣了一下，朝上面看了一眼，又折了回来，眨巴着眼睛看了看顾桐，又看看上面的牌子，支吾着问道：“这是……男洗手间吗？”

顾桐白了他一眼，往旁边闪了闪身。

那人手捂着肚子迟疑了一下又说道：“我能进去吗？”

“你把老娘当成看门的啦！”顾桐这一嗓子吓得他飞快地进了洗手间，跑得这个快呀。

进了洗手间，那人咧着嘴自语道：“这什么情况啊？美女真是伤不起呀！”说着，就站那解手，可刚要解裤带，就听里面有人女里女气地说道：“哟，你个死鬼！顾姐姐都生气了！柳姐姐也生气了……”说话的是李斯。

那人一听，吓得提着裤子就往外跑，跑到门口又看了一眼顾桐，顾桐冲他一瞪眼睛。他咧了一下嘴，左看看右看看，不知所措了。

这时，越子木和李斯一起走了出来。那人一见，用惊异的目光看着李斯，顿时就咧嘴了，赶紧往里跑，可到了里边，站了半天也没行。他悲催地都要哭了，自语道：“这是给吓回去了！”

越子木跟李斯一起出了洗手间还叫顾桐呢：“顾组长，走吧，你要是再在这儿站着，不知有多少男的尿裤子呢！哈哈哈！”

顾桐气得跟着他们两个就回到了桌上，边走还边瞪李斯。

坐下后，顾桐直接就拿起了酒瓶子，拿过越子木的杯子就倒。越子木伸手要阻拦，却见顾桐把杯子拿起来了，他想阻止已经来不及了，眼看着自己的杯子又满上了。

倒完，顾桐又给自己的杯子也倒满了。放下酒瓶，她端起酒杯。

“越子木，感谢这段时间以来你的帮助，和你在一起工作很愉快，尽管你总气我！来，把这杯干了！”

越子木咧了一下嘴：“还喝呀！”

“别人的你都喝了，我的怎么了？”顾桐说着，看了一眼柳依依。而柳依依也把目光移向了越子木。

许曼看着这两人，站起来比画着手，刚想要说话，就听后面有人说道：“木头！跟我也喝一杯呗！”

越子木一听声音顿时吓了一跳，心想：她怎么来了？回头一看，果然是美贞！

众人看去，就见美贞脸红红的，一手拿着个杯子，另一只手拎着个瓶子，这一幕，跟个女酒魔没什么两样。

顾桐一看，也认出来了，但一时语塞，不知说什么好。还是许曼清醒，赶紧走过去双手扶着美贞的肩，笑着说："妹子，你也在这儿呀？来来，坐下说。"

美贞一甩肩膀，举着杯子看着越子木："木头，你喝不喝？"

越子木彻底傻了，他端起了杯子，眨着眼睛看着美贞，什么也说不出来。

美贞上去就碰了一下杯子，刚要喝，就听后面有人说道："好热闹啊！越总也不给我介绍一下？"

众人一抬头，就见一个绝色美女笑盈盈地站在那里看着大家，目光顾盼，只看众人却不看越子木。

越子木一下子站了起来："思……思月你怎么来了？"

"大家好，我叫李思月，是越总的手下。来，我替越总喝了这一杯怎么样？"李楠芝大大方方地自我介绍着，说完，她端起越子木的酒杯。

顾桐看着她，那真是一点儿脾气都没有。关键是，她太漂亮了！

柳依依目不转睛地看着李楠芝，又看了看越子木那一副小心的样子，她有些糊涂了。

李楠芝举着杯子，眼睛看着柳依依说道："这位美女，怎么？不喝就是不给我们越总面子。来，咱俩先单独喝一杯？"

柳依依站了起来，懵懵懂懂地端起杯子，眼睛却没离开过李楠芝。她，也被李楠芝的美貌给震住了。

李楠芝微笑着与柳依依碰了一下杯，大大方方地举杯就喝了下去，而且，一点儿痛苦的表情都没有。

柳依依还愣着呢。李楠芝喝完，朝她笑了笑，抬了抬手，示意她喝酒。她只好举杯开喝，足足缓了三口才算把那杯酒喝了下去。

桌上的人，尤其是陈承和李斯等人，都傻了。哪见过这么漂亮的美女呀！而且喝酒就跟喝水似的！

再看李楠芝，又把自己的杯子倒满了酒，举起来冲顾桐笑了笑："顾桐小姐，这杯是替我们越总敬你的，感谢你一直以来对他的关心和帮助。来，干了！"说完，她一扬脖，又干了下去。

顾桐也有点儿蒙了，迟疑着举杯，很费劲地喝了下去，喝完，一阵咳嗽。

许曼此时咧着嘴，就像李楠芝喝下去的酒都进了她肚子一样难受，她刚想冲李楠芝说话，却见她又倒满了酒。

李楠芝又举起了杯子："来，这第三杯，是替我们越总敬大伙的，他现在公司刚刚起步，希望大家多关心，多帮忙，多支持。这杯我干了，大家不用喝！"说完，举杯一饮而尽。

自始至终，越子木都处在懵懂中，他被李楠芝彻底给搞蒙了。确切点儿说，是被她这三杯酒给弄得不知说什么好了。眼看着在自己眼前那三杯满满的白酒被她一口接一口地喝水一样喝下去，他心里一热，就像见到救兵一样，或者就像孤寂的孩子见到亲人一样，奇怪的感觉，莫名的感动。

正在这时，李楠芝第三杯酒喝下去后，微笑着看了看众人，特别是看了看美贞，然后，一把拉过越子木的胳膊，冲大家说道："我是来找越总的，公司还有事，就不陪大家了，改天我们越总请大家吃饭！告辞了！"

越子木就像被下了符一样，跟着李楠芝离开了座位，他冲众人微笑着，其实不算是微笑，应该是尴尬的笑，是皮笑肉不笑。这时的越子木，哪还笑得出来呀。幸亏李楠芝解围，要不然，还不一定发生什么事儿呢！

可是，这样就不会发生什么事儿了吗？

51．身边人到底是谁

有人说：真正的爱情，背后没有秘密。说这话的人，既不懂爱情，也不明白秘密。

越子木是有秘密的人，甚至是不能让李楠芝知道的秘密；李楠芝也是有秘密的人，但她的秘密等待着有一天由越子木来解开。

越子木的爱情，是隐藏了自己痛苦的秘密，不希望让自己所爱的人知道；李楠芝的爱情，是包容越子木所有的秘密，只希望他尽早了解自己的内心。

被如云的美女包围，李楠芝不想知道她们和越子木的秘密，她只想让越子木少喝些酒，就这么简单。即使怨恨，即使愤怒，但宁可让酒进到自己的肚子里燃烧，只要，自己所爱的人只燃烧他的激情，而不是胃。

但李楠芝的这一举动令越子木惊诧不已。他万万没想到，李思月竟然也在这里，更万万没想到的是，她竟然为自己挡了这么多酒，今晚这阵势，他感觉不喝多那才怪呢！尤其是顾桐和柳依依两个人，各有各的心事。柳依依他明白是怎么回事，但顾桐今天怎么一反常态呀！

还有就是美贞，她怎么竟然也在这儿呀！可令越子木不明白的是，李思月和柳依依喝了一杯，和顾桐也喝了一杯，却为什么单单不和美贞喝呢？

就在众人惊愕的目光中，李楠芝拽着越子木出了餐厅。此时的越子木，跟在李楠芝后面，更像是丈夫被妻子从酒场上救了下来。

那么，李楠芝为什么不和美贞喝酒呢？这一晚的所见，她只能猜到那几个姑娘都是仰慕越子木的人，但不一定有什么事。但这个美贞就不同了，她不仅带越子木回了韩国，见了父亲，而且她父亲竟然还给越子木的公司投了资，到底什么关系会给投资呢？而且，看她那架势，分明就是醋意大发。这里边肯定有事儿！

把越子木拽到门外，李楠芝把手一松，看都没看越子木一眼，转身就走。转身的一刹那，泪水已经模糊了她的视线。

看着远去的李楠芝，越子木傻傻地站在原地，满脑子都是疑问。

门口，乔庄站在那儿不知所措，她不知道是该过去扶住李楠芝，还是该做些什么。

正在这时，她接到了李楠芝的电话。就听她吩咐道："你和许曼一起把大家都送回家，要保证不会有一个人出什么事！"

乔庄答应着，又看了一眼她的背影还有越子木，这才转身回去了。

越子木见李楠芝转身就走了，愣了半天这才想起来去追。他追出去几步，就见她扶着一棵树，弯着腰，好像很难受的样子。他三步并作两步赶上去，想伸手拍拍她后背，但手停在半空没敢拍下去。

"难受吗？要是想吐就吐吧。"

"不用你管！"李楠芝往后摆了摆手。

可是，她开始干呕起来。越子木犹豫了一下，还是伸手在她背上轻轻地拍着。她扭了扭身子，但还是任由越子木拍着。

此时的李楠芝，泪水更是止不住了。

在地上蹲了一会儿，她站起身来，扶着树，在胳膊上抹了抹眼泪。

越子木不知道发生了什么，愣了一下，轻声说道："思月……谢谢你啊，我去弄瓶水吧！"说着，转身朝街边的食杂店跑去。

李楠芝回头看了他一眼，转身就走，可是，脚步踉跄，没走出几步就扶着一棵树站住了。三杯酒，一口菜没吃，怎么受得了呢？

她就觉得眼前越来越模糊，天旋地转，眩晕中，她仿佛看见，昔日那个十岁的小女孩儿手里拿个铃铛正望着远去的大哥哥；她看见，那个如花似玉的少女，在公园门口的摊前挑选着玩偶手机链；她看见，那脸颊羞红的少女在草地上躲闪着那青年的深情一吻；她看见，漆黑的夜晚，那青年轻轻地抱着她……

“李思月，李思月！你醒醒！喝点儿水漱下口！”

越子木抱着她，叫着她的名字。李楠芝睁眼看了他一下，紧接着，竟伸手搂住了他的脖子……

越子木愣了一下，四下看看，可哪里有出租车呢！他只好一手扶着她，慢慢转过身，弯下腰把她背了起来。

就这样，越子木背着李楠芝摇摇晃晃地在街上走着，深秋的晚风很凉，越子木觉得头脑被风一吹似有些清醒了，但毕竟喝了那么多酒，他还是感到有些头晕。

李楠芝趴在越子木背上，用拳头敲打着他的后背，嘴里断断续续说着：“越子木！你就是个坏蛋！你就是个傻瓜……”

越子木应着：“对，我是坏蛋，我是傻瓜！”

这时，就听她又说道：“越子木……你……你知道我是谁吗？”

“我知道，你是大美女，你不是想让我叫你姐姐吗？今天我答应你，就叫你姐姐！”越子木边走边应答着。

“那叫啊！呵呵，叫姐！”李楠芝笑着，又用拳头捶着越子木的肩膀。

越子木突然大声喊道：“姐——”

这一声喊不要紧，顿时引得路人纷纷回头，惊奇地看着这一个帅哥背着个美女的奇景。

李楠芝呵呵地笑着，说道：“你记住你今天说过的话，看你以后不叫姐的……呵呵！”

“对了，思月，你家在哪儿呀，我送你回家！”越子木问了一句。

李楠芝“嗯”了一声就不说话了。

“李思月！思月？姐？”越子木又叫了半天，可根本没动静。

他回头往上看了看，笑了。原来，她已经睡着了。

走着，走着，越子木腾出一只手来，掏出手机给许曼拨了过去，可响了半天也没人接。他无奈地四下看看，见街边有家宾馆，他就朝那边走了过去，可刚迈出两步又停住了。他想了想，又转过身，继续往前走去。那是回家的方向。

本来，越子木是想找家宾馆的，但他又一想，把她一个人放宾馆里也不放心哪，如果自己在那陪着，那还不如直接回家呢。

于是，他就背着李楠芝直接回了家。

好不容易到家后，上了楼，他把李楠芝小心地放在了床上，然后，自己坐在椅子上喘着粗气。

看着躺在床上的李思月，越子木站了起来，走到近前，他看见，睡着的李思月皱着眉，眼角似还有泪痕。看着看着，他不禁就是一愣，皱着眉又看了半天，然后苦笑了一下摇了摇头，找出被来给她盖在了身上，又把她的鞋脱了下去。接着，他又拿过枕头打算放在她的头下。正在这时，就见她一伸手就抓住了自己的胳膊，嘴里还说着："越子木……越子木……"

"我在呢！你好好睡吧，没事，我在这儿呢！"越子木笑着答道。可他想把胳膊抽出来，却怎么也抽不动，被拽得死死的。

看着睡得香甜的李思月，越子木又回想起刚才那一幕幕来。柳依依、顾桐、美贞……他想着想着就觉得不寒而栗！而他脑海里，却又出现了那夜夜都会出现的脸庞——李楠芝。

猛然间，他觉得愧疚异常，自己这是怎么了？到底是恨楠芝，还是爱楠芝呢？恍惚间，他自己也有些糊涂了。一想到李楠芝，他就觉得自己的心就像是在滴血一样难受。

此时的越子木，想到这几个女孩子，他，有些茫然了。

有一个著名的"手表定律"，说的是：只有一块手表，可以知道时间；拥有两块或者两块以上的手表并不能告诉一个人更准确的时间，反而会让看手表的人失去对准确时间的信心。这里说的就是要尊崇自己的内心。

然而，越子木尊崇自己的内心了吗？

看着眼前的李思月睡得正香，越子木呆呆地发愣，他试图把自己的胳膊抽出来，但李思月实在是抱得太紧了，他怕万一动作大了会弄醒她，所以就索性坐在床边，想等她睡深了再把胳膊抽出来。

此时的李楠芝，双手抱着越子木的一只胳膊，脸紧紧地贴着，几缕秀发散落下来，清秀的面庞因酒的作用而显得白里透粉，粉里透红。

越子木脑海里又出现了刚才在酒桌上的情景，他不禁皱起眉来。这李思月为什么要替自己喝那么多酒呢？就算是她想帮自己这个所谓的越总，可怎么也说不通啊？这才刚刚来公司一天哪，有什么理由替你喝酒呢？酒那东西谁喝谁知道，酒不过是温柔杀手，伤胃的同时更伤心情。

但此时此刻，越子木最伤神的还是柳依依。对于柳依依的性格他太了解了，隐隐地，他似乎明白了柳依依此次北上的真正意图。一想到这儿，他又觉得不可能，以柳依依的性格，根本不会这么做的呀！在情感的问题上，她可是从来不拖泥带水。况且，以她的姿色和交际能力，想找什么样的男人没有啊？

一想到柳依依，越子木就自然地想起大学时的过往。他想，那能算是自己的初恋吗？如果算，那自己为什么从来都不曾回味呢？每到夜晚，潜入梦里的却总是另一个人的面孔，笑也好，哭也好，冷也好，热也好，心心念念，全是她！

越子木自认为了解女人，其实，那只不过是他的错觉而已，最不了解女人的，就是他！

有人说，在女人面前，男人一般都是傻子，任你有多高的智商全没用。女人心，海底针。了解一个女人，谈何容易？

对于自己大学的那段记忆，越子木是想要清除掉的，但生活不是U盘，不能够格式化。有时候，你就是想逃避却也逃不掉。做过的事，就要承担它所产生的一切后果。这时候的越子木，又想起了母亲曾经说过的话：女人是不能碰的。回想起刚才酒桌上的情景，越子木似乎直到这时才明白了母亲那句话的真正含义。可是，已经晚了。

想着乱七八糟的事，越子木就觉得头开始发沉，眼前开始模糊，迷蒙中，他一歪头就趴在了床上。他还试图睁开眼睛呢，可根本没用，睡意已经无情地剥夺了他的意识，他开始沉沉地睡去，就在李楠芝的旁边。

按照常理，作为一个酒后的男人，有美女在侧，怎么能无动于衷呢？就没有一点点动心吗？说没有，那是瞎掰。但越子木一是有原则，兔子不吃窝边草；二是他更关心自己公司的发展；三是此时的他还能有什么想法吗？喝了那么多酒，他的第一需要是睡觉，而不是别的什么。

人都说什么酒后乱性，其实那是没喝多，成心的借酒耍流氓。

所以说，打拼的男人是应该有正事的。所谓打拼，就是打消你一切乱七八糟的念头，像拼图一样走好每一步，不能有丝毫的差池。

就在越子木沉沉地睡去时，床边，李楠芝的包里，手机一闪一闪地亮着屏幕鸣着声响，而那却不是她平常用的手机，因为这个手机上有一个卡通的手机链在随着手机的鸣响而振动着——那是一只汤姆猫的玩偶。

尽管手机就在越子木脑袋旁边的包里，可是，他却根本听不见。一个发现秘密的机会，再次失去。

也不知过了多长时间，当清晨的第一缕阳光照进现实的时候，越子木就觉得胳膊又酸又麻，他缓缓地睁开眼睛，望着天花板眨了眨，不经意间一侧头，顿时吓得魂飞魄散！

就见李思月正依偎在自己的身侧，而自己的一只胳膊却枕在她的头下，她的手就放在自己的胸前，而且，自己的衬衫扣子竟解开着！

他顿时蒙了，自己怎么会跑到床上来了呢？他下意识地动了一下，却见李思月一翻身面对着他躺了过来，而且头紧紧地依在他的脖下，还蹭了蹭，那只一直放在他胸前的手竟然往衬衫里面伸去，直接就落在了他的胸上。

什么惊慌失措都无法形容越子木此时的紧张。这什么情况？他傻傻地看着这张近在咫尺的脸，鼻尖萦绕着从她头上散发出来的芳香。恍惚间，他突然觉得这香味好熟悉呀。又仔细看了看，觉得李思月这姿势竟也十分熟悉，脑海里顿时出现了那曾经的画面：李楠芝依在他的身侧，头顶着他的腮，手抚着他的胸，小鸟依人，温情脉脉……

他心想，难道女人都喜欢这样睡吗？

他试着轻轻地抽了抽胳膊，可根本没用，而他又不敢太过用力，万一要是把她弄醒了那岂不是更尴尬？

他紧张地回忆着昨晚的情形，是自己把李思月背回来的，可怎么也想不起来自己是怎么跑到床上的。他下意识地又往下面看了一眼，还好，两个人衣服都还穿着，这让他稍稍放心了一些。

可是，天已经大亮了，总这么僵持着也不是办法呀。怎么办？越子木迅速想着对策，可怎么想也想不出万全之策来。

就在他冥思苦想的时候，李楠芝悄悄睁开了一只眼睛，看了看这张自己熟悉得不能再熟悉的脸，偷偷地笑了笑，然后，又把头往越子木身上靠了靠，而那只手开始不老实起来，在越子木的胸上轻轻地抚摸着。

这下越子木可吓坏了，不禁头往后躲闪着，身子也往床边上移动着。李楠芝的头靠过来一点儿，他躲一下，靠一点儿，他躲一下。这下可好，三躲两躲，就听"扑通"一声，再看越子木，结结实实地摔在了地上。

李楠芝那只手搭在床沿上，迷瞪地睁开眼睛还看呢，可一眼看见地上惊恐万状的越子木，她叫了起来。

"你……你怎么跑到我家里来了？出去出去！"

越子木瞪着眼睛赶紧从地上爬了起来，还想解释什么呢，就听李楠芝又喊道："出去！"

吓得他衬衫扣子也顾不得系了，直接就跑到了门外。接着，就听门咣的一声关上了。他抚了抚胸口，心怦怦直跳。

李楠芝把越子木弄出门去后，禁不住笑了起来，然后，她开始叠被子。她首先铺平被子，沿长的一端对折，又抹平，再从窄的一端四等份对折，然后，用手轻轻地抠着被角……再放到床头的时候，那被子就像个豆腐块。

叠完了被子，她又是收拾桌子又是捡地上的垃圾，嘴里还嘀咕着："就是个懒猪！"说完却哼起了歌。

收拾完，她又到柜子里拿出件白色的衬衫来，再往里面一看，她看见了那套藏蓝色的西服，她不禁愣了一下，缓缓地伸手把西服拿了下来，翻过来掉过去地看了半天，脸上露出了开心的笑容，就把衬衫连同西服一起放在了床边上。

看看屋子已经收拾得差不多了，她进了洗手间，拉开抽屉，找出个新的牙刷来，挤了点儿牙膏就开始刷牙。刷完，她习惯性地把牙刷插进牙缸里，看着那个牙缸里的另一支牙刷，她顿了一下，重新调整了一下位置，把两只牙刷头对在了一起，就像两个小人儿在接吻一样。然后，她笑了笑，又梳了梳头，这才出了洗手间。

她拿过床头的包，转身就走。

打开门的一刹那，越子木咧着嘴还想说什么呢，却见李思月根本就没看他，头也不回地下楼去了。只剩下他在门口呆呆地发愣。

按他的想法，自己是准备要挨训的，最起码她也得问点儿什么呀！可她就这么走了。这让他更蒙了。

听李思月已没了脚步声，越子木转身进了屋。眼睛所见之处，令他又是一愣，屋里整洁异常，床单平平的，桌上也干干净净。一看床上，被子静静地在床头放着，四四方方的像个豆腐块。

盯着被子，再一看床边，越子木眼睛眨得飞快，走上前拿起那套西服，眼睛都直了。

他笑了笑，又摇摇头，放下衣服就进了洗手间。可他刚想去拿牙刷，一下子就愣住了！脑海里顿时出现了自己在家里的画面：那时李楠芝在他家住一晚后的清晨，自己刷完牙胡乱地把牙刷插进牙缸后，李楠芝都要过来重新调整一下牙刷的摆放，把两只牙刷头对在一起……

女人都这样注重细节吗？他狐疑着。

刷完了牙，他刚想把牙刷随便扔进牙缸里，却又笑了笑，自己轻轻地把牙刷放回了原位，和另一只牙刷头对在了一起……

52. 悄无声息的阴谋

从越子木家出来，李楠芝赶紧回了自己家，等她走到楼门口时，乔庄正焦急地在那儿徘徊呢。看见她回来了，乔庄飞快地跑过来。

“姐，你上哪儿了？手机也打不通……”

李楠芝笑了笑没说什么，直接上了楼。

一进屋她就忙着换衣服，又简单化了化妆。乔庄跟前跟后地想问个究竟，但一直没开口。

“木瓜呢？昨晚找我了吗？”李楠芝边往脸上擦东西边问道。

“能不找吗？害得我撒谎！”乔庄说道，“姐，你昨天……”她又要问什么，但李楠芝摆了摆手，站起来拽了拽衣服，笑着说：“走吧，上班去！”

“人家是想说干吗那么喝酒？又没想问别的……”乔庄嘟囔着跟着出了门。

她们两个人到公司时，许曼早已经到了，正在擦地呢。见她们来了，顿时微笑着迎了上来。

“来这么早啊？其实你可以休息休息的……”也不知许曼这话是什么意思。

李楠芝只是微笑着坐在桌前，开始整理招聘材料。

许曼看着她的背影眨着眼睛摇了摇头，她又拉过乔庄，神秘兮兮地问：“乔庄，不对呀，你怎么会和她一起来呢？”

乔庄一摊手：“碰上的！”

见两个人都坐在了桌前各忙各的，许曼总觉得怪怪的，但又说不出什么，就又低头擦地，刚擦了两下就没好气地喊道："乔庄！别想偷懒，过来帮我干活！"

李楠芝看了一眼乔庄，使了个眼色。乔庄就过去帮许曼倒擦地的水。

就在乔庄弯腰拎水桶的时候，许曼也正低头，不经意间她往乔庄的胸前看了一眼，顿时瞪大了眼睛。

"我说乔庄，你这是练的肌肉块吗？好大呀！"

她这一句话可把乔庄吓坏了，她看了看自己，赶紧把皮衣拉链往上拉了拉，说道："咋往人家这儿看呢？我看看你试试？"说着竟真的直勾勾地看着许曼那已经敞开的衣领处，吓得许曼用手一捂："年纪轻轻的不学好！一个男人你有什么怕看的？"

刚才许曼的举动提醒了乔庄，她心想：明天可不能穿这样紧身的衣服了。

擦完地，许曼又擦桌子，擦到李思月桌上的时候，她犹豫了一下，但还是问道："对了，思月姐，你昨天怎么会去那家餐厅呢？可多亏你了，要不然越子木可就惨了……"

"巧合还不行吗？呵呵！"李思月笑着说了一句。

"巧合？有那么巧吗？"许曼若有所思地嘀咕着。

正在这时，就听乔庄说道："越总来了！"

几乎同时，李楠芝和许曼都朝窗外看去。就见越子木穿着皮衣，里面是件白衬衫，下面是条牛仔裤，正精神抖擞地走过来。看样子心情不错。

"昨天的事他都忘了吗……"许曼自语着。

李楠芝一见他那身打扮，愣了一下，但一想到那套西服她就笑了。那是越子木结婚时穿的衣服，他是舍不得穿吗？还是要回避什么？

越子木一进屋，说了句"早啊"，就朝自己的座位走了过去，根本没看她们三个人。而李楠芝也没看他。但许曼和乔庄的目光却随着他落到了座位上，两个人表情里全是疑问。

越子木坐那儿弄着桌上的材料，却突然觉得屋里静得出奇，就回头看了看，发现乔庄和许曼正看着他，见他回头，两个人齐刷刷地把目光移到别处。

越子木咳嗽了一声，说道："许曼你们的招聘要抓紧，最近可能有业务需要人手。对了，乔庄，咱们两个还得出去一趟。"说着，他开始收拾东西。

许曼问了一句："越总你们联系的是什么业务啊？需不需要我们帮忙？"

"你们？"越子木看了一眼正埋头看着材料的李楠芝，说道，"暂时不需要，我们是去石生生珠宝。"

许曼嘻嘻地笑着，又说："要是需要公关什么的，咱们这可有方便条件啊……人又漂亮，又能喝酒……"说着，她故意看了一眼李楠芝。

越子木瞪了她一眼，说道："就是公关也让你去！"

而李楠芝一听是去石生生珠宝就是一愣，她回过头来，与乔庄四目相对，乔庄当然明白她眼神的含义。

越子木说完就和乔庄出了门。

许曼在后面还喊呢："不用杜峰车了吗？"

"打车！"越子木答了一句。

两个人在街边打了一辆出租车直奔石生生珠宝大厦。路上，乔庄也不说话，既不问去哪儿，也不问联系什么业务，两个人就那么沉默着。

越子木忍了半天，终于还是忍不住了，问道："乔庄你昨天怎么会和李思月一起出现在餐厅呢？"

"你们都走了，反正就我们两个，又都是新来的，就打算吃个饭什么的……怎么了？"乔庄答道。

"哦，没什么，就是问问。"

这时，出租车停在了石生生珠宝大楼前，两个人下了车，直奔顶层石珏的办公室。

敲了下门后，里面传出石珏的声音："请进！"

越子木和乔庄推门而进，就见石珏正站在落地窗前望着外面出神。听到了后面的动静，她自语着："我还以为你不来了呢。"说着，慢慢地转过身来。

一抬头，她看见了越子木身后的乔庄，表情就是一愣，又看看越子木：“这位是……”

“哦，我们公司新来的，乔庄。乔庄啊，这是石总。”越子木介绍着。

“石总好！”乔庄说完，上下打量了一下石珏，心想：和在无人岛时完全不一样嘛。

“坐吧。”石珏说着，自己也坐在了沙发上。

越子木示意乔庄也坐下，而他坐在了石珏的对面。

“石小姐，那咱们就开门见山吧。你昨天说营销策划的事……对了，不是听说公司要并购吗？怎么样了？”

石珏却问道：“喝点儿什么？威士忌还是红酒？”

越子木愣了一下，说道：“茶水就行……”说完，他看了一眼石珏，心想：一大早的怎么喝起酒来了？

石珏拍了下手掌，一个女孩儿端着茶水杯走了进来，分别给越子木和乔庄倒了一杯，然后退了出去。而石珏则自己到窗边的吧台处倒了半杯红酒，端着又重新坐下了。

她晃着高脚杯，一圈又一圈地晃动着，却就是不说话。

越子木喝了一口茶，耐心地等着，既不追问，也不再说话。

终于，石珏开口了。

“现在，有三家公司同时参与并购……但不管谁最后合作成功，我都有一个条件，那就是营销的事要听我的。”说着，她看了一眼越子木，满眼的深情与无奈。

越子木听完，刚想说什么，却又听她说道：“可我有一个条件。”说着，她看了一眼乔庄。

越子木明白了，就小声说道：“乔庄，你去帮我联系一下餐厅，中午我要请石总吃饭。”

乔庄是谁呀，她早就从石珏的眼神里看明白了，而且，她也实在是佩服越子木，什么联系餐厅，分明是给自己台阶下让自己出去嘛。于是，她就笑了笑，转身出去了。

“说吧，什么条件？”越子木说着，心里却打起鼓来。

“呵呵，你不用担心什么，我不会强迫你做不愿意做的事。我的条件就是……”说着，她面带微笑看着越子木，而眼里分明有其他的东西，也不知道她葫芦里卖的是什么药。

越子木静静地等着她说下文，脑海里却想起了在普吉岛时她的那个条件，结果到最后却弄得差一点儿魂断无人岛。

“我的条件就是，你得帮我去说服一家公司退出。”石珏说完，微笑着看着他。

“为什么？”越子木一听是这个条件，还有些诧异。

“此前，我答应了那家公司，但现在，我更希望是另两家公司的其中一家。”

“你说的是哪家公司？”越子木问道。

石珏看着他没言语，只是微笑。

“那么你希望与哪家公司合作？”他又问了一句。

“贞子饰品株式会社。”

越子木听完就是一愣，这是一家韩国公司啊！而脑海里马上想起了那两个二货打手说的话来。

“这是希望合作的还是需要我去说服的？”

“合作的。”

“那需要我去做工作的呢？是哪家？”

石珏喝了一口红酒，然后又晃着杯子，凝眸看着越子木，一字一顿地说道：“木石之盟。”

“木石之盟？”越子木想了一下，没听说过呀，这是家什么公司？和自己又有什么关系呢？

石珏看出了他的疑问，说道：“只有你去说最合适，他们一定会听你的。”

“不会吧？”越子木咧了咧嘴，觉得这根本说不通啊！

“或者，你也可能帮我出出主意，看如何推掉之前的约定。”

“你们签协议了？”

“是框架协议。”

越子木“哦”了一声，沉吟半晌，自语道：“我行吗？”

他哪里知道啊，那是李楠芝的公司，而且，这是石珏设下的局而已，并不在于他行不行，她只希望他去做就行了。

石珏，一个自私却又令人恨不起来的计划开始了……

李楠芝和许曼两个人把招聘信息发布出去的第二天，就收到了大量应聘材料，之所以会收到这么多的应聘材料，都源于李楠芝所写的那份招聘材料。

她是这样写的：木之不朽，便是时尚；执子之手，亦是时尚。想发挥你的潜能，纵情快意人生吗？那就加入我们，做一个时尚达人吧！尚品卓群，达观未来。

和许曼研究招聘语的时候，许曼还不同意呢，可随着邮箱里的邮件增多，她这才乐了起来，直说李思月有思想，让人羡慕。

面试时间定在发布招聘信息后的第三天。

这天一大早，李楠芝和许曼早早来到了公司，又是打扫办公室，又是设置面试桌椅，等忙得差不多了，外面却已经站了好长的队伍等待面试。

许曼还笑呵呵地说呢：“思月姐，你是想招帅哥还是美女？”

“招能用的。这里不是花店，不需要花瓶！”李楠芝说着就开始叫号了。

第一个进来的是个胖子，一头卷发还染成了黄色，穿了件花夹克，脖子上还缠着花围巾，怎么看怎么滑稽。

一坐到椅子上，这人就说开了。

“看我这身装束够时尚吧？你们不是招时尚达人嘛，我最合适不过了！”

李楠芝和许曼都咧着嘴看着他，听着他说，一句话也插不上。

等他说完，许曼赶紧摆了摆手，又叫下一个。

这回进来的是个女孩儿，戴了个阔边眼镜，看上去就像大熊猫，本来没什么胸，却穿了件低胸装。可她往椅子上一坐，再一看面前这两个人，顿时就愣住了，张着嘴说不出话来。

接下来，各种各样的人进来出去的，许曼和李楠芝不停地挥着手，表情悲催，唉声叹气。

“怎么就没一个靠谱的呀！”许曼说着就趴在了桌子上。

“慢慢来，我就不信了，这么多人还挑不出一两个来？”李楠芝说着，又有气无力地叫了下一个。

两个人都低着头，看也不看来人，只是许曼问了句：“你叫魏行？到底行不行啊？”

说了两句，那人还是没动静。

李楠芝和许曼一抬头，发现坐在椅子上的是个男的，胡子拉碴，好像有一脸的风霜。头发也很长，就像好久没剪了一样。

“你是搞摄影的？以前在哪家公司做过？”李楠芝问了一句。

许曼却小声趴她耳边说道：“这么不修边幅的，别问太多了，过吧！”

李楠芝却像没听见她说的一样，又接着问道：“能说说你的经历吗？”

那人终于开口了：“太美了……”说着，竟用手比画着做了个照相状，对着许曼和李楠芝。

许曼一看就气不打一处来，她一拍桌子：“严肃点儿！问你话呢！”

那人却笑了笑，说道：“以后咱们就是同事了，别这么厉害嘛！呵呵！”说着，他从挎包里拿出个纸袋来往桌上一放。

“这什么？”许曼问道。

“我拍过的片子，你们先看看这个再问吧。”

李楠芝看了他一眼，打开纸袋，从里面抽出一沓照片来。她和许曼一张张地翻看着。一张、两张……一直翻到最后，有三十多张，两个人一气看完，互相看看，眼睛都直了。

“这都是你拍的？”许曼拿起一张以西藏布达拉宫为背景的一个藏族女孩儿的照片问道。

那人抬手捋了一下长头发，傲慢地说：“这只是一小部分而已，是我最不满意的作品。”

“你是摄影家吗？”许曼又问了一句。

“常年不在家，只在外面摄影。这算摄影家吗？”那人答得奇怪。

“以前你是在哪家公司？我看你的材料上没写呀。”李楠芝问道。

“独立摄影师！其实我来你们公司应聘只是为了筹钱，不打算常干。我下一个目标是冰岛。”

李楠芝听完，微笑着说道：“你先回去吧，有消息我们会通知你。”

“可得快呀，要不然我会选择别的公司。”说完，那人一甩头发出去了。

许曼瞪着他的背影，说道：“姐，这人靠谱吗？也太能装了！”

李楠芝笑了笑，没说什么，又叫下一个。

这时，从外面蹦蹦达达进来一个人，一头短发，一身男人装，但从脸上看，应该是个女孩儿。

她坐下后，许曼拿着材料看了半天问道：“我看看啊……吴叶，你是女的？”

“嗯。”她笑着点点头，一笑还俩酒窝。

“你确信？”许曼问完就笑了，也觉得自己的话有毛病。

“如假包换。呵呵！”她又笑了笑。

李楠芝问道：“你是化妆师？”

“对呀，以前在一家模特公司搞化妆。”吴叶答道。

“那自己怎么弄成这副模样啊？”本来，许曼是小声自语，但她一贯的小声是谁都能听得到。

“这个呀？呵呵！我喜欢这样。”

接着，又问了些常规的问题后，就让她出去了。而许曼和李楠芝两人却为这人争论起来。

“这个，我看没戏！”许曼说着，就打算把她的简历扔到那堆被淘汰的材料堆里。

李楠芝却把她拦住了：“我看不错呀！”

“思月姐，你看她像个假小子似的，不养眼！”许曼还犟呢。

“呵呵，可是省心哪！”李楠芝却突然冒出这么一句，说得许曼一愣一愣的。心里却在想：你那么漂亮却非要招不漂亮的，司马昭之心，谁不明白呀！

两个人累了一天，终于把所有的人都统统面试了一遍，累得许曼直喊腰疼。

快下班时，越子木和乔庄回来了。一进门，越子木就问招聘的情况。许曼把那叠备选材料递了过来。

越子木翻看着，不时地点头，却又摇头。最后，他看了一眼李楠芝，问道："李思月，你看……这里面谁比较合适？"

许曼心想：最后不是得你定吗？干吗非问人家呀！

李楠芝看了一眼越子木，说道："有两个人我看比较靠谱。一个是摄影的，叫魏行，一个是化妆的，叫吴叶。"

许曼在一旁想要说什么，却张了张嘴没说出来。

越子木翻着材料，找出那两份简历来认真地看了起来。看完，他问道："这男的……虽说从面相上看有点儿玩世不恭，但作品确实不错；这女的……呵呵，李思月，咱们公司要是招女的就应该招长头发的，这个也太……"

"是招女秘书吗？"李楠芝突然来这么一句，弄得越子木眨了好几下眼睛。

许曼和乔庄都忍不住笑了起来。

越子木笑了笑，轻声说道："行倒是行，长发短发也没什么，不过……我总觉得她这眼睛里好像还有别的什么，说不太清楚。"

"这个，我也看出来了。可能是做化妆这行做久了，美女帅哥的接触多了，或许就会目光游移吧。"李楠芝说道。

"那就这么定了，就这俩儿。明天通知他们上班！"越子木说完，把材料递给了李楠芝。

就在他们看招聘材料的时候，在一家酒店的房间内，昏暗的灯光下，柳依依对着暗影里的一个人说道："怎么样？"

那人说："应该没问题吧，咱这经历打人儿呀！"

柳依依把目光转向窗外，长出一口气说道："工作要尽心尽力，关键时候我自会找你，去吧，没事不要联系！"

那人答应一声就出去了，从背影看，好像是个男的。

53．肖凌的美人计

肖凌这几天做什么呢？那日她接到了李楠芝的任务，让她去找杨宇涵，一连好几天，她都在为这个事发愁。

自从几年前在李楠芝家吃饭时偶遇杨宇涵后，肖凌就像没了魂似的，三天两头打个电话，或是发个微信什么的，有时甚至故意把自己的心情或见闻什么的发到微信上，至于目的是要给谁看，那是再明显不过了。

而这杨宇涵呢，虽说对肖凌也有好感，但给肖凌的感觉总是难以琢磨，总觉得他时常心不在焉。直到李楠芝和越子木张罗着结婚了，杨宇涵和肖凌在一起时才逐渐话多起来。肖凌以为，这下杨宇涵一定死心了吧，可谁承想该死的越子木竟在婚礼上不辞而别了，这下可把杨宇涵乐坏了。

可是，他乐也白乐，因为李楠芝搬去了泰国，山高水长，他连见都见不到李楠芝的面了。虽说肖凌一直都在他的身边，而他也经常和肖凌在一起，但两个人彼此相敬如宾，那把火不明不灭地就是烧不起来。

当有一天肖凌和杨宇涵说，李楠芝打算到北京开分公司拓展业务，想让他帮着找个国外留学的有管理经验的人帮忙时，肖凌发现，他眼里冒出了灿烂的光芒，就像发现新大陆一样。

可令肖凌万万没想到的是，杨宇涵竟也到北京来了，而且还要参与石生生珠宝的并购。这不是胡闹嘛！也不知道他心里是怎么想的。

连续几天，肖凌都联系不上杨宇涵，打电话也不接，发微信也不回。肖凌一想，干脆，一不做二不休，找他去！

这天下午，肖凌精心打扮一番就去了杨宇涵的公司。

一进公司大厅，肖凌就被前台的接待员给拦住了。

“请问小姐，您找哪位？”

“找你们杨总。”

“请问您预约了吗？我们杨总很忙的。”

肖凌这个气呀，心想：预什么约呀，他根本就不接电话。但她想了想，决定改变主意，就笑了笑说道：“去跟你们杨总说，就说木石之盟有位女士找他，下班后在逢单白露酒吧等他。”说完，她转身就走。

接待员喊道：“小姐！请问您的名字？不留名字他不会去的！”

“你就说去了就知道了，他一定会去的！”她答了一句，头也不回地出了门。

走在街上，肖凌心想：小样的，这回看你去不去！别以为我不明白，你不就是想见楠芝嘛！

肖凌猜得没错，杨宇涵此举正是为了见李楠芝。自始至终，从李楠芝去了泰国后，他就再也没见过她。包括这次帮李楠芝的公司找职业经理人，他都没有见到李楠芝，都是肖凌一手操办的。

肖凌走着走着，觉得不放心，就给霍东打了个电话，告诉他，如果杨宇涵问起来，就说李总在北京。霍东呵呵地笑笑，说了句明白就挂了电话。

肖凌又猜对了，其实也不是猜，这几年来她经常和杨宇涵在一起，对他是了如指掌。

当接待员把肖凌留下的口信告诉杨宇涵后，他一听，立马就来了精神，想了想，拿起电话就打给了老同学霍东。当听说李楠芝果然在北京时，他高兴得放下电话就要往外走，可一看时间，这才下午四点多啊，离下班还早呢。他只好又坐了回去，但什么业务也干不下去了，心神不宁。

他知道，如果真是李楠芝找他，那一定是为了并购的事。想到这儿，他笑了笑，为自己计划的成功而感到高兴。

时间一分一秒地过去，但杨宇涵还是觉得慢，他站起坐下，坐下又站起，还在办公室里踱来踱去，不停地看表。终于，天渐渐黑了，已到了下班的时间。他又在镜子前照了照，用手捣扯一下头发，然后就微笑着出了门。

到了地下车库，他开上车一踩油门“呜”的一声就出了车库。到了街上，直奔逢单白露酒吧。而那，却正是杜峰的酒吧。

等到了地方，杨宇涵把车停好后，进了酒吧就开始找起来。可找来找去，各个位置都是满满的，根本没见着李楠芝呀！他正疑惑呢，就见在最里边的一个角落里，背对着他坐着一个长发飘飘的女士，正在优雅地喝着什么。

杨宇涵就觉得血往上涌，三步并作两步就走了过去。

“请问……”他试探着问了半截话。

肖凌慢慢地转过身来。

“怎么……怎么是你？”他瞪着眼睛十分意外地看着肖凌。

“你希望是谁？坐吧！”肖凌笑着一指对面的椅子。

杨宇涵眨着眼睛半天没说出话来，只好过去坐在了椅子上。

肖凌看着一脸尴尬的杨宇涵笑了笑，把披在肩上的披风拉了下来。杨宇涵一抬头，这才发现肖凌穿着件低胸晚装，妩媚中透着知性美。他不敢看了，咳嗽了两声就叫服务员。

一个服务生跑了过来：“请问先生，您要点儿什么酒？”

“白……白开水！”杨宇涵手捂着嘴说道。

服务生愣了一下，刚想转身，却被肖凌叫住了。

“法国香槟！外加一份薯条和比萨。”

服务生笑着说道：“女士，今天本店有活动，香槟买一赠一。”

肖凌想都没想就说道：“那就都上来！”

服务生走后，杨宇涵看了看肖凌：“法国香槟劲儿也很大的……两瓶能喝得了吗？”

“你今天是怎么了？以前可是喝威士忌的，今天我还特意叫的香槟呢。怎么，怕喝多了？”肖凌笑道。

杨宇涵沉默了一会儿，问道：“今天……找我有事吗？”

“你不觉得你太过分了吗？”肖凌盯着他的眼睛道。

“这阶段有点儿忙……最近手机老不好使……”杨宇涵支吾着，但明显是在撒谎。

肖凌也不戳穿他，只是微笑。

这时，服务生端着托盘走了过来，把一大瓶香槟放在了冰筒里，另一瓶放在桌上，又把薯条和比萨放在桌上。

“请问还有什么别的需要吗？如果有，随时叫我，那请慢用。”说完，服务生走了。

杨宇涵把冰筒里的香槟打开，给肖凌倒了一杯，自己也倒上，他举起酒杯，笑着说道：“肖凌，对不起啊，来，这一杯算我赔罪！”说着，他一扬脖就喝了下去。

这香槟不同别的酒，什么啤酒白酒的都好干，可就是这香槟，干起来十分费劲。杨宇涵缓了两口才把那杯喝完。

肖凌自语道：“没什么对起对不起的，我又不是你什么人！”说完，她也举起了杯子。

“你慢点儿，喝一小口就行……”可还没等杨宇涵说完呢，肖凌那杯酒已经下肚了。

“干吗喝那么急呀，给！”杨宇涵说着，把张纸巾递了过去。

可就在这一瞬间，他却发现肖凌两行清泪顺着脸颊滚落下来。这下，他可吓了一跳，眨着眼睛不知所措了。

本来，杨宇涵还想问问李楠芝的事呢，但一见肖凌这么伤心的样子，他要是再问，那可真就是傻瓜了。

肖凌接过纸巾点了点眼角，说道：“香槟劲儿可真大……”

杨宇涵明白，她是在掩饰。

每个人都有自尊心，每个女人心中都有不可触碰的痛，不是真的伤了心，是不会落泪的。

“宇涵，你知道今天是什么日子吗？”肖凌抬起脸直视着他。

“今天？我想想……”杨宇涵迅速在脑海里过着筛子，可想了半天也没想出来到底是什么日子，他只好摇摇头，一脸狐疑地看着肖凌。

肖凌却叹了口气，幽幽地说道：“不记得，就算了。”说完，就去倒酒。杨宇涵赶紧把香槟瓶子接了过来给她倒了半杯。

放下瓶子，杨宇涵又低头凝思。他开始从头想，想和肖凌认识以来在一起的那些日子：每一次吃饭，每一次游玩，每一次看电影……寒风中为她买的那个烤地瓜，夏日里和她一起喝的那杯兰花冰茶，一起游泳时溅起的那一朵朵水花……一下子，他想起来了。

他笑了笑，端起高脚杯喝了一大口香槟，然后说道：“肖凌，你等我一会儿啊，我去去就来！”说着，也不等肖凌答应就转身离开了座位，也不知道是要去干什么。

望着他的背影，肖凌的泪水又止不住了。

“谁念西风独自凉？萧萧黄叶闭疏窗，沉思往事立残阳。被酒莫惊春睡重，赌书消得泼茶香，当时只道是寻常。”纳兰容若的词里，说尽了憾事，而身在其中的人，依旧浑然不觉。

出了酒吧的杨宇涵，还在回想着那曾经的过往，那一幕幕，那点点滴滴，如一杯绿茶叶幽幽地浮上来：那条肖凌织的围脖，暖了自己醉了冬天，旧了也舍不得扔；自己酒后第一个打的电话，她悄悄地来了，送了又走，吐了她一身默默地回去自己擦；出席酒会，假扮女友的是她，还直说毁了他的形象，自己是朵奇葩……

而今天，正是他们相识五周年的纪念日啊，自己怎么就忘了呢？

杨宇涵突然觉得，得不到的东西真的都那么好吗？而自己到北京来开分公司，真的是希望离李楠芝更近些吗？自己又不是不知道李楠芝的公司不是自己打理，那么，自己究竟是为了什么呢？

刚才，肖凌的两行清泪流得他心里直滴血，在他的记忆中，肖凌可是从来没有流过泪的。他知道，一个女人流泪，只能说明，不是伤心就是失望，而失望也是伤心。

真他妈糊涂啊！杨宇涵在心里骂了一句，到处找着花店。

这真是一泪惊醒梦中人哪！杨宇涵突然明白了，也清醒了，原来，自己苦苦追求的不过是一场梦而已，那不过是儿时的眷恋。他一直以为，自己在情感上是个穷人，什么都没有，唯一的希望随着李楠芝和越子木的成婚而破灭了。可直到今天他才猛然发现，原来，自己竟一直生活在蜜罐里，而自己却在挥霍中浑然不觉。

从花店里出来后，他捧着一束玫瑰匆匆地赶回酒吧。

而此时，肖凌自己已经喝掉了大半瓶香槟，那可是三斤装的呀！

站在肖凌面前，杨宇涵看着眼神迷离的肖凌，他的心都快碎了。

“肖凌，我……来晚了！今天，是咱们认识五周年的日子，我……有话对你说！”

肖凌抬头看了他一眼，伸手一指：“还算你有良心！”说完，她一眼就看见了杨宇涵手里的那束玫瑰，就接着说，“你这是……要给楠芝的吗？我……可不给你转交！”

“不！肖凌，这是给你的！”说着，杨宇涵把玫瑰捧到肖凌面前。

“这是哪儿呀……又是什么酒会是吧……我再不给你当假女友了！”说着，肖凌举杯又要喝，被杨宇涵一把抢下了杯子。

“肖凌，别喝了，咱们回家吧！”说着，他叫过服务生，让给找个代驾。

服务生答应着跑回了吧台。此时，吧台后，杜峰和许曼正在忙活着。一听说找代驾，他赶紧打了几个电话，可是根本没有空闲的代驾。

正在这时，就听那边有人高声喊道：“杨宇涵！你就是个大傻瓜！”

杜峰和许曼抬头一看，就见一个美女挥着手高喊着，一个穿着得体的男人站在她对面，不时地冲周围的人点头哈腰地表示着歉意。

服务生说道：“峰哥，就是他们让找代驾。”

杜峰明白了，可上哪儿找代驾去呢？

许曼说道：“那男的肯定是欺负人家女孩子了，什么东西！”说着，还瞪了一眼杜峰。

“别介，姑奶奶，我可没招惹你啊！”杜峰笑着说道。

“你们男人没好东西！”许曼还不解气，又狠狠地说了一句。

“老板娘，你这打击面也忒大了吧？”杜峰说着就笑嘻嘻地去扶她的肩，许曼一瞪眼睛，吓得他把手又抽了回来。

这时，又听那美女高声说道：“我可不是你的香槟……你想醉就多喝点儿，想不醉就喝一小口……”

就见那男的急得直往吧台看。杜峰明白了，他是着急找代驾。

“算了，杜峰，要不你送他们得了，看那女孩儿怪可怜的，正好还可以跟着她，免得那男的干坏事儿！”许曼擦着吧台台面说道。

杜峰说：“那行吧。不过，你得跟我一块去。”

许曼看了他一眼：“行。”

杜峰说完，正打算让服务生去告诉那男的呢，却听那女的说道：“杨宇涵，我再也不给你当什么假女友了，你找别人去吧！老娘不玩儿了！”

整个酒吧里的人都注视着杨宇涵，场面异常宁静和压抑。

杨宇涵愣了半天，突然，单膝跪地，手举鲜花：“肖凌，愿意做我的女朋友吗……”

酒吧里的音乐声早停了，短暂的平静过后，不知是哪个女孩子喊了一句：“答应他！”

紧接着，几乎所有的人都齐声喊道：“答应他！答应他！”

再看肖凌，看着杨宇涵半天没说话，突然，她一挥手：“上酒！”

杜峰一看，心想：真喝多了！就赶紧走了过去。

“哥们儿，看来今天不是时候啊，你还是把她送回去吧。”杜峰对杨宇涵说道。

杨宇涵站了起来，问了句：“代驾呢？”

“我就是！快，你把她扶出去吧。”

杨宇涵把花放下，过去扶起了肖凌。可肖凌却还挥着手要酒呢。

杜峰要过杨宇涵的车钥匙，在前面带路，并招呼许曼赶紧跟上。许曼把那束玫瑰顺手拿了起来，跟着出了酒吧。

上了杨宇涵的宝马车，杜峰往后面看了看，见两个人都已经坐在了后排，许曼也上了副驾驶的位置后，他就驶离了停车场。

路上，肖凌还在说着醉话：“我知道……你喜欢的是表妹，可她现在……她现在……再也不是你记忆中那个人了……”

许曼坐在那儿听着肖凌不停地说话，她实在忍不住了，回头问了一句：“我说你这哥们怎么搞的呀？是不是欺负她了？”

杨宇涵咧着嘴不停地点着头：“都是我不好，是我不好！”

说完，他扳着肖凌的肩膀问了句：“肖凌，你现在住哪儿呀？”

可肖凌根本就不理他说什么，只顾自己在那儿说这说那。

许曼一听，就开始瞎操心了："以后你可得对姑娘好点儿啊，对了，今晚可不能欺负她啊！"

"哪能呢，我们都认识五年了……而且她表妹楠芝还是我最好的朋友。"杨宇涵说着，就扶着肖凌的头靠在了自己的肩上。

到了杨宇涵家地下车库后，杜峰把钥匙交给了他。杨宇涵边说谢谢边掏钱。

杜峰拍了拍他肩膀，说道："算了哥们儿，悠着点儿啊！"说完，拉着许曼往车库外走。

杨宇涵说了声"谢谢"，就扶着肖凌按了下电梯按钮。

杜峰和许曼出了地下车库，在街上边走边打车。这时，许曼突然问道："杜峰，刚才那男的说什么来着？"

"什么？"

"好像是说什么表妹楠芝……对，是这两个字，楠芝！"

杜峰想了想："我也听见了，是说楠芝。"

两个人突然转过身面对面看着对方，几乎同时说道："该不会是……"而两个人的脑海里同时出现的是普吉岛上的一幕。

杨宇涵扶着肖凌上了楼，进到屋里后，把她扶到了沙发上，然后就忙着去倒水。可等他端着杯水再回来的时候，却发现肖凌已经躺在沙发上睡着了。

他把水杯放在茶几上，过去叫了两声："肖凌，肖凌你醒醒！"可是，根本就叫不醒。

他本想过去把肖凌抱到床上，但他停住手想了半天，还是找出被子给她盖上了。

坐在沙发上，看着睡得香甜的肖凌，杨宇涵感慨万千，他甚至还有些后怕，自己差一点儿就失去这样一位知冷知热的知心人，想想自己过去的态度，真是后悔不已。

又坐了一会儿，他也觉得困了，就回到卧室倒头便睡。

夜半时分，肖凌挣扎着坐了起来，她揉了揉头，闭目合眼地就去洗手间。等再从洗手间出来时，她习惯性地推开洗手间旁边那扇门就进去了，摸着黑，她往床上一躺，接着，又开始脱衣服，一件一件地扔到了地上……

54. 被打扰的好事

杜峰和许曼两个人把杨宇涵和肖凌送到家后就往回走，可两个人回想着刚才车上听到的话，不禁同时大吃一惊。如果猜得没错的话，那刚才听到那个男的所说的楠芝一定是她！

许曼眨着眼睛拼命地回想着在普吉岛的所见所闻，脑海里又浮现出李楠芝当时的音容笑貌。特别是在山洞里，越子木看李楠芝的眼神，以及他们两个人一起跌落悬崖的那一幕……虽然越子木从来没再提起过，而他们也没人问起，但直觉告诉许曼，越子木和那个大财团年轻貌美的老总一定是有关系的，而且，还是那种要多暧昧有多暧昧的关系。

那么，今晚酒吧里这个美女又和他们是什么关系呢？什么？李楠芝的表姐？那也就是说，越子木很有可能认识她？这也太巧了吧。

许曼是越想越乱，怎么也理不清头绪。

见她紧锁眉头的样子，杜峰说："别瞎费神了，明天你问问越子木不就得了？走，咱们回家吧。好冷啊！"说着，他搓了搓手，又四下看着有没有出租车经过。

可是，夜已经深了，天又冷，出租车哪那么好打呀！

两个人在街上边走边等车，杜峰甚至用手机上的打车软件呼叫了半天，可就是不见有司机回应。没办法，他们只能往前走。走着走着，许曼一指前面说道："我快要到家了，你自己回去吧。"

"啊……你快到家啦？那我咋办啊？"杜峰一脸为难的样子，说完，却偷看了许曼一眼。

许曼丝丝哈哈地缩了缩袖子，又看了看远处街灯通明的长街，犹豫了一下说道：“要不，先上我家喝杯热茶？”

“这……不好吧？大半夜的……”杜峰还装呢。

“那就算了！”说着，许曼瞪了他一眼就往前走。

“那去就去吧，我还真渴了！”说着，杜峰赶紧跟了上去。他这个气呀，自己这不是没事找抽嘛，装什么装？差一点儿就装大了吧？

杜峰跟着许曼上了楼，一进屋，他就把鞋一甩，猫着腰跑到了客厅，一屁股坐在沙发上，又抱过一个抱枕丝哈着，好像很冷的样子。

“有那么冷吗？”许曼说着就去烧水。

杜峰这是第一次到许曼住的地方来，趁着许曼在厨房烧水，他仔细地打量着屋里的陈设。

虽说房间不大，但收拾得干净整洁。茶几上一个小鱼缸里，几条游鱼因被打扰了休息而惊恐地乱窜着；窗台上一盆茉莉开着白色的小花，散发着清香；单人床上平平整整地铺着粉色碎花的床单，床下是一双卡通拖鞋；床边的书柜里，排着满满的书籍；墙上挂着一幅写真照片，上面的许曼手捧一束鲜花微笑着……

杜峰抱着个抱枕在屋里四处看着。这时，许曼从厨房里走了出来，见杜峰正站在床边看着书柜，她赶紧走过去，一把就抓起椅子背上搭着的内衣藏在了身后。杜峰扭头一看，觉得好笑。心想：我早就看见了，还藏什么呀？

“水开了，喝水吧。”许曼把一杯开水放在茶几上招呼着。

杜峰走过去，把抱枕放在一边，坐在沙发上端起了水杯，用双手捂着却并不喝。

“你抓紧喝啊，喝完赶紧回走，我得洗洗睡了，好困哪！”许曼说着，拿着一堆浴巾什么的就要进洗手间。

杜峰咧着嘴一副可怜巴巴的样子说道：“这都大半夜了，外面又那么冷，上哪儿打车去呀……”

“那我不管！告诉你，别想有什么企图啊！”许曼说着，脸却红了。

杜峰还想说呢，却听洗手间的门咣的一声关上了。他眨巴眨巴眼睛，顿时一脸的坏笑。

他试探着喝了一口开水，刚要放下杯子，就听洗手间里传来哗哗的水声，他不莫心里一动，笑了笑，眼珠子转了半天，计上心来。

约摸过了五分钟，估计许曼也洗得差不多了，他就往地板上一躺，大声地哎哟起来，嘴里还喊着："许曼！许曼！快点儿来呀！哎哟——"并偷偷观察着洗手间的门。

他刚喊完，就见许曼拿着浴巾也顾不得往身上披就冲了出来。到了他跟前，许曼蹲下来惊慌失措地看着他问："怎么了？是胃疼还是阑尾炎啊？要不要上医院？"

杜峰微睁眼睛看了一眼许曼，这一看不要紧，他顿时就觉得血脉贲张！紧接着，他伸出双臂抱住了许曼，一下子把她结结实实地抱倒在自己的身上。

"你个该死的疯子，敢骗我！放手！放手……"随着杜峰迎上去堵住许曼说话的嘴，许曼的声音渐渐小了下来，那只敲打他后背的手也渐渐停了下来。接着，她双手环抱着杜峰，两个人在地板上翻滚起来。

杜峰一翻身压在了许曼的身上，接着，他站了起来，把许曼直接抱到了床上。许曼呼吸急促，嘴里还骂呢："该死的！好坏呀！再不领你到家里来了……"话虽这么说，但她脸上明明写着灿烂。

杜峰嘻嘻地笑着，开始迅速地脱自己的衣服，脱好了衣服，他把灯一关跳到了床上，一掀被子就钻了进去……

正当他激情满怀地想着美事时，却突然传来了敲门声。

许曼把被子一掀露出头来侧耳听了听，说道："好像有敲门声！"

杜峰也把头钻了出来，听了一下，说道："是别人家吧……"说完，他刚想埋下头去，却听见又传来了敲门声。

"不对，是咱家门响。"许曼眨着眼睛惊恐地说道，她又一伸手拉亮了床头灯。

果真是她家的敲门声。随着又一声敲打过后，许曼喊了一句："谁呀！等等！"

说着，她就到处找衣服，可是，她的内衣外衣全在洗手间呢，床上哪有啊！没办法，情急之下，她一拽被子裹在了身上，只露出头来就下了床。再看杜峰，手捂着下边眨巴着眼睛愣在了床上。

许曼冲他一摆手，小声说：“你还愣着干吗？还不躲躲？估计是我哥。”

杜峰这才回过神来，像个无头苍蝇似的到处找可以躲的地方。

许曼小声道：“床下！床下！”

杜峰跳下床就往下边钻，可那是连体床，床下就是抽屉，他哪钻得进去呀！

“不行，没地方！”他小声冲许曼喊着。

“柜子柜子！”许曼又一指柜。

杜峰猫着腰拉开了柜子，可是，柜子里全是东西，别说他一个大活人了，就是个小狗也弄不进去呀！

杜峰都快哭了：“咋办啊？”

许曼瞪了他一眼，说道：“该！不管你了，爱咋咋地吧！”说着，她就去开门。

吓得杜峰不知所措，他一回头看见了洗手间，也管不了那么多了，光着脚丫子飞快地进了洗手间。

许曼把门打开了。

“干吗呢？这么半天！”一个男人的声音传进洗手间，杜峰一听就蒙了。

“哥，你咋来了？”许曼没有猜错，来的还真是她哥。

“打你手机也打不通啊！”她哥说着就坐在了沙发上，一抬头却看见许曼蒙着个被子，就上下看了看，说道：“你这是……”

“人家都睡着了，啥事呀？”许曼拉着被角坐在了沙发上。说着话，她四处寻找着什么，心想：这家伙藏哪儿了？看了一圈，她的目光落到了洗手间，脸上露出了笑容。

“有件事想告诉你……我最近不是新换工作了嘛……”

“换工作了？你不是在物业公司当保安部经理嘛，干得好好的换啥工作呀？”许曼很意外地问道。

“有一家外资公司招聘保卫部经理，薪酬待遇都不错，所以我就去应聘了，没想到一把成了！可是干了一个多月后我就发现有些不对劲，所以就不想干了，但有件事有必要告诉你一下……”

“什么情况？”许曼瞪着眼睛问道。

“是这样的，我到了那家公司后吧，发现不像是做正经生意的公司，我们老总经常接触一些不三不四的人，我怕是黑的。而且有一次我偶然听到他们在议论一个人，你知道是谁吗？”

许曼没言语，只是瞪着眼睛等他哥说下文。

他哥又接着说道：“他们多次提到一个名字，就是你常跟哥说起的那个同事，叫什么越子木的。”

许曼啊了一声，顿时瞪大了眼睛。

“哥，你再说一遍？谁？”

“越子木！而且我听说，他们打算对付他呢！”

许曼听完，脸都白了。

这时，她哥站了起来。

“我用一下洗手间啊。”说着就往洗手间走。

许曼根本没听清他哥说什么，脑海里全是刚才她哥说的事。

正当她紧张地回想着到底是怎么一回事时，就听她哥大喊着：“什么人？出来！”

许曼一抬头，天哪，他哥正站在洗手间门口冲里面喊呢。

再一看，随着她哥的喊声，一个人哆哆嗦嗦地走了出来。许曼一看，差一点儿笑喷喽！

就见杜峰穿着她的花外衣，腰上缠着块粉红色的浴巾，头上竟还包着条绿毛巾，一脸的苦相求救似的看着她呢，这一出简直就像个大马猴。

原来，刚才他在洗手间里躲着躲着冷得不行，就抓过一条浴巾披在了身上，还侧耳细听许曼和她哥说话。可一听到他哥要上洗手间，这下他可吓坏了，情急之下就把许曼换下来的衣服胡乱给套上了，还没等弄好呢，哗地一下子门就被拉开了。

许曼她哥还被吓了一跳，这才高喊着让他出来。

许曼一看他那样就忍不住笑了起来，忙过去解围。

“哥，你不是要上洗手间嘛，快去呀！”说着，她过去挡在了杜峰身前。

“妹子，这什么情况？你这是唱的哪一出啊？”她哥指着杜峰，一脸的狐疑和敌意。

杜峰一看，好家伙！她哥一米八几的个头，不仅长得魁梧，而且目露凶光，杀气腾腾的，像是要把他吃了一样，吓得他直往许曼身后躲。

本来，杜峰不是个怕事的人，但关键是心虚呀，而且还是在人家哥哥面前。

“哥，看你把人家吓的！不去洗手间了？”许曼冲她哥说道。

“我去去就出来，告诉你，不许跑啊！”她哥指着杜峰说完就进了洗手间。

许曼转身上下打量了一番杜峰，扑哧一声笑出声来。

“你干吗穿我衣服啊？弄得跟个大扑棱蛾子似的！”许曼拽了拽他身上的花衣服，咧着嘴说。

“姑奶奶，我要是光着，恐怕早就挨削了！”杜峰回头看了一眼洗手间，又接着说道，“咋……咋办啊？”

“能惹不能搪是吧？”许曼瞪了他一眼。

“不是，这不……心虚嘛！”杜峰说着话，却浑身发抖，也不知是吓的还是冷的。

两个人正小声说着呢，许曼哥却一拉洗手间的门出来了。他走到沙发那儿坐下，又掏出根烟来点着，这才一摆手，示意杜峰过去。

杜峰咧着嘴看了一眼许曼，乖乖地过去站在了她哥面前。

“还有你！”她哥一指许曼。

许曼只好低着头也过来站在了杜峰旁边。

“谁来给我解释一下，到底什么情况？”她哥跷起二郎腿问道。

许曼看了一眼她哥，笑着对杜峰说：“杜峰，这是我哥，许天放。哥，他是……”

“别嬉皮笑脸的！我不管他是什么东西，先把身上那些东西给我拿掉，弄得跟个花大姐似的！”许天放一指杜峰厉声说道。

“去，换下衣服。”许曼小声对杜峰说。

杜峰看了一眼许天放，支吾着：“那我先换下衣服，哥……”

“谁是你哥！行了，你也别换了。说说吧，怎么个情况？”许天放改变了主意说道。

“是这样的，我吧就去洗手间，完了你来了，完了我就那什么吧……我得穿衣服啊，可我衣服在……在……”杜峰解释着，又四处找着衣服，而他的衣服此时正静静地躺在地上，散乱着。

这时，许曼说道：“哥，他是我男朋友！”

“男朋友？你就找这样的男朋友？”说着，许天放上下打量着杜峰，摇了摇头。

“哥，我叫杜峰，是小曼的男朋友。今天是我错了，要打要骂冲我来，跟小曼没关系！”杜峰突然往前站了一步高声说道。

“哎哟，还是条汉子嘛！你还来劲了是吧？”许天放微笑着弹了弹烟灰。

“哥，这是女孩儿的房间，你最好别抽了。”杜峰也不知哪儿来的胆子。

许天放看了他一眼，顿了一下，却微笑着把烟头按在了烟灰缸里。

“小曼，你有男朋友了怎么不跟哥说一声呢？”

许曼看了一眼杜峰，又回过头看了一眼她哥，说道：“哥，能不能不像审问啊，大半夜的，我都困死了！”

许天放只好摆了摆手：“那你去睡吧，我在这儿和他说说话。”

“你在这儿我们怎么睡啊？”许曼一咧嘴。

“我们？你说我们？”许天放说着就看了一眼杜峰。

杜峰赶紧说道：“不是，我是送她回来的，本打算喝杯水就走的，哪能在这儿睡……睡呢，是吧？”

许天放指着地上的衣服说道：“喝水还用脱了衣服喝吗？”

杜峰眨巴着眼睛看了一眼许曼，嘴里说道：“是啊……不……不用脱衣服喝是吧，那我穿上喝，穿……穿上！”说完，他转身到床边把衣服裤子通通捡起来，抱着进了洗手间。

“哥，你可真烦人！”许曼一噘嘴就坐在了沙发上。

“小曼，哥这不也是为你好嘛，万一要是有人欺负你……”许天放赔着笑脸。

趁着杜峰换衣服，许曼突然想起了此前她哥说的事来，就小声说道：“哥，先别管我的事了。对了，你不要辞职了，继续在那儿干下去，万一他们要是对越子木做什么事呢，也好有个内应，你说是不是？”

“小曼哪，你是不是谍战片看多了？不过，你说的也有些道理，我回去再想想吧。”许天放说完就沉思起来。

这时，洗手间门一拉，杜峰从里面走了出来。

许天放闻声看去，见杜峰正走过来，一身休闲的打扮倒也还精神，最主要的是他把头上包着的毛巾摘去了，直到此时许天放才算看清楚他的脸，虽说不算英俊，但眉宇间透着一股子正气与刚毅，一看就是一条仗义的汉子！

杜峰走到茶几跟前，还问许曼呢：“水呢？喝……喝水！”

许曼这个好笑啊，一拉他说道：“你就别装了，这是我哥，又不是警察，喝什么水你喝水？”

杜峰尴尬地笑了笑，被许曼一拉就坐在了沙发上。可许天放一瞪眼睛，吓得他腾地一下子又站了起来。

“你说是小曼的男朋友？”许天放问道。

“反正她已经是店里的老板娘了！”杜峰坚定地说道。

“谁是你老板娘？”许曼说着就瞪了他一眼。

“我没说你是老板的娘，我是店里的老板，你当然就是老板娘了！”

“都什么乱七八糟的！”许天放皱着眉。

“哥，你就别管了，你还是走吧，我都困了！”许曼说着站起来往外推她哥。

“好好，我走我走。你！出来！”说着，许天放一指杜峰。

还没等杜峰言语呢，许曼却站在杜峰身前说道：“哥，你干吗呀！你要出去打他还是怎么的？你自己走吧！”

一看这架势，许天放笑了。心想：看来，这俩人恐怕是再也分不开了。他就朝杜峰走了过去，吓得杜峰直往后躲。

许天放拍了拍杜峰的肩膀，在他耳边小声说道："对我妹好点儿，要不然……你懂的！"

杜峰不住地点头。

"妹子，那我走了啊！这小子要是以后敢欺负你随时给哥打电话！"说完，许天放转身出了门。

许曼跑过去把门关得死死的，转回身，见杜峰还愣在那里，就微笑着走过去，也拍了拍他的肩膀。

"以后还敢欺负我吗？"

"姑奶奶，我还敢欺负你？不都是你欺负我嘛！"

许曼笑着回到了床上，钻进被窝，见杜峰还傻站着，就摆了摆手示意他过去。

杜峰愣了一下，说道："小曼哪……要不，我还是回去得了……"

"你敢！"许曼一咬嘴唇。

"不是，我恐怕……恐怕不……不行了！"杜峰一脸的悲催。

见他那个熊样，许曼气得狠狠地说道："你个完蛋玩意儿！"

55．无法回避的见面

许曼早上一觉醒来，收拾完东西准备上班，可她在整理自己包的时候，突然发现手机不见了。她努力地回想着，怪不得昨晚她哥说打手机没人接呢，肯定是忘在那个人的宝马车里了。

想到这儿，她打算找去，可又一想，还是等到单位再说吧。

等她到了公司，用固定电话拨通了自己的手机，响了好半天，才有个男的接听了。

“喂，您好！我是这手机的主人，请问您是不是在酒吧里那个……”

“对对！我正愁不知怎么找你呢，不好意思啊，送我们回来还把手机落这儿了。你看我怎么给你送去？”电话那头，杨宇涵不好意思地说着。

许曼想了想，就说：“这样吧，你要是方便的话，送我公司来吧，地址是……”说着，她把公司的地址告诉了对方。

放下电话，她开始打扫卫生。今天是新招的那两个人上班的日子，越子木说是等人齐了要开个会，所以许曼把桌子椅子什么的擦得干干净净，地也拖了一遍，就等着越子木和其他人上班了。

越子木自从上次和石珏谈完营销的事后，他就一直闹心，左右为难。按照他的性格，即便是石珏把企业营销策划的单子给他，他也不一定接，特别是有了无人岛事件之后。但现在的问题是，公司刚刚起步，急需一单能够足以支撑运转的生意。而石珏的单子是他一手操办过的，合同标的他清楚，那可是几百万的合同额呀！

可是，这个单子要是接，石珏还附带着条件。一想起这个越子木就来气，心想：这个女人到底是怎么回事？上次在普吉岛也是，为什么总喜欢附加个条件呢？自己能做到的还好说，可这次却是让自己去说服什么公司退出并购，这是不是有点儿太扯了。

但越子木又一想，不管有多大的困难，也不管那几家公司是怎么回事，先调查调查再说，可不能轻易放掉每一笔生意啊。

最近李思月和许曼新招来的两个人今天正式上班，这样，公司已经有六个人了，开展业务人手差不多够了。所以他就打算早点儿到公司开个会，安排一下工作。

他刚走到小区门口，就看见有个女的抱着个孩子正往出走呢。他下意识地扫了一眼，却突然发现竟是那个孩子，就停了下来，等她们走到跟前，笑着说道："送孩子上幼儿园？"

吴姐一看是他，笑着点了点头。这时，木瓜一眼就看见了越子木，吵着要下地，吴姐只好把他放了下来。一下地，木瓜就跑到越子木跟前，眨着眼睛扬头看着。

越子木微笑着蹲下来一把抱起孩子，问道："小男子汉，在幼儿园听没听老师话呀？"

"听话。"木瓜嫩声嫩语地说道。

"那……在家听爸爸妈妈话吗？"

木瓜顿了一下，说道："听妈妈话，木瓜乖。"

"什么？你刚才说什么？"越子木听完就是一愣，又问了一句。

"怎么了，叔叔？"木瓜看着越子木惊异的表情问道。

就在这时，吴姐过来把木瓜抱了起来。

"不好意思啊，先生，一会儿上学要迟到了。"说完，吴姐抱着木瓜就走。木瓜还冲越子木招了招手，回身小嘴一噘，说道，"阿姨坏，木瓜跟叔叔还没说完话呢！"

吴姐笑了笑，走得更快了。

越子木站了起来，看着远去的孩子，他疑惑不已。自己刚才明明是听见孩子说是叫什么"木瓜"，如果是真的，那可就太巧了，自己小名就叫木瓜呀！别说，跟这个孩子还真是有缘分呢。

想到这儿，他又看了一眼，转身就走。

而就在越子木和木瓜说话的时候，这一幕却被李楠芝全看见了。她本来是打算早点儿去公司的，所以就跟吴姐一前一后出了家门，可她刚要走到小区门口就在远处看见了越子木，她只好躲在一棵树后观察着。看见越子木蹲在那儿和孩子说着话，她鼻子有些发酸。她多想冲出去告诉越子木啊，但现在还不是时候。

等孩子被吴姐抱走了，越子木也转身走了，她这才从树后闪出来，到小区门口打辆车就去了公司。在出租车上，她又回想起刚才看到的那一幕，孩子走远了，越子木却还在原地站着向孩子张望着，他当时心里在想什么呢？想到越子木，她又想起了那晚喝醉酒后和越子木同床的情景来，越想越觉得好笑，自己倒没什么，作为他的妻子，做什么都不过分吧，可现在自己的身份却是李思月，那样做是不是有点儿太丢人了？越子木会怎么想自己呢？

一想到这儿，她不禁紧张起来。心想：如果越子木要是把自己看成水性杨花之人可就遭了。看来，得时刻提醒自己，不能把身份弄混淆了。

出租车在公司门口停了下来，她下了车就往办公室走。

此时，越子木和其他人全到了，大家正坐着等她呢。许曼还自语着：“李思月平时来得挺早的呀，今儿个怎么回事？”

越子木说：“不急，等等，肯定是有什么事耽搁了，估计是车不好打吧……”

许曼和乔庄看了越子木一眼，谁也没说什么。但谁听不出来呢，他这话明显是有意护着李思月嘛。

从李楠芝下车，到走过来，再到开门进来，众人的目光始终没离开过她。

刚招来的魏行小声和吴叶说道：“别看你是化妆的，我敢说，这位美女不用化都超然脱俗，绝对超过任何明星！”

“要是我给简单化化会更好！”吴叶眼睛一直都没离开李楠芝身上。

李楠芝一进来就觉得不对劲，她看了看大家，说道：“不好意思啊，来晚了。”说完，她特意看了一眼越子木，而越子木低着头没看她。

等她坐下后，越子木这才说道：“人都到齐了，咱们开始开会吧。从今天起，咱们木子时尚文化传播有限公司就正式开始运行了！你们互相都介绍了吧，回头许曼你把大家的联系方式打个表，方便联系。下面我说一下工作分工啊，公司虽说目前还没有什么业务，但我相信，马上大家就会忙起来的，在业务尚未开展之前，我想就不分什么工了，有活大家一起干。但目前首要的任务是，广泛联系业务，希望大家都能开动脑筋，动员方方面面的社会关系，拉客户，找业务。按照公司的规定，每一单业务都会有提成，希望大家在我的公司不仅仅是挣一份死工资，你们挣得越多，我越高兴，公司也就越有发展。公司发展了，你们个人也就会有发展。”

说到这儿，越子木环视了一下，目光落到李楠芝身上，四目相对，他的目光迅速转移了。

他又接着说：“这段时间主要是我和乔庄出去跑业务，许曼呢，在公司留守。你们几个人也都别闲着，有多大劲使多大劲吧，能不能联系来业务我也不强求。尽心就好，顺其自然。大家有什么意见？”说到这儿，他看着大家。

魏行看了看其他人，开口说道：“越总，我关心的倒不是什么业务，你那摄影设备进来了吗？我是搞这个的，就关心家伙顺不顺手。”

“哦，设备呀，目前只有一套照相机，以后会陆续配齐的。许曼回头你拿给老魏，让他看看。”越子木笑着说道。

许曼“嗯”了一声。

吴叶说：“越总，我是化妆的，只会这个，联系业务……对了，我可以找以前工作过的公司试试！”

越子木看了她一眼，点着头却没说话。

自始至终，李楠芝都没说话。

“好，大家要是没什么事，那就散会。我现在要出去一下，你们自己安排事做吧。”说完，越子木起身拿过包就往外走。

“上哪儿呀，我还有事要和你说呢！”许曼这时才想起来昨晚他哥说过的事。

“等我回来吧。”越子木说着就出了门。

几个人都开始各忙各的。

正在这时，就听外面嘎吱一声，一辆宝马停在了窗外，一个男人下车就朝这边走了过来。

李楠芝往外面一看，顿时吓了一跳！他怎么来了？

原来，从车上下来的人正是杨宇涵，也就是李楠芝的发小——二旦哥。

杨宇涵在门口敲了敲门，许曼早看见他来了，跑过去打开门把他迎了进来。

一进屋，杨宇涵就不好意思地和许曼说道："抱歉啊，你看送我们一趟还害得你把手机落下了。给！"说着，他把许曼的手机递了过来。

"没事，应该的！"许曼接过手机笑着说道。

杨宇涵抬头四处看了看，他一眼就看见了李楠芝，目光停留了一下就转开了。

"对了，先生，还没问你叫什么呢！你女朋友怎么样了？没事儿吧？"许曼又问了一句。

杨宇涵笑着说："哦，我叫杨宇涵。昨晚实在是不好意思啊，耽误你和你老公生意了吧？对了，这是我名片。"说着，他从口袋里掏出张名片来递给许曼，却故意回避了许曼问的他女朋友的事。

许曼一听，他准是误会了，但也没有解释的必要啊，就笑了笑没说什么。她接过名片认真地看了起来，嘴里还念着："杨子首饰股份有限公司董事长……你是董事长？"许曼瞪大了眼睛问道，而她脑海里想的是刚才越子木开会时说的话。

杨宇涵点了点头。

此时，李楠芝故意把头侧了过去，不让杨宇涵看见自己的正脸。

可就在这时，吴叶却在那边说道："李姐，你来一下，我这电脑好像不太好用。"

李楠芝心想：你啥时叫我还不行？非得赶这个时候叫。她就回了一句："你先自己弄弄，我这忙着呢。"

正在和许曼说着话的杨宇涵一听完就是一愣，他又看了一眼李楠芝，不禁皱起眉来。这声音好熟啊！

许曼拿着名片微笑着对杨宇涵说道："那个……我叫许曼。杨总您请坐，你看这光顾着说话了，也没让您坐下喝杯水。李姐，你帮我倒杯水呗，我这儿陪客人说说话。"

李楠芝心想：今天看来是躲不过去了，反正他又看不出来，担那个心有什么用。想到这儿，她就起身过去倒了一杯水拿过来放在桌上，并冲杨宇涵笑了笑就过去帮吴叶弄电脑了。

杨宇涵这才看清楚李楠芝的脸，顿时，他眼睛都直了。

许曼坐在他对面看到这一幕，微笑着叫道："杨总，杨总？"

杨宇涵意识到了自己的失态，就尴尬着回过头来，端起杯子喝了一口水。

许曼把公司的简介材料拿给了杨宇涵，说道："杨总，我们公司目前虽说刚刚起步，但我们这些人可都是很有经验的。我们公司主要从事时尚文化传播，一些公司的营销策划呀什么的都很在行。我们马上要推出大型时尚期刊了，未来将成为京城时尚界的一颗新星。"

杨宇涵接过材料认真地看了起来，可他脑海里还是想着刚才李楠芝说话的声音与她的容貌，以及她那熟悉的背影。简直是太像了，他越想越觉得除了容貌外，声音与身材甚至是走路的姿势都像极了李楠芝。

看完了材料，杨宇涵迟疑了一下对许曼说："能问一下吗？刚才这位女士是……"

许曼回头看了一眼李楠芝，又看了看杨宇涵，心想：男人都喜欢美女吗？他昨晚不是刚跟人表白过嘛，怎么能这样？但由于她心里有自己的打算，想的是如何把他公司的策划业务拉过来呢，所以就强装笑脸说道："哦，李思月，我们的大美女。"

"哦……"杨宇涵沉思着，觉得自己再问下去或者待下去都有些不妥了，就站起身准备告辞了。

出于礼貌，李楠芝也过来送到门口，并冲杨宇涵点了点头算是打了招呼。

许曼却拿着公司简介递给杨宇涵："杨总，这个你拿回去看看，看有没有需要我们公司帮忙的。对了，我电话你记一下？有什么事好联系。”

杨宇涵笑着说：“好啊。”说着，掏出手机记下了许曼说的号码，然后他就开着车离开了。

送走了杨宇涵，李楠芝长出了一口气。

这时，许曼走过来笑着小声说：“姐，我看他刚才老在看你，你别介意啊，如果我是男的我也会看你的。对了，这个杨总昨晚就在杜峰的酒吧里跟个美女表白，还是我和杜峰把他们送回家的呢。”

李楠芝一听，马上想到了肖凌。心想：表姐果真用了美人计？看来，杨宇涵的公司肯定是搞定了，那么，就剩下那个贞子公司了，下一步得想个办法，但问题的关键好像不在那家公司，而是石珏。可这个石珏很麻烦，自己即使出面也是白费，就算自己没有改变容貌恐怕也不一定行。那么，要搞定她就只有一个人了，他，肯定行。

李楠芝想的这个人还能有谁？当然是越子木了。在普吉岛时她看得明明白白的，石珏的心思她再清楚不过了。可是，这个事能和越子木说吗？

就在李楠芝想着如何让越子木去搞定石珏的时候，越子木却正在赶往木石之盟公司。他是这么想的，要想调查清楚这家公司，暗中调查或者用一般的方式肯定行不通，唯一的办法那就是跟他们谈业务。不管你是什么样的公司，只有合作才能了解，这是商战规则。

越子木很快就到了位于国贸附近的一栋写字楼，下了车，他抬头看了看这栋气派的写字楼，心想：自己的公司什么时候能在这里办公就好了。看着进出的男男女女，他心里暗想，一定会的。

他整理了一下衣服，自信地挺起腰杆，迈开大步进了楼里。在一楼大厅，他看了看楼层指示板，看清了那家公司所在的楼层后，坐上电梯直奔木石之盟公司。

出了电梯，迎面是块大型的背板，上面印着：木石之盟企业集团。两名穿着职业装的女孩子站在前台，见越子木在那儿张望，其中一个微笑着问道：“请问先生您找哪位？”

越子木笑着说：“哦，找你们公司的负责人，我是来……”

那女孩儿笑着接过话说道：“那您是找哪位负责人呢？有预约吗？”

“没有，我是第一次来。”越子木摇着头，心想：看来这家公司正规是正规，就是规矩太多。

另一个女孩儿看着越子木说：“是这样的，这位先生，我们公司平时大事小情都是总经理负责的，我们总裁不管具体的事。如果您有什么事可不可以让我们转告呢？没有预约一般我们是不能让您进去的。”

越子木赔着笑脸说道：“是这样的，我是慕名而来的，听说你们是家很大的公司，有些业务上的事想来了解一下，看能不能合作。”说着，他把自己的名片递了过去。

“哦，是这样啊……”两个女孩儿拿着他的名片小声研究了半天，其中一个对越子木说道：“不好意思啊越先生，那您看这样行不行，您先在这儿休息一下，我帮您去问问我们总经理？”

越子木连声说：“好啊好啊，那就麻烦你了！”

说完，那个女孩儿拿着名片转身朝走廊尽头走去，另一个则招呼着越子木坐在了旁边的茶座，并给他倒了一杯水。

越子木边喝着水边等着，他四处看着这层楼里的一切，尽可能地掌握与这家公司有关的所有的信息。看了半天，最后，他的目光还是落在了公司的名字上。盯着那块展示板，他读着：“木石之盟……”他想起石珏说的，已经和这家公司签订了框架协议的事，再看这名字，不禁心想：这家公司是志在必得呀，连公司名字都含了一个“石”字。可是，前面这个“木”字是怎么回事呢？是他们公司老总姓“木”？

正想着呢，就听走廊里传来一个女人的声音。

“越子木！什么风把你给吹来了？”

越子木回头一看，天哪！他就觉得脑袋“嗡”的一下子，突然有种要逃离的想法。

56. 这么近，那么远

越子木见到来人为什么这么惊诧呢？不错，他见到的正是肖凌。说起来，自从他来到北京后就没再和肖凌见过面，看到肖凌，他自然就会想到李楠芝，因为毕竟肖凌是离李楠芝最近的人。

见肖凌自走廊尽头姗姗而来，越子木不禁心生疑问：她怎么会在这儿呢？难道这公司是她的？

容不得他多想了，肖凌已经走到了近前。他从椅子上站起来，一脸的疑惑。

“怎么？不认识了？”肖凌微笑看着他。

“是……是表姐呀！你怎么……”越子木支吾着，不知说什么好。

“算你有良心还记得姐。走吧，别在这儿了，有什么事里面说去。”说着，肖凌转身就走。

越子木愣了一下，但还是跟上了，临走，他还冲那个女孩儿点了点头。

在走廊的尽头，肖凌带着越子木进了一间宽敞的办公室。

越子木四处一打量，见这间办公室超大，一排半圆形的沙发围着一个方形的茶几，沙发后面是几株绿色植物；几组书柜里面排满了书籍，书柜前面是个带转角的班台，上面摆着一些办公用品；靠近门旁一侧的墙上，挂着一幅照片，上面竟然是肖凌和李楠芝两个人。

看着这一切，越子木明白了，肖凌肯定就是刚才那个女孩儿所说的公司总经理吧。

但至于肖凌到底如何，越子木此时倒不怎么关心了，因为他此时的目光全集中在了那张照片上。在肖凌身旁，李楠芝浅浅地微笑，梳着两只小辫子，一副清纯可爱的形象，一看就应该是早期的照片。

见越子木盯着那幅照片，肖凌也看了一眼，微笑着给他倒了一杯水放在茶几上，说道："想楠芝吗？"

越子木刚想去端杯子喝一口水，一听肖凌突然问这个，他不禁手一抖，接着，又咳嗽两声掩饰了过去。肖凌不往下追问了，坐在沙发上微笑看着他。

"越子木，你今天不来我还想找你呢，怎么样？听说你开了个公司？"肖凌面带微笑。

"哦，刚刚起步，还没正式运行呢。"越子木喝了一口水，目光却还是偷偷地瞥了一眼那幅照片。

放下水杯，他问道："对了，姐，能问一下吗？"

肖凌看着他眨了下眼睛。

"那什么……这公司是……"越子木本想是问问这公司是不是李楠芝开的，但实在是张不开嘴，就支吾起来。

肖凌呵呵地笑，心想：傻小子还挺敏感呢。

"公司啊，我只是在这儿打工的，不像你呀，有了自己的公司，将来我在这儿要是干得不顺心可要找你哟！"肖凌打着哈哈，却并没有回答实质的东西。

越子木"哦"了一声，沉思片刻还是忍不住问："姐，我的意思是说，你怎么到北京来了呢？而且还是在这么大的公司。"

肖凌心想：你拐弯抹角地还不是想问这公司是不是楠芝开的吗？

想到这儿，她微笑着说："哦，这公司是杨宇涵国外的同学开的。对了，杨宇涵你不认识吗？"

越子木瞪着眼睛努力地回想着，他想起来了，杨宇涵就是李楠芝叫的那个二旦哥。可他还是没弄明白，这和肖凌什么关系？

见他还是皱着眉，肖凌本来想和盘托出，告诉他自己和杨宇涵的关系，但她转念一想，不能就这么便宜了越子木，楠芝为他做了那么多，处处想着他、维护他甚至是惯着他，而他却还蒙在鼓里，也不能让他好过。

想到这儿，肖凌说道：“这个杨宇涵你应该明白吧，当初他可是一直在追我表妹呀！之所以这次同意让我到这家公司做总经理，也是看着我表妹的面子，或者说，他是想让我帮忙联系联系我表妹，她现在不是在泰国嘛。”

说到这儿，她偷看了一眼越子木，发现他表情怪怪的，就又接着说：“原来你们都谈婚论嫁了，他也死心了，可谁承想你来了一出不辞而别，这对于他来说那可就是难得的机会啊！这不，昨天还让我帮着联系我妹呢。”

越子木听完半天没说话，继而，他眨巴着眼睛看了看肖凌，小声道：“她……还好吗？”

“谁呀？杨宇涵啊？”肖凌故意打着岔。

“……楠芝。”越子木只好说出了那个名字。

“妹夫，这可不是姐不告诉你，你们都那么长时间没见了，要想知道她过得好不好你得自己去问，我这传来传去的算怎么回事？”肖凌一本正经地说道。

越子木眨巴眨马眼睛不言语了。

肖凌眨了眨眼睛又计上心来，突然正色道：“对了，越子木，你到底是怎么想的呀？这都分开快五年了，到底离不离，你可别耽误我们家楠芝，她现在可是追的人很多呢！你这样可不咋好，男人嘛，做事就得果断，你说你们两个这算什么呀？”

越子木心头一震。虽说自己离开了楠芝，但那是因为在爱情与仇恨之间自己只能选择逃避，可是自己从来也没想过要离婚哪！

此时的越子木是心乱如麻，可这肖凌却还在添油加醋呢。

“越子木，这京城灯红酒绿的，而且你那又是时尚公司，美女如云的，你可不能做对不起楠芝的事儿啊，毕竟，你们现在还是夫妻。”

越子木连连点头：“哪能呢！不会的，不会的！”

见他魂不守舍的样子，肖凌暗自发笑，心想：总算替楠芝出了口气，谁让他成天在美女堆里混了。

越子木喝了口水，也不知道喝到哪里，更感觉不到烫还是不烫。

肖凌见他这个样子，这才开始问起了正事。

“看，光顾说这些了，你今天来是不是有事呀？你怎么知道我在这儿呢？”

越子木想了半天，说道：“我不知道姐你在这家公司，我只是想联系联系业务什么的。”

这时，肖凌看到了他手里拿的公司资料，就要过来认真地看着。当看到公司团队这一页的时候，见上面的照片里，李思月站在越子木身边微笑着，她不禁抬头看了一眼越子木，心想：这个大傻瓜！可是，看着李思月的照片，她又摇了摇头，心里在想：也不知道改变了容貌的楠芝还能挽回越子木那颗浪子心吗?

越子木此时坐立不安，脑袋里一团糨糊。他想了想，还是站了起来。

“姐，要是没什么事我先走了啊，还有点儿事。”

肖凌忙拦住他：“别走啊！你不想知道我要找你是什么事吗？”

越子木瞪着眼睛，心想：可千万别再说楠芝的事了。就听肖凌说道：“姐呢是想请你帮个忙，你看，我刚到这家公司当总经理，公司马上要全面开展业务，可前期的营销策划什么的一直心里没底，毕竟你在这里好几年了，而且听说以前从事的就是这方面的工作，不知能不能帮姐这个忙。”

“只要我能做到的，姐你尽管说话，回头我安排专人来和你商量，只要能帮上忙，干什么都行啊。不过，姐我现在真得走了。”越子木现在管不了什么业务不业务的了，他已是心乱如麻。

肖凌笑了笑，又说：“那好吧，你明天安排两个人过来，具体谈谈合作的事。”

越子木答应着，匆匆告别了肖凌，飞也似的离开了这栋大楼，就像他当初逃离李楠芝一样。逃避，是他最大的弱点。然而，他却并不知道，为了让他的公司能够赚取第一桶金，李楠芝已经和肖凌交代了，把木石之盟公司的所有营销策划业务通通交给越子木的公司，而且还要合情合理，避免他生疑。

一个女人，做到这个份上，夫复何求？

然而，虽然李楠芝离越子木这么近，但此时的越子木却觉得，他们已经越来越远了。

到底什么是爱？如果离开也是一种爱，那这种爱却是要多无奈有多无奈。那时，你用一秒钟转身离开，却要拿一辈子去忘怀。

越子木的纠结就在于，他已搞不清楚自己还有没有爱。如果说没有，那为什么经常会在梦里徘徊？如果有，自己又为何不敢去面对那份情怀？

回想着肖凌的一番话，越子木的心情久久不能平静。他从那栋写字楼里出来，漫无目的地走在大街上，任由寒风吹打着他的脸。突然，他有一种莫名的冲动，一种想家的冲动。他掏出手机，毫不犹豫地拨了家里的号码。

当手机里一个熟悉的声音传来时，他眼泪都要下来了。

“是木瓜吧……”接电话的还能有谁？当然是他那独自在家的母亲。

越子木“嗯”了一声就哽咽了。

“孩子，妈都挺好的，你别惦记妈……自己一个人在外边要注意身体，再忙也不要饿肚子。还有，不要给妈往家捎东西了，妈也不缺钱。”

越子木忍着眼泪问道：“妈你说什么？捎什么东西？我没让人捎东西呀？上个月只是给您寄了钱嘛。”

电话那头，他母亲沉默了一会儿，突然笑着说：“可能是妈记错了，真是越来越不中用了。”

但越子木明显听出来母亲是在撒谎，她刚才明明说是自己捎去了东西，这会儿怎么又改口了呢？

就听母亲又接着问道：“孩子啊，给妈打电话是不是有什么事？”

“没事，妈，我就是想打个电话。”

“哦，你那么忙，就不要惦记妈了，要是没什么事妈挂了啊。”

说着，电话挂断了。越子木明白，母亲是不想影响自己工作。而他自己打这个电话，也不过就是想听听母亲的声音。

再大的人，离家在外久了，一样会想家；再坚强的男人，心事积多了，一样会想妈。

越子木看着手机屏幕，想起刚才母亲说的捎东西的事，他陷入了沉思。他猜想，绝对不是像母亲说的那样什么记错了，而是确确实实有人给母亲捎了东西。那么，这个人会是谁呢？他控制着自己不让自己去想那个人，可是，不是她还会有谁呢？那个人，当然是李楠芝。

越子木想，尽管李楠芝远在泰国，尽管自己离开了她，但她根本不知道自己离开的真正原因，而且，她也不知道她父亲的事，那么，作为媳妇，给婆婆捎些日用品什么的也是人之常情。

但一想到刚才母亲在电话里那短暂的沉默，越子木突然意识到，此时此刻，恐怕最难受的不是自己。

沿着街路，越子木不知走了多长时间，从主街到小巷，又返回主街，他似乎一直在画圈圈，就这样，他一直走到了晚上，但仍然一脸的茫然。

此时，街上已是华灯初上，街灯下，越子木抬眼望去，发现自己竟不知不觉地走到了那个熟悉的咖啡厅前，望着灯箱上的“花漾咖啡”四个字，他抬腿上了台阶。

进到咖啡厅里面，他发现人不是很多，有好几个位子都是空着的，但他还是习惯性地走到了角落里那个位置坐了下来。

服务员热情地迎了上来，微笑着问他点什么。

越子木眼睛望着墙上的那些心愿卡，却说道：“三瓶啤酒！”

服务员听完就是一愣，说道：“先生，你搞错了吧，这里是咖啡厅耶！”

越子木看了她一眼，一脸的茫然，问道：“我刚才要什么了？”

“啤酒，三瓶。”服务员答完差点儿笑出声来。

“哦，去取吧！”越子木挥了下手。

服务员彻底蒙 了，看了看越子木，她转身走了。到了吧台，她小声对正在忙活的张洋说道：“姐，那个人又来了。”

张洋侧头往那个角落望了望。

服务员又笑着说道：“姐，你猜他要喝什么？”

张洋又看了一眼一脸茫然的越子木，说道：“不会是酒吧？”

服务员顿时瞪大了眼睛看着张洋：“姐，什么情况啊？你怎么知道他要喝酒呢？咱家也不卖酒啊！”

张洋还是眼睛盯着那个角落，对服务员说道：“去冰箱里把我喝的啤酒拿给他。”

“为什么呀？”服务员一脸的迷惑。

张洋转过头看了她一眼，服务员一吐舌头转身进了里屋。不大一会儿，她抱着三罐啤酒走了出来，看了张洋一眼就去了越子木那里。

“先生，我们只有这个，你先喝着吧，要是不够我再去拿。”说着，服务员把啤酒放在了桌上。

越子木也不看她，拿过一罐打开就喝。服务员看了他一眼，咧着嘴回去了。

到了吧台，张洋把一碟干果递给她，示意她给越子木拿去。服务员眨着眼睛看着张洋：“姐，客人没点这个呀！”

“你什么时候话这么多了？快去，死丫头！”张洋说着做出要打她的样子，服务员笑了下就端着干果给越子木送去了。

“先生，这是我们老板给的。”服务员说着把碟子放在桌上。

她回到吧台，忍不住和张洋说道：“姐，那个人好没礼貌啊，连声谢谢都不说！”

张洋看着一罐接着一罐喝酒的越子木，自语道：“他是遇到了烦心的事了。”

此时的越子木，肚子空空的，再加上心情烦乱，几罐啤酒下肚就已经是晕晕乎乎了。

这时，手机响了起来。他掏出手机，醉眼惺忪地看着手机屏幕，一看，却是“李思月”。他盯着屏幕看了半天，却把手机放在了桌上，又开始喝酒。

手机一直响着，铃声加上振动声，震得手机上的那个卡通小老鼠杰瑞一跳一跳的，甚是滑稽。

响声终于停止后，越子木盯着手机，又把它拿到了手上，摆弄着那个卡通玩偶。他脑海里浮现出那个阳光明媚的春天，他和李楠芝推着自行车在小路上朝公园走的情景来，以及李楠芝买了两个玩偶后冲他笑的画面……

人家现在已是公司的老总了，还会在乎那个一钱不值的玩偶？那个汤姆小猫还会来捉这只杰瑞小鼠吗？

越子木苦笑着，顺手翻起了手机里的通信录。他用手指滑了一下，通信录里的号码滚动着，他轻轻按下字母“N”，滚动的屏幕停住了，映入眼帘的，却是李楠芝的电话。他用指肚轻轻地按了一下，望着那个熟悉的号码，他把手指轻轻地放在了上面，许久，却又轻轻地移开了。

此时，给李楠芝打这个电话，能说什么呢？说我想你？还是问你想我吗？

越子木苦笑不已。

此时，咖啡厅里响起了轻柔的乐曲，歌词很清晰：“穿过电话号码，我看到了你的笑脸，曾经的过往一去不返，恍惚间仿佛又回到从前。如果有一天，我们再一次相遇，宁愿再一次相恋，即使你听不到我的声音我看不见你的容颜……”

57. 一杯祝酒醉红颜

李楠芝还没等下班就接到了肖凌的电话，说是等下班后要到家里来和她说件事。她猜想着应该是关于杨宇涵的事吧。

可下了班，等她回到家见到肖凌，这才知道肖凌和越子木见过面的事。听完肖凌的话，她并没有多说什么。还能说什么呢？责怪她吗？毕竟她也是为了自己好，或许这样刺激一下越子木，他说不定会有什么改变吧。可是，整整一下午都没见越子木回公司啊！想想他的性格，李楠芝明白了，越子木一定是心烦，不知跑到哪里想心事去了。

于是，她犹豫了半天，这才给越子木打了那个电话，可是，手机响了半天，直到自然中断越子木也没有接。看着手机屏幕，她心想：越子木存的号码是李思月，按理说不应该不接的呀！他该不会是喝酒了吧？

想到这儿，她又给许曼打了个电话，想问问越子木是不是在杜峰那儿。可许曼却说，越子木根本没在杜峰的酒吧。挂断电话，李楠芝不禁哑然失笑，这个时候的越子木又怎么可能去那个熟悉的地方呢？他又怎么会在杜峰和许曼面前暴露自己的真实情感呢？

可是，他又会去哪里呢？李楠芝站起来，踱到窗前往前面望了望，前面那扇窗子根本就没有亮灯，也就是说，越子木根本没有回家。

可她刚才这个电话不要紧，许曼顿时就满腹狐疑，心想：李思月竟然大晚上的找起了越子木，这什么情况？一想到那天晚上李思月替越子木喝了那么多酒，之后两个人一起离开的情景，许曼想：该死的越子木不会是把人家大美女给怎么着了吧？

“花心！”许曼对着手机屏幕突然冒出一句来，吓得一旁的杜峰眨着眼睛道：“姑奶奶，我可没招惹你呀！”

许曼瞪了他一眼：“就是你招惹我了！去，给我倒杯酒去！”

“唉！”杜峰答应一声就乐呵呵地去倒酒。

而此时的李楠芝思来想去也没想出来越子木应该去哪儿，可想着想着，她就想起个地方来，然后，飞快地穿好衣服，下楼直奔那家咖啡厅。

一进咖啡厅，她四处看了看，最后目光落在了角落里那个位置，就见那个位置虽空着，但有个服务员正在收拾桌子。她走过去冲服务员笑了笑就坐在了椅子上。

服务员见她来了，先是一愣，接着就笑呵呵地招呼着：“您先坐一下啊，我收拾收拾。”说完，边捡桌上的空啤酒罐边自语：“都成酒馆了！洋姐也真是的，干吗非给他拿酒啊？”

李楠芝看着桌上横七竖八的啤酒罐，不禁狐疑起来，她问了一句：“小妹妹，刚才是不是有个男的来过？”

服务员愣了一下，继而笑着说：“美女，我们这儿可不是专供美女来的地方啊，你看，有那么多男的呢！”

李楠芝也觉得自己这话问的实在是有歧义，就又笑着说：“我说的是这个位置，对了，他是不是喝了不少酒啊？人呢？”

服务员眨着眼睛想了半天，说道：“哦，对了，来一杯咖啡是吗？”

李楠芝看着她的眼睛，心想：果然没有猜错。

可是，越子木喝完酒去哪儿了呢？原来，他一连喝了那么多酒，喝到最后竟趴在桌上睡着了。咖啡厅的老板张洋见他的情形就知道一定是有烦心事，于是就与服务员一起把他弄到了里面自己的卧室让他醒酒。

此时，咖啡厅里正播放着《谁知我心》，恰似此时李楠芝的心情——

“随风远飘，前面远望路遥遥/人生必须奋斗，烦恼怎会少/同苦与甘，谁管甘苦知多少/如今身边有你/谁理会前路无尽恶兆/最凄楚是世间把我错认/唯独你真正明白我/黑暗尽头是天晓/谁知我心/难道我终未明了/难得此生有你/同勉赴危难，仍共照料……”

孤单不是与生俱来的，而是由你爱上一个人的那一刻开始。

此时此刻，在咖啡厅里正上演着让人着急的一幕：越子木，在里面的房间鼾睡着；李楠芝，在外面的角落里孤独地坐着，面前的那杯咖啡，依然冒着热气。

两个人，近在咫尺，却又如隔万重关山。

越子木是孤单的，尤其是心灵的孤单和梦里的孤单总是挥之不去；李楠芝是孤单的，甚至是冷清的，尽管有热咖啡相伴，但回忆的孤寂与形单影只的清冷任再热的咖啡也难以冲散。

而他们的孤单，或许早就已经开始了，从彼此相爱的那一刻起。

李楠芝望着墙上熟悉的越子木的笔迹，想起肖凌对自己说的话，努力地想着越子木当时的表情，突然，她就觉得莫名的悲伤自心底喷薄而出，直接涌上来，化作泪水点点滴滴在眼圈萦绕。

她朝服务员挥了挥手，服务员笑呵呵地走了过来。李楠芝低着头，冲她说道："啤酒，三罐！"

服务员顿时瞪大眼睛，心想：乖乖，今天都是什么情况？她也要喝酒？

她犹豫了一下，突然想起了张洋说过的话："如果能缓解他的忧伤，就给他酒吧。"那是说给越子木的。

想到这儿，服务员转身回去了。

"洋姐，快来看看吧，好奇怪呀！"

张洋看了她一眼："什么事大惊小怪的？"

"姐，外面来了个大美女，就是前几次来的那个，她也在要啤酒呢！今天是怎么了？"服务员说着，一脸的愁苦。

张洋想了下，淡淡地说："各有各的心结，各有各的忧伤……当初开这家咖啡厅，本意就是希望能够缓解人的烦心，只要能释怀，酒与咖啡又有何异？去拿吧！"

服务员却说："姐，好像没有了。"

张洋看着她说道："外面的食杂店也没有吗？"

服务员吐了下舌头，边转身却又自语道："姐，咱家赶明儿个改酒馆得了！或者改成疗伤吧！"

“你个死丫头！”张洋挥了下胳膊。服务员头一缩出去买酒了。

过了一会儿，服务员拎着个方便袋回来了，来到李楠芝桌前，把几罐啤酒放在桌上。

李楠芝说了声谢谢，伸手拿过一罐打开就喝。服务员瞪着眼睛咧着嘴看着她，心想：这都什么情况？连喝酒的状态都一样！真是搞不懂！

她摇了摇头，转身离开了，到了吧台却还盯着这边。

这时，张洋从里面出来了，站在吧台后，她也往李楠芝那边看了看，然后倒了一杯白开水让服务员端过去，并自语道：“酒凉，伤身哪！但看样子，她好像更伤的，是心。”

不大一会儿，服务员跑了回来，小声对张洋说：“姐，我刚刚看见，那美女泪流满面的！”

张洋叹了口气：“自古红颜为情困，多少愁苦谁人知。”说着，她把音乐重新调了调，大厅里响起了那首《醉红颜》：

“我无法忘记你动情的双眼/总似梦似醒若隐若现/等待花开花谢岁月的变迁/我对你的爱从不曾改变/狼牙月上弦寄去我的思念/轻叹世间情深缘浅/曾经永恒誓言犹如风中花瓣/渐渐飘远/爱亦难别亦难忘记太难/回忆总在夜里放肆纠缠/在这深夜里辗转难眠/一切仿佛就在昨天/爱难断愁难断恨了不断/前尘往事如云烟弥漫/深深埋下那段未尽的情缘/一杯祝酒醉红颜……”

而此时，随着歌声的音符跃动，李楠芝竟已泣不成声。

张洋看着伤心欲绝的李楠芝，她走出吧台想要去安慰她一下，可就在这时，却见李楠芝站了起来，从包里拿出两张钞票放在了桌上，然后，拎着剩下的两罐啤酒转身朝外面走去。在她转身的一刹那，张洋看见，那张美丽到极致的脸此时被泪水浸着更加楚楚可怜。

而就在李楠芝转身的一瞬间，她对面椅子上越子木忘在那里的手机却响了起来，随着振动声，那只小老鼠杰瑞一跳一跳的。可是，李楠芝却并没有听见也没有看见。

张洋走到那张桌前，拿起椅子上的手机，又望了望正开门离去的李楠芝，她按下了接听键。

“越子木你上哪儿去了你？李思月到处找你呢！”电话那头，传来了一个女孩子的声音，是许曼。

张洋说道："对不起，请问是哪位？"

电话里，许曼一听声音竟然是个女的，她当时就愣了一下，不好意思地说："哦，请问越子木在吗？"

"哦，越子木啊……"张洋这才知道，原来这个喝了酒的男的叫越子木，她正不知该怎么说呢，却见越子木摇摇晃晃地走了过来，走到近前，一把拿过手机放在了耳边。他不知道什么时候已经醒酒了。

"谁呀？"

许曼又是一愣，她看了看手机屏幕，继而又没好气地说道："越子木！你上哪去了？害得大家到处找你！"

"甭管了，又死不了！行了，我挂了啊！"说着，他一按手机就放进了裤袋里。

许曼冲着屏幕还喊呢："唉唉……挂我电话！"她咬了咬嘴唇。

但好在听到了越子木的声音，只要他没事就好。想到这儿，许曼坐那又发起呆来，她在想，刚才这个女的是谁呢？好啊你个越子木，竟然去泡妞！

再说李楠芝。从咖啡厅出来，她心里乱极了。此时，天空下起了小雪，簌簌下落的雪花飘落在她身上，却怎么也飘不去她此时的愁绪。

街边有个卖炒栗子的。路过摊前，那人笑着招呼道："姑娘，买点儿炒栗子吧，个大皮薄！"

李楠芝回头看了看，却一眼看见了那个躲在父亲身后的孩子的眼睛，原来，还是那对父子。她就过去买了一大包。

捧着热腾腾的炒栗子，李楠芝在风雪中慢慢地朝家里走着。街边的小树林里，有个供游人休息的长椅，她走了过去，也不管凉不凉就坐了下来，她拿起一个栗子，剥开皮放进嘴里细细地嚼着。栗子很甜，但她丝毫尝不出它的味道。吃着栗子，她又拿起一罐啤酒，咕嘟咕嘟地喝着。可是，酒太凉了，她呼出的哈气在眼前萦绕着、升腾着。

此时，李楠芝的眼前又浮现出那一次和越子木一起上街的情景来：那也是这样一个雪天，鹅毛般的大雪渲染着一对对情侣的欢乐。越子木给她买了一大包炒栗子，她吵着让越子木给剥，越子木就一颗颗地给她剥着。放进她嘴里的时候，她调皮地咬住了越子木的手指，两个人嬉笑着、打闹着，在爱的世界里，每一个细节竟都是那么生动。

想着想着，她鼻子一酸，竟哭出声来。

而就在此时，在不远处，两个人正匆匆地朝她走了过来。一个，是肖凌；另一个，是乔庄。

两个人已经看见了李楠芝，乔庄刚要喊，却被肖凌一拉胳膊，又往前面一指。乔庄抬头一看，就在距离李楠芝不远处，有一个人正在踉跄地走着，边走边立着大衣的领子。

“是越总！”乔庄说了一句。

肖凌自语道：“楠芝呀楠芝，你为他伤心为他流泪，可他就这样视而不见，或许，你们的缘分真的尽了。”

眼看着越子木已经走远了，两个人这才回过神来，赶紧往李楠芝那儿跑了过去。可就在这时，就听李楠芝高喊了一句：“越子木！你个笨蛋！”

再看越子木，突然停住了脚步，他竖着耳朵听了半天，又回头看了看，苦笑着摇了摇头，继续往家里走去。

58. 守候的爱情

越子木在风雪中走着，刚才睡了一觉，此时再被风一吹，酒已醒了许多。

风雪中，他回到了自己那栋租住的楼下，他扶着楼梯艰难地上楼，每迈一步脚下都十分沉重。好不容易走到了家门口，一出楼梯，他却发现门口竟坐着个人。

他跺了跺脚，走廊里的声控灯亮了。借着灯光他仔细一看，顿时愣在了那里。原来，门口蜷缩着的，竟然是美贞。

那么，美贞怎么来了呢？而且还是这大半夜的？原来，自从那天在烤肉店越子木被李楠芝牵走后，美贞就一直处于纠结中。本来第二天她就想去找越子木的，但第二天她还没等去呢，却得到父亲的消息，说是让她回首尔一趟，有急事要和她说。没办法，她只好回了首尔。

等她到了家，才听父亲说起，原来，父亲已经在中国投资开设了分公司，就是那家贞子饰品株式会社。而且，拗不过合伙人，也是公司的大股东金会长的一再要求，让他的儿子金志勇当了北京这家分公司的社长。而金会长的理由就是，既然你家美贞和志勇的婚事不成，那怎么也得安慰一下志勇啊！没办法，最后只得答应了他。

而父亲告诉美贞，要她多留意这个金志勇的动向，因为他担心这小子会把一个合法的公司给搞成了黑的，而且，他最担心的还是怕他对越子木不利。

美贞听完就对父亲说，金志勇根本不是那块料，应该派个懂经营的人去管理才是。她父亲说，以后会考虑派个得力的人过去的，不过这阶段先让他折腾吧，正好也可以考察考察他以及他父亲金会长的真实意图，因为他总觉得他们父子眼睛背后还隐藏着什么，但一时又说不上来。

美贞说没事，她会留意的，一定不会让他对越子木做什么坏事。

临走时，她父亲欲言又止，最后还是忍不住对她说："美贞哪，我看越子木那小伙子人是不错，可是他的心好像不在你这儿呀！你可别陷得太深。"

美贞一噘嘴："爸，您就别操心了，我心里有数！"

告别了父亲，美贞立刻返了回来。一回来，几次她都想去找越子木，但一考虑到他公司刚刚成立，肯定是忙得不亦乐乎，如果自己这时候去打扰他，去给他添乱，肯定会让他反感。就这样，她又待了几天。可是，她实在是忍不下去了，这才来到越子木家，打算等他下班。可是一等就是好几个小时，越子木也不回来，打手机也不接，她就只好坐在了门口，可一坐竟睡着了。

见坐在门口的是美贞，越子木过去摇了摇她肩膀："美贞，美贞！醒醒！"

美贞挥了挥胳膊，闭目合眼地还说呢："嗯——人家好困哪！别烦我！"

"美贞，是我！越子木！"他又叫了一声。

一听是越子木，美贞一下子睁开了眼睛。她眯着眼睛抬头看了一眼，当看清越子木的脸时，她脸上顿时露出了笑容，用手一拄地站了起来。

"回来啦！我咋睡着了呢？"她拍了拍裤子上的土，微笑着，一脸的愧疚，就像是她做错了什么事似的。

见她这副样子，越子木心里一揪，暗想：难道我没跟她说明白吗？看来，自己得抓紧努力了，尽快把她父亲投资的钱给退回去，要不然，越到以后恐怕就越麻烦。

他拿出钥匙开了门，把美贞让了进去。

一进屋，美贞四下看了看，说了句："你这简直就是猪窝！"说着，就开始收拾起来，俨然是这屋子的女主人。

越子木看着她忙活的背影想制止，但话到嘴边又止住了。甚至他想说，时间不早了，你该回去了。但又怎么能说得出口呢？美贞的心，他又不是不知道，他只是觉得，错误是自己犯下的，自己有什么理由去指责一个女孩子的爱呢？

美贞收拾完桌上的东西，看了一眼越子木，说道："喝酒了是吧？给你倒杯水吧。"说着，就去倒了一杯水放在桌上。

越子木还真是口渴了，咕嘟咕嘟喝了大半杯。

"哎呀，你浑身酒味好大呀！洗澡去！"美贞伸手就推他。

越子木尴尬了一下，支吾着："不……不好吧。"

"洗个澡你什么好不好的？怕看哪？又不是没……"美贞说着，脸却红了。

越子木心想：同样的错误可不能犯两次，今晚必须要想办法把这丫头弄走。可是，也不能往外赶她呀！那样一定会伤了她的心，怎么办呢？

他也不说话，就在地板上走来走去，想着如何让美贞尽快离开的办法。他走到窗前，望着窗外的雪花飞舞，但实在是想不出什么办法来。美贞走到他身旁，也朝窗外望了望，说道："这么晚了，你……不困吗？"

越子木一听，马上说道："困哪困哪，那美贞你先回去吧，我得睡觉了！"

"怎么想的呀你？这么晚了，还下着雪，你让我自己回去？就不怕我碰到坏人吗？"

听她这么一说，越子木马上想到自己那晚碰到的那两个二货打手，心想：让她自己回去万一碰到坏人还得了？

见越子木犹豫着不说话，美贞脸红了一下，柔声道："我相信你不会再做那样的事了。"

越子木不好意思起来，心想：那个事能别再提了吗？

这时，美贞突然问了一句："那天替你喝酒的美女是谁呀？"

越子木当时就愣住了，继而笑了笑，说道："哦，公司的同事而已。"

"鬼才信呢！"美贞小声嘀咕一句。

而越子木说完这话脑海里马上就浮现出那晚与李思月在一起的情景，不禁面红心跳，想想自己刚才在咖啡厅里没有接李思月的电话，也不知道她找自己什么事。

美贞嘀咕完就去帮他铺床，越子木在她身后欲言又止，只是伸了伸手就停住了。对于美贞，他可是什么办法都没有，可是，今晚真的就让她在这睡了？谁能保证睡梦中平安无事？

想起美贞蜷缩在门口的那一幕，越子木心里很纠结，这丫头在门口守候的哪里是我这个人哪，分明守候的是她的爱情！可是，她痴痴的守候恐怕终会成空的。

就在这时，突然传来了敲门声，越子木和美贞两个人互相看看，表情里全是疑问：这么晚了有谁会来敲门呢？

当越子木把门打开一看，他是又惊又喜。就见一个英俊青年站在门口，眼神疑惑地往屋里巡视着。

门口站着的到底是谁？能让越子木又惊又喜呢？是化装后的乔庄。

原来，就在越子木回家时，乔庄、肖凌和李楠芝也回来了，她们两个把李楠芝扶进屋后，李楠芝说要一个人待着，她们就从卧室退了出来。见李楠芝也没什么事了，肖凌就回去了。而乔庄却在屋里踱来踱去心神不宁，她踱到窗前，下意识地朝前面越子木住的那栋楼看了一眼，可她却发现那扇窗前竟然有两个人影。

而那时正是越子木和美贞在窗前说话呢。乔庄这一看，又惊又气，心想：好你个越子木啊，有人在为你流泪，你却在独自偷欢，这还了得！她想了想，也没告诉李楠芝，就自己下了楼。

到了越子木家门口，她先趴在门上往里面听了听，可根本听不见说话声，她想了想，毅然伸手敲了门。可是，刚敲了两下，她就觉得自己心里跳得厉害，紧张得不行。

敲完门，见没什么动静，乔庄突然有种要逃跑的冲动，可她刚要转身，门却开了，就见越子木站在门里正惊异地望着自己呢。乔庄一想，也管不了那么多了，就往里面看着，她是想找那个在窗前看到的身影。以她自己的判断，那个人影肯定是个女的。

果然，就听美贞在里面问了一句：“木头，谁呀？”

“哦，公司同事。”越子木答了一句，却笑着问道，“乔庄，这么晚了你这是……”

“哦，我们一天都找不到你，思月姐打电话你也不接，我就问了许曼你家的地址，这才……”乔庄说着话，脸却一直很热。

“进来吧。”越子木往后闪了一下。乔庄顿了一下，迈步进了屋。

美贞此时正在弄床上的被子，她回头一看，愣了一下，心想：这男的好俊啊。

而乔庄见美贞正在弄床，不禁皱起了眉头，心想：什么情况？这不是美贞嘛，难道她是要在这儿过夜不成？只要有我在，今天你休想！

越子木关好门，回身看着这两个人，尴尬了一下说道：“乔庄啊，给你介绍一下，这是……”

“我认识，叫美贞是吧？”

越子木一愣，疑惑地看着乔庄。

乔庄解释道：“那天在烤肉店……”

越子木明白了，原来她们是见过面的，那就好办了。

美贞还笑着说呢：“给你倒杯水吧，大雪天的。”说着就要去倒水。

乔庄心想：这丫头看来还真把这儿当成自己家了，就连连摆手：“不用了，我就是来看看越总回没回来，怪让人担心的，要是没什么事那我就先走了，不打扰你们了。”说着，她故意看了一眼越子木。

越子木抓住机会笑着对美贞说道：“正好，美贞，我还犯愁怎么送你呢，就让乔庄送你回去吧。”

美贞顿时愣住了，她看了看乔庄，又看了看越子木，眨着眼睛想了半天，才缓缓地说道：“那……吧。”一副很不情愿的样子。

越子木过去把搭在椅子上的围巾拿过来递给美贞，美贞一把接了过去，狠狠地瞪了他一眼。越子木满脸堆着笑，嘱咐乔庄一定要把美贞送到家。

乔庄答应着，心想：好险哪，幸亏我来了，要不然美贞在这儿住那还得了。

把乔庄和美贞送到门口时，越子木在后面小声问："那个……李思月打电话找我有事吗？"

乔庄回头看了他一眼，欲言又止，什么也没说就和美贞下了楼。

看她们下了楼，越子木长出了一口气，关好门，他也没洗澡，就直接躺在了床上，顺手抓过被子蒙在了头上。

第二天，阳光明媚。越子木到了公司，见大家都到了，就开了个小会，一是听听大家的汇报，看联系业务的事儿有没有什么进展；二是他要安排人去和肖凌商谈营销策划的事。

众人围坐在桌前，越子木看了看每一个人，当看到李思月的时候，他却把目光移开了。昨天没接人家的电话，他是不敢直视她的目光。

"我先说一件事啊，有一家叫木石之盟的公司说是要让咱们公司帮着搞一搞营销策划，这恐怕是咱们公司成立以来的第一笔业务。具体细节得有专人去对接一下，看看你们谁去合适？"越子木说完，又巡视了一遍众人。

还没等有人说话呢，他又接着说："我看这样吧，这个业务就交给李思月吧，大家有什么意见？"

众人都没言语。

可就在这时，就听李楠芝说道："这么大的事，我看还是越总你亲自去谈比较好，我可以跟你一起去。"

越子木想了想，说道："这样也行，那就这么定了，看大家还有没有别的事，要是没有的话那就散会！"

"越总，我有！"这时，吴叶站了起来。

越子木看了她一眼，问道："你说。"

就听吴叶笑着说："我有个朋友是经销名牌手表的，我昨天联系了一下，她初步同意了，说可以让咱们试试她那个品牌手表的营销推广。"

越子木上下打量了她一番，心想：这个假小子倒还有些能量。就笑着说道："那行啊，回头你安排一下，我和对方见个面，如果成了，具体就由你负责。那这样，魏行你帮着跑一下，现在也没什么需要拍摄的事。"

魏行点了点头。吴叶却欲言又止。

安排完了工作，越子木宣布散会。他站起身，在桌上收拾了一下就到李思月跟前。

“那个……思月啊，你要是没什么事，那咱们现在就去？”

李楠芝回头看了他一眼，点了点头。

两个人往外走的时候，乔庄一直看着李楠芝，许曼也盯着她，心里各有所想。乔庄想的是，那可是去自己的公司啊，好在公司没人认识她；许曼想的是，这俩人好奇怪呀，但怪在哪里自己又说不上来，只是直觉告诉她，两个人之间肯定有秘密。

出了公司，越子木站在街边准备打车，李楠芝却说：“先走走吧，边走边打。”

越子木“哦”了一声，跟在她身后。

两个人走了一会儿，李楠芝回头说道：“干吗跟在后面？像个跟班的！”

而越子木尴尬了一下，往前走了两步说：“昨天……昨天我喝酒了，没听到手机响。”

“哦？什么意思？我打电话了吗？”李楠芝说完看了越子木一眼。越子木动了动嘴，却什么也没说出来。

就这样，两个人并排走着，各想各的心事。李楠芝在想：这个傻瓜，什么时候能回头啊？越子木在想：那晚明明是她在主动亲近，现在怎么如此淡定？而且，令他到现在都十分不解的是，除了容貌外，说话的声音、走路的姿势甚至连那晚的动作都是那么的熟悉，简直太像李楠芝了，世上难道有这么相像的两个人吗？

想到这儿，越子木下意识地看了一眼身旁的李楠芝，恰好李楠芝也正看向他，两个人四目相对，越子木一阵慌乱地转移着目光。而李楠芝却哈哈大笑，指着越子木说：“咋不敢看我的眼睛呢？快说，是不是做坏事了？”

越子木咧了下嘴，却挥着手道：“有车来了！”

李楠芝瞪了他一眼，见有辆出租车停了下来，她只好和越子木上了车。

很快，出租车到了那栋写字楼下。两个人下了车，越子木在前，李楠芝在后，进了一楼大厅。越子木到前台和两个女接待员说找肖总，接待员打了个电话后，就微笑着让他们上楼。

站在电梯门口等电梯的时候，李楠芝四下打量着一楼大厅，心里暗想：自己竟一次都没来过，也不知他们管理得怎么样。

正在这时，就听有人说道："来来来，让一下让一下！"

她和越子木回头一看，见两个保安分开等电梯的人群，再往后面看，见一个中等身材、一身西装、打着领带的男子风度翩翩地走过来。她和越子木只好往后躲了躲。

周围有人微笑着点头道："霍总好！"

李楠芝明白了，看来这人就是杨宇涵从国外找回来的职业经理人霍东。她不禁上下打量了一下，暗暗点头。

可就在这时，霍东一眼看见了李楠芝，竟也上下打量起来。李楠芝只好把目光移到别处。而越子木也看见了这一幕，他往前挪了挪，挡在了李楠芝身前。李楠芝心里这个好笑啊，心想：还行，知道保护我，但是，我现在的身份也不是你的人啊！你这是要搞哪样？

电梯下来后，那两个保安伸着手："请让我们霍总先上！"

而霍东却礼貌地冲李楠芝一笑，伸手示意她先上。李楠芝想了一下，也不客气，先上了电梯。越子木愣了一下，正要跟着进去，却被两个保安给拦住了，他就眼看着那个公司老总模样的人跟着李楠芝进了电梯。等他再想上时，电梯却关门了。

59．爱吃的菜惊人相似

正当越子木眼看着电梯门关上的时候，而在电梯里面，李楠芝却按了开门键，并对霍东说："他和我是一起的。"

霍东冲外面点了点头，两个保安这才挪开了，让越子木也上了电梯。

一进电梯，越子木就站在了李楠芝和霍东之间。电梯运行的时候，李楠芝在前面的镜子里看见，越子木故意扬着头，高高大大的样子，而且他分明是不让霍东看见自己。电梯又走了几层，李楠芝就觉得自己的手被人抓住了。她低头一看，是越子木的手，她不觉暗自发笑。

电梯直接停在了顶楼，李楠芝和越子木走出电梯，而霍东出了电梯冲李楠芝礼貌地笑了笑，然后又看了一眼越子木，摇了摇头就离开了。

越子木回头冲李楠芝笑了笑，不好意思地说："刚才拉你的手是因为……你懂的啊！"

李楠芝瞪了他一眼，说道："我不懂！你说说，为什么拉人家手？"

越子木尴尬着，不知该如何解释。

正在这时，就听有人高声说道："越子木来啦？"

两个人回头一看，就见肖凌从里面的办公室走了出来。可她往这边一看，顿时就是一惊，眼睛盯着李楠芝半天没说话。李楠芝朝她使了使眼色，她这才恢复常态。

两个人随着肖凌进了她那间大办公室，越子木向肖凌介绍道："肖总，这是我们公司的同事李思月。"继而他又对李楠芝说，"这是木石之盟公司的肖总。"

李楠芝伸出手，肖凌盯着她，两个人握了握手。越子木看着两个人，觉得有些奇怪，但又不知怪在哪里。

落座后，越子木和肖凌说明了来意，说是想具体谈一谈合作的事。肖凌坐在他和李楠芝对面，微笑着并不说话，过了一会儿却看着李楠芝对越子木说道："越子木，你身边美女可不少啊！呵呵，你就不怕姐……"

越子木顿时紧张起来，他咧着嘴看了一眼李楠芝，忙说道："姐，咱们还是说正事吧，我还有好多事呢！"

肖凌哈哈笑着。李楠芝趁越子木不注意狠狠地瞪了一眼肖凌，心想：早晚不等会让表姐给弄露馅了。

这时，肖凌站起来走到办公桌前拿过一个公文夹来，往茶几上一放，说道："方案我都弄好了，你们先看看吧，哪里不妥再商量。"

越子木拿过来和李楠芝俩看了起来，就见合作方案里详细写着双方的权利义务，除了这些正常的合同必备的条款外，最重要的是合作金额。越子木看见，那上面清楚地写着：合作期限三年，合同金额为两千万元整。

越子木看完就是一愣，他指着方案对肖凌道："肖总，这金额……"

肖凌看了一眼李楠芝，微笑着说："怎么？少了？"

"不是，是太多了！我们公司刚刚起步，我怕……"越子木解释着。

"你是怕搞不好？搞不好那没事呀，你看看后面，有违约条款的，要是没按照合同约定达到营销效果那可是要负责任的！呵呵，怎么样？到时候姐把你的公司收购了？哈哈哈！"肖凌说完就哈哈大笑。

越子木尴尬了一下，接着说："做倒是能做好，只是觉得金额有点高，这不符合商业规则呀！你看这样行不行，肖总，我先给你们公司做一年，如果觉得还行，那咱们再续签合同，怎么样？"

肖凌看着他，面带微笑，眼神里除了惊奇外，还有赞许。

"真没想到，越子木你还有这样的想法。好，很好！不贪，凭本事吃饭，既是对合作方负责也是对自己负责。没看错你！"

越子木低头不好意思地笑了笑。就听肖凌接着说道："我说的没看错你不是说我没看错你。"

越子木抬起头莫名其妙地看着她。就听她微笑着，表情怪怪的接着道：“是有一个人没看错你！”

越子木知道她说的是谁，忙看了一眼李楠芝说道：“姐你别说了。”

肖凌哈哈笑着。李楠芝却观察着越子木的表情，又看了看肖凌。心想：表姐可真是烦人哪，这不成心让他难堪嘛。

又就有关细节认真交换了意见后，越子木与肖凌最后商定，暂签一年的合同，合同金额为三百万元，首期付款二百万元。双方一并约定，一周后正式签订合作协议。

本来，依着越子木的想法，他是想首期付款一百万元，然后可再分两期进行付款，但肖凌不同意，他没办法也只好依了她。其实，越子木明白肖凌这么做是为了什么，但他可不想挣这样的钱，他要靠自己公司的真本事来发展。

告别了肖凌，越子木和李楠芝往外走，刚走到办公室门口，李楠芝却突然对肖凌说：“肖总，不好意思啊，能借用一下你的洗手间吗？”

肖凌看了一眼越子木，说道：“那越子木你先下楼吧，我带这位李小姐去下卫生间。”说完拉着李楠芝重新回了办公室。

把门关好后，李楠芝说：“姐，看你把他吓的！”

肖凌呵呵地笑着，却正色道：“楠芝啊，越子木还算靠谱，你耐心一点儿吧，依我看，总有一天他会回到你身边的！”

李楠芝颔首浅笑，自语道：“那是！”说完，她又想了一下，冲肖凌道，“对了，姐，那个霍东我看人不错呀！”

“哦？见着了？”

“嗯，在电梯里。不过，派头可不小！”

肖凌笑着说道：“楠芝啊，你得习惯才行啊，毕竟你这儿可是跨国公司啊！”

李楠芝点了点头，又对肖凌交代道：“我的事，你不可以和霍东说，明白吗？”

“妹子，你都说多少遍了，放心吧。”

李楠芝正要往外走，却又回过身来问道：“差点儿忘了，那个杨宇涵怎么样了？你把他搞定了？”

肖凌一听脸就红了，点了点头，说道："宇涵的公司不会再参与石生生珠宝的并购了，这个你放心，现在，他可是全听我的。"

李楠芝望着窗外自语道："那就好，现在就剩下那个贞子公司了，得想个办法才是。"

"没事，对于那家公司霍总侧面调查过，论资金论实力他们都跟咱们没法比，尤其是在珠宝首饰这一行，他们并不占什么优势。而且，他们也不是正规的公司，好像有什么黑势力的背景。"肖凌说道。

"不知美贞知不知道。"说着，李楠芝想起了越子木那只受伤的胳膊。

现在看来，有两大难题：一个是石珏。她之所以临时改变主意，多半与内心的怨有关；另一个是美贞。不管她知不知道贞子公司的事，而贞子公司的人对付越子木确是事实。可是，这两个人都对越子木动了情，所谓解铃还须系铃人，但那个系铃人却又凭什么帮忙呢？

想了半天，李楠芝索性不想了。她转过身，眨着眼睛调皮地对肖凌说道："对了，你对二旦哥……该不会是用的美人计吧？"

刚说完，就听门口有人高声说道："想要对谁用美人计呀？"

李楠芝和肖凌顿时吓得张大了嘴，她们两个人惊恐万状地回头一看，就见霍东微笑着走了进来。两个人对视了一眼，心里都在想：刚才说的话他是不是听见了？

这时，霍东一眼看见李楠芝，先是一愣，接着微笑点了点头算是打了招呼。

"肖总，这位是……"

"哦，这就是与咱们合作的木子时尚文化传播公司的李思月李小姐，这位是我们公司的霍总。"肖凌大方地介绍道。

"你好，李小姐，叫我霍东就行。"说着，霍东伸出了手。

李楠芝迟疑了一下，伸手与他握了握，然后回头对肖凌说："那肖总你先忙，我先走了，回头再联系。"说着，又对霍东笑了笑，就朝门外走去。

"那我送送她。"肖凌和霍东说了一句就跟在了李楠芝后面。

霍东转身看着远去的李楠芝，微笑着沉思不语。

肖凌和李楠芝下了楼，见越子木正等在大厅里，又寒暄了几句，越子木和李楠芝就告别了肖凌，两个人走出大厅。

在回去的路上，越子木说："思月啊，回头准备一下，下周正式签约。这回好了，咱们终于有了第一笔业务！"说着，他脸上露出了笑容。

李楠芝看着孩子似的笑着的越子木，心想：还真是个傻瓜。

在街边打车的时候，李楠芝却突然对越子木说道："越总，这都要到中午了，难道咱们回公司吃方便面吗？"

越子木回头看着她愣了一下，眨了眨眼睛："也是啊，我光顾高兴了。那这样吧，你想吃什么？我请你！"

"这还差不多。"李楠芝说着就很自然地挽住了越子木的胳膊，吓得越子木直躲。

看着越子木紧张的样子，李楠芝说："看把你吓的，至于吗？咱们是去吃饭，又不是吃你！"

"不是……只是有点儿不习惯。"越子木支吾着看看四周。

"行啦，又没人认识你。"说着，她抱着越子木的胳膊往前走。

越子木只好随她去了，不过，他的心却怦怦直跳。

两个人找了家餐厅进去了，点餐时，越子木礼貌地把菜牌递给李楠芝："思月啊，你喜欢吃什么自己看看，我先去下洗手间。"

李楠芝接过菜牌看了起来，看了半天，对服务员说："来一份清蒸鲈鱼、一份水爆肚、一份西芹腰果，再来一份菌汤，一盘水饺。"服务员记完转身去下菜单了。

越子木一边甩着手上的水一边走回到座位上，看着微笑的李楠芝，问道："都点什么了？可别给我省啊，难得请你吃次饭。"

"点完了，一会儿上来你就知道了。"

越子木拿起桌上的菜牌边看边自语道："我看看啊，他家也不知有没有我爱吃的……对了，你点的是……"

李楠芝道："都是我爱吃的，三菜一汤。"

越子木眨了眨眼睛，说道："哦，那够了，我就不点了。"说着，他放下了菜牌。

李楠芝问道：“要喝点儿酒吗？”

“不不！可不喝了！”越子木像惊弓之鸟一样连连摆手。

李楠芝看他在回避自己的目光，又说：“下午反正也没什么事，和我喝酒多点儿也没事，你怕什么？”

“那也不行，喝多了会失态的。”越子木连连摆手。

李楠芝哈哈大笑，只好说道：“那好，不喝就不喝。”

这时，服务员端着托盘过来了，她把几样菜一一摆在桌上。

越子木往桌上一看，顿时瞪大了眼睛，他指着那几样菜问道：“李思月，这都是你爱吃的菜？”

“啊，怎么了？”李楠芝故意莫名其妙地看着他。

“哦，没什么，真是太巧了，这几样菜都是我爱吃的，好久没吃了，我都有点儿馋了。”说着，越子木拿起筷子就夹。

李楠芝柔柔地看着越子木在那儿狼吞虎咽，心里很不是滋味，她知道，越子木一个人生活，平时吃饭肯定净是对付。

见李楠芝看着自己，越子木说道：“你也吃呀，不是饿了吗？”

李楠芝拿起筷子，夹了一块鱼肉送到越子木的盘子里，说道：“慢点儿吃，别急。”

“我饿了。”越子木说着又吃了一大口，可他眼睛看着李楠芝，突然停住了筷子，说道，“不好意思啊，我的吃相是不是特难看？”

“不，男人嘛，吃饭就得这个样子，要不怎么叫男人呢？吃吧，一会儿饺子就上来了。”

“啊？还有饺子？是虾仁馅的吗？”

李楠芝点了点头：“我就爱吃虾仁馅的。怎么，你也爱吃？”

“嗯，真是太巧了！怎么我爱吃的你都爱吃呢？”越子木边吃边说道。

李楠芝却笑着说道：“是我爱吃的你都爱吃好不好？菜可是我点的啊，我怎么知道你爱吃什么？”

“也对啊！”越子木说完就不再言语，闷头吃了起来。

这时，服务员把汤端了上来，李楠芝边喝汤边看着越子木吃。

越子木无意中瞥了一眼，一看是菌汤，不禁愣了一下，脑海里却是李楠芝当初喝汤的样子。他好生奇怪呀，这李思月喝的汤竟然是楠芝喜欢喝的，真是怪事了，只不过，楠芝却并不喜欢吃这些菜。

见他愣了一下，李楠芝笑着说："不会这汤也是你喜欢喝的吧？"

"不不……"越子木摆了摆手，又指着菜说道，"你也吃呀，怎么不吃？再不吃可就都让我吃光了！"

"你吃吧，我突然就想喝点儿汤，不想吃菜了。对了，你可以都吃光啊，可别浪费！"

"怎么了你？是不是胃不舒服？"越子木关切地问道。

"我没事，你吃吧。"李楠芝微笑着。

越子木看了她一眼，只好不作声地吃着，心里却在想：她该不会是故意的吧？

或许越子木真的是饿了，或许他很久没吃到自己爱吃的菜了，不大一会儿工夫，几盘菜就让他风卷残云了。饺子除了李楠芝吃了几个外，也都让他给报销了。

见越子木吃得那个开心，李楠芝温柔地看着他，心里酸酸的。

60. 影院温情

吃完了饭，越子木站起来说："那……咱们回公司？"

李楠芝想了一下，却笑着说："听说最近刚上映一部好看的电影，要不要去看看？"

"电影啊……"越子木一听要看电影就犯难了，他最不喜欢看电影了，以前除了刚认识李楠芝时看了一次外，再没带她看过。今天李思月说要看电影，要是不答应有些说不过去，毕竟一桌子菜都让自己给吃光了，而他明白，李思月肯定是故意不吃的。想到这儿，他笑着道："好啊，去看吧。"

李楠芝一听，高兴得差一点儿跳起来，拉着越子木的手就往外走，给越子木弄得一愣一愣的。心想：不就是看场电影嘛，至于这么高兴吗？

两个人到了电影院，就在公告栏前看了起来。越子木问道："你想看哪个片呢？"

李楠芝浏览着正在上映的电影片名，却并不理会越子木。越子木想了一下说："那你先看着，我去去就来。"

李楠芝看了他一眼，见他去了食品区，就笑了。

过了一会儿，越子木捧着一大桶爆米花和饮料走了过来。见李楠芝在排队等待购票，就问道："有喜欢的吗？哪一部？"说着，腾出一只手抓起爆米花放进嘴里一颗。

"一会儿我买完票你就知道了。"说完，她看着正在扬头看大屏幕的越子木，小声嘀咕道，"跟美女看电影也挡不住吃！"

嘀咕完，她冲越子木说道："你来排队，一点儿都不怜香惜玉！"说着，抱过越子木手里的爆米花桶，站到了一边。越子木眨了眨眼睛，站到了队伍里。

李楠芝站他旁边，从桶里拿出几颗爆米花，伸手递了过去："张嘴！"

越子木看了她一眼，只好把嘴张开，可就在这时，李楠芝却嗖的一下子把爆米花放进了自己嘴里，弄得他尴尬着看看周围。

此时，站在队里的人都向李楠芝投来异样的目光。有人小声说道："真漂亮啊！"

越子木回头怒目巡视了一遍，说话的人不敢言语了。

李楠芝看到这一幕觉得好笑，心想：嗯，还不错，知道护花。

终于排到越子木了，他回头问道："思月，看哪部？"

李楠芝一指大屏幕："就那个，最下面那个！"

越子木顺着她手指的方向一看，自语道："……好像是爱情片呀！"

"对呀，难道还看枪战片吗？"李楠芝笑着说道。

越子木买了两张票出了队伍，李楠芝凑过来看那两张票，笑着说："快开演了，赶紧进去吧。"

越子木却自语道："这片好长啊，看完得晚上了。"

两个人进了放映厅，找到自己的座位坐下，此时，放映的是映前广告。越子木坐在李楠芝的左边，他把两瓶饮料顺手放在了座位间的饮料座上，然后盯着屏幕。而李楠芝却坐在那儿吃着爆米花，边吃边说："好久没看电影了，感觉好好啊！"

越子木看了她一眼，心想：怎么突然变成个小姑娘了，不就是看个电影嘛。

谁知李楠芝把爆米花桶递了过来，笑着说："想吃呀？给！"

"不不，你吃吧！"越子木连忙摆手。

"不吃那你看什么？"李楠芝笑着打趣道。

越子木尴尬了一下，赶紧转过头去，眼睛盯着前面。

影片开始放映了，放映厅里人们的低语声没有了，取而代之的是大功率音箱的影院混响。越子木猜得不错，果然是一部爱情片，而且还是那种非常虐心的爱情片。

一开始时，李楠芝还边吃着爆米花边盯着屏幕，可随着情节的深入，男女主人公悲情的一幕出现时，再一看李楠芝，竟是泪流满面，可还不忘往嘴里添着爆米花。

越子木掏出纸巾来递给她，心想：女人哪女人，都说她们是水做的，怪不得泪水这么多。

李楠芝伸手接过纸巾擦了一把眼泪和鼻涕，但纸巾有点儿小，她又用手擦了一把，可是擦就擦吧，她可倒好，擦完却往越子木的胳膊上抹了一把。越子木惊奇地看着她，也没躲闪，只是咧着嘴任由她把不知是泪水还是鼻涕抹在了自己身上。

就在这时，随着屏幕上女主角忧伤的哭声，李楠芝也已是泣不成声。越子木侧过头看了她一眼，她则眼睛盯着屏幕，头却歪了过来，直接就在越子木的肩膀上蹭了蹭，然后又没事似的接着边吃爆米花边看。

越子木心想：美女呀美女，眼泪和鼻涕可都蹭我身上了。但看她伤心的样子，越子木不觉心里一动，一种怪怪的感觉油然而生。

他也很奇怪自己为什么会有这样的感觉，想想自己上次看电影还是和李楠芝刚认识的时候呢，想起当时的情景，他不禁摇了摇头，不敢再想了。

“想什么呢？”李楠芝突然问了一句。

越子木吓了一跳，回头看了看她，见她一脸的泪痕，忍不住笑着说道：“没想什么。你怎么那么容易流泪呢？”

“越子木，你心就那么硬吗？多感人的故事呀，就一点儿都不感动？”李楠芝瞪着他狠狠地说道。

“感动我也不能哭啊！”越子木说着又去掏纸巾，可掏了半天，发现没有了，就把自己的手绢掏出来递给她。

李楠芝接过来刚要擦脸上的泪水和鼻涕，无意中看了一眼那个手绢，然后又打开铺平，看了半天，说道：“这手绢好旧啊！不会是哪个美女给你的吧？”说着竟用它擦起了鼻子，并使劲地往出弄着鼻涕。越子木在一旁直咧嘴。

弄完后，李楠芝把手绢用手一团，说道："弄脏了，扔了吧，都这么旧了！"

"别别！"越子木喊着，赶紧伸手去抢。

李楠芝微笑着把手绢还给他："看你小气的，还给你，那么旧了还留着。"

越子木接过手绢，小心地又放回裤袋里，一想到刚才李楠芝擦鼻涕的情景他嘴咧得更厉害了。

不错，李楠芝看出来了，那个手绢正是自己送给他的，可她万万没想到越子木竟然在身上放了好几年。可是，有一点她就不明白了，这么珍贵的东西他怎么就舍得给自己用呢？

想到这儿，她不禁皱着眉仔细看了看越子木的脸。越子木感觉到有人在看自己，就侧目看了看她，两人四目相对，他赶紧又把头转了回去。

李楠芝呵呵地笑了笑，把爆米花桶往旁边一放，竟伸手抱住了越子木的胳膊，而且眼睛盯着前面根本不理会他惊奇的目光。

越子木动了一下，但还是放弃了。看着一脸笑容的李楠芝正津津有味地盯着屏幕，他实在是有些搞不懂了，心想：女人心还真是难以琢磨，刚才还泪如雨下呢，这会儿却笑语盈盈。

虽说李楠芝抱着越子木的胳膊，但也只是抱着，身体还是分开的。但随着情节的深入，男女主人公终于相聚而深情拥吻时，越子木就觉得自己的右肩有什么东西在靠近。他侧头一看，李楠芝已经把头靠在了他的肩上，而且那只抱着他胳膊的手越抓越紧，随着李楠芝的头越来越近，越子木已经闻到了一股淡淡的幽香。

他下意识地往旁边躲了躲，而根本没用，因为李楠芝的头又靠了过来，到最后已经完全顶在了他的脖颈处。

闻着她的发香，越子木的心怦怦直跳。心想：这样可不行，这算怎么回事呀？他就又试探着往旁边挪了挪。就听李楠芝柔柔地说："就不能像个男人似的让我靠一靠吗？"

越子木一看，李楠芝的目光含情脉脉。他尴尬了一下，只好重新把身体挪了回来。李楠芝笑着竟完完全全地把头倚在了他的肩上。

整整两个多小时的电影终于放完了，观众们散场时，李楠芝却还倚在越子木的肩膀上，闭着眼睛，似在享受着什么。

越子木动了动嘴想说话，但见她这样子就没说话，只是不好意思地和旁边要出去的观众点着头，并侧着身子让人家过去。

眼看观众都要走没了，越子木只好轻轻地说道：“李思月，思月？该走了！”

叫了半天，李楠芝才睁开眼睛，看了看四周，说道：“演完啦？怎么不叫我呢？”刚说完，她突然瞪着眼睛指着越子木道，“该不会是你故意的吧？”说完，把手一松，看了看越子木的肩膀，又说了句“肩膀好硬啊，一点儿都不会怜香惜玉！”

越子木眨了眨眼睛彻底无语了。

正愣神呢，李楠芝一拉他：“走吧，还傻愣着干什么？要看下一场吗？我没意见！”

越子木一听，赶紧抬腿就往外走。后面，李楠芝呵呵地笑着。

两个人出了电影院，街上灯火通明，三三两两的情侣或搂或抱地走着，说笑着。街边，有个卖糖葫芦的正在高声叫卖着。一个女孩儿拉着男孩儿的手跑过去买了一个，两个人你咬一个我吃一个地嬉笑着。

李楠芝看着那个卖糖葫芦的，既不说话，也不往前走。

越子木刚走出几步，一回头，发现她在那儿傻站着，他叫了一声：“走啊！”可根本就没动静。

他只好又走了回来，顺着李楠芝的目光望去，一眼就看见了那个摊位，他一下子明白了，心想：想吃就说嘛，干吗弄得可怜巴巴的？

想到这儿，他拉了李楠芝一下，朝卖糖葫芦的走了过去。李楠芝一脸的笑意。

到了跟前，还没等越子木说话呢，就听那人说道：“小伙子，给女朋友买一个吧，又大又红，可甜呢！”

“不不……不是……”越子木看了李楠芝一眼支吾着。

李楠芝瞪了他一眼，小声道：“你跟他解释这个有什么用？”

越子木一想，也对啊，就笑着说道：“来一串，要大的！”

那人拔出一串来递给李楠芝，她接过来高兴地冲越子木笑了笑，越子木顿时就是一愣，脑海里又浮现出当年李楠芝的表情来。

付完了钱，两个人又往前走。可刚走了几步，李楠芝却嘟囔着：“把头上这个给我咬下去呗？糖太多了。”说着，把糖葫芦伸到越子木嘴边。

越子木愣了一下，看了看她的眼神，又看了一眼那串糖葫芦，确信她说的没错，最上面这一颗山楂确实是糖比较多，而且结成了冰，还真不太好咬。

他就张开嘴做出咬的姿势来，可还没等他碰到那颗山楂呢，李楠芝却把手缩了回去，说道：“我先尝尝甜不甜！”说完，竟在那一颗山楂上舔了一下，然后一本正经地说，“还真甜哪！”

说着，她又把糖葫芦重新伸到越子木嘴边。越子木眨着眼睛，支吾着道：“这……这……”

“这什么那什么的？怎么？嫌我？”李楠芝一瞪眼睛。

越子木赶紧张嘴就是一口，把那颗山楂给咬了下来。李楠芝哈哈大笑，笑完，自己也咬下一颗。

两个人边吃边往前走，一路上，李楠芝望着夜空，高兴的样子就像个孩子。

越子木几次想打车却都被她给制止了。又走了一会儿，李楠芝说道：“你着急打车是要会哪个美女去吧？人家肚子都饿了，你可是男的啊！让陪你看电影的女孩子饿着肚子可不太好吧？”

越子木一想，确实，这都什么时候了，而且中午她又没吃什么东西。想到这儿，他四下看看，自语道：“吃什么呢？”

李楠芝却突然瞪着眼睛像是发现新大陆似的神秘兮兮地说：“这样吧，咱们自己做好不好？”

“切，哪儿做去呀？你可真有想法！”越子木觉得有些好笑。

“切什么切？当然是你切菜了，就上你家！”李楠芝说着，把竹签往垃圾桶一扔就招手拦车。

越子木赶紧向正要停下的出租车摆着手，又笑着道：“那个……不太好吧，咱们在外边吃点儿得了。”

李楠芝看着他的眼睛，说道：“不想尝尝本姑娘的手艺？还是怕我把你给煮了？哈哈哈！”

一阵爽朗的笑声过后，越子木突然觉得自己倒有些小气了，就没再说什么，两个人打了车直奔家里而去。

61．共同做饭的发现

两个人打车到了小区门前，一下车，李楠芝拉着越子木朝小区门口的超市走。

越子木问：“干什么去？”

李楠芝看了看他，笑着道：“不买菜吗？你家里有什么呀？上次我看全是方便面，难道你要给我吃那个吗？”

越子木低头不语，只好跟着她进了超市。可一进超市，李楠芝就看见吴姐正带着木瓜在儿童食品区买东西呢，她赶紧悄悄对越子木说：“你去推个车，然后先去挑些你爱吃的菜，我去买些其他东西。”说完，她一闪身就走开了，躲在货架后偷偷地看着越子木。

越子木在超市入口推了购物车直奔食品区，正在挑选蔬菜时，就听有人喊道：“叔叔！”

他一抬头，见木瓜跑了过来。吴姐还在后面喊：“慢点儿！”

一见是木瓜，越子木大老远就蹲了下来，伸出双臂，等木瓜跑到近前，他一把将木瓜抱了起来。

“小朋友，和谁来的？”

“阿姨。”

木瓜说完看着越子木，又怯怯地说道：“叔叔，你想木瓜了吗？木瓜有点儿想你了。”

越子木当时就是一愣，眨着眼睛问道：“你说什么？你刚才说你叫什么？”

“木瓜呀！怎么了叔叔？”木瓜天真地看着越子木。

越子木皱着眉，半天才说：“你也叫木瓜？”

“叔叔，你也叫木瓜吗？”木瓜伸出小手摸了一下越子木的脸。

躲在货架后面的李楠芝看到这一幕，听到他们的对话，眼泪差一点儿掉下来。

这时，就听越子木问：“木瓜，能告诉叔叔你爸爸叫什么名字吗？或者你妈妈也行。”

李楠芝一听，心马上悬了起来。

就见木瓜看着越子木，半天才奶声奶气地说：“叔叔，这是个秘密。”

越子木还想再问什么，吴姐走上前说道：“先生，不好意思啊，孩子太调皮了。木瓜，咱们得回家了，别打扰叔叔了好吗？”说着，一伸手，木瓜看着越子木，恋恋不舍地让吴姐抱了过去。

吴姐抱着木瓜，冲越子木微笑着点了点头，转身去结账了。

越子木站在原地呆呆地望着木瓜，还伸出手微笑着摆了摆手。

吴姐到了收银口，把木瓜放在地上准备结账，可木瓜却朝越子木跑了过来。越子木蹲在地上伸出双臂，一把迎住跑过来的木瓜。

木瓜跑到越子木跟前，伸着小脑袋凑到他耳边，越子木还以为他是要说什么呢，而木瓜却在他脸上亲了一口，转身就跑。

越子木先是愣了一下，继而笑着朝跑回吴姐身边的木瓜挥了挥手，小声喊道：“木瓜，改天上叔叔家玩儿，好吗？”

木瓜说：“好。”

吴姐结完账就抱着木瓜出了超市。

李楠芝在货架后已经止不住泪水了，见吴姐和木瓜走了，她擦了下眼角，走到越子木的身后。

此时，越子木正呆呆地望着超市外发愣呢。

“看什么呢？菜买好了吗？”

越子木回头说：“哦，马上，刚才碰到熟人。对了，你找什么去了？”

李楠芝转过脸，边朝菜品区走边说：“女人要买的东西不要瞎问。”

越子木吐了下舌头不再言语了，推着车跟在了后面。

在菜品区，李楠芝挑选着蔬菜，越子木在一旁推着车。李楠芝挑一样往车里一放，挑一样往车里一放，越子木也不说话，就在旁边紧紧地跟着。突然，他脑海里出现了昔日和楠芝一起逛超市的情景来。那时，也像现在这样，一个挑菜，一个推车，时间不同，场景却是何等的相似啊！

越子木想到这儿，下意识地看了一眼李楠芝，突然发现，她眼角似有淡淡的泪痕。

他想了一下，轻声说道：“思月，你怎么了？”

“没怎么呀？”李楠芝扭头看了一眼越子木，又转过去接着说，“哦，刚才被灰迷了眼睛。”

越子木皱着眉，他也分不清李楠芝说的到底是不是真的，也就不再问了。

推着车，越子木回想着刚才和木瓜说话的一幕，突然感到一股暖流涌上心头，心想：和这个孩子看来缘分还真是不浅呢，竟连小名都是一样的。回想着木瓜跑过来亲自己的那一幕，他不禁笑出声来。

李楠芝正好选完了一样菜顺手习惯性地往旁边的车里一放，可就听啪的一声，菜盒掉到了地上。她回头一看，却见越子木正站那儿傻笑呢，就捡起了地上的菜，眨着眼睛问道：“你傻笑什么呢？”而她自己脑海里回想的也是刚才看到的那一幕。

“没什么。”越子木止住了笑，又问了一句，“选完了吗？”

“可以了，走吧。”说完，两个人就去结账。

排队的时候，旁边队伍的人不时地朝这边看，有个男的自语道：“乖乖，简直是金童玉女呀！”

而不管男的女的，看的最多的还是李楠芝。李楠芝却视而不见，大大方方地站那等着结账。

而越子木一见周围的人尤其是男的都往这边看，他也不知是出于什么心理，竟挺了挺腰杆，等排到他们结账的时候，他让李楠芝先出了结账口到了另一侧，而他自己往上面拿购物车里的菜。李楠芝站在外边微笑看着他，心想：就臭美吧你。

等结完了账，越子木拎起购物袋就走。李楠芝跟上他，伸手就搂住了他的胳膊，两个人就在众目睽睽之下出了超市。

一到外边，李楠芝笑着说："怎么样？虚荣心满足了？"

越子木尴尬了一下，不好意思起来。

李楠芝扶着他的胳膊道："行啦，开玩笑的！"

走在小区的甬路上，李楠芝下意识地朝自己家的窗户望了一眼，而越子木也突然想起了那扇窗户，他也侧头朝楼上看了一眼。

李楠芝道："你看什么呢？"

"哦，没有。"越子木赶紧转过头来。

眼看要走到越子木住的那栋楼了，越子木突然想起上次的事来，支吾了半天，说道："那个……李思月，上次……"

"什么上次这次的，不许说啦！"李楠芝打断了他。

越子木看了她一眼，只好往楼上走。两个人一前一后上了楼，到了门口，越子木掏出钥匙打开门，然后顺手就把菜放在了屋里的地上，准备回身拔钥匙。

李楠芝弯腰去捡放在地上的购物袋，而越子木正好拔完钥匙回身，一不小心就绊到了她身上，他踉跄着一下子失去重心，竟直直地扑向地上。李楠芝被他这么一绊，当时就躺在了地上，越子木躲闪不及，正好扑倒在了她身上。

慌乱之中，两个人的鼻子紧紧地挨在一起，顿时，越子木眼睛瞪得大大的，呼吸急促起来，一时间竟忘了起来。而李楠芝被他压在身下，看着他紧张的表情，她却淡然地看着，脸上露着笑容，一言不发。

僵持了十几秒，李楠芝把脸轻轻地移开，说道："要这样到什么时候？"

越子木一惊，赶紧站了起来，连声说："对不起啊，不小心。"

李楠芝从地上站起来，边拍打身上边说："经常用这种方法泡小姑娘吗？"

越子木咧了咧嘴，刚想解释什么，李楠芝却提着菜直接去了厨房。他愣了半天，这才脱去外衣，跟到了厨房。

“那个……把衣服脱去吧……”他张着两手，支吾着说道。

李楠芝看了他一眼，却笑着说：“你胆子不小啊，竟让人家脱衣服？”

越子木当时就傻眼了，忙解释：“不是，我的意思是说……”

李楠芝把外衣一脱，转过身说道：“帮把手。”

越子木赶紧帮着她把外衣拉了下来，转身出了厨房，把衣服挂到客厅的衣架上。

再回到厨房时，李楠芝已经开始洗菜了。

越子木站在她身旁，也不知该做什么，迟疑了一下说：“我做点儿什么？”

“先不用你，等需要时叫你。”李楠芝说完，却又想起了什么，说道，“你把饭做上吧，这个能做吧？”

越子木“哦”了一声去找电饭锅淘米，等他把电饭锅插上电后，退到了厨房门口看着她。

就见李楠芝麻利地洗好了菜，顺手拉开灶台下面的拉栏拿出菜板，放在灶台上开始切菜。

越子木就奇怪了，她怎么就知道菜板在那下面呢？他又一想，上次她让自己出了屋，自己在屋里不知忙什么，可能是上次看见的吧，他也就没太在意。

李楠芝切好了菜，打开煤气，伸手把挂在墙上的马勺拿下来放在灶上，打开火，又拉开灶台下的拉栏，拿出油往锅里倒。等了一会儿，她就开始炒菜。越子木刚想过去告诉她调料放在哪儿，可就见她很熟练地又打开灶台下另一侧的拉门，从里面拿出调料盒，往锅里放盐什么的。

越子木在后面看着她忙活，眼睛都直了，心想：她怎么这么熟悉厨房里的一切呢？他脑海里想到的是，当初和楠芝在一起时厨房里的情景，现在，他家里厨房的摆设几乎就是当时的翻版，所有的东西都是习惯性地放在原来的位置。

所以说，人的习惯还真是可怕，别看越子木离家在外一个人生活，但他厨房里的东西仍然按照原来的习惯摆放着，他是忘不了生活中的每一个细节。

炒了几下菜，李楠芝抬手打开上面的橱柜，她是打算拿糖罐，但当她打开橱柜门的时候，一下子就愣住了，就见橱柜里靠边的位置放着一个瓷杯，上面有个卡通小姑娘的图案。一看到这个杯子，她说什么也止不住眼泪了，一瞬间，眼圈就湿了。

那个杯子，是她和越子木结婚前订制的，而且就订制了一个，象征着“一辈子”。上面还特意画了两个卡通人物，杯子把的左边是个小女孩儿，右边是个小男孩儿。当时，她和越子木约定，平时喝水就用这一个杯子，她用有小男孩儿的那一面喝水，越子木用有小女孩儿的那一面喝水。

当时越子木还问呢：“为什么要这样啊？哪儿面喝水还不行呢？”

她就说：“那不行，这个女孩儿是我，男孩儿是你，喝水，就是接吻。”说完，还呵呵地笑。从此，他们两个喝水就按照这一约定，时间久了，已成了习惯。

李楠芝一看见这个杯子就想起了当初的情景，又怎么能止得住眼泪呢？

越子木在后面看着她，就觉得不对劲，他走上前问了句：“怎么了？”

李楠芝赶紧用袖子擦了擦眼睛，说道：“好呛啊！”

越子木怔了一下，伸手从上面的橱柜里拿出那个杯子，倒了一杯凉开水递过来：“喝口水吧。”

“是呛眼睛，又不是口渴。”李楠芝看了他一眼，又接着炒菜。

越子木却觉得口有些渴，端着杯子就要喝。可刚送到嘴边，他下意识地调整了一下杯子的位置，用印有女孩儿的那一面喝了一大口水，而这一幕，正好被转过头来的李楠芝看个正着。她不禁暗自笑道：还好你没忘记。

越子木喝完水，把杯子里剩下的水倒掉，然后用厨房纸巾把杯子擦干净，又放进了橱柜里。

“什么宝贝东西呀那么小心？”李楠芝故意问。

“哦，没什么，就是个普通杯子。”越子木说着，又把杯子往里面推了推，这才关好橱柜门。

李楠芝炒好了一个菜，边往盘子里倒边说：“桌子摆好了吗？把菜端上去。”

越子木走过来端起盘子，端到鼻子下闻了闻，他把菜放到餐桌上，又忙着去找碗筷。

李楠芝又炒了三个菜，越子木端到了桌上，又去拿电饭锅。李楠芝洗完手就坐在了餐桌前，这时，越子木打开电饭锅要盛饭。

她却笑着说道：“有酒吗？红酒也行。”

越子木看了她一眼，眨了眨眼睛，说道：“还是别喝酒了吧……”

“有这么好的菜怎么能没有酒呢？就喝一点儿！”李楠芝说着，一脸期待地看着他。

越子木迟疑了一下，在橱柜里拿出半瓶白酒来，说道：“就有半瓶。”

“有就行。”李楠芝说完就去找杯子。可是，找了半天也没找到。

“越子木，没有酒杯吗？”

“我平时在家不喝酒，所以就没买。”

“哦，那你喝水怎么喝呀？”

“喝水有杯子。”

李楠芝一听，马上就想到了那个瓷杯，她只好拿过两只碗来放到桌上。越子木给她那个碗里倒了一点儿酒，自己也只倒了一点儿，刚想放下瓶子，就听李楠芝说道：“小气！”

说着，她一把抢过瓶子，分别把两个碗里各倒了一半酒，倒完，瓶子就见底了。

越子木看着她，支吾着：“这么多呀？”

“怎么，不敢喝？没事，反正是在自己家里，喝多了也没人笑话。来，先喝一口，我想想啊……这第一口酒为了第一笔业务成功！”说着，李楠芝端着碗在越子木的碗上碰了一下。

越子木也端起碗，却小声说道：“为了我们相识。”

李楠芝也没理他说什么，端起来喝了一小口，喝完，她伸着筷子："你尝尝我做得怎么样？"

越子木拿起筷子夹了一口菜放进嘴里，眨着眼睛嚼着，突然，他瞪大眼睛，又夹了一筷子放进嘴里，连连说："嗯，好吃！"

"再尝尝这个！"李楠芝笑呵呵地把另一个盘子往前推了推。越子木又夹了那盘子里的菜吃了一口，吃完，他看了一眼李楠芝，不等她说话，就又去夹另两个盘子里的菜，等他把所有的菜尝完，他彻底蒙了。

他上一眼下一眼地看着李楠芝，不禁皱起了眉头，心想：不会吧？竟然连做的菜味道都一样？难道她是老天派来的？

"看我干吗？我脸上也没有菜。来，再喝一口，就为了……"李楠芝举起杯，却又低头思索起来。

越子木伸手把她举着的手按下，眼睛盯着她低声道："你，到底是谁？"

他话音刚落，就见李楠芝手一抖，碗里的酒差一点儿洒在桌上。

她镇定了一下，笑着道："这刚喝一口你就多了？怎么说胡话呢？我是谁，你说我是谁？"说完，她瞪了越子木一眼。

越子木眨了眨眼睛，笑着说道："别生气啊，我的意思是说，你做的菜太好吃了。来，这一口酒就为了今天这桌菜！"说完，他端起碗喝了一大口。

李楠芝看着他，那只端着酒碗的手往嘴那儿移动，可喝了一口竟呛着了，止不住地咳嗽起来。

越子木慌忙站起来："要不要喝口水？"

"水，水！"李楠芝难受地说道。

越子木赶紧起身走到橱柜前打开柜门，从里面拿出了那个印有两个卡通图案的杯子，倒了一杯凉开水端过来。

李楠芝接过杯子，一看是这个杯子，她一愣，然后转动了一下杯子，在印有小男孩儿的那一边喝了一大口水，喝完就把杯子放在了一边，两个人又继续吃饭。

一边吃菜，两个人一边聊着天，可能是越子木觉得口渴，他顺手拿起那个杯子往嘴边送，可刚送到嘴边，他低头看了一眼，然后转了下杯子，在印有小女孩儿的那一边喝了一口水。

这一幕被李楠芝看得真真切切，等他把杯子放回桌上，李楠芝看着那上面的图案，眼圈儿又红了。

62．久违的拥抱

越子木发现了李楠芝的异样，他放下筷子看了看她，轻声问道：“怎么了？”

“哦，没事，可能是刚才油烟呛的吧。”李楠芝说着就端起酒碗来喝了一口。

越子木怔了怔，觉得很是奇怪，明明就是在说谎嘛。可她又为什么要说谎呢?

正发愣呢，就听李楠芝笑着问道：“越子木，你这杯子好好玩呀！我看你喝水怎么老用印有小女孩儿的那边呀？是要和那女孩儿接吻吗？”

越子木眨巴着眼睛，脸一红：“习……习惯了，拿这边顺手。”

李楠芝微笑着眨了下眼睛又说道：“能送给我吗？我好喜欢这个杯子啊！”

越子木听完就是一愣，下意识地把手放在杯子上，看看杯子又看看李楠芝，半天没言语，那架势，就像是怕被别人抢去他的杯子一样捂得死死的。

想了半天，他才说：“这杯子我都用过了，这样吧，明天我给你买个新的。”

“不，我就要这个！”说着，李楠芝伸手就要去拿那个杯子。吓得他把杯子一下就挪到了自己这一边，用手护着，还赔着笑脸。

“小气！那你告诉我，这杯子到底是谁送你的？肯定是女的！还真是多情唉！”李楠芝调侃道。

越子木咧着嘴，想了一下端起酒碗来说：“来，我敬你一杯！”

“就是想打岔！”李楠芝说着却也端起了酒，和他碰了一下喝了一小口。

放下酒碗，李楠芝心里这个高兴啊，看越子木护那个杯子像护宝贝似的，她就明白了。

而喝完这口酒，越子木却站起身端着那个杯子去了厨房，把杯子里的水倒掉后，又小心地放回了橱柜里。然后又走回来，冲李楠芝尴尬地笑了笑。

“说你小气吧还净做小气的事儿！不送我也不至于藏起来吧？”李楠芝噘着嘴说道。

“不……不是小气。”越子木辩解着。

“不是小气，那不是小气你把这酒一口干了！”李楠芝说着一指他面前那个酒碗。此时，碗里还有不少酒呢。

越子木眨着眼睛看了看她，端起酒来就要喝。李楠芝却上前一把按住了他的胳膊：“还真来劲啊！让你喝你就喝？就这么听我的？”

“不是你让喝的吗？”越子木坐下说道。

“那……我要是让你干点儿别的你也干吗？”李楠芝认真地说。

越子木还以为她是开玩笑的，抬头一看，却发现她是认真的眼神，一下子他就有些发蒙了。

“干……干什么呀？”他有些结巴，脑海里想的是那晚的情景。

李楠芝一见他那样就明白了，笑着道：“想什么呢你？你把我当什么人了？”

越子木一听就傻了，赶紧解释着：“没有啊，没想什么……”说着，脸就红了，又支吾着问道，“那你想让我做什么？”

李楠芝望着天想了半天才笑着说：“我现在没想好，就算你欠我的行不行？等我想好了再告诉你，不过，你现在得答应我。”

越子木心想：这怎么跟美贞一样啊，可不能再答应这样没边儿的事了，到时候说不定是让我做什么呢。想到这儿，他不好意思地笑着说：“这不好吧，你还是现在就说吧，让我做什么都行，除了那什么……”

李楠芝看着他小心的样子，扑哧就笑出声来，然后，盯着他的眼睛缓缓地说道："你能……抱我一下吗？"

"这个呀……"越子木没想到她说的是这件事，还真有些犯难了。

"算了，还是喝酒吧，逗你玩的，别当真！"说着，李楠芝举了举酒碗。

越子木也只好端起来喝了一口。

夜半时分，两个人碗里的酒都见了底，菜也吃得差不多了。李楠芝脸上已经泛起了红云，越子木也已是微醺，两个人有说有笑地聊着天。

吃完了饭，两个人一起收拾着桌上的东西，又是刷碗又是擦桌子，俨然一对小夫妻。

收拾完厨房，李楠芝擦了擦手，看着越子木说道："我就先回去了，你好好休息吧。"

越子木看了下手表，又往窗外看了看，自语道："这么晚了啊！"

李楠芝突然笑着说："怎么？要不，我不回去了？"

"不不不！我不是那个意思……"越子木吓得连连摆手。

"看把你吓的，我都不怕你倒怕了？"李楠芝说着脸却红了一下。

越子木尴尬着，有点儿手足无措。

"好了，逗你呢，我走了。"她说着抬腿就走。

"你家在哪儿呀，要不，我送你？"越子木跟在她后面讷讷地说道。

"干吗问女孩儿家在哪儿，这是男人惯用的手段吗？"李楠芝笑着开门就出去了，只剩越子木站在门口呆呆地发愣。

听着楼梯间里的脚步声渐行渐远，越子木转身回了屋，把门关好，看着屋里的一切，突然有种怅然若失的感觉。他苦笑了一下，打算上床睡觉了。

他刚把羊毛衫脱下来打算搭到床边的椅子上，却突然发现椅子上竟然有个女士皮包。这不是李思月的包嘛，她怎么忘了?

他下意识地拿起那个包，想了想，转身就往外走，打算去追李思月。可他刚走到门口，却发现自己只穿了条背心，也不能就这样光着膀子出去呀！他就把包放在门口，赶紧又转回身，打算穿上羊毛衫。

正在这时，却传来了手机的铃声。他回头看去，铃声是从门口李思月的包里传出来的。他一想，该不会是李思月打来的吧，就又转回来弯腰从地上捡起包。可他刚要拉开拉链去找手机，却突然传来敲门声。

他猜想可能是李思月发现包忘带了就返回来了，他也顾不上包里正在响着的手机了，就打开了门。迎面所见，正是气喘吁吁的李楠芝。

见越子木手里正拿着自己的包，而且包里的手机还正响着呢，她伸手拿过了包，冲越子木笑了笑。突然，她看见越子木是光着膀子，就瞪大了眼睛看着他。

越子木一惊，这才意识到自己的窘态，不好意思地说："我正要睡觉，就发现了包……不过我没打开呀。"

李楠芝笑了笑，心却怦怦乱跳。她眨了眨眼睛，突然计上心来，伸手一摸脑袋："哎哟！"接着，就朝越子木的方向倒了下去。

"怎么了？"越子木伸手扶住她。

"头有点儿晕，可能是刚才上楼走快了。"说着，她眯着眼睛偷看了一眼越子木。

越子木一把就抱住了她，顿时手足无措。

可他没想到李楠芝一转身就正面对着他，扬起头温柔地看着他，眼神里全是期待。

越子木紧张得不行，他张着两手不知该怎么办。这时，李楠芝伸出双臂，插进他的臂弯里，竟环抱住了他的腰。

越子木一愣，还是伸着双臂任由她把头贴在了自己胸前。想起刚才桌上她提的要求，他想了下，缓缓地伸出双臂抱住了她。

两个人紧紧地贴在一起，心与心是那么近，彼此都能听到彼此的心跳声和急促的呼吸声。

世上最遥远的距离，不是生与死的距离，不是天各一方，而是这个人就站在你面前，你却不知道她爱你。

其实，爱一个人很难，而放弃自己心爱的人更难。李楠芝正是如此。

爱他，没有什么目的，只是单纯地爱。拥抱，也没有什么目的，只是需要这份温情。

越子木被李楠芝的举动彻底弄蒙了。回想着自己答应的事，他只是简单地认为，喝了酒的女人大概都需要一点儿臂膀的安慰吧，尤其是男人的臂膀，宽阔而包容，坚实而可靠。

但令他奇怪的是，自己舒展双臂环抱住她那娇小的身躯时，自己的心竟怦怦地跳个不停，是一种紧张到血液里、碰撞到情感里的冲动。而这种冲动又有些异样，异样得使他产生了错觉。一瞬间，仿佛自己相拥的并不是李思月，而是那个让自己恨之爱之思之念之丢也丢不下忘也忘不掉挥之不去夜夜入梦来的李楠芝。

贴着她的耳际，越子木感觉浸入鼻尖的发香都是这般的熟悉，恍惚间，他看见了那个冷冰冰的李楠芝被自己融化后的温情脉脉，又一刹那，他仿佛又看见了一个找不到家而哭泣的小女孩儿……

他猛地把李思月推开，皱眉看着她的脸，除了那张俊美脸上的红晕外，他看不到任何熟悉的面庞。

此时，李楠芝把包挎到胳膊上，伸手拢了一下头发，又含情脉脉地看了一眼越子木，然后，莞尔一笑，轻轻转身，缓慢离开。只留下呆呆发愣的越子木，就像视而不见一样看着她消失在楼梯的转角处。

过了好久好久，楼梯间里的脚步声已经消失了，越子木这才回过神来，他怅然若失地又看了看楼梯，这才转身回了屋。随着房门关上的一刹那，他感觉就像把什么心爱的东西关在门外一样空落落的。

他往床上一躺，回想着刚才的一幕，他很奇怪自己的感觉。如果说，自己与她相拥的那一刻想到了李楠芝，那是很自然的事，没什么大惊小怪的。但令他不解的是，脑海里怎么会有那样一个画面呢？那个小女孩儿是谁？

然而，越子木并不知道的是，如果李楠芝晚几秒钟敲门，如果他把她的手机从包里拿出来，或许一切都真相大白了。因为，响的那个手机上，拴着一个卡通手机链，正是那只可爱的不会说话的汤姆猫。

但有些事就是这样，就像他与李楠芝的相遇一样，“于千万人之中，遇见你所遇见的人，于千万年之中，时间的无涯的荒野里，没有早一步，也没有晚一步……”但是，越子木却并不知道，他与李楠芝的遇见，却远比他记忆中的要早，是那个即使遇上了也不能说“你也在这里吗”的年龄。

躺在床上，越子木恍惚间看见了多年前的那个傍晚，一个翩翩少年，一个哭泣的女孩儿，他牵着她的小手，把她送回到了家门口。临走时，他把自己随身戴的一个小铃铛摘下来挂到了她的脖子上，然后又微笑着伸手轻抚了下她的脸，正欲转身离开时，她却跑上来，在他弯下腰的一瞬间，轻轻地在他的脸上吻了一下……这是多少年前的事了，今天又为何如此清晰地重新出现在脑海里呢？

他拍了拍脑袋，想验证一下自己是不是喝多了，虽然酒已上脸，但意识如此清晰。喝多了吗？酒醉的不是人，却是思绪。

他从裤袋里掏出手机，看着上面挂着的那个手机链，那晃动着的小老鼠杰瑞，似乎没有了往日里的微笑，他怎么看怎么感觉它一脸的哭相。他用手拨了一下，自语道：“是在想那个整天追你的汤姆猫吗？没有了躲藏的乐趣，你是不是感到很孤单？如果是，你就点一下头！”

杰瑞鼠随着他的拨动晃了两下。越子木把它拿稳，眨着眼睛说道：“嗨！你还真点头啊！没人跟你玩是吗？可是，你那只汤姆猫现在不知在和谁玩呢！或许，它正和拉普拉多狗玩呢吧，它不要你了！谁让你跑这么久不回去？是你自找的！”

拿着手机，越子木又轻轻地翻动着屏幕，指尖所及，触碰开了手机相册，一个画面映入眼帘：李楠芝挥着手，似在高喊“不许拍”。看到这个画面，他不禁笑出声来。那是他和李楠芝第一次去郊外约会时的情景，当时，他要给李楠芝照张相，而李楠芝却挥着手不让他拍，可是，一瞬间，画面就定格了。令越子木没想到的是，这竟是他手机里留存的唯一的李楠芝的照片。

看着李楠芝那张惊慌失措的脸，越子木不禁心潮澎湃。

走在回家路上的李楠芝，也正在想这个问题。什么是宿命？相遇，就是宿命。毫无理由地爱上，也是宿命。爱上就不可救药地死心塌地，更是宿命。

听着包里的手机又响起来，她翻出手机，可是看见手机的一刹那，她差点儿流下汗来。响着的这个手机，正是自己的那只挂着汤姆猫的手机。她回想着刚才开门的一刹那，越子木正要伸手进包里的那一幕，万一他要是拿出这个手机，看见这只不会说话的汤姆猫可怎么办？

她接起电话，里面传出的是乔庄的声音：“姐，你在哪儿呢？都要急死我了！”

“哦，我马上到家，等我回去再说吧。”放下手机，她碰了一下汤姆猫，不禁面带微笑。心想：你在我离开时响起是不是要对他说话？你这只不会说话的汤姆猫比我还心急吗？现在还不是告诉他的时候，你是不是想你的小老鼠杰瑞了？别着急，早晚有一天会让你们见面的。

快走到楼门口时，她望了望飘雪的天空，不禁哑然失笑，心想：自己真是疯了，什么时候竟这般对着个不会说话的汤姆猫自语起来？不过，回想起刚才被越子木拥紧的那一刻，她顿感一股热血涌上心头，心里不禁怨了一句：该死的越子木，还真以为抱的是别的美女呢？你敢对李思月有半点儿私情看我怎么收拾你！

然而，她想错了，越子木是忘不了李楠芝，但对于这个大胆的李思月，他在内心深处起了波澜……

63. 夜的秘密有多少

第二天，越子木到了公司就安排部署与木石之盟公司签约的事。

在例行的早会上，他公布了与李思月去木石之盟公司洽谈的有关情况。他说："作为公司的第一笔业务，咱们无论如何要把这个项目做好，既是对对方负责，更是对我们自己负责。这个项目具体由李思月负责。对了，乔庄你配合李思月，全力做好项目对接工作，下周咱们就正式与对方签订合同！"

他刚说完，许曼第一个鼓起掌来，其他人也都乐呵呵地跟着鼓掌。

越子木摆了摆手："大家不要高兴得太早了，合同本身就是把双刃剑，有经济收入的同时，也是检验我们公司实力的时候，这个项目必须要做好，宁可不赚钱也要做好，这无关效益，关乎名誉和信誉。"

说完，他下意识地扫了一眼李思月，却发现她正看着自己，目光柔柔的，像是有赞许，又像是有仰慕。他把目光移开，觉得李思月怪怪的，不像是一般员工看老板的眼神，却反而像是妻子看丈夫的目光。他心想：这李思月胆子竟比我还大，是要攻克山头的节奏吗？

他顿了一下，又问道："大家最近有没有联系到什么业务？或者有什么想法？不妨说来听听。"

他话音刚落，就见吴叶站了起来。

"越总，我这儿也有个好消息呢！"吴叶笑呵呵地看着越子木。

越子木盯着她的脸，面带微笑，等待着她说下文。

就听她又接着说："我前些天联系的那家公司给回信了，说是可以让咱们公司先试着做一期名表的宣传企划。”

“哦？”越子木感到有些意外，但他并没有打断吴叶。

吴叶又看了看大家，说道：“他们想上咱们时尚杂志的创刊号，说是如果效果好，可以考虑与我们签订一年的合同呢。我初步算了一下，合同金额大概在三十万元左右。”

“好啊，芝麻西瓜都要捡！小吴你安排一下，哪天我和他们负责人见见面，详细谈一下合作的事。对了，许曼，咱们创刊号的事联系得怎么样了？印刷厂那边我不是已经和赵总说好了吗？”越子木看着许曼说道。

许曼看了一眼吴叶，也没站起来，就坐在那儿说：“安排妥了，只等咱们这边把内容排好就可以制版印刷了。”

越子木听完沉思了半晌，说道：“可是，这也不足以支撑这一期创刊号啊！”

他刚说完，就听许曼又说：“越总，我说说呗！”

“你有事吗？说吧。”越子木看向她，目光却扫了一下坐在她旁边的李思月。他发现，李思月的眼睛却正停在吴叶身上，那目光中没有丝毫的赞赏。他不禁就是一愣，也下意识地又看了看吴叶，发现她正沾沾自喜地在那弄儿着桌布呢。

就听许曼说道：“我昨天联系了杨子首饰公司，他们表示可以跟我们公司合作，而且合同金额也十分可观，只是……”

“只是什么？”越子木问了一句，却又突然说道，“杨子首饰公司？我怎么没听说过呀？”

“哦，是一家新开的公司，好像很有实力的样子。”

“哦。你刚才说只是，只是什么？”

而李楠芝和乔庄也都侧目而望，她俩的眼里全是疑惑。

许曼又看了看大家，却转过头来低声对越子木说道：“能单独说吗？”

越子木觉得这里面有文章，他就看了看大家，说：“那好吧，大家就按照自己的工作职责和刚才的安排，各自去开展工作吧。对了，魏行啊，你就和吴叶一起跑她那个项目吧，到时候不是得拍手表的照片嘛。要没什么事那就散会。”

魏行点了点头，大家也都站了起来，各自回到自己的座位开始工作。

越子木看了许曼一眼，许曼会意，拉把椅子坐在了他旁边。

“这回说吧，神神秘秘的！”越子木说道。

许曼却往李思月那边看了一眼，然后小声说：“杨子公司的老总说是把他们公司的营销宣传给咱们没问题，但有个条件。”

越子木听完心里就直打鼓，他最讨厌谁跟他讲条件了，关键是上次让石珏给弄的。他皱着眉问道：“条件？什么条件？”

许曼又看了一眼李思月的背影，这才小声道：“他说他们公司的这个项目让李思月去谈。”

越子木一听，不禁也回头看了一眼李思月。正好，李思月觉得这俩人神神秘秘的有些奇怪，也正往这边看呢，与越子木四目相对，吓得越子木赶紧回过头来。

他小声问许曼：“为什么呀？不是你联系的吗？他怎么会认识李思月呢？”

许曼这才把杨宇涵曾来过公司的事对越子木说了一遍。越子木听完，眨着眼睛紧接着就问了一句：“你说谁？来的人叫什么？”

“杨宇涵，杨总！”许曼又强调了一句，然后用异样的目光看着越子木。

越子木倒吸口凉气。杨宇涵？他努力地回想着这个熟悉的名字，突然，他想起来了，天哪，这不是李楠芝的“二旦”哥嘛！他怎么会来北京呢？

想到这儿，他又问了一句：“这个杨总知道我吗？”

“这个，哎呀，你不说我还忘了，我光顾着和他谈业务的事了，竟忘了告诉他你的名字了。要不，哪天我约一下他，你们见见面吧。”许曼说道。

越子木摆了摆手，脑袋迅速运转着思考下一步该如何面对这件事。他站起来想了半天，最后目光还是落到了李思月身上。他心想：这个杨宇涵当初对李楠芝是什么心思自己可是知道的，怎么这回又对这个李思月感兴趣了？一想到让李思月去联系这件事，他心里不禁揪了一下。虽然只是那么一下，但他也感到很奇怪，就像是这个杨宇涵要把他心上的东西抢走一样。

怎么会有这样的感觉呢？他暗想。但目前公司正在起步阶段，管他什么二旦哥三旦哥的，只要能合作，不管黑猫白猫，抓住耗子就是好猫。

想到这儿，他转身对许曼说："那他说没说是你和李思月一起去谈？"

许曼摇了摇头。

越子木又上下看了看许曼，突然他觉得这许曼自从和杜峰好了之后，竟越来越漂亮了，尤其是把那副宽边眼镜摘下去之后。虽说没有李思月漂亮，但气质那是没的说。可是，这个杨宇涵怎么就会让李思月去呢？

看了许曼一眼后，越子木转身走到李思月身后。

"那个……思月啊！"他轻轻地叫道。

李楠芝转过身来，看了一眼许曼，却对越子木冷冷地说道："叫我李思月，别叫那么亲切好不好？"

越子木听完就是一愣，脑海里却是昨天拥抱她时的情景。心想：女人还真是不能惹呀，这怎么说变脸就变脸呢？

见他尴尬的样子，李楠芝却扑哧笑出声来，问道："有什么事，越总，尽管吩咐！"

越子木咧了咧嘴，然后正色道："是这样的，许曼联系了一家叫杨子公司的，说是有意向把他们公司的整体营销策划交给咱们公司，但他们有个条件。"

李楠芝听完，脑海里想到的是杨宇涵的笑脸。她想了下，说道："你的意思是这个条件和我有关？"说完，心里却在说：好你个二旦哥，你等着我不告诉表姐的。

越子木支吾了半天才说："是的，他们公司老总说是得你去和他们谈，对了，听说你上次见过他？"

李楠芝微笑看着越子木，心里在说：你也应该知道是谁了吧？她说道："没问题，我去会会他，到底有什么三头六臂竟敢劳烦本小姐！"

越子木一听，心里一直悬着的一块石头这才算落了地。他连声说：“太好了，思月你……不是，李思月你就辛苦一下，到时候我请你吃饭！”可一说到吃饭，他马上想到了昨晚在家里吃饭时的情景，而李楠芝正微笑着盯着他的眼睛，两个人心照不宣，都笑了笑。

可是，越子木却还是不明白，这杨宇涵到底是什么意思呢？

此时，李楠芝也思考起来，这二旦哥是要搞哪样？因为心里有疑惑，一下班，她回到家就给肖凌打了个电话。

当她和肖凌说完杨宇涵的事后，肖凌大笑起来，说道：“楠芝啊，该死的二旦该不会是看上你了吧？呵呵呵，谁让你那么漂亮呢！”

“姐——”

电话里，肖凌赶紧说道：“好了好了，没事，他你还不了解吗？对了，你们见过面了是吗？他该不会是发觉什么了吧？毕竟你们是从小一起长大的呀！”

“应该不会吧，没事，明天我就去会会他！”

说完这件事，肖凌突然又说道：“对了，楠芝啊，那家韩国公司怎么办呢，今天约霍总了，说是要谈谈，也不知是什么意思。”

“那霍东怎么说？他毕竟这方面有经验。”

“霍总说正好他也想会会他们呢，看看他们到底是什么意图，然后再做打算。”

“那好。不过，你要提醒霍东，我听说那家公司可不太好惹，让他注意防范。”

等李楠芝放下电话，乔庄说：“姐，我这两天和许曼在一起聊天时，无意中听她说，她哥好像是在那家韩国公司当保安主管。”

“哦？许曼她哥？”李楠芝听完思索起来。而这时，木瓜却跑了过来。

“妈妈，抱抱木瓜！”他张着小手就扑到了妈妈怀里。李楠芝爱怜地抱起木瓜，亲了亲他的小脸，问道：“在幼儿园有没有听老师的话？”

“听话，木瓜乖！”小家伙说着，伸出小手摸了摸妈妈的脸，又怯怯地说道，“妈妈，告诉你个秘密呀？”

李楠芝马上想到昨天在超市里看到的那一幕，就笑着说：“好啊，什么秘密？小男子汉也有秘密了？”

木瓜趴在她耳边小声说：“妈妈，我见到叔叔了。”

“嗯，在哪儿见到的？哪位叔叔？”

“就是上次给木瓜栗子的叔叔，在超市里。”

“哦，在超市呀，那叔叔说什么了？他喜欢木瓜吗？”

“不知道喜不喜欢木瓜，但他问妈妈了。”

“那你告诉叔叔了吗？”

“木瓜记着妈妈的话，没告诉他。不过，如果叔叔以后再问怎么办？万一木瓜没忍住呢？妈妈会生气吗？”

李楠芝听到这儿眼泪差点儿掉下来，她紧紧地抱着木瓜，在他耳边说道：“如果下次叔叔再问，你可以和他说我就是你的妈妈，妈妈不生气。”

“太好了！”木瓜高兴得拍了下手，然后搂着妈妈的脖子。

这下，她更受不了了。看着这一幕，一旁的乔庄叹了口气，招呼吴姐道：“吴姐，哄木瓜睡觉吧，太太还有事呢。”

吴姐答应着过来伸手抱过了木瓜，然后对李楠芝说：“太太，也不知为什么，这孩子就喜欢那位越先生，整天吵着要去找人家玩。”

李楠芝只是微笑，却并不回答。

见吴姐抱着木瓜进了卧室，乔庄说：“姐，明天真要去见杨宇涵吗？”

“对呀，必须去，一定要把他公司的业务拿下！”说完，她想起了什么，又问道，“那个美贞怎么样了？平时都做些什么？”

“她呀，还是在手工制作饰品什么的，似乎对她父亲的公司不怎么关心，也不参与什么事，就像和她没关系一样。谁知道呢，很是奇怪。”乔庄答道。但她并没有说那天在越子木家看到的那一幕，以及自己送美贞回家的事。

“她最近还和越子木接触吗？”终于，她还是问了这件事。

乔庄想了半天，眨着眼睛不知说什么好。李楠芝一看她的样子就明白了，笑着说：“你是瞒不过姐的，说吧，是不是这两天美贞和越子木有什么事？”

“姐，我不是故意瞒你的……”接着，她就把那天的事说了一遍。

李楠芝听完不禁笑了起来，笑完，说道：“算他有良心！”说着，她走到窗前朝前面望去。

此时，前面那扇窗户正亮着灯，但看不见人影。她又转过头，对乔庄道：“你是怎么知道她会去越子木家呢？”

“我呀，是在窗前看到的。姐我这么做对吗？”

“对呀，做得好！”说完，她又对乔庄笑着说，“也真难为你了，整天戴着个假胡子，现在是在家里，快去洗洗。”

乔庄却说：“还是这样吧，习惯了。”说完，她看了看李楠芝，欲言又止的样子。

李楠芝盯着她，也不问，只是看着。乔庄没办法，只好说道：“姐，我怎么啥都瞒不住你呢？我是想说，您就不回泰国看看公司吗？真的就那么放心？”

李楠芝听完，脑海里想着表哥司派洛的笑脸，不动声色地说道：“没什么不放心的，司总是我表哥。好了，你洗洗睡吧，明天还要上班呢。”

“好吧，姐你也早点儿睡。”乔庄说完就去了自己房间。关好门，她拿出手机拨了个号码，接通后，她说道：“给我盯紧点儿，有什么动向立即报告，好的，要多注意，别被发现啊！”

放下电话，她望着窗外自语道：“姐啊姐，你太善良了！”

说完，她脱去外衣，准备去洗澡睡觉。她换好睡袍进了卫生间，却见李楠芝正在刷牙。

望着镜子里穿着睡衣的李楠芝，乔庄不禁笑着说道：“姐你好漂亮啊，我要是男的一定要追你！”

“你个死丫头，能不能把胡子拿下去呀，吓死我了，总以为是个男的呢！”

乔庄调皮地却在身后做出个抱她的样子来，气得她挥拳要打。乔庄呵呵地笑着把胡子拿了下去。

先不说李楠芝如何准备好明天去见杨宇涵，单说吴叶。她下班后却并没有回家，而是打了个电话后直接去了步行街。沿着街面，她快步走着，终于找到了那家叫“花漾咖啡”的咖啡厅，一进去，她四处看了看，就直接朝一个长发女士坐着的位置走了过去。

“姐，让你久等了。”她坐下说道。

那女的抬起头来，赫然竟是柳依依！

就听柳依依道：“怎么样？最近越子木忙些什么呢？”

“他呀，整天就是忙着跑业务呗，也真够难的，公司初创哪儿来那么多业务呢？不过，姐，我今天开会时说了那件事，越总很感兴趣呢，说是哪天要见见负责人，咋办呢？”

“初创期也确实不容易，是得帮帮他。但愿他能体会我的一片苦心！”柳依依说着，却有种怅然的神情。她想了下，又对吴叶说道，“回头你和白总说，就说是我的意思，让她一定把这个项目给越子木公司，而且宣传策划费上不要太计较。你也要尽心尽力，帮他，我是真心的！”

“我知道该怎么做，姐。不过，为什么要帮他呢？他身边那么多美女，他要是成功了你不更是……”

“小丫头你懂什么？你以为我是要搞垮他的公司吗？”柳依依严肃地对吴叶说道，吓得吴叶吐了下舌头不再言语了。

说完，柳依依却又自语：“现在，我最闹心的不是越子木，却是这个顾桐还有她那一伙人，怎么我总感觉风吹不透水泼不进呢？而且，还总跟我对着干！行了，跟你说这些也没什么用，你先回去吧，有事一定要通知我。”

“好的，那我回去啦姐。”吴叶说着就站起身。

柳依依却突然又问了句：“对了，你们那个叫李思月的最近和越子木经常在一起吗？”

吴叶听完顿了一下，然后笑着说道：“没有啊，越总整天很忙的。”

“那好，你走吧。”

吴叶点了下头，匆匆离开了咖啡厅。一到街上，她就长出了口气，她也不明白，自己刚才怎么就撒了谎呢？

柳依依坐在那儿喝着咖啡，听着这轻柔曼妙的感伤音乐。然而，她却并不知道，此时，在吧台后面还有一双眼睛正盯着她。那是张洋。

这时，服务员小声道："洋姐，真是奇怪了，怎么那张桌来的都是美女呢？"

张洋望着正在往外走的柳依依，自语道："因为那里经常来一个让女人痴迷的家伙。"

64．吴叶受辱

张洋所说的这个“家伙”此时在干什么呢？

此时，越子木下了班回到家，自己弄了点儿吃的就打算继续写东西，可他刚打开电脑却接了个电话，竟是石珏打来的。看着手机屏幕上那个名字，他思索着，这么晚了石珏打电话是什么事呢？

按了接听键后，就听石珏说道：“越子木……我恨死你了……你来接我！”

越子木从手机里都能感觉得到一股酒气，石珏肯定是喝酒了。他又看了看手机屏幕，无奈地问道：“石小姐你在哪儿呢？”

“我在哪儿你都得来接我……今天我就让你来接！”听口气，越子木知道，她肯定又是去酒吧了。

“石小姐，你告诉我在哪儿，我去接你。”

“逢单……我在这里等着与你相逢……哈哈哈！”

越子木一听“逢单”，他一下子明白了，石珏肯定是在杜峰的酒吧呢，他就说了句：“你好好的啊，我马上过来！”

挂了手机，他边穿衣服边想该怎么办。想来想去，他不放心，又给杜峰打了个电话，问他许曼在不在。杜峰说许曼在呢。他就告诉杜峰，照顾好石小姐，等他去。

胡乱穿好衣服，他就匆匆出了门。

外面，冷风飕飕，夜的孤寂与冷漠从四面八方袭来。他裹了裹大衣，站在街边看了半天也没见到出租车，他只好快步朝步行街的方向走去，心里却在想：石珏上次说的事自己也没落实呀，不仅没落实，却反而与木石之盟公司马上要签约了，该怎么和她说呢?

为了抄近路，他没有走主街，打算横穿小胡同，这样会快些。可他边走边想着心事，正走着呢，却突然听到前面传来一个女孩儿的喊叫声。

“来人哪！来……”话刚喊了一半就没了声息。

越子木一想，不好，肯定是有坏人在欺负女孩子!

想到这儿，他朝声音发出的方向快步跑去，可跑了半天也没看到一个人影，他只好又折了回来。这时，他发现在胡同里还有个岔路，他就又朝这条小岔路跑了过去。

这时，又有一个微弱的声音传来：“求求你了……不要！不要！啊……”

他侧耳一听，声音竟是从一个小院子里传出来的。他跑到那个院子前，见门虚掩着，他轻轻一推，门开了。就见一间屋子里有灯光，而灯影里，有个人影站在那儿正挥着胳膊。他看到，随着那人的手挥动，一个个黑影被他甩了出去，从形状上看好像是女孩儿的衣服。

顿时，越子木大吃一惊，心想：果真有女孩子挨欺负，这还了得，他赶紧跑到门口，使劲一推，可门是插着的，根本推不开。

他趴在窗户上往里面一看，顿时大吃一惊，就见一个男的光着膀子，胸前全是毛。在他面前的床上，有个女孩儿看不清容貌，但已经被那个男的扒开了上身的衣服，露出内衣。那男的一手压着女孩儿挣扎的手，另一只手正在解她的腰带。

越子木急坏了，他看了看门，见是那种普通平房的木门，他就往后退了两步，然后紧跑几步一侧身，用胳膊和身体猛地撞了过去。“咣”的一声，门纹丝没动。再看里面，那男的喊了一句：“他妈谁呀？等一会儿！老子没他妈办完事呢！”

而女孩儿也听到了撞门声，高喊了一声：“救命啊！”

越子木又往后退了好几步，接着又是一阵助跑，使出全身的力气朝木门撞了过去。这次，就听门嘎吱一声被他硬是给撞碎了。

冲到屋里，那男的惊恐万状。越子木一看，自己刚才这一耽搁，女孩儿的牛仔裤已经被那个家伙给扒了下来，而女孩儿也不知怎么的竟昏迷过去了，可能是刚才她因为喊叫被那个家伙打的吧。

“住手！”他高喊了一声。

那人提着裤子边系腰带边看了一眼越子木，眨了眨眼睛道：“你私闯民宅……这是俺对象，俺喝了点儿酒……你管得着吗？”

越子木心想：如果像他说的这样，刚才这女孩子为什么呼救呢？想到这儿，他不禁往女孩子身上看了一眼，然后迅速抬起头来。那女孩子玉体横陈的实在是目不忍睹。

那男的看出了越子木的疑惑，笑着说道：“哥们你还真是见义勇为呀！都为到人家里来了？还愣着干啥呀？不信你看！”说着，那男的竟从裤袋里掏出个钱包来，从里面拿出张照片晃了晃，又指着女孩儿道，“你看，我女朋友的照片我天天带着呢，今天她就是生气了，怨我没陪她却去喝酒了。”

越子木也实在是没看清那照片上的人和躺着的到底是不是一个，但见这个男的镇定的样子不像是坏人，就苦笑了一下，不好意思地说：“对不起啊，是我多管闲事了，那你忙。”说着，他转身就走，边往外走边想：这叫什么事儿呀！自己冒冒失失的差一点儿搅了人家的好事。

可他刚走到大门口在关门的一刹那，他突然想到，自己明明把房门给撞坏了，那人怎么没让自己赔呢？而且，刚才看样子女孩儿明显是昏迷了。不对呀！想到这儿，他快步返了回来。

可他刚到窗外，就见里面那男的一脸狞笑正朝床上的女孩儿走呢。看到这一幕，他大喝一声：“住手！”说完，一个箭步窜进屋内，又顺手从门边拿起坏了的门框，不由分说就抡了过去。

再看那个男的，吓得提着裤子往旁边一躲，然后，不等越子木回身就飞快地夺门而去。跑得这个快呀，气得越子木转身就追，可是，追到大门口，那人七拐八拐的已经不知跑到哪儿去了，他只好转身回到屋内。

此时，那女孩儿依然没有醒来。越子木从地上捡起衣服盖在她身上，然后，他张着双手僵在那里，不知该如何下手。想了半天，他掏出手机，打算给许曼打电话让她过来，要不然怎么办哪，自己也不能给她穿衣服啊！

可就在他准备打电话时，女孩儿却醒了，竟说了句："越总，是你？"

越子木吓了一跳，回过头来仔细一看，天哪，竟是吴叶！心想：好险哪，要不是自己及时转回来，说不定此时吴叶已经被侵犯了。

可是，吴叶又怎么会被人劫了呢？

所以，人，是不能做亏心事的。吴叶作为柳依依安插进来的卧底，她的职责就是窥探越子木的一举一动，然后报告给柳依依。

虽说现在的柳依依并没有做什么不利于越子木的事，但最起码，这个行为就不道德。

正所谓，善有善报恶有恶报，不是不报时候未到。而对于吴叶来说，报应却来得及时，这叫现世报。

她从咖啡厅出来后，打算回家，也是街上的车不好打，她这才决定走小路。可万万没想到会在胡同里遇上个醉鬼，她刚喊了一声就被那个醉鬼给掳到了这间空房子里。挣扎中，她以为自己完了，今天肯定是要失身了，这大半夜的哪会有人听得到自己的呼救声呢。可她没想到，居然还真有人来，这才又喊了一声，却被那个醉鬼一拳就给打晕了。

等她醒过来，却见站在那儿正拿着手机的人竟是越子木，她不禁叫出声来。

此时，越子木也惊呆了，与吴叶四目相对，他瞪着眼睛一时不知说什么好。

吴叶红着脸，小声说了句："越总，能背过去一下吗？我穿下衣服。"说完，她抹了一把脸上的泪水。

越子木赶紧转过身去，心这个跳啊，虽说他一直不看好这个吴叶，但毕竟是自己的员工，他不允许别人欺负自己的人。护犊子，永远是一个好领导的天性。

背着身，越子木问了一句："吴叶，你没被……"

"没……多亏了你，越总。呜呜……"说完，吴叶哭了起来，也不知是因为自己的受辱还是因为别的什么。

有些事情就是这样，你不知道什么时候会发生变化，按照唯物辩证法，一切事物都是向前发展的。对于吴叶来说，她万万也没想到会发生这样的事，而且还让越子木撞见并救了她。当看见越子木的一刹那，她除了差一点儿受辱的羞愧、惊吓的恐惧外，更多的，是内心随之发生的变化，包括愧疚、自责和惶惑。

而对于越子木来说，虽然他并不太喜欢吴叶，尤其是她那双眼睛，他时常感到她眼睛后面还有内容。但这一次无意中救下她，看到她楚楚可怜的样子，他顿时心生怜悯。因为他最看不得女人的眼泪，特别还是自己的手下。但他没想到的是，因为这一次，一个卧底的心却被他慢慢感化了。

吴叶穿好衣服，怯生生地冲着越子木的后背说："越总，我穿好了。"

越子木回过头来，看着低头一脸泪痕的吴叶，走过去拍了拍她的肩膀，轻声道："没事，有我在呢，别怕！"

"越总……"吴叶再也止不住泪水了，扑到越子木怀里痛哭起来。

越子木轻轻地拍着她的后背，想着安慰她的话，脑海里却出现了刚才看到的画面。心想：别看吴叶长的并不算漂亮，但皮肤还真是白呀。刚想到这儿就连连暗骂自己没出息。

吴叶可能是感觉越子木不说话，她抬起头，用泪眼看了一眼越子木，小声说："越总……我有件事要和你说……"

"好了好了，我明白，你不用说我也不会和别人说起这事的。今天这事就到此为止了，我会替你保密的。"他说着，扶住吴叶的肩膀，替她擦了擦眼泪，又继续说道，"我送你回家吧，回去洗个热水澡，好好睡一觉明天就没事了。"

吴叶还想说什么，但越子木又拍了拍她肩膀，示意她走。她只好跟着越子木出了这个院子。

走在漆黑的胡同里，吴叶拉着越子木的胳膊，像生怕被扔下的小猫一样紧紧跟随。

快走出胡同时，她怯生生地问："越总，要报警吗？"

"傻丫头，你想让警察问来问去吗？算了，反正也没怎么着，就当是你男朋友的一个恶作剧吧。对了，你有男朋友吗？”

“没有……”吴叶答了一句。

越子木带着吴叶走到主街边上，正巧有辆出租车经过，他一招手拦下来，两个人上了车，按照吴叶指的方向，越子木把她送到了她家楼下。

下了车，越子木说道：“你上楼吧，没事了，啥也别想，明天太阳还是新的。”

“嗯，谢谢越总，那我上去了……”吴叶说着转身就往楼里走，可刚走到楼门口却又转过身来，看了一眼越子木欲言又止。越子木微笑着朝她挥了挥手。

吴叶说了句：“越总，那个手表的项目我一定会做好的，而且争取让他们给签长期合同。你放心吧！”

“没事，先不要想工作的事了，回去睡一觉。”越子木再次挥手。

吴叶转身进了楼，越子木这才又重新坐上那辆出租车赶往杜峰的酒吧。

刚走出没多远，手机就响了，他接起来一看，是许曼。

“许曼，我再有一会儿就到了，刚才有点儿事耽搁了。”

许曼却说：“越子木，你快点儿来吧，石小姐还喝呢，我怎么劝也劝不住啊，她说就让你来！”

“好了，我知道了，马上就到啊。”越子木说完就催促司机快点儿开车。

等他进了酒吧大厅，一眼就看见石珏坐在吧台前正举杯喝呢，许曼在一旁张着两手一副无奈的样子。

“你可来了，快看看吧，咋劝也劝不住！”许曼一眼就看见了越子木，忙招呼着。

越子木快步走上前，见石珏迷离着醉眼看了他一眼，却一挥手，说道：“滚一边去！少惹老娘啊……找别的小姑娘去！”

“是我呀，石小姐，我是越子木！”越子木扶着她的肩膀喊道。

石珏又回过头来看了他一眼，却笑了：“你可别扯了！你是越子木？哈哈哈！越子木心里只有那个李楠芝，他根本就不理我……”

越子木愣了一下，随即回头问许曼：“她喝多少了？”

“你看，不都在这儿呢嘛！三杯威士忌、一瓶红酒！”许曼指着吧台上说道。

越子木一看，可不是嘛，石珏面前摆着两个杯子一个空酒瓶，而她手里还端着一个杯子。

他上去抢过石珏手里的杯子：“石小姐，不能再喝了，我送你回家吧！”

正在这时，后面却有个人说道：“这位小姐，要喝一杯吗？”

越子木回头一看，见一个男的手里端着杯子正笑眯眯地看着石珏。石珏转过头来，冲那个男的笑了笑，说道：“好……你请我喝一杯？哈哈哈！喝就喝！”

越子木一边拦着石珏一边对那个人说：“哥们，你该干吗干吗去啊，少添事儿！”

“哎哟？哪颗瓜子没嗑好嗑出个臭虫来！你算哪根葱？”那人出言不逊。

越子木这个气呀，刚才没追上那个欺负吴叶的坏蛋正憋一肚子火没处撒呢，石珏又喝成这样完全不认识人了，他能不窝火嘛。

他转过身，又对那人说了一遍：“这位女士是我朋友，请你离开！”

刚说完，却听石珏说道：“少听他说，我根本不认识他！”

那人一听，把杯子往吧台上一放，京腔京调地说：“小子！想跟我抢是吧？今儿个哥们儿还真就要定了这妞！”说着，他竟然往前上了一步。

许曼在一旁紧张地看着，然后又四处看了看，自语道：“该死的哪儿去了！”她是在找杜峰。

越子木把手机掏出来交给许曼，又把外衣一脱顺手也递了过去。许曼抱着衣服拿着手机，惊恐地说道：“越子木，要不……我去叫杜峰吧！”

越子木就像没听着一样，挽了挽衣服袖子，对那个人说道：“跟我出去，咱们到外面去！”

“到外面干吗呀？有能耐就在这儿！你怕了是吧？”说着，他回头冲那边桌上的几个人笑了笑。

越子木这才发现，原来他不是一个人，那边桌上还坐着两个呢。

但他管不了那么多了，心想：今天要不教训教训你我就不叫越子木！想到这儿，他二话不说，上去就是一脚！正踹到那人的小肚子上。就听他哎哟一声往后退了好几步。

越子木再想上前时，却发现后面那两个人站了起来，把那人扶起后，这两个家伙竟朝自己走了过来。

许曼都要哭了，连声喊道："杜峰！杜峰！你个该死的哪儿去了！"喊完又对越子木说，"越子木，快跑吧，打不过他们的！"

越子木回头看了一眼，发现石珏正往这边看呢。他回过头来时，一人已经到了近前，就见他上来就挥了一拳，越子木往旁边一躲，紧接着就是一脚，踢在那人的腿上。

越子木个头高，腿也长，这一点占了优势。但双拳难敌四手，好虎架不住群狼啊，就在后面的人也要上来时，就见走过来一个人，伸手就拎起了那两个人的脖领子，然后像拎小鸡一样把两个人拎起来，接着再迎头一碰，就见两个人头碰头，咣的一声，双双跌倒在地上。

"哥！你可来了！"许曼喊了一句。

越子木还没来得及看那边呢，就见杜峰快步走过来，上去一脚就把刚才那人踹倒在地上，然后用脚踩着他的腰，大声喝道："还不快滚！"

三个家伙哎哟着爬起来就往外跑。

越子木这才看见，制伏另两个家伙的是位高个儿男的，而许曼正站在他身边一手抱着他的胳膊，笑呵呵地看着自己呢。

"该死的杜峰，死哪儿去了你？要不是哥来得及时，越子木还不得吃亏嘛！"许曼说着狠狠地瞪了一眼杜峰。

杜峰憨憨地笑着，上前一步对许曼身边那人笑着说了句："大哥你来了！"

不错，来的这人正是许曼大哥许天放。

他冲杜峰"嗯"了一声，眼睛却看着越子木。

"哥，这就是越总，越子木。"许曼抬头看了一眼她哥，介绍道。然后又对越子木说，"这是我哥，许天放。"

越子木往前走了一步，伸出手，可还没等说话呢，就听许天放说道：“越总你好，我经常听小曼说起你呢，今天总算见到了。”说着，伸出手热情地和越子木握了握。

“喂！你们有完没完啊？这还一个人呢！”

几个人闻声回头一看，都差一点儿笑出声来，就见石珏端着个酒杯，正摇摇晃晃地往他们这儿走呢。

许曼赶紧过去扶住她。

许天放一见石珏，竟往后躲了躲，一脸惊慌的样子。

65．当遇险也是一种缘分

许天放见了石珏躲什么呢？不为别的，而是他曾经看见石珏与金志勇在一起商谈过什么事情，心里想着妹妹许曼交代的事，他不得不躲着点儿，要是让石珏知道了他和许曼的关系，那恐怕就会暴露自己的身份。

可是，有些事躲是躲不过的。

石珏被许曼扶着走到越子木近前，她微笑看着越子木，柔声道："你是为了我出手吗？"

越子木愣了一下，支吾道："换了别人我也会这样做的……石小姐，你喝多了，我送你回家吧。"

石珏听完没答话，却转身对躲在暗影里的许天放说道："谢谢你啊！我怎么看着你面熟呢？"

许天放惊慌失措地对越子木说了句："我先走了啊。"说完，转身就朝门外走。

"喂！你跑什么呀？"石珏喊了一句。可许天放根本不理会她，紧走几步出了酒吧。

石珏望着他的背影直皱眉，似在回想在哪里见过。

"石小姐，送你回家吧！"许曼也意识到了她哥的用意，就对石珏说道。

这时，越子木穿好了外衣，接过许曼递过来的手机，他对石珏说："走吧，我送你。"

石珏微笑着，也不言语，只是轻轻地抬起胳膊，示意要越子木扶着。

越子木迟疑了一下，只好上前扶住她的胳膊，冲许曼和杜峰点了点头，带着石珏出了门。

杜峰在后面还说呢：“要不要我开车送啊！”

石珏却冲后面挥了挥手。

许曼自语道：“没安什么好心，分明是要占越子木便宜！”

杜峰回过头冲其他客人不好意思地招呼着，又叫人过来收拾了一番。

越子木和石珏两个人出了酒吧就打算打车，可是一直走到步行街边上也不见一辆车过来。越子木心想：这可怎么办呢？这得走到啥时候是头啊？

这时，就听石珏说道：“越子木，你就不能抱着我的腰吗？胳膊都快被你弄散架子了！”

越子木这才发现自己哪里是扶啊，分明是拽着她的胳膊呢，就赶紧松开手，犹豫了一下，还是揽住了她的腰。

石珏笑了笑，一指前面那栋楼：“还是去我办公室吧，让你送我回家你又会误会我有企图。”

“怎么会呢？”越子木说着，抬头一看，前面正是石生生珠宝大厦。

他搂紧了石珏的腰朝大厦走了过去。可是，两个人刚走了没几步，就见前面有几个黑影立在那里。他抬头一看，竟然有五个人，其中有三个他认识，正是刚才酒吧里的那三个家伙。

原来，酒吧里挨打的那三个家伙跑出来后又叫过来两个人，打算回来报复的，却没想到在半路上碰到了越子木。

越子木站住了，紧张地想着对策。

这时，就听其中一个小个子说道：“哥儿几个，就这么两个人还值得叫我们俩吗？脚还没按完呢！”

他刚说完，就听一个大个子说道：“还真是冤家路窄啊！小个子，你看看是谁？”

小个子仔细一看，叫道：“不是这小子嘛！揍他！妈的我腰现在还疼呢！”

原来，这两个人正是上次劫越子木却被乔庄打跑的那两个“二货”。

越子木一看这架势，心想：今天非吃亏不可。

他不由得往后退了两步。这时，石珏却一甩他的手，往前站了两步高声喊道：“小崽子们！有什么事冲老娘来！跟他没关系！”

越子木这个好笑啊，都喝成这样了还要保护我呢。不过，对于石珏的表现他也十分震惊，心想：你一个弱女子还要保护我一个大男人？

正想着呢，石珏却回过头来小声道：“越子木你快跑，他们不敢把我怎么样。”

越子木心想：你可拉倒吧，那是男人做的事吗？

就在此时，就听那几个人身后有人冷冷地说道：“嗨嗨！这么多人是要打群架呀！”

五个人一回头，见一个高个子壮汉立在那里，铁塔一般。

酒吧里那三个人还没等说话呢，就听大个子和小个子往前紧走两步说道：“大……大哥，怎么是你呀？”

“怎么，你们认识？”其中一个对大个子说道。

大个子一拉那人的衣服，小声说：“快过来见过大哥，这是我们公司保卫部经理，我大哥！”

三个人一听顿时吓得面如土色，赶紧上前弯着腰满面堆笑：“大哥……刚才不知道是大哥您。”

“行了行了，你们两个可别给咱老大惹事啊，上次没骂你们吗？该干吗干吗去吧！”那人冲大个子和小个子说道。

几个人一听，一溜烟似的跑了。

越子木和石珏一看，不是别人，正是许天放。

他看了看越子木和石珏，刚想转身走，就听石珏叫道：“站住！”

许天放站住脚步，背对着石珏。石珏往前走了两步，说道：“又是你？多谢你了啊！能问你的名字吗？”

许天放头也没回，挥了挥手，抬腿就走。

石珏望着他的背影，皱了皱眉。

越子木过来扶住石珏，说道：“好险哪！咱们走吧，快到楼下了。”

石珏也不言语，任由越子木扶着就进了大楼。上了电梯，直奔顶层她的办公室。

进了办公室，越子木把她扶坐在沙发上，忙着到处找水。

石珏却说道："不用找了，你先坐一下吧，我得先洗个澡，一身的酒味！"

越子木心想：办公室里还能洗澡？还真是富家小姐呀，不一样就是不一样！转念又一想，不对呀，听这话石珏也没喝多呀！

他转身看了一眼石珏，就见她站了起来，冲自己笑了笑，然后朝办公室里的一扇门走了过去。他张着两手想要上去扶却又觉得不妥，只好站那看着她进去了。

不大一会儿，就听那边传来哗哗的流水声。越子木坐在沙发上，看着办公室里的陈设，心里怪怪的。他想的是，上次石珏和自己说的事自己也没办哪，一会儿她要是问起来该怎么说呢？

就这样，过了大约十几分钟，就见石珏披着件浴袍走了出来，一头秀发湿湿的，散发着女人特有的出浴气息。

越子木眨着眼睛，上下一看，就赶紧把头转到了一边。

"对了，越子木，我上次和你说的事怎么样了？"

果真让越子木猜中了，石珏开口就问了那件事。

越子木尴尬地笑了笑，支吾道："哦，正在办呢。"

这时，石珏坐在了他的对面，边擦头发边看着他。

"要不……算了吧，明天咱们把合同先签了再说吧。"石珏说道。

越子木一听，转头看了她一眼，却又下意识地转了回去。他是不敢看哪，坐在对面的石珏，领口处更低了。

"看把你吓的！我就那么难看吗？"石珏明白了越子木的用意，笑着说道。

"那什么……石小姐，要不我先回去了，时间也不早了，你就在办公室睡吧，反正你这里也安全。"越子木说着就站了起来。

"你走啊……"说着，石珏也站了起来。可她刚一站起来，就"哎哟"一声，手扶着头，痛苦地冲越子木招了招手。

越子木赶紧一把扶住她："怎么了？"

“头……头有点儿晕！”石珏说着，竟闭上了眼睛，伸手一指，“帮我到卧室……”

越子木顺着她指的方向看了看，只好扶着她的一只胳膊就打算去卧室。

可石珏手一搭就搭在了他的肩膀上，然后身子一歪，整个人就趴在了他身上。

越子木心想：这是让我抱她吗？也没办法呀，就只好抱起了石珏打算去卧室。可他刚一迈步，就觉得脚下有东西被踩住了，紧接着，随着他的迈步，就见石珏身上的浴袍竟滑落下去！

原来，自己踩着的竟是石珏的浴袍一角。随着浴袍的滑落，吓得越子木当时就愣住了，惊慌失措中他一松手，就见石珏跌落到了沙发上。

“你弄疼我了！”石珏红着脸喊了一句，伸手捡起地上的浴袍披在身上。

“我不是故意的。”越子木侧过头去，他更不敢看了。

石珏重新披好了浴袍，叹了口气说道：“我没事了，你回去吧。”

越子木回过头：“真的没事吗？”

“如果有事，你就留下来陪我吗？”石珏却反问道，问得越子木无语了。石珏笑了笑，又接着说，“真没事了，你走吧。如果……你觉得有难度，上次我说的事就算了。”

“哦，我调查调查再说吧。”越子木答道。

他又看了一眼石珏，觉得她应该也是没什么事了，就打算走。可他刚转过身，就听石珏在后面说道：“你知道那家公司是谁的吗？”

越子木愣了一下，回头看着石珏，说道：“当然知道啊，听说老总姓霍。”

石珏瞪着眼睛听完，笑了笑，又摇了摇头，轻声道：“走吧，回去好好睡一觉，这一晚上净折腾你了。”

越子木点了点头，转身就走。

出了这栋楼，他站在街上往楼顶望了望，发现那扇窗户依然亮着灯，一个人影在窗前伫立着。他叹了口气，抬腿就走，心里却在想：其实石珏没什么错，爱一个人难道有错吗？

但是，越子木不明白的是，石珏到底是什么意思呢？在酒吧里，她首先提到了李楠芝，刚才又问那家公司的事，难道……想了半天，他又摇了摇头。

他快步走着，这时，他抬眼就看见了街边的那个招牌：花漾咖啡。他想了一下，上了台阶就推门，可推了半天门也没开。他看了下手表，不禁苦笑了一下，这都什么时候了，咖啡厅早就打烊了。

想到这儿，他走下台阶，又抬头看了看那块招牌，正转身要走呢，突然发现店里灯亮了，紧接着，门闩的声响过后，门开了。

"还傻站着干吗？进来呀，外面怪冷的！"越子木一看，说话的正是张洋，她披着件衣服正冲自己笑呢。

他犹豫了一下，突然又有些后悔了，但事已至此，只好硬着头皮进了店里。张洋把木门关好，插上门闩。

越子木四处看着收拾得干净整洁的大厅，却很自然地朝那个角落走去。

"这外边凉，进里面坐吧。"张洋说道。

"这儿挺好。"越子木冲她笑了笑，把外衣一脱就搭在了椅子背儿上，然后眼睛看着墙上的心愿卡。

张洋看了他一眼，柔声道："你先坐一下，我去去就来。"说着，转身进了里面的房间。

过了一会儿，她端着个托盘走了出来，走到越子木跟前，她从托盘里拿出几样东西放在桌上。越子木一看，是一杯牛奶、一盘蛋糕，外加两根加过热的西式烤肠。

他抬头看了一眼张洋，心想：她怎么知道我饿了呢？

"吃吧，不够还有。"张洋说完坐在了桌前。

越子木也不说感谢的话，也不客气，伸手拿过烤肠就咬了一大口，然后又拿起叉子叉了一口蛋糕。

"慢点儿吃，喝口牛奶，别噎着！"张洋说着，把牛奶往前推了推。

越子木端起来喝了一大口，不大一会儿，他就风卷残云一般把桌上东西吃了个精光。

“还要吗？”张洋柔声道。

“够了够了，吃得好饱啊！”越子木说着拍了拍自己的肚子。

张洋站起来把桌子擦了擦，端着空盘子进了里屋。望着张洋的背影，越子木长出了一口气，一种特别踏实的感觉油然而生。

张洋披了件外衣走了出来，坐在越子木对面，看着越子木，也不说话，只是看着，目光柔柔的，一如平静的湖水，波澜不惊。

越子木看着张洋，半天才说：“上次喝多了，不好意思啊。”

“没什么不好意思的，呵呵，以后，这里就是你的港湾。”张洋轻声道。

看着张洋，越子木这才想起来，自己竟一直都没问她的情况，就问了句：“我上次听服务员说你是叫张洋是吧？”

张洋点了点头，两个人坐着聊起天来。原来，她竟是个离婚的女人，自己在这里开了咖啡厅。听着张洋的诉说，越子木突然想到，怪不得这家咖啡厅里经常播放那些忧伤的音乐呢，原来她竟也是伤心之人哪。

看看天也不早了，越子木就站起来说道：“我该回去了，太晚了，你也早点儿休息吧，很高兴认识你，以后有什么事就打我电话，保证随叫随到！”

“真的随叫随到吗？什么事都行吗？呵呵，那我现在就有事，也不用打电话了，你能留下来陪我吗？”张洋说完就笑了起来。

越子木脸红了一下，说了句“净开玩笑”，然后转身要走。

“我要是没开玩笑呢？”张洋却正色道。

越子木愣了一下，半天没言语。

“哈哈哈，看把你吓的！行了，快回去吧，路上小心。”张洋说着站了起来。

越子木咧了咧嘴，心想：最好刚才是玩笑。他又冲张洋笑了笑，转身就走。

快走到门口时，张洋却在后面说了句：“那天你喝酒时有个美女找过你。”

越子木想起那天李思月打的那个电话，就笑着说："哦，是我同事。我先走了啊！"

张洋欲言又止，看着已经出门的越子木，她又侧过头看了一眼墙上李楠芝贴的心愿卡，自语道："真的是他同事吗？或许，你并不知道还有个美女经常坐这个位置吧。"

66. 耳朵也听得见花开

第二天一早，李楠芝等吴姐带着木瓜出了门，就对乔庄说："你到公司后和越子木说，就说我去找杨宇涵了。"

乔庄看着她说道："姐，真的自己去吗？"

"对呀，要不然呢？"她在镜前整理着衣服。

"要是他认出来呢？"乔庄主要是担心这件事。

李楠芝看了她一眼，笑着转了个身，说道："越子木都没认出来，你觉得他会吗？我倒要会会二旦哥，看看他安的什么心！"

说完，她掏出手机给肖凌打了个电话。

"表姐，我现在去找二旦哥，别忘了咱们的约定啊，到时候看我眼色。嗯，好的！"挂断手机，她示意乔庄先出门。

等乔庄走了约十分钟，她这才出了门。走在小区里，她很自然地朝越子木那栋楼看了看，这一看不要紧，就见越子木正朝这边走呢，吓得她赶紧躲到一棵树后。

眼见越子木走到了街上，上了一辆出租车，她这才闪出身来，长出一口气。她打了一辆车直奔杨宇涵的公司，走到半路上，她掏出手机拨通了杨宇涵的电话。

"喂，你好，请问是杨总吗？哦，我是木子时尚文化公司的，我叫李思月。对，我现在正往你公司去呢，大概二十分钟吧。"

挂断手机，她看着手机屏幕，心想：好你个二旦哥，花心了是不？看我怎么收拾你！

到了杨宇涵公司楼下，李楠芝付了车钱正要进楼里，抬头一看，却见杨宇涵正站在楼门口朝这边张望呢。一看见她下了车，杨宇涵快步走下台阶。

“你好，李小姐，这么早啊！”

“怎么，不欢迎？”

“哪里哪里，快里面请！”说着，杨宇涵走在了前面。

进了楼，来到电梯旁，好多人正在等电梯，见杨宇涵过来，众人闪开一条道，不少人笑着点头示意，而目光却都齐刷刷地落到李楠芝身上。

电梯来了，杨宇涵礼貌地伸着手：“李小姐请！”

李楠芝也不客气，先进了电梯，杨宇涵跟着进来，等他们两个进去，其他人这才进了电梯。

电梯到达杨宇涵按的那一层后，就见他看了一眼李楠芝，微笑着示意她先走。在众人的目光中，她大方地出了电梯，杨宇涵随后跟了上来。

“这边请，李小姐！”说着，杨宇涵就朝一扇对开门的办公室走了过去。

李楠芝跟着他进了这间办公室。

“李小姐先请坐，我去弄点儿喝的。”

李楠芝四处看着办公室里的陈设，突然，她在沙发旁边的小几凳上看到一个立着的相框，里面有一个男孩儿伸着手，一个女孩儿手里拿着个雪糕正在躲着。这一看，她吃惊不小，原来，那照片里的女孩儿正是自己，而那个男孩儿却是杨宇涵。

这时，杨宇涵端着个杯子走了过来，在李楠芝身后观察着她的表情，笑着说道：“李小姐看这幅照片怎么样？”

李楠芝回过头，不动声色地说：“看样子是你小时候了？哟，好像是长咧了呀，小时候多可爱！”

杨宇涵一听，笑着道：“小时候也不怎么好看。快请坐！”

等她坐下，杨宇涵把那杯喝的东西放在茶几上，然后看着她道：“李小姐请喝橙汁。”说完，他又观察着她的表情。

李楠芝看了看那杯橙汁，心想：他竟然还记得自己喜欢喝的东西，但嘴上说道：“还是给我杯热茶吧，天好冷啊！”

“哦，李小姐不喜欢喝这个？”

“杨总经常拿橙汁待客吗？”

李楠芝反问完，眼睛盯着杨宇涵。杨宇涵不好意思地连忙说：“哦，那我赶紧换茶来，稍等啊！”

看着他端着杯子走开，李楠芝心想：好险哪！没想到这个二旦哥还这么有心计。可是，他凭什么怀疑我呢？

重新端过一杯热茶后，杨宇涵坐下就问道：“李小姐是哪里人啊？”

李楠芝喝了一口茶，放下茶杯看着他，微笑着说道：“杨总平时也这么关心女孩子吗？”

杨宇涵尴尬了一下，说道：“哦，就是随便问问。”

“杨总，我听说你要求必须我来才肯签合同？你到底是要签合同还是要看美女呢？呵呵，也不怕你女朋友吃醋吗？”

“哦，我只是……只是觉得这么大的合同……对了，你们不是有佣金嘛，我寻思着……”

“许曼小姐不适合谈这个业务吗？她可是我们公司的创建者之一呀！既然杨总这么看得起我，那就说说吧，怎么个合作方式？”

杨宇涵被她问得有些紧张起来，他站起来到办公桌上取过一个档案袋来递给李楠芝。

李楠芝打开，从里面抽出一份合同认真地看了起来。看了一会儿，她却问道：“杨总女朋友漂亮吗？”

“哦，她呀，还行吧，没有……”他支吾着。

“没有我漂亮？”李楠芝故意说道。

杨宇涵听完就是一愣。

李楠芝笑了笑，指着合同说：“这个营销合作的金额好像少了点儿吧？才五十万？这么小的合同平时一般都不是我出面的。”

“哦，那个呀，可以商量。”

“我看这样吧，签一年也体现不出你的诚意呀，要是信得过我们公司，就直接签三年得了，合同金额嘛……三年三百万，我们可以在杂志扉页给你们公司加一个专页，定期还可以搞个专访什么的软宣传。你看怎么样？”

“三百万啊？”杨宇涵听完咧了咧嘴。

“对了，杨总你女朋友知道这份合同吗？你约见美女她不吃醋？”李楠芝却又问了一句。

杨宇涵被她搞得无所适从了，支吾着：“她呀，应该不会吃醋吧……”

可他话音刚落，就听门口有人说道：“谁说我不会吃醋？”

他回头一看，就见肖凌推门进来了。

杨宇涵看了一眼李楠芝，赶紧站起来，又看了一眼肖凌：“你怎么来了？”

“哟，这大白天的会美女哪！谁呀这是？也不给我介绍介绍？”肖凌看着李楠芝说道。

“哦，对了，我介绍一下，李小姐，这是肖凌。肖凌，这位是李思月，和我们公司合作的客户。”杨宇涵紧张地介绍着。

肖凌瞪了他一眼，看着李楠芝道：“怎么不说我是你女朋友？你好！”说着，她伸出手和李楠芝握了握。

“她是你女朋友？”李楠芝故意问了一句。

杨宇涵红着脸，就像做了什么亏心事似的点了点头。

肖凌坐在了李楠芝身边，回头对杨宇涵道：“给我弄杯咖啡。”

“哦。”杨宇涵看了一眼李楠芝，转身就去弄咖啡了。

见他离开了，肖凌冲李楠芝挤了挤眼睛，两个人忍不住轻声笑了起来。

过了一会儿，杨宇涵端着杯咖啡走过来。

肖凌拉着李楠芝的手道：“哟，李小姐可真漂亮啊，我要是男的一定会动心的！哈哈哈！”说完，又回过头对杨宇涵道，“是不是？宇涵？”

“哦……”杨宇涵不知该怎么回答了，只好坐在沙发上看着两个人。

“那既然杨总还有事，我看就这样吧，就按照刚才我说的方案签合同怎么样？”李楠芝说道。

还没等杨宇涵答话呢，肖凌却问道：“李小姐是做什么的呀？”

“一个小公司，朋友开的，刚刚起步，跟杨总的大公司可没法比，这不，我整天到处跑业务呢，签份合同不容易呀！”李楠芝说着，看了一眼杨宇涵。

“宇涵，你打算和她们公司合作？我看看。”说着，肖凌拿起那份合同看了起来。

看完，她自语道：“宇涵你好小气呀！才五十万的合同额？我和这位李小姐一见投缘，要我看，你就把公司的宣传营销业务交给她们做吧，谁做不是做呢？”

杨宇涵看了看李楠芝，咧着嘴道：“那也行，就按照李小姐说的签吧！”

“这就对了嘛，跟美女还不爽快点儿？”肖凌打趣道。

“那就这样吧，回头修改完合同咱们就签了吧，怎么样，杨总？”李楠芝又说。

“行啊，签约时间你定就行。”

李楠芝站了起来：“那我就告辞了，你们聊。”说完，她冲肖凌笑了笑，转身朝门外走。

“宇涵，那我替你送送李小姐吧。”肖凌说着，也不等他答应就跟了出去。

“好……好吧！”杨宇涵眼看着她们两个出了办公室，他怅然若失地拿起那个相框，看了半天，又皱着眉摇了摇头，回想着刚才李思月的音容笑貌，自语道：“应该不会错呀，简直太像了。”

杨宇涵判断得没错，正是李楠芝的说话声引起了他的怀疑。

一个人，容貌再变，但声音是不会变的。就像一道风景，不仅仅是眼睛的最爱，耳朵也一样听得见花开。

李楠芝和肖凌两个人下了楼，实在是忍不住了，见四下没人，两个人哈哈大笑起来。

“表姐，我实在是受不了了，你看没看见二旦哥的表情？哈哈哈！”

“这小子竟敢背着我会美女？这还了得？哈哈哈！”

到了楼外，肖凌站住说道："楠芝啊，你先回去吧，一会儿我上去还得收拾他！"

李楠芝却正色道："不过，二旦哥好像是怀疑我了，他可能是听声音听出来了，毕竟从小在一起嘛。"

"没事，你容貌变化这么大，连越子木都没看出来，就凭他？"肖凌说着转身就要进楼。

正在这时，她手机响了，她接起来一听，赶紧回过头来惊恐地看着李楠芝。

讲完电话，肖凌瞪着眼睛道："不好了，楠芝，出事了！"

"怎么了？你慢慢说。"

"是公司出事了，贞子公司的人去咱们公司了，带了好多打手！怎么办？"肖凌说着，一脸的紧张。

李楠芝听了也是十分震惊。她想了想，对肖凌道："有办法了，你赶紧给越子木打电话，你也赶紧回去，告诉霍东千万别和他们硬碰硬！"

肖凌答应着转身向停车场跑去。李楠芝也转身赶紧打了辆车直奔越子木的公司。

而与此同时，在越子木的公司里，许曼正和越子木说着这事呢。

"越子木，刚才我哥来电话了，说是他们公司一伙人正奔木石之盟公司去呢，看架势是去打砸的。咱们和木石之盟公司马上就要合作了，你得想想办法呀！"许曼焦急地说道。

越子木却问道："你哥是在哪家公司啊？"

"贞子饰品。"许曼答道。

越子木想起石珏和他说的事，他突然明白了，贞子公司是要采取强硬手段让肖凌的公司退出并购啊。他略加思考后，就边往外走边对许曼说："我现在马上过去！"

出了公司，他又拨了肖凌的电话，但响了半天都没有接通。

而此时，肖凌正开车前往公司，她边开车边拨越子木的电话呢，两个人同时拨，当然接不通了。

又拨了一遍后，越子木的电话通了。

肖凌冲电话里喊道：“越子木，你赶紧来我公司吧，越快越好，出事了！”

“我知道了，正在路上呢，你别着急啊！”放下手机，越子木催促着出租车司机快点儿开车。

打完越子木的电话，肖凌这才又拨了杨宇涵的电话，告诉他赶紧过来。

与此同时，李楠芝坐在出租车里拨通了乔庄的电话。

“小乔，你赶紧去找美贞，让她尽快赶到木石之盟去，她家公司的人去闹事了。对，越快越好！”

挂断电话，她催促司机快点儿开，但她想了一下，却又让司机改变了方向，朝木石之盟公司而去。

乔庄拨了美贞的电话，上次送她回家时要的电话没想到今天派上了用场。

美贞接完电话犯起了嘀咕，心想：这个金志勇到底要干什么呀？爸爸辛苦洗白的公司难道他非要再弄黑吗？

她放下手里的东西，直奔木石之盟公司。

而许曼这时让魏行拿着照相机，她们也出了门。几路人马分头朝木石之盟公司而来。

公司这边，一楼大厅里正有一伙黑衣人，为首一人坐在椅子上。一个打手模样的人冲几个惊慌失措的保安说道：“赶紧叫你们头儿出来，我大哥要见他！”

正说话间，就见电梯门开了，霍东从里面走了出来，身后跟着几个人。他走到大厅中央，看了看坐在椅子上戴着墨镜的人，说道：“谁要找我？”

站在那人旁边的一个小平头上下打量着霍东，说道：“你是什么东西？报上名来！”

“你敢出言不逊！”霍东身后的一个高个子壮汉吼道。霍东冲他摆了摆手。

“我姓霍，是这家公司的总裁。”

“哦？你是总裁？”坐在椅子上的人站了起来，上下打量了一下霍东，接着说道，“你们公司挺拽呀！竟敢跟我们抢生意？哈哈哈！今天来呢没别的意思，想和你做笔交易。”

“对不起，我们和你们公司应该没有什么业务往来吧。”霍东说道。

“没关系，马上就有业务往来了，只要你们退出并购石生生珠宝，一切都好商量！”为首那人说道。

“你以为你是谁呀？口气不小！”霍东似乎并不怕他。

“这是我们金社长！”旁边那人说道。

他说的没错，为首这人正是金志勇。

就见他冲那人挥了挥手，又继续对霍东说道：“只要肯和我们合作，等我们并购结束后，可以把一部分业务交给你们公司来做。怎么样？条件够优厚吧？”

“别做梦了，本公司不欢迎你们，请离开！”霍东不卑不亢。

“你这是敬酒不吃吃罚酒啊！”说着，金志勇一挥手，后面几个黑衣人晃着手里的棒子走了上来。

正在这时，就听有人喊了一句：“志勇你给我住手！”

众人回头看去，见一个女孩儿气喘吁吁地跑了过来。正是美贞。

“美贞？你怎么来了？”金志勇走过去，满脸堆笑。

正说话间，公司大门口，几个人穿过人群挤了进来，正是越子木，还有肖凌、杨宇涵，以及许曼等人。

见美贞站在那儿，越子木就是一愣，他走过去说道：“美贞你怎么来了？”

美贞看了他一眼，说道：“这是我爸的公司。”

越子木回头一看，可不是嘛，这个金志勇他是见过的，而且，在他身后，正是那个大个子和小个子，他还看见，许天放也站在人群里。

金志勇一看见越子木，顿时怒目而视，但还是忍着笑呵呵地对美贞说：“贞啊，别管哥的事好吗？”

美贞大声说道：“你赶紧带人离开，要不然我告诉我爸！”

就在这时，魏行和乔庄已经上了二楼，魏行用相机已经拍了不少照片。

在门口的人群里，李楠芝躲在暗处观察着大厅里的情况。

站在肖凌身后的杨宇涵一看越子木顿时瞪大了眼睛，吃惊的程度远远大于看见那伙黑衣人。

越子木挡在美贞身前，对金志勇道："金先生，你知道你这是什么行为吗？这里是中国！容不得你撒野！"

金志勇看了看四周，发现突然多了好多人，他冲手下挥了挥手，然后对越子木狠狠地道："回头我再找你算账！走！"说完，带着他那些混混们退出了大厅，扬长而去。

这时，美贞已经气得掉下泪来。

越子木过去扶住她的肩膀："行了，美贞，回头再说，你快回去吧。"

李楠芝在远处看着，皱了皱眉。

这时，杨宇涵走过来，拍了拍霍东的肩膀，却又走向越子木。

"这是谁呀？我看看……哟，是妹夫啊？"

越子木也看见了他，大方地伸出手："是杨总啊，正想去拜访你呢，没想到在这儿见面了。"

杨宇涵也伸出手和越子木握了握。

霍东看着杨宇涵："你们认识？"

杨宇涵笑着看了看越子木，回头对霍东道："非常认识！哈哈哈！"

"行了，既然大家都来了，就上楼坐坐吧。"肖凌上前笑着说道。

"对对，走吧，大家都是朋友，上楼坐坐！"霍东也笑着招呼道。

越子木只好回身对美贞说："要不，我让人送你回去？"

"我没事，你去忙正事吧。"说完，美贞转身向大厅外走去。

越子木回过身就跟着霍东他们往楼上走。在转身的一刹那，杨宇涵像是发现了什么似的，他往楼门口的人群里张望着，自语道："明明看见是她呀，哪儿去了呢？"原来，他看见了李楠芝的身影。

而此时，李楠芝和许曼、乔庄她们会合后，正往公司去呢。

回想着刚才大厅里的情形，李楠芝还心有余悸，但想着越子木当时的义正词严，她不禁笑了笑。但脑海里随之出现了他当时拍美贞肩头的画面，不禁又咬了咬嘴唇，觉得嘴里酸酸的。

67. 聪明人的傻脑瓜

越子木跟着霍东和杨宇涵他们上了楼，直接进了一间会议室。招呼着众人落座后，肖凌又重新正式地介绍了一遍。

当越子木再一次与霍东握手时，他一下子想起来了，这不是那天自己和李思月来这家公司时在电梯外碰到的那个人嘛。

见越子木愣了一下，霍东小声说："想起来了吧？哈哈哈！"

越子木也哈哈大笑。两个人这么一笑，把一旁的杨宇涵给弄糊涂了，他心想：这两个人不是刚见面嘛，怎么竟跟老朋友似的了？

这时，霍东往越子木身后看了看，又看看门外的走廊，小声对越子木说："唉？李小姐没来？"

越子木笑了笑，没说什么。

而杨宇涵一听，什么？李小姐？哪个李小姐？他顿时心生疑惑。

茶上来后，霍东笑着对肖凌说："肖总，那份合同准备得怎么样了？什么时候正式签约？"

肖凌看了一眼越子木，答道："初步定在下周了。"

"要我看哪，拣日不如撞日，就明天吧，明天正式签约！怎么样？越总！"霍东微笑着对越子木说道。

越子木一想，可能是因为今天自己来公司帮忙解围的原因吧，就欣然同意了。可他哪里知道啊，霍东有他的打算。

霍东接着对肖凌说："肖总你安排人准备一下吧，明天上午就在这儿签约，通知相关人员参加，要着正装啊！"

肖凌答应着，就坐在了杨宇涵身边。

这时，杨宇涵小声对肖凌说："你们说的这个李小姐是不是就是李思月小姐？"

"对呀，怎么了？"肖凌看着他表情怪怪的。

"那她和越子木什么关系？"杨宇涵似乎有些明白了。

肖凌看着他，咬了咬嘴唇，小声道："你什么毛病啊？是不是人家越子木喜欢谁你就喜欢谁？她和越子木什么关系跟你有什么关系？"

杨宇涵明白了，李思月肯定是越子木公司的。他咧着嘴拍了拍脑门子。心想：该！非得让什么美女来，这下好了，帮了谁自己都不知道。

这时，越子木对霍东说："那帮人要是再来怎么办？要不要想个什么办法呀！"

霍东说："没事，我有办法，只是现在还不能用，做生意都很不容易，做事情得留有余地，观察观察再说，你放心吧！"

"哦，那就好。那既然这样我就先回去了，准备准备明天好签约。"越子木说完就站了起来。

"那也好，明天签完约我再请你吃饭啊。哈哈哈！"霍东爽朗地笑着也站了起来。

往会议室外走时，杨宇涵却拉了越子木一把："唉我说越子木，这都多长时间没见了，走，喝一杯去？"

越子木看了他一眼，笑着说："杨总，现在？改日吧，机会有的是，哪天我专门请你。对了，我还得感谢你呢！"

说完，越子木微笑着走出会议室。后面，杨宇涵愣在了那里。还是肖凌拉了他一下，他才回过神来。

到了一楼大厅，霍东和越子木握了握手，越子木对众人点了点头，转身迈开大步出了楼。

走到门口一看，乔庄正站在那里，见他过来了，乔庄快步走了上来。

"越总，思月姐让我在这儿等您。回公司吗？"

"对，回去研究一下明天签约的事。"越子木看了他一眼，心里却在想：李思月心还真是细呢，估计是怕我路上不安全吧。

见越子木走远了，杨宇涵还站在门口和肖凌说呢：“李思月是越子木公司的？”

“怎么？你要反悔吗？”肖凌说着就打了他一下，然后又抱住他的胳膊，丝毫也不避讳。

霍东看了看，微笑着转身回去了。

越子木和乔庄到了公司，见大家都在，就宣布了明天和木石之盟公司正式签约的事。大家都高兴得拍手叫好。

越子木接着说道：“明天因为是咱们公司第一份合同，我希望大家都穿得正式一些，人家毕竟是大公司，咱们可不能丢了份儿！”

“对，美女们都穿漂亮点儿，男士嘛，起码得着西服正装吧？”许曼看着大家笑着说道，说完，却又上下看了看越子木，自语道，“你这身衣服恐怕不行吧？”

越子木也自己看了看，说道：“没什么不行啊！”

李楠芝过来站在越子木面前，伸手替他整理了一下衣服领子，说道：“穿西服才好看呢。”

屋里几个人都瞪大了眼睛看着她的举动。越子木往后退了一步，又看了看大家，小声道：“我没有西服。”

李楠芝并不理会众人的目光，看了他一眼，小声说：“那天给你找出来那身不是西服？”

“那……那个呀，不能穿。”越子木小声道。

“能不能大点儿声啊你们俩？当我们是空气呀！”许曼没好气地大声说道。

李楠芝看了她一眼，想了想，拉着越子木的胳膊就往外走。

“上……上哪儿去？还有事呢！”越子木顿时慌乱起来，但脚步并没停，跟着她出了办公室。

许曼坐在椅子上看着窗外的两个人，表情僵硬，嘴也噘着。这时，魏行过来说道：“许曼，这照片怎么办哪？”

“到底我是摄影师还是你是？凉拌！”许曼没好气地吼道。

“吃枪药了？”魏行嘀咕一句回了自己电脑前。

乔庄笑着走到许曼身旁，扶着她的肩膀说："中午去吃炸酱面啊？我请客！"

"我也去！"吴叶举着手说道。

"还有我！"魏行也跟着凑热闹。

"好，都去都去！"乔庄说着又晃了晃许曼肩膀。

"我得要两碗！"许曼说着却还是噘着嘴。

乔庄哭笑不得，连声说道："好好，管够！"

且说越子木被李楠芝拉着到了街上，拦了一辆出租车就走。坐上车后，越子木还问呢："咱们这是去哪儿呀？"

"到地方你就知道了，跟着走就是了。"李楠芝神秘兮兮地说道。

越子木领教过她的厉害，不敢再问什么了，只好坐着看向窗外。

此时，虽是冬天，但天气格外晴朗，明媚的阳光、游鱼般的车流、向后倒去的楼宇，城市的风景这般熟悉却让越子木感觉从没有今天看见的这样漂亮过。心情，决定一切。

出租车在一个商场前停了下来，两个人下了车直奔电梯。

越子木似乎有些明白了，但还是不确定地问了句："上商场干什么呀？我可从来不上这地方的，是让我陪你买东西吗？"

李楠芝笑了笑："对呀，帮你拿下那么大的合同，陪我逛逛街不行吗？"

"哦，行倒是行，只是有点儿不合适吧。"越子木咧着嘴。

"衣服和人一样。衣服合不合适得穿过才知道，人合不合适得交往过才知道啊！"李楠芝有深意地笑着说。

越子木不敢言语了，心想：没见过这么大胆的美女，要是换了别人还真招架不住呢。不过，不就是让我给买衣服嘛，也是，这段日子她也确实出了不少力，给她买什么都不过分。

想着这些，越子木就跟着她下了电梯。

李楠芝在前面走来走去，四下看着衣服。越子木心想：不对呀，这怎么都是男装呢？

"李思月，这是男装区。"他在后面说道。

李楠芝也不答话，还是四下看着。

越子木心想：她该不会是要给她男朋友买吧，也没听说她有男朋友啊！

他疑惑地在后面跟着。这时，李楠芝站在一套西装前，看了半天，叫服务员取了下来。她把西装拿在手里，回头对越子木道："来，帮我试一下。"

越子木"哦"了一声，木讷地跟着服务员去了试衣间。

李楠芝坐在矮凳上，看着越子木穿着西装从试衣间出来，她上下打量了一番，摆了摆手，又指着另一套示意服务员。服务员又把那套拿下来递给越子木。越子木愣了一下，只好又进去换。

换完，再出来，李楠芝皱着眉又看了一遍，还是摇头。然后又指着另一件，服务员拿下来又递给越子木，越子木咧着嘴只好又进去了。

等他再出来时，李楠芝眼前一亮，站起来走到他跟前，拽了拽衣角，上下打量着。

这时，服务员笑着说："女士，你老公穿这身很合适呢，好帅气呀！"

越子木回头道："不是她老公。"

李楠芝瞪了他一眼。

服务员又笑着说："哦，还没结婚是吧，你女朋友眼光真不错，这是我们今年的新款。"说完，她又看着李楠芝自语道，"真漂亮啊！"

另两个服务员也都围了过来，看着越子木和李楠芝投过来羡慕的目光。

越子木支吾着说："不是女朋友。"

李楠芝气得又瞪了他一眼，小声道："你非得解释吗？她们又不认识你！"

这时，一个服务员小声对另一个说道："不是老公，不是女朋友，那一定是富婆吧？"

"对，那男的肯定是小白脸，可惜了。"

越子木全听见了，他咧着嘴说："李思月……"

“别说话，转过去我看看。行了，服务员，买单！”李楠芝笑着招呼道。

服务员答应着回到了吧台开单子，李楠芝走过来小声道：“我老公穿这身帅气吧，对了，你刚才说他脸白？”

服务员吓得顿时脸都白了。

站在她身后的越子木，已经听见了她和服务员的对话，他尴尬了一下，走上前说道：“思月，我来付吧。”

李楠芝回身推了他一把，笑着说：“是我买，又不是你买，你付什么付？呵呵，稍等一小会儿，马上就好。”

越子木实在是搞不懂她葫芦里卖的是什么药，只好在后面等着。

在李楠芝去收款台付款的间隙，越子木拿起衣服扣子上挂着的价签看了一眼，顿时瞪大了眼睛，心想：这么贵呀！

等李楠芝交完款回来，他咧着嘴说道：“你等一下啊，我去脱下来。”

“脱什么脱呀？就穿着吧！”李楠芝微笑着又上下打量了一下越子木这身西装，不住地点头。

“你给别人买的我穿脏了怎么办？还是脱下来吧。”越子木说着就要去试衣间。

李楠芝拦住他，眨了眨眼睛道：“是给我老公买的，不过，你穿着还真合适耶！”

“你老公？你有老公？”越子木一听就瞪大了眼睛看着她。

“你以为我嫁不出去吗？我不仅有老公，还有孩子呢！”李楠芝笑着又去货架上挑了一条领带拿过来在他脖子下比画着。

越子木眨巴着眼睛想了半天才小声说：“那上次在我家你……”他想说的是上次和她在一个床上时她的举动。

李楠芝明白了，瞪了他一眼，回头说：“不许瞎想！你等一下啊，我去交领带钱。”说着，她笑着去了收款台。

越子木愣在那里彻底糊涂了。

交完钱回来，李楠芝提着服务员装好的越子木换下来的衣服，说道：

“走吧，还愣着干啥？”

越子木小声说：“李思月……我看，我还是把衣服脱下来吧。”

李楠芝气得瞪了他一眼，自语道：“什么时候变得这么迟钝了。”接着又说，“明天签约你就穿这身！真傻还是假傻呀！”说完，抬腿就走。

越子木紧跟了两步，在后面说道：“思月，我不能穿别人的衣服，回头你老公咋穿了？”

李楠芝回过头，看着一脸木讷的他，忍不住笑了，说道：“这衣服就是给你买的！要是觉得有负担，等签完约你付我钱就是了，磨磨叽叽的！”

“给我买的？”越子木低头看了看这身衣服，脑海里突然出现了当初楠芝给自己买结婚穿的那身西服时的情景，他皱着眉摇了摇头，自语道，“难道是上天派来玩儿我的吗？”

“还愣着干什么，不走？”李楠芝在前面叫着。

越子木赶紧跟上她，两个人出了商场来到街上。在街边等车的时候，越子木还是觉得不踏实，支吾了半天又说道：“李思月，你真……真有老公吗？”

李楠芝回过头看着他，眨了眨眼睛，笑着道：“怎么？你什么意思？要是没有，你还有啥想法吗？”

越子木连连摆手：“没有没有，对不起啊，我只是问问。”

李楠芝哈哈笑着，笑完，招手拦了一辆车，回头说道：“行了，你自己回去吧，我还有点儿事。对了，你这衣服我帮你送到干洗店吧。”

“不用，我自己拿着就行。”

“你穿得这么帅拎着包衣服怎么行？还是我拿着吧。行了，你赶紧忙你的事去吧，对了，衣服不许弄脏了啊，明天还签约呢！”

越子木无奈地上了车，连声说：“不会弄脏的。”

车开走时，他却突然想到，自己怎么就这么听她的话呢？真是奇怪了，怎么一跟她在一起就变成这样了呢？可是，一想到刚才她说还有孩子的事他不禁闹起心来。

李楠芝看着越子木上了车，美滋滋地笑着，自语道：“你个傻瓜！”

越子木坐着出租车突然想起了什么，就拨通了石珏的电话。

“石小姐，我是越子木，如果有时间我想去和你说说你们公司并购的事。”

就听石珏在电话里说道：“你不用来了，明天下午公司开董事会讨论并购的事，我已经决定了。”说完，她把电话挂了。

越子木心想：这下完了，肖凌的公司肯定是没戏了。可是，这石小姐也不调查调查？金志勇那个公司哪能和肖凌她们公司比呀，她这不是自找绝路嘛！

想到这儿，他让司机快点儿开车，直奔自己公司而去。

到了公司，他叫过许曼：“许曼，早晨你们是不是去照相了？把照片通通给我存到笔记本电脑里，我要用。”

许曼听完没言语，却上下打量着他，吴叶和乔庄也都看着他。

越子木看了看几个人，说道：“我是外星人吗？”

听他这么一说，吴叶和乔庄都回过头去不敢再看了。许曼叫过魏行，让他把照片存进了越子木的笔记本电脑里。

越子木坐在桌前浏览了一番，然后合上电脑，对乔庄说道：“小乔你跟我出去一下。”

“好的。”乔庄答应着站了起来。

越子木拎着笔记本就往外走，和乔庄打了车直奔木石之盟公司。

越子木想的是，要和肖凌她们商讨一下对策，自己虽是局外人，但强烈的责任心使他不得不为双方考虑。一方面，肖凌的公司和自己明天就要正式签约了，作为合作的公司，他希望都能够有发展；另一方面，对于石珏而言，选择一家有实力的公司更有助于并购后企业的发展。他既是对肖凌的公司负责，更是对石珏负责。而考虑石珏也多一些，对于这一点，他也觉得自己很奇怪。

他想，或许是一种歉疚吧，因为自己毕竟不能给这样一个爱自己的人任何承诺，但他也不愿意看到她受任何伤害。

到了木石之盟公司，肖凌没在，越子木却见到了霍东，他就说明了来意，并告诉他明天下午石生生公司开董事会的事。

霍东听完沉思了一会儿笑着说："我相信他们的董事会里不全是白给，企业并购就等于是寡妇再嫁，不谨慎选择恐怕会带来生不如死的痛苦！"

越子木点了点头，但还是说道："霍总能把你们公司的详细情况告诉我吗？"

霍东打发秘书去铐了一份电子版的公司介绍存进越子木的电脑里。

乔庄看着已经存进了电脑的资料，心里打起鼓来。

辞别了霍东，越子木和乔庄两个人出了大楼。站在街边，越子木对乔庄说："时候也不早了，就下班吧，你家在哪儿？要不要一起打车我送你？"

"不用了越总，你忙去吧。"乔庄说着拦了一辆车。

越子木上了车，直接往家里而去。见越子木走了，乔庄赶紧给李楠芝打了电话。

"姐，刚才霍总把公司资料给越子木了，咋办呢？资料里肯定有集团的情况介绍。"

李楠芝听完想了想，问道："他当时看了吗？"

"没有，存电脑里了。"

"哦，那我知道该怎么做了，你回来吧。"

李楠芝说完就赶紧下楼，来到小区门口等着。过了一会儿，一辆出租车停在小区门口，越子木从车里下来，付了钱，正要转身走呢，就听身后有人说道："这儿站个人就没看见吗？"

他回头一看，见是她，当时就是一愣，问道："你怎么在这儿？"

"我怎么就不能在这儿？呵呵，给你把衣服送到干洗店了，送到你家门口的干洗店你不是取着方便嘛。"李楠芝笑着说道。

"哦。"越子木看着她，一脸的疑惑。然后又说道，"哎呀，刚才也不知道啊，把车放走了，要不然你正好打车回去。"

"这是要撵我的架势吗？到晚饭时间了也不请我吃饭？"

越子木一想，人家刚给自己买了这么贵的衣服，请吃个饭也没什么吧。

想到这儿，他问道：“想吃什么？这附近也没什么好饭店哪！”

“去你家！”李楠芝说着抬腿就走。

越子木愣了一下，只好跟在了后面。

正在这时，就听身后有个奶声奶气的声音喊道：“叔叔！叔叔！”

他回头一看，是木瓜正朝他跑过来。他一见木瓜就乐了，蹲下身子张开双臂，一把将他搂进了怀里。

“放学了？木瓜。”

而木瓜却看着前面已经进了楼里的妈妈的背影问道：“叔叔认识妈妈吗？”

越子木愣了一下，笑着说：“叔叔哪会认识你妈妈。对了，妈妈叫什么名字啊？”

“木瓜，得回家了。”吴姐冲越子木笑了笑，伸手就要抱木瓜。

木瓜并没有回答越子木的问话，却说道：“叔叔我可以去你家玩吗？”

“可以呀！不过，今天不行，今天叔叔家有客人，星期天你来叔叔家玩，好不好？”

“好——”木瓜说着就跟着吴阿姨走了，边走还边回头，然后又抬头看了一眼吴阿姨道，“阿姨，我刚才好像看见妈妈了。”

68. 签约前后

越子木站在楼门口看着木瓜离开，感觉好像是听到了什么，他又四处看了看，却并没看到人。他皱了皱眉，迈步进了楼里。

而李楠芝在上楼时本来想回头叫越子木快点儿走，但一回头就看见他蹲着正和木瓜说话呢，她就停下来观察着，心里说不出的难受。当看见木瓜往楼门看了一眼后，她意识到，小家伙肯定是看见自己了，正担心呢，却见吴姐过去把木瓜抱走了，这才放下心来。

越子木上了楼，见李楠芝正在他家门口等着呢，就笑着说："等着急了吧，碰到个小朋友说了会儿话。"

说着，他找出钥匙打开门。

李楠芝一进屋，竟一反常态地说道："越子木你去弄点儿吃的吧，啥都行，我用一下你电脑。"

越子木把电脑递给她，自己换下衣服去了厨房。

见越子木离开了，她赶紧打开电脑，点开公司介绍的文档，从头改了起来。

"没什么吃的呀，煮点儿面条怎么样？"越子木在厨房里喊道。

"随便！正好尝尝你的手艺！"李楠芝答应着，加快了修改文稿的速度。

她把凡是写有泰国集团总部字样的地方通通删去了，改成了外资企业等字样，这样基本没有改变原意。当翻到下一页时，一看，她顿时吓了一跳，就见上面写着"集团董事局主席李楠芝女士"，她回头看了一眼厨房，赶紧把这句话删了。

“你弄什么呢？”越子木扎着围裙出来在冰箱里边拿鸡蛋边朝这边看了一眼。

“哦，网购美容护肤品！”李楠芝急中生智地答道。

“呵呵，你还用那东西？”越子木搅着鸡蛋笑道。

李楠芝抬起头看了他一眼，差一点儿笑出声来，说道：“你这一出不赖嘛！上得了厅堂下得了厨房，谁要是把你收了可真有福！”

“啊？”越子木眨着眼睛往自己身上看了一眼，也笑了。

李楠芝又说：“我就不用美容了？说不上哪一天还易容呢！对了，越子木，如果有一天我变成丑八怪你还会认我吗？”

“你还用美容？那还让不让别的女人活了？你要是真的变成丑八怪呀……你老公就不要你喽！”越子木笑着说道，他也没抬头，并没看见李楠芝表情的变化。

李楠芝叹了口气，自语道：“容貌真的就那么重要吗？”

越子木还傻了吧唧地说呢：“当然重要了，你像应聘什么的多点儿优势呀！比如你……哦，不对，我主要是看上了你的能力。”

“你根本就是没安好心！哼！”李楠芝说着关上电脑，走到越子木跟前，伸手就把围裙解了下来。

“唉？干吗呀！”越子木张着两手奇怪地看着她。

李楠芝又伸手接过搅蛋盆：“行了，你一边去吧，笨手笨脚的！来帮我把围裙系上。”

“你不是说要尝我的手艺嘛！”越子木边在她身后系着围裙边说道。

“就你那手艺呀，省省吧！”李楠芝说着就去了厨房。

越子木站在后面看着她，心里在想：她吃过我做的东西吗？

这时，就听李楠芝在厨房里喊道：“你把桌子收拾收拾，碗筷拿上去！”

“好嘞！”越子木答应着又是擦桌子又是拿碗。

等他收拾好桌子，又过了一会儿，就见李思月端着一盆面条和一碗鸡蛋卤走了过来。看着这一幕，他鼻子不禁一酸，脑海里出现了李楠芝的面容。他自语道：“谁要是娶了你真是福气。”

李楠芝把面条盆放在桌上，看了他一眼，顿了一下说道：“娶我的人不会跑吗？”

“跑？往哪儿跑？这么漂亮的媳妇不要还要啥？要是有这样的男人我第一个就不答应！”越子木说完，突然愣了一下闭口不说了。

李楠芝心想：想到自己了吧？小样的，让你吹！

她挑了一碗面条放在越子木这边，自己也挑了一碗，然后看了他一眼，说道：“坐下吃吧，尝尝我做的卤子好不好吃！”

越子木乖乖地坐在她对面，拿起筷子挑着面条放进嘴里，然后眨着眼睛嚼了半天不时地摇头。

李楠芝不错眼地看着他：“怎么样？是咸还是淡了？”

“嗯……不咸……也不淡！”他皱着眉说道。

李楠芝看着他的表情，突然站了起来：“我忘了，你等一下啊。”说着，转身就去了厨房。越子木狐疑地看着她，就见她拿着醋瓶子转身回来了。

她把醋瓶子盖儿打开往越子木碗里倒了一点儿，笑着说道：“这回再尝尝。”

越子木吃了一大口，咽下去后，连连说道：“知我者，思月也！哈哈哈！其实我刚才说不咸不淡就是正好的意思。”

“我知道。不过，醋真的就那么好吃吗？”

越子木却说了句：“你怎么知道我爱吃醋？”

“谁知道你爱吃醋啊，不都说酸儿辣女嘛。”李楠芝笑道。

“那倒是。不过，那是说怀了孩子的女人，准不准谁知道呢。”越子木低头吃着面条说着话，却没注意李楠芝。

此时的李楠芝，一想到自己当初像喝醋一样的那段日子，不禁嘴里开始冒酸水了。

越子木又拿起瓶子往碗里倒了一点儿醋，突然拿到她碗前：“给你来点儿？”

吓得李楠芝赶紧端起碗：“我可不要！”

越子木把醋瓶子放在桌上，却突然说了句：“是儿子还是女儿？”

吧嗒一声，李楠芝的碗一下子掉到了桌上，幸亏离桌面近，要不然肯定会碎了。她眨着眼睛看着越子木，问道：“什么意思？”

“我是说你的孩子是男孩儿还是女孩儿，你不是说有孩子嘛。”越子木依然没有抬头。

她这才长出了一口气，端起碗，挑了点儿面条却又停住了，说道：“我说什么你都信吗？”

“当然！”

“那……我要是说……我喜欢你呢？”

吧嗒一声，越子木手里的筷子当时就掉到了桌上。他抬头看着李楠芝，紧张得眼睛瞪得大大的。

“看把你吓的，还真啥都信啊？行了行了，吃饭吧，逗你的！”李楠芝说着，微笑不语。

越子木捡起筷子，吃了口面条，小声自语道：“不带这么吓人的！”

李楠芝看了他一眼，不再说什么。她想：适可而止吧，要是再吓他可别吓跑了。

两个人谁都不再说话，都闷头吃着面条。为了打破僵局，越子木说道：“刚才那个小朋友要来我家呢，我没让。”

李楠芝一听，又吓了一跳，迟疑了一下说道：“那你怎么不让来呢？你喜欢男孩儿？”

“我寻思着不是你在嘛，不过，我答应他了，星期天让他来家里玩。我呀，不是喜欢男孩儿，而是喜欢孩子，但更喜欢男孩子吧！”越子木说完，紧扒拉两下碗把最后的面条吃了个精光。

李楠芝微笑不语。吃完饭，她站起来说道：“你自己收拾吧，我得回去了，要不然一会儿天黑了，万一我要是回不去怎么办？”

“那对，你赶紧走吧，要不然不好打车。”越子木站起来连声说道。

李楠芝心想：分明就是在往外赶我嘛。

等她出了门，越子木开始收拾桌子，他收拾完碗筷，边擦桌子边寻思着刚才的对话。他一想，不对呀，她怎么知道那是个小男孩儿呢？

想到这儿，他飞快地跑到窗前，往楼下望去。

楼下，李楠芝走在小区的甬道上，把围巾往上围了围就朝后面那栋楼走去。

越子木看着她的背影，突然皱起了眉，想了半天却又摇了摇头。自语道：“不可能，茫茫人海，相似的人又何止一二呢？不过，她竟住在这里？”他脸上露出一丝微笑。

他想了想，赶紧掏出手机拨了李思月的电话。

“喂，思月，打着车了吗？”看着停住脚步的李楠芝，他在窗前冲手机说道。

李楠芝听着手机里越子木异样的声音，她顿了一下，边往小区外走边说道：“还没出小区呢。对了，明天别忘了穿西装打领带啊！”

越子木再一看正往小区外走的李思月，当时就蒙了。他挂断电话，却怎么也搞不明白，自己刚才明明看见她拐向另一条道了，现在怎么又折回来了呢？

而就在他疑惑的时候，李楠芝心里暗笑道：傻瓜，还敢侦察我！

走到小区门口后，她回头往楼上看了看，见越子木消失在窗前了，她这才快步往家里走去。

一进门，木瓜就跑了过来。

“妈妈，妈妈！木瓜有个秘密要告诉你！”

她蹲下来抱住儿子，在他的小脸上亲了又亲，慈爱地问道：“什么秘密呀？”

“那妈妈得先答应我。”

“好，妈妈答应你，什么都答应你。说吧，什么秘密？”说完，她想着越子木的话，心想：这孩子还真是像他爸，小小年纪就知道耍赖。

“妈妈，我见到叔叔了，他说我可以去他家玩。”

“是嘛，那好啊。”

“妈妈妈妈！那你能跟木瓜一起去吗？”

“这个呀……妈妈要是去了，叔叔会拘束的，你说是吗？”

木瓜噘了下嘴，不过马上就高兴地跳了起来：“太好喽，星期天要去叔叔家喽！”

看着孩子在客厅里高兴得跑来跑去，她看了看窗外，自语道：“没见过你这样的傻瓜！”

第二天一上班，越子木早早地到了公司，这时，李楠芝和乔庄都没有到，其他人都到齐了。

越子木收拾了一下东西，又看了看表，自语道：“应该来了！”

正说着呢，就见李楠芝从外边姗姗而来。越子木和众人望去，顿时都惊呆了！

就见李楠芝穿着一身白色的套装西服，胸前只系了一个扣，而下身的西服裙很短，露出修长的美腿，上面套着肉色的保暖裤，脚上是一双皮靴，鞋跟很高。由于裙子有些短，她不敢迈大步，这样一路走来却更增添了端庄与妩媚。

越子木不停地眨着眼睛，上下看着李楠芝，嘴都有些合不上了。

许曼却张着嘴瞪着眼睛自语道：“乖乖，这腿也忒直了吧？人家咋长的呢！”

李楠芝根本就没看其他人，而是直接走到越子木跟前。

“着急了吧？今天这裙子有点儿紧……敢快走。”说着，她发现越子木的领带有点儿歪，竟伸手帮他正了正领带，弄得越子木紧张得不敢看她。

弄好了领带，她还拍了拍，然后又捋了捋越子木西服的前襟，回头对正一声不响齐刷刷看着她的众人说道：“大家出发吧，今天是咱们公司大喜的日子，都精神点儿啊！”说完，她又回过头来，轻声对越子木说，“可以走了吗？”

“对对！我都忘了，走吧大家！”越子木说着，一闪身躲开了李楠芝，挥了挥手就要往外走。

“等等，越总，你穿成这样难不成是要打车去吗？”李楠芝笑着说道。

越子木站住了，回过头说：“你的意思是优雅地走着去？”

李楠芝瞪了他一眼，朝窗外一努嘴：“我已经租好车了，大家上车吧。”

众人往窗外一看，就见乔庄站在一辆加长林肯车旁正向大家招手呢！

“那是……你租的？”越子木指着窗外，眼圈都有些红了。

这时，吴叶跑过来拉住李楠芝胳膊：“姐，你太神了，你就是我们的女神！”

“对，女神！”魏行在一旁附和着。

许曼看着窗外却在想，我怎么没想到呢？这应该是我做的事呀！

李楠芝走到越子木身旁，刚想要说什么，却又回过头来对正发愣的许曼说道：“走啊晓曼。”

许曼迟疑了一下，但还是咧了下嘴走了过去。

李楠芝拉着许曼的手，在后面对越子木说道：“走啊越总，难不成让我们俩在你一左一右吗？”

越子木迈步出了办公室，到了外面，乔庄打开后车门，越子木刚想上车，却又把那只已经踏上去的脚拿了下来，回头看着许曼和李楠芝，说道：“你们先上？”

许曼一瞪眼睛：“有没有搞错？你是老总耶！”

李楠芝微笑地看着他，他只好迈步上了车，坐在宽敞的后座沙发上，然后示意她们也上来。

许曼也没和谁客气，抬腿就上来了，然后直接坐在了越子木旁边。

李楠芝笑了笑，一手按在裙子上防止走光，另一只手却一伸，眼睛看着越子木。越子木会意，一拉她，她借着惯性迈步上了车，然后坐在了越子木的对面。

吴叶和魏行也上了车后，乔庄坐在了副驾驶上，然后回头对越子木说道：“越总，咱们出发吗？”

越子木咳了一下，说道：“出发！”

白色加长林肯缓缓地启动了。

车上，这下可热闹了。许曼和越子木坐在一侧，对面是李楠芝、魏行和吴叶。这魏行和吴叶两个人新奇地看看这儿弄弄那儿的，哪坐过这种宽敞的车呀，而且车上还有冰箱什么的。

许曼紧挨着越子木，越子木则抱着笔记本电脑显得有些局促，尤其是他看了一眼对面的李楠芝后，就再不敢看了。原来，李楠芝坐在那儿由于裙子太短，虽然她是两腿交叠，但白花花的腿仍然是秀色可餐。

这时，魏行目光落到了许曼身上，顿时瞪大了眼睛。原来，许曼也是穿着短裙，而她哪管那些呀，分着两腿正望着窗外呢。无意中她发现了魏行的目光，又低头看了看自己，顿时就瞪了魏行一眼，然后把双腿并了并。接着，她一眼看见了李楠芝，想了下，就顺手拿过越子木手中的电脑，一抬身放在了李楠芝腿上。

李楠芝笑了笑，拿着电脑起身坐了过来。越子木往旁边挪了挪，李楠芝就坐在了他和许曼中间，把电脑放在了腿上，然后又帮越子木整理了一下西装，不住地看着他。

许曼眼望着窗外，似乎对他们的举动视而不见。

这时，魏行和吴叶两个人在那儿小声议论着。

“你说，今天谁穿得好看？”吴叶说。

魏行往对面看了看：“当然是思月了，不过，曼曼也不错呀！”

许曼瞪了他一眼。

吴叶却小声说：“还是越总有风度，帅极了！”说着，她看了一眼越子木，脸却红了，估计是想到了那晚的事吧。

魏行又说：“还真是巧了，你看，思月一身白，曼曼一身黑，简直就是黑白双煞嘛！”

越子木侧头看了一眼许曼，忍不住偷笑起来。

一行人说说笑笑，这时，车已经停了，大家往车窗外一看，原来已经到了木石之盟公司楼下。

“越总，到了。”乔庄回头说道。

“那大家下车吧。”越子木说着正要去拉车门，却见司机下了车已经把门拉开了，然后微笑着站在车门口。

越子木躬身下了车，却见一个穿着制服的青年走了过来。

“是越总吧，霍总和肖总正在会议室等着呢，请吧！”小伙子礼貌地一伸手示意大家进楼。

越子木带着一行人就在青年的带领下进到楼里，下了电梯，一行人就在走廊里朝会议室的方向走去。

越子木在前，左边是李楠芝，右边是许曼，其他人跟在后面。走廊里，就听见皮鞋的声音，齐刷刷的。

会议室的两扇对开的门打开着，越子木他们走进来的时候，霍东和肖凌还有几个人都站了起来，众人的目光都落到了越子木身后这两个美女身上。

肖凌看了一眼李楠芝，含笑不语。而霍东的目光一直没有离开过李楠芝，还是肖凌提醒他他才回过神来，笑着绕过桌子走到越子木跟前。

“欢迎啊，越总！”他和越子木握了握手，又把手伸到了李楠芝跟前，“欢迎，李小姐。”

李楠芝看了他一眼，握了握手。

众人落座后，越子木一一介绍了自己的人，霍东也介绍了他的人。这时，四五个穿着清一色制服的女孩儿端着托盘进了会议室，她们先站到越子木他们坐的这一侧，同时把托盘里的茶杯放到了桌子上，接着又过到另一侧，也同样齐刷刷地放着杯子，训练有素，动作整齐。

霍东简单说了几句后，就有专人把两个文件夹分别放在越子木和肖凌面前的桌上。越子木打开，见是合同文本，双方就开始正式签约。越子木签完字后，有人把他的那份合同与肖凌的交换了一下，又接着签字。

等都签好后，越子木站了起来，笑着伸出手，与肖凌握在了一起。魏行在一旁咔咔地照着相。

霍东站了起来一挥手，几个女孩子端着红酒走了过来。每个人都端了一杯后，霍东笑着说：“祝咱们两家公司合作成功！来，干杯！”

越子木举着杯与他碰了一下，而霍东碰完又转向了李楠芝。李楠芝笑了笑和他碰了一下杯。在大家干杯的时候，肖凌诡秘地笑着看了一眼李楠芝，又看了看越子木。就见越子木侧身站在李楠芝前面，把她和霍东隔开了。

喝完红酒，霍东道：“越总，为了庆祝咱们签约成功，我特意准备了晚宴，到时候你和你的人可要参加哟！”

“今天恐怕不行了，霍总，改日吧，改日我安排。今天真的是有事，很重要的事！”越子木说着，把合同文本递给了乔庄。

霍东迟疑了下，又看了看李楠芝，说道：“那好吧，来日方长。”

越子木和他们的人握了握手后，就告别了霍东等人准备回去。

在送他们往外走时，肖凌悄悄对李楠芝说：“霍总该不会是看上你了吧？”

69. 咖啡厅里的无赖

肖凌说的这话虽说声音很小，但走在她们前面的越子木可听得真切。走到电梯门口时，他和霍东握了握手，回身把电脑递给了李楠芝。

在他迈步进电梯时，霍东笑着向李楠芝伸出了手："李小姐……"

李楠芝一手拿着自己的包，另一手拿着越子木的电脑，不好意思地冲霍东笑了笑："霍总……"

"哦，上电梯吧，再见啊！"霍东微笑着示意，把手缩了回去。

站在霍东身后的肖凌看到这一幕，冲李楠芝挤了挤眼睛。

电梯门关上的时候，李楠芝回头无比温情地看了一眼越子木。越子木一伸手拿过了自己的电脑，心里却在想：不是感觉谁不行，没两下子别多情！

到了楼外，越子木回身看了看众人，对李楠芝和许曼说道："你们俩跟我去吧，其他人先回公司。"

"去哪儿？"许曼问了一句。

"石生生！"越子木答着就坐进了车里。

李楠芝微笑着拉了一把许曼："上车啊晓曼。"

三个人上了车，乔庄对司机说了些什么，司机就开着车直接上了主街。

街上车很多，尤其是到了周末，简直就是车的海洋。车多，再加上他们这是辆加长车，开起来可就更慢了。越子木想着，反正也不着急，石珏她们的董事会估计怎么也得下午一点开吧。想到这儿，就打开电脑看了起来。

许曼和李楠芝坐在对面，李楠芝看着越子木在那儿看电脑，许曼则信手打开车载冰箱，从里面拿出一瓶橙汁来。

“越总，要喝点儿什么吗？”她举着那瓶橙汁问道。

越子木抬头看了她一眼，说道：“还是别喝了，洒身上可就麻烦了。”

“这车这么稳当没事！”许曼说着又递到了李楠芝眼前。李楠芝摇了摇头。

许曼说了句：“那我自己喝！”说着就打开瓶盖喝了一口。

可她喝完还没等盖盖儿呢，突然一个急刹车，再看那瓶橙汁，顿时溅到了她腿上，她那条浅色的保暖裤可遭殃了，不仅弄湿了一大片，关键是有颜色。

司机回头不好意思地说：“抱歉啊，前面急刹。”

越子木冲他笑着说：“没事。”

“没啥事儿呀，你看看！”许曼咧着嘴说道。

越子木把头伸过去一看，可不是嘛，许曼腿上黄色的水印一大片，而且还是在靠近腿根处。

“是吧！一会儿咋见人啊？”许曼抬头看着越子木还说呢。可她刚说完，发现越子木盯着自己的腿一脸的坏笑，就赶紧用手一挡，狠狠地瞪了他一眼，说道，“不许看！”

“刚才不是你让看的吗？要不，脱下来？”越子木笑着，却突然看见了李楠芝的目光，顿时就不再笑了。

李楠芝拿出几张纸巾来帮许曼擦着，笑着说：“幸好没洒到裙子上。”

许曼一把接过纸巾，自己分开腿，刚要擦，却对越子木说道：“闭上眼睛！”

越子木眼睛看着窗外，却笑着说：“用得着嘛？”

李楠芝也微笑着。许曼自己把裙子往上串了串，就把腿上的果汁擦干净了，可还是有水印。

她皱着眉自语道："让你嘴馋！"

越子木却突然回过头来说："没事，许曼，我有办法了！"

许曼眨着眼睛看着他，又低头看了看自己，双腿一并抬头说道："不许看！"说完，又问了句，"啥办法呀？"

越子木忍着笑，说道："到时候你就知道了，放心吧，不会让你这么出去见人的。"

这时，李楠芝说道："越总，要不咱们找个商场吧。"

"不用，没那个时间！"越子木侧着头。

李楠芝看了一眼神秘兮兮的越子木，回头笑着对许曼说："没事，反正他说有办法，到时候要不行，就穿他的裤子！"

"我才不跟他穿一条裤子呢！"许曼说着，把饮料瓶又放回了冰箱。

中午时分，总算冲破重重车流，加长林肯停在了步行街口。

三个人下了车，越子木回头说道："走吧，跟我来！"

"是要吃饭吗？还真有点儿饿了。"许曼看看四周说道。

"嘴还馋？哈哈哈！"越子木笑着说了一句。气得许曼瞪了他一眼。

李楠芝看了看周围，突然说道："对了，晓曼，这儿离杜峰的酒吧不是近嘛，你在他那儿没有衣服吗？"

许曼脸一红："我又不住他那儿，哪有衣服啊！"

"行了，跟我走吧，保证帮你换身合适的衣服。"越子木说着就朝前走去。

李楠芝和许曼两个人狐疑地跟着，走着走着，李楠芝发现越子木这是奔花漾咖啡去的，顿时表情复杂起来。

果然，到了花漾咖啡厅门前的台阶下，越子木上了台阶推门就进去了。李楠芝和许曼跟在了后面。

一进大厅，越子木就喊道："张洋，张洋？"

张洋从吧台后面闪了出来，一脸惊喜的笑容朝他迎了过去，可她往越子木身后一看，却看见跟进来的李楠芝和许曼，顿时皱了下眉，又看了一眼越子木。

"张洋，有没有保暖裤啊借我一条。"越子木笑着说道。

张洋上下打量了一下越子木，狐疑地问：“你穿？不会吧！”

越子木一把揽过许曼的肩膀：“是她！”说着，笑呵呵地看了一眼许曼。

张洋看了一眼许曼，又看看李楠芝，最后目光落到了许曼的腿上。端详了半天，说道：“嗯，和我个头差不多，你来吧，你们在这儿等一会儿。”说着，就拉着许曼进了里屋。

越子木和李楠芝不约而同地朝角落里那张桌子走了过去。

刚一坐下，李楠芝盯着他的脸问道：“这是老板娘？”

“嗯。”

“你认识？”

“嗯。”

“关系不一般吧。”

“嗯。不是，就……就是朋友！”

越子木连忙改口。而李楠芝回想着刚才张洋看越子木的表情，不禁噘起嘴来。

再大度的女人该吃醋时还是得吃醋，所谓率性与率真就在于此。冰清玉洁的女人，哪来那么多的韬晦与城府？吃醋有时也是一种幸福，现在不吃还等着没人时自己吃吗？那样做的有，不过是怨妇。

两个人静静地坐着，越子木看着墙上贴着的心愿卡，突然看了一眼李楠芝，说道：“你不写一张贴上去吗？对了，我还没见过你的字啥样呢。”

“我的字啊……可难看了，不敢在你面前显摆。”李楠芝说着，目光却落到自己贴上去的那几张卡片上。

两个人正说着呢，许曼走了过来，一脸高兴的样子。她走到桌前，还没等坐呢，越子木一拉她，眼睛看着她的腿，不住地点头。

“这么明目张胆啊，这儿有美女你不看看我干吗！”许曼说着，搬过一把椅子坐下了。

一坐下，她就把头伸到越子木跟前：“越子木，从实招来，你和那个美妇到底什么关系？我在里面听服务员说都认识你呢。”

越子木顿时紧张起来，他看看李楠芝，却四处张望着说道："怪了，今天服务员怎么不给上咖啡呢？"

"打岔是吧？"许曼紧追不舍。

正说着，就见服务员端着个托盘走了过来，走到桌前，她把三碗面条摆在桌上，每个碗里还有一个荷包蛋。

"这是洋姐亲自做的，也没有什么其他吃的，将就些吧。"服务员说着，看了一眼越子木，转身微笑着走了。

许曼也不客气，拿起筷子说道："还掩饰呢，你看，多贴心？肯定有问题！"

李楠芝看了一眼越子木，却说道："晓曼，你可是穿着人家的裤子呢！"

许曼吐了下舌头："我逗他呢，我感谢人家还来不及呢，哪能说人家呢！不过，确实很贴心啊！"说着，她把自己碗里的荷包蛋夹到了越子木碗里。

"你也很贴心啊，你和他有什么问题吗？"李楠芝看着她说道。

"我不爱吃荷包蛋……我和他能有什么，他坏着呢！"许曼说完，看了越子木一眼，脸却红了。

这时，张洋走了过来，她把三杯茶水放在桌上，擦了擦手，看了看三个人，说道："慢慢吃，我这儿就这条件。"

"嗯，挺好的，谢谢了，洋姐。"许曼笑着说。

张洋看了一眼李楠芝，对越子木轻声道："快吃呀，凉了就不好吃了。"

"嗯。"越子木答应着正想吃呢，就听门口有人粗声粗气地喊道："洋洋！洋洋！可找着你了！"

众人回头看去，就见一个人胡子拉碴的穿着件棉大衣，手里拎着个挎包走进来。

张洋一见，顿时大惊失色。

在众目睽睽之下，就见那人进来就直奔张洋走了过来，走到越子木他们旁边那张桌前，他把个破大衣一甩，挎包往桌子下面一扔，大咧咧地冲张洋说道：“洋洋，快给弄点儿吃的，饿死我了。”

“你……你怎么来了？”张洋说着就往越子木身边靠了靠。

越子木看着那人，抬头小声问：“这谁呀？”

张洋在他耳边小声道：“我前夫，王大军。”

越子木一听就皱了皱眉，站了起来冲王大军说道：“你，这里是咖啡厅，不是餐馆，吃饭到别处去！”

王大军看了越子木一眼，又看了看依在越子木身后露出半边脸的张洋，瞪着眼睛指着越子木说道：“洋洋，他……他是谁？”

张洋浑身哆嗦着说道：“我跟你已经没关系了，你走！”

王大军又看了一眼越子木，嘻嘻地笑着说：“原来是这个小白脸呀，我说的呢，你怎么有那么大的胆子敢和我离婚呢！”

“你走不走？不走我报警了啊！”张洋说着就要掏手机。

“别别别！洋洋，我不是来找你麻烦的，我是来打工的，真是饿了，给弄点儿吃的呗，吃完我就走。”王大军嘿嘿地笑着，却一眼看见了越子木身后桌上的面条，这“二货”竟走过去端起越子木那碗面条就回了那桌。

李楠芝和许曼两个人瞪大了眼睛看着他。就见他用筷子一挑，大口大口地吃了起来，吃完一口还说呢：“嗯，洋洋，真好吃，还是那个味，你做的是吧！还给弄俩荷包蛋呢？我就知道你最疼我了！”

张洋气得从越子木身后出来就要上前，被越子木一把拉住了，说道：“就让他吃吧，吃完好让他痛快走。”说完，他走了过去，大马金刀地坐在了王大军面前。

王大军抬头看了他一眼，上下打量了一下，又低下头去，边吃边说：“我吃完就走。”

越子木看着他，不紧不慢地说：“好吃吗？”

王大军又看了他一眼，赶紧低下头，不言语。

越子木又盯着他说：“要来点儿醋吗？”

“醋啊……先生你太客气了！”王大军还是不敢看越子木的眼睛。

这种人，天生就只会对自己老婆耍横，一见着体面的人就傻了。

越子木敲了敲桌面："好，那你吃完赶紧滚！听到没？是滚！而且，我不希望在这个地方再看见你！"

王大军抬头看了一眼越子木，瞪着眼睛道："这是我老婆的店，我咋不能来呢？再说，跟……跟你啥关系？"

说完，他紧扒拉几口，把碗里的面条吃得干干净净，吃完抹了抹嘴，目光却又落到了许曼面前的碗上。许曼瞪了他一眼，用手一抱碗，快速吃了起来。可没想到这王大军竟走到李楠芝那儿，一把就端过那碗还没动的面条，就像周围的人都是空气似的。

许曼一拍桌子就要站起来，被李楠芝伸手按住了。

越子木瞪着王大军，又看了一眼李楠芝，他发现，李楠芝面无表情，就像那碗面不是她的似的。

这时，张洋已经气得不行了，她看了一眼李楠芝，眼泪就下来了。李楠芝站起来走到她跟前，把张纸巾递了过去，轻声说道："没事，有越子木在，他撒不了野。"

就这样，等王大军吃完了两碗面条，越子木一抬手："请吧！"示意他出去。

可无赖就是无赖，这王大军根本不看越子木，却回头对张洋说："洋洋，我老困了，能不能在你这儿睡一觉啊？睡完我保证走。"

还没等别人说话呢，许曼实在是受不了了，她腾地一下子站了起来。

"我说你还有没有脸！啊？还叫男人？"

这王大军也不看许曼，弯腰从挎包里掏出袋东西来一比画："洋洋你看，我给你带你最爱吃的烤鱼片了。"

"你走不走？再不走我报警了啊！"张洋气得厉声说道。

"你报警能咋的报警？我是顾客，吃饭又不是不给钱！"说着，他竟从口袋里掏出几张皱皱巴巴的纸币来放到桌上。

正在这时，就见服务员举着把菜刀从里屋冲了出来，狠狠地直奔王大军："你个王八蛋！还敢来欺负洋姐！"

王大军见势不妙，抱着大衣提起挎包就往外跑，边跑还边说呢："洋洋，烤鱼片你可吃呀，我特意给你带的！明天我还来啊！"

气得张洋奔到桌上拿起他留下的钱和那袋烤鱼片就冲到了门前，嗖的一下子给扔了出去。

服务员一手掐着腰，一手举着刀，站在门口喊道：“有能耐你他妈的别跑！再敢来我弄死你！”

许曼在后面张着嘴巴瞪着眼睛，心想：乖乖，比我还猛啊！

王大军从台阶下捡起钱，回头看了一眼就跑开了，但他并没有跑远，而是在街对面找了个地方坐在那儿看着这边。

越子木和李楠芝走到门口，看着远处的王大军，越子木看了看手表，自语道：“这样不行啊，一会儿咱们走了他非回来不可。”

许曼边掏手机边说：“我有招治他。”说着就给杜峰打了电话。

“该死的你少跟我贫嘴，赶紧过来！有个无赖在这儿闹事呢，不远，就在花漾咖啡这儿！”

越子木一听就乐了，对许曼说道：“还是你聪明，嗯，老杜来我就放心了。”说完，他又回头看了一眼李楠芝，可看完，他表情马上就阴了下来。原来，李楠芝根本就没搭理他。

几个人回了大厅，张洋还是一个劲地掉眼泪。

不大一会儿，就见杜峰戴着个墨镜，穿着一身皮衣从外面走了进来。

“什么情况？谁惹我们家老板娘生气了？”

可刚说完，他一抬头就看见了众人，挨个看了一遍后，不好意思地笑了笑，接着又对许曼小声道：“来得不慢吧？你说那人哪儿呢？”

许曼朝他胸前就打了一拳：“谁是你老板娘？那儿呢，对面那个！”

杜峰摘下眼镜往门外一看，就见王大军正往这边看呢。

“就他？说吧，要胳膊要腿？”

许曼瞪了他一眼：“不许伤人！就让他以后不要来这里闹事就行了。”

“没问题！”杜峰说着回头看了一眼越子木，又看了看李楠芝和张洋，一脸坏笑地打了越子木一拳，在他耳边说道：“哥们，好福气呀！”

越子木也没理他，只是说了句：“哥们哪天我请你喝酒啊！”

杜峰刚要往外走，却又回过头来小声对许曼说：“我炖小鸡了，看你最近瘦的。”

他这一句话把李楠芝差一点儿逗乐了，她脑海里出现的是许曼那两条裹得紧紧的腿。

许曼瞪了杜峰一眼：“再说吧。”看着杜峰往外走，她脸上却流露出幸福的表情。

张洋对杜峰喊了一句：“小心点儿，他浑着呢！”

杜峰出了门就直奔王大军，走到近前，他一脚蹬着围栏，弯着腰，把墨镜拉到了鼻子那儿。

“你！知道我是谁吗？”

王大军上下看了看杜峰，支吾起来：“不……不知道啊！”

杜峰又一指咖啡厅：“那你知道这家咖啡厅吗？”

“知……知道啊！”王大军直眉愣眼地看着他。

杜峰一伸手搭在他的肩上并用了几分力，说道：“不，从现在开始，你得说，认识我，不认识这家咖啡厅！明白吗？”

“哎哟！轻……轻点儿……”王大军咧着嘴。

杜峰手一用劲把他拎着站了起来，搂住他的脖子，边往街边走边说：“走，现在我就让你认识认识我！”

“大……大哥，我也没惹你呀？”王大军吓坏了。

“现在不是你惹我，而是我要惹你。记着啊，你惹谁也不要惹这家咖啡厅，明白吗？”杜峰说着就把他弄到了街边硬塞进自己的车里，接着，他开着车直奔火车站。

王大军哆嗦着试探地问道：“大……大哥，这是要去哪儿呀？”

杜峰也不答话，把车开到火车站附近的一个胡同就停了下来。他下了车，打开后车门子，一伸手就把王大军拽了下来。接着，往墙上一按：“听说你挺能耐？来来来，我看看你有啥能耐！敢跑这儿撒野来！”说完，一条腿的膝盖狠狠地顶在了他的肚子上。

“大哥别打，我再也不敢了！”王大军开始告饶。

杜峰指着他的鼻子：“赶紧哪儿来的滚回哪儿去！”

“我滚，我滚还不行吗？”

杜峰松开了手，王大军抱着大衣就跑，边跑还边回头回脑。

再说越子木他们，见杜峰带着王大军走远了，许曼还说呢：“可别把人打坏了啊，不听话的玩意儿！”

越子木笑了笑：“没事，我知道老杜，不会把他怎么样的。”接着，他又对张洋说，“我们得走了，你好好的啊，啥也别想。”

张洋点了点头。

越子木带着李楠芝和许曼两人出了咖啡厅，直奔石生生珠宝大楼。

70、点石成金，触木为玉

越子木带着李楠芝和许曼到了石生生珠宝大厦楼下，刚要往里进，却被两个保安给拦住了。

其中一个胖保安一伸手说道："先……啊先……先……"

越子木哭笑不得，说道："要我先进吗？"

"啊不，先……先……啊就先……"

"先生！这个费劲！"许曼在后面说道。

"对对！先啊就先生！请问你找……啊找……"胖保安脸憋得通红。

"找谁！"后面那个小个子保安受不了了，接过话说道。

胖保安回头瞪了他一眼。

"哦，我是石小姐的客人。"越子木礼貌地说道。

"啊客……客人也不行！本本本公司正开……开……啊就开……"

"开董事会！"小个子又替他说了一句。

"对对！"胖保安又瞪了他一眼。

这时，许曼实在是受不了了，她眉头一皱计上心来，往前一步对胖保安说："大哥……去一下洗手间可以吗？"

胖保安上下打量了一下许曼，当时就笑了，也不结巴了，说道："哦，卫生间啊，走我带你过去。小个子！看着点儿啊！"说着，他在前面带路。许曼冲越子木和李思月挤了下眼睛就跟着过去了。

胖保安一走，小个子保安笑着对越子木说道："越先生，我认识你，上次你跟我们石总一起来过，进去吧。他是刚来的，不认识你。"

越子木冲他点了点头，就和李楠芝进了楼，直接上了电梯。

许曼跟着胖保安走到卫生间门口，她笑着说道：“谢谢你啊大哥，你先忙去吧！”

胖保安笑呵呵地点了点头转身回去了。见他一走，许曼悄悄地进了另一部电梯。

等她下了电梯，看见越子木和李楠芝正站在电梯旁等她呢。见许曼出来了，李楠芝笑着说：“小曼你还挺有办法呢！”

“关键是实在不想听下去了，再听我都得结巴。”许曼提了提鞋说道。

三个人走到会议室外时，又被两个穿着制服的女孩儿给拦住了。

其中一个快步走过来小声说：“三位，请问找谁？不过找谁也没用，现在正在开董事会，有什么事请先到会客室稍等。”

越子木笑着说：“对，我们就是来开董事会的。”

那女孩儿看了看越子木，对另一个女孩儿说：“人不是都到齐了吗？怎么还有人呢？你看看名单。”回头她又问越子木，“请问先生叫什么名字？”

“越子木。”

两个女孩儿就低头看着单子上的名字。趁这工夫，越子木把耳朵贴在门上听了起来。

他就听里面有人说道：“目前杨子公司退出了，就剩贞子公司和木石之盟了，这个贞子公司很有诚意，我觉得……”

越子木一听，这是石珏的声音，他也顾不得那么多了，把门推开就说道：“我反对！”

这时，石珏刚说到“我觉得光有诚意是不够的”，就被这突如其来的一声给惊呆了，会议室里的其他董事也都瞪大了眼睛看着门口，就见越子木他们出现在门口。

两个女孩儿惊慌失措地跟了进来，看了石珏一眼低下了头。石珏冲她们挥了挥手，两个女孩儿退了出去。

再看越子木，走到会议桌的一端，也就是石珏身旁，看了看众人，说道：“我反对你们和贞子公司合作！理由有三……”说着他又看了看众人。

所有的人都莫名其妙地看着他，又看了看石珏。就见石珏微笑着看着越子木，却并没有制止。

越子木接着说道：“第一，贞子公司虽然很有实力，但据我所知，他们的主要业务是在建筑领域，涉足珠宝等时尚行业不是不可能，但恐怕要经过一番摸索。而贵公司目前不仅急需资金注入，更需要一个好的营销平台以及强有力的产品研发。”

他说到这儿，就见座位上几个年长的人不时地点头。

越子木接着说：“第二，不知贵公司有没有进行过深入的调查了解，据我所知，贞子公司的母公司在韩国首尔虽然是家较有影响的大企业集团，但就其公司的背景而言，是由黑转白的。尽管他们的会长朴老先生致力于发展正当产业，但单就此贞子公司而言，却是实足的带有涉黑性质的一群乌合之众。大家请看！”说着，他一回身想找自己的电脑，却见后面的大屏幕闪了一下，再一看，自己电脑的桌面已经投影到了上面。

他四下看了看，发现许曼她们正站在放映机前看着他呢。

他点了点头，李楠芝就把那些照片投了上去。

越子木用手指着投影幕，刚要说话，石珏却把一支激光笔悄悄塞到他手上。

他看了一眼石珏，用激光笔一点那些照片，说道：“大家请看，这是前几日该公司到木石之盟公司的所作所为。做生意有竞争，这无可厚非，但采取不正当手段或者耍横打砸，靠吓唬人这一套，即使争取到了并购权，大家试想，公司的发展何在？你们投资人的利益何在？和这样的公司合作，将把公司带向无底的深渊！”

说到这儿，会议室里已经开始有人议论起来了，大家都七嘴八舌的。

石珏伸出双手往桌面上比画了一下，示意大家禁声。

这时，越子木又接着说道：“第三，我要说的是木石之盟公司。虽然我对这家公司也不是十分了解，但据我所知，这是一家外资企业集团旗下的子公司，公司在东南亚一带很有影响。先不说实力，大家知道，做生意就讲一个缘分，木石之盟公司单从公司名字而言，什么叫木石之盟？正所谓点石成金，触木为玉。有石有玉，石生玉，玉镶金。贵公司不与之结盟与谁结？你说是吗石总？”

越子木话音刚落就有人鼓起掌来，接着，全场所有的人都一起鼓起掌来，就连石珏也是笑呵呵地看着他站了起来。

而站在后面的李楠芝却寻思着：点石成金，触木为玉？当初成立公司时可没这么想，老公好帅呀！

正在这时，就听石珏笑着摆了摆手，说道：“我给大家介绍一下，这位，就是咱们公司未来的营销合作伙伴，木子时尚文化传播公司的越总越子木先生。”

她说完，大家又鼓起掌来。掌声刚停，就有人悄悄说了句：“唉？他名字和公司名字里也有一个木字啊！看来还真是缘分呢！”

越子木不好意思起来，尴尬着说道：“不好意思啊，因为着急，刚才失礼了，我在这里向大家道歉了！”说着，就是深深一躬。

石珏笑着说：“坐下吧，你也听听我们的董事会决议。”

越子木看了一眼石珏，说道：“不好意思啊石小姐，我们不请自来，也实在是为你们公司着想，这才……”

“我知道，你看看这个！”说着，石珏把桌上的公文夹推给他。

越子木翻开一看，见上面写着：石生生珠宝公司与木石之盟公司合资合作协议书。

“你这是……”他笑着看了石珏一眼。

石珏点了点头：“对，董事会已经决定了。”

“那你刚才……”

石珏却转向了大家，说道：“拣日不如撞日，我看，今天就和越子木他们公司把合同签了吧，省得并购后再说这事儿麻烦。”

越子木一听，忙说道：“石总，我们上午已经和木石之盟签订了营销合作协议，也就是说，你们公司与他们合资后所有的营销策划都由我们公司来完成。”

“啊？你……”石珏瞪着眼睛看着他，接着又小声道，“我上次交给你的任务等于没说是吧？”

越子木无言以对了。

石珏又自语道：“我真傻，你怎么会不向着楠芝呢？”

“你说什么？石小姐你刚才说什么？”越子木瞪大了眼睛问道。

石珏刚想说什么，就见李楠芝走了过来，对越子木说道：“越总，我们该走了，人家在开董事会呢。”

说完，就拉着越子木的胳膊往外走，许曼收拾了电脑也跟了过来。

石珏在后面望着李楠芝的背影皱起了眉头。

越子木被李楠芝拉着进了电梯，许曼在后面跟进来。一进电梯，她就笑着说道：“越子木，太棒了！我得重新认识你了！”

李楠芝则回身毫不顾忌地帮越子木整理了一下领带，扬头看着他的脸，一往情深。

“我说你们俩能不能背着点儿人啊，真是受不了！”许曼说着把头一歪。

可是，越子木好像对眼前的一切视而不见、充耳不闻，他还在想刚才石珏说的话。他就纳闷了，自己明明听见她说什么楠芝了，到底什么情况呢？应该没有听错呀！楠芝？楠芝和木石之盟公司有什么关系？

见他凝眸不语，李楠芝却大声对许曼说：“小曼，今天越总不仅穿的帅，做事也这么帅，是不是该让他请大伙儿搓一顿？公司成立到现在还没聚聚呢！”

“就是！我早就有这个想法呢，越子木，越子木？”说着，许曼就叫他。

“哦？到一楼啦？”越子木愣眉愣眼地出了电梯就往楼外走。

许曼紧跟一步说道：“越总，听见没有啊？”

“啊？说什么了？”

“我说，晚上大家伙聚个餐吧，今天不是大喜的日子嘛！”

“聚餐啊……”

三个人正说着话呢，突然就听有人高声说道：“先生请慢走，欢迎下次光临！”

他们一看，正是那两个保安。

那胖保安一见许曼，顿时满脸堆笑，又小声说道：“美……啊美……”

小个子在后面不耐烦了，张口说道：“美女！”

“啊对，美女请慢……啊慢……”胖保安说了半天也没说上来。

小个子又接过去说：“请慢走！”

逗得许曼哈哈大笑，他们三个人就在胖保安的愣神中走出了一楼大厅。

到了外面，许曼笑着对越子木说：“越子木你刚才讲的太赞了，我看他们听得一愣一愣的！”

越子木笑了笑，回头看了一眼李楠芝，却问了一句：“思月你刚才听没听见石珏说什么了？”

“哦，她的意思是说呀，对你来说都不是难事儿。”

越子木皱了皱眉，心里却想：该吃吃该喝喝，闹心的事别往心里搁，随即笑着对许曼道：“那好吧，你通知一下大家，对了，那……上哪儿呢？”

“地方不是现成的嘛，你别管了，我来安排！”说着，许曼就给乔庄打了电话，让大家都到那家烤肉店。

放下电话，她一伸手抱住了李楠芝的胳膊，笑呵呵地说：“思月姐，你酒量好好啊！”

李楠芝看了一眼越子木，心想：还去那家呀！一提起那家餐厅她就想起了那晚在越子木家睡觉的事来，想到这儿，不禁偷看了一眼越子木。

越子木也看了她一眼，然后对许曼说道：“去那家？”

“对呀，反正明天是休息日，大家喝多点儿也没啥。”许曼笑着说道。

一提喝多这事，越子木不禁咧了一下嘴，他心虚地看了一眼李楠芝。

许曼却发现了他表情的变化，眨了眨眼睛说道：“想什么呢你？喝多了也不许学坏呀！有我和思月姐看着你，啥也别想干！呵呵，是吧思月姐？”

越子木咧了咧嘴。李楠芝却偷笑。

说说笑笑就到了那家烤肉店。由于来得早，正好还有一个包房没有预订出去，越子木他们就订了这间包房，是可以唱歌，但需要脱鞋的那种韩式包房。

越子木把鞋脱在门口就上了小炕，把电脑包往桌子上一放，然后就开始脱外衣。跟着进来的李楠芝在他后面轻轻一拉就把他的西服外衣给脱下来了，越子木眨着眼睛看了她一眼，她笑了笑把衣服挂上了。

许曼看到这一幕，笑着说："思月姐我这衣服不好脱，你帮我拽拽？"

李楠芝微笑着看了她一眼："自己弄！要不，让越总帮你脱？"

"拉倒吧！"许曼说着自己把外衣挂在了衣架上，然后就叫过服务员开始点餐。

越子木弯着腰试了两下，打算坐在桌边，可又犹犹豫豫地没坐，挺大个个子站在那儿发呆。李楠芝一看就明白了，他是怕把西服裤子弄皱了。她就拿过墙边放着的坐垫铺到桌下，拍了拍，说道："坐这儿吧，没事，回头干洗就行了。"

越子木看了她一眼，心想：她怎么知道我的心思呢？但还是听话地坐了下来。

一坐到桌上，他就打开电脑。

"越总你吃什么菜呀？"许曼翻着菜牌问道。

越子木头也没抬，说道："点什么菜是你们的事，我只管付账。"

"那我挑我自己爱吃的点啦，让你不点！"

"行啊，只要你能把一桌子菜全吃光。"

听着这俩人的对话，李楠芝抿着嘴乐，却挨着越子木坐了下来。越子木回过头看了她一眼，又继续弄电脑。而李楠芝把一只手搭在他的胳膊上，下巴拄在手背上，看着电脑屏幕。

越子木又低头看了她一眼，想说什么但忍住了，又继续弄电脑。

许曼点完了菜，嘀咕着："这几个家伙怎么还不来？乔庄知道地方啊！"

她一回头看见越子木和李楠芝两个人挨得那么近，就扑通一声坐在了他们对面，自语道：“多情别太过，要不都是祸！”

而两个人就像根本没听见似的，依然在那儿弄电脑。

许曼气得又说了句：“当我是空气吗？”

越子木头也没抬，笑呵呵地说：“现在有空你就气吧，一会儿好多吃点儿。”说着，他站起身出了包房去卫生间了。

李楠芝笑着看了看许曼，小声道：“小曼，这样看你身材还真不错呢！要是坐着不舒服，你这样就不存腿了。”说着，她示范了一下，把双腿并拢伸到了桌下。

许曼听完，自己看了看胸前，又看看李楠芝，噘着嘴说道：“我要是有你的那样大就好了。”

李楠芝呵呵地笑着说道：“我这是因为孩子吃奶……”刚说完，她马上把嘴闭住不再说下去了。

许曼眨了眨眼睛，小声说：“思月姐，你……你有孩子？”

李楠芝看了她一眼，迟疑了一下说道：“你以为我是嫁不出去的剩女吗？”

许曼听完莫名其妙地乐了，她站起来走到李楠芝旁边坐下来，说道：“我看看你们看什么呢这么聚精会神的！”

说着她移动鼠标点来点去的，李楠芝则顺手拿起菜牌浏览着。

突然，就听许曼大声道：“天哪！这儿怎么会有她的照片？”

李楠芝一听就凑了过来，往屏幕上一看，就见一张放大的照片是个穿着婚纱的女子，可不正是没改变容貌前的自己！

许曼指着屏幕，看了一眼李楠芝，眨着眼睛张大了嘴，说道：“我认识她，你知道吗，上次在普吉岛我见过的，是家大公司的老总。哦买嘎！怎么会在他的电脑里？”

“看什么呢你们两个？”

许曼回头一看，越子木正在门口脱鞋呢，吓得她赶紧把文件夹关上，站起来就坐到了桌子的另一边，然后，还惊慌失措地看着李楠芝。

李楠芝微笑着，抬头看了一眼越子木，说：“没什么，晓曼说想找找看有没有什么游戏。”

这时，外面传来魏行等人的说话声，越子木回头看去。李楠芝冲许曼伸出只手指挡在嘴上，小声道：“男人的秘密是不能触碰的，明白吗？”

许曼连连点头。眼见着乔庄等人已经站在门口脱鞋了，许曼却看着一脸笑意的李楠芝顿生疑惑：她怎么一点儿都没有变化呢？还很高兴的样子。

71．酒触伤心事

几个人进了包房依次坐在桌边。越子木坐在桌子正中间，左边是李楠芝，许曼却跑到了他的右边；桌子另一侧则是乔庄、魏行和吴叶。

这时，服务员开始陆续上菜了。

许曼扭头问越子木："越总，喝酒吗？"

还没等越子木说话呢，魏行说道："公司聚餐哪有不喝酒的？服务员，啤酒先来一箱！"

越子木没言语，只是微笑。

许曼却对服务员道："大冬天的喝什么马尿一样的啤酒，来两瓶白酒！"

魏行一听，当时眼睛就眨个不停："白……白的呀！"

"怎么？我们女孩儿都没说什么，你怕了？还是不是男人！你看人家乔庄就没说啥。"许曼指着乔庄说道。

这时，越子木摆了摆手，说道："喝可以，只是不能喝多啊！白酒喝多了不好。"

"大家听着没？都不许喝多啊，就是喝多了也不许瞎做梦！尤其你们男的，对美女可不能动手动脚啊，小心把手给你剁了！"说完，许曼看了一眼越子木，自己的脸却红了。

越子木看了她一眼。许曼却冲他一瞪眼睛："看什么看？上次人家思月姐替你喝那么多酒，今儿个自己喝啊！"

服务员笑着就去取酒。不大一会儿，两瓶白酒拿了上来。

大家都倒满后，越子木举起了杯子："今天是咱们公司的第一次聚会，也是个大喜的日子，第一份合同正式签约了，接下来下周可能还会有两个单子签约，马上大家就有的忙了，感谢大家的支持和共同努力。今天只是一个开始，来，为了咱们公司美好的明天，大家碰一杯！"

"好！"几个人高兴地喊着。

在碰杯的一刹那，魏行却高声说道："昨天是历史，今天是开始，明天他妈谁都不好使！喝！"

说完，魏行喝了一小口，正要放杯子呢，许曼却一伸手给拦住了："唉唉？越总说干你怎么不干呢？"

魏行先是一愣，接着一看越子木，他乐了。

许曼歪头一看，越子木正要夹菜呢。她一看越子木面前的杯子，说道："越总，不对劲儿呀！哪有提酒不干的？今天又没有外人你怕什么？"说着就把杯子给他端了起来。

李楠芝端着杯也没喝，探过头对许曼说："小曼，这刚一开喝别弄得跟白热化似的，一会儿还怎么喝呀！"

"不行，越总这第一杯酒有说道。什么叫一帆风顺？这第一杯喝的都磨磨叽叽的，哪有一个良好的开端哪！"许曼瞪着眼睛说道。

越子木微笑着接过杯子："那好，就图个吉利！来，男士都干了，女士嘛……能喝多少喝多少。"说着就要喝。

魏行却说道："那可不行，越总你偏心，要喝得一起来！对吧许曼？"

"喝就喝，啥了不起！"说着，许曼一扬脖很痛苦地把那杯酒喝了下去。

李楠芝赶紧递给她一瓶矿泉水。却不想许曼喝了一大口水后，隔着越子木对她说道："思月姐你咋不喝呢？"

李楠芝笑了笑，看了一眼越子木，举杯就轻描淡写地喝了下去。

等越子木也喝完，再看对面这仨人，一个个正面面相觑呢。

魏行自语着："我白的不是强项……"说完却也一闭眼睛喝了下去。

吴叶微笑着看了一眼越子木，二话没说，咧了咧嘴，也喝了下去，喝完还一顿咳。

现在就剩下乔庄了，她看了一眼李楠芝，心里在想：不是不能喝，就怕万一喝多了被人发现是女儿身，那可就坏了李总大事了。

见乔庄犹豫，许曼一瞪眼睛："我说你这帅哥喝点儿酒怎么跟个女孩儿似的这么费劲呢？到底是不是男人啊你？"

听她这么一说，乔庄愣了一下，举杯一饮而尽。

见大家都喝完了，越子木说："大家吃菜吧，别光顾着喝酒，肚子里没食儿可不行。"

许曼突然想起了什么，歪头对越子木道："对呀，你和思月中午都没吃饭哪，服务员，来两碗米饭！"

李楠芝看了许曼一眼，心想：这丫头还挺细心呢。但令她不明白的是，今天许曼怎么主动张罗起酒来了呢？是要把谁灌醉吗？

大家吃了一阵后，魏行张罗着："咱们玩个游戏吧，这么干吃干喝的也没意思啊！"

"好啊好啊！咱们玩这个游戏吧！"吴叶拍手笑着道。

"啥游戏？"魏行看了她一眼。

吴叶想了想，笑着说："我说一句，然后大家按照我说的句式每人说一句。我先来啊……看懂一个人，一定是你在意过。"

说完，她看了一眼越子木，又把目光转到魏行身上。魏行想了半天，说道："看清一个人，一定是你落魄过。"

"好好！该你了！"吴叶看向乔庄。

乔庄想了半天，看着李楠芝说道："看好一个人，一定是你感动过。"

这回该轮到许曼了。她转了转眼珠子，又看看越子木，然后说道："看坏一个人，一定是你受伤过。"

越子木看了一眼许曼，眼睛望着窗外说道："看淡一个人，一定是你珍惜过。"

"好啊好啊！该思月姐了！"吴叶拍着手。

李楠芝放下筷子，幽幽地说："看准一个人，一定是你经历过。"

“哇，都好有才呀！”吴叶瞪着眼睛看了看大家。

见大家也都吃了一会儿菜了，越子木也吃了半碗饭，他放下筷子说道：“来，喝酒！”

许曼却说道：“越总你要不就提第二杯，好事成双嘛。要不，就大伙轮流提酒。你看呢？”

“大家提吧。”越子木说道。

“那好，思月姐先来吧，你功劳大！”许曼面带微笑看着李楠芝。

李楠芝笑了笑，说：“小曼还是你先来吧，毕竟我们都是后加入公司的，你是创始人之一呀！”

“那我就先来了啊！这杯这么喝，都是自家人，别拼酒，慢慢来，咱们一杯提仨人怎么样？”许曼举着杯说道。

“……那也不少啊！”魏行傻眼了。

越子木笑着说：“要不，许曼咱们慢点儿喝吧，就这一杯到最后怎么样？”

“你怕喝多？”许曼瞪着眼睛。

“喝太多不好！”越子木小声道。

“行了，放宽政策，谁提酒谁说了算，我这杯就喝三分之一！”说着，许曼一举杯子，大家也都举了起来。

许曼果真只喝了三分之一就放下了，大家也都照着她的尺度喝了一口。

轮到李楠芝提酒时，她端起杯子：“咱们这个团队就得干什么像什么，喝酒也不能含糊。越总作为咱们的主心骨他可不能喝多了，其他人跟我一样，把这杯酒干了！”说着，她也不等别人答话，举杯就干了。

越子木刚想制止但已经来不及了。

许曼看了她一眼，眨了眨眼睛，只好把杯子里剩下的三分之二的酒也喝了下去。

再看乔庄和吴叶，二话不说举杯就干。只有魏行，他看了看杯中的酒，咧着个嘴，突然笑着说道：“这样，我给大家照相吧！怎么也得留个资料不是？”说着就起身去拿照相机。

许曼冲他说道：“别想逃酒啊，照完你还得喝。”

魏行端着相机说道：“来来，摆个造型！”说着就对准了越子木他们这一侧。

许曼微笑着把头一歪差一点儿贴到越子木的脸上，越子木闪了闪。许曼冲李楠芝说：“干吗呢？过来呀！靠近点儿！”

李楠芝笑了笑，把头轻轻歪了一下。就听“咔嚓”一声，画面就定格在了相机里。

许曼喊着：“再来一张！”说着，她伸出两个指头悄悄地放在了越子木的头顶。魏行“咔嚓”又照了一张。

李楠芝却说道：“老魏你给我们单来一张。”说着，她看了一眼越子木。

越子木顿时惊慌失措起来。

魏行笑着说：“好嘞！越总别那么严肃好不好？又不是单独在一起……来，你把手搭肩上。”

越子木迟疑地看着他，缓缓地伸出手。李楠芝笑着把他的胳膊往自己肩上一放，越子木正要回头看她，就听“咔嚓”一声，魏行就给照下来了。越子木想制止也已经来不及了。

照完，魏行翻看着，不住地点头。

在他们对面，乔庄看着李楠芝，脸上全是笑容。吴叶却脸一阵红一阵白的，也不知心里想的是什么。

许曼歪头看了一眼这俩人，举着杯子刚要说话，可就觉得腿有点儿发麻，她下意识地一伸腿，正伸到了乔庄两腿处。乔庄看了她一眼，许曼吓得把腿“嗖”的一下子又缩了回来。

她自己倒了点儿酒，站起来说道：“打个穿插啊，这些日子乔庄没少帮我干活，我先敬他一杯。”说着，就绕到了乔庄身后。乔庄只好站了起来。

众人看着她们俩。

许曼站在乔庄面前说道：“兄弟，辛苦了啊！”说着就碰了下乔庄的杯子。

乔庄刚要喝，许曼却手一哆嗦，酒洒到了乔庄的胸前，许曼赶紧伸手在他胸前拍了两下：“不好意思啊，姐帮你擦擦……”

乔庄脸红着躲闪不及，还是被许曼的手碰到了前胸。

这一拍不要紧，许曼顿时就瞪大了眼睛看着乔庄。乔庄也看着她，一脸的惊慌。

原来，就在她故意把酒洒到乔庄身上，又故意用手触碰了乔庄的前胸后，她感觉自己那只手所及之处竟是那么软软的、柔柔的，竟像海绵一样的手感。她顿时就愣住了，心想：这乔庄就算他是锻炼身体练出来的胸肌，可也不会这么软吧？胸肌不应该是硬硬的嘛？

而此时的乔庄，被许曼这么一拍，她先是一惊，但随即就面带微笑地说：“曼姐，就是喝多了酒也背着点儿人吧？刚才谁说不许动手动脚来着？”

许曼瞪着眼睛看着乔庄，一时糊涂起来。

乔庄凑到她耳边小声道：“姐，就那么喜欢摸男人的胸吗？要不，你把手伸我里面摸摸？”

许曼往后退了一步，眨着眼睛说了句：“年纪轻轻不学好！”说完就回到越子木身边坐了下来。

“喂，我说你们俩说什么呢那么神神秘秘的，许曼你跟我也喝一杯呀？”魏行在那儿笑着说道。

许曼看了他一眼：“跟你喝？怕你趴下！还是拉倒吧你！对了，该谁提酒了？魏行，到你了！”说着，就把酒瓶子递了过去。

魏行咧着嘴看了一眼吴叶，说道：“小吴，要不你先来？”

“好啊！”吴叶看了一眼越子木，拿过酒瓶就站了起来。

她绕到越子木这一边，伸手要拿越子木的杯子，越子木只是微笑，既不说话也不制止。几乎同时，许曼和李楠芝把手都伸了过去，去拿那个杯子。

两个人一个握着杯子上面，一个握着杯子下面，彼此看了一眼。越子木夹在中间看看这个，再看看那个，眨了眨眼睛。

再看吴叶，就在两个人愣神的时候，她笑嘻嘻地瓶子一歪，酒就倒进了那个杯子，嘴上还说呢：“二位姐姐，我自己来就行了。”

这下再看许曼和李楠芝，面面相觑，接着，回过头来看着吴叶，同时瞪起了眼睛。

吴叶笑了笑，伸手拿过许曼的杯子，就在许曼惊奇的目光中，杯子被倒满了酒。然后，吴叶又笑呵呵地拿过李楠芝的杯子，也给满上了。

再看许曼和李楠芝，四目相对，同时把那只还放在越子木杯子上的手缩了回去。

吴叶又回到自己的座位上，左边把乔庄的杯子给满上了，右边又给魏行的杯子也满上了，最后，她才把自己的杯子里倒满了酒。然后，她举起杯子站了起来，走到越子木身后。

“我提这杯酒没别的说的，只是想说一句感谢的话。感谢大家把我当成咱们这个小家庭的一分子，感谢平时思月姐和许曼姐像大姐姐一样的照顾，感谢魏行和乔庄对我的帮助，更应该感谢的是，越总……”刚说到这儿，她有些哽咽了。

越子木一听，赶紧站了起来，他回过身，端着酒杯和吴叶的杯子碰了一下：“小吴，别喝太多。”说完，看着她的眼睛。他是怕吴叶一激动会说出那天的事来。

吴叶眼圈红红的，看着越子木小声道：“谢谢你越总，没有你就不会有现在的我，今后我吴叶就是赴汤蹈火也在所不惜！”说完，她一扬脖就把那杯酒硬是喝了下去。

“咋能这么喝酒呢！”越子木咧着嘴说完，伸手拍了拍吴叶的后背。

李楠芝一见，顿时咬了咬嘴唇。

许曼没好气地说：“你先喝了，我们咋喝呀？”

“你们随意！”吴叶说着就回了自己的座位。

“太好了，妹子，你是这个！”魏行说着，冲吴叶一竖大拇指。

越子木却看了看大家，说道：“作为咱们这个团队里最小的女孩儿，小吴提的酒不能不喝。”说完，他把那杯酒也干了。

李楠芝看着越子木坐下，自语道：“逞什么能？谁难受谁知道。”

许曼看了一眼吴叶说道：“妹妹，姐就不干了啊，太多了。”

“行，姐你能喝多少喝多少吧。”吴叶笑了笑。

许曼就喝了一小口，然后放下了杯子。

魏行和乔庄也都只喝了一小口。

这时，李楠芝却端起了杯子，也不说话，一扬脖全喝了下去，喝得对面的乔庄瞪着眼睛心疼地咧着嘴。

越子木看了一眼李楠芝，小声说：“又没让干你喝那么多干什么？”

李楠芝也不说话，也不看越子木，就低着头。突然，她就觉得胃里直翻腾，干呕了两下，差一点儿就吐出来。她赶紧站起来往门外跑，到了门口随便穿了双鞋直奔卫生间。

乔庄赶紧站起来，刚要跟着出包房，却被越子木一把给拉住了。他在门口看了半天，发现自己的鞋被李楠芝给穿走了，只好捡了双大号的穿上就奔了卫生间。

可到了卫生间门口他才想起来，李楠芝进的是女卫生间那边啊，自己也不能跟进去呀！他就只好站在门口问了句：“思月，怎么样？”

里面没人答话，却只听到李楠芝的呕吐声和难受的声音。

站在门口，越子木思前想后也想不明白，他就觉得今天李思月和往常不一样，好像心情不太好。他又一想，自己也没招惹她呀，而且以她上次的酒量来看，不至于这样啊？

这时，从李楠芝的干呕声听上去她是越来越难受了。越子木四下看了看，见没有别的女顾客来卫生间，他也就顾不得那么多了，一推门就进去了。

可他刚一进门，就差一点儿和一个人撞了个满怀。就听那人啊了一声，越子木一看，竟是个女孩儿。那女孩儿一看越子木，顿时瞪大了眼睛说道：“先生，喝成啥样也不能乱进卫生间啊！里面还有个美女呢！”说完，愣眉愣眼地看了看越子木。

越子木根本没理她，在她旁边一闪身就进去了，弄得那女孩儿眨了半天眼睛边走边回头回脑。

越子木进去一看，李楠芝正弯着腰在洗手池子前呕呢，水龙头哗哗地放着水。

他迟疑了一下，伸手在她后背上轻轻地拍了两下。李楠芝一挥手：

“你给我出去！”

越子木一愣，正想说话呢，就见许曼进来了，一进来就往外推他，边推边说：“傻瓜，这哪是你来的地方？去吧，有我呢！”

推走了越子木，许曼走到李楠芝背后，一手把几张餐巾纸递给她，一手在她后背轻轻地拍了起来。

李楠芝摆了下手，柔声道：“没事，小曼，你不用管我。”

许曼想了一下，支吾着说：“思月姐，其实我……我就是个有口无心的人，我……”

“行了晓曼，你不用说了，我没有跟你……”李楠芝说着就捧起一捧水来漱了下口，然后转过身来，笑着拉过许曼的手。

“小曼，你是个好姑娘，姐知道。走吧，别让他们等急了。”

许曼先是愣了一下，接着也笑了笑，两个人出了卫生间。

可是，边往回走许曼边想：李思月说的是什么意思呢？难道她是对越子木有想法？没道理呀！越子木是公司老总，你是员工，凭什么呀？

两个人回到座位上，越子木看了看李楠芝，欲言又止。

这时，魏行嚷嚷着要唱歌，吴叶也附和着。等把音响打开后，还没等魏行唱呢，李楠芝却站起来，过去一把抢过麦克风，说道：“我要唱首歌！”说着低头趴乔庄耳边嘀咕几句，乔庄会意，去给她点歌。

等音乐响起后，李楠芝张嘴一唱，大家才听出来是什么歌。

就听她唱道：“……剪不断那刻骨铭心的纠缠/这是我改变不了的永远/十一年是我最遥远的从前/想起我刚看到你当初的第一眼/那一天已藏在我的心里面/把思念改变成信念/爱还会不会重来/手握着褪色的照片/就算不能再续写前缘/仍想回到十一年之前……”唱到这儿的时候，再看李楠芝，已是满面泪痕。

而此时从音响里传出的女声却是：“独自走在相识的地点/往事再次划过了心弦/如今的我丢了纯真的笑脸/现在的你添了成熟的容颜/可是承诺已超过了期限/让它埋藏苦涩的十一年/是你是我理不清的相欠/算了，爱在心里面……”

听到这女生的独白，李楠芝突然跪坐在那儿毫无顾忌地大哭起来。

72. 父与子

爱一个人是很累的，爱一个不省心的人更累，在不能说出口、对方不知道的情况下默默地爱，心累的程度更是可想而知。

李楠芝为什么这么伤感呢？一方面酒精的作用本来就能触动人的感伤，再加上这首歌的独白又触动了她内心深处珍藏多年的秘密，不落泪，没道理。

她这一落泪，可把众人吓坏了，尤其是越子木和乔庄，两个人几乎同时站起来冲到她身边。

越子木刚想伸手去拉她，却被乔庄硬生生地给挡住了，越子木就是一愣。就见乔庄扶着她的胳膊慢慢站了起来，并轻声说了一句："姐，回家吧。"

令越子木更奇怪的是，李思月竟听话地跟着乔庄朝门口走去。他正想说什么呢，这时，手机却响了起来。他一看手机屏幕，电话是张洋打来的。

"张洋……你先别哭，好好说，怎么回事？"越子木眼睛看着正在穿鞋的李楠芝，却在问着张洋。

正在穿鞋的李楠芝一听，停了一下，接着又回头来看着越子木，目光复杂，有幽怨，有无奈，有失望。

越子木一看她的眼神，愣了一下，但还是对电话里说道："什么？王大军又来了？你别着急啊，没事，我马上就打发人过去！"挂断手机，他看了一眼已经穿完鞋正要走的李楠芝，又回头扫了一遍魏行等三人，说道，“许曼哪，你跟魏行过去一下吧，那个王大军又去咖啡厅了。”

说完，也不等许曼她们答应，他就匆匆地下地穿鞋，然后飞快地冲出门去。

许曼嘀咕一句：“自己怎么不去？”说完，又对魏行说，“走吧！”

“干什么去？”魏行如堕五里雾中。

“救火去！对了，吴叶你去结一下账吧，给你钱。”说着，许曼从包里掏出钱递给了吴叶，她就和魏行两个人穿上鞋出了包房。

越子木追出餐厅，三步并作两步赶上了乔庄和李楠芝两个人。

“思月，我送你回家吧！”

李楠芝连看都没看他一眼，说了一句：“你怎么不去？我这儿不需要你！”

越子木呵呵地笑着，对乔庄说：“乔庄啊，你忙你的去吧，我送她回家。”

乔庄看了他一眼，又看了看李楠芝，迟疑着不知该如何是好。

说着，越子木竟伸手轻轻地抓住了李楠芝的另一只胳膊。

李楠芝把胳膊一甩，回头看着越子木。越子木一脸的笑容。

正在这时，就听“嘎吱”一声，一辆车停在了他们身旁，一个人从车上下来冲李楠芝微笑着说道：“李小姐，这么巧啊！”

李楠芝一回头，发现从车上下来的人是霍东。她又回头看了一眼表情怪怪的越子木，转身对霍东说：“是霍总啊，不好意思啊，喝了点儿酒……还没打着车呢。”

“那好啊，我送你！”霍东说着又看了一眼越子木，说道，“哦，越总也在呀！”说着，就跑到车的另一侧打开了车门，很绅士地扶着车门的顶侧。

李楠芝坐进了车里。乔庄看着她，欲言又止，但并没有跟着上车。

霍东把车门轻轻地关好，又冲越子木笑了笑，就过到驾驶室那一侧上了车。

此时，越子木一直在愣着，就这么眼睁睁地看着那辆车开走了。

乔庄说了句：“越总我先走了啊。”说完朝街对面走了过去。

这时，正巧有辆出租车经过，越子木伸手就拦住了，然后上了车，急促地说：“快，追上前面那辆车！”

司机说了句：“好嘞！”说完，加大油门追了过去。

乔庄站在街对面看着，忍不住笑了笑。

越子木坐在出租车里不停地往前面张望着，生怕跟丢了霍东的车。

可是，这出租车怎么能跟得上霍东那辆豪车呢！虽然司机在不停地踩油门，但七拐八拐之后，直到他们拐出一条街口时，才远远地看见霍东的车已经停在了一个小区门口。

越子木赶紧让司机把车靠边停下了，他伸着脖子远远地看着，就见李楠芝和霍东下了车，两个人还握了握手，接着，李楠芝朝小区里走了过去，霍东还挥了挥手，然后就上车缓缓地开走了。

越子木四下看了看，突然惊奇地发现，这正是自己住的那个小区，他顿时就是一惊，赶紧付钱匆匆下了车。

司机看着越子木下车朝小区门口跑去，不禁摇了摇头，自语道：“现在人真是疯了，这又一个跟踪自己媳妇的！唉，小三的时代呀！”说着，他把车开走了。

越子木追到小区里面，可是，根本看不见李楠芝了，也不知道她进了哪栋楼。

正疑惑间，他突然想起了什么，赶紧跑回家里，一进门就赶紧拉开窗帘，朝对面那栋楼望去。这一望，他顿时露出了笑容。就见对面那栋楼，他经常看见有个女人伫立的那扇窗子突然亮了灯。他从楼下往上数了数，又自左至右数了数，然后长出了一口气，回身竟高兴得跳了一下。

再说李楠芝，她一回到家，木瓜就跑了过来，抱着她的大腿，小家伙扬着脸看着妈妈，突然问道：“妈妈，你怎么了？”

她蹲下来，看着忽闪着大眼睛的木瓜，一把抱住了孩子，搂得紧紧的，泪水却又滴落下来。

木瓜回身捧着妈妈的脸，怯怯地说道：“妈妈，是谁欺负你了吗？”

她说了句：“是个大坏蛋。”

木瓜看着妈妈，眨了下眼睛说道：“妈妈，等木瓜长大了保护你，就没人敢欺负妈妈了！”

她一听，把孩子搂得更紧了。

却听木瓜又说道：“妈妈，要是爸爸在就好了，你不是说爸爸好高的嘛，要是爸爸在，我们一起保护妈妈！”

她心里却在说，欺负妈妈的就是你爸爸。

这时，木瓜伸出小手擦了一把妈妈的眼角，奶声奶气地说：“妈妈，要不，明天一起去叔叔家玩吧！”

她这才想起来答应孩子周日去越子木家玩的事来，就迟疑着。

木瓜一见妈妈的表情，就噘着小嘴说：“妈妈，你要是不高兴，木瓜就不去了。”

看着孩子失望的表情，她慈爱地说：“木瓜，妈妈答应你的事是不会反悔的，想去你就去吧，明天让阿姨带你去，好吗？妈妈可不会像某些人，把所有的承诺都忘到了脑后。”

木瓜高兴得跳了起来。

看着孩子和吴姐去了卧室，她叹了口气走到窗前，望着对面的楼，喃喃自语：“你什么时候能收心呢？你个大傻瓜大笨蛋！”

而与此同时，那个大傻瓜大笨蛋却正躺在床上美滋滋地就像发现了新大陆一样高兴着呢。可他想来想去，却有一件事始终想不明白，那就是李思月既然住在这个小区，却又为什么要瞒着自己呢？

第二天一大早木瓜就起了床，也顾不得吴阿姨阻拦，硬是跑到了妈妈的卧室，趴在枕边看着还没有睡醒的妈妈。小家伙的动静把李楠芝惊醒了，她睁开眼睛一看是木瓜，就爱怜地搂过孩子，柔声道：“咋起这么早呢？也不好好睡觉。”

“妈妈妈妈，啥时候去叔叔家呀！”木瓜忽闪着大眼睛看着妈妈。

她一听，心里十分不好受，孩子之所以会这么急切地想要去叔叔家玩，能是为了什么？还不是因为一直都没见过爸爸！

她摸了摸孩子的头，又看了看手表，抬头对吴姐说：“吴姐，先给孩子弄点儿吃的，然后九点钟把孩子送到对面那栋楼的三楼靠右侧的那个房间，明白了吗？”

吴姐点着头，拉着木瓜出了卧室，去给孩子弄早餐了。

李楠芝躺在床上，既不想起床也不想再睡了，她还在想着昨天的事。一想到张洋看越子木的眼神她不禁噘起嘴来，一股醋意涌上心头，顿觉嘴里酸酸的。但又一想到一会儿木瓜就要去越子木家了，她又笑了。心里在想：不管怎么样，孩子能够跟爸爸在一起总是件值得高兴的事，尽管现在还不到挑明的时候，但孩子会不会一时高兴说出了秘密呢？即便是说出来，那也是没办法的事，就顺其自然吧。

八点五十分左右，吴姐带着木瓜过来说："太太，我们现在就去了，用不用和越先生打个招呼？"

李楠芝想了想，昨晚越子木也没少喝酒，但这会儿应该起床了，只是不知道这家伙忘没忘孩子去玩的事，她就说道："吴姐那你给打个电话吧。"说着，她就把越子木的电话号码告诉了吴姐，让她用固定电话打。

吴姐答应一声和木瓜去了客厅，可她刚拨完号码，木瓜就把电话接了过去。

此时，越子木刚刚起床，他可一点儿都没忘木瓜要来的事。他简单洗漱一下，把床整理好，穿着睡衣正想煮点儿东西吃呢，电话就响了。他拿过手机一看，却是个陌生的固定电话号，他犹豫了一下接了起来。

"请问是哪一位？"他刚说完，就听电话里传来奶声奶气的声音——"叔叔你好，我是木瓜……"

越子木一听就乐了，赶紧说："木瓜，叔叔下楼接你啊！"

"不用了，叔叔，木瓜知道你住哪里。"说着，电话就挂了。

越子木拿着手机，不禁皱起眉来，心想：木瓜怎么会知道我住几楼呢？

他狐疑着，也没多想就去煮了点儿面。等他煮好了面，刚吃上就听到了敲门声。

他打开门一看，见吴姐领着木瓜正站在门口呢。一见到他，木瓜就跑了进来。

"叔叔！"

他蹲下身子抱住了木瓜。

"木瓜，吃没吃饭啊？"

"吃了。"木瓜答着，眼睛却看着屋里。

越子木站起来对吴姐说："就让孩子在我这儿玩一天吧，我会照顾好他的。对了，孩子爸爸妈妈知道孩子来吗？"

吴姐微笑着点了点头，又对木瓜说："木瓜，阿姨回去了啊，要听叔叔的话，不许淘气！"

说完，她转身下楼了。

越子木拉着木瓜的手进了客厅，把孩子抱到沙发上坐下，他坐在沙发上边吃方便面边说："木瓜，等叔叔吃完饭咱们再玩好吗？"

"好！"木瓜答应着，眼睛却一直盯着越子木，看着他吃方便面。

"叔叔，面条好吃吗？"

"好吃呀！"

"妈妈从来不让木瓜吃方便面。"

越子木看了一眼木瓜，发现他眼巴巴地看着碗里的面，嘴巴还动着。他一想，孩子估计是馋了。

"木瓜，妈妈是对的，方便面没有营养，不过，叔叔可以让你尝一尝。"说着，他挑起一根面来笑呵呵地看着木瓜。

木瓜又看了他一眼，怯怯地说："妈妈说不能随便吃别人给的东西。"

"叔叔不是别人，是叔叔啊！"越子木说着，心想：这是什么妈妈呀，告诉孩子这不行那不行的。

"那木瓜就吃一口。"说着，小家伙凑了上来，越子木喂他吃了一口面。

"好吃吗？"

"好吃。"

"那咱们再来一口。"说着，越子木就要再挑一点儿面条。

这时，木瓜说道："叔叔，木瓜不吃了。"

"是不好吃吗？"

"不是……木瓜吃完饭了，要是木瓜吃没了，叔叔就要饿着了。"

越子木一听就笑了，心想：还真是个懂事的孩子。

把方便面吃完后，越子木就笑呵呵地问木瓜：“木瓜，想玩点儿什么？叔叔家也没有玩具呀。”

木瓜想了想，突然笑着说：“叔叔，能去游乐场吗？”

“游乐场？好啊！”

“太好了，木瓜要去游乐场喽！”孩子高兴得在客厅里跳着。

此时，在楼的对面，李楠芝正站在窗前往这边看着。她看到，在越子木的客厅里，木瓜跑着、跳跃着，越子木站在一边微笑看着孩子。看到这一幕，她不禁叹了口气。可她刚想转身，却突然发现越子木正在穿衣服，而且，木瓜也不跳了，站在一边看着越子木。

她看到，越子木穿好了衣服就抱起了木瓜，接着，两个人就在窗前消失了。

她正纳闷呢，就见越子木抱着木瓜从楼里出来了，直奔小区门口走去。看到这一幕，她不由得一惊，莫不是越子木要带孩子出去玩？这大冷天的要带孩子去哪儿呢？

她一想，赶紧穿衣服。她胡乱套了件衣服就准备下楼，吴姐和乔庄在后面还问呢，她只说了句：“出去一下！”说完就冲出门去。

她快步走到小区门口，远远地就看见越子木抱着孩子上了一辆出租车。等那辆车开走，她才招手拦住另一辆车，上车告诉司机跟住前面那辆车。

星期天的街上并不是很堵车，前面那辆车七拐八拐的到了一个室内游乐场门口停下了。她也让司机停了车，发现越子木正抱着孩子往里面走呢，就悄悄地跟了过去。

她不远不近地跟着，就见越子木抱着木瓜进了碰碰车区域，买了票带着孩子进去了。两个人坐上一辆碰碰车，越子木搂着孩子，开着碰碰车，两个人笑呵呵的，尤其是木瓜，高兴得大笑着，还不时地指挥着越子木。

她爱怜地看着两个人，心里却在想：这要是能和他们一起玩该多好啊，尤其是木瓜，能和爸爸妈妈一起玩恐怕是他最高兴的事了。可是，现在还不是时候。但她相信，总有那么一天会揭开这个谜底的，总有一天会让越子木知道，木瓜到底是谁。

她边看着两个人边不自觉地往前迈着步，走到围栏外面，混在人群里看着越子木和木瓜。

当碰碰车转了个圈开到这边的时候，她就听越子木在问着木瓜："木瓜，能告诉叔叔爸爸妈妈的事吗？"

木瓜小手扶着方向盘，说了句："不能。"

她一听，禁不住笑了笑，心想：也难为孩子了。

这时，就听越子木又问："那……木瓜能告诉叔叔，爸爸长什么样子吗？"

"不知道。"

听到这句话，她心里很不是滋味，孩子并没有说谎，他哪里知道自己的父亲是什么样子呢？

越子木又问："那妈妈呢？妈妈长什么样子？"

木瓜说："妈妈是大美女！"

越子木一听就乐了。她也忍不住笑出声来。

越子木突然好像听到了什么声音，他抬起头四下看着，吓得她赶紧躲在别人的后面。

越子木四下看了半天，皱着眉狐疑着自语："明明是听到了，怎么会没看到呢？"

李楠芝躲在前面的人群后面，刚要探出头再看看越子木和木瓜，就觉得肩膀被人拍了一下，后面有人说道："何苦呢，一个人在这儿偷看父子俩玩儿！"

她顿时吓了一跳！

73. 孩子的渴望

李楠芝惊慌失措地回头一看，是肖凌和乔庄两个人。

“姐，你吓死我了！”她转身笑着说道，说完却又回头瞄了一眼越子木他们。

“跟他们一起去玩得了，何必这样躲躲藏藏的。”肖凌笑着说。

李楠芝赶紧示意她小点儿声，并猫着腰拉着她闪到了人群的后面。

“姐你们咋来了呢？”说着，她看了一眼乔庄。

乔庄看着肖凌说：“姐，你刚走肖总就来了，说是有急事找你，打你手机这才发现手机根本没带，在家里呢，所以就找来了。”

“姐，什么事呀这么着急？”她转而问肖凌。

肖凌回头看了一眼越子木和木瓜，说道：“大姨打不通你的电话，打到我这儿了，说是她想回老家看看越子木他妈，让你顺便把木瓜带着也回去一趟。”

“啊？”李楠芝一听就犯难了。

尽管她也知道，应该带孩子回去让奶奶见见，但现在自己这副模样怎么说呀？她是怕吓着老人家。

肖凌已经看出了她的顾虑，就笑着说道：“要不就这样吧，你还是别回去了，我带木瓜回去，到时候就说你忙，抽不开身。”

她站那儿想了半天，却说道：“不行，不管怎么说，我作为媳妇也应该带孩子回去，丑媳妇总是要见公婆的，不是吗？”

“那你这样……”肖凌指着她的脸。

“一切顺其自然吧。”说着，她又回头看了一眼越子木和木瓜，接着说道，“那咱们回去吧。”

“你放心木瓜吗？”肖凌指着里面说道。

“姐，有什么不放心的？那是他爸爸耶。”

“也是哦，我怎么把这茬给忘了，越子木这小子可真有福气！”说着，她们三个人出了游乐场。

回来的途中，李楠芝让乔庄订了明天的机票，打算带木瓜回家看奶奶。

越子木和木瓜两个人玩碰碰车玩了半天，也玩累了，他就带着木瓜出了碰碰车区域，他问木瓜：“还想玩什么？”

木瓜搂着他的脖子四下看着，这时，他发现前面不远处有几个孩子正在爸爸妈妈的指导下玩打枪呢，在他们对面挂着的帘布上挂满了气球。木瓜就一指那边说道：“叔叔，我要玩打枪！”

越子木看了看，笑着说：“好的，咱们就玩打枪！”说完就抱着木瓜走了过去。

那个摊主一看见木瓜就笑着说：“小朋友，好帅呀！玩打枪吗？好，让爸爸帮你扶着好不好？”

木瓜回头看了一眼越子木，却并没有说他并不是爸爸。越子木看了一眼木瓜，拿过一支枪来教孩子摆正姿势，指着前面的气球教他如何射击。

摊主还说呢：“小朋友，打中气球有奖哦！”

这时，旁边有个小男孩儿正和爸爸撒着娇：“爸爸爸爸，先帮我打一个气球好不好？”

那孩子的爸爸就笑着说：“好，爸爸帮你打下来一个，你看着啊。”说着，那人就举枪打中了一个气球，那孩子高兴得拍着手。而在他后面站着的估计是他妈妈，也高兴地和孩子一起拍着手。

看到这一幕，木瓜看了一眼越子木，趴在他耳边小声说：“叔叔……”

越子木一看他的表情就明白了，笑着说：“好，叔叔也帮木瓜打一个气球好不好？”说着，举枪就打。

可木瓜听完却没有说话。越子木很是诧异，心想：难道这孩子说的不是这个意思？

但看到摊主拿过来一个奖品玩具，木瓜还是高兴地笑了，自己也举着枪要打，越子木帮他托着枪，瞄准了一个气球，“啪”的一声，那个气球就被打碎了。木瓜高兴得拍着手：“木瓜打中喽！”说着，还看了一眼旁边那个男孩儿。

越子木看到这一幕就憋不住乐。

这时，就听那个男孩儿和他爸爸说道：“我也要自己打。”说着，他拿过爸爸递给他的枪，瞄了半天，一扣扳机，啪的一声，却打在了帘布上，气球根本没打着。接着他又打了好几枪，可还是一个气球都没打中。

木瓜抿着嘴又举起了枪，越子木帮他托着，并指着一个气球教他瞄准，一扣扳机，气球应声而碎。

这时，再看那孩子，哇的一声就哭了。

那摊主一看，赶紧笑着说：“小朋友，别哭别哭，来，你和爸爸妈妈都拿着枪，叔叔给你们照一相怎么样？很帅的！”说着，就拿过两把玩具枪交给了那孩子的父母。

那孩子搂着父母的脖子，回头看着摊主。摊主举起拍立得相机给拍了一张照片，然后他从相机下面拿出那张打印出来的照片甩了甩，又过去给塑了封递给了孩子。

“看看，小战士帅不帅？”

那孩子拿着照片笑了，却又转眼看了看木瓜，头一扬，搂着爸爸的脖子转身走了，走过木瓜身旁的时候，还小声说了句：“我有照片……”

看着那孩子跟着父母离开了，木瓜噘着小嘴自语道：“要是妈妈来就好了。”

越子木一听，就笑着蹲下来，对木瓜说：“木瓜，叔叔和你也照一相怎么样？”

木瓜小声说了句：“好。”

那摊主就给越子木和木瓜也照了一相，当他把塑封好的照片递给木瓜时，又说了句：“你们这对父子可真像啊！”

越子木看了看照片，不禁皱了皱眉。因为他发现，自己的大脑袋和木瓜的小脑瓜在一起还真有些像呢！

他抱起木瓜，边走边说："饿了吧木瓜，叔叔带你吃东西去好不好？"

木瓜一边摆弄着那张照片一边说："叔叔，可不可以把照片挂到脖子上啊？"

越子木看了看那摊主，摊主笑着说："可以呀！来，叔叔帮你把照片装到这里，然后就可以挂了。"说着，他拿出一个带着挂绳的胸牌来，把照片插了进去，接着又挂到了木瓜的脖子上。

木瓜看着胸前挂着的照片，高兴地搂着越子木的脖子说："叔叔，我想吃肯德基，妈妈老不让我吃。"

"是嘛，妈妈为什么不让吃呀？"

"妈妈说，那都是垃圾食品。可是，幼儿园的小朋友们都说好吃。"

"好，今天叔叔就带你去吃肯德基，让你吃个够，好不好？"

"好！"木瓜搂着越子木的脖子，却突然问了一句，"叔叔，你是一个人吗？"

越子木一听，心想：这小子还真人小鬼大呢，就说道："是呀。"

可是，木瓜却又问道："那你不想阿姨和小朋友吗？"

越子木一听，顿时看了木瓜一眼，心想：这孩子小小年纪怎么会有这么多心思？但他不好回答，只是笑了笑。

傍晚时分，李楠芝打发吴姐去越子木家接木瓜。

当吴姐到越子木家门口的时候，她刚想敲门，却发现门并没有锁，开了个小缝。她想了想，敲了一下就轻轻地推开门，迎面的情景让她差一点儿笑出声来。

就见木瓜骑在越子木的身上，手里还拿着个小棍儿，越子木正在地上爬呢。木瓜嘴里还喊着："驾！我的大马快跑啊！"

见吴姐来了，越子木不好意思地笑了笑。

吴姐对木瓜说："木瓜，咱们该回家了，快下来。"

"要不，让孩子再玩一会儿吧。"越子木看着似还没玩够的木瓜对吴姐说道。

吴姐说："越先生，实在是不好意思，你也累一天了，该休息了。"说着，她就拉住了木瓜的手。

木瓜边往外走边回头看着越子木，走到门口时，他却松开吴阿姨的手跑了回来。

越子木蹲在地上迎着木瓜。

就见小家伙趴到他耳边说道："叔叔，我能叫你一声爸爸吗？"

"木瓜，该走了！"吴阿姨在门外喊着。

木瓜看了一眼正发愣的越子木，转身走了。

此时的越子木，彻底蒙了。回想起白天在游乐场打枪时的情景，他明白了，那时候孩子想说的可能就是这句吧。可是，孩子是没有爸爸吗？

想到这儿，他冲出门去。

"木瓜，等一下！"

刚走下几个台阶的木瓜一听叔叔喊他，就跑了回来。

越子木掏出笔，在木瓜胸前挂着的照片后面写上了自己的电话号码，对木瓜说道："木瓜，以后有什么事就给叔叔打电话，叔叔会像超人一样第一时间赶到！怎么样？"

"好——"木瓜高兴地笑着下了楼。

木瓜一回到家就跑过来喊着"妈妈"，并神秘兮兮地说："妈妈你猜今天叔叔带木瓜玩什么了？"

李楠芝抱起孩子，一边用手摸他的小脸一边笑着摇头说："妈妈可猜不出来，看你衣服弄得这么脏，小脸也脏兮兮的，肯定没少折腾是吧？"

木瓜哈哈哈地笑着，开心之情溢于言表。笑完，他说："我们玩开车了，碰碰车，还有打枪，木瓜还打中两个气球呢，妈妈你看，这是我得的奖品！"说着，木瓜把怀里揣的两个小塑料玩具拿了出来。

李楠芝一看，是一个水枪和一个塑料拼图玩具，就笑着说："嗯，咱们的小男子汉长大了，会打枪了，快去洗洗吧，小埋汰神！"说着，她把木瓜放下，拍了拍他，无意中手却碰到了个东西，硬硬的、方形，在他的裤子口袋里。

木瓜一边用小手捂着裤子口袋一边往洗手间跑，边跑边说："去洗手喽！"

见孩子用手捂着口袋，她就明白了，孩子这是不想让自己知道那里面装的是什么呀，也不知这越子木搞的什么鬼。

吃饭时，李楠芝突然想起了什么，就问道："木瓜，中午叔叔领着吃的什么呀？不会是吃的肯德基吧？"

木瓜看了一眼吴阿姨和乔庄，嘻嘻地笑了一下，然后睁大了眼睛说："叔叔说了，只要喜欢吃就可以吃的。"

李楠芝听完嘀咕了一句："好你个越子木。"

这时，吴姐却笑着说："那位越先生还真不错呢，好像很喜欢咱们木瓜，我去接的时候看见木瓜骑在他身上正满地爬呢！"

李楠芝一听忍不住笑了，说："木瓜你是不是让叔叔给你当大马了？"

"叔叔说了，只要我想玩骑大马，就可以去找他。"木瓜天真地说道。

"又是叔叔说了，叔叔还说什么了？"

"叔叔还说……还说……没有了！"木瓜想了半天，脑海里出现的是临走时越子木写给他电话号码时说的话，但小家伙没有告诉妈妈，在他看来，那是他和叔叔两个人的秘密。

吃完了饭，木瓜去房间里玩儿玩具了。李楠芝和乔庄商量着如何跟越子木请假，好带木瓜回老家见他姥姥和奶奶。

到了客厅，她问乔庄："我妈什么时候回国？"

乔庄答道："老夫人应该是明天回国，但不从北京走，我已安排人在老家的机场接她了，你放心吧，姐。"

"哦，那我的机票订的是哪天？"

"也是明天的。"

这时，李楠芝走到穿衣镜前看着镜子里的自己，表情凝重，很愁苦的样子。她想的是，回去该如何对两位老人说呢？她们能接受得了吗？如果连她们都接受不了，那么将来越子木又能接受吗？

乔庄看出了她的心思，走过去说道："姐，要不，你就别回去了。"

"不行，这么长时间没回去看老人都已经很过意不去了，再说，有了木瓜，她老人家还一直不知道呢，这次我要是再不回去，那还像话吗？"

"不过，姐那你回去也行，恐怕你得戴上面纱了，要不然老人家一次接受这么多让人惊奇的事怕会受不了，一个木瓜就够她老人家高兴的了。"

李楠芝长叹一声，说道："看来，也只能这样了。"

乔庄说道："那姐你就放心去吧，明天我跟越总请个假。"

"你怎么请？你替我请假他会怎么想？"李楠芝笑着说。

乔庄笑了："姐，我忘了这个茬儿了。呵呵！"

"没事，明天我给他发个短信就行了。"说着，李楠芝就去了木瓜房间。

此时，木瓜已经睡着了，吴姐正在轻手轻脚地收拾着地上的玩具。

李楠芝过去给木瓜掖被角，看到放在床边的孩子的裤子，她拿起来打算挂上，可她一拿，却见有个东西掉了出来，捡起来一看，是个带挂绳的塑封照片，上面是越子木和木瓜两个人的大头贴。

看着越子木的大脑袋和木瓜的小脑袋凑在一起，以及两个人的笑容，她不禁暗想：越子木啊越子木，难道你一点儿都没发现吗？你真的是个木头吗？想到孩子回来时不让自己看这张照片的情景，她明白了，孩子是怕自己说他。可怜的孩子，渴望父亲却又见不到父亲，和父亲在一起却又不知道，真不知道他们父子什么时候才能真正彼此知晓。

第二天一早，她带着木瓜出了家门，坐上肖凌派来的车直奔机场。临走前，她叮嘱吴姐要去幼儿园向老师说明情况。

到了机场，临要上飞机时，她给越子木发了一个短信，只是告诉他，临时有事要出去几天，向他请几天假。

短信刚发出去越子木就给回复了："有事就去办吧，什么时候回来都行。"

看着手机屏幕，她在心里想：你个大傻瓜，出来这么长时间恐怕还没回家看过妈妈吧？你不见可以呀，现在老人家可要和她孙子见面了。

一想到这儿，她不禁嘴角露出一丝微笑。

中午时分，飞机降落在越子木老家的机场。肖凌早已经安排了司机接机，所以，她们一出机场就看见有人打着牌子，上面写着：接木瓜。

李楠芝一看，差一点儿笑出声来。心想：一定是肖凌让这么做的，估计她是怕写“李楠芝”会引起不必要的麻烦吧。

上了车，他们就直奔那个生活了二十年的小城而去。坐在车上，木瓜高兴地看着窗外，问这儿问那儿的很是兴奋。

看着孩子，李楠芝回想着早上走时木瓜的问话，不禁沉思起来。

早上一起床，给孩子穿衣服时她说：“木瓜，今天咱们不去幼儿园了，妈妈要带你去一个地方。”

木瓜好奇地看着妈妈，却噘起嘴问道：“为什么不去幼儿园呀？”说着，还用手摸了摸裤子口袋。她知道，那口袋里装着那张照片呢。

她笑着说：“木瓜，想没想姥姥呀？”

“姥姥？想！”

“那……妈妈今天带木瓜见姥姥好不好？”

“好！”

“木瓜，妈妈还要带你见奶奶好不好？”

木瓜一听，顿时眨了眨眼睛自语着：“奶奶？”

“对呀！就是爸爸的妈妈呀！你叫奶奶！”

“木瓜有奶奶？”

“对呀，木瓜当然有奶奶了！就像你有妈妈一样，爸爸也是有妈妈的呀！”

“爸爸的妈妈？”

“真聪明！对，就是爸爸的妈妈，是木瓜的奶奶。”

此时，木瓜无比憧憬地看着窗外，眼睛闪闪发亮，他高兴地说：“妈妈，那木瓜能见到爸爸吗？”

看着孩子的眼神，她摸了摸他的头，长出口气说道：“以后会见到的。”

“又见不到爸爸。”木瓜噘起了小嘴。

就在她给木瓜穿好了衣服出去忙活时，木瓜偷偷地从自己的枕头底下拿出了一张照片插到了那张他和越子木的照片后面，然后挂到了脖子上，并把照片塞进了衣服里面。

此时，李楠芝蒙着面纱，看着窗外熟悉的一切，她不禁感慨万千。

想想自己，自从越子木在婚礼上出走，自己又带着母亲到了泰国继承了父亲的公司后，竟一直都没有回来过，时间过得真快呀，一晃已经五年了。如今，连木瓜都这么大了，却还从未见过他奶奶。一想到越子木的母亲，一种愧疚之感就油然而生。想来，老人盼孙子应该盼好几年了吧，但造化就是弄人，和越子木结婚之前的那一次次温存竟怀上了孩子，傻瓜的越子木可能做梦也想不到吧。

可是，令她担心的是，自己容貌的改变该如何对两位老人说呢？

还有一件令她担心的事，那就是木瓜一定会发现越子木照片的，一旦他知道越叔叔就是自己的爸爸，他会怎么想呢？

一想到这儿，她就心烦。

正在这时，就听木瓜喊道：“妈妈快看，是姥姥！”

她往窗外一看，就见在前面不远处小区的大门口，自己的妈妈和越子木的妈妈正拉着手边说话边往这边张望呢。

她心想：一定是妈妈说了木瓜的事，因为她看见越子木妈妈脸上洋溢着微笑，而那却是幸福的、焦急的、期盼的和渴望的笑。

车一停下来木瓜就跑下了车，拦也拦不住。跑到姥姥跟前，木瓜张开小手就扑进了姥姥的怀里。等李楠芝走到近前时，见越子木的妈妈看着正在和他姥姥亲热的木瓜，眼里竟全是泪水。

“妈……”她叫了一声就再也说不出话来了，声音哽咽着，上前拉住了婆婆的手。

越子木妈妈扳着她的肩膀，仔细端详着，然后指着木瓜问道：“楠芝啊，这孩子是……”

她点了点头：“嗯，是木瓜。”

“木瓜？”越子木妈妈一脸的疑惑。

74. 木瓜见奶奶

“妈，我给起的小名，和越子木的一样。”李楠芝说着，就从母亲怀里抱过木瓜，“木瓜，快来，叫奶奶!”

木瓜怯生生地看着奶奶，然后却躲到姥姥身后，小声叫了一句：“奶奶……”

越子木妈妈赶紧弯下腰，拉着孩子的手：“快让奶奶看看，哎哟，咱们的小木瓜还真和他爸小时候很像呢！”说着就抱起了木瓜，在他的小脸上又是亲又是贴。

此时，两位老人眼里和脑海里全是木瓜，却根本没有注意到李楠芝脸上蒙着面纱的蹊跷。

越子木妈妈抱起木瓜，一边往小区里走一边回头说着：“咱们进去吧，他姥姥。”

李楠芝和母亲微笑着跟在了后面，往小区里走时，她妈妈这才发现李楠芝脸上蒙着面纱，不禁说了句：“见了婆婆怎么也不摘下来？”

李楠芝抱着母亲的胳膊，小声说：“妈，和你说件事，我这脸抹化妆品过敏了，所以……”

“哦，那一会儿和你婆婆说清楚，要不然还以为怎么回事呢！”她妈妈说着，就又看向了前面被越子木妈抱着的木瓜。

进了屋，越子木妈把木瓜放下就张罗着做饭的事。

李楠芝说：“妈，我去做饭，你们和孩子玩吧。”

“那好，菜都在厨房里，听说你们要回来，我一早就去早市买的菜，都是新鲜的。”越子木妈指着厨房说着，目光却又落到了木瓜身上。

李楠芝脱了外衣，挽了挽衣袖就往厨房走，路过自己和越子木的房间时，她下意识地停住了脚，看着紧紧关着的房门，她轻轻一拧把手，门开了。

房间还是那个房间，屋里的摆设也是依旧，但人去屋空，恍如隔世。墙上，那张大幅的结婚照还挂在那里，照片里的两个人一脸的微笑，而此时的李楠芝却一点儿也笑不起来。衣柜和书柜干净整洁，一尘不染，一看就是经常有人打扫和擦拭。

李楠芝看了半天，她拔下门上的钥匙，反手把房门给锁上了。她是怕木瓜看到那张照片。

木瓜或许是听妈妈说奶奶是爸爸的妈妈的缘故吧，他从刚开始时的陌生，到现在却变得跟奶奶特别亲近了。他围着奶奶问这问那，不时地惹得奶奶哈哈大笑。

奶奶抱着木瓜进了自己的房间，把他放在地板上后，一边趴在地上从床下往出拿东西，一边笑着说："等着啊木瓜，看奶奶给你拿什么。"

小木瓜好奇地蹲在地上看着奶奶。

就见奶奶从床下拖出个箱子来，然后打开盖子，一件一件地往出拿里面的东西。

木瓜还问呢："奶奶，是什么呀？"

"一会儿你就知道了。"

奶奶把箱子里的其他东西拿出来后，就见她从里面拿出一包东西来放在地板上。

木瓜凑了过去，见奶奶打开那个塑料包，竟从里面拿出一堆玩具来。木瓜一看就高兴了，他拿起一个小木枪比画起来。

奶奶慈爱地看着他，说："这是你爸爸小时候玩的东西呢。"

木瓜一听，不耍了，瞪大了眼睛问道："奶奶，爸爸？"

"对呀，这些都是爸爸的玩具，现在，奶奶把它们都给你了！"

可就在这时，木瓜哇的一声就哭了，嘴里还念叨着："我不要玩具，我要爸爸！"

奶奶一听就慌了，赶紧把孩子抱了起来，拍着他的后背念叨着：“对，咱们要爸爸，要爸爸。”边哄孩子边到了客厅。

楠芝妈见孩子哭了，伸出手说：“来，木瓜，到姥姥这儿来，别让奶奶抱了，看累着奶奶。”

木瓜伸出小手到了姥姥怀里。

越子木妈叹了口气，和楠芝妈交换了一下眼色，转身去了厨房。

此时，李楠芝正在厨房里忙着洗菜，见婆婆进来了，就笑着说：“妈不用你，我自己能行。”

越子木妈也不说话，挽了挽袖子开始帮着洗菜。

李楠芝一看就觉得不对劲，但她也不敢问什么。

终于，越子木妈忍不住了，她停住手，看了一眼李楠芝，说道：“楠芝啊，这孩子越子木不知道是不是？”

李楠芝一听，心里咯噔一下子，半晌才说：“木瓜是在他走前……”

“这小子，我一直打电话问他为什么走，可他就说不让我管。楠芝啊，你们到底是怎么回事？吵架了？还是因为你去泰国？”

“妈，其实，我也不清楚到底是为了什么，眼看孩子一天天长大了……”楠芝说到这儿说不下去了。

“那你就没找他好好谈谈吗？”看着蒙着面纱的楠芝，越子木妈又问了一句，“唉，楠芝你在屋里咋还戴着纱呀，不热吗？”

“妈，我这脸用化妆品过敏了，所以……”此时的李楠芝，也只能撒这个谎了。

“那你就没跟他说孩子的事吗？他要是知道有了孩子一定会回心转意的。”越子木妈又说道。

李楠芝想了半天，突然小声道：“妈，现在和他说还不到时候……对了，妈，您千万别给孩子看越子木的照片。”

越子木妈一听就糊涂了，皱着眉问道：“为什么？孩子看样子很想爸爸呀！”

李楠芝想了想，凑近前小声说：“妈，其实木瓜经常和他爸在一起，只不过他以为是叔叔，我没告诉孩子。”

越子木妈一听更糊涂了，说道：“还有这样的事？你们在搞什么鬼？”

李楠芝一边择菜一边说：“妈，你也知道越子木的性格，现在还不知道他为什么离开的，再加上我又继承了父亲的公司去了泰国，这本来对于他这样自尊心强的人来说就难以接受，在没搞清楚状况之前要是再知道孩子的事，恐怕难以挽回他的心。所以……”

听完，越子木妈半天没言语，过了一会儿，她叹了口气，说道：“真是儿大不由娘啊！你说的也不是没有道理，反正我就是觉得不能让孩子没有爸爸。谁知道了，你们好好想想吧。”

两个人聊着就开始做菜，因为都是家常菜，很快饭菜就做好了。李楠芝收拾好了餐桌，拿上了碗筷。

这时，木瓜正在客厅里玩呢，就见他一手拿着个小木枪，一手拿着把塑料剑，在地板上左一下右一下地耍着。

“吃饭喽！木瓜，你看奶奶给你做什么了？这可是你爸爸小时候最爱吃的！”说着，越子木妈把一盘炸鸡腿端了上来。

木瓜跑了过来，看着桌上的炸鸡腿，他又怯怯地看了一眼妈妈。

越子木妈一看就明白了，她拉过木瓜：“走，奶奶给你洗洗小脏手去再吃，好不好？”

“好。”木瓜就跟着去洗手了。

等洗完了手，来到桌前，越子木妈拿过一个鸡腿递给了木瓜：“来，吃吧，就用手拿着！”

可是，木瓜却还是看着妈妈。

越子木妈回头看了一眼李楠芝，说道：“咋把孩子管成这样呢！连鸡腿都不让吃了？”

李楠芝一听，赶紧冲木瓜点了下头。木瓜高兴地拿过鸡腿就吃了起来。

“来，他姥，楠芝啊，过来吃饭啊！”越子木妈招呼着。

李楠芝坐在木瓜旁边，说道：“妈，你们吃吧，我不饿，我喂木瓜。”

“说什么不饿？坐了一天的飞机，把纱拿下去，又没有外人，还怕看？”越子木妈说着就看着木瓜。

楠芝妈也说道：“楠芝啊，把面纱摘了吧，就是再难看，这儿也没有外人啊，你蒙着纱吃饭也不方便哪！”

李楠芝咧了咧嘴，正不知怎么办好呢，就听木瓜大声说：“姥姥，奶奶，妈妈才不难看呢！妈妈是大美女！”

李楠芝一听就傻眼了，看来，今天这谎是白撒了。

两位老人一听，同时把目光转移到李楠芝身上，表情里全是疑惑。

她尴尬着犹豫了一下，把手伸到脑后解开了系着的面纱。随着薄纱的轻轻滑落，再看两位妈妈，顿时都瞪大了眼睛，她们互相看了一眼，又把目光同时集中在了她那张脸上。

“妈……其实我不是抹化妆品过敏，其实是……”她不知该怎么解释。

她妈看着自己的女儿刚要说什么，却听越子木妈笑着说道：“先不说了，一定有你的理由，等一会儿吃完饭再说。木瓜，吃点儿青菜好吗？这可是妈妈做的，来，奶奶给你夹！”

说着，奶奶给木瓜夹了点儿青菜放进他的碗里，看着木瓜吃菜，奶奶又说：“你爸爸小时候啊可爱吃青菜呢，木瓜你也不能挑食哟！”

木瓜一听，眨了眨眼睛说道：“奶奶，那我也要像爸爸一样爱吃青菜，不挑食！”说完，就大口大口地吃了起来。

看着木瓜虎头虎脑的吃相，李楠芝和两位妈妈都乐得合不拢嘴了。

吃完饭，收拾完桌子，奶奶带着木瓜去玩了，楠芝妈拉着楠芝的手，看着那张陌生的脸，叹了口气说道：“楠芝啊，你一定是经历了什么重大的变故，不管发生什么样的事，妈妈永远支持你。”

李楠芝一听眼泪就下来了，她就把自己如何变成这副模样的事一一对母亲说了。

听完，母亲自语道：“如今你这副样子，恐怕更难挽回他的心了。没事，回头我跟你婆婆说，她也一定会理解的，更会支持你的。”说到这儿，她又突然问道，“对了，你父亲临终时让你找的你叔叔的后代找到了吗？人家可是为了找咱们娘儿俩才失踪的呀！”

“还没有找到，不过，我一直在暗暗寻找呢，已多次派人找过了，可一直没有音讯。”

娘儿俩在客厅里聊着天，而此时，木瓜却和奶奶在房间里玩得不亦乐乎。他坐在地板上，面前摆满了越子木小时候的玩具，他玩玩这个，又碰碰那个，每一样玩具都觉得那么新奇。

玩着玩着，木瓜抬头看着奶奶，说道：“奶奶，爸爸长什么样子？”

奶奶想到楠芝交代的事情，她犹豫了一下，笑着说：“等一下啊，奶奶给你找爸爸的照片。”说着，她拉开床头柜的抽屉，从里面拿出一本发黄的影集来，翻了半天，最后才取下一张黑白照片来。

“木瓜，你看看，这就是你爸爸小时候的样子。”

木瓜凑到近前忽闪着大眼睛看着照片上的一个小男孩儿，看了半天，他指着照片说：“这就是爸爸？怎么和木瓜一样大呢？”

一句话把奶奶逗乐了，她搂着木瓜看着照片：“这是爸爸像你这么大的时候拍的照片，当然和你一样大了！对了，你知道爸爸的小名吗？”

“爸爸的小名？”木瓜顿时瞪大了眼睛。

正在这时，李楠芝进来了。

“木瓜，该睡觉了，奶奶也累一天了，来，上妈妈这儿来。”

“让孩子再玩一会儿，睡觉还早着呢。”奶奶说着就又抱起了木瓜，继续说道，“奶奶给木瓜讲个故事吧。”

一听说讲故事，木瓜兴奋起来，拍着手高兴地说：“好啊好啊，奶奶给木瓜讲故事喽！”

李楠芝见此情景就退了出去，这时候要是再让孩子去睡觉那就太不近人情了，毕竟，祖孙二人第一次在一起，而且，老人家盼孙子盼多少年了，好不容易知道自己有了孙子，早就乐得不行了，哪顾得上睡觉啊。

奶奶搂着小木瓜就讲起了故事，讲的却是小时候给越子木经常讲的老故事，无外乎就是什么大灰狼和小白兔之类的故事，但木瓜仍然听得津津有味。不知不觉，在奶奶的故事中，累了一天的木瓜甜甜地进入了梦乡。

越子木妈在小心地给他脱衣服的时候，却发现他脖子上竟挂着一个类似于胸牌那样的卡片，她也没太在意，就拿下来放在了床头。可等她给木瓜盖好被子转身要出去时，却无意中看见了胸卡上的那张照片。

看着照片里木瓜和越子木的合影，越子木妈就是一愣，她翻过来掉过去看了半天，却又发现照片后面还夹着一张照片，抽出来一看，顿时就惊呆了，那竟是李楠芝原来容貌的照片。

她拿着照片就出了房间。

此时，李楠芝正和她母亲在客厅里说话呢，见婆婆走了出来，她刚想问木瓜睡了没有，却见婆婆走到跟前指着照片问道："楠芝啊，这是怎么回事？你不是说越子木不知道木瓜这孩子嘛！"

李楠芝拿过照片一看就笑了，她拉着婆婆的手坐在沙发上。

"妈，您听我说，是这么回事……"接着，她就把自己如何到北京开公司，如何进了越子木的公司，以及故意住到越子木那个小区，让孩子接近越子木的事通通说了一遍。

听完楠芝的话，越子木妈嘀咕一句："这个傻孩子，都傻到什么程度了？怎么能一点儿都没觉察到呢？"说完，她又看向楠芝，问道，"那你打算瞒到什么时候是头啊！你长相变就变了呗，知道有孩子了他也不会咋样的，我知道这傻小子。"

"妈，您就听我的，帮帮我，如果挽不回他的心，就算是他人回来了又能怎么样呢？我要的是他的心哪！"楠芝无奈地说道。

"这个臭小子，不行，改天我得让他回来一趟，我得说说他，这么好的媳妇这么好的孩子，他咋就不长心呢？"

"妈，还是顺其自然吧。"

李楠芝说着，就张罗着让两位老人休息的事。

可就在这时，越子木妈却突然拉住楠芝妈的手说："他姥啊，有一件事我一直犯嘀咕，也一直都没机会和越子木说，如今我也一天天老了，心里这个结要是打不开呀我死都不会瞑目的。"

"大姐，别着急，有什么事慢慢说。"楠芝妈拉着她的手关切地说道。

"正好，楠芝也在，你如今是大公司的领导，在外边见过大世面，你也帮我看看……”说着，越子木妈站起身就回了里屋。

李楠芝也不知道是什么事呀，眨着眼睛疑惑地看着母亲，坐在沙发上等。

过了一会儿，就见婆婆捧着个油纸包走了出来，坐在沙发上后，她小心地打开油纸包，从里面又拿出一个手绢包来，打开手绢包，里面又包了好几层报纸，等那一层层纸打开后，就见婆婆拿出一个信封来，从里面小心地抽出一张纸来递给了李楠芝。

李楠芝狐疑地看了一眼婆婆，轻轻地打开那张对折的纸，一看，上面有几行字：一钥分开心相连，生死相随永不叛；他年觅得芳踪至，半匙合璧共承天。

这时，楠芝妈也凑过来看着那张纸，一看那纸上的字迹，楠芝妈突然惊叫了一声：“天哪，木瓜他奶，你怎么会有这个？这是哪来的？”说着，她从楠芝手里拿过那张纸，双手颤抖着，眼里全是泪光……

75．婆媳同盟

当李楠芝和她妈两个人的目光同时落到那张纸上的时候，两个人不约而同地露出震惊的目光。李楠芝震惊，是因为她知道这么一首诗，正是父亲让她找寻叔叔后代的一个线索；而楠芝妈震惊，却是从那字里行间仿佛看到了一个青年的音容笑貌，因为，那是楠芝父亲的字迹。

随着两个人同时“啊”的一声，再看越子木的母亲，看看儿媳妇，又看看亲家，她有些糊涂了。她又从包里拿出那半把金钥匙，可还没等她递给楠芝呢，就见楠芝的眼睛盯着那半把钥匙竟已是泪如雨下！

“楠芝啊，这……怎么回事？

“妈……呜呜……”说着，李楠芝再也说不出话来，她趴在母亲的怀里肩膀耸动着放声大哭。

“孩子啊，别哭，妈明白了，这不是好事嘛，你哭啥？”母亲拍着她的后背，眼里也全是泪水。

越子木妈也坐在楠芝身旁，拍了下她的肩膀，又看了看楠芝妈，皱着眉说道：“楠芝啊，你哭啥？快告诉妈，到底是怎么回事？”

李楠芝抽噎着直起身，看了一眼越子木妈，喊了一句：“妈！”又扑到了婆婆的怀里。哭了一会儿，她把衣服的第一个扣子解开，从脖颈处拉出项链来，并把项链坠摘了下来，拿过越子木妈递给自己的那半枚金钥匙，接着又把自己从项链上摘下来的东西放在一起。

这下，越子木妈顿时惊呆了，她看了一眼李楠芝，颤抖着双手接过那已经合成了一把的完整的金钥匙，仔细端详了半天，疑惑地看着她。

“孩子啊，这是……”

“妈，我越叔叔呢？父亲临终前让找的人就是你们啊！”

一听李楠芝提到越子木的父亲，越子木妈眼里噙着泪，又从信封里抽出另一张带有血迹的纸来递给李楠芝。

李楠芝迟疑了一下，缓缓接过那张带着血迹的纸，轻轻地展开，就见上面写着：“见字如面，带儿速离，自此别过，永不寻仇……”

“妈！爸爸他……”看完这几句话，李楠芝隐约感到，越子木的父亲很可能是遭遇了不测。

越子木妈长叹一声，望着窗外许久才说道：“我见到他爸时他已经不行了，当时他浑身是血……送他回来的人说，本来是要送他去医院的，可他硬是让他们把自己送回了家，可还没到家，他就……”

“妈，那送爸爸回来的人说没说是怎么回事？”李楠芝焦急地问道。

“……什么也没说，不过，看样子好像不会说咱们的话，说的是啥我也听不懂，还都穿着黑衣服！”越子木妈说完，又看着手里的金钥匙，疑惑地看着楠芝妈。

“楠芝啊，木瓜他姥，快跟我说说，这……这到底是怎么一回事呀！”说着，越子木妈举了一下钥匙。

李楠芝擦了一把眼泪，拉着婆婆的手，向她讲述了二十多年前的关于两个青年、两位女子、两个家庭的故事……

当年李楠芝的父亲和越子木的父亲是亲如兄弟的好朋友，两个人一起到外面闯世界，并相约事业有成后要回来接自己心爱的女人。几年后，两个人在南洋闯出了一片天地，李楠芝父亲就让越子木的父亲回去接他的妻儿，顺便让他帮着找一找自己尚未成婚的心爱的女人。两个人约定，将来他们的孩子要是一男一女就做亲家，如果都是男孩儿或女孩儿那就做好兄弟、好姐妹。临行前，他们把那枚金钥匙一分为二，并写下了那首小诗。

然而，李楠芝的父亲一等就是十几年，但越子木的父亲杳无音讯，由于思念自己心爱的女人，李楠芝父亲多次派人回到家乡去寻找，但一直都没能找到。直到有一天，他派出的人终于在这座小城找到了李楠芝她们母女时，而她的父亲也因为思虑过度抑郁成疾，只匆匆见了她们母女一面就离世而去。临终前，他告诉李楠芝，一定要找到叔叔一家或者他的后人，信物就是这半枚金钥匙还有这首诗。

听完李楠芝的讲述，越子木妈再也控制不住自己的泪水，她走到窗前，望着窗外的星空止不住地泪如雨下。

然而此时的李楠芝，却是心情极为复杂。她万万没想到，自己苦苦寻找的人竟然会是越子木，她更没想到的是，自己和他竟早已是前缘注定。

可是，越子木又为什么会离家出走呢？

这时，越子木妈转过身来，楠芝妈迎上前去，两位老人紧紧地把手握在了一起。

“老姐姐，想不到……”楠芝妈说着，声音就哽咽了。

“是呀，咱们近在咫尺却不知竟是亲人！不过，木瓜他姥，毕竟父辈的缘分在孩子们这一辈又续上了，难道这是天意吗？”

此时，看着手里已经合到一起的钥匙，李楠芝也在扪心自问：难道这是天意吗？父辈们约定的指腹为婚竟已成事实，而自己从十岁时就决定要嫁的人竟也是他，难道是上天安排好的吗？而如今，越子木不知何故离家，自己又变了模样，难道这也是上天的安排？

“楠芝啊，这回好了！”越子木妈拉着楠芝妈就坐回到了沙发上，“楠芝啊，这回你跟越子木说吧，他一准会回来的！”

李楠芝抿了抿嘴。她也是这么想的，如果越子木知道了这件事，他会怎么想呢？

越子木妈沉思半天又说道：“不过，这小子应该知道啊，上次我发现他好像偷着看过这封信……不管怎么说，现在他一定会收心的，不看别的还得看孩子呢不是吗？”

“那倒是。楠芝啊，你明早赶紧回去找越子木吧，把所有的真相都告诉他。”楠芝妈说道。

“天也不早了，楠芝啊，你休息去吧，我再和你妈说说话。对了，就让木瓜在那屋睡吧，别折腾了。”

李楠芝答应着就打开了自己和越子木的那个房间，关好门，开了灯，望着屋里的一切，她感到是那么亲切与温馨。

坐在桌前，看着墙上自己和越子木的婚纱照，她又拿过桌上的镜子照了照，不禁失声笑了起来。心想：这个傻瓜艳福不浅呢，他可能根本不会想到我的身世吧，他更不会想到我就是那个找不到家的小女孩儿吧？

想着心事，李楠芝心情大好，她根本睡不着觉，只想着明天早早飞回去好告诉越子木这一切。

坐在桌前，她顺手拉了拉抽屉，里面的东西都还在。可是，当她拉最底层的那个抽屉时却怎么也没拉开，原来，竟是锁着的。

她看了看上面的密码锁，正想起身去床上，可她又疑惑起来，这个抽屉里面到底是什么呢？

强烈的好奇心驱使她又弯下腰去，握着那把密码锁，她暗想：这小子该不会在这里藏着美女的照片吧。想着这些，她心里暗笑，就开始试着开锁。

她试了一个又一个密码，包括自己的生日，越子木的生日，他们的结婚纪念日，甚至连相识的日子都试过了，但锁都没有打开。他到底会设个什么密码呢？

她回想着和越子木的一个又一个值得纪念的时间节点，该试的都试过了，但为什么就没打开锁呢？

一想到这些值得纪念的日子，她不禁感慨万千，想想自己和越子木一起走过的日子，难道这一切都归于缘分吗？如果说，从还在娘胎里时一切就已经注定了，那么，接下来的每一次相遇，都不过是在履行那条被上天已经规划好了的人生轨迹罢了。从自己还是十岁小女孩儿时，到长大后的那一场相逢，再到顺理成章地结婚……

想着这些，她又照了照镜子，心里在说：当年那个小女孩儿啊，你可曾知道，要不是那一次的邂逅，要不是你把他痴痴地等候，情缘会不会改写呢？

可就在这时，她突然想起了自己十岁时邂逅越子木的那个日子，就顺手毫不抱希望地滑动着锁上的数字钮，当那几个数字对齐后，还没等她拽呢，就听“啪”的一声，那把密码锁应声而开了！

她顿时就惊呆了，密码怎么会是这个？

然而，更令她震惊的还有呢。当她从抽屉里拿出一个纸袋，从里面抽出几张纸，从头至尾看了一遍的时候，她彻底震惊了！

原来，那正是越子木委托的那家私人侦探公司给出具的侦探报告。报告上白纸黑字地写的是针对越子木父亲意外身亡所做的调查，调查结果是：泰国李氏企业创始人有重大嫌疑！

一看到这儿，她差一点儿晕过去。

意料之外的事情一个接着一个，令李楠芝刚刚沸腾起来的满腔热血一瞬间就降到了冰点以下。

看着手里这份调查报告，她似乎明白了越子木为什么会离家出走。面对这样的结果，换了谁都会无法接受的。一面是自己心爱的妻子，一面是父亲被害之仇。想着这些，楠芝充分理解了，回想着在越子木的房间里看到的那一幕单身汉独自生活的场景，她意识到，此时，恐怕越子木才是最痛苦的。

她忽然明白了，他一定是因为无法面对这件事才选择了逃避。

这个傻瓜，有什么事不能和我商量呢？难道这份报告说的就是事实吗？

是呀，报告里说的是事实吗？不管是不是事实，在越子木的心里，他一定会想，她的父亲是因为想要独占公司股份才痛下杀手的吧。一想到这儿，李楠芝不禁打了个寒战。自己的父亲会是那样的人吗？万万不会，在弥留之际父亲拉着自己的手明明是让自己无论如何要找到叔叔一家的呀！他又怎么会做出这样的事来呢？

然而，事实究竟是怎么样的呢？

把那个抽屉重新锁好，她躺在床上却翻来覆去睡不着，看来，自己是空欢喜一场了。本来，还以为这次回去后就能把真相向越子木公开呢，而且还想着要给他和木瓜一个惊喜的，可是，现在看来，一切都已经不可能了。在越子木的心里，恐怕早已经把这件事当成了事实，自己的妻子就是杀父仇人的女儿这件事恐怕在他的脑海里已经根深蒂固了吧。

想着心事，李楠芝就觉得心乱如麻，但她无论如何也不相信自己的父亲就是凶手。看来，自己必须要想办法调查清楚，在事实未清之前，不是揭开谜底的时候。可是，即使自己不说，越子木妈妈难道不会告诉他吗？李楠芝想：一旦让越子木知道自己已经知道了父辈们的事后，一切都不会有挽回的余地了。

不行，不能让越子木妈妈告诉他任何事，包括木瓜的事。想到这儿，她就想着，明天一早一定要跟婆婆说这件事，求得她老人家的支持，等把一切都调查清楚后再说也不迟。

这一夜，李楠芝辗转反侧，直到晨曦初露时她才渐渐睡去。

可她刚睡着不长时间，就被一阵敲门声给惊醒了，就听门外传来木瓜的声音：“妈妈！妈妈！你在里面吗？我好怕！”

她赶紧下了床，可刚想去开门，无意中看了一眼墙上挂着的那幅婚纱照，嘴里答应着：“木瓜，等一下啊，妈妈就来！”然后，就把照片取了下来，找了半天藏的地方，最后只能塞在了床底下。

等她打开门，见木瓜左手一支小木枪，右手一把塑料剑，站在门口可怜巴巴地看着呢。

“怎么了木瓜？奶奶和姥姥呢？”她一把抱过孩子。

“不知道去哪儿了，屋里没人。”木瓜说着，一指床，“妈妈，木瓜好冷。”

她拧了下孩子的小鼻子，笑着说：“你是想妈妈了，来吧，妈妈搂你一会儿。”

木瓜听完呵呵地笑了。

她把孩子抱上床，自己也钻进被里，搂着木瓜，她不禁想起，自己竟好久都没有和孩子一起睡了。看着木瓜的小眼睛小鼻子，竟越来越像越子木了，她在想，得尽快弄清事实，尽快让越子木回到身边，不为自己，也为了孩子。

这时，木瓜把玩具放到了一边，伸出一只小手来轻轻地抚摸着妈妈的脸，而另一只小手却悄悄地放到了妈妈的胸前。她浑身颤了一下，刚想要制止，却看到木瓜忽闪了两下大眼睛就把眼睛闭上了。

她心想：小家伙又在玩心眼儿了，这一点竟和越子木也是那么的相似。她笑了笑，轻轻地把衣服往上撩了撩，然后，把木瓜的那只小手轻轻地放在了自己的衣服里。一瞬间，那肉肉的小手轻抚自己的感觉竟让她心头为之一震，不禁暗暗骂了一句：该死的越子木，你到底啥时候能回来呀！

这时，外面传来了说话声。原来，一大早楠芝妈就和越子木妈去了早市。人岁数一大觉就少，尤其还是在经历了昨晚那一个又一个令人震惊的事后，兴奋还来不及，哪能睡得着呢？

一进屋，越子木妈就小声说："木瓜他姥，要不你先睡一会儿吧，我去做饭，让楠芝她们娘儿俩睡个早觉。"

"不用了，大姐，咱俩还是一起弄吧，我也好久没做早饭了，在泰国呀，待得我难受，他们啥都不让我干。"楠芝妈说着。

这时，越子木妈可能是打算悄悄回屋看看木瓜，可她一开门就紧张地高声说道："不好了，木瓜呢？"

李楠芝一听，赶紧大声喊道："妈，木瓜在我这儿呢！"然后，她把木瓜的小手拿了下来，轻声说，"木瓜，该起床了，去看看奶奶和姥姥给你买什么好吃的了。"

"哦。"木瓜不情愿地从妈妈身边爬了起来。

李楠芝也下了床，简单收拾了一下，抱着木瓜出了房间。

这时，奶奶帮木瓜把鞋拿了过来给他穿上，边穿边说："睡醒了吗木瓜，一会儿奶奶给你做好吃的！"

"妈，您休息吧，我去做饭。"说着，李楠芝就要进厨房。

越子木妈却笑着说："楠芝啊，我去吧，给咱们的小祖宗做点儿他爱吃的。对了，木瓜你最爱吃什么？"

"奶奶，什么是小祖宗啊？"木瓜忽闪着眼睛好奇地问道。

这句话把李楠芝她们都逗乐了。

奶奶摸了摸木瓜的小脸说："小祖宗啊，就是说，你是奶奶、姥姥还有爸爸妈妈的心肝宝贝！"

木瓜一听，却突然说道："木瓜不是爸爸的宝贝！"说着，把小木枪一扔竟噘起嘴来。

看到这一幕，越子木妈回头又看了一眼李楠芝，轻声道："楠芝啊，那你帮妈做饭吧。"说完，又回头对楠芝妈说，"他姥，你就哄木瓜玩吧。"

楠芝妈看了一眼李楠芝，她明白，越子木妈这是有话要和楠芝说呀。

而李楠芝一听说让自己帮着去做饭，正合她的心思，本来，她还打算找个机会和婆婆说事呢，但万万不能让她妈知道。

进了厨房，一边择菜，越子木妈果然开口了。

“楠芝啊，要不，让越子木回来，我跟他说，他会听我话的。木瓜一天天大了，也不能就这么总不和父亲在一起呀！可不能让孩子像他爸似的还没见面就……”说到这儿，她声音有些哽咽了。

李楠芝拉起婆婆的手：“妈，您别难过，我正想和您说这事呢。”

接下来，她就把自己的发现都告诉了婆婆，并一再说千万不要让她妈知道这事。

越子木妈一皱眉：“不会吧，这孩子怎么这么糊涂啊！不调查清楚怎么就断然下此决定呢？那楠芝，你打算怎么办呢？”

李楠芝转过身去，叹了口气说道：“我得调查清楚，在事实未澄清之前，恐怕以他的性格谁说什么他都不会信的。”说着，她又回过身，看着婆婆，“妈，您得支持我，帮我隐瞒这些事情，总有一天会水落石出的。”

“楠芝啊，你说的也对，这臭小子的性格随他爸，犟着呢！那行吧，妈听你的，先不告诉他。但木瓜……”越子木妈有些犹豫了。

“妈，只要暂时先不告诉他这些事，我就有办法。妈可要记住啊，一是我不是楠芝，木瓜也不是越子木的；二是我要找的人也不是越子木，我这儿也没有什么半截金钥匙；三是我们谁都不知道他为什么离开家。”李楠芝笑着小声对婆婆说道。

越子木妈笑着说：“知道了，你们这些孩子，也不知都是咋想的，明明很简单点儿事让你们给弄得这么复杂。好了，妈记住就是了。”

李楠芝又说道：“妈，那半把钥匙您可要保管好了，将来还是您亲自交给越子木吧，事实澄清之后，我们还得用这把钥匙去打开爸爸留在银行的保险箱呢，也不知爸爸在里面留了什么。”

“知道了，妈都保管二十多年了，没事，楠芝你就放心吧！”越子木妈笑着说。

然而，这半把金钥匙真的就安全吗？李楠芝父亲留在银行的保险箱里究竟有什么秘密呢？

76、梦中女孩儿与现实女子

吃完了早饭，李楠芝拉着木瓜的手跟婆婆告别打算回北京。而她母亲说是要在这儿待些日子，陪陪越子木妈。

见楠芝和木瓜要走，越子木妈舍不得地抱起了木瓜，又是说话又是亲，弄得楠芝眼里全是泪水。

“木瓜，走，跟奶奶先回屋，奶奶给你找样东西，还是你爸爸小时候戴过的呢！”说着，越子木妈就抱着木瓜回了自己房间。

她把木瓜放下来，自己又是翻抽屉又是找床下，可是找了半天却什么也没找到。

这时，李楠芝跟了进来。

“妈，您找什么呀？”

“不对呀，我记得一直保留着呢，怎么会没了呢？其实也不是什么贵重的东西，就是越子木小时候戴过的一个小铃铛，里面还刻着他的小名呢。”越子木妈说道。

李楠芝一听，马上想到了自己十岁那年越子木送她回家时为了哄她而送给她的那个小铃铛，那可是伴随她这么多年的东西呀！在想念那位大哥哥的十年里，她就是靠着那个小铃铛才度过了一个又一个不眠之夜。自从发现了他就是那位自己朝思暮想的大哥哥后，她就把那个小铃铛收了起来，为的是怕越子木发现这个秘密。

见婆婆找的就是那个小铃铛，她就笑着说：“妈，不找了，反正以后木瓜还会回来的，到时候再说吧，要赶飞机的。”

越子木妈摸了摸木瓜的小脸，无奈地说："那好吧，回头我再找找。对了，木瓜呀，要经常跟妈妈回来看奶奶哟，奶奶会想你的！"

木瓜懂事地搂着奶奶的脖子，噘着小嘴说："奶奶，木瓜也会想您的！"

"奶奶的乖孙子，真懂事！"抱着孩子，越子木妈眼角里噙着泪水。

临要走时，木瓜拉着妈妈的手，抬头看了一眼妈妈，小声说："妈妈，木瓜可以带着这个吗？"说着，小手一伸露出了那把小木枪。

本来，李楠芝是不想让他拿的，她是怕万一被越子木看见可就前功尽弃了，可看着孩子那期待的眼神，她又心软了，再加上孩子奶奶一再说让他拿着，她也只好同意了。

辞别了两位妈妈，李楠芝带着木瓜坐车直奔机场。路上，她和木瓜进行了"君子协定"，那就是玩这把小木枪可以，但只能在家里玩，不许带到幼儿园，更不许带到叔叔家。

木瓜忽闪着大眼睛问道："妈妈，你不让木瓜带到幼儿园是不是怕小朋友抢？"

李楠芝看着孩子笑了笑没说话。

木瓜又眨着眼睛问："那为什么不能带到叔叔家玩呢？叔叔也不会跟木瓜抢！"

听孩子这么一问，她无言以对了。怎么回答他呢？说是怕被叔叔看见？没道理呀！

见妈妈沉思不语，木瓜小声说："木瓜乖，木瓜听话就是了，妈妈别生气！"说着，他伸出小手搂住了妈妈的脖子。

"那好，妈妈不生气。不过，你可要说话算数啊，不许撒谎骗妈妈！"

木瓜笑着又开始玩那支小木枪。

李楠芝心想：木瓜的玩具枪有好多呢，可他只对这只小木枪感兴趣恐怕不在于木枪本身，因为这是爸爸小时候玩过的缘故吧。一想到这儿，她不禁又揪起心来。

而此时的越子木自从李思月请假走后，他这几天虽然是照常上班下班，可不知怎么，总觉得空落落的。尤其是令他奇怪的是，这几天自己有意识地在小区门口停留片刻，打算等一等上幼儿园的木瓜，可一连等了两天都没见着小家伙。

他不禁纳起闷来，难道木瓜生病了？那也不知道他家在哪栋楼啊。或者是搬走了？一想到这儿，他心里就不由自主地纠结起来。

但有一天下班回家，远远地看见吴姐从超市里出来，他这才放下心来，这说明木瓜并没有搬家。他本打算上前问问吴姐的，可吴姐走得很快，等他走到超市门口时，吴姐已经进了小区，也不知进了哪栋楼里。

晚上睡觉时，越子木睡不着，想着心事他却觉得自己很好笑，怎么突然会对一个孩子和一个自己的手下这么牵肠挂肚呢？

于是，他就强迫自己睡觉，可由于白天思虑过多，他这一睡竟做起梦来，而且还是非常奇怪的梦。

他先是梦见了李楠芝，梦见自己和她的约会，以及生活中的点滴细节，可梦着梦着，竟又出现了一个小女孩儿，好像是在街边哭泣的样子，可还没等他看清那小女孩儿的模样呢，梦却忽悠一下子醒了。

他翻了个身，睁开眼睛，望着窗外的星空，努力地回想着刚才的梦，可都是一星半点儿的残梦，梦中的情节竟一点儿也记不起来了，能够记得的，只有最后出现在梦中的那个小女孩儿。他不禁笑了起来，自己怎么会梦见小女孩儿呢？但他又一想，人都说梦见女孩儿是有贵人的先兆，难道说自己遇上贵人了？

第二天早上他一上班，吴叶就笑呵呵地过来说："越总，那家名表经销商我联系上了，定在今天下午和您见面，不知您有没有时间？"

越子木一听就乐了："好啊，这样吧，让许曼安排一下，找个地方我和对方见一面，好尽快把合同签了。"

"好嘞！"吴叶乐呵呵地跑去找许曼安排地方去了。

越子木只顾忙自己手头的事，也没问许曼到底安排到了哪里。到了下午，吴叶过来说道："越总，您看是您自己去呢还是安排谁和您一起去？"

越子木想了想，说道："这样吧，这个项目是你和魏行负责跟的是吧，那就你们俩和我去吧。对了，在哪儿见？”

他刚问完，还没等吴叶回答呢，就听那边魏行打起了电话，声音很大。

“喂，洋姐呀？对对，我是魏行啊！那什么，我们越总去，我呀……还不知道让不让我去呢，到时再说！那先这样？好嘞！”

越子木顺着声音看了看魏行，可这时他发现许曼也正看着魏行呢，嘴角却露着诡秘的笑。

越子木不禁就是一愣，他这才想起来，那天安排许曼和魏行去张洋那儿帮着把王大军弄走，也不知他们如何解决的，自己这几天竟忘问了，而这俩人儿竟然也没汇报。

这时，吴叶笑着说：“越总，在花漾咖啡那儿见面。”

本来越子木是看着魏行的，他一听吴叶说是花漾咖啡，马上回过头来，瞪着眼睛看了一眼吴叶，接着又看向了许曼。

许曼冲越子木摆了摆手：“可别看我啊，是魏行说要上那儿的！”

越子木又看向了魏行。魏行笑着走了过来。

“越总，是这样的，那家公司离花漾咖啡厅不太远，这不是考虑交通方便嘛，再说了，咖啡厅也比较适合谈事儿，所以……”

越子木摆了摆手：“好了好了，谁也没说那儿不行啊。走吧，别让人家等着急了。”他说着就简单收拾了一下桌面，却边收拾边问许曼，“对了，许曼，那个什么王大军最近还去骚扰张洋吗？”

“这个你可别问我，张洋是你的朋友又不是我的，再说了，就是问你也得问魏行，而不是我！”许曼说着一转椅子回过身去。

越子木愣了一下，又看了看魏行。这时，他才发现，魏行不知什么时候把那一头的长发给扎了起来，再也不像以前那样散乱着了，胡子也弄得干净了许多，整个人就像换了副面孔一样。

“哦，那小子再不敢来了，也不会来了。呵呵！”魏行嘻嘻地笑着。

越子木从他的笑声里总觉得有些不对劲，但到底是哪里不对劲自己又说不上来。

他带着吴叶和魏行往出走，可他刚走到门口又停住了，回过头看了看乔庄，说道："乔庄啊，你知不知道李思月啥时候回来？"

乔庄眨着眼睛看了他一眼，笑着说道："越总，李思月可没跟我请假，她啥时候回来你都不知道我怎么会知道呢？要不，我帮您打电话问问？"

越子木赶紧摆了摆手，接着又苦笑了一下，自语道："可也是，你怎么会知道呢。"说完，转身出了门。

三个人到了张洋的咖啡厅，越子木刚一进到大厅，吴叶就笑呵呵地紧走几步朝一张桌子走了过去。等她和那人寒暄完，就笑着说："这就是我们越总。"说着，吴叶回身指向了越子木。

那人一转身，越子木正好与她四目相对，他刚想伸手，但还没等握她的手呢，一见她的脸，他竟愣住了！

而此时，这位貌美的女子一见越子木也同样愣住了。两个人都瞪大了眼睛，不约而同地互相指着对方："怎么是你？"

正所谓无巧不成书。那么，越子木见到的这位少妇到底是谁令他如此的惊讶呢？前文说过，越子木的老同学、好哥们儿杜峰之所以留在北京打拼，全是为了一个女人，那是他在大学时一直苦苦追求的人，但后来她嫁给了一个富商，而且，她并不知道杜峰留在了北京。

这个少妇就是杜峰曾经暗恋的人——白露。

虽然白露在大学时和越子木以及杜峰并不在一个系，但作为杜峰的好哥们儿，他暗恋的人是谁越子木怎么能不知道呢？所以，一见到那张脸越子木就十分震惊。而他震惊的有两点：一是没想到会这么巧碰上白露，二是没想到吴叶所说的这家公司的老总竟会是她。

人生往往就是这样，有些人，虽然在一个城市，却不一定能遇见；有些事，虽然顺理成章，却总会出乎意料。别说是越子木，就是杜峰在北京待了好几年，竟连一次都没有遇到过他心仪的这位白露。或许这就是所说的缘分吧。

见越子木震惊的表情，白露倒大方地笑了。

"我当是谁呢，这不是咱们的大才子嘛！"白露笑着说完，却又小声嘀咕了一句，"我说的这臭丫头怎么不告诉我呢……"

越子木眨了眨眼睛，定了定神，还是伸出手和白露握了一下。

“这么巧啊，怎么会是你？”

“那你以为会是谁？”

两个人正在说话时，一旁的吴叶和魏行都瞪着眼睛看着这俩人。尤其是吴叶，她也没想到会是这样一个场景。而在吧台后面还有一双眼睛正望向这边呢。是张洋。然而，她也只是看了看，却把目光转移到了魏行身上。

落座后，越子木就和白露攀谈起来。吴叶坐在旁边那张桌前，而魏行朝吧台走去。也不知他和张洋说着什么，不大一会儿，服务员端着咖啡走过来放到越子木和白露面前。她看了一眼越子木，眼角却是诡秘的笑。

看着眼前的白露，越子木回想着大学时见到的那个高傲的女生，不禁暗自叹息世事沧桑，这才几年哪，当初那么清纯的女生竟变成了少妇的模样，而且从她的眉宇间明显能够看出岁月的痕迹。难道她生活不幸福？不是听说她嫁给了一个富商嘛。

白露喝了一口咖啡，抬头看了一眼越子木，从他的眼神里，或许读懂了什么，她眨着眼睛问道：“你怎么样？结婚了吗？对了，我听说那时候咱们的大校花不是在倒追你嘛！当时我们系里都传开了……呵呵！”

越子木心想：真是哪壶不开提哪壶。他笑了笑，突然说道：“和杜峰有联系吗？”

听他提起杜峰，白露手抖了一下，虽然只是轻轻的那么一下，但越子木看得真切。

白露长出一口气，说道：“早知道是你就不用费这个劲了，干脆，明天就把合同签了吧，和谁合作都是合作，你我还放心点儿！怎么样？”

见她不愿意回答，越子木也就不好再多说什么了，他笑着说：“好啊，只要你相信我，咱们就签约，如果觉得我们公司还行，到时候咱们再深度合作。”

“那好，咱们就这么说定了，明天签约！”说着，白露站了起来。

越子木笑着说：“为了庆祝咱们合作成功，怎么也得吃顿饭吧？今晚怎么样？我安排！”

白露眨了眨眼睛想了一下，笑着说："要不改日吧，反正日子长着呢！你说呢？"

"别介呀？拣日不如撞日，就今天晚上，这都多少年没见了，就是没合作这个事也得好好聚聚，就这么定了，咱现在就走，我找地方！"说着，越子木抬腿就走。

白露站那儿看着他，愣了半天，但最后还是跟在了他身后。

路过吧台时，越子木刚想叫魏行，他却发现，魏行和张洋两个人正低着头，确切地说是头碰头在那儿窃窃私语呢！他一愣，心想：这什么情况？难道是……突然，他脸上露出了笑容，连吴叶想要去叫魏行都被他给制止了。

他朝吴叶摆了摆手，也没和张洋打招呼，悄悄地出了咖啡厅。

到了街上，吴叶识趣地说："越总你就陪白总吧，我还有事就先走了！"

越子木看着她笑了笑。吴叶又冲白露点了下头，就匆匆离去。

此时，天色已晚，外面寒风刺骨。越子木裹了裹大衣，回身对白露说："白露，你穿的有点儿少，要不要把我大衣给你？"

白露笑了笑，说道："我不是柳依依！"

越子木咧了一下嘴，心想：嘴皮子可真不饶人。

他边走边寻思着，去哪儿吃呢？听着后面白露的脚步声，他灵机一动，朝杜峰的酒吧走去。

白露在后面还说呢："越子木，这是要去哪儿呀？我车停得远，你车呢？"

越子木回身道："还没有车呢！就等着和你这单生意签约后买呢，对了，你啥时预付款哪？"

"我不信！你还能没有车？"白露在后面说着。

越子木也不答话，自顾在前面走着。

从张洋的咖啡厅到杜峰的酒吧并不远，因此没有一会儿就到了门前。越子木回身伸了下手："请吧！"

白露把大衣领子往下拽了拽，抬头看了看，说道："这是哪儿呀？"

“走吧，进去就知道了。”越子木说着就一拉她的胳膊，两个人进了酒吧。

本来，越子木是想带着白露到杜峰的酒吧来，好让他们两人见一面，虽说现在杜峰和许曼正打得火热，但人家白露也是有家的人哪，因此他并不怕会发生什么，怎么说也是校友嘛。但是，接下来发生的事令他万万没有想到，自己的一片好心却办了坏事。

走到酒吧门口，白露抬头看了一眼招牌，顿时就是一愣，自语道：“这里面怎么有我的名字呢？”

越子木含笑不语。

两个人一进酒吧，越子木找了个角落坐了下来，白露也坐在了他的对面。

白露边脱大衣边四下看着，自语道：“这不是酒吧嘛！越子木你怎么带我到这种地方啊，我又不会喝酒。”

越子木笑呵呵地脱下大衣，搭在椅子上说：“等一会儿你就明白了。”

说完，他四下看了看，可看了半天也没见到杜峰，无意中，他却发现吧台后面一个人正在那儿忙活呢，等她回过头来才发现，竟然是许曼！

一看许曼在这儿，越子木就愣了一下，心想：要坏事。

正想着呢，许曼一眼看见他了，笑呵呵地出了吧台走过来。

越子木看了一眼白露，脑海里迅速想着对策。

走到近前，许曼一眼就发现了白露，她上一眼下一眼地看着白露，嘴里却在和越子木说话：“越总，有客人？要喝点儿什么？”

越子木还没等回答呢，许曼又说道：“杜峰有事出去了。”

她这句话不要紧，再看白露，顿时瞪大了眼睛看着越子木。越子木一下子就蒙了。

缘分这东西有时很是捉弄人，对于杜峰来说，苦求不得的缘，不经意间却来了……

77. 相见不如怀念

白露听许曼提到杜峰，当时就愣住了，她看了一眼越子木，见他在那儿瞠目结舌，就转向许曼问道："这位小姐，你刚才说的是谁？"

许曼看了她一眼，说道："姐们儿，你这个称呼有点儿扯吧？我说的是杜峰啊，怎么，认识？"

白露尴尬了一下，赶紧说："对不起啊！杜峰？他在这儿？"

"对呀！你进来时没看招牌吗？峰单白露，就是杜峰的峰啊！他是这儿的老板！"

见白露又是惊喜又是奇怪的复杂表情，越子木再也不能沉默了，他笑了笑，先对许曼说："许曼哪，你去随便拿点儿什么喝的来！"接着，他又看向白露，"那个……白露，是这样的，我本打算到这儿再告诉你的。"

刚说到这儿，他示意许曼去拿喝的东西，见许曼回头回脑地去了吧台，他又接着说："这是杜峰开的酒吧，我寻思着到这儿来咱们正好聚一聚，毕竟也都这么多年没见了，再说，你们又……"

白露看了他一眼，低头不语。她四处打量着这间酒吧，最后目光还是落到了正在吧台后准备饮品的许曼身上。

"刚才那位美女好像不是服务员，她是……"白露眨着眼睛怀疑地问道。

越子木心想：还是先别说太多，等以后她自己问杜峰吧。想到这儿，他干咳了两声却说道："怎么还不拿喝的？"

“刚才那美女你认识？”白露又问。

“哦，是我公司的。”越子木冲她笑了笑，但就连他自己都感觉到自己的笑有些牵强。

正说着呢，许曼亲自端着托盘走了过来，她把两杯饮品放在桌上，目光却还是盯在了白露身上。

要不怎么说呢，女人的直觉是很准的。许曼刚才一看见白露就觉得不对劲，她隐约感到自己和这位美少妇之间肯定会发生点儿什么，但到底是什么她又说不上来，反正就是怪怪的。尤其是听她打听杜峰，许曼不禁一股醋意涌了上来，心想：该不会是杜峰的前女友吧？如果不是，她为什么那么好奇打听杜峰？如果是，那这越子木可就不怎么地道了。

想到这儿，许曼又看向越子木，见他脸上的表情怪怪的，她转身时瞪了他一眼，心想：如果要是真的，看我怎么收拾你！

为了缓解尴尬，越子木端起杯子喝了一口饮料，然后又示意白露喝点儿东西。可白露回身拿过大衣站起来就要往外走。

慌乱中，越子木差一点儿呛着。他赶紧站起身，一伸手拦住了白露：“白露，别走啊，你要是不喜欢这里，咱们可以去别的地方。”

白露看了他一眼，笑了笑，说道：“改日吧，今天我真的没心情！”说完，抬腿就往门口走。

许曼一听，什么？白露？她一下子就惊呆了。

越子木愣在那里看着她渐渐走远的背影无语了，还能说什么呢？自己这个事办的实在是有点儿欠考虑，但奇怪的是，这白露的反应怎么会这么强烈呢？这不合常理呀！

他正想着呢，就见门口进来个人，与白露走了个对头碰，接着，就见两个人当时就面对面地愣在了那里。那人迟疑了半天，说道：“怎么是你？”

越子木一看，天哪，正是杜峰。他早不回来晚不回来，偏偏赶这个时候回来，许曼又在这儿呢，这不得出事嘛！

他刚走过去，却见杜峰拉着白露的胳膊走过来了。

越子木看着两人，他下意识地回头看了一眼吧台那边，发现许曼正狠狠地盯着杜峰呢。

“哟，越子木也在呀！正好，咱们好好聚聚！”说着，杜峰回身示意白露坐下。

白露看了一眼越子木，又无比复杂地看了看杜峰，乖乖地坐在了越子木的对面。

杜峰也大马金刀地挨着越子木坐了下来，问道：“喝点儿什么？嗨，问你们也是白问，今儿个到了我这儿就听我的，老同学见面怎么能不喝酒呢？等下啊，我取点儿酒来。”说着，他刚想站起来，肩膀却被一只手给按住了。

“峰子，这谁呀？也不给介绍介绍？”

杜峰回头一看，说话的是许曼。一看见许曼那凌厉的眼神正盯着白露呢，他也看了一眼白露，莫名地心虚起来，支吾着说：“哦，这是……我大学的校友，白……白露。”

许曼一脸疑惑地看向了白露，而她脑海里出现的却是门口那个牌子。但她还是笑呵呵地一伸手，冲白露说道：“你好，我叫许曼。对了，杜峰没跟你说起我吗？”

白露尴尬了一下站起来和许曼握了握手，接着又看向杜峰。

杜峰站起来看看许曼，又看看白露，眨巴了半天眼睛才说道：“哦，是……我女朋友。”

“谁是你女朋友？”许曼瞪了他一眼，转身回了吧台。

杜峰看了她一眼，缓缓地坐了下来。

越子木发现，杜峰一脸的尴尬，白露却低头不语。

不大一会儿，许曼端着个托盘走了过来，把几瓶啤酒和一瓶红酒放在桌上。

“白小姐……不对，不应该这么称呼是吧，那就白姐姐吧，女生还是喝红酒吧。”

白露欠了欠身子，冲许曼笑了一下。

许曼把东西放完，转身看了一眼杜峰，朝吧台走去。

白露想了想，招呼道：“唉？许小……许曼是吧，你也过来呗？”她刚想叫许小姐，却临时改了口。

许曼笑了笑，还是回了吧台。

这时，越子木把酒都倒上了，他举起杯子："来，为了咱们久别重逢，干一杯！"

杜峰和白露两个人也举起了杯子，却谁也不说话，只是浅浅地喝了一口。

越子木放下杯子，看看这俩人就觉得不对劲儿，他在想，是不是自己把白露领这儿来有些欠妥呢？而杜峰的拘谨大概是因为许曼吧。但白露不应该呀？从她的表情上看，分明是有心事嘛！

他自己又喝了一口啤酒，看着这两个不说话的人，他想了想，说道："对了，杜峰，我们都还没吃饭呢，要不，咱们找个吃饭的地儿吧！"

"对对！吃饭去！"杜峰笑着连声应道。

"还吃饭吗？我还不饿呢……"白露小声道。

"跟饿不饿没关系，走吧。"说着，越子木站了起来。

杜峰看了一眼吧台后面的许曼，犹豫着。

越子木冲他使了个眼色，杜峰会意，冲许曼喊道："小曼哪，我们吃饭去，你去不去？"

许曼看了他一眼，又看了一下白露，大声说："我吃过了，你们去吧。"

"那我们去了啊！"杜峰说着，脸上露出了笑容。

三个人在往出走时，越子木小声对杜峰说："你那么跟许曼说她能去吗？换了我也不去呀！"

杜峰嘻嘻地笑着，长出了一口气。

三个人找了家餐厅就进去了。坐在包房里，越子木还没等说话呢，杜峰却张罗着点菜点酒，忙得这个欢！他就纳闷了，这小子怎么突然活跃起来了？好像还很兴奋的样子。

菜点完，杜峰要了一瓶白酒，还特意给白露点的是红酒，可等菜上齐了，三个人喝了几杯后，脸上已经泛起红晕的白露却把空杯子往杜峰面前一放："来，给我倒白的！"

杜峰和越子木两个人就是一愣，杜峰眨了半天眼睛，但还是给她倒了半杯。

拿过杯子，白露举了起来："来，为咱们多年后的重逢，也为和越子木公司的合作，干一杯！"说完，自己就一扬脖把那半杯酒竟全干了下去。

杜峰顿时目瞪口呆。

擦了擦嘴后，白露看着杜峰说："愣着干什么？喝呀！"

杜峰慌忙举杯干了下去。

越子木观察着这两个人，越来越觉得不对劲儿。他喝了一小口后，放下杯子就看了看表，突然说道："哎呀，我差一点儿忘了，还有个急事没办呢，这样行不行？杜峰，白露，你们先喝着，我去去就来！"

白露看了他一眼："什么事这么急呀？"

"真有急事！"越子木答道。

杜峰却说："那你就忙去吧，快点儿回来呀！"

越子木答应着站起身，从椅子背上拿过大衣，又冲白露笑了笑，转身就往外走，好像真的是很着急的样子。他确实是着急，只不过急的并不是办事，而是急着逃离这家餐厅。

越子木一走，杜峰和白露两个人就聊开了，但大多聊的是生意上的事，两个人都避而不谈大学里的事。边聊边喝着，不知不觉，那一瓶白酒就见了底。

杜峰拿过那半瓶红酒，刚想往自己的杯子里倒，却听白露高声喊道："服务员！再来一瓶白酒！"

"还……还喝呀？"

"既然喝就喝个一醉方休！"

白露说完却盯着杜峰，目光温柔，表情复杂。

杜峰犹豫了好半天，终于还是问了。

"白露，你……过得好吗？"

白露看了他一眼，笑着说："好，好着呢！我一个人一天无忧无虑的，不愁吃不愁穿，怎么会不好呢？"

杜峰一听就蒙了。什么？一个人？难道她离婚了？

此时的杜峰心情复杂极了，人都说相见不如怀念，这句话恐怕对于现在的杜峰最贴切不过了。

人生最遗憾的莫过于轻易地放弃了不该放弃的，固执地坚持了不该坚持的。

对于杜峰来说，当初他坚持了自己认为应该坚持的，但自从遇上许曼后，他突然发现，原来自己一直以来坚持的东西竟然是那么的毫无意义，所以，他及时地放弃了应该放弃的。

而对于白露来说，当初她放弃了自己认为应该放弃的，而选择了能够给她一切物质需要的人，然而，随着时间的推移，她开始怀疑，自己的选择是不是错了。而事实证明，她，真的错了。

婚后第三年，她的富豪老公又有了喜欢的女孩儿，就像当初喜欢她时一样。虽然最后她分到了非常可观的财产，但离婚对于一个女人来说，就像是被霜打过的寒菊，虽然绽放的是清醒，但马上面临的是凋零。

杜峰和白露两个人喝着重逢酒，谈着尴尬事，越聊杜峰越觉得陌生。想想自己，前些年一直放不下面前的这个人，自己竟对她是那么的不了解。看着白露的穿着打扮，一看就是个富婆，言语间流露出的也是贵妇才特有的气质。他突然在想，当年那个清纯的女生哪儿去了？一看到白露这样，他不禁暗想：当初自己是个穷小子，也难怪白露不选自己，如果选了，能给她想要的一切吗？

别看喝了不少酒，但白露似乎并没有醉，因为她依然谈笑风生。虽然自己内心的苦唯有自知，但她丝毫没有吐露出来。此时的她，矛盾重重。或许这就是她的聪明之处吧，在曾经喜欢自己的人面前能说自己不幸福吗？能告诉他自己离婚了吗？她，并不傻。至于还有别的什么想法，就不得而知了。

两个人喝着酒，聊着天，眼看天已经不早了，杜峰看了看表，又看了看窗外。

白露眨着眼睛盯着他看了半天，笑着说："时间不早了，今天就到这儿吧，你店里还有生意。"说着，就站起身。

杜峰看了她一眼，说道：“我送你吧，喝了这么多酒。”

“不了，我自己回去就行。”说着，白露回身拿过搭在椅背上的大衣。

杜峰也站了起来，他刚要去拿椅子上的衣服，突然，白露一个趔趄险些摔倒。他手疾眼快，一把扶住了她的胳膊。

“你这样自己回去我可不放心，还是我送你吧。”

白露不好意思地笑了笑：“头还真有点儿晕。还是别送了，你回去晚了行吗？我看那个许曼好像……呵呵！”

“没事，我就送你回家，也不是干别的。”杜峰说着，而手却还扶着她的胳膊。

白露把衣服穿好，看着杜峰笑着道：“女同学也会了，酒也喝了，你还想干什么？哈哈！”

杜峰笑了笑，他突然发现，按理说，自己这一次与白露重逢应该有点儿什么想法呀，可为什么就是没有呢？还不如跟许曼在一起呢，一见着她心就突突。

“你还是别送我了，这样吧，你帮我打个车就行，我自己能回家。”白露说着就往外走。

杜峰依然扶着她的胳膊，先到吧台把账结了，这才扶着她到了店外。

站在街边，他们好不容易拦了一辆车，杜峰打开车门问：“白露，自己回去行吗？你家在哪儿呀，远不远？”

“没事，又不是小孩子了，你回去吧。”白露说着坐在了后座上。

杜峰打开副驾驶车门，冲司机说道：“师傅，麻烦你给送到地方吧，我朋友喝了不少酒。”

可他刚说完，就发现司机正从后视镜里往后看白露呢，还一脸的怪笑。一听他说话，司机笑着说：“没问题，你就放心吧。”可说话时眼睛却始终没离开后视镜。

杜峰愣了一下，心想：你个二货色眯眯地想什么呢？想到这儿，他也回头往车里看了一眼白露，发现她虽然穿着大衣，但由于衣服扣子没系，敞着怀，露出那低胸的内衣来。

他一想，这哪能放心让她自己回去呀，就一拉车后门坐了上去。

“行了，师傅，我还是送我朋友吧，开车！”

那司机回头看了他一眼，皱了皱眉，慢腾腾地挂上挡把车开离了街边。

白露看了一眼旁边的杜峰，翻了翻醉眼，说道：“不是不让你送嘛！”

杜峰看了她一眼，就赶紧把头转了回去：“还是送吧，这样放心。”

白露见他的眼神就笑了笑，自己也低头看了一眼前胸，赶紧把大衣扣子扣上，又笑着小声说：“你是怕我挨欺负？”

杜峰也不敢看她呀，只是低头说：“你要是出啥事你老公还不得找我算账啊！”

白露听完半天没说话。

出租车按照白露指的路七拐八拐地走了几条街，最后停在了一栋公寓前。

“到了？”杜峰边问边往窗外看着，他不禁皱起眉来。心想：她不是应该住别墅的吗?

白露下了车，她看着杜峰，笑着说：“那……我就上去了，你也快点儿回去吧，好好休息！”

杜峰还没等说话呢，就听出租车司机说道：“喂我说，把车钱给了我好走！还得拉活呢！”

杜峰看了他一眼，说道：“请稍等，一会儿我还坐。”说完，他看着白露，又抬头看了看这栋公寓，想了半天但终于还是什么都没问，就说道，“那你上去吧，让你老公给你弄点儿开水，多喝点儿。”

白露苦笑了一下，转身进了楼。

杜峰目送她消失在楼门口后，这才上了出租车。

司机从后视镜里看着杜峰，说道：“我说哥们，你女朋友长的可真火辣！你咋不跟着上去呢？”

杜峰没好气地说：“走，开车！”

司机吐了下舌头就开始掉头。

杜峰隔着车窗往楼上望去，这时，他发现楼上的一扇窗户突然亮起了灯，接着，一个人影出现在了窗前，随着窗帘被拉上，他清楚地看见，那人正是白露。

看到这一幕，他不禁皱起了眉，心想：难道她老公不在家？看样子就她一个人哪！再说了，她不是嫁给了一个富豪吗？怎么会住在公寓呢？

他越想越觉得不对劲，难道她现在是一个人？想到这儿，他又回想着刚才和她聊天时的一幕幕，从她说话的神情和语气上看，也不像是受过婚姻伤害呀？而且还谈笑风生，除了发现她眼角处的鱼尾纹外，脸上明明写着幸福啊？到底怎么回事呢？

一路上，杜峰想着在白露身上奇怪的发现以及那久远的心事，不知不觉就到地方了。他付了车钱，下了车，想了一下，又回头隔着车窗对司机说：“哥们儿，以后悠着点儿啊！别贼眉鼠眼的！”

那司机看了看杜峰的块头，没敢言语，开着车飞快地消失在了街角处。

杜峰这才转过身往自己的酒吧走。夜风吹来，他这才感觉到自己头疼得厉害，毕竟喝了那么多酒。

就在他踉跄着走到酒吧门口时，一抬头，却发现许曼正站在门口望着他呢。一看见许曼，他就觉得这酒醒了一大半。

他笑嘻嘻地走上前：“这么冷你站外边干什么？走，快进去！”说着就要拉许曼的胳膊。

许曼一甩他的手，把抱着的一件棉衣往他手里一塞，瞪了他一眼，说道：“你穿那么少，天这么冷我又不知道你们在哪儿……给你自己拿着吧，我得回去了！”说完，转身就走。

杜峰一下子愣住了，他抱着棉衣，看着离去的许曼，紧跑几步喊道：“小曼，你哪儿去呀这大半夜的！”

“回家！对了，不用你送啊，我可不想和你那个什么校友啊同学的一个待遇！”许曼在前面说道。

“你怎么知道我送她了呢？”杜峰愣了一下。

许曼回过头，看着杜峰说道：“怎么样？不打自招了吧？说，干坏事没？”

“没……没有啊？”杜峰却结巴起来。

许曼又瞪了他一眼说道：“看看，还说没有，说话都不利索了。对了，从你一见那个白露就说话不利索，你们两个肯定有事儿！不过，本姑娘也没资格管你这些，因为我和你也没什么事儿！”

说完，许曼转身就走，只剩下杜峰呆呆地立在酒吧门口。

78. 难缠的美贞

再说越子木，他好不容易撒了个谎逃离了那家餐厅，在回家的路上他想，自己这事做的是对还是错呢？可别出什么事呀！要是那样可就对不住许曼了。按理说应该不会吧，毕竟人家白露是已婚之人，杜峰现在又在追许曼，按照常理应该是不会有什么事的。

他自己给自己吃着宽心丸回到了家里，躺在床上，却怎么也睡不着，脑海里出现的是李楠芝的容貌，恍惚间，脑海里又出现了那次李思月在自己胸前抚摸的情景。

她们两人的动作怎么会如此相像呢？难道是巧合？他又想起了自从李思月到公司来后的一幕幕，除了容貌，她说话的声音，她的背影，甚至她的生活习惯都与李楠芝是那么相似，难道世界上真有这么像的两个人吗？或者，难道这是上天故意在捉弄我吗？是告诉我让我不要忘了李楠芝？

想到这儿，越子木又闹起心来。一想到李楠芝他就莫名地烦躁，他甚至不敢想和她在一起时的每一个细节，有时还努力地想把一切都忘掉。可是，越是想忘却越忘不掉，那些过往就像和他开玩笑一样又一个个钻进他的梦里。就像现在，他明明想的是李思月，但脑海里又被李楠芝占据着。

一想到李楠芝，他浑身更加燥热了。实在觉得难受，他一骨碌从床上爬了起来，三下五除二脱去内衣，到洗手间里冲了个凉水澡。

冲完澡，他拿了条毛巾，擦着身上的水珠走出洗手间。他走到窗前，擦着头上的水，有一搭没一搭地往对面看了一眼，他突然发现，对面楼上的那扇窗户亮着灯，而且，窗前一个长发女子正在向这边张望着。

他往自己身上一看，赶紧回身随便拿了件衣服披在身上。当再一次站到窗前时，他分明看见对面那扇窗前站着的女子用手捂着嘴，好像在笑。他一愣，心想：难道她看见我了？可是，那女子到底是谁呢？最近几天一直没看见她，今天晚上怎么突然出现了呢？不行，哪天得想个办法，一定要调查调查，到底是什么样的女子会经常站在窗前呢？

他把窗帘拉上，打算回去睡觉。可正在这时，就听外面传来一阵敲门声。他不禁狐疑起来，这么晚了会是谁呢？

他问了一句："谁呀！"

可外面根本没人答，但敲门声一阵紧似一阵，好像很着急的样子。

他也忘了自己就上身披一件衣服了，赶紧把门打开。可他刚打开门，就见一个人冲了进来，差一点儿把他撞倒。定睛一看，竟是美贞！

"美贞？你……你怎么来了？"他关上门，转过身问了一句。

美贞也不答话，进来就直奔餐桌，倒了一杯水一顿牛饮后，又喘了半天气，这才回过身来，边擦嘴角边说："吓……吓死我了！"

可她刚说完，一抬头看见越子木，顿时就瞪大了眼睛，紧接着，又赶紧转过身去，一刹那，脸突然涨得通红。

"你……你自己在家怎么还这样啊？是不是又喝酒了？"

越子木一看美贞的动作，再一听她说的话，这才意识到什么，顿时吓得弯着腰就跑到了床前，拿过搭在椅子上的裤子就往上套，可越着急越穿不上，急得他汗都下来了。

"对不起啊，美贞，我刚才冲澡了，不知道你来……"他也不知说什么好，实在是太尴尬了。

这时，美贞呵呵地笑了起来，她转过身，用手挡着眼睛说道："我不信，屋里肯定有人！我得找找。"说着，她竟真的四处查看起来。

越子木迅速穿好衣服和裤子，嘴里还说着："真没有女的，就我自己！"

美贞转到他面前，看着他的眼睛，认真地说道："我不是女的？"

越子木的衬衫扣子还没有系，他吓得赶紧用手掐着衬衫，支吾着："美贞，把……把头转过去吧！"

美贞呵呵地笑着，撇着嘴道："谁愿意看！"

他好不容易把衣服穿好了，这才转换话题问道："这么晚了，你来有事吗？对了，刚才怎么回事？是什么吓着你了？"

美贞噘着嘴坐在了床上，看着越子木道："别提了，刚才在小区外我看见有两个黑影探头探脑的，一高一矮，肯定不是什么好人，吓死我了！"

越子木问了句："不会是你看错了吧？"

"没看错！而且那两个人还一直往你这楼上看呢，也不知嘀咕些什么，看我来了，他们还躲起来了。反正不像是好人！"

"没事，小区外人来人往的，即使是坏人也不用怕。对了，你这么晚了来是……"

美贞却站了起来，边往厨房走边说："有没有吃的呀，我要饿死了！"

越子木跟在后面说道："找找吧，我晚上没在家吃。"

美贞在厨房翻找着问道："是不是和美女喝酒去了？老实交代！"

"没有，是和同学。"越子木也翻着橱柜。

这时，美贞找出一包方便面，打开袋说："还说没有，别想骗我！一看你这样我就知道，一定是泡美女没得手是吧？"说完，又小声嘀咕着，"竟然在家自己脱光光！"

越子木这个尴尬呀，但他也没什么办法，这是个惹不起的主儿！

美贞把方便面放在碗里，又倒了水就放进微波炉里，按了时间设定后，她转过身笑着说："怎么样？没话说了吧？"

越子木却指着微波炉说："就吃方便面？也没营养啊，要不，我出去给你买点儿什么吧？"

"不知道我爱吃这个吗？再说，只要你看着我吃，什么都香！"美贞说着，眼睛却盯着他的脸。

越子木无言以对。这时，微波炉的定时结束，美贞打开门，伸手就从里面往出拿碗，可她刚一伸手就啊了一声。

越子木赶紧走过来："怎么了？是不是烫着了？来我看看！"说着就

抓过她的手。

美贞咧着嘴。越子木发现，她的两个手指肚红红的，肯定是烫着了。

“疼不疼？”他用手轻轻地揉搓着美贞的手问道。

“疼！”

“怎么这么不小心呢？”他说着，就回身打开冰箱拿出几个冰块来给她敷着手指。

“呀！好凉！你是要让我体验冰火两重天吗？”美贞笑着说。

越子木也不答话，帮她敷了一会儿问道：“这回怎么样？好些了没？”

“好多了。那你帮我拿出来吧，嗯，一闻这味我就馋！呵呵！”美贞嬉笑着。

“都烫成那样了还惦记着吃！”越子木说着就把方便面碗拿了出来。

美贞像个小猫一样跟在他身后回到了客厅。

越子木把碗放在茶几上，美贞也不坐沙发，跪在了地上拿起筷子就挑碗里的面，边吹着气边说：“有没有泡菜呀木头！”

“泡菜呀，这个肯定没有，我记得清楚，昨天就吃没了。”越子木说道。

“就知道你没有，不过，我带了，你帮我拿来，我的包就在餐桌上。”

越子木听完愣了一下，心想：还真是个小吃货，走哪都带着泡菜？

等他把包拿过来，美贞从包里掏出个玻璃罐子来放在茶几上。越子木一看，是一罐辣白菜。

美贞说：“你尝尝不？我自己做的！”

越子木坐在了沙发上，看着美贞吃得这个香啊，他还真有些馋了，其实也不是馋，是饿了。晚上跟杜峰和白露虽说是吃饭，但光顾着喝酒了，哪吃主食了？再说，他又是先走的，根本没吃多少东西。

见越子木不出声，美贞抬头看了他一眼，说道：“要是想吃就说话，别像个馋猫似的看着人家吃。来吧，一起吃！”

越子木犹豫了一下，站起来说道：“我去拿副筷子。”

“拿什么？这不是有嘛！来，张嘴，啊——”美贞张着嘴示范着啊了一声。

越子木迟疑着，但还是把头伸了过去。美贞一只手托着下面，另一只手挑着面条轻轻地塞进了越子木的嘴里。

越子木不好意思地吃了一口，然后说道：“这成什么了，我自己来！”说着，从美贞手里拿过筷子就开始挑面条。

美贞看着他一口面一口泡菜地吃着，脸上露出了笑容。可紧接着，她的笑容却一点点地消失了，取而代之的是噘起了小嘴，她想了一下，伸手就抢过筷子，头一伸把越子木的头撞到了一边。

越子木闪开头，看着美贞。就见她抱着碗挑了一筷子面就大口大口地吃，边吃边说：“你不是不爱吃方便面嘛！”

他眨了眨眼睛，伸手就把碗拿了过来：“你不是让我尝尝吗，我还没尝出来好不好吃呢！”说着，又抢过筷子吃了起来。

美贞张着两手看着他，突然大声说道：“木头！你欺负人家！早知道这样就不给你做泡菜了！”

两个人头碰着头抢着那碗方便面吃，美贞觉得好温馨。她把着碗，飞快地挑着面条，生怕越子木会抢。可越子木不知怎么的突然动了孩子心，他一指美贞的脸说道：“哎呀，你脸上怎么了？”

美贞抬起头见他惊奇的眼神，她摸了下脸，问道：“怎么了？我脸上有什么吗？”

“你照照镜子去。”

美贞依言转身去了卫生间。越子木见她一走，把碗挪过来就开吃，等美贞转回来的时候，那碗面已经见底了。

“好你个木头！敢骗我！”美贞指着空碗瞪着他。

“一会儿我再给你煮还不行吗？”越子木嬉笑着。

美贞看了看他，却笑呵呵地凑了过来，她拿过一张餐巾纸，伸到他面前：“瞧你吃的哪儿都是。”说着就要给他擦嘴巴，吓得越子木往后躲闪着。

美贞瞪了他一眼，把纸递给他，看着越子木擦嘴，她却问道：“有酒

吗？”

越子木一听，马上警觉起来，摇了摇头：“没有！我可怕你喝酒！”

美贞脸却一红，小声道：“我都不怕你喝酒你怕我干什么？”

越子木一看她就明白了，她肯定脑海里想的是那次的事，不觉自己低下头来，不敢再说什么了。接着，又站了起来，抱着那个泡菜罐子往厨房走，边走边说：“谢谢你的泡菜啊！”

“又不是给你做的，你往哪儿拿？抢我的面又抢我的泡菜！哼！”美贞故意噘着嘴。

越子木嘻嘻地笑着把泡菜放进了冰箱里，等他再回身打算取空碗时，美贞却已经拿了过来，在水池里洗上了。

越子木倚在门口，看着洗碗的美贞，他眼前却出现了李思月在那洗碗的情景，恍惚间，仿佛那站着的又是李楠芝。他晃了晃头，觉得头有些不清醒，就说道：“美贞，要是没什么事你就回去吧，我好困哪！”

“你什么意思？外面那两个家伙那么吓人你敢让我一个人走？就不怕我出事？”美贞忽闪着眼睛看了他一眼。

“那怎么办？我头有点儿晕，怕是送不了你呀！”越子木摸着头。

美贞看了他一眼，小声道：“那就在这儿住呗，又不是没住过……”越子木顿时紧张起来，他眨巴着眼睛不知怎么办好。

而美贞洗完了碗，也不管越子木在那儿发呆，自己径直走到卧室拿了个被子就回了客厅。

越子木跟了过来，一看美贞抱着个被子他就傻眼了。无奈之下，说道：“客厅很冷的，你要是睡就睡床吧。”

美贞把被子往沙发上一放，回头看了他一眼，说道：“有没有搞错！让女生睡沙发？这是给你的！”

“啊……”越子木张着嘴瞪着眼睛看着她。

此时，他脑海里急剧地转动着，努力地想着办法，该如何不让她在这儿睡呢？

想了半天，还是没什么好的办法，无奈之下，他支吾着说道：“美贞，要不，还是我送你回去吧，你在这儿……不方便！”

“有什么不方便的？你放心，我绝不会欺负你的！”美贞说着就呵呵地笑了起来，把越子木弄得一愣一愣的。

难道就让她在这儿睡？越子木突然想到了刚才在窗口看到的那一幕，他心想：不行，绝对不能让她在这儿睡，不能给她任何机会，弄得不明不白的以后更难办了。

想到这儿，他正色道：“真的，美贞，还是回去吧，我现在头也不疼了，我送你！”

美贞看了他一眼，一屁股坐在沙发上，抱着被一言不发。半晌，才说道：“要不，我睡沙发也行，外面那么冷……”

越子木看她那副可怜巴巴的样子，心又有些软了。

想想美贞一个女孩子，只身在中国也确实很不容易。再说，爱一个人有错吗？可是，自己真的不能给她什么承诺呀！

想到这儿，他狠了狠心，转身到衣柜里翻了半天，却翻出条围脖来。拿着那个围脖，他又犹豫了，那可是李楠芝当初给织的呀！

他正犹豫着，美贞不知什么时候走到他身后，一看那条红色的围脖就笑呵呵地说道：“这围脖好好看哪！是给我的吗？”

越子木回过头看着她，一时语塞，支吾着说道：“是借你的，你不是说外面冷嘛！”

“小气！不就是个围脖嘛，哪天我给你织一个就是了！”美贞说着，也不管越子木同不同意，从他手里拿过来就围在了脖子上，还去镜子前照了又照。

越子木心想：我自己都没舍得围几次呢，这丫头可别不还我呀！

见美贞高兴的样子，他抓住机会说：“这回可以走了吧？”

美贞瞪了他一眼，转身就去桌上拿包。越子木披上大衣，正要走呢，就听美贞说：“我差一点儿忘了，我来是想告诉你，得当心点儿，我听说金志勇他们想对付你呢！”

越子木一听，又想起美贞刚进来时说的外面那两个黑影，他似乎有些明白了。看来，自己是被人监视了。

美贞又接着说：“对了，我给我爸打电话了，说了这边公司的事情，我爸说他要把志勇调回去呢，说是要重新派个人过来，也不知是谁，只要别像他们那样就行啊。”

“我知道了，没事，他们不敢把我怎么样。”越子木说着就要开门。

正在这时，却传来了敲门声。

越子木就是一愣，心想：今晚是怎么了？这都几点了怎么还有人来？会是谁呢？

美贞也很奇怪，小声说：“该不会是坏人吧……要不，别开门了，也别出声！”

越子木笑了笑，说道：“怕什么？这是我家！”说着，伸手就去开门，美贞却躲在了他的身后，探个头紧张地看着。

门开了，越子木一看，当时就乐了。原来，门外站着的是乔庄。

“乔庄，你来得正好！”越子木笑着说道，却忘了问他为什么来。

乔庄看了一眼躲在越子木身后的美贞，说道：“越总，不好意思啊，打扰了！我来是想和您请个假，刚才打你手机打不通。”

“是吗？不会呀，明明是开着机的呀！”越子木说着就掏出手机，在屏幕上划了半天，手机确实是开着机的。

“可能是没信号吧。我想请个假，明天有点儿事不能去上班了。”乔庄说着话，眼睛却看着美贞。

美贞冲他笑了笑，说道：“是乔大哥呀，上次谢谢你送我。”

乔庄笑了笑，却看向越子木。

越子木回头看了一眼美贞，又转过头对乔庄说：“还得麻烦你一趟，帮我把美贞送回去，我喝了点儿酒，头有点儿晕。”

美贞一听，顿时就瞪了他一眼。

乔庄笑了笑：“没问题！走吧，美贞小姐！”

美贞不情愿地从越子木身后闪了出来，边往外走还噘着嘴生气。

“越总，那您休息吧，我去送美贞。”说着，乔庄转身就和美贞准备下楼。

越子木手扶着门，看着他们两个人往楼梯下走，他想了想，突然喊道：“等一等！”

乔庄和美贞回过头来。

他转身关好门，走到乔庄面前说道：“还是我跟你一起送吧，你回来时一个人走夜路我也不放心。”

美贞一听，乐得转身就抱住了他胳膊。而乔庄却犹豫了一下，但只是笑了笑，没说什么。

79. 家里被盗

那么，乔庄怎么会大半夜的跑来呢？而且，越子木的手机明明是开着机的，她又怎么说电话没打通呢？

原来，越子木在窗前看到的正是李楠芝。白天时，她已经带着木瓜回来了。她几次习惯性地到窗前往越子木那栋楼看，但都没亮灯。当越子木的窗前亮起灯时，她无比期盼地看向那扇窗，正巧越子木刚洗完澡在窗前擦头发呢。一见他光着身子，她就是一愣，但紧接着见越子木惊慌失措地跑回去找衣服穿，她就忍不住笑了起来。

见越子木把窗帘拉上了，她心里暗想，是发现我了吗？不过，难道一个人住洗完澡就可以不穿衣服乱走吗？没个女人管还真是不行！

可就在她刚想转身时，无意中往楼下看了一眼，却发现一个女孩儿正风风火火地往越子木那栋楼走呢，还回头回脑的，就在那个女孩儿回头的时候，她发现，那不是美贞吗？难道她是来找越子木的？

这么晚了她来会是什么事呢？她心想：也不知越子木现在穿好衣服没有，这要是让美贞撞见可不是什么好事。孤男寡女的，还是大半夜。

想到这儿，她叫过乔庄。

“小乔啊，你穿好衣服，恐怕还得跑一趟，这大半夜的姐也不想让你一个人去外面，但没办法呀！”

乔庄笑着说：“没事，姐你就说吧，什么事？”

李楠芝又回身看了一眼窗外，说道：“你还得去对面一趟，我刚才看见美贞来了。”

“我明白了，姐！你就放心吧，保证完成任务！”

“那就去吧，路上要小心啊，快点儿回来！”

乔庄答应着穿上衣服就出了门，往楼下走时想着见到越子木时的说辞，看来，只能撒谎了。

所以，她这才敲了越子木的门，还幸亏她去，正好解了越子木的围。但令乔庄没想到的是，越子木竟然一反常态地要和自己一起送美贞。

三个人走到小区门口时，越子木四下看了看，而美贞则好像很害怕的样子，一直抱着他胳膊。

他们这一幕被在楼上的李楠芝看个正着，她心想：越子木跟去做什么？那个美贞可真是难缠，怎么还抱人家的胳膊？看着这一幕，一股酸劲涌了上来。

三个人站在街边打车，越子木往四周看了半天，却根本没见着美贞说的什么人影，只是在街角处的暗影里停了一辆车，好像还打着火。

越子木也没太在意，等出租车过来后，他们上了车就直奔美贞租住的地方。

到了美贞家门口，下了车，美贞就过去敲门：“静珠！开门，是我！”可她敲了半天也没动静。

美贞嘀咕着：“这个懒猪，睡得这么死！”说着又敲。

过了好一会儿，门才开了，静珠打着哈欠揉着眼睛说：“以为你不会回来了……”揉完眼睛，她一抬头就看见了越子木和乔庄，尤其是看见乔庄，她眼睛一亮，先是愣了一下，接着就满面笑容地小声和美贞说，“那是谁？好帅呀！”

“别花痴了好不好？”美贞说着就回过身对越子木说，“你们回去吧，对了，谢谢你的围脖，好暖和呀！”

越子木欲言又止，心想：围脖肯定是拿不回来了。

和乔庄上了出租车，他们就往回走，走到半路，他突然想起了什么，问道：“你家住哪儿呀？先送你吧。”

“不用，越总，还是先送你回家吧，你不是头晕嘛。”乔庄说道。

越子木不再说什么，却回想着刚才乔庄的话，他越想越觉得奇怪，自己的手机明明是开着的呀，而且信号也是满的，他怎么会打不通呢？

想到这儿，他又说道："乔庄，你打一下我电话，我看看是不是坏了，怎么会打不通呢？"说完就拿出手机。

乔庄看了他一眼，偷笑了一下，给他打了过去。

越子木的手机响了。

"这不是通了嘛，好使呀，你刚才怎么会打不通？"越子木狐疑着一举手机。

"可能你家屋里信号不好吧。"乔庄说着看了一眼他的手机，却发现那手机上拴着个小老鼠很是可爱，就笑着说，"越总，你怎么还拴这个呀？真可爱！"

越子木一听，赶紧把手机从乔庄面前拿了回来，说道："拴着玩儿的。"说完就要往口袋里放。

乔庄却伸手拿过他的手机，在手里把玩着那个小老鼠杰瑞，脑海里却在想：李总的另一个手机上也拴着个卡通的挂件，而且还是只汤姆猫。想到这儿，她不禁笑了起来。

越子木要过手机往口袋里一放问道："你笑什么？觉得小儿科吗？"

"没有，只是觉得你挂的东西应该是一对呀，怎么只有一个呢？"乔庄故意说道。

越子木看向了车外，自语道："猫是鼠的天敌，我可不想整天被猫追着。"说完，他脑海里出现了李楠芝以及她那个手机上的汤姆猫来。

乔庄偷偷地乐。

出租车停在小区门口的时候，越子木下了车对乔庄说："你回去吧，明天有事就忙去，路上要小心啊，到家后给我发个信息。"说完，就转身朝楼上走去。

乔庄看着越子木进了楼，这才下了车，付了车钱。

司机说："不走了？"

"对，就到这儿！"

司机边收钱边自语道："搞什么名堂？不是说还接着打嘛！"

等出租车走后，乔庄刚想往小区里走，手机却突然响了起来，她拿出一看屏幕，是越子木。

“喂，越总……”

“乔庄啊，你走没走远？不好了，我家里出事儿了！你回来一趟！”

乔庄当时就紧张起来，她赶紧往越子木的楼上跑去。等跑到楼上，见越子木家的门大敞四开的，越子木正站在屋中间发愣呢。

进了门，乔庄一看，天哪，屋里被翻得乱七八糟的，看样子是有人进来过。

“越总，你走时不是关门了嘛，怎么会这样？”

“就是呀，你看，门锁坏了，肯定有小偷！”

越子木说着，四下看了看乱糟糟的屋子，一脸的悲催。

“看丢没丢什么东西？要不要报警？”乔庄见屋里这么乱也吓了一跳。

“报警就算了吧，家里也没什么值钱的东西。”说着，越子木就检查起来。

可是，笔记本电脑还在，衣柜里的衣服虽说都被翻了出来，但一件没丢。他又检查了一下床边被打开的皮箱，也没少什么东西。他就纳闷儿了，小偷到底要找什么呢？

“越总，你看丢没丢钱？”乔庄提醒道。

越子木却说：“家里根本就不放钱，再说，我也没什么钱，都投公司里了。”说着，他站起来又翻了翻挂在衣架上的衣服口袋，却发现里面的钱竟然还在。

他就更奇怪了，不拿钱，不拿衣服，这不像是个敬业的小偷啊！人都说小偷不空手，可这个小偷什么也不拿，难道是专门来找东西的？那到底是要找什么呢？

见没丢什么东西，越子木转身对正在帮着收拾客厅的乔庄说：“你先回去吧，反正也没丢什么东西。对了，这件事不许和任何人讲啊，明白吗？”

乔庄点了点头，但并没有走，还是挨个儿收拾着地上被翻乱的东西，等收拾好后，她这才告别了越子木。

回到家，见李楠芝还没睡，她就说了越子木家被盗的事。

李楠芝急切地问道：“丢什么东西了吗？”

“啥也没丢，再说，越总家也没什么值钱的东西。”

李楠芝走到窗前，看着对面那扇窗自语道：“只要人没事就好！”说完，她又回过头来，看了看乔庄，说道，“怎么没值钱的东西呢？”

乔庄先是一愣，接着就笑了：“姐，你是说拿杰瑞鼠的那个人吧……呵呵！”

第二天一早，越子木给物业打了电话，让他们来帮着把门锁换上。等忙活完了，也差不多到上班时间了，他草草收拾了一下就匆匆下了楼，快步朝小区外走去。

按照和白露的约定，今天是签约的日子，得到公司抓紧安排一下。想着这些，越子木低着头，匆匆走到小区外。

不经意间，他一抬头，却看见一个熟悉的身影，一个小家伙被吴姐领着正朝这边走呢。那不是木瓜嘛！

越子木顿时露出了笑脸，迎上前去拍着手弯下腰：“木瓜！”

这时，木瓜也看见了越子木，他松开阿姨的手跑过来，越子木把他抱了起来。

“木瓜，怎么好几天没看见你呢？想没想叔叔？”

木瓜看着他，说了句：“想。”

吴姐走到越子木跟前笑着点了下头：“越先生好！”

“哦，你好！对了，这几天怎么没看见木瓜呢？”越子木回身问道。

吴姐笑了笑，伸手把木瓜抱过来，说道：“木瓜，叔叔着急上班，咱们得去幼儿园了。”说完，冲越子木笑了笑，抱着木瓜走了。

越子木愣了一下，心想：她怎么没回答我的问题呢？

他冲木瓜挥了挥手，小声喊道：“木瓜，放学后到叔叔家玩呀？”

木瓜趴在阿姨的肩上没说话，只是伸出小手摸了摸裤袋。那里面鼓鼓的，也不知放着什么东西。

越子木看着渐渐远去的木瓜，脸上满是笑容。这时，一辆出租车停了过来，他招了招手，正准备上车呢，却听后面有人说道：“越总，怎么才去上班呢？”

他一听这熟悉的声音就知道是李思月，回过头来一看，果然是她。就见她穿着件带毛领的大衣，手里还拎着两袋东西正朝这边走过来。

一看见她，越子木就觉得热血上涌，既兴奋又紧张，说不清道不明的。

“你……你怎么会在这儿呢？”他狐疑地问完，又说，“你办完事了？”

“嗯。这不是来取你的衣服嘛，上次帮你送干洗店的，你自己也不取！”李楠芝说着一举手里的方便袋。

越子木一看，其中一个袋里放的正是自己的衣服。他这才想起来，上次是她帮着自己送到干洗店的，自己忙来忙去还真给忘了。

“哦，那正好，一起走吧。”越子木说着，一拉后面的车门。李楠芝笑了一下，就上了车。

越子木本来是想坐在副驾驶上，但他想了一下拉开后座的车门坐在她旁边，然后吩咐司机开车。

车开出去好一会儿，他才搭话道：“咋这么快呢？你的事办完了吗？”

李楠芝侧头看了他一眼，伸手拢了一下头发，微笑着说：“我得回来上班哪！公司要是有什么应酬我也好帮你挡挡酒什么的，省得你喝多了不管不顾的……”说完竟呵呵地笑了起来，而脑海里出现的却是越子木光着身子在窗前的画面。

越子木愣了一下，心想：自己什么时候喝完酒不管不顾了？她这话是什么意思？

他看了李楠芝一眼，鼻尖却萦绕着从她头发飘过来的发香，他不禁抽了抽鼻子，觉得心情舒畅多了。

“对了，我不在这几天没发生什么事吧？”

“没啥事。哦，对了，今天要签约个项目，就是吴叶联系的那个。”

“哦？她还真联系成了？”

“嗯，而且，那公司的老总我还认识。”越子木不敢看她的眼睛，只是低头说着。

“你认识？”李楠芝看着他的脸，半晌，又笑着小声说，“我猜猜，该不会是女的吧？”

越子木一愣，抬头看了她一眼，心想：女人都这么敏感吗？她怎么猜出是女的呢？

“看看，让我猜中了吧？别紧张，咱们签的是公司策划合同，又不是结婚契约。呵呵呵！”李楠芝捂着嘴笑。

越子木咧了下嘴，脸有些发热，下面的话竟没法接了。

“好了，开玩笑的。对了，最近签的这三份合同可够咱们忙的了，好像人手不是太够吧……”李楠芝正色道。

“是呀，我也一直在考虑这个问题呢，尤其是这头三脚咱们得踢好，要不然人家还怎么跟咱们合作呀！但也不能再招人了……现在最需要的就是硬手，是熟悉这个行业的行家里手。可是，上哪儿找去呢？”

越子木一连串说着自己的想法，就像一个和妻子商量事儿的丈夫一样，只不过他没有觉察到罢了。

李楠芝沉吟半晌，说道：“车到山前必有路，先等等吧，说不定哪天会有人主动上门呢。”说完，她看着越子木，脸上全是灿烂。

两个人不再言语，坐着出租车都往窗外看着。过了一会儿，李楠芝突然嗅了嗅鼻子，并侧过头在越子木的肩膀上闻了半天才说道：“昨晚没洗澡吧？有酒味！”

越子木一听，自己也闻了闻衣服，自语道：“不会呀，昨晚明明洗了，怎么会有酒味呢？哦，我想起来了，可能是大衣上的味。不好意思啊，我就这一件大衣，所以……”

李楠芝呵呵地笑着，她想的却是在窗前看到的那一幕。

越子木哪知道啊，还以为是她嘲笑自己呢，这下，脸腾地一下子红了。

李楠芝笑完，小声说：“来，你把大衣脱下来。”

“……会冷的！到……到公司再脱吧。”越子木见她把手伸了过来，就往后躲着。

李楠芝盯着他的眼睛，面带微笑，手却拽着他的大衣袖子："来，脱下来！"

越子木紧张得往前面看了一眼，发现司机正从后视镜里看呢，他就小声说："真脱呀？"

"你以为呢？又不干别的你怕什么？"李楠芝说着就开始拽。

越子木见拗不过她，只好配合着把大衣脱了下来。

李楠芝把大衣往自己这边一放，顺手从一个方便袋里掏出件衣服来摊开，并用手拎着示意让越子木伸胳膊。

越子木眨着眼睛不知所措。他一看，那是件洋服外套，领子是带毛的那种，而且衣服里面竟然是貂毛。这种衣服他见过，是那些有钱人为了低调才穿的，外面看是件普通衣服，而秘密却在衣服的里子上。但这种衣服是很贵的，他哪穿得起呀。

他看了李楠芝一眼，刚支吾了两句却又一脸的坏笑说道："李思月，该不会又是给你老公买的让我试穿吧？"

李楠芝看了他一眼，却严肃地说："不是，这就是给你买的，可要给我钱的哟！"

"啊……这得多贵呀，我可穿不起！"越子木顿时傻了眼。

"少废话！穿上看看合不合身！"李楠芝说着就给他往身上套。

越子木只好配合着把衣服穿上，虽然是在车里，但感觉还很合身，袖子不长不短，腰也不肥不瘦。刚一穿上，他就觉得一股暖流向周身袭来，也不知是衣服本身保暖还是他的心理作用。

"李思月，我说的是真的，这么贵的衣服我真的不能穿！"

"怎么不能穿？别忘了，你现在可是公司老总，要注意公司形象哦！我可是为了公司着想的啊，别以为是专门给你买的！"李楠芝说完，伸手又帮着往下拽了拽衣服前襟。

"哦……可也是啊，不过，现在公司是初创期，也不能太铺张……对了，多少钱？这个月恐怕是不行了，下个月吧，下个月我凑齐了钱给你。"越子木认真地说道。

李楠芝笑了笑，却说道："你穿这身真帅！"说完，美滋滋地看着这身衣服，而就像没听见他说的话一样。

“李思月……我是问这衣服多少钱？”越子木重复了一遍。

“喂，你可是公司老总，怎么这么小气！钱钱钱的！”说完，李楠芝又小声自语道，“以后对我好点儿就什么都有了。”

越子木见她不回答，也只好作罢，心里却在暗想：自己可不能随便拿人家的东西，尤其还是个结了婚的女人的东西，等有钱了一定要还给她。打定主意后，他就不再说什么了。

这时，出租车停在了公司门口，两个人下了车并着排朝公司门口走。

而此时，许曼等人早已经到了，她们正往窗外望呢，却见越子木和李楠芝两个人同时出现了，顿时都瞪大了眼睛，就连乔庄都瞪着眼睛盯着两个人看。

原来，越子木和李楠芝竟是穿着同样款式的衣服，只不过一个是女式的，一个是男式的罢了，而且，两个人衣服领子还都是带毛的，远远看去，简直就是情侣装!

许曼心里说：乖乖，这俩人是要搞哪样?

80. 巧遇柳依依

越子木和李楠芝两个人肩并着肩一起走进了公司办公室，门一关，越子木回过身正要说什么，却见许曼她们四个人四双眼睛都盯着自己这边呢，而且目光随着他的脚步移动着。

而李楠芝却不管那个，径直走到自己的座位前，把手里的东西放下冲大家笑着说：“我回来了！”

几个人的目光又齐刷刷地投射到她的身上，接着，他们的目光却又转回到了越子木身上，看得越子木浑身直发毛。

“行了，就你们四个！准备一下合同和签约需要的文件，下午签约！”越子木说道。

四个人一听，齐刷刷地把头转了过去，都伏在桌前各忙各的。

“吴叶，你和白总联系一下，看定在哪里签约。”越子木又冲吴叶吩咐着。

吴叶答应着跑出去打电话。

许曼一听提到白总，回过头来看着越子木，她犹豫了一下，但还是站起来走到他跟前。

“越总，问点儿事儿呗？”她小声说道。

越子木看了她一眼，马上想到昨天在酒吧里的情景，心想，她肯定是问白露的事，就说道：“问吧。”

许曼回头看了一眼大家，小声说：“那个白露和杜峰是什么关系？”

听她问这个，越子木心想：杜峰这小子肯定是没告诉许曼哪，要不然她也不会问。想到这儿，他略加思索后笑着说：“正常关系呀！你问这个干吗？”

“正常关系是什么关系？”许曼穷追不舍。

越子木看着她一脸的紧张，就笑着说：“其实，就是大学的校友，仅此而已。”

许曼听完小声嘀咕着：“不可能啊，我看她的眼神都不对劲……”

许曼说得没错，眼睛是一个人心灵的窗口，内心的所有活动都逃不过眼睛的轻轻一瞥。更何况，白露和杜峰又有着那样一种尴尬的过去，她的眼神能正常吗？

见许曼自言自语着回了自己的座位，越子木心想：杜峰啊杜峰，你可得悠着点儿呀！许曼这姑娘不错，你小子要是敢动歪心思，首先我就饶不了你！

那么，杜峰到底是怎么想的呢？与白露的突然邂逅，虽说不会再有年轻时的怦然心动，但毕竟是自己曾经心仪之人，而且，又无意中发现了她是单身，这让杜峰不禁心里起了微澜。

虽说是内心起了波澜，但也只是那么一点点。此时的杜峰，在他内心深处装的还是刁蛮的许曼。特别是当他看见许曼站在酒吧门口，在寒风中抱着自己的大衣时，他差一点儿掉下泪来。她明明知道自己是跟白露吃饭去了，却还能这么大度，实在是难能可贵。

有女如此，夫复何求？杜峰想，尽管白露是自己曾经喜欢的女人，但都已经过去了，别说和她之间没有旧情，即便是有，也不会复发的。作为男人，就要像个男人的样子，这种时候别说做什么对不起许曼的事，就是心里起点儿波澜都是罪过！

昨天晚上许曼匆匆离去，本来，杜峰是想追过去的，但他没有。他在想，自己刚会完女同学，这会儿要是追过去哄她，那是不是太假了？反正自己也没做什么对不起她的事，正常事就正常办，献殷勤只能说明心虚。

可是，这一大早起来他就闹心，坐在酒吧的吧台后面，他又是看表又是看手机，抓耳挠腮地坐立不安。一个服务生说道：“峰哥，有啥事儿？怎么老看表呢？你等下啊。”说着，他转身离开了。

过了一会儿，那个服务生抱着个大时英钟走过来，往吧台上一放，又转了转位置，对杜峰道："峰哥，这回你看吧，这时间老准了！字还大，看得真亮！"

杜峰这个气呀，冲他吼道："你搬它干什么玩意？我七老八十了怎么的？痛快拿回去！"

"不是，我这不是寻思着哥你看着方便嘛……"服务生还在那儿说呢。

杜峰一拍桌子："滚他妈犊子！我这儿正闹心呢，别惹我！"

服务生嘻嘻地笑着，又把座钟搬了回去。

看看时间已经快到中午了，他穿上衣服，拿起车钥匙就出了酒吧。他开着车找了家包子铺，买了一屉包子，又买了几样小菜，打了包开车直奔越子木的公司。

为了不让公司的人看见，他把车停在了远处，隔着车窗望着。等了一会儿，就见有人从越子木公司里走了出来，边走边聊着。杜峰往后面张望着，果然，许曼和乔庄紧跟着走出来。他脸上顿时露出了笑容，就下了车，手里拎着打包袋迎面走了过去。

乔庄拉了一下许曼："杜哥来了。"

许曼抬头一看，见是杜峰，她先是一笑，接着就板起脸来，伸手抱住乔庄的胳膊自顾自地走着，就像没看见杜峰一样。

杜峰走到她面前，笑呵呵地说："晓曼……"

"现在是上班时间，你有什么事吗？"许曼一本正经地说道。

杜峰还是笑着，把手里的打包袋往上一提，说道："给你买的包子，走，上车吃去？"

"谁让你给我送饭了？我是你什么人啊？"许曼说着，看了看前面回头的吴叶她们。

这时，越子木和李楠芝也从后面跟了上来，一见杜峰，越子木说道："哟？峰子你怎么来了？表现不错呀！都知道给送饭了？来来来，我看看送的是什么？"说着，就过来接过杜峰手里的打包袋。

杜峰冲李楠芝笑了笑，眼睛还看着许曼。

魏行和吴叶也转了回来，几个人围在越子木周围看着。越子木打开那几个餐盒，有人说道："嗨，是包子！许曼你可真有福！"

魏行一伸手就拿起一个包子边往嘴里放边说："我尝尝！"

"我也来一个！"乔庄也笑着伸手拿了一个。

吴叶也跃跃欲试。

许曼一看，过去就从越子木手里把打包袋抢了回来："你们这帮馋猫，又不是给你们送的！"说着，一拉杜峰的胳膊，"快走，一会儿让这帮饿狼给抢没了！"说着，就往车那儿跑去。

后面，越子木他们哈哈地笑着。

杜峰回头冲越子木挤了挤眼睛，越子木朝他挥着手。他终于放下心来，看来，自己不用担心这俩人了。

越子木他们去附近小吃店吃午餐了，而许曼就在杜峰的车里吃着包子，她吃得这个香啊，边吃还埋怨着："咋不给我带瓶水呢？好渴呀！"

杜峰一听，就要下车去买，却被许曼拉住了："不用了，一会儿我回公司喝。"

看着许曼，杜峰犹豫了一下问道："晓曼，你咋不问问我和白露是什么关系呢？"

"这还用问吗？你酒吧的牌子上不是写得清楚嘛。怎么？你们就是情人关系又能怎样？年轻时又不懂爱情！"许曼毫不在乎的样子。

杜峰一颗悬着的心算是落了地。

见他不言语了，许曼咽下一口包子，说道："怎么不说了？我还等着听呢！快点儿，老实交代！昨天晚上那么晚回来是不是送她去了？"

"是送她了，可我没……"杜峰还没说完呢，就听许曼说道："啥意思？你还想干点儿什么？借你个胆儿！"

"我是说，没上楼。"杜峰解释着。

"算你有良心，喝了那么多酒，你要是上楼还回得来呀！"许曼说着，脸却红了。

杜峰明白了，知道她心里想的是什么。他往车外看了看，见没什么人，就伸过头去迅速在她脸上亲了一口。

“干吗！你好大的胆子！”许曼噘着嘴，但脸上明显是笑容。

正在这时，就听有人在敲车窗，两个人一看，是越子木他们，杜峰赶紧摇下车窗。

越子木笑着看了看两个人，小声说道：“我说你们两个大白天的在车里干什么呢？该不会是……”

“越子木！”许曼管不了那么多了，她也不叫越总了，气得瞪着越子木。她听明白了，越子木没说出口的话是什么意思。

越子木笑着就和其他人进了公司。

许曼把餐盒放下，对杜峰说：“吃饱了，你回去吧，我们还有事呢。对了，就是和你那个相好的公司签约！”

“不……不是相好的！”杜峰解释着。

许曼嘻嘻地笑着，转身回了公司。

望着许曼的身影，杜峰却在想白露。他心里暗想：白露呀白露，错过了就永不会重来，我翅膀上的羽毛已经为你掉光，你还奢望我再一次为你飞翔吗？

到了下午，按照吴叶和白露的约定到她们公司签约，越子木带着大家就直奔白露的公司。

吴叶和越子木还有李楠芝坐一辆车，她带路。出租车行进在街上的时候，越子木无意中问吴叶：“小吴啊，你和白总是怎么认识的？”

吴叶先是愣了一下，接着就笑呵呵地说：“是这样的，越总，我过去在她公司干过，因此很熟！”

“哦。”越子木没再说什么。不过，他想：单凭过去在她公司干过就能拿下这份合同吗？想到这儿，他不禁看了一眼吴叶，心里又想：难道是自己看错了？怎么总觉得吴叶的眼睛后面还有一双眼睛呢？

但自从上次把她救了后，他又觉得吴叶跟以前有些不一样了，尤其是对自己的态度。

一路上胡思乱想着，不知不觉就到了地方。一行人下了车，吴叶在前面走，大家进了那栋写字楼。

越子木要进楼里时，下意识地往四周看了看，却发现这地方好熟悉呀，他仔细一看，不远处那栋楼不就是《靓相》杂志社吗？天哪，竟是自己工作过的地方。可是，以前怎么没在这附近看见过白露呢？他不禁狐疑起来。

他们一下电梯就见有个穿着职业装的女孩儿站在电梯口。

“请问是越总吧？我们白总正等您呢，请跟我来！”说着，那女孩儿在前面带路，越子木他们就跟着往走廊里面走。

走到一扇门前，那女孩儿站住了，敲了敲门，就听白露在里面喊道：“进来吧，门没锁。”

女孩儿笑着示意越子木他们进去。

越子木刚要往里进，却又停住了，他回身看了看大家，小声道：“人太多了，这样吧，李思月还有吴叶和我进去，其他人先等一下。”

那女孩儿笑着说：“跟我先到会议室吧。”说着，就领乔庄她们去了会议室。

越子木推开门进了白露的办公室，一进门就见白露从班台后面站起来，笑着朝他们迎了过来。

“越子木，来得好快呀，快请坐！”

等他们坐在沙发上时，白露张罗着让人倒水，而她自己却把目光落到了李楠芝身上，上一眼下一眼地看了半天。李楠芝冲她礼貌地笑了笑，大方而得体。

白露也笑了笑，转头看向越子木：“这位是……”

“哦，忘了介绍，这是李思月。思月，这就是白露白总。”越子木互相介绍着。

李楠芝大方地站起来伸出手和白露握了握。

白露眼睛盯着她那张异乎寻常的脸，眼神中流露出女人看女人时才特有的目光。

“越总身边美女不少啊，哈哈哈！”白露和越子木开着玩笑。

吴叶接过话说道：“白总，外面还有呢。”

白露看了她一眼，却并不答话，而是看着李楠芝又对越子木说道：“第一次到我这儿来吧，要我看哪天你把公司也搬来得了，这儿条件不错的。”

越子木笑了笑说道：“我哪能跟你比呀，公司小不说，还刚刚起步，可租不起这么贵的写字楼。对了，你们好像也是刚搬来吧？”

白露看着越子木说：“你怎么知道？”

越子木明白了，含笑不语。

白露愣了一下，也笑了笑，然后却看了吴叶一眼。

“白总，那咱们什么时候开始把合同签了？”越子木往前欠了欠身子说道。

“你还叫我什么白总啊，都是老同学了，叫白露就行了！”白露笑着说。

在越子木身边坐着的李楠芝这才明白，原来她和越子木早就认识啊。她不禁仔细打量了一下白露，心里暗想：这是典型的富婆打扮加怨女的表情，看来，肯定是有不能为外人道的烦恼。这时，她突然想到，这也就是说，昨天晚上越子木是和她在一起吃的饭？要不然也不会回来那么晚哪！

“你昨天怎么走了就不回来呢？故意的是吧？”白露突然说道。

越子木看了一眼李楠芝，笑着道：“有事，没回来。对了，你和杜峰没喝多少吧？”

白露看了他一眼，凑上前去在他耳边小声说：“你是不是想说我把他拿下没有啊？呵呵！”

越子木愣了一下，赶紧摆手：“我可没那意思！对了，咱们还是把合同签了吧。”

白露笑了笑：“看把你急的，好，那就签！”说着，她站了起来。

越子木他们也跟着站起来，准备往办公室外走。正在这时，就听门口有人高声说道：“哟！我当是谁呢，可真是巧啊！”

越子木不用看也听得出来，来的不是别人，是他最不想见的柳依依。

这时，柳依依已经走到了他们跟前，眼睛看着越子木却对白露说：“白露，这可就是你不对了，老同学聚会也不叫我一声？离得又不远！”

白露看了看越子木，张了张嘴却没说出话来。

柳依依又看向李楠芝，笑着说：“哟，我当这位美女是谁呢，越子木，这不是那天替你喝酒的美女嘛！怎么称呼来着？”

越子木尴尬异常。李楠芝却大方地说：“李思月。”

柳依依笑着又说：“对了，越子木，你上白露这儿不会是闲聊天吧？”

越子木说道：“哦，是签约。”

柳依依听完回身看着白露道：“白露，你也不对劲儿呀！我们公司也是做这个的，怎么不跟我们签约呢？简直是重色轻友！”

“不能瞎说，我可没和他色，要色也是你！越子木下属在呢，可别啥都说。”白露说道。

这边，越子木一脸的窘相，他尴尬了一下，又看了李楠芝一眼。可李楠芝根本就没看他。

“白露，现在签吧，你不是还有事嘛。”越子木心想：赶紧签完合同好走啊，要不然可对付不了柳依依。

白露看看越子木，又看看柳依依，笑着说：“好，依依你等我一会儿啊，我去把合同签了。”

“哟！签的是什么合同啊还背着我？”柳依依说了一句。

越子木刚想说话，却听不知是谁的手机响了。

原来是柳依依的，她按了接听键说道：“吴总……什么？谁？顾桐？好好，我马上回来！”说完，她脸色突然变了一下，但马上恢复了平静，笑着对越子木和白露说：“公司有事，我得回去了，刚才开玩笑的啊，你们快签合同去吧。”说着，她转身就往外走，火急火燎的样子。

越子木一听柳依依在电话里提到顾桐，不禁心里一紧，他在想：自己可好久没见着顾桐了，也不知她现在怎么样了。

自从上次顾桐安排组里的全体聚了一次餐后就再也没和越子木见过面。那么，她到底怎么样了呢？刚才柳依依在电话里和吴总说的又是什么事呢？

路尚 著

越鸟巢南枝

下册

時代文藝出版社

目录

81. 顾桐辞职

柳依依风风火火地赶回了公司，一进吴总办公室就见吴雨霞坐在班台后面正喘着粗气呢，好像很生气的样子。

“怎么了，吴总？”

“正好，依依呀，你可回来了，这回我可就指望你了……你看看吧！”说着，她把一张纸递了过来。

柳依依接过一看，上面写着三个大字：辞职信。再一看落款，竟然是顾桐。

“怎么？顾桐要辞职？”

“唉，辞就辞吧，天要下雨娘要嫁人，既然要走硬拦也没什么意思。而且她这个人我还是比较了解的，决定了的事很难更改！”吴雨霞叹了口气说道。

柳依依拿着顾桐的辞职信半天没说话。

吴雨霞看了她一眼，接着说：“依依，我决定了，从今天开始，你就是公司的副总了，全权负责公司的一切运营管理。我有点儿累了，想出去走走。”

柳依依愣了一下，笑着说道：“做副总就算了，你出去玩儿你的，我帮你打理就是了。”言语间似乎对于顾桐的辞职毫不关心。

“你就听我的吧，要不做副总，我看也没人听你的，就这么定了！”吴雨霞说着又把十几个信封往前推了推，“这些个红包你发给大家吧，快过年了，我想了想，还是你发出去比较合适。”

“还有红包啊，呵呵，好啊！”柳依依笑着捧起那些信封。

那么，顾桐又为什么辞职呢？柳依依为什么会对自己组长的辞职漠不关心呢？这段日子究竟发生了什么？

自从柳依依到公司后，虽说是在顾桐手下当副组长，但无论大事小情吴雨霞都找她商量，俨然就把她当作了公司副总来使用，全然不管顾桐的感受。本来嘛，柳依依是吴雨霞请来的，受重用也无可厚非，但有些事做得太明显就是再大度的人也会受不了的，谁也不是傻子。

对于吴总的做法，顾桐早就习惯了，包括吴总对于越子木那三十万佣金的赖账，虽说她也很反感吴总这么做，但人家是老板，又有什么办法呢？

顾桐是这样的一个人，不仅工作能力强，更重要的是她为人忠诚。她认为，不能适应老板的员工就算不上好员工，今天辞职明天跳槽的，哪个老板还不都一样？不顺心、看不惯，逃避是没有用的，换一份工作就等于是从头开始，那到头来却还是个零。有时，逆境更能促进成长。有能耐你出去自己做呀！就像越子木，那才叫爷们儿呢！

想到越子木，顾桐常常感叹，她恨自己不是个男的，要不然，她早就出去自己单干了，可是，女孩子做点儿事何其难啊。

就这样，顾桐以她女性特有的坚持与隐忍，默默地忍受着吴总的不公正，更忍受着柳依依的趾高气扬。其实，柳依依要能力有能力，人也长得漂亮，但最令顾桐看不惯的是她那一副啥都懂的样子，俨然她是时尚界老大！或者说，她是见过大世面的人，全然不把顾桐放在眼里，有时，顾桐决定了的事到她那儿总会给改了，还说什么吴总同意的。

对此，顾桐也没什么办法，人家是吴总的嫡系，就像当初蒋委员长手下的部队一样，不是嫡系的你不去当炮灰谁去？所以，她就一直忍耐着，坚持着。

当有些事积累到一定程度后，即使没有导火索也会爆发的，更何况火已经被人点燃了呢。

就在昨天，因为一个项目策划方案的事，顾桐和柳依依闹得不亦乐乎。当时，在吴总办公室，顾桐向吴总汇报那个策划方案，吴总听完没有发表意见，却转头问柳依依。本来，组里开会讨论时已经征求过柳依依意见了，可当时她说没意见。

没想到吴总这么一问，柳依依就当着顾桐的面说："顾组长，那我就有啥说啥了，我看这个方案有些欠妥……"接着，她就说了一大堆不同的意见。

讨论方案，各抒己见，这无可厚非，但让顾桐接受不了的是，你早干吗了？又不是没征求你意见！这不是玩人嘛！是，你说的那些都还算有道理，但为什么不在组里讨论时说呢？

顾桐气得看了柳依依一眼。而吴总听完柳依依的意见后，竟对顾桐说："小顾啊，我看依依说的也有些道理，要不，再改改？"

此时此刻，顾桐已经做了决定，她不想发脾气，更不想吵架，那都是无能的表现。想到这儿，她笑了笑，大大方方地说："没问题，我马上回去就改！"说着，她拿过方案站起来就走。

回到办公室，她把方案往桌上一摔，越想越生气，就在屋里来回走着，还用手捂着胸口。她喘着粗气走到镜子前照了照，发现镜子里的自己很是疲惫，一脸的倦容。再看自己的穿着，她下意识地伸手往两侧弄了弄衣领，低胸的外衣正是越子木那次说好看的那件。一想到越子木，她突然眼前一亮，不自觉地骂了一句："老娘不陪你玩儿了！"

一个端庄大气的女孩子被挤兑得都开始骂人了，足见吴雨霞她们有多过分！

做了决定，顾桐开始写辞职信，第二天就交给了吴雨霞，也正是柳依依看到的那张纸。

且说柳依依抱着那些个装着不知有多少钱红包的信封回了办公室，而这时，顾桐还没有走，她正在收拾自己的东西。

就见柳依依笑着对大家说："好消息！吴总给大家发红包了啊！"

她本以为大家会一窝蜂似的涌上来呢，可没想到大家却连看都没看她一眼，就连平时喊着叫她姐姐的李斯都无动于衷。

柳依依一看就觉得不对劲，她往顾桐办公室看了一眼，明白了，这一定跟顾桐的辞职有关。见大家都不动，她只好笑呵呵地挨个桌子放信封。

陈承拿起信封，嘴里念叨着：“唉，不要白不要！这可是太阳从西边出来呀！我看看，给打赏了多少？”他打开一看，当时就往桌子上一摔，“这就是年终奖？玩儿哪！”

李斯过来在他桌上数了数，瞪着眼睛说道：“哟——这连涂一次指甲都不够呢，才二百呀！拿老子当民工了吗？网上说人家民工的老板还给买车票包机什么的呢！奶奶的！”

头一次，李斯说了回爷们儿话。

“大家别嫌少，怎么说也是吴总的一点儿心意嘛！”柳依依笑着说。

发到最后，她看见还剩了一个，上面写着：顾桐。

她看了一眼顾桐的办公室，想了想，就把信封交给了陈承，自己转身出去了。

陈承拿着信封看了看顾桐的办公室，摇了摇头，站起来走了过去，他敲了敲门。顾桐在里面喊道：“不用敲了，我又不是你们的组长。”

陈承推门进了办公室，说了句：“顾组长，这是给你的红包。”

“谁给的？”

“吴总呗，还能有谁？你看看吧，看完可别生气。”

顾桐看了他一眼，笑了笑，心说，能生什么气？马上就自己滚蛋了。

她打开信封，抽出里面的钞票，用手一捻，五张！

“不错呀！五百块，以前吴总可是一百一百地给呢！哈哈哈！”顾桐哈哈大笑。

陈承气得啪地一拍桌子：“给我们二百也就算了，可是，她不知道你为公司做了多少贡献吗？五百？妈的！顾桐，我他妈也不干了，跟你走！”

顾桐瞪着眼睛说道：“那可不行，别胡来！找个工作容易吗？你不是还有房子要供嘛！”

还没等陈承答话呢，就听门口有人说道：“顾姐姐，我也跟你走！”

两个人一看，进来的是李斯。

顾桐看着李斯，笑着说：“你捣什么乱？干你的活去！”

“不，顾姐，我说的是心里话，你不带我我也要走！”李斯一改往日的娘娘腔，一本正经地说道。

“是呀，顾姐，你就带上我们吧！”陈承也说。

顾桐看着两个人，眼睛有些湿润了。她想了想，把手里的信封交给陈承：“再说吧。这样，我这份红包你拿去吧，和大家吃顿饭，就算我请的！”

陈承拿着那五百块钱，眨了眨眼睛，回身就走，他一拉李斯，两个人回到办公区。陈承看了看大家，说道：“喂，都停一下！咱们顾头儿要走了，我提议，大家就把每人这个红包拿出来吧，共同请顾组长吃顿饭！怎么样？”

“我同意！”李斯说着就去桌上拿过自己的那个信封交给了陈承。

其他几个人也都表示同意，大家纷纷把红包拿了过来。

陈承看了看大家，说道：“李斯，你去订个餐厅，就今天中午！”说着，他又回了顾桐办公室。

“顾姐，今天中午一起吃个饭吧，这是大家的意思。”

顾桐回头看了他一眼，自语道：“吃什么饭哪，弄得跟生离死别似的……”说着，眼圈红了。

“要我帮你收拾吗？”

“不用了，也没什么东西。”

陈承看着她的背影，心里很不是滋味，他转身回了办公区。

此时，柳依依正坐在新换的办公室里，和顾桐一样也在收拾东西，只不过她是在往书柜里装东西，而顾桐却是在往书柜外拿东西。同样收拾东西，却有着本质的区别。一个笑脸，一个无奈。一个晋升，一个离职。

可能柳依依永远也不会明白，有些时候，晋升也未必是什么好事，离职也不一定就是坏事。还有，和下属打成一片总要比高高在上的孤立要强得多的道理。因为，高处不胜寒。

收拾完东西，陈承他们就帮着顾桐往楼下她的车里搬。其实也没什么东西，属于公司的东西，哪怕一张纸片她都没有动。属于她自己的，不过是一些书，再不就是女人日常用的东西而已，什么玩偶咖啡杯，什么小镜子小梳子，等等。

顾桐回身望着这间办公室，想想自己在这里一待就是五年。五年前，她一个如花似玉的妙龄少女，带着憧憬和激情而来；五年里，帮着公司从一家名不见经传的小企业发展成为京城时尚界的知名企业；而五年后，她带着一脸的倦容，满身的疲惫，还有失望和无奈而去。正如那首诗里写的那样：轻轻地，我走了，正如我轻轻地来，我挥一挥衣袖，不带走一片云彩……

然而，或许顾桐也没有想到的是，她的这个选择却真的是天上有云彩地上有花香，不仅成就了她的梦想，而且还将收获久违的爱情。

搬完了东西，陈承说："顾姐，走吧，我坐你车。"

"干吗去？"

"吃饭啊！"

顾桐往楼上看了一眼，心里想：就他自己吗？其他人怎么不去？

两个人开着车，按照陈承指的路，顾桐把车开到了一家餐厅前。下了车，她抬头一看，是上次请越子木聚餐时的那家餐厅。她不禁自语道："还是这儿呀……"

陈承笑着帮她把车门关好，然后在前面带路，两个人进了餐厅。

往餐厅里一进，顾桐就觉得不对劲，现在已经是中午了，按理说应该有顾客了呀，怎么会一个人没有呢？餐厅里冷冷清清的，就像她此时的心情。

"陈承，这家餐厅营业吗？怎么看不到人啊！"

陈承也不答话，只是笑呵呵地在前面走。进了餐厅，他回头说："顾姐，你先坐一会儿，我去去就来。"

顾桐还想说什么，可陈承却转身朝走廊尽头走去。她只好坐在了一个餐位前，把包放在桌上，静静地等。

时间一分一秒地过去，顾桐坐在那儿四下看着，可她连一个服务员都没有看到，她还叫了两声，但根本没人答话。她不禁狐疑起来，心想：陈承搞什么鬼？把我放这儿就自己走了？

这时，她突然听见外面传来刷刷的声音，紧接着，餐厅里突然暗了下来。她抬头一看，见外面窗户上的卷帘都落了下来，不大一会儿，整间餐厅竟暗得漆黑一片。她吓得站了起来，四下看了看，又叫了几声陈承，可没人答应。

她不知道是怎么回事，心里怦怦直跳，赶紧拿起包就往外走，可还没走到门口呢，就听门咣的一声关上了。

本来，刚刚辞了职心情就不好，别看人们背地里都叫她灭绝师姐，但她一个女孩子哪见过这阵势呀，随着那声门响，她哇的一声就哭了出来。

正在这时，就听咔咔的几声，餐厅里所有的灯一瞬间都亮了，把屋里照得灯火辉煌。紧接着，一群人不知从哪儿走了出来，边走还有人往顾桐头上打着礼花彩条，惊得顾桐一愣一愣的。

她再一看，是陈承他们，而走在前面的，竟然是越子木，还有李楠芝、许曼等人。顿时，她又哇的一声大哭起来。多少天来的委屈与现在的惊喜，都化作泪水流淌下来，她再也不顾及什么面子和尊严了，像个小女生一样哭得昏天黑地。

越子木他们走到近前，大家都愣住了，谁也不说话，就看着顾桐在那儿哭。只有许曼，实在是忍不住了，她过去坐在顾桐身旁一边拍着她的肩膀，自己竟也哭了起来。

越子木一看，这怎么行啊，就过去伸手刚要拍顾桐的肩膀，突然，顾桐转过身来，一下子就扑到他的怀里，弄得他措手不及。他抱也不是不抱也不是地张着两手，紧张得要命，他看了李楠芝一眼，却意外地发现她并没有表现出不悦的神情。他眨了下眼睛，只好伸手轻轻地揽了一下顾桐，又拍了拍她的后背。

“顾桐，好了好了，不哭了，我可从没见你哭过呢，这可都是你曾经的手下呀，不怕丢脸吗？”

顾桐哭着哭着，就在越子木的胳膊上蹭了蹭眼睛。越子木咧着嘴：“顾桐，你蹭的是什么呀？”

许曼却在一旁说道：“顾姐年八辈不哭一回，蹭你身上点儿鼻涕又怎么了？”

大家一听，都哈哈大笑。顾桐也被逗笑了，她抬起头看了越子木一眼，又低头看了一眼自己，突然用手捂着自己的前胸，另一只手一推越子木：“你看什么看？”

“啊……真是冤哪！”越子木咧着嘴。

这时，李楠芝走上前把越子木往旁边一推，却揽过顾桐，像个大姐姐一样说道：“别哭了，再哭就不漂亮了。”说着，两个人朝一间包房走去。

越子木愣在后面，看了看胳膊，咧着嘴说道：“什么情况？”

82．欢迎回家

上午的时候，陈承从顾桐办公室出来，他越想越气，坐在椅子上想了半天，就掏出手机给越子木打了过去。此时，越子木正在旁边的写字楼里和白露签约呢。

接到电话，越子木一看是陈承，他就是一愣。心想：陈承可是从来不打电话呀，现在打来是什么事呢？想到刚才柳依依在电话里提到了顾桐，他一想，陈承这个电话肯定和顾桐有关。

果然，接通后，就听陈承说道："老越呀，不对，越总啊……"

越子木笑着说："叫什么越总，啥事儿？"

陈承说道："越总，你要是方便的话我有些事想和你商量一下，不知有没有时间。"

"哦，正好我就在这附近，这样吧，我这边也马上就完事了，你下楼吧，咱们就在这栋楼的一楼大厅见。"越子木想了想，看了一眼李楠芝说道。

陈承答应着就挂断了电话。

看着手机屏幕，越子木想，陈承火急火燎的肯定是有急事呀！

他就笑着和白露说："也签完合同了，这样吧，改天有时间我请你吃饭，怎么也得庆祝一下呀！"

一听说吃饭，白露想了半天，眨着眼睛不知想什么，然后，她笑了笑说："再说吧。"

"那好，我那边还有点儿事，那就先这样，以后业务上的对接还是吴叶，有事找不到我你就找她。”越子木笑着看了一眼吴叶。

白露也看了一眼吴叶，欲言又止的样子。

越子木一看，又说道：“或者你找李思月也行。”

“好，好！那李小姐留个电话好吗？”白露笑着对李楠芝说。

李楠芝大方地给她留了电话号码，然后一行人就跟着越子木出了写字楼。到了楼下，越子木回头看了看大家，说道：“李思月你和许曼带大家去吃口饭吧，然后回公司，我这边还有点儿事。”说完，他就看着门外，等陈承过来。

李楠芝和许曼等人出了门，也不知去哪儿吃饭去了。

这时，就见陈承大步流星地走了过来，一看见越子木，他毕恭毕敬地点了下头，越子木愣了一下。心想：客气什么？过去都是同事。

两个人在一楼找了个地方坐了下来，越子木想要两杯茶，陈承一摆手：“不用了，我说完就走。”

接着，他就把公司里这段时间以来发生的一些事情简单和越子木说了一遍，特别提到了顾桐辞职的事。

越子木听完就犯了嘀咕，心想：柳依依呀柳依依，还是那么强势！可是吴总也不是不知道，顾桐可是块宝儿啊，就这么不珍惜？

想到这儿，他又一想和李思月谈起的公司人员的事，立马露出了笑容，心想：真是天助我也！就笑着对陈承说道：“没说的，顾桐我收了！”

“那我呢？还有娘娘腔李斯，我们都干不下去了，顾姐一走还干个啥劲儿？”陈承说道。

越子木一听就乐了，笑着拍了拍陈承的肩膀：“大承子！你要是过来可太好了，就这么定了，只要你和李斯愿意，我当然欢迎了！”

“那太好了，越总，那干脆，今天我们就过来。对了，我们打算中午请顾姐吃个饭，你看……”陈承看着越子木高兴地说。

越子木想了一下，就给李思月打了个电话：“思月啊，是这样的，咱们上次讨论的事好办了，顾桐已经辞职了，我是想让她过来，还有两个人，都是我过去的同事！”

电话里，李楠芝听完眼前就是一亮，顾桐她是见过的，一看就是个干练的人，公司要是有了她这样的人那可真是如虎添翼呀！她就笑着说：“你是公司老总，不用和我商量！呵呵！”

越子木愣了一下，他看看陈承，又接着说：“那这样吧，你和许曼去把上次那家餐厅包下来，今天中午大伙都过去，就在那儿给顾桐举行一个欢迎仪式，你们还没吃饭吧？”

“我们就在这儿呢，来得早了，还没人呢！”李楠芝说道。

“那正好！你们和餐厅说，今天中午咱们就包了，你们准备一下，我一会儿就过来。”

放下电话，越子木对陈承说：“那这样，我先去餐厅，一会儿你带着顾桐过去。记着，先不要和她说，咱们要给她一个惊喜！”

“好嘞！”陈承高兴得跟吃了包子似的。

等他一走，越子木赶紧打车直奔那家烤肉店，开始准备给顾桐一个惊喜。而陈承回来后，悄悄地告诉李斯他们也先去了餐厅，自己等着顾桐收拾东西。这才有了后面发生的事，一个大大的惊喜就是让顾桐痛痛快快地哭一场！

坐在包房里，顾桐擦着眼角问道：“到底是谁的主意？太烦人了！”

越子木呵呵地笑着。

顾桐看了一眼陈承，吼道：“陈承！你是不是看我要走了就开始欺负我！”

“顾姐，真是冤枉啊，这可都是越总的主意！”陈承开心地笑着，大家也都跟着笑。

对于这些顾桐的手下来说，平时看惯了板着脸的顾桐，既很少看她笑，更没见过她哭，他们没想到这顾桐一哭起来竟是酣畅淋漓！往日里那个干练、强大、严肃的灭绝师姐不见了，却一瞬间变成了小女生，柔弱无助的小女生。

“该死的越子木，你又从哪跑过来故意吓人家！我胆小你不知道吗？”顾桐冲一直站那儿笑的越子木说道。

越子木笑嘻嘻地说：“胆小不怕，别的大就行！”说着，竟看了顾桐胸前一眼。

气得顾桐把衣服紧紧地抓着，狠狠地瞪着他。一旁，李楠芝也瞪了越子木一眼，小声说道：“越总，注意形象啊，这可全是你的兵！”

一看见李楠芝的眼神，越子木愣了一下，不敢再说话了。

顾桐一听，就看着李楠芝道：“什么？我可不是他的兵！受不了这气！”

还没等李楠芝说呢，李斯却一挑兰花指：“哟，顾姐姐，你还不知道吧？越总把你收了！”

顾桐脸一红：“别瞎说！你知道什么叫收了？”说完，她又看了越子木一眼，一脸的狐疑。

这时，陈承说道：“顾姐，越总说了，让咱们到他公司去。”

顾桐又擦了一下眼角，说道：“你们愿意谁去谁去，我可不去！”说完，她又看了一眼李楠芝。

李楠芝拉过她的手：“顾桐，我比你大些，就叫你妹妹吧。越总和我们大家是真心诚意地邀请你和我们一起从零开始，当然，你有自己的选择权，即使你不来也是我的好妹妹！其实，我也不愿意跟越子木干，他坏着呢！”

顾桐看了她一眼，半天没说话。

这时，陈承、李斯，还有许曼，都齐声喊道：“同意吧！同意吧！”

顾桐看着大家，眼圈又有些湿润了。

而李斯却突然喊道：“在一起！在一起！”还拍着手。

许曼瞪了他一眼，说道：“瞎喊什么？那是说情侣的！懂不懂啊你？”

李斯咧着嘴：“姐姐，我也没别的意思，就是说让顾姐姐和大家在一起呀……又没说让她跟我在一起。”

他这么一说，逗得大家都乐了。顾桐破涕为笑，擦了擦眼睛说道：“那休想让我叫他越总，谁让他这么坏把人家吓哭了呢！”

越子木一听，高兴得连连拍手，大家也都跟着鼓起了掌。

李楠芝笑着看了一眼越子木，对顾桐说道：“对，妹妹，以后他要是再不管不顾的哪都看你就戳他眼睛，还什么越总，他越这样你就越不理他！”

顾桐呵呵地笑。

这时，一个服务员过来说：“先生，可以上菜了吗？”

越子木点了点头，服务员转身出去了，大家都围坐在圆桌前就等着上菜。等了一会儿，一队服务员端着托盘走了过来，依次往桌上放着菜。最后，一个服务员把手里盖着盖子的托盘放在桌边，接着又示意两个服务员过来，她笑着说道：“先生，这道特殊的菜可以起了吗？”

越子木笑着又点了点头。

顾桐和众人都奇怪地看着服务员，就见两个服务员从托盘里拿出一样东西来，两个人往两边一闪，众人看见，竟是个红色的条幅，上面写着：顾桐你好，欢迎回家！

一见上面这行字，顾桐一瞬间就泪奔了，她擦着脸上止不住的泪水哽咽着说：“今天你们就是想看我出丑是不是？好烦人哪……呜呜……”

李楠芝看了一眼呵呵笑着的越子木，不得不佩服他，这场面，换谁受得了啊！不感动得一塌糊涂才怪呢！

叶子的离去，不是因为风的吸引，而是树的不挽留。

什么是人才？并不是你有多大的能力，而是你遇到个能让你发挥那些能力的人。没有这样的人，你的能力只是雪藏在肚子里尚未消化的食物，随着时间的推移，会慢慢变成让你自己都生厌的发臭的东西；有了那个人，你就是一座金矿！

而一个成功的男人，并不需要有多高的学历，只需要一颗心就足够了，一颗给人温暖的敞开的心扉，让跟随你的人感觉一路充满阳光，除了阳光，路上还有花香……

总有一种感动让我们泪流满面。而顾桐面对的这种感动，却是久违了的。她的泪水里，不仅仅是感动，除了感动，还有与昔日的诀别！

擦干了泪水的顾桐看着大家又笑了，她冲越子木说：“越子木！以后可不许再欺负我！”

越子木一边让人拿酒一边笑着回了一句：“什么意思啊？好像我经常

欺负你似的！以后啊，我的日子可就难过喽，你们不欺负我就烧高香了！来，把酒倒上！”

“我可不喝酒，今天要是喝了非醉不可！我可不想再出丑！”顾桐说道。

越子木嘻嘻地笑着，却没管那么多，硬是给顾桐的杯子里倒了白酒。

顾桐看着李楠芝道：“看看，还说没欺负我！”

李楠芝笑了笑，把杯子往越子木跟前一推，示意也给自己倒上，然后说道：“没事，今天是个值得高兴的日子，索性就一醉方休！”

“就是呀，顾姐，你哭过、笑过，就是没看你醉过呢！”许曼笑着说。

“醉了你送我呀！”顾桐白了她一眼，脸上却写满了笑容。

许曼眨了眨眼睛，一指越子木：“让他送，我可不送你！是他给你弄哭的，他又给你弄醉了，就得负责到底！”

越子木看了一眼李楠芝，没说话。

这时，李斯却嚷嚷着：“那……送到家还负责啥呀？”

顾桐脸一红，瞪着李斯：“想死是吧！三分钟不打就上房揭瓦！”

越子木笑着一举杯子：“来，大家都举起来！从今天开始，我这个小公司就再也不是小公司了，我相信，有了大家的共同努力，公司一定会迎来美好的未来！这第一杯，欢迎顾桐她们三个人回家！”

说完，大家都站起来举着杯子互相碰着，然后看着越子木。

越子木举杯喝了一小口，正要放下，却被李楠芝给拦住了：“唉？你就这么带头吗？也太不男人了？干了！”

“干……干哪？”越子木咧着嘴，心里却在想：今天她怎么一反常态呢？干就干。想到这儿，他把剩下的全喝了下去。

顾桐小声道：“别……别让他喝了……”

许曼观察着，心里暗想：这俩人有点儿意思，以前可一直是李思月拦着不让越子木喝酒的呀，今天却换成顾桐了。瞧着吧，越子木你可要遭罪了。

众人都把酒喝了下去。今天魏行也一反常态，竟然也喝得很是利索。

接下来，大家你一杯我一口地轮流敬顾桐酒，很快，顾桐脸上就开始泛红了，眼睛也开始迷离起来。

就在众人说笑的时候，顾桐却一拉越子木的胳膊："越子木，你告诉我……你和那个柳依依是不是……有什么关系！"

越子木正在和陈承聊着什么呢，一听，当时就看了李楠芝一眼，顿时说不出话来。

顾桐接着说："她……她手机里怎么会有你……你的照片！"

这回，轮到李楠芝了，她顿时瞪大了眼睛看着越子木。心想：这什么时候的事儿呀！他可从没跟自己说过呀！

越子木急中生智，说道："哦，我们是同学嘛，平时照个相难道不正常吗？"

顾桐却瞪着他说："你上大学时和女同学就头碰头照相吗？"

越子木眨着眼睛彻底无语了。

许曼看了看几个人，抢着说道："那有什么，咱越总这么帅，我要是他同学也会和他这么照相的，毕业时谁没做过点儿出格的事儿呀！我毕业时还摔过啤酒瓶子呢！"

她说完，大家都笑了起来。接着，许曼又举起杯子提酒，就这样，她硬是把让越子木尴尬的场面给蒙混了过去。

他们从中午时开始吃饭，一直吃到下午快接近晚上了。其实，说是吃饭，可没人吃几口，光顾着喝酒了。

看看外面天色已晚，大家也都喝得差不多了，越子木刚要提议就到这里，就听包房外面传来一阵吵闹声，有人大声喊道："有没有人哪！赶紧出来！我大哥要吃饭！"

接着，一个声音说道："先生，对不起，今天店里有人包场。"

"包场？包什么包？赶紧的，我大哥马上就过来了！谁包的让他滚！"

越子木一听，就赶紧招呼大家收拾收拾准备走，反正正要走呢。

等他们从包房出来，正好那人说的什么大哥从外面进来。越子木一抬头，正好和那人四目相对，两个人都愣了一下。

“我当是谁呢？这不是越总嘛！”说话的人竟是金志勇。

紧接着，几个黑衣人从外面跟了进来。许曼一看，她哥许天放也在里面。

越子木也不答话，只是笑了笑，就绕过金志勇打算出去。金志勇却头也不回地说道：“怎么个情况？我刚来你就走？我正想找你呢，对了，美贞还好吗？”

越子木站住了，也没回头，冷冷地说道：“找我就当面来，搞月黑风高偷偷摸摸的事儿可不像男人！”他是想到了自己家被盗的事。

说话间，站在最后面的一个黑衣人却冲越子木打了个立正，点了下头小声道：“越先生好！”

越子木仔细一看，认出来了，和美贞回家时在他爸爸别墅里见过这个人。

这时，金志勇回过身来说道：“怎么个情况？说清楚！谁做偷偷摸摸的事儿了？”

越子木回头看了他一眼，说道：“要想人不知，除非己莫为！”说完，抬腿就走。那几个黑衣人往两边闪着。

等越子木带着人出了餐厅，金志勇看着他们的背影，问身边的一个人：“最近你们做什么事了？”

“没有啊大哥！”一个小头目答道。

金志勇皱着眉，想着越子木说的是什么意思。

83．作为妻子的叮咛

出了餐厅，顾桐抱着李楠芝胳膊，小声问道：“李姐，好吓人哪，这帮人是干什么的？”

李楠芝拍了拍她肩膀：“不用怕，就是一帮混混！”

到了街边，越子木回过头来：“陈承、魏行，还有乔庄，你们几个看看安排一下送送女孩儿们！”

几个人答应着，张罗先送谁后送谁。

李斯嘬着嘴：“我可不是女孩儿……”

大家都喝多了，现在没人理他。

顾桐说道：“我没事，家离得也不远，我自己走就行，车先放这儿。”

李楠芝说：“那可不行！要不，越总，咱们送桐桐吧。”

还没等越子木答话呢，顾桐一听李楠芝叫自己“桐桐”，就看了她一眼，心想：可从来没人这么叫自己呀！

越子木支吾着：“要不，思月你送吧。”

李楠芝瞪了他一眼，说道：“那我回来呢？你就放心？”

越子木一拍脑袋：“哦，那行吧！”说完，他又看了一眼许曼。

许曼摆了摆手：“我可不用送，你还是送顾桐吧，反正这儿离杜峰那儿也不远，我上他那儿去！”

越子木看着她，脸上却露出了坏笑，气得许曼瞪了他好几眼。他们两个人心照不宣，都想起了那次醉酒的事。

这样一来，许曼要自己走，顾桐又是越子木和李楠芝送，那就只剩下吴叶了。乔庄看了看，就对陈承和魏行说：“你们看看谁送一下吴叶吧，也用不着那么多人啊，我还是送许曼吧。”说完，就朝许曼走去。

魏行看了看吴叶，又看看陈承，笑着说道：“反正以后大家就是同事了，正好你们互相了解一下，陈承要不你送吴叶吧。”

陈承想都没想就笑着说：“好啊！”

魏行冲吴叶笑了笑就转身朝步行街深处走去，至于他去哪儿就不得而知了。

李斯嘟囔着：“我也没人可送，自己回家！”说着，就在街边打车。

乔庄看了看远去的李楠芝和越子木，快步赶上了许曼。

“曼姐，我和你一起走吧，正好顺路！”

许曼看了他一眼，突然笑了笑，上前就抱住了她的胳膊，边走还往她胸前看了看。

乔庄侧过头看着她说道：“曼姐，你不会这么色吧？小心一会儿我告诉峰哥！”

许曼嘻嘻地笑着，却一脸诡秘地看着乔庄道：“跟我说老实话，到底怎么回事？”

“什么怎么回事呀？”乔庄问了一句。

“还装是吧？上次我都摸到了！”说着，许曼眼睛看了一下乔庄的前胸。

乔庄脸一红，慌乱中却急中生智，拿过许曼的手，不由分说就塞进了自己的衣服里，笑着说道：“曼姐，你要是不怕那就让你摸摸？”说着就跃跃欲试地往自己的腰带处塞许曼那只手，吓得许曼使劲儿往回拽。

乔庄松开手，哈哈大笑。

这回，轮到许曼脸红了。

乔庄笑完，说道：“平时锻炼的，所以上面显得比较大一些。怎么的？曼姐你胸小吗？”说着，她故意往许曼的胸前看去，许曼吓得一边捂着胸口一边瞪她。

重新抱起乔庄的胳膊后，许曼边走边说：“逗你玩的，还当真了！”

可是，她心里却犯起了嘀咕：上次自己明明摸着是软的呀！难道是错觉？

再说越子木和李楠芝，他们两个人一边一个扶着顾桐坐上了出租车，按照顾桐指的路线直奔她住的公寓而去。

路上，顾桐不停地干呕，看样子是胃里难受。李楠芝就一扶她的头靠在了自己的肩上，又伸过胳膊揽着她的肩膀。

顾桐看了她一眼，乖乖地靠了上去。她心想：以前可都是自己照顾别人啊，现在才感觉到，被人照顾的感觉还真是不错。而这位李思月不仅长得好，为人也不错，看来，自己得好好和她相处，团结一心，帮越子木把公司做大。

想到这儿，她一只手握住了李楠芝的手，两个人就这么相互依偎着。

越子木坐在顾桐的另一侧，见这两个人突然之间这么惺惺相惜起来，他不禁暗暗佩服李思月，不争风、不嫉妒、识大体、顾大局，关键是能够团结所有的人共同为公司出力，看来，当初自己选这个人是选对了。现在可好了，公司左有李思月，右有顾桐，中间还有许曼，有这几员大将在，足以和任何同类公司竞争。

想到这儿，他不禁侧过头看了一眼李楠芝，正巧，李楠芝也看他呢，两个人的目光相对，越子木刚才开始时脸上还带着笑容呢，可一见她是在瞪自己，他的笑容马上就消失了，把头转了过来，咳嗽一声看着窗外，而心里却在嘀咕：又哪儿惹着她了呢？

到了顾桐家，他们把顾桐扶上电梯，可是，当电梯到达的时候，三个人往电梯外走，一不小心，顾桐绊了一跤，差一点儿摔倒，越子木手疾眼快，伸手就抱住了她。

等把顾桐扶起来的时候，李楠芝却瞪着他小声说：“故意的是吧？还不把手拿开！”

越子木听完一看，自己的手竟抱在了顾桐的胸部以下，他吓得嗖的一下子把手拿开，看了看李楠芝，一脸的冤枉相。

还好，酒后的顾桐根本没在意，此时的她，胃里正翻江倒海呢，哪还顾得上那些呀！

开了门，两个人扶着顾桐进了屋。顾桐嘴里还说呢：“你们……随便坐啊，我去给你们倒水。”说着，就打算往厨房去。李楠芝赶紧上前扶住她。

顾桐回头看了一眼，笑着小声说：“李姐，你自己倒水吧，我去……洗手间……”说着，又干呕起来。

到了洗手间门口，她摆了摆手，接着就冲了进去。站在外面，李楠芝就听她哇的一声吐了出来，她一下子明白了，顾桐早就想吐了，只不过是怕出丑，这才强忍着到家。

想到这儿，她赶紧进去了，见顾桐蹲在马桶边正吐呢，她就拍了拍顾桐后背，说道：“好些了吗？等一下啊，弄杯水漱漱口。”说完，站起来给她接了一杯水。

顾桐抬头看了一眼，说道：“李姐，实在不好意思，第一次上我家来我就出丑。”

李楠芝又蹲下来轻轻地拍着她的后背，笑着说：“妹妹，你平时绷得太紧了，出丑怕什么？也没有外人。人哪，有时需要放松一下自己，工作压力那么大，要是再紧绷着，那还不得憋出病来？”

顾桐刚想说什么，胃里却又开始往上返，她趴在马桶边上又是哇的一声。

坐在客厅里的越子木一听，赶紧走到洗手间门口，冲她们两个说道：“怎么样？要不要我帮忙？”

李楠芝回头瞪了他一眼，说道：“先生，这是女洗手间！你要进来干吗？”

越子木吓得赶紧退了回去，心说，李思月今天难道是吃枪药了？

吐了一会儿，顾桐感觉胃里舒服多了，就站了起来，洗了一把脸，又漱了漱口，这才出了洗手间。

见顾桐酒醒了许多，越子木和李楠芝两个人站了起来。

“顾桐，你好好睡一觉吧，先在家休息几天。”李楠芝说道。

顾桐连连说：“好好……”

告别了顾桐，越子木和李楠芝往外走，坐电梯的时候，两个人谁也不说话，电梯要到一楼时，李楠芝却突然说道：“你好像对顾桐家很熟悉嘛！一进电梯你都知道是哪层楼。”

越子木看了她一眼，答道：“哦，以前送过许曼，那次不是顾桐喝多。”

出了电梯，往楼外走时，李楠芝迟疑了一下，但还是说道：“你现在和以前不一样了，虽说作为公司老总也不能高高在上，但说话得注意分寸，有些玩笑还是不要开的好，尤其是对女孩子，说者无心听者有意，你不知道你那些坏坏的玩笑很讨女孩儿喜欢吗？公司要发展，需要的是助手而不是情人。”

越子木听完就是一愣，他眨着眼睛不时地点头，并说：“其实，我也知道，只不过……我会注意的……”刚说完，他又一想：不对呀，她李思月是自己什么人哪，咋这么听她的呢？猛然间，他发现了件奇怪的事，那就是自己不知不觉地竟那么听她的话，有时想不听，但心里明白就是嘴不好使。到底怎么回事呢？

见越子木低着头，李楠芝又笑了，一把抱住他胳膊，笑着说：“越总，你说，作为公司员工，提醒老总一些事情是不是应该？”

“嗯，应该！”越子木被她这么一抱胳膊顿时紧张起来。

“那……要是大度的老总是不是不会生气？”

“嗯，不会！”

“那你现在生气吗？”

“嗯，生气！”

“啊……”

李楠芝还以为越子木真的生气了呢，就看着他。

越子木笑了笑，说：“哪会生气呢？我是那样的人吗？”

“我看是！”李楠芝撇了一下嘴，脑海里出现的却是越子木离家出走那件事。

此时的越子木纠结起来，看着身旁抱着自己胳膊的李思月，他叹了口气，脑海里却出现了李楠芝，当初也曾这样抱着自己的胳膊。可惜呀，李思月是有孩子有家的人，要不然……他不敢往下想了。

两个人站在街边打车，就在这时，越子木手机响了起来，他一看屏幕，是个陌生的号码。看看天色，刚刚到晚饭时间，会是谁呢？他就接了起来。

手机里一个怯生生的声音传来："叔叔……我是木瓜……"

"是木瓜？"越子木顿时露出了笑脸，他甩开李楠芝抱着的那只胳膊，继续问道，"别着急，慢慢说。"

李楠芝一听木瓜心里就是一颤，心想儿子怎么会有他的电话呢？她再一看越子木，就笑了，心想：敢甩开我的胳膊！幸亏是为了儿子，要不然看我怎么收拾你！

就听越子木不住地点头，然后又说："那好，叔叔马上就回去了，别着急啊！"

说着就挂断了电话，他回过身不好意思地冲李楠芝笑了笑，然后就左顾右盼地看着街上。李楠芝明白，他是着急打车。可是，木瓜和他说的是什么事他这么着急呢？

她想了想，问道："谁来的电话呀？"

"哦，没……没谁！"越子木支吾着却莫名其妙地不愿说出来。

"我怎么听着像是个小名呢？什么瓜……对了，是木瓜吧？一听就是个孩子。越子木你有孩子了？"李楠芝故意说着，眼睛盯着他的表情。

越子木赶紧摆手："我哪会有孩子？没有没有！确实是个孩子，是叫木瓜。好了，车来了！"说完，他招了下手。

李楠芝跟着他上车后，越子木一面让司机往家里的方向开，一面对她说："那个……商量个事儿呗？能不能我先回家一趟然后再送你？"

李楠芝点了点头，说道："我自己走也可以。"

"那可不行，我怎么能放心呢？你喝了这么多酒，而且又这么……"说到一半，他看了一眼那张因喝了酒而显得更加妩媚的脸。

李楠芝一下子明白了，就笑着说："你夸人怎么还吞吞吐吐的？大方地说不行吗？是想说我漂亮吗？"

越子木咧了一下嘴，点了点头，然后就赶紧看向车外。

两个人到了小区门口，越子木本来是想让出租车等一会儿，让李楠芝在车上等自己，但李楠芝说："你不是回家嘛，我上去等呗，正好口渴想喝水呢。"

越子木觉得也行，就把车打发走了。

两个人走到楼门口，越子木从裤袋里掏出钥匙递给她："你先上去吧，我在下面等一下那孩子，他找我有事。"

李楠芝笑着接过钥匙转身就进了楼里，但她并没上楼，而是在二楼的缓台窗户处悄悄地往外看着越子木，打算侦查一下木瓜找他什么事，而且她也好奇这俩人什么时候开始背着自己通电话了？

就见越子木掏出手机拨个号讲了一会儿，然后就在地上踱来踱去地等。李思月往自己住的那栋楼前的路上看了看，又看看越子木，心想：木瓜还算听话，没有让越子木去家里，要不然可麻烦了。

正在这时，就见越子木笑着弯下腰去，还张着两只胳膊。她一看，见木瓜正朝他跑呢，而吴姐在后面跟着。

隔着窗户，她根本听不清他们说的是什么，却见木瓜哭着从口袋里拿出样东西来。她一看，正是那支小木枪，却已经变成了两半。

这孩子，怎么弄坏了？她嘀咕一句。

她再一看，就见木瓜指着脖子上挂着的望远镜也不知和越子木说着什么。就见越子木伸着手，木瓜把望远镜摘了下来递给他，然后越子木又仔细地看了看那支坏掉了的木枪，一边交给木瓜一边拍了拍他的肩膀，也不知说了些什么。

这时，吴姐过来抱起木瓜，又冲越子木笑了笑，就抱着木瓜往回走。木瓜趴在吴姐的肩膀上冲越子木摆着手，越子木也挥了挥手，又看了半天，这才转身往楼里走来。

李楠芝赶紧往楼上跑，到了越子木家门口，她打开门就冲进屋里，然后又去餐桌上倒了杯水回身坐在了沙发上。

随着走廊里的脚步声，越子木进了屋。

李楠芝坐在沙发上看了他一眼，问道："这么快就完事了？"

越子木关好门，手捂着大衣口袋，回身说道："嗯，小家伙交给我一个任务！"

“哦？什么小家伙？是个孩子？”李楠芝盯着他的表情。

“一个很好玩也很奇怪的小男孩儿，也不知是谁家的，我问他父母的事也不说。这不，也不知在哪儿弄了个小木枪，没想到带到幼儿园后却被小朋友给摔坏了，看样子心疼得不行。”越子木说着就开始脱大衣。

在往衣服架上挂大衣的时候，一不小心从衣袋里掉出样东西。李楠芝往地上一看，是一个小孩儿玩的望远镜。越子木捡起来说：“那个弄坏他木枪的小朋友把这个借给他玩，可这孩子就是想要木枪，这下好了，今晚我得贪黑了。”

李楠芝心想：这孩子，不听话，还是把木枪带到了幼儿园，还好弄坏了，要不然越子木发现可就麻烦了。

看着越子木脱完衣服就开始到处找东西，她忍不住偷笑。

过了一会儿，越子木实在是找不到能用的木板了，他的目光就落到了床上，看了半天，脸上露出了笑容，径直走了过去，到了床边，一伸手就把床上的被卷起来放在一边，然后又把床垫子抬了起来。

李楠芝一看就纳闷了，问道：“越子木你要干什么？”

越子木一手扶着床垫子回头说道：“找不到木板哪，正好这块床板可以用！”

“那你怎么睡觉啊？”

“没事，这是双人床，反正也是一个人，我睡一边就行了。”说着，他费劲地往下挪床垫子。李楠芝过去帮他扶着。

越子木在她的帮助下把床垫子挪开了，接着，他把靠墙那一侧的床板拆了下来，然后又和李楠芝一起把床垫子和被放回了原位。

然后，他拿着这块床板坐在了书桌前，找出尺和铅笔，又是量又是画。

李楠芝站在他身后问道：“你如果有儿子，会给他做小木枪吗？”

越子木专心致志地画着枪的图案，答了一句：“我没有儿子！”

“那……万一要是有呢？”李楠芝又问了一句，心却开始怦怦地跳了。

“万一……”越子木突然停下了手，想了一下说道，“没有万一！

呵呵，也没人和我生啊！”说完，他回过头来看了一眼李楠芝，又问了一句，“对了，上次你说有个儿子？多大了？哪天带来我看看呗？”

李楠芝微笑着看着他说道：“干吗？小心他管你叫爸爸！”

越子木一听就愣住了。

84. 木瓜罢学

见越子木吃惊的样子，李楠芝捂着嘴笑个不停，说道："看把你吓的，好了好了，你忙吧，我得回去了。"

"哎呀，我差点儿忘了，不行，我得送你回家！"说着，越子木就放下手中的木板。

"行了，不用你送了，我又没喝多，你还是赶紧给你的小朋友做枪吧。"李楠芝说着就站了起来。

"那……真不用送吗？天已经黑了！"越子木犹豫着。

李楠芝回过头笑着说："怎么着？要不我不走了？"

"别别别！你还是……"越子木一脸的窘相。

李楠芝哈哈大笑，开门走了出去。到了楼下，她直接回了自己家。一进门，就看见木瓜正坐在沙发上噘着小嘴在看动画片，吴姐坐在他身旁。

见妈妈回来了，木瓜跑了过来。她一把抱起孩子，亲了两下，问道："吃饭了吗？"

"吃了。"木瓜看着妈妈，一脸的不高兴。

她给孩子擦了擦眼角，孩子脸上还有泪痕。

"怎么了？儿子，好像不高兴啊！"

木瓜搂着妈妈的脖子，噘着嘴不说话。

见木瓜不想说，她也就没再问，心想：这孩子，竟然和我玩起了小秘密。

这时，吴姐张了张嘴，想要说什么，李楠芝却给她使了个眼色，示意她不要说。吴姐会意，就没有说什么。

她放下木瓜，说道：“儿子，你先自己玩吧，妈妈得去洗个澡，浑身都是味。”说完，就去了洗手间。

而木瓜在沙发上坐了一会儿，却突然小声问吴阿姨：“阿姨，你说叔叔家就在前面的楼里吗？”

吴阿姨笑着点了点头。

木瓜高兴地跳下沙发跑到窗前，可是，他根本看不到窗外。吴阿姨给他搬了把椅子，又抱着他站了上去。木瓜手扶着窗台往前楼望去。

“阿姨，我怎么看不到叔叔啊？”

吴阿姨扶着他说：“那么多扇亮着灯的窗户，谁知道是哪个呢？快下来吧，一会儿妈妈看见又要担心了。”

“不嘛，我再看一会儿。”木瓜说着就望着前面那一排排亮着灯的窗户。

而就在此时，越子木画好了枪的图案，到窗前的柜子里找工具，无意中他抬头看了看窗外，突然脸上露出了笑容，赶紧跑回去从衣服架上的大衣里拿出那个望远镜来，又回到窗前就向对面看了过去。

望远镜里，他巡视了一圈，突然，他发现就在自己平时看见那个女人的窗后，赫然露着一个小脑瓜！那不是木瓜吗？他身后还站着吴阿姨。他就是一愣，又仔细看了看，没错，就是木瓜！

放下望远镜，他顿时皱起了眉。那也就是说，自己看见的那个女的是木瓜的妈妈？想到这儿，他又惊又喜，虽然没有看见木瓜的妈妈长什么样，但这次总算知道了木瓜的住处，哪天得去侦查一下，木瓜为什么不愿意提起自己的父母呢？

想到这儿，他赶紧坐了回去，又接着开始用刀刻那把小木枪。

就在越子木转回身去的一刹那，李楠芝洗完了澡，一边擦头发一边走到窗前，对木瓜说：“快下来，好危险哪！”

吴姐把木瓜抱了下去。

她问木瓜：“看什么呢？”

木瓜笑了一下，说道：“妈妈，我要去睡觉了。”说着就蹦蹦跶跶地回了房间。

她在后面看着孩子，明白了，小家伙一定是在看越子木家。想到这儿，她不由得也站在窗前往前面望去，就见越子木家那扇窗亮着灯。她想，恐怕他得熬通宵了。

如果这时越子木再坚持用望远镜看一会儿，那一定会看到李楠芝的，但就是这么巧，他忙着做木枪，却错过了发现一个更大秘密的机会。而李楠芝也没有想到的是，越子木竟发现了木瓜的住处。

这时，乔庄回来了，见李楠芝在家她就是一愣，问道："姐你怎么……回来啦！"

李楠芝看了她一眼，笑着说："你这死丫头，不回来我上哪儿去？"

"哦，我以为……"乔庄诡秘地笑了。

李楠芝走上前，拍了拍她肩膀："快去洗个澡吧！"

乔庄答应着刚要转身去洗手间，却突然说道："姐，许曼好像觉察出什么了，上次吃饭时她往我身上洒酒是故意的，今天送她时又提起了这事儿，好在让我给岔过去了。"

李楠芝想起上次许曼往她身上洒酒的事儿来，就下意识地往她胸前看了一眼，笑着说："是挺值得怀疑的，哪有男的胸这么大的？"

"姐！你也取笑我！"乔庄脸红了，转身进了洗手间。

看着她的身影，李楠芝暗想，也真够难为她了，也不能老这么假扮啊！不露出女儿身，如何找男朋友呢？她也不小了。

夜，已经深了。而此时的越子木正哼着歌忙得不亦乐乎，他手里的木板经过粗略地刀削后，已经有了枪的雏形，在他面前的桌子上，放着那个望远镜。

削着削着，越子木突然想到，自己小时候因为看见别的小朋友玩木枪，而自己又没有父亲，最后只好自己动手削了一个，后来渐渐长大了，还不断完善那把小木枪，最后才削成枪的模样，现在木瓜让自己做木枪，那就说明这孩子也没有父亲？

一想到这儿，他就加快了速度，打算在天亮前把木枪做好，他不想让木瓜失望。

当清晨的第一缕阳光照进窗前时，越子木伸了伸懒腰，把已经削好的木枪放在桌上，走到窗前，伸着胳膊望向窗外。外面，三三两两的人们在小区里进出着，新的一天又开始了。

他到洗手间洗了一把脸，又看了看时间，掏出手机找出昨天木瓜打的那个号拨了过去。

李楠芝家里。已经起床的李楠芝和乔庄正在梳洗，木瓜也已经穿好了衣服，吴姐正在往餐桌上端早餐。

这时，茶几上的电话响了起来，李楠芝放下手里的梳子，拿起电话，就听里面有人说道："您好！请问这是木瓜家吗？"

她一听声音竟是越子木！吓得不敢出声，就朝正看着她的木瓜摆手，木瓜跑了过来，看了一眼妈妈就接起了电话。

"我是木瓜……"

看着木瓜在那儿讲电话，她示意乔庄不要出声。乔庄小声道："木瓜开始社交了？"

电话里，越子木笑着说道："木瓜呀，是叔叔！起床了吧……一会儿咱们楼下见好不好？"

"哦……"木瓜回头看了一眼妈妈，没再多说什么就把电话放下了。

"是谁呀？"李楠芝故意问道。

木瓜眨了半天眼睛说道："是叔叔……"

她一听，孩子没有撒谎，不过，也真够难为孩子了。她就抱起木瓜亲了一下，然后把他放在餐桌前开始吃早餐。她猜也猜得出来，一定是越子木把木枪做好了，和木瓜约定啥时见面呢。

餐桌上，木瓜异常的乖，吃饭的速度也比往天快。李楠芝看着孩子连连说别着急，但她知道，孩子这是急着出去。

吃完了饭，木瓜果然张罗着上幼儿园，吴阿姨还直说"早着呢"，李楠芝笑着让吴阿姨现在就送木瓜出门。

看着孩子蹦跳着高兴地出了门，她走到窗前，往楼下的小区甬道上看，就见越子木站在接近小区门口的地方正徘徊呢。

她一想，越子木肯定是弄了一宿啊，不过，为了木瓜，他这当父亲的贪点儿黑算什么？谁让他瞎胡闹了？

看着木瓜跑上前，越子木蹲在地上和木瓜不知说着什么，她就忍不住笑。她看见越子木把一个东西递给木瓜，又把另一样什么东西挂在了木瓜的脖子上，再一看木瓜，高兴得上前亲了越子木一下。

看到这一幕，她眼睛有些湿润了。

这时，越子木向木瓜挥了一下手，转身就往楼里走，走到半路，他还往这边楼上看了一眼，吓得她赶紧闪开了。

她一想，越子木肯定是回去补觉去了，可是，他吃早饭了吗？

想到这儿，她转身就往餐桌走，一转身，差一点儿撞到乔庄身上。

乔庄笑呵呵地看着她，她说了一句："死丫头，看什么看？上班去！"

说着，她就到餐桌上把还没有吃完的蛋糕等早餐装进餐盒，又放进两个鸡蛋，回身去穿衣服。

"姐，你这是……"

"不许问！"

乔庄笑着出门去上班了。

李楠芝穿好衣服，拎着装好餐盒的方便袋出了门，直奔越子木家。

当她敲了两下门后，就听里面越子木问了一句："谁呀？就来啊！"

过了好一会儿门才打开，就见越子木头上裹着个毛巾，身上披着浴巾，正满脸水珠地往出探头呢，一看见是她，他吓得当时就愣住了，然后，迅速把门给关上了。

本来，越子木回来后他打算冲个澡然后再小睡一会儿，可没想到这么一大早的李思月会来呀！

关上门后，他迅速地穿着衣服，好不容易把衬衫、裤子穿好后，李楠芝在外边又敲起门来。

他咧着嘴打开门，见李楠芝笑着往他身上看，看得他直发毛。

"你……你怎么来了？"他问了一句就闪开了，让李楠芝进了屋。

李楠芝把手里的东西放到餐桌上，也不说话，一样接着一样地把早餐拿出来摆在桌上。

越子木凑到桌前，看着桌上的早餐，乐了。他坐在椅子上，伸手抓过一块蛋糕就要吃。

李楠芝说了一句："洗手了吗就用爪子抓？"

越子木也不管那个，往嘴里一塞，嚼了几口咽下去才说："刚洗过澡……"

李楠芝坐在他对面，拿起一个鸡蛋趁他低头的时候往他头上一敲。越子木"啊"了一声，一手捂着头愣眉愣眼地看着她。

"丝……哈……好疼啊！"

李楠芝微笑着剥鸡蛋，剥好了放进他面前的餐盒里，说道："知道为什么给你送早餐吗？"

越子木愣了一下，一脸坏笑地说："是不是有事要求我呀？要不，给你儿子也做个木枪？"

李楠芝瞪了他一眼，笑着说："是为了鼓励你，放大一下你的爱心，将来做个好父亲！"

越子木看了她一眼，又继续吃东西。

"那你知道为什么敲你的头吗？"李楠芝又说。

"你这是以下犯上，小心我扣你工资！"越子木笑着说。

李楠芝盯着他好半天，站起来边往外走边说："你吃吧，吃完先睡一觉再上班，我去公司了。"

刚走到门口，越子木就问道："你还没说呢！为什么敲我头啊？"

李楠芝站在门口，回过头来想了想，说了一句："是为了让你长点儿心！"说完，开门出了屋。

越子木看着已经关上的门，皱着眉自语道："长心？长什么心？"

且说木瓜手里拿着越子木做的这把小木枪，趴在吴阿姨的肩膀上这个美呀！一会儿闭一只眼睛瞄着远处"啪啪"地打两枪，一会儿又举起脖子上的望远镜望一下，俨然一副指挥员的架势。

到了幼儿园，一进班里他就昂着头挺着胸，走到那个弄坏他小木枪的小朋友面前，把望远镜摘下来往他桌上一放，说道："还给你！现在我有新枪了，谁稀罕你的望远镜？"

说着，他把小木枪一亮，又接着说："昨天的事就原谅你了，以后不许碰我的枪！"

这时，周围的小朋友都围过来看着他手里的木枪，眼神中都是羡慕的神情。

有个小女孩儿怯怯地问道："是爸爸帮你做的吗？"

还没等木瓜答话呢，那个拿望远镜的小男孩儿说道："他没有爸爸！"

"你胡说！"木瓜当时就瞪起了眼睛，他红着脸支吾了半天，才小声说，"这就是爸爸给我做的。"

那个小男孩儿把望远镜往脖子上一挂，掐着腰说道："你要是有爸爸为什么没见他送你上学接你放学呢？"

木瓜实在忍不住了，大声说："你胡说！"说着，气急了的他上去就推了那个小男孩儿一把。那小男孩儿哇的一声就哭了。

这时，老师闻声从外面走了进来，一边过去哄那个哭着的小男孩儿一边问："是谁？谁欺负同学了？"

小朋友们都害怕了，谁也不敢出声。木瓜想了想就从椅子上站了起来："谁让他说我没爸爸了？"

老师一看是木瓜，就对那个小男孩儿说："你怎么能这么说同学呢？"

"他就是没有爸爸！我们一次都没看见他爸爸送他上幼儿园！"小男孩儿指着木瓜说。

木瓜站那儿生气。

老师又走到木瓜跟前，低下头扶着木瓜的肩膀说道："木瓜同学和你们大家一样，有爸爸，只是他爸爸一直忙。"说着，她又蹲在地上看着木瓜小声说，"木瓜，不管怎么说你也不能打同学呀？是不是？"

木瓜噘着嘴不说话。

那个小女孩儿却举着手说道："老师，木瓜没有欺负他，是他在欺负木瓜！昨天还把木瓜的小枪弄坏了呢！"

还没等老师说话呢，就听木瓜"哇"的一声就哭了。老师见状着了急，赶紧抱起他，一边哄他一边往外走。

木瓜一直哭，到了外面，他哭着说："老师，木瓜要回家……"

"木瓜，为什么要回家呀？还没到放学时间呢！"老师替他擦了一把泪水。

"我就是要回家！不上幼儿园了。"木瓜说着，哭得更伤心了。

老师想了想，抱着他回了备课室，把木瓜放在椅子上后，她找出件玩具来递给他："木瓜，你先在这儿玩儿好不好？老师去去就来！"

"好……"木瓜接过那件玩具，见老师出去后他又放在了地上。

老师走到别的房间拿起电话，照着墙上的家长联系方式开始拨号。

那个号码是李楠芝的。

过了一会儿，电话通了，老师冲电话里说道："请问是木瓜的妈妈吗？"

李楠芝答道："是呀，请问……"

"哦，我是幼儿园的老师，木瓜和小朋友闹矛盾了，哭着吵着说不上学了，您要是不忙的话能不能来学校一趟？"

李楠芝心想：木瓜早上走时不是还好好的吗？怎么会突然不上学了呢？她放下电话就直奔幼儿园。

而木瓜见老师出去了，他跳下椅子来到桌前，又从衣服里面拿出那个放着照片的卡片来，拿起电话就开始拨号。

此时，越子木正躺在床上睡得这个香啊！嘴角美滋滋的也不知做了什么梦，但枕边的手机响了起来，他眯着眼睛用手一划拉，胡乱接起来就问了句："谁呀！"

电话里，木瓜抽噎了一下说道："叔叔……我是木瓜……"

越子木一听，刷的一下子从床上坐了起来。

"哦，是木瓜呀！找叔叔有事吗？"

木瓜忍不住了，小嘴一噘，哭道："叔叔……你能不能来幼儿园接木瓜呀，木瓜不想上学了。"

越子木一听就明白了，这小子一定是在幼儿园和小朋友闹矛盾了，可是，他为什么不找自己的父母呢？

但想归想，他嘴上说："好啊，叔叔现在就过来啊，木瓜不哭！"

放下电话，他赶紧穿衣服，又在镜子前梳了梳头发，这才出了门，直奔小区门口的幼儿园。

木瓜的老师打完电话就赶紧回来哄木瓜，一进屋，却见木瓜坐在椅子上老老实实的，脸上还有泪水，她不禁愣了一下，笑着说："木瓜不哭啊，待会儿老师批评他们！"

此时，在一辆出租车上，李楠芝一边看表一边焦急地往车窗外看。已经过了上班高峰，路上的车并不多。

在小区门口，越子木大步流星地走着，边走也看了一下手表。

一边是车轮转动，一边是脚步飞快，两个人同一个目的，却是不一样的心情。

进了幼儿园，越子木打听着找到了木瓜的班级，他敲了一下门，开门的老师看了看他，问道："请问您是……"

越子木往里面看了一眼，笑着说："哦，我找木瓜。"

一听说找木瓜，里面的小朋友都齐刷刷地把目光投到了门口。

这位老师上下打量了一下越子木，说道："木瓜在隔壁房间呢。"

越子木礼貌地点了点头就轻轻地关上了门。

他到了隔壁，敲了一下门，一个女老师把门打开就说："木瓜妈妈，来得好快呀……"可一抬头见是越子木就愣了一下。

"请问先生您找谁？"

"哦，我找木瓜。"

老师听完上下看了一遍，狐疑地问道："您是……"

"哦，我是……"还没等他说话呢，就听木瓜跑过来说道："老师，是我爸爸！"

越子木一听就愣住了。

而与此同时，在教室走廊的转角处，李楠芝正站在那里，听到木瓜的话，她也愣住了。

85. 跟踪父子

越子木听木瓜这么一说，先是愣了一下，然后看着老师尴尬地笑了笑。接着，木瓜就跑了过来，他一把抱起木瓜。

老师看了越子木一眼，说道："你这当爸爸的！工作再忙也得管孩子啊！整天让阿姨接送，现在小朋友们都以为木瓜没爸爸呢！行了，今天你先带木瓜回去吧，好好哄哄孩子，明天再来上学吧。"

越子木点着头，哼哈答应着出了门。

他转身的一刹那，李楠芝赶紧往旁边躲了一下，暗暗地观察着他们。就见越子木抱着木瓜边走边聊着什么，木瓜搂着越子木的脖子，一脸的高兴。

李楠芝心里揪了一下，蹑手蹑脚地跟在后面。刚路过那间教室，就听有人说道："哎哟，这不是木瓜妈嘛！你怎么才来呀！"

李楠芝回头一看，是木瓜的老师，她就笑了笑。

老师说道："木瓜被他爸爸接走了，估计是木瓜自己打的电话。"

她赶紧说："我知道了，老师，那要没什么事我先走了啊。"说着，就要转身走。

那老师却说道："木瓜妈，你老公是做什么工作的呀？怎么不见他接送孩子呢？小男孩儿还是多跟父亲在一起的好！"

她咧着嘴说："是，是！我回去说他！"说完，她心想：上哪儿说去呀。

告别了老师，她赶紧往幼儿园门口走，她是想要看看越子木把木瓜带哪儿去了。

可她刚到门口，就见一辆出租车开走了。她看了看，但还是朝越子木家那栋楼走去。

她以为，越子木一定会带木瓜回家的，要不然还会去哪儿呢？

她急匆匆地上了楼，犹豫了一下把耳朵贴在门上听，可是里面一点儿动静都没有。她很是奇怪，这爷俩儿在屋里也不会这么消停啊？她犹豫了一下还是敲了敲门，然后就迅速躲了起来，可是，门根本没开。

她皱了皱眉，马上想起了刚才看到的那辆出租车，就赶紧跑下楼，到小区门口，打了一辆车就走。可是，那辆车早就走远了，上哪儿追去？

司机朝后视镜里看了看，问道："请问要去哪儿？"

她往窗外张望着，说道："你就往前开吧。"说完，她又自语道，"上哪儿去了呢？"

司机又看了看后视镜，笑了笑问道："美女是在找人吗？"

李楠芝答道："是啊，一个男的带个小孩儿。"

那司机一听，笑着说："我看见了，那父子俩刚才上了我哥们儿的车，你等下啊，我给你问问。"说完，就拿起了车载对讲机。

李楠芝一听就高兴地手把着前座的靠背，等着司机帮着问。

就听司机冲对讲机讲道："大勺子大勺子！听到回话！"

对讲机里有人回道："啥事儿？"

"哦，刚才上车那父子俩下没下车呢？孩子妈着急找。"

李楠芝一听，他说的也对，就没说什么。

对讲机里又说道："下了下了，在肯德基。"

"好了，大勺子，回见！"司机放下对讲机回头说，"找到了，就在前面，我知道那家肯德基。"

李楠芝忙说："那快去！"

司机脚下一踩油门，车飞快地朝那家肯德基开去。到了门口，车停了下来，她付了车钱就赶紧下车。

司机边数钱边自语道："打个电话不就得了？"

李楠芝上了台阶，隔着窗户往肯德基餐厅里面张望着，果然，就见越子木和木瓜正坐在一个角落里在那儿吃东西呢。她悄悄地进了门，拿了张报纸坐在隔板的另一面，离越子木和木瓜那张桌不远。

那么，越子木和木瓜怎么跑到肯德基来了呢？当时，他抱着木瓜出了校门，本打算带他回家的，可木瓜却说："叔叔，木瓜肚子饿。"

越子木一看时间，可不，都快到中午了，孩子能不饿吗？他就笑着问木瓜："想吃点儿什么？"

木瓜不假思索地说道："肯德基！"

"怎么想吃肯德基呢？"

木瓜小嘴一噘："妈妈老说那是垃圾食品，不让吃，上次叔叔带木瓜吃，觉得很好吃。"

越子木笑着说："妈妈说的是对的，油炸食品吃多了可不好。那好，叔叔就带你去吃肯德基！怎么样？"

木瓜高兴得直拍手。越子木这才打车直奔这家肯德基。

点完餐后，越子木就和木瓜面对面坐在了一张桌子上，服务员端着餐盘送餐的时候，还看了看这俩人，回去就小声和另一个服务员嘀咕起来："瞧人家那对父子，长的可真帅！"

那个服务员也往这边看了一眼，不住地点头："嗯，孩子帅是因为父亲帅，这父子俩可真像啊！"

越子木隐约着听到有人议论，他回头回脑地看了看，那两个服务员不再说话了。

看着木瓜虎头虎脑地吃着，越子木并没有问他为什么说不上学。这个时候孩子好不容易哄好了，他可不想再把孩子弄哭，等他吃饱再说吧。

就这样想着，他胳膊拄在桌上笑呵呵地看着木瓜。木瓜却把餐盘往这边推了推，说道："叔叔，你也吃呀！不饿吗？"

越子木笑了，说道："叔叔不饿，叔叔早上吃了好多东西呢！有蛋糕、有鸡蛋……还有一杯牛奶呢！"

木瓜也笑着说："叔叔怎么跟木瓜吃的东西一样啊，木瓜早上也吃蛋糕和鸡蛋了，还有牛奶。"

越子木听了也没往心里去，谁家早餐不是这样的？

这时，木瓜好奇地问道："叔叔，那你吃的是黄金蛋吗？"

越子木听完就蒙了，他回想着李思月早上给他剥好的那两个鸡蛋，当时自己还纳闷呢，这鸡蛋怎么没黄儿呢？难道最近都流行吃这种做法的蛋吗？

"哦？什么叫黄金蛋啊？"他笑着问木瓜。

此时的李楠芝在旁边一听，心里怦怦直跳，心想：这孩子，聊什么不好？

她拿着张报纸正聚精会神地听呢，却听见有人说道："女士，请问您吃点儿什么？"

她抬头一看，见是个服务员站在跟前，就小声说了句："蛋卷！"说完，又从报纸边上探出一只眼睛偷看他们俩。

就听木瓜说："就是把鸡蛋晃一晃，然后再煮，就成黄金蛋了！阿姨是跟妈妈学的呢！"

越子木一听，脑海里却出现了多年前李楠芝给他做黄金蛋的事，难道木瓜的妈妈也会做黄金蛋？

见越子木凝神不语，木瓜以为他没听懂，就又说道："叔叔，就是这么晃……"说着，他小手一举就使劲地晃了一下，可是，他忘了手里的可乐杯子了，这一晃，可乐顿时溅了出来，像一条瀑布一样直接就朝李楠芝坐的那张桌子飞了过去。

此时，李楠芝正好从报纸后面探出头来想看看情况，突然看见木瓜一摇可乐杯子，她顿时吓了一跳，一瞬间空气似乎都凝固了。她想，这下恐怕要露馅了。

就在千钧一发之际，一个打扮时髦、浓妆艳抹的少妇刚好走过，这下可好，木瓜摇出的可乐汁全溅在了她的衣服上。

"妈呀！这谁干的！"溅了一身可乐的少妇瞪着眼睛怒目环视着四周。

再看木瓜，当时就愣住了。

越子木赶紧站起来："对不起啊，不是故意的！"

那女的看了看越子木，张口说道："你这个人是怎么带孩子的？这么没教养！”

越子木不好意思地欠了欠身子：“实在对不起啊，要不，你把衣服脱下来我帮你拿去干洗吧。”

那女的一听，当时火更大了：“啥意思啊你？光天化日的你让我脱衣服？你个流氓！看你这样子就是个小白脸！”

越子木皱了皱眉，强压怒火，但好男是不能跟女斗的。

就在这时，木瓜大声说：“不许骂我叔叔！”说着，从椅子上跳下来直接就站在了越子木身前，还伸着小胳膊。

李楠芝看到这一幕，心想：父子连着心呢。

那女的一听就乐了，皮笑肉不笑地说：“我就说嘛，原来不是你的孩子啊，瞧你长得也不错，干什么不好？不过，这孩子倒和你挺像的，该不会是你的吧？哈哈哈！”

越子木实在是忍无可忍了，骂他行，但他不能容忍骂一个孩子！他咬着牙就要上前。

正在这时，就听身后有人高声说道：“不就是穿个破貂嘛！撒什么野？”

越子木回头一看，愣住了，说话的竟然是石珏。李楠芝在报纸后面也看见了，就见石珏穿得珠光宝气的朝那个女的走了过来。

走到跟前，石珏先是看了一眼越子木，接着就上下打量着那个一脸横肉的女人，微笑着说：“你这衣服多少钱？说个数，赔你就是了，别得理不饶人！”虽寥寥数语，却气场强大。

那女的打量一番石珏，尤其是往她身上穿的那件衣服上看了又看，支吾着说道：“我这貂儿是刚买的，一万多呢！”

石珏轻蔑地看了一眼，说道：“给你两万，现在马上脱下来！”

那女的一听，眨了眨眼睛迟疑了一下说道：“你谁呀你？少管闲事！”说完，竟掏出了手机，也不知是打给谁。

越子木拉了一下石珏：“石小姐，算了，你还是别管了。”

石珏看了一眼木瓜，又看看越子木，笑着说：“这谁家的孩子？长得可真帅！”

木瓜看着石珏，又扬头看了一眼越子木，说道："我叫木瓜。"

"哟，叫木瓜呀！真可爱！"石珏摸了一下木瓜的小脸蛋。

可是，正在说话间，就听门口有个大嗓门儿嚷道："谁呀？哪个不要命的欺负我的女人！"

几个人一抬头，就见一个戴着墨镜、梳着小平头、穿了件黑色貂衣的人走了进来，后面还跟了两个人。

一见来人，那女的突然来了精神，一指石珏和越子木："就是他们，往我身上泼水还让我脱衣服！"

李楠芝在报纸后面一看，心想：这下可坏了，越子木和石珏要吃亏。

这时，越子木往前上了一步，挡在石珏前面，冲为首那个人说道："朋友，请听我说。"

"少跟他废话，削他！"那女的嚣张至极。

石珏拉了一下越子木，冲那几个人说道："你们想要干什么？"

为首那人看了看石珏，笑了，露出一口的大板牙："我说哥儿几个，这妞不错呀！"说着就朝石珏走了过去。

李楠芝这时犹豫着要不要过去把木瓜抱过来。

正在这时，就听门口有人高声说道："嗨嗨嗨！嘛呢这是？"

那人还没等回头呢，就听他两个手下说道："你算他妈哪根葱？"

说话间，就听两个人哎哟一声，再一看，两个人已经被拎了起来。石珏一看，认出来了，这不是那天遇到的那个人吗？

那么，来的人是谁呢？不是别人，正是许曼的哥哥许天放。

就见他把两个家伙直接就扔到了一边，为首那人回身刚想张嘴，一看许天放，当时就满脸堆笑："是大……大哥呀！您怎么有空……"

"哦？是你小子啊！怎么个情况？"许天放说着又冲越子木和石珏一努嘴，"这两位都是我朋友，怎么着？惹着你了？"

"没有没有没有！您先忙……"说着，他一拉那个女的，转身带着两个手下就出去了。

那女的还嘀咕呢："咋走了呢？这人谁呀？"

就听为首那人小声说道："这人可惹不得，他老大是韩国帮派，厉害着呢，我可不想惹麻烦。”

见他们走了，许天放过来冲越子木笑了笑，说道：“没事儿吧？”

越子木说道：“没什么。你这是……”

“哦，刚好路过，在外面看见了，所以……”说着，许天放又看了一眼石珏，转身就要走。

石珏上前一把就拉住了他的胳膊：“这么着急走啊，上次的事还没谢谢你呢。”

李楠芝在一旁观察着石珏的表情，她一看，石珏看许天放的眼神不对呀，脸红什么？

许天放对越子木说了句：“先忙，我还有事。”说完，他又看了一眼木瓜，转身就走。

石珏回头和越子木说道：“我先走了啊，回头聊。”说着就追了出去。

越子木看着这俩人，脸上露出了笑容，心想：这石大小姐估计是有着落了。

他回身又抱起木瓜轻轻地放在椅子上，然后不好意思地冲周围的人笑了笑，无意中，他看见旁边有张报纸在那儿立着，他侧头看了一眼，却见那报纸也跟着往旁边挪了挪。他皱了下眉，也没多想，就坐了下来。

木瓜怯怯地说：“叔叔，抱……”说着，就张着小胳膊。

越子木笑着把他抱到自己的怀里，拿起桌上的吃的递给他，说道：“木瓜可真勇敢，像个小男子汉！”

木瓜接过东西说：“木瓜要多吃东西，快快长大。”

“长大干什么呀？”

“嗯……也长叔叔这么高，好保护妈妈！”

越子木一听就笑了。李楠芝在一旁也忍不住“扑哧”一声，然后赶紧用手把嘴堵住了。

越子木回身疑惑地看了看，自己明明听到什么声音了，是谁在笑呢？

这时，木瓜又说：“叔叔，现在木瓜小，你能先替木瓜保护妈妈吗？”

越子木愣了一下。李楠芝也紧张得不行，心想：这孩子，怎么会有这样的想法？

就听越子木说："这个……可不行啊，你不是有爸爸吗？叔叔要是保护你妈妈会挨揍的！"

李楠芝听完，实在忍不住了，拿起报纸挡着脸跑进了旁边洗手间，关好门，哈哈大笑起来。笑完，她把门开了条小缝观察着。

木瓜又说："不会的，有木瓜呢！"说完，还拍了拍胸脯，逗得越子木在他的小脸上亲了一下。

这时，李楠芝看见，越子木开始收拾东西了，还和木瓜说："叔叔一会儿要上班，木瓜跟叔叔去公司啊？"

李楠芝一听就蒙了。

而木瓜却说："叔叔，我要回家。"

越子木笑着说："好啊，那叔叔就送你回家。"

李楠芝听了总算把这颗悬着的心放了下来，但她又一想，越子木送木瓜回家，那不就知道住的地方了吗？

越子木收拾完东西就抱着木瓜出了门，站在街边打车。李楠芝悄悄从洗手间走了出来，躲在餐厅门里往外望着。

见越子木抱着木瓜上了一辆出租车，她赶紧跑出去，也上了一辆车就跟了过去。

到了小区门口，她下车就悄悄跟在越子木身后。就见木瓜指点着让越子木朝那栋楼走，她心里跳个不停，紧张得要命。

越子木抱着木瓜上了楼梯，她蹑着脚跟在后面，但也不敢跟太近，就竖着耳朵听着脚步声一点儿一点儿地往楼梯上走。

估计是已经到家门口了，她听见上面传来敲门声，就不敢往上走了，扶着楼梯听着。

就听门开了，传来吴姐的声音："哟，是越先生啊，您这是……哦，木瓜，你怎么回来了？"

越子木说道："您好，木瓜已经吃完饭了，跟幼儿园老师说好了，让木瓜在家休息一天。"

吴姐说着感谢的话。这时，又听木瓜说："叔叔，进来呀！我妈妈不在家。"

越子木迟疑了一下笑着说："叔叔不进去了，还得上班呢，改天叔叔找你玩儿，好不好？"

"好。"木瓜不情愿地说着。

听到这儿，李楠芝长出了一口气。她刚想往楼下走，以免被越子木碰上，可就在这时，又听木瓜说："叔叔，木瓜能求你一件事吗？明天可不可以送木瓜上幼儿园……"

李楠芝一听就愣了，与此同时，眼泪止不住地流了下来。

86. 一物降一物

许天放和石珏两个人出了肯德基餐厅，一个在前面走，一个在后面追。

“喂，你等等！干吗老躲着我呀！”石珏在后面喊道。

许天放头也不回，走到街边就招手准备打车，石珏气喘吁吁地跟了上来，“喂，你什么意思啊？干吗老躲着我呀！”石珏站在许天放旁边说道。

“这位小姐，请不要跟着我好不好？”许天放无奈地说。

石珏想了想，笑了一下，说道：“那要想不让我跟着你也行，你得答应我一个条件。”

要别人答应她的条件，这是她一贯的做法，此时放在许天放身上一点儿都不新鲜，但许天放哪知道啊，他就想快点儿摆脱麻烦，所以就答应了。

“那你说来我听听。”

石珏诡秘地一笑：“那你得先答应我。”

许天放看了她一眼，心说，这纯粹是无赖的做派嘛，哪有先让人答应的呀！但嘴上说：“只要是不违背道义原则，答应你就是了。”

“嗯，还不错，这才像个男人嘛！”石珏说着就上下看起了许天放，就见他高高的个子，浓眉大眼，眉宇间透着一股英气和霸气。

“石小姐，能不能含蓄点儿呀！我脸上有东西吗？”

石珏忍不住掩嘴而笑，说道：“好吧，要想让我不跟着你，那你得告诉我你的名字。”

还没等她说完呢，许天放笑着说：“我还以为是什么事呢，我叫许天放！”

“什么？这怎么是个土匪的名字啊……许大马棒？”石珏故意皱着眉。

“是许——天——放！记住了？”他又重复了一遍。

“哦，是许配的许吗？每天都不放过你的‘天’和‘放’吗？哈哈哈！”石珏开怀大笑。

“你……”许天放也不好说什么，就招手准备拦车。

“……还有你的电话！”石珏又接着说。

许天放听完一愣：“石小姐，你不是说答应你一件事嘛，这怎么又……”

“谁让你抢话了，我还没说完呢。再说了，我知道你名字有什么用？不告诉我电话以后怎么找你？”石珏瞪了他一眼。

许天放迟疑了一下，还是告诉了她：“记着啊，我的电话号码是……”然后又自语道，“找我干吗呀，就不怕我吗？”

“根本就不诚心，你这么说我哪记得住啊！给！”说着，石珏把自己的手机递了过去。

许天放看了她一眼，无奈地笑了笑，接过来就按了自己的手机号码，然后递给她。

石珏笑呵呵地接过来看了一眼，直接按了接通键，就听许天放的手机响了起来。

他掏出手机自语：“还不相信我是怎么的？”

“谁知道你给我的是谁的号码呀，万一是别人的我挨了欺负怎么办？”石珏说着就把许天放的号码存了起来，而且，在姓名一栏还存了个“许大马棒”。

这时，许天放一招手，一辆出租车停了下来，他直接打开车门，看也不看石珏一眼就钻了进去。可就在他关车门的一刹那，却听到了两声“砰”的关车门声。他扭头一看，好嘛，石珏已经坐在了后排座上。

“你不是说不跟着我了吗？怎么又上来了？”许天放说道。

石珏嘻嘻地笑着，却冲司机说：“师傅，开车！”

司机哪管那个呀，开车就走。许天放还想制止呢，但招了招手停下了，他摇了摇头，转过身看都不看石珏一眼。

石珏在后面把头往前一探，拍了一下他的肩膀：“喂，许大马棒！你怎么不说话呢？大男人跟小女子生气？”

许天放还没等说话呢，司机却忍不住笑出声来，气得许天放狠狠地瞪了他一眼，司机不敢笑了。

“你到底要怎样？你知道我是干什么的吗？就不怕我……”许天放一歪脸说道。

“我又不是被吓大的，比你厉害的角色我都领教过。嗯……那你请我吃饭吧，我还没吃中午饭呢，都要饿死了，请我吃完饭我就不跟着你了！”石珏眉头一皱计上心来。

许天放也不说话，指挥着司机道：“前边往右拐！”

石珏噘着嘴：“哼！小气！”说完，也不再作声了，心里却在想，看你能把我甩掉不？

车在前面拐到了另一条街上，许天放指着街边说道：“就前面，靠边停车！”

随着司机的一脚刹车，石珏身子往前一拥，手下意识地一扶前面的椅背，不小心却按在了许天放的肩膀上，她吐了下舌头，往车外一看，顿时就乐了。原来，那是家餐厅。

许天放付了车钱，下了车，习惯性地到后面一拉车门，石珏笑呵呵地下了车。等司机把车开走后，她上前就抱住了许天放的一只胳膊。

许天放甩了甩，却没有甩开，他看了石珏一眼，谁知，石珏并没有看他，而是指着餐厅说道：“这家餐厅我来过，平时来的可都是情侣呀，你地方选的不错！”说完就拽着许天放往前走。

许天放站住了，说道：“到底吃不吃饭？”

“吃吃！嘻嘻，逗你的！走吧！”说着，石珏抱着他的胳膊迈步就走。

进了餐厅，石珏指着靠近窗边的一张餐桌：“咱们坐那儿！”

两个人落座后，许天放叫过服务员，把菜牌往石珏面前一摆：“石小姐，想吃什么就点吧。”

石珏接过菜牌，浏览着说道：“虽说合了资，但目前本姑娘还不至于干小姐这一行！”然后她又抬起头看着许天放道，“经常请小姐吃饭吗？对呀，我差点儿忘了，许大马棒嘛，土匪和小姐是应该归为一类的。”说完又低头看菜牌。

许天放刚想说什么，却听站在桌边的服务员呵呵地笑，他就瞪了下眼睛，那服务员不敢笑了。

见石珏翻来翻去也点不出菜来，许天放一把抢过菜牌往旁边一扔，抬头冲服务员说道：“两碗炸酱面！快点儿啊！”

石珏看着远去的服务员，冲许天放一噘嘴：“还真是小气！就请人家吃这个？”

“要请你吃顿龙虾那我这个月就甭过了！”许天放说着又喊服务员来两杯白开水。

石珏拿过一双筷子，说：“行行行！炸酱面就炸酱面！”

说完，她又笑呵呵地看着许天放，目光直视，毫不避讳。弄得许天放坐立不安，端起服务员送上来的水举杯就喝，可他刚喝下去就往旁边一侧身子吐到了地上，但还是有一点儿水溅到了裤子上。水，太烫了！

石珏捂着嘴刚要笑，却站起来拿过一块餐巾纸就要给他擦嘴。许天放一把抢过去，自己擦起了裤子。

石珏把头探了过去，问道：“怎么样？烫着没？”她的头都快要挨到许天放的头了。

许天放往后躲了一下，无意中看见了她低胸的衣服，慌忙把目光移开。而这一幕却被石珏看得真切，她偷笑着，又隔着桌子往前探了探身子：“要我帮你擦吗？”表情严肃，一本正经。

许天放咧着嘴说道：“不用不用，你快坐好吧！”

石珏坐了回去，微笑着盯着他的脸。

这时，服务员把两碗炸酱面端了上来。许天放也不理她，端过来就大口大口地吃了起来。

与他形成鲜明对比的是，石珏用筷子轻轻地拌着，然后又挑了一根面小心地往嘴里送，吃相文雅。

可是，她这个吃法也忒慢了，许天放都吃大半碗了，她才吃下去一个小坑。

这时，许天放拿过桌上的醋瓶子往碗里倒了一点儿，又开吃。

石珏看了他一眼，说道："你喜欢吃醋？"

"嗯！"许天放想都没想就答了一句，可答完却见石珏在笑，就瞪了她一眼。

石珏看他吃得那个香，就说："给我也来点儿醋呗？"

许天放看了她一眼，拿过醋瓶子往她碗里一歪瓶嘴儿，一股醋流就淌进了碗里。

"好了好了！"石珏大叫着。但还是晚了，醋倒多了。她看看碗，又看看许天放，"想抢人家的面吃也不用这样嘛！"

许天放看了一眼她的碗里，也确实倒多了点儿，他就拿起她那碗面用筷子一挡面条，往自己碗里倒。他是想把面里的醋倒进自己的碗里，可她碗里的面剩太多了，一双筷子哪挡得住啊，就见面条开始往他碗里落，他想抽回筷子，可越是动面条下来得越多。

石珏看着他，嘴一噘："看看，这不是抢是啥？"

这时，那碗面条已经落进许天放碗里快一半了，他只好停住手，想了想，又把自己碗里的面倒进了石珏的碗里一点儿。

"把你的面都弄我碗里了，这怎么吃呀！"石珏指着碗。

许天放也不说话，看了石珏一眼，索性把自己碗里剩下的一点儿面全倒进石珏那个碗里，然后，甩开筷子大口大口地吃了起来，吃得石珏一愣一愣的。

"你这是欺负我！说请我吃饭还抢人家的面条！"石珏噘着嘴，但表情并没有生气的样子。

许天放也不说话，三下五除二地就把那碗炸酱面也吃光了。吃完，他又喝了一大口水，但刚才他的水杯由于洒了一地，已经没有多少水了，他放下杯子，看了一眼石珏面前那杯水。石珏也低头看了一眼，她端起杯子自己就喝了一大口，由于喝得急，不小心呛了一口，呛得她直咳嗽。

许天放笑了笑，招呼服务员买单。

“你这就是请我吃饭吗？反正不请我吃饭你走哪儿我就跟哪儿！”石珏嘴噘得老高。

结完账 ，许天放站了起来，看着石珏说：“走吧。”说完，也不等石珏答话迈步就往外走，石珏只好跟了出来。

走到门口的台阶时，石珏在后面看着许天放，偷笑了一下就“哎哟”一声。许天放回头一看，见石珏一个趔趄朝他扑了过来，惊得他赶紧伸手把她抱住了。

“怎么搞的？摔哪儿没有？”许天放看了看她的脚。

石珏眨了下眼睛，表情痛苦地指着脚：“哎哟，好疼啊！你走那么快干吗？”

“是左脚还是右脚？”许天放说着就把抱着她的胳膊松开了一只，弯腰想要看她的脚。可石珏却一只手搂着他的脖子，另一只手提着包，不住地喊疼。

许天放看了她一眼，咧了咧嘴，问了一句：“能自己走吗？”

“我自己能走，不用你管！”说着，石珏松开手，一只脚着地试着蹦了两下，蹦到街边招手拦出租车。

可她刚要招手，就觉得胳膊被人抓住了，紧接着一个高大的身体靠了过来。她回头一看，许天放已经伸手揽住了她的腰，也不看她，另一只手正朝出租车招手呢。

石珏偷偷地笑，也不说话，看着出租车停了过来，自己被许天放扶着坐进了车里。许天放坐在副驾驶上，冲司机一挥手：“走吧。”

车开走后，他又回过头来看了石珏一眼，石珏赶紧装出一副痛苦的样子。

许天放说：“你最喜欢吃的是什么？”

石珏一听就乐了，眨着眼睛想了半天，说道：“糯米杧果……外加石榴汁……”

还没等她说完，许天放咧了一下嘴，说道：“大小姐，这里是中国！上哪儿给你弄泰国的东西去？”

石珏噘了下嘴：“那就算了，送我回公司吧。”说完，又小声嘀咕着，“不是你问的我最喜欢吃什么吗？我又没说现在要吃。”

许天放不说话了，掏出手机开始拨号，接通后，他冲着手机小声道：“晓曼，哥问你个事儿呗？你知道哪儿有泰国餐厅？”

也不知电话里许曼说了什么，就听许天放说：“你就别问了，不是吃饭，我主要是想问哪里有卖什么糯米杧果的……哪儿？好好！知道了！”说完他就挂了，一指前面对司机说，“前面往左转！”

听着他讲电话，石珏心想：该不会是真要给我买去吧？这个季节哪儿买去呀？

想到这儿，她笑呵呵地扶着前面的靠背说道：“喂，许大马棒！我逗你的，真的不用买了。”

许天放回头瞪了她一眼，说道：“不要感觉太好啊！”

石珏吐了一下舌头，心里美滋滋的。

可是，随着许天放一指前面告诉司机停车，石珏一看，这不是自己公司的楼下嘛！她愣眉愣眼地看了看许天放，却见他下了车，把后排的车门打开了，然后不由分说地就把她拽了出去。

石珏彻底蒙了。

许天放也不说话，扶着她就往台阶上走，到了门口，他一挥手，两个保安跑了过来。

“石总，您好！”小个子保安敬了个礼。

大个子保安站那脸憋得通红，半天才冒出一句话来：“石……石……啊就……”

“石总！”小个子替他说了一句。

大个子还想接着说什么，却听许天放说道：“来，你们两个！把你们石总扶进去！”

大个子一听，赶紧跑了过来，和小个子一人一只胳膊扶住了石珏。

许天放松开手，看了一眼石珏，转身又钻进了出租车。

看着出租车离开了，石珏这才回过神来，她甩了甩胳膊，挣脱开两个保安的手，迈着方步一脸的微笑朝楼上走去。两个保安在后面张着手，都愣住了。

再说许天放，他回到出租车上就打起了电话，冲着电话喊道："你们听好了，都给我出去上街找泰国餐厅去，记住了，买糯米杧果！还有石榴汁！谁先找到谁告诉我！好了，去吧！"

放下手机，他自己也看着车窗外。而他刚才这番话却把司机吓住了，他在后视镜里看着这个大块头，大气都不敢出。

连着找了几条街，可是根本就没找到，许天放又打起了电话："通知大家啊，不管买没买到，一个小时后老地方集合！"

这时，司机看着后视镜胆突地说道："大……大哥……我倒知道个地方好像有你要找的这东西，不知……"

"那怎么不早说？现在就过去！"许天放吼了一句。司机一打方向盘开得飞快。

出租车开到了一片平房区，路很窄，还坑坑洼洼，颠得许天放肝疼。

好不容易车停下后，司机下了车，带着许天放走进一条小巷。司机笑着说："其实，这是我大姨家，以前她就给我做过那东西，特别好吃，只是不知道她老人家现在还会不会做了。"

"没事，跟你大姨说，只要给我做出来，我可以多给钱。"许天放一听能做出来就高兴得不得了。

两个人进了一个小院儿，司机喊着："大姨！大姨？是我呀，二愣子！"

不大一会儿，一位老妇人从屋里走了出来，边走边说："是二儿呀！今儿个没出车吗？"

可她一抬头却看见了高大魁梧的许天放，当时就吓了一跳，自语道："不是说只住仨人吗？这咋又来一个？"

"大姨，是这样的，您现在还做糯米杧果吗？"司机笑着说道。

"这孩子，咋这么说话！说你大姨没事闲扯？大姨怎么会没事闲扯呢？我看那几个人才是没事闲扯呢，整天也不出屋。"老妇人耳朵可能有点儿背，她听错了，就嘀咕起来。

司机一听就乐了，刚想要说什么，却被许天放一拉他胳膊，并示意他小点儿声。然后，许天放侧耳听了起来，就听见东屋传来说话声："妈的上次啥也没找着啊？老大你说的是真的吗？"

另一个声音说道："我八两酒说话错过吗？这是我老大亲口告诉我的！"

"可是，找那半把破钥匙有啥用？"有人又说。

还是那个叫八两酒的声音道："这你就不懂了，既然有这半把，就一定会有那另半把呀，两个半把合二为一不就是钥匙了嘛！"

"可是，那个叫越子木的家里我们都翻过了，啥也没有啊！"

许天放一听他们提到越子木，顿时就是一愣，心想：听口气这不像是伙好人哪！他们到底是干什么的呢？

87. 带血的糯米杧果

许天放一听他们提到越子木，顿时就警觉起来。叫二愣子的司机也听见有人说话了，他小声问他大姨："大姨，东屋是什么人哪？"

他大姨看了一眼东屋，说道："前几天来了伙人，说是要租我这东屋。平时大姨不就一个人住嘛，寻思着租就租吧，不还能赚俩钱儿嘛。"

"哦……大姨你看他们的身份证了吗？"

"傻孩子，看什么身份证啊，咱这又不是宾馆，反正给钱，住就住呗！"老妇人说着就看了一眼许天放，"这位是……"

司机刚想说话，许天放笑着说道："大娘，是这样的，听说您会做糯米杧果，现在有个人就想吃这个，所以想麻烦大娘……"

老妇人听完说道："哦，是这个呀！都好长时间不做了，再说，也没材料啊，这个忙我可帮不上！"

许天放一听就傻眼了。二愣子却在一旁笑着说："大姨，是孕妇要吃，您知道孕妇吧？他媳妇……"说着，他看了一眼许天放，还不停地挤眼睛。

许天放心想：他妈的丈母娘还不知在哪呢，这怎么一下子就冒出个怀了孕的媳妇来？但嘴上说："是啊，大娘！材料我可以准备，您就给做吧！"

一听说是孕妇，老妇人眼睛一亮，边往屋里走边说道："这个我知道，怀了孩子的人哪想吃啥就必须要吃到，吃不到会很难过的。不过，你媳妇吃的东西还真是不一般，这大冬天的……那你们要是弄来材料我就试试。”

进了屋，许天放听老妇人答应了，就对司机说：“哥们，麻烦你去外面买一下糯米和杧果，我在这等着。对了，你记好里程，车钱我给。”

“给啥给，那我去了。”二愣子说着就要出屋。老妇人却说：“糯米就不用了，家里有。”

“那好，我去买杧果。”说完，二愣子出去了。

许天放看着老妇人在那儿忙活着，他小声说：“大娘，一会儿那伙人要是问起来，您就说我是您侄子。”

老妇人看了他一眼，笑了：“好好！”

许天放倚在门边上往东屋的门口偷看着，他悄悄掏出手机拨了一个号码，小声说道：“是我。你通知大家，不用去老地方集合了，都到郊外来，门牌号是……等一下啊！”说着，他又小声问老妇人，“大娘，你家门牌号是？”

“猫耳胡同一八九号。”老妇人答道。

“……猫耳胡同一八九号，越快越好啊！对了，你们几个来的时候买点儿吃的和酒，对，聚餐！”放下电话，他又看了看，见没什么动静，他就回身坐在了椅子上。

许天放是想，这伙人来者不善，万一要是发生冲突自己一个人恐怕对付不了他们，所以这才叫几个心腹手下过来。

老妇人找出糯米又是淘又是洗的，然后放进电饭锅里煮了起来。

这时，许天放就听院里传来说话声。

“喂，你！干什么的？”

他往窗外一看，见二愣子拎着个方便袋正往院里走呢，从东屋出来个人，站那儿正问呢。

二愣子愣了一下，说道：“不干什么，这是我大姨家。”

许天放一看，赶紧走了出来。

“二愣子，咋才回来呢？快进来！”说着，他招呼二愣子赶紧进屋，然后又看了看那个人。

那人又上下打量了一下许天放，没说什么，转身又回去了。

一进屋，二愣子就说："大姨，你咋招这样的人租房啊，好吓人哪！"

老妇人把东西接过去说道："你管他是什么人干吗，又没招你惹你。"说完，就开始做糯米杧果。

许天放隔着窗户往东屋看着，突然，他看见那个人又出来了，并朝这边走了过来。

那人推门进了屋，看了许天放一眼，对老妇人说道："找点儿水喝！"说着就四处看着，他一眼就看见了方便袋里的杧果，伸手就拿了一个。二愣子刚想制止，却被许天放拦住了。

那人一边吃着杧果，一边看着老妇人忙活，问道："这都是你什么人哪？"

"哦，我外甥和侄子。"老妇人说道。

那人又看了一眼许天放，转身推门又出去了。

从他刚才的举动上许天放判断，这伙人肯定是道上的。他想起了那天越子木和金志勇碰面时说的话来。看来，金志勇没有撒谎，虽然不知道是什么事，但肯定是这伙人干的。可是，他们为什么要和越子木作对呢？莫非有仇？

正在这时，就听院子里又传来说话声，他回头一看，就见自己的两个手下探头探脑地进来了。他赶紧出了屋。

"喂，我说你们两个怎么才来呀？东西买了吗？"他站在门口大声喊道。

两个手下一看是许天放就跑了过来，一举手里的东西："大哥，怎么上这地方聚餐呢？东西都买了。"

另一个说道："大哥，你要的东西也没找到啊，不过，石榴汁我买到了，给！"说着，把手里的方便袋一举。许天放看见，里面装着几瓶红红的饮料。

院子里的说话声明显惊动了东屋的人，他们都趴在窗前往这边看着。许天放转身的时候特意扫了一眼，发现其中的一个人一脸的大胡子，而且好像脸上还有一道疤。

几个人进了屋，门一关上许天放就小声说：“你们两个空手来的？他们几个呢？”

“大哥，你一打电话我就知道有事，但我们一直在外面，也没时间回去取家伙呀！还有两个人在路上呢。什么情况？大哥！”

许天放又往窗外看了看，低声道：“抓坏蛋！”

两个人一听抓坏蛋，顿时来了兴致，其中一个说道：“大哥，你平时不是不让我们惹事嘛，今儿个怎么……”

“你们懂什么！去，把东西放桌子上，一会儿见机行事啊！”

两个人把买来的吃的东西摆在了桌子上，然后坐在桌边。

许天放拉着二愣子也坐了下来，他吩咐手下把啤酒起开。二愣子因为开车没有喝酒，许天放就和两个手下也没找杯子，直接捧个瓶子喝了起来。

喝了一大口酒后，许天放喊着老妇人：“大娘，要不您先过来吃点儿东西？”

老妇人在厨房里答道：“我肚子消化不好，这个点儿可吃不了东西，你们吃吧。”

许天放故意和两个手下把瓶子碰出了响，吆五喝六地就喝了起来。

果不其然，正喝着呢，却听门咣当一声开了，接着就见三个人走了进来。许天放等人回头看着这三个人，就见为首的正是刚才看到的那个刀疤脸，他两边各站着一高一矮两个人。

几个人面对着面正僵持着呢，老妇人走了出来。

“哟，几位先生还没吃饭吧，一起坐着吃吧，我再去给你们炒俩鸡蛋！”说着，她把几根洗好的黄瓜往桌上一放就招呼着门口那三个人。

许天放也站了起来，笑着说道：“大娘，哪还有椅子啊再找几把来！你们是租房的吧，进门都是客，来，一起喝点儿？”

三个人迟疑了一下，刀疤脸却缓缓地走到桌前坐了下来。

许天放两个手下看了一眼，热情地拿过三瓶啤酒就打开了，往桌上一放：“来来，哥几个，没杯子，就用瓶吧！”

许天放举起瓶子：“来，哥几个！走一个！”说着，就喝了一大口。

刀疤脸看了看几个人，拿起瓶子喝了一小口。见他喝了，他那两个手下就像见了亲人一样高兴地举起瓶子这顿喝，几口就下去大半瓶。

许天放举着筷子一边示意吃菜一边笑呵呵地问道："几位老板是做生意的吧？一看就是做大生意的！"

刀疤脸没回答，却盯着许天放问道："你们这是……"

许天放笑了："哦，刚才那是我大娘，这是她外甥，没啥事儿，今天过来看看她老人家，随便喝点儿酒暖和暖和。"

喝着酒，许天放却讲起了笑话，逗得刀疤脸两个手下哈哈大笑，而一旁的二愣子却紧张得不行。

两伙人正像一家人似的喝着聊着呢，却听院里又传来说话声。

"我哥怎么找这么个地方啊，你不会骗我吧！"说话的是个女的。

许天放抬头一看，当时就愣住了，就见妹妹许曼和他另一个手下正朝这边走过来。

这时，刀疤脸也回头看向院子里，他一看见许曼，当时就皱起了眉，下意识地把手伸进衣服里。

那么，许曼怎么来了呢？原来，接到哥哥的电话后，她越想越不对劲，哥哥怎么会突然问哪有糯米杧果卖呢？而且，她听电话里好像还有个女人的声音。她一想，哥哥肯定是和一个女孩子在一起，莫非哥哥恋爱了？

一想到这儿，许曼不禁高兴万分，哥哥要真是有了喜欢的人那可就太好了。所以，挂断电话她就到处打听哪有糯米杧果卖，最后还是乔庄告诉她，说是有一家泰国餐厅有可能会有这种食品卖，就让她去试试。

许曼见越子木也没来，就出了公司去那家泰国餐厅。果如乔庄所说，那家餐厅还真有糯米杧果。她买了一份，可当她给哥哥打电话的时候，却怎么也打不通。此时的许天放正在郊外二愣子姨家的屋里呢，手机信号不好，根本就接不到许曼的电话。

无奈之下，她就给哥哥的一个心腹手下打了电话，这才听说哥哥让人都到郊外这个地方，说是要聚餐，她就跟着来了。

可是，许曼万万没有想到，在这里竟然会遇上无人岛的那个劫匪疤脸九。

一见妹妹来了，许天放也是一惊，心想：一会儿说不定会动起手来呢，她在这儿可怎么办？可是，此时许曼眼看就要进屋了，已经容不得他多想了，他就站了起来。

许曼推开门，嘴里还说呢：“哥！手机怎么打不通呢？聚个餐还非选这个地方吗？”刚说完，她一抬头就看见了屋里坐着的人，当时就愣住了。

许天放迎上前：“妹子，你咋来了呢？我给你介绍一下啊……这是我两个哥们，这三位是……大娘家的房客。”说完，他又冲那三个人笑了笑，说道，“我妹妹！”

许曼一听，哪冒出个大娘来呀？正疑惑呢，她一看这三个人，另两个不认识，可那个大胡子的人她一眼就认出来了，这不是那个劫匪头儿嘛！他怎么会在这儿？

许曼皱着眉看了一眼她哥，发现他表情怪怪的，她就有些明白了，就把东西放旁边一放，报怨道：“非得让人家去买这个东西，买来了，给你吧，我还得回去上班呢！”说完，她心里怦怦地跳着转身就想往外走。

就听疤脸九笑着说道：“既然来了咋能不吃饭就走呢？”说着就向其中一个手下使了个眼色。那人起来就站到了门口。

许曼心里跳得更厉害了，她是想尽快离开这里好去报警，可是，看他们这阵势自己恐怕是走不了了。

正在僵持着，老妇人走了出来，她一看见许曼就笑着说：“哟，这谁家的妹子，好俊哪！”

她这句话不要紧，许天放当时就吓了一跳，再看疤脸九，也皱了皱眉，那只伸进衣服里的手始终没有拿出来。

许天放赶紧说：“大娘，这不是小曼嘛，您咋不认识了呢？”说完，他又笑着对疤脸九说，“我大娘岁数大了，有些糊涂。”

老妇人看了看众人，却对二愣子说：“二愣子，这是你对象？”

二愣子一听，赶紧起身往厨房里推他大姨，说道：“大姨你真糊涂，快去做吃的去！”

许曼见自己走不了了，就转身坐在他哥身旁，从桌上的盘子里拿起个鸡腿咬了一口，说道："还真饿了，那就吃完再走。"

"对呀，吃完再上班呗！来来来！大家都坐下吧。"许天放笑着招呼着。

几个人重新落座后，疤脸九看着对面的许曼，突然说道："这位小姐咱们好像在哪儿见过吧？"

许曼一听，心里直打鼓，但嘴上说："大哥你可真会开玩笑……"说完她又看了看他哥，"这谁买的鸡呀！也不撕撕就吃，块太大了，我去厨房切一切吧！"说完就要端着盘子去厨房。

疤脸九一摆手："不用，就这么吃挺好！"

许曼是想要到厨房去打个电话，见自己的计划落空了，她就笑着把盘子又放下了，然后拿过一个杯子倒了点儿啤酒，一举："来，既然都是朋友，我就替我哥敬你们一杯！"说完，还特意往疤脸九面前举了举杯子。

疤脸九看了她一眼，把那只手拿了出来，端起杯子却并不喝。许曼却一扬脖把杯子里的酒全喝了下去，喝完，她笑着对疤脸九说："大哥是做什么生意的呀？"

疤脸九看着她没答话，只是奇怪地笑。

许天放说道："人家可是做大生意的！"

"是吗，那招不招人哪！我可不想在现在的公司干了，大哥要是招人告诉一声啊，我好去应个聘！"许曼说着又开始吃东西。

此时，疤脸九也蒙了，他就觉得许曼有些面熟，但又不敢确定。那次在山洞里毕竟是黑天，因此看得也不是很清楚。

发蒙的还有许天放，他也搞不懂了，妹妹怎么像变了一个人似的？而且还故意配合着自己，到底是怎么回事呢？

这时候，由于许曼的调和，桌上的气氛缓和了许多。两伙人互相敬着酒，眼看着啤酒就要喝光了，许天放冲自己的手下使了个眼色，笑着说："咋买这点儿酒呢？快去，搬一箱来！"

他的手下会意，刚要起身，却被疤脸九给按住了："不用了，喝得差不多了，我们就不打扰了！"说完，他站起来就要往外走。

一直坐在他身旁的二愣子由于要站起来倒地方，他一不小心脚下一滑竟朝疤脸九倒去，他下意识地伸手一扶疤脸九，手所及之处却正是他的腰间，二愣子就觉得硬邦邦的。正在他疑惑时，疤脸九却伸手就按住了他的手，而且还怒目而视。

二愣子咧着嘴："大哥，不好意思啊，没站稳。"说着就把手抽了回来。可是，他倒别看哪，由于好奇，他竟往疤脸九的腰间看了一眼。

疤脸九皮笑肉不笑地冲他说道："摸到什么了？想看看吗？"

二愣子眨着眼睛支吾着："不……不想看！"

疤脸九狞笑着伸手就抓住了二愣子的手，然后往自己腰间一带，又往衣服里一伸，说道："让你摸摸。"

二愣子一摸，顿时就瞪大了眼睛。

"摸到了吗？"疤脸九笑着说。

二愣子紧张得点了点头。他真摸出来了，那分明是一把手枪！

疤脸九说完，松开了手，又看了一眼许天放，站起来就往外走。

此时，许天放迅速做着决定，他想，自己这边不算许曼和二愣子，是四个人，他们是三个，应该可以对付，可刚才这一幕他明白了，为首这个大胡子身上有家伙，不是刀就是枪，如果此时动手，恐怕凶多吉少。

想到这儿，他就笑着说："那好，大哥你们去休息吧，我们再喝会儿！"他是想，等他们出了这间屋子再说。

可疤脸九却看了看他喊道："老婆子！房子我们不租了，今天我们就走！"说完他又示意手下掏钱。

许天放心想，这伙人肯定是觉察到什么了，要不然也不能这个时候说要走啊，现在都快到晚上了。

二愣子大姨出来了，还说呢："不是说住一个月嘛，这才住几天哪！钱你们就看着给吧！"

疤脸九的手下掏出几张钞票来放在了桌上。

疤脸九一挥手，带着两个手下出了屋。许天放原以为，他们会回到东屋取些东西，到时候自己再做打算，可这三个人出屋后却直奔大门口。他一想，可不能让他们跑了，就使了个眼色，带着三个手下出了屋。

“大哥，这么晚了你们去哪儿呀！”他站在门口喊道。

疤脸九站住了，却没回头。

许天放继续说道：“大哥……”

可他刚说半截话，就见疤脸九回过身，一抬手就指着自己。他定睛一看，天哪，是把手枪！

在场的几个人都愣住了。就听疤脸九嘿嘿地笑着说道：“别以为我看不出来，在道儿上混这么多年了，还能被你们几个骗喽？哼！还有那个小妞，还记得无人岛吗？我真他妈后悔当时没把你给办了！”

几个人都被疤脸九这一举枪给镇住了，许天放回过头看了一眼妹妹。许曼贴在他耳边说道：“哥，他就是上次我们在无人岛遇到的那个劫匪。”

许天放一听，更加坚定了要抓住他的想法。可是，人家有枪，虽说比他们人多，但赤手空拳怎么对付？

双方就这样僵持着，疤脸九举着枪和两个手下一步步地往后退，许天放他们也一步步地往前挪着，一瞬间，空气似乎凝固了。

正在这时，就听后面老妇人喊道：“孩子，你们走啊？东西做好了，别忘了带上！”

疤脸九一愣神，眼睛往许天放他们后面看去，就在这关键时刻，许天放往疤脸九后面高声喊道：“越子木！你怎么来了？”

疤脸九一听“越子木”，下意识地往后一回头，说时迟那时快，许天放一挥手，几个人就像下山的猛虎一样扑了过去。他直奔为首的疤脸九，其他人则分别向两个手下扑去。

身材高大的许天放上前一把抓住疤脸九那只拿枪的手腕子，另一只手上去就要夺枪。

疤脸九被这突如其来的变故惊呆了，等他回过神来的时候，许天放已经牢牢地举起了他那只拿枪的手。但疤脸九并不是吃素的，他一面用力想要把枪移到下面来一面用另一只手攥成拳头打向许天放的脸部。许天放往旁边一躲，两只手还是死死地抓着他那只拿枪的手。而旁边，他的三个手下已经和两个匪徒打了起来，那两个匪徒不知从哪弄出两把刀来挥舞着，几个人不敢近身。

这时，老妇人不知什么时候拿着把菜刀冲了过来，高喊着：“早就看你们不是好东西了！”

见她冲了过去，许曼在后面喊着：“大娘！别往前去，危险！”说着也跑过来打算拦住她。

她们两个这么一闹，许天放和疤脸九都不由得愣了一下，许天放喊道：“小曼你拦住大娘！”

可就在他说话的时候，疤脸九一用力就把那只被他举在空中的手抽了出来，紧接着，他高喊一声：“跑啊！”说完，撒腿就往门外跑。

许天放一愣神，见疤脸九要跑，他紧跑两步，紧接着就是一个扫堂腿。再看疤脸九，脚下一拌，身体失去重心，他踉踉跄跄地跑了两步就重重地摔倒在地上。

等许天放再想冲上前时，就听一声枪响：“怦！”

再看后面的几个人，都被震住了，他们静静地看向许天放，就见他往前冲了两步，然后，捂着胳膊倒了下去。

许曼高喊了一声：“哥！”然后不顾危险冲了过去。

其他几个人也都跑了过来。

许天放捂着胳膊高声说道：“别管我，快！去抓他们！”

可是，等几个人再抬头看时，疤脸九早被两个手下拉起来朝夜色中跑去。

老妇人跑了上来，一拨拉她外甥二愣子那只拽她的手，朝疤脸九他们的背影就把手里的东西扔了过去：“砸死你们狗日的！老娘年轻时好歹也当过民兵呢！”

“哥，伤哪儿了？”许曼蹲在地上看着他哥。

“没事，不要紧！快去追呀你们！”许天放痛苦地说着，他那只捂着伤口的手从指缝里已经渗出血来。

“别追了，都已经跑了。哥，怎么不打电话报警呢？”许曼看他哥痛苦的样子眼泪都要下来了。

这时，老妇人过来说道：“报啥警啊，要报我早报了，寻思着他们待几天就走了，把警察弄来兴师动众的也抓不住！孩子，你怎么样？糯米杧果我已经做好了。”说着，老妇人一伸手，可她手里却什么都没有。

“唉？哪儿去了？”老妇人疑惑地四处看着。

不远处，一个方便袋静静地躺在地上，里面，是她刚做好的糯米杧果。

老妇人走过去捡起来看了看，摇了摇头：“可惜了！”

这时，人们已经把许天放扶了起来。他看了看众人，说道：“行了，没抓住就没抓住吧，你们先回去吧，记着啊，谁都不许说！”他三个手下答应着。

许曼扶着他哥，心疼地看着伤口。

许天放一指屋里：“小曼哪，去！把你买的糯米杧果拿来……还有那两瓶石榴汁！”

“哥，你这是要给谁呀！都这样了还惦记那个！”许曼说着，不情愿地回屋取出了东西。

惊魂未定的二愣子过来说：“大哥，我送你去吧！”

许天放看了他一眼，点了点头，就和许曼一起上了车，二愣子开着直奔珠宝大厦的方向而去。

许曼在车上扶着哥哥，说道：“咱们先上医院吧，都流这么多血了！”

许天放皱了下眉，忍着疼痛说道：“不要紧，回头再说。”

很快，出租车到了步行街边上，许天放和许曼下了车，朝珠宝大厦的方向走去。

许曼一边扶着她哥一边往前面看去，问道：“哥，你这是要去哪儿呀！到底是谁能让你不顾死活地给她弄这个？”

许天放也不说话。等到了石生生珠宝大厦楼下，许曼抬头一看，又看了看他哥，指着大楼问道：“就是这儿？哥你不会是给她弄的吧？”

许天放把许曼那只扶着他的胳膊挪开，并示意她在这儿等着，自己上了台阶，直奔楼里而去。

到了门口，两个保安把他给拦住了。

许天放忍着伤痛说道："找你们石总。"

小个子保安说道："哦，我见过你，下午时是你送石总回来的，你等着啊！"说着，他就回身去打电话。

许天放站在大厅里等着。他左手捂着右胳膊，而右手却拎着那个装着糯米杧果的方便袋。血，顺着他的右胳膊一滴滴地滴落下来，有几滴已经染红了方便袋。

过了一会儿，就见石珏迈着方步从电梯里走了出来，一看站在大厅的许天放，她眼前一亮，脸上带着笑容，却并没有加快脚步，而是边走边说："哟，我还以为是谁呢，这不是抢我面条吃的许大……"刚说到这儿，她一眼就看见了许天放那只已经被血染红了的胳膊，一瞬间，她就呆住了。她站在那儿愣了一下，紧接着快步跑了过来，跑到面前，她瞪大了眼睛看了一眼许天放，又看了看他的胳膊。

"你……你这是……"

许天放笑了笑，把方便袋交到左手一举："给！你最爱吃的糯米杧果，还有石榴汁！"

石珏瞪着眼睛接过方便袋，她缓缓地打开，当看见那个被血染红的袋里装着的糯米杧果盒时，一瞬间，眼泪夺眶而出。

她眼含热泪看着一脸笑容的许天放，久久不语，突然，那个方便袋从她手里滑落到了地上，再看她，一下子就扑到了许天放怀里，放声大哭起来。

"该死的！是为了弄这个受的伤吗？谁说非要吃这个了？呜呜……"

"哎哟哎哟，胳膊……"被石珏的手触碰到胳膊的许天放叫着，脸上却始终露着笑容。

远处，在门口的许曼隔着玻璃窗看到这一幕，她早已是泪流满面了。

这时，石珏止住哭泣，她一拉许天放的左手就走："走，赶紧上医院！"

许天放说道："我自己去就行，没事的！"

石珏看了他一眼，说道："从现在开始，你休想甩掉我！这辈子我都要缠住你！"

88. 顾桐与霍东初次见面

就在许天放设计捉匪的时候，李楠芝正在跟踪越子木和木瓜。当时她一听木瓜说明天让越子木送他上幼儿园，心里不免一沉，暗想，孩子这是在想爸爸。

听着楼梯上传来脚步声，她判断，越子木这是要下楼了，就赶紧往下走，出了楼门就躲了起来。果然，就见越子木匆匆地下了楼梯，朝小区外走去。

李楠芝闪了出来，望着越子木的背影呆呆地出神。想着在肯德基餐厅里看到的那一幕，她在想，越子木啊越子木，难道你真的就那么笨吗？就没发觉木瓜的身上有像自己的地方吗？

可是，她哪里知道啊，越子木早就发现了，只不过他不敢相信罢了，或者说他只认为那不过是一个巧合。

她看了半天，转身就想上楼，可又一想，孩子现在已经让越子木哄得高高兴兴的了，自己这要是再一回去问起来为什么没去幼儿园，恐怕又要惹得孩子难过了。想到这儿，她就没有上楼，而是回了公司。

越子木送完了木瓜就直奔公司。等他到了公司后，却发现李思月不在，许曼竟然也不在。他正想问呢，就听外面传来说话声。

他抬头一看，惊奇地看见李思月和顾桐两个人竟手挽着手走了进来。

原来，李楠芝打车到公司附近后，就看见顾桐正在停车，两个人这才一同进来了。

见顾桐来了，越子木瞪着眼睛看了她半天，才说：“你怎么来了？不是让你休息吗？”

“什么意思？说话不算数啦？是不是公司用不着我了？”顾桐看着他说道。

他赶紧摆手：“不是不是，只是没想到今天你就来上班。”

“今天不算正式上班，我只是先来报个到，请越总分配一下任务，明天正式上班时我好开展工作。”说着，顾桐就坐在了乔庄搬过来的一把椅子上。

听她这么一说，越子木笑了，坐下来说道：“顾桐啊，你看今天人也不是很全，这样吧，等明天陈承他们都到齐的，到时候咱们再具体安排工作。你看这样行吗？”

“行不行都是你说了算，你不是头儿嘛！”顾桐看了他一眼。

越子木嘻嘻地笑着，下意识地看了一眼顾桐的穿着，刚想笑着说什么，却一眼看见李楠芝的眼神，他支吾了一下转而说道：“那什么……乔庄你把公司的一些情况跟你顾姐介绍一下，还有近期签下的那些合同。”

乔庄答应着去取资料。

这边，顾桐和李楠芝两个人笑呵呵地聊着，越子木转过身去看资料，准备把近期的工作明天安排一下。现在公司人齐了，下一步得开展工作了，关键的头三脚得踢好，一方面展示一下公司形象，另一方面也是对大家的一次检验。

可正在这时，就听门外传来刹车声，众人朝窗外看去，就见一辆宝马停在了公司前，一个人下了车直奔公司这边走过来。

越子木一看，这不是霍东嘛！他怎么来了？就站起来迎了出去。李楠芝也看见了霍东，也是一脸的疑惑站起来。

顾桐小声问了一句：“这人谁呀？”

吴叶嘴快，答道：“木石之盟公司的霍总，刚刚和咱们签约！”

顾桐“哦”了一声，眼睛盯着霍东，看着他进了屋。

“霍总您怎么来了？”越子木上前伸出手。

霍东和越子木握了握手，笑着说：“办事路过你这儿，没什么事，就是顺便来看看。”说着，他的目光落到了李楠芝身上。

可是，他只看了一眼，却发现了站在她旁边的顾桐，就上下打量了一下，礼貌地点了点头。

顾桐也示意一下算是打了招呼。

“还愣着干什么？来来来！快坐！”越子木笑着招呼道，又吩咐吴叶倒水。

霍东坐下后，又扫了一眼顾桐，回头问越子木：“越总公司可是人才济济呀！”

越子木回头看了看，笑着小声说：“霍总你的意思是我公司美女如云吧，哈哈哈！”

霍东也乐了，又问：“这位女士好像以前没见过呀，上次签约时没去？”

越子木看了一眼顾桐，笑着说：“不，这是我们刚刚从别的公司挖来的宝！哈哈哈！”

顾桐见两个人在那儿一会儿小声说话一会儿笑，而且还时不时地看自己，就说了句：“越子木你要是没什么事我可要走了啊！”

越子木赶紧站了起来：“等等等等！来，我给你们介绍一下。”

霍东也站了起来。

越子木看了一眼顾桐，还没等说话呢，顾桐往前走了几步，大方地一伸手说道：“顾桐。”

霍东也伸手和她握了一下，说道：“霍东。”

越子木见两个人都自己介绍了，他就笑着说：“既然认识了那就好，以后大家可都算是一家人了。”

顾桐又冲霍东笑了笑，转身小声问吴叶哪里是卫生间，吴叶就带着她去了卫生间。

重新坐下后，越子木问起了合同的事，以及石生生珠宝公司的营销业务。霍东说：“我还正想找你呢，人家石总可是点名要你们公司负责营销企划呀！你是用什么招打动她的呢？对了，有件事我还得谢谢你呢，听说要不是你在她们董事会的一番话，我们的并购还真得费一番周折呢！”

越子木笑着说：“哪里哪里，其实我就是不去说人家也早就做好了打算，你们之间的并购跟我没关系。”

霍东又感谢了一番后，正色道：“关于这个珠宝的营销我们还得签个补充协议，而且有些细节问题还得深入研究研究。你看……要不，让思月小姐去和我们商讨一下？”

越子木看了看李楠芝，眨了眨眼睛却并没有回答。李楠芝走过来笑着说：“霍总，现在呀，这个项目我们可有专业人才了，以后就由她来专门负责最合适不过了！”说完，她看了一眼越子木。

越子木眨了眨眼睛，一下子明白了，顿时笑呵呵地说：“对呀，我差一点儿忘了，就这么定了，她可是这方面的行家呀！过去那可是带过我的人！”

“谁呀？你们这样推崇她？”霍东疑惑地问了一句。

正在这时，顾桐上完卫生间正朝这边走过来，她的高跟鞋踩在地板上发出“咔咔”的声响。越子木回过着看着她，李楠芝也看着她。霍东见两个人的表情，也回过头看去。

就见顾桐穿着一身乳白色的职业裙装，脚上是一双高跟鞋，一头秀发盘在脑后，随着鞋的声响，她款款而来，浑身上下透着端庄、大气和干练！

就这样，顾桐在三个人的目光中走过，带起的一缕香风轻轻地滑过霍东的鼻尖。他目光随着顾桐的身形移动着，直至她坐在椅子上。

李楠芝看了一眼霍东，又看看顾桐，笑着用手碰了一下越子木。越子木也看了看两个人，他一下子明白了，就站起来笑着说：“顾桐啊，是这样的，咱们和霍总的合作协议有些细节方面还需要商讨一下，本来打算明天具体安排的，但今天既然霍总来了，我看就这样吧，和霍总公司的合作业务由你全权负责，你看行吗？”

顾桐看了他一眼，不冷不热地说：“你是老板，安排就是了，不用和我商量。”

“那就好。”越子木笑着又对霍东说，“霍总您看行吗？就让我们顾组长具体负责。”

霍东还没等说话呢，就听那边顾桐站起来说道：“不管什么业务也明天再说，今天我还不算你们公司的人呢！我先回去了啊！”说着，拿起包就往外走。

越子木愣了一下，招了招手，但一句话也没说出来。

而霍东却站起来说道：“那就先这样，回头什么时候有时间就让顾小姐什么时候去，我也先告辞了！”说着，他拿着车钥匙转身出了办公室。

越子木狐疑地看着霍东。而李楠芝却一脸的微笑看着已经走出公司的两个人。

就见霍东紧走几步追上顾桐，也不知说着什么。而顾桐却身体笔直地昂着头挺着胸自顾自地走着，似乎丝毫没理会霍东。

越子木心里却在想，这霍总也忒不专一了吧？不是喜欢李思月吗？怎么现在见着顾桐就这样了？

看着霍东和顾桐两个人走了，越子木和李楠芝对望了一下，彼此心照不宣地笑了笑。正在这时，越子木的手机响了。

“越子木，你快来医院一趟，我哥受伤了！”来电话的是许曼。

越子木问道：“怎么回事？”

许曼在电话里显得很着急的样子：“等见了面再说吧，一句话两句话说不清楚！”

越子木挂断手机就赶紧收拾东西。李楠芝过来问道：“什么事？”

“许曼说他哥受伤了，让我去一下，说是有重要的事。”

“哦。那我跟你一起去吧。”李楠芝说着也不等越子木是否同意就回身取包。

越子木犹豫了一下，没有说什么，两个人就一起出了门直奔许曼说的那家医院。

等到了医院走廊里，他们看见许曼在那儿踱来踱去，旁边的长条椅上石珏竟然坐在那里。

一看见石珏，越子木愣了一下，心想：她不是和许曼哥哥一起出的肯德基餐厅嘛。

许曼迎了上来。越子木问道：“到底怎么回事？你哥又怎么会受伤？要不要紧？”

“也不是什么大伤，医生说是皮外伤，正在包扎。”许曼说着就把越子木拉到了一边，小声道，“你猜，伤我哥的是谁？”

越子木狐疑地看着她。

“还记得无人岛吗？”

“怎么了？当然记得。”

“伤我哥的就是那个刀疤脸！”

一听许曼说是刀疤脸，越子木就是一惊，问道：“到底怎么回事？你哥怎么会碰上刀疤脸？”

“我哥也是偶然碰上的，但听他们说起了你，而且还说在你家没翻到什么东西。我哥一听就觉得不是好人，所以就打算抓住他们，可没想到他们有枪，所以才……”许曼就把前因后果说了一遍。

越子木马上想到了自己家被翻得乱七八糟的情景，不禁自语道：“他们到我家翻什么呢？”

正在这时，包扎室的门开了，一个护士走了出来。许曼赶紧迎上前去。

“护士，我哥怎么样了？”

“哦，没什么事，只是皮外伤，休养些日子应该就没问题了。不过，医生说好像是枪伤，你们不需要报警吗？”护士说道。

许曼回身看了看越子木，问道：“要不要报警？”

越子木沉思了一下，说道：“还是算了吧，报警会把事情弄大的，现在人也跑了，咱们也没什么证据，报警也是白报。”

他说完，看着在一旁闷闷不乐的石珏问道：“石小姐你怎么在这？”

石珏站了起来，她看了一眼越子木，低下头没说什么。

越子木看了看她，见她不语，也就不好再说什么。

许曼却在一旁小声嘀咕：“我哥还不是为了给她买什么糯米杧果？”

这时，就听身后有动静，众人一看，就见许天放挂着包扎好的胳膊走了出来。

石珏一下子就迎了上去，关切地问这问那。许曼瞪了她一眼，也上前去扶住她哥。

看见越子木也在，许天放笑着点了下头。

李楠芝过来一拉越子木，小声道："咱们走吧，这里已经不需要咱们了。"

越子木点了点头，就悄悄地和李楠芝出了医院。

在往医院外走的时候，李楠芝问道："你家里被盗了？我怎么没听你说起过呢？丢了什么东西没有？"

越子木看了她一眼，说道："我也正纳闷呢，不知道这伙盗贼到底要找什么，家里没丢什么东西呀！"

"刚才许曼和你说的那个刀疤脸是怎么回事？"她试探着问道。她当然知道那个人，而最担心的也是这件事。

越子木笑了笑，又想了一下，说道："哦，不过是一次奇遇罢了，没什么大不了的！"

李楠芝心想：因为那次的事我变得自己都认不出来了，还没什么大不了的呢？

见李楠芝没打断他，越子木又接着说："那是有一次在普吉岛，我们碰到一伙劫匪，为首的就是这个刀疤脸，当时可真把我吓坏了，我自己倒没什么，关键是有好几个女孩儿呢！"

李楠芝一听就笑着问了一句："女孩儿？都谁呀？"

越子木看了她一眼，说道："就是许曼和石珏她们几个。"

李楠芝心想：好啊，对于楠芝你只字不提！可就听越子木接着说："我那次可多亏了一个人，要不是她，估计我就活不成了……"说完，他看着远处呆呆地发愣。

李楠芝心想：还算你有良心！

两个人刚走到医院门外的街上，李楠芝的手机响了，她在包里翻找着，而越子木却在招手打车。

她翻了半天，拿出自己常用的那个手机一看，没动静啊！可是手机的铃声还在响，她就又翻，当找出那个响着铃的手机时，她下意识地看了一眼越子木，见他并没有注意到自己，她就把手机拿了出来。

"谁呀？"她问了一句，放在耳边的那个手机上，一个卡通的汤姆猫晃来晃去。

“姐，是我，乔庄，你赶紧回家来吧，我有重要的事要向您汇报！”

乔庄可从来没这么沉不住气过，而且，她打这个电话就说明事情一定很重要。

她挂断电话，正要往包里放呢，正好越子木回过头来，看着她飞快地往包里放着什么，越子木愣了一下，说道：“车来了，我送你吧。”

李楠芝把手机放好，笑着说：“不用了，我自己走就行！”说着，就上了越子木已经拉开车门的这辆车，然后也顾不得和越子木打招呼，让司机开车就走。

越子木站在街边傻傻地看着远去的车不禁摇摇头，心想：怎么这么火急火燎的呢？不用我送你也得捎我一程啊！没办法，他只好又招手拦车。

李楠芝回到家里，一进门，乔庄就迎了上来，她帮着把包接了过去。

“到底什么事呀你这么沉不住气！”

“姐，不知该不该告诉你。”

李楠芝换好鞋，转身进了木瓜的房间。

“木瓜，妈妈回来了。”她笑着抱起了正在玩的木瓜。

木瓜看了一眼妈妈，刚刚露出的笑脸却一下子又阴了下去。

“怎么了木瓜？为什么不高兴啊？”她问着，脑海却想着在肯德基餐厅的事。

犹豫了半天，木瓜小声说：“妈妈，木瓜今天不乖，木瓜逃学了。”

听到孩子这么一说，她心想：孩子很诚实，就笑着说：“是吗，为什么呀？”

木瓜忽闪着大眼睛问道：“妈妈你怎么不生气呢？”

“妈妈为什么要生气呀？你都已经逃完学了妈妈生气有什么用？跟妈妈说说，是谁惹咱们的小帅哥了？还有，你是怎么回来的？”

木瓜眨了半天眼睛，说道：“妈妈，木瓜可不可以不说呀，这是个秘密！”

“跟妈妈也不能说吗？”她笑着，心里却在想：傻孩子，你这点儿小秘密又怎么能瞒得过妈妈呢？

“嗯，不能说。”木瓜噘着小嘴。

她把孩子放下，回身看了一眼吴姐。

吴姐说了句：“太太……”

她使了个眼色就出了房间，到了客厅，吴姐过来把越子木如何送木瓜回来的事说了一遍。她只说了句“我知道了”，吴姐皱了皱眉，没再说什么就回了屋。

坐在沙发上，她这才让乔庄也坐了下来：“现在你说说吧，到底是什么事这么急！”

“姐，总部那边传来消息了。”

“哦，公司运行得怎么样？表哥他们还好吗？”

“姐，我想和您说的就是司总的事。”

“司总？你是说我表哥？他怎么了？”

乔庄停顿了半天，才叹了口气说道：“是这样的，姐，我和您离开公司时特意安排了可靠的人，告诉她们总部有什么变故要随时告诉我。下午我接到消息，说是最近司总很反常，他经常和其他的股东密切接触，还多次找过律师，也不知道是要密谋什么事。”

李楠芝一听就笑了：“你想多了吧，司派洛是我表哥，他是代我行使企业管理权，和股东们接触也应该是很正常的事吧？”

“不是，姐，还有一件事很奇怪，有人看见他曾经和一个黑道的人接触过，听说那人脸上有道疤。”

乔庄刚说完，李楠芝愣了一下，马上想到刚才在医院里许曼说的那个人来，她就问道：“你是说……上次在无人岛跑掉的那个匪首？”

“对，应该就是他！”

李楠芝听完站了起来，在客厅里踱来踱去，可她怎么也想不明白，自己的表哥为什么会和这样的人接触呢？

“哦，就这些事吗？我知道了。”

见乔庄进了房间，她在屋里走来走去。虽说刚才没有在乔庄面前表现出来，但实际上，她最担心的就是自己的表哥司派洛。

她不禁想起临走时和父亲的生前至交王叔见面时的情景来。那次，她安排完公司的事宜，把管理权交给了司派洛后，之所以到王叔这儿来，其实就是安排只有她自己和王叔两个人才知道的事。

对于司派洛，她不是不放心，而是必须要做两手准备。可以相信的人，除了自己的父母还会有谁呢？如今，连越子木都这样不明不白地离自己而去了，难道他一个司派洛就会让人相信吗？

但她不明白的是，按照约定，总部那边要是有什么变化王叔会给自己消息的呀，自己没接到消息，只能有两种可能：一种是，王叔作为公司元老，足以掌控局面；另一种是……对于另一种设想，她实在是不敢想了，如果要真是那样的话，那就是命中注定了。

89. 柳依依带来的消息

这一夜，李楠芝怎么都无法入睡。想想自己这一路走来，经历了太多的生活变故，本以为自己在一个小城就那样平静地生活，有家、有爱、有梦想、有欢乐就足矣，可没想到的是，随着自己身世的浮出水面，竟成了东南亚企业集团的接班人；本以为自己苦苦寻觅了十年的大哥哥终得正果，可以好好地享受那份刻骨铭心的爱情，可没想到的是，他却又偏偏离去；本以为自己化身到他的身边，把公司交给可信赖的人，可没想到有人贪心不足。

眼下，只有尽快和越子木挑明一切，只有让越子木回去执掌集团的管理，或许这样才能够扭转危机。可是，时机尚未成熟，越子木能轻易地接受这么大的变故吗？况且，还有更大的变故让他无法接受呢，那就是自己的容貌，越子木会认自己吗？

她越想越觉得没有什么好办法，越想心越乱，就这样昏昏沉沉地睡去了。不知睡了多少时候，她被人推醒了，睁开眼睛一看，天已经亮了，就见木瓜站在面前。

她揉了揉眼睛，问道："木瓜，你起这么早干什么？"

木瓜见妈妈醒了，就支吾着说："妈妈，木瓜要去幼儿园了……"

"哦，那就去吧，有什么事吗？"问完，她马上想起了昨天听到木瓜和越子木约定的事来，就笑了笑。

木瓜欲言又止，最后还是什么都没说，只是笑着和妈妈打了招呼，跟着吴阿姨出了门。

她起了床，来到窗前往楼下看去。就见木瓜已经走到了小区门口，却站在那里回头回脑地望着什么。她明白了，孩子这是在等越子木。

她就又往越子木那栋楼看了看，却没看见人。她正纳闷呢，难道越子木给忘了？可又一想，应该不会，越子木是个守信用的人，更何况是对一个孩子呢。

正想着呢，就见一个人影从那栋楼里走了出来。仔细一看，那个穿着大衣外套的高大魁梧的人正是越子木，就见他径直朝小区门口走去。木瓜一见越子木，挣脱吴阿姨的手跑了过去。

越子木弯下腰一把将木瓜抱起来，然后他又回头和吴阿姨说了句什么，就抱着木瓜朝幼儿园的方向走去。

看着这一幕，李楠芝矛盾极了，心想：得尽快把秘密告诉他，木瓜一天天大了，他不能没有爸爸。

这时，乔庄也起了床，吴姐也回来了，她刚想说什么，就听李楠芝说道："没事，吴姐，我都看到了。"

吴姐一听，眨了眨眼睛："太太你都知道了？"

她笑而不答。

吃完了早餐，李楠芝就和乔庄准备去公司。今天是顾桐和陈承、李斯他们第一天上班的日子，越子木说是要开个早会，所以要求大家尽可能早到一些。

两个人下楼直奔小区外走，可到了门口还没等打车呢，就见越子木远远地从幼儿园的方向跑过来，吓得她们两个赶紧躲了起来。

就见越子木匆匆地进了小区，没有回自己家却直奔另一栋楼跑去，而那正是李楠芝得家。

李楠芝一看，心里就犯了嘀咕：他到底要干什么去呢？不过，好险啊，要不是出来的早，恐怕就被他堵屋里了。想到这儿，她心里怦怦直跳。

原来，越子木送木瓜到幼儿园后，木瓜却突然想起来忘了带作业本，老师就让他回去取，他只好又返了回来。在往木瓜家去的时候，他还想呢，正好可以看一下木瓜的父母到底是什么样的人，怎么平时都不管孩子呢？

可没想到的是，开门的却是吴阿姨，听说要木瓜的作业本，吴阿姨就回身取来递给了越子木，却并没有让他进去。越子木还探头探脑地往里看呢，可根本没看见人，他只好打了招呼就又回了幼儿园。

躲起来的李楠芝眼看着越子木手里拿着个本子又进了幼儿园，她笑了笑，心想：木瓜可从来都不忘东西的呀，今天是怎么了呢？该不会是这小家伙故意的吧。

看着越子木远去的背影，她和乔庄赶紧打车去了公司。

等到了公司，发现人都到齐了，顾桐正在那儿张罗着收拾呢，似乎大家都喜欢听她的指挥，尤其是几个男生屁颠屁颠地按照她的要求擦地的擦地，抹桌子的抹桌子，忙得不亦乐乎。

见李楠芝和乔庄来了，顾桐笑着走了过来。

“李姐，不好意思啊，我刚才把桌椅什么的重新摆放了一下，你看合不合适？”顾桐说着回身指了指。

李楠芝看去，发现桌椅什么的果然动过了，虽然还是那几张桌椅，但经过顾桐这么重新一安排，还真比原来整齐多了。现在的格局是：女生们的桌子聚成了一堆，男生们的桌子聚成了另一堆，分别在两侧，而中间的位置则是一张桌子。李思月明白，那是留给越子木的。

“你的意思是，各占半边天呗？呵呵！”李楠芝笑着说。

“主要是让臭男人们离得远一点儿，哈哈……”顾桐笑了笑。

李楠芝知道，她不过是开玩笑而已，这么安排自然有她的道理，毕竟她过去是大公司的业务精英。

大家正有说有笑呢，越子木进来了。一进门，他就觉察到了变化，他看了半天，笑着点了点头，看着顾桐说道：“安排得不错，顾桐就是顾桐，一来就进入角色了。好，咱们现在开个小会啊，把工作分一下工。”

越子木说着就坐在了自己的位置上，他回过身，看着众人都坐了下来，这才接着说道：“如今公司增添了新的力量，我想这不仅是公司之幸，也是你们几个新人之幸，因为可以跟着像顾桐这样的行家一起工作，能学到不少东西，这样也有利于大家的个人成长。至于工作嘛，目前来看就这么几大块：一是杂志编辑出版业务；二是企业营销策划业务； 三是广告代理招商业务。这三个部分其实也是一个有机的整体，密不可分。因此，我考虑了一下，也没和大家商量，大家看看行不行，有意见咱们再讨论商量。杂志编辑出版业务就由许曼具体负责，因为前期始终是她在跑这个事，联系起来比较方便；企业营销策划业务由顾桐负责，这是咱们公司的重中之重，目前已经签约了三家公司，下一步还需要顾桐去做进一步的对接；广告代理招商业务由陈承负责，这方面你是行家，以前也有一些固定客户，这也是公司的重中之重，我相信你一定能够把这项工作做好。”

说到这儿，越子木看了看大家，见谁都不说话，他笑着道：“顾桐，你谈谈想法，看这样安排合不合适？”

顾桐看了一眼李楠芝，说道：“让我干什么工作我倒没有意见，只是……”

越子木看着她，突然笑着说道：“哦，我差点儿忘了，还有个人事任命忘公布了啊，我决定，从今天开始，顾桐担任副总经理，负责公司的全面业务。李思月担任助理，主要是协助我开展工作。许曼和陈承分别担任业务组长。”

说完，他自己带头鼓起掌来，众人也都跟着鼓掌，只有顾桐，在那儿看着他欲言又止的样子。

看着大家，越子木笑着又说：“要是没有什么意见的话，那就散会，大家各忙各的吧，以后有什么事直接找顾总就行了，业务上的事不用请示我！”

说着，他转过身忙着看桌上的材料，这时，顾桐走了过来。

“越总，我有话要和你说！”

越子木抬头看了顾桐一眼，笑着小声说：“你不是说不叫越总吗？怎么又叫上了？叫越子木就行。”

顾桐瞪了他一眼，说道：“我不想当什么副总，你这是把公司都推给我吗？”

越子木笑了，说道：“哪里呀，这不是能者多劳嘛，再说……”

“再说什么呀再说，你这分明就是让我给你管公司！我是你什么人啊你这么放心！”顾桐小声说道。

越子木看了她一眼，又往四下看了看，凑近了说道：“你说你是我什么人？”说着，他眨着眼睛盯着顾桐，还没等顾桐答话呢，他又瞪着眼睛扫了一下顾桐的衣服，故作惊讶地说，“哇，我才发现，顾姐姐你今天穿得真漂亮啊！”

“该死的你！”顾桐瞪了他一眼转身走了。

越子木正微笑地转头呢，却一眼看见李楠芝的眼神，他马上止住了笑，转身坐正了继续看材料。

李楠芝看着他，忍不住笑了，心想：你怕什么的呢？我现在是李思月又不是李楠芝。

是呀，越子木到底怕什么呢？恐怕连他自己也不清楚。

就在越子木回身刚要看材料的时候，门开了，人还没进来声音却先传了进来。

“越总的公司挺招人嘛！挖墙脚也没这么挖的吧？”

越子木不用回头也能猜得出来人是谁，未见其人先闻其声的还能有谁？当然是柳依依。

就见柳依依进了门环视了一圈，笑着说：“越总公司挺有号召力呀，进人都是成组的进。哈哈哈！”

越子木咧了咧嘴，迎了上去。

“你怎么来了？”

“我为什么不能来呀？你把我们的几员大将都挖来了还不允许我来看看吗？你说是吗？顾组长！”柳依依说着看了一眼顾桐。

顾桐平静地看着她，一言未发。其他的人都静静地看着这位不速之客。

越子木看了一眼顾桐，小声说：“依依你有什么事吗？”

“可别叫得这么亲切，你这儿美女如云的叫我这么亲切她们会嫉妒的！哈哈哈！”柳依依还是软中带刺地说笑着，弄得越子木很是尴尬。

这时，李楠芝走上前说道：“柳总大驾光临必有要事啊，快请坐！吴叶去给柳总倒杯茶！”

柳依依看了一眼李楠芝，没说什么，走到李楠芝搬过的那把椅子上坐了下来。

吴叶看了一眼柳依依，赶紧去倒水，站在柳依依身后的李楠芝观察着吴叶的表情。

越子木朝大家挥了挥手："大家都忙吧！"说着，他坐到了柳依依旁边。

看着越子木怪怪的表情，柳依依笑了，说道："看来我是个不受欢迎的人哪，不过，我可是来帮助你们公司的呀，可别拿好心不当驴肝肺！"

"切！"不远处坐着的许曼撇了下嘴。

越子木又小声说道："依依……你要是有事咱们出去说吧。"

柳依依看了他一眼，笑着大声说："越总的意思是咱们找个合适的场所单独会面？行啊！我没意见！"

越子木皱了皱眉，一瞬间，他在内心深处开始烦了。心想：当初大学时和你是差一点儿就在一起了，但你也不能这样到公司来让我下不来台吧？

柳依依可能看出了越子木的不悦，她长出了一口气正色道："好了，不开玩笑了。越总，你看看这个！"说着，她从包里拿出几张纸来放在了桌上。

越子木看了她一眼，狐疑地拿起那几页纸，简单地浏览了一遍。这一看不要紧，他脸上顿时露出了笑容。

"依依，你的意思是说……"他拿着那几页纸看着柳依依。

柳依依点了下头，说道："对，作为时尚公司，要是不到这样的展会了解一下最新的国际时尚潮流，那也只能算是三流的公司，是很难壮大的。"

"我们公司也可以参加吗？"越子木又问了一句。

他们此时的谈话已经吸引了其他人，大家都看着他们两个。

柳依依盯着越子木看了半天，不紧不慢地说："不仅长见识，而且还有机会和一些大公司合作。"

越子木听完，又认真地看了起来，就那几页纸，看得他眼里直放光。

这时，柳依依站了起来，她看了一眼顾桐，说了句："好了，既然不受欢迎那我就走了。对了，顾组长，没事时欢迎回公司坐坐啊，你走我还没送你呢！还有你们俩！"说着，她又看了一眼陈承和李斯，弄得他们两个赶紧低下了头。

越子木拿着那两张纸也站了起来。

"依依，谢谢你啊！"

柳依依回身看了越子木一眼，笑着说："要怎么谢？是陪吃饭……陪喝酒？还是陪……呵呵！"

越子木眨了眨眼睛，脸一阵红一阵白的。

柳依依哈哈笑着边往外走边说："看把你吓的，行了，还是陪你这些美女们吧，我走了！"说着，开门就出去了。

越子木愣在门口看着柳依依上了她的跑车，就在众人的目光中，她还冲越子木一个飞吻，然后开着车呼地一下子消失在了人们的视线中。

"越总，越总！"李楠芝一连喊了两声，越子木这才回过神来。

"哦，有……有事呀？"

李楠芝瞪了他一眼，说道："她到底是施了什么魔法让你变成这样了，我看看！"说着，就从他手里拿过那几页纸看了起来。

这时，顾桐也过来小声说道："越总，可千万别听她的，有啥好事她还会给咱们？"

"就是！肯定没安好心！"许曼也说了一句。

越子木摆了摆手，笑着说："跟大家说啊，刚才柳总说的还真是件好事，对于咱们公司来说是一次好机会，所以我想咱们商量一下，看去不去。"

"到底是什么事呀神秘兮兮的！"许曼走过来说道。

众人听完，也都看着越子木。

越子木扫视了一遍众人，一字一顿地说："米兰国际时装周！"

等他说完，屋里鸦雀无声，大家都盯着他。正在这时，就听李楠芝在越子木身后自语道："去！必须去！一定要去！"

众人都抬头看向了李楠芝，越子木也回过头来看着她。

李楠芝看着越子木，点了点头。

正在这时，就听李斯说道："我做梦都想去米兰啊，真是太好了！"

许曼白了他一眼，说道："那你就做梦去吧！"

越子木看了一眼李楠芝，又回头看着顾桐说道："顾桐你说说，咱们应不应该去？"

顾桐沉思了半晌，说道："倒是个好事情，只是不知道柳依依葫芦里卖的是什么药。"

一旁的吴叶偷看了一下众人，低头不语。

李楠芝把那几张纸交给越子木，说道："做一件事，要看是不是对公司有利，如果有利，不管怎么样都要去做。我想，柳小姐也应该是一片好心，你说是吗？越总。"说着，她看了一眼越子木。

越子木眨了眨眼睛，支吾着："应该是吧……"

"那你就做决定吧，我看这上面的时间已经很近了，还得办签证什么的。"李楠芝盯着他的眼睛说道。

越子木想了想，说道："那就这么定了，咱们就去参加米兰国际时装周！至于都谁去，等我考虑考虑，大家都先去忙吧！"

众人散开了，越子木坐在桌前思考起来。

这时，就听顾桐说："陈承你跟我走一趟，咱们去一下木石之盟公司，他们不是说要研究一下补充协议的事嘛！"

陈承答应着就开始收拾东西。

顾桐背上包走到越子木跟前说："越总，那我出去了啊，对了，别让我去啊，这一大摊子事儿我可没时间去游山玩水！"

越子木"哦"了一声，看着顾桐和陈承出了办公室，他明白，顾桐是不想见柳依依。

许曼拿了个文件夹走过来说道："越总，咱们杂志创刊号的内容还不够啊，我得和魏行再去采些照片。"

"那行，你们去吧，等所有的稿子编好后我看看。"他明白，许曼这是也不想去的意思。

见许曼和魏行两个人也出去了，越子木看着办公室里的其他人，心里盘算着谁和自己去米兰合适。他一一看着几个人，心里在想：此次米兰之行，一是要学习国际最新的时尚潮流，包括彩妆和服饰，这就需要带一个摄影和一个化妆，而公司目前有两个摄影：陈承和魏行；化妆也有两个人：吴叶和李斯。到底带他们谁去呢？除此之外，重要的还是要和一些公司接触寻求合作，而这方面李思月比较合适，带她去那是肯定的了。

想到这儿，他看了一眼李楠芝，突然觉得自己很好笑，自己的内心明明是想带她去，却又为什么要找个理由或借口呢？

转眼到了下班时间，大家都往楼外走，李楠芝走到越子木跟前说："怎么还不回家？不要忙太晚啊！"说完，她和乔庄也出了门。

此时，办公室里只剩越子木一个人了，他自己又倒了一杯水，喝了一口，脑海里却出现了柳依依。他皱了皱眉：柳依依为什么要送来这个消息呢？难道她不知道是和她们公司有竞争的吗？他百思不得其解。

90. 再一次失之交臂

越子木在公司又坐了一阵，他在电脑上找了半天关于米兰的资料，这才收拾东西回家。当他到小区门口的时候，正想往家走，突然他下意识地往木瓜家那栋楼看了一眼，想着早晨送木瓜上幼儿园时，木瓜在小朋友们面前那副自豪的表情，他不禁摇了摇头，心里的疑惑却始终挥之不去：木瓜的父母怎么一直都没见着呢？

想到这儿，他转身朝木瓜家那栋楼走去，可刚走了两步却又停下了，想了想，转身去了超市。在超市里，他在儿童食品区挑了半天，最后买了些儿童食品就匆匆出了超市，直奔木瓜家走去。

而此时，李楠芝已经回到家里，正和木瓜说话呢。

见妈妈回来了，木瓜跑过来围前围后，显得兴奋异常。李楠芝心里明白，肯定是越子木领着去幼儿园后他在小朋友们面前炫耀了。

见孩子高兴的神情，她就笑着问："木瓜，今天在幼儿园怎么样啊？没有和小朋友打架吧？"

"妈妈，小朋友们都跟我好。"木瓜掩饰不住内心的喜悦。

她笑了笑，蹲下来看着木瓜："哦？小朋友们都和你好了？你不是说有两个小朋友好烦吗？"

"才没有呢！他们可羡慕我了呢！"木瓜忽闪着大眼睛看着妈妈。

李楠芝心想：既然孩子不愿意说出他的秘密那就不说吧，其实也算不上什么秘密，本来就是他爸爸嘛。

她抱起木瓜，坐在沙发上聊着天。正在这时，就听传来一阵敲门声。

她看了一眼乔庄，不禁皱了皱眉。按理说平时不会有人来呀！常来的人除了肖凌外就没别人了，而且，肖凌来之前总要打电话的。那么，这个敲门的人会是谁呢？

这时，吴姐正要去开门，李楠芝摆了摆手，却冲乔庄一使眼色。乔庄会意，悄悄趴在门镜上朝外面看去，这一看不要紧，吓得她一下子缩回了脑袋。

“姐，你猜是谁？”

李楠芝看着一脸惊恐的乔庄，没言语。

乔庄小声说：“是越总！”

李楠芝一听，也吓了一跳，她定了定神，小声对木瓜说：“木瓜，是叔叔来看你了，要是问起妈妈你怎么说？”

木瓜一听是叔叔来了，顿时瞪大了眼睛，他看着妈妈，半天才说道：“叔叔是来找木瓜的。”

看着孩子的眼神，她心里揪了一下，一想：让孩子撒谎总不是个事呀，反正早晚越子木得知道真相，那就听天由命吧，可不能难为了孩子。

想到这儿，她笑了笑，说道：“没什么，去开门吧。”

木瓜听完，从妈妈怀里蹦到地板上，一溜小跑就跑到了门口，他把门一开，就高兴地喊道：“叔叔！”

这时，吴姐走了过去。

越子木把手里的东西递给木瓜：“木瓜，今天在幼儿园里过得好吗？”

“好。”

越子木抬头冲吴姐笑了笑，说道：“刚下班，顺道来看看木瓜……木瓜的爸爸妈妈不在吗？”

他刚说完，躲在里屋的李楠芝和乔庄心都要提到嗓子眼了。

还没等吴姐答话呢，木瓜笑着说：“叔叔，妈妈在家。”说着，他就把门开大了，然后又回过头喊了一句，“妈妈，叔叔来啦！”

李楠芝犹豫着要不要出去。乔庄冲她摇了摇头，示意她不要出去。

木瓜见妈妈没出来，冲越子木说道：“叔叔，你等着，我去找妈妈。”说完就要回身。

越子木刚想再说什么，突然，他手机响了起来。他冲吴姐笑了一下，掏出手机一看屏幕，不禁皱起了眉。原来，电话是美贞打来的。见叔叔来了电话，木瓜停住脚，看着越子木掏手机。

“美贞，有事吗？”越子木说了一句，眼睛却扫了扫屋里。就在正对着门的那个沙发上，放着李楠芝的包。

就听美贞在电话里说道：“木头，你还没下班吗？我在你家门口呢。”

“什么？你在门口呢？哦，那好，我马上回来啊！”越子木说完，挂断了手机，笑着对木瓜说，“叔叔有事了，改天再找你玩，好吗？”

木瓜一听，小嘴马上噘了起来，但他还是说了句：“好。”

越子木又冲吴姐笑了笑，在转身的一刹那，他又下意识地往屋里看了一眼。

下楼时，他不禁暗想，美贞怎么又来了呢？看来，李思月说得对，等这第一笔业务挣了钱得赶紧把她爸投的钱给还上，要不然还真不好办呢。

想到这儿，他飞快地朝自己家里走去。

李楠芝和乔庄走了出来，见木瓜正坐在沙发上闷闷不乐呢。她过来问道：“叔叔走了？”

木瓜一见妈妈过来了，竟把手里的东西藏到了身后，还忽闪着大眼睛看着妈妈。

李楠芝看着木瓜，一言不发。

木瓜迟疑了一下，把背着的小手拿了过来，看着妈妈说道：“木瓜记得妈妈的话，不要陌生人的东西。这是叔叔给的，不是陌生人。”

听孩子这么一说，她笑了，拍了拍孩子的头，说道：“妈妈没说你什么呀，既然是叔叔给的那你就吃吧，不过，晚上可不能吃，好吗？”

“妈妈不生气吗？太好了！”木瓜高兴得露出了笑容。

再说越子木，他风风火火地赶回家里，一上楼就看见美贞坐在自己家门口，在那儿呆呆地发愣呢。

“美贞，你怎么来了？干吗坐在地上，多凉啊，快起来！”越子木打着招呼就开始找钥匙。

美贞一看见他就腾地一下子站了起来。

“你怎么才回来呢，人家又困又饿！”

越子木刚要开门，一听美贞说又困又饿，他想一下，说道：“那这样吧，咱们出去吃饭，你想吃什么？”说着就把钥匙又拔了出来。

美贞看了看他，嘴一噘：“什么出去吃，分明是不想让我进屋。”

“不是这个意思，家里实在是没什么吃的东西。”越子木支吾着，但被人猜中了心事他还是感觉脸上有些发热。

美贞瞪了他一眼：“好吧，那就听你的，反正我就是进了屋你也会找个帅哥来送人家回去！”说完，转身她先下楼了。

越子木愣了一下，一想，前两次都是乔庄送的她，但那也不是我找来的呀！他看了一眼已经下楼的美贞，匆匆跟了上去。

到了楼外，他追上美贞。

“想吃什么？”

美贞想了半天，说道：“我要罚你，谁让你平时都不给人家打电话了！嗯……大酱汤！还有烤肉、炒年糕！”

越子木一听就笑了，心说，这还是要罚我呀！不过是她常吃的东西嘛。但他又一想，美贞常吃的这几样东西可都在她住的地方附近呢，好远哪。

“怎么？不请啊？”美贞见越子木没出声就看着他又说了一句。

越子木连忙说：“好好，想吃啥就吃啥。走吧！不过，可不许喝酒！”

美贞笑了，冲他一吐舌头：“我还怕你喝酒呢，喝完酒净做美梦！”

她后面的话是小声说的，但越子木听得真切，他一下子想起了上次喝醉的事来，不敢说话了。

两个人打车的时候，美贞突然说道：“其实，木头，我找你是有正经事，我爸打来电话了，说是新派来的人已经到公司了，他把志勇调回去了。我寻思着，让你小心一点儿志勇。”

越子木一听，说道：“我干吗要小心他呀，我又没招他惹他！”

“怎么没招惹呢……”美贞看了他一眼，小声说道。而她心里想的却是，你抢了人家的女朋友还说没招惹？

出租车到了，看着美贞蹦蹦跳跳地上了车，越子木心里很是难过，这么善良的姑娘怎么就这么死心眼呢？不行，得赶紧帮她物色一个男朋友，要不然越往后恐怕越难办。

上了车，越子木还在想，美贞她爸到底又派个什么人来呢？他在脑海里一遍遍地过着筛子，这时，一个人的形象浮了出来……莫非是他？

果不出越子木所料，美贞上了出租车就让司机朝她住的那条小巷子开去。

越子木心想：这一定是去那家韩食店了，那次美贞喝酒喝醉了就是在那家喝的醒酒汤。一想起那次来越子木就懊恼不已，没想到自己酒后做了错事，可是他始终也想不起来那次和美贞到底发生了什么，只记得自己像是做梦一样。其实，他哪里知道，那次什么都没发生，但他自己怎么知道呢，就以为是把美贞怎么了呢，要不然也不会答应她三件事。

想到这儿，他不禁长叹一声，心里在想：真是一失足成千古恨哪！该死的酒，再也不喝了！本来，他想：即便是真的发生了什么也没什么了不起，但他最怕的就是认真二字。而这个美贞却是个认真的人，他怎么能看不出来呢，人家一个姑娘凭什么带你回家见父亲啊？而且还让她父亲给投资，就是傻子都明白。可是，自己是真的给不了她什么承诺啊。

见越子木不作声，而且还唉声叹气的，美贞看了他一眼，小声说道：“后悔了？那以后就对我好点儿。”

越子木愣眉愣眼地看了她一眼，心说，这丫头怎么又知道我在想什么呢？

美贞笑盈盈地看着窗外，越子木越发觉得有些难办了。他不明白的是，挺好个姑娘怎么就这么死心眼呢？

在爱情面前，每个女人都是死心眼。

出租车很快到地方了，下了车，美贞在前面蹦蹦跳跳地跑进店里，越子木在后面付了车钱也跟了进来。

老板娘一看是美贞，就笑着迎上来，她又看了一眼后面跟着的越子木，说道：“美贞你可好久没来了，怎么，和男朋友出去玩了？”

美贞听了，回身看了一眼越子木，笑而不答。

越子木眨了眨眼睛刚想说什么，却被美贞拉了一把就坐在了椅子上。她小声说：“你和她辩解什么？人家又不认识你。怎么，做我男朋友觉得委屈？”

“不是……我……”他支吾着。

美贞笑着和老板娘说着话，点了那几样她爱吃的菜。临了，她又问道：“阿姨，你们这儿有水爆肚吗？”

老板娘看了她一眼，笑了：“姑娘，我们这儿怎么会有那东西呢？是给他点的？”说着，她看了一眼越子木。

越子木这才听明白，赶紧对美贞说：“不用管我，你爱吃的我都能吃，没有忌口的。”

“那好吧，不爱吃你就看着我吃，反正是你请我嘛！嘻嘻！”美贞说着就帮着越子木擦餐盘。

过了一会儿，菜都上来了，越子木拿起筷子说：“吃吧，你不是说饿了吗？”

美贞嘻嘻地笑着，伸手拿起一片生菜叶，往里面放上烤肉、酱、蒜片什么的，又夹了点儿米饭就包了起来。越子木看着她，心里想：思密达的吃法还真是麻烦。

正想着呢，美贞却用手拿着包好的菜团往他眼前一伸，并张着嘴示范着：“啊——”意思是让越子木张嘴。

越子木看了一眼那个大大的生菜包饭，咧了下嘴，见美贞坚定的眼神，他只好张大了嘴，美贞把那一团生菜包饭直接就塞进了他的嘴里。

他只好用手挡着嚼了起来。美贞笑着还说呢：“香吧？”

越子木说不出话来，嚼了半天，好不容易把菜团咽了下去，他喝了一口水说道：“我还是自己来吧，你吃你的。”说完就要伸筷子夹菜。

美贞却把嘴一噘：“没跟女孩儿吃过饭吗？都不给我包一个。”

越子木愣了一下，心想：跟女孩儿吃过，但跟你们思密达吃饭还真不知道有这么一出。

他想了想，也学着美贞的样子拿了一片生菜叶，往里面放上东西就包了起来。等他包完，美贞却笑了起来，指着他包的菜团说道："你这是要喂猪吗？"

越子木端详了一下自己的"作品"，不禁也笑了起来。原来，自己包的这个实在是太大了，美贞那么小的嘴怎么能吃得下呢？他只好把这个生菜包饭拿起来就要往自己嘴里送。

美贞伸手给他拦住了："不是给我包的吗？怎么自己吃上了？来——"说着，她张大了嘴，并把头伸了过去。

越子木迟疑了一下，又看了看自己手里这团包饭，咧着嘴就送到了美贞面前，说道："要不，我重新包一个吧？"

美贞却不理他，依然张着嘴等着他把那个生菜包饭送到自己嘴里。越子木只好把菜团轻轻地放到了她的嘴边。

美贞自己拿着生菜包饭就全放进了嘴里，然后嚼了起来，弄得腮帮子鼓鼓的。越子木咧着嘴看着她把那个生菜包饭吃了下去。

吃完，美贞喝了一口水，笑着说道："虽然不太好看，但很好吃！"

听她这么一说，越子木又咧了一下嘴。他哪里知道，在美贞看来，即使他包得再难看但也是好吃的，因为是自己心爱的人包的。

这时，老板娘走了过来，笑着看了看两个人，说道："不来点儿烧酒吗？是刚从首尔运过来的。"

美贞一听就笑了，一挥手："来一瓶！"

越子木赶紧摆着手："不……不来了！喝水就行！"

老板娘说道："先生，我们的烧酒不比你们的白酒，没什么度数的，少喝点儿对身体好。再说，这大冷的天……"

美贞用期待的眼神看着越子木："就一瓶！"

他看着美贞，眨了半天眼睛，然后对老板娘说道："那就只来一瓶。"

老板娘笑了笑，回身去取酒。

"木头，你对我真好！"美贞说着就往他碗里夹了一块红红的炒年糕。

越子木心想：让你喝酒就是对你好了？等你喝多就知道了，谁难受谁知道。

等老板娘把烧酒拿上来，美贞先给越子木倒了一杯，接着自己也倒满了，她举起杯，看着越子木说："木头，来，先喝一杯，祝……嗯……就祝你的公司越来越红火！"说着，也不等越子木说话就一饮而尽。

看着美贞喝得甜嘴吧舌的，越子木摇了摇头，心想：为什么思密达妹子都这么爱喝酒呢？喝大了就不怕出事？

"喝呀！看什么呢？我脸上有酒？"美贞笑着说道。

越子木只好把那一小杯酒喝了下去，他吧唧吧唧嘴，觉得有点儿苦，完全不像白酒的味道。

美贞看出了他的神情，说道："是不是喝不惯？要不，给你要啤酒？"

越子木赶紧摆手："算了吧，我可不喝！"

见越子木的样子，美贞笑了起来，笑完，又给自己倒了一杯，这次，她自己喝了起来。喝完，又丝丝哈哈地吃着炒年糕，吃得满嘴都是红红的辣椒。

看着美贞乐呵呵地吃着喝着，越子木犹豫了半天才说："美贞，有个事儿想和你商量一下。"

"说！"美贞说了一句，但嘴没闲着，依然在吃东西。

"我是这样想的，现在公司签了几份合同，马上就有效益了，你爸爸投的钱……"越子木说着，看了一眼美贞。

美贞眨着大眼睛看了他一眼，摆了摆手："想还钱是吧？想都别想！我要的不是钱！"

"我的意思是……非常感谢你爸爸的好意，平白无故让他老人家投钱，我总觉得……"

"什么叫平白无故？我爸那是给他女婿投的资！哈哈哈！"美贞说着就笑了起来。

"美贞，你可不能开这个玩笑……"越子木咧着嘴，可话刚说了一半，就听门口有人高声说道："咱们的婚约可还没解除呢，这小子啥时候成女婿了？”

两个人回头一看，就见一伙人走了进来，走在前面的正是金志勇。

就见他戴着个黑手套，把墨镜一摘，直接走过来拉了把椅子就坐在了越子木和美贞的桌旁。

“志勇？你怎么来了？不是说让你回首尔吗？”美贞看着金志勇说道。

金志勇看了她一眼，又把目光移到了越子木身上，皮笑肉不笑地说：“还有些事没办完，等办完了事自然会回去……越总好兴致呀！看来这泡菜汤是喝习惯了？”

越子木盯着他的眼睛没说话。

金志勇带来的那两个手下走过来站到了他身后。金志勇一摆手：“一边去！你站这儿怎么让越总吃饭啊？怪吓人的！”说完，他戴着手套伸手就拿了一条炒年糕放进嘴里。

美贞瞪了他一眼，说道：“志勇你怎么回事？不是都和你说清楚了吗？你要是再纠缠我就再也不理你了，连朋友都做不成！”

“说什么了？我怎么不记得？哈哈哈！”金志勇大笑着，无赖相露了出来。

“你……”美贞气得站起来一拉越子木的胳膊，“走咱们走！不跟这种人一般见识！”

越子木看了一眼金志勇，他明白，此时不是逞强的时候，况且，自己一个人也对付不了他们三个。想到这儿，他就站了起来，准备和美贞往外走。

可他刚挪了一步，金志勇身后站着的那两个人立刻围了过来，直接挡住了去路。

一旁，老板娘吓得躲在角落里直哆嗦。

91．柳社长到底是谁

越子木和美贞刚要往店外走，金志勇的两个手下却拦在了门口。越子木转身看向金志勇，见他坐在桌前正在用手抓着东西往嘴里放，还端起美贞的酒杯喝了一杯，好像根本没看见他两个手下的行为一样，全然没把越子木和美贞放在眼里。

越子木无奈，走回来说道："金社长，你好歹也是公司的社长，这是什么意思？"

金志勇抬起头来冲他笑了笑，一伸手示意他坐下："越总，干吗急着走啊，来来来，坐坐！咱们喝一杯？"

"不好意思，我不能陪你喝酒，请让我们走！"越子木斩钉截铁地说。

金志勇冷笑着没言语。

这时，美贞也走了回来，冲金志勇道："志勇你怎么回事？欧巴，咱们走！我看谁敢拦我？"说着她就拉着越子木往外走。

那两个手下又一伸胳膊，美贞气得挥手就朝其中一个人的脸上打了过去，就听"啪"的一声，那人捂着自己的脸，愣眉愣眼地看着美贞。

"闪开！你胆子不小！"美贞冲他吼道。

那人迟疑了一下，往旁边闪了闪身子。另一个也傻眼了，也往后挪了挪。美贞拉着越子木刚要往外走，就听金志勇在身后喊道："美贞小姐可以走，他不行！"

他话音刚落，就见两个手下一起过来把越子木给拦住了。

越子木看了看他们两个，心里就气不打一处来，厉声道：“让开！”

美贞回过身一看越子木被拦住了，她也回来大声喊道：“志勇你非得逼我吗？你就不怕我告诉我爸？”

金志勇走了过来，他看了一眼美贞，又看着越子木缓缓地说道：“告诉你爸又能怎样？跟你没关系，今天我要和越总好好聊聊！”

“你……”美贞气得过来伸手就要去动那两个人的胳膊。

金志勇一使眼色，那两个手下硬是把美贞的胳膊给抓住了，急得美贞挣来挣去，却根本无法挣脱。

“志勇你浑蛋！”美贞气得骂了一句，骂完又对那两个人说，“你们弄疼我了！”

两个手下看着金志勇，可他却根本没有同意他们放开美贞的意思。

正在这时，就听有人一字一顿地说道：“你们胆子不小啊！”

几个人闻声看去，就见一个穿着大衣、戴着墨镜的人从外面走了进来，后面还跟着两个黑衣人。

金志勇一见那人愣了一下，他的两个手下则大惊失色，呆呆地愣在了那里。

就听跟着穿大衣的人进来的两个黑衣人厉声喝道：“还不放手！找死吗？”

话音刚落，金志勇的两个手下吓得连忙把抓着美贞的手松开了，而且啪地就是一个立正，高声道：“社长好！”

这时，进来那人把墨镜摘了下来，他看了一眼美贞。越子木一见这个人就觉得面熟，好像在哪里见过。

而美贞一见来人，她揉了揉手腕，说道：“柳树怎么是你？”

听她这么一说，越子木一下子想起来了，这人在美贞父亲办公室外见过，是那个柳社长。他不禁想道：难道说美贞父亲把他派来了？

金志勇也站那儿敬了个礼，说道：“社……社长好！”

柳树一边往下摘手套一边笑着说：“金社长没事也喜欢到这样的小店来吃饭吗？”

金志勇咧着嘴支吾着：“哦，我……我还有事，那你们聊。”说完，一挥手就带着两个手下开门出去了。

望着他的背影，柳树摇了摇头，又转过头来看着美贞笑着说："美贞，你好吗？"

美贞嘴一噘："你不都看到了吗？你说我好不好？"说完，过去一拉越子木的手就要走。

越子木冲柳树笑了笑，就要跟美贞往外走。柳树却一伸手把他给拦住了，笑着道："越总急什么？有些事还正想和你聊聊呢。"

越子木愣了一下。美贞回身看着柳树说道："怎么？连你也变成这样了？越子木又没招惹你。"

"美贞小姐你误会了，我是真的有事要和越总商量。"柳树说完又看了看越子木。

越子木看看美贞，迟疑着说："美贞，柳社长也没有恶意，要不……"

美贞瞪了一眼柳树，把拉着越子木的那只手一松："那你们聊吧，正好我还没吃饱呢！柳树你买单啊！"说着，她回去又坐那吃了起来。

柳树笑了笑，向越子木一伸手示意他坐下，自己也坐在了美贞旁边，并冲两个手下使了个眼色，那两个人坐在了另一张桌上，并叫老板娘点菜。

等他们坐下后，美贞对越子木说道："对了，忘介绍了，柳社长就是这次过来接替志勇的，我爸让他回来了。"

越子木听完冲柳树笑了笑，心里却在想：美贞说他是"回来了"，而不是"来"，这是什么意思？他想起来了，上次美贞好像说过，这位柳社长是中国人。

柳树看了看桌上，又叫过老板娘加了两个菜，并又问有什么酒。老板娘介绍了酒水后，他看着越子木说道："估计越总也不太愿意喝烧酒，干脆就来白酒吧，怎么样？老板娘，来一瓶二锅头！"

越子木一听，这柳社长也够可以的，不是征求我的意见吗？怎么不等我说话就直接点了酒呢？但他见老板娘转身去取酒了，也就不好再说什么了。

美贞看了一眼越子木，小声嘀咕着：“还说不喝酒呢，这回变成了白的看你怎么办？”

其实，说是小声，但越子木和柳树两个人都听见了，彼此笑了笑。

等白酒上来后，柳树给越子木倒了一杯，自己也满上了，他端起酒杯，笑着说道：“越总，来，初次啊，先干一个！”说完就一饮而尽。

越子木看着他那么豪爽地干了一杯，咧了咧嘴，只好也端起了酒杯，一想，自己不喝也不好啊，毕竟是第一次和人家喝酒，再说，也不知他要说的是什么事，不干总不仗义吧。想到这儿，他也只好把这杯酒给干了。

美贞看着越子木喝了那杯酒，她赶紧把水杯递了过来：“来，快喝口水。柳社长你们能不能慢点儿喝？这还没吃菜呢！”

柳树笑了笑，示意越子木吃菜。

越子木刚要伸筷子却又停住了，他看着柳树说道：“柳社长要和我聊什么事？”

“不急不急，来，吃菜！”柳树稳稳当当地自己在那吃起菜来，可把越子木给急坏了，心想：这人怎么是慢性子啊，这一出像谁呢？有个人倒跟他有点儿像。

吃了几口菜后，柳树放下筷子，看着越子木说道：“越总，公司这次派我回来主持中国分公司的工作，主要是想打开中国市场，按照公司计划，分公司主要是想开展珠宝首饰业务。这一次金社长他们想要和石生生珠宝合资的事有些操之过急，而且方法不当，但有一点是肯定的，这是我们公司的方向。我听说越总和石生生珠宝以及新与他们合资的那家公司关系不错，我是想……”

说着，柳树看了看越子木。越子木一听就明白了，他这是想让自己给引荐啊。

这时，就听柳树又说道：“其实，从事珠宝生意也是为了圆会长的一个梦。”

他刚说到这儿，再看美贞，眼圈已经湿润了。越子木一下子想起来了，上次和美贞在他爸的办公室里见过那件首饰，听说是她妈妈生前手工做的，她妈妈的梦想就是成为一名首饰设计师，而这也是现在的美贞的梦想啊！

想到这儿，越子木就觉得心里酸酸的，他终于明白美贞为什么要跑到中国来售卖自己手工制作的饰品了。

一时间，三个人谁也不说话了。

过了一会儿，柳树又把酒倒满了，他举起杯，笑着对越子木说："来，再喝一杯！"

越子木还没等端杯呢，美贞却一把抢过他那杯酒，端起来就喝了下去，看得他一愣一愣的。美贞喝完那杯酒，就不停地咳嗽起来。还没等越子木反应过来呢，就见柳树赶紧把水杯递了过去。美贞接过水杯喝了一大口。

"哇，好辣呀！我还是喝烧酒吧！"美贞说着就赶紧吃菜。

柳树和越子木笑了起来。

正在这时，就听柳树的手机响了，他掏出手机看了看屏幕，笑着接了起来，说道："依依，我昨天到的，还没来得及给你打电话，现在呀……正和两个朋友吃饭呢！谁呀？说了你也不认识，是木子时尚文化的越总……哦？你过来？你来干什么？"

听着柳树在和电话里的人讲话，越子木脸都白了，什么？依依？该不会是柳依依吧。这时，他突然想了起来，这位柳社长也姓柳啊，不会和柳依依是哥俩儿吧？

柳树放下手机笑着说："越总，我非常希望咱们两家公司能够合作，或者请你帮我们和木石之盟公司引荐一下，看看能否与他们合作，共同开发珠宝饰品。来，咱们再喝一杯！"

越子木端起酒杯，笑着说："柳社长，关于合作的事容我们慢慢商量。至于木石之盟公司嘛，我们也是刚刚签订了合作协议，既然你们有意与之合作，我可以和他们说一说，具体还得你们去洽谈。"

两个人喝了一口酒后，放下杯子，柳树又对美贞说道："美贞，我来的时候会长说了，让我和你谈一谈，他非常希望你能够到公司来帮忙，因为这毕竟是你喜欢的事嘛，成为一名首饰设计师不一直是你的梦想吗？"

美贞看了他一眼，没言语。

三个人正吃着饭喝着酒呢，就听门一响，有人笑着说道："哥你也忒小气了！请越总吃饭就找了这么个地方？"

越子木不用回头也知道是谁，这声音他太熟悉了，但听完他还是愣了一下，回头看去，来的人果然是柳依依。

美贞看着柳依依，又看了看柳树，她支吾着道："柳社长你们………"

柳树站了起来，看着柳依依走到桌前，他笑着对越子木和美贞介绍道："这是我妹妹柳依依。"

"你妹妹？"美贞瞪着眼睛看了看柳依依。

柳依依大方地伸出手，美贞迟疑了一下和她握了一下手。接着，柳依依又微笑着把手伸向越子木，却一语不发。

越子木看着柳依依一脸的笑容，半天没说话。

柳树看出了问题，他看着两个人说道："你们……你们认识？"

"我们……是大学同学。"越子木支吾着说道。

柳依依却笑着说："哥，这是我前男友！"

她这句话不要紧，现场的另外三个人都惊呆了。最震惊的还是美贞，她看看柳依依，又看看越子木，顿时皱起了眉。

柳树一听就乐了，他坐了下来笑着说道："那太好了，我刚才还和越总说要合作的事呢，这下好了！什么？你刚才是说……前男友？"说着，他看了一眼越子木，就见越子木咧着嘴，像做错了事的孩子。

柳依依回头看了一下，这时，柳树的其中一个手下搬了把椅子过来，柳依依就挨着美贞坐了下来，她看了看桌上的东西，摇了摇头："哥，你们吃的这是什么呀？这东西能吃吗？"说完，她捂起了嘴。

美贞看了她一眼，大声对老板娘喊道："大婶！再来一瓶烧酒！外加一份酱炒鱿鱼！"

"美贞你别再喝了！"越子木制止着，但美贞狠狠地瞪了他一眼，他就不敢再说什么了。

柳依依看了一眼美贞，又看了看越子木，问道："越子木，这位小姐好像上次见过，她是……"

还没等越子木回答呢，柳树趴她耳边小声道："这是美贞，我们会长的千金！"

柳依依一听，顿时上下打量了一番美贞，不禁皱了皱眉。

越子木也看了一眼美贞，他明白了，估计是柳依依看美贞的穿着打扮不像是会长的女儿。不知道底细的人还真看不出来，美贞现在的装扮活脱脱就是个小贩，哪里有一点儿大公司会长女儿的样子？

"哦，美贞小姐好！"柳依依礼貌地冲美贞点了点头。

美贞笑了一下，接过老板娘拿过来的烧酒自己就倒了一杯。倒完，她刚想喝，又看了一眼柳依依，拿杯子的手一比画："柳小姐要不要来点儿？"

柳依依迟疑了一下说道："哦，我是开车来的……那好吧，既然美贞小姐这么盛情那就来一杯！"

美贞看了她一眼，却一语不发地举杯就喝了下去。这时，老板娘把一盘酱炒鱿鱼端了上来。

柳依依手捂着嘴往旁边歪着身子，等鱿鱼放到了桌上，她看了一眼，咧了咧嘴。而美贞却伸筷子夹了一条津津有味地吃起来，吃得柳依依一愣一愣的。

美贞见她的样子，笑着说："柳小姐要不要来点儿尝尝？很好吃的！"

柳依依摇了摇头，还是咧着嘴。

柳树和越子木看着这两个人的举动，他们俩举了举杯子喝了一小口。

美贞给柳依依倒了一杯烧酒，给自己的满上后，她举着杯子："来，柳小姐，为了你哥哥刚才出手帮了我们，干一杯！"

柳依依看了一眼她哥，又看看越子木，也不明白美贞说的是怎么回事，就端起杯喝了一口。可她刚想放下杯，就听美贞说道："唉唉！干了干了！喝一口怎么行？"

柳依依看了一眼杯子，无奈之下只好都喝了下去。喝完，她咧了咧嘴，看着桌上的菜却没一个能吃的。

美贞看了她一眼，笑着说："你要是不吃点儿东西恐怕会醉的，觉得这不是人吃的东西？”

“不……不是，我不饿！”柳依依解释着。

这时，美贞又把酒倒上了。柳依依刚想制止，但已经晚了，她的杯子又满了。

美贞看了她一眼，端起杯子：“来，为了咱们第二次见面，喝一杯！”

柳依依迟疑了一下，还是端起了杯子，跟着美贞就喝了下去。喝完，她咧着嘴赶紧拿过越子木面前的水杯喝了一口水。

美贞看了她一眼，伸手拿起一片生菜叶递给了她：“这个也不能吃吗？”

柳依依看了一眼生菜叶，笑了笑，伸手接了过来，又仔细看了一眼菜叶，慢吞吞地吃了下去。

两个人的举动被越子木看在眼里，他心想：这两个人正好弄反了，好像柳依依是富家千金似的，而美贞却像个农村傻丫头。

再看柳依依，吃了一片生菜叶后，自己又伸手去拿了一片，可能是酒有点儿辣。

美贞又把酒倒满了，她举着杯看着越子木说道：“来，柳小姐，这第三杯酒就为了……为了这个木头！”

柳依依看了一眼越子木。

就听美贞接着说道：“祝贺你让他成为前男友！”说完，她举杯喝了下去。

柳依依愣了一下，又看看一脸茫然的越子木，再看看酒杯，突然端起来就喝了下去。

美贞这时高声喊道：“大婶！有没有话筒啊？我要唱歌！”

老板娘过来小声道：“美贞小姐，我们这是小店，哪有喝歌的东西呀！”

“好了好了！那我就清唱！”说着，美贞站了起来，挥着手臂高声唱起了歌：“等爱的人很多/不预设你会在乎我/难道一生的时间都用来换/和你一个误会/谁能真的让谁/幸福到故事的结尾……”唱的是林宥嘉的《傻子》。

唱了几句后，美贞冲柳依依一伸手："来，一起唱？"

柳依依迟疑了一下，站了起来，跟着美贞就唱了起来："没什么紧要/只需要你轻轻一个拥抱/就算不留下什么也无所谓/就算留下了什么也都珍贵/做傻子多么好……"

看着两个姑娘在那儿又唱又跳的，柳树和越子木两个人都傻了，两个人大眼瞪小眼地互相看看，彻底蒙了。

越子木说道："柳社长，我看她们两个都喝多了，可不能让她们再喝了。要不，送她们回家吧！"

柳树也点了点头，说道："那好，你送依依吧，我送美贞！"

越子木眨了眨眼睛刚想说什么，就见柳树站起来就朝美贞走了过去。他笑着对美贞说道："美贞小姐，我送你回去吧，不能再喝了！"

"我不要你送！"美贞冲他说了一句又接着唱。

柳树又看了看他妹妹，说道："依依，让越总送你回家吧！"

柳依依也说道："我不要他送！"说完，和美贞两个人互相搂着脖子继续唱。

无奈之下，柳树看了一眼越子木，上前拉住美贞的胳膊，然后连拉带抱地就往外走。美贞挣扎着，捶打着柳树，嘴里还说呢："不要你送，木头！木头！你送我回家！"

越子木看着美贞不知怎么办好。正在这时，柳依依走过来伸手就搭在了他的肩膀上，然后身体往前一靠。他赶紧伸手揽住她的腰。

"越子木，你敢送我回家吗？"

越子木知道她喝多了，就这样揽着她边往外走边说："走吧，我送你回去！"

柳树的两个手下掏出一叠钱来往桌子上一放跟着出去了。

越子木扶着柳依依，到外面让风一吹他也觉得头有些晕，毕竟也喝了好几杯白酒。

这时，柳树和一个手下耳语几句什么，那个手下跑了过来，冲越子木点着头说道："越先生，社长让我送你们回去。"

柳依依摆了摆手：“不用你管，你走吧，我们自己回去。”

那个手下迟疑了一下，越子木冲他点了点头，他只好转身回到了柳树的车上。

柳树看了一眼越子木和他妹妹，上车就开走了。

越子木站在街边等着出租车，柳依依却把胳膊一弯就搂在了他的脖子上，并把脸凑过来，轻轻地在他脸上亲了一下：“越子木，我好想你呀！”

92．好戏即将上演

柳依依偎依在越子木的臂弯里，含情脉脉、温情款款地说了一句“我好想你”，把越子木给弄得直咧嘴。

看着酒后一脸妩媚的柳依依，越子木一点儿也没觉得自己有那种心荡神驰、心猿意马的感觉，不仅没有动心的感觉，却反而有些怪怪的烦。

他知道，自己这种烦应该是一种自己不愿意承认的不耐烦，或者是心烦。而对于过去和柳依依的关系，他不愿意承认是初恋，因为他从来就没有动心过，没有那种刻骨铭心的感觉又怎么可以称得上是初恋呢？

而且，如今的柳依依也不像学校里那个曾经的校花了，时尚圈混迹多年的她，沾染了太多的风尘，在她高贵的气质背后，更多的则是挑剔、刻薄、心计……

他扶着柳依依准备打车，可是，这条美贞家门口的小巷子里一般的出租车很少进来，要想打车，就只有走出巷子到主街上去打。

等了半天见没有车来，越子木只好扶着柳依依往巷子口走，好不容易两个人趔趔歪歪地走到巷口的主街边，可是，出租车虽然很多却都是载着人飞驰而过，根本没有空车。

他看了一眼柳依依，问道：“依依你住哪儿呀？”

柳依依醉眼迷离地笑了笑，说道：“我不要回家，去你家行吗？”

越子木愣了一下，在脑海里迅速想着对策。怎么办呢？车不好打，即使是打着了车又往哪儿送她呢？

想来想去，脑海里出现了一个人，那就是乔庄。他想：何不让乔庄来把柳依依的车开回去？这样不仅免去了麻烦，而且还不用柳依依明天再来取车了。

于是，他一手扶好柳依依，另一只手掏出手机给乔庄拨了过去。

手机接通后，他说道："乔庄啊，我是越子木，你现在忙吗？要是不忙想麻烦你一趟……我现在就在街边呢，对，就是去美贞家那条巷子口的街边，柳总喝多了，想让你帮着把她的车开回去。那好，我等你。"

"谁呀？"柳依依一只胳膊勾着越子木的脖子问了一句。

越子木笑了笑没回答，但心里犯起了嘀咕，刚才打电话时听里面好像有风声，乔庄好像是在外面呢，而且听里面好像还有说话声，那人是谁呢？声音好熟悉啊！

约莫五分钟过后，就见一辆出租车由远而近驶来，到越子木站的地方后，乔庄从车上走了下来。

越子木一看见乔庄就是一愣，她怎么到得这么快？可是，让他更震惊的是，就见出租车后排座的门开了，一个长发披肩穿着大衣的女子走了下来，等她转过身的时候，他当时就愣了！原来，下来的是李楠芝。

越子木看看乔庄，又看看李楠芝，瞪着眼睛说道："你们这是……"

乔庄笑着说："越总，柳总的车停哪儿了？我去开过来！"

"哦，就在巷子里，依依，你车钥匙呢？"他说着，就把柳依依的包递给了乔庄，乔庄翻出车钥匙朝巷子里跑去。

越子木看了一眼李楠芝，咧了咧嘴："我送美贞碰上的。"

李楠芝看了他一眼，说道："跟我解释这个干什么？给我拿着包！"说着，她把自己的包一递，伸手就扶住了柳依依的胳膊，然后又把越子木往旁边一推。

越子木尴尬着接过她的包，又把柳依依的包拿过来一起背在肩上。他看着李楠芝扶着柳依依，两个人往一起这么一站，他眼睛都有些直了，这两个美女虽然容貌气质各不相同，但风姿与妩媚是不约而同。

李楠芝用眼睛的余光发现了越子木的异样，她看了一眼，又顺着他的眼神看了看自己，这才发现自己大衣扣子没系，领口处虽说有丝巾，但低胸的衬衣勾勒出傲人的轮廓。

她白了越子木一眼，伸手拽了拽大衣，说道："往哪儿看呢？注意自己形象啊！"

越子木这才回过神来，脸一红，咧了咧嘴就扭过头去不敢再看了。

那么，李楠芝和乔庄怎么会这么快就来了呢？原来，自越子木在门口接了电话走后，李楠芝一想，刚才分明听他在电话里说是美贞，这大晚上的怎么让人放心呢？于是，她就站在窗前往前面看着，可是，过了好长时间越子木家的窗户始终没有亮灯，她不禁疑惑起来：到底是怎么回事呢？难道他没回家？

她转过身问乔庄是不是知道美贞家住的地方，乔庄因为曾经送过美贞两次，当然知道她家住哪儿了。她听完想了半天，觉得还是不放心，就和乔庄出了门，两个人打了车刚走到一半路程就接到了越子木的电话。

一听是越子木来的电话，李楠芝不禁笑了，心想：还算你聪明！可是，柳依依怎么又跟他在一起了？这才多大一会儿呀？什么乱七八糟的！

当她下了车看到越子木站在街边的狼狈样时，虽然自己还不知道为什么柳依依会出现，也不知道为什么他们会喝酒，但有一点是可以肯定的，那就是越子木做对了这件事：没有自己送她回家。

就在李楠芝和越子木说话时，柳依依睁开醉眼看了看身边的李楠芝，又看看站在一边的越子木，问道："越子木，这是谁呀？我怎么看着好面熟呢？"

越子木看了一眼李楠芝，张了张嘴却忍住没说什么。

正在这时，乔庄把柳依依的跑车开了过来，她把车停在路边，下了车过来帮着把柳依依扶到车上。

关好车门后，乔庄小声道："姐，那我送柳总去了，你和越总……"

"去吧，路上小心！"李楠芝摆了摆手。

乔庄笑着又看了一眼越子木，就上了车开走了。

越子木看着远去的跑车，自语道："应该捎一段，这地方不好打车。"

李楠芝看了他一眼，走过来伸手接过自己的包往肩上一背，接着很自然地伸手挽住了他的胳膊。

越子木往旁边躲了一下，又愣眉愣眼地看了看她，心想：她到底怎么回事？不是说有孩子和老公嘛，怎么这么不注意形象呢？干吗还让我注意形象！

但李楠芝的举动是不容拒绝的，越子木只好跟着她往前走，一阵风袭来，他突然觉得头真的有些晕。

这时，就听李楠芝说道："走吧，这回我送你回家！"

越子木马上说道："要不，等打着车我自己走吧，送完我你自己怎么回家呀？"

李楠芝看了他一眼，笑着说："那就在你家住呗！又不是没住过！"

越子木听完顿时就蔫了，心想：刚送走一个柳依依又来个李思月，看来，今晚我是在劫难逃了！

越子木就这样被李楠芝抱着胳膊走在寒风中的大街上，风中，那时不时飘来的发香令越子木感觉心里畅快极了，这味道也让他不时地皱眉头，因为这久违了的香味他太熟悉了，一想起那曾经飘过自己鼻尖的发香，他就自然而然地想起李楠芝。

他不禁侧头看了一眼，越看越觉得奇怪，他也实在是搞不懂了，为什么她会和楠芝那么像！竟然连发香都是一样的，难道世上还有这么巧合的事吗？

而且，他越来越发现，自己竟然在不知不觉地被她左右着，到底是对于楠芝的怀念，还是只是因为她李思月的吸引？他也时常搞不清楚。但有一点他是肯定的，那就是在李思月身上他总能看到李楠芝的影子，尤其是那双眼睛。可是，本来是两个人怎么会这般相像呢？

想到这儿，他叹了口气，或者说是长出了一口气。

李楠芝看了他一眼，问道："叹什么气？你脑袋里在想谁？"

越子木一惊，心想：怎么女人都有读心的本领？他支吾着没有回答。

李楠芝笑了笑，那只抱着的胳膊搂得更紧了。

走了一会儿，越子木突然问道："对了，李思月，你不是说有个儿子吗？哪天让我见见？"

李楠芝手抖了一下，说道："你喜欢孩子吗？"

“嗯……比较喜欢男孩儿。”

“那好，到时候会让你见的！不过……我儿子鬼精灵似的，你可要小心哦！”

“我喜欢聪明的男孩儿，你让我小心什么？”

李楠芝看了他一眼，笑着道：“小心他和你混熟了会叫你爸爸！”

越子木当时就愣了一下，他停住脚看着李楠芝。李楠芝笑着一拉他的胳膊：“走吧，当爸爸就当呗，怎么？还委屈你了？”

“不是……这种玩笑可不能乱开呀！你就不怕孩子他爸知道？”越子木愣眉愣眼地看着她。

李楠芝诡秘地笑了笑，不再说话。

两个人走了一会儿，越子木又试探着问道：“思月，能问你个问题吗？”

李楠芝看了他一眼，眨了眨眼睛，突然指着前面说道：“车来了车来了！”说着就招手。

一辆出租车停了下来，她拉着越子木坐在了后排座上。

越子木看了看她，心里却在想：她也不知道我要问什么呀，怎么就打起岔了呢？

他哪里知道啊，李楠芝一听就知道他是要问孩子爸爸的事，所以就故意想给岔过去。可是，越子木一直都好奇这件事，今天既然提出来了，那是一定要问到底的。

“我是想问……”在出租车行进过程中，越子木又忍不住了。

李楠芝看着他。他接着问道：“孩子爸爸是干什么的？”

李楠芝微笑着却不说话，这下可把他给急坏了，眨了眨眼睛又想问，可还没等他说话呢，就听李楠芝突然问道：“对了，上次听你说梦话总是提到什么楠芝楠芝的，到底是什么人啊？”

越子木一听，当时就愣住了。

他支吾着：“哦……我说梦话了？哪一天？”

“就上次在你家过夜的那天啊！而且，你当时手还不老实。呵呵！”李楠芝说着笑了起来。

这下越子木更窘了，他脸红了一下，皱着眉不说话了。

司机从后视镜里看了一眼，抿着嘴偷笑了起来。

过了一会儿，车停到了小区门口，两个人下了车，李楠芝要扶着越子木往楼上走，越子木回过身看了她一眼，咧着嘴说道："我自己能上楼，你回去吧。谢谢你啊！"

她笑着看了越子木一眼，说道："那好吧，回去洗个澡好好睡一觉！"

越子木说道："那你快走吧，正好坐这个车……唉？那个车咋走了？你怎么回去呀？"

"你就别操心了，快上楼吧！"李楠芝说着就示意他先上楼。越子木只好转身朝楼上走去。

见他上了楼，李楠芝赶紧悄悄地朝自己家跑了过去。

越子木爬着楼梯想着刚才在车里说的话，他一想：不对呀，上次明明是她在动手动脚的，怎么反倒说是我呢？再说，自己怎么没印象说梦话了呢？

他怎么想都觉得不对劲，可是，李思月为什么要这么说呢？如果自己真的没说梦话，那么她又是怎么知道楠芝的呢？

想着心事，他就上了楼，打开门，进屋就躺到了床上，灯也没开。

因为喝了酒，再加上走了好远的一段路，他觉得浑身不自在，头也有些晕，就昏昏沉沉地睡着了。

李楠芝第二天早上醒来，木瓜跑过来搂着她的脖子说："妈妈妈妈，昨天你去哪儿了？木瓜有事都没和妈妈说上。"

她问道："什么事？现在跟妈妈说不是一样吗？"

木瓜噘着小嘴半天才说："妈妈，幼儿园要放寒假了，老师说要举行一个演出，让爸爸妈妈必须都参加……"

她一听就明白了，孩子这是在向她要爸爸呢。她看着一脸沮丧的木瓜，拍了拍孩子的头，眼睛有些湿润了。这时候上哪给他弄爸爸去呢？

"木瓜，能不能和老师说说，就妈妈一个人和你去不行吗？"

"老师说了，不行。而且，而且……"木瓜说着就眨了眨眼睛。

“而且什么？”

“妈妈，木瓜有个秘密没告诉你……上次我让叔叔送我去了一次幼儿园，而且我和小朋友们说是爸爸……对不起，木瓜撒谎了。”

听完孩子的话，她看了看孩子，把他紧紧地抱在了怀里。她心想：傻孩子，那就是你的爸爸呀！你并没有撒谎。

“哦，妈妈知道了，妈妈不怪你！”

木瓜一听，眨了眨眼睛笑着说：“妈妈你不生气吗？太好了！那这次可不可以……”

她终于听明白了，心想：你个鬼精灵！原来是这么想的呀！

看着满脸喜悦的木瓜，她想了半天，说道：“可是，叔叔能同意吗？”

“没事的妈妈，木瓜给叔叔打电话，叔叔一定会同意的！”一听妈妈没有不同意的意思，木瓜高兴极了。

再说越子木，一大早他就到了公司，见人还没来齐，他就开始在本子上写着什么，那是准备开早会的内容。经过一番考虑，他决定，让李思月、陈承和吴叶跟自己去米兰参加国际时装周。

等人都到齐后，越子木就召集开起了早会，并把自己的决定公布了一下。一公布完，别人都没什么意见，可是李斯却在一旁噘起了嘴。越子木一见，就笑着说：“以后大家都有机会的，这次是工作需要，我希望在家的同志要配合好顾总的工作，把自己分内的事做好！顾总，你看你还有什么安排没有？”说着，他看向了顾桐。

顾桐看了看大家，说道：“你们别以为跟越总去米兰是件好事，那不是游山玩水去了！不学来东西，不招来商，那就等于白去！是不是越总？”

越子木听明白了，这顾桐分明是将自己一军啊。他笑着点了点头，说道：“顾总说得对，这次可是带着任务去的，等回来后我请大家吃饭！”

大家刚要鼓掌，却听李斯说道：“就请吃饭啊？这都快要过年了……”

“李斯说得对，到时候给大家发红包！”越子木爽快地说道。

这下大家可乐坏了，都鼓起掌来，就连顾桐也向越子木投来赞许的目光。

大家正有说有笑呢，越子木的手机响了起来，他示意了一下，拿起手机看了一下屏幕，脸上马上露出了笑容，按了接听键后说道："是木瓜呀？找叔叔有事吗？"

他刚说到这儿，再看李楠芝和乔庄，两个人你看看我我看看你，都瞪大了眼睛，李楠芝脸上还露着不易察觉的微笑。

就听越子木接着说道："是明天吗？哦，好的，叔叔一定去！对了，你妈妈也去吗？啊？那太好了！好，明天早晨不见不散！"

乔庄皱着眉看着李楠芝，心想：我的姐呀，你还有闲心在那儿笑？

93. 爸爸去哪儿了

原来，木瓜果真给越子木打了电话。接完电话，越子木一脸的笑容，李楠芝也是含笑不语。可把乔庄给急坏了，她悄悄地拉了拉李楠芝的衣襟，一脸疑惑地看着她。

李楠芝回头看了乔庄一眼，还是没说话。

此时的越子木，心里却在想：这回可好了，终于能够看到木瓜的妈妈了，也就是自己常在窗边看到的那个人，一想到这儿，他就莫名地兴奋不已。

下了班，李楠芝和乔庄一回到家，乔庄就实在是忍不住了，她问了起来："姐，你到底怎么想的呀？难道明天真的要和越总一起陪木瓜参加幼儿园的活动吗？"

李楠芝面带微笑地看着她，说道："对呀，要不然还有别的办法吗？幼儿园说必须让父母一同陪孩子参加。"

乔庄听完却还是皱着眉，想了半天说道："那也就是说，让越总充当木瓜的爸爸？"

李楠芝笑了："傻丫头，他本来就是木瓜的爸爸呀！"

"可是……姐你现在就要公开秘密吗？"

"谁说要公开了，我现在是李思月，木瓜是李思月的儿子！哈哈哈！"她说完就笑个不停。

回想起在公司时越子木接完电话那兴奋的样子，乔庄不禁摇了摇头，心想：这两个人可真是奇怪，都兴奋什么呢？

这时，吴阿姨把木瓜从幼儿园接了回来。一进门，木瓜就跑过来扑到妈妈的怀里，忽闪着大眼睛说道："妈妈妈妈，告诉你个好消息，叔叔同意了！"

"是吗！你是怎么说的呀？"她故意问道。

"我就说让叔叔假装当我的爸爸，和妈妈一起去看我的演出。"木瓜笑呵呵地说着。说完，又伸出小手摸着妈妈的脸，继续说道，"妈妈，叔叔好高呢！你见过叔叔吗？还有，爸爸是不是和叔叔一样高？"

李楠芝抱紧了孩子，贴着他的小脸说："妈妈明天就见到了。你爸爸呀……和叔叔长得差不多！"

"那……木瓜什么时候能见到爸爸呀？"木瓜一提起爸爸又噘起嘴来。

"快了，木瓜很快就能见到爸爸了！"她说着，不禁往窗外看了一眼。

这时，木瓜又说："妈妈，明天能穿漂亮一点儿吗？"

听他这么一说，连乔庄都给逗乐了，她走过来看着木瓜道："木瓜，为什么要让妈妈穿漂亮点儿呀？"

"嗯……我见过别的小朋友的妈妈，她们都没有妈妈好看！还有，叔叔也很帅，他们的爸爸都没有叔叔帅！"木瓜看着妈妈说道。

他这一句话把两个人都给逗得哈哈大笑。

"你这是虚荣心！"李楠芝刮了一下他的小鼻子。

"你这是显摆！"乔庄也说了一句。

"才不是呢！谁让他们老说我没有爸爸，又说看不见我妈妈……"木瓜噘起了嘴。

李楠芝笑着说："对，明天妈妈穿漂亮点儿，肯定不让我们的小帅哥丢面子！"

木瓜一听，高兴得跳了起来。

第二天早晨，吃过了早饭，木瓜就张罗着要妈妈带他出门去小区门口等叔叔。可李楠芝却笑着对吴姐说："吴姐你先带木瓜到小区门口吧，我随后就来。"

木瓜一听就不高兴地说："妈妈说话不算数！"

她笑着小声说："你不是让妈妈穿漂亮点儿吗？你看，妈妈头还没梳好呢，你先跟阿姨去等叔叔，妈妈随后就来，好吗？"

木瓜一听就乐了，点了点头和吴阿姨出了门。

吴阿姨抱着木瓜到了小区门口，等了一会儿就见越子木穿着一件羊绒大衣，里面是套西装，还打着领带，从小区的甬道上走了过来。

吴阿姨把木瓜放到地上，小家伙朝越子木跑了过去。越子木紧走几步蹲下来，张开双臂把他揽到了怀里。

"木瓜，冷不冷啊？"

"不冷。"

木瓜看着越子木，奶声奶气地说道："叔叔你好帅呀！"

越子木一听，笑了起来，他把木瓜抱起来，四下看了看，就见吴阿姨一个人站那儿看着他笑，根本没看见别的人。他不禁问道："木瓜，妈妈呢？"

木瓜从他怀里往外探着头，看向了通向家里的那条甬道。突然，他一指前面说道："妈妈来了！"

越子木顺着他手指的方向看去，这一看不要紧，他顿时就愣住了，确切地说是震惊了！

就见李楠芝穿着件白色的大衣，围着条红色的围脖，一袭长发，正朝这边款款而来。

他看着李楠芝由远及近，不禁自语道："她就是你妈妈？"

木瓜忽闪着大眼睛："对呀！"说完，他喊了一句，"妈妈妈妈！叔叔来了！"

李楠芝微笑着走到近前，她看了越子木一眼，伸手把木瓜抱了过来。

越子木呆若木鸡一样松开了胳膊，看着李楠芝在木瓜的小脸上亲了一下，他什么话都说不出来了。

"怎么……怎么会是你？"他支吾着。

李楠芝笑着看了他一眼，说道："你以为会是谁？"

吴阿姨轻声说道："太太，那我先回去了。"说完，还看了一眼越子木。

李楠芝点了点头，吴阿姨转身回去了。

她又看了一眼越子木，笑着说："你不是一直都偷偷地和我儿子来往嘛，怎么还总说想看我儿子？"

越子木看了一眼木瓜，发现小家伙满脸的高兴。

"可是……"

"别可是了，快走吧，一会儿别去晚了！"李楠芝说着就要抱着木瓜进幼儿园。

木瓜却挣脱开妈妈的胳膊下了地，他一只小手牵着妈妈，又扬起头看了一眼越子木，伸出另一只小手牵住了他的手。

越子木看了看李楠芝，满脸的茫然。

木瓜牵着妈妈和叔叔的手走了两步，又抬起头看看左边的妈妈，又看看右边的叔叔，一脸的自豪。

往前走的时候，越子木还是忍不住问了一句："思月，那个……我经常看见窗户那儿站着个人，该不会是你吧！"

李楠芝白了他一眼，含笑不语。

这时，小朋友们都和爸爸妈妈陆续进了幼儿园，看到几个和自己同班的小朋友，木瓜昂着头挺着胸，威风凛凛地从他们面前走了过去。

几个孩子的父母在后面窃窃私语，不知说着什么。

三个人进了演出会场，见已经来了好多人，都是一家三口坐在座位上。

在众目睽睽之下，木瓜牵着妈妈和叔叔的手径直走了进去。走在过道上的时候，就见座位上的孩子妈妈们都看向他们仨，尤其是那些孩子爸爸，看着李楠芝眼睛都直了。有个孩子爸爸不禁脱口而出："乖乖，这难道是明星吗？也太漂亮了！"

就听坐在他旁边的孩子妈说了一句："看什么看？流口水了是吧？不许看！"

"那你咋看那孩子爸呢？"

"人家长的帅我当然看了！"

“只许州官放火，不许百姓点灯！”那孩子爸爸小声嘀咕了一句就不再作声了。

李楠芝落落大方地跟着木瓜找到了座位坐下来，越子木却反倒有些紧张和不自在。此时的他，心里矛盾极了，说不出是喜悦还是震惊，或者是意外。他万万也没想到木瓜的妈妈会是李思月，他更没想到那个站在窗口的女子竟然也会是她！

想着心事，他不禁看了一眼李楠芝，却见她含笑不语，丝毫没有惊奇的样子，这下，他更不知所措了。

这时，坐在前面的一个小女孩儿回过头来看了一眼木瓜，又看了看越子木和李楠芝。

木瓜笑着说：“这是我妈妈。”说完，他又抬头看了一眼越子木，迟疑了一下说道，“这是我爸爸。”

那小女孩儿投来羡慕的目光。木瓜一脸的得意。

这时，坐在里面的李楠芝站了起来，轻声对木瓜说：“妈妈去下洗手间。”说着，就穿过过道，在人们的又一次目光检阅中走了出去。

见妈妈走了，木瓜趴在越子木耳边小声说：“叔叔，我妈妈漂亮吗？”

越子木一听，眼睛眨了半天没说出话来。他实在是不知该怎么回答，看着木瓜一脸幸福和骄傲的样子，他内心不禁颤动了一下，难道李思月是单身妈妈？

一想到这儿，他心里就狂跳不已，也搞不清为什么会有这样的感觉，自己到底兴奋什么呢？

此时，演出还没有开始，有家长和孩子们陆续进到会场，越子木发现，前排和旁边座位不时有人回头回脑或是探头探脑地看着自己，他用眼睛的余光扫了扫，发现都是孩子妈妈在往这边看，他下意识地直了直腰，目不斜视。

去完洗手间的李楠芝回来了，她沿着过道款款走来，引得那些孩子爸爸忍不住侧目。越子木看见，那些孩子妈妈都在瞪着他们自己的老公。他不禁觉得好笑，自己也看了看李楠芝，他不禁倒吸口冷气，自己不得不相信，她，实在是太漂亮了！确切地说，不是漂亮，而是成熟女性的知性美，落落大方，高贵典雅。

看着李楠芝走过来坐在木瓜的另一侧，越子木突然有种满足感油然而生。

再看木瓜，他左看看叔叔，右看看妈妈，突然伸出小手一边一只抓住了越子木和妈妈的手，也不知道他心里想的是什么，脸上全是笑容。

这时，有位老师走到台上，宣布演出即将开始，让小朋友们都到后台去准备。

木瓜站了起来，他看了一眼妈妈，又看看越子木，说道："妈妈，我去准备了，木瓜要给你们演节目。"说完，他看着越子木，半天才把小脑袋凑到跟前小声说，"爸爸……我去演出了。"说完就跑了出去。

越子木愣眉愣眼地看着跑向后台的木瓜，汗都下来了。

李楠芝看了他一眼，笑着说："怎么样？我提醒过你哟，木瓜叫你爸爸了吧？呵呵！"

越子木咧着嘴"哦"了一声，看了李楠芝一眼就赶紧把头摆正不敢再看了。

而李楠芝却偷笑着往他这边挪了个座位坐在了刚才木瓜的位子上，并伸手抱住了他的胳膊。越子木紧张得往旁边刚要闪却被李楠芝胳膊一用劲硬是给按住了，而且还瞪了他一眼。他不敢再动了，但心里跳得厉害。

两个人正看着前面的舞台呢，就听后面有人小声说了句："知道你们是金童玉女，也不用这么大秀恩爱吧？"

李楠芝听了，笑着看了一眼越子木，越子木眨了眨眼睛，刚想回头看，却见李楠芝朝他轻轻晃了晃头，他只好作罢。

演出还没有开始，李楠芝小声说了句："你不想说点儿什么吗？咋这么平静？"

越子木挪动了一下身体，支吾着："想问的太多了，一时不知该从何说起……我没想到木瓜就是你儿子，这小子太好玩儿了！"

越子木一提起木瓜脸上就露出了笑容，刚才的紧张一扫而光。

李楠芝看了他一眼，笑着说："还说想要看木瓜，你们俩背着我不是早就成为同盟了吗？快说，你们俩还有什么我不知道的秘密？”

越子木眨了眨眼睛，摇了摇头：“没有……不是没有，是不能说！”

李楠芝白了他一眼，却满眼全是温情，弄得越子木一愣一愣的。

又想了半天，越子木还是忍不住问道：“木瓜的爸爸……”

李楠芝也不看他，只是说了一句：“木瓜的爸爸不是在这儿嘛！快看，孩子们出来了！”说着，就看向舞台。

越子木往上面看去，就见一群孩子走了出来，都穿得花花绿绿的，一个舞蹈老师跟着出来站到孩子们前面指挥着他们站队。

他和李楠芝两个人晃着脑袋在孩子堆里寻找着木瓜，可看了半天也没见着人，正纳闷呢，就见两个报幕员迈着整齐的步伐走了出来。

等两个孩子往台中央一站，越子木这才发现，那个男孩正是木瓜。

“快看，是木瓜！”他指着前面却下意识地伸手拍了拍李楠芝的手背，等他拍完才意识到不妥，赶紧把手缩了回去。

李楠芝却丝毫不在乎的样子，边往台上看边说：“臭小子啥时候还当上主持人了？看把他嘚瑟的！”

她刚说完，越子木却接过话说道：“怎么能这么说孩子呢？木瓜那是自信！不叫嘚瑟！”

“可是，他怎么没跟我说呢？”李楠芝又是一皱眉。

越子木道：“他那是想给你一个惊喜！”

李楠芝侧头看了他一眼，笑着说：“还不是嘚瑟？都把你弄来当爸爸了，就是要显摆显摆！”

越子木接过话说道：“可不能这么说孩子，你看别的小朋友人家都是和爸爸妈妈一起来，木瓜要是只和妈妈……对了，我刚才就想问你呢，木瓜爸爸呢？”

“我不是说了嘛，不是在这儿吗？呵呵！”李楠芝说完就笑了起来。

“思月，可不能开这样的玩笑，我临时当他几天爸爸倒是没什么，为了孩子嘛。”

还没等他说完，李楠芝抢过话说道：“只要你愿意当我没意见！行了，不说这个了，快看节目！”

越子木只好往台上看去。

这时，第一个开场舞蹈已经演完了，就见那个小女孩儿自己一个人走了出来，而木瓜却没有跟着出来报幕。

越子木他们两个人往舞台后面那个门看来看去，就听小女孩儿说道：“下面请欣赏表演唱《爸爸去哪儿了》，表演者王老师、木瓜小朋友等！”

就见木瓜迈着大步从舞台后走了出来，这回他换了一身白色的小礼服，还扎了个红色的领结，头发让老师用发胶弄得酷酷的。跟着走出来的，是三个穿着花裙子的小女孩儿还有一个小男孩儿。在他们后面，是一位男老师。

木瓜在舞台中央站定后，环视了一下台下的家长们，抬起话筒说道：“这首歌献给我们的爸爸！”

听他说完，李楠芝鼻子有些发酸。

音乐响了起来，就听木瓜首先唱道：“我的家里有个人很酷……”

另几个小朋友接着唱道：“三头六臂刀枪不入/他的手掌有一点儿粗/牵着我学会了走路……”

那位男老师唱道：“谢谢你光顾我的小怪物/你是我写过最美的情书/纽扣住一个家的幸福/爱着你呀风雨无阻。”

木瓜又带头唱道：“老爸、老爸，我们去哪里呀/有你在就天不怕地不怕……”

男老师又唱：“这是第一次当你的老爸/我们的心情都有点儿复杂/你拼命发芽我白了头发/一起写下一撇一捺。”

此时，李楠芝的眼睛已经湿润了。

唱到最后，歌声戛然而止，就见木瓜停顿了一下，抬起话筒喊道：“爸爸，你去哪儿了……”喊完，眼泪哗哗地流了下来。

下面响起了雷鸣般的掌声，后面有位家长说道：“这孩子太有表演天赋了，都掉眼泪了！”

可是，此时的李楠芝心里明白，木瓜那是发自内心的呐喊哪！爸爸去哪儿了？爸爸就在下面坐着啊！她看了越子木一眼，却发现越子木的眼睛也是湿润的。

这时，孩子们都下去了，那个小女孩儿又自己走了出来，她拿着话筒说道："刚才的表演木瓜太入戏了，还没调整好情绪，由我替他报幕。下面请欣赏……"她刚说完，下面的家长们都笑了起来。

李楠芝一听，眼泪更止不住了。越子木不知从哪儿掏出张纸巾递了过来，她接过来擦了擦眼睛，然后，却下意识地抓住了越子木的手，紧紧地握着，握得越子木长出了口气，却也没抽回手，反而握得更紧了。

又演了一个节目后，木瓜才走出来，继续报幕。李楠芝看去，发现孩子脸上还有泪痕，她心里难受极了，不禁把那只握着越子木的手狠狠地一甩，弄得越子木顿时瞪大了眼睛不知怎么回事。

节目演出到最后，一个女老师走出来笑着说道："今天，是幼儿园寒假前的汇报演出，每位小朋友都表演了节目，大家说好不好？"

"好！"家长们都鼓起掌来。

老师又接着说："今天呢，是各位小朋友的爸爸妈妈来得最全的一次，下面，大家做个游戏，小朋友们要投票选出最美妈妈和最帅爸爸！"

家长们一听，都高兴得鼓起掌来。

小朋友们都走到了舞台上，排好队后，老师给每个小朋友发了一张纸，说道："小朋友们，下面咱们开始投票，要选出最美妈妈和最帅爸爸。纸上有两个格，一个是最美妈妈一个是最帅爸爸，你认为谁的爸爸妈妈在你心中最美和最帅，就把小朋友的名字写在下面的空格里。"

老师说完，小朋友们就开始七嘴八舌地小声议论，并在纸上写了起来。

投完票后，老师带着几个小朋友去后面数票了，剩下的小朋友就唱起了小合唱。

等数完票后，老师重新走上舞台，她拿着话筒说道："最美妈妈和最帅爸爸评选完了，下面我就公布，谁是最美妈妈谁是最帅爸爸，请叫到小朋友名字的爸爸或妈妈到台上来。"说完她往台下巡视了一遍，又接着念道，"最美妈妈——是木瓜小朋友的妈妈！"

台下顿时鼓起掌来。李楠芝看了一眼越子木，微笑着站起来朝台上走去。

老师又接着念道：“最帅爸爸——是木瓜小朋友的爸爸！”

台下又是响起了雷鸣般的掌声。越子木一听有些发蒙，他站了起来，迟疑着朝台上走去。

等他上了台，往李楠芝身边一站，木瓜立刻从后面的队伍里跑了过来，直接站到了他们两个人的中间，并伸着小手一边拉着一个。顿时，台下掌声雷动！

老师笑着说：“来，咱们给这幸福的一家照张相好不好？”

随着越子木和李楠芝两个人蹲下身子，木瓜搂住他们两个的脖子，就听前面的摄影师咔嚓一声，三颗凑在一起的脑袋就定了格！

94. 越子木的决定

越子木在舞台上被木瓜搂着脖子跟李楠芝一起照了张全家福，这三个人在台上可把台下所有的爸爸妈妈和小朋友给羡慕坏了，大家都不停地鼓掌。此时的三个人却是三种心情：李楠芝心情很复杂，同时也觉得很幸福；木瓜高兴得不得了，孩子第一次体验到有爸爸妈妈的快乐；而越子木矛盾极了，却也平生第一次感到了做爸爸的快乐。

这时，摄影师走过来把用拍立得拍下的照片拿过来交给了越子木，他接过来看着照片上木瓜搂着自己和他妈妈的脖子，忽然有种莫名其妙的感觉，他皱了皱眉。而照片却被李楠芝一把抢了过去。

木瓜凑到妈妈跟前一起看着照片，然后，他小声对妈妈说："妈妈，照片可不可以送给木瓜呀？"

李楠芝拍了拍孩子的头："本来就是你的呀！"

木瓜高兴地把照片贴在了胸口。

演出结束了，在往会场外走的时候，由于人很多，越子木就把木瓜抱了起来，李楠芝则抱着越子木的胳膊，三个人就在众人羡慕的目光中和唏嘘声里朝幼儿园外走去。在旁人看来，俨然是幸福的一家人。

到了幼儿园外，三个人进了小区，可是，走到岔路口的时候，越子木站住了，他看了看李楠芝，说道："那……你就带木瓜回家吧，我也回去。"

李楠芝看了他一眼，微笑着对木瓜说："木瓜，咱们邀请叔叔去家里吃饭好不好？"

木瓜一听，马上就在越子木怀里拍起手来："好啊好啊！妈妈你真好！叔叔，去木瓜家吧。"

越子木迟疑着，其实此时的他心里实在是有太多的疑问了，他也想进一步去了解李思月。如果说今天之前的李思月对于他来说仅仅是貌美如花和神秘莫测外，那么，此时的李思月和木瓜却让他觉得更加神秘了，她身上有太多的谜。所以，听她这么一说，再看木瓜这么高兴，他也就答应了。

三个人朝李思月家走去，半路上，越子木说道："唉？那天我去过你家呀，怎么没看到你呢？"

李楠芝看了他一眼，还没等说话呢，就听木瓜说道："叔叔，你给我买吃的那天妈妈就在家呀！"

越子木听完愣了一下，心想：那她怎么不出来见我呢？他看了一眼李楠芝，发现她却是一脸诡秘的笑容。

三个人上了楼，李楠芝按了一下门铃，开门的是吴姐。她看见越子木就笑呵呵地往旁边一闪，示意他们进来，丝毫也没有惊奇的神情。

越子木进了屋，把木瓜放到地上，他脱下鞋，看了看门旁鞋架上放的那些拖鞋，觉得没有一双是自己能穿的，都太小了，他只好光着脚走到了客厅。

李楠芝换好了鞋，见越子木规规矩矩地坐在沙发上，就笑着说道："想喝什么自己去冰箱里拿，还真把自己当客人了？"

越子木心想：我不把自己当成客人那当成什么？难道说还是男主人？切!

心里虽然这么想，但他还是站起来走到冰箱旁边，打开冰箱门往里面一看，就见里面各种蔬菜水果饮料什么的摆放得井井有条，哪像自己家里那个冰箱啊，经常空空如也。

看着冰箱里的一切，他不禁叹了口气。其实，冰箱是和女人捆绑在一起的电器，没有女人，冰箱就是摆设；有了女人，冰箱才能发挥其应有的功用。

他想了想，从里面拿出一听啤酒、一瓶果汁，还有一瓶钙奶，关好门，他回身招呼木瓜：“木瓜，喝不喝钙奶？”

木瓜跑过来接过钙奶并说了声“谢谢”，接着就跑开了。

越子木拿着那瓶果汁回到客厅，坐在沙发上四下看了看，却没看见李楠芝，他皱了下眉，见木瓜从厨房走出来，就招了招手，等木瓜跑到跟前，他小声问道：“妈妈呢？”

木瓜忽闪着大眼睛看着他，好像不明白他为什么突然这么神神秘秘的。

越子木笑着说：“木瓜去帮叔叔侦察一下，看洗手间里有没有人？”

木瓜一听就明白了，他转身跑向了洗手间。越子木看见他打开洗手间的门，猫个小腰撅个小屁股往里面看了看，回身摆了摆手。

越子木会意，站起来朝洗手间走去。刚走了几步就见李楠芝从厨房走了出来，他笑了笑说道：“给你拿了一瓶果汁在茶几上……我去下洗手间。”说完就进去了。

李楠芝看着他的背影，回身看了看放在茶几上的那瓶果汁笑了笑。

越子木进了洗手间边解手边四处看着，他发现洗手间里的东西摆放得井井有条，毛巾叠得四方四格的，牙具摆放得整整齐齐，他想：看来李思月是个爱干净的人啊。正在这时，就听身后有人说道：“洗洗手就吃饭。”

他回头一看，见李思月进来在洗手盆那儿打开水龙头洗着手，全然不理会他在里面，吓得他手忙脚乱地提着裤子。

“你……你怎么进来了？”他有些语无伦次了。

李楠芝在镜子里看着他的窘样笑了起来，说道：“又不是小孩子害什么羞？对了，别忘了冲马桶啊！”说完，她擦了擦手没事似的出去了。

越子木愣了一下，脸红红的，总算系好了腰带，他洗了洗手转身就要出去，突然，他想起了什么，回身赶紧按了一下马桶的冲水按钮。想起自己以前在家里经常会忘记冲马桶，想起刚才李思月说的话，他震惊不已，她怎么会说那句话？“别忘了冲马桶”，是她习惯性地这么一说，还是知道什么？

突然，越子木觉得有些毛骨悚然，浑身直起鸡皮疙瘩。太奇怪了，如果不是看见她站在那里说话，刚才这一幕分明是以前自己在家里和楠芝发生过的呀，而且，那时她也是不管自己在没在洗手间，照样进来洗手什么的。可是，她分明是李思月啊！

“干什么呢？还不快点儿出来，吃饭啦！”李楠芝在外面喊道。越子木赶紧定了定神走出了洗手间。

这时，木瓜跑过来拉过他的手就走。他跟着木瓜到了餐厅，见李楠芝和吴阿姨正在往餐桌上端菜摆筷子。餐桌上，摆了好多菜，热气腾腾地冒着气。

“妈妈，叔叔坐哪儿呀？”木瓜问了一句。

李楠芝看了一眼越子木，却笑着问木瓜：“你想让叔叔坐哪儿？”

木瓜一指桌子头上那个位子：“木瓜想让叔叔坐这儿。”

她看了一眼孩子，说道：“行啊，那就让叔叔坐那儿吧！”

而她和木瓜都知道，那个位子从来没有人坐，在木瓜心里，那是留给爸爸的位子。

越子木拘谨地坐了下来，并把木瓜抱到了旁边的座位上，然后就看着李楠芝忙活。

木瓜突然问道：“叔叔，喝酒吗？”

越子木一听，愣眉愣眼地看了看李楠芝，不知如何回答。

吴阿姨笑着说：“咱们的小男子汉知道招待客人喽！”

这时，李楠芝和吴阿姨也都坐了下来，李楠芝拿过一瓶啤酒给越子木倒了一杯。

越子木支吾着：“还得上班呢……”

李楠芝也不理他，给自己也倒了一杯。木瓜拿了一个杯子给自己倒了一杯饮料。

吴阿姨笑着说：“先生，也不知道这些菜你爱不爱吃。”

“爱吃，爱吃，没有什么忌口的！”越子木说着就朝桌子上看了看，这时，他突然发现，桌子上竟然全是自己爱吃的菜，而且还有自己最爱吃的水爆肚！他当时就是一惊，不禁看了看李楠芝，却发现她根本没看自己，而是在给木瓜往碗里夹菜。

等她回过身来，越子木指着菜说道：“思月你们也爱吃水爆肚吗？”

李楠芝看了他一眼，笑着说：“木瓜爸爸爱吃！”

越子木一听，眨了眨眼睛，似乎有些明白了，可能是她觉得木瓜爸爸爱吃的菜一般的男人都爱吃吧。

而越子木却并不知道，他这不过是潜意识里给自己的一个借口罢了。但尽管是这样，他还是觉得心里有太多的疑问，看着一脸笑容的李思月，他突然有了一个决定……

越子木在李楠芝家吃完了一顿充满疑惑的饭，回到公司他想了又想，就毅然做了个决定。他把乔庄叫了过来，让他坐在了对面。看着一脸茫然的乔庄，他笑着说道：“乔庄啊，有件事儿想麻烦你一下。”

乔庄看着欲言又止犹犹豫豫的越子木，问道：“越总，有什么事你吩咐就是了。”

越子木拍了拍她的肩膀，笑着说：“是这么回事，我想让你替我去一趟泰国。”

乔庄一听说是让自己去泰国，顿时紧张起来，眨了眨眼睛疑惑地问道：“越总，去泰国？有业务要联系吗？”

越子木看着乔庄，长出了一口气道：“是件私事，如果你不愿意去就算了。”

“哦，没事，越总你说吧，有什么事我帮你办！”乔庄肯定地说道。

越子木这才说：“是这么回事，我想让你去帮我调查一件事……”接着，他就把自己的打算说了一遍。

乔庄听完，眼睛瞪得像个红灯笼，心里想：楠芝姐还是给弄露馅了，这回倒好，派我去调查，那不是白调查嘛！但是，既然派自己去泰国，那正好顺便了解一下集团的运营情况，岂不是一举两得？

想到这儿，乔庄高兴地答应着：“行啊，不就是调查嘛，没问题！你说那人叫什么来着？李什么？”她还故意问了一句。

越子木迟疑了一下，看着一脸高兴的乔庄，说了句：“李楠芝……你这样，明天就出发，越快越好！”

“行！越总你定吧！还有事吗？”

“没事了。对了，乔庄啊，我跟你说的事不能对别人讲啊，这很重要！”

“知道了，那我现在就回去准备一下。”说着，乔庄就站了起来。

越子木叮嘱着，看着乔庄收拾完东西出了公司，他在想：自己的决定不知是对还是错，但管不了那么多了，自己是没有时间，要是有时间会亲自去的，不调查清楚心里没底呀！

乔庄出了公司直接就回到家里，一进门，她慌里慌张地对李楠芝说：“不好了，姐！”

“什么事啊，看把你急的！”

“是这样的，刚才越总找我了，安排给我一个任务。”她说着拿起茶几上的水杯喝了一大口。

李楠芝狐疑地看着她，就听她接着说：“让我去泰国！”

李楠芝听完马上从沙发上站了起来：“什么？你是说他让你去泰国？干什么去？”

乔庄看着一脸紧张的她，笑而不语。

李楠芝瞪了她一眼：“小妮子还不快说，要急死我呀！”

“呵呵，姐你猜呢？”

李楠芝眨了眨眼睛，说道：“不会吧……他是让你去调查我？”

“姐你太聪明了，正是！”

李楠芝回身朝前楼看了一眼，自语道：“这个大傻瓜！”

说完，她又回过身说道：“那正好，我也正打算让你回去一趟呢，你顺便也帮我做件事。”接着，她就对乔庄耳语了几句。

接下来的几天，越子木他们办理完出国的各项手续后，就准备出发去米兰。

这天一大早，越子木、李楠芝、陈承和吴叶一行四人来到首都国际机场。临出发前，越子木接到了柳依依的电话，她说也买了这一航班的机票，说可以坐她的车一同出发。但越子木婉言谢绝了，说自己这边是四个人，就分头出发吧，到机场再聚齐。

放下电话，越子木的心情不禁沉重起来。本来，他是特意买的早班机，打算和柳依依错开走，可没想到她竟然也是这一航班，真是不是冤家不聚头啊，但又有什么办法呢？本来就是同去一个城市，不碰到一起恐怕是不可能的。

到了机场，越子木吩咐陈承赶紧办理登机牌，抓紧过安检。而李楠芝却笑着说，登机牌早已经换完了。原来，她是怕换登机牌时会让人发现她的真实姓名，因此，早就让肖凌派人提前给换好了。

但李楠芝一看越子木的神情就不对，她走到越子木跟前小声问道："怎么回事？为什么这么着急？不是还有一个多小时嘛？"

越子木往入口处看了一眼，说道："柳依依也是这趟航班。"

李楠芝一听就明白了，笑着说："一个航班就一个航班呗，躲是躲不开的，没事，你放心吧。"说着，就抱住了他的胳膊。

越子木顿时紧张起来，他四下看了看，小声道："注意影响，这么多人呢！"

李楠芝白了他一眼，噘着嘴道："你这也怕那也怕的，你以为你是明星啊？没人认识你！"

"还有陈承他们呢！"越子木说着就试着甩她的胳膊。

她笑了笑松开了手。

正在这时，就听有人喊道："哟，越子木！你们这么亲密是去度蜜月吗？哈哈哈！"

两个人回头一看，说话的人正是柳依依。

等她走到跟前，越子木尴尬地说道："来了，柳总！怎么？就你一个人？"说完，他往柳依依身后看了看，没发现有别的人。

"对呀，我这次去只是和客户洽谈一下合作的事，都是老客户了，去那么多人干吗！"说着，柳依依看了一眼一身休闲打扮的李楠芝。

"柳总你登机牌办了吗？我让人帮你办吧。"越子木说着回头看了一眼陈承。

"呵呵，不用了，我的登机牌早办完了，我是这家航空公司的金卡会员，他们早帮我办好了，一会儿我到值班柜台去取就行了。"柳依依说着就把包挎到了胳膊上，然后朝一个柜台款款走去。

望着她的背影，李楠芝小声问越子木："你同学好漂亮啊！你和她以前是恋人吧？"

越子木也看着柳依依的背影，自语道："那是很久以前的事了。"可是他说完就意识到自己走嘴了，赶紧打住，并看了一眼李楠芝然后就朝陈承他们走去。

李楠芝咬着嘴唇，心想：好小子啊，怎么从来没和我说过呢？等着瞧！她噘着嘴也走了过去。

他们开始过安检。而柳依依因为是什么会员，有专用的安检通道，因此他们并没有在安检区碰到。

直到登机后，他们才看见柳依依坐在头等舱正看报纸呢，见越子木他们走进机舱，她看着李楠芝笑了笑算是打了招呼。而跟在越子木和李楠芝身后的吴叶看见柳依依竟慌张起来，在与柳依依交换了一个眼神后，她慌忙朝后面走去。

而这一幕都被跟在后面的陈承看在了眼里，他大方地冲柳依依点了下头，看着前面的吴叶，他不禁皱起眉来，总觉得哪里不对劲，但又说不出来。

找到自己的座位后，越子木才发现，自己和李思月在一排，而陈承和吴叶则在后面的一排，和他们这排隔了好几排呢。

两个人坐下后，越子木正准备关手机，就听过道上有个人着急忙慌地说道："对不起啊让一让！让一让！哎呀我的天啊，差一点儿就赶不上了！"

他往过道上一看，见一个金发碧眼的外国女孩儿挤了过来，到他这一排她看了看，就把行李往行李架上放，可是，由于行李太重了，她举了半天也没举上去。

越子木看了她一眼，站起来帮她把行李举到了架上。

那外国女孩儿用流利的中文说道："谢谢啊！"

可是，等越子木坐下的时候，她竟坐到了越子木的旁边。原来，她的座位竟是挨着越子木的这一个。

这女孩儿坐下后，就把外衣脱了下来，还直说飞机上热。越子木从眼睛的余光中看到，那女孩儿的衣服露得太多，他不敢朝那边看了，就望着机窗外。

李楠芝看了他一眼，小声道："你看什么呢？怎么老盯着外面？"

他咧了咧嘴，冲她使了个眼色。

李楠芝往过道那个座位一看就乐了，小声道："是个外国美女，这下你有艳福了！"

越子木也不理他，当飞机上升的时候，他就把眼睛一闭睡起觉来。可是，这位外国美女却是个话痨，她碰了越子木一下，说道："先生，是去意大利吗？"

越子木睁开眼睛礼貌地答道："对呀。"

"我是回家的，我家在米兰，如果你要是去米兰我倒是可以给你当导游的！"

越子木一听，马上来了兴致，就和她攀谈起来，却全然没有注意到李楠芝的眼神。

这时，飞机在爬升过程中遇到了气流剧烈地抖动起来，晃得那位意大利美女径直倒向了越子木，越子木下意识地伸手一扶她，这下坏了，他手所及之处却正是那美女露在外面的胳膊，越子木就觉得软绵绵的，吓得他一下子就把手松开了。

那美女哈哈大笑，说道："你还害羞哪！"

越子木回头看了一眼李楠芝，却发现她正在瞪着自己，就支吾起来："我不是故意的……"

95．米兰美女及米兰印象

那位意大利美女也看见了李楠芝的神态，就觉得不对劲，她问越子木："这位是……"

越子木支吾着："哦，是……是我的同事。"

李楠芝一听，又狠狠地瞪了他一眼，心想：你就说是女朋友谁知道啊?

意大利美女听完伸出手去，对李楠芝说道："你好，我叫安娜。"

李楠芝看了她一眼，微笑着和她握了握手。

握完手，安娜笑着说："你同事好漂亮啊！是模特吗？"

"哦，不是。"越子木答道，但一看李楠芝的眼神就不敢说话了。

安娜又接着说："请问您……"

越子木迟疑了一下答道："哦，我叫越子木。"

"哦，越先生，你同事这么漂亮怎么不让她当模特呢？米兰马上要举办时装周了，以她的条件当模特会很有发展的。"安娜一本正经地说道。

越子木又看了一眼李楠芝，说道："我们是去参加时装发布会的。"

"是吗，是去米兰的？那太好了！我家就住在米兰，到时候我可以给你们当导游！"安娜笑着说道。

越子木一听她说是住在米兰，不禁想道：到了米兰后人生地不熟，要是有个导游倒是件好事，于是，他笑着对安娜说："哦，那太好了，如果不麻烦的话，到时候还请多帮忙！"

"没问题，我还可以让我父亲给安排辆车，省得累！"安娜好像很兴奋的样子。

“哦，你父亲是做什么的？”越子木有一搭没一搭地说道。

“嗯，到时候你们就知道了。”安娜笑而不答。

两个人你一言我一语地聊着天，而李楠芝则把头往窗口一歪就闭上了眼睛，听着越子木和安娜聊天她觉得心里很不舒服。虽说自己也知道飞机上相邻座位的两个人随便聊聊天没什么大不了的，但她就是控制不住自己的情绪，心里总是酸酸的，尤其是见安娜那副身材和热情洋溢，她更难受了。

而此时的越子木全然没有考虑李楠芝的感受，他之所以和安娜聊天，主要是考虑到米兰后不至于抓瞎，有个当地的熟人总比误打误撞强。

数个小时后，飞机已经飞临了意大利米兰的上空。

这时，机舱内响起了播音员的声音，是在介绍米兰的风土人情：“女士们先生们，欢迎您到意大利来观光旅游。米兰，是意大利第二大城市。米兰省的省会和伦巴第大区的首府，位于意大利人口最密集和发展度最高的伦巴第平原上。它也是欧洲南方的重要交通要地，历史相当悠久，因建筑、时装、设计、艺术、绘画、歌剧、经济、足球、商业、旅游、媒体、制造业、金融等闻名于世，前西罗马帝国首都，伦巴第王国首都，米兰公国都城，现为世界最为著名的国际大都市之一。全市拥有丰富的文化古迹和遗产，拥有充满活力的夜生活与独特的料理，传统歌剧也尤为著名。米兰城有世界时尚之都的美誉，蒙特拿破仑大街上的时装商店举世闻名，埃马努埃莱二世长廊是世界上最古老的购物中心。米兰也是阿玛尼、范思哲、PRADA（普拉达）、杜嘉班纳、华伦天奴、MOSCHINO（莫斯奇诺）等世界顶级服装的大本营，米兰时装周影响着世界时尚。”

“米兰要到了？”越子木说着就朝机舱外看去，无意中他看见李楠芝头枕着窗户好像很难受的样子，他就试着伸手轻轻地碰了碰她的肩膀，“思月，醒醒，要到米兰了。”

李楠芝闭着眼睛说道：“聊完了？不是还没落地嘛，接着聊。”

越子木一听，她话里明显飘着醋意，不禁笑了笑，也就不再管她，继续和安娜聊着关于米兰的趣事。

聊天的间隙，越子木顺手拿起座位前面放着的一本杂志翻看起来，在杂志的扉页上写着这样一句话：米兰，这是一座属于艺术与时尚的城市，被缪斯女神眷恋，空气中充满了冰淇淋的甜香……

他不禁读了出来。

刚读完，就听李楠芝说道："好热呀，我要吃冰淇淋！"

越子木看了她一眼，不禁觉得好笑，说道："好好，下机就给你买！"

而这一幕被安娜看在了眼里，她皱着眉看了一眼李楠芝，又看看越子木，小声说："她真的是你公司同事？"

"嗯，对呀！"越子木答道。

安娜摇了摇头，然后又重新打量了一番李楠芝，总觉得不对劲。

飞机落地后，越子木他们开始下机，在提取行李处等行李的时候，柳依依走过来说："越子木，你们住哪里呀？酒店订了吗？要不要我帮你们订？"

越子木连连摆手："不用了，我们有安排，你先忙吧。"

柳依依看了一眼李楠芝，说道："那我就先走了，回头再联系，我朋友来车接我。"说着，就朝出口款款走去。

越子木他们把行李取出来后，一出到达厅，就看见安娜笑呵呵地在门口等着呢。

"越先生，咱们一起走吧，正好我还可以在路上给你们讲一讲米兰的风土人情。"安娜说道。

越子木回头看了一眼李楠芝，点了点头："好啊，那咱们得打两辆车。"

几个人出了大厅到外面出租车区域打车，陈承和吴叶打来了两辆车，他们两个坐在了后面那一辆，前面这辆是安娜、李楠芝和越子木。他们打着两辆车朝市中心开去。

出租车窗外掠过去的风景让越子木他们目不暇接，这是初到米兰的印象，却像是在看大片的感觉，而出租车的窗口正是观看米兰这部大片的最佳荧幕。就这样，米兰的光影从荧幕上缓缓流过：那些弯弯曲曲铺着鹅卵石的小巷子，街道上来来去去的有轨电车，还有时尚范儿十足、意态悠闲的米兰人。

路过米兰大教堂的时候，他们隔着车窗仰头看，尖利的穹顶似乎直接刺破云层，接引着来自天堂的光。那些不计其数的、繁复精细的花纹装饰都由石头雕刻而成，扑面而来，震撼心灵。

有人说，一千个人心中就有一千个哈姆雷特，而每个人眼中也都有一个特别的米兰。对于越子木来说，他不知道这个曾经的西罗马帝国都城是不是他的幸运之地，也不知道地中海的风是否会带来女神的欢歌，但在这里，他似曾相识地找到了初恋的感觉。

出租车缓慢地穿行在米兰街头，越子木他们欣赏着街边的风景。此时，日光正在墙壁上慢吞吞地攀爬，象牙般洁白的米兰花簇依着楼上的阳台。一群孩子在老人的身畔嬉戏，不时有鸽子飞起飞过，偶有作画的人在街头写生……那些流光中的碎影，是这座城市的快乐。

或许是快要过圣诞节的缘故吧，从街边的建筑就可以看出，米兰的圣诞是金碧辉煌的，奥林匹斯山的众神似乎从未远离。天使们金色的翅膀在云端若隐若现，与大教堂刺破天穹的尖遥遥呼唤。

车上，安娜热情地指指点点介绍着街边的风物，而越子木他们却一言不发，都各自想着各自对这座都市的印象。这是座被艺术、时尚与疯狂购物的人群包围的城市。纯手工制作的小作坊和国际一流的奢侈品牌林立，足以将爱美人士武装到牙齿。因为圣诞就要来了，几乎所有的橱窗上都挂着“SALE”的牌子，胖乎乎的圣诞老人向每一个过路人微笑：打折季来了！

他们坐着出租车跟着安娜到了一家酒店门前停下来，有门童跑过来帮着往下拿行李。

安娜下了车对越子木说：“你们就住这里吧，这家酒店还不错！”

越子木抬头四下看了看这家酒店，发现这是家五星级酒店，就对安娜说：“那个……安娜小姐，这家酒店很贵吧？我们……”

安娜一听就明白了，笑着说：“你不用担心，他们会给打折的，另外这离我家很近，方便一些。”

越子木“哦”了一声，就跟着安娜进了大堂。李楠芝跟在他后面，陈承和吴叶也跟了进来。门童把行李放在了行李车上，帮着推到了前台处。

安娜往前台一走，越子木他们就看见有个穿着制服戴着个铜牌牌的人快步走了过来，看样子应该是前台经理。也不知他哇啦哇啦和安娜说了些什么，不过从他的表情神态和动作上看好像很恭敬的样子，越子木不禁看了看安娜，心里狐疑起来：这美女到底是做什么的呢？酒店前台经理怎么会对她如此恭敬？

正想着呢，就见安娜转过身来笑着说：“越先生，你们把护照收一下交给他就行了，给你们办理入住手续。不过，现在这个季节是旅游旺季，再加上快过圣诞节了，而且还有国际时装周什么的，房间比较紧张，没办法每人一个房间了，只有两间房，大家克服一下，回头我再让他们想办法。”

越子木赶紧笑着说：“不用了，两间就两间吧，挺好的。”

安娜看了他一眼，笑着小声说：“你不用担心房费，尽管住就是了。”

这时，陈承把大家的护照交给了那个穿着制服的前台经理，在他去办理入住手续的时候，越子木看着前台墙上的房间价目表，小声问李楠芝：“思月，你帮我看看，这里的房间一宿多少钱啊？”

李楠芝白了他一眼，边看价目表边说：“好贵呀！一宿六百多美金呢。”

越子木一听，咧了咧嘴。

李楠芝看了他一眼，笑着说：“不过你不用担心，看那架势你那位外国美女好像跟这里很熟，说不定让你白住呢！”

越子木盯着她的脸眨了眨眼睛，心想：她说话怎么怪怪的？吃的哪门子醋呢？我又不是你老公！

这时，房间已经开好了，那位前台经理拿着房卡走了过来，用生硬的中文说道：“这是一间套房，是越先生和李小姐的，另一个是标准间，是陈先生和吴小姐。”

安娜笑着把房卡接了过来，可正要往越子木手里交呢，就见越子木愣眉愣眼地看着前台经理，小声说："安娜，安排错了，应该是我们两个男的一个房间，她们两个女孩儿一个房间，改一下吧！"

安娜看了看李楠芝，笑了："这怕什么？这里是意大利，出来玩嘛，再说，两个男的住一起多难受？就这么着吧，别改了。对了，你们自己上去吧，我先回家收拾收拾，等下我来找你们。"说着，她把房卡往越子木手上一塞就笑着出了大堂。

越子木讷讷地看着她的背影，他发现，门口几个穿着制服的人也都毕恭毕敬地冲她行着礼，远远地，他还看见安娜上了门口停着的一辆豪车走了。

她到底是干什么的呢？莫非是富家女？

越子木正想着呢，就听李楠芝说道："人都走了还傻看什么？上楼吧，我得洗个澡好好睡一觉，在飞机上听着你们说悄悄话根本就睡不着！"

李楠芝说着，伸手就拿过越子木手中的房卡，她挑了半天，把那两个套间的房卡拿了出来，另两个交给了陈承，然后就冲吴叶一招手："吴叶，咱们上楼！"说着就和吴叶朝电梯走去。

陈承拿着房卡看了看越子木，说道："越总，咱们也上去吧。"

越子木这才回过神来，等他们赶到电梯口时，李楠芝她们刚进电梯，吴叶招呼着，越子木和陈承赶紧跑了几步上了电梯。

电梯运行过程中，越子木问了一句："陈承，你们是几层？"

陈承眨着眼睛看了看越子木，支吾着说："越总，你说的我们指的是我和谁？"

还没等他答话呢，电梯停了，就听李楠芝说道："到了，咱们下吧。"

越子木抬腿就往电梯外走，李楠芝和吴叶出了电梯她回头看着越子木道："你干吗去？这层是女生的房间。"

越子木愣眉愣眼地看着她，又看看吴叶，蒙了。陈承在电梯里招着手："越总，快上来，咱们还得上一层呢！"

越子木这才明白，原来李楠芝刚才把房卡换了。想到这儿，他脸腾的一下子就红了，赶紧回身又上了电梯。

电梯门关上的时候，就听李楠芝在外面走廊里哈哈大笑。越子木就觉得脸有些发烧，这人丢大了！

电梯往上运行的时候，越子木一言不发，陈承忍着不敢笑。下了电梯找到自己的房间，陈承把门打开两个人进了屋。把行李放下后，陈承检查了一下房间里的东西，对越子木说道："越总，我出去买点儿水什么的吧，房间里的东西不能动，很贵的！"说完转身出去了。

越子木把外衣脱下，又站在窗口往外面看了看，发现刚好可以看到那个米兰大教堂，在夕阳的余晖中，教堂的穹顶闪着金色的光芒。

他望着窗外的美景长长地出了一口气，觉得心情舒畅极了，平时工作的繁杂和压力都跑到了脑后。嗯，就像安娜说的那样，权当作是一次旅游吧。

想到这儿，他把衣服都脱了，到洗手间里准备好好冲个澡。

此时，陈承正在酒店外寻找着超市，他正找着呢，迎面却碰到了安娜。安娜问道："你是越先生一起的吧？去买东西？"

"嗯。"陈承答了一句。

安娜正要走，突然又转过身来："对了，越先生是住哪一间？"

陈承告诉了她房间号后，看着远去的安娜摇了摇头，心想：越总真是好福气呀！

安娜进了酒店找到了越子木的房间后，她敲了敲门，可是里面没动静，她趴在门上听了听，又使劲敲了两下，这次，就听里面有人说了句："这么快就回来了？来了来了！"

说话间，门开了，安娜一看，顿时大惊失色，不禁叫了一声："妈呀！"

再看越子木，一看门口站着的不是陈承，当时就蒙了，一听安娜喊叫，他这才意识到自己竟只裹了条浴巾，就吓得赶紧转身进了洗手间。

安娜进到房间里，关上门的一刹那，她哈哈大笑起来。

越子木尴尬地在洗手间里说道："对不起啊，不知道是你来，我还以为……"

“没事，我啥也没看见！哈哈哈！”安娜笑个不停。

趁着越子木冲澡的时候，安娜冲洗手间里喊道：“越先生，等下我带你们先出去逛逛吧，然后咱们再去吃晚餐！”

越子木哆哆嗦嗦地说：“好的好的，我马上就好啊。”

他手忙脚乱地简单洗了洗就打算出来，可是，这他才想起来自己的衣服都在床上放着呢，怎么出去呢？没办法，他就把浴巾往腰上一缠，可刚缠了半圈又停住了，一想：这样也不行啊，上身还光着呢！他就索性把浴巾往头上一蒙，好在浴巾够大，他用手掐着浴巾底部就从洗手间里走了出来。

安娜一看顿时又笑了起来。

越子木尴尬着，正想说什么，就听又传来了敲门声，他一想：准是陈承回来了，就回身打了门，边开还边和安娜说话呢：“我衣服都脱床上了……”

可是，刚说了半截话他就愣住了。门外，站着的却是李楠芝！

96．意外与尴尬

李楠芝一见越子木这身怪异的打扮，不禁皱了皱眉，说道："你这是搞哪出？"

说着，她一推门走了进来，可刚进来就一眼看见了坐在椅子上满脸笑容的安娜，她再看看越子木，用手指着他："你们这是……也太快了吧！"

"不是，思月你别误会，我是在洗澡……"越子木顿时慌了神。

"我还不知道是洗澡？平时不也都是先洗澡嘛！"李楠芝小声道。

越子木眨着眼睛彻底蒙了，不知怎么说好，就只是愣在那里。

李楠芝看着他笑着说："还不快点儿把衣服穿上，真想让我们免费参观哪？呵呵！"

越子木这才从床上抱过衣服跑进了洗手间，门外，李楠芝和安娜两个人都笑个不停。

越子木边穿衣服边琢磨，这李思月真真假假的到底是真生气还是故意的呢？实在是搞不明白，再说，她又凭什么生气呀？

穿好了衣服，他走出洗手间，见陈承也已经回来了，正忙着往桌上摆着刚买的东西。一看见他越子木就气不打一处来，啥时候去买东西还不行？非得这时候去，害得自己两次都以为是他，结果两次都出丑。

"越总，水买回来了。"陈承递过来一瓶矿泉水。

越子木接过来时狠狠地瞪了他一眼，搞得陈承丈二和尚摸不着头脑。

安娜见越子木穿好了衣服，就站起来说道："好吧，那咱们就走吧，我带你们逛一逛，让你们领略一下米兰的风土人情！”

越子木看了看李楠芝，说道：“哦，出去呀……”

没想到李楠芝也站起来笑着说：“还磨蹭什么？就等你呢！陈承你去叫一下吴叶，我们先下楼了，在大厅里会合吧。”

越子木一听，一颗悬着的心总算放了下来。

在往外走的时候，李楠芝走到越子木身后，抬手帮他捋了捋头发，低声道：“头发也不好好梳梳，乱七八糟的！”

越子木也伸手自己弄了弄，不好意思地说：“刚才太着急了。”

几个人下了楼后，在大厅里等陈承和吴叶的间隙，那个前台经理朝安娜跑了过来。

跑到跟前，他站住毕恭毕敬地行了个礼，满脸堆笑地说了一通。就见安娜挥了挥手，他点头哈腰地转身走了。

越子木小声问安娜：“安娜小姐好像和这家酒店很熟。”

“哦，还行吧。唉，他们来了，咱们走吧！”说着，安娜往电梯口一指，就见陈承和吴叶两个人快步走了过来。

一行人就开始往酒店外走，可刚走到门口，就见两个人走了进来，边走边聊着什么，好像很亲密的样子。

越子木一看，进来的人其中一个是柳依依，另一个男的不认识。

见越子木他们正往外走，柳依依停了下来，笑着说：“哟，可真是巧啊，越子木你们也住这里？”说着，她指了指大堂的方向，一脸怀疑的神情。

“是啊，你不是先走的嘛，怎么才到呢？”越子木问了一句，把话题岔开了。

柳依依看了一眼身后那个男的，神情怪怪地说：“哦，去看个朋友。你们这是要出去呀？也是，头一次来逛逛也行，米兰可是个好地方。那你们快去吧，就不打扰了。”

正说着呢，就见她身后那个男的过来拉住她的胳膊，说道：“依依，走啊，房间我都订好了。”

越子木上下打量了一下那个人，觉得虽然穿得一身名牌，但总让人觉得有些华而不实，说不出来哪里怪怪的。

见越子木盯着看，柳依依甩开那人的手，表情有些僵硬地冲越子木他们笑了笑，转身朝电梯走去。

越子木看着她的背影不住地摇头。

“怎么？心里不舒服？”李楠芝小声道。

越子木这才把头转了回来，边往外走边说：“没有，我有什么舒服不舒服的？不过，依依现在怎么会这样？那男的是个什么东西，油头粉面的！”

后面那一句他却是在小声地自言自语。

李楠芝听了，笑着拉了一下他的胳膊，说：“那你心目中的依依以前是什么样子啊？”

“以前？以前挺好的啊，活泼、大方、开朗……”越子木刚说到这儿不禁看了她一眼就不说了。

“你对她还挺了解嘛！关系肯定不一般！”李楠芝继续引导着让他说下去。

可是越子木学乖了，任她怎么说或者说什么，他就是不答话，李楠芝见问不出来什么了只好作罢。

这时，安娜在前面喊道：“喂，越先生，你们聊什么呢！快点儿走啊！”

越子木就往前面紧走几步赶上了安娜。

安娜边走边介绍着街边的建筑，以及一些古代的故事等，越子木他们听得津津有味。

走了好一会儿，安娜突然问道：“越先生，你们这次来就只是参观一下国际时装周吗？”

“哦，这只是其一，另外我们也想接触一下时尚圈的企业，看看能不能有合作的机会，因为我们本身就是时尚公司嘛。”越子木说着自己的来意。

安娜一听，当时就站住了，她瞪着眼睛看了看越子木，突然笑着说：“你可真是找对了，看来，咱们还真是挺有缘呢！”

越子木听糊涂了，皱着眉问道：“怎么回事？”

安娜笑着说：“告诉你吧，我父亲就是经营国际品牌服装的，他正打算进军中国市场呢，到时候你们倒是可以好好聊聊。”

“是吗，那太好了！”越子木顿时就乐了。

安娜继续说：“还有，刚才那家酒店也有我父亲的股份，所以他们才会给打折哟！”

“是这样啊，那真是太麻烦你了。”越子木诚恳地说道。

“没什么，反正我在北京留学，以后有什么事没准还需要你帮忙呢。”安娜说着又指着前面介绍起来。

而越子木此时却一句也听不下去了，他心里在想着如何见安娜的父亲，要是能把合同拿下来那可就太好了，没准会是此次米兰之行的最大收获呢。

李楠芝猜出了越子木的心思，她跟上去小声说：“别想了，有些事是要靠缘分的，要我看啊，要想拿下这份合约你得对人家安娜小姐好点儿！呵呵呵！”

虽说李楠芝这是一句玩笑话，但越子木觉得她说得不是没有道理。有些事还真是神奇，缘分这东西更是说不清楚，看来，安娜是自己的贵人哪。

安娜带着越子木他们逛了一圈后，找了家非常有特色的意大利餐厅吃晚餐。

吃完了晚餐，安娜站起来对越子木说：“你们自己回酒店吧，我从这边回家了，正好回家后帮你问问我爸，约一下你们见个面，你等我的消息吧。”说完，她和众人一一打了招呼就走了。

越子木他们就沿着原路往回返，等到了酒店后进了电梯，李楠芝对陈承说道：“小陈啊，你先到那个房间待一会儿，我要和越总商量点儿事。”

陈承看了看越子木，点头答应着，就先和吴叶下了电梯。电梯继续往上运行的时候，见没有其他人了，越子木看着李楠芝问道：“有什么事吗？”

李楠芝瞪了他一眼，说道："没事不能上你房间坐一会儿呀！别忘了这个房间登记的名字还有我呢，哼！"

越子木见状不敢说话了。

两个人下了电梯，越子木打开房间两个人进了屋。李楠芝把包往床上一放，把外衣脱了下来，嘴里还说着："好热呀！"

越子木随便问了一句："刚才你到房间后没冲澡吗？"

"我让吴叶先冲了，我不是上你这儿来了嘛，哪有时间冲澡，像你呢，到房间就迫不及待地洗上了。"李楠芝边说边用手扇着风。

越子木听她又提起刚才的事来，就咧了咧嘴。

李楠芝想了一下，说道："不洗不行了，浑身难受。我就在你这儿洗洗得了，你别偷看啊！"

"啊？在这儿洗呀……"越子木一听眼睛就直了。

李楠芝也不理他，伸手就解牛仔裤的腰带。越子木赶紧背过身去，心可就开始跳上了，嘴里还说呢："思月你能不能到洗手间去脱衣服？"

"洗手间哪有地方啊，我都不怕你怕什么？除非你心里有鬼！呵呵！"李楠芝说笑着就穿着内衣裤进了洗手间。

越子木听见洗手间里传来流水的哗哗声，这才回过头来，回想着刚才她脱衣服时的衣服摩擦声，心跳得更厉害了。心想：这李思月怎么会这么大胆呢？上次也是，这次更是，她到底想怎样？我可得把握住啊，自从公司成立后自己就曾发过誓，一切以事业为重。想到这儿，他脑海里突然出现了李楠芝。他使劲地闭了闭眼睛试图不让自己想她，可越是这样李楠芝的容貌越是清晰。

他就奇怪了，自己明明是为了事业才决定这么做的，根本和李楠芝一点儿关系也没有啊，怎么会想到她呢？

其实，他不过是自欺欺人罢了。

正胡思乱想呢，突然，就听洗手间里啪的响了一声，紧接着，李楠芝在里面喊道："越子木！越子木！你快来……"

越子木顿时吓了一跳，他也顾不得许多了，径直跑进了洗手间。

一进洗手间，在浓浓的雾气中，隔着玻璃门，他看见李楠芝倒在浴室里，隐约间，看见她满身的水珠，还有那一头湿湿的秀发，浴室诱惑如蓬勃生长的石下草，迅速地冲撞着越子木的心头，一时间，他呆愣住了。

“哎哟……”李楠芝又叫了一声。

越子木一听，哪还顾得了别的，拉开门弯腰就把她抱了起来。

“怎……怎么摔倒了？伤着哪儿没？”他关切地说着。

李楠芝伸手搂住了他的脖子：“不小心滑倒了……”

此时的越子木，一只手揽着李楠芝的脖颈，另一只手伸到了她的腿弯处，一使劲就把她抱了起来。为了避嫌，在抱起她时，他是闭着眼睛的，但尽管这样，目光扫过她的身体时，还是看到了，顿时他的心就怦怦地跳了起来，就像刚刚喝了一整瓶白酒一样，血往上涌。

李楠芝却大方地搂着他的脖子，看着他的脸和他那紧闭着的眼睛，不觉呵呵地笑了起来。

越子木一边往外走一边说：“还有闲心笑呢，帮我看着点儿，门在哪儿呢？”

“你自己不会看？”李楠芝笑着说。

李楠芝心里明镜似的抱着自己的是老公，但尽管如此，女人的天性使然，她还是涨红了脸。

越子木摸索着出了洗手间，可是再往前走就找不着床了，他试探着一点一点儿地挪着脚，生怕撞到什么东西。

李楠芝笑着说：“往左……对对，再往前一点儿，好了，到床边了。”

越子木一听，就试探着弯下腰，轻轻地把她放在了床上，然后，他说了一句：“你自己拿被盖上点儿。”

李楠芝看着紧张的越子木，一脸坏笑地说：“好了，盖好了，你可以睁开眼睛了。”

越子木嘴里还说呢：“怎么那么不小心呢？我看看伤哪儿了！”说着，就睁开了眼睛。

可是，刚一睁开眼睛他就被眼前的景象给惊呆了！

就见李楠芝侧着身子歪在床上，一头秀发披在肩上，身体凸凹有致……根本就没盖被！

他赶紧用手挡住了眼睛："越来越过分了……这种玩笑你也开？快点儿盖上我好检查一下伤哪儿了！"

李楠芝哈哈大笑，边盖过被子边嘀咕着："平时也没见你这么害羞啊？不是经常喜欢看顾桐的胸嘛……"

越子木听见她说什么了，但是不能接话，他怕自己再一接话说不定又闹出什么事来呢。

"好了吗？"他问了一句。

"嗯，好了！"李楠芝答道，但语气里明显有怨气。

越子木皱了皱眉，心想：我不看你还不是你的幸运？哪有这样的呀，我不看你还有怨气！真是搞不懂！

"真的好了？这回没骗我吧？"越子木不放心，又确认了一遍。

"磨磨叽叽的，不信你就看啊！"李楠芝噘着嘴。

越子木把手指分开一条缝，看了看，果然，她没有骗自己。他这才在床边坐了下来，柔声问道："伤哪儿了？疼吗？"

李楠芝盯着他的脸，自己眨了眨眼睛，笑着说："膝盖。"

"哦，我看看。"他说着就要伸手掀被子，可手伸了一半又停住了，说道，"你自己掀开吧。"

李楠芝白了他一眼，哗地一下子就把被掀开了，吓得他赶紧按住了她的手："干吗啊你？看膝盖用掀那么大吗？"

李楠芝哈哈大笑，然后却红着脸小声道："分明是装的，明明是自己想看还装清高。"

越子木一听就傻眼了，他看着李楠芝："你……"

"你什么你？刚才你本可以先拿过一条浴巾来把我盖上，然后再抱，哪有这么直接就抱人家女孩子的呀？还闭眼睛！你闭眼睛之前呢？怎么把人家抱起来的？还不是都看见了！"李楠芝说了一大通。

越子木一听，更傻眼了，他一想：说得对呀！我怎么没想到先拿条浴巾把她盖上再抱呢！可是，想归想，听她这么一说，再一想到刚才的场面，他的脸顿时就红了。

见他不说话了，李楠芝又笑着说：“行啦，人家也没怪你，怎么不说话了？不是说要帮我看看伤嘛！”

越子木这才看了看她伸着的那条腿，还真是，膝盖处已经有了淤青。他一只手轻轻地扶着那条腿，左看右看，他的意思是想看看还有没有其他的伤，可李楠芝却把腿一缩，说道：“还说不看，这怎么看个没完了！”

“我是想……”他支吾着。

“想什么想？根本没想好事！”李楠芝白了他一眼。

越子木心想：谁让你看见人家姑娘的身体了呢，有一百张嘴你也说不清楚啊！

这时，李楠芝又说道：“还愣着干什么？去把我的内衣拿过来！”

越子木“哦”了一声，站起来往洗手间走。

到了洗手间，他看见一个小内裤和一个文胸挂在杆上，他就用两根手指头小心地拿了下来。

等他回到床边，正要交给李楠芝呢，就听她说道：“是嫌脏还是怎么的？哪有用手指头捏的！”

“我是怕……”越子木不知说什么好了。本来，他是想，人家女孩儿家的内衣，你一个男人怎么好随便大咧咧地拿呢，这才用手指捏着。

李楠芝接过来，也不避越子木，坐起来就开始穿。她这么往起一坐，被子就脱落了。越子木吓得赶紧转过身去。

李楠芝呵呵地笑了笑，就开始穿，可是，由于刚才摔了一下，她感觉胳膊有些回不过来弯，怎么都没法伸到后背去把胸衣的扣挂上。

“喂！帮我一下！”她喊了一句。

越子木这回学乖了，没回身就问了一句：“帮什么？”

李楠芝看着他一动不动，不禁又笑了起来，说道：“帮我扣一下，我胳膊好像有点儿疼。”

越子木这才回过身来，看着眼前穿了半截胸衣的李楠芝，他又傻了。

“看够了没？”李楠芝这回却反倒咬起了嘴唇。

“哦。”他赶紧回过神来，转到她身后，一下子就把扣给挂上了，手法熟练极了。

挂完扣，他愣了一下，脑海里突然出现了当初自己给楠芝挂胸衣扣的情景，他回想着那时的一幕幕，猛然间，他想到楠芝的左胸下面有一颗红色的痣。想到这儿，他也不知怎么回事，竟鬼使神差地转到了前面，眼睛盯着她的前胸就仔细地看了起来。可是，胸衣已经穿上了，他能够看见的，就只是她那傲人的峰景。

“怎么样？我没说错吧！还看！”李楠芝赶紧用手捂住了前胸。

越子木意识到自己失态了，不好意思地咳嗽两声，正要往窗边走呢，就听李楠芝又说：“走什么，还得帮我一下。”

“啊？还有什么呀！”此时的越子木，感觉自己身体里正在发生着剧烈的变化，化学反应十分强烈。

他弯了弯腰，看着李楠芝，一脸的不解。

“我要穿上这个，可是，这条腿有点儿疼，抬不起来，穿不上。”李楠芝低声说着，一指内裤。

越子木发现，她的脸泛着红云，与刚才开玩笑时大不相同。他不禁皱了皱眉，心想：不是挺大方的嘛，怎么这会儿又这么娇羞呢？

“哦，那你的意思是要我帮吗？”他确认了一下。

“你不帮难道我要找别人来帮吗？”她回了一句。

越子木想了想，拿过那条小内裤，另一只手轻轻地抬起她那条腿就套了上去，然后，他刚要放手，李楠芝又把另一条腿抬了起来，在他眼前晃动着。

他眨了眨眼睛，只好又去往那条腿上套，可是，也不知被子是什么时候掉地上的，无意中，眼睛的余光扫了一下，他顿时又紧张起来，赶紧迅速地帮她穿上，但他只套到膝盖就停住了手，说道：“上面你自己来吧。”然后就转过身去。

李楠芝白了他一眼，好像无比失望似的说道：“不自己来还你来呀！分明又是想看人家！”

越子木心想：特么比窦娥还冤！

李楠芝就在越子木转过身去的时候，把内衣都穿好了，然后，她顺手捡起掉在地上的被就披在了头上，并对越子木说道：“这回转过来吧，给过你机会，现在你可是啥也看不到了。呵呵！”

越子木回过身，看了她一眼说道：“还有心思笑呢！这样吧，你先在这待一会儿，我去买点儿药水什么的擦一擦。”

“不用了吧，又不是什么大伤，算了，人生地不熟的！”李楠芝说着重新又坐在了床上。

“没事，大不了我找那谁……”越子木看着她还笑着说呢，可说到半截就停住了。就见李楠芝正瞪着自己，他就不敢往下说找安娜的话了。

越子木回想着刚才给她穿内裤的那一幕，眼前，却又出现了李楠芝。他越想越纳闷，以前楠芝也曾让自己帮着穿这穿那的，怎么李思月她……不会吧！为什么会这么像呢？

97. 街头遇险

看着披着被露出半边脸的李思月，越子木联想着李楠芝，总觉得哪里不对劲，但自己又说不出来。可他又一想，或许是自己太敏感吧，刚才她摔伤了，让自己帮帮忙也没什么吧，只不过实在是太香艳了，要不是自己有定力还真说不准会出什么事呢。

可是，自己什么时候会有这种定力了？这要是以前，或者换了别人，没准儿会发生点儿什么事呢。可是，对于她，自己为什么既不敢往那方面想，又不敢有什么举动呢？想来想去，越子木发现，坏了，自己该不会是动心了吧？

一想到这儿，他就极力地阻止自己的情绪，心里还在想着：不可能不可能！甚至他还安慰自己，或许是因为她和楠芝有太多的相似之处吧。楠芝，她现在在哪儿呢？怎么就不和我联系呢？

见越子木站在那儿发呆，李楠芝喊道：“喂，看够了没？你该不会是想坏事呢吧？”

越子木这才回过神来，他眨了眨眼睛，把思绪拉了回来。看了一眼李楠芝，说道：“你……要不要喝点儿什么？”

李楠芝忽闪着大眼睛看了他半天，说：“你的意思是喝酒？我才不和你喝呢，你是不是想喝完酒做的事到时候好不承认？哼！”

越子木一听就咧嘴了，心想：今天怎么这么冤呢！

“不是，我是说，要不要喝点儿开水。”他重新说明了一下。

李楠芝抬头看着窗外想了想，突然笑着说：“咱俩出去走走啊？看看米兰的夜景。”

“你这腿能行吗？”越子木指了指她那条腿。

“有什么不行的？又不是什么大伤。再说，正好走一走锻炼一下，要真是走不动不还有你嘛！”李楠芝说着就把被一掀下了床。

越子木赶紧把头转了过去，因为她还只是穿着内衣。

李楠芝穿好了衬衫，就坐在床边开始穿牛仔裤，可穿了半天就丝丝哈哈地像是很痛苦的样子。

越子木心里知道她那条腿疼，穿裤子的时候肯定不舒服，但他就是没回头。

“喂，好人做到底吧，再帮一下！”李楠芝终于还是叫他了。

他只好转过身，一看，差点儿笑出声来。就见她一条裤腿已经穿上了，可另一条还耷拉着，两条白花花的美腿悬在床边，这情景和她美女的身份实在是不相符。

“还看！快点儿呀你！不就是腿嘛，有什么好看的？”李楠芝催促着，脸却红了。

越子木蹲了下来，轻轻地扶着她那条腿，帮着她把另一条裤腿穿了进去，再帮她往上提裤子的时候，他心跳得厉害。

李楠芝却一把推开了他的手，说道：“是不是想趁机吃豆腐？我自己能往上提！”

越子木咧着嘴，心想：姑奶奶好不讲理，不就是腿嘛，有什么怕看的？

李楠芝站在床边把裤子系好，又坐到了床上，指着椅子上的袜子说：“那个你可以全程帮我穿！”

越子木看了一眼椅子上的袜子，乖乖地过去拿了过来，然后又蹲在地上就开始帮她穿。在抬起她脚的时候，他看见，脚也好白呀，摸上去也是柔弱无骨的感觉。

可是，就在帮她穿右脚上的袜子时，越子木突然发现，她的小脚趾甲怪怪的，像是脱落后又重新长出来的一样，而且，这个脚趾上面还有个伤疤，虽然已经长出了新皮，但仍然是暗红色的。

一看见这个脚趾，他顿时就惊呆了，怎么看着这么像是楠芝的脚趾呢？自己记得那次楠芝搬东西时不小心把脚砸了，脚趾盖也砸掉了，好长时间才敢走路呢！不会这么巧吧！

想到这儿，他停了下来，抬头看着李楠芝的脸，紧紧地盯着，一动不动。

李楠芝被他的眼神给吓了一跳，迟疑着说道：“什么情况？怎么不穿了？不就是让你帮点儿忙嘛，以后我加倍还你就是了！”

“你是谁？”越子木突然冒出一句来。

李楠芝一听就不出声了。顿时，屋子里静悄悄的，掉一根针都能听得见。

半晌，她伸出手摸了摸越子木的额头，说道：“受啥刺激了？我看看发没发烧？”说完就哈哈大笑，又接着说，“我是木瓜的妈妈呀！”

越子木把头一甩，也意识到自己这话问得奇怪，就不再言语，帮她把那只袜子也穿好了。

李楠芝站了起来，在床边试着走了两步。

看着她一副开心加兴奋的样子，越子木心想：或许是自己的错觉？要不就是幻觉！不可能的事情。也不知道乔庄调查得怎么样了，等有时间自己一定得亲自去一趟泰国。

“行了，走路应该没事。走吧，出去逛逛。”李楠芝说着就一瘸一拐地往门口走。

越子木定了定神，赶紧跟了出去。等他关好门，李楠芝却回身扶住了他的胳膊，很自然，很随意，很习惯。而越子木却也早已经习惯了她的这一举动，再说，今天她的腿有伤，扶一下胳膊那是理所应当的事，所以也就没说什么，两个人往电梯口走。

在电梯里，对着里面的镜子，李楠芝这才发现自己的头发湿漉漉的还有些乱，她用手梳了梳，又对越子木说：“怎么不帮我弄一下呢，提醒一下我也好啊，这样出去不给你丢人吗？”

越子木也看了一下，很自然地伸手帮她弄了弄头发，弄完又看了看，说道：“还行，不太乱。”

而就在他弄头发的时候，李楠芝在镜子里看到这一幕，顿时感到好温馨，是那种久违了的温馨。她扬起头看了一眼越子木，无比温柔地轻声说："嗯。"说完，那只扶着他的胳膊搂得更紧了。

电梯到一楼后，两个人出了电梯，穿过酒店大堂往外走。

此时，米兰已是夜半时分，街上却依然很热闹，时尚之都嘛，人如潮水般都是冲着时尚这两个字来的，或许，更多的人目的是看美女吧。

两个人沿着酒店门前那条街漫步着，欣赏着米兰的夜景。街边，摆着各种小商品和小食品的摊位，各地的游人在街边闲逛着，或是选购商品，或是吃着小吃。

突然，李楠芝指着前面的一个摊位高兴地喊着："我要吃那个！"

越子木一看，她指的那是个卖糖葫芦的。他不禁诧异起来，这地方怎么会有中国才有的糖葫芦呢？看来，不仅国际化的进程在加快，而且文化的融合也是突飞猛进啊。

两个人来到摊前，李楠芝高兴地挑选了一个，然后又回过头说道："你不愿意吃，那就买一个吧。"

越子木"嗯"了一声就付钱，等他付完钱回头看着正吃着的李楠芝，这才想起来她刚才说的话。他一下子又吓了一跳，她是怎么知道我不爱吃这东西呢？

"你怎么知道我不爱吃呢？"他还是忍不住问了一句。

李楠芝先是愣了一下，接着就把糖葫芦往他眼前一递："你咬一个。"

越子木摇了摇头。

李楠芝白了他一眼，小声道："人家就是想和你共同吃一个嘛，那你要是喜欢吃，大不了吃完这个再买嘛！"

越子木听完，这才把一颗悬着的心稍稍放了下来，不过，他还是疑心重重。

两个人又往前走，也不知前面这条街是什么街，街边竟然三三两两地站着的全是美女，有的在吸着烟，有的在交头接耳。还不时有车停下来，有人把头伸出车窗同她们交谈着什么。

这时，李楠芝把那串糖葫芦吃完了，她看了看越子木，说道："我有点儿渴。"

越子木看着她那副样子，说道："那你在这等我一下吧，我去买水。"说完，就朝刚才来时的路上返了回去，因为他记得刚才好像是经过了一家商店还开着门。

李楠芝看着他远去的背影，心想：你个大傻瓜，怎么到现在还不明白我是谁呢？有哪个女孩儿会不怕被你看见身体的？不过，感觉他好像是有所察觉了。

想着心事，她就站在街边等越子木买水回来。

正在这时，一辆车突然停在了她身旁，一个人下了车径直朝她走了过来。

走到跟前，那人叽里呱啦地说了半天，李楠芝皱着眉看着面前这个穿着体面、一脸胡须的男人，她连连摆手，并用英文说了一句："我听不懂你说的话。"

那人一听，马上笑着用生硬的中文说道："哦，小姐，我的意思是说，多少钱？"

"什……什么多少钱？"李楠芝突然意识到他可能是搞错了。

"一次，多少钱？"那人又说了一句，说完就把手伸了过来。

李楠芝吓得往后退了一步，连连说："先生，你搞错了，我不是你想的那种人！"

可是，由于腿上有伤，在往后退的时候，她脚下绊了一下，一不小心就摔倒了。那人过来嬉皮笑脸地说："小姐，我多给钱的，你太漂亮了！"说着就要伸手去抱她。

李楠芝气急了，连连挥手阻挡着那只脏爪子。

眼看着那个老男人的脸都要靠过来了，李楠芝明显能嗅到从他身上散发出的一股臭味。

就在这千钧一发之际，就听有人大喝一声："干什么的！住手！"

李楠芝抬头一看，眼泪当时就下来了。就见越子木一个箭步冲了过来，一把就推开了那个衣冠楚楚、人面不知什么心的老男人。

“让开！”越子木冲那人吼着就伸手把李楠芝扶了起来，“怎么回事？”他又问了一句。

“他……他……”此时的李楠芝已经气得说不出话来了。

那个外国男人看了看高大的越子木，皱了皱眉，转身上了车，临上车前嘴里还不知叽里咕噜地说了些什么。

等他把车开走，李楠芝一脸的委屈。越子木替她擦了擦眼泪，轻声道：“没事，有我呢！到底怎么回事？”

李楠芝看了他一眼，往前面一努嘴：“喏……”

越子木顺着她的目光看去，见那个男的把车停在了前面的街边，正和一个打扮娇艳的外国美女聊着什么，接着，那个女的就上了他的车。越子木一下子明白了，他又看了看李楠芝，心想：那人一定是把她当成站街女了。

“都怨我，应该带你一起去买水的！”越子木自责起来。

“没事，他又没把我怎么样，咱们回去吧。”说着，李楠芝抱着他胳膊就往回走。

本来，两个人一起逛夜市兴致勃勃的，但被那个二货全给搅了。

两个人谁也不说话，就这么慢慢地走着，为了让她高兴起来，越子木笑着说：“其实你应该高兴才对呀，你看，那么多站街的他却看上了你，说明我们思月美女漂亮嘛！呵呵！”

李楠芝狠狠地瞪了他一眼，说道：“我都挨欺负了你还笑得出来！不理你了！”可是，说归说，她的手却还是紧紧地抱着越子木的胳膊。

越子木这时才想起来手里的水，就拧开盖递给她：“不是渴了吗？喝吧。”

李楠芝看了他一眼，接过水喝了一小口，又交给了他。

两个人很快就进了酒店大堂，正要往电梯走呢，越子木的手机响了，他掏出手机一看，来电话的是安娜。他看了李楠芝一眼。

李楠芝问道：“谁呀？你在国外还有人找？”

“是……安娜。”越子木说完就迟疑着接不接。

“那一定是有事，快接呀！”出乎越子木的意料，李楠芝竟通情达理地让他接电话，他赶紧按了接听键。

在他讲电话的时候，李楠芝小声嘀咕了一句："什么时候留的电话呢？拈花惹草！"

"安娜，这么晚了有事吗？"越子木问了一句。

就听安娜说道："有个好消息要告诉你，我父亲已经答应明天见你了，正好明天他有时间，再过两天是我继母生日，到那时候就忙了。"

越子木顿时眼前一亮："是吗，太好了！"

李楠芝在旁边一听就知道一定是合作的事，她也静静地听了起来。

安娜在电话里又接着说道："对了，忘了告诉你，我继母也是中国人，按理说你最好带夫人或女朋友来，这样交流起来会方便一些。可是，你也没有啊，怎么办呢？实在不行就你自己来得了。"

越子木听着听着不禁皱起眉来，他支吾着说："哦，这样啊，那我怎么去呢？"

"非常不巧，我明天得去参加同学会，不在家，没事，一会儿我把地址发你手机上，你打车来就行。"安娜说道。

"那太好了，谢谢你啊安娜！"

"不用客气，按照你们的话说，我这也是举手之劳嘛！那就先这样，你好好休息吧。"

说完，安娜那边就挂断了电话。

越子木手里拿着手机，看了看李楠芝，眨着眼睛在想事情。李楠芝问道："是和她父亲谈合作的事吗？她父亲同意见了？"

"嗯。不过……"

"不过什么？你快说呀！"

越子木只好把安娜说的事情告诉了她。

李楠芝一听就乐了，她眨了眨眼睛，说道："你还真是笨哪！不就是带夫人去嘛，反正别人也不知道，我跟你去！"

越子木听完当时就乐了。其实，接完电话后他也是这么想的，只是不好开口，听她这么一说，他当然高兴了，就笑着说道："那感情好了！有你去我就放心了，而且你还见过世面。只是……委屈你了！"

“委屈什么？难道你觉得我配不上你吗？”李楠芝说着就抖了抖衣襟。

越子木咧着嘴说道：“哪里哪里，我是说，你那么漂亮……”

“行了行了，别磨叽了，就这么定了。可是，到那样的富豪家去咱们可不能丢了份呀！既然是谈合作，就得有诚意，不仅要穿得体面，而且也要显示出咱们公司的实力来！”李楠芝正色道。

越子木盯着她的眼睛没说话，听了她的话，越子木是由衷地赞叹。别看李思月平时和自己有说有笑的，有的时候还开些让人下不来台的玩笑，甚至有勾引自己的嫌疑，但涉及正事时，她总能想出很好的办法，并且严肃认真，绝不含糊！或许，这正是吸引自己的地方吧。他这样想。

“那你说该怎么做呢？”他问了一句。

李楠芝却上下打量了一下他，问道：“你这次带正装来了吗？”

越子木也低头看了看，说道：“带了一套西服……”

“就是上次买的那一套吗？”

“啊……你怎么知道的？”越子木一下子瞪大了眼睛。

“我怎么知道的？你说我怎么知道的？你还有别的衣服可穿吗？”李楠芝不答反问。

越子木愣眉愣眼地看着她。

李楠芝此时可没闲工夫跟他开玩笑了，她接着说：“我看这样吧，你那套衣服在这里可穿不了，明天上午去给你重新买一套好点儿的吧，意大利的西装很有名的！”

“那……你呢？”越子木说着就看了看她的衣服。

李楠芝盯着他眨了眨眼睛：“我嘛，脸漂亮就行了。呵呵！你不用管我。”说完，她又重新抱着他的胳膊就往电梯里进。

此时的越子木，心里已经有了谱，李思月说的一点儿没错，第一次和人家接触，先不说合不合作，这第一印象可是非常重要。

两个人上了电梯，越子木直接按了自己住的那一层。而李楠芝看了他一眼，笑着伸手按了她和吴叶住的那一层。越子木不禁看了她一眼，傻傻地笑了笑。

这时，电梯停住了，李楠芝走出电梯，回头说道：“回去好好休息休息吧，这一大晚上让我给折腾够呛！明天见！”说完，就看着电梯门关上后才转身朝房间走去。

随着电梯门关上的一刹那，见她一脸笑容地在外面挥着手，越子木突然有种失落的感觉。

到了自己的房间，越子木敲了下门，可是没人回应，他不禁纳闷起来，陈承这小子跑哪去了呢？他掏出门卡开了门。

一进房间，他把衣服一脱，就准备冲个澡睡觉，养好精神明天好办正事。

他三下五除二地把所有的衣服都脱了，然后进了洗手间就冲起澡来，嘴里还哼起了小曲。可就在这时，传来了一阵敲门声。他关了水龙头，静静地听了听，确认是有人敲门。他一想，肯定是陈承这小子，估计是没带房卡。

于是，他嘴里说着：“来了来了！”然后就走出洗手间伸手把门一拉，看也没看就转身要往出走。

可是，就听门口有人小声道：“这是节操碎一地的节奏啊！”

他一听，竟然是李思月！

98. 身体和心的距离

李楠芝不是回房间了吗？怎么突然又到越子木房间来了呢？原来，她到了房间门口刚要用房卡开门，无意中就听见房间里有说话声。她把耳朵贴在门上一听，是陈承正在和吴叶聊着天，断断续续的就听两个人聊得很投机。

她一想，这俩人该不会是互相有意思吧？难得在异乡有这样的机会，自己还是暂且别打扰他们两个了。想到这儿，她就上了电梯到了越子木房间门口。因为是刚刚分开，她也没想到越子木会这么快就冲上澡了呀。

可是，门一打开就把她给逗得哈哈大笑。眼前这个高大魁梧的身体，自己是再熟悉不过了。可是，毕竟是很久的事了，乍一看去，她还是心跳不已。但之所以会笑，是因为越子木此时的样子实在是太搞笑了，头上还有泡沫，身上也全是，就像是刚从雪堆里出来一样。

李楠芝倒没怎么样，可把越子木吓坏了，他说了一句："怎么是你呀！"边说边往洗手间里跑。

"你慢点儿，别摔着！"李楠芝喊了一句，就进了房间。

越子木把洗手间门关得死死的，大声说："你怎么来了？不是去休息了嘛！成心不让人睡觉啊这是！"

李楠芝在外面哈哈大笑，说："你的两个手下有好事了，我可不能打扰人家！不上你这难道让我站街去？"

"哦。"越子木一听，想想平时陈承和吴叶两个人的眼神，他明白了，这两个人是对上眼了。可是，他不禁又担心起来，他们两个可别做出啥事来呀。

他胡乱冲了冲，然后就披着个浴巾出了洗手间。

“也不知道你来呀，要不然我就不洗了……你等一下啊，我去洗手间把衣服穿上。”说着，他就拿起床上的衣服要走。

李楠芝一摆手：“穿什么穿？都要睡觉了！你这样就行，反正一会儿我就回去了。”

越子木一听就愣了，心想：我就这么披着个浴巾和你坐着说话？就这样让我面对一个大美女？天哪，那得多大的定力呀！

他把衬衫和内裤挑了出来，说道：“算了，我还是穿上点儿吧，省得又让你取笑，而且还怪难受的。”说着就进了洗手间。

李楠芝笑着说道：“你难受什么？心里要是没鬼难哪门子受？”

越子木也不说话，迅速把内衣裤穿好了，但还是把浴巾披在身上，这才出了洗手间。

看着一头湿发的越子木，李楠芝柔柔地望着他，心里说不出的难受。她心里想：现在最难受的不是你。

越子木也没看见她的眼神，自顾坐在床边上说道：“思月，你说，他们两个会不会出啥事呀？”

“能出啥事？哦，你的意思是……你想什么呢？”李楠芝白了他一眼，又接着说，“即使是两个人做了什么，那也是人家两个人的事，你不懂什么叫两情相悦呀？”

“可是……”

“可是什么？要我看，你就是嫉妒！呵呵！”

越子木觉得，自己不知从什么时候起已经越来越说不过她了，但他也学会了一点儿，那就是说不过她的时候就闭嘴。这次，他又闭嘴不再说话了，他是怕再引出什么让自己尴尬的话来。

两个人就这么一个在床左一个在床右坐着，背对着背，谁也不说话了，也不知各自都想着什么。

沉默了一会儿，越子木突然问道：“李思月，能问你个事吗？”

“还有什么不能问的？在你跟前我还有秘密吗？连身体都被你看过

了。”李楠芝说道。

越子木咧了咧嘴，问道：“你以前是做什么的？是哪儿的人？木瓜的父亲是做什么的？你们怎么不在一起呢？你是单身妈妈还是离婚了？为什么孩子的小名会叫木瓜呢？你这么漂亮为什么要到我这个小公司来呢？”他一连串问了一大堆。

李楠芝听着，心里开始怦怦跳，但嘴上平静地说：“还有什么？”

“还有……还有……你的脚趾是怎么受的伤？你胸前有痣吗？女人平时刷牙后都要把牙刷那样摆放吗？你会不会做黄金蛋？世上真的有那么相像的两个人吗……”他一股脑儿地又冒出一堆问题来，这是他这段时间以来一直困扰的诸多疑问。

李楠芝听完，心里除了怦怦乱跳就是高兴。她心想：这个木头脑袋终于要开窍了。可是，这个时候什么都不能告诉他，时机还不成熟。

想到这儿，她突然哈哈大笑，笑得越子木一愣一愣的。

“这是受啥刺激了？怎么突然像个小学生似的问这么多奇怪的问题呢？过来，让我摸摸头！”说着，李楠芝转过身伸手就摸向了他的额头。越子木往旁边一躲，没让她碰到。

见她一个问题都不回答，越子木又说了一句：“你还没回答我的问题呢，我是认真的。”

李楠芝盯着他的眼睛，突然把右脚的袜子一脱，把脚往他眼前一伸：“你看吧，这个脚趾是有一次被个自行车给碾了一下，然后就这样了。你还问痣是吧？还别说，我身上真有一颗痣，你要是敢看我就让你看。”

说着，她竟开始解衣服扣子，吓得越子木连连摆手：“别别别！我不看了还不行吗？”

李楠芝哈哈大笑，笑完后说：“你还真是有好奇心啊，不知道好奇害死猫嘛？那个时候给你机会你不看，这会儿却问人家女孩子胸前是不是有痣！抽什么风？”

越子木嘴咧得这个难看哪，他也为刚才自己的一时冲动而有些后悔，干吗非要问这些呢？她该不会生气吧？

想到这儿，他笑着不好意思地说：“我只是随便问问，是这样的，给你讲个故事吧。”

李楠芝一听，突然紧张起来：心想，他该不会是要讲和我的那段韵事吧？

她猜对了。

越子木看了看外面的星空，叹了口气说道：“这段时间以来，感觉和你很对脾气，所以也就不瞒你了。你知道吗？我是结过婚的人……”说完这句，他看了看，却发现她表情平静如水，一点儿都不惊奇。他不禁一愣，她怎么这么淡定呢？

他又接着说：“我曾经认识了一个女孩儿，一个本来普普通通的女孩儿。我深深地爱着她，至今仍然能记得和她在一起的每一天，每时每刻，每一个生活的细节，每一个只属于我们两个人的小秘密……直到有一天，我无意中发现了一个秘密，一个让我不得不忍痛离开她的秘密……”

讲到这儿，他又突然看向李楠芝一脸苦笑地问了一句：“你说，要是你的爱人本来是个普通人，突然有一天变成了一个企业集团的老总，你能接受得了吗？”

李楠芝心跳得厉害，但她还是说道：“那有什么不好？真正的爱情还在乎什么身份吗？”

“是呀，我想也是，我也没什么不能接受的，有个富婆儿老婆有什么不好？可是……如果她要是杀父仇人的女儿可就不一样了……”

“杀父仇人的女儿？你确定？调查过吗？”李楠芝是发自内心地问着。

越子木没有听出她的话音来，只是淡淡地说：“调查过了。本来，我还以为这是一段奇缘呢，我们两个人的父亲是好友，他们曾经约定将来生了女儿是姐妹，生了儿子是兄弟，要是一男一女那就成亲。可没想到的是，我们在互不知道底细的时候相识相知到相爱直至结婚。你说，这难道不是一段奇缘吗？可是，我万万没想到的是，父亲的被害竟是和她父亲有关！在钱财面前，兄弟竟也要反目吗？”

李楠芝突然打断他说道：“你们那么美好的缘分应该珍惜才是呀！再说，你听到和看到的不一定就是真实的，没调查清楚怎么就妄加猜测而去怀疑你的爱人呢？越子木，我看不起你！”说着她就站了起来。

可她刚往门口走了两步又回来了，往床上一坐，还推了一下越子木：“往那边点儿！”

越子木往里边挪了挪，稀里糊涂地看着她。

李楠芝重新坐下后，问道：“那现在呢？你想她吗？你还爱她吗？”

“刚开始时不愿意想，甚至还想过要报复她，但越是想把她忘掉就越是想她。爱？呵呵，要是不爱就不会一声不响地离开她了。我是怕，爱，也是一种伤害！”越子木叹了口气。

李楠芝听完，心里这个高兴啊，可又一回想他刚说的话，不禁问道：“你刚才说什么？报复她？怎么报复？”

“哦，我说了吗？”越子木突然意识到自己走嘴了。

“怎么没说？我猜猜，你该不会是背着她干坏事了吧？”李楠芝瞪大了眼睛，一脸的怒容。

“没……没有！”越子木开始结巴了。

李楠芝看了他半天，却说道：“也可以理解，出门在外的，在这样的花花都市，一个大男人，难免会遇到各种各样的美女，风花雪月也属正常，只要不是玩真的，只要不是瞎搞，应该是可以原谅的！不过，你这根本不是在报复她，分明是在作践自己，以后可不能那样了。”

“看你说哪儿去了，我咋能呢？”越子木此时窘迫极了。为了岔开话题，他突然说了一句，“唉？陈承这小子是不回来睡了吗？胆儿也太肥了吧？”

李楠芝想了下，说道：“恋爱进行时的两个人什么样你还不知道吗？别管了，不回来就不回来吧，我就在你这儿睡！”

越子木一听，当时就傻眼了，连连摆手说不行。

李楠芝看他那一副紧张的样子就笑个不停，说道：“那你说怎么办？咱们毕竟是过来人，还不知道年轻人吗？我要是现在回去恐怕会打扰了他们的好事，不在你这睡我上哪儿去？”

越子木皱了皱眉，觉得她说的也有道理，让她回去倒没什么，但总不能让她做个不知趣的人吧。再说，不让她在这儿还能上哪儿呢？就这两间房，即使是想再开一间也没有空房啊。

他想来想去，就不言语了。

李楠芝笑了笑，把鞋一脱，腿往床上一挪就钻进了被里，然后，拿了个枕头往身后一靠，忽闪着大眼睛看着呆若木鸡的越子木。

“你要不要也进来？夜深了，很冷的，明天还有重要任务呢，可别冻感冒了。”

越子木不敢看她，只是说道：“那可不行，咱们又不是夫妻，怎么能盖一个被子呢？”

“哈哈哈，想什么呢你？是盖一个被子，又不是做什么事情。难道你还有非分之想？我都不怕你怕什么？少废话！快点儿进来，你穿那么少。”李楠芝说着，就把被掀了起来。

“思月，我求你了，我还是就这样坐着吧，我怕万一睡着了会做梦的，到时候可就麻烦了！”越子木咧着嘴。

“还真是个木头，穿着衣服呢你怕什么呀！不管你了，我可得睡觉了，困死我了！”说完，她就把枕头调整了一下，躺下了。

越子木一想，也对呀，自己穿着衣服呢，怕什么呀？再说，又没喝酒，应该不会做什么梦吧。想到这儿，他看了看闭着眼睛的李楠芝，支吾着说：“还真有点儿冷，那你要是信得过我的话……”

李楠芝睁开眼睛，看了他一眼，扑哧一声就笑了，她把被子一掀：“真是磨叽呀！现在你不是老板，我也不是你的员工，甚至我也可以不是女的，你权当是一只宠物猫吧。快进来！”

越子木还是迟疑了一下，但一看她的眼神清澈如水，一点儿也没有嘲笑或者暧昧的表情，眼里全是关切，他就把身上披的浴巾一撤，转身就钻进了被里。但尽管是这样，他却紧靠床边的位置，和她中间空了好大一块地方。

一钻进被里，他就既不说话也不动了，屏着呼吸，闭上眼睛，打算尽快睡着，免得紧张。可是，哪里睡得着呢？有这样一位美女在侧，要是真能睡得着的话，那可就真是个木头了。

李楠芝看着侧身躺着的越子木，心里想：进都进来了还离那么远干吗。想到这儿，她就往他那边挪了挪身体。越子木可能是感觉到了后背的动静以及呼吸声，他下意识地往床边又挪了挪。李楠芝一看，就又往他身边动了动。越子木可倒好，又往床边挪，他是想离她远点儿。可是，本来就那么大个床，哪还有地方可挪呢？他再动的时候，一不小心，一下子就滚到了地上。

李楠芝哈哈大笑，趴在床边看着正爬起来的越子木说道：“你躲什么躲呀？你这样让我好难堪啊，好像我是坏女人似的！”

越子木站了起来，揉了揉摔疼的地方，咧着嘴说：“思月啊，我没有把你当坏人，只是……只是……不习惯这样！”

“不习惯和女人在床上睡？”

“那倒不是。”

“那是什么？你也不和你妻子一张床吗？”李楠芝这话可是一语双关哪。

越子木迟疑着说：“我妻子当然没问题了，关键是……”

“关键是我不是你的妻子对吧？”李楠芝替他把话说了，她又接着说，“那这样好了，你把眼睛闭上，就把我当作你的妻子吧，这样你就不会想别的了。”

越子木却连连摆手：“可饶了我吧，我哪有这福气娶你这么漂亮的妻子啊！我看这样得了，咱们在床中间分个界，我保证不过界，你也要保证不过！”

“切，你这话说，好像我是要欺负你似的！那行，你上来吧！”李楠芝说着，就一翻身侧了过去不再看他。

越子木拿过椅子上刚才自己撤下去的浴巾，上了床，把浴巾弄成长条状往床中间一放，这才放心地躺了下来。他把被往头上一蒙，一侧身就不再说话了。

这回可好，两个人背对着背，中间还隔着一条浴巾，看上去就像一对刚吵过架的夫妻。可是，但凡吵过架的夫妻这样上了床后，接下来会发生什么过来人都知道。人都说“床头吵架床尾和”，此时两个人这副姿势难道睡着了也会保持这样吗？可爱的越子木想的有些天真。

这样躺了一会儿，李楠芝却坐了起来。越子木回头看了一眼，问道：“怎么了？要回去？太好了！”

李楠芝瞪了他一眼，说道：“我不习惯穿这么多睡觉，这根本睡不着。”说着，她就开始脱外衣和裤子。

越子木顿时惊慌失措：“要不，我在沙发上睡得了，这样实在是不太好！”

李楠芝却根本不理他，把外衣和牛仔裤脱了之后，又躺下了，然后一伸手就把灯关了，房间里顿时一片漆黑。

越子木还想说什么，但随着房间一黑，他顿觉舒服多了，也就不再言语了。

所以说，黑夜还真是好啊，能让人有安全感，最起码能让此时的越子木有了一点点安慰，因为这样就不用直接面对身旁李楠芝那张脸了。

其实，他这是自欺欺人的想法，好多事在灯下做不了的都是要依靠黑夜才实现呢。

灯一关，房间一黑，越子木紧张的情绪一松懈，困劲可就上来了。他大大地打了个哈欠，眼皮已经开始打架了。

但尽管是这样，他还是控制着不让自己睡着。虽然身边是李思月，但此时的越子木脑海里出现的是李楠芝。他在想：这要是楠芝多好啊！一想到楠芝在床上调皮的动作和那只不安分的手，他就莫名地躁动起来。他晃了晃脑袋，不敢继续想了，生怕再惹出什么事来。

闭着眼睛，他又在想：这要是以前，身边躺着这么一位大美女，说什么也不能就这么干躺着呀！可是，自己是怎么回事呢？为什么偏偏对她这么害怕呢？是因为太漂亮了？还是别的什么？反正自己就是不敢碰她，尽管她还那么大方。

这是一个谜，一个让越子木不解的谜，一个存在于他内心深处的谜。直到有一天，这个谜揭开之后，他才明白，人的内心是能够说话的，但又有几人能做到尊崇自己的内心呢？

李楠芝虽然是侧着身，而且表面上是那么平静，但实际上，她是心潮澎湃。身边就是自己朝思暮想的人，可是自己却不能去亲近他，哪怕他给自己一个拥抱也好啊！没有爱人相拥的夜晚怎么能入睡呢？

过了一会儿，越子木竟然传出了细细的鼾声。李楠芝心想：还真是没心没肺呀，这你也睡得着？

她轻轻地翻过身，面向越子木的后背，心里怦怦直跳。她想：这叫什么事儿呀？明明是自己的亲老公，现在却弄得自己跟个贼似的！贼就贼吧，反正又没偷别的人。

想到这儿，她悄悄抬了下头看了看越子木的脸，发现他真的是睡着了，就重新躺下来，伸出左手轻轻地搭在了他的身上。她感觉，心跳得更厉害了。可越是心跳就越是控制不住自己，越是控制不住就越兴奋。

她悄悄把那只手伸进了越子木的衬衣下，当指尖轻触他的肌肤时，她不禁心头一颤，就闭上眼睛把整只手的掌心踏踏实实地放了下来。

正在这时，越子木突然翻了个身，吓得她迅速把手缩了回来。

越子木翻了个身就面对着李楠芝了，而且还把一只胳膊搭在了她的脖子处。尽管这样，他却并没有醒，而是又传出了细细的鼾声。

李楠芝吓得紧紧地闭着眼睛，等了半天没听见动静，她就试着睁开眼睛，一看，好家伙，睡得跟二师兄似的！

面对着越子木的脸，她借着月光凝视着，心里有说不出的感慨。

她又忍不住开始行动了，这回更方便了，她轻易地就把手伸进了越子木的前胸。抚摸着结实的胸肌，她呼吸开始急促起来。但她并不敢再做进一步的行动，因为现在自己的身份毕竟是李思月，而不是李楠芝。那就这样抚摸着吧，总比自己一个人睡好些。

就这样，她甜蜜地闭上眼睛，很快就进入了梦乡。

也不知睡了多长时间，李楠芝被刺眼的阳光弄醒了。她睁开眼睛，翻了下身，这下倒好，她这么一动就把越子木也给弄醒了。他睁了睁眼睛，正要再闭上眯一下呢，突然，他吓得一下子就把头抬了起来，两眼盯着李楠芝顿时就愣住了。

“你……你越界了！”他支吾着说道。

李楠芝一听就乐了，说：“大哥，你看看是谁过界了？你不仅过界了，而且还搂着人家的脖子，压得我都喘不过气来！”

越子木这才发现自己到现在胳膊都还在她身上搭着呢，吓得他赶紧缩了回去，支吾着说："睡着了，没……没做什么吧？"

见他惊慌失措的样子，李楠芝笑个不停，一指他已经敞开的衬衣："还没做什么？你把自己的衣服差一点儿就脱下来了。"

越子木低头一看，一时语塞说不出话来了。

99. 舍得花钱为了谁

越子木看看自己，再看看她，似乎明白了什么，心想：你这不是毁我嘛。他转身下了床，迅速穿上衣服，然后冲她尴尬地笑了笑，转身进了洗手间。

李楠芝在背后哈哈大笑。

越子木在洗手间里洗了把脸，凉水在脸上冲过后，他清醒了许多，越想越不对劲，自己怎么会翻身到她那面呢？也没做梦啊？这人丢大了！

等他从洗手间出来时，李楠芝已经穿好了衣服，正在铺床呢。

“我先去下洗手间，你还是给陈承打个电话吧，一会儿下楼吃早餐。”李楠芝说完就进了洗手间，路过他时还冲他笑了笑，弄得他一愣一愣的。

听着洗手间里传来的哗哗的水声，越子木掏出手机给陈承拨了过去。刚响了两声，陈承就接了电话。

“你小子跑哪儿去了？夜不归宿！”越子木没好气地说道。

陈承笑着说：“越总，我看思月姐没回房间，我以为她……”

“你以为什么你以为？你可把我坑苦了！行了，收拾收拾准备下楼吃早餐！”越子木挂断电话，心想：这小子还以为这个以为那个的，都是因为你！害得我这么尴尬。

李楠芝从洗手间走了出来，边弄头发边问：“怎么样？联系上了吗？”

“嗯。”越子木只哼了一声。

“那行了，我得回去收拾收拾，这样下去怎么见人哪！”说着，她在越子木胸前拍了拍，笑着道，“你得锻炼了，小腹好像比以前多了些赘肉。”说完，就在他的惊诧中笑着开门出去了。

等她一走，越子木这才回过神来，难道说她趁我睡着时摸我小腹了？以前？她怎么会这么说呢？我以前什么样她又不知道。

他掀起衬衫，自己摸了摸小腹，摇了摇头，自语道：“还真是有肉了，等忙完这阵子真得锻炼了。”

放下衬衫，他脸上却出现了笑容。

李楠芝下了电梯直奔自己的房间，打开门的一刹那，见陈承和吴叶两个人正要往外走呢。一见到她，陈承就不好意思起来。

“思月姐……”他支吾着打了声招呼。吴叶也笑了笑，但脸上明显有了红云。

李楠芝看了看他们两个，笑着说：“你们先下去吧，我随后就来。”

在他们往外走的时候，李楠芝拍了拍吴叶的肩膀，小声说：“别害羞，姐是过来人。”

“不是，姐……我们可什么都没干，就坐着聊天了。”吴叶争辩着。

李楠芝笑了笑：“不用解释，很正常啊，没事，去吧去吧！”

吴叶咧着嘴，一脸的委屈。原来，陈承在吴叶的房间里左等李思月不回来，右等也不回来，他一想，该不会是在越总那屋不回来了吧？又一想，人家一个大美女，越总又那么帅，在一起也很正常。这样想着，他就和吴叶聊着天，还真是坐着聊了半宿，直到都困了，这才双双趴在床的两侧睡着了。

见陈承和吴叶出去了，李楠芝打开行李箱找出化妆用品就在洗手间捣扯起来，然后又换了一身衣服这才下了楼。

到了一楼西餐厅，见越子木他们已经都下来了，正拿着餐盘在自助餐台前选餐呢，她也拿了餐盘直接走到越子木身后选了起来。

在后面她偷着看了看越子木手里端着的餐盘，发现他并没打多少菜，就小声道：“减肥不是靠饿肚子的！”

越子木回头一看，见是她，就说道：“哦，吃不惯西餐。”说完，他又仔细看了看，见她头发扎在后面，一身休闲打扮，清爽而脱俗，不觉多看了几眼。

“喂，这里可是餐厅啊，要看也得分地方啊！”李楠芝调笑道。

越子木赶紧回过头去继续选餐。

几个人选好了餐按照服务员的指引坐到了一张桌子上，坐下后，越子木看了看陈承和吴叶两个人，欲言又止。而陈承却看了看他和李楠芝，笑容怪怪的。

等吃完了早餐，往电梯口走时，陈承跟在越子木身后，见李楠芝和吴叶两个人走在前面，他就小声说：“越总，我还行吧，挺有眼力见吧？”

越子木一听就气不打一处来，他看了看前面，小声说：“行个屁！你害惨我了！处对象啥时不能聊？非得赶这个当口！对了，吴叶那姑娘不错，你小子可不能始乱终弃啊！”

“啊……越总，我可啥都没干哪！”陈承一脸的委屈。

“行了，等下你跟我出去一趟办点儿事！”越子木说完就大步流星地赶上了李楠芝她们进了电梯。

在电梯里，他又对李楠芝道：“思月啊，一会儿我和陈承出去一下办点儿事，安娜已经把信息给我发来了，得晚上去她父亲的别墅呢，你和小吴先在酒店待着吧。”

李楠芝看了他一眼，说道：“行，你忙去吧。”

四个人分别回到了两个房间后，越子木简单收拾一下就带着陈承出了酒店，在打车时，陈承忍不住问道：“越总，咱们这是去哪儿呀？”

“去租辆车，晚上我得去见个重要客户。”越子木说着又问了一句，“你把钱都带着了吧？”

“带了带了，现金和银行卡都带了。”陈承答应着就打开了停在酒店门口的出租车门让越子木上了车。

两个人上了出租车，越子木用笨笨的英文向司机询问着哪里有租车的，司机告诉了他，然后就开着车直奔租车点。

到了地方，两个人一下车就看见租车行门前停了好多车，什么样的车都有。

陈承问道："越总，咱们租什么车呀？"

越子木也不言语，边走边看着一辆辆锃亮的豪车。这时，一个服务人员跑了过来，笑着冲他点了点头，用生硬的中文说道："先生要租什么车？现在是打折季，很优惠的！"

越子木说了句："看看再说。"

服务员走在前面，观察着越子木的表情。这时，越子木看见了一辆加长版林肯，他停住了脚步看了起来。服务员一看他的脸色，就笑着说："先生真是好眼力，这可是新款哪！我们配有专职司机，负责接送，价格很优惠的！"

"租一天多少钱？"

"一百美金。"

越子木看了看陈承，陈承也瞪着眼睛看了看他，两个人心里同时在说，也太便宜了！

可是，服务员见越子木不出声，就又笑着说道："那这样吧先生，您要是嫌贵我们再给您打打折，八十美金怎么样？"

越子木眼睛顿时又瞪大了，心想：看看人家这物价，简直便宜到家了。想到这儿，他笑着说："OK！就租这辆了！"

服务员高兴地把他们让到了办公室，交了钱后，服务员就笑着说："可以了先生，我们专门为您配备了华人司机，现在已经在车里等着您了，祝您用车愉快！"

往外走时，陈承小声说："越总，这什么情况？也太便宜了？别被骗啊！"

越子木也不答话，微笑着走到了那辆白色的林肯车前，果如服务员所说，车边站着一位胖胖的华人，见越子木走了过来，那人弯着腰点了点头就打开了后车门。越子木冲他笑了笑，和陈承两个人上了车。

司机坐上车后，问了一句："先生，请问去哪里？"

"你是中国人？"陈承问了一句。

司机笑着点了点头，却并不多说话。

越子木想了想，说道："你找一家女士礼服专卖店。"

司机说："好嘞！"然后就启动了车。

陈承一听去什么服装店，就诧异地看了看越子木，但没敢问。

不大一会儿，车停在了一家店门口。司机说道："先生，这里是精品服装一条街，全是国际大品牌，您慢慢挑，我就在这里等您！"

越子木说了句谢谢就下了车，陈承也跟着下来了，一脸狐疑地跟在他身后。

越子木看了看各家门店的招牌，就进了一家名叫范思哲的品牌服装店。之所以选择进这家店，越子木是想，这个品牌有个"思"字，正好和某人的名字相衬。

进了店，一个女服务员迎了上来，热情地介绍着各色服装。

越子木却只看晚礼服，看来看去，他相中了一套淡粉色的晚礼服，就指着那套礼服问服务员："你们这里有没有试衣模特？"

服务员看了看那套礼服，又看看越子木，说道："试衣模特有是有，不过，先生您确信是这套吗？"

越子木只说了一句："找一位一米七二的模特。"

服务员眨了眨眼睛，就笑着回身对另一个服务耳语着什么，然后又热情地招呼越子木他们坐下，接着又去倒水。

等了一会儿，就见一个身材苗条的模特款款走来。越子木看了看她的身材，就对服务员说："身材差不多，那就试试吧，她穿着合身就行，就是那个粉色的啊！"

服务员笑着答应着就带着模特进了试衣间，过了一会儿，模特走了出来。越子木一看，觉得有点儿不合适，原因是这个模特的胸太大了，所以这身礼服应该是稍大，他就让服务员再换一件稍小一码的。

他没看上眼，是因为看的是衣服。可陈承看得眼睛都直了，他瞪着个眼睛随着模特移动着，就差一点口水流出来了。

等模特进去时，越子木看了看他，说道："能不能有点儿出息？"

陈承一吐舌头。

等模特再次出来时，越子木点了点头，说道："就这件！结账吧！"

服务员重新选了一件新的边打包边笑着说："先生是买给爱人的吧？

真是好福气呀，先生你眼光也不错，这可是我们今年的新款呢！”

陈承去结账时，一问，不禁伸了伸舌头，他回过头冲越子木说道：“越总，三千多美金哪！”

越子木含笑不语。

陈承付了账，拿着服务员已经包好的礼服，咧着嘴看着越子木说道：“越总，你这是给思月姐买的？”

越子木看了他一眼，微笑着说：“不是我给她买的，是工作需要，公司给配备的。”说完，就走在前面出了店。

两个人上了车，陈承又问：“越总，咱们还去哪儿？”

越子木想了想，又低头看了看自己的衣服，说道：“回酒店吧。”

司机问好了是哪家酒店后，就开着车出了那条时装街。

等两个人到了酒店，一进大堂，越子木就远远地看见柳依依站在大厅边上正和一个人说话呢。见越子木走进来，她挥了挥手，然后又和那人说了句什么就朝他走了过来。

越子木不情愿地站住了，见柳依依穿着很是时尚，该露不该露的地方都露着呢，他不禁皱了皱眉，冲陈承一使眼色，示意他先上楼。陈承会意，拿着那件礼服的包装盒朝电梯口走去。

柳依依走过来时，一眼就看见了陈承手里拿的礼服，她看了半天，笑着对越子木说：“哟，好大的牌子呀！给哪个美女买的？不会是给我的吧！哈哈哈！”

越子木支吾着搪塞过去，问道：“有事吗？”

柳依依看着他，缓缓地说道：“怎么现在变得这么陌生了？没出来时你不方便，现在到了国外也这么对我吗？就不能对我温柔点儿？”

越子木瞄了瞄她的打扮，说道：“依依，咋说咱们也是同学，哪会陌生呢？只是，有些事情过去了就不会重新再回来，你应该明白的！”

柳依依盯着他的脸半天没说话，然后，她突然说道：“你该不会是看上了那个李思月吧？倒也是，人家比我年轻，也比我漂亮！”

越子木既不能争辩又不能承认，只好默不作声。

正在这时，就见过来一个外国男的走到柳依依跟前很自然很随便地把手往她肩膀上一搭，扫了一眼越子木，对柳依依说：“亲爱的，车来了，你不是要看几个大牌子吗？走吧！”

柳依依把肩膀一甩，厉声道：“滚一边去先！”

那人愣眉愣眼地看了看她，说道：“买噶！生气啦宝贝？”

越子木借机说道：“依依那你先忙，我先上楼了。”说完，抬腿就走。

柳依依随着他的移动转过身来，喊了一句：“明天有场秀，我好不容易弄到的票呢，去不去？”

越子木停住了，他回过头看着柳依依，说道：“好啊，去！对了，门票多少钱？”

柳依依听完呆愣了一会儿，眼睛已经有些湿润了，她突然喊道：“该死的，你也给我滚！”说完，一转身和那个男的朝酒店外走去。

越子木望着她的背影，心里嘀咕着：怎么了这是？听说门票很贵的呢！

越子木的出发点是好的，他是想，那么难搞到手的门票一定很贵，毕竟是两家公司，说什么也不能让人家花钱哪！可是，他却忽略了柳依依的感受。在柳依依看来，和她提钱，那就是彻底决裂，能不绝望和生气吗？本来，这次邀请越子木一起来米兰，她是抱着一线希望的，但失望过后，她就在心里暗暗地下定了决心，一个因爱生恨的决定已经在她心里悄悄地生根了。

再说越子木回到房间，他看了看表，已经快要到中午了，就让陈承给吴叶打个电话，让她和李思月下楼吃饭。

陈承答应着就给吴叶打了过去，可是吴叶却说，正和李思月在商场呢，中午就在外面随便吃了，让他和越子木自己吃饭。

等他把吴叶的话对越子木讲完，越子木心里想：女人就是女人，到哪儿都忘不了逛街。那就这么着吧，反正得晚上出去呢。于是，他就让陈承给司机打个电话，让他在晚饭前务必在酒店门口等着。

陈承打完电话，问道：“越总，想吃点儿什么？是在酒店吃还是去外面？”

“酒店哪……东西不好吃还贵！要不，你去外面随便买点儿什么吧。”越子木说道。

陈承答应着出了门。

等陈承一走，越子木拿过那个礼服盒看了起来，他心想：李思月和李楠芝的身材竟是这般相像，虽说李楠芝没有她漂亮，但要是穿上这身名牌晚礼服也一定会很好看的，只是，可惜呀，这么好的衣服她穿不到了。也不对，人家现在是谁呀，想穿什么没有啊，只是我买的她恐怕穿不到了。

先不说越子木在房间里长吁短叹，单说陈承。他出了酒店正要找饭店买吃的呢，却接到了吴叶的电话。

就听吴叶在电话里小声说着：“陈哥，你要是不忙就来一趟吧，思月姐要花自己的钱给越总买晚上会见客户的衣服呢，公司的钱不都在你那儿嘛，你来付账吧，也不能让思月姐花钱呀？我看她选的衣服都很贵的呢！”

“你们现在在哪儿呢？”陈承问了一句。

“等下我问问啊……”吴叶问好了地址就告诉了他。

陈承挂断电话二话不说就直接打车去了那家商店。他也是这么想的，公司现在大家的薪水都不是很高，怎么能让思月姐花钱呢？可是，他风风火火地这么一走可就把买午餐的事给忘到脑后了。

等他赶到商店的时候，正好看见李楠芝和吴叶两个人在挑选衣服呢。他走了过去。

“思月姐，选好了吗？”

李楠芝回头一看是他，惊异地问道：“你怎么来了？越总呢？”

“哦，他在酒店呢！”

李楠芝又看了看吴叶，笑了，然后继续和服务员交流着什么。

陈承看了看柜台上放着的那套西装，问了一句：“思月姐，不用找人试试吗？也不知道越总穿多大尺码的呀！”

李楠芝笑而不答，然后就开始从包里往外拿银行卡。陈承一见，赶紧说：“姐，我可是专门来付账的，怎么能让你花钱呢？”

李楠芝一挡他的胳膊，笑着说：“这个就不用你们管了。对了，难得今天没什么事，我看哪，你就带小吴好好玩玩吧，说不定明天就有事出不来了呢。”说完，她又冲吴叶说，“去吧小吴，我一会儿自己回去！”

“姐，还是让陈承付吧，咱们现在工资那么少……”吴叶脸红了一下说道。

李楠芝笑了笑，把卡递给了服务员。陈承见她不肯让自己付账，只好作罢，不过，他细心地瞄了一眼价签，顿时就瞪大了眼睛，好家伙，四千多美金？这俩人是怎么回事？

“你们俩还愣着干吗？去吧，陈承你赶紧带小吴去逛逛，米兰城市很美的，可是谈恋爱的好地方哦！”李楠芝回头笑着说。

吴叶脸一下子又红了。陈承却大方地一拉吴叶的手，说道：“走吧。”然后又对李楠芝说，“思月姐，那你回去时小心点儿啊！”

李楠芝含笑挥了挥手。

陈承拉着吴叶的手刚走出几步却突然又回过头来：“对了，我差一点儿忘了，思月姐，我本来是出来买午餐的，你回去时给越总带点儿什么吃的吧。”

李楠芝依然是含笑摆着手，示意他不用管了。

付完了账，李楠芝拿着包好的西装就往外走。路过女士服装区的时候，她用眼睛扫了扫，脚步却没停。

出了商店，她沿着街边寻找着餐馆，突然，她发现有家中餐馆，就走了进去，她点了越子木爱吃的菜，打好包后就回了酒店。

来到越子木的房间门外，她敲了敲门。

此时的越子木正在房间看电视里关于时装周各种秀场的节目呢，听见敲门声，他嘀咕了一句：“这小子怎么才回来！”说着就起身去开门。

可是，门一开他就愣住了，心想：这门里门外可真是两重天啊，怎么每次开门都不是自己想的那个人呢？

李楠芝见他愣着，就说：“也不帮帮我，愣着干吗？”

越子木赶紧把她手里的餐盒袋接了过去。李楠芝进了房间，把西装盒往桌上一放，回身就从越子木手里接过餐盒袋放到茶几上，然后逐一打开，说道：“饿了吧？吃吧，我也有些饿了。”

越子木一看茶几上那几盒菜，又愣住了，怎么全是自己爱吃的菜呢？

“你怎么老是愣着呀，最近脑袋有问题吗？就是有问题也得吃完饭再治！呵呵……快洗手去！”李楠芝笑着说。

越子木听话地转身去洗手间洗了手，等他再返回来时一眼就看见了刚才李楠芝放在桌上的西装盒，他说了一句：“好不容易出去逛逛街，就买这么点儿东西呀？”

“是呀，好不容易当一回你的妻子，我怎么也得好好打扮打扮啊，说什么也不能给你丢脸不是？你又不给我买裙子，我自己不买怎么办？”李楠芝笑着说。

越子木听完自语道：“哎呀，买重了呀！重就重吧，衣服不怕多！”

“对了，我让你换身西装你买了吗？”李楠芝笑着问。

“我长这么帅穿啥都好看！”越子木说着就坐下来准备吃饭。

“好自恋啊你！”李楠芝刚说完，却一眼看见了床上放着的那个礼服盒来，看着上面印着的牌子，她眼睛当时就湿润了。

100. 初会施密特夫妇

越子木一眼就看见了李楠芝的表情变化，他顺着她的目光看去，见她正在看放在床上的礼品盒，就站了起来，走到床边把盒子打开，从里面拿出那件范思哲的晚礼服，转身笑着说："你试试合不合身？我可不想让你到时候给公司丢脸！"

李楠芝接过来却没看衣服先看了一眼越子木，表情凝重地轻轻摊开看了看，说道："干吗花钱买这么贵的？我穿什么都不会给你丢脸的！"

"要不要试试？"越子木依然微笑着。

李楠芝抬起头凝眸望着他，突然，她把礼服往床上一放，一下子就扑到他怀里，紧紧地抱着他的腰，并把头贴在了他的胸前。

越子木一下子不知所措了，张着两手又不敢抱，就那样呆愣着。

"思月……"他轻轻地唤了一声。

李楠芝扬起头望着他的眼睛，一脸的泪水，眼里全是期待。

越子木低头也看着她的眼睛，一股莫名的冲动涌上心头，恍惚间，他仿佛看见了李楠芝那双熟悉的眼睛，那时，她也是这样看着自己。他很自然地缓缓低下头去……

这时，李楠芝闭上了眼睛，静静地等待着。

当越子木的嘴唇刚触碰到她那已经滚烫的朱唇时，她浑身一哆嗦，越子木随之一下子抬起了头。

他轻轻地推开李楠芝："……我看看你买了什么好吃的？还真是饿了！"说着，他竟然又坐到了茶几边。

李楠芝忽闪着眼睛，一脸的失落。她狠狠地瞪了他一眼，嘀咕着：“就是吃货！”说完，拿起那件礼服转身进了洗手间。

越子木抬头看了看，伸手抚了抚前胸，心里暗想：好悬哪，差一点儿就做错事了！想到这儿，他拿起筷子吃了起来，又喊了一句：“快来吃饭哪！再不来我可都吃没了啊！”

“说你是吃货还净往吃货上奔！你先吃吧！”李楠芝在洗手间里答道。

过了一会儿，越子木就觉得眼前一亮，他抬头一看，天哪，当时就呆住了！

就见她穿着那件淡粉色的晚礼服，深“V”领口处白皙的沟壑清晰可见，束紧的小蛮腰衬托着完美的曲线，长裙一袭到地，超凡脱俗。除了头发还需盘起来外，整个就是一活脱脱的天女下凡！

越子木嘴里还叼着吃的呢，可他哪顾得上咽下去呀！早已经看得眼睛都直了。

“好不好看？”李楠芝笑着转了个身。

越子木咽得咳嗽起来，然后说道：“当……当然！”说完，他心里却在想，难道你是上天派来玩儿我的吗？这是要玩死我的节奏啊！哪有这么诱惑人的？

“大小刚刚好！”李楠芝又笑着说。

越子木支吾着：“我是找个模特帮着试穿的！”

李楠芝心想：分明是按照楠芝的尺寸找合适的模特试的，还狡辩。可想归想，她嘴上却说：“你怎么知道我是这个尺码呢？”

越子木这次却并没有回答她，而是说：“别臭美了，赶紧换下来吧，吃饭！”

李楠芝吐了下舌头，转身又进了洗手间。等她穿好自己的衣服出来时，越子木看着她说道：“正好可以和你刚才买的那件换着穿，不是说过两天安娜她继母生日嘛，也不能老穿一件呀！”

李楠芝听完不禁看了看自己放在桌上的那个西装盒，笑着说：“听你的！对了，这衣服这么贵，算是公司对我的奖励吗？”

越子木递给她一双筷子，说道："美的你！等回去慢慢从你工资里扣！"

"小气！是不是想留着给你那个楠芝呀？"李楠芝说着就坐下来接过筷子开始吃饭。

越子木一瞪眼睛："穿不穿？要是不穿我拿回去退了啊！"

"穿穿！"李楠芝看了他一眼，噘了噘嘴不再说话了。

过了一会儿，她又忍不住问了一句："对了，以前给你妻子那个叫楠芝的买过这么贵的衣服吗？"说完，她心里却在说：这分明是给李楠芝买的，哪是给我的呀！想到这儿，又觉得有些自相矛盾。

越子木放下筷子看着她，眨了眨眼睛，却一脸坏笑地说道："这就是给我妻子买的呀！"

"啊？"李楠芝听了顿时紧张起来。

就听越子木接着说："你不是得假扮我的妻子嘛！看把你吓的，难道做我妻子就那么可怕吗？"

李楠芝一听，越子木这是话里有话呀，这小子该不会是开始喜欢上李思月了吧？一想到这儿，她顿时表情复杂起来。

而越子木说这话的时候也是心里直跳，自己这话太露骨了，傻子都能听得出来是什么意思，分明有挑逗的嫌疑。说完，他就闷头吃饭，不敢再看她了。

李楠芝也不再说话，两个人默默地吃着饭，她还不时给越子木夹菜。这情景，俨然就是一对恩爱夫妻。

吃着吃着，越子木突然问道："你怎么知道我爱吃这些菜呢？"

李楠芝一愣，随即说道："我哪知道你爱吃什么，我买的都是我爱吃的菜！"说着，就去夹水爆肚。

越子木看着她把水爆肚很自然地吃了下去，心想：楠芝可是不爱吃这道菜的。

感觉到越子木在看自己，李楠芝抬起头说道："干吗？没见过美女吃水爆肚啊？这肥肠我也爱吃呢。"说完又夹了一块肥肠放进嘴里。

越子木看着她把肥肠吃了进去，看得他直咧嘴，心想：这哪是美女吃的东西呀？怎么这会儿又变成女汉子了？想到这儿，他脑海里又出现了李楠芝，他知道，李楠芝也是不爱吃这道菜的。

那么，现在的李思月，也就是李楠芝，她真的开始爱吃水爆肚和肥肠了吗？其实，并不是爱吃，而是自从和越子木分开后，她就从生活的一点一滴中寻找着越子木以及和他在一起时的感觉，包括吃东西。她这样想，我吃他爱吃的菜，就能够感到他在身边。就这样，慢慢地吃这些菜就成了习惯。

爱一个人，就要爱他的一切，就要融入他爱的每一件事里，当这一切都成为习惯时，和他的爱，就再也分不开了，也没有什么可以分开。

此时的越子木却在想，看来，跟她还真是不一般的缘分呢，连吃东西都这么默契。唉，楠芝呀，你怎么就不来找我呢？要是再不来……他不敢想下去了。

两个人吃完了饭，李楠芝就准备收拾东西，越子木也站起来抢着收拾："我来我来，你买菜我收拾这很公平！"

李楠芝想了想，就停下了手，一本正经地说："还算你识趣，敢跟我摆老板架子下次就让你饿肚子！"

越子木也不说话，开始笨手笨脚地收拾茶几上吃剩的东西。在往一起倒餐盒里的菜汁时，他一不小心把汤洒在了茶几上，就拿了张餐巾纸又擦又抹，可是，越抹污渍越大。

李楠芝一把就把他推到了一边，说道："笨手笨脚的，就逗美女能耐，一边待着去！"说着，就麻利地把茶几擦得干干净净，然后又拎着东西去了洗手间。

越子木笑了笑，走到一边倒了一杯开水边喝边看外面的风景。而这一幕，与几年前和楠芝在一起时又是多么相像啊！只不过越子木没有感觉到罢了。

李楠芝从洗手间出来，一边甩着湿手一边看着越子木的后背，猛然间，她感觉仿佛又回到了从前，那个宽阔魁梧的后背什么时候重新成为我的依靠啊！她暗自发着感慨。

越子木转过身，问了一句："要喝点儿水吗？"

“不了，我得回房间了，头发得弄一弄，免得晚上给你丢脸。”李楠芝说着转身就往外走。

越子木却在后面喊道：“你的东西！”

她站住了，回过身到床上把那件晚礼服拿了起来，然后又冲越子木挤了下眼睛，又要开门。

越子木又喊了一句：“怎么丢三落四的？东西东西！”说着就把桌上那个西装盒拿给她。

可李楠芝却回头冲他微笑着说道：“什么时候变得这么傻了？哈哈哈！”说完，头也不回地走了出去。

越子木愣了半天，下意识地把那个盒子打开，往里面一看，当时就愣住了，再一看价签，更是吃惊不小。他回头看了看门口，喉结动了动，眼里热热的，嘴里咸咸的。

原来，这竟是一套意大利知名品牌西装。他心想：李思月啊李思月，你到底要把我怎样你才罢休呢？总是做这些让我感动的事还让不让人活了？

上次也是，已经给自己买过衣服了，这次怎么还买呢？是原本就这么细心还是另有目的呢？有哪个女人会花这么多钱而不心疼地给一个男人买东西呢？别管是哪个女人，只要她做了，那么，那个男人不是她的爱人就是她的儿子。女人，只对这两个男人好。

可是，越子木想：自己算哪一个男人呢？自己明明是她的老板嘛，莫非她爱上自己了？

一想到这儿，他马上回忆起这阶段与李思月经历的种种过往，包括昨晚的一幕幕。经过一番分析后，他得出一个结论，那就是李思月这个单身妈妈一定是想给木瓜找个爸爸，而那个人就是他越子木。

这样分析后，越子木的眼前马上出现了木瓜那可爱的小脸蛋，孩子很可爱，孩子妈也很可爱，只是不知道自己还能不能爱。

他晃了晃头，极力摆脱涌进脑海的这些想法。看着这套藏蓝色的西装，他不禁又一想：这李思月怎么敢随便不经过试穿就给别人买西装呢？要是不合身怎么办？

想到这儿，他把西装拿了出来，先往身上比了比，接着又把外衣脱掉，把新西装换上了。等他到镜子前面一照，更惊讶了，西装不仅大小合适，而且非常合身，就像是自己试穿过一样。

但他又一想，上次李思月给自己买过衣服，一定是她记住了尺码，所以也就没多想，把衣服脱下来挂上了。

傍晚时分，陈承回来了。越子木一看见他就阴着脸说："你跑哪儿去了？不是去买吃的嘛，怎么到最后让李思月买回来了？"

"哦，是思月姐让我带着吴叶逛逛，她说她买吃的，所以……"陈承没想到越子木不知道这事。

"行了行了，晚上我和李思月去会客户，你带吴叶出去吃点儿什么吧。"越子木说道。

这时，陈承突然想起了什么，说道："对了，越总，本来是吴叶让我去付账的，她说思月姐在给你买西装，可是后来思月姐硬是不让我付。"

"哦，知道了。你和司机联系一下，看他到没到。"越子木说着就开始换衣服。

陈承边打电话边看着越子木穿衣服，等他把西装换完，陈承手拿着电话就愣住了，小声嘀咕着："乖乖……"

越子木回身道："乖什么乖？赶紧下楼看看车去！"

陈承吐着舌头下了楼。

越子木穿好了衣服就给李思月打了个电话，两个人约在楼下会合，然后他就下楼在大厅里等。

陈承跑过来说："车已经到了，就在门口。"

越子木点了点头，然后看向电梯口。陈承也伸着头猫着腰看来看去。

这时，就见电梯门开了，先出来的是吴叶，再往后面看，陈承顿时眼睛直放光，越子木也看见了，可不正是穿着晚礼服的李思月！

在李楠芝用手提着礼服裙子款款走来时，吸引了酒店大堂里所有人的目光，人们都被她惊艳的容貌和穿着给弄得瞠目结舌，目光随着她一直移动到越子木这儿。而在那些目光中，还有一双充满了怨恨和嫉妒，那正是在敞开式咖啡厅里喝茶的柳依依。

李楠芝走到越子木跟前轻抬玉臂，越子木伸手接住，两个人配合默契地就在众人的目光中走向了酒店门口。出了酒店，司机过来把车门打开了，两个人上了那辆加长林肯。

越子木把地址告诉了司机，司机一听，当时就从后视镜里看了看，迟疑了半天说道："那可是座著名的庄园啊！先生，您是怎么认识施密特先生的？他可是大富豪啊！"

越子木笑而不答。司机就开着车直奔位于郊外的那座庄园。

行进过程中，越子木接到了一个电话，是安娜打来的。她问出没出发，并告诉越子木，她已经和她父亲和继母说好了，说是自己在中国认识的朋友，说到地方后会有人出来接的。越子木答应着，连说感谢的话。

放下电话，李楠芝看了看他，小声道："这件事不管成不成到时候都得找机会感谢一下安娜小姐，可不能欠了人情，欠女人的人情可是件麻烦事。"

越子木扫了一眼和自己挨得很近的李楠芝，鼻尖明显传过来她身上散发的芳香，他低声道："知道了，我会的。"

"还有，可不能随便答应任何女人提出的条件啊，要不然你会难以自拔的。"李楠芝又说了一句。

越子木一听，马上想到了美贞要他答应的那三件事来，前两件事现在看来没什么，可是，那第三件事到底是什么呢？他想：美贞怎么也不能要求太过分的事吧。

想到这儿，他笑了笑，却说："对了，思月，你打算要求我做点儿什么事呀？"

"我为什么要提要求？"李楠芝反问道。

"你不是……"说着，越子木看了看自己的衣服。

李楠芝看他的举动就乐了，说："我不会要求你为我做任何事的，如果有一天，真的需要你做什么，我想，那也一定是你伤了我的心。"

越子木顿时就愣了，这话什么意思？我怎么会伤她的心呢？

正在这时，司机说了句："先生，前面就到了。"

越子木往窗外一看，见一座典型欧式的庄园展现在眼前，雕花围栏里全是草坪和绿树，在郁郁葱葱的绿树掩映下，一座高大宏伟的古堡在无声而高傲地展示着主人的地位与财富。

车停在庄园门口的时候，越子木先下了车，然后他伸出手拉着李楠芝那只戴着白色手套的手把她扶了下来。等他们转过身一看，就见庄园门口除了站着两个保卫人员外，还有一位穿着制服的外国男子正向这边张望着。见越子木他们下了车，那人跑了过来。

他用英语问是不是越先生。

越子木冲他笑了笑，问道："这是施密特先生的家吗？"

那人一听，恭敬地行了个礼，然后一伸手示意他们走在前面。李楠芝就挽着越子木的胳膊，两个人进了庄园。

沿着青石板路转过一片草地后，他们来到了古堡门口，这时，就见门口站着两个人，一位是稍显年长的外国男人，他旁边是位漂亮的中国女士。越子木一看就明白了，一定是安娜的父母。

那个带路的人赶紧跑过去说了句什么，就见安娜的父亲拉着夫人的手迎了上来。

越子木行了个礼并用英语问好，却没想到施密特先生用熟练的中文说道："是越先生吧？我是安娜的父亲，叫我施密特就行了。这位是我的夫人。"说完，他又上下打量着李楠芝，问道，"这位是……"

越子木拉着李楠芝的手笑着说："哦，是我的爱人。"

"哇，姑娘，你好漂亮啊！"施密特夫人一见李楠芝就笑着过来拉住了她的手，看来看去的，喜欢得不得了。

施密特先生笑着说："安娜只是说越先生你来，没想到你带夫人来了，太好了，我夫人啊整天闲着没事，就想有个人能说说话，这下可好了，还是中国姑娘，你看她高兴的！"

施密特先生把越子木他们让进古堡后，一进大厅，越子木就感觉到了这座房子的奢华和品位，大厅的墙壁上不仅挂着世界名画，而且竟然还有中国的国画，大厅一角放着一架白色的钢琴，此时正有一位乐师在弹奏着中国的乐曲《茉莉花》。

几个人坐到沙发上后，有仆人端着各色饮品走了过来。施密特夫人拉着李楠芝的手问喝点儿什么。李楠芝面带微笑，轻声道：“白开水就好。”

没想到夫人高兴地说：“我也不喜欢喝那些带颜色的饮料，平时也喜欢喝白开水。”

而越子木和施密特先生各点了一杯餐前威士忌，两个人有说有笑地聊着。

一旁的施密特夫人拉着李楠芝的手进了内宅，她笑着说：“让他们男人聊吧，咱们进去说说话。”

越子木站起来目送她们离开后，这才重新坐下和施密特先生聊起了时尚服饰等方面的事来。

夫人拉着李楠芝进了一间屋子后，李楠芝一眼就看见了墙上挂着的一幅大照片，上面却只是一个学校的大门，上面写着：英华女子师范。

她一看校名顿时就惊呆了。夫人发现了她的表情变化，过来问道：“李小姐怎么这么惊讶？那是我的母校，本来，我有一张毕业时在校门口照的照片，可是后来不知丢到哪去了，这还是托人帮我照了张学校的照片寄过来的呢。想来，已经有三十年没回母校了。”

“夫人您也是那所学校毕业的吗？太巧了，那也是我的母校！”李楠芝惊喜地说道。

夫人一听，惊喜万分地拉着她的手：“姑娘，咱们真是太有缘了！你是哪一届的？”

两个人就坐下来说起了学校的往事……

101. 庄园归来后的交心

李楠芝万万没想到安娜的继母竟然是自己的校友，别管双方合作的事成与不成，有了这层关系起码加深了彼此的好感，为后来的全面合作奠定了基础。而一旦有了这一合作，将是越子木公司腾飞的重要助推剂。

她和施密特夫人越聊越投机，大有相见恨晚之势。两个人正聊着呢，一个佣人进来说到晚餐时间了，施密特夫人就拉着李楠芝的手双双来到餐厅。

此时，施密特先生已经和越子木坐在了餐厅的长条桌旁，两个人也是聊得很愉快。

施密特夫人一进来就笑着说："亲爱的，你猜猜这位李小姐是谁？"

施密特先生看了一眼美艳绝伦的李楠芝，狐疑地说道："这是越先生的爱人啊！"

"告诉你吧，是我女子师范的校友，而且，也是她那一届的校花呢！我说的怎么刚见面时就觉得投缘呢。"夫人说着，就和李楠芝坐在了桌前。

"这么巧？看来，和越先生的合作不成功都不行了。哈哈哈！"施密特先生开怀大笑，看上去很高兴的样子。

夫人却笑着说："合不合作那是你们男人的事，我们哪，会成为忘年交的！"说完，她又看着越子木问了一句，"对了，越先生，你们结婚了吧，有孩子吗？"

越子木一听就蒙了，他眨巴着眼睛不知说什么好。李楠芝却笑着接过话来说："是个男孩儿，小名叫木瓜。"

夫人一听就乐了，笑着说："看你们俩可真是般配，典型的郎才女貌，孩子也一定是位小帅哥，有机会让我见见！"

施密特先生说："你们不知道，她呀就希望能有个自己的孩子，可是一直都没有。所以呀，对别人家的孩子喜欢得不得了。我看，这次要是合作成功，干脆就让她做孩子的干祖母得了。哈哈哈！"

越子木听着他们的对话，看了一眼李楠芝，心想：她可真会随机应变，我险些就坏了大事。

李楠芝笑着说："行啊，等有机会你们去中国我让木瓜叫您姥姥。"

四个人有说有笑地开始用餐。

席间，施密特先生又对越子木和李楠芝说着国际时装周的事，说是他们这次算是来对了，今年这届展会规模比较大，很多国际知名品牌都来参加了，而且还有中国的品牌呢。

越子木说："这次就是来学习的，像我们这样的小公司不学习是很难做大的，也难以走向国际化，但我们有信心从起点就高站位宽视野，按照国际化的标准来运营，只要用心就没有做不好的事。"

施密特先生面带微笑看着他，说道："年轻就是好啊，你们不仅年轻，而且还赶上了好的时代，不像我那会儿一步步走到今天可真是不容易啊！"

李楠芝听着两个人闲聊，却谁也不提合作的事，她一想，越子木这么做是对的，第一次见面就谈合作的事显得太功利了，这次只不过是双方接触一下，留个好印象。至于像人家这样的国际知名大公司要想进入中国市场何必非得找咱这样的小公司呢？如果能够合作，那也是有感情的因素存在，否则，很难。

几个人有说有笑地吃完晚餐，重新回到了大厅。这时，大厅里响起了轻柔的舞曲。施密特先生说："越先生，跳一曲舞吧。"

越子木笑着说："好啊。"说完就看向了李楠芝。

这时，施密特先生礼貌地把手伸向了李楠芝，笑着说："李小姐，你是夫人尊贵的客人，可否赏光跟我跳这第一支舞？"

李楠芝一下子就明白了，人家这是出于礼节，要不然第一支舞他一定是会和自己夫人跳的。想到这儿，她微笑着伸出手。

而那边，越子木也礼貌地邀请夫人，四个人就在大厅里跳起了轻柔的慢四。

一曲过后，他们才各自归位。越子木右手轻扶着李楠芝的腰际，但不敢看她，因而跳得很别扭。

李楠芝小声说："你是要把事情搞砸吗？别忘了，我是你的妻子！亲近些、热情点儿！"说着，往他胸前靠了靠。

越子木一想：她说的对呀，差一点儿又误了事，不就是跳个舞嘛，有什么了不起？而且和她又不是没挨这么近过。想罢，他手上用了用力，同时，眼睛盯着李楠芝的脸，面带微笑，轻移脚步，这一对俊男美女就跳了起来。一时间，旁边站着的两个佣人和乐师看得眼睛都直了。

两个人只顾忘我地跳舞了，却没注意到施密特夫妇，他们此时也被两个人的舞姿吸引了，就停了下来，在旁边微笑着观看。等这一曲结束，越子木和李楠芝做了一个结束的舞蹈动作后，就听响起了掌声，一抬头，他们这才看见施密特夫妇两个人站在旁边正看着呢。

施密特先生走过来连声赞叹："我们真是老了，老了！看到你们就想起了自己年轻时。唉！"

越子木谦虚地连说献丑了。可就听施密特先生突然问道："越先生你和安娜是什么时候认识的？"

越子木一听就蒙了，也搞不懂他是什么意思啊，该如何回答呢？实话实说在飞机上刚认识的？这也不靠谱啊！

可还没等他回答呢，就见施密特先生揽着他的肩膀小声说："我们安娜也是个好姑娘，你们怎么没交往交往呢？"

越子木一听，更蒙了。

施密特先生又接着说："不过，你夫人很漂亮。哎，安娜这孩子我很是操心，也不知一天在外边疯什么，就是不着急找男朋友，把我们俩都急坏了。呵呵呵！"

越子木明白了，老先生肯定是看上自己了。一想到这儿，他一下子想起了美贞的父亲，心想：我招谁惹谁了，怎么都乱点鸳鸯啊！

眼看天色不早了，出于礼貌，越子木就打算告辞了。

施密特先生和夫人把他们一直送到了大门口，夫人牵着李楠芝的手，依依不舍的样子。

到了大门口，施密特先生见停的是一辆加长版新款林肯，不禁看了越子木一眼，脸上露出一丝不易察觉的微笑。越子木暗暗地观察着，心想：幸亏自己弄了这辆车，这要是打辆出租车来恐怕没什么戏了，企业实力也是合作的首要前提啊。

临要上车时，夫人突然想起了什么，笑着对李楠芝说："学妹呀，后天是我的生日，在庄园里要举办一个Party，到时候你和你先生可要来参加呀！"

李楠芝笑着说："一定来，您放心吧，夫人。"

"以后啊，就别叫夫人夫人的了，就叫学姐。"夫人笑着说。

李楠芝答应着就和夫人挥手告别。两个人上了车，向老先生和夫人挥着手，林肯车缓缓地驶离了庄园。车开出很远，还看见老先生和夫人在向这边张望。

越子木感叹地说："多好的一对老夫妇啊。"

李楠芝却说道："是，人很好。人一老啊想的就是孩子，夫人是多么希望能有自己的孩子啊！"

越子木马上就想起自己逃婚的事来，不禁长叹了一声，自语道："是啊，孩子，要是有个孩子多好啊，就像木瓜那么可爱的。"

李楠芝看着他说："你不是有孩子吗？"

"净瞎说，我哪来的孩子！"

"木瓜呀！"

越子木听完不言语了，半晌，才幽幽地说道："他要真是我的儿子就好了……"

他这句话把李楠芝听得心里暖暖的，就偷偷白了他一眼，心里说：你就是个木头加傻瓜，大傻瓜！大大傻瓜！

两个人坐着租来的车回到了酒店，司机完成了任务回去交差了，他们两个人进了酒店就打算上楼。李楠芝却抱着他的胳膊说道：“刚才回来时我看街上的夜景不错，要不要陪我逛逛？”

越子木想到在庄园里施密特夫人对李楠芝的态度，又一想她为了公司不惜假扮自己的妻子，也真是难为她了，于是就答应了。

李楠芝见他答应了，脸上就洋溢着抑制不住的喜悦，她抱着越子木的胳膊，把头轻轻地一歪，靠了一下他的肩膀，弄得越子木下意识地往旁边躲了躲。

见他窘迫的样子，李楠芝呵呵地笑个不停。两个人就朝酒店外面走去，可刚走到门口，就见柳依依正好走进来。三个人一碰面，柳依依的目光在李楠芝的身上游移着，眼神里全是怨怒。

而李楠芝却大方地冲她微笑着，那只抱着越子木胳膊的手抱得更紧了。

“哟，成双成对的这是要上哪呀？约会去？”柳依依言语间明显带着嫉妒。

越子木这次却没像以往那样躲避或是支吾，而是坦然地说：“嗯。”说完，礼节性地笑了笑，然后就要带着李楠芝往外走。

柳依依却突然说道：“明天的时装发布会门票让别人要去了，不好意思，越总自己想办法吧。”说着就一扬头高傲地和李楠芝擦肩而过，撞得李楠芝一趔趄。

越子木赶紧扶了她一把。望着柳依依的背影，他摇了摇头。李楠芝却白了他一眼，然后松开手，独自朝外面走去。

越子木追上来，紧跑几步一把拉住她，也不管她愿意不愿意就牵着她的手往自己胳膊的臂弯处一放，让她抱着自己的胳膊。李楠芝噘着嘴却没拒绝，两个人就在酒店门口的街上漫步。

走了一会儿，李楠芝实在忍不住了，就说道：“都是你惹的祸！柳依依是不是你旧情人？”

越子木好久没说话，过了半晌才说道：“那都是过去的事了，她是我大学同学，在学校时是出了名的校花，那时候追她的人很多，但她却……”

“她却看上了你？”李楠芝接了一句。

越子木看了看她，“嗯”了一声又接着说道：“我那时只知道学习，根本就不懂什么恋不恋爱的，说来，她还算是我的情感启蒙呢！唉，少不更事，年轻时以为那就是爱，现在看来，其实连初恋都不算。”

李楠芝一听，不由得手上用了用劲，狠狠地捏了他一把，弄得他“哎哟”一声，愣眉愣眼地看着她，说道：“你干吗掐我？”

李楠芝问道：“那后来呢？还有，你的初恋呢？”

越子木又看了她一眼，望着远处的街灯，好像在想着很久远的事一样，他幽幽地说道：“后来，后来就分开了。说到初恋，我自己也搞不清楚，哪一个才算初恋……”

“你那个楠芝呢？”问这话时，她心里狂跳不已。

却听越子木说道：“她……也应该不算，你听说过初恋到最后能结婚的吗？”

李楠芝一想，什么叫初恋，应该是那种忘不掉、挥不去、斩不断的情思，就比如自己，但自己的初恋就修成正果了呀！想到这儿，她说道：“你说的不对，谁说初恋不能有结果？”

越子木看了看她，他可不想和她理论，因为他知道，到最后总是自己败下阵来，所以，还不如不说。

见他不言语，李楠芝就笑着说：“我听说，初恋可以追溯到青春期的时候呢，对了，你小时候就没有碰到过喜欢的女孩儿？或许，那才是初恋呢！”她说这话的目的很明确，就是想勾起越子木对小时候的回忆，看看他还记不记得曾经送过的那个小女孩儿。

越子木听完想了半天，突然好像下了很大决心似的说道：“索性都告诉你吧，不过你可不能出去瞎说！”

李楠芝一听，心里跳得砰砰的，也不知道他要说的是什么，就点头答应着，但没敢出声，生怕打断了他或者他变卦。

越子木还是想了半天，见她在等着自己说，这才说道：“其实，要说初恋我不知道这算不算，这件事连我妻子李楠芝都不知道。那是我十四五岁那年，在街上遇到一个找不到家的小姑娘……”

李楠芝一听他说起这件事，不禁一哆嗦，浑身一震，就觉得血往上涌，激动得头有些晕。

但越子木丝毫没有察觉，他继续说道："那是很久远的事了，我都已记不清她长什么样子了，说来这件事我总觉得对不起楠芝，所以，我从来都没有说起过，恐怕你是第一个知道的人。"

此时的李楠芝心里说不出的激动，她万万没想到越子木竟然还记得那个小姑娘，还记得他曾经送过自己的事。她心里暗想：你个大傻瓜呀，那个小女孩儿就是你的妻子啊，你怎么就一点儿都不知道呢？

见她不说话，越子木还以为她是沉浸在女孩子特有的那种感动中呢，所以就笑了笑，说："其实，那时候一见到那女孩儿我心里就突然有种想法，总感觉将来她就是我的新娘……呵呵，可是，世事变迁哪，都是过去的事了，或许现在那个女孩儿早已成为人妻人母，过着幸福的生活，也许她根本就不记得当初那个大男孩儿了。"

此时的李楠芝心里有说不出的激动，没想到当时的越子木是这么想的，可是，傻瓜呀，那个女孩儿已经成为你的新娘了你还不知道呢。想到这儿，她说道："你怎么知道她不记得呢？你不了解女孩子，或许，她当时还在想，将来一定要嫁给你呢也说不定。对了，你就没有找过她吗？"

"她当时那么小怎么会有那样的想法？后来，我就上学走了，再加上平时比较忙，还有，母亲管得严，哪敢去找人家小姑娘啊！不过，我记得当时好像给过她一个小铃铛，不知她是否还留着。唉，一段往事而已，或许，她早就扔了吧。不说这些了。"越子木说完就不再说话。

李楠芝听着他的一番话，脑海里出现的是那个自己一直珍藏着的小铃铛，而且，在那个铃铛里面还刻着越子木的小名"木瓜"。她心里暗想：越子木啊越子木，说你什么好呢，难道你一点儿都没察觉吗？想到这儿，她下意识地抬头看了一眼越子木的耳后，那个突起的肉肉还在，要不是这个标记，自己还真无法找到他呢。可是，当时的越子木难道就不记得自己吗？她又一想，他怎么会记得自己呢，女大十八变，自己早已不是当初那个爱哭鼻子的小姑娘了。

这时，越子木突然问道："思月，能说说木瓜的父亲吗？怎么从来没听你说起过？”

李楠芝看了他一眼，说道：“他呀，和你一样，是个没心的家伙！”

越子木当时就傻眼了。

见他怪怪的表情，李楠芝笑着说：“算了算了，不说他了。”

越子木沉默了半晌又迟疑了一下说道：“思月，我觉得，你应该给木瓜找个爸爸，找个比我好的，我知道你的心，可是……我不是那个能给你承诺的人。”

李楠芝瞪着眼睛看了他半天，然后就笑得前仰后合：“想啥呢你？你以为我会看上你吗？”

越子木觉得十分意外，他愣眉愣眼地说：“那你干吗对我这么好？再说，我哪点儿比别人差了？”

这下，李楠芝笑得更厉害了。笑完，她正色道：“别忘了，你的楠芝！估计她正在等你去找她呢！或者，没准她就是你当初遇到的那个女孩儿也说不定呢，世间的事都是很难说的。”

越子木一听就乐了：“真是没影的事儿！哪会有那么巧的？要说找她嘛，我干吗去找她？或许她现在已经有了喜欢的人也不一定呢。”

李楠芝一听就生气了：“你已经对不起她了，有什么初恋也不告诉她，在外边还有这么多女孩子，她要是知道了会伤心的，你真的想让她伤心吗？而且还这么说人家，男人没一个好东西！”说着，她就把手松开了。

越子木长出了一口气，自语道：“我是对不起她，我也不想这样，可是……”

“可是什么？别给自己犯错误找理由，对了，以后离我远一点儿，我可不想当这个第三者！”李楠芝说着就朝一家餐厅走去。

越子木愣了一下，跟了上去。

102. 时装秀场遇险

两个人进了一家音乐茶餐厅，环境优雅，是那种适合情侣用餐聊天的地方。他们找了一个靠窗的位置坐下，有服务生过来热情地询问点些什么。

李楠芝点了一份简餐，却连问也不问地就给越子木点了一份意大利面。点完餐，服务生走了，她这才看了一眼越子木问道：“吃这个行吗？”

说实话，越子木正想吃意大利面呢，以前在国内虽说吃过，但毕竟不同于原产地的正宗。见李楠芝竟然像猜透他心思似的点了意大利面，他就点了点头。

两个人面对着面，可能是还沉浸在刚才的对话中，彼此谁也不说话，李楠芝看着窗外的夜景出神，越子木则摆弄着手机。正在这时，手机却响了起来，他一看，来电话的是安娜。安娜先询问了一下他们去见她父亲的情况，然后告诉他，她已经帮着弄到明天时装秀的门票了。

越子木一听就高兴地说：“太好了，那明天什么时间咱们会合？时装秀在哪儿？”

安娜笑着说：“看把你急的，明天一早我过来找你们就是了。”说到这儿，她迟疑了一下问道，“越先生你是不是和那位李小姐在一起呢？”

越子木看了看李楠芝，说道：“你怎么知道？”

安娜哈哈地笑着，说：“我怎么会知道，不过，现在我知道了。好了，那你们忙吧。还有，我父亲打来电话说什么你的妻子？到底真的假的？而且竟然还是我继母的校友？这么巧？”

越子木一听就语塞了。就听安娜又说：“忘告诉你了，我父亲最讨厌的就是欺骗他的人，你可不要搞砸了呀！”

放下电话，越子木陷入了沉思。有些事，纸是包不住火的，其实本意也没想骗他们呀，看来，这个事要麻烦。

李楠芝回过头说道：“安娜说什么了？”

“没什么。”他回了一句。

李思月看了看他，见他一副愁眉苦脸的样子就问道：“是不是她父亲打电话给她了？说起你妻子的事？”

越子木一听顿时瞪大了眼睛看着她。

李楠芝笑着说：“没事，要是问起来你就一口咬定我是你妻子不就得了！”

“那可不行！”越子木连连摆手，一脸的严肃。

李楠芝笑个不停，说：“那看你可怎么办？万一要是穿帮呢？”

越子木想了半天，说道：“那我就实话实说，大不了这个项目不要了呗。”

李楠芝一听就急了，皱着眉说道：“那可不行，你不能意气用事，项目该争取还是要争取的。你想过这个项目吗？一旦要是合作成功，咱们公司可就今非昔比了！做生意可不能有半点儿小孩子脾气，哪怕有一线希望也要付出百分之百的努力才行。”

越子木“嗯”了一声，端过服务生上来的意大利面就吃了起来，也不知他心里到底是怎么想的。

两个人吃完了东西，越子木脱下自己的外衣搭在李楠芝的身上，然后就往回走。夜，有些凉了。

他们回到酒店，进了电梯，却发现电梯里有两个外国人，一见他们上来，那两个人莫名其妙地说着什么。到了李楠芝那个楼层后，她冲越子木点了下头就下去了。越子木到了自己住的那一层等下了电梯却见那两个人外国男人还没有下，不仅没下，而且还看着自己说着什么。

他狐疑地摇了摇头，却也没多想什么就回了房间。

陈承今天待得消停，自己一个人在屋里躺着呢。见越子木回来了，他一骨碌爬了起来。

“越总，怎么样？”

越子木脱下外衣并小心地挂到衣橱里，说道：“没谈什么具体的东西，只是见个面而已。对了，你怎么待这么消停？没和吴叶逛街去？”

谁知陈承一听又扑腾一下子躺到了床上，带着怨气道：“人家说是有事，自己出去了，好像怕我跟着似的，我至于嘛我？”

越子木一听就明白两个人肯定是闹别扭了，恋爱中的人闹点儿小别扭也很正常，他就劝了陈承两句，也没太往心里去。可是，他根本就不知道吴叶是干什么去了。那么吴叶去哪了呢？她是被柳依依叫走了，并且交代给她一项重要的任务。

一夜过后，到了早上，等越子木他们下了楼准备去吃早餐的时候，安娜已经等在大厅里了。见人都下来了，她就跟着越子木他们一起到餐厅吃了早餐。吃过早餐，等李楠芝和吴叶上楼换过了衣服，安娜带着他们出了酒店，上了一辆也不知她从哪找来的车开走了。

在车上，越子木和李楠芝坐在一起，而对面的座位上，坐着陈承和吴叶两个人，安娜则坐在前排副驾驶上。行进过程中，越子木无意中看了一眼吴叶，他是想看这两个人还闹不闹别扭，可没想到，吴叶一接触他的目光就赶紧回避开了，也不知道为什么。

车穿梭在繁华的街路上，此时正值早上十时左右，街上的人很多，但大多是游人和摊贩。各种肤色的人们漫步在街头，悠闲而恬静，每个人都在尽情地享受着时尚之都散发出来的无处不在的时尚元素，就连那些牵着宠物狗的老大妈都穿得五颜六色。

陈承脖子上挂着相机，不时地朝窗外咔嚓咔嚓地按着快门，捕捉着每一个精彩的瞬间。可他光顾着照相了，随着镜头的转动，却转到了吴叶的面前，他从镜头里一看竟然是她那张脸，就一下子躲开了，并把头歪向了窗外。

李楠芝观察着两个人，她明白这一定是闹别扭了，不禁笑了笑，一下子想到了自己当初和越子木闹别扭的情景来，顿觉心里暖暖的。恋爱中的人，即使是一次吵架都是值得回味的。

车停在了一幢建筑前，安娜从前面下了车，她拉开后车门，招呼大家下车，说到地方了。

越子木搀着李楠芝的胳膊下了车，抬头看了看面前的高楼，问道：“安娜，就在这儿吗？”说完，他又四下看了看，发现好多人正走在台阶上往楼里面进呢。

安娜笑着说：“对，就是这里，今天这场秀值得一看，听说来的都是国际顶尖设计师呢。”

等大家都下了车，安娜把手里的门票发给了大家，并招呼大家进去，她走在了前面，越子木他们跟着就往楼里走。可正在这时，就听台阶顶上的楼门口有人喊道：“哟，这不是越总嘛，你们也来了？看来，不用我也能弄到票嘛！”

越子木抬头一看，说话的是柳依依。他笑了笑，继续走，而跟在他后面的李楠芝却一把抱住了他的胳膊。

越子木回头看了一眼，又不好把她胳膊甩开，只好由她，两个人就在柳依依的注视中走上了台阶。

上了台阶，柳依依眼神怪怪地看了一眼李楠芝，却又看向了后面的吴叶，吴叶下意识地低下头。

就在大家进场的时候，柳依依却走在了后面，她走到吴叶身边，用低低的声音说：“记住我的话了吗？这次任务你要是完成好了，我不会白了你的！”

吴叶点了点头，却是一脸的慌乱。

过了安检区后，安娜突然接到了一个电话，她站那里示意越子木他们先等一下，然后就接电话。

就听她笑着冲电话里说：“爸爸，有事吗？”

也不知电话里她父亲说了什么，安娜不禁转身看了一眼李楠芝，说道：“这能行吗？那我跟她说说，我可不敢保准啊。”

李楠芝不禁狐疑起来，她父亲施密特先生怎么会说起自己呢？他到底有什么事呢？

她正纳闷呢，就见安娜走到自己跟前把她拉到一边笑着说：“李小姐，有件事想求你帮忙。”

“你说吧，什么事？”她看着安娜一脸为难的样子说道。

“是这样的，我父亲的公司这次也要展示最新的时装款式，可是，负责这次主打服装展示的模特突然生病了，我父亲的意思是看看你能不能帮这个忙，他说你最合适。”安娜说完就用期待的眼神看着她。

李楠芝一听就乐了，直摆手：“不行不行，我也没当过模特呀！要是给搞砸了怎么办？”

“哦，你担心这个呀，没事，我告诉你，就是穿好了衣服走出来就行了，也不必什么猫步不猫步的，因为是压轴出场，大家还以为是特意安排的呢。你就答应吧，我父亲说这也是我继母的意思。”安娜一脸的期待。

李楠芝听说是她继母的意思就犯难了，如果不答应，一定会影响到与她父亲公司的合作；要是答应，可自己真的是不会走什么猫步啊。但她又一想，那就豁出去了，反正主要是展示服装，没什么大不了的。

想到这儿，她对安娜说：“可是我真怕给搞砸了，那既然你父母这么信任我，我就试试？”

“太好了，走，我现在就带你去后台准备。”安娜说着，高兴地过来拉着她的手。

越子木站那儿看着两个人，也不知她们说的是什么事，却见安娜拉着李楠芝的手走过来笑着说：“越先生，你们自己进去吧，按照座位号坐下就行，我和李小姐去办点儿事。”说完，她冲越子木笑了笑就和李楠芝朝后面走去。

越子木也不知道她们两个是去干什么，但从她们的表情上看应该不会是什么坏事，所以也没太在意，就带着陈承他们往会场里面走。

可这一幕却被柳依依看在了眼里，不仅仅是看在了眼里，在走过来时她也听见了两个人的对话。她一想，什么？让李思月为主打服装走秀？一股嫉妒之心涌上心头，她眉头一皱，拉过吴叶说道：“现在交给你一个重要任务，看见没？”说着她朝已经走远的安娜和李楠芝一努嘴。

吴叶狐疑地看了看。

柳依依又说："你这样……"她在吴叶耳边说了自己的计划。

吴叶一听，吓得妈呀一声，惊慌失措地说道："柳……柳总，这样行吗？"

柳依依看了看她，突然正色道："别忘了你是谁的人，还有，如果你不按我说的做，要是被越子木知道了你的底细你也没什么好果子吃，你自己掂量掂量。"

吴叶一听就傻眼了。

柳依依又笑着拍了拍她肩膀："没事，一切有我呢，出了事我担着。再说，我不是答应你事成之后公司奖励你一套宿舍吗？你不想要了？难道总租房子吗？"

吴叶支吾着说："柳总，我就是有点儿怕，万一被人抓住怎么办？这可是搞破坏活动啊！"

"你就放心去吧，没人知道。"柳依依说着又拍拍她的肩膀，然后就朝秀场里面走去。

吴叶呆愣了一会儿，只好跟在了李楠芝她们后面朝后台走去。

她转了几个弯总算找到了模特们换衣服的房间了，可正要往里进呢，却被两个穿着制服的女警卫给拦住了，叽里呱啦的也不知说些什么。

吴叶就指了指里面解释着，意思是和刚才进去的两个人是一起的。

可那两个女警卫根本听不懂中国话，连连摇头。正在这时，安娜走了出来，一眼看见了吴叶。吴叶赶紧拉住她说："安娜小姐，我是来帮思月姐穿衣服的，她们不让我进。"

安娜笑着用意大利语和两个女警卫说了几句，她们这才让开了。吴叶赶紧进去了。

安娜也没多想，就朝秀场里面走去。

吴叶进到更衣间，见李楠芝已经穿好了那套压轴出场的主打服装，是件白色的礼服，她正在镜子前梳头发呢。见吴叶进来了，李楠芝笑着说："正好，小吴啊，你帮我弄弄后面，我够不到，刚才我没让他们的工作人员帮着弄，是个男的。"

吴叶听了也不答话，一脸的尴尬就帮她看了看衣服后面，等她弄好了衣服，见李楠芝专心致志地梳头发，就悄悄地弯腰去捡放在地上的那双高跟时装鞋。

李楠芝也不知道她在弄什么，因为是自己人，也就没多想。

就见吴叶悄悄地在鞋上弄了好半天，然后才红着脸站了起来。

“小吴啊，幸亏你来了，要不然也没个说话的人，轮到我上场得好长时间呢。”李楠芝转过头说道。

吴叶支吾着答应了一句，为了回避开李楠芝的目光，她又去帮她收拾换下来的衣服。

李楠芝看了她一眼，又接着说：“对了，小吴，我看陈承那小伙子挺不错的，我跟越总都商量好了，你们俩要是成了，那可是咱们公司的第一对呀，应该也算是一喜了，到时候我们一定给你办得风风光光的。”

吴叶当时就愣了一下，她下意识地回过头，看着李楠芝却欲言又止，而目光却停在了那双鞋上。

这时，李楠芝弄着头发又说道：“对了，哪天姐帮你好好打扮打扮，我们小吴也是很漂亮的姑娘呢，陈承那小子真是好福气！”

她刚说到这儿，吴叶眼睛都湿润了。她往前走了两步，张着嘴刚要说什么，却突然想到了刚才柳依依说的话来，她顿时倒吸了一口冷气，把要说出口的话硬生生地给咽回去了。

正在这时，有个长头发的男人走了过来，看着李楠芝用生硬的中文说：“李小姐，刚才安娜交代过了，你跟我来吧，我教你一些基本步法。”

李楠芝站了起来，看了看吴叶。吴叶赶紧说：“思月姐，那我先出去了啊。”说着，也不等她答话就匆匆跑了出去。走在走廊里，她还是一身的冷汗。

再说秀场里，各路贵宾陆续都到齐了，那些富豪和阔太太们衣着光鲜，美女们个个花枝招展。越子木他们的位置比较靠后，坐下时，他一眼就看见了坐在前面的施密特夫妇，而他们也看见了越子木，就互相站起来笑了笑算是打过了招呼。

刚坐下，越子木一回头就问陈承：“吴叶跑哪去了？”

陈承噘了下嘴道："谁知道呢，整天神神秘秘的。"

越子木知道他还有怨气，就笑了笑，也没多说什么就朝T台上看去。

过了一会儿，安娜急匆匆地跑了过来。越子木往她后面看了又看，皱着眉问道："哎？你怎么自己回来了，李思月呢？"

安娜冲他笑了笑，却朝台上一努嘴，示意他看上面。

越子木回过头来，耳畔早已响起了音乐声，紧接着，就见一干美女模特从T台深处走了出来，个个高挑的身材苗条的体形，而身上的服装却是设计新颖落落大方。看着时装秀已经开始了，他又往四周看了看，却还是没看见李思月，再想问安娜时，却见她瞪着眼睛盯着台上，根本不理自己，他只好作罢。

虽说台上美女如云，但越子木是心急如焚。他也不知道安娜搞的什么鬼，不过有一点他是相信的，那就是李思月一定不会有危险。不过，她到底去哪儿了呢？

一轮模特走台结束后，一位设计师走出来答谢。接着，又是一位设计师的作品，众多模特又开始了新一轮的走秀。再看台下，闪光灯不时地咔嚓着，但人们似乎都很有素质，并没有窃窃私语或交头接耳的。

左一轮又一轮的走秀却根本没吸引住越子木的目光，他心里七上八下地没底。在往人群里巡视时，他一眼看见柳依依就坐在前面一排，紧靠着T台的边缘。

正在这时，又一轮时装走秀即将结束，然而，那些模特们陆续走下台时，却见自T台里面走出个人来，顿时，全场一片嘘声。

越子木一看，就见是个穿着白色礼服的模特，但距离有点儿远看不清容貌。他不禁好奇起来，这些人怎么了，刚才还好好的，现在嘘什么嘘？

等他再仔细看时，不禁也惊呆了，那人竟然是李思月。

就见她穿着一身白色的礼服，高挽着头发，衬托着修长的脖颈，脚下却是一双高得离谱的镂空凉鞋，自T台里端款款走来，宛如天女下凡，怪不得一片嘘声。

看见了李思月，越子木这才明白，原来安娜和她是安排这个事去了。他不禁看了一眼安娜，就见安娜正冲自己挤眼睛呢。这下放心了，他坐直了瞪着眼睛就看了起来。

这时，就听周围已经有人在小声嘀咕了：“怎么是个中国人？”

“是呀，不过，也太漂亮了！”

“可不是，恐怕是这场秀里最漂亮的模特了，以前怎么没见过呢？”

就在人们的议论声中，李楠芝已经快要走到T台中间了。越子木这时就听身后传来小声嘀咕声：“千万千万慢点儿走啊……”

他回头一看，却见吴叶不知什么时候坐那儿的，正闭目合眼地双手合十念念有词呢。

再回头时，越子木就听全场不约而同地传来了一片惊呼声。往台上一看，坏了，就见李思月脚下一个趔趄，右脚上的鞋不知怎么掉了，她站立不稳，竟朝T台上倒了下去……

103. 有惊无险后的温存

李楠芝在T台上一个趔趄，右脚上的高跟鞋顿时就甩了下来，而她则身体站立不稳就朝台上倒了下去。距离她脚下一步远的地方，就是一处清水池，可能是主办方为了舞台效果而特意设立的吧。这下，台下的所有观众都惊呼起来。

越子木也吓了一跳，他就听身后吴叶“啊”了一声。

而此时的柳依依，看到这一幕后，脸上露出一丝轻蔑的微笑。

眼看李楠芝就要倒进那个水池里了，就在这千钧一发之际，她却左脚稳稳地站住，然后以左脚为轴，在台上竟然画了个弧，整整转了一圈后，面向观众停了下来。

台下的人们脸上都露出了惊喜的笑容。再看柳依依，眨着眼睛看着已经稳稳地控制住了局面的李楠芝，脸色难看极了。

再看台上，李楠芝弯腰把左脚上的高跟鞋竟也脱了下来，然后，她用右手拎着两只鞋，双脚的脚尖点地，双臂展开，又在台上做了个芭蕾的姿势，转过了一圈后，她稳稳地停下，伸展双臂向观众摆了个答谢的造型。

顿时，台下的观众纷纷站了起来，全场报以雷鸣般的掌声。越子木也激动地站起来，一边鼓掌一边为她的随机应变而感到高兴。他身后的吴叶也高兴得拼命鼓掌。

这时，再看柳依依，她坐在椅子上一动不动，脸色铁青。听到人们的欢呼声，她也站了起来，并下意识地回头看了一眼吴叶，然后，她分开挡在前面的人，想看个究竟。猛然间，她就觉得自己的脚好像是踩到了裙边，顿觉失去重心，随着前面的两个人闪开，她竟一头栽到了紧靠台边的水池里。就听“啪”“哗”的两声，再看柳依依，整个上半身就已经在水里了。

后边有人手快，一把拉住了她的裙子，把她拉了上来。然而，这一幕并没有太多的人看见，因为人们都在为台上这位美貌的东方美女欢呼着、雀跃着。安娜几步冲到台上一把抱住了李楠芝，她的父母在台边鼓着掌，眼里满含着赞许和喜悦。

被人拉上来的柳依依顿时气极败坏，她抹了一把脸上的水，狠狠地瞪着台上的李楠芝，然后，她又回过头，看了一眼并没发现她窘态的越子木，眼里全是怨恨。最后，她又看了一眼吴叶，吓得吴叶赶紧低下头去。

在人们不注意的情况下，柳依依像个落汤鸡一样提前退了出去。她万万没有想到，自己本来是想让李思月当众出丑，到最后却是自己闹了个大笑话，好在没有多少人注意，要不然真是丢人丢到家了。在回酒店的车上，她越想越生气，心里嘀咕着、好你个越子木啊，等着瞧!

因爱生恨的女人是可怕的，而她的可怕在于，她为了泄愤可以不择手段，但她并不知道自己的行为要多蠢有多蠢，到头来一定是搬起石头砸自己的脚。

先不说柳依依如何计划着更大的阴谋，单说时装秀场里。李楠芝在人们的欢呼声中被安娜搀扶着到了后台，安娜边走边说：“李小姐，你刚才可是把我们吓坏了，幸亏你反应快，要不然可就砸了。对了，这鞋是新的呀，怎么会坏了呢？”

李楠芝手拎着那双鞋笑了笑，说：“我也是吓坏了，现在心还在跳呢。我没有搞砸吗？”

“没有。不但没有，我看哪，观众反应还非常好呢！没准大家还以为是故意这么安排的呢，效果不错！”安娜说着不禁仔细看了看她，又自语道，“怪不得你那么讨我父母喜欢呢，现在连我都爱上你了。哈哈哈！”

两个人进了更衣间，李楠芝换衣服，而安娜却站在椅子上检查着那只坏掉的鞋，看了半天，她不禁皱起眉来，自语道：“应该不会呀！这好像是被弄断的。”

正在这时，门口有人说话了：“安娜，看看李小姐换好衣服了吗？我们可不可以进去？”

安娜一听就知道是自己的父母来了，她看了看已经基本换完衣服的李楠芝，笑着跑去开门。

进来的果然是施密特夫妇。两个人走到李楠芝跟前，夫人一把就拉住了李楠芝的手，满脸的喜悦中却夹杂着歉疚。

“小师妹呀，真是对不起，没想到会出这样的事，让你受惊了！”

李楠芝笑着说：“没关系的夫人，只要没给弄砸就万幸了。”

这时，施密特先生说：“对了，李小姐，你回去告诉越先生，明天你们一起来参加我夫人的生日派对，结束后我就和他具体谈谈合作的事。”

李楠芝一听，高兴得连连点头。

施密特先生又转头对安娜说：“安娜呀，你就代表我好好感谢一下越先生和李小姐吧，晚上你们吃个饭，我们就不参加你们年轻人的活动了。”

安娜含笑答应着。

施密特先生夫妇出去后，李楠芝对安娜说：“咱们也出去吧，我估计越子木他们一定等着急了。”

“好的。本来我是想给他一个惊喜的，让你临时充当模特的事没告诉他，可谁想……好在没什么事。”安娜说着就和李楠芝出了更衣间。

大厅里，越子木几个人正焦急地在那儿徘徊呢，一见她们走过来了，越子木三步并作两步迎了上去。而后面的吴叶则低下了头。

越子木也不管旁边有没有别人了，上前就拉住了李楠芝的手：“怎么样？脚没扭到吧？”

李楠芝看他一脸的关切，心里暖暖的，微笑着轻声道：“没什么事。”

陈承过来笑着说：“思月姐，没想到你这么厉害！其实你应该当模特，太精彩了！对了，我都给拍下来了。”

“当什么模特，这是没办法，救场如救火嘛。”说着，李楠芝看了一眼安娜。

安娜这才把如何让她去为主打服装做最后的出场秀的事向越子木说了一遍。

越子木心里说不出的高兴，他也没想到李思月在台上竟然是那么端庄大气，艳压全场。看来，自己得对她刮目相看了。

他们正在说话呢，就见几个外国人走了过来，其中一个用生硬的中文冲李楠芝说道："这位小姐，能否认识一下？我是法国服装协会的理事长，想请你担任我们新设计的春夏系列服装的展示模特，不知……"

李楠芝听完，看了看安娜，两个人顿时哈哈大笑。李楠芝冲那人礼貌地连连摆手，安娜则和那个说了些什么，然后就拉着李楠芝往外走去。再看那几个外国人，站在原地看着他们，一脸的无奈与不解。

等出了秀场大门，李楠芝好奇地问安娜："你刚才和他们说什么了？他们怎么是那副表情？"

安娜笑着说："我和他们说，这位李小姐你们可请不起，她可是中国一家时尚公司的老总，你们要想结识她只能到北京去找她，最好能与她们公司合作，这样她还有可能为你们的服装进行展示。"

说者无意听者有心。李楠芝一听，马上沉思起来，她想：只要是能帮到越子木的公司，让自己做什么都行。

可就听越子木说道："那可不行，她可不是随便为谁展示服装的模特，即使是合作也不行！"

他们正有说有笑呢，刚才那位法国男子却跑了出来，跑到李楠芝面前，他掏出一张名片双手递了过来。

李楠芝接过名片看了看，那人就点了点头然后转身回去了。

安娜说："不用理他，他们这些人哪，见了美女就迈不动步。呵呵，走，咱们去吃饭，今天我请客！"

越子木说："你帮我们弄门票我们得感谢你才对呀，怎么能让你请客呢？"

"这可是我父亲的意思，主要是感谢李小姐的大力相助。行了，别客气了，我带你们去家中餐馆吧。"安娜说着就把车叫了过来。

李楠芝却把那张名片小心地放进包里，她有她的想法，说不定这张名片今后会牵出一单大生意呢。

见安娜态度坚决，越子木也就不好再推让了，几个人就跟着上了车，直奔那家中餐馆开去。

一路上，他们有说有笑的，只有吴叶一言不发。李楠芝看着她就觉得不对劲，问道："吴叶，怎么了？心事重重的样子，是陈承欺负你了？"

还没等吴叶说话呢，就听陈承说："我哪敢！我是谁呀，还敢欺负人家？"

大家都听出来陈承话里带着怨气，就都笑笑把这事算是岔过去了。

到了餐馆，安娜带着众人往店里一进，越子木他们就明显感到像是到了家一样，因为服务员也全是华人，而且店里的陈设都是中式的，这让在异乡的人瞬间感到了家的温暖。

找了个包间坐下后，安娜熟练地点着菜，俨然一个中国通。

等菜都上齐后，她问越子木："还是喝点儿酒吧，反正也没什么事了，大家也放松放松。"

越子木一听喝酒就犯难了，可是，不喝又觉得人家安娜这么盛情怎好拒绝呢？他就点了点头，说："那就少喝一点儿吧。"

安娜回身叫过服务员："有中国的白酒吗？"

越子木一听就咧嘴了，心想：安娜一个外国姑娘怎么还好这一口啊！

陈承却高兴地说："对对，我今天就想喝酒，来白的！"

服务员把酒上来后，每个人都倒了一杯，只有越子木再三阻拦，外加上解释了明天还要去参加晚宴的事后，这才勉强让倒了半杯。

倒完了酒，几个人就有说有笑地边吃边喝。而几个服务员却站在门口不时地往里面张望着，还看着李楠芝说着什么。原来，刚才的时装秀是现场直播的，她们在电视里都看到了。

越子木正对着门，他早就发现这几个服务员有些不对劲，就悄悄把她们叫过来问了问，这才明白原因。看着几个服务员，他一想，何不让陈承拍些照片，等回去后在杂志上刊发一期时尚之都的见闻呢。他就叫过陈承，对他耳语了几句，陈承明白了他的意图后，就端着相机起身出去了。

几个服务员一听陈承说是要拍照片，高兴得叽叽喳喳地像一群麻雀。

陈承让她们在餐馆内外摆出各种造型拍了好多张照片，这才重新回来继续吃饭。

见陈承脖子上挂着个相机，安娜笑着说：“来，给我们也照一张吧。”说着就把头凑到了李楠芝旁边，并招呼着越子木也过来。

李楠芝犹豫了一下，但还是笑着把头歪了歪，而越子木则说：“你们照吧，我不上相。”

安娜眨了眨眼睛说道：“那就大家一起照。”说着，就招呼桌上的人都聚拢过来，只有吴叶迟疑着不动地方。

陈承看了她一眼，说道：“你怎么的？来的客人呀？”说着就一拉她的胳膊。吴叶无奈也凑了过来。

陈承招呼着大家往他那儿看，随着大家一声“茄子”，一桌人就定格在了照片里。

因为明天还有重要的事，越子木就阻止了继续喝酒，大家吃完了饭和安娜别过，然后都回到了酒店。

李楠芝和吴叶两个人回了自己的房间，而越子木和陈承也回房间准备休息。

越子木一进屋就往床上一倒说是困了，想睡一会儿。陈承说：“你睡吧，我不困，在这儿处理处理照片。”

不大一会儿，就传来了越子木细细的鼾声。可是，陈承哪睡得着觉啊，他这个闹心哪，吴叶不冷不热的，让他不知怎么办好。其实，他哪里知道，吴叶不是不想理他，而是她自己正闹着心呢。

陈承坐在桌前发着呆，正在这时，就听传来轻轻的敲门声。他开门一看，见是李楠芝。

就见她往床上看了一眼，然后小声说：“陈承啊，你得主动点儿，去，找吴叶去，反正下午也没什么事，你们好好聊聊。”

陈承本不想去，但他是个聪明人，李思月来干什么来了？难道真的是给你腾地方？

他就笑呵呵地退了出去，在走廊里转悠半天才去找吴叶。

见陈承出去了，李楠芝悄悄地走到床边，伸头看了看睡得正香的越子木，心想：有那么困吗？大白天的睡什么睡？

心里想着，眼里看着床上的越子木，她不禁怦然心动，刚刚喝了点儿酒，借着酒精的作用，再加上作为一个妻子对丈夫的思念，驱使着她悄悄地低下头去，在越子木熟睡的脸上轻轻地吻了一下。

越子木伸手往脸上一扒拉，翻个身又睡着了。李楠芝强忍着没敢笑出声，又蹑手蹑脚地转到另一边，她索性蹲在床边，双手托腮，目不转睛地看着那张熟悉的脸。回想着曾经的过往，一幕幕，每一个细节就像刚刚冲泡的绿茶一样幽幽地浮上来，带着清香，也有苦涩。

想着想着，她不禁伤感起来，自己什么时候才能公开身份呢？可是，即使公开了身份又能怎么样？这张脸并不是李楠芝的脸，看目前这情景，越子木分明是已经有些喜欢上李思月这张脸了。怎么办？

正在这时，就听越子木嘴里念叨着“楠芝，楠芝”，一伸胳膊就把李楠芝给搂住了，吓得她顿时瞪大了眼睛，并试图往后躲，可是，她又怎么能挣脱越子木结实有力的胳膊呢？

这下可好，她的脸已经快要贴到越子木的脸上了，鼻息间，也不知是自己还是越子木嘴里的酒味，她紧张得不行。

可是，让她更为紧张的一幕又来了。就见越子木闭目合眼地胳膊一用劲，两个人的嘴就凑到了一起！

李楠芝眨着眼睛，满脸通红。见越子木并没有睁开眼睛，她脑海里不禁出现了和越子木第一次约会时的情景。她就慢慢地闭上眼睛，轻轻地迎着朱唇，结结实实地吻到了越子木的唇。

或许越子木以为是在梦中吧，他突然双手一搂李楠芝，主动地吻了上去。这下，李楠芝是既兴奋又紧张，既纠结又渴望。然而，复杂的心情却难以阻挡奔放的热情。

她感到自己姿势有些难受，就索性把鞋一甩上了床。而越子木也不知是做的什么梦，竟然一翻身就把一条腿结结实实地压在了她身上。

李楠芝脸上灿若桃花，她期待着。可就在这时，她感觉越子木那只手不老实起来，正摸索着往她衣服下面伸呢。她当时就是一惊，这还了得？她动了动，可是，自己一只手被紧紧地压住了，怎么也抽不出来。

等她再想抽出来时可就晚了，越子木那只游移的手已经伸到了她的胸前。一瞬间，她浑身一震，头脑有些恍惚。渐渐地，她那只已经抽出来的手也放慢了。

好在越子木没有继续动作，她也就放松了警惕，她只顾享受激吻了。恍惚间，她又仿佛回到了从前的日子。在青青的草地上，在郁郁的林间……可就在这时，她突然感到那只手已经挪了地方！她不免有些遗憾，正有些怅然若失呢，睁眼一看，她差点儿笑出声来，就见越子木那只手正在解自己的腰带呢！

李楠芝想，他怎么还和以前一个样啊！只是不知心是否也和从前一样。

正想着呢，她却忘了一件事，那就是自己现在不是李楠芝啊！这要是任由发展下去还不知发生什么事呢。

果真，就见越子木把手重新挪了上来，这次却是直接朝她的裙带边缘伸去……

猛然间，李楠芝突然清醒了，她意识到要是再不制止恐怕就来不及了，她怕的倒不是越子木，而是自己，她是怕自己把持不住。说时迟那时快，她一用力往旁边一翻身，慌乱中脚往下一蹬！这下可好，再看越子木，扑通一声就摔到了床下。

104．惊人的消息

越子木这一摔终于摔醒了，他趴在地上揉了揉眼睛，手又捂着腿哎哟了两声，抬头一看，就见李楠芝在床上哈哈大笑。

他愣眉愣眼地看了看，就想要站起来，可刚要往起站，这才发现自己的腰带竟然是解开的，顿时，他窘得脸腾地一下子就红了，慌忙一手提着裤子一手拄地就站了起来，然后飞也似的就跑向了洗手间。

趁他去洗手间的空档，李楠芝赶紧把衣服整理好，然后下了床穿上鞋，就像没事似的坐在了椅子上。

好半天，越子木还没从洗手间出来。李楠芝一想，他一定是在拼命地回想刚才发生了什么，就忍着笑喊道："越子木，咋不出来呢？"

又过了一会儿，越子木才慢吞吞地从洗手间走了出来。他也不敢看李楠芝，而是一边挠着头一边自语着："睡迷糊了，你啥时来的？"他竟然也像什么都没发生一样。

李楠芝也不戳穿他，而是笑着说："哦，刚来一会儿。"

他尴尬着坐在床上，低着头问了一句："有……有什么事吗？"

李楠芝看着他，心里觉得好笑，心想：做都做了害什么羞？可嘴上却说："也没什么事，就是明天不是要去参加宴会嘛，想来和你商量一下。"

"哦，商量什么？"越子木看了她一眼问道。

李楠芝一改刚才的嬉笑表情，突然正色道："我在想，咱们这样欺骗施密特夫妇是不是有些不妥？"

“没什么吧？我那天是怎么说的？说你是我妻子了吗？”越子木一脸的茫然。

“对呀，你不是介绍说我是你妻子嘛。”李楠芝面带微笑地看着他。

越子木想了半天，说道：“不对呀，当时好像是你说的吧……”

“哎呀，纠结谁说的有什么用？反正现在在他们夫妇心里我就是你的妻子。”李楠芝说的是实情。

“我也是觉得这样不妥，可要是合作成功的话，那对公司的发展可是非常有帮助啊，人家毕竟是国际大公司！”越子木沉思起来。

“不管了，到时候再说吧，要实在不行，那就等宴会结束后直接挑明了。不过，我想，吉人自有天相。那你再睡会儿吧，我先回去了。”李楠芝说着就要走。

越子木站了起来，突然问道：“哎，陈承这小子哪去了？”

“他呀，我让他去找吴叶了。”李楠芝说着看了他一眼，见他还是在躲闪着自己的目光。

越子木不禁自语道：“哦，那你这时候回去岂不是电灯泡？要不，再待会儿？”

“再待会儿？那待会儿就待会儿。”李楠芝说完就坐在了他旁边。

越子木往一旁挪了挪，心想：我说这个干吗呀！

“怎么？后悔了？”李楠芝明显看出了他的心思。

越子木又尴尬起来。

李楠芝站了起来，说道：“行了，你也别难受了，干脆，咱们出去走走吧。估计明天活动结束后咱们就得回去了，趁现在有时间咱们去给家里的同事买点儿什么东西吧，毕竟出一趟国嘛。”

“对呀，我怎么把这事给忘了呢！那走吧。”越子木如释重负，站起来就往外走。

李楠芝在后面喊道：“你穿上点儿衣服啊！别着凉！”

越子木也不回头，李楠芝只好打开衣柜给他拿了件外衣跟了出去。

两个人出了酒店就朝街上走去，李楠芝跟上越子木把衣服给他披上了。越子木穿着外衣看了她一眼，心里暖暖的，而他脑海里却又浮现出李楠芝的模样。

在街边一家商店里，两个人开始挑选纪念品。李楠芝在女士用品区挑选着给许曼和顾桐两个人的东西，而越子木随便挑了点儿纪念品后就径直去了儿童用品区站那儿挑了起来。

等李楠芝选好了东西再一找越子木，却发现他竟站在儿童用品区左一样右一样地挑选着，也不知是要买什么东西。她一看心里就明白了，他买儿童玩具还能是给谁呢？她就走了过去，在越子木身后问道："这是要买什么呀？咱们公司也没有这个年龄段的呀！呵呵！"

越子木回了下头，又看了一眼她手里的东西，自语道："什么当妈的，孩子回去得多失望啊！"说着，就把个变形金刚拿了起来。

李楠芝笑着说："没事，有孩子他爸给买不是一样！"

越子木又回头看了她一眼，强调了一句道："可不能乱说，我要是真的有木瓜那样一个儿子就好喽！"

李楠芝心里动了一下。她笑着轻声道："会有的！"

最后，越子木还是决定给木瓜买那个最新款的变形金刚，两个人付了账就出了商店。

米兰的夜晚，因为有国际时装周而沸腾，因时尚而静谧。两个人提着装有纪念品的纸袋在街边漫步，走着走着，就来到了一处繁华的商场前，在楼体的巨幅广告屏上，正播放着新闻节目，一群游人正驻足观看。

李楠芝盯着那块大屏幕，突然，她被画面上的人给吸引住了，不禁站住脚认真看了起来。

就见电视屏幕上出现的是个专访的画面，一个穿着西装的男子面对镜头而坐，赫然竟是司派洛！而他前面伸着个话筒，估计是记者吧。就听画面里的记者问道："请问司总，我听说贵集团已经在开拓中国市场了，请问有这回事吗？如果有，你们的发展方向是哪一个行业？投入了多少资金？"

李楠芝紧紧盯着画面上的司派洛，就听他缓缓地说道："我们集团目前主营的几大行业都运营良好，尤其是宾馆酒店等服务业发展势头迅猛。你所说的什么拓展中国市场的事我怎么没听说？本集团起步于东南亚发展于东南亚，未来的战略重心也还是在东南亚，怎么会跑到中国去呢？纯属子虚乌有！”

李楠芝一听，顿觉头“嗡”的一下子。越子木站在她身后，也看着屏幕。

这时，就听画面里的记者又说道：“那请问，司总，我听说你们李氏企业集团有位新上任的董事局主席是个美女，怎么最近几个月来各大媒体都不见她的身影呢？坊间有传闻说她失踪了？请问这是真的吗？”

越子木一听，顿时瞪大了眼睛，他盯着屏幕，在李楠芝身后自语道：“李氏企业集团？这不是楠芝的公司嘛！”

李楠芝回头看了他一眼，两个人又接着看大屏幕。

就见司派洛跷着二郎腿，皮笑肉不笑地沉思了一下，然后缓缓地说道：“请看这个，这就是我们的董事局主席李楠芝李小姐……”说着，就见他从桌子下面拿出个相框来往镜头前一放，顿时，李楠芝的照片就投映到了屏幕上。

看到这一幕，越子木不禁“啊”了一声，他把手放在了李楠芝的肩膀上，两眼看着屏幕，半天都没说出话来。

而李楠芝却认真地听着司派洛接下来会说什么，就见司派洛把相框放在了桌子上，突然表情凝重地说：“可是，非常不幸的是，我这位表妹就在几个月前突然失踪了……”

李楠芝听到这，脚下一个趔趄，差一点儿摔倒，幸好有越子木在后面扶了一把，她这才站稳了。但她就觉得天旋地转，头晕得厉害。

越子木也听到了这句话，他眨着眼睛，直勾勾地盯着屏幕，一句话都说不出来。好半天，他才念念叨叨地自语着：“楠芝失踪了？楠芝失踪了？怎么会？一定是搞错了，一定是搞错了！”

李楠芝心里说：当然是搞错了。她看着屏幕上一脸狞笑的司派洛，又看了看他手上扶着的那个自己的相框，她一下子似乎明白了。看来，表哥真的是要动手了，不过，他这一招可够狠的！莫非他已经知道自己易容的事了？如果他知道了，那就不难解释了，他故意把自己的照片暴露出来，意图再明显不过了。因为自己现在这副模样，恐怕即使回到公司也不会有人承认的，怎么办？

可是，司派洛他为什么要这样做呢？李楠芝想，尽管我现在容貌有所改变，但就凭你一人之力又怎么能独占集团呢？真是笑话！

此时，听着屏幕上司派洛的话，越子木可是震惊不小，他瞪着眼睛张着嘴一言不发，满脸都是焦急的神情。直到李楠芝拉了他一下，他这才回过神来，边摇头边自语：“怎么会这样呢？怎么会这样呢？”

见他焦急地喃喃自语，一副恍惚的样子，李楠芝脸上露出了笑容，心想：你还知道急呀！可嘴上却说：“走吧，咱们回酒店。”

越子木却还是皱着眉一副魂不守舍的样子，他看了一眼大屏幕，就觉得脑海里一片空白，一时竟不知道该如何是好了。

“你怎么了？看个大屏幕也把你吓成这样？”李楠芝故意说道。

越子木自语道：“那是楠芝的公司，那张照片上的人就是楠芝。”

“哦？是吗！哎呀，那可怎么办？那上面的人说是失踪了呀！”李楠芝故作惊讶。

“得赶紧回去，我要去找她……”越子木说着，还是一步一回头地看着大屏幕。

李楠芝一听他说要去找自己，当时就是一愣，心想：这可怎么办？但她又一想，反正在他的印象中李楠芝是失踪了，所以就算见不到我也没什么。想到这儿，她也就释然了。但尽管如此，在回去的路上她还是担心起来，倒不是别的，而是担心司派洛真会做出什么事来，公司不仅仅是自己的，也有越子木的一份呀，可是现在，他却一点儿都不知道。看来，得尽快把事实真相告诉他才行。

两个人回了酒店，各自回了自己的房间。越子木在房间里踱来踱去，心神不宁。他又怎么能放得下心呢？如果刚才听到的是真的，那么楠芝现在一定处在危险之中，而她在那里又举目无亲，自己不去救她还会有谁呢？想到这儿，他下定决心，等明天的活动一结束就赶紧回去，并且要尽快赶到泰国去找她。

直到此时，越子木才明白，原来自己最放心不下的还是她。

一夜无眠。

第二早上，越子木简单收拾了一下，穿上李楠芝给买的那身西装就准备去参加施密特夫人的生日宴会。

这时，安娜打来了电话，说是可以让大家都去参加，说她继母喜欢热闹，反正陈承和吴叶也没什么事，最好一起去。越子木就答应了，他和陈承下楼后，见李楠芝穿着那身礼服和吴叶正在大厅里等着呢。

他朝李楠芝她们走过去时，安娜从酒店外走了进来，冲他们摆手喊道："车来了，大家上车吧。"

越子木一副没精打采的样子，也不说话，就跟在后面往外走。李楠芝等了他一下，看着他的样子小声说："今天应该高兴一些才是，要不然不太礼貌，有再大的事也先放一放吧，男子汉要能屈能伸。"

越子木看了她一眼，长出了一口气，调整了一下心情，这才强装笑脸上了车。

安娜看了看大家，笑着说："越先生和李小姐你们俩可真是天生的一对呀，好让人嫉妒！"

越子木哪有心情开玩笑，只是微微笑了笑，没说什么。

一路上，越子木不说话，车里的空气似乎都凝固了，李楠芝也是心事重重的，她脑海里昨天看到的画面以及听到的声音都还没有褪去，随之而来的却是无所适从。和越子木一样，她想的也是尽快回去，不仅回到北京，还要回去泰国调查清楚，看看他司派洛到底要搞什么鬼，能搞出什么鬼。

坐在角落里的吴叶此时更是紧张，原来她还想着自己要是去不上那个宴会就好了，到时候就和柳依依说人家不让去，可现在倒好，安娜说让大家都去，那也就是说，柳依依交代的自己并不愿意做的那件事恐怕是回避不了了。怎么办？难道真的做吃里扒外的人？所以，她是越想越闹心。

当车停到那座庄园门口时，越子木这才定了定神，心想：大丈夫应该拿得起放得下，先好好参加宴会吧，别到时候搞砸了。想到这儿，他主动招呼着大家下车。一下车，他就看见四周停了好多车，确切地说，都是豪车。

这时，一个穿着制服的人跑了过来，冲安娜笑着点了点头，安娜就带着大家进了庄园。

一进主楼的大厅，就见众多穿着各色礼服的嘉宾或交谈或寒暄，每个人手里还都端着个高脚杯。

安娜喊了一句："爸，我们来了！"

施密特先生和夫人回过头来，见是越子木他们到了，就快走几步迎了上来。到跟前，他和越子木握了握手，又很绅士地抬起李楠芝的手在手背上亲吻了一下，然后就拉着越子木进去了。而夫人则拉着李楠芝看来看去，满脸的喜悦。

陈承和吴叶找了个角落一边拿过一杯香槟喝着一边看着这些衣着光鲜的富豪们。而吴叶却紧张得不行，她四处看着，也不知是在找什么。猛然间，她一眼看见了柳依依，顿时就低下头去。可是已经晚了，柳依依看见了她，就转身朝她走了过来。

陈承一看柳依依过来了，就小声和吴叶说去下洗手间，然后他就躲开了。他可不想见这位自己的前上司。

吴叶本想叫住他，可是他已经转身走了，急得她躲也不是不躲也不是地干着急。

柳依依端着一杯香槟走到吴叶跟前，她四下看了看，小声道："准备好了吗？一会儿我去和她打招呼，你找机会下手，明白？"

吴叶咧了咧嘴，勉强地点了下头。

柳依依笑着在她肩膀上拍了拍，然后就转身朝李楠芝走去。刚走了几步发现吴叶没有跟上来，她就回头看了一眼，吓得吴叶赶紧装作若无其事地跟在了她身后。

"哟，这不是李小姐嘛，今天你可真漂亮啊！"柳依依和李楠芝打着招呼。

施密特夫人看了一眼柳依依，转头轻声问李楠芝："你们认识？"

李楠芝笑着点了点头，心里却在想：她怎么也来了呢？看来，还真不是一般战士呢！

"柳总今天也是艳压四座呀！好漂亮！"李楠芝回敬了一句。

柳依依礼貌地冲夫人点了下头，然后又笑着对李楠芝说："难得在这里相聚，来，咱俩喝一杯？”

李楠芝看了一下杯子，说道：“不好吧……”

“什么好不好的，来，不喝就是不给面子！”说着，柳依依一拉她的胳膊，自己扬脖就喝了下去。

李楠芝无奈，看了一眼夫人，只好也喝了一口。

夫人盯着柳依依半天，脸上露出不悦，径自走开了。

见李楠芝也喝了大半口，柳依依一把拿过她的杯子，嘴里说着：“换一杯吧。”然后却把手往身后一伸。

在她身后的吴叶会意，赶紧接了过去。柳依依挡住李楠芝的视线，又聊了起来。

吴叶像做贼一样，拿着那个杯子找了个角落，看看四下没人，她不知从哪儿翻出一个小纸包来打开，但正要往酒杯里倒的时候她突然停住了，想了想，就往酒杯里倒了一半，然后，晃了晃杯子，就赶紧端着出来了。

她悄悄走到柳依依身后，把那个杯子放在了她的手上，然后就赶紧退到了一边。柳依依一边说笑着一边拿过杯子递给了李楠芝：“那你先忙着，我去一下那边。”说完，她转身走了。

躲在暗处的吴叶看着李楠芝端着那杯酒，她这个着急啊，心想：可千万别喝呀！

正在这时，就见一个大胡子外国人一脸坏笑地朝李楠芝走了过去。

此人正是那天在街边调戏李楠芝的那个人。他走到李楠芝跟前，笑着说道：“这位小姐，又见面了，今天可比那天在街边漂亮多了！”

李楠芝一看，想起来了，她强忍着怒火，礼貌地冲他笑笑就想离开，可那人往前面一挡，说道：“别走啊，我倒想问问你，这么高级的聚会你是怎么来的？是来骗施密特先生的吗？”说着，竟伸手拉住了李楠芝的胳膊。

“你松手！放尊重点儿！”李楠芝实在是忍无可忍了。

而她这一喊惊动了周围的人，大家都侧目而视。施密特先生和夫人一见，赶紧走了过来。

“这位小姐是我的客人，请问有什么事吗？”施密特先生一把将那人的手拿开，厉声说道。

越子木这时也看见了，他也走过去，并站在了李楠芝身前。

这时，夫人拉着李楠芝的手说道：“甭理这种人，走，咱们去那边。”说着，她把李楠芝手上的酒杯往旁边的桌子上一放就带着她离开了。

施密特先生向大家挥手示意，大家就都散开了，越子木也转身跟上了李楠芝。

那人看着李楠芝的背影，一脸的狞笑，他顺手拿起桌上的那杯酒，生气地一扬脖就全喝了下去。

这下可倒好，躲在暗处的吴叶高兴得差点儿跳起来。

这时，音乐声响起，嘉宾们开始各自找舞伴跳舞。那个人在人群里寻找着李楠芝，他看来看去，贼眉鼠眼的，突然，他手捂着肚子弯下了腰，紧接着就飞快地夹着腿朝卫生间的方向跑去，一脸的痛苦状。

跑进卫生间的时候，门口站着的保洁人员就听里面传来“扑哧”的一声，他赶紧伸出戴着白手套的手掩住了自己的鼻子……

105．被拆穿了秘密

见那个大胡子外国人喝了那杯酒，并且跑着去了卫生间后，吴叶顿时乐得合不拢嘴了。原来，柳依依让她给李楠芝那杯酒里放的是泻药。

本来，柳依依是想让李思月当众出丑的，可没想到半路杀出个程咬金来，把她的计划给搅了。可柳依依却并不知道，她还纳闷呢，这李思月喝完了怎么一点儿动静没有呢？她看着正在舞池中和越子木跳舞的李思月，顿时皱起眉来。

正在这时，那个大胡子男人捂着肚子从卫生间里走了出来，他气急败坏地巡视着大厅。突然，他看见刚刚跳完了一曲舞的李楠芝正在和施密特夫人说话呢，就一脸痛苦地走了过去。

夫人一眼就看见了他，她把李楠芝挡在了身后，对那人厉声道："请你自重，再有过分举动我可要让人把你赶出去了！"

那人指着李楠芝道："她……她是个骗子！"

夫人气得就要叫保安过来，可还没等她喊呢，那人又继续说道："夫人，我没撒谎，她真是个骗子，不仅她，还有那个人！"说着，他一指远处正和施密特先生聊天的越子木，接着道，"他们两个是骗你们的，他们根本就不是夫妻关系！"

他这么大声一喊把在场的人都给吸引住了，人们不知所以地看着这边。

施密特先生走了过来，对那人说道："我们这里不欢迎你，请你出去！"

这时，两个保安过来架起那人就走。那人一面挣扎着一面喊道：“我说的都是真的，我跟踪过他们，在酒店里他们根本就没进一个房间！他们是骗你们的，不信你可以问问他们！”

保安不由分说就把他架了出去。

施密特先生回头看了一眼越子木，又看了看李楠芝，问道：“越先生，到底是怎么回事？”

越子木一时语塞，一句话都说不上来。

李楠芝看了一眼夫人，说道：“他说的不假，我们是没有住在一个房间，但是，我没有骗你们，更没有骗夫人，不管合作的事成与不成，和夫人的感情是真实的，毕竟，我们是校友。”

夫人听完皱着眉看着李楠芝，不住地摇头。

施密特先生叫过安娜：“安娜，你过来！你说说，这到底是怎么回事？他们真的是你朋友吗？”

安娜看了看几个人，拉着父亲的手，悄声道：“爸爸，这个事回头再说吧，这么多宾客……”

施密特先生看了看围观的众人，他也意识到自己有些不理智，就笑着冲大家挥了挥手，示意继续。然后，他冲越子木道：“你们跟我进来！”说着，就朝一间屋子走了过去。

越子木和李楠芝跟在了后面，夫人也一同进了那个房间。

关上门后，施密特先生叹了口气，拉着夫人的手，对李楠芝说：“你们说说吧，到底是怎么回事？”

李楠芝看了一眼越子木，笑着说道：“不错，在我们是不是情侣这件事上我们是骗了你们，但这是有原因的，以后你们会明白的！”

施密特先生一听，就打断她道：“行了，你也别说了，我不想听。我平生最恨的就是骗我的人！你们走吧，这里不欢迎你们！”

李楠芝拉着越子木的手行了个礼，然后又看了一眼夫人，转身就走。

夫人张着嘴欲言又止，看着已经走出门去的李楠芝，她无限惋惜地摇着头。

在外面的安娜见越子木和李楠芝要走，就推门进了那个房间，冲她父亲说道：“爸，你干吗把我的客人赶走？怎么不调查调查呢？谁说他们不是情侣？我看他们根本就是一对！我再也不理你了，明天我就回中国！”说完，她气呼呼地一摔门就走了。

再说越子木，他和李楠芝两个人像蔫鸡耷拉着脑袋一样出了宴会厅准备往庄园外面走。不知什么时候，陈承和吴叶也已经出来了，正等在门口呢。见越子木和李思月的表情，他们俩也不敢说什么，只是悄悄地跟在了后面。

走到庄园门口时，就见刚才那个大胡子男的正站在一辆车前吸烟呢，他一眼看见李楠芝就狞笑着把烟头往地上一扔，并用脚撵了撵，然后迎着他们走了过来。

而刚刚冲出门来的安娜在后面边跑边喊着：“越先生，等一等！”

此时，越子木的心情糟透了。

那个大胡子走到李楠芝跟前，又上下打量了一番，然后一脸坏笑地说：“小模样不错，干吗非得骗施密特先生呢？你要是跟了我……”

他还没等说完呢，就听刚跑到越子木他们身后的安娜冲两个保安喊道：“你们两个过来，把这个家伙给我扔出去，越远越好！”

两个保安一看是安娜，就答应一声朝那个大胡子走了过来，走到跟前，不由分说一人架一只胳膊就硬给拽走了。那人嘴里还不服气地说着什么，就见其中一个保安抬手照他脸上就是一拳，他哎哟一声再也不敢说话了。

吴叶在后边小声说了句：“早知道这样就都放里了。”

虽然她说话声不大，但还是让李楠芝给听到了，她回头看了一眼吴叶，没说什么。

这时，就见两个保安把那人往街边一扔，喊道：“滚！”那人真的连滚带爬地跑到自己的车前，上车就开走了。

安娜对越子木说：“越先生，真是对不起，我父亲脾气就那样，你们别介意，回头我再和他好好说说。”

越子木说：“不用了，安娜，这几天没少麻烦你，回头等你回到北京我找时间再好好感谢你吧，我们先回去了，你进去吧。”

“那这样，我让车送你们吧。”

越子木说：“那好吧。”

安娜叫过车来，越子木他们上了车，朝酒店开去。一路上，没人说话，车里静得死寂一般，每个人的心跳声都听得真真切切。

此时，越子木心里着急的却并不是宴会上的这件事，本来，李楠芝失踪的消息一出现，他就根本不把什么合作不合作的事放在心上了，就算企业再成功又能怎么样呢？如果李楠芝真的失踪了，找不到了，那么，他是不会原谅自己的。

而李楠芝想的却是宴会上的事，她在想：自己明明就是越子木的妻子，可是无法说清楚，她怎么能不着急呢？她在思考，如何能把这份合同做成呢？此时此刻，她脑海里全是施密特夫人那和蔼的笑容，还有，那面墙上挂着的自己母校的照片。突然，她想到，自己毕业那年正是学校建校五十周年，校庆时给每个学生发了一个校庆纪念册，听夫人的口气，她好像没能参加上，那也就是说，她手里并没有那本纪念册。想到这儿，她脸上露出了笑容。她想：不管合作成与不成，自己都要找到那本纪念册送给夫人。

而此刻坐在一角的吴叶却是心如鹿撞，七上八下地惶惑不安，虽说刚才这件事和自己并没有关系，但是她后怕，那杯酒要是万一被李思月喝了，那岂不是丢人丢大了？再加上被人家戳穿了真实身份，那不更是丑上加丑？所以，她内疚不已。但同时，她还在暗自庆幸，庆幸李思月没喝，庆幸这件事没人发现。

然而，她想错了。

车到酒店后，四个人下了车就往酒店里面走。越子木吩咐着陈承抓紧时间订返程机票，他自己径直上了楼。而李楠芝却和吴叶到了自己的房间，她把门一关，然后就看着吴叶。

吴叶还笑呵呵地说呢：“思月姐，你洗脸吗？”

李楠芝摇了摇头，还是看着她。

“要不，我洗一下毛巾你擦把脸吧。”吴叶又说。

李楠芝还是摇了摇头，继续看着她。

吴叶有些发毛了，觉得浑身不自在。此时的她就感觉像是被人剥光了衣服一样，赤条条地暴露在光天化日之下，躲也躲不掉。她一看李楠芝的眼神就全明白了，顿时，她涨红了脸，支吾着："思月姐，我……"

而李楠芝却一直在犹豫着该不该把话挑明了，她知道，这一定是柳依依在搞鬼，自从吴叶第一天来到公司她就觉得怪怪的，特别是到了米兰以后，她多次以一个大姐姐的身份和吴叶交心，甚至特意为她和陈承创造条件安排时间，让他们两个人多沟通，为的就是融化她的心。可是，在宴会上她早就看明白了柳依依的眼神，以及吴叶端着杯子转过身去的背影。那一刻，她想，这丫头真的是不可救药了。

但她实在是不想说出心里的气愤，还是给她一次机会吧，毕竟还年轻，或者被柳依依利用另有隐情。想到这儿，她打断了吴叶的话，说道："吴叶呀，姐对你怎么样？"

"姐，吴叶心里明白，都是我……"说着，她再也止不住泪水，呜呜地哭了起来。

李楠芝走上前揽住她的肩膀，柔声道："今天这件事，还有那天走秀也一样，我知道，这不是你的错。姐会替你保守这个秘密，不过，姐希望你做一个善良诚实的好姑娘，你也不要去和柳依依说什么，先这样和她保持着这种关系，今后还用得着你。明白吗？"

吴叶忍着泪水连连点头："我知道该怎么做了，姐你就放心吧。"

李楠芝笑着说："行了，别抹眼泪了，来，帮姐把后面的扣子解开。"

第二天，米兰马尔本萨国际机场。

越子木他们四人拖着行李正在通往安检区的通道上排着队，这时，就见安娜一路气喘吁吁地跑了过来。

"累死我了……你们退房怎么也不告诉我一声，害得我白跑了一趟……"她说着，拉着行李箱冲旁边的旅客点头示意并一下子就挤到了越子木身后。

"哎，安娜你这是干吗？"越子木问道。

"回北京啊，我还得上学呢！"安娜说着又回头看了一眼李楠芝，冲她不好意思地笑了笑。

几个人跟着队伍过了安检就在候机区候机。而就在此时，施密特先生的庄园内，柳依依不知通过什么关系正在和施密特夫妇谈着合作的事。她把公司的资料交给施密特先生，滔滔不绝地说着公司的业绩以及未来的发展战略。

施密特先生简单翻了翻那份公司简介，却放在了一边，一脸严肃地说："柳小姐，这个事先放一放吧，目前本公司还不打算到中国拓展业务，等公司战略调整了，或许我们会有机会合作的。"

柳依依见施密特先生这是封了门，也就不好再多说什么，她站起身又寒暄了几句就走了。看着她的背影，施密特夫人说："和李小姐可差远了。对了，亲爱的，你真的不想去中国拓展业务了？"

"唉！"施密特先生叹了口气说道，"我现在实在是搞不清楚什么是真什么是假，合作伙伴要是选不好对公司会有损失的，这件事还是从长计议吧。"

夫人也叹了口气说："反正我就是觉得越先生和李小姐不像是那种人，看他俩多般配呀！或许是另有隐情吧，真是可惜了！"

在柳依依回酒店的路上，街边围了不少人，她的车开过去的时候，就见人群里两个警察正揪着一个人往警车上走，而那个人正是那个错喝了泻药酒的大胡子，他因为酒后驾车加上欺负街边一个卖水果的女孩儿而受到了指控，被随后赶到的警察带走了。

再说越子木他们，坐上班机飞回了北京。飞机一落地，越子木开了手机就拨给了乔庄。

电话接通后，还没等乔庄说话他就迫不及待地问道："乔庄，你回来了吧，情况怎么样？我让你调查的那个人在不在她公司？见没见到她本人？"

他一连串问了好几个问题，把乔庄给问蒙了。她迟疑了一下，说道："我回来了，你让我办的事我调查了，她人好好的，公司嘛……也没什么问题。"

越子木一听，不禁皱了皱眉，说道："你说的都是真的吗？"问完，他继而又说道，“算了，等我到公司再说吧。”说着，他就挂断了电话。

出了机场，安娜和众人告了别就打车回了学校。

越子木他们四人正要打车呢，就听有人喊道：“越总，越总！”

他抬头一看，就见许曼和顾桐两个人挥着手跑了过来。跑到跟前，许曼一把接过越子木手里的行李箱，又看了一眼李楠芝她们，笑着对越子木说：“怎么这么快就回来了？没多玩几天？陈承一说你们要回来我就和顾姐早早地过来等了。”

顾桐也看了一眼越子木，轻声道：“干吗着急回来，公司有我呢。”

越子木也没空和她们闲聊，他心里着急呀。

几个人上了顾桐的车，挤了挤就朝公司开去。

在车上，许曼问这问那，却见几个人谁都不怎么说话，她顿时诧异起来，看看这个，再看看那个，自语道：“在意大利没机会说中国话？怎么都变哑巴了？”

大家还是没人和她搭话，她只好不作声了。

顾桐从车后视镜里看了看，也是一脸的诧异，心想：他们此行一定是发生了什么。

到了公司，一下车，李楠芝就对越子木说：“我想请几天假，有点儿事要办。”

越子木想也没想就说：“你办去吧，不用着急回来，好好休息几天。”

李楠芝答应着还想说什么，但终是没有说出来，只是看了看他就转身进了办公室。

这时，乔庄从椅子站了起来，一看见李楠芝，她就瞪着眼睛像是有话要说。李楠芝示意她等回去再说。

而越子木一进来就把乔庄叫到了外面，他问乔庄：“你真的调查清楚了吗？李楠芝真的还在公司？”

“对呀！”乔庄看着一脸焦急的越子木，纳起闷儿来。

越子木看了他半天，说道：“那先这样吧，你辛苦了。”说完就转身进了屋。

见大家都在，越子木说道：“我临时有事要出去几天，公司的情况等我回来再听汇报。顾桐啊，你还得辛苦一下，公司你就多费心了。”说完，他让陈承把带给大家的东西分一分，然后转身出了公司往家走。

李楠芝看着他的背影，心里想：他这一定是要去泰国呀，不行，自己得赶在他前面先回泰国。

她想了想，叫过乔庄，两个人说是有事就和顾桐请了假直接回家了。

一进家门，木瓜就跑了上来。好几天没见着妈妈了，木瓜一见到妈妈就高兴得围前围后。李楠芝将越子木买给他的变形金刚拿出来递给他，木瓜高兴得上前在妈妈的脸上亲了一口。

李楠芝笑着说：“木瓜，你猜猜这是谁买给你的？”

木瓜忽闪着大眼睛想了半天，说道：“难道是叔叔吗？”

“咱们木瓜真聪明。对，是叔叔特意给你买的。”

“还是叔叔对木瓜好。”木瓜说着，就拿回自己房间去玩了。

她这才对乔庄说：“不行，我得回泰国一趟。对了，司派洛到底想要搞什么名堂？”

“姐，你都知道了？我正想向您汇报呢。”乔庄说着就把自己回去时了解到的情况向她说了一遍。

原来，果真如她猜测的那样，司派洛不知从哪儿知道了她改变容貌的事，利欲熏心的他面对庞大的公司资产，那颗不安分的野心开始发酵了。为了达到自己的目的，他开始散布谣言，说李楠芝失踪了，公司的一切事务统统由他负责。而且，他还计划着更大的阴谋。

李楠芝听完，回想着平时对自己毕恭毕敬的司派洛，说什么也不相信他想要侵占公司。

“按理说不应该呀，他本来在公司也有股份嘛，怎么会做出这样的事来？”她自语着。

站在窗前，他看着前面那栋楼上越子木家已经亮起的灯光，回头对乔庄说：“这样吧，你跟我回泰国一趟，一会儿你给越总发个信息请个假。”

当天晚上，乔庄订好了机票，第二天一大早，两个人坐上飞机直飞曼谷。

下了飞机，她们直奔位于海滨的别墅。先见过了母亲后，李楠芝就上楼进了自己的房间，她翻箱倒柜地找了起来。最后，在书柜底下的抽屉里终于翻到了那本学校的校庆纪念册。

她捧着纪念册小心地翻开，一页一页地翻看着，上学时的一幕幕如同在眼前一样若隐若现。正翻着呢，突然，她看见一页上面有张照片，一个女学生站在校门前，春光四射，笑靥如花。天哪，这不正是施密特夫人嘛!

这可是个重大发现，她当时就高兴得差一点儿跳起来，原来，她也曾是个校花呀！校庆时，也不知是谁出的主意，把历届校花的照片都印了进去，当然，这里面也有李楠芝的照片。

找到这本纪念册后，她下楼叫过乔庄，让她跟着去一趟邮局，按照施密特先生名片上的地址把这本纪念册寄了出去。

忙完了这些，两个人刚要往回走，她包里的手机却响了起来。她拿出手机一看，没动静啊。这时，手机却还在响，她这才知道，原来是另一部手机在响。她不禁一惊，会是谁呢？这个号码没几个人知道啊？

等拿出手机一看，来电话的竟是越子木！

106. 曼谷相会

李楠芝一看来电话的是越子木，她就是一惊，没想到他竟然还记得自己的这个号码，而自己一直都没换这个电话也就是留给他的，尽管在泰国要缴纳昂贵的漫游费。

她看着手机屏幕还有那随着铃声的振动一直在晃的汤姆猫，心里突然复杂起来。不接是不行的，要是不接，他一定会以为自己真的失踪了。可是一旦接了电话，自己的身份可就是李楠芝了，要说些什么呢？昨天还在一起的呀。

犹豫了半天，她还是按下了接听键，可是，手机里却突然没了声息。

“喂，你好，请问是哪位？”她以不知道来电是何人的口气问了一句。

过了好一会儿，就听手机里传来越子木熟悉的声音：“你……好吗？”

听到这三个字，明显能感觉到越子木激动的心情。她定了定神，说道：“是……越子木吗？”

“嗯。你现在在哪里？过得好吗？妈身体好吗？你没什么事吧？”越子木一连串问了一大堆问题，关切之情溢于言表。

她笑着说：“一切都好。你怎么想起给我打电话了？你现在在哪里？”

“我……”手机里，越子木迟疑了一下，继而说道，“我在曼谷。”

李楠芝看了看恢复女孩儿装扮的乔庄，心想：还好不是一趟班机，要不然就麻烦了。可是，他怎么来得这么快呢？

“你来泰国了？那你现在在什么位置？”她说着，也是抑制不住激动的心情。

本来，她是想问越子木在哪里，她要去接他。可是，就听越子木说道：“哦，我是来办点儿事的，顺便给你打个电话，也没什么事，就不打扰你了。”

李楠芝这个气呀，心想：你来不就是要见我的吗？怎么临阵退缩了？此时，她非常矛盾，是既想见到越子木又怕见到他。想见他，是因为自己现在是李楠芝；怕见他，是因为自己已经不是过去那个李楠芝了，而是李思月的容貌。

但尽管这样，她还是希望能够见上越子木一面，以李楠芝的身份。但听越子木这么一说，她突然有种怅然若失的感觉。

“你来都来了，就不想见见我吗？你就不想和我说点儿什么吗？”

越子木迟疑着说道：“只要你没什么事我也就放心了，那先这样吧。对了，请代我问妈好。”说完，还没等她再说话就把手机挂了。

李楠芝看着手机屏幕噘起了嘴，嘀咕道：“小气！”

乔庄却过来笑着说：“姐，你真的希望他来见你吗？”

“我这不也在矛盾嘛，我这样子怎么见呢？还不吓他一跳？”她说着就叹了一口气。

“姐，那咱们现在要去哪里？”

“你跟我去一个地方。”说着，她招手拦了一辆出租车，用简单的泰语对司机说了一个地名，司机就开着车直奔郊外。

在一片别墅区附近，车停了，两个人下了车直奔一栋别墅走去，到了别墅跟前，她们往院子里看了看，既没看见人也没听见什么动静。

李楠芝轻轻地喊了一句：“王叔，您在吗？”

可是，依然没有动静。她和乔庄对望了一眼，表情顿时严肃起来。乔庄伸手一推，门开了，两个人进了院子，却见楼门虚掩着，她们二话不说开门就进了客厅。

“王叔，王叔，我是楠芝呀，您在吗？”

可是，屋子里空荡荡的只有她自己的回声却根本就没人答应。她向乔庄使个眼色，两个飞快地朝楼上走去，可是，到了楼上的卧室见电视还是开着的，却没有一个人。

她不禁纳闷起来，王叔去哪儿了呢？她脑海里闪出几个画面。莫非王叔遭遇不测了？一想到这儿，她顿时紧张起来。

两个人又迅速下楼，在客厅里，发现桌子上的食物还是温的。那也就是说，人刚离开不久，可是，从迹象上看并不像是被绑架了呀。

她掏出手机，可是看了半天屏幕这才想起来，王叔根本就不用手机。而他的管家或司机的电话自己并不知道啊，怎么办？

如果司派洛真的是已经到了丧心病狂的地步，那绝不会放过他。因为王叔是公司的元老，德高望重，他要是胆敢对王叔动手，那就是自取灭亡！

想到这儿，她看了一眼乔庄，掏出另一部手机拨了一个号码，然后，她背过身去接听起来。而乔庄知趣地出了楼站在院子里。

电话接通了，她对着手机说道："是我。说话方便吗？那好，只问一件事，王叔没发生什么事吧？"

电话里的人说道："没什么事，对了，听说最近身体不太好。李总，有些事我想向您……"

李楠芝打断他说："不用说，我都知道了。我不是告诉过你嘛，不到万不得已不能联系，今天实在是着急了，要不然不会打给你。赶紧挂吧，需要时我会找你。"说完，她就挂断了电话。

李楠芝推门走到院子里，对乔庄说道："没什么事了，走吧，咱们先回家，明天再来。"

乔庄看着她的表情诧异起来，心里想：刚才不是还着急嘛，怎么现在像没事似的了？

两个人刚要往院外走，这时，就听门口传来轻微的刹车声，紧接着，院门开了，就见一个保姆模样的妇女扶着位白发老人走了进来，身后还跟着一个高大魁梧的男子。

"王叔，您可回来了！"她笑着迎了上去。

“哦？怎么是你？啥时回来的？”老者一脸惊异的表情。他说完，又往院外看了看，一挥手，示意赶紧进屋。

那位保姆冲李楠芝弯了下腰算是敬过了礼，然后恭敬地笑了一下扶着老者先进一楼的客厅，李楠芝跟了进去。而乔庄站在了楼门口，那个男子看了她一眼，站在了另一侧。

落座后，李楠芝一问才知道，原来王叔是去了医院。

“王叔，您哪儿不舒服吗？”。

“唉，都是让那小子给气的！”老者说着，胡子动了动。

见保姆去倒水了，老者这才对李楠芝小声说：“看到你回来我就知道你一定是得到消息了，也难怪，他这么搞你又怎么能不知道呢？唉，真是鬼迷了心窍。”

而李楠芝此次来的目的也正是如此，她聚精会神地听着。就听王叔又接着说道：“这几天我一直琢磨着给不给你打电话呢，正好你来了。你放心，别看他咋折腾，到最后都是自取其辱。其实，我想给你打电话倒不是那小子的事，而是有一件事我觉得必须要告诉你了，我是怕自己哪天一走就没人知道了。”老者说着又是一阵咳嗽。

李楠芝赶紧帮他捶了捶背。

老者接着说：“楠芝啊，知道你父亲为什么留下话让你一定要找到那对母子吗？”

她摇了摇头。

“那你看过你父亲留给你的那半把金钥匙吧。”

她又点了点头。

老者又说：“另外半把钥匙就在那母子手里，只有这两枚钥匙放在一起才能打开你父亲在瑞士银行开的保险箱，而那个保险箱里……咳咳咳……”话没说完他又咳嗽起来。

李楠芝又在他后背上轻轻地敲了几下。

老者止住了咳嗽，想了想，突然凑近李楠芝的耳边说道：“他瞎折腾，集团的股权书和律师信在那个保险箱里，没有这两样东西他兴不起风浪来！”

李楠芝一听，好像有些明白了。

老者又说：“对了，你找到那母子了吗？”

她微笑着点了点头。老者高兴起来，他长出了一口气，冲着窗外自语道：“老哥哥呀，你女儿长大了，你的心愿她替你完成了！”

他这几句话让李楠芝听了眼睛顿时湿润起来。

老者拉着她的手：“找到就好，但是有一件事你可要千万注意，那就是保护好钥匙，万万不能落入那小子的手里呀！尽管即使落到他手里也没什么用，但还是不要发生那样的事。”

见时间不早了，她就辞别了王叔，带着乔庄刚一出别墅大门手机就响了，拿出手机一看，来电话的竟又是越子木。她不禁诧异起来。

接起手机，就听越子木说道：“楠芝，我想见你，就现在！”

她一听越子木火急火燎地说要见面，当时就是一愣，心想：他不是说不见了嘛，现在怎么又急成这样要见面呢？听口气明显是很着急的样子。

原来，越子木第一次打电话时是刚刚下飞机，本来，他是抱着必须见李楠芝一面的想法来的，一是要证实一下李楠芝到底是不是真的失踪了；二来也是想对她说些心里话。但在电话里一听见她的声音他就退缩了，自己的内心又矛盾起来。听到了李楠芝的声音，那也就说明她还好好的，并没有失踪，那么自己还有必要见她吗？见了面又说些什么呢？

他惶惑不已，最后，还是说出了那番话撒了个谎。可是，等他准备买返程机票时，却是第二天的班机。没办法，他就在机场附近找了家酒店住了下来。在房间里，他坐卧不宁，在地板上踱来踱去，踱了好长时间，他也累了，就坐在床上思前想后。最后，他下定决心，一定要见她一面，不为别的，只为自己心中那久久的疑惑。于是，他这才打了这个电话。

李楠芝一听他说要见自己，不禁暗想，这下可麻烦了，他要看到自己会怎么想呢？自己的计划可就全泡汤了。但是，又不能不让他见，那样只会加深他的误会。情急之下，她说道：“好啊，这样吧，我在中国城的鱼翅馆包房里等你，你别着急，打辆车和司机一说都知道。”

越子木说：“好，我很快就到。”放下电话，他匆匆出了酒店直奔中国城。

李楠芝把手机放进包里，看着乔庄说："没办法了，让他见一面吧，不过，可不能这么见，你赶紧打电话在中国城鱼翅馆订间包房。"

乔庄听了赶紧打电话订包房，而李楠芝却盘算着到时候怎么办。两个人打了车也直奔中国城的方向。

夜幕时分，中国城正是繁华初绽的景象，众多的摊位都快摆到大街上了，一些已经超出三代的华人商家操着并不流利的中文招揽着生意，整条街上除了穿梭的车全是游人，偶有几辆三轮车载着游人穿街而过。人们在街边的小吃摊前驻足品尝着各色美食，什么冬阴汤、烤大虾、咖喱蟹，应有尽有。

在中国城最大的海鲜酒楼前，一辆车停了下来，李楠芝和乔庄下了车直奔楼上走去。而此时，李楠芝不知从哪儿弄了条纱巾蒙在了脸上，在这繁华炎热的夜里显得极不相称。

两个人进了包房，乔庄要了一壶茶倒了一杯放在李楠芝面前，然后她轻声道："姐，我不好在这儿吧……"

李楠芝抬头看了一眼已经恢复了本来面目的乔庄，笑了笑，说道："你在这儿正合适，别忘了，他可是见过你的。"

乔庄一听，马上想到了无人岛上的那一夜，就吐了吐舌头不再言语了。过了一会儿，她又问："姐，要叫点儿吃的吗？我估计越总肯定没吃饭呢，曼谷他是第一次来，怎么也得让他尝尝这里的特色美食吧。"

李楠芝看了她一眼，笑了："我何尝不想跟他共进晚餐呢，可是，我怕接触过多会露出破绽，别忘了，他可心细着呢。但你说的也对啊，那就点些特色菜吧，吃不吃再说。"

乔庄答应着下楼去点菜了，而李楠芝则坐在包房里既心急如焚又忐忑不安。

正在这时，手机响了，来电话的是越子木。她接起来就听越子木问道："是哪个房间？我在楼下呢。"

李楠芝心里顿时跳个不停，她说了房间号，然后，放下手机用手捂着胸口站起来朝窗口走去。

耳朵里就听外面传来"通通通"的脚步声，一听声音就知道来人像是很着急的样子。

随着脚步声在门口消失，响起的是两下敲门声。

李楠芝抑制住激动的心情喊了句："请进！"但她依然没有转过身来。

门吱呀一声开了，她明显感到身后的风声。可是，她等了一会儿，却并没有人说话，她就转过身来。就见越子木愣愣地站在门口一动不动。四目相对，李楠芝无语泪流。久违的重逢，久违的相会，他还是那个他，她也还是那个她，只不过，近在咫尺却又像是远在天涯。

这一瞬间，空气似乎凝固了；这一瞬间，两颗心的距离拉近了；这一瞬间，纵有千言万语也无须多说了。人世间，没有什么比得过这三个字的实际意义：在一起。

在一起，多么普通的三个字，然而却饱含了最接地气最有人情味最朴素的情感最值得深思的意义。再怎么刻骨铭心的爱也不如在一起，再盟誓山无棱江水为竭也不如在一起，再感叹你是风儿我是沙也不如在一起……

此时此刻，两个人彼此都听得见心跳声，谁也不先说一句话，都生怕话一出口就会打破这份宁静。是啊，说什么呢？毕竟分别那么久了，这是越子木所想。而对于李楠芝来说，尽管自己和越子木朝夕相处，但毕竟不是以李楠芝的身份，说什么？又从何说起呢？

正当两个人谁也不说话的时候，门开了，乔庄进来说着："姐，菜都点好了，马上就上来。"刚说到这儿，她一抬头就看见了屋里的情形，顿时，她也愣住了。

越子木看了乔庄一眼，转过头去笑着说："好久不见了。"

"是……是啊，越先生……"乔庄答了一句，她看了一眼越子木，这才意识到人家那是对李楠芝说的，不由得吐了一下舌头，蹑手蹑脚地就往外走。

李楠芝看着越子木，开口说道："坐吧，累一天了，没吃饭吧？"说到这儿，她又冲正要开门的乔庄说道，"小乔你催一下菜。"

乔庄答应一声赶紧下了楼，边往楼下走边拍了拍胸口，紧张得不行。

越子木和李楠芝隔桌而坐，却都低着头。

这时，服务员将各种泰国特色菜一一端上来摆在桌子上。等服务员退出去，李楠芝拿起筷子说道："吃吧，你不一定吃得惯，但都是这里的特色。"说着，就夹了一块咖喱蟹起身放在了越子木面前的盘子里。

"楠芝，你好吗？"越子木终于说出了自己想说的话。

"哦，你不都看到了嘛，我挺好的。"李楠芝盛了一碗冬阴汤喝着以掩饰自己内心的激动。

"能……让我看看你吗？怎么蒙着纱？"越子木看着她说道。

李楠芝愣了一下，迟疑着说："还是别看了，昨天擦了点儿化妆品有点儿过敏。"说完，她又盛了一碗汤放在他面前。

越子木拿着汤勺在碗里舀来舀去，最后，他舀起一勺喝了一口，顿时就酸得咧起了嘴。李楠芝一见，实在忍不住就哈哈大笑起来。

越子木尴尬了一下，但他一听笑声顿时就瞪大了眼睛，突然问了一句："你到底是谁？李思月你跟我开什么玩笑？"

李楠芝听他这么一喊，手里的汤勺当时就掉到了汤碗里。

107. 久别燃情与突然袭击

听越子木这么一问，李楠芝顿时吓了一跳，但她很快就镇定下来，看着他说："咦？你说什么？谁是李思月？"说着，她故意把手机放在了桌上，手机链上拴着的那只汤姆猫晃动了两下。

越子木刚想说什么，却一眼看见了她面前的手机以及那只汤姆猫，他顿时瞪大了眼睛，盯了手机半天，支吾道："哦，没……没什么。"他记得，李楠芝的那个手机还是自己和她一起买的呢，没想到这都好几年了她还在用。

可是，令越子木不解的是，她的笑声和李思月也太像了，自己差一点儿就认错人了。现在一看到她的手机，他无语了。

李楠芝一看他的表情就笑了笑，刚刚还是悬着的心终于放了下来。她笑着说："你不饿吗？快吃吧，有什么话吃完饭再说。"

越子木就不再言语了，看着桌上的菜，他还真有些饿了，从下飞机到现在还真是什么也没吃呢。于是，也不管那么多了，他就闷着头吃了起来。

看着狼吞虎咽的越子木，李楠芝柔声道："慢点儿吃，别着急。"

越子木"嗯"了一声，还是闷着头。

这时，李楠芝站了起来，绕到越子木身旁，端起他面前的碗又加了点儿汤轻轻地放在桌子上。

越子木面对近在咫尺的李楠芝，鼻尖分明嗅到了她周身散发出来的熟悉的清香，他深吸一口气，突然觉得这气味好熟悉呀，怎么和李思月身上的一样呢？

就在李楠芝转身要回自己的座位时，越子木一把就拉住了她的手。李楠芝浑身震了一下，心跳开始加速。

越子木站了起来，但那只手始终都没有放开。他面对着李楠芝，极力想看清她的脸，可是，隔着一层面纱他根本就看不清楚。

李楠芝见他不说话，就抬起头看了一眼，她发现，越子木的呼吸变得急促起来，虽说平时也是在一起，但此时的感觉又不一样。

她刚想说话，忽然，越子木一把就将她紧紧地抱住了，两个人脖颈交合着，李楠芝迟疑了一下也伸出双臂抱住了他的腰，并且搂得紧紧的。

“楠芝……都是我不好，我想来想去，还是不能没有你！”越子木在她的肩头终于说出了心里话。

李楠芝闻听，一行清泪顿时滚落下来。她拍打着越子木的后背，噘着嘴说道：“你就是个坏家伙！有什么事不能商量还非得选择逃避呢？我一直都在想你，知道吗？”

“我知道，我知道……不管怎么样，我再也不想离开你了！”越子木说着也觉得鼻子酸酸的。

“你知道吗？我有好多话要对你说……”李楠芝这时下定决心，要把一切都告诉他。

可越子木突然用脸一蹭她的面颊，呼吸更加急促了。李楠芝一下子清醒了，她意识到，现在还不能让他看到自己这张脸。想到这儿，她就一边躲闪着一边柔声道：“别这样，一会儿小乔回来会看见的，还是先吃饭吧，吃完饭你跟我回家。”

越子木高涨的热情迅速降着温，他轻轻地松开了胳膊，却伸手捧住她的脸，温柔地说：“楠芝，你就不能把这个拿下来吗？你就是变成丑八怪我也不在乎。”

“嗯……”李楠芝扭了一下身子，走向自己的座位说道，“都好几年没见了，我可不想让你一看到我就吓一跳。”

越子木笑了笑，也就不再勉强她，自己坐下来把碗里的东西吃完后就抹了抹嘴巴，说道：“你刚才说什么？回家？回哪个家？”

李楠芝一听就笑了：“当然是回咱们的家呀！”

越子木迟疑着，又问了一句：“你是说你在泰国的家吗？”

李楠芝点了点头。

越子木想了想，突然一脸坏笑地说道：“不会碰到别人吗？”

李楠芝心想：这时候还不忘开玩笑？心可真是大呀。她就噘着嘴说道：“你以为像你呢？整天拈花惹草的！”

越子木一听就不言语了，继而说道：“还是不去了，我还没准备好……”

李楠芝知道他说的是心里话，在事情还没有弄清楚前，他还是解不开那个心结。于是，她就站了起来。

“那随你，走吧，去你那里，你不是有话要对我说嘛。”

两个人就往楼下走去，到了楼下，见乔庄正坐在一张桌子旁，李楠芝冲她使了个眼色，乔庄会意就去结账。

越子木跟着李楠芝出了酒楼来到街上，李楠芝招手拦了一辆出租车，两个人上了车，李楠芝问道：“你住哪儿？”

“哦，机场宾馆。”

司机就开着车朝机场的方向开去。

乔庄付完了账一出门，却发现李楠芝和越子木都不见了，她顿时焦急起来，就赶紧给李楠芝打了个电话。

接通后，她小声说道：“姐，用不用我去呀？”

“傻丫头，你来干什么？你在家等我就行了。”李楠芝挂断电话就觉得好笑，心想：乔庄这丫头是真不明白还是假糊涂啊，你来，你来做电灯泡吗？一想到这儿，她情不自禁地笑了起来。

越子木听着她银铃般的笑声也开心极了，心里说：只要你开心就好，这几年还真是难为你了。

车停在了机场宾馆门前，两个人下了车，越子木就要付账，李楠芝笑着说：“你又没有泰铢，还是我来吧。”

进了宾馆，越子木走在前面，两个人上楼进了房间。

越子木回身把门关好，开了灯，转过身就一步一步朝李楠芝走去。李楠芝站在床边看着他，感觉从来没有过的激动与冲动，她就这样看着越子木边走边把外衣脱去搭在了椅子上，她看见，那正是自己给他买的那套意大利西装。

还未及越子木走近，李楠芝突然问了一句：“西装不错，自己知道买衣服了？”

越子木愣了一下，随即说道：“哦，是别人帮着买的。”

李楠芝心里暗笑，幸亏你没撒谎。可是，她却突发奇想，想要试探一下越子木，就接着问了一句：“应该是女的帮你买的吧。”

越子木当时就站住了，他回身看了一眼搭在椅子上的衣服，迟疑了一下说道：“是一起出差时同事帮着买的。”他却并没有说是男的还是女的。

李楠芝还想说什么时，越子木却突然抱住了她。抬头望着高大的越子木，她小声嘀咕着：“不敢说就是心里有鬼。”说完，她就觉得好笑，自己怎么吃起李思月的醋来了。

这时，越子木紧紧地搂抱着李楠芝娇小的身躯，在她耳边轻声道：“好想你！”

李楠芝这时紧张极了，她既希望重温那久违的美好却又担心被他看见自己的脸。然而，毕竟好几年没有在一起了，作为夫妻，有什么比久别重逢更能点燃那份激情的呢？这个时候，恐怕越是控制自己的情绪就越是加重那份渴望。情急之下，她轻声说了一句：“还是把灯关了吧。”

越子木也不答话，搂着她一步一步地挪到了床头柜处，伸手就把灯关了，顿时，屋里漆黑一片，李楠芝一下子感觉安全多了。一瞬间，许久未被燃起的那团烈火终于开始熊熊燃烧起来。

两个人一下子翻滚在了床上，可就在这时，李楠芝却突然想起了医生的话，医生告诉她，要想重新变回原来的模样，必须要和那个男人结婚。那现在要是和他发生了什么事，岂不是就变回楠芝了？可还有那么多事没有说清楚呢，怎么办？

就在她想着这些事的时候，越子木已经把衬衫脱了。一看见他结实的肌肉，李楠芝咬了咬牙，从床上坐起来说道：“越子木……不行，我还没准备好。”

一句话，越子木顿时愣在了那里，而他的激情也突然消退了下去。他愣了好一会儿，这才把衬衫重新穿上，说了句：“不好意思啊，我……”

看着他一脸的愧疚，李楠芝心里很不是滋味，但没有办法，现在必须这么做！她怕再待下去自己会控制不住自己，就对越子木轻声说道：“你好好休息吧，过几天我会去北京找你的……”说完，她狠了狠心，开门就走。越子木在后面呆愣着。

一出宾馆，她就给乔庄打了电话，告诉她马上订机票，准备回北京。

打完了电话，她打了一辆车就往家里走。刚走到半路就接到一个电话，她拿出手机一看号码，当时就是一愣，心想：我不是刚说过不到万不得已不要联系吗，他这时候打电话该不会是有什么大事吧。

她接起电话，就听里面说道：“李总，明天十点钟司派洛要召开紧急董事会，讨论公司章程和人事事项，您看怎么办？”

李楠芝心想：好你个司派洛啊，玩真的是吧，那咱们就玩玩。想到这儿，她说：“我知道该怎么做了，记住，不要暴露身份。”

放下电话，她思考着该如何应对这突如其来的变故。

这时，她又回想起了父亲弥留之际在她耳边说的话：“公司有两个可以信赖的人，外有你王叔，内部嘛，你记住一个电话号码，这个号码他永远都不会换的，你有什么事可以和他联系，但千万不要试图找他。关键时刻，他会帮你。”

当时，她只顾着哭了，接下来就忙于公司的事务，虽说记住了那个号码，可她记着父亲的叮嘱一直没有找那个人。直到上次决定回中国发展的时候，她才偷偷地拨了那个号码，电话接通后，一听声音竟是个年轻男人，她就向他说明了自己对表哥司派洛不放心的事。那人当时说，你放心吧，有我呢。当时，她们还约定，不到万不得已不能联系，避免身份暴露。

想到父亲，李楠芝不禁伤起心来，她在心里骂了句：“该死的越子木，要不是你瞎胡闹也不至于让我一个女人支撑这么大个公司！”

李楠芝回到家，一进门就见母亲和乔庄正坐在客厅里聊着什么。见她满身风尘地走了进来，母亲看着她说道："楠芝啊，回来也不着家，这么晚去哪儿了？"

李楠芝就明白了，一定是乔庄没说她的行踪。她就看了一眼乔庄，暗想，还是不要告诉母亲的对，免得她担心。

她坐到母亲身旁，一揽母亲的肩膀撒着娇道："妈，我想死你了！"

"死丫头，还不快去洗洗，这一身什么味呀！"

她吐了下舌头，站起来就去洗手间，心里在想：什么味？是越子木的味。

等她洗漱完了，从洗手间出来，问乔庄："票怎么样了？几点的？"

"明天下午的。"乔庄答。

这时，她母亲看着吃得正香的她说道："楠芝啊，你和越子木还没说清楚吗？要不，让他来得了，老这么在外面飘着我也不放心哪，再说，你婆婆一个人在家也没个人照顾。"

"妈，快了！"她答了一句继续吃。也不知道她妈听没听明白这句"快了"是什么意思。

吃完了东西，她喝了一口水，然后又坐到了母亲身边。

"妈，最近身体怎么样？有没有按时吃饭？"

"你先别管我了，这么多人照顾着呢。还是管管你自己吧，啥时候把我外孙子带回来？我不管你和越子木咋样，反正我就要我外孙子。"

李楠芝笑着，还是说快了。

她母亲想了想，说道："眼看就要过年了，你是不是该回去看看你婆婆呀？她一个人在家也没个照应……"

第二天一大早，李楠芝吃过了早餐就冲乔庄一挥手："走，跟我去会会让我失踪的人！"

乔庄一听她要去见司派洛，顿时吓得脸都白了："姐，还是别去了，万一……"

"没有万一！我谅他也不敢！"她说着就抬腿往门外走去。

乔庄咧着嘴，见劝不动她，也只好跟在了后面。心想：万一要是有什么不测对付他还绰绰有余。

到了院子，家里给她母亲开车的司机正在擦车，见她出来，司机毕恭毕敬地行了个礼，问道：“太太，是要用车吗？”

李楠芝本想打车去公司的，但她又一想，自己现在这副模样恐怕是进不去公司的，于是，她就笑着点了点头。司机绕过来把车门打开，等她和乔庄上了车，他就开着这辆奔驰朝公司总部的方向开去。

到了公司总部门外，门卫一看车牌，犹豫了一下，但还是放行了。车直接开到楼前的平台上，李楠芝和乔庄下了车，朝楼里走去。

此时，李楠芝依然蒙着面纱，而乔庄则走在前面。

到了电梯前，两个保安一见乔庄就是一愣，紧接着，二人敬了个礼就赶紧帮着按电梯。乔庄也不理他们，等电梯到了就和李楠芝进了电梯直奔会议中心。

两个人走到大会议室门口时，乔庄刚想推门，却被李楠芝拦住了，她走近了仔细听了起来。就听里面有人说道：“据可靠消息，李总在中国失踪了，按照此前的临时授权，我提议，修改公司章程，并且，根据几位董事的一再请求，由我暂时来担任董事局主席一职……”

李楠芝一听就是司派洛的声音，她向乔庄示意一下，乔庄伸手把门推开了。再看会议室里，长条桌后坐满了人，都是公司的董事。

一见门开了，人们都齐刷刷地转过头来。

乔庄一脸严肃地往旁边一闪，李楠芝迈步走了进来，边走边笑着说：“各位董事好啊！谁说我失踪了？”

董事们一听声音就都炸了锅，开始议论纷纷。这时，不知是谁带头鼓起掌来，大家愣了一下，也都跟着鼓起了掌，有的董事还站了起来。

再看坐在会议桌一端的司派洛，看着蒙着面纱的李楠芝和站在门旁向他怒目而视的乔庄，他尴尬着站了起来。

“李……李总你……”他支吾着。

李楠芝也不理他，径自走到会议桌头上的椅子旁，司派洛下意识地闪到了一边。

108. 计划破灭与美梦成真

李楠芝把椅子挪了挪，站在桌子边上环视着大家，并在心里默默地挨个儿确定着哪个是自己人，哪个是中间派，哪个已经被收买了。等看完一遍，她摆了摆手，大家都停下了。

此时，会议室里鸦雀无声。

李楠芝沉默了几秒钟后，一字一顿地说道："我，李楠芝，受父亲委托，承蒙各位董事信任，为了继承父亲他老人家的遗志，誓要和大家一道共同实施集团的二次创业，努力开创企业发展的新纪元！创造咱们企业集团的美好明天！你们中，大多都是我的长辈，有一些还曾跟随我的父亲走过了那么多艰难的岁月！然而，我很痛心哪，我们一些元老级的董事，竟然耳不聪目不明！我提醒大家，别忘了，我虽然是集团的大股东，但是，还有一位控股的股东。如今，他，我已经找到了，不日即可回归公司主掌大局！"

下面的人一听，又都小声议论起来。李楠芝摆了下手，又接着说道："按照公司的股权结构，别说我并没有失踪，即使是真的失踪了，任何人也无法改变公司章程！当然了，我相信，司总也是一片好心。对吧，司总？"说着，她看了一眼旁边忐忑不安的司派洛。他尴尬着笑了一下，并欠了欠身。

她再次回过头来看着大家说："我提议，免去司派洛的总经理一职！"

她刚说到这儿，下面有的人顿时互相看了看低下了头。

她继续说：“鉴于这段时间以来司总主持集团工作所取得的成绩，作为董事局主席，我提请董事会决定，由司派洛担任公司总裁一职，仍然代我主持集团公司事务！同意的请举手！”

她刚说完，刚才那几个低头的人顿时抬起头高兴地举起了手。而另外一些人，则感到很是意外，都迟疑着不肯举手。司派洛也没想到李楠芝会突然提他的职，也愣眉愣眼地看着大家。

这时，李楠芝又笑着说：“不肯举手的是不是嫌司总的职位还有些小啊？”

那些没举手的董事一听，当时就举起了手，但表情明显怪怪的。

“好，全票通过！看来，司总这些日子的工作大家是有目共睹啊！你辛苦了，表哥！”说着，她走到司派洛跟前，竟拥抱了一下木着脸的他，把他弄得呆愣着不知说什么好。

李楠芝头倚在司派洛的肩膀上小声说：“表哥，想不想看看我面纱下的脸是不是真的？”

司派洛一时没反应过来，可是，李楠芝却笑着松开了胳膊，转过身对大家说：“好，那这次的董事会就到这里，按照公司章程，下次的董事会非我召集不开！”

说完，她又笑着对司派洛说：“表哥，那你就受累了。”然后，她就朝门口走去，乔庄紧随其后，两个人出了会议室。

一出来，李楠芝就觉得松了一口气。上了电梯，她一想到刚才自己突然做出的决定，不觉笑了起来。这真是，人怕急，一急就有办法了，一急就有智慧了。所以说，这就叫急中生智。

出了大楼，司机远远地看见她们出来了，就把车开了过来。乔庄小声说：“刚才我好紧张啊！姐，你真行！我跟定你了！”

“要不然呢？”李楠芝故意回问了一句。

乔庄一时语塞。李楠芝就笑了笑，拉着她的手上了车。

坐上车，乔庄看了看时间，说道：“李总，咱们直接去机场吧，时间有点儿紧。”

“对，赶紧走！越快越好！”李楠芝说罢就催促司机直接开到机场。

她为什么催促说要赶快走呢，她是怕司派洛一时反应过来就难以脱身了。正所谓兵不厌诈，自己刚才分别用了《孙子兵法》里的欲擒故纵计、金蝉脱壳计和假痴不癫计，而此时用的却是最后一计——走为上计。

试想，司派洛明目张胆地要侵占公司，能没有周密的计划吗？但正所谓百密一疏。有一点他忽略了，那就是万万没有想到李楠芝会突然出现在公司的董事会上。他更没有想到的还有，李楠芝竟然在董事会上非但没有对他兴师问罪，反而升了他的职，一时间让他措手不及，开始怀疑自己是不是做错了。集团总裁，这可是一人之下万人之上啊，还非得要坐到董事局主席那个位子吗？

就在李楠芝和乔庄赶往机场路上时，在自己办公室里走来走去的司派洛却是心神不宁。想想自己一个乡下小子，自从到了舅父的公司后，舅父是百般呵护、百般提携，如今已成为集团的高管了，难道真的要做一个忘恩负义之人？

他犹豫着、矛盾着，甚至开始有些后悔了。

可就在这时，一个人推门而进，却是位年龄稍长、戴着金丝边眼镜、一身西装革履的人。

这个人回身把门紧紧地关上后，走到司派洛跟前神秘兮兮地说：“你可不能被那丫头耍的小把戏给迷惑呀！怎么能放她走呢？多好的机会呀！有没有派人去追？”

司派洛看着他，然后一屁股坐在椅子上，叹了口气道：“叔，要不……算了吧，舅舅他对咱们也不薄……”

不错，进来这人正是司派洛的叔叔司富贵，李楠芝父亲妹妹的小叔子，现在也是公司的董事。

“你呀，成不了大事！我早就跟你说过，当初他离开家出来闯时都是你妈给拿的钱，那就是投资知道吗？这公司最低也有咱们的三分之一，可是现在你看看，咱们占的股份有多少？可他呢？却给了那个找不到的姓越的后代留了一半的股份！别看现在让你当什么总裁，充其量你不过是一个高级打工仔！”司富贵滔滔不绝地说着，眼里放着贪婪的光。

司派洛又叹了口气，抬头看了一眼司富贵，说道：“叔，你也不能这么说，当初我妈去世后咱们爷俩儿投奔舅舅，舅舅也没亏待咱们呀！您现在不也是公司的董事嘛，有好日子过就行了，我不想再争来争去的了。”

“你呀，怎么就不明白呢！你做总经理或者总裁那和董事局主席能一样吗？还不是得事事听她一个小丫头的？听说她找到越家的后人了，也不知是真是假，要万一是真的，你想想，那姓越的后代到公司后人家可是控股股东啊！到时候有你的好吗？我看哪，刚才那丫头不过是用了一计稳住你而已！你再想想，她要不是知道了你做的事能突然回来吗？”

司派洛一听，当时就坐直了，眨了眨眼睛自语道：“叔你说得对呀！我差一点儿就上当了！那怎么办？现在恐怕就是追也晚了！”

“这个不着急，咱们还是从长计议。对咱们来说，现在可是千载难逢的好机会呀，我一直等着这一天呢。你没看她脸上蒙着纱嘛，如果传言是真的，那也就是说，她现在容貌已经改变了，你想想，以后她就是回了公司有谁承认一个陌生面孔？”司富贵狞笑着说道。

“那……那该怎么办呢？”司派洛还是有些犹豫。

司富贵眯着眼睛凑近了在他耳边说了些什么，司派洛顿时瞪大了眼睛说道：“叔，这行吗？不管怎么说她也是我表妹呀！”

“谁让你伤害她了？只要达到咱们的目的就行了，你怎么糊涂呢！”司富贵说着掏出支烟来点上。

司派洛听完一言不发，他想了半天，一拍桌子：“好！一不做二不休！成败在此一举！”

司富贵听完走过去拍了拍他的肩膀，笑着说：“这就对了。行了，剩下的事交给我就行了，你出面太显眼。”说完，他叼着烟就走了。

刚出了司派洛的办公室，他迎面碰到一个人，竟差一点儿撞个满怀，那人一看是他，赶紧赔着笑，连声说对不起，说完就进了司派洛办公室。

司富贵回头看了一眼他的背影，眨了眨眼睛想了想，然后悄悄地把耳朵贴到门上听了起来。

就听里面有人说道：“司总，这有几份材料需要您签一下字，另外按照您的安排，下午的几个会见都已经安排好了，您看是不是按时参加？”

就听司派洛说：“哦，安助理啊，你来得正好，有时间把我的桌牌换一下，这个总经理的牌牌就放一边吧。”

门外的司富贵一听就摇了摇头，心想：真是扶不起来的阿斗。

他听里面司派洛又接着说：“这个……安助理啊，你跟我几年了？”

“七年零三个月十八天，司总。”安助理答道。

“是呀，我一直都很欣赏你，你可是我的人哪！以后跟着我好好干，将来有机会提你当个分公司经理什么的，啊？”司派洛口气开始有些大了。

就听安助理笑着答道：“那太好了，司总，感谢您的栽培！我一定好好干，有啥事您吩咐就行了！”

司富贵在门外一听，笑了笑，心想：嗯，培养一个自己人不容易呀，不过，这却是个贪财的家伙。然后，他就放心地抬腿朝电梯口走去。

下了楼，他坐上自己的车就打起了电话：“是我，你马上到我家里来，有重要的事让你去办。对了，你让疤脸九先不要轻举妄动……”

越子木从曼谷回来后，下了飞机就直奔公司。还没进公司办公室呢，他在门外就听里面有人说道：“唉，你说？咱们越总是不是和思月姐一起走的？”

“谁知道呢，不许背后议论领导！”

“没议论，这不就是闲着没事聊天嘛！对了，乔庄这小子也不见了，唉，曼姐，你发没发现乔庄哪里不对劲呀？”

“不许背后议论同事！”

越子木在门外一听，说话的两个人一个是魏行一个是许曼。他咳嗽一声推门就进去了，屋里的人一见是他，都站了起来。

许曼第一个迎上来：“越总，咋这么快就回来了呢？”说着，她又往越子木身后看了看，小声道，“咦？思月姐没跟你一起回来呀？”

越子木瞪了她一眼，把手里的包放下说：“谁说你思月姐是跟我一起走的？”说着，他又看了一眼魏行。魏行吐了下舌头转过身去不敢说话了。

“哦，我也就是一问。对了，正好你回来了，这是咱们第一期的杂志印出来了，你看看？”许曼说着把一本杂志递给越子木。

越子木接过来往桌上一放：“好，等我忙完再看。对了，顾桐呢？”

“她呀，去木石之盟了，霍总找她。”许曼说完就转身回了座位。

“霍总找她？”越子木皱了皱眉。

魏行嘴大舌长地笑着说：“可不是嘛，最近找得还勤呢！我预测啊，应该是有点意思。”

许曼白了他一眼，小声说：“小心舌头！最近不也是老有美女找你吗？”

越子木看了看两个人，他坐在椅子上，许曼过来给他倒了一杯水，他喝着水正想看看新出的杂志呢，就听门口有人说道：“请问这是木子公司吗？”

越子木一听声音当时就咧了下嘴，他冲许曼摆摆手，小声说：“就说我不在！”说着，就猫着腰打算躲起来。

可就在这时，就听门口那人大声喊道：“木头！打你手机也不接，现在还想躲我？”

越子木一脸无奈地回过身，见说话的果然是美贞，他就笑着说：“哦，我正要上卫生间，对了，你是怎么找到这儿的？有事吗？”

美贞也不管屋里有没有人，直接走到他跟前噘着嘴说：“欧巴，你去哪儿了？害得人家到处找你都找不着？”

美贞这话一出口，再看魏行，已经笑得不行了。

许曼冲他小声道：“不许笑！”但她自己也实在是憋不住，接连咳嗽了两声强忍住。

越子木看了看他们两个，一脸的尴尬。他看着美贞，支吾着不知说什么好。

就听美贞又接着说：“人家有个好消息要告诉你，不过你得请我吃饭！”

她说完这句话，连许曼也忍不住偷偷地笑了起来。

越子木也管不了那么多了，他揽过美贞的肩膀就往外走，又回头对许曼说：“许曼我先走了啊，有事明天上班再说！”

美贞见越子木揽着自己的肩膀，一脸灿烂地笑着，一边走还说呢：“我要喝大酱汤！”

越子木说：“行行，就大酱汤！”

“还有……烤肉！”

“行行，就烤肉！”

越子木是想尽快把她弄走，要不然一会儿还不知说些什么呢，他可不想让自己曝光在下属面前。

美贞小鸟依人似的偎在越子木的臂弯里，旁若无人地跟着他出了办公室，在她眼里，好像屋里的另两个人根本就不存在一样。

越子木和美贞刚走，许曼看着他们的背影嘀咕一句：“思月姐咋还不回来呢？”说着话，她的嘴就噘了起来。

魏行笑着说：“你吃的什么醋啊？杜峰酒有的是，就是没醋！哈哈哈！”

“你懂什么？”许曼白了他一眼。

再说越子木和美贞，两个人走到街上等出租车，越子木一脸坏笑地问了一句：“美贞哪，到底是什么好消息呢？要出嫁了？”

美贞瞪了他一眼，又咬咬牙，说道：“你又不要我！嫁谁去？不过，这件事比出嫁还让我高兴呢！”

越子木心想：这丫头疯了吗？还有什么事能让一个女孩子高兴成这样呢？女孩子最高兴最幸福的事不就是当新娘嘛！他一脸狐疑地看着美贞。

美贞微笑着却并不往下说了，指着前面喊道：“车来了！”

越子木只好跟着她上了车，美贞抱着他的胳膊坐在后排座上告诉了司机目的地。司机答应一声就朝那个方向开去。

越子木见美贞卖着关子迟迟不肯说什么好消息，也就只好由着她，不再问了。

一路上，都是美贞在说话，问这问那，脸上洋溢着喜悦和纯真的笑容。

到了地方，两个人进了餐厅，美贞拉着他坐到了靠窗的一个座位上，就开始点菜。越子木看着她和服务员问东问西地点着她爱吃的那几样菜，心里在想：是时候了，应该把她父亲投的钱还回去了，尤其是现在，自己这样和她不清不楚、不明不白地算什么？不能再做对不起楠芝的事了。想到这儿，他下定决心，决定今天就和她说清楚。

点完菜，美贞看着一脸茫然的越子木，嬉笑着说：“你猜猜？我想要和你说的是什么事？”

越子木摇了摇头，说道：“美贞哪，我这段时间一直在忙，也没有空找你好好聊聊，今天正好，我也有话要对你说。”

“哦？”美贞眼睛一眨一眨地看着他，“你也要有话说？嗯……那你说吧，不过，我看电视里演的一般都是在下雪天，然后在什么楼顶啊，操场啊，公园的长椅上啊……那多浪漫哪！”

越子木一听，什么乱七八糟的，这丫头该不会是以为我要和她表白吧？一想到这儿，他吓了一跳，赶紧说：“不是你想的那样，我要说的是……”

“等等，等等！还是先听我的好消息吧，然后你再说，这样我就双喜临门啦！嘻嘻！”美贞笑着拍了拍手，然后继续说，“告诉你吧，我设计师的梦想终于要实现了！”

越子木终于明白了，美贞一直想成为珠宝设计师。对于她来说，只有这件事才是最值得高兴的事呀！

美贞继续说：“知道这段时间我为什么一直没有找你吗？就是在家准备设计稿了，今天上午刚刚接到通知，面试通过了！”

“哦？好事呀！是哪家公司？”越子木也由衷地为她感到高兴。

“木石之盟。”

美贞轻描淡写地一句话却把越子木吓了一跳，他又追问了一句：“哪一家？木石之盟？”

“对呀！我怎么感觉你好像不太高兴呢？”美贞皱眉看着他。

“哦，没有，我只是觉得，你父亲的公司不也是从事珠宝生意嘛，你怎么不去自己家的公司呢？”越子木说的是实话，但同时，他一听说是木石之盟，主要还是担心一件事，或者说一个人，那就是肖凌。

因为美贞要是到了肖凌的公司说不定哪句话就会把自己说出来，到时候自己可解释不清楚，肖凌万一要是和李楠芝说了，恐怕她会误会自己的。

但越子木又一想，其实也没什么，李楠芝岂能和没法与自己比的外国姑娘计较?

想到这儿，他就笑着说：“那确实是个好消息，祝贺你呀，终于实现了自己的梦想！”

这时，服务员把菜上来了。美贞看着桌上的菜，突然眨着眼睛对越子木说道：“那咱们庆祝一下吧，喝点儿酒啊？就一点儿！”

越子木一听就咧嘴了，但看到美贞期待的眼神，他心又软了，只好说：“那好吧，看在你成为设计师的份上，只允许你喝一瓶！”

美贞高兴得叫服务员来一瓶烧酒。

此时，越子木突然感到，在美贞这么高兴的日子，自己要是说出想说的话还真是不近人情，那样美贞会很伤心的。算了，还是再找机会吧。

可是，越子木没想到的是，这次心一软竟再也没有机会说了。

109. 惊喜与意外

越子木和美贞吃完了饭，把她送回家后，自己这才拖着疲惫的身体往家走，到小区门口，他正闷着头准备回家呢。这时，就听后面有人喊：“叔叔！叔叔！”

他一听就知道是木瓜，等回过头来，就见木瓜张着小手正朝自己跑过来，而再一看木瓜的身后，却是李思月。

木瓜跑过来一下子就扑到了越子木怀里，越子木把他抱起来，在小脸蛋上亲了一下，笑着问：“木瓜，有没有想叔叔？”

木瓜看着他却说：“叔叔，谢谢你给我的礼物，我好喜欢那个变形金刚啊！”

“是吗，等下次叔叔再出差还给你买，好不好？”

木瓜说：“好。”但表情并不高兴。

越子木很是诧异，抬头看着李楠芝问道：“你办完事了？木瓜这是怎么了？”

李楠芝过来把木瓜接了过来，看了一眼越子木，说道：“没什么，他向我要爸爸。”

木瓜噘着小嘴看着越子木，一言不发。

越子木一时无语了，但他猛然想到在曼谷与李楠芝在一起的情景，顿时就清醒了，笑着道：“哦，是该有个爸爸了。那先这样，快抱孩子回家吧，小家伙该饿了吧。”说着，就点了下头转身就往楼上走，就好像是要逃离这里一样。

李楠芝一看越子木突然像变了个人似的，就觉得很奇怪，她看着越子木转过身去义无反顾地进到楼里，不禁皱了皱眉，他怎么突然变得不冷不热的了？和前些天相比简直判若两人。

越子木走出去两步，却并没有听到后面的动静，他一猜就知道李思月一定是有了想法，但管不了那么多了，走得越快越好啊，不狠下心来又怎么行呢？已经有一个美贞弄得自己很为难了，现在要不和李思月保持距离，恐怕将来更难收场，特别是自己已经觉察到了李思月对自己的态度，再这么不清不楚可不行。

而李楠芝抱着木瓜回到家，在去洗手间洗脸时，一照镜子她就笑了，心想：原来你是因为这张脸啊！还算你有良心！知道了越子木的心思，她顿时觉得心情大好。

此时，越子木刚回到家，还没来得及换衣服呢手机就响了，他一看，来电话的是杜峰。这段时间一直忙，竟和杜峰好久没见了。

他接起电话一听，杜峰说是听许曼说他回来了，找他出来聚一聚。越子木一想，是该聚聚了，随便也问问这小子是怎么想的，和许曼的事到底定没定下来。想到这儿，他就爽快地答应了。

等到了酒吧，见杜峰正等着呢。越子木坐在吧台前，杜峰递给他一瓶啤酒。

“怎么样？听说去泰国了？见没见着人啊？”杜峰笑着说。

越子木一愣，心想：自己去泰国的事也没人知道啊，他是听谁说的呢？

见越子木看着自己，杜峰笑了笑：“你别那样看着我，是许曼看见你行李箱上的航空托运签了！”

越子木一想，自己下午和美贞着急走，把行李忘在公司了。见瞒不过杜峰了，他就笑了笑，却并不作答。

喝了一口啤酒，他四下看了看，问道：“唉，你家老板娘呢？”

“喏……”杜峰朝那边一努嘴。

越子木一看，就见许曼扎了个围裙正在擦柜台呢，擦完，她端了两盘东西就朝这边走过来。

越子木小声说：“咋样了？”

“别提了，因为白露的事到现在都耿耿于怀呢！”杜峰一脸悲催。

“你们俩嘀咕啥呢？这也不像两个大男人该做的事呀？不敢大声说就肯定不是什么好事！”说着，许曼把两盘干果放在了桌上，然后又撩起围裙把桌上溅的啤酒擦干净。

越子木看着她的动作，活脱脱就是一个老板娘的形象和做派！他不禁笑了起来。

“许曼哪，啥时结婚啊？我还想喝喜酒呢！”

许曼瞪了越子木一眼：“结什么结？和谁结呀？他？还是你？”

越子木和杜峰两个人对望了一眼，都不敢说话了。

许曼又对杜峰说道：“少喝点儿啊！喝多了再吐可没人给你擦！”

说完，她转身就往柜台那边走，刚走出几步又回头说道：“对了，干果啥的也不多了啊，明天必须得进货了！”

杜峰赶紧答应着。

见许曼走远了，越子木笑着说：“杜峰，我可真羡慕你啊，多好的媳妇呀！哪儿找去？赶紧结婚得了，她一个人租房子也挺不容易的。”

“我倒是想啊，可问题是，我现在就盼着他哥早点儿结！”杜峰一脸的苦相。

“你是说许天放？”越子木问了一句。

“对呀，我的准大舅哥！许曼说了，她哥不结婚她绝不先结，这下我可惨喽！我是天天盼夜夜盼哪，就盼着我的老许大哥早点儿找个人结了！”杜峰说道。

提到许天放，越子木这才想起来，就问道：“他还在原来那个公司吗？”

“可不，听说新来个经理，开始时，他不想干了，但后来听说那个姓柳的经理人不错，他就留下了。”

柳树，柳依依的哥哥，两个人虽是一母同胞却是那么的不一样。越子木一想起柳依依来就闹心，他把杯子里的啤酒一口就干了，然后把杯子往桌子上一墩：“行了，我还以为是找我吃饭呢，却喝了一肚子啤酒！你忙吧，我得回去了！”

杜峰也不拦他，却叫了一声许曼，许曼听到喊声一边答应着就走了过来。

“越总这就走啊？你看我光忙活了，也没顾得上问你吃没吃饭，肯定是没吃，要不，我给你做点儿啥吃的呀？”许曼在围裙上擦了擦手。

越子木看她的样子忍不住笑了笑，说道：“改天再上你家串门吧，哈哈哈！”

许曼白了他一眼，刚想要说什么，却突然干呕了两声，紧接着就捂着嘴朝洗手间跑去。

越子木就是一愣。再看杜峰，从凳子上跳下来跟了过去。

不知道发生了什么情况，越子木也不能走啊，就又坐下来等。过了好一会儿，见杜峰和许曼两个人走了回来，一边走，杜峰还给许曼捶着背。

“什么情况？”越子木问道。

“谁知道呢？晚上也没吃什么刺激性的东西呀？”杜峰皱着眉，一脸的关切。

许曼却白了他一眼，冲越子木说道：“没事。那要走你就快走吧，晚了不好打车！”

越子木狐疑地看了看许曼，发现她脸上竟洋溢着怪怪的表情，有喜悦，有兴奋，也有一丝不安。一下子，他明白了，就下意识地看了一眼许曼的肚子。

“许曼你该不会是……”

“哎呀，可真是烦人！不是要走嘛！”说着，许曼红着脸在后面推着越子木，一直把他推到了门口。后面，杜峰愣眉愣眼地看着两个人的奇怪举动，如堕五里雾中。

到了门外，越子木笑着回头和许曼告别。许曼却看着他小声说：“越子木，不许和杜峰说！”

越子木也小声问：“是真的？”

许曼先是点了点头，继而红着脸说道：“你可真烦人！人家还没结婚呢，你问什么问？不理你了！”说完，就转身进去了。

刚才这不经意间发现许曼怀了孕，越子木又惊又喜，但在替杜峰和许曼高兴的同时，他一想到自己和李楠芝这么多年没在一起，更不可能有孩子啊，不免伤感起来。

他本来想在步行街上走到有出租的地方打车回家，但走着走着走到了花漾咖啡厅门前。他看了看闪着淡蓝色灯光的牌子，迈步就走了进去。

进了咖啡厅，他很自然地就朝老地方走去，好在那个座位没人，他就坐了下来，然后四处看着，却并没有看到张洋。反倒是服务员看到了他，就笑呵呵地走了过来。

“是越大哥呀，好久没来了！”

“哦，妹子，你们老板呢？”

“洋姐呀……她忙着呢，要不，我给你来一杯咖啡？”

越子木摆了摆手，说：“算了，我怕晚上睡不着，我在这儿坐一会儿就走，你给我来杯水就行。”

服务员答应着走了。

越子木坐那闲来无事地看着墙上贴的那些心愿卡，他看到自己以前贴上去的那些，不禁哑然失笑。可就在这时，他就觉得眼睛一亮，就在自己贴的卡片旁边有几张深深地吸引了他，而真正吸引他注意力的却并不是内容，而是上面的字迹。

怎么看着眼熟呢？他自语着。

他认真地看着心愿卡上的字。就见那上面写道：“你进，我陪你出生入死；你退，我陪你颐养天年；你输，我陪你东山再起；你赢，我陪你君临天下。”

这不是李楠芝写的难道还会有谁？看到这些，越子木激动得不行。看来，李楠芝一定是来过这里，并且看到了自己写上去的心愿卡后她才写的。那么，她又是何时来的呢？

正在这时，就听背后有人说道：“越子木你来啦？”

他回头一看，正是张洋。

“你来得正好，洋姐，我想问你个事儿，这段时间有没有一个美女来过？”他迫不及待地问道。

张洋一听就笑了："呵呵呵，我们这里每天都有美女来哟，不知你问的是哪一个。"

越子木这才意识到自己问的话有歧义，就指着墙上的心愿卡说："我说的是写这个的人，这么跟你说吧，她大约有这么高，相貌虽不是太漂亮但特别有气质，还有，应该一看就能看出来像个企业老总的女人，不到三十的年纪。"

张洋往墙上看了看，脑海里回想着李思月坐在这里时的情景，她又看了一眼越子木，说道："有倒是有这么个人，不过，那可是一位大美女呀！对，个头和年龄跟你描述的差不多。"

越子木一听就皱起眉来，李楠芝怎么会是大美女呢？按理说她都没有张洋长得漂亮，虽说气质高贵，但无论如何也谈不上什么大美女呀！或许是因为气质吧，张洋所说的漂亮有可能是看她的气度不凡。

但不管怎么说，李楠芝来过是肯定的了，那也就是说，她一直都在暗中注视着我吗？一想到这儿，越子木心里是说不出的激动与惶惑。激动而复杂的情绪里，还有着深深的感动，有哪个女人的爱会如此的深沉呢？而惶惑不安的是，自己曾经做过的那些事，身边这么多的美女包围，她是不是也都知道呢？

可是，李楠芝为什么不出现呢？再说，这次见面她也没说呀！

越子木越想越觉得不对劲，他突然又想起来，自己那次过生日的时候收到的那个蛋糕，看来，谜底终于揭开了，那蛋糕一定是她亲手做的！

天哪，我可真糊涂啊！越子木在心里暗暗地责备着自己。

他和张洋打了下招呼就匆匆往外走，到了外面，掏出手机就拨了过去。

铃声响了三遍后，接通了。越子木却一下子语塞了，他拿着手机不知该从何说起。

就听手机里传来李楠芝的声音："老公，有什么事吗？"

李楠芝这句"老公"叫得越子木眼泪差一点儿掉下来。他终于鼓起勇气用颤抖的声音说："楠芝啊，谢谢你，谢谢你的生日蛋糕！谢谢你的不离不弃，谢谢你一直在我的身边。我好想你！现在就想见到你，你来吧，明天就来，我再也不能没有你了！”

他一连串说了这么多，把李楠芝吓了一跳。她听着越子木的话，细细地体会着，难道说他已经知道自己在北京了？他究竟还知道多少？

想到这儿，她呵呵地笑着说：“不是刚刚见过嘛，这么快就想啦？没出息！呵呵……所以我不是跟你说嘛，平时要注意自己的言行，身边那么多美女，我可是有千里眼哦！哈哈哈！”

越子木这回真的相信了，说不定她知道的还更多呢。

就听李楠芝又温柔地说：“好了，早点儿休息吧，等我忙完了一定会去找你的，而且……还要给你一个惊喜！乖！”

越子木像个孩子似的“嗯”了一声，电话挂断后，他还盯着屏幕看了半天，突然，他高高地跳了起来，一挥胳膊大喊了一声：“耶！”

站在门里面一直看着他的张洋看到这一幕叹了口气，而在她身后，魏行走过来轻轻地揽住了她的肩膀。

越子木高兴地边往家走边盘算着如何安排好公司的事打算再次去曼谷，走着走着，他突然想起肖凌来，一想，她一定知道楠芝的事呀，怎么没听她说起过呢。他赶紧掏出手机给肖凌拨了过去。

“姐，是我呀，越子木。”

就听肖凌在电话里惊讶地说道：“咦？大忙人怎么想起姐来了？有事吗？”

“哦，没什么事。你有空吗？”

“要没什么事我挂了啊，忙着呢！”

“别别别！有事有事！”

肖凌笑着说：“那赶紧说，什么事？”

“最好能见面聊，要不，我去你那儿吧！”越子木是想，这个事恐怕在电话里她是不会说真话的，人怕见面树怕扒皮呀，只有见了面她才会说出真话。

肖凌想了半天，说道：“哦，这样啊……那我去你家里吧，反正我现在就在你家附近呢！”

越子木一听，高兴地说：“好啊好啊，我马上到。”说着，他挂了电话就急匆匆地往家赶。

可等他坐到出租车上才想起来，肖凌怎么会知道我家的呢？他狐疑着却也想不出个所以然来。

那么，肖凌说的是真的吗？不错，她现在正坐在李楠芝家里吃着水果和李楠芝聊天呢。

“越子木找你？”李楠芝问道。

“可不是嘛，你家大帅哥找，也不知是啥事！”肖凌说着就站了起来。

李楠芝凝眉想了半天，自语道：“他该不会是要问我的情况吧？刚才听他在电话里说的那些话分明是已经知道了些什么。”

“你是说他知道你在这儿了？”肖凌问了一句。

“可不是嘛，也不知他是怎么知道的，刚才给我打了一个电话，还说起蛋糕的事呢！”。

“那怎么办？他要是问我的话我可保不齐会说出去呀！你想让我怎么说？”肖凌盯着她问着。

李楠芝沉思片刻，看着肖凌道：“你就说……曾经来过。对，就这么说！”

肖凌往脖子上围着围巾说：“真是搞不懂你们两个，干脆都告诉他得了！”

“表姐，求你了，现在还不是时候，不能告诉他。”

“好，就听你的！”

肖凌说着就准备下楼。正在这时，她手机响了，一看，来电话的正是越子木。

“你到家了？那好，我马上过去！什么？哦，我知道是几楼。先这样，见面再说。”肖凌挂了电话回头看了一眼李楠芝，“你家帅哥到家了，还追问我是咋知道他家的呢。呵呵！一个傻瓜！”

“姐，不许你说他！”李楠芝颔首微笑。

肖凌下了楼直奔越子木家，等她一上楼就看见开着门，越子木正站在门口等她呢。

“表姐，你来得好快呀！”越子木说着就把她让进屋里。

肖凌进屋四下看了看，不住地摇头：“没个女人是不行，看你这屋子造的，跟个猪窝似的！哪天我得让楠芝……”话说到一半她就意识到走嘴了，赶紧闭嘴不说了。

越子木这时正在倒水，可能是没听见她说的是什么，他端着一杯水走过来。

“姐，你喝水。”

“不喝了，喝得够多了。行了，找我啥事？”

肖凌坐在椅子上看着他。

越子木也坐了下来，支吾了半天才挤出一句：“我是想问楠芝……”

“要问啥事自己问去，我可不给你们当传声筒！”

“姐，你是不是知道楠芝来过呀？上次那个蛋糕……”

“对，蛋糕是我送的，楠芝做的。怎么了？”

“真的呀！”

越子木顿时露出惊喜的表情。

“那她是什么时候来的？待了多长时间？现在还在吗？对了，我怎么忘了，她现在怎么可能在呢。”越子木说完才想起来自己刚和李楠芝从曼谷分开，她怎么会再来北京呢？

肖凌一听就乐了，笑着说：“具体我忘了是哪天了，反正她来过就是了。对了，你做过的事她可一清二楚哦！”

越子木一听就下意识地低下头，小声道：“我也没做啥呀……”

“做没做啥你心里清楚，我可不管你们这些事，有些事呀，你还是自己慢慢悟吧，我只知道这么多。要是没别的事我走了啊。”肖凌说着就站了起来。

正在这时，她突然听见有什么响动，仔细一听，竟是越子木的肚子响。她问道：“怎么？你还没吃晚饭哪？”

越子木说：“不饿。”

“还说不饿？我都听见响了！我也不管你们的事了，走了啊！”说着，肖凌转身就往外走。

越子木本来还想问些事，但见她要走也就不好再挽留，只好站起来送她。

肖凌一下楼就给李楠芝打了个电话：“楠芝啊，你家帅哥还没吃饭呢，我听他肚子都咕咕叫了！按照你说的，我可啥也没多说啊！”

李楠芝在电话里说：“知道了，谢谢你啊姐！”

放下电话，她一想：怎么不吃饭呢？老这么饿着或者吃什么方便面的，将来还不得胃病啊！想到这儿，她挽了挽袖子就进了厨房。

110．两顿饭的发现

越子木送走了肖凌，这才觉得肚子还真有些饿了，他到厨房翻了翻，可是，一点儿吃的东西都没有。他就倒了一杯水，端着回到客厅，坐在书桌前喝了一口水，然后打开电脑，准备写点儿东西。

可是，一打开电脑，手里握着的鼠标就很自然地点开了那个装有李楠芝照片的文件夹。随着照片的放大，他一张一张地浏览着，那熟悉的容貌映在眼前时，他的耳畔仿佛又浮现出她的笑声，还有她那面冷心热的点点滴滴。

被喜悦填满了头脑的他，忘却了肚子的抗议。精神食粮永远比物质让人容易满足。

看着笑得灿若桃花的李楠芝，他突然想起，她不是说要给自己一个惊喜嘛，到底是什么呢？那天晚上在一起时她又为什么不说呢？但不管怎么样，现在自己已经知道了她一直都在关注着自己，那以后就更应该多多注意了，可不能让她再伤心了。一想到这儿，他很自然地就想起了李思月，还有木瓜的那张天真可爱的小脸。他不禁摇了摇头，觉得头有些晕。

李思月太像李楠芝了，他甚至想，如果自己这次不去泰国，随着时间的推移，自己会不会爱上李思月呢？恍惚间，他脑海里又出现了李思月的行为举止和说话声来，简直就和李楠芝如出一辙！世上真有这种事吗？

他站起来走到窗前，拉开窗帘，目光落到了后面那栋楼的窗子上。那里亮着灯，或许，灯光下李思月正在看书，或者木瓜正在看动画片……唉，他叹了口气，心想：我要是有这样一个可爱的儿子该多好啊！

他回过身，重新坐到桌前，刚想把那个文件夹关上，突然传来一阵敲门声。

这个时候会是谁呢？他疑惑地站了起来。等门打开后一看，竟然是李思月！

“怎……怎么是你？”他惊讶着，却看见李思月手里拎着保温饭盒。

“怎么？不请我进去吗？”她笑靥如花。

他往后闪了闪身，李楠芝拎着饭盒就进了屋。然后，她把饭盒放在桌上，就开始往外一小盒一小盒地拿着。

“还没吃饭吧，我做了点儿菜，你对付吃一点儿吧。”李楠芝说着就去厨房取来碗筷，感觉就像是在自己的家里一样。

“我不……不饿！”感到非常意外的越子木推辞着，可是，他那不争气的肚子却在这个时候叫了起来。

李楠芝分明已经听见了动静，她笑着把盒盖打开说：“肚子是不会撒谎的！”

等她把那几个盒盖打开后，越子木一看，竟都是自己爱吃的菜。他就坐在了椅子上，眼睛盯着菜，笑着说：“那我就不客气了啊，还真是饿了！”说罢，就狼吞虎咽地吃了起来。

李楠芝又去给他倒了一杯水放在桌上，然后，这才坐在椅子上看着他吃饭。

无意中，她看见了电脑，以及那上面打开着的照片。她不禁笑了笑，却故意凑上前去说道：“呀，这是楠芝吧？好漂亮啊！”

越子木端着碗抬头看了一眼，说了句：“哪有啊，没你漂亮！”

李楠芝一听就来气了，心想：越子木你也太不地道了！哪有说自己妻子没别人漂亮的？

“你说，她，和我，谁漂亮？”她故意问道。

越子木看了她一眼，低头笑了，却并不答话。

“你快说嘛！”

“那还用说嘛，当然是你漂亮一些。”

李楠芝噘着嘴又问：“那……我和她你喜欢谁？”

越子木一听就愣了，眨了眨眼睛说道：“食不言寝不语嘛……”

“不行，必须要说！”

越子木又看了她一眼，说道：“那我说了你可别生气啊！”

“我现在已经生气了！再生一次也没什么！”李楠芝白了他一眼。

“那好吧，我说了啊。当然喜欢楠芝了。”越子木说完就闷头吃饭。

他本以为，李思月听完一定会生气的，但令他万万没有想到的是，自己说完也没听见动静。他抬头一看，就见李思月正笑盈盈地看着他呢。一下子他就蒙了，觉得自己有些糊涂，刚才自己说她漂亮时她并没有表现出有多高兴来，现在自己说喜欢楠芝那分明就是说并不喜欢她，可是她呢却一脸的笑意。到底什么情况？

“快吃吧，不说了。”见越子木呆愣着，李楠芝赶紧示意他吃饭。

越子木只好又低头吃饭，但他心里一直在琢磨，这李思月好生奇怪呀！对了，自己竟光顾着吃了，都忘问了，她是怎么知道自己没吃饭的呢？还真是个吃货！

想到这儿，他抬头问道：“你怎么知道我没吃饭呢？”

李楠芝笑着看了他一眼，然后走到窗前一拉窗帘往自己家的方向看去，慢悠悠地说道：“你这个方向没有我看得真切，在我家往你家里看什么都看得清清楚楚！”

越子木有些明白了，估计她是看到自己一出一进地隔了不长时间，一分析肯定在外面没吃饭，要不然也不会这么快回来。看来，她不仅长得漂亮，头脑也确实聪明。可是，老这样也不行啊，自己怎么能和她这样不清不楚、不明不白呢？这是最后一次吧。

他在心里盘算着，也不再问什么了，不大一会儿就风卷残云一般把饭菜都吃得干干净净。

李楠芝过来收拾着桌子，然后又去了厨房。

望着她的背影，越子木突然有些于心不忍了，想来她也很不容易呀，自己还带着个孩子。但也管不了那么多了，可不能优柔寡断！李楠芝也不容易呀！这几年都是一个人在国外，人生地不熟，还要管理企业，而且还要跟我操这份心。

想到这儿，越子木走到厨房门口，看着洗刷碗筷的李楠芝说道："我自己收拾吧，时间不早了，你快回去吧！"

李楠芝一听就觉得不对劲，以前他可不是这样的啊，今天是怎么了呢？

她看了一眼越子木，想了想说道："你放心，我不会赖在你家不走的，还真是小气！"

越子木只是笑。

忙完了厨房里，李楠芝擦了擦手，出了厨房，却走到衣柜前打开门，从里面掏出一条内裤来扔在床上，说道："该换换了啊，都穿几天了？"

越子木吓得赶紧过去把内裤藏到了枕头下，瞪着一双惊讶的眼睛说道："我自己来……思月我求你了，别这样，我不习惯！"

李楠芝先是一愣，接着就哈哈笑了起来。

"行了，不管你了。那我回去了啊！"说着，她就要往外走。

越子木跟在后面，不好意思地说："不是撵你走，我实在是有些困了。"

"困了？这才几点啊？昨晚干什么了？说！"李楠芝回身故意大声说道。

越子木一瞬间就想起了昨晚在曼谷与楠芝相拥的情景，他脸有些热。而再看李思月，竟然脸变红了，娇羞的表情更加灿烂无比……

随着几个大的合作项目顺利实施，越子木公司的业绩不断上升，特别是那本时尚杂志，从大众时尚入手，充分展示了当代人们的精神追求和日益增长的物质生活的需要，深受广大读者特别是普通读者的喜爱，公司已经在京城时尚界崭露头角了。

按照惯例，每到年终，京城时尚圈都会举办一场联谊会，一方面各相关企业可以互相沟通感情，另一方面也是展示公司形象、广泛联系业务、洽商合作的一次盛会。

越子木的公司由于是刚刚崭露头角，因而一定是要参加这样的盛会的。连日来，他们都为了参加联谊会而做着细致的筹备工作。

这一天下午，李楠芝正在办公室里忙着准备参加联谊会要用的宣传材料，吴叶却在她身后转悠了半天，好像是有话说。见他们人都在忙着各自的事，李楠芝就小声问："是不是有事要和我说？"

"嗯。"吴叶点了点头。然后，她走到李楠芝跟前，又看了看四周，小声说，"思月姐，柳总她们好像要在这次联谊会上发布个消息，听说是和意大利的什么公司合作的事，说她们已经邀请了那家公司，也要参加这次联谊会呢。"

李楠芝一听，意大利的公司？会是哪家呢？该不会是施密特先生的公司吧？记得那次在施密特先生家自己看见柳依依在和施密特先生交谈着什么。如果真是那家公司也是没有办法的事，选择谁，是人家的权利。可是，自己寄出去的东西还没到吗？

她思索着，对吴叶笑了笑，说："嗯，我知道了，你这个消息很重要。这就对了，平时多留点儿心，毕竟你也是木子公司的一员嘛。"

吴叶听李楠芝表扬她，高兴得笑呵呵地转身去忙了。

看着她的背影，李楠芝叹了口气，心里却在想：姑娘是好姑娘，只不过跟柳依依也学不着什么光明正大的事。但看她现在的表现，分明是有所醒悟了。

联谊会就在两天后，而越子木这几天却一直都没上公司来，他在外面忙着联系业务，打算在联谊会上起码得签一两个合同，要不然还有什么实力可言？

眼看就快要到下班时间了，李楠芝见越子木还没有回来，她看了看表，就给越子木打了个电话，想要找他商量一下联谊的事。

电话接通后，她就把自己的想法说了一遍。而越子木却笑着说："行啊，这样吧，下班后我上你家……啊不，算了，就在电话里说吧。告诉你一个好消息……"

还没等他说完，李楠芝就诧异地打断他说："刚才不是说去我家谈吗？怎么又变卦了？"

"哦，大晚上的也不太方便，就在电话里说吧。告诉你个好消息……"越子木又情绪高涨地说着。

李楠芝又打断了他："上我家怎么就不方便了？这几天木瓜老念叨你呢！你倒是去不去？"

电话里，越子木却半天没吭声，想了一会儿，他这才迟疑着说："那……好吧，那就见面谈。"

挂了手机，李楠芝高兴得一脸的灿烂。同时，也为刚才越子木的反常而感到不安。其实这些天来她就发现越子木不对劲，经常会有意无意地躲着自己，虽说自己也明白他这是在躲李思月，可心里就是难受。

这本是件很矛盾的事，李思月的脸，李楠芝的心，既为越子木的躲避而高兴，又为他的反常而闹心。躲避李思月，说明他心里装着的是李楠芝；但他的不理会，却让李思月又很难过。甚至有时她也在想，自己是在吃李楠芝的醋吗？哪有自己吃自己醋的呀！

但不管怎么说，今天他是决定去自己家了，得赶紧回去做点儿好吃的。想到这儿，她收拾收拾就向乔庄使了个眼色然后匆匆出了公司。

到了街边，乔庄追了上来。上了车，乔庄还问呢："姐，啥事这么急呀？"

"没啥事，得赶紧去一趟超市，买点儿菜，一会儿越子木去家里。"

乔庄一听，眨了眨眼睛就说："那我是不是得回避一下呀？毕竟现在他还不知道情况呢。"

"我要跟你说的就是这件事，不行的话你去我表姐那儿待一会儿吧。"

乔庄说："行，等他走了我再回来。"

出租车行进了一会儿，乔庄就让在路边停了车，然后她下了车，准备去肖凌那儿。

李楠芝让司机直接开到了小区门口，她下车就直奔超市，买完菜就赶紧回了家。这时，吴姐去接木瓜还没有回来，她就把外衣一脱，扎上围裙进了厨房，又是洗菜又是做饭，忙得不亦乐乎。

等她麻利地把饭菜做好后，传来了敲门声，她一想，越子木不可能来这么快，估计是吴姐和木瓜回来了，就喊了一句："来了！"然后就去开门。

可是，等她打开门一看，就见门口却是越子木抱着木瓜，而吴姐则跟在后面。

“好快呀！”她说了一句就忙着给越子木找拖鞋。

越子木把木瓜放下，换好鞋就进了屋。

吴姐进屋时，小声和李楠芝说：“在小区门口碰上的越先生。”

她笑了笑，回身对木瓜说：“来，妈妈看看我们的小帅哥今天怎么样！在幼儿园有没有好好学习呀？”

“嗯。”木瓜答应着，眼睛却一直在看越子木。

“那木瓜有没有和小朋友打架呀？”她又问了一句。

木瓜却噘着嘴说：“妈妈，木瓜是乖孩子，怎么会打架呢？是不是叔叔？”说着，他看向了越子木。

越子木笑着在他的小脸上摸了摸，然后就一本正经地对李楠芝说：“那个……思月啊，我跟你说说？有个好消息……”

李楠芝却笑着冲他一摆手：“先吃饭，有啥事等吃完饭再说。”说着，她就牵着木瓜的手朝洗手间走去，边走还和木瓜聊着什么。

越子木看着她们母子进了洗手间，心想：李思月今天是怎么了？打断了我好几次，就是再让人高兴的好消息现在也没兴致了呀！

等李楠芝带着木瓜从洗手间出来，越子木说道：“思月啊，我还是回去吃吧，咱们抓紧把事情说完，然后……”

李楠芝看着他，微笑着说：“你回去就吃方便面？客气什么？到底吃不吃？”

见她要生气的样子，越子木支吾了一下说：“那……好吧。”

上了餐桌，李楠芝把木瓜抱到了椅子上，而木瓜却指着桌子一端说道：“叔叔，叔叔，坐这儿！”

越子木看了一眼那个位置，笑着问：“木瓜，为什么让叔叔坐这儿呀？”

木瓜看了一眼妈妈，说道：“那是留给爸爸的位置，不过，叔叔你可以坐。”

吴姐在一旁笑着说：“平时啊这个位置他可是谁都不让坐的，就连他姨来也不行！”

越子木一听，什么？她姨？那也就是说，李思月还有姐妹什么的？

他看了一眼正在盛饭的李楠芝，小声说了句：“思月你有姐妹吗？”

李楠芝先是一怔，接着看了一眼吴姐，笑着答道：“当然有啦！怎么？要不要给你介绍一下？看你整天一个人连饭都没人给做！”

越子木连连摆手：“算了吧。”

李楠芝哈哈地笑着，几个人就坐下来开始吃饭。等吃完了饭，在吴姐收拾桌子的时候，越子木抱着木瓜就回了客厅，而李楠芝在洗手间里洗脸。

木瓜一到客厅就跑进自己房间把玩具统统拿了出来，其中还有越子木在意大利给买的变形金刚，还有他用了一晚上给他做的小木枪。越子木就蹲在地板上和木瓜开始玩起了玩具。可是，木瓜手里拿着木枪却要玩战斗游戏，还要骑大马。越子木只好双手拄地，让木瓜骑到了自己的背上，就在地板上爬了起来。再看木瓜，高兴得举着枪威风凛凛地真像是骑在战马上一样。

可是，就在越子木学着马跑的样子一颠一颠的时候，他突然隐约听到了一阵铃声。

越子木一听，这声音怎么会这么熟悉呢？他刚想把木瓜放下来，可就在这时，李楠芝却走过来说道：“木瓜，快下来！”

“嗯……”木瓜一副不情愿的样子。

越子木笑着说：“没事儿，就让他玩吧，难得孩子高兴！”

李楠芝看了看越子木，又看看玩得正欢的木瓜，心想：这父子俩要是相认该多好啊，可是，现在还不是时候，万一说出来，越子木能接受得了这个事实吗？还是再等等吧。她就微笑着坐在了沙发上，看着这两父子在地板上玩骑大马的游戏。

越子木手拄着地一边爬一边歪着脖子看了一眼李楠芝，说道：“告诉你个好消息，这次可不要再打断我了啊！”

李楠芝忍不住笑了笑：“不打断你了，说吧，什么好消息？”刚问完，她又灵机一动，说了句，“是见到你的楠芝了？”

越子木一愣，眨了眨眼睛，脑海里出现的是和楠芝在一起时的情景。他“哦”了一声岔过去，然后说道：“我今天联系了几家公司，说好了要在联谊会上具体洽谈洽谈呢！对了，你下午说要跟我说事，是什么事？”

李楠芝就把吴叶说的事对他重新说了一遍。

越子木听完停下来想了半天。木瓜却催促着：“大马快走，大马快走！”他答应着又开始爬。

见玩得差不多了，李楠芝就招呼吴姐把木瓜抱了下去，说是到睡觉时间了。木瓜不情愿地下了越子木的背，跟着吴阿姨进了房间。

越子木这才从地上爬起来，一屁股坐在沙发上。李楠芝递给他一杯水，他咕嘟咕嘟一顿灌。喝完水，他抹了抹嘴巴，说道：“不早了，我得回去了。”

李楠芝看着满头大汗的他，温柔地说：“好吧，回去好好休息。”

越子木“嗯”了一声就站了起来。

可他刚要迈步，李楠芝又说道：“对了，现在公司运行得也不错了，那个美贞她父亲投的钱是不是该退给他了？”

越子木也早有此意，本来上次他是想跟美贞说的，可是美贞刚刚当上珠宝设计师，他竟没有机会说出来，听李思月提起这事，他就点了点头：“我也一直在想这件事呢，等活动结束就办这件事，凭什么让人家给投钱呢？”

李楠芝却自语道：“谁知道你欠了她什么。”

越子木一听就无语了，自己是欠了美贞的，但就是因为那件事才不能再欠她了，要不然会很难办的。

他笑了一下，转身就朝门口走，李楠芝站起来送他。越子木回身关门的一刹那，发现她的目光有些异样，一瞬间，他仿佛看到了李楠芝的眼神。

他恍惚了一下，赶紧往楼下走，边走边想在自己身上发生的这件奇怪的事。按理说不能啊，即使是容貌不一样，但眼睛是不会骗人的呀！两个人怎么会这么像呢?

一想到李楠芝，他就下意识地掏出手机，犹豫了一下还是拨了出去，他是打给李楠芝的。这时候，他刚下了几级台阶，听着手机里的铃声，他突然感觉楼上李思月家里正有电话铃声响起，而且就是自己电话里的这个声音。

他诧异了一下，抬头看了看自己刚刚关上的那扇门，这时，就听电话里传来李楠芝的声音。

“老公，这么晚了打电话有事吗？对了，你有没有好好吃饭？”

他一听李楠芝的声音就激动不已，赶紧说吃了。可又听李楠芝笑着说：“是自己做的还是在别人家吃的？你自己能做什么呀！我还不知道你？要是有哪个美女做饭给你吃你尽管吃就是了，不用考虑我，我相信你！”

越子木咧了咧嘴，心想：李楠芝不在身边却跟长了眼睛似的，怎么一猜就一个准儿呢？

他“哦”了两声，却问道：“楠芝啊，你啥时能来呀？我有点儿想你。”

“没出息！刚刚见面就想了？呵呵，那好，你很快就会见到我的。”

越子木抬头又看了一眼楼上那扇门，他迟疑了一下，就悄悄地往上走去，等走到李思月家门口时，他把另一只耳朵贴了上去。

而手机里，李楠芝还在说呢：“我听肖凌姐说你身边有个美女很像我？”

越子木愣了一下，但他不敢大声说话，生怕李思月在里面听见，就小声哼着，而另一只耳朵却拼命在听屋里的声音。可是，手机里的声音太大了，他根本听不清屋里的说话声。

李楠芝又说道：“等有机会我去会会她，看看到底是个什么样的人让你那么着迷！哈哈哈！行了，你休息吧，我挂了啊！”

听着李楠芝爽朗的笑声，他把手机拿了下来，这回，屋里的声音清楚了，他就听屋里传出李思月的说话声：“这个傻瓜……”再往下他就听不清了。

他皱了皱眉，心想：李思月说的这个傻瓜指的是谁呢？

见没听见自己想听的，他不禁笑了笑，又摇了摇头，觉得自己的想法有点儿离谱，就悄悄地转身重新下了楼。

等他回到家，洗漱完往床上一躺，回想着在李思月家的情景，他突然又想起了自己驮着木瓜当大马时听到的那个铃声，脑海里却出现了多年前的那个夜晚，还有那个哭泣的小姑娘。难道李思月就是她？也不太可能啊，就算是女大十八变，可是也不能变得这么漂亮啊！

他越想越不对，但又一想，即使她就是当年的那个小姑娘又能怎么样呢？现在自己有李楠芝，可不能再心猿意马了，这对李楠芝不公平。唉，或许那才算是自己的初恋，但初恋并不懂爱情，既然都过去了，那就让她成为美好的回忆吧。

想着这些心事，他又拿出手机，看着手机链上那个杰瑞鼠，他眼前浮现出和李楠芝第一次约会时的情景来，脸上顿时有了笑意。

他在想，从明天开始，自己真的要和李思月保持距离了，说什么也不能再去她家吃饭了，一想她看自己的眼神就能明白，或许，她是太想给木瓜找个爸爸了吧。

想着心事，他就甜蜜地进入了梦乡。

而就在此时，李楠芝却来到木瓜的房间，看着已经睡着的木瓜，她爱怜地为他拽了拽被角。突然，她看见木瓜的脖子上竟然挂着那个小铃铛，顿时就是一愣，心想：这小家伙是什么时候把这个拿出来了呢？她刚想给摘下来，但又一想，就笑了。

111．小鱼的豪气

转眼到了联谊会举办的日子，一大早，越子木带着全公司的人拿着公司的简介材料直奔活动地点。

联谊会在国贸饭店召开，作为CBD的中心，又是年终岁尾，国贸这边热闹非凡，一些公司的年会还有联欢会等都在这里召开。因此，等越子木他们到了地方就看见车水马龙的一派繁忙景象。

位于顶层的会议中心是这次京城时尚圈联谊会的举办地点，越子木他们一下电梯就被眼前的景象感染了。就见整个顶层灯火辉煌，鲜花绿树簇拥，俊男美女云集。

还没等进入会场呢，越子木一眼就看见了他的发小外号叫蛮子的赵满知，他正和一个美女交谈着什么。一看到蛮子也来了，越子木就让顾桐带大家先进去，而他朝赵满知走了过去，他可是好久没见到自己这位发小了。

“嗨，蛮子！”他在后面叫了一声。

赵满知一回头见是越子木，当时就笑了，一边招呼着他过去，一边打算给面前这位美女介绍。可是，等越子木走近了，那美女一回头他才看出来，原来是白露。

“咦？白露你也来这么早啊？”他打了句招呼。

“彼此彼此。”白露应了一句。

“唉？你们认识？”赵满知一脸狐疑地看着两个人。

越子木笑了笑，看着白露对赵满知说道：“哦，我们是大学校友。对了，白露，这是蛮子，我发小。你瞧瞧我，你们早认识是吧？”

白露一听越子木介绍说赵满知叫“蛮子”，忍不住掩嘴笑了起来。

赵满知憨憨地笑着，眼睛却始终不离白露。越子木偷眼看了一下这俩人，觉得有点儿意思。他想了想就说道：“那你们先聊？我先进去看看！”

“你忙你忙！”赵满知连声说道。

白露还想说什么，但见越子木微笑着转身离开了，她只好作罢。

越子木走到会议室门口时还回头看了一眼，心想：杜峰你现在就不用闹心了，我看这俩人有戏！

他刚走进会议大厅，迎面就见柳依依满面春风、风情万种地走过来，快要走近时，就听她笑着高声说道：“哎哟！来得好早啊！”说这话时，她的眼睛看着越子木这边。

越子木一开始时还想躲避一下呢，听她这么热情地打招呼，不由自主地愧疚起来。心想：是不是自己小气了？

想到这儿，他微笑着刚想要回应一声，却见柳依依伸着手从他的身边直接走了过去，弄得他尴尬异常。回头一看，柳依依正和一个男的握手呢。他叹了口气，又摇了摇头。

顾桐走过来说：“越总，咱们的位置在这边。”

越子木也不说话，跟着她到了自己公司的所在位置。等到了地方一看，却是在最靠边最靠后的位置。

见越子木皱着眉，顾桐过来小声说：“听说这次联谊会是柳依依她们承办的。”

越子木一听就明白是怎么回事了，他一想，又笑了笑就坐在了边上。

吴叶往这边看了一眼，站起来说道：“越总，要不你坐前面来吧。”

越子木摆了摆手：“这样的座位哪儿还不是一样？”语气里明显是不悦。

李楠芝往他这边看了一眼，站起来就从座位上走了出来，走到越子木跟前她示意越子木往里面坐一个位置。越子木看了她一眼，乖乖地坐了过去。

李楠芝看了看在门口一直高谈阔论、旁若无人的柳依依，小声说：“别介意这点儿小事，成大事者不拘小节。”

越子木一听，茅塞顿开，他一想，还真是，何必在意这些呢？再说，就柳依依而言，不给你安排这样的地方难道还让你坐第一排吗？谁让你惹她了呢？

李楠芝一句话让越子木释然了，他看了一眼李思月，心想：楠芝也一定会这么说的。想到这儿不觉又多看了她一眼，正好与她目光相对，他下意识地避开了。

李楠芝笑了笑，这次却没再开玩笑。

开幕的时间到了，而会议室里也已座无虚席。随着一段乐曲声，就见柳依依走到了台上，她满面春风意气风发的样子就好像有什么喜事一样。

还别说，她果真是有喜事。就见她摆了摆手示意音乐停下后，又张扬地扫了一眼台下的众人，说道：“女士们先生们，上午好！非常欢迎大家参加由《靓相》杂志主办的这次联谊会。我叫柳依依，初次和京城时尚圈的各位前辈和同仁见面请多关照！”

台下响起了掌声。越子木也鼓了鼓掌，但他看见顾桐和陈承他们却根本手连动都没动一下，他不禁摇了摇头，小声对李楠芝说：“告诉大家要注意公司形象，不能小气！”

这时，就听柳依依在台上接着说道：“几年来，我们《靓相》时尚杂志得到了京城各界的普遍认可，这都是各位前辈关心支持的结果，各位同仁精诚合作的结果，在些，我谨代表公司向大家表示衷心的感谢！”

台下又是一阵掌声。越子木特意看了一眼，这次顾桐她们鼓了掌，尽管不是很热烈。

柳依依又说：“这是人才辈出的时代，这也是一个日新月异的时代，仅就京城时尚界而言，一些公司如雨后春笋般涌现，其中也不乏一些知名公司，但更多的却是刚刚起步，尽管有些公司才刚刚介入时尚界，但为时尚的发展注入了生机与活力。虽然这类公司长成参天大树还需要时日，但我们《靓相》公司欢迎竞争，也欢迎小鱼快快长成大鱼，我们作为领军企业之一，会一如既往地关注和支持这些公司的成长，期待我们共同拥抱美好的未来！”

下面爆发出雷鸣般的掌声。

越子木听完却觉得有些刺耳，他见顾桐也是皱了皱眉。

这时，在下面的座位上有个人一直在向顾桐这边张望着。顾桐可能是感觉到了，就往那个方向看了一眼，她一看，是霍东，正在那儿朝她招着手。顾桐看了一眼越子木，冲他笑了笑。

越子木也看见了霍东，也看见了他身边坐着的肖凌，他再一看那个区域，竟然还有石珏、柳树，而柳树旁边坐着的却是许天放。

就在越子木精神溜号的时候，突然听见柳依依在台上大声说：“下面，就有请新加入时尚界的公司代表木子时尚文化公司总经理越子木讲话！大家欢迎！”

越子木一听就蒙了，心想：这柳依依搞什么鬼？也不知道有这个环节呀？她怎么不早打一声招呼呢？

就在他站也不是坐也不是地犹豫着时，就听李思月低头和他说了句：“你坐着。”说罢，她站起来大大方方地朝台上走去。

越子木顿时就是一愣，看着柳依依在台上得意的表情，他狠狠地瞪了她一眼。同时，眼睛又看向了李思月，深深地为她捏了一把汗。

就见李思月落落大方地上了台，先是和柳依依握了握手，等柳依依闪到一旁时，她站在了话筒前，扫了一眼台下。再看台下的人群里顿时发出了一阵骚动，人们开始议论起来。是呀，哪见过这么漂亮的美女呢！

就听李思月微笑着说：“大家好！我是木子时尚文化公司的李思月，受我们越总委托，向大家汇报一下我们公司的情况。正如刚才这位柳总所言，我们是一家刚刚起步名不见经传的小公司，小到刚刚成立时连注册资本金都是借来的。但短短一年多时间，我们公司就承接了四家知名企业的营销大单，与多家公司开展了合作，特别是得到了泰国李氏企业集团控股的木石之盟公司的青睐，也得到了石生生珠宝公司的肯定，目前，我们双方合作非常愉快！我们越总刚刚去泰国和李氏集团董事局主席进行了会面，双方将进一步开展深度合作！”

她说到这儿时，再看台下的越子木，当时就愣住了，他心想：什么？

木石之盟公司是李楠芝的？我怎么不知道呢？肖凌也没说呀！

就在他疑惑不已时，听李思月话锋一转又说道："但是，就像柳小姐说的那样，我们不过是一条小鱼，小到连一条鲤鱼都不是，因为鲤鱼可以跃龙门；小到连一条金鱼也算不上，因为金鱼很名贵；小到连一条最常见的鲢鱼也算不上，因为鲢鱼游得最快。那么，我们是条什么鱼呢？"

说到这儿，她看了一眼台下，停顿了一下说道："我们不过是条泥鳅鱼！"

台下顿时有人开始哄笑。李楠芝自己也笑了笑，但她接着说道："不过，我们不是一条普通的泥鳅，而是卧在池塘里的一条虬龙，等到长成鳞甲的那一天就会成为一条飞龙。今天，我们潜龙在渊，明天，我们必将腾飞九天！正像我们木子公司的宣传语那样：木之不朽，便是时尚；执子之手，亦是时尚。木子公司将执各位同仁之手，共同开创美好的未来！"

再看台下，顿时爆发出雷鸣般的掌声，经久不息。

越子木也十分激动，使着劲地鼓掌。而顾桐她们则瞪着眼睛恐怕手都拍疼了。在另一个区域，肖凌她们也是热烈地鼓着掌。

柳依依在台上尴尬了一下，但随即也鼓起掌来。

李楠芝行了个礼就下来了，走在过道上时，两侧的人们把目光齐刷刷地投了过来。

柳依依咳嗽了两声，站在话筒前说道："今天，本公司要发布一个好消息！那就是，我们已经邀请了意大利著名的施密特国际服饰公司，今天，将在本次联谊会上商讨双方的深度合作！下面，有请施密特公司董事长施密特先生！"

越子木听完就是一愣，刚刚坐下的李楠芝也疑惑地看向了会场另一侧。就见一扇门打开了，走进来两位老人。越子木和李楠芝一见两个人不约而同地站了起来。

进来的人正是施密特先生和夫人！

就见施密特先生牵着夫人的手走上了主席台。台下的越子木和李楠芝两个人顿时瞪大了眼睛，惊异地看着台上。越子木心想：这柳依依是如何说服的施密特先生呢？难道施密特先生真的会和她们公司合作？还真是不可思议。

李楠芝也是满腹狐疑，她在想：自己寄出去的东西施密特夫人收到了吗？难道真的要跟柳依依合作？但不管怎样，自己尽了一份心，合不合作都无所谓了，有些事是要顺其自然的。

正往主席台上看时，李楠芝却一眼就看见在那扇开着的门旁还站着一个人，竟是安娜！

这时，就见施密特先生站在话筒前看了看台下，然后又和夫人交换了一下眼神，刚要说话，柳依依却过去小声说："先生，夫人，要不要翻译？"

施密特先生摆了摆手。柳依依就满脸得意地笑着退到了一边。

施密特先生手拄在桌上，微笑着说道："中国时尚界的各位朋友，尊敬的越子木先生，李思月小姐，女士们先生们，大家好！我叫施密特，其实，我不能算是外宾，说来咱们应该是一家人，因为这位是我的中国夫人，我是中国的女婿。"

他刚讲到这儿，台下有人开始鼓起掌来。

而施密特先生刚才这番话却引起了几个人的震惊，一个是柳依依。她怎么也没想到施密特先生竟然会叫越子木和李思月的名字，而且还是那么的尊敬。她站在台边上脸色很难看。

还有震惊的是越子木和李楠芝两个人，一听施密特先生叫到了自己的名字，他们俩几乎同时看向了对方，一脸的惊诧。

就听施密特先生又接着说："刚才柳小姐说我是什么国际知名企业，其实，我不过是个做服装的，通俗点儿说就是个裁缝，我只是想做出人们爱穿、穿着好看的衣服而已……"

台下，有人被他的风趣逗得笑了起来。

他又继续说："刚才李思月小姐那套小鱼的理论我非常赞同！说来不怕大家笑话，我年轻时做过裁缝，我的公司也是从一个小作坊起步的。而我这条小鱼在风浪的拍打中也呛了不少水，但再大的风浪也没有击垮一条小鱼想要成为大鱼的信念！如今，走过了那么多风浪，这条小鱼也在一天天长大，当回过头来再看时，那些在风浪中飘摇的日子还真是值得怀念和敬仰！因此，我尊重每一条小鱼，尊重每一个像小鱼一样刚刚起步的公司。所以，要说合作，我倒是想和一条小鱼合作，尤其是像李思月小姐说的像泥鳅那样的公司。”

台下又传来一阵笑声。

施密特先生也笑了笑，继续说：“中国是龙的故乡，现在不是要实现中国梦嘛，我和夫人也有一个梦想，那就是希望能够赶上这班车，和龙一起飞翔！将来要变成龙的那家公司可不要丢下我们哟！”

台下顿时爆发出雷鸣般的掌声。

但再看台上的柳依依，脸色已经由白变红，又由红变绿了。她，彻底蒙圈了。

施密特先生这时微笑着看了看夫人，就往旁边闪了闪身。夫人看了他一眼，站到了话筒前。

这时，李楠芝屏住了呼吸，不错眼地看着施密特夫人。

就见施密特夫人从怀里拿出样东西来，一点儿一点儿地打开。

台下，此时鸦雀无声，都不明白是怎么回事。

施密特夫人把包着的东西打开后，把一样东西举了起来。李楠芝一看顿时惊喜不已。原来，那正是她寄给夫人的纪念册！

夫人微笑着开始说话了：“这，是一本普通的纪念册，普通到甚至都已经发黄了。可是，对于我来说，这却比任何东西都要宝贵，因为这里记载着我年轻时的梦想，一个少女对未来对生活的美好希望。可是，岁月辗转，那个少女青春不再，梦想不再，这记录着她青春的纪念册竟也失落了！年龄大了，我的梦想就是希望有一天能够重新找回我的青春。突然有一天，我收到了一个包裹，当我轻轻地打开，我发现，我的梦又回来了，我像一个娇羞的少女一样瞬间又飞回到了那个年代，那个风华正茂的青春岁月。作为一个中国人，在中国梦的伟大征程中，我的梦，实现了。然而，我要让帮我找回梦想的人也去实现她的梦想！去实现他们成为一条飞龙的梦想！”

说到这儿，台下的众人纷纷把目光投向了坐在后排靠边位置的李楠芝这边。

这时，施密特夫人又看向台下一边搜寻着一边说：“学妹呀！你在哪儿？快来，学姐要抱抱你！”

李楠芝站了起来。而旁边的越子木一脸的诧异。

在越子木和众人惊诧的目光中，在柳依依肺都快要气炸的愤怒中，李楠芝面若桃花地走向了主席台，走向了施密特夫人。

再看施密特夫人，一见李楠芝走了上来，她转过身张开双臂就迎了上去。李楠芝紧走几步就和夫人紧紧地拥抱在了一起，此时的她，已是泪流满面。

台下，先是短暂的静止，紧接着就掌声雷动。

这时，越子木也站了起来，他迈着大步走上主席台，迎着施密特先生就走了过去，上前和先生双手紧紧地握在了一起，然后，两个人又拥抱了一下。

施密特先生拉着越子木的手，目光看向了台下，微笑着高声说道："我宣布！米兰施密特服饰品牌正式进军中国市场，由越子木先生的公司独家全权代理，首期注入资金三亿美金！”

再看台下，顿时爆发出热烈的掌声，还有人高声喊着什么。

越子木和施密特先生对望了一眼，他们两个人再一次紧紧拥抱在了一起。

这时，施密特夫人拉着李楠芝的手向这边走了过来，她和施密特先生对望了一眼，就和李楠芝一起朝台下走去。

越子木走到了主席台前，他看了看台下的众人，沉默了足足有十几秒钟。接着，他对着话筒一字一顿地说道："我记得有一位大师说过——时尚易逝，风格永存。我的理解是，再强大的企业也很难经久不衰，唯一的动力就是，持续创新的精神与海纳百川的胸怀。创新，是对己的要求；胸怀，是对外的态度。作为刚刚起步还很弱小的公司，如果说将来还有一点儿发展的话，那也是仰仗诸位同人的关心和鼎力支持。我非常欢迎也希望能够和大家在更多的项目更多的领域开展合作，我们也需要业界同人的提携与支持。所以，我要说的是，竞争共进，价值永存！”

等他讲完，台下的人们纷纷站了起来，高举着双手鼓掌。

这时，就听台下有人喊了一句："欧巴，你好棒啊！”

正要往台下走的越子木一听，当时就咧嘴了，竟然是美贞！

112. 去首尔还钱

连续几天，越子木的公司都忙得不可开交。

随着与施密特先生的服饰公司成功签约，木子时尚公司的业务范围不断扩大，已经远远超出了公司成立之初的发展目标。

为了促进公司的进一步加快发展，在李思月的建议下，越子木打算成立企业集团，这样可以按照不同的业务范围分领域开展运营，这既是对合作方负责，更是对自己负责。

好不容易集团公司成立了，办公地点也搬到了白露她们公司那个写字楼里，越子木也有了属于自己的独立的办公室。公司的飞速发展，令大家都很高兴，可越子木却一点儿也高兴不起来，他心里那件未了之事一直让他坐立不安。

见他坐在办公桌后闷闷不乐，李楠芝推门就进来了。

“越总，现在集团公司注册完了，咱们的办公场所也改善了，有件事你不会是忘了吧……”她提醒道。

越子木愣了一下，脑海里迅速回想着自己曾经答应过她什么事，可他想了半天也没想起来。

“我答应过你什么事吗？”他问了一句。

李楠芝却乐了：“看把你吓的，是不是作病了？呵呵呵！我是说，还美贞父亲钱的事儿！”

越子木听完就叹了口气：“我也正为这事儿发愁呢！”

“那愁什么呀？和美贞说清楚！或许干脆直接去找她父亲，这世上就没有解决不了的事！”

“那……不告诉美贞就直接去找他父亲？”

“你要是告诉她她会同意吗？这件事还是快刀斩乱麻的好！你说呢？”

越子木又想了一下，果断地一拍桌子：“好！就这么定了！不过……要不，你跟我去呀？”

李楠芝一听就乐了：“那是自然！那我去让乔庄订机票，明天咱们就出发！”

越子木说道：“那干脆让乔庄也跟着去得了，要不然……”他的意思是说，就咱们两个去也不方便哪！

李楠芝听出来了他的意思，就笑了笑。心想：现在开始防着我了，算你有良心！

乔庄订好了机票，又办妥了相关手续后，第二天，越子木他们三个人就出发直奔机场。

坐着飞机到了首尔后，三个人打了车就直接前往美贞父亲的公司。越子木走在前面，李楠芝和乔庄紧紧跟在后面。上了台阶，越子木刚要推门往里进，两个保安就跑了过来。也不知他们两个叽里呱啦地说些什么，弄得越子木一愣一愣的。

他指着里面说道：“我是来找会长的。”

可是，两个保安根本就听不懂他说的什么，还一个劲儿地伸手拦着，示意他们出去。

李楠芝说：“他们听不懂中文，怎么办呢？你没有美贞父亲的电话吗？”

越子木咧了下嘴：“没有啊！”

“你这女婿当的啊，连电话都没留？呵呵！”李楠芝掩嘴而笑。

正在这时，就见从门里面走出个人来。越子木一看就喜出望外，原来正是上次接他和美贞的那个黑衣人。

“唉！这位兄弟？”他招了招手。

那人抬头一看，先是一愣，接着就迎着他们走了下来，走到近前，啪的就是一个立正，然后弯腰行了个礼。

“越先生好！”

再看那两个保安，当时就傻了。

接着，那人就一伸手做了个“请”的手势，然后又冲那两个保安不知说了些什么。再看两个保安，也是“啪”的一个立正，齐刷刷地敬了个礼。

李楠芝忍着笑，跟在越子木后面在那个人的带领下进了一楼大厅。她紧走几步赶上越子木说道：“真是有眼不识会长女婿啊！哈哈哈！”

越子木尴尬了一下，就在那人的示意下进了电梯。

等他们走到美贞父亲的办公室门口，那人笑着说：“越先生请稍候，我去通报一声。”说着又冲李思月和乔庄点了点头。

在那人进去通报的间隙，越子木又回头看了一眼李楠芝，也看了看乔庄手上那个装着现金的包。李楠芝冲他点了点头，给予他无声的鼓励。

正在这时，那人出来示意他们进去。越子木长出了一口气，定了定神，推门走了进去。

一进办公室，就见美贞父亲从椅子上站了起来，微笑着看着门口这边，可他往越子木身后一看，就是一愣。

“伯父您好！”越子木行了个礼打着招呼。

美贞父亲狐疑地看了一眼李楠芝和乔庄，问道：“噫？美贞这丫头没跟你一起回来呀？这两位是……”

“哦，我介绍一下，这两位是我公司的同事。这是李思月，他叫乔庄。”越子木笑着做了介绍，可是明显心里有些发虚。

美贞父亲示意他们到沙发上坐。

刚一坐下，还没等越子木说话呢，就听美贞父亲说道：“我这几天还寻思呢，给你投那五十万不知够不够，正打算问问美贞，然后再给你打过去点儿款呢！你来得正好，说说吧，公司怎么样？资金够用吗？”

越子木一听就傻了，连忙尴尬着说：“够！够！公司运行得还行。”说完，就局促起来。

李楠芝看了他一眼，心想：你倒是说呀，再这样下去人家又给你投钱了。

越子木看见了她的眼神，就笑着对美贞父亲说："伯父，是这样的，我们这次来呢，主要是还您钱来了，用了这么长时间实在是不好意思。按照资金的使用规则，本来是打算给付些利息的，但考虑到您不一定同意，所以就只把本金给你带来了。您看……"

美贞父亲听了却并不惊讶，他只是微笑着看着越子木，弄得越子木有些发蒙。

接着，他叹了口气道："唉，这孩子，她妈去世得早，都是我给宠的，我咋说也不听……小子！你上次跟美贞来时我就看出来了，是被她逼着来的是吧？"

越子木眨了眨眼睛，先是点了点头，又紧接着摇了摇头。

美贞父亲接着说："小子，你知道我为什么上次不说破吗？为什么在明明清楚状况的情况下还要给你投资吗？"

越子木愣着又摇了摇头。

美贞父亲站了起来，在地板上踱了两下，说道："我只是不想让她伤心，是想让她自己知难而退啊！另外，我看你也是个厚道的孩子，从你身上看到了我自己当年的影子……年轻人想干一番事业，是需要有人帮的！"

听到这儿，越子木眼睛有些湿润了。

这时，美贞父亲回过头来看着越子木说道："另外，还有一个原因……我一直对一个恩人有所歉疚，可是，却怎么也找不到他的家人了，而你，实在是和他太像了！所以……对了，还不还钱回头再说，我求你件事吧！"

越子木点着头："伯父您尽管说！"

美贞父亲走向了办公桌，他掏出钥匙打开了个抽屉，从里面拿出件东西来看了看，就走向了越子木。

"这是我那位恩人留下的东西，你拿着帮我找一找他的家人吧，都过去这么多年了，我也找了好多年，可是一直都没有音讯。"说着，他把东西递给了越子木。

越子木接过来一看，却是块普普通通的手表。他翻过来调过去地看了看，一脸疑惑地看着美贞父亲。

美贞父亲笑着又坐在了沙发上："哈哈哈！小子！我们美贞哪点不好啊，你怎么就看不上呢？"

越子木咧着嘴笑了笑，而他此时的笑却比哭还难看。他说道："伯父，是这样的，我本来就是已经成家的人，认识美贞时她不知道，所以……"

"哦，那我明白了，不为美色所动，嗯，不错！这更像我的性格！哈哈哈！好！既然你公司运行得不错，那我就收下！以后要是资金周转困难随时都可以来找我！"美贞父亲豪爽地大笑着，笑完，他脸色又暗了下来，说道，"可是，美贞这丫头知道你来吗？看来，我老家伙得亲自去一趟喽！"

"伯父，实在是对不起啊，让您这么费心……"越子木欠了欠身。

"酒店订了没有啊？你们打算住在哪儿？要不还是回家住吧，反正就我一个糟老头子！"

越子木赶紧摆手："不麻烦了，伯父，我们有地方住。那就不打扰了……您交代的这件事请放心，我一定会尽全力帮您找的！对了，这块表有没有什么别的线索？"

美贞父亲眼睛望着窗外，沉默了一会儿，说道："他是救美贞母亲的恩人哪！那一次仇家本来是冲美贞母亲来的，正好那位恩人路过，就替她挡了那一刀，结果……唉，真是好人哪！"

越子木一听，马上想起了美贞曾和他说起过的关于她母亲的那个故事，他也不作声了，怕再多说什么会令美贞父亲更伤心。

辞别了美贞父亲，他们三人就出了贞子公司大楼，漫步在首尔的大街上，打算找一家酒店住。

正走着呢，突然就听后面有人喊道："站住！好小子啊，还敢跑到我们的地盘上来？这回看你往哪儿跑！"

越子木闻声回头一看，就见几个黑衣人正往这边跑呢，为首的正是那晚劫他的那一高一矮两个二货！情急之下，他拉起李楠芝的手又冲乔庄喊了一声就开始跑。

他这么一跑，可把李楠芝吓坏了，她还紧张地回头看了一眼，边跑边说："越子木啊，你咋招惹他们了？该不会是美贞爸反悔了吧！"

后面的乔庄说道："不是，姐，那伙人是劫匪！不过，怕他们干什么？"

"乔庄你就别说了，这人生地不熟的，不跑还等着挨打啊！"越子木说了一句又加快了步伐。

他们三跑两跑就跑进了一条巷子，听着后面渐渐没了动静，这才停了下来。越子木捂着肚子喘着气，李楠芝也直喘粗气，三个人互相看了看，又都哈哈大笑起来。

"想不到越子木你也有怕的时候啊！哈哈哈！"李楠芝指着他笑道。

越子木看了她一眼，小声说："其实也不是怕他们，这不是怕你挨欺负嘛……"

李楠芝一听就不言语了，用柔柔的目光看着他，心想：原来他是担心我呀！

这时，越子木突然想起了什么，就问乔庄："唉？你怎么知道是劫匪呢？"

乔庄听完就是一愣，眨了眨眼睛，脑海里出现的却是那次打跑了两个二货后越子木受伤的情景。

"那不是劫匪还会是干什么的呢？"

越子木看了他一眼就不再问了。

"行了，咱们赶紧找家酒店住下吧。这帮人，简直就是土匪！"越子木说着就在街边四下看了起来。

为了避开那伙人，他们不敢往主街上去，最后只好在这条巷子里找了一家还算干净的旅店。

进了旅店，越子木让乔庄去前台开两间房。乔庄一听就愣住了，她看了李楠芝一眼，心想：难道这是要和他住一个房间吗？

李楠芝一听，就在旁边偷着乐。

趁着越子木去休息区坐着的时候，乔庄赶紧跟李楠芝说道："姐，怎么办啊？要不，你和越总住一间得了。”

李楠芝看了一眼坐着的越子木，笑着小声说：“你没看他那架势吗？分明是要和你一间房，别忘了，你现在可是男的！”

“姐，那怎么办哪？我怎么住啊？他要是……”说着，乔庄脸就红了。

李楠芝看着她，说道：“哟，我们假小子长大了，你难道还怕他半夜对你不轨？呵呵，不会的，你去办手续吧，有姐呢！”

乔庄迟疑着只好去前台办了入住手续。

果真，等乔庄办完了手续，越子木说道：“思月啊，反正这两间房是挨着的，晚上要是有啥事你就敲敲墙，我和乔庄会第一时间过去帮你的！乔庄啊，你把咱俩的行李拿上去吧，我在下面等你们，咱们出去吃饭。”

乔庄咧了咧嘴，就提着行李和李楠芝上了楼。打开房间的时候，李楠芝见乔庄还是一脸愁容，她把行李一放就哈哈大笑。

“姐，你还笑呢，这个晚上我肯定是睡不着了，人家还没和男人住过一个房间呢！”

她搂着乔庄的肩膀止住了笑，说道：“姐都不在意你怕什么？哈哈哈！不用怕，晚上啊你就这样……”说着，她在乔庄耳边小声说着什么。

乔庄一听就愣眉愣眼地看着她：“姐，这行吗？”

“那不行算了，我不管你了啊！”李楠芝说着转身就要走。

乔庄赶紧笑着拉住了她：“姐，不许欺负人家！那就按你说的办还不行嘛？我主要是怕他发现。”

“没事，你就瞧好吧！”

说完，两个人把行李放好就下楼和越子木会合，三个人出了旅店打算去吃饭。

由于办妥了一直困扰着越子木的大事，他总算去了一块心病，再加上这一路惊魂的吓了够呛又累了够呛，晚上还是两间房，所以，越子木就放松了戒备，点完了菜还心情大好地要了两瓶烧酒。

李楠芝倒没什么，只要越子木高兴，爱喝什么他就喝什么。可这乔庄一听越子木要喝酒，她可就有点儿担心了。看着服务员摆在桌上的两瓶烧酒，她看了一眼李楠芝，一脸的惊慌与无奈。

李楠芝却并不看她，把酒瓶盖打开就倒上了，三个人举了举杯子就喝了下去。本来，乔庄是不想喝的，但李楠芝冲她直使眼色，再加上刚才听了她的那个“计划”，她只好同意了。

可是，这烧酒虽然没什么劲，一喝上可就控制不住了，到他们吃完饭，桌上已经摆了四五个空瓶子。

付完账要走时，越子木把胳膊搭在了乔庄的脖子上，还说呢：“思月你没事吗？要不我让乔庄扶着你？”

乔庄紧张得咧着嘴看着李楠芝。李楠芝笑着说：“我没事，走吧，咱们回去休息。”

乔庄还想说什么，可李楠芝却不看她了，她只好就让越子木搂着脖子一摇一晃地回了旅店。

到了房间门口，乔庄拿着门卡开门的时候，越子木冲李楠芝说：“你也早些休息吧，我和乔庄先睡了啊！”

李楠芝强忍着笑开门进了自己房间。

越子木一进房间这才把那只胳膊拿开，乔庄揉了揉脖子，脸涨得通红。

可是，等她再看越子木时顿时就吓得转过身去。原来，越子木正在那儿脱衣服呢，而且脱得这个干净啊，然后直接就进了洗手间洗澡去了！

乔庄手捂着胸口，那颗心都要蹦出来了。听着洗手间里传出来的哗哗的流水声，她越来越紧张，一想，一会儿他洗完澡出来可怎么办哪？她一时不知所措了。本来，挺聪明个姑娘，此时却变得思维有些停顿了。

正在乔庄不知所措时，突然听越子木在洗手间里喊道：“乔庄啊，把我箱子里的牙具拿来，旅店里的东西尽量少用，不卫生！”

乔庄答应了一声就开始在箱子里找，等她找到了牙具刚要转身，猛然间意识到，怎么往里送啊？她犹豫着，急得眼泪都要下来了。

越子木见半天没动静，在里面还催呢：“快点儿呀！就在外面那层放着呢！”

没办法，乔庄答应一声就朝洗手间走了过去，到了门口，她轻轻地把门打开一条小缝，闭着眼睛就把手里的牙具伸了过去。

越子木在接牙具的时候还说了句：“乔庄你不洗吗？我一会儿就好啊！”

乔庄支吾着：“哦，不……不洗了！”说完，赶紧关上门一转身靠在了墙上，把头往上一扬，闭着眼睛长出了一口气。

她一想，这样可不行，一会儿他肯定会就那样出来的，得想个办法。她想了一下，就冲里面喊道：“越总，我先出去一下啊，买点儿水回来！”

“哦，那你快去快回！别往远走啊，看碰上那帮坏人！”越子木答着。

乔庄开门就出了房间，然后到旁边敲开了李楠芝的房门。

李楠芝刚刚冲完澡，裹着浴巾把门打开了，一看乔庄的表情，她就乐了。

“小乔，你这是怎么了？他欺负你了？哈哈哈！”

“嗯，他就是欺负我了！”乔庄噘着嘴。

“怎么回事？”李楠芝关好门回身看着满脸通红的乔庄。

“越总他……他竟然当着人家面脱衣服洗澡！”

李楠芝哈哈大笑，她过去搂着乔庄的肩膀，又轻抚了一下她的短发，笑着说：“在他眼里呀，你是个小伙子，当然无所顾忌了！对了，小乔，你也该找男朋友了，就没有喜欢的人吗？”

乔庄看了她一眼：“我才不找呢，我就跟着姐你！”

“呵呵，那你也不能一辈子跟着我呀！回头等姐帮你找一个好男孩儿，谁要是娶了我们小乔呀，还真是他的福气呢！行了，快回去吧，等一会儿他要是找不到你又该怀疑了。去吧！”李楠芝说着就拍了拍她的后背。

乔庄不情愿地就要出门，可她刚走了两步却又回过头来说：“可是……他刚才还让我也洗澡呢！怎么办哪？而且房间里就那么一张床！”

“呵呵，姐不是跟你说了嘛，等他睡着就有办法了，啊，去吧！”李楠芝又笑着拍了拍她。

乔庄这才出了门，她也没闲心出去真的买水，就站在她和越子木的房间门口要敲门，可手举到半空又停下了。犹豫了半天，她还是敲了下去。

越子木在里面应着："来了来了！"说着，就把门打开了。

乔庄迎面一看，还好，虽说越子木光着上身，但下面是围着浴巾的。她就一侧身进了房间。

"这附近没有商店，越总你渴吗？要是渴就烧点儿这里的自来水也行！"乔庄说着就进了洗手间。她是要躲避越子木。

越子木关好门，擦着头发说道："没事，那就烧点儿自来水吧，烧开了也是可以喝的。"

乔庄在洗手间里看着镜子里的自己，脸红红的像个火炭，虽说嘴唇上粘了假胡子，但怎么看这娇羞的表情都是个女孩儿嘛，她就纳闷了，越总他为什么就没注意到呢?

正在这时，洗手间的门一开越子木就进来了。

"乔庄你不洗澡在这儿发什么呆？"越子木说着就在马桶那儿准备解手。

这下可把乔庄吓坏了，她一转身就出去了，边往外走边说："哦，我累了，先睡了啊越总！"

越子木皱了皱眉，心里暗想：这小子怎么回事?

113. 换了人伤了心

等越子木从洗手间出来一看，乔庄已经躺在了床上，而且头上还蒙着被。

他嘀咕一句：“这小子，不洗澡就睡！”说完，他把内衣穿上，也上了床，一掀被角钻进被里，挨着乔庄就躺了下去。吓得乔庄往床边挪了挪。

两个人就这样背靠着背，一个呼呼大睡，一个胆战心惊。

也不知过了多长时间，乔庄是怎么也睡不着，她哪敢睡呀，尽管眼皮直打架，但她硬是撑着不让自己睡着。可正在这时，越子木一个翻身就转了过来，还把胳膊往乔庄身上一搭，腿也往乔庄身上一放。情急之下，乔庄把越子木那只胳膊就往旁边一摊，又一伸脚把他那只在自己身上的腿踹了下去。

可越子木却并没有醒，只是哼了一声又打起了呼噜。

乔庄这个急呀，心想：姐咋还不过来呢?

过了一会儿，听没什么动静了，她下意识地翻过身来，打算看看越子木睡得实不实，可她刚翻过身来，越子木那只爪子却一挥就落到了她的胸口。她顿时花容失色，伸出两根指头捏着他的手放到了一边，还小声嘀咕着：“什么毛病？往哪儿摸呢！”

可是，越子木动了动嘴，还是呼呼大睡。

稍稍平复了一下紧张的心情后，乔庄却突然发现，自己内心好像起了变化，她回忆着刚才越子木的手放上她胸口的一刹那，脸顿时就红了，尽管屋里漆黑一片。

可是，划过她心头的这种感觉刚刚冒头，她就暗暗地骂了一句，自己怎么该有这样的感觉呢？可是，她越是阻止脑海里的想法，这种想法却越是挥之不去。

她借着月光偷偷地看着越子木的脸，内心又开始跳动不已。此时越子木那张英俊的脸就在眼前，乔庄突然想到，自己还是第一次这么近距离地看他呢，看着这张时常带着坏笑的脸正在抿着嘴做着美梦的脸，她突然明白了也理解了李楠芝。

看着越子木的脸，乔庄借着月光看了看表，突然不着急了，心里想：楠芝姐要是睡着了那就睡吧。可她刚想到这儿，就听传来了轻轻的敲门声。她嗖的一下子翻过身看着门口，她知道是谁来了。

她悄悄下了床，又蹑手蹑脚地走到门口，等她把门打开，李楠芝穿着睡衣一闪身就进来了。

“姐，你……来了。”

“嗯，怎么样？他没动手动脚吧？他睡觉不老实。”

李楠芝说着就往床上看了一眼。

乔庄也往那边看了一眼，说道：“没……没有！那我就过那个房间去了啊！”说着，她又看了一眼越子木，这才开门出去了。

李楠芝看着已经关上的门，皱了皱眉，心想：这丫头好奇怪哟！怎么感觉像是不愿意走呢？她笑了笑，又摇了摇头，这才轻手轻脚地上了床，就躺在了刚才乔庄的那个位置。

看着近在咫尺的越子木，她百感交集，心想：你个傻瓜，还躲着我呢！难道你就一点儿都没有觉察到吗？又有哪个美女会这样自己投怀送抱呢？一想到这儿，她又笑了，心想：还算你老实，要是敢喜欢上李思月看我怎么找你算账！

就这样，躺在越子木的身边，她香甜地睡着了……

清晨，迷迷瞪瞪的越子木终于睡醒了，他闭目合眼地翻了个身，突然，他就感觉手心里软软的，像是摸在了什么东西上。猛然间，他把手唰的一下子抽了回去，心里暗想：不对呀，明明是乔庄，自己怎么会摸到这东西呢？这本是女人才有的呀！

这一惊可不得了，他马上想起了平时乔庄的言行举止来，还有昨晚她的反常，难道说……他竟是女的？想到这儿，他悄悄睁开眼睛，又轻轻地抬起头，往旁边躺的人脸上看去。这一看他更是惊得目瞪口呆。竟然是李思月！

一想到刚才自己手放的位置，他吓得一下子就坐了起来。而他这么一动就把李楠芝弄醒了，她翻了个身，睁开眼睛一看，就见越子木坐在那儿正发呆呢。

“这一大早的你不睡觉发什么呆？”她说了一句。

越子木掀开被角就下了床，又猫着腰到椅子上拿起裤子就往上套，可是越着急越穿不上，几次都险些摔倒。再看李楠芝，在床上已经笑得不行了。

“看把你吓的，我有那么吓人吗？”

越子木也不管她说什么，迅速把衣服都穿好了，然后这才回过头来看着她说道：“什么情况？你怎么会在床上？”

“我不在床上难道在地上睡吗？呵呵呵！”李楠芝一阵窃笑。

越子木摸了摸脑袋：“不对呀，虽说昨天喝了酒，可我明明记得是乔庄啊，怎么会是你呢？”

“不是你昨天晚上喝完酒非要拽着我说是一起睡嘛？怎么这会儿又不承认了？哈哈哈！”李楠芝故意说道。

越子木彻底蒙了。

“是吗？可是，我昨晚回来还洗澡来着呢……不对，当时就是乔庄！你骗我！”他这才想起来昨晚的事。

李楠芝哈哈大笑，笑完了，她这才说道：“乔庄说和别人一张床睡不习惯，所以我就让他去那个房间睡了。反正我和你也不是没在一起睡过，你怕什么？再说……”说到这儿，她又是掩嘴大笑。

越子木一听就挠了挠头，支吾着：“那……我酒后没……没干啥吧？”

“哈哈哈！没事，你不用怕，我会对你负责的！”李楠芝说完，又小声自语道，“可不像某人，完全不负责任。”

越子木听完，又下意识地往自己身上看了看，突然说道：“不对，肯定啥都没发生，刚才起来时我看见内衣什么的都还穿着呢！”

他这句话不要紧，把李楠芝又逗得哈哈大笑。

“你呀，还真是可爱！怪不得呢！”

越子木也不知道她说的这句“怪不得”是什么意思。而李楠芝那没有说出来的话却是“怪不得那么多女孩儿喜欢你这个坏小子呢”。

“那……对不起啊，我刚才……刚才……”越子木是想说刚才不小心碰到你的胸了，可他实在是说不出口。

李楠芝一听就明白了，她故意往自己身上看了看，突然一指他大声喊道：“越子木！你还真是坏唉！是不是在我睡着时对我做坏事了？”

“我……不是故意的！”

“啊？你还想故意！”

越子木咧着嘴一句话也说不上来，只是呆呆地站着。

李楠芝又忍着笑说道：“去那屋把我衣服拿过来！”可她刚说完就改了口，“算了，你还是等着吧，我自己过去！”说着就一掀被角，越子木吓得赶紧转过身去。

李楠芝把浴巾往身上一披，走到越子木身后，在他后背上拍了拍：“行了，这件事等以后再找你算账！”说完，开门就出去了。

越子木这才长出了一口气，可是，他就不明白了，李思月怎么会跑自己房间来呢？难道她是和乔庄串通好的？再说了，她这一身上那个房间去难道就不怕乔庄看？

他摇了摇头，突然感觉，自己对这个李思月还真是一点儿办法都没有。

他们三个人从首尔回来后，刚一下飞机越子木就接到了一个电话，是美贞打来的。他看着手机屏幕，心想：她一定是知道了自己还钱的事，要不然也不会打电话来。他犹豫了一下，还是接起了电话。听美贞在电话里一说，果然是她父亲给她打了电话。

就听美贞大声喊道：“木头，你什么意思啊？成心是吧！不带这样的……呜呜……”说着，她竟哭了起来。

越子木顿时手足无措了，他是最受不了女孩儿哭了。

见他那副神情，李楠芝问道："是美贞？我看哪，这丫头是铁了心了，你最好还是去安慰安慰她吧！要不然可别出啥事呀！"

越子木觉得她说得也对，美贞这样的女孩儿只要是认准了的事，轻易是不会放弃的。他就冲电话里说："你先别哭，我一会儿就去找你。"可他还没等说完呢，美贞却把电话给挂了。

他直接打车去了美贞家，可是，等他到了地方一敲门，美贞却根本没在家，门是锁着的。他又试着给美贞打了个电话，可是电话却关机了。这美贞去哪儿了呢？

他一想，美贞很可能在公司呢。他就给肖凌打了个电话，一问，说是美贞请假了。他一听就狐疑起来，一想到美贞平时处理事情那坚决的样子，他就吓了一跳，这丫头该不会真像李思月说的那样出什么事吧？一想到这儿他就紧张起来。

他思索着美贞可能去的地方，可是，到现在他才发现，自己竟对美贞是那么的不了解，认识这么长时间了竟不清楚她最喜欢去的地方，也不知道她常去的地方。

无奈之下，他又给柳树打了个电话，他这一问不要紧，柳树也紧张起来，他问了越子木现在所处的位置，告诉他先别动，说是他马上就过来。

越子木挂了电话看着手机屏幕，心想：柳社长怎么如此着急呢？

过了好一会儿，他才看见一辆车开了过来，停下后，就见柳树从车上匆匆走了下来。

"越总，到底怎么回事？美贞失踪了？"

越子木尴尬着，就把自己去首尔向美贞父亲还钱的事说了一遍。

柳树一听就着急起来，他拍了拍越子木的肩膀说："没事，咱们分头找吧，一定能找到的。"说完他就上了车也不知开去哪儿了。

越子木在街上漫无目的地走着，此时，他心里满是愧疚和不安。对于美贞，他是知道的，也明白她的心，可是有什么办法呢？自己总不能就这样不清不楚不明不白地继续下去吧，尽管自己做了错事，但实在是给不了她任何承诺。或许此时的美贞正在哪个角落伤心地哭呢，一想到这儿他就很是闹心，他最见不得女孩儿哭了。

可是，美贞到底去哪儿了呢?

而此时，美贞正坐在颐和园的水边哭呢。她越想越伤心，眼泪止不住地顺着脸颊淌下来，她也顾不得行人的目光了，哭得是昏天黑地。

已是傍晚时分，湖边的售卖亭里不知是谁放起了音乐，就听一阵忧伤的乐曲传来，我知道是张芯唱的《我知道悲伤的晚上》。

这下，美贞哭得更厉害了。

也不知过了多长时间，她止住了哭声，擦了一把脸上的泪痕，又裹了裹衣服，四下看了看。这时，就听后面街边有一个摆摊的正在高声叫卖着："烤红薯嘞！又大又甜的烤红薯！"

美贞一听，手一拄地站了起来，连裤子上的灰也没顾得上拍就走到了摊前，买了一个大烤红薯又转身回到了原来的地方，坐那儿就吃了起来，一边吃还一边抽噎着。她手上的烤红薯冒着热气，似乎是在平复着她忧伤的心。

而就在这时，有一个人站在她身后的不远处看着她，既没有叫她也没有往前走一步，就是那样静静地看着她。

美贞可能是坐了一下午有些饿了，或者是心情不好时吃的东西多吧，不大一会儿工夫就把那个烤红薯给吃没了。她看了看装着红薯皮的袋子，一副没吃够的样子。她又掏了掏口袋，想了一下却又把手抽了回来。

正在这时，就见一个方便袋在她眼前晃动着，那里面是两个大大的烤红薯。

美贞的目光随着那两个烤红薯晃了晃，她一回头，紧接着就把那个方便袋抢了过来，打开就拿起一个烤红薯又吃了起来。

那个人微笑着蹲在了她的身旁，还是不说话。

美贞吃了一大口红薯后，噘着嘴说："谁让你来的？还真是小气……不知道吃这东西会口渴吗？也不给买瓶水！"

那人听了哈哈大笑，站起来就去买水。原来是柳树。

那么，他是怎么找到的美贞呢?

他当时和越子木分开后就焦急地到处找美贞，他也是先去了美贞家，可是，像越子木一样被把锁头给挡了回来。可就在这时，他突然想起了静珠，就费了好大劲找到了她。可是，美贞并不在静珠那儿。他也纳闷了，美贞会去哪儿呢？

他问静珠，美贞经常去什么地方？她喜欢去什么地方？

可是静珠却痴痴地看着他的脸口水都要流出来了，花痴的本色暴露无遗。最后，静珠只是告诉他，听美贞说一个人心情不好时就喜欢看水。

柳树一听就高兴万分，虽说这并不是个确切的地点，但起码有了寻找的方向。他就开着车到处找有水的地方，什刹海、后海、护城河，反正有水的地方几乎都去了，最后就剩颐和园了，他就抱着最后一线希望来到了这里。他停好了车，正在水边找呢，却被一个摊主的吆喝声给吸引了过去，他一看，真是踏破铁鞋无觅处！就见美贞一边擦着脸一边正往那个摊前走呢。他就躲在一旁观察着，直到美贞把那个烤红薯吃没了，见她没吃够的样子，他就过去悄悄地又给买了两个。

柳树买完水回来拧开瓶盖递给了美贞。美贞也不客气，接过来喝了一大口，喝完往旁边一放，吃了一口烤红薯后又嘀咕起来："这么冷的天给人家喝凉水！"

柳树一听又站了起来，四下寻找着，他是要看看有没有卖热饮的，哪怕是热咖啡也好啊！忽然，他发现前面不远处有一个售货亭，他就转过身朝那个售货亭走了过去。

美贞看了他一眼，噘着嘴小声嘀咕一句："天都快黑了，让人家一个人在这儿也放心？就不怕我跳湖吗？"

过了一会儿，就见柳树端着两杯冒着热气的饮品纸杯小心地走了过来，生怕杯子里的东西洒出来。他走到美贞身后笑呵呵地说："美贞哪，喝吧，热咖啡！"

美贞回头看了他一眼，见他一脸的笑容，手上的那两个杯子冒着热气。她什么也没说，接过一个杯子打开盖就喝了一口，喝完还丝丝哈哈地又接着吃烤红薯。柳树则又蹲在了她身旁，端起另一个杯子也喝了一口。

不大一会儿，美贞就把烤红薯又吃光了，杯子里的热咖啡也见了底。她把空杯子往旁边一放，侧过身就去拿另一个杯子，可她端起来一看，那个杯子也见了底，她顿时就瞪起了眼睛。

“我说柳树！不是给我买的吗？咋给喝没了？你也欺负人家！”

柳树一听就愣了，他快速地眨着眼睛不知说什么好。

见他那副无辜和尴尬的表情，美贞突然呵呵地笑了起来。

“逗你啦！看把你吓的！走吧，送我回家！不是回家，你请我喝大酱汤吧！”说着，她就要往起站。

可是，她刚站起来，脚一麻竟朝旁边倒了下去。这下可把柳树吓坏了，他伸手一把就抱住了她。

“柳树你好大的胆子！”美贞吼了一句。

柳树又愣么愣眼地看了看她，下意识地就要松手。就听美贞又喊了一句：“你敢松手！”吓得他顿时就呆住了。

美贞咧着嘴丝丝哈哈地伸手揉了揉那条发麻的腿，又在地上跺了跺脚，直到感觉不麻了她才停住。这时，柳树一直都用手扶着她的胳膊，生怕她摔倒。

“要不，我扶你吧……”他小心翼翼地说道。

“我这样能走吗？你得背我！”美贞毫不讲理地又吼了一句。

柳树一听就乐了，他转过身弯下腰去，等美贞趴上他的后背，他就背着美贞朝自己的车走去。

美贞在柳树的背上还噘着嘴说呢：“不许碰人家的屁股！”

114. 年终奖风波

转眼间就到新年了。公司的飞速发展是越子木万万没有想到的，他想是想过，可没想到会这么快，变化会这么大，几个项目做下来，公司的账面上资金已经是相当雄厚了。为了兑现当初的承诺，也是为了让大家过一个好年，越子木给每一名员工都发了红包，当然，他这个红包可不像当初吴雨霞那么小气，每个人拿到手后都吓了一跳。这不，许曼第一个就来找他了。

“越总，你是不是给发错了呀！”许曼进来晃了一下手里的信封就开了腔。

越子木正在看文件，他也没抬头，只是挑了挑眼睛看看她，又低头翻着文件说道：“嫌少？如果嫌少你向杜峰要去！你这一年在他店里可没少忙活！”

许曼咬了咬嘴唇：“连他人都是我的还要什么要？我的意思是……”

还没等她说完呢，越子木就忍不住哈哈笑了起来。

“那么也就是说……他已经是你的人了？那你可要对他负责呀！”越子木一脸的坏笑。

“越子木！”许曼大声喊了他的名字，还一脸的怒气。

越子木赶紧摆了摆手：“好了好了，不说就是了！说正事吧，大家对年终奖有什么意见吗？”

“当然有了！我不管别人，反正我是有意见！”许曼说着就坐在了桌前的椅子上，还把信封往桌上一摔，里面的钱顿时散落出来。

越子木笑呵呵地帮着往信封里收钱说道：“咱们公司这不是刚刚起步嘛，虽说效益还不错，但还需要进一步发展壮大，所以……明年吧，明年一定给大家一个大大的惊喜！”

许曼一听就愣住了，她眨了眨眼睛说道：“唉！我说你怎么回事呀？是不是以为我嫌少啊？有没搞错！是你发多了！你是大款还是怎么的？出手怪大方的！是不是打算明年关门大吉呀！不吃不喝啦？你不是还想要扩大公司经营范围嘛，照你这么发呀，我看可是不行！”

等她说完，越子木顿时愣住了。

“哦，你是嫌多呀！那好办哪，给你发两篇得了，就像吴总似的……”说着，越子木竟真的从信封里开始往出拿钱。

许曼一把就抢了回去：“凭啥呀？凭啥给我发两篇呀？”说着还噘了噘嘴。

越子木哈哈大笑，他绕过桌子，拍了拍许曼肩膀说道：“其实呀，给大家发得并不多，是因为你过去的公司年终奖发得少，你们已经习惯了，给你们发多了吧反倒不习惯了！哈哈哈！以后等公司发展壮大了，甚至公司上了市，你们就都是股东了，那时候到年终分红你们还不得吓死啊！没事，回去吧啊，对了，你和杜峰那小子啥时候办事儿呀？可别等到那什么……”

许曼一听脸就红了，呼地一下子站起来瞪着他说：“你想说啥？什么叫等到那什么？不理你了！”说完，转身就走了。

越子木望着她的背影不住地点头。

可他刚想坐下还想接着看文件呢，就听一阵高跟鞋的咔咔声自门口传来。他抬头一看，见是李思月，再往脸上一看，嚯哦！表情严肃，手里也拿着个信封。她走到桌前，和许曼如出一辙地也把信封往桌子上一摔，“啪”的一声，把越子木吓了一跳。

“你们都什么毛病？”他眨着眼睛看了一眼。

李楠芝也坐在了那把椅子上，她看了一眼满脸疑惑的越子木，说道：“我看你才是有毛病呢！凭什么给我的和他们不一样啊！你这么做以后还怎么树立威信？”

越子木不住地眨着眼睛，还自语着："不对呀，我明明让顾桐她们装信封的时候确认过了呀，难道忙中出错了？别着急啊，如果比别人少了我马上让顾桐再去取现金。"

他刚说到这儿，再看李楠芝，突然扑哧一声笑了，接着，她把信封打开了，从里面拿出好几沓钱来往桌子上一推："确实是少了，如果你真要这么做的话，那把衣服钱也给我吧！还有，把陪你睡觉的钱也给我吧！你把我当什么人了？"

越子木一听就傻了。

"不是，思月，我这不是寻思着你工作干的多嘛，所以就比其他人多发了点儿。"

"你这叫多发了点？识不识数啊？这是整整多了五万！"

越子木眨巴眨巴眼睛一时间说不出话来了。

李楠芝站了起来，看了他一眼，说："我看就这样吧，我这份奖金就不拿了，你先别急，是暂时先不拿，放你这儿存着还不行吗？等哪天我一块和你算账！呵呵呵！"说完，她就在越子木的呆愣中出去了。

越子木就纳闷了，刚才是许曼，现在是李思月，怎么都嫌钱咬手呢？

看着桌上的钱，他只好放进了抽屉里，心里想：等以后再说吧。可就在他刚要坐下继续看文件时，门又响了一下，他抬头一看，是顾桐！

还没等顾桐说话呢，他就用手一指说道："你们都是怎么回事？进来就不知道敲门吗？没大没小。"

顾桐愣了一下说道："这是什么节奏？吃错药了？"说完，她把一份文件放在了桌上，"这个你得签一下，是截止到年底几家合作公司的尾款结算手续。"

越子木一听，眨了眨眼睛，感觉有些意外，他就笑呵呵地坐下拿过一支笔来边签字边说："我以为你也和她们一样嫌奖金多呢！"

可他刚说完，就听顾桐说道："对呀，这是我找你的第二件事！"

越子木一听就傻眼了，他抬起头看了看顾桐。而此时顾桐站在桌前，他却是坐着的，所以，他目光所及之处恰好是顾桐的胸口，虽说他只是就扫了那么一下，可顾桐马上伸出只手来就放在了胸前，脸一红，说道：

“都当老板了还那么没正形！照你这样啊我都多余来找你，什么嫌多？你还应该再给我发，多多地发，谁让你老欺负人家！”

越子木一听就乐了，他把文件签好递给她，又抬头看了她一眼，笑着说：“还想要啊？再要可没有喽，没啥可发的了，对了，现在还有个大活人可以发，你要不要？”

顾桐咬了咬下嘴唇，狠狠地瞪了他一眼，一转身就往外走，可刚走到门口又停住了，她回过头来一本正经地说道：“不过，越子木，以后奖金可不能这么发了，大家形成习惯怎么办？”说完就推门而去。

越子木笑了笑，弯着腰又要坐下，可他刚要坐却又直起身来，往门口看了看，好半天也没人再进来，他这才坐在了椅子上，翻了翻材料，脑海里却还是刚才她们三个人的话，他脸上顿时露出满意的笑容。

可就在这时，外面传来了敲门声，把越子木吓了一跳，他一脸悲催地暗想，这回又是谁呀？发钱还特么发出错来了？老板还真是难当啊！

他没好气地喊了一声：“进来！不都是推门就进嘛，敲什么敲？”

门开了，进来的却是吴叶。

越子木看了她一眼，低头边翻材料边说：“你也嫌奖金发多了？”

吴叶却愣了一下，然后点头哈腰地似笑非笑地走到桌前。

“那个……越总，我是……哦，给你倒杯水吧！”说着，她竟端起桌上的水杯去倒水了。

越子木抬头看了她一眼，心想这丫头搞的什么鬼？

吴叶端着水杯轻轻地放在了桌上，然后就垂着手站那儿不动了。

“嗯？你不是有事吗？怎么不说话？”越子木一看她就有些诧异。

“嗯……越总，我不知该咋说？”她支吾起来。

越子木又看了她一眼，见她穿着件小薄衫，凸凹有致的身材也还透着女孩子的青春气息。猛然间，他一下子就想起了那次救她时的情景来，就赶紧把目光移开，咳了两下说道：“你想咋说就咋说，要是觉得没想好那就等想好了再说。”

吴叶刚才看见了越子木的目光，她也往自己身上看了看，脸一红，小声说：“越总，有件事我一直都没敢和你说……其实我……”

越子木明白了，就看了她一眼轻描淡写地说道：“其实你是柳依依的人！这我早知道了！”

吴叶当时吓一跳，她万分惊恐地看了越子木一眼，眼泪都要下来了。

“越总，我……”

“行了行了，你是个好姑娘，我知道那都是柳依依让你做的，都过去了啊！”越子木安慰着她。

吴叶低着头，半天才抬起来，像是下了很大决心似的说道：“越总，是这样的，柳依依又找我了，让我透露个消息给你，说是有个酒店项目希望你参与投资，对方好像是外资。我是这么想的，越总，她肯定没安什么好心，我看你大可以不必理会！”

听吴叶说完，越子木就是一愣，他自语着：“酒店项目？哎呀，我最近正有此意呢。你的意思是说……我知道了，你先回去吧。”

吴叶还想说什么，但见越子木低头又看起了材料，她只好转身出去了。

望着吴叶的背影，他摇了摇头，心想：柳依依呀柳依依，难道你就那么恨我吗？挺好个姑娘你非让她做什么卧底呀？现在可倒好，没想到吧？一不留神就成无间道了！

回想着刚才吴叶的话，他却在想，外资的酒店项目？她柳依依就是想要使坏又怎么使呢？投不投资是我的事，钱在我自己手里她能使什么坏？

想到这儿，他笑了笑，就在电脑上查找起关于酒店的资料来。他是这么想的，现在公司急需扩大经营范围，以首都这样的国际性城市来说，随着国际化融合的步伐不断加快，酒店行业将会日益发达。目前公司在时尚领域已经站稳了脚跟，那何不打造一处集宾馆、酒店、时装发布、高端消费于一体的项目呢？然而，由于还没有什么头绪，这个计划他就一直都没有说。既然柳依依有这个意思，那倒要看看她究竟要搞什么名堂。

于是，下了班，越子木就开着自己新买的宝马直奔柳依依的公司。路上，他给柳依依打了一个电话。柳依依一接电话就很是意外，她让越子木到国贸顶层的餐厅等她。挂断了电话，柳依依望着窗外脸上露出了神秘和轻蔑的微笑。

且说李楠芝下了班正打算搭越子木车一起回家呢，可还没等她说话呢，就见越子木急匆匆地出了门，根本就没理自己。她这个气呀，心想：这小子搞什么名堂？就是要躲着我也不至于这么明显吧？可是，也没什么办法，谁让自己现在是李思月呢？她只好回了家，到小区时，还特意往越子木家楼下看了看，却根本没看着那辆新车。

等回到家，她越想越觉得奇怪，这小子现在公司做大了，车也有了，该不会是去什么夜场了吧？想到这儿，她掏出手机就拨了过去。可是，响了半天就是没人接。她看了看手机屏幕，狐疑起来，他为什么不接电话呢？她一噘嘴又拨了过去，这次却不是没人接，而是直接被挂断了。

看着手机，她咬了咬嘴唇，又从包里拿出另一部手机来，又给他拨了过去。这次，她用的是原来的手机，因为越子木手机里存的李楠芝的号正是这个手机，她此时是要以李楠芝的身份给他打电话。拨过去后，她笑了笑，心想：让你不接！小样的，有能耐这次你也别接！

还别说，越子木这个能耐还真没有，刚响了两声那边就把电话接了起来。

就听越子木无比温柔话中带笑地说："楠芝……稍等啊，我出去接。"

李楠芝没好气地说："楠芝什么楠芝？你干吗老躲着我？"可刚说完她就意识到自己这话好像不应该是李楠芝说的，她就缓和了一下口气笑着说，"呵呵，和你开玩笑啦，你手机老打不通。"

就听越子木说："哦，刚才有人连续打电话进来，所以你才打不进来的。对了，你怎么样？啥时候来呀？"

"嗯……干吗去？你想我了？呵呵呵！"李楠芝一阵窃笑。

越子木说："这不是要过年了嘛，我寻思着咱们一起回家呀！"

她一听就愣住了，心想：自己这样怎么回家呀？婆婆倒没什么，她知道自己容貌变化的事，可是，要是回去了，越子木一定是会发现自己的秘密的。怎么办？

想了半天，她突然说道："对了，你现在在哪儿呢？为什么刚才说要出去打电话呀？你身边是不是有别的美女？如实招来！"

就听越子木赔着笑说道：“不是，其实就是个客户，正谈事儿呢！”

“大晚上的谈什么事儿？是不是边谈事儿边喝酒啊？谈完事儿喝完酒呢？我告诉你啊，不许干坏事！要不然我不跟你回家！”李楠芝说完就偷偷地笑了起来。

这时，听越子木又说：“不会的，你放心吧。对了，楠芝啊，有个事儿我想和你商量商量……”

“说吧！”

“你们公司不是有宾馆酒店业务嘛，你帮我参谋参谋，我想也在北京投资建一家酒店。我是这么想的……”

还没等他说完呢，李楠芝当时就是一愣，赶紧说：“你不用往下说了，我只有两个字：不行！现在酒店业已经越来越不景气了，而且投资大、回收慢，我看你还是考虑考虑吧。对了，跟公司的人商量过了吗？你公司里不是有那么多行家嘛！”

越子木还是笑着说：“楠芝啊，你听我说，我是这么想的，北京这地方是曼谷那儿比不了的，这里的市场你不了解……”接着，他就把自己的想法和对市场的分析通通说了一遍。

可是，李楠芝还是一百个不同意。讲了半天电话，她突然听到电话里面传来一个女人的声音，好像是在催促越子木呢。她就又嘱咐了几句把电话挂了。可是，挂完电话她却在想：那声音好熟悉啊，会是谁呢？

她站在窗前，望着前面越子木家那扇窗户思索着，她一遍一遍地把自己认识的女孩儿在脑海里过着筛子，突然，一个人的容貌进入了她的脑海：柳依依！

一想到联谊会那天柳依依走下台去的那个眼神，她就有一种不祥之感。难道越子木是要和她合作建酒店吗？他不是找死嘛！

115. 乐疯了的杜峰

第二天一上班，李楠芝推门就进了越子木办公室。

“越总，听说你要投资酒店业？这么大的事你咋不和我们商量一下呢？你了解现在的市场吗？了解现在的形势和政策环境吗？我看，这个项目是万万不能做的！”

越子木听完就是一愣，他皱着眉看了一眼表情果断态度坚决的李楠芝，问道：“你是怎么知道的？我谁都没说呀？”他顿时狐疑起来，心想：除了昨晚和楠芝说起过这事儿外，也没对别人说呀，她又是如何知道的呢？

见越子木愣神的表情，李楠芝一下子意识到自己太着急了，现在的自己不是楠芝呀！但她想了一下，笑着说：“你真的没对别人说过？”

越子木愣眉愣眼地说：“对呀，昨天只是和楠芝简单说了说……”

李楠芝一听就乐了，她微笑着一脸诡秘地道：“难道我就不能和你那个楠芝认识吗？”

“啊……”越子木手里拿着的书当时就掉到了桌上，他张着嘴一脸惊诧。

李楠芝掩着嘴哈哈大笑：“看把你吓的！逗你啦！我是听吴叶说的！为什么我说认识你那个楠芝你就这么惊讶呢？我俩长得像吗？”

越子木眨了眨眼睛，勉强恢复了表情，把掉到桌上的书捡起来说：“吓我一跳！你们俩呀……还真是有点儿像！行了，这个事儿我已经决定了，谢谢你的提醒，要没什么事……”

李楠芝瞪了他一眼，但以自己现在的身份也不好再多说什么，她只好转身出去了。

看着她的背影，越子木无奈地叹了口气。

正在这时，门呼地一下子又开了，就见顾桐和许曼走了进来。

“你们有事？”越子木看了她们一眼，心想：又不敲门，没大没小的。

还没等他坐下呢，就听顾桐和许曼几乎同时说道：“越总，你这个项目我们不同意！”说完，俩人互相看了看，也都惊异于为什么会异口同声。

越子木看了她们两个一眼，笑了，说道：“我真是服了你们！这才刚刚有点儿想法你们就跟什么似的。行了，我心里有数！”说完，他坐下不再理她们两个了。

“越子木！”许曼喊了一句。

越子木看了她一眼，淡淡地说：“叫越总。”

许曼气得手指着他一句话都说不出来。

“这可是件大事，关系到公司的发展，依我看，越总……”顾桐开口说话了。

越子木也看了她一眼，还是淡淡地说：“你还是叫越子木吧。”

许曼和顾桐两个人互相看看，又是同时大声说道：“越子木！”

她们这么一喊把越子木吓了一跳，手里的书又掉到了桌上。他眨了眨眼睛，说道：“吓死人不偿命啊！姑娘家家的也不注意点儿形象。”

许曼还想说什么呢，可突然手捂着嘴干呕起来，紧接着就跑了出去。

顾桐愣了一下，看着许曼跑出去的背影一脸的狐疑。

越子木也愣了一下，但随即就诡秘地笑了笑，看着顾桐道：“对了，你和那个霍总怎么样了？你看看人家，啥也没耽误。哈哈哈！”

把顾桐气得手指着他红着脸说不出话来。

越子木把身子探出桌子煞有介事地盯着她小声说：“顾桐，我怎么发现你最近变化这么大呢？好像越来越漂亮了！”

顾桐抬手盖住了胸口，狠狠地瞪了他一眼说道：“不理你了！太烦人了！你看把许曼气的！”说着转身就要走。

越子木一脸的坏笑说道：“你是真不明白还是装糊涂啊？你也生气了，咋不呕呢？亏你还是女人。哈哈哈！”

“人家还不是女人呢！”顾桐回过身说了一句，可刚说完就觉得自己这句话说得有问题，一时语塞了。

越子木笑着却假装一本正经地说：“哎呀，你知道怎么样才算是女人吗？”

气得顾桐瞪着眼睛大声说：“死去吧你！”说完转身就走。

越子木哈哈大笑。

顾桐出了越子木办公室就赶紧去洗手间找许曼，等她进了洗手间一看，许曼正蹲在水池边还呕呢。她赶紧过去拍着她的后背，问道：“晓曼，你这是怎么了？早上吃东西吃不对劲了？还是……”

“没有还是，就是吃东西吃的！”许曼抢着说了一句又呕了起来。

顾桐一听就笑了，故意说道：“哦，是这样啊，那姐送你上医院吧。”

“不去不去！”她赶紧摆了摆手。

顾桐又笑着说：“那不上医院咋能好呢？既然是吃东西吃的那就得检查一下肚子啊……”

“不检查肚子！”许曼又说了一句，好像很敏感的样子。

顾桐强忍着笑，轻轻地拍着她的后背，自言自语道：“哪个小子给你吃的东西呀？把人吃成这样了他还不知道吧？你告诉我电话，我找他！他要敢对我们晓曼不负责任你看姐咋收拾他！”

许曼还想说什么，可又一阵干呕上来，她什么也说不出来了。

这时，顾桐正色道：“晓曼哪，不管怎么样咱都得去趟医院，得对自己负责是不是？”

“嗯。”许曼应了一声。

顾桐又说：“身体要紧，女人得对自己好一点儿对不对？”

“嗯。”许曼又应了一声。

“更应该对肚里的小家伙好一点儿是不是？”

“嗯……不是！姐呀，求你了……”说着，许曼也不知是吐的还是怎么，脸红红的。

顾桐实在是忍不住了，呵呵地笑了起来。

这时，许曼稍稍感觉好些了，就直起腰来，拧开水龙头洗了洗嘴巴。

顾桐又说：“走吧，咱们现在就去。”

许曼回过身，看了一眼顾桐，说了句：“姐——”说完，却忍不住笑了起来。

“你个死丫头！咋这么不注意呢？”顾桐以老大姐的口吻说道。

许曼眨了眨眼睛，说道：“咋注意啊？对了，姐你是怎么注意的？”

顾桐一听脸就红了，扬了扬手做出要打的架势：“又口无遮拦是吧？看我不打你！”

“姐，我不敢了！”许曼躲闪着。

顾桐放下手：“行了，看在小家伙的份上就饶了你。你怎么净跟越子木学啊！”

“跟越子木学？什么情况？姐，你该不会是跟越子木那什么了吧……”许曼瞪大了眼睛。

“许曼！”顾桐大喊了一声，吓得她缩了下脖子。

正在这时，她们两个人就听见有脚步声传了进来，回头一看，是乔庄。乔庄一看她们两个就愣了一下，然后拧开个水龙头就洗手，笑着说：“你们两个在这儿说什么悄悄话呢？注意啊，这里可是公司，惺惺相惜也得找个地方啊！”

许曼没听明白乔庄说的是什么意思，可顾桐却听出来了，她咬了咬嘴唇上前就打了乔庄一拳，这一拳正打到乔庄的胸口上，可她这一拳打完就愣住了。

躲闪不及的乔庄也愣了一下但随即她就笑着伸手揽过顾桐的肩膀，说道：“顾姐姐，这么喜欢摸男人吗？弟弟让你摸个痛快啊？”说着就故意拿过顾桐的手就往自己衣服里放，吓得顾桐一把推开了他。

“小子！不学好！走，晓曼，今天净生气了，咱们还是去做点儿让人高兴的事吧！”说着，她拉着许曼的手就往外走。

可刚出了洗手间的公共洗手区，许曼却看了顾桐一眼，伸出个手指头来挡在嘴上示意她不要出声，然后她蹑手蹑脚地趴在门边往里面看着。顾桐小声说："死丫头，男人上洗手间不能看！你现在都这样了咋还这么没正形呢？"

许曼也不理她，眼睛盯着里面的乔庄。顾桐见她不言语，也把头凑了过来。

乔庄见两个人出去了，这才用手轻抚了一下胸口，长出了一口气。她拽下一张手纸来擦了擦手，然后又照了照镜子，接着又回头回脑地看了看，在确信没有人后，她飞快地朝一扇门走了进去。

再看门外的许曼和顾桐，几乎同时伸手捂住了嘴，两个人又互相看了一眼，一脸惊恐的表情。

刚才她们看见的，乔庄进的那扇门却是女洗手间！

顾桐小声说："怪不得呢！"说着她又捻了捻手，脑海里出现的却是刚才的那一拳。

许曼笑了笑，说道："我早就觉得不对劲儿了。"刚说到这儿她又警觉地眨着眼睛说，"天哪，该不会是间谍吧？对！卧底！一定是！"

许曼和顾桐的这一发现可以说就如晴天霹雳，把两个人彻底吓到了。许曼还没怎样，而顾桐却真的吓了一跳，她实在是搞不明白，明明是女儿身的乔庄为什么要扮成个男的呢？

这时，许曼一脸诡秘地笑着小声说："顾姐，咱俩进去呀？看她说不说实话！"

顾桐咧了下嘴，说道："还是别了，万一他要是男的呢？那多丢人哪！"

"怎么可能呢？男的他上女厕干什么？"许曼眨了眨眼睛说道。

"那没准他进错了呢？或者……天哪！他该不会是要偷窥吧？"说到这儿，顾桐紧张起来。

许曼皱了皱眉："不会吧……就那么没节操？"

两个人正说着呢，就见乔庄从洗手间出来了，走到洗手池旁正洗手呢。吓得她们俩赶紧缩回头来，但许曼还是忍不住，又偷偷把头探了探，打算看看乔庄在没人的时候做什么，从而进一步确认一下自己的猜想。

她看见，乔庄洗完手后甩了甩，接着又捋了捋头发，然后双手托着两腮照着镜子晃了晃，像是在欣赏着自己的容貌。天哪，这不是女孩儿才有的动作吗？

这下，许曼彻底相信了，原来，乔庄竟然是女儿身！

她缩回头往墙上一靠，不知该怎么办好了，脑海里出现的却是那次聚餐时的情景来。见她呆呆的样子，顾桐碰了她一下："赶紧走吧，一会儿他出来了！"

说完，两个人蹑手蹑脚地离开了洗手间门口，一转身就朝楼梯间走去。进了楼梯间，许曼又好奇地转过身，手把着门边又悄悄地往外面看着。这时，就见乔庄从洗手间走了出来，前后看了一眼，突然跳起来一伸手碰了碰走廊顶棚的灯。看到这一幕，许曼又糊涂了，这不是男孩子才有的动作吗？

她正狐疑着，顾桐却笑着说："行了，你还是先关心关心自己吧。走，姐陪你上医院！"

"嗯……"许曼答应一声就要走，可突然又停下了，"顾姐，上医院干吗呀？我现在好了！"

顾桐拍了拍她肩膀："你呀，现在好了不等于一直好，还是跟我走吧，要不然我叫上李思月？"

"别了别了，我跟你去就是了，干吗弄得尽人皆知的！"许曼说着就走在了前面。

顾桐笑着跟了上来。

再说越子木。他一见许曼干呕就明白了，等顾桐出了办公室，他拿起手机就给杜峰拨了过去。

"峰子啊，嘛呢？"

电话里，杜峰懒洋洋地说："没干吗……昨晚睡得晚……哎哟，越总怎么这么有时间呢？"

越子木狠了一句："少来啊！告诉你，你小子请客啊！"

"请客容易啊，可是得有个名目吧？"杜峰嘻嘻地笑着。

“先别说名目不名目的，你小子说实话，最近没少折腾我们晓曼吧？”越子木一本正经地说道。

“天地良心，我还敢折腾她？我这一天都让她给折腾断腿了！这不，昨晚都挺晚了，非要吃什么胡萝卜！你说那玩意儿有啥吃的呀？也没招啊，我大半夜的硬是开着车跑了好远的路总算才找到一家菜店，等我回来可倒好啊，给她洗完了，她一口气就那么空嘴吃了好几根！”

越子木哈哈大笑，说道：“那你还不请客啊？刚才她可就在我这儿好一顿呕啊！”

杜峰一听就紧张起来，赶紧问：“咋了？是不是吃啥东西了？肯定是！昨晚那胡萝卜吃的也太多了！”

还没等他说完呢，越子木打断他道：“你是真不懂还是装糊涂啊？我告诉你啊，要欺负我们晓曼我第一个就饶不了你！行了，你坐住喽啊！告诉你一个晴天霹雳！你小子有可能先斩后奏啊！”

“啥？啥先斩后奏啊？”看来，杜峰还真是没弄明白。

越子木咬牙切齿地说：“偷着乐去吧啊，你小子有可能要当爸爸了！”

他这话刚说完，就听杜峰“哎哟”一声，接着就一阵什么东西掉地下的声响。

“搞什么呢？”越子木问了一句。

杜峰哎哟了两声说道：“哥们儿，是真的呀！太好了！你等着啊，我现在就去你们公司，对了，你给我们家晓曼放半天假呗？”

“放假没问题，扣工资就行了。”越子木笑着说。

“黑心老板！我也管不了那么多了，你爱扣多少扣多少吧，行了，回见！”说完，杜峰就把电话挂了。

越子木看着手机屏幕，脸上洋溢着微笑。可是，仅仅是一瞬间，他又皱起了眉头，脑海里出现的是李楠芝。

杜峰挂了电话就一跳多高，把几个服务生弄得愣眉愣眼地看着他。

一个服务生小声问道：“峰哥，咋了这是？受啥刺激了？”

这次，杜峰却没有像以往那样来一句“滚一边去”，而是合不拢嘴地说道：“哥是受刺激了，而且还是非常严重的刺激！你看店啊！”说完，他拿了件衣服就出了门。

他上了自己的越野车直奔越子木的公司，也没给许曼打电话，他是想给许曼一个惊喜。可是，此时许曼根本不在公司。

等杜峰到了公司，他上楼直奔许曼办公室。

越子木的公司搬到这栋写字楼后，办公房间也很是紧张，因此，许曼是和顾桐、李楠芝一个办公室。

杜峰敲了敲门，然后就站在门口强忍着难以抑制的喜悦，就听屋里有人喊了一句：“进来！”

他推门就进去了，可是，屋里哪有许曼哪？只有李楠芝一个人。

李楠芝见是杜峰，就笑着站了起来。

“哦，找晓曼是吧？她刚才和顾桐去了越总办公室，不知为什么到现在还没回来，要不你等等？”李楠芝说着就示意杜峰坐下。

杜峰四处看了看，刚刚的喜悦瞬间就冷却了下来，他掏出手机给许曼拨了过去。电话接通后，还没等他说话呢，就听许曼在电话里大声喊道：“该死的！都是你干的好事！”

杜峰一听就愣了，他也没背着李楠芝，就满脸堆笑地说：“姑奶奶，又怎么了？你还想吃啥？昨晚你说想吃胡萝卜我都给你弄来了，你说吧，今天想吃啥？”

“吃你！完蛋玩意！”许曼在电话里又吼了一句，站在她旁边的顾桐捂着嘴不敢笑。

“我也没惹你呀，要不，今晚我给你炖小鸡儿吧？”杜峰一脸讨好的表情。

可许曼一听炖小鸡这几个字，立马又干呕起来，吓得杜峰一愣一愣的。

“曼哪，咋了？你呕啥呀？”杜峰紧张起来，还看了看李楠芝。

就听许曼呕了两下后说道：“还不都是因为你？赶紧滚过来吧，我和顾姐在医院呢！”

“因为我？在医院？曼哪！你太厉害了！等着啊，我立刻马上滚过去！”杜峰说着就挂了电话，转身就往外走。

正在这时，乔庄却刚好推门进来和他走了个对头碰，杜峰咧着嘴笑着，搅过乔庄就在他脸上狠狠地亲了一口，然后扬长而去。

把乔庄弄得脸红红地愣在了当场。

“姐呀，他这是要疯的节奏吗？哪有这样的呀！”乔庄用手使劲擦着脸。

李楠芝也忍不住笑了笑，说道：“他呀，这是高兴的！别说是你，就是我当时在那儿他都会亲一下的，这小子！看来呀，咱们公司要添喜喽！”

“啊……”

116. 自食恶果

柳依依此时在干什么呢？难道她真的是好心要帮助越子木上这个所谓的多功能酒店项目吗？

她，才没那么好心呢。此时的她，坐在办公室里正在给吴叶打电话。

“小吴啊，这次的事你做得好！对了，快过年了，你看有没有什么需要的？尽管跟姐说啊！”

吴叶一头雾水，她心想：难道越总真的去见她了？她支吾了几句，柳依依却挂了电话。

柳依依眼睛盯着窗外，脸上露着诡异的笑，又拿起电话拨了一个号码。

“喂，是我。我跟你说的那个事儿怎么样了？都跟他交代好了吗？好，只要你按我说的办，事成之后怎么都行！什么？现在让我过去？那……好吧！”

放下电话，柳依依皱了皱眉，自语道：“什么东西！要不是有求于你，老娘懒得理你这样的货色！”

她叹了一口气，站起来穿好衣服就出了公司。

此时，已日华灯初上，街上霓虹灯闪烁，繁华的都市夜生活开始了。

在一处隐蔽的私人会所前，柳依依下了车，她挎着包进了这家会所。一进大厅，就见有两个人正在聊着什么，还不时地发出刺耳的笑声。

“哎哟，依依小姐来啦？快坐快坐！”一个人站起来伸出手做了个握手的姿势。这人竟然是金志勇！

柳依依冲他笑了笑，却并没有伸出自己的手，然后就坐在了沙发上。

金志勇笑了笑，抽回手，又对另一个人笑着说："来，给你们介绍一下。这位就是我刚才和你说的柳总，可是这儿时尚圈里的一枝花儿呀！依依小姐，这位是从欧洲回来的吴先生，国际投资机构的知名人士！你们认识一下？"

柳依依微笑着礼貌地和那个姓吴的人握了下手。

"听说计划进展得不错？来来来！今晚咱们好好庆贺一下！"说着，金志勇拍了拍手，几个服务员端着托盘走了进来。

柳依依张了张嘴想要说什么，可她想了想，还是没有说。

等服务员把饭菜摆好后，金志勇就招呼着上桌。柳依依笑着说："吃饭可以，酒可不能喝啊，我还得开车呢！"

金志勇笑了笑："不多喝，红酒，就意思意思！"

三个人上了桌，服务员开始倒酒。金志勇举起高脚杯笑着说："来，依依小姐，为咱们合作愉快，干一杯！吴先生，请啊！"

那位吴先生笑了笑，眼睛扫了一下柳依依，也举起了杯子。柳依依浅笑了一下，出于礼貌也端起了杯。金志勇上前碰了一下杯就喝了下去。

柳依依冲吴先生笑了笑，举杯喝了一小口。

"唉唉！我都干了！怎么喝那么少呢？都喝了都喝了！"金志勇笑着一指柳依依的杯子。

柳依依还想说什么，但转念一想，算了吧，这件事要是没有他帮助是成不了的。于是，她就把杯子里的红酒都喝了下去。

而吴先生却并没有干，金志勇也没逼他。

三个人喝着酒，金志勇就开了腔："依依小姐可真漂亮啊，你是我见过的最漂亮最时尚最有女人味的一位！来，再干一杯！"

柳依依尽管知道他这是恭维，但听着也很是受用，所以这杯酒自然是喝得比较痛快。而那位吴先生看了她一眼，欲言又止的样子。

喝完这杯酒，柳依依就问起了投资酒店的事。

金志勇眯着眼睛看着脸上已有红云的柳依依，笑着说："咱们这样，由吴先生以国际投资商的身份出面，吸引那小子投资，然后……嘿嘿！"

说着，他露出一脸的狞笑。说完，他又看着柳依依说，“对了，为了增加可信度，不让他产生怀疑，吴先生的意见是你们公司要先期投一部分资金，然后等他的钱进来后吴先生再把你们公司的资金给打回去。你看怎么样？”

柳依依自语道：“哎呀，我们公司也得投啊，这个事儿我也定不了啊，这得请示我们老总，可是，她在国外呢？”

“那不正好嘛，反正现在公司是你说了算，等她回来你们的资金就绕回来了，你怕什么？”金志勇看了一眼吴先生又说。

柳依依想了想，抬起头说道：“那行，只要保证把我们公司的资金再打回来就行！那就这么定了！”说着，她主动举起杯子示意吴先生也喝一杯。吴先生端起杯来举了一下就喝了一口，脸上却露出一丝不易察觉的微笑。

计划可以说是弄得天衣无缝了，柳依依十分高兴，也就放松了警惕，刚开始时还说不喝酒，可左一杯右一杯地喝起来就刹不住了。虽说是红酒，但喝多了醉人却是比白酒还要厉害。

而金志勇也像是很开心的样子，频频举杯劝她喝酒。很快，柳依依眼神就开始迷离了。

这时，吴先生悄悄对金志勇说：“金社长，我看别让她再喝了，差不多了。”

金志勇却笑了笑，看了一眼身旁勉强睁着眼睛的柳依依，一脸的色相，笑着说：“没事，今儿个高兴！”

吴先生看了一眼柳依依，说道：“柳小姐，差不多了吧……要不别喝了。”

柳依依却一摆手：“不行，今天就是要喝个痛快！金社长，来，再干一杯！”

吴先生皱了下眉，起身去了洗手间，桌上就剩金志勇和柳依依两个人，服务员早就退出房间了。

见吴先生一走，金志勇就笑嘻嘻地伸出胳膊揽着柳依依的肩膀，笑着说：“依依小姐，我这么帮你，你就一点儿表示没有吗？”

柳依依推了一下他，说道："咱不是说……说好了嘛，事成之后少不了你的好处！"

"依依小姐，你知道我最想要的是什么吗？我可不缺钱！"说着，把胳膊又搭了上来，另一只手还摸着柳依依的胳膊。

柳依依哈哈大笑："好你个金社长，你那点儿心思我还不知道？你们男人没一个好东西！等事成之后吧，老娘豁出去了，只要能出这口气！"

"来来来，再喝一杯！"说着，金志勇也不知从哪拿出包什么东西来悄悄地倒进柳依依的杯里，然后他端起来晃了晃就递了过去。

柳依依接过杯子："就……就最后这一杯了啊，不能再喝了！"说完就喝了下去。

金志勇见她喝了下去，脸上露出一阵邪笑，抱起她就朝另一扇门走了进去。

且说那位吴先生从洗手间回来一看，房间里怎么空了？难道柳小姐走了？他赶紧往外走，可是，等他走到外面的时候，却发现柳依依车还在，他眨着眼睛想了想，脑海里却是刚才看见金志勇看柳依依的目光，他又急匆匆地转身折了回来。

再回到那个包房时，他这才发现旁边还有一扇门，他就走了过去。可刚走到门口，就听里面传出急促的喘气声还有一个人的自语声。

就听那个声音自语着："嘿嘿嘿……身材太火辣了！别急啊，哥马上就让你舒服……"

一听这声音，吴先生就是一惊，他把眼睛凑到跟前，趴在门缝往里面看去，就见一个女人躺在床上，衣服已经脱了下去，只剩内衣了。再看地上站那个男的，正是金志勇，正在脱自己的衣服。

吴先生大惊失色，他推开门大喊了一声："住手！"

金志勇一回头，见是吴先生，就笑嘻嘻地说："别急啊，我先来……"说着就又要动作。

吴先生上前就拉住了他："金社长，不是说好了吗？咱们的目的是为了钱，而不是女人！你这样搞我可要生气了！"

"别介呀？你没看明白吗？她呀只要是帮她把那小子搞垮，啥她都能豁出去！”

“是的，咱们三个各有各的目的，但合作就要有个合作的样子，你这样搞我可不能答应！”说着，吴先生一把推开他，上前拿过衣服给柳依依盖在了身上。

金志勇看了一眼柳依依，无比遗憾地说：“可惜了！可惜了！你说你早不来晚不来，早知道这样我他妈快点儿就好了！行了，那就听你的，你处理吧，我先走了啊！”说完，他穿上衣服就出去了。

见他走了，吴先生看了看睡得死死的柳依依，想了一下，就费劲地帮她把衣服都穿上了，然后，抱起她朝外面走去。

两天后。柳依依的办公室。此时，她正坐在办公桌后盯着电话发呆呢。刚才接到的那个电话是吴先生打来的，一想起这位吴先生她就觉得脸有些发烧，很自然地就想起那天喝完酒后第二天早上发生的事来。

那天早上，柳依依被刺眼的阳光照醒了，她睁开眼睛，觉得头有些疼，她用手按着太阳穴，勉强从床上爬了起来。可是，她四下看了看，顿时大惊失色。这根本不是自己的家呀！

她赶紧往自己身上看了看，还好，衣服都穿着呢。正在她疑惑不已时，却见从厨房里走出个人来，竟然是吴先生！

就听吴先生说：“柳小姐你醒啦！来，喝点儿醒酒汤吧！”说着，他把一碗汤放在了桌上。

柳依依狐疑地看着他问道：“我怎么会在这儿？这是哪儿呀？”

“呵呵，这是我临时租的房子。”吴先生说道。

“我怎么会在你家？你该不会……”说着，柳依依就用手捂住了胸口。

吴先生微笑着看了看她，缓缓地说道：“柳小姐，你好好想一想，昨晚发生了什么事？我可不是你想的那种人啊！”

柳依依眨着眼睛皱着眉回想起来，她一点儿一点儿地想着昨天晚上自己是怎么出的公司，去的哪里，后来发生了什么。她想起来了，昨天晚上是在一家会所喝了不少酒，说了不少话，后来好像是这位吴先生劝自己不要喝了，后来金志勇又劝自己喝了最后一杯，接下来自己就迷迷糊糊的了，迷蒙中好像自己觉得很热，奇怪的是竟有人帮自己脱衣服……一想到这儿，她当时就愣住了，瞪着眼睛看着吴先生。

“怎么样？想起来了？来吧，喝汤！”吴先生说完又进了厨房。

柳依依见他离开了，又掀起被来看了看自己，她彻底糊涂了。

发了半天呆的柳依依拿起电话就拨给了越子木。

此时的越子木正在公司里坐立不安呢，他刚刚接到李楠芝的电话，说是要跟他一起回家过年，可是她说就不来北京和他会合了，而是直接回家，让他在家里聚齐。本来，他是打算一起和李楠芝回家见母亲的，但既然李楠芝这么安排他也只能同意了。

刚刚开完会公布了公司的春节放假安排后，就给大家放了假。此时，人都走了，就只剩他自己在公司。他就打算订机票，然后回家。可是，不知为什么，临要过年了，他脑海里却总是出现李思月和木瓜，她们母子上哪儿过年呢？特别是最近知道了许曼的事后，他脑海里就总是出现木瓜那可爱的小脸。

此时，他正打算先去看看木瓜呢，就来了电话。

他接起一听，是柳依依。就听柳依依在电话里说：“越子木，我已经和外商谈过了，就这几天安排和你见面，具体商谈合作事宜。”

越子木一听就蒙了：“这都要过年了呀，要不，等我过完年回来吧。对了，依依，提前给你拜年啊！”

柳依依盯着话筒心里想：还给我拜年？老娘差一点儿就被别人给办喽！还不都是因为你！可嘴上却冷冷地说：“不行，人家外商谈完事就得回去呢，你要是走了就谈不上了！谈完你再回家过年不是一样吗？”

越子木犯难了，他一想：要不，干脆把母亲接这儿来过年得了，这样就啥都不耽误了。想到这儿，他就答应了柳依依。

放下电话，他想了半天就给母亲打了一个电话。

母亲在电话里说：“要不然我还想给你打电话呢，你和楠芝都那么忙就别折腾了，还是我去吧，正好我还没去过北京呢。那就这么定了，你到时候到机场接我一下就行了。”

挂断电话，越子木又给李楠芝打了过去，告诉她母亲要来北京过年的事。李楠芝一听就乐了，她正犯愁呢，这下好了，不用担心被他发现秘密了。她就故意诧异地说道：“哎呀，那要是这样的话我暂时还真去不了北京了，这样吧，等我忙完这一阵子就去北京找你，你看怎么样？”

越子木一听就皱起了眉，他本想一家人团团圆圆地过个年呢，可现在楠芝说来不了，他只好迟疑着说：“那也只能这样了，那你可得快点儿来呀！”

李楠芝笑着说：“你就放心吧，我会去的！”

放下电话，她差点儿跳起来，冲木瓜喊道：“木瓜，你马上要见到奶奶了！这回不用噘嘴喽！奶奶要来北京了！”

本来，她是这么打算的，自己和越子木回家过年，让乔庄和吴姐带木瓜回曼谷。而木瓜一听不带他去看奶奶，正生气呢。这回好了，问题都解决了。

再说越子木，他放下电话就出了公司，开着车先去商场买了一大堆过年的东西，打算让母亲高兴高兴地好好过个年。

他买完东西就开车回了家，到楼下停好车，他从后备厢里拎出几样东西就朝李思月住的那栋楼走去。

等他上了楼来到李思月家门口，刚要敲门时，他又犹豫了。心想：最近好不容易才和李思月疏远了，自己现在拿着东西来算怎么回事？可他转念又一想，到时候就说是看木瓜的。对，就这么办！

打定了主意后，他敲了敲门。不大一会儿，门开了，一个小脑袋露了出来，正是木瓜。

“木瓜，看叔叔给你买什么了！”

木瓜一看是越子木就乐了，回头喊了一句：“妈妈，叔叔来了！”说完就扑到越子木怀里。

此时，李楠芝正在收拾东西，她一听是越子木来了，顿时就紧张起来，她朝乔庄使了个眼色，乔庄赶紧进了木瓜的房间把门关上了。

“哦，是越总啊，进来吧！”李楠芝说着就迎了上来。

越子木迎面一看她就不好意思地笑了笑，说道：“来看看木瓜，这不是要过年了嘛……”

“说是来看我的能死啊！呵呵呵！”她故意逗着他。

越子木尴尬了一下就进了屋，可是他刚坐到沙发上，木瓜就跳到了他怀里，还满脸笑容地看了看他，一副有话要说的样子，但看了一眼妈妈又止住不说了。

“你先坐啊，我去给你倒杯水！”说着，李楠芝就朝厨房走去。

见妈妈离开了，木瓜小声说：“叔叔，我要见到奶奶了！”

越子木笑着说：“哦？那好啊，你喜欢奶奶吗？”

“当然喜欢了，奶奶是爸爸的妈妈，木瓜当然喜欢爸爸的妈妈了！”木瓜奶声奶气地说。

越子木一听就乐了，但随即心里就难受起来，他不禁想起了自己的身世，没有父亲的孩子真是可怜哪！

他把木瓜抱了起来，贴了贴他的小脸，说道：“木瓜是个乖孩子……”

李楠芝端着杯水走了过来。

“木瓜，快下来，去看看叔叔都给你买什么了？”

木瓜跳下地，跑去看越子木拿来的那些东西。

越子木问道：“思月啊，你是要回木瓜奶奶家过年吗？”

李楠芝看了他一眼，说道：“嗯……还没想好。喝水！”

“那你应该带木瓜一起去见奶奶，尤其是过年，老人家一般都想看自己的大孙子！”越子木看了她一眼端起水杯说道。

李楠芝却问了一句：“你回家过年吗？”

“哦，我呀，不回去了，我妈来这儿过年。”

李楠芝回想着刚才他打来电话时说临时有重要的事的话，就问道：“你那个酒店的项目还搞吗？该不会是为了这个不回家吧？”

“思月啊，我正想和你说呢，那个外商非要这两天见面商谈，所以我就回不去了。我是这么想的，先听听他们的想法，投不投资还不是咱自己说了算？”

李楠芝看着他，心想：你这是不撞南墙不回头啊！

“那好啊，到时候我陪你去见见，我倒要看看是什么样的外商！”

越子木连连摆手："不用不用，你还是回家过年吧。"

李楠芝笑而不答。

过了一会儿，越子木把水杯往桌上一放就站了起来："我得走了。"

可他刚要站起来，手机就响了，他一看，来电话的是柳依依。他看了一眼李楠芝，拿着电话背过身去："有事吗？什么？今天下午就见面啊！那……好吧，在哪儿见？那行，到时候见！"

挂了电话，他皱着眉犯起难来，没想到这么快外商就要见面哪，那母亲谁去接呢？

他一转身，见李楠芝正笑呵呵地看着他呢，他犹豫了一下，但还是说道："那个……思月啊，你要是不着急走的话求你办件事呗……"

"尽管说，是陪吃还是陪喝？还是陪……呵呵呵！"她忍不住笑了起来。

越子木尴尬着说道："我想请你帮我去机场接一下我妈，我实在是走不开。"

"行啊，没问题！不过，我是以什么身份呢？到时候老人家看我带着个孩子还不得怀疑你呀？哈哈哈！"

越子木咧了咧嘴："没事，我妈知道我和楠芝已经和好的事了，可是，那你怎么接机呢？你也不认识我妈呀！"

李楠芝看着他不说话，只是微笑。

越子木想了想，说："那要不这样吧，我一会儿给肖凌打个电话，让她跟着去！"

"行！只要她有时间。"李楠芝还是微笑着，"几点的飞机呀？"她又问了一句。

"下午的。那我先走了啊。"越子木说完就往外走。

李楠芝也不挽留，喊了一句："木瓜，叔叔要走了！"

木瓜跑了过来，和越子木摆着小手。

可越子木出了门刚要走就被李楠芝给叫住了："你得把家钥匙留下呀，到时候老人家来了上哪儿呀，要不上我家来？"

越子木一想，对呀，怎么把这事给忘了。他就掏出家门的钥匙递给她：“还是别上你家了，给你钥匙。”

李楠芝接过钥匙就笑了。

见越子木走了，她赶紧把乔庄叫了出来。

“快点儿，我得先走了，去机场接木瓜他奶，你和吴姐赶紧去超市买菜，然后去越子木家。对了，吴姐，多做几个菜啊！”说完，她收拾收拾就带着木瓜出了门。

117．计划没有变化快

李楠芝带着木瓜出了家门直奔机场。路上，木瓜还说呢：“妈妈，奶奶来了住哪儿呀？是不是跟木瓜一起住啊？”

她笑着说：“这个呀，你看，咱们家现在也没地方啊，去叔叔家好不好？叔叔家有地方。”

“那奶奶也不认识叔叔啊？”木瓜一脸的天真。

“到时候你给介绍一下不就行了？你还可以告诉奶奶幼儿园表演的事。”

“那木瓜要是说让叔叔当过爸爸的事儿奶奶会生气吗？”

“奶奶呀不仅不会生气，还会很高兴呢！”

两个人说话间就到了机场航站楼，她们下了车就直奔到达大厅。

娘儿俩刚到门口，就见肖凌远远地走了过来。

“姐你怎么来了？”她拉着孩子问了一句。

“不来能行吗？你家坏小子不放心让外人接，火急火燎地打电话，这不，我来接我姨，怎么也不能让你这外人接不是？哈哈哈！”肖凌说完哈哈大笑。

李楠芝还没等说话呢，木瓜却问了一句：“妈妈，姨说的坏小子是谁呀？我也没打电话呀？木瓜不是坏小子。”

两个人一听，都忍不住笑了起来。

肖凌上前说道：“木瓜，姨可没说你，我们小帅哥咋能是坏小子呢？”说着就要掐木瓜的小脸蛋，吓得木瓜躲到了妈妈身后。

“姐，你看你，净猴稀罕孩子！行了，对了，我妈几点到啊？”李楠芝摸着孩子的头说道。

“马上就要落地了，走吧，咱们进去。”说着，肖凌又看了一眼木瓜就走在了前面。

三个人进了大厅，见有很多接机的人正向里面张望着。木瓜吵着让妈妈抱，他也想往里面看看。李楠芝只好把他抱了起来，高高地举着让他看看奶奶出来没有。

肖凌看了一眼这对母子，说道：“你呀，不仅惯那个坏小子，还惯孩子，这爷俩都让你给宠坏了。”

李楠芝赶紧向她使着眼色，生怕木瓜听见。可木瓜眼睛看着里面的旅客，好像根本没听见的样子。过了一会儿，他小手一指：“妈妈妈妈，是奶奶！”

她往里一看，果真见婆婆拎着大包小包的正往出走呢，她赶紧和肖凌迎了上去。

木瓜下了地就跑向了奶奶，还张着小手喊着：“奶奶！”

老人家一看，这还了得？竟然是大孙子来接了，她赶紧把东西一放就弯下腰一把抱住了木瓜。

“哟，是咱们木瓜呀，想没想奶奶？”

老人和孩子说着话，一抬头却看见了肖凌，而此时的李楠芝正在捡地上的包，她没看见。她对肖凌说：“他表姐呀，你也来了？我听越子木说是他一个什么同事来接呀，人呢？”

肖凌呵呵地笑着就朝正在捡包的李楠芝一努嘴。老人抱着木瓜还说呢：“这位同志，可真是麻烦你了，还来接我这老婆子……咦？怎么是你？”李楠芝一抬头，老人愣住了。

她走上前扶着老人的胳膊笑着说：“妈，可不就是我嘛！还能有谁？”

老人眨了眨眼睛，这才笑着小声说：“瞧我这记性，你上次是说过的呀，这坏小子，真是傻透腔了！”

木瓜却在她怀里疑惑地问了一句：“奶奶，您说谁是坏小子啊？”

老人一听，又看看李楠芝，哈哈大笑。几个人就拿着东西往外走。可走着走着，木瓜要下地，老人只好把他放了下来。小家伙却跑到肖凌跟前，一张小手：“姨，抱抱木瓜。”

肖凌呵呵地笑着，说道：“看看这个机灵鬼，是怕奶奶累着！”

可是，木瓜被肖凌抱起来后，他忽闪了一下大眼睛，又看了看正在聊着的妈妈和奶奶，趴在肖凌耳边小声说：“姨，你们说的坏小子是不是爸爸呀？”

肖凌一听就愣住了，她赶紧摇了摇头：“不是不是，别瞎猜！”

木瓜却又问了一句：“姨你刚才说妈妈惯着木瓜还惯着坏小子，我怎么听着像是在说爸爸呢？”

肖凌紧走几步赶上李楠芝，说道：“楠芝啊，我可受不了了，你家这又出来一个鬼精灵，快点儿你和他说吧。”

李楠芝小声问了问是怎么回事，肖凌就把孩子刚才问的话说了一遍。她一听就把孩子抱了过来，摸了摸他的小脸蛋说道：“木瓜，姨是在和妈妈开玩笑呢，别当真啊。”

木瓜小声说：“天天告诉我要诚实，妈妈自己却在骗人！你们不说我也知道！”

她听完就愣了一下，心想：孩子大了，或许他真的觉察到了什么吧。看来，得早些告诉孩子真相了。

他们出了大厅到了停车场就上了肖凌的车，一上车，木瓜就和奶奶说这说那的。李楠芝一听，这孩子正在讲演出那天的事呢，她笑着回头看了一眼这祖孙俩。

等奶奶听完，就说了一句：“哦，那你这是借了个爸爸呀，不怕奶奶不高兴吗？呵呵呵！”

木瓜却趴在她耳边小声说：“奶奶，木瓜发现一个秘密……”

“是吗？什么秘密呀？”奶奶问了一句。

木瓜看了看前面开车的妈妈和阿姨，说道：“先不说！”

这句话逗得大家都笑了起来。

车在机场高速上行驶着，木瓜和奶奶聊个没完。突然，不老实的木瓜在座椅上晃了晃，就听一阵铃铛声响了起来。奶奶听得真切，就让木瓜坐好了，她问木瓜："木瓜，告诉奶奶，你脖子上挂的是什么呀？咋这么响呢？"

木瓜看了一眼坐在副驾驶位置的妈妈，小声说："这也是秘密。"说完就伸出小手从脖子处往外掏着什么，还说着，"不过这个可以给奶奶看。"

等他把东西掏出来奶奶一看就愣住了，这不正是那个小铃铛嘛！

她看了看小铃铛又看了一眼前面的李楠芝，脸上露出了笑容。

到了小区，肖凌停好车，正要招呼大家下车呢，李楠芝的手机响了起来。

她看着手机屏幕说："是他。"说着就接起了电话。就听越子木说，"不好意思啊李思月，我得跟外商去一趟德国，而且马上就得出发。我是这么想的，你们说的都对，投资不是小事，我得好好考察考察他们的实力。我妈就麻烦你照顾了，一会儿我给我妈和肖凌打个电话，我很快就回来。"

李楠芝一听就乐了，心想：这下可好了，省了很多不必要的麻烦，就是让婆婆又见不到越子木了，但也是没办法的事。

她挂了电话正要说呢，却听老人包里的手机响了起来。等婆婆接起电话一听，果然是越子木。紧接着，越子木又给肖凌打了个电话。

接完电话，三个人你看看我，我看看你，表情都比较复杂。还是木瓜说了一句："奶奶，您是上我家住吗？妈妈说上叔叔家。"

奶奶看了一眼李楠芝，笑着说："对对，就上你这个叔叔家。"说完又自语道，"我倒要看看这小子自己一个人是咋过的，该！让你作！"

木瓜愣眉愣眼地看了看奶奶，他实在不明白奶奶说的是什么意思。

看着木瓜牵着奶奶的手进了楼里，肖凌在后面说："楠芝啊，我看咱们这个小机灵鬼怕是都知道了。"

李楠芝因为越子木的临时决定使她减少了很多麻烦，但她为越子木担心起来。他一心要发展企业这没错，可是万一要是上当可怎么办？但随即她又有些放心了，心想：凭他那么机灵，应该不会轻易上别人的当吧。

正如李楠芝所想的那样，越子木见了柳依依和她介绍的那位吴先生后，就提出要考察一下这位吴先生以前投资的项目。吴先生一听就欣然答应了，并且说走就走，说是马上就去德国。

本来，越子木是想等过完年再去的，但他又一想，凡事要趁早，去就去吧，反正母亲有李思月她们陪着，再说，不还有木瓜嘛，母亲想孩子都想多少年了，有木瓜那么可爱的孩子在身边她应该不会寂寞的。他就同意了，跟着柳依依和吴先生去了德国。

到德国走了一圈后，所见所闻使他相信了，看来，这位吴先生还真有些实力，要不然也不会在德国有那么多产业，尤其是酒店业，经营得都不错。特别是听柳依依说她们公司也要投一部分资金共同开发这个项目后，他更坚信了。虽然说对柳依依他是有些不放心，但他又一想，毕竟和自己是大学同学，而且还曾经有过那么一段经历，即使她是骗自己那总不能连她自己也往里投钱吧？

但越子木多了个心眼，他对柳依依说，只要你们公司先把钱投进来，我这边马上就可以打款。柳依依一听就同意了，她就说等一回国就把资金打进来。

可是，越子木却并不知道，一张无形的大网正张开着，就等着他往里面钻呢！而暗自高兴的柳依依也并不知道，她这张大网却是给自己编织的。

越子木跟着柳依依到德国一去就是五天，等他回到家里，母亲因为怕影响他工作已经回家了，而且是李思月和木瓜一起送她回去的。等越子木回来，到李思月家一问才知道，他一想，这李思月竟然带着木瓜送母亲回家了？这不是一个媳妇才应该做的事嘛。他想了想，就给李楠芝打了个电话，可李楠芝接起电话就笑着说，她正在家里呢。

越子木一听就蒙了！那也就是说，楠芝和李思月见着面了？为了确认一下，他又给李思月打了个电话，可李思月接起电话也说正在家里呢。越子木就支支吾吾地问她见没见到楠芝。李思月一听就乐了，说正在和楠芝说话呢。

挂了电话，越子木彻底蒙了。看来，自己以前的猜测都是错的呀，世上怎么会有那样的事呢？

节后一上班，越子木到了公司就直接去找李思月，当面向她表示了感谢，还把自己从德国带回来的小礼物让她捎给木瓜。

李楠芝含笑看着他，却问起了那个项目的事。越子木就兴奋地和她说起了自己考察的情况，也说了柳依依她们公司参与投资的事。

李楠芝一听就糊涂了，她心想：按理说这就是个局呀，她柳依依却为什么要自己往里面投钱呢？

正在她疑惑不解时，越子木却迟疑了一下问道："那个……思月啊，你觉得我家楠芝怎么样？"

李楠芝一听就乐了："还你家楠芝，真是肉麻。什么怎么样啊？对了，你觉得是我这样的好还是你家楠芝那样的好？"

越子木咧了咧嘴，支吾着："都……都好，但是，不一样的。"

"什么不一样？"李楠芝紧追不舍。

越子木挠了挠头没说出来，他心里却在说，当然不一样了，楠芝是我妻子你却是同事。

就听李楠芝笑着说："那看来……你是不喜欢我这样的容貌喽？"

越子木又咧了下嘴，正巧来了电话，他就边接电话边回了自己办公室，总算是躲了出去。

到了办公室他在电话里一听，是柳依依打来的，说是对方的账户已经开好了，她们公司的钱刚刚打进去，让他尽快打款，一开春就研究买地皮动工呢。

放下电话，越子木坐在椅子上沉思起来，虽说自己已经没有什么可怀疑的了，但他总觉得心里不踏实，而且，这两天右眼皮直跳，跳得他心神不宁。

但柳依依催得紧，而且她们公司的钱已经打进去了，自己要是没什么动作也太没诚意了？况且，他是知道的，以吴雨霞的为人，她是不会轻易投钱的。可是，越子木却并不知道吴雨霞根本就不知道这件事，此时的她还在国外游山玩水呢。

想到这儿，他就打电话把顾桐叫了进来。顾桐一来，他就说明了投资的事，让顾桐赶紧去落实。

可顾桐双手交叠抱着胳膊膀说道："越子木，你这是往火坑里跳你知道吗？谁都能相信就是不能相信柳依依！反正要钱没有，要命……我们也不给，你自己想招吧！"说完，她转身出去了。

越子木眨巴着眼睛看着她的后背扬了扬手却啥也没说出来，最后，他把手重重地落到了桌子上，啪的一声，接着又快速地抽了回去，一脸痛苦的表情。他的手，拍疼了。

他冲门外喊了一句："顾桐你刚过完年就跟我耍是吧？"

他坐在椅子上生着闷气，想来想去，就给公司新招来的财务部经理打了个电话。等人进来后，他就把一个账号交给他，让他往这个号里打款。财务部经理为难起来，他咧着嘴说道："越总，顾总知道吗？"

越子木一瞪眼睛："我是总经理！就按我说的去做！"说完他挥了挥手，财务部经理转身出去了。

等人一走，越子木就生起气来，心想：我说话都不好使了？反了你们！他正生着闷气呢，就听门一响，再一看，顾桐和李思月、许曼一起走了进来。

"越总，你看看这个吧。"许曼说着就把一张报纸扔在了桌上。

越子木看了看她们三个，说道："组团来的是吧？你们这不是组团呀，分明是要煮我！"说着，他很随便地就拿起了那张报纸，边翻着还问呢，"就为了让我看张报纸？"

三个人谁也没说话，就站在桌前看着他。

越子木翻来翻去，最后却瞪着眼睛不说话了，他把报纸往桌子上一摊，目不转睛地看了起来。

等他看完，刷的一下子站了起来，手指着报纸眼睛看着面前的三位美女，一句话都说不上来。紧接着，他赶紧拿起电话就拨号。

顾桐严肃地说道："不用打了，没我的签字谁也别想动资金！"

越子木听完又惊又喜，他表情复杂地尴尬着。停顿了半天，他又瞪大了眼睛拿起电话又拨了个号，这次他是给柳依依打的。

"依依，你们公司的款打了没有？要是没打先停一停，我有话跟你说！什么？已经打过去了？完了完了！那你这样，赶紧追回来，反正那位吴先生不是你朋友嘛！什么？怎么回事？你看看今天的报纸，对，就是京城日报！”

放下电话，越子木一屁股就坐在了椅子上，手托着头一言不发。

那么，那张报纸上究竟写的是什么让他如此震惊和反常呢？原来，那是一篇报道。报道上说，开春以来，国内各大城市的宾馆酒店业效益持续下滑，有些实力不济的纷纷关门的关门倒闭的倒闭。而且，一些景区建的私人会所也都在清理之列……

以越子木的聪明，他又怎么会不明白呢？国家政策是企业发展的风向标，政策一变，任你再有实力也是白搭，因为没人来消费的酒店还不等同于摆设？

好在有顾桐她们三个，要不然公司的损失可就大了。

越子木不由自主地抬头看了一眼面前这三位美女：许曼是和自己一路走来不离不弃的人；顾桐虽说以前是自己的上司，但从没把自己当成一个打工的，而是把公司当成了自己的家，时时处处为公司着想；李思月却是让自己又爱又怕的角色，为这个公司也可以说是尽心尽力。

见越子木不说话，李楠芝走过去拍了拍他肩膀：“行了，没什么大不了的，你不用不好意思，这不都是你的人嘛，还有什么怕丢面子的？”

许曼也走了过去，她拍了拍自己的肚子：“越子木，你给起个名字吧，杜峰那家伙起不好名字，说是非得叫什么杜德曼，他说不是有个明星叫杜德伟嘛，所以就要起这个名字。可我咋听都是奥特曼，那不是动画片里的角色嘛。还是你给起一个吧。”

越子木被她逗得咧了下嘴，但还是没笑。

顾桐往前上了一步，弯着腰，双手拄在桌上看着他，说道：“没事，别有啥心理负担，以前不是喜欢开玩笑嘛，你现在这样我很不习惯。”

就见越子木抬头看了一眼，目光所及之处却正是顾桐的胸口。越子木顿时瞪大了眼睛，又连续眨了眨，接着把头往前一探，说道：“顾姐姐，你咋不呕呢？”

再看顾桐，脸腾地一下子就红了，她直起身，手指着越子木大声说：

“该死的！原来你根本就没上火呀！太烦人了！走，姐几个，咱不理他了！”

李楠芝和许曼哈哈大笑。

临走时，许曼还说呢：“不行，不能便宜了他，晚上你请客吧，我要吃炖小鸡！”

顾桐揽过许曼的肩膀：“你可拉倒吧，还是让你肚里的孩儿他爸给你炖小鸡吧。”

虽然说笑着缓解了越子木的情绪，但此刻他心里想的是柳依依，好在人是她介绍的，她应该有办法把款追回来吧？

118. 靓相公司破产

此时的柳依依正找来报纸翻看着呢，她跷着腿，悠闲自在地喝着咖啡，脑海里还想着越子木的款马上就要打过去了，她正等着到时候越子木来求她呢。可就在这时，她的目光被一篇报道吸引了，随着她把那段文字读完，她的手开始颤了起来，连咖啡洒到了桌子上都没有注意。

她拿起电话就给金志勇打了过去，可是，电话根本没有打通，对方关机。她又给吴先生拨了过去，忙音显示，那边也是关机。

一下子，她瘫坐在了椅子里，脸一阵红一阵白的。她又打电话给公司的财务，问公司的钱打过去没有，打了多少。当对方说完，她彻底蒙了。

整整一个亿呀！那是吴总公司账面上所有的流动资金！

一瞬间，柳依依就觉得天旋地转，头都要大了。

她收拾收拾东西飞快地出了办公室，可她刚走到走廊里，就听一个工作人员喊她："柳总！柳总？吴总回来了，说是让你去她家一趟！"

柳依依一听，彻底傻了。她答应着就跑下楼去，到了停车场，上了车就直奔吴先生住的地方。

可等她到了上次去的那个地方，门却是紧锁的，她敲了半天也没人应。一刹那，她的眼泪都下来了。

正在这时，她的砸门声吵到了隔壁住的人，门一开，一位老大娘探出头来。

"姑娘，你是不是找在这里住的那位先生啊？"

柳依依点了点头。

那位老大娘一伸手，把样东西递了出来：“姑娘，这是那位先生让交给你的，他临走时说有位姑娘会来找他，说是让交给你就行。”

“大娘，他人呢？”柳依依急切地问道。

“哟，那我可不清楚！他不是你男朋友嘛？你咋能不知道？”老大娘说着就缩回头去，还自语着，“那天不是被人家抱回来的嘛……”

柳依依拆开那个信封见是一张纸，上面写道：“柳小姐，请原谅，这不是我的错，也不是你的错，要怪就怪你那位吴总吧，这本该是属于我的钱。而那位金志勇，我劝你还是和他少接触，上次要不是我撞见，恐怕你早就……至于吴雨霞，你只要和她说钱在我这儿，她不会为难你的。相信我！”

读完了信，柳依依有点儿发蒙。照这么说的话，这位国外回来的吴先生和吴总认识？莫非他们有什么过节？

想到这儿，她赶紧下楼就去了吴雨霞家。这么大的事，恐怕瞒是瞒不住的。

等她到了地方，见吴雨霞正在客厅里焦急地走来走去呢。

柳依依小心地走上前去，强装笑脸问道：“吴总，您什么时候回来的？咋没说一声我好去接您呢？”

就见吴雨霞转过身看着她，半天没说话，看得她浑身直发毛。

“依依呀，你坐下吧。”吴雨霞轻描淡写地说了一句，然后她自己也坐在了沙发上。

柳依依小心地坐在沙发的边上，直着身子不敢直视她的眼睛。

吴雨霞看了她一眼，叹了口气，说道：“依依呀，我都知道了。”

柳依依一听就傻了，她瞪着眼睛脸一红，眼泪差点儿就掉下来了。

就听吴总接着说：“唉，这个事儿不怪你，都是我太大意了。你认识的那个姓吴的其实是我同父异母的哥哥，常年在国外……唉，说来这都是命啊，其实，咱们这个公司是我父亲的，也就是他的父亲。都怪我太贪心……好了，不说这些了，咱们还是想想办法吧，公司看来是经营不下去了，我也累了。”

“吴总，那咱们报警吧！”柳依依终于开口说话了。

“报什么警？那本就该属于他的钱！这样也好，也算去了我一块心病，由他去吧！我今天找你来呢不是要追究责任的，只是想和你商量一下，看看你能不能接手公司，目前公司的流动资金是没有了，外面还有不少债务，也有别人欠咱们钱的，两下一抵也就差不多了，如果你愿意……”

“吴总，您别说了，都怨我，我又怎么能接手您的公司呢？那是万万不能的呀！”此时，柳依依泪如雨下。

“依依呀，其实你和那个越子木的事我早就知道了，女人哪，心里是不能有恨的！有些事过去就让它过去吧，经历了这件事我也想开了，有些东西该属于你的别人抢不去，不该是你的早晚得还回去！公司的事你要是没能力接手的话，那我看只能宣布破产了！”

柳依依想了半天，说道：“吴总，要不这样吧，我看看哪家公司能接手，或者找家公司合作也行啊，毕竟咱们有现成的品牌。”

“可是，又有谁会接这个烂摊子呢？实在不行就找家有实力的公司让他们收购了吧，也只能这样了。”吴总说着眼圈就红了。

从吴总家出来，柳依依开着车漫无目的地在街上缓慢地行驶着，她也不知道要去哪里。她回想着吴总说的话，是呀，自己这又何苦呢？为什么就那么恨越子木呢？以前不是爱得死去活来嘛，现在是怎么了？到头来弄成这样，但不管怎么说，这都怪越子木！

再说越子木，他差一点儿就让资金白白地打了水漂，还多亏了三个美女的“霸道”“不讲理”“胡搅蛮缠”。当时他确实是觉得没面子，再怎么说自己也是总经理呀！怎么能在三个丫头面前丢了份儿呢？但随着她们三个依次的不同形式的劝说和宽慰，他这才把那点儿面子放在了一边。是呀，李思月说的对，都是自己的人怕什么丢脸呢？

想着这些，他倒对这三个人重新审视起来。许曼，常常口无遮拦，却是个有口无心但心里又比谁都有数的“不讲理”；顾桐呢，业务能力一流，讲原则识大体，虽然以前曾被那个公司的人称作“灭绝师姐”，但为人忠诚那是没的说，但就是忒“霸道”；李思月呢，神神秘秘，神出鬼没，能力强大，善解人意，但就是她的“胡搅蛮缠”让人搞不明白。

想着这三个人，越子木突然意识到，这不是自己身边的“三个宝”嘛！

这不，这天一上班他就直接进了顾桐她们这间办公室，还好，三个人正巧都在呢。

越子木看了看她们三个，一本正经一脸严肃地说道：“你们三个都听好喽！鉴于你们一贯对领导没大没小，一贯进屋不敲门，一贯骂我该死的，一贯让我请吃饭，一贯老缠着我……我现在宣布几个决定！”说到这儿，他看了看三个人，就见她们三个互相看了看，又都低下头去三颗脑袋聚在一起，好像门口站这个人完全不存在一样。

越子木咬了咬嘴唇大声说：“我宣布！”说完他又看了一眼这三个人，可她们竟像没听见一样，又聚在那儿不知商量着什么。

越子木实在忍无可忍了，他大声喊道：“我宣布！”

这时，顾桐说话了：“能不能不闹了？还是先研究研究正事吧！”

越子木眨了眨眼睛指着她们：“你们太没大没小了！一个不讲理，一个霸道，一个胡搅蛮缠！”

许曼看了他一眼，说道：“大哥，能不能长点儿心啊，没看这正研究事儿呢嘛？吵什么吵？”

越子木气得一屁股坐在了椅子上，也不说话。

李楠芝笑着说：“越总啊，你来得正好，这个事儿还真得你定一下。”

“你们自己定吧，反正我就是空气，分明就是要造反！”越子木噘着嘴说了一句，孩子气实足。

许曼却说道：“不是造反，是有人破产喽！”

越子木从椅子上一下子就站了起来：“你说什么？谁破产了？咋回事？”

李楠芝叹了口气，说道：“我们刚刚得到消息，靓相公司破产了，正到处找人收购呢！”

“你是说柳依依……”越子木张着嘴半天合不拢，他意识到，那一定是因为投资酒店的事，看来，她们也是被骗了。

见越子木呆愣着半天不言语，李楠芝又说：“其实，这也是她咎由自取，跟你没什么关系。再说，我们经过调查得知，你见的那位吴先生其实是吴雨霞同父异母的哥哥，人家这次回来是拿自己的钱，吴总当初强占了应该属于他的那一份遗产。”

越子木听着李楠芝说的这些，但他还是心情沉重地转过身就朝门外走去。

后面，许曼还喊呢：“你干吗去？还有事没商量呢！”

顾桐拦住了她，说道：“让他自己待一会儿，这个事儿不急。”

李楠芝看了她们两个一眼，起身朝外面走去。

她刚一走，许曼看着她的背影就小声和顾桐说：“顾姐，你有没有发现咱们这位司花怪怪的？”

“什么司花？”顾桐问了一句。

“哦，就是公司一枝花。呵呵，大家都这么说呢。我的意思是说，你发没发现她有点儿奇怪？”许曼解释着。

顾桐皱了皱眉，说道：“晓曼哪，你现在可是要当母亲的人了，可不能吃着碗里的还惦记锅里的呀，别一看思月和越总接触多了你就……”

“什么呀顾姐？我不是这个意思！我是说，总觉得她像一个人！”许曼一听就急了。

“像谁呀？大明星？”顾桐微笑着。

“太像了，除了容貌外就连说话声都像！”许曼晃着脑海似在想李楠芝当时在山洞里的情景。

顾桐还想问什么呢，却见乔庄一推门走进来。

“两位姐姐，思月姐呢？”

顾桐和许曼一见乔庄顿时互相看了一眼，都露出惊恐的表情。

这时，许曼眨了眨眼睛，笑着说：“小乔啊，你来得正好，快来帮姐看看这电脑怎么了？好像是网线接触不好，姐不能弯腰。”

乔庄走过来说：“没事，有我呢！”说着就低头看了看放在桌子下的电脑主机，然后弯下腰去弄。

许曼说：“你衣服那么紧可别刮坏了，来，姐帮你脱下来。”

乔庄试了试，还别说，自己的衣服是有点儿紧，她就把前面的皮衣扣子一解，一下子就把衣服脱了下来，然后蹲在那儿弄起了电脑。

许曼偷偷地朝顾桐使了个眼色，顾桐也不明白她是什么意思啊，就悄悄凑了过去。就听许曼在她耳边小声说了几句，她顿时瞪大了眼睛。

此时，李楠芝出了办公室就去了越子木那儿。进了办公室，见越子木坐在桌子后面正发呆呢，她走到了椅子后面，把双手轻轻地搭在他的肩膀上。越子木晃了晃肩膀，但还是让她给按住了。接着，她就轻轻地按了起来，还微笑着说："你不要有心理负担，这不怪你，我们三个刚才是这么想的，不管怎么说，那是你曾经待过的公司，要是没有在那儿的经历恐怕你也不会出来自己创业。所以呢，咱们应该帮帮她们。"

"咋帮啊？我可不敢再动资金了。"越子木说了一句。

李楠芝又笑着说："现在呀，对于她们公司来说，与其破产注销还不如找个好婆家。"

"你们的意思是收购？"越子木身子直了起来。

"不然呢？眼看着有着良好商业伙伴和时尚品牌的公司倒闭吗？"李楠芝反问了一句。

越子木又回过头来，自语道："你让我好好想想，我得好好想想，可不能再盲目了。"

李楠芝忍着笑，心里暗想：男人啊，不经事就不会成长。

越子木摆了摆手，李楠芝停下了。就见越子木掏出手机来拨了个号码，她一看，差点儿没叫出声来。原来，越子木手机屏幕上显示的是李楠芝。

越子木把手机放在耳边听了半天，自语道："咋不接电话呢？"

李楠芝蹑手蹑脚地离开椅子后面，边往外走边说："你考虑考虑吧啊，我先回去了。"说完，就赶紧往外走。

等她回到自己的办公室，推门一看顿时就愣住了，就见顾桐、许曼还有乔庄三个人正大眼瞪小眼地看着呢，见门口有动静又都同时回过头来，脸上表情怪怪的。乔庄一下子站了起来，脸红红的欲言又止的样子。

她走到自己的桌前，翻了半天包也没找到自己那部手机，她正纳闷呢，就听许曼说道：“是不是找这个？”

她回头一看，天哪，那个晃动着汤姆猫的手机正在许曼手上呢！

她上去就要抢手机，许曼却笑着把手机背到了身后，说道：“思月姐，手机上这个‘坏小子’是谁呀？”

李楠芝一听就有点儿蒙，她扶着许曼的肩膀笑着说：“好妹妹，快点儿给姐姐啊！”

“不行，你得说明白这个‘坏小子’到底是谁？要不，我打过去自己问问吧。”说着，许曼就跃跃欲试地要拨号，吓得李楠芝脸都有点儿白了。

这时，就见顾桐在一旁扶着乔庄的肩膀，无比亲密的样子，笑呵呵地看着她们俩。

见许曼不肯把手机交出来，李楠芝又看了看顾桐和一脸无奈表情的乔庄，她好像明白了什么，想了一下就说道：“晓曼你要是想把那个坏小子弄疯那你就打吧，我无所谓。”

许曼愣了一下，乖乖地把手机递了过来。

李楠芝接过手机放进包里。可是，她刚放里就响了起来，她拿出来一看，屏幕上显示的正是“坏小子”。

她咧了下嘴，又偷看了一眼许曼，犹豫着接还是不接呢？

“接呀！说不定是有急事呢！”许曼笑着说。

她想了想就看了一眼乔庄，还有抱着她肩膀站着的顾桐。乔庄咧了咧嘴低下头去，脸上表情怪怪的。

她把电话一按就长出口气说道：“说吧，到底什么情况？你们两个神秘兮兮的！”

许曼这时走到李楠芝跟前，凑近了她的脸仔细地看了起来，看得她直往后躲。

“晓曼你这是在看外星人吗？”她说了一句。

许曼看了半天，皱着眉又摇了摇头，然后竟伸手趁她不备在她耳朵后面捏了起来，吓得她赶紧一闪身。

“许曼！什么意思啊？”

许曼狐疑地自语着：“是真的呀……”

“什么真的假的？许曼你搞什么名堂？”

“呵呵呵，我是看看你这张脸是不是易了容。”

许曼这一句话不要紧，可把李楠芝吓坏了，她往后倒退几步竟差一点儿摔倒。

乔庄赶紧过去扶住了她，小声说道：“姐，她们……她们都知道了！都怪我！”

李楠芝一听就皱着眉说：“什么知道了？你们搞什么鬼？”

这时，顾桐走了过来，笑呵呵地说：“你刚才躲什么呀？楠芝姐！”

她一听，再一看顾桐的表情，明白了，一定是露馅了，她就看了一眼乔庄。乔庄点了点头。

那么，顾桐和许曼又是怎么知道这个连越子木都搞不清楚的秘密呢？原来，刚才许曼在顾桐耳边说完后，顾桐就依言凑到了正蹲在地上弄着电脑网线的乔庄身边，还说呢：“姐帮你看看。”说话间，她趁乔庄猝不及防就喊了一声假装摔倒了，但胳膊搂着乔庄的脖子，一下子就把乔庄也带倒在地上。

再看顾桐，也顾不了那么多了，慌乱中就紧紧地抱着乔庄，而许曼则过来帮着她们打算扶起来，但她的手一不小心竟伸到了只穿着衬衫的乔庄领口里。再看乔庄，一下子就愣住了，她脸一红刚要有所动作，就听顾桐笑着说：“别动！你曼姐现在可是不能动的啊，有宝宝呢！”

乔庄也早就知道许曼的事，她一时间不知该怎么办好了，就这样眼睁睁地看着许曼那只手，而此时的那只手却已经摸到了正位。乔庄脸腾地一下子就红到了脖子根。

再看许曼，先是大惊失色，接着就冲顾桐点了点头，两个人这才把乔庄扶了起来。

一起来许曼就坐在了椅子上，顾桐也坐下了，只有乔庄站在那里一句话都说不出来。此时，她恐怕瞒是瞒不住了，她正在想该如何不让李楠芝暴露呢。

可就听许曼小声说道：“我知道你是谁了，早就觉得像！你告诉姐，李思月是不就是李楠芝？”

乔庄一听就蒙了，她连连摆手，但明显一点儿底气都没有。

许曼啪的一声就拍了下桌子：“你说不说？现在你还是乔庄小子！姐姐欺负弟弟正常！到时候你恢复了女儿身我可就收拾不了你了！”

顾桐心里说，这都什么理论啊！她笑着道：“你轻点儿，别吓着人家！吓着她倒是小事，关键是你得注意你家奥特曼哪！呵呵！”

“姐——”许曼噘了下嘴。

119. 新生的惊喜

乔庄在许曼和顾桐的一再追问下，她再想瞒也是瞒不住了，她就把假胡子拿了下来。许曼一看就指着她眨了半天眼睛才说道：“你不是那个楠芝身边的吗？对呀！我怎么给忘了！”

乔庄笑了笑，脸红红的。

许曼拍了一下她的肩膀：“你小子啊！不对，应该是你这个丫头！干吗弄这一出啊？乔庄……顾姐呀，她这可不就是乔装打扮的意思嘛！咱们怎么没看出来呢？”

顾桐问了一句：“晓曼哪，你说的这个乔庄又是谁？”

许曼就把她们在无人岛上的事说了一遍。顾桐听完顿时瞪大了眼睛：“天哪，真是好险哪！可是，那劫匪咋就偏偏看上你了呢？呵呵！”

许曼一噘嘴：“谁知道呢？是不是看我漂亮？呵呵呵！”

她这句话把乔庄也给逗笑了。

“你先别笑，我问你，楠芝在哪儿？我看你常和李思月在一起，她又是怎么回事？”许曼穷追不舍。

乔庄咧着嘴说：“姐，这个真不能说！”

正在这时，李楠芝包里的手机响了起来，刚开始时许曼还没在意，可响来响去的就引起了她的好奇心，原因是平常听到的李思月的手机并不是这个铃声。

她就把手机拿了出来，这才有了后来的事。

李楠芝见事情再瞒也没什么意思了，就把事情的前因后果对顾桐和许曼说了一遍。两个人听完都傻了，尤其是许曼，又看了一遍李楠芝那张脸，自语道：“乖乖，这事咋不让我碰上呢？我也变个身！”

而顾桐知道了原来李思月就是李楠芝，她更是佩服得五体投地了，原来自己心里那点儿小想法通通都消失了。那还争什么呀？人家本来就是夫妻。

虽然李楠芝把实情告诉了她们，但她要求她们两个无论如何都暂时不要说出去，对越子木要守口如瓶。因为涉及人家的婚姻大事，许曼和顾桐听了直点头。

见许曼和顾桐还都愣着神，李楠芝笑着说：“我得给‘坏小子’回个电话，都来两通了。”说完她就拨了回去。

“老公，打电话了？刚才没听见。有事吗？”

就听越子木在电话里说道：“楠芝啊，怎么说呢？有件事想和你商量一下。”

李楠芝回头看了一眼许曼和顾桐，说道：“你说吧，我听着呢！”

也不知越子木在电话里说的是什么，就见李楠芝不住地点头，并说道：“行，这个事我支持！那就这么办！对了，我看你公司那个李思月人长得不错呀？你可别动歪心眼儿啊！”

她这话说完，再看许曼和顾桐，都瞪大了眼睛看着她。

挂了电话，李楠芝笑着说：“他以为楠芝和李思月见过面呢！呵呵！”

许曼皱了皱眉，又挠了挠头：“我怎么有点儿糊涂呢？今天我终于发现了，咱们越总真是傻人有傻福啊！”

李楠芝拍了她一下：“你说谁傻呢？”

顾桐在一旁却自言自语：“依我看，越子木可不是那么好骗的！以他的性格，恐怕即使是发现了秘密也一定不会先说出来的。唉，满身男子气一颗孩子心！”

那么，越子木和李楠芝说的到底是什么事呢？

正是收购靓相公司的事。越子木是这么想的，要是自己出面恐怕柳依依无论如何也不会接受的，他就和李楠芝商量，想要让她的公司出面，但不是收购，而是注资。尽管柳依依和吴总过去做了许多让人生厌的事，但做企业不能踩着别人发展，能帮的就要帮一把。

李楠芝当然同意了。她心里想：越子木真的是成熟了，心里没有了怨和恨，看来，自己的秘密也要到揭开的时候了。但她的想法是，还真不能以李氏企业集团的身份来注资，要做好人就让越子木做吧。想了一番后，一个计划在她心里已经形成了。

再说柳依依。她这些天就忙着和一些公司谈判了，她是想尽可能地找些投资把企业经营下去，这总比被别人并购了好。但谈了好多家都没有结果，归根结底还是因为债务的问题。

她向吴雨霞汇报后，最后吴雨霞决定，还是把公司交给柳依依，涉及的股权资金什么的可以等以后企业发展了再给她。虽然柳依依一再推脱，但吴雨霞态度很坚决，她也只好同意了。可接下来面临的问题是，虽然公司现在是她柳依依自己的了，但上哪儿去找那么多资金呢？吴总的钱可以先不给，但公司要运行，员工要吃饭，一天离开钱都不行。她甚至想，要真的实在不行，干脆就把企业卖了算了，省得操心。

此时，她正坐在办公室里发愁呢，就听有个工作人员进来说外面有两个人要见她。

柳依依也不知道是谁，就让他们进来了。

落座后一介绍，那两个人说是一家刚刚成立的公司，听说了靓相公司的情况，公司老总特意派他们来了解一下，打算注资并购。

柳依依一听就乐了，赶紧从椅子上站起来，又是招呼上茶又是忙着拿公司资料，坐在沙发上和来人详细谈了起来。

对方给的条件很优厚，一是注资一亿元收购公司百分之六十资产，公司名称不变，经营业务范围不变，管理团队不变。也就是说，注资并购后，虽然企业已不再是柳依依的了，但她仍占有股份，并继续担任公司总经理独立开展经营业务。

柳依依觉得条件还算优厚，可是，她就纳闷了，人家凭什么开出这样的条件呢？自己最近谈的那几家提的条件都是很苛刻的呀！正所谓“吃一堑长一智”，这回她长了个心眼，听完来人的说明后，她就笑着说：“条件倒是可以，不过，你们这家公司我也没听过呀？这样吧，可不可以安排见一下你们董事长？”

那两个人互相看了一眼，其中一个说：“这件事我们得回去汇报一下才能定，另外主要是我们老总已经把这件事全权交给我们负责了，他不会过问的！”

“那你们回去给你们董事长打个电话吧，和他商量一下，要实在不见……或者这样也行，起码得在正式签约的时候见面吧？要不然我还不知道是谁帮了我呢！”

“那行，我们回去就汇报！”两个人说完就走了。

送走了客人，柳依依坐在桌前又拿过那张名片认真地看了看，就见上面印着：嘉木时尚文化管理有限公司。她翻过来调过去地看了半天，还是搞不明白这是家什么公司，自己从没听说过。但管不了那么多了，只要人家肯注资，而且不是骗子就行啊。她现在可是被骗怕了。

一想到被骗，她脑海里就出现了那个早晨在吴先生住的地方吃早餐的情景。她不禁自语道：“好你个姓吴的，我早晚要把你找到！”

又经过了几轮商谈后，正式签约的时间定下来了。在正式签约之前，那家公司已经把款打了过来，但柳依依要让人去办理相关并购手续时，对方却告知暂时先停一停，等签约完了再说，说是到时候他们公司老总要参加签约。

柳依依一想到公司即将易主了，心情很是复杂。这时候，她又想起了越子木。其实，她几次都想去找他，但最后都鼓不起勇气来。是呀，还能说什么呢？自己的恨到头来却害了公司，有苦也只能自己往肚子里咽。

正式签约的日期到了。这天，在靓相公司的会议室内坐满了人，都是公司的员工，还有一些有业务往来的公司负责人，其实说白了都是要债的。

柳依依这天一改一贯的穿着，而是穿了身职业裙装，虽显得更加干练，但眉宇间却多了几分愁绪。

眼看着时间就快要到了，可是对方公司的老总却迟迟没有到，柳依依很是着急，心想：别有什么变故吧？

正想着呢，就听对方公司安排的主持人走到台前冲着话筒说道：“大家好，嘉木公司和靓相公司投资合作签约仪式现在开始，首先，有请靓相公司总经理柳依依小姐讲话！大家欢迎！”

下面传来稀稀拉拉的掌声。柳依依一听就纳闷了，事先也没说让讲话呀？讲什么呢？但在众人的掌声中，她还是微笑着走到了台上。

站在话筒前，她扫视了一遍众人，又回头看了一眼横幅上印着的“靓相公司”那几个字，回过头来深情地说：“靓相公司是家非常有前景的公司，走到今天这一步……”说到这儿她有些哽咽了。

场下鸦雀无声。柳依依停顿了一下，笑了笑，接着说：“过去了的事情就不说了。今天，我代表靓相公司非常感谢嘉木公司的鼎力相助，虽然从此公司的法人不再是我了，但这对于大家来说什么都没有变，公司还会照常发展，而且一定会发展得更好！我坚信这一点！按照双方即将签订的协议，并购后我所占的股权是百分之四十，我决定，把这百分之四十股权拿出一半来分给大家，让我们所有的员工都有股份，以后的公司就是我们大家的！”

她这话刚说完，下面不知是谁鼓起掌来，紧接着，所有人都跟着鼓起了掌，令台上的柳依依眼泪都下来了。

等她走到台下，主持人上来笑着说：“下面，请嘉木公司董事长讲话！”

他说完，台下却没有人鼓掌，大家都四下看着，寻找着那位神秘的董事长。

这时，侧门被两名工作人员打开了，接着，一个人大步流星地走了上来。

柳依依一看，顿时就惊呆了。天哪，竟然是越子木！

就见越子木走到台上先是看了看台下的众人，微笑着说道：“各位同人大家好！或许有的人没有想到会是我，但我要说的是，嘉木公司的董事长是谁并不重要，重要的是我们大家能够在一起做些事情。对于靓相公司，我是有着深厚感情的！因此，我这次回来不是并购的，而是合资！也就是说，由嘉木公司注资后所占股权为百分之六十，并且，公司要实行股份制改革，作为木子集团旗下的公司将来运作整体上市！所以，按照刚才柳总所讲的那样，以后我可就和大家一样了，我们都是股东！怎么？你们对我这个股东不欢迎吗？怎么一点儿掌声没有啊？”

等他说完这句话，再看下边，顿时响起了雷鸣般的掌声，有些员工还站了起来。

柳依依有些蒙了，她万万没想到会是越子木，更没想到的是原来说的并购现在改成了合资，而这正是自己一直希望的结果呀！

这时，越子木又笑着挥了挥手，待静下来后，他看着台下的柳依依说道：“怎么？柳总你不请我吃饭也就算了，你就不和我这个大股东握个手吗？”

台下又传来一阵笑声和鼓掌声。

柳依依迟疑了一下还是走到了台上。

而台下最后一排，顾桐、许曼和李楠芝她们正坐在一起。听完越子木刚才的话，李楠芝狠狠地瞪了他一眼。许曼小声说：“越子木好帅好有范儿呀！”

顾桐笑着一拉她：“别花痴了好不好？再花痴一会儿楠芝姐看不收拾你！”

许曼吐了下舌头。

再看台上，柳依依走到越子木面前，盯着他的眼睛看了一下就低下头去，眼含热泪说道：“你这个坏小子……”说完，她抬起头来，微笑着说，“能抱一下吗？最后的拥抱！”

越子木愣了一下。就在他呆愣的时候，柳依依上前就把胳膊伸到了他的腰际，紧紧地抱住了他。

台下顿时爆发出热烈的掌声。

许曼直看李楠芝的脸色，可李楠芝就像没事似的，竟然还拍着手。许曼瞪着眼睛又回头看了一眼顾桐，顾桐却笑而不语。

那么，这到底是怎么回事呢？

原来，李楠芝一想，还是新注册一家公司吧，然后以这家公司的名义去和柳依依谈，这样她还好接受一些。她就给越子木打了个电话，说了自己的想法，并提出让李思月具体操办，越子木就同意了。李楠芝这才和顾桐一起忙着注册了公司，又新招聘来几个企业并购的行家里手，从而上演了一出让柳依依泪奔的好戏。

而越子木在台上说的实行股份制改却是他早就想做的事，正好这次可以利用与靓相公司的合资趟趟路，为今后的公司整体上市奠定基础。

随着公司的不断发展壮大，越子木踌躇满志，不仅在业界奠定了举足轻重的地位，而且也得到了大家的充分认可。尤其是李楠芝，看着越子木一天天成熟起来，她就想着应该找个时机告诉他那个秘密了。然而，就在她想要和盘托出那已经无法捂住的秘密时，却突然发生了重大变故。

120. 接连发生的变故

这天，李楠芝突然接到了一个电话。她一看，号码是国外的，而且是固定电话。她不禁心里一惊，会是谁呢?

等她接起来一听，竟然是王叔家的保姆。就听她焦急地说道："李总，您快回来一趟吧，老先生怕是不行了！"

"什么？"李楠芝听完震惊不已，可她还想再问什么时，电话就挂了，好像很着急的样子。

她擦了一把脸上的泪水，给乔庄打了个电话，说马上回曼谷去。

放下李楠芝带着乔庄回曼谷暂且不提，单说越子木。他坐在办公室里又想起了李楠芝，就拿起电话拨了过去。可是，电话显示的却是关机。他皱了皱眉，心想：平时她也不关机的呀，今天是怎么了呢?

闹心了一天的他连中午饭也没吃，到了下班时间就匆匆下了楼，等他回到家，刚把车停好还没等上楼呢，就听身后传来一阵哭声。他回头一看，就见木瓜的小手被吴阿姨牵着，边往小区里走边抹眼泪呢。

他犹豫了一下，马上想到了李思月，心里揪了一下，但还是迎了上去。

"木瓜，哭什么呀？"他蹲下来笑呵呵地看着木瓜。

木瓜一看是他就哭得更厉害了，边哭边说："妈妈走了……"

越子木一听就把木瓜抱了起来，一边哄着孩子一边看了下手表，心想：都这个时间了，李思月会去哪儿了呢?

可就在他晃着木瓜的时候，一阵铃声自木瓜的衣服里传来。他就是一愣，问道：“木瓜，你身上是什么响啊？”

木瓜看了他一眼，伸出小手把那个铃铛拿了出来：“是铃铛。”

越子木一看那个铃铛就是一惊，他拿起铃铛翻过来调过去看了一遍，接着，他轻轻地一掰，铃铛自中间分开了，再看里面，他当时就惊呆了！

就见铃铛里刻着两个字“木瓜”。这不是自己的铃铛嘛，怎么会在木瓜这里？

他赶紧问道：“木瓜，告诉叔叔，这个铃铛是哪儿来的？”

“是妈妈的……”木瓜只是这么轻轻的一句话，再看越子木，他后退了几步，脸唰的一下子就白了，他脑海里出现的却是当年那个夜晚送小姑娘回家时的情景。

天哪！原来李思月就是当年那个小姑娘？

对于越子木来说，这无异于是晴天霹雳！他回想着认识李思月以来的每一个细节，他终于明白了，原来李思月不仅就是那个小姑娘，而且，她也分明知道自己就是当年那个送她回家的人！

慌乱的越子木把木瓜交给吴姐头也不回地上了车，连木瓜在背后喊的是什么都没有听到。木瓜小声喊的是：“爸爸……”喊完，他又把铃铛放回了衣领里，而那里还挂着样东西越子木竟没有发现。

越子木上了车直接就开出了小区，在车上，他拿出手机拨了李思月的电话，可是，她竟关机了。心急如焚的越子木漫无目的地在街上开着车，希望能看到那个熟悉的身影，可是，街上哪里有她的影子啊！

他又给许曼打了个电话，可她也说不知道。

开着开着，前面就是步行街了，他把车停好，心情沉重地在步行街上走着，时不时地有人撞他一下，他毫无知觉。此时的他，心乱如麻。

不知不觉，他走到了张洋的咖啡厅，他看了一眼招牌，迈步走了进去。还是那个角落，还是那张桌子，而此时的他却是比以往都以复杂的心绪。

咖啡厅里播放着音乐，渲染着他的心情，却是云菲菲的《邂逅》：“你我相遇纯属一次偶然/谎言为美丽的故事开启了心门/激情的天堂里/我已来不及等/越过道德底线/却还不知道彼此真实的身份/那个寂寞的站台看到你/我真的乱了方寸/难以抗拒心灵的欲望/仿佛前世注定这场缘分/那个飘雪的冬季有了你/我不再感到寒冷/无须日久天长的厮守/只在乎你现在对我的这点儿温存……短暂的一次邂逅/丰富了这一生/留下永恒瞬间/就是那一个不经意的眼神……”

此时的越子木，几欲泪下，他听着就像是唱给自己听的歌一样，沉浸在往事的回忆里，思绪更是飞奔在和李思月相识以来的点点滴滴……无比难过和心情复杂的他，眼睛不自觉地盯着墙上那些卡片，猛然间，一个卡片上的字映入他的眼帘，就见那上面写着：一直到现在我还不懂，你为什么走？那个找不到家的女孩儿，你可曾记得，她一直在把你痴痴地等候……

他当时就愣住了，盯着卡片他心想：原来她早就在这里写过，自己怎么没有发现呢？

他眼睛直勾勾地盯着卡片，脑海里却时不时冒出李楠芝，又冒出李思月，两个人交错出现，他觉得头都要大了！

张洋在吧台后面看着他，也是一脸的无奈。她清楚，这时候，谁劝也没用，自己内心的伤是要靠自己来疗的。

就在越子木万分难受地陷入痛苦的回忆中时，突然手机响了起来。

他一看屏幕，来电话的竟是乔庄。他一想，对呀，我怎么把这个茬给忘了呢？乔庄不是经常和李思月在一起嘛。他就赶紧按了接听键。

可还没等他问李思月的事呢，就听乔庄在电话里万分焦急地说道：“越总，你快点儿来吧，楠芝姐不见了！”

越子木腾地一下子站了起来，大喊了一声：“你说谁？”

“楠芝姐。你快来吧……”接着，电话就传来了忙音。

越子木看了看手机，又“喂喂”地喊了几声，可是，已经断线了，等他再打回去时，那边却占线了。

他彻底蒙了。先是李思月走了，现在又是李楠芝不见了，怎么办？他迅速想了想，转身就出了咖啡厅。到了街上，他飞了似的朝自己停车的地方跑去，边跑边给顾桐打电话，让她赶紧订一张去曼谷的机票，他直接去机场。

可就在他上了车还没等开动呢，手机又响了，他一看，是个陌生的号码。会是谁呢？

他接起来，就听电话里传来一个冷冷的声音道：“是越总吧，知道我是谁吗？告诉你也没什么，还记得无人岛吗？”

越子木一听，脑海里马上出现了那个刀疤脸狰狞的面孔。听着疤脸九的声音，他突然有种不祥之感，就试探着问了一句：“你想怎么样？”

就听疤脸九狞笑着说：“不怎么样，只是，你老婆小模样不错呀！哈哈哈！上次老子没尝着鲜，这次嘛嘿嘿嘿……”

越子木一听就急了：“你敢！”

还没等疤脸九笑完呢，就听电话里一个熟悉的声音说道：“还跟他废什么话！”说着，那人就抢过电话说道，“小子唉！只要你把那半把钥匙交出来，我看在美贞的面子上保证不动你老婆！”

越子木一听，竟然是金志勇，他怎么又和疤脸九搅到了一起？他冷冷地说道：“金志勇！你要是敢动她一根汗毛我让你死都不知道怎么死的！你刚才说什么？什么钥匙？”

“少跟我装糊涂！就是你手上那把金钥匙，限你三天之内拿到，要不然……嘿嘿，你也知道疤脸九可是啥事都干得出来！”

越子木听他一说，马上想起了自己在母亲床下偷看到的那半把金钥匙，一瞬间，他似乎明白了，原来这伙人是求财啊，那就好办了。他就说道：“好，那你得先让我听听我老婆的声音。”

接着，他就听电话里传来李楠芝的声音：“越子木，别听他们的……”

刚说到这儿电话就又被拿开了，金志勇又说道：“小子，你可别耍花招儿，我相信你也不会，要不然你老婆你这辈子就别想见了，不，是能见到，不过那也是疤脸九玩过的照片！哈哈哈哈！”

“金志勇你这个浑蛋！告诉我你们在哪里？”

“这个你就别问了，到时候我们会打电话给你！”说完，电话挂了。

越子木看着手机屏幕，浑身是汗。

怎么办？看来楠芝是被绑架了。他急速地想着对策，报警恐怕会让事情更糟，既然他们要的是那半把钥匙，那就给他们！

想到这儿，他又拿起手机准备给母亲打个电话，心里还盘算着到时候怎么说呢，可就在这时，手机又响了起来。他一看，来电话的正是家里的号码，应该是母亲打来的。

他镇定了一下，接起电话笑着说：“妈——”

可还没等他往下说呢，就听母亲在电话里大声说道：“木瓜呀，不好了，家里被盗了！”

越子木一听差点儿晕过去！这都是怎么了？为什么接连不断的祸事呢？还真是祸不单行！

母亲接着说：“不过，家里没丢什么东西，也不知这伙人要找什么？对了，孩子啊，有些事一直想和你说……”

越子木一听母亲说家里没丢什么东西，就急切地说道：“妈，咱家那半把金钥匙呢？我有急用！”

老人先是愣了一下，接着笑呵呵地说：“我明白了，这帮家伙该不会是找这个吧？呵呵，钥匙在孩子那儿呢！”

越子木顿时诧异起来：“孩子？什么孩子？”

老人笑着说：“当然是咱们的孩子啊，在木瓜那儿呢！你知道……”

还没等母亲说完呢，越子木也没空想太多了，救人要紧哪，他紧赶慢赶地说道：“妈，这事儿回头再和您说，我先挂了啊！”说完，他放下手机开车直奔家里的方向。

电话那头，他母亲对着话筒说了一句：“这孩子，也不让把话说完。”

再说越子木，开着车像飞了一样，恨不得马上就找到木瓜。路上，他想，也许是过年时母亲来就把钥匙放木瓜那儿了吧，可是，她为什么放木瓜那儿呢？以前连自己都不让碰的呀！现在他也没空想这些，就算是想恐怕也一时想不明白。他现在想的是尽快到木瓜那儿把钥匙取来，自己好去救人。

而对于李思月，恐怕也管不了那么多了，在她和李楠芝之间，越子木分得清楚，一个是曾经梦一样的初恋，一个却是结发妻子，孰轻孰重他分得清楚。

此时，他想：就算李楠芝是仇人的女儿又怎么样？那些都已经不重要了，重要的是，要把她救回来，和她在一起！

可就在他焦急万分时，手机又响了。他不禁吓了一跳，现在，他最怕的就是手机响，因为每响一次就是一个坏消息。看着手机上陌生的号码，他咧着嘴一脸的悲催，但还是接了起来。

就听电话里有人说道："请问是越子木先生吗？这里是医院，能麻烦您来一趟医院吗？现在有个急诊病人急需输血，这孩子的血型非常特殊，上次我们不是留了您的血液样本嘛，正好和这个孩子的血型吻合！请您务必来医院一趟，救人要紧哪！这还是个可爱的孩子！"

越子木一听就犹豫起来，他又在手机里查着李思月家的电话打了过去，可是响了半天没人接。他想，或许是吴姐带着木瓜在外面玩吧。救孩子要紧哪，怎么说那也是一条生命啊。想到这儿，他开车直奔那家医院。

等他到了医院急诊室，医生拉着他的手说道："越先生，你可来了！快，刻不容缓！跟我来！"

"那孩子怎么样了？"他关切地问道。

"流了很多血，就等着输血呢！"医生说着就吩咐护士给他穿上了无菌服，接着，他跟着医生进了急救室。一进来，他就看见在手术台上躺着个孩子，鼻管里插着氧气管，孩子两眼紧闭，脸色苍白。

在护士准备器械的时候，他上前看了一眼那孩子，可这一看不要紧，他顿时惊得目瞪口呆！原来，病床上躺着的竟是木瓜！

"医生！怎么会是这孩子？"他急切地问了一句。

医生没空答话，而是在手术台上忙活着。这时护士让他躺在病床上，他愣眉愣眼地又看了看木瓜，赶紧躺了下去。护士在他的胳膊上把输血管接好后，就开始为木瓜输血。

越子木侧过头看着双眼紧闭的木瓜，焦急万分。这时，在手术室外，隔着玻璃窗，他看见吴姐抹着眼泪正往里面看呢，在她身旁同样焦急地往里面看的还有一个人，竟是肖凌！

肖凌一眼就看见了越子木，两个人四目相对，越子木发现，她脸上竟露出了笑容。

这时，医生笑着说：“这回好了，小家伙脸色变过来了，呼吸也顺畅了。越先生，这可多亏了你呀，要不是上次发现你的血型特殊留下你的联系方式，这孩子可就危险了！”

越子木笑了笑，眼睛却还是盯着木瓜。

可护士却小声和医生说：“张大夫，这位先生不是孩子的父亲吗？”

那位张医生皱了下眉，说道：“应该不是，不过，他和这孩子的血型却是非常配。”

越子木一听，马上也意识到，怎么会有这么巧的事？刚才母亲说钥匙在咱们家孩子那儿，她后面还想说什么来着？自己怎么就没往下听呢！可是，木瓜不是李思月的儿子嘛，可自己的血型又怎么会和他这么相配？难道会有这么深的缘分吗？

121. 越来越清晰的疑惑

等输完了血，越子木捂着胳膊上的针眼出了手术室，肖凌先是笑了一下，接着就一脸沉重地上前说道："越子木，楠芝的事你知道了吧？怎么办？"

越子木看了她一眼，又看了看满脸是泪痕的吴姐，说道："你不用担心，我马上就去救她！对了，木瓜是怎么受的伤？"

吴姐哭着说："他在小区里本来玩得好好的，可他非要去找您，我说您还没回来，可他就是不信，跑着上楼，结果一不小心就从楼梯上摔下来，头就磕在了地上……"

"哦？木瓜是要去找我？"越子木一脸的疑惑。

"是的，他一直吵着要找先生你，说是要告诉你个秘密。"

这时，肖凌说道："越子木，现在楠芝这样了，我不得不对你说了，你知道木瓜……"她刚说了半句话手机就响了，她示意了一下就翻找着手机。

"宇涵，你说什么？现在就走？那好，我从医院直接去机场。好，就这样！"

挂了电话，肖凌急匆匆地对越子木说道："我得先去机场了，我们要去曼谷，回头再和你说。吴姐，木瓜就拜托你了啊，不要告诉孩子他妈妈的事。"说完，她转身就朝外面跑去。

越子木回想着她刚才要说没说完的话，满腹狐疑。正在这时，护士推着手术车出来了，越子木赶紧迎上前去。就见木瓜还没有苏醒，小脸没刚才那么没有血色了，红扑扑的，但仍闭着眼睛，还皱着眉，与他小小的年纪是那么的不相称。

“医生，孩子怎么样？没啥事儿吧？”他向走过来的医生问道。

医生笑着说：“现在没事了，但还需要静养。”

护士推着病床冲越子木说了一句：“你是患者父亲吧？来，帮推一下床。”

越子木愣了一下，但也没必要和她解释什么，就过去帮着把床推到了病房里。吴姐在后面跟着，眼睛始终没离开木瓜。

安顿好了后，护士对越子木说：“孩子父亲跟我来，补办一下住院手续！”

越子木“哦”了一声就跟着护士出去了。

等他办完了住院手续再回到病房时，听见木瓜正在和吴阿姨说话呢。就听小家伙说：“阿姨，我要见叔叔……”

吴阿姨摸了摸他的头说：“要不是急着见叔叔也不至于摔下来，你那么着急见叔叔干什么呀！”

越子木站在门外看着木瓜，就听他奶声奶气地说：“阿姨，你说！爸爸会不会不要我？”

吴阿姨叹了口气，说道：“妈妈不让说的……”

越子木见木瓜醒了，他急于要找到那半截钥匙，就推门进了病房。木瓜一见越子木就挣扎着要坐起来，越子木赶紧上前按住了他：“木瓜，医生叔叔说现在还不能动，好好躺着好吗？”

木瓜忽闪着大眼睛看着他，渐渐地，越子木发现，孩子的眼泪在眼圈里直打转。

他拍了拍孩子说道：“木瓜，叔叔有急事，叔叔想问你，是不是奶奶交给你个钥匙？就是黄色的那个？”

木瓜一听就对吴阿姨说：“阿姨，我脖子上的东西呢？”

吴阿姨到床头柜旁蹲下来翻找着说：“阿姨给放这儿了，刚才医生不让戴。”说着，她就从柜子里的衣服口袋里翻出个东西来递给了木瓜。越子木一看，正是那半把金钥匙。

木瓜摸了摸钥匙，递给了越子木，说道：“奶奶说，这个很重要，只有最亲近的人才可以给看的。现在，木瓜把它给你，可不能弄丢了啊！”

越子木拿着那半截金钥匙，脑海里想的却是这下楠芝终于有救了。他亲了木瓜小脸一下说道：“叔叔得先走了，等叔叔办完事再回来看你好不好？”

“叔叔是要去找妈妈吗？”木瓜忽闪着眼睛天真地问道。

越子木当时就愣住了，他心想：也不知李思月跑哪去了？孩子发生这么大的事她大概还不知道吧。他就回头小声问吴姐：“吴姐，木瓜妈妈手机还没开吗？”

“我打过多次了，都打不通。”吴姐答道。

越子木一想，现在木瓜已无大碍，当务之急就是要去救楠芝。他就冲木瓜笑了笑，说：“叔叔走了啊，要听阿姨话。”说完，他转身要往外走。

木瓜却突然一招手：“叔叔——”

越子木看着他期待的眼神，只好又蹲了下来。就听木瓜把小嘴凑到他耳边小声说：“我可以叫你一声爸爸吗？”

越子木一听就愣了，随即笑着说：“行，叫吧。”

“爸爸——”木瓜这句“爸爸”叫完，眼泪就下来了。

越子木叹了口气，狠了狠心就转身出了病房。到了走廊里，他给顾桐打了一个电话，让她到医院里帮着照看一下木瓜。顾桐答应着，想说什么但支吾了半天还是没有说出来。

越子木现在是心急如焚，哪还有心思听别人说什么？他出了医院直奔机场。

等他到了机场候机时，回想起刚才在医院时的情景，越想越觉得不对劲，世上哪有这么巧的事呢？先是李思月出走，接着李楠芝失踪，然后乔庄报告消息，竟然是乔庄报告楠芝失踪！再后来母亲说家里被盗，又说钥匙在孩子那儿，而母亲所说的孩子却是木瓜；然后木瓜又受伤，最奇怪的是竟然自己的血型与木瓜相符！母亲没说完的话，肖凌的半截话，还有顾桐和许曼的欲言又止，接着木瓜却叫了一声爸爸！还有他脖子上挂着的铃铛，以及认识李思月以来她的反常……天哪，越子木越想越糊涂，越想却又越觉得似乎有些清晰，但期间却又穿插了那么多的事情，他就觉得头都要大了。

傍晚时分，飞机稳稳地降落在了曼谷机场。越子木一出来就见乔庄迎了上来。越子木看着她朝自己迎上来，一脸的狐疑，猛然间，他想起来了，那晚帮自己打跑那两个二货劫匪的不正是她嘛！

“越总，你可来了！”乔庄说着就帮他提过了箱子。

越子木上上下下地看了她半天，眨了眨眼睛指着她：“乔……”

乔庄笑了笑脸却红了一下点了点头：“没错，我是乔庄！走吧，越总，大家都等着呢。”说完就走在了前面。

越子木站那儿愣了半天，这才紧走几步跟了上去。

路上，乔庄说，目前警方正在全力搜救，但一直都没有什么确切的消息。

越子木一听就急了：“为什么要报警？你们这是在害楠芝！”

乔庄看了他一眼，一脸的愁容道：“其实也不是报的警，而是警方盯着这伙人已经很长时间了，但没想到是公司内部出了问题。”

“你说什么？什么叫公司内部出了问题？”越子木瞪大了眼睛。

乔庄就把司派洛的事说了一遍，并说：“不过，目前警方已经在通缉他们了，司派洛也不知跑到哪儿去了，不过很奇怪，警方是怎么知道的公司内部的消息呢？”

两个人刚上车，越子木手机就响了，他一看号码就示意了一下乔庄。

等他接起电话，就听里面说道：“小子，东西带来了吗？你身边这小妞不错呀！哈哈哈！”

越子木一听就四下看了看，但并没有看到金志勇的身影，不过他一定就在这附近。他就说道：“你要的东西我带来了，在哪儿交给你？我要马上见到人质！”

“不着急，回头我会再打给你！”说完，电话挂了。

乔庄一脸茫然地看着他：“越总，他们到底要什么呀？”

越子木想了想说道：“如果我猜的没错的话，楠芝那儿也有半把同样的钥匙吧？一定还是与公司的财产有关。”

车开到一幢别墅前停了下来，越子木和乔庄下了车，乔庄招呼着进屋。越子木抬头看了一眼这处别墅，问了一句：“这是哪里？”

乔庄笑着说：“越总，这是你的家呀！”

“我家？”越子木自语着就跟着乔庄进了院子。

这时，从楼里有人走了出来。越子木抬头一看，是肖凌，他愣了一下。

肖凌迎上来说道：“你可来了！快进屋吧，大家正等着你呢。”

越子木探着头往里面看了看。肖凌笑着说：“还愣着干啥？这是你的家，咋不进呢？”

越子木心情顿时沉重起来。是呀，楠芝在，当然是家，但现在楠芝生死未卜，家，还会是家吗？

等他一进客厅，却见杨宇涵正在沙发上坐着和一个人聊着什么，见越子木进来了，杨宇涵站了起来，看了他一眼，对旁边那人说：“警官，这就是我妹夫。”说完，他又冲越子木说，“越子木，这位是王警官。”

越子木朝那人看去，他眨了半天眼睛，这才想起来，这不就是那晚在无人岛山洞里的那位卧底嘛！他赶紧走上前去，伸出双手和王警官握在了一起。

王警官示意他坐下后，正色道：“你来得正是时候，据我们可靠情报，这是三伙匪徒跨国联合作案！事件的起因可能你已经知道了，这是司派洛等人居中调度，意在侵吞李氏企业资产的有预谋、有组织、策划周密的一次犯罪活动。这伙人我们已经秘密监控多时了，但不知为什么最近突然消失了，而且还绑架了李总。刚才据李总母亲讲，李总身上有一把什么钥匙，他们可能意在于此。”

越子木听完，就把自己身上的那半把钥匙拿了出来。说道：“是的，他们已经给我打过电话了，让我用这半把钥匙去换人。”

王警官接过钥匙看了半天，疑惑地问道：“这究竟是什么钥匙他们如此费尽心机想据为己有呢？”

他刚说到这儿，就听门口有人说道：“他们即使拿到了钥匙也没用！”说话间，就见进来一位老者。

王警官一见，立马站了起来：“爸爸你怎么来了？”

老者挥了挥手。这时，从楼梯上走下个人来，边走边说：“他王叔，你来啦！”

越子木回头看去，正是李楠芝的母亲，自己的岳母。他赶紧迎了上去，张了张嘴竟一句话都没说出来。

楠芝母亲看着他笑了笑，只说了一句：“你终于回来了。”说着就走向了那位老者。

待来人坐下后，乔庄悄悄在越子木耳边说：“这位是王老，楠芝姐父亲的生前好友。”

那么，王老的保姆不是给李楠芝打电话说他病危嘛，怎么又出现在这儿了呢？原来，那个保姆被司派洛收买了，因而释放假消息让李楠芝回来，而李楠芝一下飞机就被绑架了。

这时，就听王老说道：“孩子，你叫越子木？”

越子木站起来点了点头。

老者上下打量着他，还不住地点头自语：“太像了，简直是太像了！”

说着，他拿过他儿子王警官递过来的那半把钥匙，端详了半天，缓缓地说道：“这还是当年我帮着打制的呢，睹物思人……唉，恍如隔世呀！我的两位好兄弟，你们可知道，如今两个孩子竟真的走到了一起……”说着，他擦了擦眼角，然后这才又说道，“司家那伙人就是拿到了两把钥匙也没用，在瑞士银行的保险箱他们单凭这把钥匙是打不开的。退一万步讲，即使打开了，恐怕他们会更失望的！这样吧，孩子，你按照他们的要求就把这半把钥匙给他们！换回咱们楠芝！”

越子木接过钥匙点着头。听着老人的讲话，他似乎明白了，这位老人可能跟自己的父亲还有楠芝的父亲当年是好兄弟吧，那么，他会不会知道自己父亲的事呢？

但现在不是问这些的时候，救楠芝才是最要紧的。

王老和楠芝妈去了里屋，越子木他们就在客厅研究着营救计划。可是，连楠芝被关在哪里都不知道，又如何去营救呢？

越子木在屋里踱来踱去焦急万分，他恨不得马上就飞到楠芝身边，什么仇恨什么面子统统都滚一边去吧，只要楠芝安全，只要能和楠芝在一起，就足矣。

可是，为什么到现在劫匪还不来电话呢？他们不是着急要东西吗？

正在他心神不定的时候，手机突然响了起来，他飞快地按了接听键。来电话的果然是劫匪！

就听电话里一个冷冷的声音说道：“越总啊，东西带来了吧？现在是不是和警方在一起呢？如果你想见到你老婆，就学聪明点儿！现在，你往街上走，走过两条街拐弯，在一家杂货铺前有辆车，你上车后我再告诉你具体地点。要快，只给你十分钟哦！”

说话的是疤脸九。

越子木拿着已经挂断了的手机，沉默了一会儿，转身就走。众人看着他的举动都愣住了，王警官叫住了他：“越先生，请等一等！是不是他们有消息了？”

越子木回头看着他，说道：“是的，不过，这件事情还是我自己解决吧，一旦警方出动我怕他们会狗急跳墙！”说完，转身快步出了屋。

乔庄看了下，转身也跟了出去。来到外边，越子木回头说道：“你跟来干什么？一个女孩儿家！”

乔庄笑了，轻声道：“女孩儿家也照样收拾二货劫匪。呵呵！”

越子木一听，又上下看了她好几眼，说道：“你该不会是……”

“行了，走吧，你笨手笨脚的那么爱受伤还逞什么强？”

越子木一听，明白了，原来她竟然就是那个救自己又送自己去医院的女孩儿！

可是，如果自己带着她，恐怕对楠芝不利，看样子那伙人肯定在暗中监视着自己的一举一动。他就笑着对乔庄说道：“回头再好好谢你，不过，现在你真的不能跟我去，明白吗？他们要的不过是钥匙，给他们就是了。再说，他们人多，你去了不等于是狼入虎口嘛，上次不是差一点儿……”

乔庄明白他说的是上次无人岛的事，她想了一下，觉得越子木说的有道理，就说："那行，不过你要注意安全，一定要和楠芝姐俩安全回来。"

越子木点了点头，又看了看时间，转身就走。

等他到了那家杂货铺前，果然见一辆车停在路边。他过去歪头看了看，见车上有个司机，他二话没说，打开车门就上了车。司机从后视镜看了一眼，开车就走，也是一言不发。

车七拐八拐的也不知开过了几条街，越子木往车窗外看着，就见此时车正行驶在海边的公路上，也不知是要往哪儿开。

正在这时，他手机又响了。还是那个疤脸九，他又冷冷地说道："现在，你在司机停车的位置下车，然后顺着台阶下到海边，那里停着一艘船，你上船就是了。"说完，他把电话又挂了。

他拿着手机往车窗外一看，车已经停了，旁边还真有一段台阶下去就是海边。他看了一眼司机，下了车。那司机开着车就走了。

他沿着台阶走下公路，在海边四下张望着。此时，天已经黑了，海风和海浪的声音传来，令人不寒而栗。前面不远处，有一点儿明灭的灯光，随着海风晃动着。越子木就朝那个灯光走了过去。

等他走近一看，还真是一条机动船，船头坐着个人，天太黑看不清脸。那人见越子木走了过来，就示意他上船，等他上了船，那人把木板挪进船舱里，然后就发动了机器开着船驶离了岸边，也不知是要开向哪里。

而就在越子木离开别墅后，王警官已经带着人回了警局，此时，他正坐在控制室里打开设备监听着越子木的电话。外面，一队荷枪实弹的警员正在待命……

122. 营救行动

机动船开了好长一阵子，这才开始减速。越子木四下看去，黑黝黝的根本看不清什么，但影影绰绰的借着月光好像前面应该是个岛，他不由得想起了那座无人岛来。莫非这伙匪徒又是找了个什么岛藏身?

正在这时，就听有人喊道：“是大勺子吗?人到了没?”

就听开船的这位“大勺子”应了一句：“到了!”

随着船稳稳地停下，越子木发现，这还真是座岛，就见岸边站着两个家伙正向这边张望呢。

“到地方了，下去!”这位“大勺子”冲越子木冷冷地说道。

越子木跳下船，正四处看呢，那两个人过来就把他的胳膊给抓住了。其中一个还狞笑着说道：“没想到吧，这回可是没人帮你喽!”

越子木一听，这声音好熟悉呀!

就听另一个个头稍矮点儿的说道：“大……大哥，是不是得把他眼睛蒙上啊?”

“你他妈傻呀?现在是黑天!”旁边这个大个子吼了一句。

越子木听出来了，这俩人正是那晚劫自己却被乔庄给打跑的那俩二货。

就这样，两个家伙一边一个抓着越子木的胳膊就往前走。

“二位朋友，这是哪儿呀?”越子木问了一句。

“地……啊就地球!”矮子说了一句。

越子木差点儿没被逗乐了。

大个子却吼道："少废话！问啥问哪？没看是个岛吗？"

越子木一看问不出来什么也就不问了，跟着两个人走了好远一段路，这才看见前面有灯光。

走到一幢建筑的时候，在一扇门前，大个子推了他一把，他跌跌撞撞地被推了进去。抬头一看，是一间废弃的工厂，里面不远的地方，一伙人正在吆五喝六地喝酒。

"大哥，这小子来了！"大个子喊了一句。

越子木仔细看去，见坐着的那几个人中有疤脸九、金志勇，还有几个不认识。

疤脸九回头看了一眼，又喝了一口酒。而金志勇却站了起来，他边朝越子木走边斜愣着眼睛看着他，狞笑了几声说道："这不是越总嘛？别来无恙啊！"

后面的两个家伙又推了他一把，他站稳后盯着金志勇说道："我妻子呢？我要见见她！"

金志勇围着他转了一圈，笑道："我说你吃着碗里的还占着锅里的，挺漂亮个老婆咋还抢我的女人呢？"

越子木刚想解释什么，却不料金志勇上来照他肚子就是一拳，打得他哎哟一声就蹲在了地上。

金志勇还想抬脚再踢时，就听疤脸九冷冷地说："金社长，这可不是让你报私仇的！你要是把我要的东西打没了你交得了差吗？"

金志勇停住了手，他看了一眼越子木，骂骂咧咧地又回去端起杯子喝了一口啤酒。

这时，疤脸九看了看正站起来的越子木，问道："越先生，我要的东西带来了吗？"

"不见到我妻子你们休想得到任何东西！"越子木厉声道。

"不着急，你的漂亮妞好着呢！先让我看看东西！"疤脸九笑着说道。

越子木却笑了笑："你以为我会这么傻吗？东西带在身上岂不是白白送死？只要你让我见到我妻子，并让我们走，我保证给你你想要的。"

疤脸九看了他一眼，冲旁边站着的一个打手挥了挥手，那人转身走了。

过了一会儿，就听传来一个熟悉的声音：“你放开我！你们这帮浑蛋！”

越子木一听，眼泪差一点儿掉下来，这不正是楠芝的声音嘛！

这时，就见有个女的披散着头发，那个打手在后面推推搡搡地来到疤脸九面前。

“楠芝！”越子木喊了一句就要往前冲，却被大个子和小个子抓住了双臂。

李楠芝一听喊声，惊异地抬起头来，她一看是越子木就喊了一声：“你个傻瓜，不是不让你来吗？干吗非得要再搭一个！”

“你放开我！”越子木冲大个子喊道。

疤脸九挥了挥手，两个人把越子木松开了，越子木一个箭步就冲到楠芝面前。他抓着楠芝的胳膊，强忍着内心的激动，半天也说不出话来。

李楠芝一下子就扑到了他的怀里，越子木紧紧地抱着她，就像是怕别人把他们分开一样。

相拥了一会儿，越子木回头对疤脸九说：“你现在就放我们走，你要的东西我自然会给你，绝不食言！”

疤脸九笑了笑：“跟我玩把戏是吧？糊弄小孩儿呢！”

这时，就见越子木从口袋里掏出样东西来一举：“你要的东西在这里，马上放我们走！”

旁边的几个匪徒上来就要抢，越子木把那半截钥匙拿到了嘴边，冲疤脸九喊道：“如果你们想硬抢，那就谁也得不到它，我会把这钥匙嚼碎的！”

后面的小个子匪徒说道：“别听他忽悠！他还能嚼碎？”

大个子一拽他：“你他妈傻呀！那是金钥匙，又不是钢的！金的比钢的软你不知道啊？”

疤脸九点了点头，他也明白，如果来硬的恐怕真就拿不到那半截钥匙了。他就笑着站了起来，说道：“好吧，正所谓盗亦有道，我不是个不讲信誉的人。这样吧，我把你们送到海边，你一上船就把东西给我，怎么样？”

越子木想了想：“那行！”

疤脸九一挥手，就带着匪徒们围着越子木和李楠芝准备往外走。可就在这时，金志勇却拦着说道：“这不行吧大哥？这小子要是上了船再把钥匙扔海里怎么办？”

疤脸九看了一眼越子木，笑着说：“那除非他不想活了。”

“不行，不能让他们走！”金志勇还在拦着。

疤脸九冷冷地说：“金社长，你是要和我们老大作对吗？要是坏了他的大事你可就惨喽！”说着，就带着越子木和李楠芝出了厂房直奔海边。

走到海边的时候，越子木看见那艘机动船正停在那里，一个戴着草帽的人坐在船头。

大个子喊了一句：“喂，大勺子！没睡着吧？”

那个“大勺子”也不说话就站了起来。

疤脸九站了下来，冲越子木说道：“越先生，怎么样？我没有食言吧？现在可以把东西交给我了吧？”

越子木揽着楠芝的肩膀说道：“上了船我自会给你，难道你还怕我跑了不成？这都是你的人，船也是你的船，我能跑得了吗？”

疤脸九一听，觉得他说的也有道理，就挥了下手。越子木转身拉着楠芝就上了船，然后，从口袋里掏出了钥匙。

李楠芝一把按住了他的手：“越子木，你知道这钥匙对我们有多重要吗？你不是一直都想知道我们的父亲之间到底是怎么回事吗？”

越子木说道：“再重要还有你的生命重要吗？不管怎么样你都是我的妻子，我就是要和你在一起，从现在开始，没有人、没有任何事能分开我们！”说着他就把钥匙抛向了空中。

就在匪徒们盯着钥匙落下的方向跑过去满地寻找时，越子木就听“大勺子”低低地说了一句：“坐好了越先生。”说着，他开足了马力朝大海深处开去。

越子木坐在船上回头看去，就在这时，他突然看见不知从哪儿冒出不少人来，头戴着钢盔手里端着枪，从四面八方就把匪徒们围上了。

越子木一下子站了起来：“这怎么回事？”说着，他紧紧地搂着楠芝，却惊慌地看向了“大勺子”。

这时，就听“大勺子”哈哈大笑，说道：“越先生，李总，你们受惊了！他们啊一个都跑不了！”

“你是干什么的？”越子木问完这才发现，这人根本就不是来时开船的那个“大勺子”。

那人把头上的草帽摘了下来，冲越子木笑了笑说道：“越先生，我是王警官的手下，你放心吧，王警官正带人抓捕呢。”

越子木一听就喜出望外，他上前和那位警察握了握手：“太感谢你们了！”

那位警察笑着说：“其实，该感谢的是我们，要是没有你呀，我们还抓不到这伙匪徒呢！走吧，我带你们回去，家里人恐怕都等急了。”说完，他驾着船就朝码头的方向开去。

等越子木和李楠芝下了船，远远地就看见在岸边站着许多人。一个人正朝他们跑了过来。

“姐！”那人跑上前就和楠芝拥抱在了一起，正是乔庄。

肖凌和杨宇涵也跟着走上前来。杨宇涵走到越子木身边，看了他一眼说道：“没想到越总还这么勇敢啊！服了！”说着就伸手来和越子木紧紧地握在了一起。

这时，有人招呼着上车，大家就都上了岸边停着的几辆车。李楠芝没和越子木上一辆车，却跟着乔庄和肖凌坐同一辆车。

等到了别墅，楠芝妈正在门口张望呢，见他们回来了，她焦急地看着从车上下来的人，当看到楠芝时，她紧走几步迎了上去：“丫头啊，你可回来了！”

“妈！”楠芝上前就抱住了母亲。

等众人进了一楼客厅，楠芝说：“我得去洗洗，这灰头土脸的！”

肖凌跟着她上了楼，小声问：“这小子是不是没看见你脸啊？”

“天那么黑看什么看哪！”楠芝答道。

“那一会儿他看见了还不得疯啊！呵呵呵！”肖凌说着就偷笑了起来。

“应该不会吧，上哪儿找这好事去？一个媳妇两个身份还两个容貌，他美还来不及吧？哈哈哈！”两个人说笑着就上了楼。

越子木他们坐在客厅里，大家询问着当时的情景，越子木就一一和大家说着。正说得起劲呢，就听楼梯上传来高跟鞋的脚步声。众人看去，就见肖凌走在前面，边走边笑着，也不知她笑的是什么。

再往后面一看，除了楠芝母亲和乔庄外，几乎所有的人都惊呆了！而最震惊的还是越子木！

他指着正走下来的人，嘴动了动说道：“你不是……李……李……”说着就手扶着头，身体晃了两晃，嘴里吐出两个字“思月”。

乔庄上前一把扶住了他的胳膊，楠芝也紧走几步搀着他坐在了沙发上。

这时，楠芝妈说道：“这丫头，怎么也得提前打个招呼啊，看把他吓得！”

李楠芝也吓坏了，她紧张地看着越子木，轻声道：“越子木，你没事吧？我很吓人吗？”

越子木手捂着胸口，盯着她的脸看了半天才说道：“你不是吓人，而是要吓死人！”说着，他竟伸出手来在她脸上找着什么。

“干吗呀，这么多人呢！”李楠芝脸一红小声说。

越子木还皱着眉自语着：“现在的化妆技术这么先进吗？楠芝啊，我现在知道是怎么回事了，你把脸上的东西拿下来吧，我不想看到这张脸！”

李楠芝一听就叹了口气：“唉，恐怕你不想看也不行了……对了，李思月走了你竟然连一个电话都不打，你好狠心哪！她白对你那么好了！”说着就噘起嘴来。

乔庄在一旁已经笑得不行了。

这时，就听杨宇涵自语道：“天哪，这都什么情况？楠芝呢，肖凌？”

肖凌瞪了他一眼：“我可在这儿呢啊，楠芝什么楠芝？看着吧你！”

杨宇涵吐了下舌头不敢说话了，就盯盯地看着李楠芝和越子木。

正在这时，门一响进来个人，大家一看，是王警官。一进来，他就把手里的东西递给了楠芝。

李楠芝和越子木一看，正是那两个半把金钥匙。

“谢谢你啊王警官！”越子木笑着说道。

王警官摆了摆手，转身就出去了。

楠芝妈站起来说道：“行了，时候也不早了，大家都休息吧，天都快亮了！”

肖凌站起来看了看众人，自语道：“咋睡呢？”她看了越子木一眼，笑着对楠芝说，“我看这样吧，你们小两口可是好久没在一起了，你们俩一起，我跟小乔上大姨房间，宇涵你就在客厅睡沙发吧。怎么样？”

李楠芝笑着看了一眼越子木。他咧着嘴眨着眼睛支吾着：“肖凌……要不，我也睡沙发吧……”说完还看了一眼李楠芝马上又把目光移到了别处。

“怎么？和李思月睡你不习惯？”李楠芝笑着说，说完又凑近了，在他耳边小声说，“首尔那一宿你不睡得挺香嘛！呵呵！”

越子木一听就愣住了。

“肖凌——”越子木说着就站了起来。

李楠芝大声喊道：“越子木！我看你还能逃哪儿去！”说着，过去拉住他的胳膊就往楼上走。

越子木还想说什么呢，但张了张嘴硬是没说出来。身后，肖凌和乔庄笑个不停。

李楠芝拉着越子木就进了自己的房间，然后把门一关，站在门口看着愣头愣脑的他。

“思月啊……”越子木叫了一声，但马上又闭上了嘴。

“是楠芝！”李楠芝忍着笑说道。

“哦，楠芝啊，我怎么还是糊涂呢？你的脸……”说着，他指了指她的脸。

“这个事以后慢慢再说，现在，我们要睡觉！”说到这儿，李楠芝脸红了一下。

说完，她也不管越子木发不发呆，愣不愣，径自走到床前，接着就开始脱衣服，吓得越子木赶紧转过身去。

李楠芝边脱衣服边说：“不敢看自己老婆脱衣服？还真是矫情！”说着，三下五除二就把衣服全脱了下去，只留内衣，然后她钻进了被里。

“喂，你是要就那么站着吗？”她喊了一句。

越子木试探着转过身，这才发现李楠芝已经上了床，他这颗悬着的心才算放下一点儿。

李楠芝又说：“还不脱衣服？你不困吗？”

“哦。”越子木讷讷地答应着就慢腾腾地解着衬衫扣子。李楠芝也不催，就那样看着他解。好不容易把衬衫脱了，他又把裤子也脱下去，看了看李楠芝，支吾着：“我睡哪儿？”

“当然是上床啊，快点儿！”李楠芝说着就把被掀开了。

越子木闭着眼睛就要上床，李楠芝却把被又放下了，说道：“不洗澡吗？”

越子木一愣，转身看了一眼洗手间的位置，支吾着：“好……好吧。”说着，就朝洗手间走去。

等他进了洗手间，李楠芝哈哈大笑，喊了一句：“越子木，今晚你是逃不出李思月的手心了！哈哈哈！”

听着洗手间里的流水声，李楠芝激动不已，现在终于可以以真面目示人了，尤其是可以面对越子木了，真是不容易呀！可是，看情形，他一时还难以接受，或许他自己也分不清楚哪个是李思月哪个是李楠芝，什么时候是李楠芝什么时候是李思月吧。

见他洗了好半天也不出来，李楠芝喊了一句：“能不能快点儿呀！对了，咱木瓜怎么样了？”

越子木一听，对呀，那木瓜又是谁？一想到木瓜在医院里的情景，他的心揪了一下，也管不了那么多了，推门就冲了出来，大声问道：“木瓜是谁的？”

李楠芝看着一脸急切表情的他，顿时瞪大了眼睛，接着，她把眼睛一捂说道：“不带这样的！”

越子木低头一看，这才发现自己竟忘了是在洗澡了，就赶紧转身又回了洗手间，但在里面还喊呢：“楠芝……楠芝，快告诉我，木瓜到底是怎么回事？”

李楠芝笑了笑，说道：“你今天不好好睡觉我就不告诉你！”

越子木一听就咧嘴了，什么叫好好睡觉？那不明摆着嘛！看这架势，今晚恐怕是逃不出她的手心了。

123. 大结局

清晨，越子木昏昏沉沉地醒来，他睁开眼睛，迷迷瞪瞪地看了看天花板，努力地回忆着昨晚发生的事。突然，他发现房间里就是自己，李楠芝，或者说李思月竟然不见了。

越子木顿时大惊失色，他眨着眼睛回想着昨晚发生的一切，自己又是如何跑到床上来的呢?

他赶紧穿好衣服，等一下楼，却发现楼下只有乔庄在那儿站着，其他人不知去哪儿了。

乔庄过来笑着说："越总，咱们得快点儿走了。"

"去哪儿？"越子木问了一句。

"机场。"乔庄答着就先出去了。越子木赶紧跟了出去。

一路上，他怎么问乔庄也不说，只是笑。

等到了机场，越子木看见大家竟然都在到达厅外站着呢，还不时地往里面看着，像是要接什么人。他皱着眉，在人群里找着李楠芝，这时，他却发现人群里站着个戴着面纱的人，从身材上看不就是楠芝嘛，或者说不就是李思月嘛。他顿时疑惑起来。

正在这时，就见有两个人走了出来，他一看，顿时惊呆了，竟然是吴姐抱着木瓜!

蒙着面纱的李楠芝紧走几步迎了上去。吴姐把木瓜放到地上，小家伙就朝这边跑了过来。

越子木呆呆地站着，看着一脸天真的木瓜，他满腹狐疑。正在这时，杨宇涵却抢先走上前，一把就抱起了木瓜。就听木瓜叫了一声："老爹！答应给我的礼物呢？"

越子木一听就傻了，他怔怔地看着杨宇涵，又看了一眼李楠芝，他就觉得两眼有些发黑。这打击太大了，木瓜为什么要叫他老爹？难道说他是……此时，越子木实在是不敢想了。

就在这时，杨宇涵从口袋里掏出样东西递给了木瓜，木瓜说了声谢谢就下了地朝妈妈看了一眼，又把目光移向了越子木。李楠芝点了点头。木瓜笑着张开双臂朝越子木跑了过去。

跑到越子木跟前，木瓜诧异地看着他，眼里满是期待。接着，木瓜伸出小手拉住了越子木的手，扬着脸看着他，小声叫了一句："爸爸……"

越子木一听，赶紧蹲下来，手扶着木瓜的肩膀问道："木瓜你刚才叫我什么？"

"爸爸……"木瓜又怯怯地叫了一声。

越子木怔怔地看着木瓜，站起来冲李楠芝问道："楠芝啊，木瓜到底是谁的儿子？"

李楠芝笑了笑："我的儿子呀！"

越子木走上前小声说："你和谁生的？"

"当然是和木瓜爸爸生的呀！"李楠芝忍着笑。

越子木一听就愣住了。

正在这时，木瓜走到他跟前，从脖子处的衣领里拽出样东西来递给了越子木："爸爸……"

越子木接过来一看，正是李楠芝原来模样的照片！他看看照片又看看李楠芝："你是说……木瓜是我的儿子？"

"傻瓜，是我们的儿子！"李楠芝说着就拉住了木瓜的手。

木瓜抬头看了一眼越子木，伸出另一只手拉住了他的手。

越子木终于明白了，可是，他不禁又皱起眉来，自己从家里走时楠芝明明没有怀孕啊，又怎么会有儿子呢？一下子，他想到了婚礼前的那晚。难道是那一次？

他眨了半天眼睛，突然，一脸惊喜的他蹲下来就抱起了木瓜，在他小脸上就是一顿啃！把木瓜弄得直痒。

“木瓜！我的好儿子！是爸爸不好，爸爸没有认出你来！”

木瓜却小声说：“爸爸，其实我早就知道你是爸爸了。”

“哦？你是什么时候知道的？”越子木和李楠芝几乎同时问道。

“不告诉你们，这是个秘密！”木瓜说完，大家都笑了起来。

越子木抱着木瓜，楠芝搂着他的胳膊，一行人上了车就往回走。路上，越子木疑惑地问李楠芝：“你怎么戴着纱呀！”

李楠芝笑着说：“化妆品过敏了。”

越子木狐疑着，也没再多问。

等到家时，王警官传来消息，说是司派洛等人在国际刑警的协助下悉数抓获归案，并说一会儿要带一个人过来，说是要见李楠芝。

大家一听，都高兴得不得了。可是，大家都疑惑不解的是，司派洛是怎么抓住的呢？只有李楠芝含笑不语。

中午时分，王警官带着个人到了别墅。

还没等介绍呢，乔庄一看见王警官身后那人就马上警觉起来，指着他说道：“姐，他就是司派洛身边那个坏蛋！王警官你怎么把他带来了呢？”

王警官笑了笑，回头看了一眼那人，对李楠芝说：“这个让李总说吧。”

李楠芝微笑着走向那个人，到了跟前，她伸出右手。那人点了下头就和她紧紧地握在了一起。

大家都面面相觑，不知道是怎么回事。

李楠芝回头笑着刚想说话，就听门口有人咳嗽了一声说道：“我的老哥呀，你连我都瞒哪！我说的楠芝咋就这么淡定呢！”说着，王老走了进来。

他看了那人一眼，说道：“如果我猜得不错，你大概就是李老爷子救的那个小子吧？”

那人点了点头，又给王老行了个礼。

原来，这人正是李楠芝父亲在公司里暗中安排的那位可靠之人，也是李楠芝此前单线联系的那个司派洛的助理。

众人听完李楠芝的介绍，这才恍然大悟。

这时，王老对李楠芝说：“丫头啊，是不是该打开你父亲在银行留下的保险箱了？”

李楠芝看了越子木一眼，说道：“不着急。”她知道，越子木心里那个结还没有解开。

王老回头看了看越子木，不经意间，他看见了越子木戴在手上的表，就疑惑地走过去：“你这表……”

越子木抬手看了一眼，笑着说：“哦，这是韩国一个人托我的事，让我找到这表主人的家人。”

王老听了竟老泪纵横：“傻孩子，那就是你父亲的表啊！”

越子木一听，顿时瞪大了眼睛，一瞬间，他全明白了。

三天后，北京某酒店宴会厅。

宴会厅一侧舞台的上方悬挂着横幅：杜峰先生、许曼小姐新婚致禧。宴会厅里站着许多人，杜峰一身新郎官的装束，脸上洋溢着幸福的喜悦。

越子木和蒙着纱的李楠芝站在一起，木瓜拉着爸爸妈妈的手，小家伙时不时地抬头看看爸爸再看看妈妈，此时的他恐怕比杜峰还要高兴。

顾桐带着陈承和魏行他们几个人忙来忙去张罗着，霍东站在一个角落眼睛始终盯着顾桐，张洋也站在那里看着在大厅里忙活的魏行，柳依依指挥着她的手下帮着摆台，肖凌抱着杨宇涵的胳膊脸上露出羡慕的表情，而白露也和赵满知站在一起眼睛却盯着在那儿傻呵呵笑的杜峰，大厅另一端则是石珏正帮着许天放指挥着服务员准备东西……

越子木看着大厅里的人们，脸上也全是幸福和欣慰的微笑。

这时，就听顾桐在话筒里说道：“各位来宾，婚礼马上开始，请大家各就各位！今天，是我们木子公司副总经理许曼小姐大喜的日子，为了让大家体验一次不一样的婚礼，我们首先将举办一场秀，并且将由新娘子担纲领衔！”

大家一听，都开始议论起来，而越子木则微笑不语。再看杜峰，在那儿眨着眼睛就蒙了，他看了看越子木，又往台上看了看，不知道是什么情况。

乔庄走到他跟前小声说：“峰哥，一会儿可看仔细了啊，要是认不出我们曼姐，小心我们不让你进洞房！呵呵！”

突然，大厅里的灯光暗了下来，取而代之的是光束照在T台上。音乐也响了起来，紧接着，就见T台上的一道门缓缓地打开了，一个个模特款款而出。大家都瞪大了眼睛。

越子木看着看着，他那只手不自然地伸到下边抓住李楠芝的手。李楠芝还没等说话呢，就听木瓜小声说道：“爸爸，我手疼！”

李楠芝一看，差一点儿笑出声来，原来越子木抓住的竟是木瓜的小手。越子木一看，就把木瓜抱了起来，在他小脸上亲了一口。木瓜拉着他的手，又拉过妈妈的手，把他们两个人的手放在了一起。越子木和李楠芝对望一眼，都笑了起来。

“出来了出来了！快看！咦？哪个是新娘子啊？”这时不知是谁说道。

越子木他们往台上一看，就见走出来一队模特，而且都是穿着一样的时装，甚至连发型和脸上的妆容都一样。他不禁偷看了一眼杜峰。就见杜峰皱着眉一个挨着一个地看着，过来一个摇摇头，过来一个晃晃脑。等最后一个走过来时，他也管不了那么多了，一个箭步蹿到了台上，接着就把那个模特抱了起来。

台下哈哈大笑。

杜峰怀里的许曼敲了他后背两下，小声说：“小心孩子！”

可她这句话台下的人都听见了，大家都鼓起掌来。

时装秀表演结束后，就开始举行婚礼仪式。大家都坐在了各自的桌前看着舞台上的杜峰和已经显怀的许曼，都暗暗地为他们祝福。

木瓜看了看爸爸妈妈，小声问越子木：“爸爸，你什么时候娶妈妈呀？”

越子木一听，看了李楠芝一眼，没言语。

李楠芝却笑着说道：“妈妈和你爸爸举行过婚礼，你没赶上！呵呵！”

“那你们咋不叫我呢？”木瓜天真地问道。

这下可把李楠芝乐坏了，她在木瓜的小鼻子上用手刮了一下。一旁的肖凌笑着说道：“你爸爸妈妈要是结呀，那可就是二婚喽！小傻瓜，还真跟你爸一样傻！”

“我爸才不傻呢！”木瓜白了肖凌一眼大声说道。

婚礼酒席快要结束的时候，越子木等人都出了大厅站在酒店门口聊着天。可正在这时，就听有人喊道：“木头！你好狠心哪！这么长时间一个电话都没有！”

越子木抬头一看，天哪，竟是美贞！

李楠芝也听见了喊声，她也往这边看着。

就见美贞长发飘飘，一袭长裙，端庄中透着清纯，正朝越子木走过来。走到跟前，美贞看了他一眼，却又把目光移到了李楠芝身上，一脸严肃地对越子木说：“木头，还记得你答应过我的三件事吗？”

越子木愣愣地点了点头，却又回头看了一眼面无表情的李楠芝，支吾着说：“知道。不过，美贞……”

美贞摆了摆手，说道：“那好，第三件事就是……”说着她看了一眼李楠芝，继续说，“马上跟我走！”说完，她转身就走。

越子木招了招手，喊着：“美贞，美贞！你听我说！”

美贞头也不回地招了招手，示意他赶紧跟着走。

这时，李楠芝喊道：“越子木你要是敢走就别想再见我！”

越子木回过头咧着嘴说：“楠芝，你听我说……”

“我不听！”李楠芝扭过头去。

越子木又转到李楠芝前面说道：“楠芝，我向你坦白吧，其实我……有一次我喝了酒，然后做梦，梦到了你，谁知道是美贞哪？所以……”

“你说什么？难道说你和她发生了……”李楠芝吃惊地看着他。

“都怪我，不过，作为男人得讲诚信，既然我答应了她三件事，那无论如何就得做到。我先去听听她想要干什么，我马上回来啊！”说着，他就要转身去追美贞。

李楠芝生气地喊道："越子木！你走可以，不过，你再也别想见到我！"

"我马上回来啊！回来再跟你解释！"说着，越子木快步追上了美贞。

他跟着美贞走了好远，在一幢楼的拐角处，美贞站下了，接着，她回过头来，一脸严肃地看着越子木。越子木尴尬着不敢看她的眼睛。

突然，美贞捂着嘴哈哈大笑，笑得越子木糊涂了。正在这时，就见从楼里走出个人来，越子木一看，是柳树。柳树走到美贞身旁伸手拉住了她的手，面带微笑地看着越子木。

美贞说道："木头，我的第三件事就是……要你好好爱你的楠芝，再不许在外边拈花惹草！哼！"

越子木一听就蒙了。

美贞又说："其实，告诉你吧，我们什么都没发生！你个木头！"

越子木听完，脸色由红变白，又由白变红，他高兴得差点儿跳起来。他冲柳树拱了拱手，转身就朝酒店跑去，边跑边喊："楠芝！楠芝！"

可是，等他跑回酒店门口时，见人们都皱着眉看着他，还不时地窃窃私语。

他在人群里寻找着李楠芝的身影，可是，哪里有她的影子？

正在他焦急万分时，肖凌过来说道："楠芝不想见你，倒不是因为美贞，而是……"

"而是什么？"越子木追问着。

"告诉你吧，楠芝的脸是上次为你吸身上的毒时弄成那样的，医生说，虽然变了容貌是好事，但这种毒很特别，以后不能和男人结婚，要不然会变成丑八怪的！"肖凌说着又看了看一脸惊诧的越子木，继续说道，"上次你见到楠芝后不是在一起睡的嘛，所以……"

一下子，越子木明白了，一定是那天晚上自己和楠芝温存后她容貌发生了变化她才不想见自己的。可是，不管她现在变成什么样了，自己都不能抛弃她！

想到这儿，他对肖凌说："姐，你让楠芝出来吧，我不怕，不管她现在变成什么模样，我都要和她在一起！”

“真的？”肖凌笑着说，“你不怕她变成丑八怪？”

“……不怕！”越子木咧了下嘴。

“那好，那得补办上次没有举行的婚礼！你这次可不要逃跑哦！”肖凌说着就一挥手。

越子木咧着嘴再一看，就见众人都开始忙活起来。他看见，现场的横幅也已经换了，上面印着：越子木先生、李楠芝小姐新婚庆典。

越子木就那样呆呆地站着，脑海里在想着楠芝到底变成了什么样。而现场没人理他，大家都在忙着，有的人还在偷偷地乐。他看了一眼路过身边的顾桐，可顾桐根本不看他。他又想上前去问许曼和杜峰，可两个人也不理他。

正在这时，台上出来一个主持人，在那儿宣布：“婚礼现在开始，有请新郎新娘入场！”

越子木迟疑着，后面不知谁推了他一把，他回头一看，却是美贞，他懵懵懂懂地上了台。

这时，就见乔庄扶着一个穿着婚纱的人走了出来，那人头上还蒙着面纱，而木瓜此时竟也跑到了台上。

顿时，在场所有的人都不说话了，就看着两个人。

越子木盯着她看了好半天，才说道：“楠芝……”

可就听李楠芝大声说道：“越子木，我变成李思月，是因为你！现在变成这样，也是因为你！你愿意和我结婚吗？不逃跑了？”

越子木淡淡地说：“不管你变成什么样子，我都要和你在一起，我们永不分开！”说着就要去揭李楠芝的面纱。

李楠芝摆了下手，说道：“告诉你，我现在已经变成了丑八怪，奇丑无比，你还要吗？”

越子木毫不犹豫地说：“要！”

“那你做好心理准备呀，到时候别吓着你！”李楠芝严肃地说。

还没等越子木说话呢，就听木瓜在一旁说：“再丑也是妈妈。”

越子木笑着刮了一下木瓜的鼻子说：“对，再丑也是妈妈！”说着就要去揭面纱。

“你确定不害怕？”李楠芝又认真地说了一句。

越子木那只手悬在半空，一下子愣住了。

这时，就听围在四周的众人齐声喊道：“嫁给他！嫁给他！”

许曼喊道：“越子木！揭呀，再丑能丑哪儿去？你怕了？”

美贞也拉着柳树的手喊道：“木头！这回你可惨啦！让你喜欢美女？哈哈哈！”

越子木听着众人的话，他定了定神，伸手捏住面纱的一角，然后闭上眼睛，手上一用力，唰的一下子就把面纱拽了下来。

这下，四周一片寂静。越子木眼睛还没敢睁开呢，紧接着，就听传来一阵欢呼声。他睁开眼睛一看，当时就惊呆了！

哪里有什么丑八怪呀？就见李楠芝已经恢复了原来的样子，而且比以前更年轻更漂亮了！原来，李楠芝因美人草中的毒已经悄悄地解了，她又恢复了原来的容貌。

越子木一下子就把李楠芝抱了起来，高兴地捧住她的脸，左看看右看看，看得李楠芝脸一红，小声道：“这么多人呢！”

越子木大声说：“不管了！”说着就忘我地吻着李楠芝。

木瓜在一旁拍着小手，高兴地蹦跳着。

几天后，在瑞士银行的保险箱前，越子木和李楠芝把两枚金钥匙合在了一起，然后轻轻地插进钥匙孔里，李楠芝又在数字键盘上输入了她妈妈的生日号码，随着保险箱锁打开，他们从里面拿出一个档案袋来。看完里面的内容，两个人对望了一眼，都笑了。原来，那只不过是一份股权证明材料，上面清晰地写着李氏集团的股权构成，而属于越子木父亲的却是百分之五十一，是绝对的控股股东。

两个人往外走时，李楠芝笑着说：“这回我可得清闲清闲了，越总？”

越子木愣眉愣眼地看了她一眼：“你清闲什么？”

“集团董事局主席现在是你呀，难道你让你老婆给你打工不成？”

越子木笑着揽过她的肩膀："不是的，从现在开始，是我给老婆大人你打工！"

"这还差不多！不过，不许招惹美女！"说完，两个人都笑了起来。

……

五年后。

在北京繁华的步行街上一家专卖店前挤满了人，一个女记者拿着话筒对着摄像机说道："各位观众，由李氏企业集团研发的美人草系列美容产品自投放市场以来，持续销售火爆！各大专卖店前每天都聚满了各年龄段的女性消费者，改变容颜、享受美好生活将不再是梦想！"说完，她放下话筒对另一个记者说道，"我也得去排队了，昨天就没排上！"说着，就挤进了人群。

街头大屏幕上正播放着新闻，就听播音员说道："木子文化公司自在创业板上市以来，股价一路攀升，已成为股市中的宠儿！"接着，画面上出现的是各证券交易所里人头攒动的场景和股价走势图。

在一个山区的草地上，一群人正聚在摄像机前拍着什么。就听有人说道："大型都市情感剧《落跑新郎》第八场第三幕开拍！"接着，男女演员就紧紧地拥抱在了一起。导演喊了一句："咔！"

还是步行街上，石氏珠宝大厦外面的大屏幕上正在进行着一档访谈节目。就听主持人说道："美贞小姐，您设计的刚刚上市的这款木石系列珠宝深受消费者青睐，而且还获得了巴黎国际珠宝设计大奖。那么您当初是如何从一个摆地摊的到现在成为知名珠宝设计师的呢？您能跟我们谈谈感受吗？"就听美贞说道："成为珠宝设计师是我从小的梦想，也是我妈妈的梦想。说到这一款获奖作品，其实我得感谢一个人，一个叫木头的人……"

此时，站在街边的两个人正看着大屏幕，一个是越子木，一个是李楠芝。当听美贞在电视里说到木头时，李楠芝在越子木胸口打了一拳，越子木紧紧地握住了她的手。

正在这时，就听不远处传来说话声："木瓜哥你等等我！"

越子木和李楠芝看去，就见木瓜站那儿正等着一个小女孩儿呢。

许曼和杜峰不知什么时候走了过来，许曼说道：“越子木，你家木瓜总欺负我女儿！长大了肯定像你一样也是个坏小子！”说完就爱怜地看着那个小女孩儿。

越子木呵呵地笑着。

这时，就听那小女孩儿怯怯地说道：“木瓜哥哥，能把你那个铃铛送给我吗？”

木瓜想了想，说道：“晓曼，给你可以，但你要答应我一件事。”

小女孩儿忽闪着眼睛看着木瓜。就听木瓜又说：“你要保管好，等长大了要做我的新娘！”说着就从脖子上摘下铃铛给小女孩儿挂上了。

小女孩儿看了他一眼，说道：“那你不能喜欢别的女孩儿！”说着就在木瓜脸上亲了一口。木瓜微笑着就牵着她的小手朝远处走去。

看着这一幕，他们都笑了起来……